先生生前照片

冯杰三先生早年照

冯杰三先生休闲照

冯杰三先生

冯杰三先生免冠照

冯杰三先生工作照

冯杰三先生与同事照（前右二为刘毓中，后左一为任慧中，后中为宋尚华）

冯杰三先生与学员照（前左张宁中，前右闵景华，后排左起薛庆华、张咏华、刘果易）

冯杰三剧本演出戏报

《生死姻缘》戏报封面

當於深夜啜泣聲中，得晤無雙，復携無雙佳訊珍寘還告仙客。

仙客獲書，驚喜欲狂，但無計可脫無雙於阨。既聞富平俠士古押衙急人危難，湯火不辭，遂易服而往，懇求設法。古慨然允諾，並以異人所授還魂藥交采蘋，命即喬裝中使，謂無雙罪在不赦，宜飲藥賜死。無雙既死，即以重金贖屍，歸還仙客，而古押衙恐因矯詔獲罪，亦刎頸自盡矣。

無雙既甦，力勸仙客投筆從戎，爲國家建功立業。仙客毅然入李晟幕中，運籌帷幄，論功獨多，迨朱泚亂平，仙客即與無雙締婚焉。

劉清華 劇照

本劇 王仙客

陸贄……楊顯易
藍待名……賈全國
史蔼謙……王更俗
李日月……賈詳易
韓旻……李漸易
梁庭芬……梁培俗
王權……張恒易
高重提……楊實易
倘可孤……楊春華
唐良臣……趙桂易
源休……王永易
李忠臣……李天華

耿善民 呂成俗

生死姻緣—擊泚

姚令言叛據京師，脅衆擁朱泚稱尊。一般庸劣羣醉附和，獨段秀實當義抗逆，奪笏擊賊，爲泚所害，身殉國難。

唱詞摘錦

●贈帕●

（花旦上唱）昨日慶祝母壽誕，與娘拜壽到庭前，八歲年不曾見郎面，乍見含羞無一言。（貼旦唱）進園來你先看翠花爭艷，（花旦唱）楊柳風拂人面洗去愁顏。羣芳譜艷並爭妍，黄鶯兒飛舞如梭穿，良辰美景真可玩，切莫把艷陽天氣等閒觀。日初長柳絲綻鵝黃模樣，隨春風空中舞斌媚芬芳。雨過後桃李花爭先開放，只覺得花氣味撲面清香。粉蝶兒翩翩花間遊浪，呢喃燕雙雙飛點綴春光。陽春美景實好看，不由無雙喜心間，紅綠相映嬌態豔，沉醉春風歎無言。（貼旦）小姐不必弄花葉，隨我同撲粉蝴蝶。（花旦）越撲越遠越不見，汗浸粉黛倚樹前，（小旦）回頭我把小姐喚，采蘋言來聽心間，你我一同上台看，站在台上四面觀，（花旦）風細細來雲溶溶，葉底黃鸝兩三聲，鶯兩三聲

《生死姻缘》戏报内页

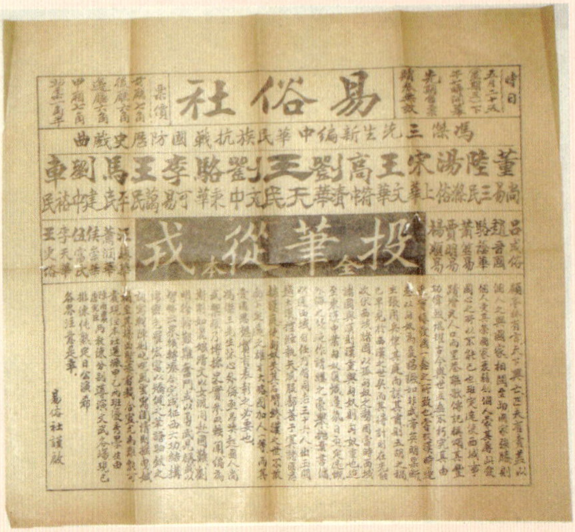

《投笔从戎》戏报

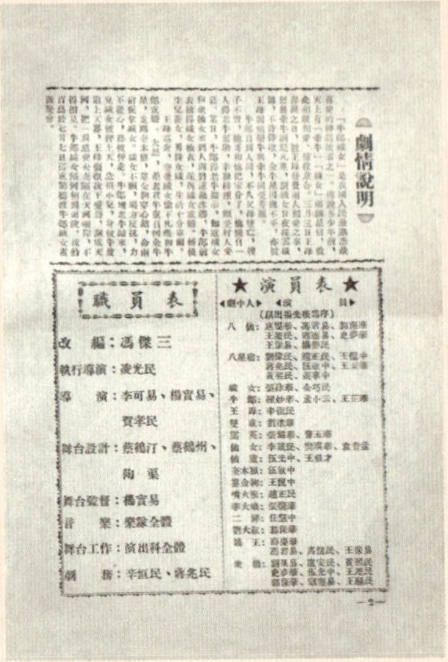

《牛郎织女》戏报封二

《新和氏璧》戏报

《牛郎织女》戏报

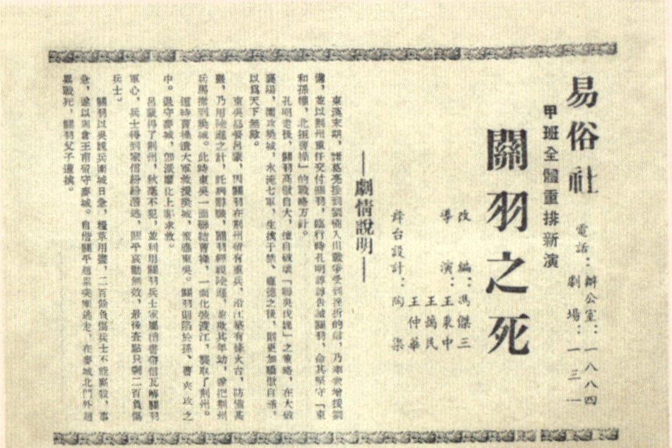

《关羽之死》戏报

冯杰三剧本手稿

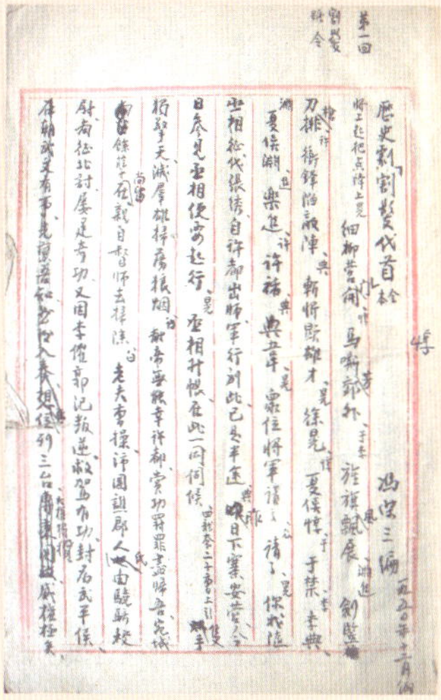

《割发代首》手稿封面

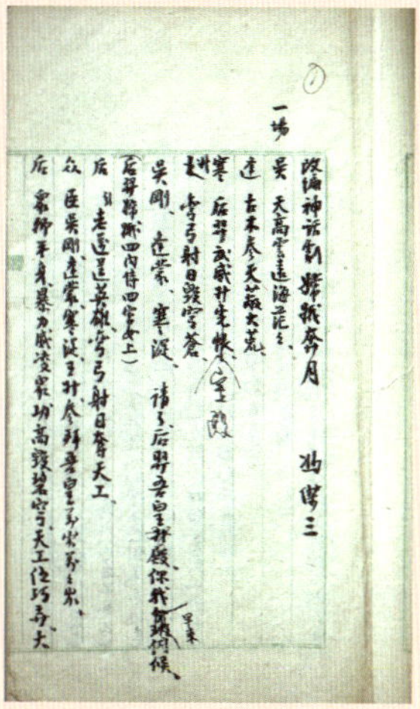

《嫦娥奔月》手稿首页

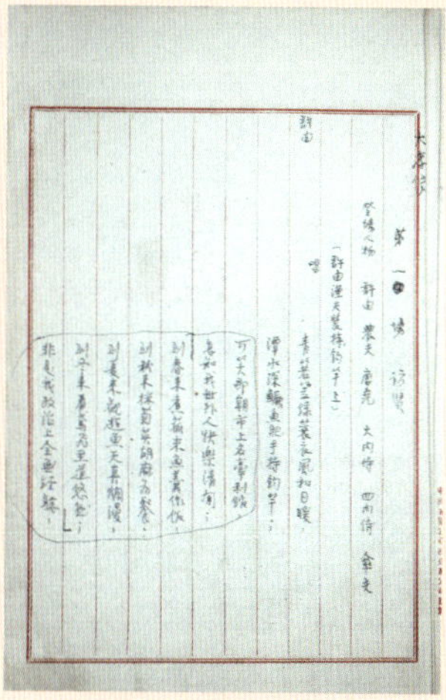

《大孝传》手稿首页

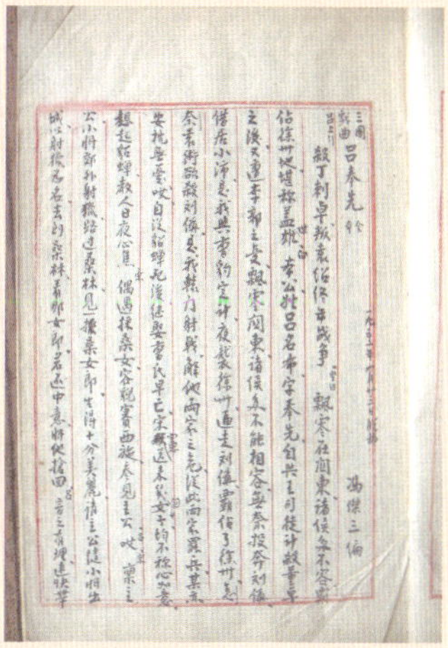

《吕布之死》手稿首页

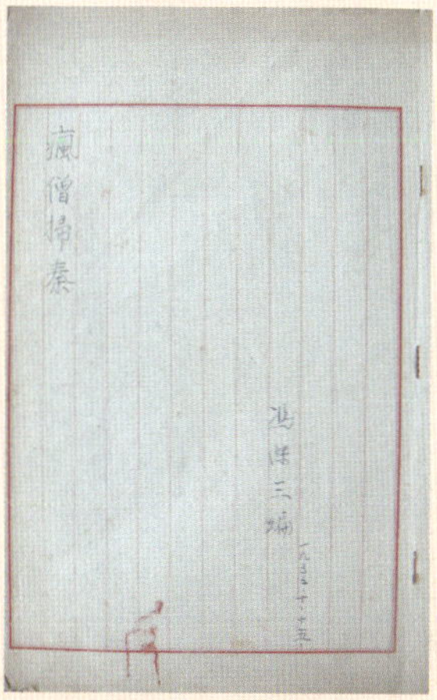

《疯僧扫秦》封面

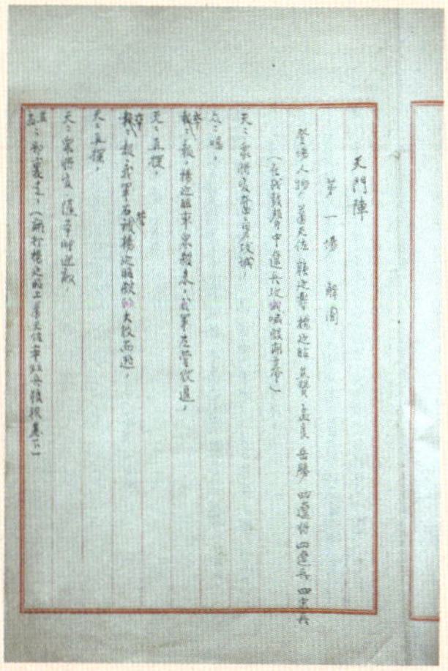

《天门阵》手稿首页

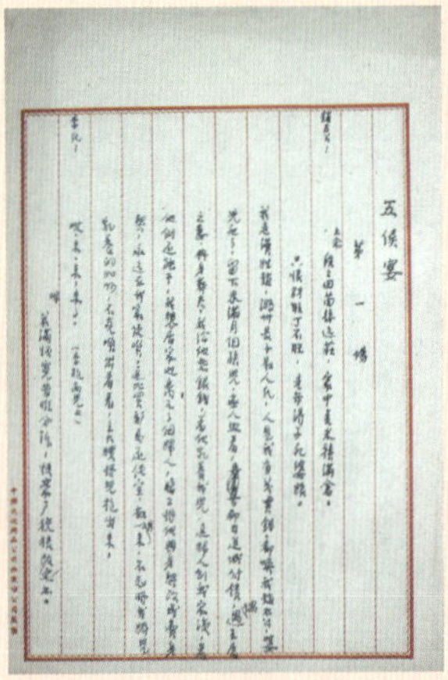

《五侯宴》手稿首页

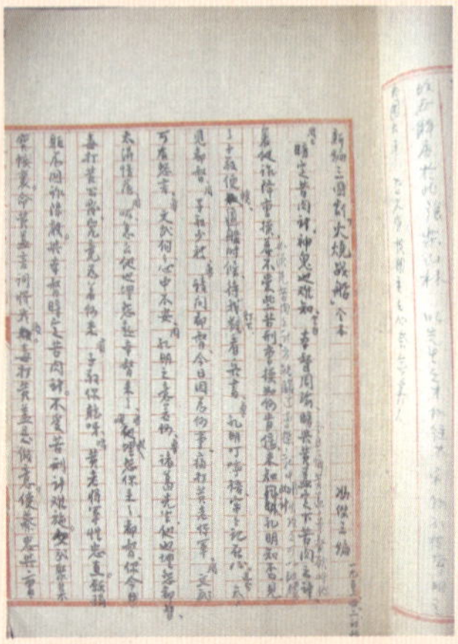

《火烧战船》手稿首页

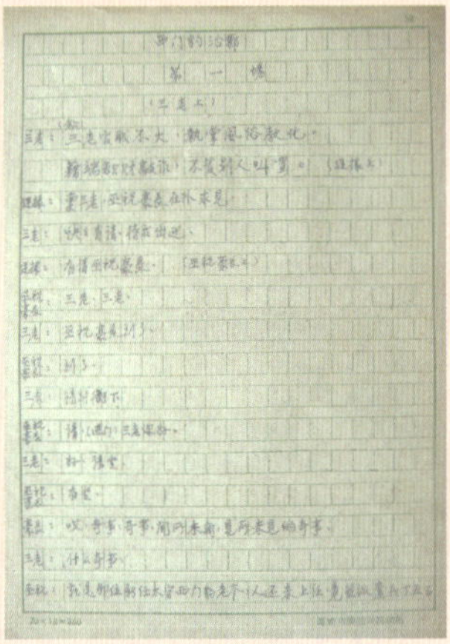

《西门豹治邺》手稿首页

部分秦腔剧本手稿

冯杰三剧本书影

《串龙珠》封面照

《春秋笔》封面照

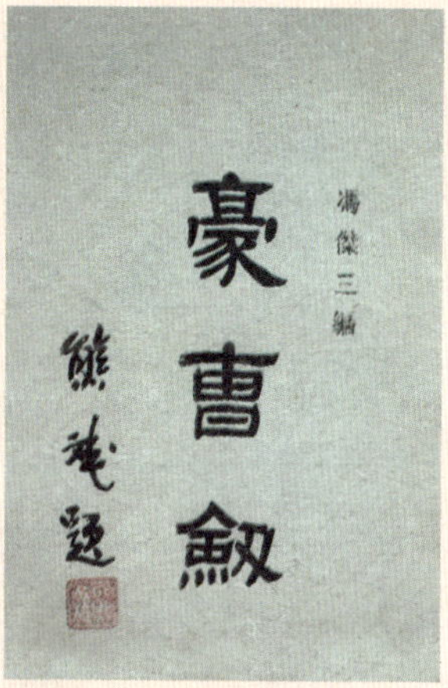

《豪曹剑》封面照

《金玉奴》封面照

《木兰从军》封面照

《辕门射戟》封面照

部分出版的先生剧作

民国版《范雎相秦》封面照

饰演冯杰三编剧中角色的剧照

王蔼民饰演《盗宗卷》中的刘长

黄熙民饰演《辕门射戟》中的吕布

张咏华饰演《木兰从军》中的花木兰

三意社王秀英饰《木兰从军》中的花木兰

孙莉群饰演《乾元山》中的石矶娘娘

张建杨天易在《叱咤风云》中扮演的角色

王保易饰演《闯宫抱斗》中的梅伯

张咏华饰演《貂蝉》中的貂蝉

惠敏莉饰演《貂蝉》中的貂蝉

于右任题赠书法

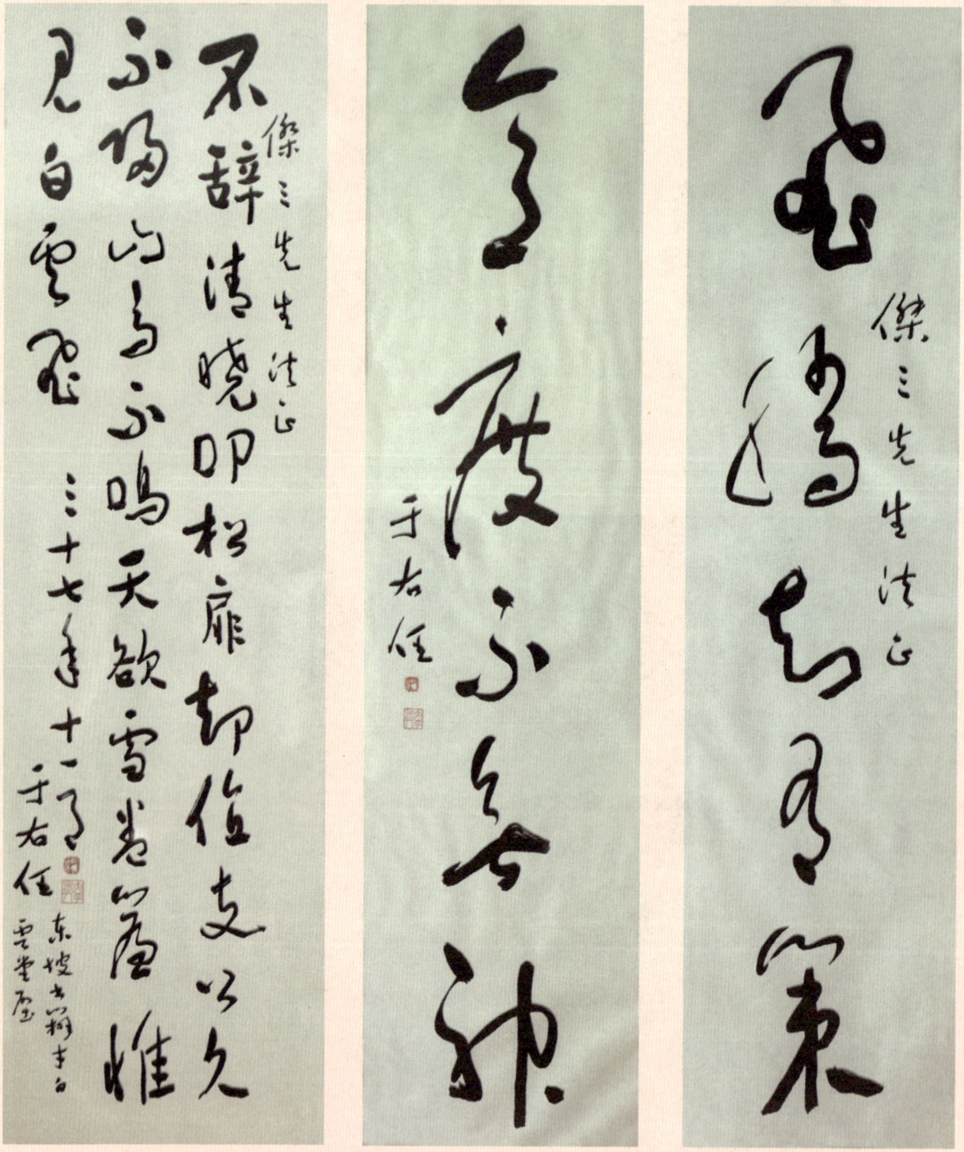

邵力子题匾、宫葆诚篆印

邵力子为先生父亲禅祭题写的牌匾

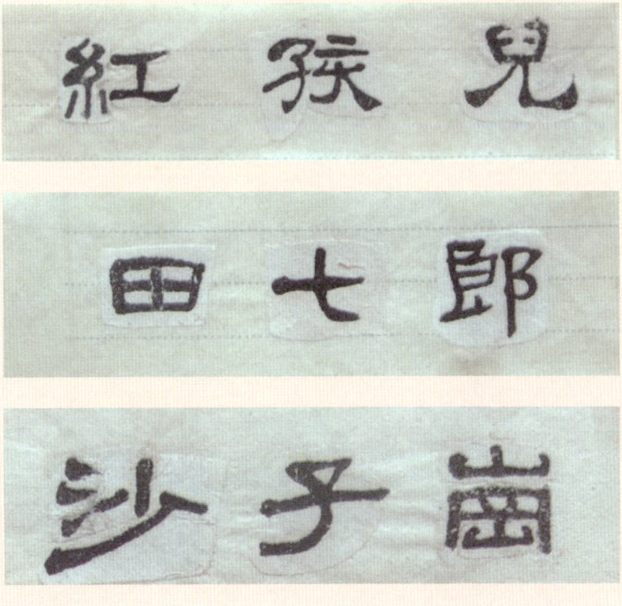

书法家宫葆诚为先生篆刻的印章及题写的剧名

冯杰三与秦腔 上

冯省行　杨献农　杨　锋　主编

中国戏剧出版社
CHINA THEATRE PRESS

图书在版编目（CIP）数据

冯杰三与秦腔 ： 全 2 册 / 冯省行， 杨献农， 杨锋主
编. -- 北京 ： 中国戏剧出版社， 2018.6
ISBN 978-7-104-04612-7

Ⅰ. ①冯… Ⅱ. ①冯… ②杨… ③杨… Ⅲ. ①秦腔－
剧本－作品集－中国 Ⅳ. ① I236.41

中国版本图书馆 CIP 数据核字（2017）第 283627 号

冯杰三与秦腔（上、下）

责任编辑： 王松林
项目统筹： 杨晨叶
责任印制： 冯志强

出版发行： 中国戏剧出版社
出 版 人： 樊国宾
社　　址： 北京市西城区天宁寺前街 2 号国家音乐产业基地 L 座
邮　　编： 100055
网　　址： www.theatrebook.cn
电　　话： 010-63385980（总编室）
传　　真： 010-63383910（发行部）

读者服务： 010-63381560
邮购地址： 北京市西城区天宁寺前街 2 号国家音乐产业基地 L 座

印　　刷： 北京鑫海达印刷有限公司
开　　本： 787mm×1092mm　1/16
印　　张： 91.75
字　　数： 1850 千字
版　　次： 2018 年 6 月　北京第 1 版第 1 次印刷
书　　号： 978-7-104-04612-7
定　　价： 198.00 元（全 2 册）

序

雒社扬

凝结着秦腔剧作家、戏曲服装设计家、戏曲艺术教育家冯杰三先生一生心血的《冯杰三与秦腔》面世了，可喜可贺！

冯杰三先生1901年出生于陕西长安普贤寺村一户贫苦农民家庭，幼年曾短暂接受私塾教育。后于民国陕西省政府秘书室供职，因酷爱秦腔艺术，萌发编剧之念，自感功力不逮，发愤苦读，夜以继日，焚膏继晷，积十年之功，奠定了深厚文史功底。20世纪30年代，经同人谢迈千举荐为易俗社编剧，陆续有作品问世。1940年，创作《投笔从戎》一剧，经易俗社公演后，轰动古城。遂一发而不可收，连续编写《木兰从军》、《豪曹剑》、《新和氏璧》、《林冲》、《陆文龙》、《岳云》、《草莽英雄》（四集）、《范雎相秦》、《乾元山》等剧。借古喻今，为抗战发出呐喊，为民族谱写新声。激励广大观众同仇敌忾，共御日寇。诸剧均由易俗社甲、乙、丙各班排演，广受好评。解放后，先生入职西安易俗社，与演职人员朝夕相处，共商剧事，深得秦腔艺术三昧，编剧艺术渐臻佳境。其后，他又接连创作、改编、整理、移植了《金玉奴》《串龙珠》《法门寺》等大量演出剧目。

收入于本书的49个剧本，可见先生才华之一斑：那富有爱国情怀、民族精神的思想立意，那鲜活立体、入情入理的人物形象，那多线推进、主次分明的剧情结构，那云谲波诡、逸趣横生的故事情节，那接近口语、饶有兴味的唱词对话，那文学性与舞台性相映生辉的戏曲风格，对今天的秦腔剧本创作仍有历久弥新的借鉴意义。

冯杰三先生多才多艺，对中国古典美术造诣尤深，并将中国画浓淡、留白等处理方法用于剧装设计，从用料、着色等方面对易俗社剧装的头盔、服饰、发式进行了全面改进。这一举措，令苏、沪、杭的剧装厂刮目相看，冯先生设计的新式样，它们留作范本，广泛推广，惠及越剧等全国多个剧种，也载入了多部戏曲史志著作。

解放后，先生专职易俗社编剧，并担任西安易俗社训育部主任，为该社培养了多名优秀学员。1949 年，先生首倡招收女学员，打破了易俗社招男不招女的惯例。在教学管理中，从学员招录、课程设计、教员聘请到学员起居训练，认真负责，一丝不苟。他因材施教，根据各个学员的自身条件，分配角色，选编剧本，使得人尽其才。他爱学员胜于爱子女，关心每位学员的思想进步、事业发展、冷暖休戚乃至恋爱婚姻。现在虽然已经过了半个多世纪，当年的学员念起冯老师，仍个个热泪盈眶，感恩不已。

这样一位把全部心血贡献于西安易俗社、贡献于秦腔艺术事业的老人，却在花甲之时，渐被冷落，于 1966 年初孑然回乡，于 1973 年溘然长逝。戏剧界同人、西安易俗社多期学员，每每念及，无不扼腕长叹！

历史无情，历史有情！ 2001 年，在先生诞辰 100 周年之际，西安易俗社同人为先生竖碑祭奠。在振兴秦腔的进程中，人们多么需要像冯先生这样写下众多接地气、唱得响、传得开、留得住的看家戏的优秀剧作家，人们多么需要像冯先生这样深谙中国传统美学精髓的戏曲服装设计家，人们多么需要像冯先生这样以社为家、爱徒胜子的艺术教育家。大家纷纷倡言，要为冯先生出书立传。在社会各界的呼吁下，先生的子孙经过多年发掘爬梳、校勘整理，终于汇集成册。陕西省振兴秦腔办公室大力玉成，予以资助。中国戏剧出版社成人之美，慨然出版。为戏曲艺术保存下一批保留剧目，为振兴秦腔保存下一份珍贵文献，也还冯杰三先生一个历史公道。

吾生亦晚，未能亲炙冯先生教诲，但为先生才华和精神所感动，乐于为其《冯杰三与秦腔》撰一序言，权当心香一瓣，敬献于冯先生和所有为秦腔发展做出贡献的过世先贤的在天之灵！

目录

上

冯杰三秦腔剧作选

冯杰三秦腔剧作选

生死姻缘

本　　事

本剧系写唐德宗时朱泚之乱一段史实，间采唐人说部薛调所著之《无双传》，交织而成。缘有唐建中时代朱泚倡乱，天下骚然，有王仙客者，为朝臣刘震之甥，因父早逝，往依刘氏。刘有女名无双，绰约多姿，为世艳称。仙客与无双，即以姑表之亲，又共笔砚之席，耳鬓厮磨，两小无猜，唯无双年长仙客，故与仙客读书起居一应琐事皆倍极关心，盖芳心中已有以身相托之意，特腼腆难言耳。

会朱泚乱起，刘震附逆，国家极荡，幸有李晟为一时疾风劲草，兴师勤王，德宗乃得复位，旋震以罪被诛，尔其爱女遂颠连困苦，没入宫禁，从此蛾眉深锁，系思王郎，天涯隔绝，难得一面矣。

既而唐宫尽驱红粉，执役陵园，可怜无双亦厕身其列；唯此时王仙客已官富平县尹兼理长乐驿丞，闻无双困阨情事，心中伤感，不可言喻，乃潜遣婢子采蘋前往代为探视一切，当于深夜啜泣声中，得晤无双，复携无双佳讯珍重还告仙客。

仙客获书，惊喜欲狂，但无计可脱无双于阨。即闻富平侠士古押衙急人危难，汤火不辞，遂易服而往，恳求设法。古慨然允诺，并以异人所授还魂药交采蘋，令即乔装中使，谓无双罪在不赦，宜饮药赐死。无双即死，即以重金赎尸，归还仙客，而古押衙恐因矫诏获罪，遂刎颈自尽矣。无双即苏，力劝仙客投笔从戎，为国家建功立业。仙客毅然入李晟幕中，运筹帷幄，论功偏多。迨朱泚乱平，仙客即与无双缔婚焉。

场　　目

第一回	避　乱	避烽火仙客依舅氏	叙骨肉无双怜表弟
第二回	议　防	审蜡丸庐杞贻祸	防叛乱李晟防边
第三回	训　弟	窃看西厢表姐训弟	弥留嘱姻舅氏允婚
第四回	整　军	硬栽脏蔼谦构谗	固边圉良将经武
第五回	赠　帕	游花园主仆遣愁闷	赠罗帕姐弟誓鸳盟
第六回	击　泚	挟众倡乱朱泚称尊	独伸义愤秀实击贼
第七回	勤　王	解重围小将复长安	追穷寇奸相施诡计
第八回	惩　逆	惩处叛逆刘震伏法	营救父罪无双入宫
第九回	路　遇	中解元仙客觅舅母	寻故主塞鸿遇少君

第十回	刺　绣	深宫刺绣泪丝暗穿	皇陵服役网开一面
第十一回	探　讯	探芳踪采蘋入驿馆	修情笺无双寄密语
第十二回	访　侠	求救策仙客访侠士	圆破镜古公逞奇谋
第十三回	拯　艳	扮中使陵园救无双	宣诏命罪女饮药丸
第十四回	从　军	入死出生骨肉欢聚	成仁取义侠士殒身
第十五回	平　乱	献奇谋元凶授首	平叛逆战将成功
第十六回	完　婚	生死姻缘姐弟了夙愿	忠义伴侣仆婢拜花毡

剧中人

刘无双	王仙客	段秀实	采　蘋	刘夫人	李　晟	古押衙	唐德宗
姚令言	李　愬	塞　鸿	王夫人	刘　震	朱　泚	丑宫女	老宫女
浑　瑊	庐　杞	陆　贽	董待名	史蔼谦	李日月	韩　旻	梁庭芬
王　權	高重捷	尚可孤	唐良臣	源　休	李忠臣		

唱词摘锦

《赠帕》

花　旦　昨日庆祝母寿诞，
与娘拜寿到庭前。
数年不曾见郎面，
乍见含羞无一言。
贴　旦　进园来你先看百花争艳，
花　旦　杨柳风拂人面洗去愁颜。
群芳竟艳并争妍，
黄莺儿飞舞如梭穿。
良辰美景真可玩，
切莫把艳阳天气等闲观。
日初长柳丝绽鹅黄模样，
随春风空中舞妩媚芬芳。
雨过后桃李花争先开放，
只觉得花气味扑面清香。
粉蝶儿舞翩翩花间游浪，
呢喃燕双双飞点缀春光。
阳春美景实好看，
不由无双喜心间。

红绿相映娇态艳，
沉醉春风默无言。
贴 旦 小姐不必弄花叶，
随我同扑粉蝴蝶。
花 旦 越扑越远越不见，
汗浸粉黛依树前。
小 旦 回头我把小姐唤，
采蘋言来听心间。
你我一同上台看，
站在台上四面观。
花 旦 风细细来雨溶溶，
叶底黄鹂两三声，哎两三声。
小 旦 锦绣丛里莺啼道，
心旷神怡乐何穷，哎乐何穷。

鸿 生 叫公子你不必愁眉紧锁，
随我来到花园去把武学。
王 生 我也知习武艺不可怠惰，
怎奈我心有事难操刀戈。
王 生 王仙客来泪滂沱，
怨声舅父失前约。
哭了声母亲等等我，
母子同见五阎罗。
花 旦 暗中用帕拭泪眼，
急忙换上喜容颜。
表弟话儿我听见，
佯装不知将弟难。
王 生 姐姐即问这场景，
听弟与你说分明。
自从护灵回襄邓，
庐墓守制把孝行。
皆因我娘有遗命，
服？长安将亲成。
舅见我破家荡产穷途落魄衣不整，
姻亲大事不依从。
听此言心中好悲痛，

塞鸿逼我花园中。
见姐姐真乃是万幸，
诉明冤弟情愿丧这残生。
花　旦　弟不必心怀疑请剪思虑，
赠香帕作表纪明我心机。
上绣着四个字姻缘生死，
谨收藏万不可将它失遗。
今别离勿想念珍重身体，
雄壮心苦励志万里鹏飞。
姐绝不失前约辜负知己，
静待弟赴琼林金榜名题。
王　生　从今后勤砥砺努力奋起，
弟愿展破浪志四海骋驰。
携香帕施一礼不忍走去，
望姐姐勿悲伤展放愁眉。

《击泚》

段秀实　恼恨叛贼将城陷，
国运多艰有谁怜。
怒冲冲急忙上金殿，
敌我结冤怎戴天。
众将士恨天子不曾丰赏，
因此上环甲操大乱朝纲。
要知晓犒赏事有司执掌，
圣天子在深宫怎知端详。
朱太尉怀忠义我朝人望，
喻将士以祸福勿使逞狂。
肃宫禁安良民速迎圣上，
将大功图凌烟万世流芳。
老　生　王封你太尉官皇恩浩荡，
你怎肯背当朝改号称王。
净　　群臣们拥护我暂把朝掌，
并非我谋不轨窃夺龙床。
老　生　说什么拥护你暂把朝掌，
分明是结狗党扰乱朝纲。
净　　圣天子出京师大约命丧，

让我将这江山坐坐何妨。

老 生　还望你改前非速转方向，
免得那勤王兵来把你伤。

净　段秀实讲的话太得鲁莽，
含元殿对群臣将我面伤。
今日里改国号大秦皇上，
大料耳也无有回天力量。

老 生　朱泚贼出此言良心尽丧，
众狗官一个个为虎作伥。
你只说图富贵久将荣享，
怎晓得春秋笔诛乱扶纲。
称皇帝改国号全不思想，
贼死后阴曹府怎见先王。

净　老儿言语太欺天，
今日不放你生还。
叫校尉将老贼兽衣宽，
不辱你不显我威严。

老 生　向北方哭一声德宗皇上，
臣的主，哎呀臣的主呀！
不觉得流下了血泪两行。
老臣我生无力保护圣上，
今死后为厉鬼要把贼伤。
为国家效忠心骂这奸党，
即就是尽节死也有荣光。

《惩逆》

青旦刘夫人　心怯怯胆兢兢逃命远遁，

鸿 生　虎口里往外闯受惊担心。
顾不得风尘苦急忙前奔，

青 旦　问青天你杀我是何原因。
（滚白）我叫叫一声天呀天呀，我的苍天爷呀！自从夫君从逆，圣上回得京来，查拿叛逆，可怜身受极刑以死，女儿被没宫掖，家财散尽，是我和采蘋、塞鸿从尾门逃命。出得城来双足疼痛，思想起来叫人好不伤心也。
（唱）出门来走的我遍体发困，
想前事不由人珠泪纷纷。
从前我食珍馐身衣文锦，

住阁楼甚玲珑并不染尘。
自夫君从叛逆家败命殒，
一家人遭大祸风吹残云。
我女儿没官禁身受寒窘，
仙客儿被乱后渺无信音。
虽然是我夫君做事不稳，
圣天子也该念往日微勋。
猛然间降下了霹雳一阵，
皇天爷太觉得寡情少恩。
到而今离死别骨肉分散无亲近，
苦苦飘零此一身。
前乐后苦真痛？，
好似浮萍无定根。

鸿　生　夫人不必把天恨，
我主仆生就苦命身。
神圣也有艰厄运，
如今要忍性且耐心。

贴　　　自古说人事有逆顺，
无有人平安度终身。
劝夫人暂时先耐忍，
再莫要悲伤泪沾襟。

青　旦　怀怨恨锁愁眉勉强前进，
我主仆在乡村暂且藏身。

《探讯》

花　旦　街鼓响起戎楼口，
依床不寐数更筹。
中庭月下时搔首，
一样清光两地愁。
临风自怜清影瘦，
淡淡秋月如银钩。
漏鼓声催三更后，
驿厅人静虫声悠。

贴　　　王郎分散三秋整，
萤窗雪案苦读经。
身中解元多侥幸，

贼平到京把愁生。
我家遭祸公子惊，
四处访问身不宁。
金吾将军力推重，
富平县尹兼驿丞。
夫人安然无苦痛，
小姐再莫生愁容。

花　旦　满腹愁容对谁诉，
越思越想越加愁。

贴　小姐不必过悲泣，
哭伤身于事并无益。
知心的话儿写几句，
王郎外边候消息。

花　旦　提起笔心意乱愁眉紧皱，
为解除郎忧闷忙把书修。
自那年京畿地遭了大故，
全家人逃性命四处漂流。
老爹爹年高迈典刑身受，
又不知我的娘何处奔投。
表弟弟年纪幼贼兵逼走，
刘无双居深宫如同楚囚。
把春风和秋雨光阴苦度，
却怎么这忧愁当展不收。
再不能同我弟书窗共读，
想前事一场梦中心悠悠。

（滚白）浮生半世梦一场，说道悽惶本悽惶，颤怯怯来心暗伤，杜鹃血泪洒衣裳，千言万语难写上，口口声声叫王郎，我叫叫一声王郎呀！我的亲爱的弟弟，你我姐弟夫妻今生今世想见一面恐怕也是万万的不能了。

（唱）有内监送宫人陵寝防守，
夜宿长乐驿馆楼。
见采蘋捧茶又执帚，
才晓得富平县尹长乐驿丞是良俦。
可怜两地相思苦，
却怎么咫尺不聚头。
闻人说富平古洪狭义又好友，
官居押衙解人忧。

望我弟恳求古公莫袖手，
救姐姐浪中这孤舟。
今世里若不能同偕白首，
姐情愿到来生比翼同游。

——幕落剧终——

（说明：以上内容录自刊物《陕西易俗社新戏特刊》《新剧生死姻缘特刊》，中华民国二十五年十一月二十一日出版，编剧冯杰三，发行者：真友广告社。）

投笔从戎

场　目

第一场	述志	第八场	援超
第二场	擒明	第九场	遭擒
第三场	投笔	第十场	成亲
第四场	寨遇	第十一场	救明
第五场	从戎	第十二场	杀使
第六场	欢送	第十三场	得胜
第七场	拒降	第十四场	庆贺

人物表

班昭	小旦	超妹
班超	小生	书吏
班母	老旦	超母
徐干	武士	志士
甘英	丑	军吏
刘明	须生	司马
刘清文	小旦	刘明女
大徐氏	青旦	刘明妻
傻娃	丑旦	丫头
贾忠	净	叛逆
贾丽娘	花旦	贾忠女
徐氏	青旦	丽娘婶
甲	丑	书吏
乙	丑	书吏
八农民	杂	
汉章帝	童生	皇帝
牟融	老生	太尉
第五伦	须生	司空
鲍昱	小生	司徒
李邑	丑	卫侯
单于	大净	匈奴王
左鹿蠡王	二净	
汪祥	丑	叛徒
鄯善王	净	番王
龟兹王	净	番王
疏勒王	净	番王
于阗王	净	番王
匈奴使	净	
马童	杂	
中军	杂	
校尉	杂	
番卒	杂	
卒	杂	
女兵	旦	
内侍	杂	
大内	杂	

第一场　述　志

［班超上。

班　超　（引）意图立功，
　　　　奇丈夫名标史乘。（坐）
　　　　（诗）平生志气贯斗牛，
　　　　笔砚困人几时休！
　　　　欲作千秋不朽事，
　　　　应驰万里觅封侯。

小生姓班名超，字仲升。扶风平凌人氏。父亲去世，老母在堂。长兄班固，现作校书郎。妹妹班昭博通经史。小生谙通文武，饱韫古今，久欲立功扬名，不甘与草木同朽。自从移居洛阳，日出为官作佣书，暮入慈闱供子职。且喜母亲康泰，一家和顺，虽然清贫，倒也觉得快乐。

［徐干上。

徐　干　（引）男儿壮志冲霄汉，
　　　　箭射百步柳叶穿。

小生徐干。特访仁兄，展足自进。（见）

班　超　贤弟。

徐　干　仁兄。

班　超
徐　干　哈、哈、哈！

班　超　请坐。

徐　干　有座。

班　超　徐贤弟，你何日到京？

徐　干　弟昨日到京。

班　超　自从你我弟兄家乡分袂，驹光如驶，忽忽年余，我弟敏而好学，孜孜不倦，想文章武艺进境嘛未可限量！

徐　干　仁兄过奖了。弟疏懒成性，兼之俗务冗杂，不弹此调久矣。

班　超　贤弟过谦。贤弟，我乡近来景况如何？请讲兄听。

徐　干　哎，仁兄请听！
　　　　（唱）连年本郡遭荒旱，
　　　　盗贼蜂起扰闾阎。
　　　　想结三秦众好汉，
　　　　捍卫桑梓维治安。
　　　　近日外族势凶悍，
　　　　边关以内起狼烟。

请缨杀贼弟情愿，
兄有何意快直言。

班　超　哎！
（唱）徐干弟真算是英雄好汉，
为国家练团勇维持治安。
除外患全国人均应参战，
这举动为兄我赞成极端。
兄不才也情愿为国纾难，
抗强敌收失地恢复主权。

徐　干　我兄乃文人学士，况且身入仕途，岂能舍此荣耀而挺身冒险乎？

班　超　贤弟你未免小量为兄了。若当国内安泰，边疆宁静之时，只好劳形案牍，博得微俸，顺志承欢，聊尽人子天职。今乃国家多事之秋，正是国人奋勇杀贼之时。兄虽不敏，爱国之心，怎肯后人！

徐　干　我兄同仇敌忾，激于义愤，若能为国效力，弟愿执鞭追随。

班　超　好说。但请贤弟回乡，转告友好，枕戈待机。

徐　干　为弟遵命。

班　超　不知贤弟何日起程？

徐　干　明日护送姑母、表妹同回故乡。曾记前在伯母面前，略提表妹婚事，未知得兄同意否？

班　超　那事现在还谈不到。

徐　干　弟亦不便勉强。就此告辞。
正是：同为国家把敌抗，班超叮咛事儿万勿忘。（同下）

第二场　擒　　明

［八番卒引单于上。

单　于　（引）练就雄兵百万，
一心要灭中原。（坐）
（诗）力大无穷气亦豪，
千斤宝刀若羽毛。
并吞西域难偿愿，
总想乘势居天朝。
孤家匈奴单于王。久谋侵略中原，发扬国威。因此练就雄兵百万，战将千员，现在兵精粮足，不久就要起兵。曾命降将汪祥，打探中原军事机密，怎么还不见到来？
［汪祥上。

汪　祥　（引）打探天朝事，报与狼主知。
　　　　　　狼主在上，汪祥参见。

单　于　站下。命你打探天朝事体如何？

汪　祥　狼主，这是伊吾守将贾忠书信，请狼主观看。

单　于　呈上，待孤一观可！（三笑）孤家心想夺取中原，偏有他国奸臣助我，真乃天灭中华。（三笑）小番，宣左鹿蠡王进帐。

卒　　　王爷进帐。

［左鹿蠡王上。

左鹿蠡王　（念）生就熊心豹胆，练成铁背铜肩。
　　　　　　每日走马射箭，欲谋大乱中原。

俺，左鹿蠡王。狼主召宣，进帐去参。狼主在上，末将拜参。

单　于　少礼，且坐一旁。

左鹿蠡王　谢座。宣末将进帐，哪路差遣？

单　于　我卿有所不知，今有伊吾守将贾忠，愿降我朝，命卿带领精兵十万，攻打伊吾，不得有误。

左鹿蠡王　臣下遵旨！
（唱）奉命校场把兵点，
　　　不灭中原誓不还。（下）

单　于　小番，这是书信一封，晓谕刘明老儿早早归降还则罢了；如其不然，怒恼孤家，发动倾国人马，杀进中原，鸡犬不留。
（唱）刘明忠勇久钦羡，
　　　劝他投诚勿迟延。
　　　已发精兵整十万，
　　　要夺玉门定中原。（同下）

［左鹿蠡王带四番卒上。

左鹿蠡王　（唱）今晚攻城要奋勇。
匈奴单于驾前左鹿蠡王。昨日汉将贾忠暗和我国密订条约，许下今晚献城，单于命某率领大军，依计行事。来，命我军人衔枚，马摘铃，随本王攻打伊吾一回了！
（唱）人衔枚马摘铃更深夜静，
　　　今夜晚定克复伊吾卢城。（同下）

［四卒引刘明上。

刘　明　（唱）恨匈奴恃强悍称兵犯境，
　　　　　　扰乱我边疆地不能安宁。
　　　　　　众百姓受蹂躏令人悲痛，
　　　　　　玉门外尽荆棘万里荒穹。

奉王命守伊吾忠心耿耿，
只恐怕误国家丧失名城。
今夜晚却怎么心神不定，
闷坐在二堂上候报军情。

军司马刘明。奉命镇守伊吾，近日匈奴自恃强勇，屡次挑衅，幸赖国家洪福，将士用命，尚未失利。只是贾司马贾忠，为人势利，行为卑鄙，久恐难与共事。闻听这贼暗与匈奴订立条约，有叛国投敌之说。是否属实，还须提防才是。

［报卒上。

报　卒　（引）贾忠贼叛敌，
忙报勿迟延。

禀将军，大事不好了！

刘　明　何事惊慌?

报　卒　哎呀将军，贾忠叛变，引敌入城，请将军速快御敌。

刘　明　哎，不好！

（唱）听得强寇入伊吾，
倒叫老夫吃一惊。
叫马童带马莫迟慢，
奋勇上马退敌兵。（同下）

［刘明同左鹿蠡王带卒对上。交战，左鹿蠡王败下，刘明追下。

［贾忠上。

贾　忠　刘明杀法骁勇，王爷不能取胜，我不免暗放一箭，协助王爷成功。（站椅上）

［左鹿蠡王上，刘明追上，同左鹿蠡王战，贾忠箭射刘明落马。

左鹿蠡王　绑了。（同下）

［贾丽娘男装带婶母四丫环上。

贾丽娘　裙钗贾丽娘。父亲贾忠，图谋不轨，丧尽天良，暗通匈奴，背叛祖国。是我借戎马仓皇之际，随同婶母带领心腹侍女，暗藏珠宝，黑夜逃走，心想乔装从军，为国收复失地，为祖宗争光荣。我可莫说爹爹呀，爹爹，你儿和你要作对了！（同下）

［左鹿蠡王带四卒上。

左鹿蠡王　（引）将在有谋不在勇，
小战竟然成大功。
来，将刘明绑上来！

［卒押刘明上。

刘　明　（唱）贾忠贼献伊吾不如禽兽，

叛祖国甘心愿贴耳事仇。
上前去拚一死骂不绝口，
落一个忠烈鬼万古名留。

左鹿蠡王　将军今既被擒，不如归顺我朝，当封白屋王，单于以女妻之，岂不荣耀万分！

刘　明　蛮奴胡道！你老爷今既被擒，唯有一死，哪个降你！

左鹿蠡王　将军还是降了好！

刘　明　蛮奴，无耻的番犬！你不过侥幸一时，夜郎自大，我本天朝大将，岂有降贼之理。哎，蛮奴！

（唱）骂一声蛮奴才夜郎自大，
行卑鄙如鬼蜮骄淫矜夸。
尔本是苗夷人尚未开化，
怎比我文明邦巍巍中华。
今被擒唯有死再无别话，
决不肯背朝廷侮辱国家。

左鹿蠡王　（唱）老匹夫不住地破口叫骂，
气的王一阵阵咬碎钢牙。

来，将这老匹夫推下砍了！

中　军　慢、慢、慢着！刘明忠勇，杀之可惜！

左鹿蠡王　依将军之见？

中　军　依末将看来，不若命贾忠、汪祥劝他归降，不知王爷以为何如？

左鹿蠡王　就依将军之言。来，将刘明押下去，听候发落！（卒押刘明下）这是中军，速命贾忠、汪祥劝他早日归顺于我。

中　军　遵命。（同下）

第三场　投　　笔

［大徐氏、刘清文上。

大徐氏　（唱）外族恃强为边患，
边疆处处起狼烟。

刘清文　（唱）我父为国平夷乱，
不知何日凯歌还？

大徐氏　老身刘明之妻徐氏。

刘清文　裙钗刘清文。

大徐氏　老爷奉命镇守伊吾，近日外传诸夷寇边，战事吃紧，老爷身居绝域，久无信息，好不烦闷人也。

刘清文　母亲，你儿幼受爹爹教诲，练就百般武艺，现在边患日急，自恨不能临阵杀贼，实觉抱愧。

大徐氏　我儿话讲哪里！临阵杀贼乃是男儿职分，儿乃深闺幼女，怎能出头露面！

刘清文　母亲，儿想国家兴亡，男女有责，女儿也是国家一分子，怎说无责？

大徐氏　女孩子知道什么，真乃少教！

刘清文　儿记下了。

大徐氏　儿呀，你看今晚月明星稀，速备香烛，随娘花亭祝告天地一回了！

（唱）深夜秋风动帘钩，

无限悲痛锁眉头。

但觉阶前花有露，

不知人静月当楼。

刘清文　禀母亲，来到花亭。

大徐氏　摆开香烛，你我母女向空一拜了！

（唱）手拈香哀哀三叩首，

祝告天地诸神灵。

保佑夫君早灭寇，

即日得胜回高刘。

刘清文　（唱）祝告毕仰面观星斗，

自觉愁上又加愁。

想爹爹绝域艰苦受，

闷依栏干望伊吾。

大徐氏　哎，儿呀！

（唱）我儿勿悲随娘走，

此处不可久逗留。

刘清文　罢了爹爹，哎，爹爹呀！（同下）

［甲、乙二吏上。

甲　（唱）做书记戴乌纱真个荣耀，

乙　（唱）六十岁交老运喜上眉梢。

甲　（唱）正讲话不觉得办公时到，

乙　（唱）班先生速快来勿发牢骚。

［班超上。

班　超　（唱）叹光阴荏苒急如箭，

大丈夫作书佣真觉汗颜。

终朝无聊伴笔砚，

生活困人实难堪。

甲　班先生，你看我们昨日奉发文件，尚未缮清，不如趁早工作，以免积压公事。

班　超　老先生言之有理。

乙　如此各办其事。

［分坐三桌，班超坐左，写字。

班　超　哎！

（唱）有班超坐公庭心中愁闷，
想起了国家事好不伤心。
恨西域众小国强暴不逊，
犯边境肆劫掠扰害黎民。
满朝中文武臣无人闻问，
难道说把国土断送于人。
倒不如投笔从戎雪国恨，
重整山河扫胡尘。

甲　（唱）写公文写的我头晕眼花，

乙　（唱）抄文件抄的我身困手麻。

甲　（唱）倒不如暂休息谈谈闲话，

乙　（唱）开开心也免得浑身疲乏。

班　超　哎，昨日徐干来京，言说外族猖獗，横暴无忌，侵占我土地，残杀我人民，外患紧急，国难日殷，锦绣河山，将要断送于人。我乃国家一分子，岂能坐视不理，怎能袖手旁观！

甲　你瞧班先生又在那里发牢骚呢。

乙　哎，你看混人这两碗饭，难也不难！

甲　班先生，你怎么又在那里发牢骚呢？

班　超　哪里是发什么牢骚！

乙　想必是公事太繁了。

班　超　非也。

甲　那么敢是俸给太少了？

班　超　亦非也。

乙　想我们的年纪比你老，职位比你小，俸给当然比你少，你还要发牢骚，倒叫我们该发什么？

班　超　我班超的志愿嘛，不在此。

甲　你想做什么？

班　超　倘能如我的志愿，做一桩惊人的事业，就是冻死饿死，倒也痛快。

乙　若不能如愿呢？

班　超　若不能如我的志愿，庸庸碌碌，随人俯仰，纵然衣食无忧，也委屈了我这昂藏七尺之躯！

甲　　饿死冻死倒不委屈？

乙　　你到底想做什么事，才觉不委屈？

班　超　二位哪知！当今国家多难，外夷侵凌，我朝文官无御敌之谋，武将少杀贼之勇，大好河山，岂可任人蹂躏！我想做的事嘛……

甲　　是什么？

班　超　就是怎样攘除外夷，保全国土，振奋民族精神，发扬国家威力，使外夷不敢蔑视我中国也！

（唱）恨西域胡儿常犯境，
残害同胞据边城。
武将怯敌不效命，
文官无人敢请缨。
我愿从军贾余勇，
要把强敌一扫平。

乙　　原来为的国家大事。

甲　　这事皇上和文武大臣都没办法，我们做书记的有什么办法！

乙　　我们做一个小小书记，每月拿公家几钱银子，只要不折不扣，不拖欠，就可以安心供职，哪里还敢谈这些事！

甲　　国家大事以不谈为妙。

班　超　我并不是空谈，是要切实干的。

乙　　倒看不出，你这文弱书生，会说这样的大话。哼，恐怕还是空谈罢了！

甲　　抗敌御侮，乃是武职官员的事，我们文人怎能做到？

班　超　岂不知：有文事者，必有武备。

乙　　怎么，文士的笔，能作武器？

班　超　哎，我说的是能文亦当能武。

乙　　这是个什么话？

甲　　文就文，武就武，怎么文能当武？

班　超　二位你听明白，就是上马杀强敌，下马草露布。

甲　　你越说我越胡涂。

乙　　草怎么还能弄布？

班　超　哎，连这话也不懂！（写）

甲　　（看）哎呀，我在圣经贤传上就没见过这两句话。

乙　　我还是个不懂。

班　超　哎，竟糟到这样地步！（侧立）

甲　　哎，总而言之，我们文人有甚能力去冒那些险，何必多此一举！

乙　　你不想想，我朝重文轻武，文人走在人前，人都恭而敬之，赳赳武夫人都鄙弃，有什么好处，你总要做那没味的事！

甲　　班先生，还是莫管那些事，一月混着拿几钱银子，把生活问题解决了，就算对咧，国家大事与我们无关！

班　超　哎，二位老先生，你要知人生在世，既不能立德、立言，也应该为国立功，做一番轰轰烈烈的事业，立一番惊天动地的功劳，方不愧天赋此躯。现在强敌压境，国难临头，怎能说国家大事与你我毫不相干？若果我国四万万同胞，都照你这样袖手旁观，国家还能存在，民族焉得不亡也？

（唱）二位讲话理不通，
国难临头不知情。
班超爱国思想重，

甲　　怎么张起来了！

班　超　（唱）怎能与你一样同。

乙　　哎，发的那些闷牢骚，能准一嘛能准二呢？

班　超　（唱）我愿效傅介子开辟边境。

甲　　把那无聊的话说什么呢！

班　超　（唱）我愿学博望侯为国立功。

乙　　闲咧在那里养养神去。

班　超　（唱）忙回家把此意向娘细禀。

甲　　将你的笔砚看好。

班　超　（执笔砚掷地）
（唱）投笔砚要从军为国争荣。（下）

［役上。

役　　诸位先生不要打架。

甲　　哎，真可笑也！
（唱）年轻人火气大逞强好勇，
论热心也不过五六分钟。

乙　　（唱）文人家体质弱难言武勇，
难道说凭笔砚去退敌兵。

役　　请先生用饭。

甲　　（唱）早饭到公役们来将咱请，

乙　　（唱）用饭后睡一时再来办公。

役　　哎，可惜，可惜！昨天才发下一支新笔，今天就弃在地上。

甲　　他说他从军去。

乙　　哎，明天还不是要来这里坐冷板凳呢！

役　　他自己把笔丢掉。明天再来没有笔给他，看他拿什么写字！

甲　　不管他的事，我们还是先吃饭。

乙　　请。

甲　请。

甲、乙　哈、哈、哈、哈！（同下）

［刘清文素装箭衣挂剑上。

刘清文　刘清文。昨据探报，司马贾忠献城，父亲被擒，我娘闻耗一恸身亡。是我念父心切，只得单人独骑，前往边塞，打探父亲一回了！

（唱）往伊吾探爹爹心急如箭，
恨不得插双翅飞到边关。（下）

［班昭上。

班　昭　（唱）自幼儿随兄长同把书念，
读经史阅书传志气不凡。
只可叹我国家连年多难，
失边城损国威祸起疆边。
二兄长他生来英明精干，
既能文又能武智勇双全。
为官家暂佣书本非志愿，
消磨了英雄志实在可怜。
倒不如规劝兄抛弃笔砚，
为国家平外患从戎边关。

班昭。大兄长有书到来，言说强寇日迫，边关告急，国难严重，举国震动，他已与窦校尉洽商，命我二哥侧身军籍，为国纾难。我想此事非常严重，还是藏书不现，等他到来，看他的举动如何，再作道理。

［班超上。

班　超　哎！

（唱）与两个老顽固公庭争吵，
燕雀辈焉知我鸿鹄志高。
从军事必须要与娘报告，
先和我贤妹妹计较一遭。

班　昭　哥哥回来了？

班　超　回来了。

班　昭　请坐。

班　超　有座。

班　昭　哥哥今日回得家来面带烦恼，所为何事？

班　超　妹妹哪知，连日胡马迫近玉门，形势紧张，圣上屡颁明诏，延揽英才，为兄睹此形状，愤慨交怀，心想投笔从军，效命疆场。正在考虑之际，两个不识时务之辈，和我争长论短，说我文弱书生，只会说大话，又说我无聊，自寻烦恼。这样欺人，怎得叫人不恼！

班　昭　哥哥豁达大度，岂可和那昏聩小人一般见识。要知他们头脑陈腐，思想悖谬，只求苟安，哪管国事。还是各行其志，何必烦恼！

班　超　咦，哈、哈、哈！妹妹言之有理。哪个与他计较！

班　昭　哥哥，外夷恃强，凶恶异常，妹自愧懦弱无能！

班　超　妹妹你看兄如何？

班　昭　我兄不过文弱书生，怎能谈到抗敌？

班　超　妹妹休要小视为兄，兄素怀壮志，久有杀敌决心！

班　昭　我兄若能从军抗敌，方不负父母教诲一场。

班　超　哎，只是老母年迈，怎忍背亲远征！

班　昭　那么，还是仍做你的书记吧！

班　超　哎呀妹妹！大丈夫无他志略，理当效法先贤，立功异地，发扬国威，安能久事笔砚间乎？

班　昭　（暗点头）哥哥效法哪个？可该与妹妹讲个明白，妹妹我还要领教。

班　超　哎，我的妹妹呀！

（唱）妹妹既问请坐下，

哎！

听为兄把话说根芽。
武帝爷爱慕是名马，
想通西域臣中华。
张骞勇敢是豪侠，
冒死犯难为国家。
开辟疆土称雄霸，
蛮夷畏服把贡纳。
丰功奇迹真伟大，
挂印封侯谁不夸！

妹妹你看这个英雄怎样？

班　昭　这个英雄嘛……

班　超　怎样？

班　昭　哼，不足为法。

班　超　何以不足为法？

班　昭　想当日大兄长赞汉使臣，则以张骞、苏武并称，妹妹以为悖谬极了！

班　超　悖谬处在哪里？

班　昭　要知张骞用计，只知逢君之欲，内则疲敝国家，外则骚扰诸夷，此乃穷兵黩武之罪魁，焉得与苏武相提并论！

（唱）博望侯行为真卑鄙，
巧言令色将君欺。

他言说西域各地金玉名马物产美，
版图广袤重九泽。
武帝穷奢又极欲，
一再怂恿动兵机。
横征暴敛民受迫，
致使盗贼满邦畿。
这大祸皆由张骞起，
哪个拿他作法则？

班　超　这个不足为法？

班　昭　是的。

班　超　不足为法，请再听呀！
（唱）傅介子英武有胆识，
出使楼兰人称奇。
暗中秘密定巧计，
先拿金帛惑翻译。
兰王贪财最好利，
入他牢笼身受诛。
宣扬汉德并权势，
诸夷宾服献珠玉。
这样大功真罕稀，
封侯义阳垂简册。

班　昭　哼，这个更不足为训！

班　超　怎么，这样英雄还不足为训？你未免眼光太大了！

班　昭　哥哥，妹妹想王者驭夷，叛则讨之，服则抚之，楼兰王既服，乃又诱而杀之，失信诸夷，不顾国威，以盗贼手段施之蛮夷，岂不可羞可耻也！
（唱）傅介子身为汉使臣，
奉诏问罪楼兰君。
霍光暗中授利刃，
刺杀兰王命归阴。
盗贼行为不足训，
实行暗算失身分。
不仁不义又不信，
我兄崇拜果何因？

班　超　哎，好我的妹妹呢，话不是那样的讲法。要知一个人无有绝对的善，亦无有绝对的恶，赞成的只看到好处，未看到坏处；反对的是看到坏处，未看到好处。所以古人说：爱而知其恶，恶而知其美者，天下鲜矣。我想张骞、傅介子，虽然文法不足，而武功也算绝伦，若照妹妹那样讲来，岂不寒了壮士之心也！

（唱）他二人无文法武功可敬，
为国家通西域入死出生。
辟新陆扬国威边患平靖，
能冒险也算个民族英雄。

班　昭　妹妹明白了。古人说：取人之道，理无十全，择其所长，弃其所短，绝无求全责备之理。今听哥哥这番议论，顿启茅塞，实在佩服！

班　超　未免过谦了。妹妹，此事我已函商兄长，请示办法，却怎么无有回音，不知是何原故？

班　昭　哥哥，大兄长书信早已送来。

班　超　怎么不使兄知晓，藏书不现，这是什么道理？

班　昭　哥哥，妹想慷慨从军，奋勇抗敌，这非常人所能作到。妹恐兄长意志薄弱，反遗笑柄，所以絮絮叨叨，将兄试探试探，看你的意志坚决不坚决。

班　超　哎，你真淘气。

班　昭　实在对不起！

班　超　拿信来，我看。（看）

班　昭　哥哥，妹想为将不外智勇，智多勇少，实为难言，勇多智少，大事难成。我兄一人，恐难成事，总得有六、七个英达谋略之士，方能成功。

班　超　妹妹不知，兄已联络勇敢之士三十六人，追随窦固，即日西行，此去扫灭群丑，必操胜卷。请妹妹勿虑。

班　昭　那便好了。

班　超　妹妹随兄一同见娘，禀明此事，明日出征便了！
（唱）勇敢倡先纾国难，

班　昭　（唱）莫叫胡马犯边关。（同下）

第四场　寨　遇

［刘清文上。

刘清文　（唱）可怜母亲把命丧，
毁家纾难救危亡。
表兄英勇有胆量，
定能请缨灭戎羌。
马上加鞭向前闯，

［傻娃带卒上。

傻　娃　（唱）问女郎单身向何方？

这一女郎，你往何处去？

刘清文　我往去处去，你问我是怎的？

傻　娃　哎，我看你生得怪窈窕，心想将你与我家新寨主做个压寨夫人，享不尽的荣华，受不尽的富贵，你看如何？

刘清文　丑贼胡道！好好放你家姑娘过山还则罢了，如其不然，定要尔的狗命！

傻　娃　你乃入笼之鸟，还想飞出！

刘清文　休得多言，放马过来。（打。傻娃败，刘清文追下）

［贾丽娘男装花冠同徐氏上。

徐　氏　（引）兄长叛国降匈奴，
　　　　伏此山寨时担忧。

贾丽娘　（引）誓雪国耻收失地，
　　　　不灭强寇不罢休。（同坐）

徐　氏　女儿。

贾丽娘　婶娘，你以后再不要把儿叫女儿了！

徐　氏　你看这个傻孩子，娘把你不叫女儿，难道还把你叫男儿不成！

贾丽娘　你儿既被众贼拥护称王，索性将计就计，你若女儿长女儿短，被他们看出破绽，岂不又要丢丑。

徐　氏　既怕出丑，为娘该把你叫什么？

贾丽娘　何不叫徐干。

徐　氏　那如何通得？

贾丽娘　通得、通得！

徐　氏　哎，就依你个通得。

贾丽娘　旁人若问，你就说儿是你的义子，千万不可吐露真情。

徐　氏　为娘照办就是。待为娘先试叫一声，徐干儿。

贾丽娘　老娘亲。

徐　氏　哎！

（唱）母女二人把计想，

贾丽娘　（唱）妙龄女儿扮男装。

徐　氏　（唱）何日边患才扫荡，

贾丽娘　（唱）儿愿为国赴战场。

［卒上。

卒　　　禀大王。

贾丽娘　何事？

卒　　　山下来了一个蛮女，凶猛异常，眼看就要杀上山来了！

贾丽娘　哪里狂徒，胆敢犯山，待我应敌。（下）

徐　氏　不知何人来犯山寨，待我下山一观。（下，刘清文追傻娃上打，贾丽娘上接战，傻娃下，徐氏上看）不要动！那是清文侄女。

刘清文　那是姨母！

贾丽娘　哎，原是表妹，为兄得罪了！

刘清文　好说。姨母怎能得到这里？

徐　氏　我儿不必细问，随我一同上山再讲。（绕场，坐，头目接马下）

刘清文　姨母万福。

徐　氏　侄女少礼，坐了。儿呀，你看此处戎马倥偬，干戈扰攘，况且咱处离此山迢路远，你一人怎能到此，快与姨娘讲来。

刘清文　我的姨母呀！

（唱）姨母既问听儿讲，
负屈含泪诉恓惶。
儿的父为国把兵掌，
率领雄兵镇边疆。
贾忠贼献城贪赣赏，

徐　氏　这件事全坏到他一人身上了。

刘清文　（唱）卖国求荣臣外邦。

贾丽娘　真惭愧！

刘清文　（唱）我父被擒受缚绑，
噩耗蓦地到家乡。

徐　氏　不知你母亲如何伤情？

刘清文　（唱）我的娘一恸竟弃养，

徐　氏　哎，姐姐呀！

刘清文　（唱）儿哀哀悲痛哭断肠。

徐　氏　你母去世，家中何人照管？

刘清文　（唱）毁尽家资作军饷，
要为国家争荣光。

徐　氏　我儿毁家纾难，可算得个爱国女子，你怎能得到这里？

刘清义　哎，姨母！

（唱）一心塞外将父访，
幸遇姨母在山岗。

徐　氏　我儿遭此境遇，可伤可伤！

刘清文　姨母，听得你随贾司马任所容身，贾贼归降匈奴，你怎么不随他同去？因何伏身绿林？可该与儿讲个明白。

徐　氏　我儿既问，听姨母与你道来！

（唱）未开言不由人泪流两行，
清文儿听姨娘细表衷肠。

夫去世儿夭殇大失所望，
依兄长到任所苦度时光。
谁料想平地里起了风浪？
兄作奸失节义背叛祖邦。

刘清文 你怎么不和他同去呢？

徐 氏 （唱）我虽然是女流品性高尚，
决不肯昧天良受辱归降。

刘清文 我父的下落你可知否？

徐 氏 （唱）可怜把你的父身被贼绑，
到后来又不知生死存亡。

刘清文 你是怎样的逃走了呢？

徐 氏 （唱）与侄女筹良方暗把计想，
背兄长逃性命高飞远扬。

刘清文 你侄女现在何处？

［贾丽娘暗摇手。

徐 氏 哎！
（唱）我侄女她不知何处逃往？
到山岗收义子暂将身藏。

贾丽娘 母亲你真糊涂。我妹妹是上了路的人，你也不知给她预备酒浆，收拾地方，叫我妹妹早些休息，在这里话总说不清。

徐 氏 我儿言之有理。你陪你妹妹，待娘后边预备。

贾丽娘 你去。

刘清文 有劳姨母。

徐 氏 好说，你们坐了。（下）

贾丽娘 我娘走去，待我和她先开个玩笑。妹妹的武艺高超，愚兄甘拜下风，以后还要请教。

刘清文 过奖。

贾丽娘 适才妹妹所述身世遭遇，其道可伤。（清文哭）妹妹，你我同是孤身飘泊，行踪无定，真是天下一对。

刘清文 一对什么？

贾丽娘 一对可怜人。

刘清文 我可怜不可怜，与你有什么相干？

贾丽娘 妹妹你可怜，就是我可怜，你我同病怎能不相怜？

刘清文 谁要你怜。

贾丽娘 妹妹勿恼。你看为兄亦是官家子弟，因遭不幸，栖身此山。招集人马，待时起义，非欲久居绿林，望妹妹勿以强盗视兄，兄年十七尚未授室。

刘清文　谁问你那些话！

贾丽娘　妹妹虽然不问，为兄不能不说。哎，妹妹，你若能允兄一事，兄愿将这山寨头领位置让与妹妹。

刘清文　什么事？

贾丽娘　哎，你莫忙。

刘清文　这才奇了！

贾丽娘　（唱）妹妹的艳名久慕仰，

哎，我的妹妹！

果然绝代世无双。

趁机会上前细观望，

妩媚娇好赛王嫱。

色为天下艳，才是女中郎。

倘若不嫌兄鲁莽，

愿和妹妹配鸳鸯。

刘清文　（唱）无聊的话儿休乱讲，

再讲与你个脸无光。

贾丽娘　（唱）霎时间兴高采烈意狂荡，

携妹妹镜台理晚妆。

刘清文　哎，奴才大胆！

（唱）轻薄儿作出丑态样，

你真是人面兽心肠！

贾丽娘　（唱）妹年标梅待才郎，

兄愿作个楚襄王。

刘清文　（唱）骂声奴才太鲁莽，

敢在我面前撒刁狂。

贾丽娘　妹妹休怒！

刘清文　（唱）气恨恨抽宝剑将尔命丧，

贾丽娘　（唱）从不从勿上气再作商量。（清文打丽娘下）

［徐氏上。

徐　氏　（唱）耳听前边乱嚷嚷，

急忙上前看端祥。

［清文追丽娘上，打，追下又追上。

贾丽娘　母亲快将我妹妹拉住，她杀人呢！（同下。又上，徐氏拉清文手）

徐　氏　哎！

（唱）清文儿莫上气快将剑放，

她本是你表姐乔扮男装。

刘清文　我全然不信。

徐　氏　女儿，快将实情与你妹妹讲来。

贾丽娘　哎，我的妹妹呀！

（唱）自顾自怜心惆怅，
　　妹生不辰多灾殃。
　　我父叛国良心丧，
　　和婶母逃难到此方。
　　萑符草寇将马挡，
　　奋勇杀贼身受伤。
　　贼首甘心把位让，
　　拥护姐姐作大王。

刘清文　何不早对我说个明白，你奚落我者是怎的！

贾丽娘　哎，我的妹妹呀！

（唱）假意和妹妹相偎傍，
　　谁料妹要将姐伤。

刘清文　哎，你真荒唐！

（唱）姐姐乖谬太荒唐，
　　女儿家心想作新郎。
　　若不是姨母来拦挡，
　　怎能知你是贾丽娘！

贾丽娘　妹妹不辟艰险，万里寻父，叫人可钦可敬。哎，姐姐不能感化父亲，实觉惭愧。

徐　氏　女儿不必啼哭。

刘清文　姐姐勿伤。你若悲伤，妹妹的心更觉酸痛。

徐　氏　清文，你一人飘流异乡，多不方便，不如暂居此山，慢慢打探你父亲的下落。不知你意下如何？

刘清文　儿遵姨命。

徐　氏　如此同奔后帐了。

贾丽娘　（念）满怀愁恨对谁语，

刘清文　（念）劝姐勿悲勉支持。

徐　氏　（念）母女同到后帐里，

贾丽娘　（念）今晚姐妹道相思。（同下）

第五场　从　戎

［班母、班昭上。

班　母　（唱）我儿从军赴远征，
　　　　重振国威争光荣。

班　昭　（唱）但愿马到敌平靖，
　　　　万勿残杀众生灵。

班　母　儿呀，你看外族猖獗，边防吃紧，你兄愤激思奋。不愧名门后裔。但是母子即刻就要分离，怎不惨痛于心！

班　昭　母亲，我兄愤慨边戎，奋起从军，征夷平寇，宣布圣德，这样不但是国家之光荣，人民之幸福，亦是我班门之荣耀也！
（唱）劝娘不必过悲恸，
　　　　娘哭儿怎不伤情？
　　　　我哥哥为国去效命，
　　　　收复失地建奇功。
　　　　这本是利国福民英雄事业人钦敬，
　　　　望母亲勿伤心展放愁容。

［班超上。

班　超　哎！
（唱）正好娱亲供晚景，
　　　　外族侵略占边城。
　　　　捐躯抗敌奋余勇。
　　　　拜别萱堂要起程。
母亲在上，不孝儿班超与娘叩头。儿今远离膝下，不能晨昏定省，望娘珍重玉体，孩儿才能放心！

班　母　我儿站起来，听娘教训：
（唱）未曾开言泪潸潸，
　　　　再叫我儿听娘言。
　　　　儿奋勇从军赴国难，
　　　　军中纪律总要严。
　　　　沿途秋毫勿轻犯，
　　　　甘苦与共最当先。
　　　　若到蛮邦少杀斩，
　　　　多怀恻隐仁德宣。
　　　　行动处处勤检点，
　　　　免得为娘把心担。

班　超　儿遵慈命。

班　昭　哎，哥哥！
（唱）忍啼太息心惆怅，

唯恐老娘痛悲伤。
开言叫声二兄长，
妹有言语记心上：
夷人野性太鲁莽，
只可智取勿逞强。
德威并用才妥当，
使他永久服我邦。

班 超 哎，妹妹呀！
（唱）妹妹好言来劝勉，
为兄拳拳记心间。
母亲年迈体不健，
饮食起居多困难。
兄今出征万里远，
不能侍奉在堂前。
贤妹聪明又灵便，
替兄慈闱多承欢。
他日功成回家转，
把你的孝名天下传。

班 昭 哥哥，国事多艰，望兄努力抗敌，勿以母、妹为念。
［马童上。

马 童 （引）鞍马在门迎，
急请离京城。
禀爷，人马齐备，请速起程。

班 超 外边伺候。禀母亲，外边鞍马齐备，催儿急离京城。

班 母 既然催儿起行，为娘怎能留恋！女儿随娘将你哥哥远送一程。（绕场）

马 童 请爷上马。

班 超 母亲，外边寒冷，妹妹扶娘回家休息了！
（唱）匆匆拜别把马上，

班 母 （唱）母子骨肉各一方。
儿呀！
敌平回家将娘望，
万勿留恋在异乡。

班 昭 （唱）望兄奋勇把敌抗，
慈闱行孝妹承当。

班 超 娘呀，娘呀！
（唱）人生虽说离别难，

须知忠孝难两全。
但愿老娘多康健，
免儿异地常挂牵。

马　童　号炮已响，请爷速快上马！

班　超　（唱）放狠心辞娘把马上，
要学个霍骠姚立功边疆。

班　母　班超。

班　超　老娘。

班　母　班超儿。

班　超　老娘亲。

班　母　哎，儿呀！

班　超　哎，娘呀！（下）

班　母　哎呀，娘的儿呀！
（唱）一家分离情凄怆，
娘的儿呀！

班　昭　（唱）未知兄何日得回乡？

班　母　儿呀！

班　昭　母亲呀，你老人家怎么又糊涂了？我兄激于义愤，赴边抗敌，这是极光荣的事，应该欢喜，你哭是怎的？

班　母　儿呀，为娘虽系女流，岂是不识大体之人！只是爱子心切，远别生离，怎能不动于心！

班　昭　话虽如此，也该忍耐，哭伤身体，如何是好？

班　母　我儿言之有理。随娘后堂休息。
正是：儿赴边关母担忧，

班　昭　立功报国复何愁？

班　母　但愿此去平胡虏，

班　昭　母亲！
兄长定能觅封侯。

班　母　哎呀好，好一个定能觅封侯！随着娘来。（同下）

第六场　欢　　送

［老翁、老妪、八农人上。

老　翁　（引）国人齐奋勇，

老　妪　（引）团结要精诚。

老　翁　你二婶。

老　妪　你大伯。

老　翁　你看外寇真可恶，真野蛮。他们无故侵略我国许多土地，强占我国数百名城。他们还贪得无厌，得寸进尺，近又迫入关内。我们如果再不努力抵抗，不特国家要亡，民族要灭，我们祖宗的坟墓恐怕都要被这蛮奴挖掘了呢！哎，幸喜西京的班先生，爱国心切，愿率义勇出征强敌。大家要知道这次的战争，是我民族为求生存而战争，非国内私斗可比。现在就是我中华民族兴衰存亡的关头，我们应当万众一心，尽其所有，贡献于出征将士。我们更应当至诚而热烈地来欢送出征将士。你们赞成不赞成？

众　　　赞成！

老　翁　赞成了随我前往欢送他们一回了！

（唱）蛮奴侵略起边患，
亡国灭种在眼前。
望我同胞齐奋勉，
杀尽仇敌才安然。（同下）

［班超带八卒、二将上。

班　超　（唱）艰苦奋斗要到底，
精诚团结抗强敌。
用热血洗刷这奇耻，
哪管前途险与夷！

［老翁率众上。

老　翁　（唱）欢送出征诸将士，
为国争先荡敌迹。

班　超　众位父老兄弟，这样热烈欢送，又赠许多物品，我们实在感激！

老　翁　好说。诸位为国抗敌，我们应当欢送，表示敬意。

班　超　众位。我们与蛮奴，其仇不共戴天，其势决难两立。我们要抱着有我无敌，有敌无我的决心。更要全国上下，精诚团结，一心一德。壮丁应当不畏难，不怕死，参加作战，效命疆场。富家应效卜式毁家纾难，踊跃输将，使战争需要，源源接济，始终不懈，才能达到我中华民族复兴之目的。望我国人誓死遵守、黾勉以赴可也！

（唱）蒙欢送实感激诸位父老，
烦劳你受辛苦祖饯近郊。
不畏难率义师去把敌讨，
愿大家各安业勿将心操。

老　翁　哎，我的诸将士呀！

（唱）众将士不屈亦不挠，
中华豪杰志气高。

我们还要呼口号，
望诸位努力杀贼曹！
我们大家同呼口号。欢送出征将士！

众　欢送出征将士！

老翁　出征将士胜利归来！

众　出征将士胜利归来！

老翁　欢送为国家民族出征的将士！

众　欢送为国家民族出征的将士！

老翁　巩固后方是我们的任务！

众　巩固后方是我们的任务！

班超　众位父老，勿劳远送，就此告别了！
（唱）辞别父老忙就道，
栉风沐雨不惮劳。
请了，请了！

众　欢送，欢送！（班超率卒下）哎！
（唱）三秦健儿如虎豹，
此去定能捣贼巢。
我们静候传捷报，
扫荡外寇立功劳。（下）

第七场　拒　降

［甲、乙二番卒上。

甲　（唱）穷苦人逢穷苦事，
命逢多乖运不齐。
伙，你看人家都到中国发财去了，偏偏与咱二人派下这个差事，既苦又穷。这个刘蛮子，还不识时务，至死不降，我们又不敢将他怎样，这真把人能累死！

乙　哎，着急有啥办法。这般时候，他还没起来，不免将他唤出来。刘将军向外走！

［刘明上。

刘明　（唱）实可叹我中华屡遭外患，
恨蛮夷恃强暴占据边关。
奉王命守伊吾连年鏖战，
直杀的血成河尸骨堆山。
贾忠贼作叛逆暗将城献，

可怜我身被擒困囚此间。
清文女和夫人无人照管，
思想起真叫人坐卧不安。
望祖国发大兵心急如箭，
恨不能插双翅去将兵搬。
匈奴王他屡次将我相劝，
怎知我怀忠义志向贞坚。
不屈节不辱命不背大汉，
要学个苏子卿饮雪吞毡。

大汉军司马刘明。自从伊吾失守，身被拘留，匈奴王劝我归顺他邦，愿妻以女。我想为人在世，生死事小，名节事大，所以，抱定决心，死不辱国。只是我女儿年已及笄，尚未受聘，这是我一件最伤心的事。即就为国殉难，也是死不瞑目呀！

［贾忠、汪祥带二卒上。

贾　忠　（唱）刘仁兄性太硬规劝不醒，

汪　祥　（唱）他全然把富贵不在眼中。

贾　忠　（唱）看起来还是他无这福命，

汪　祥　（唱）甘心愿受冻馁不顾死生。

贾　忠　贾忠。

汪　祥　汪祥。仁兄，你看我们自从归顺匈奴，受封白屋王，其富贵荣耀，真是如同天堂一样。哈、哈、哈哈！

贾　忠　只是单于最喜刘明忠勇，屡赐重赏，命我二人劝他归降，但是刘明执意不肯，叫我们无法交令！

汪　祥　今日前去相机行事，若能达到目的，又是咱们发财的时候了。仁兄在哪里？仁兄在……

贾　忠　仁兄近日可安？

汪　祥　仁兄，我二人因感仁兄遭遇之不幸，今日余暇，特来和仁兄畅谈心思，以慰我兄客乡苦况。

刘　明　二位费心。

汪　祥　仁兄身被监禁，我们焉有不关心之理？

刘　明　二位友谊情深，使人感激不尽。
（唱）同在异乡为异客，

汪　祥　（唱）客乡苦况真惨凄。

贾　忠　（唱）仁兄耿介有义气，

刘　明　（唱）各人心思只自知。

汪　祥　（唱）人生百年谁无死？

贾　忠　（唱）自苦其身义谁知？

刘　明　（唱）甘心尽节无二意，

汪　祥　（唱）劝兄应当退步思。

贾　忠　（唱）明哲保身贵知止，

刘　明　（唱）为国牺牲得其时。

汪　祥　仁兄，哈、哈、哈！你看现今单于仁明，敬老慈幼，尊贤下士，以此四方豪杰，多往归之。现在兵精粮足，大有并吞中华之势。

刘　明　哼，你倒说的不错！

贾　忠　仁兄，弟闻我兄府上，自兄被擒，财产充公，夫人自缢，女公子存亡不知。仁兄，人生如朝露，何必自苦如此？况且陛下年幼，宠任外戚，人臣无罪，夷灭者数十家，安危不保，兄复谁为？依弟愚见，我兄不如避危就安，归顺单于，不失封侯。

刘　明　岂有此理！

汪　祥　仁兄，弟前负汉归降匈奴，幸蒙大恩赐号称王，富贵荣耀已至极矣！仁兄，哈、哈、哈、哈！你若肯归降，恩宠更胜为弟。

刘　明　二位，想我本大汉臣子，受国大恩，常愿肝脑涂地，为国争荣。今得杀身，死无所恨，勿再多言。

贾　忠　仁兄今若不听我二人之言，大祸临头，后悔迟矣！

刘　明　试问，你二人是哪一国人？

汪　祥　我们是中国人。

刘　明　既是中国人，就应该为中国效忠，以尽国人之责，为何要背叛祖国，甘心事仇？你与我说！

贾　忠　仁兄，岂不知识时务者，在乎俊杰。我兄老谋深算，怎能效迂儒俗士，不通世情之人吗？

汪　祥　咦，哈、哈、哈！想我国衰弱，亡国就在目前，何必如此执拗？

刘　明　二位，语云：“仁人不以盛衰改节，义士不以存亡易心”。国家兴盛，尚欲保终；国家衰弱便思背弃，这样行为与禽兽何异？我刘明宁死，决不作此大逆不道之事！

贾　忠　仁兄，降了好！

汪　祥　今日不降，明日想见我二人，恐怕难了！

贾　忠　你真不近人情！

刘　明　贾忠、汪祥！我把你两个国贼！

贾　忠　怎么骂起来了？！

刘　明　你二人均为中国大将，不知竭力抗敌，保全国土，谁知你奴才怯敌怕战，卖国求荣，内忘其亲，上背其君，尔等真乃狗彘不如也！

（唱）内忘亲上背君丧失节义，

论国法该将贼万剐凌迟。
我本是奇男子惊天立地，
决不肯背国家归顺蛮夷。

贾　忠　（唱）念同僚劝你是好意，

汪　祥　（唱）口出恶言将人欺。

刘　明　（唱）奸贼卖国行卑鄙，
谄媚外族作叛逆。

贾　忠　（唱）常言达人明事理，

汪　祥　（唱）作事全在会投机。

刘　明　（唱）叛国事仇不知耻！
洋洋得意反称奇。

贾　忠　（唱）今日依了我的意，

汪　祥　（唱）趁早归顺大单于。

刘　明　（唱）某愿报国拚一死，
怎能屈膝降单于。

贾　忠　（唱）不降岂能全由你，

汪　祥　（唱）霎时和你见高低。

刘　明　（唱）一阵恶火从心起，
恨不得将贼活剥皮！

贾　忠　（唱）难道匹夫不畏死？

刘　明　（唱）刀锯鼎镬甘为饴。

汪　祥　（唱）老儿未免太造次，

刘　明　（唱）怪你奴才人格卑！

贾　忠　（唱）叫番儿脱去匹夫衣，

刘　明　（唱）哪一个敢来将我欺。
贾忠，汪祥，我把你两个不羞不耻的国贼！老爷既被尔等陷害，头颅可断，志节难屈。要杀你老爷，你就与我，杀、杀、杀！（贾忠举剑）

汪　祥　仁兄莫可。匹夫已经成了笼中之鸟，料他飞走不脱，不如将他押往荒漠，每日担水灌田，叫他自折自磨一死去吧！

贾　忠　来。将这老儿拘在荒漠，命他担水灌田，稍有懈怠，以你二人是问。押下去！

［二番卒押刘明。

刘　明　哎呔！
（念）为国争荣不畏死，
忠心耿耿唯天知！（卒押下）

贾　忠　哎，今天此事，倒作了个无趣！

汪　祥　将他折磨两天，再好慢慢规劝，不信他不降！

贾　忠　仁兄高见。

汪　祥　好说。如今单于上边回命。请。

贾　忠　请。（同下）

第八场　援　　超

［牟融、第五伦、鲍昱、李邑上。

牟　融　太尉牟融。

第五伦　司空第五伦。

鲍　昱　司徒鲍昱。

李　邑　卫侯李邑。

牟　融　这是诸位大人，新主早朝，我们两厢伺候。

众　　　请。（分坐）

［四内侍、大内侍引汉章帝上。

汉章帝　（引）外族犯境，
　　　　恃强暴占据边城。（坐）
　　　　（诗）边疆有事九重忧，
　　　　登庸俊彦须旁求。
　　　　朝廷励贤名与器，
　　　　忠荩自能觅封侯。

寡人大汉孝章皇帝在位。新离供养，愆咎众著，灾变数见，雨泽不适，外旅恃强，边地被侵，朕忧心惨切，栗栗忉忉。幸喜乌孙国遣使入朝，乞请修好，不如送使返国，重赐乌孙王。该命何人护送？内侍！宣文武上殿。

大　内　万岁有旨，文武上殿！

四　臣　上朝。（参拜）

汉章帝　众卿平身。

四　臣　臣。万岁宣臣等上殿，有何朝事议论？

汉章帝　众卿不知。只因乌孙国遣使入朝，乞请修好，朕欲送使人返国，重赐该王金帛，应遣何人护送？

牟　融　万岁，卫侯李邑，进退有礼，性情温和，可命他前往，当不误事。

汉章帝　李邑听旨！

李　邑　臣。

汉章帝　命卿护送乌孙使臣回国，即日西行勿违！

李　邑　为臣遵旨。
　　　　（唱）奉命护送乌孙使，

万里迢迢劳不辞。(下)

大　内　禀万岁。

汉章帝　讲。

大　内　西域留守将兵长史班超，拜本入朝。

汉章帝　班超有本，待寡人一观。(看)众卿，班长史本请济师荡平西域。想班超为人忠实，必无虚言，该遣何人助超成此大功？

第五伦　万岁莫可。想我国北伐匈奴，西开三十余国，百姓频年服役，转输烦费、怨苦所积，足感天地，请万岁速行罢兵，方能化戾成祥。

牟　融　万岁，征伐匈奴屯戍西域，此乃先帝遗政，并非创行。古人云，三年无改于父之道，方得为孝。

鲍　昱　万岁，臣窃闻关西出将，关东出相。虽属谚云，实非虚语。伏见平凌人徐干，勇谋不测，卓荦奇伟，雄才大略，颇有前朝博望侯之风。今者戎羌为患，大军行屯，如干其才，正宜参与行伍。祈陛下颁诏授以军职，使随班超佐戎，必能献策出谋，歼灭羌夷，宣扬国威，以成征西大功也！

(唱)班长史置身在绝域，
久盼朝廷早出师。
倘若中道弃前事，
外增敌焰内丧忠臣两失宜。
望万岁速决安边计，
选遣良将平蛮夷。

第五伦　哎，万岁！

(唱)兴动大役人民恨，
咸怀不悦怨至尊。
望陛下恤民之困保存元气息兵衅，
也免得劳民伤财起纠纷！

牟　融　哎，万岁！

(唱)若图苟安弃疆域，
敌必节外要生枝。
席卷东来入腹地，
勇有贲育难御敌。

汉章帝　哎！

(唱)众卿不必互相争，
议论不和失感情。
济师助边朕意定，
速召徐干上龙庭。

内侍，宣徐干上殿。

大　内　徐干上殿。

［徐干上。

徐　干　接旨。臣徐干，参见吾皇万岁，万万岁！

汉章帝　徐干，鲍司徒荐你率领义勇，助超平西，你可情愿前去？

徐　干　万岁，臣愿为国捐躯，荡平西域，所以奋身诣阙，请缨杀敌。

汉章帝　你有何本领？讲来朕听！

徐　干　哎，万岁请听！

（唱）万岁爷龙位里容臣直谏，
听臣把来历情细奏君前。
自幼儿爱弓马习枪舞剑，
练就了万人敌力济时艰。
恨胡儿不遵法边塞作乱，
强夺我西四郡黎民惨然。
臣愿领义勇士助超作战，
为国家收失地重整河山。

汉章帝　哎，徐爱卿呀！

（唱）班长史请兵使鄯善，
顺说诸夷臣中原。
司徒鲍昱将卿荐，
助超平西到边关。
朕封卿军司马官职非浅，
望我卿即日西行勿迟延。

徐　干　哎，谢过万岁！

（唱）叩谢万岁下金殿，
奋勇为国把躯捐。（下）

汉章帝　（唱）好一个英勇小徐干，
自告奋勇灭夷蛮。
但愿马到戡夷乱，
早日成功奏凯旋。（分下）

第九场　遭　　擒

［四女兵引刘清文上。

刘清文　（唱）国恨父仇誓难忘，
欲谋扫虏灭戎羌。
雄踞山岗招兵将，

收复失地扬国光。（坐）

（诗）天涯羁身遭乱离，

家破人亡赋式微。

欲作复仇安邦事，

巾帼何曾让须眉！

刘清文。自那日与表姐相遇，雄踞山寨，招兵聚将，积草屯粮，欲灭戎羌，救父出险，以全忠孝。昨据探报，我父被困荒漠，命在旦夕，我不免宣众将进帐，早日起兵搭救父亲才是。来，众将进帐！

女　兵　众将进帐！

［贾丽娘、傻娃上。

贾丽娘
傻　娃　参见大王。

刘清文　免礼，请坐一旁。

［报卒上。

报　卒　禀大王，山下来了三十余人，押运金银数车西行。

刘清文　不必管他。

傻　娃　那如何能行！想我国屡受西羌压迫，当局忍无可忍，才和他国经济绝交。既然邦交已断，岂能任人将国宝运出境外。请大王下山，杀此奸人，夺回车辆，免得金银外溢。

刘清文　这样有些不妥。

傻　娃　你认为不妥，小将单身愿往。

刘清文　还是不去为妙。

傻　娃　哎，你不要管！

刘清文　不去。

傻　娃　你莫管。马来。（下）

贾丽娘　妹妹呀，傻娃虽然鲁莽，说话倒很有理。

刘清文　何见得有理？

贾丽娘　妹妹，就现在言，我国北受匈奴压迫，西遭戎羌扰乱，国势衰弱，达于极点。而一般有权有势之人，不知发愤为雄，努力图强、促中华民族之复兴。

刘清文　姐姐，他们不知图强，难道国破他们还能存在吗？

贾丽娘　好我的妹妹呢，国家到了这步田地，他们还不深刻自省，彻底觉悟，这个将家移在北国，那个将金钱存在西国，乞其庇护。

刘清文　哎，将这样之人，若不铲除，国家如何复兴？

贾丽娘　今日山下来的那人，必定也是想将金钱存寄外国的，我们若不给他个厉害，以后奸人肆行无忌，那时就无法挽回了！

刘清文　那么待我下山，杀此奸人。

正是：欲杀贼党非难事，

贾丽娘　　　莫叫利权向外溢。

刘清文　马来。（分下）

［班超带八卒上，傻娃追上。

傻　娃　贼人，放下车辆，饶尔狗命。如其不然，休想尔活！

班　超　丑贼休得无理，通上名来！

傻　娃　哎，你听着！

（唱）我的名字叫傻娃，
　　谁不知来谁不怕！
　　不特我的本领大，
　　杀人如同切西瓜。

班　超　丑丫头休得夸口！

（打，傻娃败下，班超追下，又上。刘清文、班超战，下，班超又上。）

（唱）和女寇打一仗日光昏暗，

［刘清文上。

刘清文　（唱）只杀得乾坤转烟雾弥天。

班　超　（唱）抖精神持银枪和敌决战，

刘清文　（唱）举宝刀管叫你命丧黄泉。

班　超　哎！

（唱）暮鸦归林天色晚，

刘清文　（唱）暂且收兵用晚餐。

班　超　（唱）想是胆怯怕鏖战，
　　托故收兵将膳餐。

刘清文　（唱）怯战不算英雄汉，
　　再战百合有何难！（打）

哎，你既不肯息战，不如各换坐骑，准备灯火，夜战如何？

班　超　好！来，暂且收兵，另换坐骑，准备灯火夜战女寇。（分下）

［男女马童上，备马，八女兵、八卒各持灯笼分上。刘清文、班超对上交战，刘清文败下，班超追下，傻娃同超将上打，傻娃被擒下，刘清文、班超上打，班超挑刘清文落马，被擒。

班　超　哈、哈、哈！来，将这女寇押在伊吾监牢，听候查办。（卒押下）山寨放火以清盗薮，兵回伊吾了！

（唱）剿灭盗寇心欢畅，
　　为国为民除祸殃。（同下）

［徐氏、贾丽娘上。

徐　氏　（唱）女儿被擒身受冤，
　　　　　　抱恨负屈有谁怜？
贾丽娘　（唱）猛然山寨火光现，
　　　　　　烈火烟尘冲上天。
徐　氏　（唱）士卒逃命齐解散，
　　　　　　眼看火近我身边。
贾丽娘　（唱）放大胆上前将火按，（救火）
　　　　（唱）救它不灭是枉然！（救火）
徐　氏　哎呀，大火已起，烟雾弥天，我儿随娘下山暂避危险。（避火，退下）
　　　　［徐干带四卒上。
徐　干　（引）心萦边防，
　　　　　　好男儿战死沙场。
　　　　军司马徐干。奉旨助超肃清边夷，兵马已经点齐。来，兵发伊吾了！
　　　　（唱）奉王命统雄兵助超灭寇，
　　　　　　此一去成大功恢复金瓯。（同下）
　　　　［徐氏、贾丽娘上。
贾丽娘　（唱）大火起山寨被烧尽，
徐　氏　（唱）战怯怯隐身古树林。
贾丽娘　（唱）寻找妹妹无音信，
徐　氏　（唱）孤苦零丁倍伤心。
　　　　（滚）母女伏山岗，誓灭蛮戎羌。
　　　　　　大事未成就，儿身受祸殃。
　　　　　　爱国心耿耿，付之于汪洋。
　　　　　　妙龄女难见，仰而怨彼苍。
　　　　　　天呀、天呀！我的苍天爷呀！
　　　　　　你、你、你错将好人伤！
贾丽娘　哎、哎、哎！只说遭此冤恨，我该向哪里呼吁？我该向何处声援？我可莫说中国人呀，众同胞呀！你看国难这样严重，希望你们从速觉悟，奋起杀敌，为国家争点光荣，为民族谋些幸福。倘若执迷不悟，亡国灭种，就在顷刻之间也！
　　　　（唱）恨蛮夷恃暴横太得残忍，
　　　　　　强占我边疆地实在伤心。
　　　　　　我国人如果再萎靡不振，
　　　　　　亡国家灭种族大祸即临。
徐　氏　（唱）猛听得百兵喊鼙鼓声震，
　　　　　　吓的我战兢兢无处藏身。

贾丽娘　（唱）叫婶母放大胆向前直奔，
母女们身匿藏杨柳树荫。
［四卒引徐干上。
徐　干　（唱）恨强敌侵占我西北四邻，
太藐视大中华懦弱无人。
众好汉一个个激于义愤，
为国家争主权舍身成仁。
奉圣旨率士卒即日西进，
助班超扫群丑威靖塞氛。
卒　禀司马，前边柳荫之下有二女间谍。
徐　干　命她见我。
卒　是。呔，二位妇人，我家老爷唤你呢。
徐　氏　唤我则甚？
卒　因你形迹可疑。
徐　氏　我有甚可疑处？
卒　不必多言，快些走！
徐　氏　哎，不好！
（唱）穷途落魄人短气，
矮檐下怎敢头不低！
贾丽娘　（唱）走上前屈膝跪在地，
乞军爷放我发仁慈。
徐　干　（起）你是姑母？
徐　氏　你是侄儿！
徐　干　姑母和姐姐怎样成了这般光景？
徐　氏　哎，一言难尽了！（牌子）
徐　干　哎呀姑母，我表妹被哪个押在监中？
徐　氏　我并不认识，只知他是本国人。
徐　干　我想本国再无别人，在此必定是我那班仁兄无疑。姑母，儿想此人必是班超。
徐　氏　你可与他相识？
徐　干　姑母，他就是我表妹丈。
徐　氏　怎么是他？
徐　氏　姑母不必怀疑，我们同到那里，你就明白了。
徐　氏　如此咱们快走！
徐　干　来，带马起程了！
（唱）谁料表妹遭大难，

竟被妹丈押禁监。

徐　氏　（唱）你我此间莫怠慢，

贾丽娘　（唱）速快救妹勿迟延。（同下）

第十场　成　　亲

［班超上。

班　超　（唱）实可恼蛮夷人桀骜不驯，
恃强暴行侵略兵占玉门。
西四郡被割去战事吃紧，
我中国受压迫抗敌无人。
有班超忾敌仇激于义愤，
愿捐躯灭强敌投笔从军。
镇西域整三载苦把忠尽，
晨昏间多累我倚门娘亲。（坐）

将兵长史班超。自到西域，对于部属，推心置腹、赏罚分明。军中人人心悦，个个感服，同心同德，百战百胜。现在失地收复大半，强敌闻风丧胆，但是兵微将寡，难以尽歼丑类。前日恳切陈词，表请济师，怎么拜本去久，杳无消息，使人日夜待兵，望眼欲穿呢？

［中军上。

中　军　禀长史。

班　超　讲。

中　军　徐司马率领大军到。

班　超　哎呀，我徐贤弟到了。传出有请，待我去迎。

中　军　有请。

［徐干、徐氏、贾丽娘上。

徐　干　（念）班超雄威破敌胆，

徐　氏　（念）全仗群力复河山。

班　超　徐贤弟。

徐　干　班仁兄。

班　超　贤弟万里从征，勇于杀敌，路途饱受风霜。

徐　干　好说。仁兄一鼓作气，蛮奴丧胆为国辛苦。

班　超　贤弟身后何人？

徐　干　仁兄不知。此乃普城山女盗之姨母和姐姐。

班　超　哎呀，不是我弟提及，兄将此事竟然忽略。中军。

中　军　有。

班　超　这是大令一支，速提女盗处斩！

徐　干　仁兄这就不是，你杀人不杀之于先，不杀之于后，偏偏等弟到此，你可是行法呀，杀人呀，这分明给我难堪！

班　超　咦，哈、哈、哈！贤弟不要见怪。

徐　干　你也未免鲁莽！

班　超　贤弟息怒。请坐。

徐　干　哎，你拿来吧！（夺班超手中令箭）

班　超　哎，我的仁兄呀！

（唱）仁兄未免太性暴，
初见面就要发牢骚。
你可认识那女盗？

班　超　兄和她并不相识。

徐　干　不相识？

（唱）请姑母与他说根苗。

徐　氏　哎，请听！

（唱）班将军不必发急躁，
听我把话说明了。
我女儿忠义又仁孝，
勇戴瑰鍪学六韬。
冒险万里把父找，
不顾山高路途遥。
伏山寨聚众将敌讨，
一心为国立功劳。
那日遇君在山道，
彼此误会把祸招。

徐　干　哎，仁兄呀！

（唱）弟因此事来作保，
请速释放女英豪。
兄若愿和她同偕老，
叫她在此将你招。

班　超　哎，贤弟你，未免太不知自谅了！

（唱）你竟然和兄开玩笑，
不该戏言来相嘲。
如果喃喃再烦扰，
和你割席要绝交。

徐　干　哎呀咖咖，仁兄你好有不是！

班　超　我有甚不是？

徐　干　为弟今日喜喜欢欢地来与她做媒，你也不与红叶打鸡蛋，擀细面，备席面，把酒看。却怎么一提起招亲，就要和弟割席绝交，不知道这是什么缘故？

班　超　贤弟你真荒唐，不自谅！

徐　干　是、是、是。

班　超　想我班超虽然不才，也是国家一位大员，怎能和盗贼成婚，岂不可笑！

徐　干　仁兄，这不是弟荒唐。

班　超　不是你荒唐，是我荒唐不成！

徐　干　仁兄你不要上气么，弟我奉的有使命。

班　超　谁的使命？你与我说，你与我讲！

徐　干　你莫忙么，我自然要与你说。（找信）就是这个使命。

班　超　咦，哈、哈、哈！我娘有书，待我一观。（看信）哎呀，怎么她也到了这里？贤弟你所说的，原来就是她？

徐　干　什么塔？弟初到此地，不知道哪里有个塔，是砖砌的塔，还是铁铸的塔，玲珑塔么珍珠塔，是个什么塔？

班　超　你看他还装腔作势。你来看，就是这个。（指信）

徐　干　啊，那是我表妹。

班　超　你何不明言？

徐　干　现在说明，该也不迟。而今快快放人。

班　超　那是自然的。中军，速往狱中，请二位小姐。

中　军　是。（下）

班　超　贤弟，你今天把为兄就奚落坏坏了！

徐　干　多年未见，好容易今日见面，怎能不先开个玩笑？

班　超　哼，你达小呢！

［中军引刘清文、傻娃上。

刘清文　（唱）监狱内真痛苦无限凄惨，

傻　娃　（唱）只说是命该绝长辞尘寰。

刘清文　（唱）这冤恨我该向何处分辩？

傻　娃　（唱）身虽在缧绁中心虑时艰。

中　军　快走！

傻　娃　（唱）放大胆进帅府去把他见，

刘清文　（唱）我和他这冤恨不共戴天！

中　军　禀长史，二位小姐到。

徐　氏　哎呀！

（唱）听得女儿脱危险。

贾丽娘　（唱）急忙上前看一番。

徐　氏　（唱）见女儿将人心疼烂，

徐　氏 / 贾丽娘　那是女儿 / 妹妹呀！

刘清文　那是姨母，那是姐姐呀！

贾丽娘　（唱）泪珠滚滚洒衣衫。

刘清文　（唱）姨母哭的肝肠断，
哀哀送儿归九泉。
望姨母加餐方为善，
万勿惊恐倍熬煎！

傻　娃　（唱）霎时刑场把我斩，
身首异处不完全。

刘清文　（唱）遭奇冤清浊难分辩，

傻　娃　（唱）渺渺幽魂咱占先。

贾丽娘　（唱）只说是我和妹妹东去伯劳西飞燕，
断肠回首各烽烟。

徐　氏　（唱）谁料危险已转变，
不必痛哭开笑颜。
儿呀，你表兄徐干，奉旨平西，现已到此，上前见过。

刘清文　姨母呀，我表兄今日乃是座上宾客，女儿身为囚犯，有何面目与兄相见？

徐　氏　我儿勿伤，还是见过为是。

刘清文　儿遵命了！
（唱）遇奇耻狼狈堪嗟叹，
含羞一拜默无言。

徐　干　表妹受屈了。

刘清文　只恨无能，何言受屈！

徐　干　姑母你可将实情与她说明！

徐　氏　姑母晓得。清文，你们前日山下也不问姓名，糊里糊涂在一块乱杀。你可知那位将军，他是何人？

刘清文　不知。

徐　氏　他就是班仲升。

刘清文　他乃文弱书生，决无那样英勇，儿全然不信。

徐　氏　儿呀，是他，是他，没一点错差。你表兄着我与你说明，难道他还欺骗你不成！

刘清文　啊，这事做的真羞愧，羞愧！

徐　氏　清文，依我之见，叫你二人即时成婚，同心杀贼，你看如何？

刘清文　姨母呀，儿处此境遇，举目无亲，何必问儿！

徐　氏　那我就明白了。（手势）女儿，徐郎既已到此，不如你二人即便完婚，免得为娘操心。

贾丽娘　婶母呀，儿的事业未成，若刻下结婚有些不妥。

徐　氏　还是早婚者好。

贾丽娘　那么……（笑，不言。徐氏看傻娃）

傻　娃　不成。我们的命几乎断送他手，绝对不能和他结婚！

徐　氏　傻娃。（暗说）

傻　娃　谨遵夫人之命。

徐　氏　为娘今日做主，预备与你二人结婚。

刘清文　姨母，儿救父心切，决不能在此久留。

徐　氏　儿呀，我的心比你更急，你们结婚之后，一同寻你父亲，岂不是好！

刘清文　感激姨母。

徐　氏　好说。我们且到下边便了！

（唱）霎时风波告一段，

班　超　（唱）又羞又愧百不堪。

刘清文　（唱）但愿救父早出险，

贾丽娘　（唱）香蜡宝烛谢苍天。（同下）

第十一场　救　　明

［甲、乙番卒押刘明担桶上。

刘　明　（唱）北风起严霜降天寒地冻，
望长空青草衰牧马悲鸣。
平沙间雁成群荒山高耸，
边塞地殊冷落鲜人迹踪。
恨贾忠贼不该暗害我命，
每日间受折磨真道惨情。
行来在黄草湖心中恍惚，
但不知这老命何日丧生！

甲　乙　我们在这里休息片时再走。

刘　明　汉司马刘明。可恨贾忠、汪祥两个国贼，迫我归顺匈奴，是我执意不从，被贼拘留荒漠，每日担水灌田，天呀，天呀！严霜已降，天寒地冻，这水叫我是怎样地挑呀！

甲　乙　刘将军，他们都是想法子折磨你呢。试问你一天能担几桶水，能浇多少地？难道冰天雪地还浇地，使地长田禾不成？

刘　明　原来如此！

甲　乙　刘将军，既已到此与其冻死，何不暂时……

刘　明　暂时怎样？

甲　乙　咦，哈、哈、哈！不如暂时假降，遇有机会，再好回国。你看如何？

刘　明　那是个什么话！想我若降匈奴，就是对不住祖国；既降匈奴又背匈奴，岂不是又对不住匈奴？这种双料不忠之事，我刘明哪里肯做！

甲　　　你的话也有理，但是你尽了你的忠，冻死在这里，有谁知道？

刘　明　列位哪知，烈士殉难尽忠，只要于心无愧，哪个求人知道？难道古今为国尽忠的臣子，都是沽名钓誉不成。

甲　　　好个硬汉，至死不屈！（风吹）

乙　　　哎呀，好冷！（看）刘将军，你都不害怕冷吗？

刘　明　我刘明死也不怕，哪怕寒冷！

乙　　　不怕冷了，将水担上走了！

刘　明　哎，说不起，和你们走啊！

（唱）大英雄遭困厄生死难定，
英雄泪不明落暗洒当胸。
实想说抗强敌保全边境，
偶失慎被陷害何日冤明！（同下）

［刘清文、贾丽娘上。

刘清文　（唱）北鄙地广沙漠罕见人影，

贾丽娘　（唱）履峻崖越峻岭胆颤心惊。

刘清文　（唱）却怎么秋月天这样寒冷！

贾丽娘　（唱）冻得我眼昏花不辨西东。（同下）

［甲、乙二卒押刘明上。

刘　明　（唱）骂一声卖国贼狼子野性，
拘留我沙漠地如住愁城。
想天道最有灵就该报应，
为什么叫恶人反享显荣？（同下）

［刘清文、贾丽娘上。

刘清文　（唱）冷飕飕寒凄凄纵马驰骋，
为寻找老爹爹怎顾死生！

贾丽娘　（唱）猛抬头见三人越过西岭，
冒风雪赶上前细看分明。（同下）

［甲、乙二卒押刘明上。

刘　明　（唱）霎时间气候变风起云涌，

雪霏霏如柳絮弥漫天空。
迈开步直前奔手按水桶，
只觉得颤巍巍寸步难行。

甲　乙　快走！

刘　明　（唱）走一步跌倒地周身疼痛，
滑在那雪窖内冷气彻胸。
振起了全副力向上扎挣，
却怎么失知觉两眼矇眬。

乙　这老头怎么跌倒不动弹了？

甲　想是装死呢。

乙　冬冷寒天，害得我们好苦，你还要耍死狗。伙，不如咱们将这老头饱打一顿，一则消我们的气，再则叫他知道我们是不好惹的。（拉刘明打）

［刘清文上。

甲　伙，不好了，你看那边有人来了。（刘清文放箭）

乙　伙，这分明是个女强盗，我们绝不是她的敌手。

甲　速快回营报告。（二卒下）

［贾丽娘、刘清文上。

刘清文　（扶刘明起）姐姐，这是我爹爹。

贾丽娘　既是姨父，快快搭救！

刘清文　（脱衣与刘明披上）爹爹醒得！

贾丽娘　姨父苏醒！

刘　明　（唱）冻得我神颠倒人事不省，

刘清文　爹爹苏醒！

刘　明　（唱）耳旁边自觉得有人唤声。
想必是佛菩萨空中显圣，

刘清文　爹爹，女儿救你来了！

刘　明　（起）你是我女儿？

刘清文　爹爹。

刘　明　是清文儿！

刘清文　是儿。

刘　明　哎，父的儿呀！
（唱）谁料想我父女异地重逢！

贾丽娘　哎呀姨父、妹妹，你看贼人大兵到了，我们速快逃走。

刘清文　姐姐，你扶我父前行，待我迎敌。

刘　明　女儿小心！

刘清文　何待叮咛。（贾丽娘扶刘明下）

［汪祥带四卒上。

汪　祥　这一丫头，速快交出我国俘虏，免得你老爷动手。

刘清文　国贼，你姑娘为国除害，今日若不杀你丑贼，誓不为人！

汪　祥　来，杀。（交战，汪祥败下，刘清文追下）

［汪祥上。

汪　祥　好杀！好战！丫头杀法晓勇，不免回营搬兵，追杀一回了！

（唱）丑丫头杀法真晓勇，
急忙回营搬大兵。（下）

［傻娃、徐氏扮渔婆上。

徐　氏　（唱）扮渔婆驾扁舟船舱立站，
为搭救刘司马脱离龙潭。
恨外夷性野蛮贪得无厌，
居心要灭汉族侵占中原。
班仲升怀壮志颇有口辩，
小徐干性猛勇英雄少年。
二侄女虽女流勇敢果断，
爱国心不后人同济时艰。
新婚后又同我北极冒险，
英雄气不亚于世间奇男。
在船舱不由人心烦意乱，
猛听得湖岸上闹闹喧喧。
忙使舵将船只拢在东岸，
隐藏在芦苇里等候一番。（下）

［刘明、贾丽娘、刘清文上。

刘　明　（唱）强敌大兵将我赶，
无有救兵将敌拦。（同下）

［贾忠、汪祥、左鹿蠡王带卒上。

参见大王。

左鹿蠡王　免。命你二人追杀刘明，怎么空手而归？

汪　祥　他们杀法晓勇，请大王多带兵马追赶，谅他也飞不过天山。

左鹿蠡王　如此，随王一同追赶了。

（唱）马上加鞭向前赶，
料他不能飞上天。（同下）

［刘明、贾丽娘、刘清文上。

刘清文　（唱）一片湖光现当面，

贾丽娘　（唱）追兵转瞬到身边。（同下）

[左鹿蠡王等追上，过场，下。

[刘明、贾丽娘、刘清文上。

贾丽娘　（唱）吓得我脚忙手又乱，

[傻娃、徐氏上。

徐　氏　（唱）转来一只救命船。

[刘明等上船同下。左鹿蠡王等上。

左鹿蠡王　一步来迟，竟然逃去。来，速觅船只，加紧追赶！

（唱）速觅船只莫怠慢，

汪　祥　（唱）不杀刘明不回还。（同下）

第十二场　杀　使

[班超、徐干、甘英十二将士上，左右坐。

班　超　（唱）约诸君同席饮消忧解闷，

皆因为背乡井远离家门。

处异地要大众彼此和顺，

同甘苦共患难团结一心。

从今后齐努力精神振奋，

莫畏缩莫惮劳志气凌云。

或收抚或剿办须要详审，

固边防息战祸全仗诸君。

有一件机密事大家讨论，

深盼望抒嘉猷共立奇勋。

众　不知大使有何消息，有何高见，请讲。

班　超　诸君，我们初到此间，鄯善国土殷勤款待，礼仪甚周；近忽疏懈，诸君，可知他薄待我们的意思？

众　鄯善王的态度忽然转变，到底是什么缘故？

班　超　我想鄯善王广，必因匈奴使者前来，未识所从，故而礼敬不如以前。智士能明几知微，况已形迹昭著乎！

众　这样我们怎了！

班　超　诸君与超同来绝域，本欲建立大功，邀取富贵。今虏使已到数日，国王礼意浸衰，倘彼见我等人数寥寥出兵拘拿，解送匈奴，恐我等骸骨徒为豺狼所食。奈何！奈何！

众　哎呀，那么我们不如早些回去吧！

徐　干　诸君，他们既然联匈反汉，怎肯放我们回去？他早已暗中派人，将我们看守，还想好好回去！诸君糊涂，真可笑也！

（唱）他派人将我暗看管，
怎能好好回家园。
而今唯有去冒险，
不冒险我们怎安然。

众　　冒险也是很危险的！

徐　干　咦，哈、哈、哈！既然叫冒险，当然是危险。倘若不危险，又何以叫冒险？

众　　是的。哈、哈、哈！

班　超　诸君，不入虎穴，焉得虎子。为今之计，唯有乘着黑夜，火攻虏使，出其不意，杀死来使，鄯善王自然胆落。功成名立就在此一举了！

（唱）先发制人要果断，
不可犹豫作盘旋。
望诸君奋勇向前干，
成功成名顷刻间。

众　　大使，我们三十六人，远在异国，如何敢杀人？惹出祸来，怎样收拾？既然杀人，应如何下手，还得从长计议！

班　超　哼，这话倒还不错。让我思忖，让我思忖！

［番卒提壶上。

番　卒　（引）适才西帐送酒浆，
而今东帐进奶汤。（进，班超看）
这是送给诸位饮的牛奶。

班　超　（扯定番卒）我问你，匈奴来的使臣住在哪里？

番　卒　没有什么使臣来。

班　超　你敢说谎！我昨天亲眼看见，你敢诳我？若再道谎，定要杀你！

番　卒　哎，让我说，让我说！匈奴确有使臣前来，但是他们住的地方，我可不知道。

班　超　胡道！送牛奶给我们是你，送牛奶给他们也是你，你怎么不知道他们的住址？

番　卒　我实在不知。

班　超　（拔剑）满口胡道，快快照实说来，还则罢了；如其不然，定要砍儿的狗头。

番　卒　不要杀我，实给你说吧。他们同来的有几十个人，住在东边一个营帐里。你问他有什么事？

班　超　我要过去拜访他们。

番　卒　咳，早知你是拜访他们的，我又何必诓你。汉使，其实不是往东走，是往西走的。

班　超　你为什么不早实说？

番　卒　我不知道你有什么要紧事，所以不便明说。如今知道你要拜访他们，才敢明言。

班　超　哈、哈、哈！原来如此，辛苦你了。请到内边饮一杯酒吧！来，陪他下边吃酒。（暗示势，作酒醉，绑住）

卒　是。（引番卒下）

班　超　诸君！他们住址业已探明，今晚前去袭击便了！

［众相顾不言。

班　超　诸君，吉凶决在今晚，若再迟疑，计谋泄露，反致速死，怎能算得英雄！

众　哎，事已至此，只得甘苦同尝，死生愿从大使。（向外看）哎呀，北风大起，吹透毛骨，真冷呀！

班　超　诸君勿惧，这正是天助我等成功也！

（唱）北风大起天黑暗，
乘机袭击灭夷蛮。
诸君尽可放大胆，
毋庸顾虑志要坚。

众　我们晓得。

班　超　如此众将听令！

众　候令。

班　超　甘英带领十人，持鼓绕出虏帐后面，如见火光即当鸣鼓大呼。

甘　英　得令。（下）

班　超　徐干率领二十人，各持弓箭，趋至虏帐，夹门埋伏，见火放箭。

徐　干　得令。（下）

班　超　众将随我前往杀敌。

正是：智士知几微，
乘隙击蛮夷。（下）

［四卒引甘英上。

甘　英　甘英。领了大使将令，虏帐后边埋伏。来，虏帐以后埋伏！（同下）

［四卒引徐干上。

徐　干　徐干。领了大使将令，虏帐夹门埋伏。来，虏帐夹门埋伏！（同下）

［班超带四卒上。

班　超　这时风势浩大，正好攻击。来，顺风纵火。

［匈奴使带四番卒上。

匈奴使　哎呀，烟火连天，喊声动地，随役忧恐，走投无路，这该怎了？

［班超带四卒上。执匈奴使者，砍死。卒持首级下，放火烧死番卒。又上。

卒　禀大使，将虏使随兵一齐烧死。

班　超　这，咦，哈、哈、哈！

卒　　　禀大使，鄯善王求见。

班　超　命他见我。

［鄯善王上。

鄯善王　参见大使。

班　超　鄯善王，大胆的鄯善王！你既和我约定决不联匈反汉，如何今又亲近虏使，疏远班超，忘义负约，是何道理？你与我说，哎，你与我讲！

（唱）既联匈就不该和我约定，
　　　却怎么背条约又去联匈？
　　　到今日事败露北虏丧命，
　　　将你的真情话与我说明。

哼！

鄯善王　大使息怒。这都是匈奴使臣的诡计。

班　超　既然是匈奴使臣的诡计，从今以后，勿得再与北虏交通。否则，虏首可作榜样！

鄯善王　唯大使之命是听，愿纳子为质。

班　超　快快请起，回城安置。

鄯善王　是。

（念）汉使神威真可怕，
　　　纳子为质臣中华。（下）

班　超　徐干、甘英听令！

徐　干
甘　英　候令。

班　超　速率所部，分途追杀天山匈奴屯军，勿误。

徐　干
甘　英　得令！（下）

班　超　众将，兵发于阗了！

（唱）出奇制胜敌丧胆，
　　　管叫诸夷臣中原。（同下）

第十三场　得　　胜

［傻娃、徐氏、贾丽娘、刘清文、刘明上。

刘　明　（唱）父女们出虎口脱离危险，

徐　氏　（唱）追兵赶吓得我胆战心寒。

刘清文　（唱）自恨我不如那云际鸿雁，

贾丽娘　（唱）无双翅怎能以飞过天山。

傻　娃　（唱）劝小姐再不必自嗟自叹，

刘　明　（唱）来来来随老夫同上山巅。（同下）

［汪祥带四卒，徐干带四卒对上。

徐　干　来者可是匈奴使臣？

汪　祥　不错。你是何人？

徐　干　你老爷天朝大将徐干！

汪　祥　哈、哈！你到此何事？

徐　干　来杀你这走狗！

汪　祥　吹的啥牛！想中国多少大将，都被我家王爷杀死，哪个不怕？看不出你这小孩子，还想杀人！哼，你不如回去，把你娘的奶抱住再吃上三年五载，有了力气再来送死！

徐　干　丑贼不必多言，看你老爷取儿狗头。

［交战，汪祥败下。贾忠上，接战，同下。汪祥上。

汪　祥　不如将他诱在峪中，活捉了小奴才。（徐干上打，汪祥败下，贾忠上打，众败下，徐干追下又上）

徐　干　（四看）哎呀，正与二贼交战，霎时不见踪迹，莫非中贼诡计？待我奋勇杀出！（贾忠上打，下又上，打，徐干败下，贾忠耍刀下）

［徐干上。

徐　干　（唱）中诡计我入了天罗地网，
　　　　　　好一似楚霸王被困乌江。
　　　　　　我还要鼓余勇直往前闯，
　　　　　　要杀尽丑强梁巩固国防。

［贾忠上打同下，徐干、汪祥上打，同下。

［刘明、徐氏、刘清文、贾丽娘、傻娃上山看。

刘　明　（唱）耳听得山谷中杀声震荡，
　　　　　　见一位少将军被困山岗。
　　　　　　分明是中诡计入了贼网，
　　　　　　好比那釜中鱼命难久长！
　　　　　　抗敌死留芳名万古景仰，
　　　　　　作叛逆遗臭声子孙遭殃。
　　　　　　叫女儿速参战莫可观望，
　　　　　　即不幸战阵死也有荣光。
　　　　　　抽宝剑下山岗去把敌抗，
　　　　　　学一个老伏波愿死沙场。

［刘明同女下。贾忠、汪祥、左鹿蠡王上共战徐干。刘明父女解围。徐干

下，贾忠等被打，败下，刘明父女追下。徐干追左鹿蠡王上打。徐氏、贾丽娘在山上用石猛击左鹿蠡王落马，被杀。徐干下，徐氏、贾丽娘同下。刘清文追汪祥上打，下。

[贾忠上。

贾　忠　好杀，好战！想我贾忠自从为将以来，胜则战，败则叛，甚是顺利，却怎么今日内失信于单于，外战败于少将。王爷阵亡，汪祥生死不明，是我一人奋勇杀出，不如回上北国搬兵。哎，现在一败涂地，单于岂能容我？说不起，还是仍归本国。哎，是我当日贪图势利，卖国求荣，还有何面目去见国人。即就国人能容我，我也是无颜再见中国人了！

（唱）想起当初真痛悯，
不该卖国丧良心。
到今日气竭势衰筋疲力又尽，
上天无路地无门。
倒不如早把这命陨，
来世再报祖国恩。

哼，是我穷于应付，不能支持，自悔当初不听女儿相劝，致有今日杀身之祸。我可莫说丽娘儿，丽娘儿呀！父实无颜再见我儿了。哎！

（唱）腆颜人世真愧恨，
拔剑自刎谢国人。（自刎死）

[刘清文、徐氏、贾丽娘、傻娃上。

贾丽娘　（唱）徐郎追敌能效命，
徐　氏　（唱）歼灭强寇无影踪。
刘清文　（唱）战地惨况真悲痛，
傻　娃　（唱）触目怎能不伤情？
贾丽娘　（滚）战地杀气腥，笼罩满天空。
尸横郊野外，身首异西东。
男儿疆场死，死后有光荣。
徐郎去御乱，不知吉和凶！
（唱）卫国丧身泰山重，
史笔允垂奕世名。
刘清文　（唱）壮烈牺牲真英勇，
拿头颅为国争光荣。
徐　氏　（唱）叫傻娃你随我将这烈士尸首一个一个标名姓，
暂在旷野掘坟茔。
傻　娃　遵命。哎，你看这两个奴才，像还未死，待我结果了贼的狗命！
徐　氏　傻娃莫可。现在强敌屈服，失地收复，对于外族，应当一视同仁，不特不杀他，还要保护他。

傻　娃　未免便宜了他！

徐　氏　你个傻孩子，知道什么！快将他抬下，好好医治。

傻　娃　是。哎呀，小姐不好了！

贾丽娘　怎么样了？

傻　娃　这不是老爷的尸首？（同看）

贾丽娘　罢了爹爹！

徐　氏　女儿
刘清文　姐姐　醒得！

贾丽娘　（唱）见爹爹自刎把命丧，

我的爹爹呀！

不由叫人暗惨伤。

儿劝你全然不细想，

一心定要降番邦。

只因你一时把荣享，

不管后来无下场。

到如今山穷水尽徒惆怅，

只落得身败名裂丧无常。

儿此后终身事凭谁照望，

儿此后有何面再回故乡。

哭父亲哭得我三魂飘荡，

哭父亲哭得我痛断肝肠。

似这样受煎熬随波逐浪，

倒不如父女们一路同行！

徐　氏　我儿莫哭。你看你父既死不能复生，不如将他好好盛殓，暂寄伊吾。回朝之日，再好殡葬。

刘清文　姐姐，姨娘为你受尽艰难，你今若死，姨娘该靠何人呀！

贾丽娘　娘呀！

徐　氏　我儿不必啼哭，随娘同见班侯，再作道理。

正是：狼烟已扫尽，

贾丽娘　无父怎为人。

罢了爹爹，爹爹，哎，爹爹呀！（同下）

［四卒、四校尉引甘英、徐干、刘明上。

刘　明　（引）冲锋陷阵胆气豪，

收复失地救同胞。（坐）

来，将汪祥国贼与我押上来！

校　尉　是。（押汪祥上）

刘　明　汪祥国贼！国家待儿何等恩宠，不思报恩，还则罢了，何苦丧尽天良出卖祖国，出卖自己，替敌人张目，令同胞短气，儿真禽兽不如也！

（唱）卖国贼替敌人设谋献计，
一心要把中华断送戎夷。
似这等丧天良心肝全死，
不杀贼我国家怎能灭敌？

来，将这卖国贼推下斩首，以为背叛者戒。

汪　祥　哎呀仁兄，弟是中国人，兄也是中国人，请中国人救救中国人，咱们都是一家。

刘　明　胡说！中国人为何勾结敌国，残害本国？

汪　祥　这个……

刘　明　这个什么？来，推出斩首示众！

汪　祥　哎，不好呀！

（唱）富贵荣华一场梦，
临死还是两手空。
早知今日要丧命，
悔不该叛国背祖宗。

哎，只说我这投机主义甚是圆滑，谁知这一个机莫投得成，先把自己投在枉死城里去了。大众请看，这是我背叛祖国的结局，希望大众不要看样子；若看我这个榜样，免不了和我一样。

校　尉　看刀！（杀）献头！

刘　明　拉下去。来，兵发于阗。（同下）

第十四场　庆　　贺

[于阗、龟兹、鄯善、疏勒四王上。

于阗王　于阗王广德。

龟兹王　龟兹王建。

鄯善王　鄯善王广。

疏勒王　疏勒王忠。

于阗王　诸王兄，你看汉使班超，自到西域广施德威，不事诛求。我们今知悔悟，誓改前愆，息兵和好，今晚开会庆祝，不如同到帅府，一来恭贺，二来赎罪。不知诸王兄以为何如？

三　王　王兄所见甚是，弟等赞同。

于阗王　如此一同前往。请！

三　王　请。（同下）

［刘明、徐干、甘英上。

刘　明　军司马刘明。

徐　干　长史徐干。

甘　英　军吏甘英。

刘　明　今晚悬灯结彩，庆贺成功，我们理应早来伺候。

徐　干
甘　英　是。（分坐）

［四龙套、四卒引班超上。

班　超　（引）西域平万民皆喜，
　　　　　　奉王命庆祝成功。

定远侯班超。

众　　　参见侯爷。

班　超　免礼请坐。（同坐）自从奉使西域，备遭艰厄，费尽心血，幸喜诸国宾服。是我改立其主，而绥其人，得远夷之和，同异族之心，而致天诛，卒雪宿耻。昨日圣上下诏，酬庸皇后题字，颁赐并令全国举行庆贺。但是此次平定西域，收复失地，多仗诸位大人之力，超受特封，实觉惭愧。

众　　　好说。侯爷智略过人，出奇制胜，以成征西大功。我等不过报效奔走而已，侯爷功高，理应特封。

班　超　不恭。

众　　　过谦。哈、哈、哈、哈！

［中军上。

中　军　禀侯爷，诸王前来贺喜。

班　超　有请。我们出迎。

中　军　有请。

［于阗、龟兹、鄯善、疏勒四王上。

班　超　诸王到了。

四　王　到了。

众　　　哈、哈、哈、哈！

班　超　有劳诸王前来相贺，实不敢当。

四　王　好说。我等深感侯爷大德，怎得不来叩谢！

班　超　诸王深明大义，甚是难得。

中　军　禀侯爷，宴齐。

班　超　诸王请到宴上叙话。

四　王　请。

班　超　请。（作安席介）诸王请。

四　王　侯爷请，诸位大人请。

班　超　哎，请呀！

（唱）混合中华为一统，

四海晏然庆太平，

刘　明　（唱）人生立志最为重，

有志向者事竟成。

徐　干　（唱）布衣封侯有数定，

生相应贵不凡庸。

甘　英　（唱）万里为国争效命，

果算民族大英雄。

众　诸王请。

四　王　诸位大人请。

（唱）侯爷堪比伊吕佐，

少年投笔执干戈。

钦佩神勇愿讲和，

举国称颂民乐歌。

众　侯爷胆略武艺超群绝伦，我们佩服万分！

班　超　好说。

四　王　侯爷，我们有所请求，不知侯爷可能慨允？

班　超　有何见教，无不从命。

四　王　久闻侯爷夫人、长史夫人娴熟弓马，最善舞剑，敢请一舞。

班　超　诸王好意要求，敢不从命。中军！有请诸位夫人。

中　军　有请诸位夫人。

［徐氏、刘清文、贾丽娘、傻娃、四侍女上。

徐　氏　（唱）敕封夫人授诰命，

不枉万里苦从征。

刘清文　（唱）扫荡胡氛边陲靖，

悬灯结彩庆升平。

贾丽娘　（唱）夫贵妻荣真侥幸，

想起爹爹泪涕零。

徐　氏　（唱）忽听中军将我请，

刘清文
贾丽娘　（唱）艳妆轻步到前庭。

众　夫人到了，请坐。

班　超
徐　干　这是夫人，诸王要求舞剑，可该乘兴舞来。

刘清文
贾丽娘 剑术不高，不敢献丑。

徐　氏 女儿，诸王好意烦舞，怎好推却，还是舞来，以壮我国威仪。

刘清文
贾丽娘 如此，侍儿换衣来。凡疏漏处，还求诸王不吝教诲。

四　王 夫人武艺超群，舞来必定神妙（刘清文、贾丽娘舞毕）夫人剑术高妙，不愧女中英豪。

刘清文
贾丽娘 未免贻笑大方！

傻　娃 （唱）想起终身心伤痛，
人非草木谁无情？
我今年已二十整，
无偶孤鸾自悲鸣。
看起来还要我主动，
请侯爷杀我赐恩行。

班　超 （唱）这女儿讲话理不通，
倒叫本公不分明。
转面来我把岳翁请，
你问此女因甚情。

刘　明 你本是国家有功之人，为何叫侯爷把你杀死？

傻　娃 并无别意，请侯爷把我杀了，给我造个真正的幸福！

刘　明 （唱）傻娃出言好奇怪，
老夫无才解不开！
莫不是少穿又缺戴？
因此痛哭又悲哀。

徐　氏 （唱）姐丈请坐莫忧闷，
待我向前问原因。
傻娃，今晚诸王在座，难道你都不害羞吗？

傻　娃 我害羞！身子孽了，都没人问。如不是我自己伸冤，谁还知道我的苦楚！

徐　氏 （唱）傻娃啼哭真堪悯，
为国立功谁不尊。
你为的终身无人问，
女大岂可不配人。
我愿与你将线引，
你和甘将军结婚姻。
假若你二人都承认，

准备今晚就成亲。

傻　娃　对。将就了。将就了！

班　超　（唱）投笔从戎胆气豪，

徐　干　（唱）脱去青衣换紫袍。

甘　英　（唱）虎颈燕颔相主贵，

刘　明　（唱）胸中韬略比人高。

班　超　庆贺已毕，请到宴上。

——剧终

［说明：以上文字录自《西安秦腔剧本精编》（易俗社卷）26，冯杰三编剧。］

豪曹剑

场　目

第 一 回	冯议郎登庸逢知己	李太尉为女招东床
第 二 回	跋扈臣擅权欺弱主	忠贞士受命镇广陵
第 三 回	张文纪乔装作相士	崔子贞遁世当酒垆
第 四 回	锄奸佞李固蒙密召	行逆谋梁冀弑幼君
第 五 回	冯济之草表劾奸党	李雪琴讽夫作良臣
第 六 回	贤太守单骑抚山寇	绿林豪输诚归正朝
第 七 回	呈奸谋梁冀除异己	仗忠义李固击权奸
第 八 回	李太尉效忠遭残害	冯议郎携眷出网罗
第 九 回	崔子贞方酣江湖兴	张太守遗嘱左军戎
第 十 回	救生灵若霞投贼窟	执细作冯匡得密情
第十一回	李将军奋勇破奸计	崔夫人全节逃嘉山
第十二回	白衣庵隐迹暂避祸	李雪琴出险复遭擒
第十三回	杜若霞穷途萌短见	冯济之拯溺惊噩耗
第十四回	窥神器权奸做痴梦	扶汉室侠女枭强梁

人物表

冯匡	小生	四歌姬	花旦
梁信差	丑	王升	丑
李固	须生	具瑗	丑
檀石槐	净	皇后	小旦
李雪琴	小旦	袁肝	须生
李膺	须生	张婴	武生
凤奴	小旦	家院	杂
王能	武生	曹彪	净
崔实	小生	四小儿	杂
杜若霞	小旦	恶役甲	杂
梁让	净	恶役乙	杂
梁忠	丑	大内侍	杂

崔老仆	丑	百姓甲	杂
悟来	老旦	百姓乙	杂
汉质帝	小生	二将	杂
水手	杂	校尉	杂
梁冀	净	喽卒	杂
中军	杂	内侍	杂
张纲	须生	卒	杂

第一回　冯议郎登庸逢知己　李太尉为女招东床

［小生扮冯匡冠带上。

冯　匡　（引）权奸结党，
专国政颠覆朝纲。
（坐诗）十载钻研道艺通，
一朝蒙恩列朝中。
胸藏豪气三千丈，
从兹破浪乘长风。

下官姓冯名匡，字济之。京兆人氏。先父仲文公，官居西河太守，殁于任所。母亲相继而亡，下官孑然一身，鲜兄寡弟，天涯飘零，无所归宿。幸蒙姑母教养成人，今荷皇恩，辟为贤良方正。昨日李太尉当殿保举，特授议郎，本拟报效事君，治臻上理。怎奈梁冀奸贼凶暴自恣，残害忠良。想起教人怎不愤恨也！

（唱）慨叹奸佞满朝廷，
太阿倒持任横行。
残害忠良乱朝政，
无人挺身敢抗衡。
济之为国愿效命，
杀贼还须盼俊英。
叫人役带马莫稍停，
参拜太尉谢恩情。（下）

［老生扮李固上。

李　固　（唱）忠臣存心在节义，
为国杀贼凭健笔。
宁为直弦拼一死，
不作曲钩荣门楣。

下官李固。汉中南郑人氏。官居太尉，年前夫人去世，遗有三子二女。长女久姬，许与同郡赵伯英为妻，只因梁冀擅专国政，老夫有心动本弹劾，深恐祸及全家。即令三子归里，次女雪琴年已及笄，尚未许人，心想招赘冯议郎为婿，未知女儿意下如何，不免唤出商议才是。家院！

［家院上。

家　院　伺候老爷。

李　固　有请姑娘。

家　院　是。有请姑娘。

［李雪琴带凤奴上。

李雪琴　（诗）弄琴不成响，
把卷复无情。
心萦家国恨，
处处作叹声。

裙钗李雪琴。

凤　奴　姑娘，老爷唤你，想是给你招女婿呀。

李雪琴　不必胡说，随着我来。爹爹万福。

李　固　我儿少礼坐了。

李雪琴　孩儿告坐。爹爹，唤儿到来，有何吩咐？

李　固　儿呀，你看梁冀专权误国，为父理应弹劾，唯恐此举凶多吉少。

李雪琴　咦爹爹！奸人势满朝廷，父亲年迈，孤掌难鸣还是忍耐才是。

李　固　哎，此乃国家大事，暂且不必多言。儿呀，冯议郎赋性忠耿，为父心想将我儿许他为婚。我儿终身有靠，为父若有不测，也有人继志述事。父心若此，未知我儿意下如何？

李雪琴　此事吗……

李　固　怎么样？

李雪琴　尽在爹爹。

李　固　这就是了。（取剑）

凤　奴　姑娘，你看我猜得怎样？

李雪琴　多嘴！

李　固　儿呀，这是咱家豪曹宝剑，交与我儿好好收藏，速回绣阁去吧。

李雪琴　儿遵父命了！
（唱）父为着梁冀贼凶残作孽，
立志要扶纲纪将贼消灭。
我有心劝爹爹暂且守拙，
恐触怒哭啼啼心神怖慑。（带凤奴下）

李　固　（唱）见我儿放哭声悲悲切切，
牵动了骨肉情心肝俱裂。

冯议郎今日里必来拜谒，
当面我许婚姻鸾凤缔结。
家院，冯议郎若到，早禀爷知。
家　院　是。
［冯匡扬鞭上。
冯　匡　（引）扶摇九万里，
冲天展鹏飞。
相烦通报，冯匡来谒。
家　院　少站，待我去传。禀老爷，冯大人到。
李　固　传出有请。
家　院　有请。
冯　匡　大人在上，晚生拜参。
李　固　少礼请坐。
冯　匡　大人在上，理应侍立请教，焉敢望坐。
李　固　多蒙赐愿，自有一茶之献，哪有不坐之理。
冯　匡　如此晚生谢座。
李　固　看茶。议郎珠玑满腹，不亚荀氏八龙。
冯　匡　拙作愧不成章，有污大人青目。
李　固　过谦了。
冯　匡　大人过奖了，哈哈哈！
李　固　议郎贵乡，可是京兆长安？
冯　匡　正是长安。
李　固　好一文献之邦。议郎，令尊令堂可健康否？
冯　匡　哎大人请听！
（唱）天不幸二爹娘早年亡过，
李　固　昆玉几人？
冯　匡　（唱）雁行中鲜弟兄伶仃寂寞。
李　固　贵庚多少？
冯　匡　（唱）虚度了十九春芸窗静坐，
李　固　令正聘定哪家名门？
冯　匡　（唱）因家贫尚无有蹇修执柯。
李　固　啊，原来如此，议郎，既然未婚，老夫有一弱女，心想高攀，不知尊意如何？
冯　匡　（作思介）蒙大人不弃，晚生焉敢不从。异日央媒行聘。
李　固　不可。一言既定，何用行财下聘呀！
（唱）既允亲又何必随俗附和，

一言出千金诺怎能爽约。
望贤婿求上进莫可怠惰，
到后来佐王室勿忘付托。

冯　匡　如此岳父转上，受婿一拜了！
（唱）蒙岳父不见弃厚爱于我，
入桃源上天台百年偕合。
并不用蓝田玉明珠一颗，
即许我入月宫面会嫦娥。

李　固　贤婿请在书房休息。

冯　匡　请。

李　固　幸喜已将伉俪结，

冯　匡　方知桃源路已赊。

李　固　百年姻婚一言定，

冯　匡　何用冰人巧语说。（下）

第二回　跋扈臣擅权欺弱主　忠贞士受命镇广陵

［汉质帝大内侍四龙套上。

汉质帝　（引）极目山河，
可恨大权旁落。
寡人大汉皇帝本初在位。登基以来，皇舅秉政，勾结奸寇，残害异己，如此跋扈，教朕时刻悬心！

大内侍　禀万岁，黄尚书有本。

汉质帝　呈来，待朕一观。哎呀，黄尚书无故告退，不知是何原因？不免宣群臣上殿商议。
内侍，宣群臣上殿。

大内侍　万岁有旨，群臣上殿。
［梁冀、李固、张纲、王升上。

众　上朝。

梁　冀　（引）大权在手任吾行，

李　固　（引）为国除奸效愚忠。

张　纲　（引）弹劾首恶要彻底，

王　升　（引）做事处处在求生。

梁　冀　大将军梁冀。

李　固　太尉李固。

张　纲　光禄大夫张纲。

王　升　鸿胪卿王升。

众　　　万岁召宣，上殿朝参。请。参见我皇万岁，万万岁！

汉质帝　众卿平身。

众　　　臣。万岁召宣，有何朝事议论？

汉质帝　众卿哪知，黄尚书无故告退，不知所为何情？

李　固　万岁，黄尚书乃我朝元老，社稷重臣，应当颁旨慰留。

王　升　万岁，黄琼年老多病，望我主准其告退，以节縻俸。

汉质帝　岂有此理。

梁　冀　有何作难，准这老朽退职。

张　纲　万岁，臣张纲有本。

汉质帝　你且奏来。

张　纲　万岁请听。臣闻：善为国宝，得人则治，推贤荐能大臣之责。窃见前冀州刺史朱穆，操持廉隅，才兼文武，司隶校尉李膺，建忠抗节，不畏强御，斯诚中兴良佐，国家柱石，乃为奸臣构陷。乞陛下开复原官，速召还朝，来辅王室。以慰物望。此乃朝廷之幸万民之幸也！

（唱）自古仁义扶危难，
拨乱反正保治安。
朱公叔履正清平真罕见，
李元礼贞高绝俗在英年。
这都是中兴良佐国家柱石应保荐，
望我皇召回勿迟延。

李　固　哎，万岁。

（唱）张文纪性刚毅识见高远，
为国家荐贤才整顿河山。

梁　冀　（唱）他二人隆友党存心作乱，
举奸佞诬皇亲压制朝班。

李　固　（唱）望万岁速降旨急忙召见，
万不可辜负了保国英贤。

梁　冀　（唱）传圣旨捕拿了从速处斩，
若迟疑大祸起悔之枉然。

张　纲　（唱）大将军典枢密国王亲眷，
就应该尽忠心扶持河山。
谁知他蓄异志久谋夺篡，
今反来进谗言要将臣参。

梁　冀　（唱）恨张纲小孺子出言不善，
欺皇亲就如同欺了苍天。

张　纲　（唱）万岁爷龙位里你细分辨，
　　　　　　哪个忠哪个奸一目了然。
汉质帝　我卿所奏甚是。
梁　冀　胡道！
汉质帝　咳，真乃跋扈将军也！
梁　冀　哼！
汉质帝　我的皇舅呀！
　　　　（唱）见皇舅恶狠狠真道凶悍，
　　　　　　孤只有缄着口形同寒蝉。
　　　　　　莫奈何将怒容改为笑脸，
　　　　　　叫皇舅莫上气大度包涵。
王　升　万岁，为臣有本
汉质帝　你且奏来。
王　升　咳呀，万岁！据报广陵张婴，寇乱徐扬，屡杀太守，民遭涂炭。请万岁调员征剿。
汉质帝　该命何人去剿？
王　升　光禄大夫张纲，才兼文武，足智多谋，定能胜此重任。
汉质帝　张爱卿听旨！
张　纲　臣。
汉质帝　封卿为广陵太守，即日赴任。剿灭贼寇，不得有误。
张　纲　臣下遵旨了。
　　　　（唱）豺狼当道狐成群，
　　　　　　劾贼都亭埋车轮。（下）
汉质帝　（唱）张爱卿奉旨下金殿，
　　　　　　将此事细禀太后前。（分下）

第三回　张文纪乔装作相士　崔子贞遁世当酒坊

　　　　［张纲带四卒上。
张　纲　（唱）统雄兵出京师山摇地动，
　　　　　　拯民灾心如箭戴月披星。
　　　　张纲，是我不顾利害，言人未言，当殿参贼过恶，被其排斥，出任广陵，剿灭盗贼。者非名有意加害于我……咳，有了，我不免变易儒服，沿途访查盗寇虚实，再做计议。来！与爷换衣，众将城外安营。（换衣）
卒　　　是。（下）
张　纲　这般时候，不免入城访察一回了！

（唱）换儒服入城去口喊算卦，
将贼的虚实情细心访察。（下）

［崔实上。

崔　实　（唱）人生富贵有定理，
为享安乐常苦迟。
倒不如隐居无忧虑，
守命遵分免愁眉。

鄙人崔实。因避权奸，辞官归里，与夫人杜若霞隐居石梁。因生计唯艰，意欲卖酒，不免请出娘子收拾一切。娘子快来！

［杜若霞上。

杜若霞　哎，来来来了！

（唱）雄鸡唱天方晓急忙漱洗，
崔郎夫在前房唤声迫急。
理云鬓整衣裙莲步轻启，
我夫妇学卖酒倒也安逸。

崔　实　娘子到了，请坐。

杜若霞　有座。郎君唤妻到来，有何话说？

崔　实　就是你我前日计划卖酒之事。

杜若霞　那好极了。

崔　实　娘子，想我崔子贞为官不成，因而卖酒，这也是生计所迫，尚可偶而为之。娘子生长宦门，焉能受此困苦？

杜若霞　郎君，岂不知我朝鲍宣娶妻，少君妆奁极其丰美，鲍宣不悦，少君即将妆奁命侍从遣回。夫妻同挽鹿车，至今传为美谈。这就是跟上官儿当娘子，跟上屠家翻肠子。我跟上你这个卖酒的，就是受困苦也是讲不起了！

崔　实　笑话了。

杜若霞　郎君，想你放着一位堂堂太守大老爷不当，却在此当这个酒保，未免有些劳苦。

崔　实　娘子，岂不知我朝司马长卿，才高倚马，学富雕龙，文章才华，一时无两，亦曾在市沽酒。况我子贞，做官数载，既不能肃清君侧，又不能拯民水火。无奈之间，蛰居石梁，效法古人，何劳苦之有也！

（唱）避权奸辞官职石梁设肆，

杜若霞　（唱）甘心愿作当垆不贪安逸。

崔　实　（唱）将酒帘悬挂在柳阴深处，

杜若霞　（唱）挽翠袖扇红炉勤勉自矢。

崔　实　（唱）先洒扫然后再洗擦桌椅，

杜若霞　（唱）还要学酒保招待顾客莫迟疑。

崔　实　怎么，当这个酒保还要学习吗？

杜若霞　好我的郎君呢，天下不论大小事业，哪有不学而能之理？

崔　实　娘子，想我崔子贞，虽然不才，金殿奏对，提笔万言，边疆抗敌，勇冠三军。多少轰轰烈烈之事，都能做到，这种牛马劳役，还有学习的什么？

杜若霞　你不要吹牛。来来来，叫我把你试验试验。

崔　实　你是怎样的个试验法？

杜若霞　你听，我好比吃酒的客官你好比酒保。我前来吃酒，看你招待的对也不对，在行也不在行。

崔　实　哎哟咖咖，哎哟咖咖，看将你品成啥咧！

杜若霞　花钱的人，当然是品麻的。

崔　实　依我之见，还是不试验。

杜若霞　那可不成。做生意不是玩的，怎能马马虎虎干。

崔　实　既然你真要试验，那么你就验、验、验，看、看、看！

杜若霞　那么你从那厢去。

崔　实　你从那厢来。

杜若霞　酒保走来！

崔　实　唤我何事？

杜若霞　看你那个样子，还能当酒保？不是糟蹋行道吗？

崔　实　这个样儿不行？

杜若霞　不行。

崔　实　不行了也罢。请娘子先给我做个榜样。

杜若霞　好，我做个样儿你看。

崔　实　是。

杜若霞　若果来下吃酒客官，叫一声酒保！你就喜颜悦色地说，有有有，伺候客官大老爷。记下了没？

崔　实　记下了。

杜若霞　那我有些不相信，还是要叫。

崔　实　你就叫。

杜若霞　酒保！

崔　实　有有有，伺候客官大老爷。

杜若霞　好一个招待殷勤的小酒保！

崔　实　竟然上了你的当！哎，我的娘子不比外人，占个便宜，也不要紧呀！
（唱）做酒保还要学卖酒规矩，

杜若霞　（唱）我夫妻虽劳力终日安怡。

崔　实　（唱）我这里荷桶担汲水前去，（下）

杜若霞　（唱）妻在此整碗盏勉强支持。

（做整桌介）

（甲、乙二恶役上）

恶役甲　（念）奉命到处选歌姬，

恶役乙　（念）终日坐马不停蹄。

恶役甲　（念）见店内站着一美女，

恶役乙　（念）果有倾国倾城姿。

恶役甲　酒保，找个干净房子。

杜若霞　随着我来。客官，吃用什么？

恶役乙　美酒两瓶。

杜若霞　酒到。客官请用。

恶役甲　酒大嫂生得真美丽！

恶役乙　请来陪我二人痛饮几杯。

杜若霞　岂有此理！

恶役甲　看，我们有的是钱。

杜若霞　瞎了眼的奴才！你将我当就何人？我本杜太尉之女，因避权奸，随夫沽酒，并非下贱女子。你们好好走去，免得你姑娘和你变脸！

恶役乙　你是做生意的人，难道还不爱钱？

杜若霞　（唱）二贼讲话太无理，
借饮酒有意将人欺。
我本宦门千金体，
随夫卖酒自食力。
望你好好快走去，
免得损伤尔面皮。

恶役甲　（唱）我奉命来此选歌姬，

恶役乙　（唱）快快随我到京师。

杜若霞　（唱）见得二贼起恶意，
气得若霞咬牙根。
拼性命上前忙抵御，

［崔实上。

崔　实　（唱）担水急欲进柴扉。
哪里来的强盗，休得无理！

恶役甲　马上加鞭速去搬兵。（同乙下）

崔　实　待我追赶这两个奴才。

杜若霞　郎君莫可，听我道来！
（唱）郎君不必动真气，
无须和贼见高低。

凡事处处留余地，
忍让原来是便宜。

［张纲上。

张　纲　（唱）暑退凉生蝉自语，
黄花乍放两三枝。
酒帘招展柳阴里，
进店畅饮解闷思。

哎呀，怎么是他。你是崔贤弟？

崔　实
杜若霞　咦，你是张仁兄。

张　纲　贤弟夫妇身居世外，自食其力。此所谓邦有道则现，邦无道则隐，明哲保身之道。

崔　实　仁兄，弟因避权奸，困居此处，因生计所迫，做此生意。

杜若霞　这也是不得已而为之。仁兄见笑了！

张　纲　话讲哪里，羡慕万分，岂敢见笑。贤弟你也明白天下兴亡，匹夫有责之义。

崔　实　若有用弟之处，自当为国效命。

张　纲　如此甚好。

崔　实　娘子，快取酒来。仁兄请坐。

张　纲　贤弟请。

崔　实　仁兄因何到此？

张　纲　贤弟请听了！

（唱）盗寇贼乱徐扬十有余载，
我朝廷无一人敢去制裁。
梁冀贼他和我仇深似海，
当殿上奏一本差我前来。
奉王命在京地不敢久待，
披着星戴着月去拯民灾。
沿路上细访问民间灾害，
为国家受辛苦也是应该。
幸喜得见贤弟出人意外，
请弟将别后事对兄说来。

崔　实　哎，仁兄请听！

（唱）弟当年为太守五原地面，
众黎民未开化真道可怜。

杜若霞　（唱）崔郎夫造纺具教民习练，

织布帛做衣冠免除苦寒。

崔　实　（唱）恨胡虏扰边疆时常作乱，
有为弟领士卒奋勇当先。

杜若霞　（唱）直杀得众胡儿东奔西窜.
再不敢恃强梁复来叩关。

崔　实　（唱）梁冀贼秉国政豺狼出现，
征召我连三次坚辞不前。

杜若霞　（唱）葬父后在石梁开设酒店，
我夫妻作沽酒散淡清闲。

崔　实　想仁兄当年受使州郡，埋轮洛阳都亭，参奏权奸，目无君上十五大款，说得淋漓透彻，慷慨激昂，那时，京师震动，四海咸知，我兄真有气节，真有胆量。哈哈！

张　纲　贤弟过奖，但是广陵群黎，正在水深火热之中，望救甚殷，以兄之见，贤弟不如随兄共同设策除寇，以解人民倒悬之苦，未知贤弟意下如何？

崔　实　为弟既绝烦嚣，不愿浮沉宦场。

张　纲　我弟不愿再涉风涛，兄也不便勉强，还是各行其志。你我后会有期。兄就此告辞了！
（念）徐杨各地盗贼起，
奉命镇抚救群黎。

崔　实　（念）仁兄为国去剿匪，

杜若霞　（念）解民困苦比傅伊。（分下）

第四回　锄奸佞李固蒙密召　行逆谋梁冀弑幼君

［内侍引汉质帝、皇后上。

汉质帝　（唱）恨皇舅作威福专权弄柄，
害忠臣蔽天聪鹿马易名。
每入朝身佩剑太不恭敬，
窥神器欺寡人志骄气盈。
我有心锄权奸力弱难胜，
只好在愁城中度这残生。（坐）
近日梁贼逼朕，更胜于前，有心剪除此贼，怎奈贼势强大，恐难制服，反遭其祸。

皇　后　万岁，太尉李固，素抱忠义，何不召进宫来，商议除奸之计？

汉质帝　爱妃所见甚是。内侍，速宣李太尉入宫。

［内侍下。大内侍急上。

大内侍　禀万岁，梁大将军带领校尉入宫。

汉质帝　皇后来势凶猛，定无好意。

［梁冀带王升、四校尉上。

汉质帝　皇舅，你进了宫了？

梁　冀　我进了宫了，我、我进了宫了！

汉质帝　皇舅，你上气和谁来？

梁　冀　我就和你来，我、我就和你来！

汉质帝　和朕便怎么样？

梁　冀　昏皇，当日立汝，为兴汉室，谁知你这昏皇，庸弱无能，听信谗言，远离骨肉，威仪不振，怎能奉祀宗庙社稷？吾今废你，另立明哲为君。

皇　后　皇舅莫可，想天子乃万民之主，何得轻易废立！

（唱）你身为椒房亲官高爵显，

全不思报君恩追踪先贤。

轻君王欺群臣朝纲紊乱，

久日后难免得遗臭万年！

梁　冀　不准你发言，不准你开口！

汉质帝　（唱）见老贼进宫来容颜改变，

吓得孤一阵阵汗流不干！

皇　后　（唱）到如今分什么尊卑贵贱，

反不如庶民家布衣清闲

梁　冀　鸿胪，看过煮饼。

王　升　陛下，请用煮饼。

汉质帝　既是煮饼，何不先尝？

梁　冀　（抽剑）不食煮饼，请领此物！

汉质帝　好不吓煞朕了！

（唱）霎时间祸临头无处躲闪，

梁冀贼逼宫闱地覆天翻。

没奈何跪深宫好言相劝，

叫皇舅恕过我海量放宽。

梁　冀　（唱）任凭你小昏皇口巧舌辩，

吾今日要废立决不迟延。

皇　后　皇舅存帝之命，本后愿替皇上一死！

梁　冀　你君妃皆是釜中游鱼，你还想活？

皇　后　万岁，万岁！妾妃再不能侍奉宫闱，今日就是相别之期了！

（唱）今遭逢杀身祸有谁怜念，

我君后料不能月缺重圆。

天降下龙泉剑真道凶险.
君后们纵身死含恨九泉。

梁　冀　来，将皇后囚禁寒宫，日给粗米半升，闲人不得擅入。

皇　后　哎，奸贼呀！（被校尉押下）。

汉质帝　哎呀！不好了！
（唱）眼看着亡身祸就在俄顷，
我的苍天爷呀！哎，我的天呀！
将皇后囚寒宫真道惨情。
霎时间心意乱临风悲痛，
乏良策束双手无依无凭。
说什么做皇帝位尊万乘。
制六合富四海人民奉承。
以前的富与贵如同做梦，
人生世何必要讲这虚荣。
到今日大祸至万难存命，
插双翅也不能飞出牢笼。
倒不如平民百姓逍遥快活无惊无怕多福幸，
恨苍天苦生我帝王深宫。

梁　冀　不得哭，来，扶定昏皇。

汉质帝　陡！寡人今日料不能生，呈煮饼来。（吃）
哎呀！
（唱）这煮饼下咽喉四肢俱颤，
只觉得满腹痛心似油煎。
哎呀！
一霎时神魂渺天昏地暗，
痛煞煞五内焚裂碎心肝！（死）

梁　冀　来！将昏皇尸首停在宫中，不可发丧。

王　升　将军可该即位。

梁　冀　不可。随我出宫，先召文武，诈言立蠡吾侯刘志为君，再看文武心意如何。
（唱）随吾出宫莫迟缓，

王　升　（唱）先试阖朝文武官。

梁　冀　（唱）削去爪牙除后患，

王　升　（唱）辅佐国舅受汉禅。（下）

第五回　冯济之草表劾奸党　李雪琴讽夫作良臣

［冯匡上。

冯　匡　（唱）梁冀贼恃权威措直举枉，
一心要学王莽扰乱朝纲。
蒙君宠授议郎皇恩浩荡，
国有难甘心愿只身承当。
我岳翁抱赤胆直言忠谠，
为国家荐英俊铲除豺狼。
孝桓帝开贤路力求直谅，
今夜晚草奏章献于君王。

可恨梁冀，勾结敌国，谗害忠良。岳翁数谏罔效，质帝被弑，刘志继位。但新主初次临政，梁贼奸诈尚未明悉。是我目睹其恶，怎忍坐视不理。今晚就此灯下草成奏章，上疏天聪，倘蒙见准、肃清君侧，在此一举。哎！这贼僭窃多端，正所谓罄南山之竹，不足书其罪状，掘东海之流，难以涤其恶迹。这有限一章奏折，叫我如何写得尽呀？

（唱）恨权奸暴横又凶狂，
擅国政颠覆汉家邦。
写不尽贼恶迹滔天罪状，
写不尽贼弑君狼虎心肠。

哎，逆贼罪恶多端，叫我该从哪里写起！

（唱）只写他一门诸官将祸酿，
勾结敌国害祖邦。
窃权误国结私党，
毒死先帝一命亡。
再写他嫉贤妒能仇杀忠良蒙圣上，
恃权威苛诈民遭殃。
似这等大逆不道宜逐放，
臣今据实奏我皇。

我想梁贼一门七侯，其余卿将尹校五十七人，凶怨日积，浊乱王室，掌剑入宫，毒死天子。哎，我还是先从这端写起，哼，还是先从这端写起。哎呀，我这手指幼年在学攻书，冻下伤痕，才写数行就疼痛起来。我冯匡为国就死，就死有何惜哉！

（唱）举廷槛谁肯作榜样，
有何人敢牵帝衣裳。
我一心要展擎天掌，

哪顾得十指裂旧疮。（作看介）

［凤奴上。

凤　奴　（念）碧纱影弄东风晓，

枝头数声夜啼鸟。（进）

姑爷请茶，还用不用？

冯　匡　不用了，打下去。

凤　奴　（出）咦，我看我家姑爷，拿着一张纸，自言自语。不免请出小姐，在外听他讲说什么。正是：

要知心腹事，

但听暗中言。（下）

冯　匡　哎，此本不要说语句恳切，只这一片泪迹，也要感动君主。（内作风）哎，四面绝无人声，这是什么声响？（听）啊，敢是被贼陷害的诸先烈英灵，见我写本劾贼，前来诉冤，着我从速上本，给他们雪恨，这也是有的。哎，说什么这也是有的，分明是冤魂哀鸣了！

（唱）那厢何物来作响，

倒叫我心中费思量。

分明是冤魂哀鸣状，

恳求我杀贼把命偿。

［凤奴秉烛引李雪琴上。

李雪琴　（念）夜阑万籁已俱寂，

凤　奴　小姐快走！

冯　匡　我想此本一奏，君王必准，肃清朝堂，当在此举。

李雪琴　（念）何人独自长叹息。

想是冯郎忧国事，

柳梢斜月欲沉西。（进）

冯　匡　小姐因何秉烛而来？

李雪琴　闻听郎君独自慨叹，因而前来。

凤　奴　你看我家姑爷，问得怪也不怪，我们当然是有事的。

冯　匡　何事？

凤　奴　因你近日神色惶惶，举动失常，恐怕将你急出病来。特请我家小姐，将你安慰，你看好不好？

冯　匡　好，请坐。（同坐）

李雪琴　请问郎君，写何奏章？

冯　匡　此乃国家大事，何必过问。

李雪琴　哼！察言观色，洞悉其衷。莫非要奏梁贼过恶？

冯　匡　然也。

李雪琴　郎君，投鼠忌器，毁椟伤珠。贼乃国王至戚，位高势大，倘犯天颜，祸起不测！

冯　匡　哎呀小姐，贪生害义，即非烈丈夫，杀身成仁，才是奇男子。若有不侧，为国而死，死有何憾！今夜具本，并非沽名钓誉，倘能剪除权奸，我冯匡虽死之日，犹生之年。有何惧怯！（怒起）

李雪琴　郎君息怒，请坐。

冯　匡　有座。

李雪琴　郎君，今晚有几句话，但不知应讲不应讲？

冯　匡　小姐有何贵言，请讲当面。

李雪琴　郎君，奴常闻皋夔、稷契，优游无事，谓之良臣；龙逢、比干因谏而死，谓之忠臣。奴愿郎君为良臣，请即三思。

冯　匡　依小姐之言，还是为良臣，优游自得者好？

李雪琴　那何待云云。

冯　匡　那么我就依你之言。

李雪琴　若能如此，才算得个识时务之俊杰！

冯　匡　算不得。

李雪琴　（喜）算得，算得！

冯　匡　哎呀不妥。我想忠良本无二理，顾身之遇与不遇耳。当此权奸用事，外通敌寇，内窥神器，国家危弱，倾在旦夕，既为人臣敢不竭忠尽谏。我还是动本劾贼才是。

李雪琴　郎君，你那是怎么样？

冯　匡　哎，你听！

（唱）皋夔稷契本贤相，
时逢尧舜有道王。
桀纣暴虐性乖张，
龙逢比干身受殃。
梁冀谋位无人抗，
我情愿面折廷争见君王。

李雪琴　郎君，你好有不是。

冯　匡　小姐，何谓我有不是？

李雪琴　郎君，岂不知君子见机，达人知命，故陈平不为。郎君啊，郎君！若鲁莽从事，无补于国。况君并非谏官，事在得已。纵然要做忠臣，也得养其身以待。

冯　匡　哎呀小姐，食国家之禄，当分国家之忧。苟利损国，死生以之。若谓事不关已，退守缄默，倘奸贼羽翼养成，日后更难剪除。国家之仇怎能报？烈士之冤怎能雪？你叫我怎样忍受？

李雪琴　啊，哎！

（唱）听君言低下头难以仰上，
不由人伤心泪洒湿衣裳。
朝堂上众奸人营私结党，
汉室衰王纲坠豺狼逞强。
冒艰险表忠直与贼抵抗，
如孤凤和群枭斗鸣山岗。
众胜寡强凌弱何待猜想，
劝郎君暂养晦万勿激昂。

冯　匡　哎，我的小姐！

（唱）见小姐动悲哀令人凄惘，
值衰世必须要诛乱扶纲。
仗忠义除奸佞生平志向，
纵然间为国死青史留芳。

［四小儿上。

四小儿　直如弦，死道旁。曲如钩，反封侯。（下）

冯　匡　你听外边什么声音？

凤　奴　小儿喧哗之声。

冯　匡　怎么说“直如弦，死道旁。曲如钩，反封侯”。这两句话作何解说？

李雪琴　此事有些奇怪。

凤　奴　小姐，到底是个什么意思？

李雪琴　哎，据童谣所言，直道不行久矣，即小人道长、君子道消之意。

冯　匡　解得不错。

李雪琴　郎君，你若一味抱着愚忠，不过白送性命。究竟于事无补。

冯　匡　小姐，大丈夫做事，必须敢作敢为。只要事理正当，有益于国，万死不辞。我的主意已定，请勿多言。

李雪琴　虽然主意已定，也得同我爹爹计议一番，才觉妥当。

冯　匡　那是自然的。夜已深了，请回内宅休息。凤奴掌灯。

凤　奴　我晓得。小姐，你听见了没有？

李雪琴　听见什么？

凤　奴　我家姑爷的逐客令下来了，我们还不走，等着叫人往出撖不成？

李雪琴　如此掌灯，前边带径了！

（唱）冯郎性情太直戆，
倒叫裙钗无良方。
内宅对父仔细讲，
叫郎用柔勿用纲。（同凤奴下）

冯　匡　他们一去，我不免和衣而眠，准备明晨上阙劾贼。

正是：殿上直声破贼胆，

阶前权威也低头。（下）

第六回　贤太守单骑抚山寇　绿林豪输诚归正朝

［张婴带四青衣、二将上。

张　婴　（念）贪官横暴欺良民，

逼叫豪侠作绿林。

揭竿一呼风云会，

誓除奸党把冤伸。

本大王张婴。自从梁冀擅握国政，残害人民，逼俺无奈，联络侠士杀死太守。据报新任太守张纲，现已到任。我不免派人下山打探消息，再作道理。二将听令！

二　将　在。

张　婴　命你二人下山，打探新任太守。速去勿误。

二　将　得令。（下）

张　婴　（唱）命二将打探军情事，

闭垒提防要小心。（下）

［张纲带人役上。

张　纲　（唱）恨梁冀专国政居心狡黠，

贼不能敷五教翼佐日月。

树党羽杀忠良纵欲无戒，

肆强梁甘心为封豕长蛇。

冒死罪劾梁贼聊表臣节，

众朝臣一个个魂飞胆怯。

有张婴寇徐扬天降浩劫，

贼遣我领人马来将盗灭。

设妙计要叫他归正改邪，

杀梁贼除祸根肃清金阙。

广陵太守张纲。奉旨剿寇，怎奈匪氛日炽，恐怕难以制服。我若施展计谋，尽杀群盗，岂不蹈虞诩覆辙。不但问心不安，而且于理不合。我想天下唯孝可以感物，唯诚能以动人。我不免单骑上山，以德相感。劝他归正，不战自定，以免涂炭生灵也。

（唱）虞升卿被邓骘设计暗算，

谪贬为朝歌长去把寇歼。

实指望借盗手将他处斩，
却不料反把他功名成全。
减灶法灭群盗奸诈万变，
行虚伪伤天和实在惨然。
事到此还须要仔细盘算，
哎！
行仁恕昭信义诚能格天。
叫人役速带马莫可迟慢，
履龙潭入虎穴去走一番。

人　役　大人莫可。

张　纲　何言莫可？

人　役　大人，盗贼势众，你一人前去，恐遭不测。还是多带人马才妥。

张　纲　哎，无妨，无妨呀！
（唱）众哥弟出此言真道见浅，
为国家策治安怎敢避难。
倘不遇盘根节利器难显，
这一次成大功要把民安。

人　役　大人执意要去，我们还是远远瞭望，若果有变，即来营救。大人以为何如？

张　纲　倒也可通。带马过来。正是：
不经盘错不成材，
功业皆从患难来。
哈哈哈！（下，人役随下）
[张婴带喽卒上。

张　婴　（引）二将探军情，
不见转回程。
[二将上。

二　将　（引）得到确消息.
忙报大王知。
参见大王！

张　婴　站下。

二　将　禀大王，探得新任太守，今日单骑上山。

张　婴　哎呀，我想张纲为人忠直勇敢，他今一人前来，对我等当无恶意。哎，我总觉得胆怯，还是闭垒拒绝。来，本大王有令，关闭垒门；本大王无令，不得开放。违者斩首！

二　将　得令。（下）

张　婴　哎，我等虽然聚众数万，势力日强，官兵无一敢讨。然而久居绿林，亦非良策。

［二将上。

二　将　禀大王，张太守有书，请大王过目。

张　婴　呈来。纲，奉诏宣慰，并非征讨，汝等不必惊慌。且容入垒明言，从与不从，悉听汝便。何必闭门拒我，自示张皇？自示张皇！嗷，来意和平，还是排队出迎。来，排队出迎。

二　将　排队出迎。

［张纲上。

张　纲　（引）弹劾首恶埋车轮，
　　　　　　出守防奸独布仁。

张　婴　接见大人。（跪）

张　纲　将军请起。

张　婴　大人请坐。

张　纲　有座。

张　婴　大人，小人无知，违反朝廷。有劳出师远征，罪该万死。还请从宽饶恕！

张　纲　好说。将军，从前太守多肆刑暴，致将军等怀愤为恶，干犯国法。今主仁圣，欲以文德服叛，不愿以刑罚相加，故差本公前来抚慰，这正是君等转祸为福之时，还请将军即日觉悟。

张　婴　此事容我等从长计议。

张　纲　将军试想，不料强弱非明也，弃善取恶非智也；去顺效逆非忠也，身死绝嗣非孝也；背正从邪非直也；见义不为非勇也。以上六者，成败之基，利害得失，关系非轻。请君自择去就。

张　婴　这个……

张　纲　这个什么？若闻义不服，天子震怒，荆襄兖豫大军云集垒门，强弱分明，其危可知。何不再思再想。

张　婴　愚下知罪！

张　纲　（唱）前太守肆贪暴本该处斩，
　　　　　　作反叛总觉得有玷豪贤。
　　　　　　今主上施文德故将我遣，
　　　　　　愿赐爵不征伐恩义加宽。
　　　　　　弃前功遭刑戮悔也枉然。
　　　　　　叫将军从深计改恶为善，
　　　　　　祸与福一转念万勿迟延！

张　婴　哎，大人！
　　　　（唱）婴本是荒鄙人识薄见浅，

据山林若釜鱼残喘苟延。
既不仁又不义实觉羞惭，
恐投诚身被戮妻子牵连。

大人，荒鄙愚人，因贪官所迫，不能自通朝廷。遂复聚众偷生，如鱼游釜中，喘息须臾不及后顾。今闻明府开诚晓谕，使婴等再见天日，尚有何言？但即蹈不义，实想罢兵之日，不免妻子被戮，祸及他人。

张　纲　将军，你我指天为誓，必不爽约。所有部属，欲为郡吏，本公皆量材召用，否则给资遣散，俾成良民！

（唱）若醒悟即请将所部遣散，
保全你一家人本公承担。
愿为吏把他们一一举荐，
愿为农援田宅锄雨犁烟。

张　婴　哎，大人！

（唱）半世飘流如落梗，
无知几次抗天兵。
深感大恩留残命，
他日报国舍此生。

张　纲　将军，醒悟不失俊杰，本公即日修表奏明天子，加官进爵。

张　婴　大人，婴只知罪犯弥天，今蒙开恩保取，愿随左右，稍尽犬马之劳。至于功名富贵，不敢有所奢望。

张　纲　将军，哈哈哈！

（唱）恕军威先尽元戎令，

张　婴　不敢。

张　纲　哎！

（唱）嗣后方叙知遇情。
去邪归正更堪敬，[张婴下，张纲未察觉。
算得草莽一英雄。
同心为国去效命，
保你麟阁标姓名。

哎呀，怎么不见人了？

将军霎时无踪影，
叫人狐疑难辨清。
莫不是怪我性刚猛，
莫不是怪我意不诚。
看起来寇盗无定性，
口是心非欺本公。

低头帐内忧忡忡，
无聊懒听对语莺。
［张婴自缚上。
张　婴　（唱）国家军威神鬼惊，
抛戈解甲去投诚。
张　纲　那是将军！
张　婴　（唱）走上前来忙跪定，
叩谢明府保余生。
张　纲　这是何意？将军请起。
张　婴　草寇等负罪如山，怎敢起立！
张　纲　将军说哪里话来，待本公亲与将军松绑。
卒　　　禀爷，筵齐。
张　婴　下边伺候。禀大人，荒山无物可敬，今备水酒，微表敬意。
张　纲　将军美意，怎好推却，你我同到宴上。
正是：
国家威严真堪庆，
一军未动众投诚。
将军，随本公来。哈哈哈！（同下）

第七回　呈奸谋梁冀除异己　仗忠义李固击权奸

［中军四校尉引李俊上。
梁　冀　（诗）威风凛凛振公卿，
势焰熏熏满朝廷。
赏罚不由汉天子，
生死在我掌握中。
国丈梁冀。官居大将军之职。因吾为椒房之戚，国家权柄，俱归我手。从前废去质帝，王升劝我趁机夺取刘氏江山，怎奈李固、杜乔在朝，不敢妄动，只好商于太后，奉蠡吾侯刘志为君。昨日冯匡上疏劾吾，怎知新主乃吾之婿，岂有加害之理。但是这等叛逆，不除总是后患。适才相约王升，怎么还不见到来？
［王升上。
王　升　（引）棨戟照日月，
黼黻唤乾坤。
卑职参见千岁。
梁　冀　免礼，请坐。

王　升　告坐。千岁见召，有何大事商议？
梁　冀　鸿胪，昨日冯匡上疏劾吾，你可知否？
王　升　怎能不知。以卑职看来，这种举动，分明是李固指使。
梁　冀　你倒看得不错。吾欲除他，苦无良法。鸿胪，你可有妙计？
王　升　（作思）嗯，不难，不难。卑职只闻得李固府中，有豪曹剑一口，削铁如泥，是件有用之物，今将李固请过府来，向他借用，如若奉献，必无他患。若有违抗，再为除之，不患无名。千岁以为如何？
梁　冀　妙极，妙极。来，这是名帖一张，速请李太尉过府议事。
中　军　是。（接贴下）
王　升　千岁，李固到来，卑职凭着三寸不烂之舌，说他归顺千岁忠心诚服。
梁　冀　诚恐未必。

［李固随中军上。

李　固　（引）忍气会谗臣，

屈志见小人。

中　军　禀千岁，李太尉到。
梁　冀　有请。
李　固　大将军安？
梁　冀　太尉你好，请坐
李　固　有座。大将军相召，有何国事商议？
梁　冀　太尉。
李　固　大将军。
梁　冀　哈哈哈！吾欲在贵府乞借一物，万望赐允。
李　固　所借何物，请讲。
梁　冀　咦，哈哈哈哈！吾欲借太尉豪曹剑一用。万望勿吝是幸。
李　固　（背思介）奸贼借此牢笼老夫，我岂能归顺逆贼。大将军勿怪我惜吝，此物大有关系。除此之外，无不从命。
王　升　李大人，你好不达时务呀！赫赫外戚，借此区区一剑，何必违抗？以晚生愚见，不如将此剑献给千岁，彼以青眼顾盼大人，岂不美哉？
李　固　哼！
王　升　勿怪晚生多口，大人请再熟思。
李　固　大人出言差异！此剑乃系我传家之宝，岂可轻借于人？恕不从命。
王　升　大人如此执拗可谓剖腹藏珍，爱宝而不惜其身！
李　固　大人何以威势加我，想我李固，一生秉性忠直，服膺纲常，不会逢迎谄媚，岂效寡廉鲜耻之辈，贪图富贵，做人鹰犬。
王　升　大人讲下这般言辞，你就不怕祸吗？
李　固　纵有祸事及身，乐愿为之，决不苟生遗臭。大人好不自量。可笑，可笑。

哈哈哈！

（唱）我昔日读诗书十年窗下，
只晓得尽孤忠报答国家。
岂肯效无耻徒做人犬马，
附势炎善逢迎只为乌纱。
豪曹剑本是我祖先留下，
怎能舍传家宝换取荣华。
借剑事请大人暂且作罢，
夺人美非君子理上有差！

梁　冀　李固，老匹夫！既不献剑何必辱骂。三日以后，叫你知我厉害。

李　固　梁冀，国贼！我是国家大臣，你将我敢怎么样？

梁　冀　哎，我好气也！

（唱）老匹夫言语中将我毁骂，
欺皇戚就算是藐视王法。

李　固　（唱）非怪我言语中将你毁骂.
唯怪你做的事太得不法。

梁　冀　（唱）借此剑言出口岂能善罢，
入笼鸟大料尔难飞天涯。

李　固　（唱）我本是国大臣陪王伴驾，
不是你私养的护身爪牙。

梁　冀　（唱）老匹夫扬袍袖敢将吾打？

李　固　（唱）打死你卖国贼命染黄沙。（取石砚打）

梁　冀　校尉！将李固这个匹夫与我绑了。

李　固　哼！

梁　冀　匹夫当真反了！

李　固　呀呸，汝非吾君，我非你臣，何反之有？哎，我好恨也！

王　升　你自取其祸，恨着谁来？

李　固　我只恨石砚太轻，不曾打死这个国贼！

梁　冀　来！推下砍了！

李　固　哎，哈哈哈！杀。

［校尉押李固下，校尉捧人头上。

校　卫　献头。

梁　冀　打下去！

王　升　好不吓煞人了！

（唱）真道是国王戚令人惊怕，
把一个太尉官登时斩杀。

文武臣都站在威严之下，
我怎敢越律条来犯王法。

千岁，今将李固杀害，皇上加罪，这如何是好？

梁　冀　鸿护勿忧，吾明晨上殿，本奏天子，就说老贼欲谋江山，酒醉泄露，因而处斩。皇上其奈我何！

王　升　此计虽妙，只愁一件。

梁　冀　哪一件？

王　升　李固虽死，冯匡尚在。诚恐久后复仇，莫若乘早除之、以绝后患。

梁　冀　鸿胪言之有理。这是大令一支，速率百名校尉，今晚去杀冯匡及李固满门家眷，再搜豪曹剑。

王　升　卑职遵命。

梁　冀　速去，勿要走露消息！

（唱）汉室江山归吾手，
剪除非类要迅速。（下）

第八回　李太尉效忠遭残害　冯议郎携眷出网罗

［李雪琴、凤奴上。

李雪琴　（唱）财狼纵横狐成群，
孤忠为国一老亲。
将军平勃今已故，
谁是安刘扶汉人。

李雪琴。梁冀请我爹爹过府议事，去了半日，怎么还不见回来？

［家院上。

家　院　（引）探得机密事，
忙报姑娘知。

姑娘，不好了！

李雪琴　何事惊慌？

家　院　哎呀姑娘，梁冀奸贼，请老爷过府，勒要我家豪曹宝剑，老爷不允，他将老爷……

李雪琴　将老爷怎么样？

家　院　将老爷立斩府门。

李雪琴　怎么说！（昏倒）

凤　奴
家　院　姑娘苏醒！

李雪琴　（唱）听一言吓得我魂飞魄散，

哎呀，难见的爹爹！

止不住痛煞煞泪如涌泉。

可怜你秉忠心气冲霄汉，

一心要学一个龙逄比干。

到今日遭贼害身首两断！

老爹爹呀！

我和贼这冤仇不共戴天。

家　院　姑娘，不唯老爷已死，目前还有大祸。

李雪琴　还有什么大祸？

家　院　老奴闻听，梁贼今晚差人来杀我们全家。

李雪琴　啊，也罢！与其遭贼所杀，不如先死甘休。（欲死）

凤　奴　姑娘不必如此，凤奴情愿与老爷报仇！

（唱）不平事气得我浑身发颤，

实可恨狗奸贼横行朝班。

黄昏时我暗藏青锋宝剑，

入贼府杀他个血海尸山。

李雪琴　妹妹莫可。倘若杀贼不死，岂不反遭其殃。

凤　奴　无妨。

李雪琴　不妥当。

家　院　姑娘，我们还是另想良法。

李雪琴　我一时心慌意乱，也是想它不出！

家　院　既无良法，待老奴速往书馆，请出我家姑爷，大家商议。

李雪琴　如此你速快去请。

家　院　老奴遵命。（下）

李雪琴　爹爹呀，爹爹！这是你白发报主的下场了！

（唱）可怜你遭贼害十分伤惨，

倒叫我女孩儿左右为难。

霎时间只觉得心慌意乱，

想不下妙计儿为父报冤。

［家院引冯匡上。

冯　匡　（唱）闻凶信真将人肝肠疼烂，

这才是大火起又将油添。

辜负了老岳父丹心一片，

遭毒手顷刻间命丧黄泉。

李雪琴　哎，我叫叫一声郎君呀郎君，可怜我父年迈苍苍，秉性忠耿，只说将奴许君，永作偕老。不料遭此大祸，我今一死，终是难免。你速快逃走，图谋良策，与我父报此血恨之仇，妻死九泉也感郎君的大恩了。

（唱）劝郎君速逃命休将妻管，
诚恐怕祸临身玉石俱燃。
此一别今世里恐难再见，
千万间莫忘却嘱托之言。

冯　匡　（唱）你不必哭啼啼泪流满面，
这大祸从天降真道惨然。
速筹划救急法莫可怠慢，
若迟延贼兵到怎脱龙潭！

李雪琴　哎，爹爹！

冯　匡　贤妻不必悲哀，我们还是逃走为妙。

李雪琴　该逃何处？

冯　匡　我表兄张纲，镇守广陵。你我逃向那里。再好商议报仇良策。

李雪琴　中途若遇追兵，那倒怎了？

冯　匡　有我不怕什么。

李雪琴　郎君一人，怎能抵众？

凤　奴　若有追兵，我愿协同姑爷杀贼。

冯　匡　凤奴，你乃女儿，怎能杀贼？

凤　奴　姑爷休要小量人也！

（唱）我本是雄赳赳女中好汉，
休当就寻常的懦弱丫环。
我一怒能把那乾坤扰乱，
追兵到杀他个片甲不还！

冯　匡　如此甚妙。

李雪琴　我们作速更衣，一同逃走了！（换衣）

（唱）在绣阁将通身衣衫更换，
洗脂粉卸去了耳边钗环。

冯　匡　（唱）若逃出洛阳城天遂人愿，
杀奸贼与岳翁雪恨报冤。

凤　奴　（唱）缠包裹保姑娘脱离危险，
双足上蹬快靴同奔阳关。（下）

［王升带校尉执火把上。

王　升　（唱）领人马好一似天神下降。

鸿胪卿王升。领了梁大将军之命，今晚去杀李固家眷。来，催马李府。

（绕圆场）

校　卫　来在李府。

王　升　将李府团团围定，莫叫走脱一人。进内搜检！

［校尉两厢搜检。

校　卫　府中无人。

王　升　箱柜中去搜豪曹剑！

校　卫　倒有宝剑一口。

王　升　呈来。果是豪曹剑，耳房去搜。

校　卫　无有。

王　升　必是有人走风，全家逃走。来，带马出城追杀！

（唱）叫众将随老爷出城追赶，

事成后定能以官上加官。（同下）

［冯匡、李雪琴、凤奴上。

冯　匡　（唱）天微明离洛阳逃出虎口，

幸喜得鲤鱼儿脱去金钩。

李雪琴　（唱）竟忘带豪曹剑仓皇出走，

凭何物杀奸贼雪冤复仇。（同下）

［王升带校尉上。

王　升　（唱）众将官出城去齐声怒吼，（同下）

［冯匡、李雪琴、凤奴上。

李雪琴　（唱）却怎么金鼓鸣喊声不休。

叫郎君速御敌精神抖擞，

若迟延贼兵到同作楚囚。

凤　奴　哎呀姑爷，后有兵马之声，想是追兵到来。

李雪琴　这该怎处？

冯　匡　贤妻同凤奴前边逃走，待我迎敌。

李雪琴　你要小心！（与凤奴下）

（王升待校尉追上，与冯匡开打，王升败下，冯匡追下）

（李雪琴。凤奴上）

李雪琴　（唱）满胸中不平事向谁告诉，

凤　奴　（唱）越高山过峻岭受惊担忧。

李雪琴　（唱）双足疼遍体困实难行走，

倒不如扑崖死一命罢休。

凤　奴　（唱）叫姑娘莫轻生随我快走，

暂避在庙宇内再做良筹。（扶李雪琴下）

［冯匡急上。

冯　匡　（唱）但不知她主仆何边逃走？

找不见又与我加上忧愁。

贤妻，凤奴！一时唤她不应，待我入山去找。（下）

第九回　崔子贞方酣江湖兴　张太守遗嘱左军戎

［崔老仆上。

崔老仆　（扳歌）戴箬帽，持钓竿，
每日打鱼在河湾。
吃淡饭，穿布衫，
自食其力在田间。
田间气味最新鲜。
无烦恼，无挂牵，
赛过一位活神仙、活神仙。

我乃崔府老仆。自那年跟随老爷来到石梁，每日里打鱼卖酒，以维生活。虽然上作劳苦，倒还觉得安闲。哎呀，黑云四起，大雨将至。怎么，老爷、夫人还不见到来？

［崔实、杜若霞上。

崔　实　（唱）披蓑衣夫妇钓湖滨，

崔老仆　哎呀，来了。来了！

杜若霞　（唱）终日奔波只为贫。

崔　实　（唱）浓阴似帐花半隐，

杜若霞　（唱）细雨如烟草色新。

崔　实　哎！

（唱）田间劳苦行不困，
箬笠斜戴雨纷纷。

杜若霞　哎！

（唱）霹雳一声乾坤震。

哎呀，我的妈！

崔　实　娘子，你那是怎么样了？

杜若霞　（唱）宇宙黑暗罩乌云。

崔老仆　这一下不得了！

杜若霞　（唱）四肢无力向前进。

崔　实　娘子勿惊。

杜若霞　哎呀！

（唱）雷声隆隆吓煞人。

崔　实　娘子，云散雨止。你再不要惊怕了。

杜若霞　哎，你看天地间之变化，真是无穷。其妙不可言，其神不可测。将一个黑暗世界，霎时就换成个明朗乾坤。

崔　实　娘子，你怎么还畏惧雷？

杜若霞　郎君，圣人说，迅雷风烈必变。怎得不怕？

崔　实　那么娘子受惊。

杜若霞　多劳郎君关心。

崔　实　娘子，你看雨住天晴，气象清爽。林深人静，鸟语花香好一派景致也！

杜若霞　郎君，你我趁此良辰，赏玩美景，以解客乡苦况。

崔老仆　老爷，夫人所说的话，甚是有理，我们大家同赏同玩。

崔　实　哎！

（唱）雨过绿野含膏润，

杜若霞　（唱）风迎落英满衣襟。

崔　实　（唱）隔岸桃花红似锦，

杜若霞　（唱）夹路杨柳绿如云。

崔　实　（唱）蝶衔花蕊蜂衔粉，

杜若霞　（唱）黄鹂穿林暗窥人。

崔　实　（唱）紫燕高飞碧空尽，

杜若霞　（唱）红杏处处次第春。

崔　实　（唱）石桥竹风散清韵，

杜若霞　（唱）遍地黄花浑如金。

争枝雀鸟声频频，

一声儿高、一声儿低，声高声低不停息。

母呼女、兄携弟，

唧唧喳、喳喳唧，唧唧喳喳枝头啼。

终日同飞无忧虑，

朝朝暮暮相爱又相依。（落泪）

崔　实　娘子，你怎么伤心起来了？

崔老仆　夫人呀，你听鸟儿叫得真是入耳中听，你应该欢喜，怎么反忧愁起来了？

杜若霞　哎，我可莫说雀儿呀，雀儿！你只知巧弄你那如簧之舌，率领着你那子女欢聚一处，无拘无束，跳跳叫叫，表现出你无限的得意。你怎知我离乡之人，闻之能不生恨，能不伤心？雀儿呀，雀儿！你分明是嘲笑我，你分明是骄傲我，你叫得真厌气，你叫得真乏味也！

（唱）闻啼鸟声声俱是恨，

双眉愁颦手捧心。

想起家乡珠泪涔，

珠泪儿涔，珠泪儿涔，珠泪儿涔涔洒衣襟。

想起当年避梁冀，

妻依夫来夫赖妻。
他乡作客大不易，无以为生计，
石梁设酒肆，辛苦自食力。
迄今五载家人父母诸姑姐妹久隔少音又无信，
看起来人不如鸟枉为人、枉为人！

崔　实　哎，我的娘子！
（唱）娘子不必泪涔涔，
你我同是苦呻吟。
恨梁冀执政专外阃，
通敌卖国害荩臣。
无奈辞官将身隐，
与夫人卖酒学古人，
久别家乡无音信，
触景伤情泪洒襟。
你哭我怎不痛悯？
你悲我怎不伤心？
劝娘子勿忧且容忍，
敬待杀贼谢国人。

杜若霞　郎君，想你我夫妻因避权奸，隐身此处，但是离家日深，岂能无思亲之心！

崔　实　哎，贤妻呀！（哭）

杜若霞　郎君，你怎么也哭起来了？

崔　实　娘子哭，我怎能不洒一点同情之泪。

崔老仆　哎，我也无家无舍，既无牵，又无挂，我也不想人，人也不想我。

杜若霞　我们坐在树阴之下休息片刻，再好回店了！
（唱）他乡作客思家甚，
何日回家省双亲！

崔　实　（唱）我们且坐树交阴，
休息片刻再回村。

［张婴孝服上。

张　婴　（唱）遵遗命石梁传口信，
不知哪个是崔君。
逢人施礼忙探问，

崔老仆　客人施礼为何因？
你家谁死了，我和你素不相识，怎么与我报丧来了？

张　婴　你不要胡说，我是找人的。

崔老仆　你找的哪个人？

张　婴　在下张婴。因奉张太守遗命。来此访问崔先生子贞。

崔　实　你是张将军，鄙人便是崔子贞。

张　婴　原是崔先生，见礼了。

崔　实　还礼了。请问将军身着孝服，访我有何要事？

张　婴　先生不知，张太守上月抱病竟至逝世，小将因感其德，身着孝服，扶柩归葬。

崔　实　将军，怎么说张仁兄因病告终？

张　婴　不在人世了。

崔　实　哎，我的仁兄呀！（哭）我兄临终可有遗命？

张　婴　却有遗嘱，先生请听！

崔　实　请讲。

张　婴　明府临终告予，言说强寇深入，边患日急，着小将率领所部，赴边抗敌，并恳先生前往军营商讨灭敌策略，促我国抗战早日胜利，以兴国家而安百姓了！

（唱）张太守抱病丧真道伤惨，
众百姓携子女府舍哭临。
有小将服缞绖扶柩送榇，
五百人亲负土高筑墓坟。
望先生怜民发恻隐，
出山灭敌挥三军。

崔　实　哎，我的张仁兄！

（唱）可怜兄事未成竟将命殒，

杜若霞　（唱）平外敌除权奸该靠何人！

崔　实　（唱）为国家收失地男儿责任，

杜若霞　（唱）怎忍叫好河山半壁陷沦！

张　婴　先生可该即日督师军前效命。

崔　实　鄙人尚有冗事羁身，还得拖延数日。

张　婴　哎呀先生。据报前方战事甚是吃紧。邯郸、磁州失守，彰德、汤阳紧急，我军完全退过彰河待援。而告急军书梁贼搁置不理，既不济师，又不发粮。眼看全军就要覆没。深望先生以国家民族为念，即时督军，拯救危亡。

杜若霞　郎君，当此国难严重之秋，正是国人效力之时。望郎君勿以儿女之情，夺了英雄之气。

崔　实　我妻深明大义，实在难得。但是我去之后，你们生计该靠何人？

崔老仆　老爷勿忧，我们凭这打鱼，也能混过日月。

杜若霞　郎君放心前往，为妻在此决受不了困。
崔　实　那么你我就此分别了！
　　　　（念）督师兼程赴军阵，
张　婴　（念）为国抵敌应同心。
杜若霞　（念）霎时夫妇要离分，
　　　　　　　唯有一笑送郎君。
崔老仆　快回，快回。（分下）

第十回　救生灵若霞投贼窟　执细作冯匡得密情

　　　　［曹彪带四卒上。
曹　彪　（引）为抢美人献国丈，
　　　　　　　带领雄兵围石梁。
　　　　末将曹彪。蒙梁公提拔，特授校尉之职。今据报告，此处有一美人，名曰杜若霞，心想将她抢来献与国舅，国舅乃是好色之徒，得了此女，岂能不另眼看待与我！
　　　　（念）坐官在会舔，
　　　　　　　舔要舔得谄。
　　　　　　　痒处搭一下，
　　　　　　　即时便升官。
　　　　来！兵发石梁。（绕圆场）
卒　　　禀爷，来至石梁。
曹　彪　众将，城外放火，着他将杜若霞送出，若还迟延打破城池，鸡犬不留！
　　　　（念）城外纵火将人杀，
　　　　　　　着他送出杜若霞。（同下）
　　　　［百姓甲、乙上。
百姓甲　（唱）贼兵杀人又放火，
　　　　　　　全城百姓难生活。
百姓乙　（唱）无处藏来无处躲，
　　　　　　　事到危急该怎么？
　　　　［崔老仆上。
崔老仆　哎！
　　　　（唱）门外人声闹嚷嚷，
　　　　　　　好似惊弓鸟着慌。
　　　　　　　提衣出门去观望，
众百姓　贼兵攻城甚急，这该怎了？

崔老仆 （唱）大家一处细商量。

百姓甲 老人家，贼兵声势汹汹，眼看就要进城！

崔老仆 哎，列位呀！

（唱）休惊怕来勿着慌，
救急还须妙主张。
束手待毙策非上，
倒不如慰劳备酒酿。

百姓甲 贼兵不爱犒赏。

崔老仆 他要怎样？

百姓乙 他说只要将崔夫人献出，即刻撤兵。

崔老仆 怎么说，他专为夫人而来？

百姓甲 正是的。

崔老仆 气煞人也！

（唱）听一言把我的肝胆裂碎，
贼无故欺压人是为怎的？
怒冲冲出城去和贼应对，
我不杀这伙贼誓死不归。

［杜若霞暗上听。

百姓甲 贼兵凶猛，你这大的年纪，又是一人岂不白白地送死！

崔老仆 难道当真将夫人送与他们不成？

百姓乙 我们情愿尽力防守，万一城破，俱死于难，也落个殉城义烈。

崔老仆 那个不妥，我们另想办法。

杜若霞 哎，原来如此！

（唱）听罢言来切齿恨，
乱世民命等灰尘。
门内悄立身困顿，
皱着眉头捧着心。
霎时只觉方寸乱，
再听他们说原因。

百姓甲 老人家，你有妥善办法无有？

崔老仆 哎，兵临城下，有甚方法可想！

百姓乙 我们不能保护夫人，实在惭愧！

杜若霞 好不难煞人也！

（唱）贼凭空撒下天罗网，
我隐身无术怎躲藏？
自告奋勇贼营往，

为百姓虽死也荣光。

百姓甲　哎呀夫人！此事万万通不得，我们决不忍夫人受贼凌辱。

杜若霞　列位讲话哪里，想这祸是我的祸，冤是我的冤，与你们有甚关系。列位的好意，我非常的感激了！

（唱）薄命女儿心惆怅，
命中造定这祸殃。
劝列位镇静勿恐慌，
赴汤蹈火我愿当。

崔老仆　（唱）太尉女千金体愿受艰困，
只说是自食力天降祥祯。
谁料想梁冀贼凶恶太狠.
一家人今别离如刀割心！

［内喊杀声起。

百姓乙　贼兵声势迫近，这倒怎了？

杜若霞　哎！

（唱）吞声再拜别诸君，
拂拭罗裙出里门。
视死如归身迎刃，
但求百姓能生存。

百姓甲　夫人莫可。

杜若霞　你们勿管。（下，百姓甲、乙随下）

崔老仆　哎，夫人呀！夫人身入贼窝，我不免整理行装入京，报与太尉得知了！

（唱）整理行装入洛阳，
报告太尉知端详。（下）

［卒引曹彪上。

曹　彪　（唱）梁公委我把兵掌，
坐在虎椅喜洋洋。

卒　禀爷，美人到。

曹　彪　到底军令森严，谁也不敢违抗！传出有请。

卒　美人进帐。

［杜若霞上。

杜若霞　哎，来了！

（唱）举泪眼展愁眉心肝裂破，
低下头进了这虎穴狼窝。
众贼兵见我面丑态百作，
两廊下都向我讥笑语多。

我本是贤良烈女遭坎坷，
并非是攀龙附凤女妖魔。
我好比入笼鸟难以飞躲，
站帐下静待着将我发落。

曹　彪　下站你是杜美人？

杜若霞　不错。但不知将军召我所为何事？

曹　彪　末将奉梁将军之命，特来迎接美人。车已备妥，今日送你进京，若能得宠，美人身享荣华，末将还要靠你提拔。

杜若霞　我已到此，还有什么话说。不过我有几句话，要求将军容纳。

曹　彪　有甚话儿，请讲当面。

杜若霞　是你言得明白，若能送我出城，立即拔营出界，却不要食言。

曹　彪　那是自然的。还有什么？

杜若霞　护送人役，应当处处放宽，不得以军犯待我。

曹　彪　完全依你。来，命你二人护送美人进京，中途殷勤从事不要难为于她。

卒　　　遵命。如今请来上车。

杜若霞　那么我告辞了！

（唱）勉强支持将车上，
好似冤鬼见阎王。
还要我另把良方想，
免得临危身受伤。（下）

曹　彪　美人已去，不免率部原防，静待封赏。来，带马！

（唱）献美人定然有封赏，
率部即日回原防。（下）

第十一回　李将军奋勇破奸计　崔夫人全节逃嘉山

［冯匡上。

冯　匡　哎！。

（唱）逆贼通敌祸祖国，
一心要演戏傀儡。
半壁山河已破碎，
愿赴沙场杀蛮贼。

冯匡。自从那年遭贼所害，夫妇出逃，中途被追兵冲散，是我费尽辛苦，遍找无踪。兼之梁冀国贼，勾结鲜卑入寇华北，匡感夷狄之凶狂，愿赴军前为国效命，外患平息，再好访寻我妻。哎呀，那边来了一人，鬼头鬼脑，必不是个好人。待他到来，不免盘查一番。

［梁信差上。

梁信差　（引）为官要有势利眼，
　　　　冷者远离热者舔。

冯　匡　来人何名？

梁信差　没名。

冯　匡　从何处来？

梁信差　从来处来。

冯　匡　往何处去？

梁信差　往去处去。

冯　匡　作何事业？

梁信差　你是个什么玩意儿，敢来盘问。休走，看刀！

［梁信差执刀砍，冯匡打刀落地，信差跪。

冯　匡　好好说了实话，饶你狗命！

梁信差　先生息怒，我是奉梁大将军之命，前往敌营下书。

冯　匡　可有回书？

梁信差　没有。

冯　匡　书中所言何事？

梁信差　那我实在不知。

冯　匡　贼子看剑！

梁信差　哎、哎、哎，这是回书。

冯　匡　（接书、杀死信差）去吧！待我拆书一观，哎呀，原是梁贼通敌，约定九月一日夜总攻。我还是先到军营，报与李兄得知。（下）

［番卒、番将引檀石槐上。

檀石槐　（唱）与梁冀密约已签定，
　　　　调集人马到大营。
　　　　明晚全面总反攻，
　　　　一战定能擒李膺。

鲜卑酋檀石槐。幸喜中国大臣梁冀暗与孤家通信。约定明晚协我反攻，成功之后，准他为中国皇帝。孤已复函，准他所请，眼看日已西沉。来！人马可曾调齐？

番　将　齐备多时。

檀石槐　吩咐我军齐集校场，听候检阅，准备明夜总攻。

番　将　得令。（分下）

［崔实、冯匡、张婴、王能上。

崔　实　（引）旌旗招展蔽风霜，

冯　匡　（引）三略六韬胸内藏。

张　婴　（引）誓灭蛮夷安社稷，

王　能　（引）腰中宝剑射星芒。

崔　实　崔实。

冯　匡　冯匡。

张　婴　张婴。

王　能　王能。

崔　实　将军升帐，我们早来伺候。

众　　　请。

［四龙套、四卒引李膺上。

李　膺　（引）一片丹心，领雄兵扫荡寇氛。

众　　　参见将军。

李　膺　请坐。

（诗）天日暗无光，虾夷寇边疆。

要仗忠义节，力扶锦家邦。

度辽将军李膺。可恨梁冀国贼，通敌卖国，一心想做傀儡皇帝。贼的奸谋已被冯贤弟破获。但是敌强我弱，诚恐不易取胜。

冯　匡　将军勿忧！将在谋而不在勇。知己知彼，百战百胜。某有一计，强敌可灭。

崔　实　莫非用火？

冯　匡　正是此意。

李　膺　此计甚妙，但不知应当如何布置？

冯　匡　应依山空设帐幕，内藏草人及硫磺焰硝引火之物，待敌深入，我军四面杀出，顺风举火，敌酋可擒。

李　膺　如此崔实、冯匡听令！

崔　实
冯　匡　在。

李　膺　速率三千人马，依计而行。

崔　实
冯　匡　得令。（下）

李　膺　张婴听令！

张　婴　在。

李　膺　速率所部埋伏山南，俟梁让等入山，截断归路，见火杀出。

张　婴　得令。（下）

李　膺　王能听令！

王　能　在。

李　膺　命你带领五千铁骑依河埋伏，等敌人败退时，杀出勿误。

王　能　得令。（下）

李　膺　众将！随本军出营巡察。正是：

虎帐谈兵按六韬，

安排香饵钓金鳌。（同下）

［梁让、梁忠带四卒上。

梁　让　梁让。

梁　忠　梁忠。

梁　让　奉了大将军之命，今晚协助鲜卑总攻李膺部属，来至太行山，众将官！奋勇进攻。

（同下）

［檀石槐带将、卒上。

檀石槐　怎么全是空营？来！速快退回。

［四面火起，檀石槐带二将、四卒下。梁让、张婴对上交战，张婴左臂受伤败下，梁让追下。张婴又上。

张　婴　（唱）保卫祖国杀戎羌，

损坏左臂痛肝肠。

男儿战死沙场上，

死后也觉有荣光。

奋勇裹伤再抵抗，

杀蛮奴恢复我边疆。

［梁让追上，接打，张婴被杀。李膺、崔实、冯匡带卒上。梁让逃下。

卒　　禀爷，张将军落马。

李　膺　接刀。（下马）

（唱）见将军殉难沙场上，

我的将军呀，哎，我的将军！

为国捐躯作国殇。

寇氛未靖身先丧，

常使英雄泪两行。

冯　匡　（唱）可怜忠勇一虎将，

捐躯报国在沙场。

与民族作一好榜样，

名留青史也芬芳。

崔　实　二位仁兄勿悲，张将军慨然奋勇迎敌，视死如归，以身殉难，其大节壮烈，足以发扬民族正义，足以惊天地而泣鬼神。我国军民应奉之为圭臬！

（唱）忙掘墓穴将他葬.

乘机追杀丑强梁。（掩尸同下）

［李膺、崔实、冯匡左上，檀石槐带二将右上，对杀。檀石槐、二将败下，李膺、崔实、冯匡追下。

［檀石槐带将、卒溃败上。

檀石槐　好杀，哎嘿好战！

（唱）三十万大军死得惨，
　　再不敢轻易犯中原。

来！整顿残部，马上加鞭，速快回国。（逃下）

［李膺、崔实、王能带卒上。

李　膺　（念）驱敌出境雪国耻，
　　为国捐躯保家乡。

卒　禀老爷，冯先生有书。

李　膺　呈来。哎呀，冯贤弟功成身隐，不忘糟糠之妻。真忠义之士也！

崔　实　仁兄，国难已平，弟拟石梁探视妻室。

李　膺　贤弟莫可。国难虽平，梁贼未除。我弟应以国家为重，帮同愚兄入京杀贼。至令正夫人，可差二十名兵丁去迎。

崔　实　为弟遵命。

李　膺　来，速备车马，前往石梁，迎接崔夫人入京勿误。

卒　得令。（下）

李　膺　众将一同入京了！

（唱）凯旋回京除内患，
　　肃清朝野把民安。（同下）

［众卒引杜若霞乘车上。

杜若霞　（唱）车声辚辚马萧萧，
　　断送羁躯在今朝。
　　赴义就死犹含笑，
　　声名山重命鸿毛。
　　见深林绿野翻翻闹，
　　一座高山达天霄。
　　若霞低头生计巧，
　　托故瞒哄众贼曹。

人役们，前面何山，一片好景？

卒　这是嘉山，乃是有名的胜地。

杜若霞　如此你们停车，我要上山看看风景，望望家乡。

卒　那可不行！

杜若霞　哼！难道你们忘了，将军临行所吩咐的话吗？

卒　这个……

杜若霞　哇！你们若不遵从我命，我到京定叫国丈杀你！

卒　美人息怒。我们让你上山，可是你要速去速来。

杜若霞　那何待说。

卒　山上寒冷，将我的衣帽给你穿上。我们在此等候。

杜若霞　多谢你的好意了！

［卒下。

（唱）下帏车心惊胆又颤，
慢步儿低头上山巅。
见石级迂回鸟道旋，
奇花异草布满山。
麋鹿对对相亲善，
猿猴树梢打秋千。
把这样美景无心看，
想起爹爹泪涟涟。
侧耳不闻郎君唤，
凝眸难见故家园。
方想到牺牲二字随心愿，
不觉得一种侠气上眉尖。
只拼个凭崖高跃寻短见，
休虑那玉碎珠沉谁可怜！

崔郎呀崔郎！你怎知你妻惨死荒山。身葬兽腹，以后你在哪里找，你在哪里寻？事已迫急，我不能不死！（停）哎，我想自杀乃弱者之所为，我岂能做此无谓之牺牲。有了，我穿他们这件衣帽，旁人决看不出我是个女子。不免顺着山坡逃走，见了崔郎，再好商议报仇雪恨了！

（唱）急逃性命莫迟缓，
恨不得插翅飞过山。（下）

［众卒上。

卒　怎么还不见美人下山？我们催她即时起程。（望）啊，怎么不见人了？必定从此偷跑。料她也走不远，我们速快追赶！

（唱）咱们一同去追赶！
料她不能飞上天。（同下）

第十二回　白衣庵隐迹暂避祸　李雪琴出险复遭擒

［李雪琴、凤奴上。

李雪琴　（唱）李雪琴在尼庵忧愁烦闷，

想起了伤心事滴泪纷纷。
若果是前世孽今难逃遁，
却怎么将裙钗生在宦门？
梁冀贼作奸宄人神共愤，
为何不把此贼灭绝断根！
我的父效孤忠身危命殒。
冯郎夫为国家东逃西奔。
说什么有天理万难凭信，
倒不如拼一死撒手归真。

凤　奴　哎，姑娘！
（唱）姑娘不必泪涔涔，
常言忧愁最伤人。
可怜我家遭厄运，
逃难在外受艰辛。
我主仆既藏尼庵应当摆脱一切烦恼与世不闻问，
何必忧闷暗伤心？

李雪琴　唉！

凤　奴　姑娘呀，你再不要伤心了。咱们境遇遭到这里，也是讲不起了。还敢再烦闷吗，倘若忧愁出病来，谁管咱们？

李雪琴　哎、哎、哎！
（滚）我叫叫一声妹妹呀、妹妹，糊涂的妹妹！你看我遭此大祸，家破人亡，我主仆虽脱虎口，隐匿此庵。前途茫茫不堪设想，你叫我怎得不愤，怎得不恨了！
（唱）何处是你我归宿地？
哪个是你我救命人？

凤　奴　姑娘呀，事已至此，哭也无益。听说白衣大士，广施慈航，普渡众生。你我同去参拜大士，求其保佑。

李雪琴　妹妹，这神都是哄人的。若果有神，将我们也不会苦到这地步！你那无聊的话，我实在不愿听，我也不愿去。

凤　奴　好我的姑娘呢，人常说，观音大士与此土有缘，我们诚恳祈祷菩萨当然是默佑的。姑娘不必执拗，还是进内参神才是。

李雪琴　如此前边带径了！
（唱）勉强移步向前进，
举目佛殿焕然新。（看神惊）

凤　奴　姑娘那是怎么样了？（雪琴指神）
那是韦陀真神，金盔、金甲，威武森严，降魔除邪，神通广大，佛家舍利全赖于他。此神专救灾难不必惊怕。

李雪琴　我明白了!

（唱）佛法魔王不敢侵，
委托保护功德深。
奈何任贼施残忍，
通敌卖国罪孽深。
弑天子、除荩臣、纵爪牙、害黎民、行凶残暴你不过问!
难道说你重道不重人、不重人?

凤　奴　姑娘，你那又是怎么样了?（雪琴又指神）

啊，你说的是这?哎，他是护法神师，红须红发，锯齿獠牙，面貌狞恶，其心可嘉。救苦救难，广施佛法。诚心求救，不要惮怕。

李雪琴　哎，原来是他!

（唱）护法神师貌严森，
伟大佛法赖保存。
妖魔见他都恭顺，
不敢为恶在山林。
持月斧、露赤心、护佛法、功德深、觉世道、赖保存、祸及残暴福良民，
何不除梁冀狗奸臣、狗奸臣?

凤　奴　哎，姑娘!

（唱）姑娘何须发愤恨，
难道说神圣有私心。
你说是作恶未遭困，
又说是为善亡了身。
常言道天理昭彰不含混，
善恶到头终有分。
叫姑娘再莫要将神恨，
一同叩首拜观音。（拜起）

姑娘，你看这个童子，赤着足，笑颜可人。哎，你再看那女童，妙目天姿，手执拂尘。姑娘你向上看，紫竹林中现出观音。鹦鹉飞舞，柳枝生春!

李雪琴　哎呀!

（唱）白鹦鹉为大士传达音信，
柳竹林打坐着白衣观音。
善财童在一旁拱手为仪，
龙女儿她那里侍奉殷勤。

我主仆困庵中怀冤抱恨，
照这样受折磨怎不痛心！（坐）

［悟来上。

悟　来　（引）早晚虔心把佛信，
渡我西天侍慈尊。
老尼悟来。看破红尘烦恼，决心弃俗修行。出家已有十载，每日念佛烧香，不曾稍有间断。今早烧香已毕，正欲静坐参禅，忽听佛殿有絮絮叨叨之人声，待我进内看个明白。哎，我当是谁，原来才是李小姐。

李雪琴
凤　奴　（起）师傅到了，请坐。

悟　来　有座。你们因为何事，在此伤心？你看哭得和泪人一样。

李雪琴　师傅不知。自从梁冀国贼依势欺人，害得我骨肉亲戚或亡或散，天涯飘流，不能相见。想起叫人怎得不伤心！

悟　来　小姐，你再不要哭了。人常说，善有善报，恶有恶报，若还不报，时辰不到。你在这里怨大士则甚？这群混世魔王下凡，众生都要跟上遭殃呢。等到恶贯满盈，定要打入阿鼻地狱受罪。李老爷虽然被他所害，死后定到极乐世界享福去了。

李雪琴　哎，纵然死后升天，也不如生前免难，这不过宽宽心罢了。

悟　来　真的，真的。你再不要哭了！
（唱）祸福从来有前因，
慈悲才是菩提心。
劝小姐莫将神错恨，
还须要修心并修身。

李雪琴　师傅呀，你看我主仆均系女流，将来究竟怎样，还望师傅指点迷津。

悟　来　二位小姐，佛门理应救苦救难，但是要你疏食淡饭，礼佛诵经，早晚忏悔，静待好音。

李雪琴　谨遵师命了！
（唱）我未曾开言泪纷纷，
只好将后果证前因。
过去的事儿作罢论，
祈大士速降甘露恩。
引我父早把天堂进，
保冯郎与我通信音。
但愿得我佛菩萨广施威力将这奸党一个一个个个都灭尽，
我生生世世拜慈尊。

［甲、乙二将带四卒上。

将　甲　（唱）据报美人藏此院，
将　乙　（唱）我们才将心放宽。
将　甲　（唱）来至山门大声喊，
将　乙　（唱）开门来，开门来！
将　甲　（唱）迟开门放火要烧庵。
悟　来　（唱）耳听得山门外马嘶人喊，
李雪琴　（唱）吓得我李雪琴胆战心寒。
凤　奴　（唱）莫非是贼强盗行凶作乱，
悟　来　（唱）危机时我唯有怨恨苍天。
李雪琴　（唱）我二人神台后暂避危险。
悟　来　（唱）乞菩萨保佑她主仆安然。（开门）
将　甲
将　乙　（进门）你这老怪物，为何才来开门？
悟　来　我惮怕。
将　甲
将　乙　你将美人呢？
悟　来　我将麦仁清早煮着吃了，尚有剩余，老爷们渴咧请到灶房去喝。
将　甲
将　乙　你口里胡打的啥岔，我问美人，你怎么说麦仁。
悟　来　老尼实在不知什么美人。
将　甲　我们不要听这老怪胡说，自己进内搜检！（两厢搜检）咦，怎么无有？
将　乙　神台后搜查。
将　甲　（将李雪琴扯出）老怪物！你不知道美人，这是个什么？
悟　来　她是我家小姐。
将　乙　我知道。哼！你害得我们好苦。只说将你寻不着，我们该拿什么交差。想我们奉了梁大将军之命，迎你进京，乃是极荣耀的事，也是得到了你的同意。你不该中途托故偷跑！
李雪琴　我并不知道这些事，想是你们将人认错了！
将　甲　绝对不会将人认错的。你将衣服再换，将我总是瞒不过的。
凤　奴　你们寻的哪个？
将　乙　咦，又是一个。
将　甲　好！将她二人一同绑上走。
李雪琴　哇！你说往哪里去，我就和你往哪里去，绑我是怎的？
将　乙　好，不绑了也罢。快快上车进京！
悟　来　老爷，不要错认了人。
将　甲　混账！

李雪琴
凤　奴　师傅！

悟　来　小姐。

将　乙　我要放火烧庵，叫你老怪物再不能借此隐藏人犯。

［放火，押李雪琴、凤奴下。

悟　来　哎呀，不好了！

（唱）可恨贼人真凶悍，
　　用火焚烧白衣庵。
　　我在此处不能站，
　　进京寻师将身安。（下）

第十三回　杜若霞穷途萌短见　冯济之拯溺惊噩耗

［杜若霞男装上。

杜若霞　（唱）离深山战兢兢往前逃奔，
　　贼兵追吓得我吊胆亡魂。
　　正行走双足痛遍体乏困，
　　见前边白茫茫烟雾迷津。

哎呀，前边洪湖阻挡，又无舟船可渡。这该怎处？

（听内喊）追兵已近，天呀，天呀！此处便是我杜若霞毙命之地了！

（唱）天注定洪泽湖该我命尽，
　　恨不能杀梁贼将我冤申。
　　崔郎夫但不知今在何地？
　　你怎知薄命妻身葬湖心！

罢了崔郎！说是罢、罢、罢！（扑湖）

［水手驾舟引冯匡上。

冯　匡　（唱）驾扁舟泛江湖逃命远遁，
　　把富贵和功名视若浮云。
　　只因为雪琴妻渺无音信，
　　才做了岩穴中风月主人。

哎呀！

　　猛然间湖水潮波浪滚滚，
　　水面上荡悠悠漂下一人。
　　眼看着近孤舟正遇风顺，
　　叫艄公速下水打捞尸身。

水手，你看水面漂来一人，速快下水搭救。

水　手　是。（下水，背杜若霞上）
冯　匡　有气无气？
水　手　还有微气。
冯　匡　速快唤来。
水　手　相公苏醒！
杜若霞　（唱）昏沉沉逐波浪漂流一阵，
水　手　相公醒得！
杜若霞　（唱）耳旁边是何人叫转三魂。（醒）
身落在小舟中命还未尽，
我面前必定是救命恩人。
冯　匡　这位相公，家住哪里，姓甚名谁？不必啼哭，缓缓道来。
杜若霞　（唱）我名儿叫崔实家住琢郡，
离故土要奔上广陵投亲。
冯　匡　因何身落湖中？
杜若霞　（唱）船行在洪湖中一时不慎，
猛然间坠湖中逐浪浮沉。
冯　匡　你是崔实，可知冯匡否？
杜若霞　（唱）我二人系同学一师教训，
冯　匡　他今在何处？
杜若霞　（唱）被贼害不知晓何处安身！
冯　匡　哎呀，好奇怪也！
（唱）背过身将此人仔细推论，
眉目清身材弱风韵犹存。
因何事在人前冒名说混，
问不明这件事好生疑心。
这一相公，你既与冯匡同学，见面可能认识。
杜若霞　我二人乃莫逆之交，见面哪有不认之理。
冯　匡　你看小生我是何人？
杜若霞　并不认识恩人。
冯　匡　你既是崔实，怎么不认识于我？
杜若霞　这个……
冯　匡　我便是冯匡。究竟你是何人，冒名崔实，从速说来。若不实说，将你仍推湖中！
杜若霞　恩人不知，我是含冤投水之人。
冯　匡　有甚冤枉，从实讲来。
杜若霞　恩人容禀了！

（唱）未开言不由人珠泪滚滚，

冯　匡　不必啼哭。

杜若霞　（唱）我本是杜氏女扮作斯文。

冯　匡　家住哪里？

杜若霞　（唱）问祖籍洛阳城是我原郡，

冯　匡　你父何名？

杜若霞　（唱）我的父名杜乔汉室重臣。

冯　匡　原是宦门闺秀。缘何扮作崔生？

杜若霞　（唱）崔子贞蒙诏对我父保本，
将裙钗许崔郎结为朱陈。

冯　匡　可曾行过花烛？

杜若霞　（唱）已结婚随崔郎石梁匿隐，
哪料想大祸事从天降临！

冯　匡　什么大祸？

杜若霞　哎，我的恩人呀！
（唱）梁冀贼纵爪牙凶恶太甚，
围石梁都只为要抢奴身。

冯　匡　全城的百姓是如何的举动？

杜若霞　（唱）众百姓愿抵抗力不胜任，
我岂能惜蚁命遗害他人。

冯　匡　你丈夫也该设法救你才是。

杜若霞　哎，你听！
（唱）张文纪抱病终留有遗训，
命奴夫赴边疆报效忠贞。

冯　匡　你丈夫为国效命，不在石梁，你是怎样的应敌？

杜若霞　哎，恩人！
（唱）奋着勇含着泪去到贼阵，
在中途诳众贼入了山林。
我有心扑山崖早把命尽，
想起了崔郎夫五内如焚。
见贼人他都在山脚打盹，
生巧计将女郎扮作男身。
离虎口脱龙潭直往前奔，
拼性命冒危险手搴衣襟。
耳听得贼兵赶势如雷震，
没奈何投洪湖一命归阴。

冯　匡　哎，可伤、可伤！

（唱）梁冀贼害忠良居心太狠，
恨不能将此贼碎骨粉身。
杜小姐好一似孤雁失群，
她一家俱分散风卷残云。
再不必哭啼啼心烦念闷，
我救你出危险请放宽心。

仁嫂应知，小生我和崔仁兄相交甚善，不啻骨肉，我二人因感国难严重，同赴沙场杀敌，幸喜边氛已息，崔仁兄率师回朝，我有心送你进京，未知意下如何？

杜若霞　只是多累恩人！

冯　匡　仁嫂不必客气，请往后舱，将外边那件湿衣脱去。

杜若霞　遵命了！

（唱）遭逢不幸多艰窘，
蒙君救命感恩深。
后舱换衣要谨慎，
复我庐山面目真。（下）

冯　匡　哎！只说我二次找寻我妻。定有好音。谁料又是事与愿违。想她主仆，该不是深山遇害？又莫非被贼所困。想起来叫人好不痛心也！

（唱）倒叫我哪里找来哪里寻，
无踪无影无信音。
莫不是她主仆深山把命殒，
叫我何处召亡魂！（低头坐）

［悟来上。

悟　来　哎，走呀！

（唱）李小姐被抢真痛恨，
寺院房屋一火焚。
老尼进京细探问，
访问小姐确信音。
行步来在洪湖滨，
请艄公渡我广施恩。

艄公大发慈悲，将我渡得一渡。

水　手　我们不是渡人的船，请向那旁过渡。

悟　来　我有要事，请艄公怜念！（哭）

［杜若霞上。

（唱）忽听岸上哭声放，

出舱向外望端详。
悟　来　哎呀姑娘，你被贼人抢去，怎能得到这里？
杜若霞　（唱）老尼岸旁把话讲。
悟　来　姑娘，怎么不认我了？
杜若霞　（唱）却怎么将我称姑娘？
冯　匡　（唱）听得人声乱嚷嚷，（抬头看）
见仁嫂叫人心惊慌。
她分明就是妻模样，
却怎么又说是崔实妻房。
无法辨别低头想。
悟　来　姑娘，你怎么不理我了？
冯　匡　（唱）小船上难住我冯匡。（对水手）
你快快渡她到船上，
细问其中短和长。
悟　来　（上船）李雪琴姑娘，你同凤奴在我庵中住了好久，怎么相隔两日，就认不得我了？
杜若霞　师傅，我和你素不相识，你说的话，我完全不懂。我不是李雪琴。
冯　匡　师傅，李雪琴是何人之女？
悟　来　她是李太尉之女，逃难到我庵中。
冯　匡　啊！她现在何处？
悟　来　她前日被梁国丈手下人抢进京了。
冯　匡　罢了妻！（气昏）
悟　来　公子醒得！
杜若霞　恩人苏醒！
冯　匡　（唱）听得我妻被贼抢，
贤妻呀，我的妻呀！
咬牙切齿痛肝肠。
誓死要杀贼奸党，
恨不能插双翅飞到洛阳。
杜若霞　恩人勿悲，梁贼害我不死，雪琴因我受累，我情愿进京自首，绝不使她受屈。
冯　匡　仁嫂，我们一同进京，再作道理。
悟　来　哎。无怪贼人将李小姐认作你，老尼将你认作李小姐，你二人生的一般无二，若不是夫人那一颗红痣，谁也辨不出。
杜若霞　师傅不必多言，我们即时进京。水手，速快开舟。
（念）即时一同赴洛阳，

冯　匡　（念）不知我妻在何方。

悟　来　（念）但愿小姐身无恙，

众　　　（念）杀贼为国除祸殃。（同下）

第十四回　窥神器权奸做痴梦　扶汉室侠女枭强梁

［崔老仆上。

崔老仆　（念）我为相士口喳喳，

气色观来也不差。

吉凶判断全由我，

是是非非不管他、不管他！

我乃崔府老仆是也。自从夫人被贼抢去，是我到京各处访问，毫无消息。我只得改名万家春，每日靠这两句百日经胡言乱说。运气倒好，算来无不应验，算卦的人也非常的多，我的生意真不错。近日听得李将军奉旨入京除贼，今日不免仍到梁府门首，摆上卦桌。相机诳贼，不使他出门。禁在衙中，如同瓮中之鳖，专等他们到来，杀贼与国人除害了！

（唱）我的本领真个大，

人人赞美将咱夸。

早饭吃毕去算卦，

赚些银钱渡生涯。

乘机诳贼守府下，

候老爷到了把贼杀。

哎，后边人马声喊，必是梁贼下朝，我不免站在一旁，相机行事。

［中军、四校尉引梁冀乘轿上。

梁　冀　（引）大势业已成骑虎，

外番平后变飞龙。

轿夫住轿。（下轿进）

崔老仆　哎咦，一个死人走进去了！

中　军　你为何咒骂千岁爷？

梁　冀　什么人喧哗？

中　军　有个相士，咒骂千岁爷。

梁　冀　拿进来。

［中军推崔老仆进。

崔老仆　与千岁爷叩头。

梁　冀　每日见你府门相面，招集一班游手好闲之人拥挤一堆，不怪罪你也就罢了。怎么反来咒吾？该砍！

崔老仆　千岁爷，小人该死！小人非敢浪言放肆，方才见千岁龙颜上气色不正，一时不慎，不由得顺口说出。还请千岁爷饶我！

梁　冀　怎么，吾的气色不正？

崔老仆　是的。

梁　冀　你上前来观我一观，如何不正？

崔老仆　小人适才无心说出一句该砍，若再说更该剐！

梁　冀　不来怪罪你，但讲无妨。

崔老仆　千岁大寿几何？

梁　冀　六十三岁了。

崔老仆　噢，七九之年。千岁前半世功名富贵，已臻其极，不必再说。只是目下气色运至眼堂，五官各有所属，眉属木、眼属火、耳属金、鼻属土、口属水，都要相生为吉。如今运限在眼，怎奈水气太旺，水能克火，太阳光暗，目下做事狐疑不定，心晃无主，是也不是？

梁　冀　正是。但不知主何吉凶？

崔老仆　小人不敢说。

梁　冀　不怪于你，速快说来。

崔老仆　千岁爷，小人大胆了。

梁　冀　你讲。

崔老仆　千岁，眼为日月，能照万方。水若克火，阳光尽没。嗯，目下吗……

梁　冀　目下怎样？

崔老仆　目下只怕有人行刺！

梁　冀　（惊）先生！

崔老仆　千岁。

梁　冀　应在何时？

崔老仆　三日以内。

梁　冀　（忧）先生，可避得过？

崔老仆　怎能避不过，无非不要出入，静坐衙下，谨防外人来往。过了三日，云雾豁然。千岁，还有……

梁　冀　先生，还有什么？

崔老仆　（向左右看）哎，千岁还有帝王之位呢！

梁　冀　先生，当真吗？

崔老仆　小人不敢道谎。

梁　冀　哈哈哈！先生请到耳房用饭，老夫还要重重谢你！

崔老仆　谢倒不消，请千岁爷饶了我吧。

梁　冀　适才偶尔戏言，不必介意。

崔老仆　谢过千岁爷。

中　军　随着我来。（引老仆下）

梁　冀　哎呀，老夫朝王回来，忽被相士一番言语，说得毛骨悚然。哎，也罢！我如不出外堂，只在内堂与歌姬们欢乐，看那刺客从何而来？中军！

中　军　有。

梁　冀　吾有三件大事吩咐于你，须要小心！

中　军　哪三件？

梁　冀　第一件，府内各家房内俱要搜看，不许容留外人。

中　军　是。

梁　冀　二件，各处门户均得封锁，各衙奏启，不许传进。

中　军　三件呢？

梁　冀　第三件，速差禁军千名，在府门不分昼夜巡查，如有闲人，即便拿下。过了三日，再好出府理事。

中　军　晓得，那相士饭后，可否放他出去？

梁　冀　相士留在耳房，三更以后将他一刀两断！免得泄露机密。

正是：

　　侯门朱户重重闭，

　　荆柯聂政何处来？

须要小心！

中　军　是。（同下）

［李雪琴、凤奴上。

李雪琴　（引）怀恨抱屈，

　　为报父仇学专诸。

自从尼庵遇贼。是我要报杀父之冤，遂怀复仇之志，籍此机会，将计就计，欲作要离献羹，豫让斩衣之事。已入贼府数日，不见老贼之面，听说今日回府，必来呼唤。见了老贼，还要假意殷勤，聊为喜笑，不知贼的造化，又不知我的祸福。且做一场女侠之事也！

（唱）数日未见梁贼面，

　　不由裙钗发愁烦。

　　今日回府必呼唤，

　　假意逢迎显手段。

　　但愿苍天遂人愿，

　　仇报仇来冤报冤！

凤　奴　哎，小姐！

（唱）咱主仆将奸贼愁眉放展，

　　学妩媚要显出喜悦容颜。

女专诸今仗着忠肝义胆，
杀却了梁冀贼为国除奸！

［众歌姬上。

歌姬甲
歌姬乙　（念）歌舞楼头月，

歌姬丙
歌姬丁　（念）荡漾巫山云。

歌姬甲　我乃梁府歌姬是也。奉了千岁之命，来催新来姐姐。新姐姐见礼了！

李雪琴
凤　奴　还礼了。来此何事？

歌姬甲　我的新姐姐呀！

（唱）千岁爷回府来愁眉不展，
聚宝堂设夜宴他要寻欢。
并吩咐将所能各献当面，
因此上与大家特来通传。
要我们巧打扮去把他见，
请小姐到小房快换衣衫。

你听明白了没有？

李雪琴　明白了。

歌姬甲　明白了，快快收拾走。今日总要打扮得俏皮些，才能邀赏。

李雪琴　那我晓得。

歌姬甲　晓得了咱们快走。（同下）

［具瑗、袁肝带四卒上。

具　瑗　（念）深宫奉血诏，

袁　肝　（念）权戚命难逃。

具　瑗　黄门令具瑗。

袁　肝　光禄勋袁肝。奉旨率领御林军去围梁府，并收大将军印绶。（绕圆场）

具　瑗　来！将贼府围定。（同下）

［梁冀上。

梁　冀　（念）甲士满布将军府，
看他刺客怎样来。

老夫梁冀。前命校尉持信密约鲜卑总攻，并饬梁忠等率众协助。大事若成，以华北三省为交换条件。今晚若果渡过，明日吾即称尊。只是有些对不起相士。哎！说什么对得起对不起，还是将他厚葬，也就够他了。霎时只觉心焦意闷，命召歌姬寻欢解闷，怎么还不见到来！

［中军上。

中　军　禀千岁，众歌姬到。
梁　冀　命她进来。
中　军　众歌姬走来。
［众歌姬上。
众歌姬　伺候千岁爷。
梁　冀　将那个美女可曾唤来？
歌姬甲　在外伺候。
梁　冀　命她见我。
歌姬甲　新姐姐快来。
［凤奴、李雪琴上。
李雪琴　（念）屠龙之计安排就，
凤　奴　（念）要叫梁贼一命休。
李雪琴　老贼呼唤，一同去见。
歌姬甲　新姐姐，见过千岁爷。
李雪琴
凤　奴　与千岁叩头。
梁　冀　仰起面来。哎呀，果然与众不同呀！
（唱）见香云一室生光耀，
好似那嫦娥下九宵。
眉清目秀桃花貌，
冰肌玉骨杨柳腰。
哎呀好！
动人处唯在那嫣然一笑，
铁石人见了也魂销。
站起来，她可会唱歌？
歌姬甲　她说未曾学得。
梁　冀　不必勉强，慢慢教她。你们歌舞起来，待我快乐、快乐。
众歌姬　遵命了！
（唱）春艳阳，春艳阳，
栏杆十二尽红桩。
好似牡丹新开放，
惹得蜂蝶颠又狂。
梁　冀　你们下去，只留她二人伺候。
众歌姬　遵命。（下）
梁　冀　你与老夫执扇拂凉。
凤　奴　是。

李雪琴　[（背）哎呀，观见梁贼腰佩一剑，好像我家豪（住口）……哼！我自有道理，（转面）千岁爷想必精通剑术？

梁　冀　吾实不谙。

李雪琴　请问此剑何名？

梁　冀　名曰豪曹剑。

李雪琴　可能让我一看？

梁　冀　你且看来。

李雪琴　哎呀，观见此剑纹如松叶，光若秋水。昔日吴国姬光用之以刺王僚，真乃豪曹宝剑也！

梁　冀　你赞美此剑，定然善舞。

李雪琴　略知一二。

梁　冀　既通剑术，快快舞来。

李雪琴　那我就献丑了！

（唱）只说山穷水又尽，

柳暗花明又一村。

手执宝剑心神振，

全仗你为父杀仇人。（舞剑）

梁　冀　好好好，哈哈哈！二位美人快捧酒来。

李雪琴　遵命了。

（唱）纤纤玉手捧金杯.

凤　奴　（唱）对酒行乐满座春。

李雪琴　（唱）殷勤上前将酒进，

凤　奴　（唱）英雄唯有醉时真。

梁　冀　如此换大杯来！

李雪琴　（唱）忙去小杯换大樽，

凤　奴　（唱）千岁海量无比伦。

梁　冀　唔，唔，唔。（醉）

[卒上。

卒　报！

李雪琴　何事？

卒　屯骑校尉遇害，鲜卑全军败溃。

李雪琴　知道了，你下去。

[卒下。

梁　冀　何人喧哗？

李雪琴　无人。

[中军上。

中　军　禀千岁，具瑗等率师围攻府第，夫人饮鸩毙命。

梁　冀　啊！你且下去。夫人啊，唔。（醉）

[中军下。

凤　奴　姑娘，这时还不下手，更待何时？

李雪琴　剑呀，剑呀！报仇的时候到了。（杀死梁冀）

（唱）豪曹剑刺梁贼竟将命断，
今日里与我父才报仇冤。

凤　奴　（唱）主仆们入虎穴不避危险，
叫姑娘快随我逃出龙潭。（同下）

[具瑗、袁肝带卒上。

具　瑗　（念）护卫将士被解散，
杀贼满门正朝班。

卒　　　禀爷，梁贼被人杀死，孙寿饮鸩毙命。

袁　肝　权戚已死。来！将贼私产变卖充公。所有男女仆役，令其归家。你我回朝交旨了！

（念）回朝忙把密旨交，

具　瑗　（念）论功行赏我为高。（同下）

[李膺、崔实、冯匡、杜若霞，带四卒上。

李　膺　（唱）奋勇入京灭奸党，
为国除害正朝纲。

[李雪琴、凤奴上。

李雪琴　（唱）主仆们出贼府直往前闯，

凤　奴　（唱）回府第祭老爷哭诉冤枉。

李雪琴　（唱）正行走猛听得人声喧嚷，

凤　奴　（唱）乘雄威去迎敌大战一场。

冯　匡　你是凤奴？

凤　奴　你是姑爷。

冯　匡　娘子。

李雪琴　郎君。

冯　匡　娘子手提何人首级？因何得成这般光景？

李雪琴　哎，一言难尽！这本是梁贼首级。

冯　匡　娘子刺杀梁冀，叫人可羡可佩。请来见过李将军及崔氏兄嫂。

李雪琴　诸位为国勤劳，雪琴一一见礼了！

众　　　还礼了。

李　膺　小姐英明多智刺杀梁贼，为国除奸，为父报仇。可算得忠孝双全一奇女子！

李雪琴 诸位过奖。

杜若霞 哎，姐姐果然与奴生得一般无二。怪道贼人将你当我抢去。

李雪琴 噢，原来如此。这也是天赐我成功。

李　膺 诸位，我们一同上朝交旨。然后祭奠李、杜二公昭告幽灵。

（念）阃外将军安社稷，

冯　匡 （念）巾帼弱女胜须眉。

李雪琴 （念）豪曹宝剑诛首恶，

众 （念）为国除奸著勋绩。（同下）

——剧终

（说明：以上内容录自启新印书局出版的《豪曹剑》，编辑者：冯杰三，发行者：陕西易俗社，出版时间：中华民国三十一年三月三十日。）

孝妇歼敌

正　旦　（念）沦陷区域景凄凉，日色惨淡照空庄。
死别唯闻妇泣夫，生离更见儿牵娘。

刘贞娘。山东曹县义勇庄人氏。可恨倭奴破坏人类和平，撕毁世界公理，无端起兵，占我城市，杀我人民，搜刮财物，奸淫妇女，残暴之状令人发指眦裂。因此，奴家相劝夫君，抛弃笔砚生涯，即向戚继光大人台前请缨杀敌。近日以来，贼人索粮甚急，是我将存粮藏在地洞，每日偷取少许奉养二老。看看将尽，难道若大高年，还能受饿。

（悲介）无奈，奴家拿些米壳麦皮充饥。只说贼子何时方能打走，何日方能太平呀。

（望介）这般时候，待我舂米好做午膳了。

（唱）二老甘旨无力养。
偷藏米谷度时光。
舂米不敢高声响，
怕只怕贼党知端详。
取来米谷石臼放，
手持玉杵捣黄粱。
轻轻簸来缓缓扬，
唯恐粒米溅外旁。
看见米儿色黄亮，
望着糠儿心悲伤。
四肢乏力难免强，
休息片刻下厨房。

［二丑上。

二　丑：（唱）闻听邻家舂米声，
进内仔细看分明。
公粮要他来供应，
不出米粮不得成。

哼哼哼，你这妇人真真可恶，给你家派的官粮，一颗不出，天天和我鬼混，老说你家无隔夜之粮，这米是天上掉下来的不成。

正　旦　二位伯伯不知，这是我向亲戚家借来奉养公婆的。

二　丑　不管借不借，你先给公家出粮。

正　旦　我实在无有，还请格外施恩。

丑　　　那如何能行，都照你这么顽皮，公事还能办吗？

正　旦　（跪介）我叫叫一声二位伯伯呀，伯伯呀，你看我公婆年纪高迈，全靠粟米生活，若给公家我该拿什么奉养二老。

丑　　　好，念你可怜给你留下些。

正　旦　那还成吗？

丑　　　混账，正是：你这妇人太混账，竟敢大胆不出粮。
倘若皇军将罪降，谁来跟你受灾殃。
抢上走。

正　旦　（拉介）哎呀，二位伯伯，我只有这点粟米，你若拿去，我公婆就要饿死了。

丑　　　谁管你那些事。

正　旦　二位伯伯怜念吧。

丑　　　你撒手的好。

正　旦　我死也不让你拿去。

丑　　　（踢）去吧。

正　旦　天呀老天，贼子将米抢去，只说这道怎了，哎，
（滚白）想这乱慌慌不宁静的时局，恶狠狠无心肝的贼子。

老　旦　（内）饿煞我了。

正　旦　悲戚戚不耐烦的双亲，弱切切不济事的孤身。我骂声贼呀贼，你害人害到几时。

老　旦　（内）媳妇，我肚子饿了，还不拿饭来。

正　旦　婆婆稍等，媳妇即刻下厨造膳。

老　旦　快些来，我等不及了。

正　旦　噢，是。

老　旦　快些。

正　旦　是。（向外走介）哎，我好难也。

老　生　（唱）我儿为国去拼命，

老　旦　忍饿担饥度残生。

老　生　连年争夺不能停，

老　旦　抗战何日才成功。（坐）
老汉，你看这倭寇好像疯狗一般，无缘无故打了我们几年，占了许多地方，还不知足，还不回去，闹得我们这一天这两碗饭也不容易吃。你偏偏叫亲生的儿子去上前线，媳妇又不贤惠，每天只给我吃两碗粗米淡饭，还不按时拿来。你说这日子叫我怎样地往前过呢。

老　生　你真是个老糊涂虫，一辈子都给你讲不清。你想在这国难时期，有钱的应该出钱，有力的应当出力。我家个贫家，无钱可出，所以才叫儿子为国出力，把贼打跑了，还怕没有好日子过吗？你一天叨叨叨，只嚷吃的不好，儿子在家能给你吃得多好吗？

老　旦　我只知吃好的，不管什么国难，国难与我不相干。

老　生　你真是猫吃糖瓜，只在嘴上打撕绞。

老　旦　我这苦是吃不了的。

老　生　抗战期间，前方拼命，后方吃苦，这是应当的，不吃苦抗战怎能胜利。

老　旦　我不管，胜利了也要吃，不胜利也要吃。哎呀，我的肚子饿了，一时也不能忍受了。

老　生　好了，好了，你再不要嚷嚷了，我叫媳妇与你掇饭。媳妇快给你母亲将饭拿来。

正　旦　（内）来了来了。

（唱）恨汉奸搜民粮将人害遍，
每日里藏粟米受尽艰难。
在厨房捧来了淡饭两碗，
笑盈盈到堂前侍奉椿萱。

公婆请膳。

老　旦　快拿来。（吃又停）

老　生　你怎么不吃了？

老　旦　这样粗米淡饭我年大之人怎样下喉。

老　生　哎呀，你将就胡乱吃些吧。

老　旦　我不吃。

正　旦　婆婆将就吃些，到了明日，媳妇做些好饭给你老人家就是了。

老　旦　我把你个贱人，太不孝顺，要给我吃好的，就给我吃，何必要到明日。哎，我实在吃不下去，你与我换好的呀。

正　旦　这个……

老　旦　贱人呐，

（唱）这淡饭怎样往下咽，
吃在腹中心发酸。
叫贱人快快与我换，
换不来好饭我不餐。

老　生　哎，我把你老乞婆，

（唱）倭寇杀人不眨眼，
原野村庄绝人烟。
好菜好饭哪里办，

哪里来的许多钱。

媳妇，你不要理她，你去吃饭去吧。

正　旦　等二老用毕，媳妇再吃不迟。

老　生　你都不饥吗?

正　旦　媳妇吗，(强笑介)我还不饥。

老　生　这样，你与我再盛来。

正　旦　是。

老　生　妈妈今日将就吃了，明日叫媳妇做好的吃就是了。

老　旦　哎，我实在的吃不下去。

正　旦　婆婆还用否?

老　旦　不用了。

老　生　他不吃了也罢。你快吃饭去吧。

正　旦　哎，受苦的公婆呀。(下)

老　旦　老汉，我看媳妇每日吃饭百般躲避，敢是她背地自买好的吃。

老　生　我看媳妇很是孝顺，你不要错埋怨她。

老　旦　哎，你不懂得，做媳妇的多半都有偷着吃的毛病。

老　生　我不信。

老　旦　你不信的时节，我和你暗去看一看便知端的。

老　生　我不去。

老　旦　你来。

老　生　哎，你真胡闹呀。

(唱)你不要将她胡疑揣，

看她脸黄骨如柴。

老　旦　非怪我将她胡疑揣，

她吃饭躲避为何来?(下)

[正旦上。

正　旦　(唱)为吃饭老婆婆将我愤恨，

含着泪奴不敢舌辩毫分。

霎时间只觉得头昏脑晕，

身无力站不稳是何原因。

腹中饥将糠秕忙往口进，(噎介)

(唱箭板)噎得我咽喉哽呜咽少音。

糠呀!

我有心不吃你饥饿难忍，

我有心吃了你如吞芒针。

放狠心吃糟糠将身半隐，

[老旦拉老生暗上偷看介。

唯恐我二公婆见了伤心。

老　旦　我把你个贱人，你在这里吃什么好的怕人看见？

[正旦藏碗介。

正　旦　婆婆来了。

老　旦　嗯，我来了，你吃的什么好的，拿来大家吃。

正　旦　婆婆呀，媳妇吃的东西吗，你老人家是吃不得的。

老　旦　你吃得，我怎么就吃不得？

正　旦　这吗，婆婆实在是吃不得的。

老　旦　你到底吃的是什么东西？

正　旦　哎，我的婆婆呀，

（唱）儿吃的谷中膜，

老　旦　谷中膜是米。

正　旦　不是米。

老　生
老　旦　是什么？

正　旦　（唱）米上皮。

老　生　米上皮是糠。

正　旦　是的。

老　生　要它何用？

正　旦　它……

老　旦　它怎么样？

正　旦　（唱）它它它能治饥馑。

老　旦　我不信，一定是什么好东西，你拿来。（夺碗介）你拿来。

正　旦　不。

[又夺介。

老　旦　你为什么不给我看呢？

正　旦　（唱）老婆婆不相信。

老　旦　你胡说，我怎能信。

正　旦　当我胡云。

老　旦　你不给我看，就不知你到底吃的什么。

正　旦　是糠。

老　旦　你来骗谁，哪有个人来吃糠的。不信糠是怎样吃法，我总不信。既是糠，拿来我看。

正　旦　（跪介）哎，公婆，

（唱）二公婆请休疑勿发怨愤，

果然是糠。

老　生　哎呀媳妇，这东西如何吃法。

正　旦　（哭介）

（唱）奴本是你的儿糟糠夫人。

老　生
老　旦　（唱）见媳妇吃糟糠果然是真，

我的媳妇呀，哎呀，我的媳妇呀，受苦的媳妇呀。

老　生　（唱）怪不得面黄瘦腰曲难伸。

老　旦　（唱）到今日方知晓将你错恨，

受艰苦忍劳怨孝养双亲。

正　旦　哎，公婆，

（唱）望公婆保身体万勿悲悯，

哎，我的公婆呀，

哭坏了你身体儿依何人。

老　旦　媳妇为娘将你错怨，你可不要在心。

正　旦　媳妇不敢。

老　旦　你将这糠吃了几时了？

正　旦　媳妇吃糠吗，已经两月有余了。

老　生
老　旦　受苦的媳妇呀。

正　旦　公婆勿悲，这也是媳妇应当的。

老　生　是的，我媳妇是为孝顺公婆而吃糠，为实行节约而吃糠，倘若我国妇女照我家媳妇这样，何愁我国不能胜利也。

（唱）为抗战吃糟糠世间稀少，

老　旦　（唱）为孝亲受辛苦乡里名表。

老　生　胜利后全家人与有荣耀，

老　生　胜似那男儿汉七尺躯高。

（内大叫）

正　旦　哎呀，公婆，犬声乱叫，怕是敌人进村。

老　生
老　旦　这该怎了？

正　旦　公婆不必胆怕，待媳妇去看。

［二净上。

净　甲　羡慕支那版图大，

净　乙　实行侵略寇中华。

净　甲　大日本皇军中卫队长山狼。

净　乙　少尉队副野狗。

［进门遇正旦。

不要胡跑，随着我来。

［老生老旦跑。

净　甲　老头不要跑，快去将大门关上。

［老生不去，净乙示威。

净　乙　快去。

老　生　是。（下）

二　净　呙，老婆，这是你什么人？

老　旦　是是是我家媳妇。

净　甲　很好。呙，你向这里来。

［正旦不动。

二　净　来，不要害怕。

［老旦摆手不让去。

净　乙　走远。你来。（拉旦）

净　甲　你叫个什么名字？

正　旦　我叫刘贞娘。

净　甲　好名字。你真标致。来来来，陪我玩玩。

净　乙　你慢一点。我饿了，叫他给咱们办点吃的。老婆子，可有吃的。

老　旦　没有。

正　旦　军爷要吃，现成就有。

老　旦　没有。

正　旦　有。

净　乙　有了拿来。

净　甲　我不吃，我要玩。（拉旦）

正　旦　军爷且慢，奴有话讲。

净　甲　有话你说吧。

正　旦　哎，我的军爷呀，

（唱）叫军爷莫要忙，

我有话儿听心上。

自从贵军到我乡，

征途辛苦受风霜。

我家内无有好物来供饷，

敬你两碗饭黄粱。

净　甲　黄粱饭是什么？

正　旦　黄粱饭乃是我们敬客的上等饭食。

净　甲　我不吃，我要玩。

净　乙　你就让她去与咱做去吧，我们吃了再说吧。

正　旦　是呀，吃了再说。

净　甲　哈哈哈哈，好好好，你去拿去。

正　旦　婆婆随着我来吧。

二　净　你去做饭，总要快些。

正　旦　是。（下）

净　乙　你看那妇人不特生的美丽，性情还很驯顺，等她到来，再和她玩。

净　甲　真想不到也，

（唱）想不到这夫人十分委婉，

佩服他那一套巧语花言。

净　乙　（唱）这也是我二人鸿钧运转，

今日里要做个长夜之欢。

老　旦　哎，

（唱）手捧着黄粱饭心惊胆战，

吓得我身发抖寸步难前。

正　旦　哎，婆婆，

（唱）此一去还须要随机应变，

需谨慎切莫要露出机关。

婆婆，走。

老　旦　走。

正　旦　婆婆进来。

老　旦　噢，来了。

正　旦　军爷请膳。

净　乙　膳熟了。

正　旦　熟了。

净　乙　哎，你这妙手做的饭必定香甜，我要多吃两碗。

正　旦　有军爷吃的。

净　甲　你真会办事，快拿饭来我吃。

正　旦　婆婆。

老　旦　媳妇。

［两人将饭向二净面上泼。

正　旦　哎贼呀！

（唱）黄粱饭泼贼面凝滞如胶，

老　旦　烧的贼遍身颤双手乱搔。

正　旦　用饭碗迎头劈打破贼脑，（正旦老旦打介）

籍贼刀送贼命仇恨才消。（杀介）

［老生持棍上。

老　生　（唱）耳听得上房里人声噪噪，

莫不是他婆媳叫骂贼曹。

顾不得生和死忙向内跑，（看介）

只见他婆媳俩手持钢刀。

哎呀，媳妇，这是怎么样了？

正　旦　哎呀，公公，我婆媳已将贼杀死了。

老　生　啊，当真吗？

正　旦　当真。

老　旦　老汉，我婆媳闯下这般大祸，到底怎了？

老　生　你们不必惊慌，待我去看，二贼已经身死，还怕什么。你们做此轰轰烈烈之事，真是大快人心。

正　旦　公公，敌人言的明白，今晚要在村外庙内召开军事会议。公公作速报告村人，群起动手，将贼人一起除却。

老　生　媳妇言之有理，速去报告。

正是：为国除残暴，杀贼不顾身。

——幕落剧终——

［说明：以上内容录自易俗社存本（扫描件）。封面落款：冯杰三，资料编号 273-2-0689。］

范睢相秦

场　目

人物表

范　睢	生	秦丞相	须　贾	净	魏中大夫
春　香	丑旦	丫环	须曼丽	花旦	小姐
田法章	生	齐王	四龙套	杂	
内　侍	杂		侍　卫	杂	
郑安平	武生	秦中大夫	中　军	杂	
魏　齐	大净	魏丞相	三朝臣	杂	魏朝臣
校　卫	杂		田贫儿	丑	花儿
范　妻	小旦		公　差	杂	
王　稽	须生	秦上大夫	魏　冉	大净	秦丞相
四　将	杂	秦将	赵使臣	丑	
四　将	杂	镇殿将	昭襄王	生	秦王

第一回　智范雎齐廷订和约

［范雎上。

范　雎　（引）本是邦家栋梁材，
　　　　竟作大夫门下客。（坐）
　　　　（诗）谈笑风云两袖生，
　　　　揣摩权术待时鸣。
　　　　休夸宁戚能传美，
　　　　不许苏张独显名。

小生姓范名雎字叔，大梁人氏。椿萱去世，笃志经书。文精诗赋策论，武学军旅韬略。欲求事魏王，因家贫不能自通，乃先报于中大夫须贾门下作客。虽然君子藏器于身，待时而动，但是，俯仰于人，终非常策。不知何日才是我范雎扬眉吐气之时乎！

（唱）蛟龙未际怀云雨，
　　　　鲲鹏急欲鼓天地。
　　　　造物从来固如是，
　　　　功名富贵有定期。

［须贾上。

须　贾　（唱）列国纷纷动兵车，
　　　　争城夺地何时歇。
　　　　现在虽有周天子，
　　　　王纲不振任倾灭。（坐）

魏国中大夫须贾。

范　雎　大夫下了朝了！

须　贾　下了朝了。哎！

范　雎　因为何事，这样地烦恼？

须　贾　范门客有所不知，只因齐王兴兵伐魏，主上寒心，即与丞相商议，命下官捧白金玉璧，聘齐求和。我想这事，实因魏忘齐恩，怪不得齐王伐魏。此去凶多吉少，慢说成功，我这条老命恐怕难保！

范　雎　不怕什么！

须　贾　门客，想你颇有辩才，可能从行助我成功？

范　唯　大夫放心，生愿随大夫入齐。

须　贾　深感慨诺！左右，伺候轻车，准备起程了！

（唱）有你这大人才随着我去，
　　　　进龙潭入虎穴小心翼翼。
　　　　一时间失检点不但身死，

还恐怕大魏国宗社式微。

范　雎　（唱）不敢言怀抱着安邦经济，
论本领我真能压倒秦仪。
齐若言魏忘齐无恩无义，
到那时我应对自有心机。（同下）

［春香上。

春　香　（唱）老爷今日去出差，
忙与小姐说开怀。
小姐午眠未起，待我唤来。小姐醒得！

［须曼丽上。

须曼丽　（唱）倦恹恹春梦难清醒，

春　香　小姐，你都不听莺啼吗？

须曼丽　翠生生新莺柳外啼。

春　香　自到这里，怎么连马也不骑了？

须曼丽　没心情久未踏金蹬，

春　香　你将这剑，黑明带着做什么？

须曼丽　守家风常自佩青萍。

春　香　你这么大了，没个婆家，难道老在这里不成！

须曼丽　难道我也成了红颜命，
埋没了人中鸾凤中英！
须曼丽从小生性聪明、谙通书史、娴熟弓马。先君居官清廉，故致宦囊萧索。昔年告病归里，不幸双亲相继而亡。多蒙叔父接我任所，只是光阴荏苒已经三载。

春　香　小姐，看你才华绝世、美丽无双，有限青春，岂能虚度！

须曼丽　依你之见？

春　香　依我愚见，何不觅一个才貌郎君，把终身托付，岂不是好。

须曼丽　哎，我岂不作此想！只是才子难逢、良缘匪易！

春　香　小姐，我昨日到花园采花，见园内坐着个少年，生得好不标致！

须曼丽　你可知他的姓名？

春　香　这却不曾打听。

须曼丽　前日听得院公说，范叔在内夜读。莫非就是此人？哎，我怎得一见便好！

春　香　这有何难！小姐何不改换男装，趁着月夜到花园去看他。若在时，不妨开了角门，和他相见。你看这个办法妥不妥？

须曼丽　哎，真难也。
（唱）女孩儿抛头去露面，
免不了外人说闲言。

春　香　不怕。难道一辈子还不见人了吗？

须曼丽　（唱）我叔父知晓法难犯，
败坏家声辱祖先。
我还是不去最为善，

春　香　这样好的机会，岂能放他过去！

须曼丽　（唱）又恐怕误了美姻缘。
我有心今晚到花园，
举动言谈太为难。
进退维谷无主见，
事到着紧发痴癫。

春　香　小姐，老爷今天出差，不在府中。你的胆放正，速快改装。

须曼丽　见了面，有些难以为情！

春　香　你改了装，谁也看不出你是个女子。见了他，都是青年才子，和他一般，只说慕名相访便了。

须曼丽　有些不便。

春　香　不怕什么。

须曼丽　不妥当。

春　香　你来吧。（同下）

［四龙套引田法章上。

田法章　（引）知耻近勇，灭敌国大举兴兵。
（诗）魏联五国犁齐廷，田单火牛建奇功。
十年生聚十年训，要把敌国马踏平。
孤，齐襄王田法章。勤政早朝，亲理奏章，唯恐有荒政务。

［内侍上。

内　侍　启千岁，魏国中大夫须贾来聘，敬白金玉璧，复修旧好。

田法章　孤不兴兵，他还不肯低头！内侍，传侍卫上殿。

内　侍　千岁有旨：侍卫上殿。

［四侍卫上。

侍　卫　参见千岁

田法章　你们刀出鞘，弓上弦，站在左右。魏使言语非理，即便斩首。

侍　卫　遵旨。

田法章　内侍，命魏国使臣上殿。

内　侍　千岁有旨：魏国使臣上殿。

［须贾、范雎上。

须　贾　哎，不好！
（引）事到危急无妙计，战战兢兢将头低。

范　睢　（引）临深履薄心勿惧，应对我有绝妙词。

须　贾　范门客，你看齐王大怒，双眉斜于鬓角。侍卫杀气满面，站在左右。况魏忘齐恩，此去定斩。我头谁能保得？三十六条计，走了是主意！

范　睢　慢着！大夫使于四方，不辱君命，方不愧为使臣。既到齐邦，哪有逃走之理！想齐王钢刀虽快，决不斩你我无罪之人。这时虽在虎口之中，安如磐石。

须　贾　你那话，我不相信。

范　睢　你且放心！还是同见齐王。齐王若问，你不用答，我替你应付，管保成功。

须　贾　哎，范门客，我把这条老命，交付于你。正是：

（念）急则抱佛脚，本领半点没。

范　睢　（念）使我三寸舌，（进）说齐订和约。

须　贾　千岁在上，小臣魏大夫须贾，奉魏王之命，敬献金璧，祈释前怨，复修旧好。千岁之大恩！

田法章　呔！你君臣忘恩，非寡人不念兄弟之好。当日宋兵伐魏，魏势危急，差人求救于齐；齐国即发举国之兵，宋人畏而撤兵。宋不仇魏而仇齐，会合五国诸侯伐齐。齐虽大邦，怎当五路之众！差人求魏，魏不救齐犹可，不该联络诸侯伐齐，因其功而分其地。寡人无奈，割五陵与秦，诸侯罢兵。尔国既不报恩，反来伐齐。恩将仇报，岂有此理。尔今有辩于此，复订和约；无辩于此，即便斩首。站起去讲。（须贾起）

范　睢　千岁息怒，先寡君奉命共同伐宋，原约三分宋地。上国背约，尺寸不与，反加侵虐，是齐失信于魏。诸侯畏齐骄暴无厌，于是亲近燕人。济西之战，五国同仇。大兵未临齐境，先集魏邦。魏乃小邦，怎当五路之兵！不得已而随于五国兵车之后。秦兵出关，诸侯未退，而魏先罢兵。可知感齐恩者，魏君臣之心。伐齐者，实出于诸侯之逼，非其罪也！千岁今逞一时之愤怒，失却两国之旧好，岂不今年魏亡，明岁齐灭，可立而待。

田法章　怎么，魏亡而齐灭，可立而待？

范　睢　千岁请听。语云：辅车相依，唇亡齿寒。齐魏乃唇齿之邦，诸侯不敢伐魏者，因有齐在；不敢伐齐者，惧有魏援。两国相合，大如秦楚。因此，诸侯不敢轻视，千岁何不细思细想也！

（唱）千岁英明谁不钦，
　　报仇雪耻继先君。
　　只说是桓威之烈必再振，
　　遣臣修好感齐恩。

田法章　哎呀！

（唱）此人谈吐真明敏，

片言可抵十万军。
伐魏兵车齐撤尽，
爱惜物力免劳民。
订立和约孤批准，
两国相依如齿唇。
治国安邦愧不敏，
请先生指教须勤恳。

范　唯　千岁恩宽。

田法章　卿是何人？

范　唯　小臣姓范名雎。现居须大夫门下为客，辅东君来朝千岁。

田法章　魏王兄弟可谓无智！如此之人，怎不大用？须大夫。

须　贾　臣。

田法章　你回馆驿休息，孤与范卿还要少叙。

须　贾　为臣遵旨。正是：
（念）释怒修旧好，范生果才高。（下）

田法章　内侍，快与范卿看座。

范　雎　小民不敢受座。

田法章　孤言非立谈可尽。孤敬卿才，坐了好叙。

范　雎　小民谢座！

田法章　范卿，齐自桓公以后，霸业日衰。寡人虽非英主，欲复旧业，当以何先？望卿直言勿隐。

范　雎　小民乃庸才，千岁下问，小人焉敢不直陈也。
（唱）立君德霸诸侯必先仁义，
效五帝并三皇不尚兵车。
须年年尽臣道尊事周主，
三五载复霸业诸侯聘齐。
这本是小民的安邦大计，
贡献我贤千岁以报相知。

田法章　范卿之言，金玉可比。这是范卿，魏王既不重用我卿，何不来齐，寡人当拜卿为相，未知意下如何？

范　雎　哎呀，千岁，民无定乱之才，魏乃父母之邦，此事臣下万难从命了！
（唱）蒙千岁命小臣容身齐地，
只愧我庸碌辈定乱乏术。
况两国如一家朝呼夕至，
在大梁亦仿佛身居临淄。
倘若还仕齐邦不归魏去，

既欺君又背亲罪不容诛。

田法章　卿言甚善！请到馆驿安身。

范　雎　臣下遵命了。

（唱）魏虽小父母邦实难抛弃，

大丈夫怎当得众人论非。（下）

田法章　内侍，速带黄金、牛酒去到馆驿，避过须大夫，送与范雎。他若肯来齐，封他为相，以桓公待管仲之礼待之。范雎若允，齐国之福也！（内侍下）

（唱）论寡人也算得谦恭下士，

却怎么贤良辈不肯来齐？

何一日才遇得中流砥柱，

复霸业朝诸侯吐气扬眉。（下）

［须贾上。

须　贾　（唱）齐廷上眼睁睁头要落地，

真佩服范门客应付伶俐。

不但使两国君复如兄弟，

还要我出使臣功成名立。

今天若非范门客，慢说成功，性命也恐难保。我今大得养士之益。他在殿上竟有那样的肝胆，又有那些议论。可怜我胸中实实在在地一点也没有！齐王留他坐谈，想是也要领领他的教儿。哎呀，这般时候，不知他可回馆？不免前去看他一回了。

（唱）急忙出外看他去，

但不知他可回馆驿？（下）

［范雎上。

范　雎　（唱）齐王实有爱才念，

背主求荣万万难。

我可莫说齐王千岁呀齐王千岁，你虽有爱贤之诚，我岂能离父母之邦，未免有负你爱才之心也！

我还想霸魏邦将诸侯节制，

又岂肯弃大梁臣事田齐。

感谢恩荡荡然高情厚义，

实令人当殿上好难置辞。

［内侍上。

内　侍　（唱）吾主谦恭敬贤士，

请范雎背魏事东齐。

［须贾上。

须　贾　我正要在门客上边领教，偏偏内侍捧酒而来，我且不可上前，听他说些什么。

内　侍　可喜大夫不在，正好交言。范先生拜揖。（作揖）

范　雎　尊官何来？

内　侍　奉寡君之命，与先生送来黄金、牛酒。寡君临时嘱咐，先生若肯事齐，愿拜先生为相，以桓公待管仲之礼待之。望先生慨允，万勿推辞。

范　雎　哎呀尊官，齐王之恩，实为可感。但是，我祖宗坟墓，皆在魏邦，此事万难从命。

内　侍　请先生将礼收下。

范　雎　黄金、牛酒俱不敢受。

内　侍　先生不收，教我怎样复命？

范　雎　这个……

内　侍　还是收下好。

范　雎　那么，将酒收下。尊官见了齐王，善为我辞。

内　侍　如此告辞。

范　雎　送尊官。

内　侍　免。（下，须贾亦下）

范　雎　哎！

（唱）背君恩图富贵自然不是，
　　瞒东君受私惠未免有非。
　　人处世必须要循规蹈矩，
　　我范雎岂肯留半点瑕疵。（下）

［须贾上。

须　贾　（唱）看光景听言语颇生疑虑，
　　难道说亡国祸自我招出。

怪道齐王敬听他言，原来要拜他为相。他若相齐，数年之内，必兴兵伐魏。况他深知魏之虚实，岂不是由我养成祸胎！这、这、这、该何处？呵，有了，回国见了丞相，禀明此事，任他主张便了。

（唱）这一节是魏国存亡关系，
　　况其间又与我有损无益。

哎，范雎呀！

　　休怪我全不念宾主情义，
　　国家祸必须要早早剪除。（下）

第二回　慧曼丽月下缔鸳盟

［须曼丽、春香男装上。

须曼丽　（唱）篆烟初烬漏将残，
疏影重重入画栏。
清夜梦回花气冷，
小楼风声尚觉寒。
足登朝靴笼莲瓣，
顶戴儒巾着蓝衫。
为终身改头又换面，
含笑带愧红了颜。

春　香　妙、妙、妙！小姐打扮起来，真是一位标致的相公。有趣！有趣！小姐，请你看我扮得如何？

须曼丽　扮得倒还不错。但是，走得不大像。

春　香　那么，请你教导教导。

须曼丽　走路还有学的什么。

春　香　你就不知道邯郸学步吗？

须曼丽　既然能，怎么还请我教你？

春　香　小姐，我平常学的文法武法，并没有学男人的步法。

须曼丽　那么，你看，就是这样地走。

春　香　小姐，你看怎样？

须曼丽　还成。

春　香　那么，趁此月明同到园中。

须曼丽　哎，你我一同前去了。
（唱）今晚花园去冒险，
这事还要细盘旋。

春　香　（唱）管保能如你的愿，
不必忧虑心放宽。（下，又上）

须曼丽　（唱）冷清清泪洒桃花面，
意迟迟羞看玉鉴园。
夜沉沉云汉如银练，
暖融融香风吹面前。
乱纷纷宿鸟栖还散，
韵悠悠笛声送耳边。
九曲园林芳径转，
过雕栏摇摇花影翩。
窥宋登墙说也愧，
痴呆呆无语眼望天。

春　香　（唱）碧天如水冰轮现，

孤馆愁人好梦难。
那人儿和你丰采差不远,
恰似兄弟两联翩。

须曼丽 哎，早死的爹娘呀!

春　香 小姐，这时千万不敢哭。若被那人听见，反为不美，快上假山，看那人可在?

须曼丽 言之有理。随着我来。正是:
（念）寄人篱下锁恨眉，风清云净夜深时。
难将心事对人说，唯有青天明月知。（同下）

［郑安平上。

郑安平 （引）嗟叹笔锋误前程，每惊时节恨途穷
丈夫飘荡今如此，何日风云起困龙!
郑安平。生来身长七尺，力可拔山。自幼熟读诗书，深精韬略。奈何运命多乖，只身栖居乡野。因与范雎有莫逆之交，今晚特来相访。据院公云，他随须大夫入齐。着我独居荒园，不胜寂寞，想起身世倍生烦闷了!
（唱）蹉跎岁月年双九，
一身落落尤穷愁。
生平壮志成搔首，
问前程唯有登高楼。
今晚乘兴访良友，
谁知良友入齐都。
无聊荒园观星斗，
夜静更深万象幽。

［须曼丽、春香上。

春　香 小姐，你看，月下徘徊的，就是那人。

须曼丽 （看）哎呀，好!
（唱）隔墙偷眼细观看，
果信翩翩美少年。
体貌轩昂有肝胆，
虽在泥途品非凡。

春　香 待我开了角门，叫他一声。

须曼丽 傻丫头，你又不知他的姓名，怎生地相叫?

春　香 我只叫他范相公，看他怎生答应。

须曼丽 不可。

春　香 你莫管。范相公!

郑安平 哎呀!

（唱）耳听娇音月下传，
　　抬头举目向外观。
呀，原来是书童。

春　香　范相公！

郑安平　好奇怪也！
（唱）为什么不住高声唤，
　　不辨名姓为哪般？
这位是哪里来的？

春　香　我家和你是紧邻。

郑安平　你家主是谁？

春　香　主人须氏。

郑安平　到此何事？

春　香　我家相公慕先生之名，故来相访。

郑安平　请你家公子相见。

春　香　公子，请你过来！

须曼丽　哎，来、来、来了！
（唱）春香隔墙将我唤，
　　手扶红杏下山巅。
　　自觉心烦意又乱，
　　相逢移步难向前。

郑安平　（唱）这公子为何羞满面，
　　见人低头不发言。
　　落魄下士诚相盼，
　　愧茅檐无处驻高轩。
须兄，请到亭子上坐谈。哈、哈、哈！（进）请坐！

须曼丽　小弟因长宵无梦，独步荒园，斗胆轻造尊居，殊深惶愧！

郑安平　岂敢，岂敢！请问仁兄大名？

须曼丽　微名须曼。闻兄在此夜读，必是勤学之士。敬仰贤才，故来拜访。

郑安平　小弟原是访友至此，仁兄怎说夜读二字？

须曼丽
春　香　尊驾难道不是范相公吗？

郑安平　小弟郑安平。

须曼丽　如此，小弟认错了。

郑安平　这也无妨。小弟与范兄原无彼此。

须曼丽　范兄今在哪里？

郑安平　据院公说，他随须大夫到齐国去了。

春　香　公子请看这边的好景！

须曼丽　（出）什么景？

春　香　小姐，你看郑相公体貌，却甚轩昂。虽在泥途决非凡品。这就是你的好对象！今晚要你自己做主和他谈判，千万莫要错过这个机会。

须曼丽　羞答答怎好开口？

春　香　关系你的终身，还是脸放厚，给他个猛开口！

须曼丽　我……

春　香　你快去，不要叫人看出破绽。

须曼丽　那我晓得。

郑安平　仁兄请坐！

须曼丽　有座。请问郑兄，何方人氏？作何生理？

郑安平　仁兄，请听了！

（唱）弟家住大梁地具茨山畔，
家贫穷只守着茅屋一间。
自幼儿读诗书壮年学剑，
欲出仕无门径浪迹林泉。

须曼丽　椿萱可康泰？兄弟有几人？

郑安平　（唱）二爹娘早年丧又无亲眷，
无兄弟无姊妹一身孤单。

须曼丽　贵庚多少，想已早偕鸳侣！

郑安平　（唱）大丈夫只愁的功名不显，
因此上年二九尚无姻缘。

春　香　没有订婚者好！

郑安平　好什么，好什么？

春　香　这个，这个……

须曼丽　郑兄，小弟有一事要与我兄相商。从不从在你，千万勿恼。

郑安平　仁兄有何贵言请讲，小弟绝不敢恼。

须曼丽　仁兄，小弟有一弱妹，年方二八，待字闺中。我兄若不见弃，愿结朱陈。

郑安平　仁兄，此事容弟考虑考虑。

春　香　这有考虑的什么？

郑安平　小弟异日央媒行聘。

须曼丽　仁兄，大丈夫做事磊磊落落，何必讲此虚文假套。

春　香　郑相公，我家小姐那个人儿，长得好得很。

郑安平　怎样的个好？

春　香　哎，我家小姐生得容貌秀丽、性情温和、通达经书、娴熟弓马。请你不要错了主意。

郑安平　关系终身大事，总得一见才妥。

春　香　你要看了。那么，你来看！（看须曼丽）

郑安平　哈哈，仁兄！莫怪小弟取笑。细看尊容标致极了，不知谁家女郎消受你这个风流佳婿！

须曼丽　仁兄过奖！

春　香　你看好不好？

郑安平　好是好！那是你家公子。

春　香　公子和小姐是一样的。

郑安平　未必！

春　香　没错！

郑安平　仁兄，过门若和你不一样，为弟我马上就要退婚。

春　香　若和他不一样，就将他给你成不成？

郑安平　成、成、成，我实在欢迎！

春　香　哎呀，我的天爷爷！今天晚上这个亲事既无媒证，又无红定。虽说口头上答应了，总得有个表示。哼，怎样表示才好呵？有了。公子不如替小姐和人家对月拜一下。哎，你看拜一下都不愿意，若果叫你替她入洞房，那还将你羞死了呢！来，你两个站好再拜！

郑安平　（唱）幸喜订结三生愿，

须曼丽　　　　诚心拜告地和天。

郑安平　　　　今宵唯有嫦娥见，

须曼丽　　　　不用红定重一言。

　　　　　　　怜才择配酬夙愿，

　　　　　　　乔装自媒世罕然。

　　　　　　　辞别欲去还留恋，

　　　　　　　目断东墙泪暗弹。

郑安平　哎！

　　　　（唱）因何红晕荷花面，

　　　　　　　勿怪订盟礼欠端。

　　　　　　　今夜晚你我同榻在孤馆，

　　　　　　　西窗剪烛长夜谈。

须曼丽　虽承雅意，但小弟贱体不快，不能久坐。夜已深了明日再会。

郑安平　奉送。

须曼丽　不送了。（下）

郑安平　仁兄转来！

须曼丽　讲说什么？

郑安平　咦，哈哈！

须曼丽　你没说的了，我还要问你。
郑安平　你说。
须曼丽　相公，你家住何处？
郑安平　具茨山畔。
须曼丽　妙！你在，我去了！（下）
郑安平　须兄转来，须兄转来！哎，今晚糊里糊涂地订婚呢！彼此都是一句话。想要凭证，他已去远。招之不来，呼之不应。莫非我做梦不成！这般时候，眠是眠了。正是：
（念）欲语羞无限，梦里见丽娟。
　　订婚一句话，未费半文钱。（下）

第三回　猛丞相毒打国士

［中军引魏齐上。
魏　齐　（诗）座上珠玑昭日月，堂中黼黻焕乾坤。
　　功名富贵如吾愿，掌握朝班第一人。（坐）
老夫魏国丞相魏齐。只因齐兵伐魏，圣上寒心，君臣商议，差中大夫须贾，聘齐求和。未知齐王可能应允，又不知须贾性命如何。哎，魏国何日才能太平！
［须贾上。
须　贾　（引）只为国家事，失却朋友情。
　　传禀丞相，就说须贾还朝候见。
中　军　禀相爷，须大夫候见。
魏　齐　怎么？须贾成功还朝，不知他还是个能员！快快有请！
中　军　有请。
须　贾　中大夫须贾。出使还朝，未去面君，先谒丞相，敬候台命。
魏　齐　咦，哈哈！足下释两国之仇，救举国之祸，功莫大焉！中军，大堂排宴，宾客作陪，与大夫贺功！大夫，随着老夫来。哈哈哈！（同下，又上，三朝臣亦随上，坐）大夫请酒！
三朝臣
须　贾　丞相请！
魏　齐　大夫成此大功，举国沾光多矣！请教和成之经过。
须　贾　承相，我虽奉命，功劳实非我的。
魏　齐　是谁之功？
须　贾　实系下官门客范睢之功。
魏　齐　大夫门下有此才子，可敬可敬！明朝老夫上策举荐，不要屈了他的功劳。

须　贾　丞相，尚有一事可疑，特禀早为主张。

魏　齐　还有什么事，你且讲来。

须　贾　丞相，齐王允许和好，即命我回馆驿，独留范雎坐谈，更深方回。又命侍臣送来黄金、牛酒，要拜为相。我想他深知魏之虚实，倘他为齐相，异日必率兵伐魏。岂不是祸胎因我养成！因而禀明丞相。

魏　齐　如足下之言，此人万不可留。

须　贾　请丞相自主。

魏　齐　校尉。

［四校尉上。

速拿范雎见我。（校尉下）请酒！

众　请！

［校尉押范雎上，跪。

魏　齐　下跪你是范雎？

范　雎　是。相爷拿我为何？

魏　齐　你随大夫去到齐国，怎样成功从实诉来！

范　雎　相爷容禀！

（唱）到齐邦朝见时齐王盛怒，
侍卫将站殿前雄威赳赳。
一个个执刀剑环立左右，
好一似入虎穴生路难求。
须东君心惧怯就要逃走，
我范雎立保他不曾受戮。
以利害说齐王和好如旧，
传旨意当时把兵车尽收。

魏　齐　是你的功劳！齐王命大夫回馆，留你坐谈什么？

范　雎　哎，相爷呀！

（唱）齐王问我不敢隐藏愚陋，
兴霸业必须要先去朝周。
讲富贵与强兵尽是落后，
先仁义后功利才是良筹。

魏　齐　这也不差！你回馆后，齐王命侍臣送你黄金、牛酒何意？

范　雎　相爷呀！

（唱）他叫我到齐国去把官做，
我范雎怎忍心背恩事仇。
送来的金和酒一概不受，
大丈夫决不肯暗受报酬。

魏　齐　大夫，他不受齐金酒、不弃父母之邦，没甚非礼之处。

须　贾　承相，我只见送金酒来，未见他辞去。丞相主张，将来祸起，莫要怪我养成祸胎！

范　睢　大夫，怎么不念宾主之情！

须　贾　宾主之情固大，君臣之义，可也不小；但你若为齐相，势必霸齐，征伐诸侯。魏与齐乃是旧仇，哪有不伐魏之理。将来国破家亡，难道我把君恩不报、臣职不尽、身家性命不顾，只为你一个门客不成？

范　睢　大夫，齐廷功成而不报，反置我于死地！哎，我真好恨也！

（唱）只说宾主情义厚，
不避危险去齐都。
功成把你性命救，
将恩不报反为仇。

须　贾　丞相早为主张，勿贻后患！

魏　齐　哎，背主之贼，实实难容。校尉，将狗皮扯了，用鞭拷打。（校尉打范睢）

范　睢　（唱）须念我复邦交和约成就，
有大祸也不过身做楚囚。
既不能享荣华反将刑受，
难道说做大官不讲理由。

魏　齐　（唱）背主贼倘若是得了生路，
我君臣到那时性命皆休。
放猛虎归山去大祸必有，
少不得挽回头细嚼我肉。

来，加力打！

范　睢　慢、慢、慢着！魏齐，我把你个奸贼！想齐兵犯界，举国震惊，尔乃国家之宰辅，束手无策，竟差须贾聘齐求和。须贾明知理缺，命我偕他同行。那时，我范睢为了国家，不畏强暴，去说齐王，撤退兵车，化险为夷。你今听信谗言，毒打有功国家之人，你的良心何在？天理何存也？

（唱）只说是齐廷上立功最大，
实指望受封赏头戴乌纱。
谁料想被贼害受尽拷打，
真乃是功愈高罪刑愈加。

魏　齐　逆贼，竟敢如此叫骂。来，换大刑重打！（打范睢死）

校　卫　禀相爷，范睢绝气。

魏　齐　待我观看。范睢，把你这贼死得不亏。来，将尸抬奔街前，丢在厕坑，叫背主之贼，做鬼也难落得干净。扯下去。（校尉抬尸下）大夫，你同大小官员，去到厕坑，溺尿唾骂，使通敌之人，以后不敢效尤。正是：

（念）非怪吾心毒，逆贼实难留。（下）；

［朝官甲与须贾上。

朝　官　（念）才高原是催命鬼，智多反做引魂幡。

大人，你和范雎乃系宾主，今日堂上，何不与他周旋周旋？

须　贾　你不明白。我上而为君，下而为民，中间还有我的前程。你想，他若为齐相，必然伐魏。那时，我们都做他刀头之鬼！

朝　官　大人差矣！他为齐相，魏乃父母之邦，岂忍加兵！

须　贾　你在相府，为何不言？

朝　官　相爷面前，哪有我们说话之处？

须　贾　事已迟了，说也无益。相爷吩咐我们，同到厕坑，唾骂一番。

朝　官　大人，臭气难当，怎么唾骂？

须　贾　丞相命令，不敢不遵。掩了鼻孔快去。正是：

（念）范叔分明与齐通，打死魏国才安宁。（下）

朝　官　须贾去了。想我们和范雎何仇，不必如此！见了丞相，就说唾骂过了。正是：

（念）能方便处且方便，得留情处且留情。（下）

第四回　贤花子义救忠良

［田贫儿上。

田贫儿　（板歌）我、我、我花子，命运苦，早丧父，又亡母，丢我丢得太年幼。无庄房，少地亩，零丁孤儿满街游。亲不怜，友不救，只好乞讨在街头。东巷跑，西巷走，叫爷叫婆喊破口。吃不饱，饿不瘦，鹑衣百结冷难受。花子虽贫心底还忠厚，苍天怜念多保佑，我花子金满斗，金满斗！

咱家魏国花子田贫儿。正在大街讨饭，忽听人说范老爷被人打死，尸首丢在厕坑。众弟兄，今天都不要去上门。

内　（应）有什么事故？

田贫儿　哎，范老爷被人打死了，尸首丢在厕坑。我们前去哭他几声。

内　（应）哪个范爷？

田贫儿　就是在酒馆常常给馍的那个范爷。

内　他死再不给咱馍了，哭他怎的？我们不去。

田贫儿　你们都是没良心的东西！岂不知受人点水恩，必当涌泉报。我去哭他几声。行行走走来在厕坑，臭得要紧，待我掩了鼻孔。范爷，我是花子田贫儿在这里哭你，为报你一馍之恩了！

（唱）田贫儿走来泪涔涔，

哭范爷为报一馍恩。

想有才人儿处处都谨慎，
智多莫先于保身。
可怜你断筋折齿身无完肤将命殒，
血尿满身痛煞人！

范　睢　哎哟！

田贫儿　打鬼！我是不怕鬼的。想是范爷活过来了。待我问他声，范爷，你是鬼声嘛还是人声？

范　睢　我被奸贼打得筋骨折损。虽留残喘，不久必死。你能背我回家，与我妻见得一面，我将金子十两谢你。

田贫儿　范爷，小人情愿背你回去。

范　睢　此时不可。

田贫儿　什么时候方可？

范　睢　你同众花子相府乞恩，就说你们都是街上百姓，因厕坑通着街市，每天用土盖三次。

今日相爷仇人尸首在内，不敢盖土，臭气难当，断了街市，乞相爷着小人将尸移过，好用土盖。此时，奸贼得意狂饮，必然大醉，定叫你们移尸。那时，你来背我，才得安然。

田贫儿　打成这个光景，还有这样计谋。我就依计前去了！

（唱）难得他筋骨折心还不乱，
能生出这样的最巧机关。
也不闻厕坑中痛苦叫唤，
好像个快乐人无事安眠。
是这样硬骨气古今罕见，
顺逆境一样处千难万难。

来在相府门首，待我上前禀明。（下）

［**中军上。**

中　军　禀相爷，百姓乞恩，据说厕坑通着街市，每日用土掩盖三次。今相爷仇人尸首在内，不敢盖土，臭气难当，断了街市。拟请将尸移过，用土掩盖厕坑。

内　（应）叫他们将尸抬去，丢在郊外，任鹰犬食之。

中　军　下边听着：相爷有命，叫你们将范睢尸首丢在郊外，任鹰犬食之。（下）

［**田贫儿上。**

田贫儿　哎，真妙计也！

（唱）范爷他真个是巧计妙算，
那奸贼果然醉中了机关。
此一去背范爷见了他妻，

十两金谢与我何愁吃穿。

来在厕坑。范爷，范爷，他的窍真大！恐怕我带来外人，不敢应声。待我与他说明。范爷，此间再无别人，就是我贫儿一个在此。

范　雎　大哥，你来了！

田贫儿　哈哈，果然如此。我就把他的心事揣着了，可见我的知识和他差不多。

范　雎　奸贼如何吩咐？

田贫儿　奸贼叫把你的尸首，丢在郊外，任鹰犬食之。

范　雎　如此说，就无事了。劳你背我回去。

田贫儿　你上岸来，我好背你。

范　雎　我能上岸，何必劳你？

田贫儿　不用说了。范爷，你到底有金子没有？

范　雎　有。

田贫儿　有便好。即就不足十两，九两九钱也能行呀！（背范雎）

（唱）我花子背上他浑身粪染，

虽然是得金子臭气难堪。（下）

［范妻上。

范　妻　（唱）天方晓丞相唤急忙走去，

和约成大功劳必挂紫衣。

想到此我自觉洋洋得意，

这时候不回来令人心疑。

［田贫儿背范雎上。

田贫儿　（唱）背他急走心内惧，

不惮劳苦为金子。

说什么功成最容易，

还是天佑我贫乞。

范爷，天已黄昏，从哪里走？

范　雎　转弯第三家就是。

田贫儿　第三家。一、二、三，到了。（进门）

范　妻　你将哪里这个死人，背到我家？

田贫儿　大娘子，你不晓得，那是我范爷被丞相打成这般光景，不是死人。

范　妻　怎么是他？

田贫儿　就是范爷。

范　妻　怎么说？

（唱）听一言吓得我三魂飞去，

做功臣倒受了如此刑拘。

范　雎　哎哟！

范　妻　夫呀！

（唱）只听得痛苦声难当臭气，
　　却怎么皮肉烂血尿淋漓。
　　常夸你有学才天下平治，
　　你还要为邦家中流柱石。
　　到今日筋骨折因为何事？
　　慢慢地与为妻说个来历。

范　雎　娘子，是你不知。须贾说我私通齐国，被魏齐老贼一顿将我打死，尸丢茅坑。

田贫儿　范爷，取金子打发我走。

范　妻　那是何人？

范　雎　他是我救命恩人。

范　妻　原是恩人，受我一拜了。

田贫儿　这一下，大概把我的金子拜完了！

田　妻　（唱）含着泪忙跪倒谢你恩义，（跪）

田贫儿　不敢，不敢！

范　妻　（唱）负残躯归寒舍恩与天齐。

田贫儿　不敢。快取金子叫我走。

范　雎　大哥，我哪里有金子！齐王赐我黄金，我不曾受，奸贼将我打成这般光景；若果受金，有何屈我！

田贫儿　呵，怎么，你没金子？你没金子咧，我把你仍背到厕坑。

范　雎　哎，大哥。你今夜之恩，我心诚感。只要我不死，他日得志，必当重谢，绝不食言。

田贫儿　范爷，我是爱打现钟的，等不得铸钟。你这时候没有十两了，就是五两我也收呢。

范　雎　实在没有。

田贫儿　没有五两了，二三两该是有的？

范　雎　哎，无有！

田贫儿　都没有一两？

范　雎　没有！

田贫儿　完了。哎，我就与他大大地落个人情罢。哈，哈，哈！范爷，慢说你没金子，就是你与我放下二十两，我也是不受的。我去哭你，原是报恩。你既活来，哪有不送你回家之理。你说谢我十两金子，我心上就有些不受用。

范　雎　哎，不想乞儿讨饭之中，竟有这尚义之人！

田贫儿　范爷，休说背你回家这点小劳，就是再有用处，赴汤蹈火，决不推辞！

范　雎　如此，越发有劳你了！

田贫儿　哎，是非只怕多开口，不知又叫我做什么？一言既出，驷马难追。范爷，叫我做什么，我就前去。怕事不算君子！

范　雎　大哥，你在西门内第一家店内，高叫郑官人。有人问你，你就说，我叫他速来。那是我结义兄弟郑安平。

田贫儿　那么，我就去。

范　雎　我还有嘱托。

田贫儿　还有何事？

范　雎　你到明天，寻得那张芦席，用鸡血染了，丢在山野地方。你在一旁砍柴。奸贼必寻我的死尸。倘若问你，你说昨日打柴，见许多人抬着芦席，丢在草野，狂笑而去。忽然来了一只猛虎，将尸噙入山去。奸贼必信为实，再不穷究。我在外平安养伤。

田贫儿　是、是、是！我就如命去办。范爷，我去了。你异日得志，十两八两的话莫要忘了。

范　雎　忘不了。

田贫儿　忘不了咧，我就去了。（下）

范　雎　娘子，快取温水洗我。

范　妻　是！（洗）哎，我的官人！

（唱）实想你做高官锦袍归里，
哪料你受极刑怎不惨凄！
我劝你丢开了富贵二字，
且安贫好消受蔬食布衣。

［郑安平上。

郑安平　（唱）闻消息吓得我魂不附体，
却怎么范仁兄意外祸出！
大功劳做罪人颠倒处置，
是这等老奸贼天灭地诛。

范　妻　郑叔叔来了！

郑安平　仁兄，你可认得我？

范　雎　怎么不认得！你快将我背到你处，鸡鸣混出城去，奸贼明日必要寻我。

郑安平　如此，就走！

范　妻　郑叔叔！

郑安平　嫂嫂，讲说什么？

范　妻　哎，他的祸患，皆由长舌惹出。你到外边，劝他再休多说话。

范　雎　只要我的舌头存在，不难报仇。他日你们再看我舌头上的功劳。

郑安平　快走！

范　雎　我还要安家。娘子，明早你穿了孝服，设灵招魂。贼人必来探我死的虚实。若有人来问你，你就说，打死相府，尸首丢在山野，以除贼人之疑，可保平安。

范　妻　为妻遵命！

范　睢　贤弟，背我速快走了！

（唱）临行时先想下安家之计，
决不令魏国人笑我无奇。

郑安平　（唱）我二人虽则是异姓兄弟，
其恩义如同胞患难相依。

范　妻　（唱）含着泪忍着痛送出门去，
罢了官人！

范　睢　娘子！

范　妻　官人！

范　睢　哎，娘子呀！（同郑安平下）

范　妻　（唱）到天明浑身上换了孝服。
用计谋等候贼亲到此地，
结素帏设灵堂招魂悲泣。（下）

第五回　偷雄鸡贫儿扮鬼

［须曼丽上。

须曼丽　（唱）闻凶信好叫我寸心惆怅，
恨叔父他不是君子心肠。
范先生有大功应奏圣上，
甚不平反谤他私通齐邦。
建功业还叫他顿生魔障，
这些人到后来必无下场。
我还是用巧言将叔欺诳，
整行装到范村去寻郑郎。

［须贾上。

须　贾　（唱）宰相家大威权真如波浪，
把一个背主人立毙公堂。
畅快处丢茅坑洒溺身上，
遍体上染血粪实在惨伤。

须曼丽　叔父到了，请坐！

须　贾　女儿，今天丞相将范睢处置得真痛快。

须曼丽　将范睢怎么样了？

须　贾　咦，哈，哈！打死公堂，尸首丢在茅坑，叫大小官员唾骂、尿洒其身。

须曼丽　既然他亡，唾骂便溺，未免太过，况叔父和他宾主之情。但不知尸首还在厕坑否？

须　贾　因厕坑当道，尸臭断路，百姓乞恩，相爷命他们移尸郊外，任鹰犬食之。

须曼丽　真道可怜！

须　贾　女儿！将他死得不可怜。他死，国家才能安宁，叔父也可以在府中安居几日，叙叙天伦之乐。

须曼丽　呵，叔父！移尸的时候，是叔父亲眼看过，还是百姓自己移到郊外的？

须　贾　百姓移尸，我和丞相均未看见。

须曼丽　照这样说来，叔父未必能安然住在家中！

须　贾　怎见得？

须曼丽　试问叔父：厕坑哪有当道之理？死尸如何得臭？百姓如何要与他乞恩？

须　贾　叔父不知！

须曼丽　依孩儿看来，范睢恐怕没死。逃出魏邦，一旦得志，兴兵伐魏。你和丞相早些把身子洗净，恐污他人之刀！

须　贾　这个！

须曼丽　哎，你焉知乞恩之人，未必不是范睢所用之人！

须　贾　女儿高见。待我去见丞相。（下）

须曼丽　哎，真可笑！这样之人，竟做国家大臣！既知魏齐酒醉如泥，你去，他岂容你进见，不是空跑吗？我命春香访问范睢之家，怎么还不回来？

［春香上。

春　香　（引）范睢家舍已问明，
　　　　忙报小姐得知情。

须曼丽　春香，你回来了！

春　香　回来了。

须曼丽　命你探听范睢之家，可曾打听明白？

春　香　已问明确。他住在西门内巷口第三家。

须曼丽　那就好了。你到上房见夫人，就说你同小姐明早回家扫墓，因走得过早，不敢惊动夫人，所以晚上禀明。

春　香　遵命。（下）

须曼丽　叔父回来，必无面目见我。这般时候，不免收拾衣物，先到范家，再看情形定夺也！
（唱）那范睢论本领立人头上，
　　　到明天救他妻逃走外方。（下）

［田贫儿上。

田贫儿　（唱）耳听得大街上犬声乱叫，

必定是鸡主人追我难逃。
急忙忙穿孝衣再戴孝帽，
做小偷无奇谋不算手高。

［须贾上。

须　贾　（唱）寸心上战兢兢策马飞跑，
愧下官万不及女儿智高。
我只得上相府秘密报告，（田贫儿做鬼，须贾跌下马）
见凶鬼吓得我汗如水浇。

你是范门客，请念宾主之情，饶了我吧。打死你乃是丞相的主意，疑你不死又是我侄女曼丽的挑唆。这都和我无干。你不要找我，快找他们索命去罢！（田贫儿下）

冤鬼已去，我还是再向相府报告了。

（念）冤鬼已去心不跳，
战战索索步难跷。
急忙上马相府跑，
见了相爷说根苗。（下）

第六回　改男装侠女探郎

［范妻孝服上。

范　妻　（唱）举哀戴孝哭声放，
想起遭遇断人肠。
魏齐暴横太猛浪，
须贾又为虎作伥。
官人大功应封赏，
反被贼害身受殃。
尸丢厕坑溺身上，
官员唾尸骂一场。
花子怜悯将法想，
背回家园心惊慌。
在家不敢把伤养，
郑安平携他隐山庄。
但愿创好精神壮，
早日逃命于四方。
得志先杀魏奸相，
大报仇恨谢上苍。

奴乃范雎之妻。官人临行言说奸相多疑，酒醒必来我家找寻尸首。着我在家假设灵堂，举哀戴孝，以绝奸贼之疑。这般时候，恐贼前来窥探，不免恸哭起来。哎，我叫叫一声官人呀官人，我的惨死的官人呀！

［四校尉、中军引须贾、魏齐上。

魏　齐　（引）今晨酒醒心还恨，

须　贾　（引）虎去必定要伤人。

中　军　禀相爷，来到范家门首。

魏　齐　内边去问。

中　军　是。这一妇人，范雎是你什么人？

范　妻　是我丈夫。

中　军　在家不曾？

范　妻　被人打死，尸首丢在山野，家中空设灵位。

魏　齐　既然尸不在家，速到山野寻尸。（下）

范　妻　奸相已去，唯恐复来。我还是暂勿收拾灵堂。孤坐灵前，想起此事，叫人怎不痛心也！

（唱）奸相虽去恐复返，
　　勿叫贼窥破这机关。
　　孤坐灵前泪满面，
　　但不知奴夫何日还！

［须曼丽、春香上。

须曼丽　（唱）托故扫墓回家转，
　　他人怎知我心田。
　　听杜鹃声声心缭乱，
　　主仆徘徊情怅然。

春　香　小姐，来到范家门首。

须曼丽　随我进内，问个明白。

春　香　这可是范先生之家？

范　妻　是的。

春　香　范先生可在？

范　妻　打死相府，尸首丢在山野，家中空设灵位。

须曼丽　打死相府，尸丢山野。这可是你眼见？

范　妻　不曾。

须曼丽　还是你耳闻？

范　妻　不曾。

须曼丽　哎、哎、哎，这样不曾，那样不曾，你糊里糊涂在家设灵举哀，是何道理？

范　妻　当真我丈夫死了！

须曼丽　我全然不信。据我观察，你丈夫必定没死；不但没死，还回家和你相见；不但和你见面，他还叫你假设灵堂，以除奸相之疑，他好在外安然养伤。你说，是也不是？

范　妻　这个……

须曼丽　这个什么？速快给我从实讲来！

范　妻　哎，我的大人呀！

（唱）小妇人闻噩耗将心痛烂，
哭得我气奄奄头昏目眩。
愧家贫少朋友又无亲眷，
谁还敢和丞相辩论屈冤。
为招魂在家中设灵祭奠，
望夫君冤魂灵早早升天。
这是我真实话大人明鉴，
万不敢欺瞒人说此诳言。

春　香　哎呀，不好了，不好了！

须曼丽　怎么样了？

春　香　范夫人产孩子，将血淋淋的衣胞不埋，把我几乎吓死！

须曼丽　取来我看。

春　香　是，你看。

须曼丽　呵，我明白了。呔，这件被血尿所污的袍子是谁的？

春　香　哎呀，想是范夫人有外遇，将本男人杀了！

范　妻　我、我、我不知道！

须曼丽　明是你丈夫的衣服，谁都认得，你还说不知道。我要相府报案。

范　妻　大人莫可！

须曼丽　那么，给我实说。

范　妻　不知道，叫说什么？

须曼丽　哎，我真气也！

（唱）证据确凿甚明显，
哭哭啼啼不实言。
怒冲冲抽出青锋剑，（抽剑）
叫你剑下丧黄泉。

范　妻　大人，莫要杀我，我、我……（跪）

须曼丽　向前跪，再向前跪。你就与我说、说、说！

春　香　你看，将大人气成什么样子。还不快说！

范　妻　（唱）叫大人勿上气容我分辩，

哎，我的大人！

伤心之事诉君前。
夫尸被人背回转，
才换下这件血衣衫。
血肉洗净背出院，
听说丢在荒草山。
旷野狼虫千千万，
尸首定被狼虫餐。

须曼丽　嫂嫂勿惊，请起！

范　妻　哎，好奇怪！

（唱）适才她是男儿汉，
霎时变就女婵娟。
莫不是我入影幻，
莫不是我在梦间！

须曼丽　嫂嫂！

范　妻　（唱）因甚将我嫂嫂唤，
笑嘻嘻不言为哪端？

你是何人？

须曼丽　我名须曼丽。

范　妻　哎，这个名甚熟，怎么一时想她不起？

春　香　你可知道郑安平？

范　妻　他是我贤弟，怎能不知！

春　香　她和郑相公有些关系。而今你再想。

范　妻　呵，想起来了！你莫非就是我贤弟之未婚妻？

春　杳　看，一下子说到点上了！

范　妻　妹妹，你几乎将嫂嫂吓死了！

须曼丽　嫂嫂的胆子，还算不小。范兄现在何处？

范　妻　郑叔叔携他具茨山养伤。妹妹呀，尊公适才和丞相前来探问你范兄尸首的下落，我说尸丢山野，他便打马走去。

须曼丽　嫂嫂，我叔父乃是多疑之人，此事若无结果，他必复来。

范　妻　这该怎处？

须曼丽　依妹愚见，不如逃走，以免受贼之辱。

范　妻　该逃何处？路上怎样行走？

须曼丽　先到我家，再好定夺。你将我的衣服穿上，同春香前行，我随后即到。

［范妻换须曼丽衣服。

［甲、乙公差上。

公差甲　（引）范睢尸首查无踪，

公差乙　（引）要拿他妻审口供。

［范妻、春香出门下，二差进。

二　差　你是范娘子？

须曼丽　我不是。

公差甲　不是，怎么在他家？走，见了大人再讲。

须曼丽　哎，我真冤枉了！

（唱）公差拿人太鲁莽，
竟然以李代桃僵。
幸喜嫂嫂已漏网，
将罪暂应我身旁。（同下）

［田贫儿上。

田贫儿　（唱）昨夜晚为朋友做贼装鬼，
料须贾那老贼真情不知。
偷吃鸡将鸡血污染芦席，
今日里扮樵夫候问来历。
哎呀，奸贼来也！待我砍柴。（砍柴）

［四校尉、中军、须贾引魏齐上。

魏　齐　（引）晴明天影高，

须　贾　（引）雪暗树叶深。

中　军　禀相爷，有一樵夫打柴。

魏　齐　速去问他，见尸不曾！

中　军　是。樵夫，你怒恨恨砍它为何？

田贫儿　因为它救了我的命。

中　军　怎样救了你的命？

田贫儿　昨日我正砍柴，来了一只老虎吃我。我急忙爬上了树。那虎没法吃我，将一个死人噙着去了，岂不是救了我的命？

中　军　那你太没良心了！

田贫儿　我没良心！哪个王八蛋没良心？

中　军　你用小斧砍大树，慢说砍它不倒，就是砍倒，也可惜栋梁之材竟做柴烧！

田贫儿　你说它的势力大，它的势大，我偏要砍它。做一个大活，比做十个小的强得多着呢！这就叫做砍倒大树有柴烧。你说我不惜栋梁之材，不知世上把栋梁之材，屈死了多少！

中　军　他倒说得有理。我且问你，你可见这里有一副尸首不曾？

田贫儿　那是你先人吗？

中　军　休得胡说。见来不曾？

田贫儿　哎，我昨日见许多人用芦席裹着一个死人，丢在草丛中，狂笑而去。忽然来了一只猛虎，噙入山中。那人死得好苦！那不是芦席吗？

中　军　如此请了。禀相爷，樵夫说他亲眼见尸首被虎噙去，血席尚在草中。

魏　齐　照这说，范雎死而无疑。须大夫！

须　贾　丞相。

魏　齐　今天同到府中，大饮一场。

正是：

是非须要寻消息，

须　贾　消息不见终还疑。

魏　齐　满腹经济累身死，

须　贾　八斗雄才被虎食。（同下）

田贫儿　呀呸！哎，我把你两个奸贼呀！

（唱）死人倒把活人迷，

尽是牢笼他难知。

但愿范爷早得志，

贫人也有荣耀时。（下）

第七回　忌贤妒才穰侯搜车

［王稽上。

王　稽　（引）强弱相形非一日，小邦多受大邦欺。

政柄下移宾做主，君少国危怎支持。

下官秦国下大夫王稽。只因秦王年幼，国舅专权，太后临朝听政。现在君王渐大，太后尚不还政。秦王不过虚名而已！但恐君命难保。秦国变乱，就在眼前。下官奉国舅之命，打探关东诸侯强弱。来在魏国，驿官送楚使去了。独坐馆中，甚是寂寞。

［郑安平上。

郑安平　（引）欲扶贤人投明主，馆驿门下探消息。

郑安平。诈为驿卒，留心细访诸侯宾客。哪国君贤，便好去投。驿官不在，馆中今有秦国差官在此，不免藉送茶，先问秦国治乱如何。

正是：

欲知西秦事，

先听使臣言。

老爷，请茶！

王　稽　驿卒。

郑安平　老爷，有何吩咐？

王　嵇　你们魏国多出贤士，你知才可大用之人是谁？
郑安平　老爷，容禀了！
（唱）我魏国唯范雎才具最大，
王　嵇　受职不曾？
郑安平　（唱）可怜他才学高命运不佳。
王　秸　今做何事？
郑安平　（唱）竟被那魏丞相打死堂下，
功愈高罪愈大实在屈他。
王　嵇　可怜此人怀才受屈，可惜不到我国，不能大展其才！
郑安平　老爷，秦国可能用贤？
王　嵇　哎，吾主求贤如渴，但无大才之人。
郑安平　哎，我的老爷！
（唱）想如今列国中唯有秦大，
倘若是爱才君必然用他。
任此人不多年西秦必霸，
有何难报冤仇大梁征伐。
老爷，秦王既能用贤，今小人里中。还有一人，本领不在范雎之下。
王　嵇　是谁？
郑安平　名唤张禄。
王　嵇　可能一见？
郑安平　此人因避仇家，隐居山中。老爷要见，约定途中相会。
王　嵇　何人去通信息？
郑安平　老爷有求贤之诚，小人岂惮荐贤之劳？
王　嵇　如此，深感！吾事已毕，明日你待我于三亭冈，千万不可食言。
郑安平　无信成什么人！
王　嵇　如此，你去。
郑安平　遵命。（下）
王　嵇　哎，好呀！
（唱）看驿卒言语间举动非诈，
细思想那人物却也不差。
他二人必定是齐驱并驾，
求一贤得二士真道喜煞。（下）
［范雎上。
范　雎　（唱）深山中且喜把残躯养好，
恨苍天锻炼我多受煎熬。
不但是魏伐齐恩将仇报，

即魏齐待范雎功将罪邀。
那奸贼却不知除根剪草，
我不死你就把亡国祸招。

范雎更名张禄，隐居山中。幸喜伤势痊愈，恢复健康。欲往列国，故先命郑贤弟诈为驿卒访问。哪国求贤，便向哪国去投。

［郑安平上。

郑安平 （引）伤好草舍莫久延，
宜早献策入秦川。

范　雎 贤弟，回来了！

郑安平 回来了。仁兄，弟想列国之中，唯有秦大，欲报仇恨，先投秦邦。弟已与秦使约定，明日三亭冈相会。

范　雎 为兄亦有此心。请到下边，准备起程了！
（唱）只等候西秦邦大夫来到，

郑安平 秦襄王爱贤士网罗英豪。（同下）

［王稽上。

王　稽 （唱）当途中卷车尘西风吹动，
我手中慢扬鞭驾车西行。
倘张禄是真才必能大用，
除残暴霸秦邦为国立功。

［范雎、郑安平上。

范　雎 哎！
（唱）山居蓄锐养其锋，
一鸣要使天下惊。
征服诸侯皆入贡，
且看坐谈觅侯封。

郑安平 （唱）仁兄气量压万雄，
可比渭水之飞熊。
倘若入秦任大充，
先报私仇后尽公。

王　稽 来者可是张禄先生？

范　雎 正是小人。尊官何人？

郑安平 这就是秦国王老爷。

范　雎 见礼了。（揖）

王　稽 闻名久矣！一瞻道范，可谓名不虚传。敢问先生，何以霸秦？请言大略。

范　雎 大人，霸秦之策，莫如远交近攻。

王　稽 何为远交近攻？

范　雎　远交齐楚，近攻韩魏。韩魏既得，齐楚岂能独存！关东之国，不难平也！

王　嵇　真良策也！请同车入秦，吾主必然大用。

范　雎　全仗大人。

王　嵇　此位也像英贤之士。

范　雎　此是我盟弟郑安平，有文武之才。

王　嵇　有慢先生。请来登车，一同入秦了！

（唱）谈论间就知他锦绣怀抱，
如吾君能大用必立功劳。
展雄才又何难扫清廊庙，
令关东众诸侯都把秦朝。

范　雎　（唱）知何日握权柄将兵提调，
那时节霸西秦四海动摇。
不服者遣大兵即去征讨，
灭一国克一城处处魂飘。

郑安平　（唱）猛抬头见前面兵车来到，
摆着队列着伍旌旗飘飘。（同下）

［魏冉带四校尉、四将、四龙套上。

魏　冉　（唱）全仗皇亲地位尊，
势压群僚文武臣。
官员多是吾亲信，
不久以臣便为君。

老夫秦丞相穰侯魏冉。秦王年幼，军政大权，归吾执掌，带兵东巡。将士们，兵出函关。（同下）

［王嵇、范雎、郑安平带卒上。

王　嵇　（引）同车入秦地，

范　雎　（引）全仗大人力。

王　嵇　来，去看前边何人兵马？

卒　　　禀爷，国舅东巡，兵出函关。

王　嵇　二位，前面乃是秦丞相带兵东巡。

范　雎　大人，我闻穰侯专秦兵权，妒贤嫉能，恶纳诸侯宾客。恐其见辱，匿在车中以避之。

王　嵇　如此甚好！

［范雎、郑安平下。

［魏冉带四龙套、四校尉、四将上。

魏　冉　（引）周行郡国察官吏，
抚巡百姓视城池。

王　嵇　千岁在上，王嵇问安。

魏　冉　下大夫。

王　嵇　千岁！

魏　冉　你去关东，打探诸侯强弱如何？

王　嵇　千岁，魏国君是好君，臣是好臣。

魏　冉　哼，你从关东来，可带有舌辩之士？此辈仗口舌游说人国，以取富贵，全无实用。

王　嵇　小官不敢！

魏　冉　料你不敢。来，兵出关东。

王　嵇　送千岁！

魏　冉　免。（同下）

［范雎、郑安平上。

范　雎　大人，此人是谁？

王　嵇　那就是吾主之舅，穰侯魏冉。秦王年幼，太后临朝，国舅专权。今主上年长，太后不肯还宫，国舅大权不交。秦王不特虚名，唯恐性命难保！先生到了秦国，先除穰侯，以安社稷。

范　雎　如此，我弟兄暂且告辞！

王　嵇　这是个什么意思？

范　雎　大人，我观穰侯之貌，眼中多白而视邪，此人性多疑而见事迟。目视车中，已起疑心。一时未即搜车，不久必悔，悔必复来搜车。那时，不但我二人有害，恐于大人不便。

王　嵇　如此请了！

［范雎、郑安平下。

王　嵇　（唱）笑张禄虽有才胆量太小，
即带你到秦邦难除祸苗。
看光景料穰侯必不复到，
恐张禄知无能藉事脱逃。

［四龙套、四校尉、四将引魏冉上。

魏　冉　（引）亲自将车搜，
方去吾心忧。
下大夫住车。

王　嵇　千岁，为何去而复转？

魏　冉　恐你带来关东舌辩之士。

王　嵇　下官不敢！

魏　冉　吾要搜检。

王　嵇　请搜，请检。

魏　冉　大搜。
校　尉　（搜车）禀相爷，车内无人。
魏　冉　闪开，待吾一看。（看）哼，还是我多疑！来，催马东行，兵出函关。（同下）
王　稽　哎呀，张禄真神人也！
（唱）难得他甚聪明看得分晓，
如见其肺肝然不差丝毫。
他走去莫不是秦国福小，
与贤人同车行半路分抛。
［范睢、郑安平上。
范　睢　（唱）到秦国先要强军政，
远交近攻万里清。
郑安平　（唱）虽说功名分有定，
不得其平物自鸣。
王　稽　先生，你来了？
范　睢　我怎么能不来！为避搜车，不曾远去。
王　稽　先生明眼高见，下官实在钦敬！
范　睢　过奖。
王　稽　先生到秦，必须先除此贼。
范　睢　秦王若能用我，除他何难！
王　稽　如此，我们登车起程。
范　睢　请！
（唱）何日方展胸耿耿，
王　稽　常言有志事竟成。
郑安平　但看风云际会日，
范　睢　坐使诸侯聘秦廷。（同下）

第八回　杀公差曼丽入秦

［四公差上。
公差甲　（引）缉捕奉使差，
公差乙　（引）红颜命运乖。
公差甲　我等奉命押着范娘子，去寻她丈夫。
公差乙　她在堂上说，她丈夫未死，现在西郊外树林里躲藏，未知真否。
公差甲　出得城来，她走得太慢。
公差乙　待我唤她快走。范娘子，赶快走！

［须曼丽带枷上。

须曼丽 （唱）人生祸福难预料，
无辜带枷入狱牢。
三推六问心烦恼，
不知我律犯哪一条？

公差丙 范娘子，你说范睢未死，以在树林躲避。老爷命我押你去寻。如今快些走。

须曼丽 要去，我就随你们去了！
（唱）我难将实话对他告，
匆匆怒气锁眉梢。
遥望寒林栖孤鸟，
芦花枫叶冷萧萧。
水阔天高哀鸿哨，
风送兰舟一叶飘。
黄河风涌浪浩浩，
惊澜未平起怒涛。
看了这前浪后涛，一波一波，汹汹涌涌，滔滔溅溅，东流未已，不知摧残英雄有多少，何日才气吐虹霓万丈高！

公差甲
公差乙 你听，黄河水浪，呜呜呱呱，真个可怕！

公差丙
公差丁 不管它怕不怕，快走！

公差甲
公差乙 是的，我们快走。

须曼丽 我实在地走不动了。

公差丙
公差丁 你怎么就走不动了？

须曼丽 解差大人，你看我走了半天，将我的脚也跑疼了、手也缠麻了、肩也压肿了。我、我、我，我一步也是走不动的了！

公差甲
公差乙 你走不动了，难道叫我把你背上走不成！

公差丙
公差丁 你还是挣扎着，将你丈夫找出，将你就开释了。

须曼丽 路还远着呢。恳求大人，将这个枷，暂时给我取下，我就感恩不浅了。

公差甲
公差乙 那不能。

公差丙
公差丁　犯法呢!

须曼丽　大人，你看，来在僻静无人之处，请你行个方便。

公差甲
公差乙　你跑了，我们怎了?

须曼丽　大人，我是个懦弱女子，走也走不动，还能跑吗?

公差丙
公差丁　说得倒还有理。不如暂时给她取下。

公差甲
公差乙　恐怕不妥当。

须曼丽　大人，难道你都不积些德吗?不然，我与你跪下了!

公差丙
公差丁　你莫哭。起来，起来，我们给你暂时取下走，一时仍然带上。(取枷)

须曼丽　谢过大人!

公差甲
公差乙　如今快走。

须曼丽　哎，走!
(唱)慢步风尘走险道，
前边又是一虹桥。
水漱树根龙露爪，
足痕印入碧苔坳。
无端的忧思愁肠绕，
仰天嗟叹将首搔。

公差丙
公差丁　哎，走了半天，日色已经过午了，还没走到。

公差甲
公差乙　赶快走。如果走得再慢，将枷给你带上。

须曼丽　大人，我走快就是了。

公差丙
公差丁　那么，快走!

须曼丽　哎，走!
(唱)鸟道崎岖行人少，
山高草木接云霄。(同下)

[春香扮樵夫同范妻上。

春　香
范　妻　(唱)扮樵夫我把小姐找，
鹄立瞻望无音耗。

春　香　　　心急手乱脚狂跷，

范　妻　　　河滨风怒万树号。

［四公差押须曼丽上。

须曼丽　（唱）解差催我向前跑，

急迫恐慌心惊摇。

春　香　　　公差押解千金貌，

范　妻　　　好似罪犯赴法曹。

须曼丽　　　见春香她和嫂嫂到，

万般优虑即时抛。

春　香　　　气得人霎时发暴躁，

要杀公差血染刀。（战四公差，同下又上，战。杀死四公差）

须曼丽　春香，将解差尸首丢在黄河。

范　妻　妹妹，闯此大祸，这却怎了？

须曼丽　嫂嫂勿惊！我们速快逃走。

春　香　小姐，郑郎和范先生随秦国使臣去见秦王。我们不如逃到秦国，找寻他二人的下落。

须曼丽　言之有理，姐姐随着我来。（同下）

第九回　献奇策范叔拜相

［四龙套引昭襄王上。

昭襄王　（引）国舅专权，何一日还政朕躬？

（诗）勿言骨肉亲，何曾如路人。

早已下犯上，不久臣做君。

寡人昭襄王。国舅专权，太后不肯还政，寡人徒有虚名！自料社稷难保，终日忧愁，无法奈何！

［内侍上。

内　侍　禀千岁，下大夫王稽，还朝候见。

昭襄王　召他上殿。

内　侍　千岁有旨，下大夫上朝。

［王稽上。

王　稽　接旨。臣下大夫王稽，自关东还朝，愿吾主千岁！

昭襄王　我卿平身。

王　稽　千岁恩宽。

昭襄王　卿探关东诸侯，贤愚如何？

王　稽　千岁，魏国君是好君，臣无良臣。

昭襄王　如此，秦魏等耳！

王　嵇　千岁，臣自关东带来贤士。

昭襄王　其人是谁？

王　嵇　魏人张禄。

昭襄王　他有何长？

王　嵇　此人有谈天说地之能、安邦定国之志。若大用此人，必能强秦称霸、威服诸侯。

昭襄王　哎，各国诸侯宾客，好为大言，于事无济。卿既带来，暂授佐庶长之职。他日有功，再好大用。

王　嵇　千岁，佐庶长之职，恐难羁縻此人。

昭襄王　寡人并非吝惜官爵，恐秦国祸起，张禄不能救孤，奈何。卿不必多言，下殿去罢！

（唱）朕见穰侯胆即破．
早晚难保孤死活。
张禄若还加厚爵，
岂有国舅不知觉！
贤士他也要受祸，
暂屈下僚还安乐。（下）

王　嵇　（唱）指望大才为辅佐，
朝中荆棘尽除却。
官小难留他两个，
贤士去而祸必作。
眼前国家就要破，
辗转无法唤奈何！（下）

［范雎、郑安平上。

范　雎　（引）堪羡西秦风景胜，
水流潺潺山层层。

郑安平　（引）倘若能得秦王宠，
先占七分地势形。

［王嵇上。

王　嵇　（引）贤士若去国难兴，
社稷好似风前灯。

范　雎　有劳大人。主上怎样吩咐？

王　嵇　屈先生暂就佐庶长之职，他日有功，必定大用。

郑安平　呵哎，明是秦王不用我兄，何不别作打算！

（内喊声忽起）

范　雎　大人，哪里鼓声大噪？

王　嵇　来，去探哪里鼓声？

卒　　　是。（下）

范　雎　大人勿怪，我兄弟就此离秦他往。

王　嵇　哎，吾主不用，怪不得先生。

［卒上。

卒　　　禀爷，丞相点兵伐齐。

王　嵇　退下。先生，此乃穰侯点兵伐齐。

范　雎　伐齐无益而有损。

王　嵇　请道其详。

范　雎　大人附耳来。（耳语）

王　嵇　哎呀，不好！

（唱）听他言来吃一惊，

我要进宫告主公。（下）

范　雎　哎！

（唱）数语说破伐齐病，

动摇秦王巧计成。

郑安平　（唱）先除穰侯把国定，

用兄秦国才安宁。（同下）

［内侍引昭襄王上。

昭襄王　（引）忧国痛身眉常皱，

爱才不敢用张禄。

国亡旦夕无人救，

整日只觉闷悠悠。

［王嵇上。

王　嵇　（唱）穰侯伐齐争纲寿，

假公竟然报私仇。

怒冲冲进宫去启奏，

内　侍　（唱）无召命不许人自由。

你是个什么官儿？王无召宣，不许入宫。站远点，再站远。

王　嵇　我有机密。

内　侍　站远。

王　嵇　呔，今许我进宫，也要进宫；不许我进宫，也要进宫。如其不然，我要强进。（进宫）千岁，臣王嵇见驾。

昭襄王　我卿平身。王无召宣而来，必有机密大事。

王　嵇　哎呀，千岁！国舅兴兵主公知否？

昭襄王　出兵何事？寡人不知。

王　稽　调兵伐齐，为夺纲寿之地。智者以为不可！

昭襄王　谁为不可？

王　稽　张禄先生以为不可。

昭襄王　何为不可？

王　稽　千岁，秦之伐齐，有三不可。

昭襄王　其一？

王　稽　秦兵伐齐，必须越韩过赵。即得其地，不为韩有，便为赵夺。劳师远征，胜则无益于秦，败则为害不小。

昭襄王　哼，其二呢？

王　稽　秦兵东出函关，齐人闻风恐惧，必然会合韩赵两国，聚兵齐地。齐兵在前，韩赵之兵随后。秦兵虽强，怎抵三国之众！

昭襄王　其三？

王　稽　楚闻秦发大兵远越韩赵而伐齐国。如乘我空虚，出兵武关，直捣咸郡，那时，不但国破家亡，性命恐也难保！请千岁早作准备。

昭襄王　呵，我卿速请张禄。寡人驾幸偏殿，与他叙话。

王　稽　为臣遵旨。正是：

　　　　祸起萧墙殊堪忧，

　　　　不除权奸誓不休。（下）

昭襄王　内侍备车，前往偏殿也！

（唱）穰侯兴兵不启奏，

　　　　视孤以为无用徒。

　　　　叫内侍备车偏殿走，

　　　　要到那里见张禄。（下）

［范睢上。

范　睢　（唱）要佩金章和紫绶，

　　　　须向炉火纯青求。

　　　　秦王偏殿将我候，

　　　　乘君疑忌进良筹。

［内侍引昭襄王上。

昭襄王　（唱）兴亡眼前料不就，

　　　　自恨祸起不早图。

　　　　何人拦住宫车路？

　　　　明知君弱规矩休！

内　侍　闪开，王过来了。

范　睢　秦国何曾有君？

内　侍　你都不怕王吗?

范　雎　我不怕王。我怕的是穰侯!

昭襄王　此人言切肺腑，必是深知寡人之人，还是下车相见。（下车看）先生莫非魏之张禄先生乎?

范　雎　臣是张禄。

昭襄王　先生请来上车，随寡人去偏殿了!

（唱）寡人携定张禄手，
　　唯先生能解孤忧愁。
　　先王之业不能守，
　　还恐早晚性命休!

先生不远千里而来，将何以教寡人?（范雎不言）先生辱临敝邑，岂无一言教寡人乎?（范雎又不言）先生为何一语不发?

范　雎　千岁，臣非不言，实不敢言耳!臣闻伊尹太公，商周异姓之臣也。一兴商六百余载，一兴周八百余年，亦享有封侯传之子孙。箕子、比干，皆骨肉之亲。比干冻而死，箕子为之奴。臣为羁旅之客，居至疏之地。欲言皆兴国大计，或有关系骨肉之间。不深言则无救于秦；欲深言则大祸临身。不获伊尹太公之荣，反受箕子、比干之辱!所以，王三问而臣不敢答也!

昭襄王　寡人慕先生之才，故屏去左右，专意聆教，凡事可言者上及太后、下及大臣，愿先生尽言无隐才是呀!

（唱）屏去左右专听教，
　　请先生勿隐说明了。
　　安秦应该循何道，
　　除奸应用何律条?
　　朝野不清无人扫，
　　请先生代孤多效劳!

范　雎　千岁，以尽言命臣，臣之愿也!请上受臣一拜。（拜）

昭襄王　先生快快请起。请坐。

范　雎　谢座!千岁，秦地之险，天下莫及；甲兵之强，天下莫敌!为千岁计，莫如远交而近攻。

昭襄王　远交近攻之道如何?

范　雎　远交以离人之欢，近攻以广我之地。如蚕食桑叶，何愁霸业不成!

昭襄王　好、好、好，好一个远交近攻之策!哈哈哈!拜先生为客卿。侍臣，与先生下边更衣。

范　雎　谢过千岁!（下）

昭襄王　哎，好呀!

（唱）先生真有大才智，

远交近攻安社稷。
今后大事托他理，
寡人才能展愁眉。

［范雎更衣上。

范　雎　（引）三寸舌开明理路，
才高应受国厚禄。
千岁，臣蒙过听，引与同决国事，虽粉身碎骨，无以为报。臣有安秦之计，尚未敢尽言。

昭襄王　（跪）张卿，寡人以国托先生，有计不以此时辱教，尚待何时？

范　雎　（跪）千岁，夫制国之谓王，生杀予夺，他人不得擅专。今太后恃国母之尊，孤行己意，四十年矣！穰侯独专秦相，三君辅之，各立门户，专擅国政，私家之富，十倍于王。千岁空有其名，恐千秋万岁，有秦国者，非王之子孙也！

昭襄王　先生所教乃肺腑之言。寡人深恨闻之不早！

范　雎　臣启陛下。臣之至秦，皆郑安平、王稽之力，将臣职稍贬，加于二人。勿令天下道臣负恩！

昭襄王　张卿平身。侍臣，召郑安平、王稽朝见。

内　侍　郑安平、王稽面君。

［郑安平、王稽上。

郑安平　（引）逞辩要斩奸相首，

王　稽　（引）展运神机推范公。

［郑安平、王稽上。

王　稽
郑安平　臣见驾。

昭襄王　王稽封为上大夫，郑安平为中大夫，张卿处听用。

王　稽
郑安平　千岁洪恩！（下）

昭襄王　张卿，穰侯应如何处治？

范　雎　臣自有策。镇殿将军何在？

［四将上。

四　将　伺候。

范　雎　速驾兵车出关，假传太后之命，取了穰侯兵符在手，军前大声扬言：无秦王之命伐齐，有损无益。言毕即持兵符飞回。众将必然一拥而西，穰侯之权削矣！速去勿误。

四　将　得令。（下）

范　雎　侍臣传旨：太后安居深宫，不许临朝听政。否则，以叛逆论。泾阳等三君，存爵除权。领令速去也！

（唱）小臣敢不竭诚奏，
　　　秦国祸苗立令休。
　　　谢政还宫皇太后。
　　　陛下今已年不幼，
　　　夺权执政要自由。
　　　哪怕奸贼为君寇，
　　　剪除丑类献良谋。

［四将上。

四　将　（引）夺得兵符已到手，
　　　　　急忙上殿把旨交。
　　　　禀千岁。臣持兵符入关，众将均已回国。穰侯之权削矣！

昭襄王　殿下伺候。张卿真神策也！哈哈哈！
　　　　（唱）寡人畏他如猛兽，
　　　　　　　张卿妙计解孤愁。
　　　　　　　真个他有擎天手，
　　　　　　　古今罕见这嘉猷。

［魏冉上。

魏　冉　（唱）满腔豪气冲牛斗，
　　　　　　　天大势力一旦休。
　　　　　　　堪羡妙着与能手，
　　　　　　　到此不得不低头。
　　　　千岁，臣之伐齐夺纲寿，为何削臣之权？

［范雎向昭襄王耳语。

昭襄王　非孤情薄，你目中实无寡人。行兵大事，慢说君臣，即寡人是你之子，如此大事，也该商议。私自伐齐，目无寡人，故将尔兵权削去。

魏　冉　满口胡道！

范　雎　哇，你乃骨肉之亲，竟敢侮辱一国之君。想臣只可荣一爵、不可假一权。荣爵者亲也，假权者资乱也。今后国舅府中，只用苍头数人，不许人员过多。倘有违背，即以叛逆论罪！

魏　冉　你是什么人？

范　雎　就是国舅没搜出的关东舌辩之士。我将大事安排妥当，国舅你小心着！

昭襄王　不必上气，国舅下朝。

魏　冉　遵旨。哎，我好悔也！
　　　　（唱）那日怀疑在途中，
　　　　　　　曾命士卒把车搜。

还怪我粗心莫细究，
包藏祸根为吾仇。（下）

范　雎　镇殿将军！
四　将　伺候。
范　雎　飞出关东，扎起红旗，召关东诸侯朝秦。有不到者，大兵征伐。
四　将　得令。（下）
昭襄王　张卿听旨！
范　雎　臣。
昭襄王　军国大事，唯卿一人主之，拜卿为相，封应侯。
范　雎　谢主洪恩。陛下回宫。
昭襄王　丞相回府。
范　雎　为臣遵旨了！
（唱）且将关东消息候。
哪国敢和君结仇？
昭襄王　（唱）有了应侯伺左右，
寡人才享太平秋。（分下）

第十回　效鼓词雎妻认夫

［范妻、须曼丽、春香上。
范　妻　（唱）深闺幼妇背乡井，
受尽艰苦到秦中。
须曼丽　入秦屈指数月整，
异乡做客无亲朋。
春　香　衣服卖了个光光净，
不到几天囊又空。
范　妻　访问范郎无踪影，
郑贤弟相府身享荣。
须曼丽　听说是魏人张禄身为秦相甚得宠，
在魏国并未闻此名。
春　香　侯门似海无路径，
怎样能刺探这真情！
范　妻　莫奈何我将经过苦情编成歌词，
须曼丽　肩背花鼓，
春　香　手提小锣，
三人同　当当冬冬冬冬当当大街小巷高声诵，

须曼丽　　　　来往的军民听分明。
范　妻　　　　望君子与范郎速将信送，
须曼丽　　　　望君子与郑郎前去通风。
范　妻　　　　白昼间歌唱词苟延生命，
须曼丽　（唱）到晚来古庙内痛哭几声。
　　　　　　　风萧萧秋叶飘凄凉色景，
　　　　　　　异乡人无依赖愁闷顿增。
范　妻　（唱）莫不是范官人异乡患病？
须曼丽　　　　莫不是郑郎夫不在秦廷？
范　妻　　　　莫不是弃糟糠新婚又订？
须曼丽　　　　莫不是贵易妻忘了前盟？
范　妻
须曼丽　（唱）理想事到今日成了画饼，
　　　　　　　嫂和妹在此间疑心丛生。
　　　　　　　思在前想在后如入幻境，
　　　　　　　但不知何一日破镜重逢！

范　妻　我叫叫一声贤妹呀！

春　香　不敢，不敢！这样叫，若叫外人看出破绽，我们青年少妇，在这庙中，就不能安宁地住了。

范　妻　该叫什么？

春　香　还是叫娘子。

范　妻　哎、哎、哎、哎，我叫叫一声娘子、娘子！你看我们想了千方百计访问夫主，谁料迄今杳无信息！娘子呀，娘子！时值严冬天道，雪花初霁，我的腹内饥饿、身上单寒，纵不冻死，也要饿死了！

须曼丽　我叫叫一声官人呀官人，你不要悲痛！听说郑郎现在相府，是否属实，尚无得信。我们须要想个方法，问个明白，才觉妥当。

春　香　你看，他两口子哭了个恓惶！对咧、对咧，太阳这么高了，我们的早饭还不知在谁家锅里，哭着能抵什么？

须曼丽　依你说该怎么？

春　香　哎，人都说，郑相公现在相府。想范先生和郑相公是患难相依，决不分离的。依我之见，不如今日坐在相府门首，大声高唱。看得见他不得见他！

范　妻　言之有理。速快收拾锣鼓，前往便是了！

须曼丽　（唱）身背花鼓将装整，
范　妻　　　　悲歌衷词动人听。
春　香　　　　鹄立府门将他等，
须曼丽　　　　或者能见郑安平。

哎，难见的官人！（同下）

［田贫儿上。

田贫儿　（引）赫赫公侯府，巍巍宰相家。

我乃花子头田贫儿。我家范爷做了秦邦宰相。我田贫儿也做了一位大总管。纱其帽而圆其领，好不体面人也！今日相爷宴客，早来伺候。

［王嵇、郑安平上。

郑安平　（引）数年飘泊奔天涯，

一旦身荣登朝堂。

王　嵇　（唱）肃清朝野安社稷，

远交近攻拓边疆。

上大夫王嵇。

郑安平　中大夫郑安平。丞相相召，早来伺候。请。

［四龙套引睢上。

范　睢　（引）说秦功成使封侯，

金印紫绶足风流。

壮志已全酬，

思往事不堪回首！

王　嵇
郑安平　恭喜丞相荣封应侯，名显千秋。下官等不胜钦仰！

范　睢　本相得有今日，全赖二公之力。

王　嵇
郑安平　不敢。

田贫儿　禀相爷，酒宴齐备。

范　睢　二公请到宴上。

王　嵇
郑安平　丞相请。

范　睢　二公请来上座。

王　嵇
郑安平　丞相理应上座。

范　睢　这就不恭。

王　嵇
郑安平　公该。

范　睢　贫儿把盏。

田贫儿　是。

范　睢　二公请。

王　嵇　丞相请！

郑安平

王　嵇　丞相，今日席上有酒，不能无歌。不如唤两个唱歌词的，席前歌唱，以资助兴。

田贫儿　遵命。（下）

王　嵇　丞相今天须要多饮几杯。

范　雎　大家须要开怀畅饮。

［田贫儿带须曼丽、范妻、春香上。

范　妻　（引）效法百里妻，

须曼丽　（引）访夫歌扊扅。

田贫儿　你们站在这里，待我去传禀。相爷，唱歌的到。

范　雎　命他进来。

田贫儿　呔，命你进去，小心着！

范　妻　晓得。参见相爷。

王　嵇　你们能唱什么歌？

春　香　会唱鼓儿词。

王　嵇　好。就将你那鼓儿词，快快唱来。唱得好了，相爷重重有赏。

须曼丽　贫妇遵命了。

（唱）说大梁，道大梁，
大梁范雎是个忠良。
齐兵伐魏君惊慌，
范雎挺身去到齐邦。
齐斤贤士讲体让，
又以利害说齐王。
王准和约撤兵将，
国人庆祝喜欲狂。
须贾进谗魏奸相，
打死范雎在公堂。
尸丢厕坑溺身上，
有功不赏反受殃！

王　嵇　丞相、郑大人，这个故事很新奇！（范雎、郑安平不理）丞相、郑大人，这个妇人声音清脆入耳好听。哈哈哈，这个歌妇，你将范雎这故事继续地往下唱来，好好地唱，丞相有重赏呢！

须曼丽　请听了！

（唱）范雎复苏醒，
花子背他逃性命。
居山中伤痕好，

随友西游献策秦廷。
看宰相，貌堂堂，
巍巍乎坐在庭上。
仔细观察这貌相，
是范郎！
人都说他姓张，
莫非我入幻象？
范雎妻恓惶，
夫做官在秦邦。
妻游咸阳哀歌唱，
泪两行！
负心汉，薄情郎，
相见不认糟糠！
负心汉，薄情郎，
相见不认糟糠！

王　嵇　哎，你唱得太悲哀了，太凄惨了！郑大人，你从前做馆驿，曾对下官讲说，魏国唯有范雎才具最大。到今一看，也是个常人呵！

郑安平　怎见得？

王　嵇　你都不听那妇人所唱的故事吗？范雎多年在外，不能出头，不能报仇。在秦国不知做了个什么官，先不认自己糟糠之妻。他真是个无才、无能、见新弃旧忘恩负义、大大的个没良心的人！哎，我只顾说话，也没问这唱鼓词的是何方人氏。这一妇人，你是何方人氏？

春　香　魏国人氏。

王　嵇　名叫什么？

春　香　她是我家小姐须曼丽。

范　雎　可是魏大夫须贾之侄女？

春　香　不错，就是她。

范　雎　须曼丽，狗贱人！据传你假扮公差，藉寻吾尸，捉拿我妻，下在牢狱，生死不明。你今自来送死。来，推出斩首。

王　嵇　慢着。丞相，问明再斩。

范　雎　哼！

王　嵇　吠，这一妇人。那一汉子，他是你的什么人？

春　香　那是她的男人。

郑安平　怎么，那是她的丈夫？

春　香　你都不看，这还有假的吗？

郑安平　气煞我也！

王　嵇　郑大人发怒为何?

郑安平　须曼丽，小贱人！想你从前，月下和我订有山盟海誓之愿，缔结姻缘。今竟背约另嫁他人，见面岂能轻饶。来，推下砍了！

王　嵇　慢着、慢着、慢慢地慢着！郑大人你莫要着急。想她另嫁人，必有她的苦衷，或因生活无法，或为势力所迫。待下官问得明明白白的，再砍不迟。不要冤了她。

郑安平　你问吧。

王　嵇　我当然要问。这一妇人，不必惮怕，你将因何嫁人的苦衷，慢慢地讲来。

须曼丽　大人，容禀了！

（唱）未曾开言泪如雨，

范　妻　又羞又愧把头低。

须曼丽　我名曼丽姓须氏，

范　妻　我是范睢糟糠妻。

须曼丽　魏齐粗暴多疑虑，

范　妻　三番五次来搜尸。

须曼丽　仗义救嫂不畏死，

范　妻　可怜妹戴枷坐牢狱。

须曼丽　杀死解差将祸招，

范　妻　三人外逃同走西。

须曼丽　少妇异乡无伴侣，

范　妻　才将贫妇扮男子。

须曼丽　跋山涉水到秦地，

范　妻　夫贵竟然忘我为。

须曼丽　嫂嫂快脱这件衣，

范　妻　咱三人入山为僧尼。

范　睢　你是娘子?

范　妻　你是官人?

范　睢　哎呀，我的娘子！

范　妻　那是官人！

范　睢　原来才是夫人到了！

（唱）只说是贤妻贼害死，

求功名誓杀贼魏齐。

深感小姐多侠义，

救我妻虎口发仁慈。

走向前来辞一礼，

谢小姐替妻坐牢狱。

王　嵇　郑大人，下官现已问明。这时候，放她也在你，押她也在你，打她也在你，骂她也在你，杀她也在你，斩她也在你。下官绝不干预你那些闲事。

郑安平　哎，王大人，你将为弟就奚落坏坏了！还是请大人将这个僵局，代为弟疏通疏通。

王　嵇　我有甚资格管你的事！

郑安平　你不管算完事。

春　香　哎，我的小姐！

（唱）想从前怪我太多事，
　　不该为你将媒提。
　　谁知他薄情无恩义，
　　见面就要斩首级。
　　多蒙王老大人他来、来、来、来挡住，
　　如不然主仆命早归阴司。
　　还是另打别主意，
　　免得在此被人欺。

须曼丽　哎，春香呀！

（唱）你讲的话儿甚有理，
　　伤心珠泪洒罗衣。
　　想月下自媒结伉俪，
　　愧悔当初失眼力。
　　只看那人是大器，
　　只说那人性刚直。
　　男儿虽贫有壮志，
　　后来必定要发迹。
　　谁料想相府里恶言威吓反面皮，
　　这样阴险如鬼蜮，
　　和他相处决无益。
　　决定主意回魏去，
　　摆脱一切是与非。

郑安平　你不得走！仁兄、嫂嫂、王大人！他们都不管我，这不得了！哎，不得了也！

（唱）适才间还怪我盛气，
　　事已做错悔不及。
　　他们大众都不理，
　　急得我面黄手颤周身发汗心慌无主意。
　　我有心与她行大礼，

大丈夫怎与妇人将头低！
我有心不与她下跪，
未免有负她心迹。
她本是侠义忠烈女，
我岂作忘恩负义的！
左思右想无妙计，
还是下跪最合宜。
罢罢罢屈膝跪在地，（跪）
不开恩跪死我决不起去。

春　香　你还给我种人命呢吗？

郑安平　嫂嫂。

范　妻　呵，你给谁下跪？叫谁给你开恩？

郑安平　我给她。

范　妻　呵，你给她了，叫她给开恩去？

郑安平　嫂嫂，你都不看这个阵势！你不设法，怎么还开起玩笑来了嘛！

范　妻　你是不是叫我给你讲情去？

郑安平　就是的。

范　妻　那么，你跪着。将下半截跪孽，我再给你讲情。

郑安平　哎，我好悔呀！

范　妻　哎、哎，你看我郑贤弟可怜的！官人、王大人，请你二位帮我，给郑贤弟讲情来！

（唱）请妹妹暂且息怒气，

范　雎　　先将烦恼情怀除。
王　稽　　你虽是女流多侠义，
范　妻　　怎能和愚夫较高低！
范　雎　　他知错认错当面赔罪双膝跪，
王　稽　　诚心悔过告神祇。
范　妻　　知者都说他不是，
范　雎　　不知者反道你的非。
王　稽　　你两个素称识大体，
范　妻　　勿以小故翻面皮。
王　稽　　误会冲突都会意，

范雎　范妻　王稽

（唱）将这事丢手再休提。

范　妻　妹妹呀，你看在我们大家的面子上，不怪他，叫他起去。

须曼丽　人不杀我，就托了诸位之福。还敢叫人家下跪吗？

范　妻　好了、好了，我妹妹不怪你，起去吧！

郑安平　谢过兄、嫂、王大人。哎，今天给人家叩头、下跪、回话、受气，完全是我嫂嫂将我害得来！

范　妻　王大人，你看这人，咱们才给他把围解了，反害起我来！

王　稽　郑大人，你嫂嫂怎样将你害得来？

郑安平　哎，若不是她给人家当男人，我如何能误会？

范　妻　哼，我不怪你，你反来怪我！想从前，你走的时候，我再三叮咛于你，你哥哥一辈子都是吃了舌头的亏，几乎将命送了。叫你在外劝他。你不但不劝他，你竟然也得下这个毛病！

田贫儿　王大人，我以前救丞相回家，夫人就说吃舌头。郑大人随丞相入秦，夫人又说吃舌头。不知道丞相吃舌头这个毛病，得的有多深！

王　稽　哎，我想吃舌头也有个分寸，决不是逢人便要吃舌头。

田贫儿　哎、哎、哎，吃人的舌头，要人家情愿。他强要吃人的舌头，所以，叫人家将他打得几乎送了性命呢！

王　稽　吃舌头这个毛病，该不至于传染。怎么夫人说，郑大人将这毛病得下了。

春　香　小姐，咱们快走。

须曼丽　何事惊慌？

春　香　你都不听吗？他也得下吃舌头这个毛病。咱不快走，叫他将你的舌头吃了，那倒怎了？

范　妻　哎，你们都不要胡说了。我所说的，是他们平日长舌爱说话，惹出多少是非。你们怎么你也吃舌头、他也吃舌头，吃舌头长、吃舌头短，谁把谁的舌头吃了。真是笑话了！

田贫儿　禀相爷，魏国使臣须贾来朝，未见君王，先谒丞相。府门伺候。

范　睢　命他先回馆驿，听候召见。

田贫儿　是。（下）

王　稽
郑安平　丞相不见，是何意思？

范　睢　哎，今要他死何难！但昔日有宾主之情，我岂能和他一样人物！我且装成乞贫之人，去到馆驿，看他怎样待我，再作区处。

王　稽
郑安平　今日方见兄有宰相之量也！

范　睢　过奖了！待我更衣。（下）

王　稽　夫人，你看春香、贫儿，均是忠义之人也！可说天造地设的一对佳偶。

范　妻　不错。请大人代为作合。

王　稽　夫人做主。

范　妻　好。待我问他们，看他们同意不同意。贫儿、春香，王大人想叫你们作为夫妇，不知你们意下如何？

田贫儿　我欢迎。

范　妻　春香你说。

春　香　我、我、我，你想去。

田贫儿　你可不要害怕。我可没有吃舌头的那个毛病。

［范睢上。

范　睢　哎！

（唱）蓬头垢面无根履，
　　捉襟见肘破烂衣。
　　相见倘有怜贫意，
　　便是仇人怎言非。

你们看扮得如何？

王　嵇
郑安平　太贫了。

范　睢　不贫，何以起人之怜？夫人，与他们下边更衣。

范　妻　为妻遵命。贤妹、春香，随着我来。（下）

范　睢　大夫，请你代劳，给他们预备结婚。

王　嵇　下官遵命。二位请到下边。（下）

范　睢　哎！

（唱）装贫独身馆驿去，
　　好似挨门求食乞。
　　行装举动毫无异，
　　只怕容颜不相宜。（下）

第十一回　怜范叔须贾赠绨袍

［四卒引须贾上。

须　贾　（唱）列国常是我走动，
　　在齐求和赖范生。
　　今到秦邦心内惊，
　　该靠何人将功成？

魏国使臣须贾，奉命使秦。我想，前在齐邦成功，全赖范睢。今到秦，我是如何地应付？此时，想起范叔，真是悔之不及。哎，听说秦国军国大事，全是张禄主持。我去谒他，他竟不见，令人心上不安！

［范睢上。

范　睢　哎！

（唱）筋断骨折卧厕坑，
　　乞儿背我去逃生。
　　馆驿门首心内省，
　　或者念旧怜我穷。

有人没有？

卒　　做什么的？

范　睢　这里有魏国来的一位须老爷。你就说，当年在魏国的好朋友拜访。

卒　　站着。禀爷，有一乞儿，说是老爷在魏国的好朋友来拜。

须　贾　老爷心烦，不见客。

卒　　老爷不见客。

范　睢　你去对他说，见也要见，不见也要见。

卒　　禀爷，乞儿一定要见。

须　贾　这个狗头，尽管给你说，老爷心上有事。你不住地说乞儿要见。

卒　　老爷，他说见也要见，不见也要见。

须　贾　我在魏国，哪有个乞儿朋友？命他来见。

卒　　命你去见。

范　睢　哎！

（唱）装成乞食穷光景，
　　看他可能念旧情。

大夫，别来无恙！

须　贾　打鬼，打鬼！

范　睢　大夫，我是人，何言是鬼？

须　贾　你被魏相打死，何以得生至此？

范　睢　大夫，彼时将我尸首丢在厕坑，次日方醒。乞儿过此，闻呻吟之声，怜而救之，苟延一命。不敢回家，乞食秦邦，不期复见大夫于此！

须　贾　范叔，你当真没死？

范　睢　我何曾得死？

须　贾　如此，请坐！

范　睢　有座。

须　贾　来，看酒。范叔请！

范　睢　大夫请！

须　贾　（唱）只说死后难得见，
　　谁料今日又团圆！
　　共坐饮酒喜满面，
　　想起当初实难堪。

范　睢　有什么难堪处？

须　贾　（唱）我本来才疏识见浅，
　　　　反逼门客受屈冤。
　　　　谢你唯有今日宴，
　　　　范叔量大似海涵！

范　雎　不敢呀！
　　　（唱）当日做事甚是惨，
　　　　一步错了百步难。
　　　　此时热心与笑面，
　　　　消除恨海与仇山！（落雪）
　　　呀！
　　　　西风一阵通身战，
　　　　破衣难遮遍体寒。
　　　　最好苍天有灵验，
　　　　雪花飘飘坠檐前。

须　贾　范叔一寒至此。来，取老爷绨袍，与范爷穿上。

卒　　是。（下又上）

范　雎　大夫之衣，岂是我穿的？

须　贾　哎，岂不知，肥马轻裘，与朋友共敝之而无憾。你我故人，如何穿不得？

范　雎　如此，多谢了！
　　　（唱）绨袍加身将头点，
　　　　险些送他丧黄泉。
　　　　不是装贫来相见，
　　　　哪里还起故人怜！

须　贾　范叔，你在秦邦，可知张禄丞相之为人乎？

范　雎　问他为何？

须　贾　哎，我是奉命聘秦，先谒丞相，不容相见，无法奈何！

范　雎　我引你如何？

须　贾　怎么？

范　雎　我引你去见。

须　贾　你如何认得他，怎能引我去见？

范　雎　大夫不知，张丞相和我主人甚厚，极好谈论。主人不能应答，我常替语。张相爱我之才，常常出入相府，所以能引你去见。

须　贾　哎呀，家家！不知范叔有此大面子，交识下秦国丞相。我们何日去见？

范　雎　今日就去。

须　贾　来，伺候车马。

卒　　禀老爷，来时将马打得飞跑，马损足车折轴，现在还没修理好呢！

须　贾　那么，今日就不能去了。

范　雎　那却不妨。我主人广有车马，我去借一乘。

须　贾　有劳。

范　雎　岂敢，岂敢呀！

（唱）当场随机就应变，
即令车马候门前。
怎知已见张禄面，
尚畏权势心胆寒。（下）

须　贾　（唱）若非范叔通针线，
欲见张禄难上难。
当时就有本领现，
人物较前分天渊。

［范雎上。

范　雎　（引）大车驷马驿门站，
须贾难破这机关！（进）

大夫，车马门外伺候，请来登车！

须　贾　你我同坐车中。

范　雎　大夫，我在秦邦乞食，人多相识，恐辱大夫。我与大夫御车，才是正理！

须　贾　有屈范叔。

范　雎　应该，应该呀！

（唱）执鞭之士我情愿，
怎敢同车又并肩。

须　贾　（唱）他虽不曾提前言，
我面面相觑自羞惭。（同下）

［四将、四校尉、郑安平、王稽上。范雎、须贾亦上。

范　雎　（唱）步步含笑把车御，
倒把相爷做仆役。
只为当年宾主意，
暂且行权他怎知。
明是威权令他惧，
方知人品有高低。

王　稽
郑安平　大人来了。（范雎看众，同下）

须　贾　范雎，秦人自古无礼。今天见了我，人人起而敬之，如此知礼，应该秦兴。

范　雎　大夫，邦兴而礼仪多，古人之言也！大夫少待，我亲自进内，与大夫相传。

须　贾　我还有叮咛呀！

（唱）张相独掌国军事，

西秦不比在东齐。

说话要看喜怒意，

见与不见通消息。

范　雎　哎，大夫！

（唱）你要见他最容易，

此去吉凶不可知！

你若平安回魏去，

对人休将我名提。

莫叫我再到厕坑里，

大夫恩重我感激。

须　贾　哎，再不提那事了！

范　雎　你且少待。我要进内传禀。正是：

（念）可笑须贾无见识，入我网罗还不知。

可笑，可笑！（下）

［中军、校尉上。

中　军　相爷，赵国使臣进。（赵使臣上，下又上）相爷有令：赵使臣进见，一言错出，即便斩首。来，推下砍了。

赵使臣　这一下毕了。（下）

校　卫　献头。

范　雎　（内）打下去。

中　军　各国的差官，你们见丞相，都谨言些。（下）

须　贾　哎，范叔、范叔，相爷容见不容见，你也早些给我通个消息。赵国的使臣，不知说了一句什么话，立斩首级。我如今也不愿见他了。怎么，范叔一去不来了？

［中军上。

中　军　呔，你是哪里的官儿？在此探头探脑，想是寻死！

须　贾　将爷，我是魏国的差官。在此候见相爷。

中　军　何人与你传禀？

须　贾　我的故友去传。

中　军　你的故友是谁？

须　贾　是范雎。

中　军　这里并无姓范之人。

须　贾　就是方才与我御车之人。

中　军　吠，我把你瞎了眼的狗官，那就是丞相张大人！

须　贾　（免冠，跪）罢了、罢了。烦劳将军相传，就说魏国罪人须贾，府门候死！

中　军　你且候着。（下）

须　贾　我不得了、不得了！哎，我不得了也！

（唱）谁料想张禄范雎是一体，
唬得我通身汗淋漓。

呀，我那明眼的侄女呀！

（唱）悔从前不听你言语，
果然杀身祸起时。
还亏我驿馆待有礼，
或者还有一生机。

［四校尉上。

四校尉　相爷有令：罪人须贾，膝行进见。

须　贾　哎呀，不好！（跪下）

（唱）令我膝行相府去，
罪人行走要屈膝。
看光景万无活命理，
想起从前悔不及。（校尉抬须贾下）

第十二回　赐宴席秦相辱魏使

［四龙套、四将、四校尉、郑安平、王嵇、中军、范雎上。

范　雎　（引）范雎生成盖世雄，
一腔豪气贯长虹。
要为天下奇男子，
须建人间未有功。

秦国宰相范雎。来，唤须贾。

中　军　相爷有令，须贾进见。

须　贾　（内唱）战战兢兢心惶惊，

［四校尉抬须贾上，跪。

范　雎　下跪你是什么人？

须　贾　魏国罪人须贾。

范　雎　你抬起头来，可认得我是谁？

须　贾　你、你、你是范、范、范相爷！

范　雎　你可知罪？

须　贾　碎尸万段，不足以尽贾之罪！

范　雎　哼，你有三罪：忘了我的大功，尔罪一也！魏齐府中三叫而三不言，尔罪二也！尸丢茅坑溺洒我身，尔罪三也！有此三罪，今日相见，怎能轻饶！校尉，你将须贾推下斩首。

校　尉　是。（须贾下）

［须曼丽上。

须曼丽　刀下留人着！

（唱）刀下留人不可斩，
我要乞情求恩典。
悲涕涟涟泪眼看，
公堂威武甚森严。
丞相前不敢去冒犯，
进内请嫂到堂前。

［范妻、田贫儿、春香上。

范　妻　（唱）贤妹妹哭父肝肠断，
铁石人闻之也心酸。
嫂为妹去见丞相面，
要搭救大夫活命还。
行来在公堂拿礼见，
再叫丞相听妻言。
须大夫罪过本该斩，
为妻将你劝一番。
天生大才必磨炼，
锻炼身躯见贞坚。
若不是须贾说言垫，
你怎能握秦军国权。
人说宰相量无限，
宰相肚内行舟船。
为公不可存私见，
又不可以公报私冤。
国际公法勿轻犯，
两国不斩差遣官。
丞相何不细检点，
凡事处处宜从宽。
收回成命方为善，
把你的恩德天下传！

范 雎 哎，夫人呀！

（唱）夫人不必将我劝，
本相有言听心间。
须贾老贼太阴险，
诬我卖国求显官。
魏齐粗暴无主见，
打死本相甚惨然。
幸喜苍天留残喘，
贫儿背我回家园。
在家不敢久立站，
郑贤弟携我居深山。
秦邦献策受危险，
好容易，握政权。
仇人相见定处斩，
方消当年山海冤。
贤妻不必多言向内转，
再多言与你把脸翻。

须曼丽 哎，我的嫂嫂！

（唱）见得相爷怒冲冠，
唬得曼丽心胆寒。
嫂嫂良言千千万，
全然不染他耳边。
眼看刑期已不远，
无法救父也枉然！
大人低头合双眼，
如同木偶痴癫癫。
郑郎也不行方便，
呆呆地不住眼望天。
贫儿素称正义汉，
默默阶下不发言。
春香本来有肝胆，
见义勇为不避难。
却怎么他们一个一个不言不语静静悄悄立的立来站的站，
都成了古庙泥神仙。
事到危急无法办，
霎时五内似火燃。

哭声叔父心痛烂，
忍泪忙跪在堂前。
念我父老迈无识见，
庸庸碌碌随所安。
说话不管深和浅，
做事不知正与偏。
相爷怜念多怜念，
将此事大量要从宽。

郑安平 （唱）这事教人很难管，
我也不能袖手观。
相爷他把容颜变，
公堂上怎敢多发言？
乞情不敢明表现，
随她们下跪倒可援。（跪）

田贫儿 （唱）田贫儿来泪涟涟，
此事和我有牵连。
跪阶前不敢高声喘，（跪）
敬候相爷把令传。
谁不知我是须府的丫环姑爷呢！

春　香 哎，相爷！
（唱）看堂下跪了一大摊，
都为老爷那事端。
相爷不看大家面，
我愿替死放他还。

工　嵇 哎！
（唱）这般光景真道惨，
郑夫人哭得甚可怜。
请相爷开恩行权便，
免得大家没脸面。

范　睢 （唱）大众莫跪请立站，
听我与你仔细言。
他当初对我甚是惨，
今日威吓理当然。
不是真正将他斩，
即时看我再转圆。
来，将须贾解下。

［须贾上。

须　贾　谢过相爷不斩！

范　睢　哇！本该斩首，以酬前恨。你可知，你不死之故？

须　贾　相爷量能容物！

范　睢　非也！你之不死，一则绨袍相赠，尚有故人之情；再则你侄女及大众与你乞情。所以才不斩你也！

（唱）一领绨袍将你救，
微物即能解大仇。
范睢忠厚念故旧，
不学你这无义俦。

哎，你在馆驿，十分厚待于我。我不能不回敬你一席。来，设宴敬他。各位请坐！中军，看酒。

王　嵇　须大人，你看，下官给你物色下这两个女婿如何？

须　贾　好极了！

田贫儿
郑安平　岳公受惊！

须曼丽
春　香　哎，二叔父
老　爷！

须　贾　哎，女儿呀，今天真丢人！

范　睢　丢什么人？

须　贾　相爷，不丢人。

中　军　请吃席！

范　睢　去。

田贫儿　王大人，请你陪我岳公。

王　嵇　有你两个女婿，怎能轮到我？

田贫儿　岳公，相爷特别给你设下这个雅座。请到席上。

须　贾　宰相的席，必是山珍海味。我一天没吃，饿得了不得了。待我吃来呀！怎么是喂驴马的草料，教我怎吃？

（唱）这光景明是将我辱，
待我如同驴马牛。
若还不吃草料豆，
此时难免性命休。
莫奈何只得吃几口，
刺破咽喉心发呕。

谢相爷厚席！

范　睢　吃的那席，比你溺我如何？

须　贾　相爷天恩！

范　雎　你今回国启奏魏王，速将魏齐首级与我送来；如其不然，大兵征伐。

须　贾　遵命。正是：

（唱）侥幸得活命，

女儿真高明。（下）

范　雎　众位，我在秦邦，人都知我名张禄。今天真名已露，不敢隐藏，我要面君奏明。正是：

（念）数年代名假张禄，一旦更正真范叔。

——幕落剧终——

（说明：以上文字录自易俗社刊印的小册子《易俗社新编历史戏曲〈范雎相秦〉》，编者：冯杰三，民国三十五年十月十六日首次公演。）

草莽英雄

人物表

景　王	外	靳　直	丑	行　昙	和尚
继　晓	大净	文素臣	生	耿　介	末
米泊然	老生	刘虎臣	净	松　庵	副净
米鸾吹	旦	白素娟	花旦	石　氏	小单
闻人杰	武生	叶　雄	武老生	奚　奇	武丑
陶　甲	丑	胡　廷	丑官	容　儿	幼旦

场　　目

第一回　聚会密室奸王谋逆
第二回　雪山避祸难民吞声
第三回　训诫无赖祛除内乱
第四回　爱慕英杰愿缔鸳盟
第五回　暴雨覆舟奇士施勇
第六回　寻声营救弱女获援
第七回　古刹烘衣感恩图报
第八回　官衙势隔蹀躞伤神
第九回　禅堂掷锊恶僧遭击
第十回　佛寺纵火色相俱空

第一回　聚会密室奸士谋逆

［外扮景王上。

景　王　（引）欲专国政，想网罗天下英雄。
（坐诗）密结权阉纵番僧，搜刮民财练雄兵。
　　　安抚反侧锄异己，风云一至便乘龙。
孤御景王见濠，久怀大志，欲建雄图。近闻君王沉迷酒色，昏庸失政，兵部侍郎安吉，太监靳直以机可乘，代孤家接纳天下贤士，绿林豪杰，搜刮民财，暗练雄兵，意图反正。近据探报，江南有一才子，姓文，名素臣，联络狗党处处反对，节节为难，阻挠孤御之大事。

［靳直上。

靳　直　只要大事成功，不管人民死生。

景　王　靳公到了。

靳　直　参见王爷。

景　王　请坐。

靳　直　王爷上边请坐。

景　王　哎。

靳　直　王爷不久就要即位，因何叹嘘不乐？

景　王　靳公有所不知，近据密报，江南有一文素臣，联络同志，反对孤御，其人文武全才，颇多掣肘，想要除他，又无妥当办法，因此叹嘘。

靳　直　这事不难，保国寺继晓和尚处能人甚多，你我同到那里，求他差人去杀文素臣，必能成功。

景　王　今日晚了，明日再去。

靳　直　好我的王爷呢，这事就是黑夜办的，白天怎能办这机密事情。

景　王　靳公之见甚是。内侍速备车马。

内　　　是

景　王　靳公随孤御同见国师便了。

（唱）人虽无有害虎心，
　　　唯恐猛虎要伤人。
　　　机密会议要谨慎，
　　　请求国师杀素臣。（下）

［继晓上。

继　晓　（唱）身披袈裟改旧装，
　　　性如烈火臂力强。
　　　生平不愿拜佛像，
　　　烧杀奸淫是所长。

洒家继晓和尚，本领高强，生徒众多，中官靳直和我精通房术，荐入皇宫，进奉春药，皇上大喜，封为国师；安吉丞相和景王与我结为密交，广建寺院，逼徙民房。唯洒家生性淫狡，见有姿色妇女，强留入寺，日夜交欢好不畅快人也，哈哈哈。

［小沙上。

小　沙　禀师傅，景王爷、靳公公黑夜来此。

继　晓　待我去迎。

［景王上。

景　王　有得机密事，

靳　直　黑夜见国师。
继　晓　王爷到了。
景　王　到了。
继　晓　请到禅堂。
景　王　请!
继　晓　请坐。
（同坐介）
二位王爷黑夜到此，有何大事商议?
靳　直　此处耳目甚重。
继　晓　随着贫僧来。
（转场介）
请坐。王爷有何贵言，放心讲来，绝无妨碍。
靳　直　国师有所不知，只因皇上昏庸无道，怎能管理国家大事，所以特来和国师相商补救之策。
继　晓　公公目中以为何人能管国家大事。
靳　直　哎，景王爷龙虎之姿，恩威久著，且为太祖嫡派后裔，九五之尊，非王爷莫属。
景　王　不敢当，孤御无德无能，怎敢有此妄想。
继　晓　王爷不必谦让，贫僧定可竭尽绵力，助成大事。
靳　直　哎，但是一件……
继　晓　一件什么?
靳　直　现在江南有一文武双全之人，名叫文素臣，实在是个英雄，专和我们作对。若不先把此人杀了，我们所谋之事，恐怕难成。
继　晓　公公说什么?
靳　直　文素臣是个英雄无人能抵抗他。
继　晓　哈哈哈。
（唱）听一言气得人心头火起，
靳公公你竟长他人志气。
量素臣文弱士只晓经史，
他怎敢和洒家来较高低。
杀此人极容易如同儿戏，
十日内管保你见他首级。
靳　直　国师这话可真吗?
继　晓　王爷面前怎敢道谎，小沙弥，速唤行昙。
［和尚上。
和　尚　参见师傅。

继　晓　速整行装即时起身，云游江南，若遇文素臣一干乱党，就地杀之，回京自有重赏。

靳　直　这是奸党名单，带上。

和　尚　遵命。

（下）

景　王　日后事成，国师算第一功臣。

继　晓　不敢当。

靳　直　告辞。

继　晓　奉送。

（分下）

第二回　雪山避祸难民吞声

［生扮文素臣上。

文素臣　（引）愿为天下纵横士，不做悠悠名利客。

小生文素臣，江南吴江人氏，父名静槎，官居礼部侍郎，不幸早丧，老母水夫人，治家极严。小生素怀大志，不愿与草木同朽，目今阉宦弄权，藩王跋扈，人民涂炭，国家倾危，怎忍坐守家园，空抱经史。是我禀明母亲，出外游学，以便接纳天下英雄，共同为国效命也。

（唱）权阉误国大祸起，
横征暴敛苦群黎。
锄强扶弱男儿志，
安邦定国斩荆棘。（下）

［耿介上。

耿　介　（诗）可恨权奸狗宦阉，做事无法又无天。

白素娟　（唱）纵使爪牙各州县，
剥削人民索金钱。

耿　介　（唱）无有金钱就变脸，
鞭打绳拴押在监。

白素娟　（唱）莫奈何卖房卖地交官款，
卖儿卖女纳税捐。

耿　介　（唱）骨肉个个都分散，
父子母女难团圆。

白素娟　（唱）这真是乱世人不如太平犬，
年年漂泊度饥寒。

耿　介　（唱）可怜我无儿无女无房无地无亲无朋无吃无穿孤苦老儿飘飘荡荡无

处站，
离乡背井逃外边。

白素娟
耿　介　（同唱）有朝一日将身转，
杀尽天下贪污官。

耿　介　老夫耿介。

白素娟　裙钗白素娟。

耿　介　甥女你看，而今奸臣弄权，民生涂炭，盗匪遍地，放火杀人，我们漂泊流离，逃难异乡，生活无法，如何是好？

白素娟　哎哎，我叫叫一声舅父呀舅父，时值严冬，雨雪霏霏，风力犹寒，孤苦女儿，穷途无路，不如将甥女卖于官宦人家为奴作婢，舅父也有栖身之处。

耿　介　甥女不必悲痛，后边好像逃难百姓，不如随他们出山再做道理。

白素娟　甥女遵命。

（百姓上）

百　姓　（歌）雪花飞，北风寒，
难民愁吃又愁穿。
但见朱门酒肉臭，
不见民间血泪斑。
恨乱党，心太残，
祸国殃民弄政权。
抢劫江北各州县，
十室九空绝人烟。
大劫后，留残喘，
忍气吞声勿悲难。
报仇雪恨要勇敢，
杀尽乱党谢苍天。

丑　官　税捐名目多，法令是我自己作。吾老爷税课司胡延的便是。自到任来，收数尚好，自己腰包装的也不少。今日天气清和，必然往来的客商甚多。来！

四　役　侍候老爷。

丑　官　你们今日工作懈怠，收数大减，以后收税，必须要心硬，手硬，眼硬。百姓要唬呢，商人要诈呢，照我这几点做去，就是你舅也要纳捐，小心去办，谨防偷漏。

四　役　遵命。

［众百姓白素娟文素臣上。

耿　介　物离乡贵，人离乡贱。

白素娟　他乡乞食处处艰难。

役　照章纳税。

耿　介　我们是难民，并不是商贩。

役　你贩的货比哪一个都值钱。

耿　介　我哪里有货?

役　这是个什么?

耿　介　她是我老汉甥女。

役　你明是个人贩，不纳捐是不成的。(役向文素臣)快上税。

文素臣　我乃行路之人，上的什么税?

役　你这马不上税还行?

文素臣　马不是卖的。

役　不管你卖不卖，税是要上的。照人上捐，不纳捐不准过去。

文素臣　哎，你们很辛苦，我给你几个酒钱，你将他们都放了，再不要难为他们了。

役　不行，照章纳捐，谁的门都不认。

文素臣　通融点吧。

役　不行，伙计，今天用着老爷唬诈了，哎，照章速快纳捐，如其不然，送在官厅的你打板子，除纳捐外，还要加倍处罚。唬诈不成再来硬，伙计我们先打。

文素臣　说打就打。

[役败下。

你们快走。

众　谢过壮士。(下)

[文素臣马上袖箭射两人。

文素臣　哪个敢来就要哪个狗命也。

(唱)拯救难民不避险，

为国除奸称奇男。(下)

第三回　训诫无赖祛除内乱

[和尚上。

和　尚　(唱)奉师命整装出了京，披星戴月昼夜行。

羡慕江南好风景，妇女艳丽照眼红。

洒家行昙，奉了师傅之命，来到江南打探文素臣行踪，我想杭州普照寺住持松庵，是我师兄，不如到那里探问，他必知晓。今来山阴，不免进城见有钱人强化缘，见女美要强奸，我便是这个主意了。

（唱）路途我把主意定，
化缘猎艳进县城。
（下街市景）
耿　介　（唱）逃难异乡多疾病，
沿街乞讨度残生。
白素娟　悲叹身世临风恸，
数年沧海寄萍踪。
舅父请坐树阴之下，待甥女讨些茶饭，舅父好来充饥。
耿　介　儿呀，你看街市上来往行人过多，我儿须小心。
白素娟　甥儿晓得。
（看左右）
我叫叫一声仁人君子呀，君子，请你剩汤剩饭，救济贫寒之人，感谢君子大德不尽也。
[丑上。
丑　我这生意太小，无力施舍，你还是另转一家去。
白素娟　哎，好不难杀人也。
（唱）哀词悲语多承奉，
他也不舍分文救困穷。
含羞低头无佳兴，
见无赖轻佻野心生。
[和尚上。
和　尚　化一化。
[四丑上。
四　丑　（唱）无事大街闲游玩，
见一女儿生得倩，
不能骗她到我手，
唯有与她去下蛋。
和　尚　化一化。
白素娟　我乃乞讨之人有什么化的?
和　尚　有缘才化，化缘。
四　丑　休得无理，和尚应守佛门清规，不该横行无理，欺侮良民，若不快快走去，我便和你动武。
和　尚　哼哼。
（下）
四　丑　这还了得。
耿　介　多谢先生解围。

四　丑　不敢言谢。老丈想是还未用饭。

耿　介　哎，可怜我甥女讨了半天，一口饭也没要下。

四　丑　这是鸡蛋，请老丈先用些。

（白素娟向耿介耳语介）

白素娟　这几位都是仗义君子，绝无恶意，你莫管。

四　丑　老丈，小生有一事要和老丈商议，万望应允。

耿　介　有何贵言讲出口来，当应允的绝对应允，不当允的，万难从命。

四　丑　小生没有讲出口来，若讲出口来，老丈当然是应允的。

耿　介　请讲。

丑　咦哈哈哈，老丈你看而今世乱年荒，度日无方，依小生愚见，不如将令媛许学生作个如夫人，令嫒终身有靠，你也不受这饥饿之苦，老丈必定应允。

耿　介　我女已许人了。

丑　许与何人？

耿　介　用不着你管。

丑　不用我管好罢，你将我账还了吧。

耿　介　我何时欠你的账？

丑　你方才欠的怎么一时就忘了？

耿　介　欠你多少？

丑　大约一百两银子

耿　介　我怎么能欠人百两银子？

丑　你吃了我四个鸡蛋。

耿　介　四个鸡蛋怎能算百两银子？

丑　你听，四个蛋，生四个鸡，鸡大了，一个鸡一年下三百个蛋，四个鸡就下一千二百个蛋，一千二百个蛋再生一千二百个鸡，鸡大了，一个鸡卖一钱银子，一千二百个鸡，得是一百两银子，我劝你应允了我的要求，我再给你一百两银子，若再不允，我要硬下手。

耿　介　奴才大胆，光天化日之下，竟敢欺人，哎，我真气也。

（唱）骂声奴才太无理，
不该欺压我穷乞。
恶恨恨上前碰死你，
如不然见官论是非。

白素娟　你们不要乱打，此事我应允就是了。

丑　你答应那就好，随我走。

白素娟　你们站远些，待我将我舅父伤痕裹好随你再走了。

（唱）心急意乱无妙计，

低头不语自筹思。

［米泊然上。

米泊然　（唱）举目凌空望大地，

茫茫众生如鸭鸡。

人生不过三万日，

何必争夺不相息。

老夫户部侍朗米泊然，奉命赈济灾黎，公毕回京交旨。

丑　裹好了没有?

白素娟　裹好了。

丑　那边过来了一位官员，你随我快走。

白素娟　那位官员来得正好。

丑　好什么?

白素娟　想你我这婚姻既无媒，又无证，还是请这位老爷与你我作个主。

丑　那好极了，你们回去找个好地方，设备喜堂。

［三丑下。

白素娟　随着我来。

丑　哎呀，我怎么胆怯的很。

［白素娟跪。

白素娟　大老爷冤屈冤枉。

米泊然　何人喊冤?

役　禀老爷，有一民女喊冤。

米泊然　命她见我。

役　呔，老爷唤你，小心去见。

［白素娟点头。

役　往上跪，再往上跪。

白素娟　是。

米泊然　这一女子，有何冤枉，从实地诉来。

白素娟　大老爷容禀，

（唱）素娟女颤索索含泪告禀，

大老爷听民女细诉苦衷。

我家乡遭匪患夙夜惊恐，

不堪扰逃性命异地求生。

我舅父因负债忧愁成病，

素娟女沿街讨受人欺凌。

有恶少苛诈我恃强逞勇，

大街上逼迫我强纳小妾。

我舅父上了气无名火动，
被贼打身受伤寸步难行。
大老爷起涸鲋升水活命，
我甘愿为奴婢报答恩情。

米泊然　这一老者名叫什么？

耿　介　小人名叫耿介。

米泊然　你甥女所诉是否属实？

耿　介　句句是实不敢道谎。

米泊然　本公全然不信，看他乃知识分子，必是爱护名誉之人，怎能做此苛诈欺骗之事，定是你受他的财礼。

耿　介　老爷，小人实在未受他的财礼。

米泊然　他能说你欠他的账，此话不能无因，早早实说这才罢了，如其不然打死你这奴才。

耿　介　老爷息怒。

米泊然　从实地诉来。

耿　介　老爷请听，小人讨饭半天，一口也未要下，他怜小人，给小人吃了四个鸡蛋，并说着我甥女给他作妾，小人不从，他就打骂，便和小人算账，说小人吃了他四个鸡蛋，四个鸡蛋生四个鸡，鸡大了一个鸡一年下三百个蛋，四个鸡就下一千二百个蛋，一千二百个蛋，再生一千二百个鸡，鸡大了，一个卖一钱银子，所以问小人要百两银子。

米泊然　依你所说，他还让你二十两银子着呢，他这算个有礼让的君子。

丑　　　不敢当。老爷，小人怜念他，所以让他二十两。

米泊然　你真是个好人，名叫什么？

丑　　　小生名叫母生有。

米泊然　耿介，你不给他还账，就该将女许他，若不愿将女许他，就应该给他还账。谁是你既不还账，又不许女，骗他不成？

耿　介　老爷，小人实在无钱。

米泊然　哎，说不起本公代你还账。母生有，人家既不愿将女许你，又无银子还账，本公代他还账。你是要银子吗要鸡，还是要蛋？

丑　　　老爷，小人我要银子。

米泊然　混蛋，他欠你的鸡蛋，你怎么问他要银子？

丑　　　那么小人要鸡。

米泊然　来，带母生有下去速快买一千二百个鸡。

丑　　　回禀老爷，此地实在没有这些鸡，就是连野鸡算上也没一千二百个。

米泊然　没有了，重打四十。

役　　　打齐。

米泊然　此地没有那些鸡了必有蛋，带他去照数买来。

丑　老爷，实在买不下那些蛋。

米泊然　买不下了，再打四十。母生有，你现在要多少鸡还是要多少蛋？

丑　小人我都不要了。

米泊然　他吃了你四个蛋，当然要还你四个蛋，你要多少钱？

丑　一个蛋两个半钱，四个蛋十个钱。

米泊然　来，带他下去写一张领纸来领。

丑　遵命。

［老丑上。

老先生请你给我写一张领纸。

老　丑　你给我多少钱？

丑　哎，你要多少？

老　丑　给我二百钱。

丑　我只有十文钱完全给你。

老　丑　那不成。

丑　好，我的事忙，就给你二百，速快写来。

老　丑　你拿去。

丑　禀老爷，领纸到。

米泊然　给他十文钱。这是母生有，他吃了你四个鸡蛋，怎么一时就成了一千二百个鸡？

丑　老爷，这是蛋生鸡鸡下蛋，所以就算了那些。

米泊然　混蛋，就是生也得三年两载，怎么一时就生那么多？

丑　这个……

米泊然　这个什么？分明你个奴才见他女儿貌美心起不良，想下这个圈套，你说是也不是？

丑　老爷，小人再也不敢了。

米泊然　奴才，以后再有不法行为，定要你的狗命。

（唱）人类应该讲礼让，
不宜争夺扰乡邦。
尔等丧心又病狂，
我要惩暴安善良。

滚蛋。

丑　谢过老爷。（下）

白素娟　老爷，小女子流落异地，无依无靠，求老爷大发慈悲收留，就是为奴作婢也是甘心。

米泊然　哎，就将你收留下与我女作伴。

耿　介
白素娟　谢过老爷。

米泊然　来，与他二人带马随爷回京，我还要辞官归休了。

（唱）俗美农夫耕让畔，
化行蚕妇不争桑。（下）

［刘虎臣上。

刘虎臣　（唱）闻鸡起舞练身躯，男儿要学万人敌。

石　氏　终日辛苦求生计，荆钗布裙懒画眉。

刘虎臣　在下刘虎臣。

石　氏　妾身石氏。

刘虎臣　我家世代书香，父母早丧，在下生性豪爽，喜练拳棒；妹妹璇姑聪明过人，一家三口，在这普照寺隔壁，开一糕团铺，苦吃苦做。娘子，我要进城访友，你和妹妹在铺小心些。

石　氏　官人回来带些作料。

刘虎臣　那我晓得。

（唱）清早进城访知己，
对酒谈心解愁眉。（下）

石　氏　（唱）有志人虽贫不为贫，
自力更生不求人。
忙挽翠袖揉米粉，
一日操作在清晨。

［小沙四人上。

小　沙　（唱）师傅垂涎糕团妇，
天天门首探消息。（进门）

大娘子，昨天定好的糕团做好了没有？

石　氏　你们不是说下午来取？

小　沙　咦哈哈哈哈，因为今天城里陆员外在寺里做佛事，除了糕团外，还要糕饼种种东西，一时也记不清，最好请大娘子亲自到寺里去一次，我们师傅就好详细和你说了。

石　氏　我不愿去，这时做也来不及，请你们到别家去吧。

小　沙　这是什么话，你们开的铺子，还怕人家买吗？把她拉上走。

石　氏　贼秃休得无礼！

小　沙　你走。

石　氏　璇姑，璇姑。

小　沙　快寻那一个。

乙　　不见。

甲　　不见那个，就将这个快拉上走。（下）
和　尚　离了北京地，来到普照寺。
小　沙　二师傅到了。
和　尚　你师傅可在？
小　沙　现在方丈。
和　尚　领我去见。
小　沙　有请师父，二师父到了。
松　庵　师弟到江南，必有密事端。
师弟到了，请坐。
和　尚　有座。
松　庵　看茶。师弟远道而来，必有要事。
和　尚　师兄，江南有一人，名叫文素臣，你可知道。
松　庵　名字好熟，但却不曾见过。你问他何事？
和　尚　附耳来。
松　庵　师弟，为兄随时替你留心。
和　尚　有劳师兄。
小　沙　禀师傅，外边有个文相公，前来投宿。
和　尚　你说他姓什么？
小　沙　姓文。
和　尚　是怎样个人？
小　沙　年纪二十开外，相貌甚是漂亮。
和　尚　就是他，就是他。
松　庵　住口。请他进来。
文素臣　贪恋美景夕阳低，无奈寺院来投宿。
师傅见礼了。
松　庵　还礼了。请问相公尊姓大名？
文素臣　小生文素臣。
松　庵　原是文相公，久闻大名，如雷贯耳，只是小寺地方鄙陋，相公如不嫌弃，只管住下。
文素臣　好说。敢问师傅法号？
松　庵　贫僧松庵，住持普照寺。相公应用什么叫小徒去取，不必客气。
文素臣　谢师傅。
松　庵　相公早些休息。贫僧告辞。
文素臣　送师傅。
松　庵　请了。（下）
文素臣　（唱）松庵生就凶貌相，

爆眼紫面性乖张。
墙壁路径细看望，
今晚格外要提防。（下）

第四回　爱慕英杰愿缔鸳盟

［米鸾吹白素娟容儿耿介米泊然文素臣上。

米泊然　（唱）年过半百尚无子，
为女儿婚事劳心思。
天有不测风和雨，
万一病死女无依。

米鸾吹　哎，我的爹爹呀，
（唱）劝爹爹勿悲减忧虑，
不必烦闷长叹息。
但愿父康健儿心喜，
堂前侍奉永不离。

米泊然　老夫米泊然，前任户部侍郎，因年老力衰，退休林下，夫人不幸早亡，膝下只有这两个女儿，长名鸾吹，次名容儿。此次回乡，路过杭州，因抚台和我至交，顺道拜访，不愿打搅朋友，所以赁舟暂住，明天拟赴吴江，因此修书辞别。老哥哥，这是小书一封，从速送到抚院。

耿　介　小人遵命。（下）

米泊然　鸾吹儿呀。

米鸾吹　爹爹。

米泊然　你看为父，年过半百，我儿虽已长成，但是尚未许人，人有旦夕祸福，万一为父有什么长短，留下我儿依靠何人？

米鸾吹　爹爹，凡事都有定类，不必忧愁烦闷。

米泊然　我儿说的甚是，为父再不烦闷了。哈哈，儿呀，你看湖滨游人如云，一个个笑意生春，你们到断桥烟堤各处赏玩去吧，待为父在此静坐静坐。

米鸾吹　儿遵父命了。
（唱）桃红柳绿芳草丽，
紫燕斜翻春水漪。

白素娟　小姐，你看苏堤春晓柳浪闻莺，好一片天然春色。

米鸾吹　哎呀，
（唱）阵阵春风送香气，
苏堤竹外花数枝。
日丽风和春明媚，

携妹信步六桥西。（下）

米泊然　（唱）婚姻大事非容易，
向平了愿在何时。
到吴江拟访文世侄，
见面先将婚事提。
文素臣风尘豪杰器，
堪作老夫得意婿。
多年不曾通信息，
不知他娶妻未娶妻。
为此事叫人心着急，
为此事叫人长叹息。
这才是定媳容易婿难觅，
时时刻刻锁愁眉。
无聊柳荫听燕语，
恼恨春风拂人衣。

［文素臣上。

文素臣　（唱）江雨霏霏江草齐，
前朝如梦鸟空啼。
无情最是千枝柳，
依旧垂烟笼画堤。

［文素臣撞米泊然倒扶起。

对不起，对不起。

米泊然　不要紧，不要紧。那一少年好生面熟，莫非就是他。相公转来，相公转来。

［文素臣转上米泊然拱手。

足下莫非就是文素臣。

文素臣　小生正是文素臣。

米泊然　说是你来吧。

文素臣　请问老丈尊姓大名，如何认识小生？

米泊然　老夫米泊然，前任户部侍郎时，曾和令先尊称为莫逆，彼此通家往来。那时贤侄还是年幼。一别多年，贤侄竟长成一表人才，如此英俊，叫人怎不高兴，怎的不喜欢？哈哈。

文素臣　原是米老伯，请上待小侄拜过。

米泊然　免了。

文素臣　老伯，小侄临行时，家母亦曾吩咐，到老伯前叩福，不料在此无意相遇，真是喜出望外了，哈哈。

米泊然 今与贤侄邂逅相逢，你我既是通家之好，当令小女辈拜见，贤侄你来看。

文素臣 看什么？

米泊然 老夫风烛残年，膝下又无一子半息，日后小女辈仰仗正多，今日得见一面，免得将来见面两不相识。素娟，快唤小姐。

白素娟 小姐，快来。

米鸾吹 哎呀，

（唱）湖滨佳人如桃李，
三三两两斗艳姿。
我无心看来无心视，

米泊然 鸾吹，快来。

米鸾吹 忽听父亲唤鸾吹。
笑盈盈父前施一礼，
见一公子相貌奇。
风流儒雅佳公子，
好似玉树临风立。
父亲若能解我意，
选他做个乘龙婿。
一旁含羞默无语，
手拈裙带将头低。

米泊然 贤侄，这是大女儿鸾吹，小女容儿。这女名素娟，家本世代书香，因遭匪祸，逃难江南。她舅父耿介，是一位忠诚之人，愿将她卖与人家为奴作婢，老夫心中不忍，将她收下，和我女儿一样看待，日后倘老夫不在人世，女儿辈还要贤侄加倍顾恤才好。女儿，这位是你世兄文素臣，快来拜见。

米鸾吹
容　儿 世兄，世妹这里有礼。

文素臣 还礼了。

米泊然 你们都坐了。

文素臣 今天不是伯父唤我，几乎要成陌路人了。

米鸾吹 这也是彼此久隔，所以生疏了。

米泊然 贤侄，不知你可曾定亲？

文素臣 小侄去年已经娶亲。

米泊然 怎么？

文素臣 小侄去年已经娶亲。

米泊然 这个，怎么贤侄你已经娶了妻子了，怎么老夫一点也不知道。

［拉文素臣手。

为何不早和老夫来商量商量。哎。我好气也!

（唱）既然你要将亲娶，

也该与老夫来通知。

文素臣 （暗白）哎呀，恐怕他怪我莫请他吃酒，所以不高兴。

米泊然 （唱）细思想误我全是你，

闪得我无靠又无依。

文素臣 （唱）老伯霎时生了气，

面黄手颤发狂痴。

世妹低头泪如雨，

她虽不言意可知。

米鸾吹 （唱）听罢言来暗悲泣，

明我心事知是谁。

自觉身轻难自主，

好似柳絮随风飞。

容　儿 爹爹，我姐姐哭呢。

米鸾吹 妹妹又说痴话。我何曾哭来?

白素娟 老爷，你看，天空黑云四起，大雨将至，我们速快回到船舱避雨。

米泊然 贤侄，女儿，你们都随我来避雨。（下）

第五回　暴雨覆舟奇士施勇

（内乱喊乱叫）

内 潮来了，潮来了。

耿　介 （唱）霎时恶风暴雨至，

冒雨回船行如飞。

见怒涛击破船舱底，

一家骨肉两分离。

我要舍身全忠义，

搭救老爷命不惜。

（扑湖内喊）

内 （喊）快救人，快救人。

文素臣 （唱）一片汪洋无边际，

狂涛巨浪水势急。

只说命丧西湖里，

侥幸逃出这身躯。

头上无帽足无履，

湿淋淋好像落汤鸡。
耳听得男哭女号儿啼娘叫一阵一阵声惨凄，
令人闻之更酸鼻。
老伯不知在何地，
找寻世妹无踪迹。
我还是暂且依石立，
等候来人问消息。

哎呀，那边桥上走来一人，待我上前问他一声。

［闻人杰上。

客官留步，请问今日湖中遇救者，都有什么人？

闻人杰 你问它为何？

文素臣 哎，因亲戚全家覆舟，故而向客官探问一声。

闻人杰 我适才救起好几个人。

文素臣 请客官说几个我听。

闻人杰 你听第一个是老太太，是不是？

文素臣 不是的。

闻人杰 第二个是一年近三十中年男子。

文素臣 也不是的。

闻人杰 第三个救了两个人，好像是主仆。

文素臣 客官，是不是两个白发斑斑的老年人？

闻人杰 就是的。问他姓名，说是姓米。大概主人落水，老仆跳下，要想驮他起来，所以一个在上，一个在下。这也是忠义之气，感动神明，故能死里逃生，可算得个义仆了。

文素臣 客官，那就是他老人家，谢谢客官救命。

闻人杰 不敢当。

文素臣 现在哪里？

闻人杰 后来知县晓得米老爷是抚院的朋友，用轿抬着去了。

文素臣 客官还救过女儿没有？

闻人杰 有一女儿，将她安顿在普照寺，是否你的亲戚，前去一认便知。（下）

文素臣 但不知她是不是世妹鸾吹。客官转来，姓名未曾问下，他竟扬长而去，我还是赶回普照寺，看那女儿是不是鸾吹世妹了。

（唱）急忙赶回普照寺，
但愿那女是鸾吹。（下）

第六回　寻声营救弱女获援

陶　甲　姑娘醒得。

米鸾吹　（唱）一阵昏迷一阵醒，
　　犹忆惊涛骇浪腾。
　　惊魂飘荡神不定，
　　却怎么身卧草丛中。

陶　甲　醒来了，醒来了。

米鸾吹　（唱）必是那人救我命，
　　拭泪痕忙谢大恩情。
请问恩公尊姓大名。待我见了父亲，再好报答救命之恩。

陶　甲　哈哈，我是水里蛟陶甲，讲到报恩两字，你的年纪轻轻，还怕没有报答的法子吗？

米鸾吹　明天见了父亲，谢你些银两。

陶　甲　哈哈，你说话好不欺人，你打听我老陶是没见过银子的吗？

米鸾吹　恩公不要上气，日后给恩公立一个长生位，早晚供奉，以报大德。

陶　甲　这个报法更不行了。

米鸾吹　这样也不好，那样也不好，恩公究竟要我怎样报答？

陶　甲　好我的姑娘呢，你是个明白人，哪会不知道我的心思。你放心，我是个好人。天也黑了，快快跟我回去，给我做个小老婆，我待你比我妈还要好呢。

米鸾吹　呸，你这人说话好没礼貌，不该欺我落难之人。

陶　甲　你这姑娘好没良心，我老陶肯收留你，是可怜你，也是我发了慈悲之心。来来来，我搀你走。

米鸾吹　请你放尊重些。

陶　甲　你快起来走。

米鸾吹　哎不好，
（唱）贼人逼我不放松，
我的哥哥呀，哎，我的父亲呀。
　　危机不见素臣兄。
　　人生名节最为重，
　　不如投湖了此生。

文素臣　（唱）隐隐哭声夜风送，
　　依稀隐约听不清。
　　四野寂寞无人影，

米鸾吹　哥哥，快快放手，我哥哥来了。

文素臣　　原来是鸾吹妹劫后余生。

妹妹你怎么在此？愚兄好找。这是我妹妹，想是你救的。妹妹却为何啼哭？

米鸾吹　妹妹是这位救起的，但是他要妹妹同他回去，是我不肯，所以在此扭结。

文素臣　既是救命恩人，理应报答，今在难中，不带银钱，同到我的寓所，再行重谢。

陶　甲　谁稀罕你的酬谢，你是江南人，她是江西人，怎么冒认起兄妹来了？我老陶是杀人不救人的，若说是银钱，老子比你瞧见的多了。你这小子知趣快与我滚开，如其不然，老子拳头是没情分的。

文素臣　满口胡道，兄妹岂可冒认，你救人性命，极应感谢，但是乘人之危，夺人之志，实与强盗无异，留你何用。

陶　甲　看刀。

米鸾吹　哎呀不好。

（倒　文素臣打陶甲　夺刀踢陶甲落水　米鸾吹惊喜介）

想不到文哥有此本领，多谢哥哥相救之恩，真不知叫妹妹如何报答才好。

文素臣　好妹妹说哪里话，患难相扶原是男儿分内之事，妹妹再不必客气。你看时已更残漏尽，夜风砭骨，还是随兄回到寓所，再做道理。

米鸾吹　文哥不顾一切，忍饥挨饿，受尽千辛万苦来救妹妹，此生叫妹妹如何报答。

［米鸾吹起行一步又倒。

文素臣　哎，妹妹不必如此，待兄搀着妹妹走怎样？

米鸾吹　只是又要连累哥哥了。

（唱）多谢哥哥救命恩，

回头再找白发亲。

文素臣　　吉人天相脱厄运，

世伯已逢救命人。

（下又上）

见妹妹娇羞哀怨抱余痛，

双眉紧锁乌云松。

弱怯怯好似愁病西施将心捧，

湿淋淋好似雨后梨花玉洁又冰清。

睹此情景心怆恸，

这才是儿女情长英雄气短怜心生。

米鸾吹　（唱）走得我力尽腿软双足疼，

幸喜劫后留余生。

挽兄臂低头含羞强挣扎，

却怎么草径崎岖路不平。
哭了声爹爹妹妹沉入西湖遭灭顶，
不由我凄凄惨惨呜呜咽咽啼哭不成声。

哎哟——

文素臣　妹妹怎样了？

米鸾吹　文哥让妹歇息一会儿，妹妹实在走不动了。

文素臣　哎，难道就在这里坐一夜不成？妹妹，事到其间，也顾不得嫌疑，不如叫兄将你背到前边庙内，暂为歇息，你看如何？

米鸾吹　只是苦了哥哥，真叫妹妹感激莫名。

文素臣　妹妹不必如此，待兄背你进庙歇息一会儿再做道理了。
（唱）为兄气力尚健强，
扶植难女离祸殃。（下）

［闻人杰上。

闻人杰　（唱）灾难之后真凄惨，
大水冲尽万倾田。
房塌墙倒人民散，
四野寂寂夜风寒。
为救生终日湖边站，
救人危机不避难。
久闻素臣是好汉，
要结交英雄除权奸。

在下湖海英雄闻人杰，与叶雄、奚奇结为密友，我三人常有抱负，说天下大要，管天下闲事。路见不平，拔刀相助。久闻文素臣大名，今来杭州，狂涛巨浪中已见其人之神力。湖滨遇面，已知其礼貌，但其人气节不知如何。适才见彼负一少女向社庙去，等叶兄奚弟到来，同去侦察一回，看他有何动静。

叶　雄　锄奸扶弱是志愿，为民除害不畏难。

奚　奇　下水救人脱危险，忙了一天竟忘餐。

叶　雄　叶雄。

奚　奇　奚奇。

闻人杰　大哥贤弟。

奚　奇　二哥，文素臣已向社庙里去。

叶　雄　二位贤弟，我们三人越墙，暗处窥他二人如何举动。

闻人杰
奚　奇　大哥之言甚是。请。

叶　雄　请。（下）

第七回　古刹烘衣感恩图报

［文素臣背米鸾吹上。

文素臣　（引）筋疲力又竭，来至西泠社。

（进庙将米鸾吹放下）

妹妹妹妹哎妹妹依然昏沉，只是夜色正长，湿衣裹体，寒侵内脏，不要说她受不住，就是我自己也觉难忍，不如寻些干柴燃起火来，将衣服烘干，以免发生疾病也。

（唱）见妹妹昏迷不清醒，
痰壅呼吸不畅通。
忙寻干柴莫稍停，
燃火与妹将衣烘。（下）

米鸾吹　（唱）昏昏沉沉入幻境，

爹爹，妹妹，素娟，我冷得很。

恩兄不见是何情。
脱离危险称万幸，
九死只留一线生。

文素臣　（唱）庙中竟无隔宿粮，
找到干柴离禅堂。

妹妹醒来了，妹妹切莫伤心。方才愚兄探寻路人，据说老伯遇救，县衙差人接到抚院，老仆亦未溺死。世妹天性至孝，大都为未得老伯消息，因而伤感。

米鸾吹　恩兄此信怕是传闻不实。

文素臣　世妹，这信一些不错，明晨愚兄进城，亲见老伯，一来问老人安，二来报告世妹得生。

米鸾吹　只是烦劳恩兄了。

（唱）水浸衣裙冷似冰，
且喜父遇救感神明。
救命大德情意重，
挣扎起身谢恩兄。

（起又坐）

文素臣　不可劳动。世妹你看为兄已觅干柴燃起火来，你我各将衣服脱下，烘干潮湿，免生疾病。

（米鸾吹不语）

妹妹你我患难相依，凡事均要从权。

米鸾吹　恩兄好意，妹自当遵命，但是羞答答怎能脱下。

文素臣 待兄将外衣挂在绳上隔开，妹妹你好脱衣来烘；不然待兄回过身子，背着妹妹闭眼不睁。

（米鸾吹脱衣裙介）

米鸾吹 哥哥这时千万别回头。

文素臣 妹妹放心，兄是绝对不回头的。若妹妹将衣烘干，通知为兄一声。

米鸾吹 妹妹晓得了。

（唱）难为哥哥背身坐，
端端正正眼闭合。
含羞解带将衣脱，
伤心泪珠点点落。

哥哥请你将身转过来。

文素臣 妹妹穿好了，为兄就转过来了。

（脱衣烤火）

米鸾吹 妹妹九死一生，多蒙恩兄援手，粉身碎骨，无以为报，今晚投宿古庙，恩兄本是秉礼君子，愚妹亦非轻佻之辈，但瓜田李下，总是嫌疑，人言可畏，倘有捏造黑白之人，那时求死不得，所以辗转心头未有良策。奉禀恩兄，家父此来，原为妹妹婚事未谐，今日湖滨巧遇，方喜合由天作，不料倾谈之下，知闺中已有贤助，心如冰冷。忽遭奇灾重蒙大德。妹与兄虽无敌体之缘，而有切肤之感，他日妹若委身他人何以能解今宵之嫌疑。倘矢志不嫁，又何以慰老父之晚景，敢望俯念苦衷，不予鄙弃，收为妾媵，报此再造之恩，唯兄哀而许之。

文素臣 哎，我不明白的世妹呀，

（唱）妹妹讲话欠检点，
你怎知兄多为难。
妹妹许婚本心愿，
怎知我已结姻缘。
妹出名门父为宦，
屈作妾媵礼不端。
所言援救将恩感，
报答话儿不敢言。
你如谓孤男少女社庙同宿应避嫌，
问心无愧对苍天。
你如谓瓜田李下人言可畏说长短，
这也是通权达变出在无奈间。
世妹聪敏有识见，
也应明了我心田。

米鸾吹 我的恩兄呀。

（唱）男女同宿古庙殿，
怎能不畏旁人言。
你施恩本是行方便，
我受恩不报心不安。
作妾既然兄不愿，
岂能再来强人难。
救命大德非浮泛，
怎样才能报恩典。
低下头儿自盘算，

我是怎样才能报答他的恩，怎样才能报答他的德。哎，

（唱）还是与他做丫鬟。
明日见了我父面，
将经过情形禀堂前。

恩兄，妹妹识见卑浅，倾闻正论，茅塞顿开，但是恩兄施恩不望报，在妹妹岂能受恩不报答。恩兄既不愿收妹做妾，妹愿为奴作婢，以报恩兄之大德，乞兄俯从。

文素臣 哎呀，这越通不得了。世妹以今晚之事，耿耿于心，似乎舍此绝无善全之道。愚兄倒有一策，未知世妹允否？

米鸾吹 恩兄请讲，世妹无不应允。

文素臣 世妹，舍间与府上世好，昨日蒙老伯青眼，不以寻常世交相待，复令礼见世妹，湖滨一面之缘，遂结生死之谊，论分则疏，论情则亲，若泛泛通家兄妹相称，未免名不符实。以愚兄之见，不如结为兄妹，解此一段嫌疑，日后相逢，友与之爱，无异同胞，况老伯初意，因爱女情深，难以付托，愚兄得为世妹亲兄，水泊然伯也可安心。兄心如此，未知世妹以为如何？

米鸾吹 依恩兄所言，能使今夜之嫌泯然无迹，不落他人话柄，妹妹敢不遵命。

文素臣 如此你我同在神前一拜。以后妹呼兄为二哥，兄呼妹为大妹。

米鸾吹 妹妹遵命了。

（唱）订盟兄妹神前告，
亲爱体贴如同胞。

文素臣 兄妹二人忙跪倒，
心地坦然话一宵。

米鸾吹 二哥。

文素臣 大妹。

米鸾吹 你的头发散披，这是妹妹一支金钗，待妹与二哥挽发。

文素臣 有劳大妹。大妹你我对坐清谈一宵，你都不嫌困吗？

米鸾吹 哎，妹妹听了二哥所讲守经行权的道理，欢喜非常，毫无倦意。

文素臣 大妹，你我只顾说话，不觉东方既白。

米鸾吹 衣服已经烘干，二哥请穿。

文素臣 大妹，我们还是先回普照寺，素娟也在那里。

米鸾吹 二哥，怎么素娟也在寺里？

文素臣 正是的。

米鸾吹 呵，幸喜爹爹素娟遇救，真是不幸中之幸，但是容妹尚无下落，想起叫人怎不伤心也。

（唱）听说素娟已脱险，
爹爹遇救性命全。
幸喜苍天留残喘，
痛哭容妹愁肺肝。
缓步出门将妹探，
普照寺内见素娟。

闻人杰
叶　雄 文素臣真是个坐怀不乱的君子，实在可钦，实在可敬。
奚　奇

米鸾吹 二哥，那三人是不是杀人的强盗？

文素臣 那是杀强盗的人。

米鸾吹 他究竟是个什么人？

文素臣 那就是为人排难解纷的英雄。

米鸾吹 他们到此作甚？

文素臣 他们来窥探我们的行动。天大亮了，妹妹快走。

米鸾吹 哎，走呀，

（唱）深感二哥恩义重，
衷心佩服铭五中。（下）

文素臣 那豪杰真乃是人中龙凤，
世乱年荒屈英雄。（下）

［石氏上。

石　氏 薄命人今日遭灾难，
我的天呀，哎我的天呀，
心中好似匕扎穿。
贤妹妹铺内无人伴，
官人访友未回还。
白昼间禅堂甚黑暗，
红烛笼纱照玉颜。

恨贼切齿柔肠断，
点点血泪洒衣衫。
倒不如悬梁寻短见，
免得受辱贼作践。

（大士像变门）

哎呀，大士像无风自动，转眼变就小门，怎么走出这一妇人，莫非大士救我，又莫非我做梦不成呀。

［丑旦出。

丑　旦　大嫂嫂即到这里，哭也是无益的，想这和尚勾结宦官，势大如天，你个懦弱女子，还能抵过他吗？

石　氏　哼，看你也不像个坏人，怎么反替和尚欺侮良家妇女，你真不知羞，你真不知耻。呸呸呸！

丑　旦　大嫂你再莫要冤枉好人。我丈夫是个无赖，常和寺院方丈来往，那日方丈松庵到家讨账，我丈夫无钱还他，竟将我押给和尚，我的命比你更苦了。

石　氏　原来如此。难道你就和和尚过活了吗？

丑　旦　哎，你问的这话，叫我羞得怎么说呢，但是这和尚百般爱我，还要我替他引诱别的妇女。

石　氏　你可否帮他？

丑　旦　我既然被他蹂躏，怎忍心再去坏别的妇女，不但不助纣为虐，我还为人家保全贞操。刘大嫂你放心，我决不让你吃他的亏。

石　氏　外边好像有人？

丑　旦　待我去看。

［松庵上。

松　庵　（唱）那妇人美丽赛天仙，
这样秀色真可餐。
虽然今日偿我愿，
不能近身也枉然。
心急如火门外转，
还是猛下硬手段。

石　氏　秃驴休得无礼。

（打耳光）

松　庵　大娘子不要生气，贫僧久仰大娘子美貌，时时思想，刻刻不忘，万望可怜我一片诚心。

（上前抱石氏打介）

石　氏　松庵我把你这个秃贼，你乃出家之人应当礼经念佛，才是你出家人之正理。谁知你这秃贼枉为寺院住持，竟做出这样无廉无耻之事。劝你早早放我出去，如其不然，我丈夫回来，报官拿办。

松　庵　好我的大娘子呢，皇上把我都不能如何，官见了我低头问安不及，还敢将我怎样。还是从了我吧。

石　氏　休得无礼。

松　庵　你来。

［石氏打松庵。

真是不知抬举的贱人，竟敢动手打我，我实告诉你，你既已到此，就是膀上生翅，也是飞不出去的。还是快快顺从了我，不但有许多好处，而且能得到非常快乐。请你答应我吧，你再不答应，我肚里的火真要把我烧死了呢。你快来。

石　氏　你道放屁，

（唱）秃贼休做风流梦，
柳眉竖起杏眼睁。

松　庵　你今既已入牢笼，
膀下生翅也难冲。

石　氏　我丈夫为人性猛勇，
杀贼为民除暴凶。

松　庵　普照寺中僧徒众，
个个强健武艺精。

石　氏　秃贼真是禽兽性，
欲火冲动发癫疯。

松　庵　霎时自觉欲火动，
上前将她抱怀中。

石　氏　恨不得挖去贼双睛，
懦弱女儿也英雄。

［松庵撞头。

松　庵　头撞几案心疼痛，
洒家竟受她欺凌。
怒冲冲提刀要尔命，

丑　旦　劝师傅莫可要威风。
只怪你太得不尊重，
青天白日竟胡行。
一气间伤了她的命，
可惜这窈窕佳人绝世容。

大师傅，你的性真太急了，一个少年妇女，青天白昼，怎好和你玩，况且强迫手段也没什么趣味。不如待我劝她心回意转，那时她自己愿意了，晚上伴大师傅，岂不是更快乐了。

松　庵　你的话说的不错。假使事成功了，洒家重重有赏。

丑　旦　你快出去吧。

松　庵　好，我去了。哎哎哎，这才是乘兴而来，扫兴而返。（下）

丑　旦　刘大嫂你不要性急，凡事都有我，管叫你不受贼之蹂躏。

石　氏　全仗大嫂。

丑　旦　刘大嫂，你劳了多半天，随我下边休息走。

石　氏　罢了妹妹，官人哎，官人呀。（下）

文素臣　（唱）只说覆舟遭灭顶，

米鸾吹　　　　谁料死里又逃生。

松　庵　昨夜不见相公回来，着人到湖边打听了几回。相公今从何处回来？那位小姐是谁？

文素臣　我从那边回来。

松　庵　我有事出去，回来再谈。（下）

小　沙　相公回来了。

文素臣　回来了。昨天那个女眷现在何处？

小　沙　现在禅堂。

文素臣　大妹，你和素娟暂住此处，为兄进县去见老伯。请你将这位小姐，好好伺候，回来我有重赏。

小　沙　相公放心。

米鸾吹　二哥你去，须要早些回来。

文素臣　为兄晓得。

小　沙　小姐，随着我来。（米鸾吹文素臣分下）

第八回　官衙势隔蹀躞伤神

［差人甲乙二人上。

差人甲　即无恒产，又无恒业，

差人乙　生活压迫，县衙当差。

［文素臣上。

文素臣　道尊贤圣乐己乐，情同沮溺忧人忧。

来到衙门首，待我上前问过，二位请来见礼了。

差　人　还礼了，请问相公施礼为何？

文素臣　请问昨日从湖中救起一个米泊然老先生，听说接进衙门，请你通报一声，就说文素臣来相访。

差　人　你来得不凑巧，我们老爷，因为米老爷是抚院知己，今早已送抚台衙门去了。

文素臣　抚院离此多远?

差　人　离此很远，从此，转东再转北，转北再转东，转上十几个弯，就是的。

文素臣　请了。

差　人　相公，你要去，走快些，过了申刻就进不去了。

文素臣　多谢了，

（唱）多谢差人指曲径，
　　　前往抚院见米公。（下）

［老旦上。

老　旦　（唱）一盘面碗双手捧，
　　　一家生活在面中。

文素臣　　　飞步前奔不留停，
　　　转东向北又弯东。
　　　低头直冲心气勇，
　　　只听一阵乒乓声。

（撞老旦倒　拉文素臣）

老妈妈你有话速快说。扭我不放是何道理?

老　旦　我一家性命全在这几碗面里，被你碰翻打碎，这真是要我的老命呢，我今要死在你面前。

文素臣　碰了你的面，理应陪还，何必发急。

老　旦　那就好了，我这四碗面，一斤一碗，共是四斤面，十八个铜钱一斤，四斤是多少?

文素臣　是不是七十二。

老　旦　不错，那碗一个十四个铜钱，四个碗你算是多少。

文素臣　五十六个铜钱。

老　旦　不错，七十二个加上五十六个，是多少?

文素臣　一百二十八个，我就赔你。

老　旦　慢着，慢着，还有五个铜钱的酱油，三个铜钱的醋。

文素臣　哎，好啊，不要再算了，你说多少就给你多少，我不怪你虚报账。

老　旦　那你给我四钱银子。

文素臣　好，哎呀。

［老旦拉文素臣不放，闻人杰上。

老　旦　听你说话很漂亮，怎么四钱银子都不舍得给我。

文素臣　老妈妈我有要紧事不便和你多说，回头给你。

老　旦　不行。

文素臣　加倍给你。

老　旦　不行。

（文素臣急）

文素臣　我这里急杀人也。

闻人杰　这是一两银子，统统给你，叫他快走。

老　旦　你看别人多么豪爽，亏你还算是个白面小伙子，羞也不羞。

［文素臣看闻人杰。

文素臣　原来他就是救老伯的那位壮士，壮士见礼了。

闻人杰　还礼了。

文素臣　请问壮士尊姓大名，两次相逢多承慷慨解围，令人没齿不忘。

闻人杰　不必多说，请文兄速快回寺，再见吧。（下）

文素臣　好奇怪呀，世上竟有这样仗义之人，真叫人敬服，但他如何得知我姓，又叫我速快回寺，莫非有什么意外之事呀。

（唱）加快步伐向前赶，

眼看红日近西山。（下）

［刘虎臣上。

刘虎臣　（唱）听得贤妻身罹祸，

蠡贼无辜起风波。

气得我七窍生烈火，

恨不得把贼狗头割。

文素臣　（唱）差役竟敢耍笑我，

中途又遇恶老婆。

事到紧急多差错，

气的豪杰颤索索。

［刘虎臣文素臣对碰。

刘虎臣　我有紧急大事，你怎么故意同老子作对。

［握文素臣足，刘虎臣跌。

这时我没闲空，吃你个亏。

［文素臣拉刘虎臣。

文素臣　慢着，你有什么紧急事。

刘虎臣　哎，说出与你也不相干。

文素臣　究竟何事？

刘虎臣　哎呀，这人如此英雄，倒能助我一臂之力。（作揖）英雄，在下刘虎臣，昨日进城，朋友留住，今日回家妹妹哭诉，我妻被普照寺和尚抢去，在下闻言，立刻动身，预备和松庵拼命，不料巧遇英雄。请问英雄大名，可能助我一臂之力？

文素臣　鄙人文素臣，哎，我也有个妹妹也在寺内。

刘虎臣 如此甚好，你我同往。

文素臣 请。（下）

第九回　禅堂掷锛恶僧遭击

［米鸾吹上。

米鸾吹 （引）身离龙潭入虎穴，轻于生死重名节。

白素娟 今晚秃贼再威胁，愿撒一腔忠义血。

米鸾吹 二哥送我至此，整天不敢离房，时时小心，刻刻提防，只候二哥早回，再作区处。

白素娟 小姐你穿他这衣可合身，这双鞋可合脚。

米鸾吹 还差不多。素娟，那位夫人是谁？

白素娟 小姐，昨天文爷走后，那妇人就来胡缠，他说丈夫是无赖，和寺中当家是个亲戚，所以来此，代松庵接待女客。看她举止轻狂，恐非好人。小姐你和文爷何处相遇，昨晚投宿何处？

米鸾吹 我的妹妹呀，

（唱）劫后相逢情转深，
侠骨柔肠文素臣。
古庙肉袒更漏尽，
暗室不欺人鬼神。
残灯清光照方寸，
秋水男女不染尘。
缔结兄妹定名分，
情同骨肉手足亲。

白素娟 哎，

（唱）文爷仗义是英雄，
心地坦白对神灵。
高风柳下堪钦敬，
刻骨铭心认作兄。
天色黄昏心先恐，
提防老贼来横行。
低头门外看动静，
怎么还不见回来。

米鸾吹 （唱）二哥不回妹心惊。

妹妹呀，若果那贼前来纠缠，横行无理，你我如何抵抗？

白素娟 小姐不必啼哭，秃贼若来纠缠，拚着一死也要保护小姐。

[松庵上。

松　庵　（唱）那小姐貌如桃李冷似冰，
用尽方法不动情。
今晚欢喜心气定，
上前温存女花童。
小姐，这里来的衙门太太、官宦小姐，贫僧都是亲身应酬，若是寻常香客，原是执客照管，今天因事忙了半天，此时才得空闲，特来奉陪，小姐休要见怪。

白素娟　你放尊重些，我家小姐因落湖遇救，到贵寺原非进香可比，大师无须应酬，尽可请便。

松　庵　咦哈哈哈哈，我们出家人，恐怕得罪人，总得应酬才是。

白素娟　休得无礼，我家小姐乃抚院的侄女，不是好欺负的，你可仔细些。

松　庵　不是贫僧无礼，还是要求小姐赏个面子，和尚等不得了。

白素娟　你道放屁。
（唱）骂声秃贼蔑佛意，
不守清规将人欺。
我要告你县衙里，
拿住秃贼枭首级。

松　庵　（唱）小姐息怒莫上气，
骂的贫僧没面皮。
请喝这杯合欢酒，
相亲相爱永不离。
救命菩萨就是你，
大发慈善将恩施。

白素娟　（唱）贼人霎时起恶意，
气得素娟咬牙齿；
事到临危生急智，
手执法器打秃驴。
（打松庵带彩介）

松　庵　哎呀，疼死我也。

四小沙　反了，反了，你竟敢下此毒手。

[丑旦上。

丑　旦　不要动手，这是大师自已跌倒误伤，这两位姑娘是大师最亲爱的人，你们动她一指头，定要你们死。

小　沙　不敢。

[丑旦扶松庵坐。

松　庵　你竟知我的心，定要重谢你。
丑　旦　你们快扶大师傅，待我将她二人关在地室去。你二人随我来。（分下）

第十回　佛寺纵火色相俱空

［二小沙提锣打更，文素臣刘虎臣上。
小　沙　有贼有贼。
文素臣　你师傅现在何处？
小　沙　我不知道。
文素臣　若不实说定要杀你。
小　沙　我师傅在殿后。
文素臣　从何处去？
小　沙　从这里去。
［文素臣杀小沙进密室。
［和尚上。
和　尚　耳听喊叫急，上前看仔细。师兄怎么样了？
松　庵　哎哟。
和　尚　哎哟，这还了得，师兄怎么头上这多血。
松　庵　不要说了提起叫人可恨。
和　尚　哎，恨什么？师兄头被谁打破的。
松　庵　哎，不瞒师弟，文素臣这小子，倒有一个好妹子，说起她那容貌，真叫人饭也不想吃。
和　尚　人在哪里？
松　庵　人在我的手中，早晚也逃不了，不过我却怕文素臣回来吵闹，他实在难惹。
和　尚　怕什么，怕什么。我由京到此，就是找他。
［文素臣将剑射立桌上。
和　尚　什么人？
［文素臣刘虎臣跳下。
文素臣　文素臣在此。
［打和尚、松庵败下，文素臣刘虎臣追下。
和　尚　火起了，火起了。
闻人杰
叶　雄　文兄休慌，我弟兄助你杀这秃贼。
奚　奇
［刘虎臣夺刀杀松庵文素臣杀和尚。

文素臣　恶首已诛，众僧徒服者免死。
众和尚　英雄饶了小僧，这不关小僧的事。
刘虎臣　只要你说出贼僧将抢来的姑娘藏在何处。
众和尚　我师傅将她们都关在地室。
刘虎臣　快快领我去见。（下）
文素臣　叩谢协助之恩，请问尊姓大名。
叶　雄　咱家叶雄。
奚　奇　咱家奚奇。
闻人杰　咱家闻人杰。火是我放的，后会有期，请了。（越墙去下）
刘虎臣　恩人将地室妇女及米小姐素娟并小人妻子救出，现在火势甚大，无路可走，均在墙侧坐等消息。
文素臣　墙外何处？
刘虎臣　墙外就是小人之家。
文素臣　如此，速将墙推倒，救她们先到你家，我随后到。
刘虎臣　遵命。（下）
（文素臣向众和尚）
文素臣　你们速携财物各回各家，还俗去吧。
众和尚　谢过英雄。（下）
文素臣　火已大起，灭却杀人痕迹，待我速到刘家去见妹妹。（下）

——幕落剧终——

（说明：以上内容录自刊物《易俗社新编戏曲之一冯杰三先生编著〈草莽英雄〉》。封面标明：“中华民国三十六年十二月四日公演”。）

蔡松坡（再造共和）

第一幕

［武生扮蔡锷上。

蔡松坡　（引）创革命男儿血性，拥共和一片热心。（坐介）

蔡松坡。可恨袁世凯制造民意，恢复帝制，俺一心拥护共和，救民救国，因此与我那夫人定下一计，假意离婚，夫人脱出虎口，俺一人在京，与杨度溷迹烟花遮人耳目，以便乘虚逃回云南，再图大举。这且不言，只因我加入风月会，挑了小凤仙，自夫人离京，我一人闷闷无聊，也曾到凤仙家几次，我看凤仙言语寡点，举止大方，绝无时髦习气，却有大家风范，此等样人堕落青楼，未免可惜。今日我心中闷倦，不免再到云吉班探问她的身世便了。

（唱）思凤仙来想凤仙好容颜，
我看她好一似大家风范。
娇小玲珑可爱又可怜，
此番去到云吉院，
见了那小凤仙好把心谈。（下）

第二幕

［丑扮鸨母上。

鸨　母　（念）劝人莫心软，不狠不瞎眼。
没有杀人心，不能当老板。

我，云吉院老板是也。近来时局不好，生意淡泊，又兼我那凤仙性情古怪，时常怠慢客人。这几日，那姓蔡的不来，必定又是被她得罪啦。现在天气寒冷，我的皮袄当了还没钱赎，再过些时，我的烟瘾也没法过，只怕还要吞三灰咧，不免前去教导教导我那凤仙，劝她改变脾气才好。正是，想把生意做，还要料理货。（下）

第三幕

［旦扮小凤仙上。

小凤仙　（引）生长良家，堕烟花卖笑生涯。

（诗）薄命红颜实可伤，青楼辜负好时光。

奴身自比梁红玉，何日得逢韩蕲王。

奴乃云吉院妓女小凤仙是也。籍隶杭州，本是良家子女，粗通文字，不幸误坠风尘，本当跳出火坑，早日从良，又恐所事非人，一误再误，我看那蔡家官人，倒是书生面目，豪侠心肠，奴很属意于他。只是他为甚与梁杨一班人为伍，令人莫解，本想探问他的底细，他这几日不来，不知何故，叫奴好不愁闷。你看暖日烘窗，不免看书消遣便了。

（唱）许久不见蔡郎面，

这几日他不来所为哪般？

越思越想越发叹，

（手执书下台角坐唱）

奴只得看闲书把心来宽。

［鸨母上。

鸨　母　走哇，

（唱）过罢烟瘾无事干，

去找凤仙打麻烦。

（入门介作打量势）

小凤仙　妈妈，到了，请坐。

鸨　母　自己一家人不用客气，只要你见了有钱的阔大爷，多灌米汤才好。（坐介）我说凤仙，你在屋里做什么事呀？

小凤仙　我在窗下看书。

鸨　母　怎么看书？这就不对啦，就是袁大总统果然坐了皇帝，他未必恢复科举。就是恢复了科举，也没有女状元到了你头上。你爱读书，我把你送到戏剧训练班听讲三民主义。却只是我们这种人家，用不着读书，总要学弹学唱学灌米汤。把人家的钱哄到我们的腰里才有饭吃。我说现在生意不好，你看左邻右舍，谁家不是人来客往，热热闹闹的，哪个不是锦围绣绕珠钻满头。我们同做这一门生意，这样寒天，姑娘，你的皮货还没上身。这些时那姓蔡的也不来啦，必定又是被你得罪啦。照你这样脾气，妈妈我要瘾死，一家人还要饿死咧。

小凤仙　妈妈，那姓蔡的我并未得罪于他。他们不来，我也不能学上海的野鸡，硬拉他来呀。

鸨　母　哎咳，老身虽在上海四马路拉客，早已改邪归正，当了老板啦。怎样我好言相劝，你这丫头倒揭我短处来了，好不气煞我也。

（唱）听一言来怒气生，

大骂丫头乃不成。

	（用手拿着无棍，作欲打势）
	（小凤仙哭）
小凤仙	哎呀！
内	有客啦！
鸨　母	（唱）丫头你来了救命星。 哼，这算是你救命星到了，带我看看是哪一位。 ［蔡锷上。 哎哟，你老今天这是什么风吹来的，怪道昨儿晚上我的烟灯上结了指头大的个花，今早喜鹊在檐前喳喳地叫呢。外边怪冷的，快到里边坐吧。（同入门介）
小凤仙	请坐。
蔡松坡	有坐。
小凤仙	为甚一晌不来？
蔡松坡	我到天津有事，昨日才回，今日便来看你。
小凤仙	原来如此。
鸨　母	你老再迟两天不来，可把我们姑娘想疯啦。正在这里揩眼抹泪，我好容易才把她劝住，现在你来了，我们不管了。我去泡好茶你吃。（下）
蔡松坡	好端端的你哭什么？
小凤仙	我未曾哭。
蔡松坡	哎，面带泪痕，怎说不哭。
小凤仙	适才我拨弄芸香盒，被烟熏了眼睛，故而流泪。
蔡松坡	天气甚寒，你穿这薄棉袄裤，难道不冷吗？
小凤仙	方才问得我还热火急呢。
蔡松坡	想是你妈妈与你怄气了吗？
小凤仙	哎。（低头不语介）
蔡松坡	你纵然不言，我已明白八九。我自有道理。 ［鸨母捧茶盘上。
鸨　母	这是我亲自泡的好茶，请你尝尝这滋味如何？
蔡松坡	（喝茶）甚好，甚好！（取钞票递与鸨母介）这是钞票百元，赶速备宴，请梁杨等一般朋友今晚到此聚饮。
鸨　母	一席酒菜也用不了这许多的钱。
蔡松坡	余下的么，留着你买大烟抽。
鸨　母	多谢你老。你老请哪几位，将他们的电话号码数，开得清清楚楚的，我由电话上去催请他们岂不爽快吗。
蔡松坡	言之有理，拿笔砚来。 （鸨母送上笔砚生作写贴势）

你就说蔡某相约，请他们即来。

鸨　母　是。（下）

蔡松坡　我这几日不来，梁杨等可曾到此？

小凤仙　他们未曾来过。

［鸨母上。

鸨　母　这才明白了，（入门介）这才明白了。

蔡松坡　你明白何来？

鸨　母　蔡大人有所不知。

蔡松坡　为甚买卖人，你怎么称呼起大人来了。

鸨　母　大人，你不要哄我咧，我早看着大人是个官。不知道是个多大的官。适才打着电话请客，一个个都说是被总统传进新华宫议论机密大事去啦。自古道，与凤同飞，必是俊鸟。大人一定也是新华宫出得来进得去的。大人照我们姑娘，沾着大人的光，便可露脸啦。酒饭我已准备停当啦，他们既不能来，我将酒筵摆在我们姑娘的特别房间里，大人与我们姑娘对饮，岂不优雅得很。

蔡松坡　如此甚好。

鸨　母　我去收拾收拾。（下）

蔡松坡　这婆子真乃唠叨。

小凤仙　请到后面。

蔡松坡　请。（下）

第四幕

［鸨母上摆筵吹笛子趁摆齐。

鸨　母　有请。

［生旦同上入席生正坐旦偏坐。

蔡大人，与我们姑娘今晚要喝个双杯。我与大人满上一盅。

（起更）

蔡松坡　不必劳动了，你去吧。

鸨　母　我也自知我这副脸子，他是看不中的，我早就该走啦。（下）

小凤仙　请酒。

蔡松坡　请。

（笛子吹尺旦眉序同唱）

蔡松坡　要道是对酒当歌，凤仙能为我高歌一曲否。

（起二更）

小凤仙　理当从命。怎奈我今日喉咙不好，我不免唤素云秀云前来代歌一曲，你我在席上同饮，岂不快乐得很。

蔡松坡　如此甚好，只是又劳动他们了。

小凤仙　这倒不妨。（起身唤介）妈妈，请来。

［鸨母上。

鸨　母　姑娘，何事？敢是要添菜不成？

小凤仙　妈妈，蔡大人叫素云秀云歌舞。

鸨　母　难得蔡大人赏脸。素云秀云走来。

［二旦上。

二　旦　妈妈何事？

鸨　母　蔡大人叫你姐妹歌舞，舞得好了，重重有赏。只要他大花边赏得多了，我明天买灌肠你们吃。

彩　云　妈妈留着自己享福吧。（彩等入门）

小凤仙　见过蔡大人。

素　云　参见大人，请问大人爱听哪一支？

蔡松坡　随便捡好的唱吧。

二　旦　听了。（笛子吹八板走场）

（唱凤仪亭的曲子歌完）

唱得不好，大人不必见怪。

蔡松坡　好得很。（取票介）这是现钞一百元，你姐妹买花戴吧。

二　旦　谢大人赏。（下）

（起三更）

蔡松坡　夜已三更，回去吧。问问我的车来了没有。

小凤仙　不必回去。

蔡松坡　我是要回去的。

小凤仙　你当真的要走吗？

蔡松坡　要走。

小凤仙　要走。妈妈，蔡大人的车来了没有。

鸨　母　（内答）车是来了，早被我打发回啦。求蔡大人赏脸，在此屈住一宿吧。

小凤仙　大人听见没有，车已被妈妈打发回去啦，求你屈住一宿，难道还不赏脸吗？

蔡松坡　任便住下倒也无妨。

小凤仙　天已不早，请安歇吧

蔡松坡　正是：渔郎初入桃源路，

小凤仙　　　　侠女高飞巫峡云。（同下）

第五幕

［生旦同上。

蔡松坡　（唱）温柔乡里乐陶然，

小凤仙　（唱）襄王神女会巫山。

蔡大人请坐。

蔡松坡　不要这样称呼。现在是革命时代，要打破阶级制度，铲除官僚恶习，这大人老爷的字样早已废免了，况且你我有这样一段姻缘，更要改变称呼了。

小凤仙　怎样称呼呢？

蔡松坡　你须叫我蔡

小凤仙　蔡什么？难道是菜包子不成？

蔡松坡　这就不是了，你叫我菜包子，若遇见姓范的，你岂不叫他饭桶吗？

小凤仙　偶尔取笑，望其赎罪。到底该叫什么？

蔡松坡　你叫我蔡郎，我叫你凤卿，简直就用你我的称呼更觉亲密，岂不是好。

小凤仙　我记下了。

蔡松坡　凤仙，我看你举止端庄颇有大家风范，因何落在这烟花之中。

小凤仙　哎，蔡郎呀，不提起奴的出身倒还罢了。

蔡松坡　提起你的出身呢？

小凤仙　令人悲叹。

（唱）尊一声蔡官人细听奴言，

家住在杭州城西子湖畔。

我的父当教读诗书家传，

我的母为人心更多慈善。

只生下奴一人并无儿男，

奴自幼曾读书粗通文瀚。

十岁上我的母命丧黄泉，

我的父娶后妻性情甚悍。

只气得奴的父一命归天，

可怜奴遭了那继母之变。

图金钱将奴身卖与勾栏，

奴有心早脱离这风尘下贱。

是何人发善念搭救奴出难关，

到来生变犬马结草衔环。

官人呀，

蔡松坡　（起身）哦，

（唱）听他言来甚悲惨，

铁石人儿也心酸。
叫声凤仙莫悲叹，
我一定救你出难关。

凤仙不必悲叹，我一定救你脱离此苦。

小凤仙　（作打量式）你要救我吗？奴很不相信。

蔡松坡　怎么你不相信，难道你小量我吗？

小凤仙　奴怎敢小量与你，只是你到得院来，张口是买卖人，合口也是买卖人，直到如今，连个真实的姓名都不曾说出，一派滑头的习气，你的言语我实在有点不相信呀。

蔡松坡　我何尝瞒你，只是你从未切实地问我，我也不便告诉与你。也罢，今日我实对你说了吧。我是蔡松坡。

小凤仙　（作惊讶式打量状）怎么你是蔡松坡。

蔡松坡　正是。

小凤仙　蔡将军？

蔡松坡　不才是我。

小凤仙　我越发的不信了。久闻蔡将军云南起义，名震全球，你何必借着人家招牌，装潢自己的门面，我凤仙对待客人一律平等，难道你充个阔人，我便格外奉承你不成。

蔡松坡　你何以说我不是蔡松坡？

小凤仙　若果你是蔡松坡，为甚以梁杨一般人为伍呢？

蔡松坡　（自语）叫他试探于我吗？我自有道理。（对旦）凤仙，那梁杨诸人，俱是当时俊杰，可以做开国元勋。我虽不才，难道不想做一个盛朝功臣吗？我作了盛朝的功臣，将你收为姬妾，你岂不荣耀吗？

小凤仙　你果真是蔡松坡，真个地买我作妾，我也不大放心。

蔡松坡　怎样不放心？

小凤仙　闻听人言，蔡松坡抛弃发妻，发妻既能抛弃，做你的姬妾，岂不等于玩物吗？

蔡松坡　我与我那妻子离婚，其中别有缘故，暂时不便告诉与你，你日后自然明白。我要走了，改日再见。

小凤仙　你几时再来？

蔡松坡　得空便来。

小凤仙　说是你要来呀。

蔡松坡　我定来哈哈。（下）

小凤仙　看他的言语气概，一定是蔡锷无疑了。奴若从他，也算得终身有靠，只是他如今因何这样的行为。他再来时，我必须探问明白才好。

第六幕

［二侦探上。

甲　探　昨夜打牌太糊涂，

乙　探　一张红中包满和。

甲　探　伙计，莫怪我说你，人家发财白板已经在地，你为什么打出红中来，包了满和，岂不是丢钱还丢人吗？

（生暗上作窃听势）

乙　探　伙计，你不知道，我们当侦探的钱是拿人家的性命换来的，输上几个不算什么，这叫来的不明，去的糊涂。

甲　探　原来如此，我想你输了钱，怪闷的，你我去到酒楼同饮几杯，解闷解闷，好是不好呢？

乙　探　如此甚好。（同下）

蔡松坡　你看这两个奴才，平日侦探与我，不免跟到酒楼，听他说些什么。（下）

第七幕

（将台心隔为两间）

［二探上。

甲　探　来此已是酒楼。酒保哪里？

酒　保　二位敢是吃酒。

乙　探　正是吃酒。带路上楼。

酒　保　随我来。（上楼介）二位吃什么酒，用什么菜？

甲　探　捡好的办，随便算钱。

酒　保　是。

［生上。

蔡松坡　两个奴才在此，待我进去。酒家。

酒　保　来啦来啦，你老爷敢是吃酒。

蔡松坡　正是。

酒　保　随我来。

蔡松坡　好酒好菜添来。

酒　保　是。（双方送酒下）

（生作窃听状）

甲　探　伙计，人说这北京城是个毁人炉，依我看来，这话真是不错的。

乙　探　怎见得呢？

甲　探　你看那姓蔡的，

（生做惊讶状）在云南是何等的威名，怎么到了北京不久，就变成这个样儿，在北京终日非嫖即赌，这不是北京城把他害了吗？

乙　探　伙计，你不知道，这种人多着呢，不过是挂着革命的招牌，欺骗金钱，狂嫖滥赌罢了。

甲　探　伙计你说得有理，像这种色鬼还能造反吗，冰天雪地跟着他跑岂不是做梦吗？以我主见，我们得偷闲时且偷闲，糊里糊涂，每日捏造一个报告，我也欺骗几个钱狂嫖滥赌岂不是好。

乙　探　好极，好极。你我再饮几杯。

［生下楼。

蔡松坡　慢，看酒钱在此，俺去也。

酒　保　慢待你老。

［生下丑上楼。

二位还添酒菜不添。

二　探　酒已够了，明日再来一起会账。

酒　保　小店家本小利薄，概不赊欠。

甲　探　混账东西，你也不打听打听，我们吃酒几时会过现钞。

酒　保　何时给钱？

乙　探　到了明年秋天二月里给钱。（下）

酒　保　简直说是他妈的来生还账算咧。

第八幕

蔡松坡　走哇。

（唱）耳听侦探把话谈，

　　不由蔡锷喜心间。

蔡松坡。可恨袁贼恢复帝制，这帝制呼声一天比一天加紧。本堂早日脱身，怎奈侦探严密，恐遭不测。适才酒楼听那两个狗才一番言语，是俺的机会到了，再不逃走，更待何时。只是我曾允许凤仙与她赎身，一言既出，驷马难追，岂能失信于那女子。我须告诉与她，免她骂我薄幸，有理呀有理。行行去去去行行，来此已是云吉班。鸨儿哪里？

［鸨母生上。

鸨　母　蔡大人请里面坐。凤仙姑娘，蔡大人来了。

小凤仙　请坐。

蔡松坡　有坐。

小凤仙　我观将军神色仓皇，莫非有什么心事不成。

蔡松坡　正为心事而来。

小凤仙　有何心事，可否说与奴一听。
蔡松坡　我的心事讲出口来恐怕你要哭。
小凤仙　我不哭。
蔡松坡　你既不哭。
小凤仙　请讲。
蔡松坡　你我要分别了。
小凤仙　怎么讲要分别了吗?
蔡松坡　要分别了。
小凤仙　当真?
蔡松坡　当真。
小凤仙　果然?
蔡松坡　果然。
小凤仙　（哭）哎呀，哎呀!
蔡松坡　你说的不哭，怎么你就哭起来了。
小凤仙　妾自叹薄命，生平难遇知己，今蒙将军不弃方期矢以终身。听将军之言，眼前就要离别，后会不知何时，叫奴怎的不哭。（做哭状）
蔡松坡　话虽如此，我的行期不定，早晚恐忽之不及话别，先为通知与你，免你空劳望，暂时还未曾走，你何必悲伤。
小凤仙　将军从前的声名，妾已尽知，现在的心事，你虽未明言，妾已猜着八九。将军一生事业实为四万万同胞解除痛苦，岂可因奴一人误了国家大事。奴不免聊备水酒，预为将军饯行。
蔡松坡　有劳你了。
小凤仙　妈妈，将军随意饮酒，可备菜蔬伺候。
内　现成的酒菜，鸨儿赶快送上。
［鸨儿送酒下。
小凤仙　妾要敬将军三大杯。
蔡松坡　一一尽领。
小凤仙　头杯酒，愿将军一路平安，前途珍重。
（生接引介）
二杯酒，祝革命成功，名垂万世。
（生接引介）
这三杯酒，哎，
（唱）望将军若得后会勿忘前言。
（生接引）
蔡松坡　我也回敬你一杯，呵，
（唱）人生何事最伤心，

只为恩爱两离分。
须知姻缘有定分，
劝君切莫泪纷纷。

小凤仙　（唱）何幸得遇蔡将军，
方期白首矢终身。
忽然离散甚薄命，
哎呀，将军。
怎不叫奴痛伤心。

蔡松坡　（唱）卿本多情，
侬岂薄命。
但愿此去得安身，
救你出难是非门。

小凤仙
蔡松坡　聚散离合皆前定，
两心相印在精神。

小凤仙　奴岂不知，人之相知，贵在知心。从今日起，妾身为将军所有，纵南北异方，将心日在将军左右。愿将军救国救民，勿以妾为念。

蔡松坡　俺蔡锷大事成就绝不辜负于你。

小凤仙　若得如此，感恩匪浅。将军今晚休走，与奴作长夜之谈，聊当话别，以尽你我之情。

蔡松坡　如此甚好。

小凤仙　请到后面。

蔡松坡　请。（同下）

第九幕

[杨度上。

杨　度　俺杨度，今日乃第四季风月会，轮我做东。约定在锦春园吃番菜，看大雪纷飞，正好藉酒赏雪，不免前去便了。行行去去，去去行行，行来此已是锦春园，待进去。

酒　保　大人来了，请楼上坐。

杨　度　各位大人你催请了没有？

酒　保　催请数次了。

内　　　诸大人到。

杨　度　有请。

[易、梁、阮、顾同上。

易实甫　哲子兄，今日难得凑巧藉酒赏雪。
众　易老兴致不浅。
杨　度　松坡尚未到来，不妨虚座以待，将宴买上。
（摆筵用大餐桌同入坐介）
杨　度　拿局票来。
［传者拿笔砚每人各自写票。
叫他们速来。
传　者　是。（下）
杨　度　松坡因何还不到来？
内　蔡大人到。
杨　度　快请！快请。
［蔡戴皮帽着皮斗篷上。
松坡来迟，要罚你三大杯。
蔡松坡　身体着寒，肚腹忽然疼痛，正要饮酒，拿白兰地来。
［用酒瓶斟一大盅，立饮尽入席，脱衣帽交侍者用衣架挂前台。
杨　度　松坡还是叫小凤仙，我递你写。（写完交侍者）快去。
［侍者下众妓女上。
妓　女　参见诸位大人。
众　罢了，你们坐下。
（蔡作愁眉状）
蔡松坡　怎么我的腹中疼痛得很。
杨　度　你要学廉老将军，一饭三遗矢吗？
蔡松坡　正是。
杨　度　请便。
［蔡下楼。
你们须好生歌唱，为我等备酒。
［众妓女随意唱曲。
小凤仙　参见众位大人。（作观看势）席上不见蔡大人呢。
易实甫　哪里有什么菜大人，饭大人，今天你可上了我老头儿的当了，我把你诓了来，我要割蔡大人的靴子。
杨　度　老先生且慢取笑，你不知道松坡已经把房子都预备好了，不久凤仙就是蔡家小娘子了，你要割他的靴子，那松坡拿出他的独立精神来，只怕还要以手枪炸弹对付你咧。
小凤仙　取笑了。（仍立看作踌躇状）
杨　度　你且坐下，少时包还你一个蔡大人。（杨手指衣架）那不是他的大衣吗？
（凤仙入座介众妓女开唱一曲）

小凤仙　怎么还不见蔡大人来呀。
杨　度　适才他说肚腹疼痛，下楼去了，难道他掉下茅厕去了不成。来个人。
侍　者　大人呼唤，所为何事？
杨　度　你去看看，蔡大人在茅厕里没有。
侍　者　是。（下转场上）启禀大人，前前后后，俱已找遍，并没找着蔡大人。
杨　度　没有找着？他往哪里去了。
小凤仙　想是有病先回去了。我们明日再会吧。
杨　度　凤仙，你见了蔡大人告诉与他，就说他无故逃席，明日要罚他一席酒。
凤　仙　遵命。（下）
易实甫　天已不早，我们散了吧。
杨　度　这蔡松坡真乃岂有此理，无故逃席，定要罚他一席酒。（下）

第十幕

［蔡上。
蔡松坡　走哇，
（唱）打开玉笼飞彩凤，
蹬断金锁走蛟龙。
俺蔡松坡。只因袁世凯恢复帝制，一心返回云南，再图大举。幸喜逃出京城，本当搭上京津火车，又恐遇着侦探，难免再入虎口。趁这旷野无人，俺不免乔装改扮，打从小路而逃，得到天津再做道理。就此改扮起了。
（化妆毕）
袁世凯，好奸贼，你中了你蔡老爷之计也。
（唱）这回乔装改扮的好，
我胸中自有妙计高。
安排打虎牢笼圈，
准备金钩钓海鳌。
不入深山怎擒虎狼豹，
为革命奋斗方显是英豪。
但愿得平安无事早把云南到，
联合那云南都督唐继尧。
大兴义师把贼讨，
拿住了袁世凯剥皮抽筋剐万刀。
不走大路尽走羊肠道，
怕的是见了侦探难脱逃。
不分昼夜急忙把路找，

跳出龙潭与虎牢。（下）

第十一幕

［杨度上坐长随暗上。

杨 度 俺杨度。前日在锦春园开风月会，昨日在燕生家搓了一夜麻雀，好生的痛快。这两日忘了将蔡松坡大衣送还与他，不知他的病好了没有。来呀。

长 随 有。

杨 度 你拿着蔡大人的大衣，随我一同前去。

（长随捧大衣绕场）

到呀。蔡大人在家吗？

内 自从前日出门，并未回来。

杨 度 想必是在小凤仙那里。不免到云吉班去呀。（绕场）

蔡大人在你班中吗？

内 这两日蔡大人未来过。

杨 度 不好，这娃娃一定是外逃啦。总统倘若见罚于我如何是好呢。有了，我不免邀同燕孙一同进宫报告，我与他们是同等的干系。总统纵然见罪，也可以减轻我的责任。我就是这个主意了。（下）

第十二幕

［净扮袁世凯上。

袁世凯 （引）新华宫中乐逍遥，准备登基坐九朝。

［丑扮袁克定上。

袁克定 蔡锷打电报，叫我吓一跳

启禀爹爹，大事不好了。

袁世凯 何事惊慌？

袁克定 蔡锷在天津打来电报一通，请我父观看。

袁世凯 待我看来。（吹腔）哦哈呀，蔡松坡已赴日本，必然返回云南，联合唐继尧与孤作对，这便怎么处？（作势）有了，我儿速命密电处电谕驻日公使陆宗兴，叫他严拿蔡锷，不得有误。再命马继曾、张敬尧、曹锟各带本部人马，速赶云南边境驻防，堵截云南以备作战。倘有战事发生，再命湖南唐芗铭，四川陈冠，各派军队接应，此等命令总要严密，不可声张。记下了。

袁克定 是。（下）

袁世凯 来。

侍　从　有。

袁世凯　传梁士诒、阮忠枢、顾鳌、杨度一同进宫。

传　侍　梁士诒、阮忠枢、顾鳌、杨度一同进宫。

众　　　来也。

忽听总统一声唤，

杨　度　不由杨度打寒战。

众　　　参见总统。

袁世凯　罢了。且问尔等，可知蔡锷哪里去了？

众　　　前日他在风月会因病逃席，今日我等遍访不见，不知去向。正要进宫报告，请总统定夺。

袁世凯　若等尔等报告，蔡锷早杀到孤的新华宫来了。

众　　　请问总统，蔡锷现在何处？

袁世凯　他有电报到来，说是赴日本就医。分明要回云南，联合唐继尧与孤作对罢了。

众　　　总统如何处置？

袁世凯　不劳尔等操心，我自有主见。只是今日也防蔡锷，明日也防蔡锷，如今蔡锷逃走，好似放虎归山。尔等误了孤家大事也。

（唱）尔等做事差又差，
孤家言来听根芽。
蔡松坡的志气大，
孤家时时刻刻加派军警防备他。
也是尔等心粗胆又大，
你不该把蔡锷当作笼中之鸟井底蛙。
杨皙子你在孤家面前夸大话，
你原说他入了那风月会好把他言语行动来监察。
他趁机逃走多奸诈，
放虎归山要把人抓。
怒气不息把殿下，
这才是对头遇冤家。

这都怪在尔等。（下）

（众作惊愕状梁指阮）

梁士诒　这事坏在你。

（阮指顾顾指杨杨指台下）

众　　　哎，这才是蒋干说得好，曹营的事实在难办。（下）

第十三幕

［二花脸扮刘组武上。

刘组武　俺滇军师长刘组武，奉了都督之命，带领人马，迎接蔡将军。众将官，催军。（下）

（起堂）（武老生扮唐继尧上）

唐继尧　（诗）武昌起义动干戈，推翻满清建民国。

可恨袁贼复帝制，势必兴兵拥共和。

本都督唐继尧督理云南军务。可恨袁贼制造民意恢复帝制，是俺之填膺，势必拥护共和，因此操练兵马，筹备饷糈，专等蔡松坡到来，协力同心，誓讨袁贼。前日接蔡松坡来电，已由日本起身，不久可到云南。我曾命师长刘组武前往迎接，且听探马一报。

［探子上。

探　子　刘师长迎接蔡将军已到城外。

唐继尧　排队欢迎。

（洋鼓洋号吹打）（刘与蔡上）（唐蔡会面并马进城同升帐）

将军足智多谋，幸得脱离虎口，远涉重洋，多受奔波之苦，为国牺牲实深钦佩。

蔡松坡　岂敢蒙都督派队远迎，不盛感激之至。

唐继尧　理当。

蔡松坡　请问都督，军械饷糈，可当齐备。

唐继尧　军饷除本省筹备外，南洋华侨顾助六十万。军械亦由华侨运输供给。

蔡松坡　既然如此，袁氏不难灭矣，请都督传令，明日在校场操练人马，使弟一睹军容，然后再宣布独立。

唐继尧　刘师长，传令下去，命马步各军，准备明日在校场操演。

刘组武　马步各营听着，都督有令，准备明日校场操演。传令已毕。

唐继尧　后帐排宴，与将军接风。（同下）

第十四幕

［唐蔡坐将台。

唐继尧　（引）威风凛凛坐将台，

蔡松坡　马步全军两面排。

唐继尧　号令一出山岳动，

蔡松坡　要把乾坤扭转来。

（大摆式内分长枪队大刀队步枪队机关枪队武术团）

唐继尧　操练已毕，排队回城，升帐宣布独立。

蔡松坡　我观都督所练人马，操法娴熟，所筹饷糈军械十分充足，即日通电全国，宣布独立。一面电令袁贼取消帝制，惩办祸首。他不发兵前来便罢，他若发兵前来，杀他一个片甲不归。

唐继尧
蔡松坡　正是：未开北阙膺图箓，已见南天动鼓鼙。（同下）

第十五幕

［曹锟张敬尧马继曾同上。

三　人　俺征滇军总司令曹锟；征滇军副司令员张敬尧；征滇军前总指挥马继曾。请了！

曹　锟　秉袁大将军密电，云南宣布独立，命我等兴师征讨。

众　将官，起兵前往。（同下）

［唐蔡刘同上。

唐继尧　探子报到，北军已到来，岂能容他猖狂，你我杀上前去。

蔡松坡
刘组武　抬枪带马。

（双方回合起打结果北败南胜）

曹　锟　滇军杀伐厉害，不免暂且退兵，候湖南四川接应，再整旗鼓，与他决一雌雄。（同下）

［唐蔡刘上。

这一场血战，只杀得北军死伤大半，已足寒袁贼之胆。不免联络西南各省一致北伐，杀到北京，拿着那谋篡民国的祸首，将共和的罪人碎尸万段，方消我心头之恨也。（同下）

——幕落剧终——

（说明：以上内容录自易俗社存本扫描件。封面落款：冯杰三，资料编号 273-3-0678。）

蔡松坡（离婚脱险）

第一幕

［梁士诒阮忠枢顾鳌杨度同上。

梁士诒　（引）想作伪皇帝，

阮忠枢　　　制造假民意。

顾　鳌　　　君主皆赞成，

杨　度　　　真乃是儿戏。

众　　　哼，

杨　度　　　真乃是妙计。

梁士诒　俺梁士诒。

阮忠枢　阮忠枢。

顾　鳌　顾鳌。

杨　度　杨度。

梁士诒　请了。

众　　　请了。

梁士诒　我等奉了袁总统之命，设立筹安会，制造民意，昨日投票结果一致赞成君主，不免进府报于大公子知道，为此请了。

众　　　请。

梁士诒　（唱）昨日投票好结果，

阮忠枢　　　赞成君主票数多。

顾　鳌　　　总统定把皇帝坐。

杨　度　　　见公子我讨一杯喜酒喝。（下）

第二幕

［丑扮袁克定瘸腿歪嘴上，四卫兵一长侍。

袁克定　（诗）昔日有个司马昭，我的本领比他高。（坐介）

我乃候补太子袁克定是也。我父前清为官，在直隶总督北洋大臣任内便想谋篡清室江山，后入军机，奸机败露，被摄政王贬出国门，未得过这皇帝瘾，心中实在不甘。当武昌起义，推翻专制，改建共和的时候，我父趁机运动，得了第一任大总统。我生为长子，倒也耀武扬威，只是自古以来，只有家传的皇帝，世界各国，没有世袭的总统。因此仰承我父意志，用了许多心机，费了许多唇舌，纵容我父推倒民国恢复帝制，我可做一个实缺的太子，候补的皇帝。已曾命梁士诒杨度等，设立筹安会，制造民意，昨日乃投票之期。不知如何结果，这般时候，还不见他们前来报告，我心中实在盼望的紧。来呀。

长　随　有。

袁克定　梁杨等一般大人到此，速速通禀，不得违误。

长　侍　是。

［梁等四人上。

四　人　忙将投票事报于公子知。来此已是公府。门上哪位？

长　侍　原来是诸位大人。

四　人　有劳通禀大公子，说我等求见，有国事议论。

长　侍　候着。启禀大公子，梁杨阮顾一般大人求见。

袁克定　请他们快快进来。

长　侍　有请。

（同入门）

四　人　大公子在上，我等打参。

（袁站起拱手介）

袁克定　有礼相还，两旁坐下。

四　人　谢座。

袁克定　启问列位大人，昨日投票如何结果？

四　人　一致赞成君主。

袁克定　当真？

四　人　当真。

袁克定　果然？

四　人　果然。

（袁笑介）

袁克定　哈哈妙哇！

（唱）听说是投票好结果，
不由克定笑呵呵。
我父若把皇帝坐，
你们一个一个加官爵。

四　人　多谢公子美意。

袁克定　挺快的投票得了结果。第二步谈请愿团队的办法，还望列位为大人费心。

梁士诒　回禀大公子，这请愿团嘛，凡外省军民长官，以及京内大小衙门，早已运动成熟，唯有全国经界局暂办蔡锷，非我族类，其心必异，未必与我等同谋。况且请愿团人已不少，有他无他没甚关系。

袁克定　二公之言差矣，我父时常言道，蔡松坡足智多谋，不甘久足人下，常派军警，侦探他的行动。请愿团若无蔡锷，我父必不放心。

杨　度　公子与列位大人不必着急，我想蔡松坡奉调来京早与乱党脱离关系，我与他时常来往，我明日专访蔡松坡，凭三寸不烂之舌，管教他加入请愿团，你说好是不好？

袁克定　若得如此，功劳簿上我再给你添上一笔。

杨　度　多承公子美意。

四　人　告辞了。

袁克定　慢来，花所备的有宴，与诸位大人同饮。

四　人　叨扰了。

袁克定　（唱）列位随我把花所上，

四　人　　　　多谢公子赐琼浆。（同下）

第三幕

［武生，西装上。

蔡松坡　（引）救国救民创革命，振刷精神。

（诗）朝为民忧，暮为国愁，忧国忧民何日罢休。

某姓蔡名锷字松坡，乃湖南人氏。可恨满清无道，占据中华，暴民专治二百余载，内政腐败，外患频凌，是俺义愤填胸，力图自强，以御外侮。先与梁启超老师讲求立宪，后遇孙中山先生，同谋革命。武汉起义，某在云南响应，推翻专制，改造共和，实指望刷新政治，利国利民。不料袁世凯将我调进京来，备员参政，又派我为全国经界局暂办，百般牢笼与我。这且不言，可恨袁贼制造民意，恢复帝制。俺一人赤手空拳无法抵抗。这几日托病在家，未曾出门，不知帝制的空气如何。今日天气清和，俺不免出外散步。散步一来解除愁烦，二来探听帝制的消息，待我告诉与夫人知道。夫人，今日天气清和，我到外面吸收新鲜空气，去去就来。

蔡夫人　将军病体尚未痊愈，不可过于劳顿，速去速回，保重要紧。

蔡松坡　知道了。

（唱）义愤填胸多烦闷，

　　　去到外面闲散心。

　　　慢步且把大街进，

杨　度　（唱）见了松坡礼相迎。

　　　来者敢是松坡兄？

蔡松坡　正是。皙子先生慌慌张张往哪道而去？

杨　度　正要过府拜访，不期在此相遇，真乃有缘的紧。

蔡松坡　如此同回敝寓一谈。

杨　度　慢来。前面即是便宜坊，你我去到那里，借酒谈心，岂不是大大便宜吗?

蔡松坡　如此遵命。

杨　度　请了。

蔡松坡　（唱）朋友相逢在大街上，

杨　度　　　　饮酒谈心到便宜坊。（同上）

第四幕

［青衣扮蔡夫人上丫鬟仆妇各一人手执灯烛起二更。

蔡夫人　（唱）耳听得谯楼上二更鼓发，
奴的夫闲散闷尚未回家。
叫丫鬟掌灯亮到前厅下，
候丈夫归家来细说根芽。

蔡松坡　走哇，
（唱）杨皙子他劝我上书请愿，
不由得蔡松坡恼怒心间。
撒开大步回家转，
见了夫人说一番。
开门来。
（丫鬟开门介　丫鬟仆妇暗下）

蔡夫人　将军回来了。

蔡松坡　回来了。可恼哇可恼!

蔡夫人　将军回得家来，为何这等模样?

蔡松坡　哎呀夫人呀，袁世凯制造民意，恢复专治，我深恐陷入帝制旋涡，这几日托病在家，不问国政，不想今日出外散闷，路遇杨度，将我邀到便宜坊，说了许多言语，约我加入请愿团，不得不勉强应允。明日便要开会，这边如何是好?

蔡夫人　将军既然加入请愿团，为何又这般的着恼?

蔡松坡　夫人有所不知，我想孙中山联合同志努力革命，于今二十余年，费了许多心血，抛了许多头颅，将五千年专制推翻，一跃而为共和。不料袁贼谋篡民国，恢复帝制，使我四万万同胞重入黑暗地狱，叫我怎得不恼，怎得不恨。

蔡夫人　既然如此，何不返回云南，再图大举。

蔡松坡　夫人呀，袁贼性同蛇蝎，心似豺狼，平日以暗杀为事，我若与夫人同行，必遭那贼毒手；我若私自逃走，夫人在京性命难保，实处两难，如何是好？

蔡夫人　将军足智多谋，何不寻个两全之计，脱此危险。

蔡松坡　不是夫人提起，几乎误了大事，待我想来。（作势）这这这，哈哈，有了。

蔡夫人　有何妙计？

蔡松坡　附耳上来，如此如此。

蔡夫人　此计甚好。天已不早，你我安歇了吧。

蔡松坡　正是：你我定计你我知。

蔡夫人　　　切莫走漏这消息。

第五幕

［杨度上。

杨　度　（念）手捧请愿书一封，见了总统得头功。

来此已是总统府，承启官在哪里？

［承启官上。

承启官　原来是杨大人，到此何事？

杨　度　有劳通禀大公子，就说杨度求见。

承启官　候着，有请大公子。

袁克定　何事？

承启官　杨大人求见。

袁克定　有请。

承启官　有请。

杨　度　大公子，

袁克定　杨大人，

二　人　哈哈哈。

袁克定　杨大人到此何事？

杨　度　特送请愿书，先请大公子过目，然后再呈总统。

袁克定　请愿书齐备了？

杨　度　齐备了。

袁克定　蔡锷可曾加入？

杨　度　已曾加入。请愿书在此，公子请观。（递书）

袁克定　待我看来。果有蔡锷名字。此乃皙子之功。

杨　度　公子的夸奖。

袁克定　你我一同到新华宫面递便了。（转场）

有请爸爸。

（净扮袁世凯上　四侍卫二侍从武官）

袁世凯　独坐新华宫，复帝制何日成功。（坐介）

我儿进宫有何国事议论？

袁克定　杨晳子面陈请愿书，现在宫门候传。

袁世凯　传他进来。

侍　卫　杨度进见。

杨　度　来也。（入门）总统在上杨度打参。

袁世凯　少礼，一旁有座。

杨　度　谢座。

袁世凯　晳子进宫有何话讲？

杨　度　特呈请愿书，请总统龙目观看。

袁世凯　呈上来。

（杨递书袁接书看介）

哦，哈哈，呀，这请愿书上如何有蔡锷的名字？

杨　度　这个吗，是我见了蔡松坡，凭三寸不烂之舌，三呱嗒，那蔡锷想应个开国功臣，便加入请愿团。昨日在演说台上，说什么中国数千年的民情国体绝对适用君主。共和二字是捣乱的根苗，说得众人鼓掌如雷。他便下得台来，提笔书了名字，盖了印章。看将起来，蔡松坡对于总统是忠心得很。

袁世凯　蔡松坡足智多谋，不甘久居人下，虽然加入请愿团，未必有真心待我，还要加派侦探，访查他行踪才是。

杨　度　总统既然疑惑于他，度还有一策献上。

袁世凯　讲来。

杨　度　度明日再见松坡，用言语打动于他，约他入了风月会，我与梁阮诸人，随时监视他的言语行动，与他个明察暗访，双方并进。厮倘有差池，便请总统将他根本解决。想那厮一人在京，好比笼中之鸟，井底之蛙，难道他能钻天入地不成。

袁世凯　晳子之言甚合吾意。孤家坐了皇帝，你可算第一功臣也。

（唱）杨晳子生来智谋多，

定计访查蔡松坡。

孤家若把皇帝坐，

杨　度　送驾。

袁世凯　（唱）你可尊第一功臣赛诸葛。

杨　度　闲人闪开，候补袁皇帝驾前第一功臣赛诸葛来也。（下）

第六幕

（二侦探便衣一正一丑）

甲　探　探访探访，访查乱党。

乙　探　拿住乱党，便要领赏。

二　探　奉了袁总统之命，侦探蔡松坡的行动。就此走了。（下）

第七幕

［杨度上。

杨　度　（引）新华宫中把计定，特地来访蔡将军。
来此已是蔡将军门首。门上有人吗？
（长随上开门介）

长　随　原来是杨大人。

杨　度　正是。你家大人在家吗？

长　随　现在后面。

杨　度　说我拜见。

长　随　有请家爷。

［蔡上。

蔡松坡　何事？

长　随　杨大人过府。

蔡松坡　说我出迎。

长　随　家爷出迎。

蔡松坡　皙子兄在哪里？

杨　度　松坡兄在哪里？
（见面同笑）

二　人　哦，哈哈哈哈。

蔡松坡　请坐。

杨　度　有坐。

蔡松坡　皙子兄驾临有何见教。

杨　度　松坡兄有所不知，只因总统见了请愿书，甚是欢喜，特命大公子代表邀请请愿团同仁在六国饭店聚饮，聊表敬意并命某亲来相邀，届时务乞光降。

蔡松坡　总统赐宴，理当叨扰。

杨　度　为此甚好，告辞了。

蔡松坡　因何去行太急？

杨　度　这个嘛，我要去赴风月会呀。

蔡松坡　什么风月会，请坐赐教，愿闻其详。

杨　度　这风月会乃易实甫发起，会员皆系我辈中人轮流做东，携妓饮酒，实在快乐得很。

蔡松坡　但不知这会是怎么入法？

杨　度　有会员二人介绍便可入会。

蔡松坡　我有心加入风月会，不知足下肯介绍否？

杨　度　不胜欢迎之至。请问松坡兄，有熟识的倌人否？

蔡松坡　某自到京以来，这风月场到也去过几次，只是未曾挑人。

杨　度　怎么讲，未曾挑人？

蔡松坡　正是。

杨　度　松坡兄莫是惧内呀？

蔡松坡　取笑了。皙子兄老于风月，能为介绍一人否？

杨　度　这拉皮条的事嘛，倒是我做惯了的，但恐嫂夫人见怪，我吃罪不起呀。

蔡松坡　不必推辞。

杨　度　如此，你我约同燕生，先到八大胡同挑人，后到风月会登记，我做一双料的介绍人，岂不美哉。

蔡松坡　就此前往。

杨　度　正是：携妓游山谢太傅，

蔡松坡　　　　美人醇酒信陵君。

［二侦探暗上作势随着杨蔡同下。

第八幕

［旦扮云吉班鸨母上鸨儿扮丑婆上。

鸨　母　身在烟花，皮肉生涯。（坐介）

我云吉班鸨母是也。自幼生长扬州，也曾在上海四马路当过野鸡。只因年华已老，嗜好太深，不能营业，买了几个粉头来到北京，开了云吉小班。先前生意倒还不错，自从筹安会发生，中交两行停止兑现，不特市面上商业凋零，就是我们皮肉生涯，也受了时局的影响。现在打破迷信，我昨晚偷的烧了一炷香，在迷盹神的面前祷告了许多，求迷盹神保佑。今天或者有两个活财神上门也未可知。我不免将鸨儿唤出吩咐吩咐。鸨儿走来。

［丑上。

鸨　儿　忽听老板叫，慌忙就来到。老板唤我何事？

鸨　母　即日天气甚好，或者有客前来白相，你须要小心伺候，不可怠慢客人，听见了没有。

鸨　儿　听啦。

鸨　母　我可要到后面去过大烟瘾啦。

［梁杨蔡同上。

梁士诒　串了数家，松坡并未看中一人。来此是云吉班，我们进去看看。

杨　度　鸨儿哪里？

鸨　儿　诸位大人请里面坐。

杨　度　叫他们出来见见。

鸨　儿　见客啦。（挽妓女四名报名同上）秀云、彩云、素云、小凤仙，完啦。大人们叫哪个伺候？

杨　度　松兄看中哪个。

蔡松坡　我看最后的一个，娇小玲珑，倒还可意。

杨　度　眼力不差。（举大指作势）蔡大人挑小凤仙。

鸨　儿　打凤仙姑娘帘子。

［杨等下，二侦探上。

甲　探　伙计，他们进了半晌没有出来，想必挑了人了。我们须得进去也挑个人，以便监察他们。

乙　探　正是，叫出来见见。

鸨　儿　见客啦。

（仍作前式）

甲　探　就挑彩云。

鸨　儿　打彩云姑娘的帘子。（同下）

第九幕

［鸨儿鸨母上。

鸨　母　鸨儿，你看这两帮客人，一帮道是阔大爷，那　帮好似窑痞。你可要小心伺候。

鸨　儿　管他什么阔大爷也罢，窑痞也罢，上了盘子，总得开钱。

（梁杨蔡由场门出内场齐喊送客）

杨　度　老鸨，蔡大人今晚带凤仙的局，明日还要在你班中请客。

鸨　母　多承大人们关照。

（绕场　蔡与二侦探注目做打量状）

鸨儿呀，我说有一帮是阔大爷，上了一个盘子，今晚就要带局，明日还要摆饭。你看我的眼力到底不错。

鸨　儿　你的眼力不错我的眼力也不差，我看你红光满面，该你前后发财啦。（下）

第十幕

［丑扮鸨儿上。

鸨　儿　我乃升平书寓捞毛的是也。今日易大人在鸿卿姑娘房中开风月会，客位甚多。伙计们，易大人订的酒席齐备没有。

内　　齐备啦。

鸨　儿　房间收拾干净没有？

内　　收拾干净啦。

鸨　儿　好钟点已到，伺候着吧。

［末扮易实甫上。

易实甫　莫笑白头花里过，白头人看好花多。

某易实甫。年近古稀，侨寓都门，无可消遣，因此我发起风月会，与一般好友，轮流做东，携妓饮酒，以乐余年。适才皙子、燕生有介绍蔡松坡入会，像这种遗老名流，官僚政客，歌名伟人，色色具备，真乃一时之盛。今日是我做东，在升平书寓鸿卿房中，开第一次风月会，钟点已到，我只得前去走走。来此已是升平书寓，待我进去。

鸨　儿　鸿卿姑娘，易大人来了。

［旦上。

鸿　卿　易大人来的甚早。

易实甫　今日盛会，你须要多唱几曲。

鸿　卿　你也要多饮几杯。

易实甫　那可自然。

内　　诸位大人到。

易实甫　请呀。

［梁阮顾杨蔡同上。

五　人　来见。

易实甫　幸得松坡加入本会，增光不少。

蔡松坡　学生得附骥尾，曷胜荣幸。

杨　度　这是风月会，不是什么宪政研究会、国事商榷会，用不着咬文嚼字。少时倘若吃起醋，争起风来，我怕同争地盘，还要同室操戈咧。

易实甫　请酒。

众　　请。

（笛子吹皱眉序）

杨　度　每人必须遵照会章行事。拿那局票来。

（鸨儿拿纸笔每人依次作写票势）

松兄一定叫小凤仙了。我还是叫我那泼辣货吧。（对鸨儿）快去快去，叫她速来。

鸨　儿　是。

杨　度　请酒。

（笛子接吹合形）

（妓女齐上歌舞杂耍演毕）

天色不早，可以散会了吧。

蔡松坡　我明日邀请诸位到云吉班聚饮，务乞诸位赏光。

众　一定叨扰。

正是：人生有酒须当醉，此地名花都是春。（同下）

第十一幕

［袁克定上。

袁克定　（引）安排窝弓擒猛虎，准备金钩钓海鳌。（坐介）

袁克定。我父恢复帝制，恐怕蔡锷反对，命侦探访查他的行踪，这几日也不知访查的情形如何，不免唤侦探进府问个明白。来呀。

侍　从　有。

袁克定　传侦探进府。

侍　从　侦探进府。

二侦探　来了。

甲　探　听说公子叫，

乙　探　慌忙就来到。

甲　探　不是赏银元，

乙　探　就是赏钞票。

甲　探　伙计，你不知道，袁大总统是魔王下世，杀人不展眼。你办事好了，他赏你银元；你若是办得不好，那可就……

乙　探　休得胡言。公子呼唤，一同进府。

二侦探　参见大公子。

袁克定　罢了。

二侦探　公子呼唤有何训教？

袁克定　命尔等侦探蔡锷，他这几日是何行动？

二侦探　他前日在升平书寓。

袁克定　今日便怎样？

二侦探　今日他在云吉班请客，我等预备前去探访。

袁克定　多加小心。再探再报。

二侦探　是。

袁克定　我今日吩咐你，

二侦探　怎敢慢迟延。（同下）

第十二幕

［蔡夫人仆妇丫鬟同上。

蔡夫人　（念）夫主贪烟花，叫奴心中乱如麻。（坐介）

哎，罢了呀罢了。

仆　妇　夫人这几日为何愁眉不展。

蔡夫人　妈妈，将军这几日不管家事，不问国政，终日与杨度等一班走狗花天酒地。这般时候还不见他回来，这便如何是好。

仆　妇　夫人呀，你看这北京城内，文武衙门，大小官员，哪个不是整日便吃花酒又麻雀。我想将军这几日也不过是逢场作戏罢了。将军是革命的伟人，与夫人是何等恩爱，难道他能学那些贪赃卖法的官吏，祸国殃民的军阀，狂赌乱嫖，买妓作妾吗？我劝夫人不必多心，休要失了夫妻的和气。

蔡夫人　妈妈，不是这等说法。我想那风月场中，最足以消磨人的志气，损失人的名誉。古今一来，女色二字不知误了多少英雄。将军倘若误入迷途，流连忘返，他的一生事业，岂不付与流水，奴的终身靠着何来。叫奴怎不愁闷也。（起更）

（唱）独坐在二堂上自思自叹，

思想起终身事好不心酸。

我的夫他本是铁石硬汉，

为什么入风月意惹情牵。

为什么国家事全然不管，

为什么贪烟花浪费金钱。

怕的是入迷途流连忘返，

他一身重要事付诸流泉。

候丈夫回家来好言相劝，

但愿得夫妻和谐到百年。（起二更）

［蔡上。

蔡松坡　走哇。

（唱）月明星稀二更天，

将身离了云吉班。（作左右瞭望状）

俺蔡松坡一心反对帝制，只是俺一人赤手空拳，无计可施。是俺与夫人商议，制造空气，以便就中行事。前日我入了风月会，我那夫人便唠唠叨叨说了许多，思想起来倒也可笑。今夜我回得家去又不知她说甚言语，我不免假装酒醉见机而行，她有来言，我有去语。我就是这般主意，我就是这般主意了。

（唱）心中无酒装醉汉，
　　　袖内机关人怎参。
　　　趔趔趄趄回家转，
　　　见了夫人把话言。

开门来。

（仆妇开门介蔡入门作醉势）

蔡夫人　将军回来了。

蔡松坡　回来了。（作吐势）唔，唔，唔，唔。

蔡夫人　将军既是革命党人，又参与国家政治，不知努力工作，终日与杨度等花天酒地，吃得这般烂醉，成何事体，其不怕人耻笑吗？

蔡松坡　招打。

蔡夫人　（哭）哎呀，天呀！

蔡松坡　如今虽然伸张女校，要道是男女平等，你怎敢侵我的自由，我定不与你干休。（仍做欲打势）

蔡夫人　任凭你打。

（仆妇丫鬟作阻拦势）

仆　妇　将军酒醉，回房安歇了罢。

蔡松坡　丫鬟掌灯。唔，唔，唔，唔。

（丫鬟执灯　仆妇搀扶　夫人坐上台角哭　蔡行至台角　仆妇丫鬟面向内　蔡与夫人同　暗笑　蔡下　夫人仍做哭势）

仆　妇　夫人请息怒吧。

蔡夫人　妈妈，你看将军如此情况，这日子如何得过。哎呀天呀。

仆　妇　夫人不必啼哭，必须想个对付的办法才好。

蔡夫人　我是慌慌无计。

仆　妇　行，我想来。有啦。不免把将军心爱的倌人买回府来，让他尽情取乐，免得在外眠花宿柳，惹人笑话。夫人，好是不好？

蔡夫人　那岂不是引虎入室，惹火烧身吗，使不得。

仆　妇　这个不好，待我再想。有啦。明日运动警察总监，下一个命令，将八大胡同小班茶室下处一个个都封了门，停止它们营业，将他们根本解决，好是不好呢？

蔡夫人　这一声张，格外出丑，越发惹人耻笑，使不得。

仆　妇　我没有计啦。

蔡夫人　妈妈，我倒有个主意。

仆　妇　夫人有何高见。

蔡夫人　我想于夫人慈心热肠，他与我感情甚好，我明日背着将军，去到公府，拜见于夫人，将军碍于大义及早回头，亦未可知。

仆　妇　夫人高见。到底不差。

蔡夫人　妈妈，你明早电话公府，说我有当紧言语要见于夫人面禀。记下了。

仆　妇　是。（同下）

第十三幕

（老旦扮于夫人　女侍　卫二人从官一人）

于夫人　（唱）适才间蔡夫人打来电话，
讲说有要紧事面禀与咱。
将身儿只坐在怀仁堂下，
蔡夫人来到此细问根芽。

［蔡夫人坐车上仆妇丫鬟随侍。

蔡夫人　（唱）来到了总统府忙下车辇，

女侍从　迎接蔡夫人。

蔡夫人　遵一声侍从官细听我言。
有劳你带我把夫人来见，
见到了于夫人忙把礼参。

参见夫人。

于夫人　有礼相还。夫人请坐。

蔡夫人　谢座。

于夫人　夫人有甚言语请讲当面。

蔡夫人　夫人容禀。
（唱）未开言不由人泪珠满面，

于夫人　劝夫人休悲叹莫要泪涟，
有什么冤屈事一桩桩一件件桩桩件件对老身细说根源。

蔡夫人　都只为奴的夫性情改变，
终日里贪风月酒地花天。
怕的是入迷途流连不返，
怕的是损精神浪费金钱。

于夫人　你就该用好言将他相劝，
也免得损名誉惹人笑谈。

蔡夫人　我劝他他陡地怒生肝胆，
又是打又是骂拳打脚踢地覆天翻。

于夫人　你何不央亲朋规过劝善，

蔡夫人 可怜我家乡远无亲眷满腹冤屈对谁言。
望夫人见总统述说一遍，
劝奴夫心回意转免得奴朝朝暮暮多受熬煎。

于夫人 （唱）听她言我只把蔡锷来怨，
夫妻反目太无端。
夫人暂且回家转，
这件事儿我承担。
见总统我定要诉说一遍，
管教你夫妻俩和好如前。

蔡夫人 谢夫人。
（唱）多谢夫人发善念，
好似拨云见青天。
辞别夫人回家转，

于夫人 少送了。

蔡夫人 （唱）等只等大总统将奴夫来传。（下）

于夫人 来。

侍 从 有。

于夫人 问总统驾在何处?

女 侍 夫人动问总统驾在何处。

于夫人 我不免去到那里，将蔡夫人的言语诉说一番便了。（下）

第十四幕

（侍从侍卫如前）

袁世凯 （唱）适才间夫人把话传，
他言道蔡松坡把女色贪恋。
夫妻反目直闹得地覆天翻，
果然的蔡松坡性情改变。
这也是孤家的洪福齐天，
这件事到叫我疑信参半，
我不免传蔡锷细问一番。
来。

侍 从 有。

袁世凯 传蔡锷进宫。

侍 从 蔡锷进宫。

蔡松坡 来也。

（唱）忽听总统将我唤，
只得进宫问根源。
参见总统。

袁世凯 少礼请坐。

蔡松坡 谢座。总统传锷进宫有何国事议论。

袁世凯 非为国事，乃将军之家事尔。

蔡松坡 但不知吾家何事？

袁世凯 闻听你贪恋女色，打骂妻室，是何道理？

蔡松坡 启禀总统要道是诽谤之言，不可听信。

袁世凯 令夫人亲口所说，难道她还撒谎不成？

（蔡作惊怒状）

蔡松坡 这个吗……

袁世凯 什么这个那个。我有一言，你且听道。

（唱）叫老弟你进前细听我劝，
我有这药石言你须牢记心间。
你本是堂堂英雄汉，
为什么贪恋烟花把夫人嫌。
从今后要学那夫妇齐眉梁鸿案，
切莫学君家得了新弦撇旧弦惹得后人作笑谈。

蔡松坡 （唱）多蒙总统来指点，
金石良言记心间。
辞别总统回家转，
含羞带愧怒冲冠。（下）

袁世凯 （唱）一见蔡锷回家转，
忽然一计上心间。
来。

侍　从 有。

袁世凯 传梁士诒、阮忠枢、顾鳌、杨度一同进宫。

侍　从 总统有令，梁士诒、阮忠枢、顾鳌、杨度一同进宫。

[四人同上。

四　人 参见总统。

袁世凯 免礼。

四　人 总统唤我等进宫，有何差遣？

袁世凯 尔等有所不知，只因蔡松坡夫妻反目，我将他唤进宫来，好言相劝，只见他面带怒容，匆匆而去，此番归家，必又是一场吵闹，尔等可以前去，假作劝解为名，查看他夫妻是何动静，速来回报。

四　人　遵命。（同下）

第十五幕

［蔡上。

蔡松坡　（唱）人道袁贼多奸险，
用尽心机也枉然。
他只因俺夫妻吵闹将我劝，
哪知道中了我的巧机关。
撒开大步回家转，

［梁等四人同上。

四　人　松坡兄慢走。

蔡松坡　列位唤我为哪般。
诸位唤我转来，有何话讲？

四　人　今日闻总统请将军进宫，不知议论何事。某等特请将军回转，问个明白。

蔡松坡　诸位大人有所不知，只因我加入风月会，一晌与诸大人选召名妓，饮酒取乐，不想我那泼恶的妻子进得宫去，报告一切。总统传我进宫，百般责备于我，直说的我满面羞愧，无言答对。我此番归的家去，定不与那贱人干休。

四　人　夫妻吵闹，此乃家庭常事。将军须要息怒，免伤夫妻和气。

蔡松坡　列位大人请便，休要管俺的闲事，我去也。（下）

四　人　将军慢走，还有话讲。（同作瞭望势）

杨　度　我等前去听他们唱一出夫妻顶嘴。（同下）

第十六幕

［蔡夫人上。

蔡夫人　夫妻把计定，要瞒智谋人。

［蔡上。

蔡松坡　今日见总统，大事可成功。
（入门介）

蔡夫人　将军回来了。

蔡松坡　回来了。

蔡夫人　袁世凯见了将军是何情状？

蔡松坡　已中你我之计，夫人脱险就在今日。少时，梁杨一班人必定到来，你我必须如此如此。

［梁等同上。

四　人　松坡兄在家吗？

（蔡与夫人同作势）

蔡松坡　我蔡锷乃堂堂男子，难道甘受你这泼妇的压制不成。

蔡夫人　是你这般虐待，实在不堪同居，我定与你法庭起诉。

蔡松坡　怎么你要法庭起诉，如此就走。

梁士诒　他夫妻正在吵闹，我等进去调解。

杨　度　他开着大门，正好进去。

（入门）

四　人　仁兄仁嫂，为何这等大怒。

蔡松坡　他要与我法庭起诉。

蔡夫人　你贪恋妓女虐待发妻，我定与你法庭起诉，自由离婚。

蔡松坡　你要离婚正合吾意，不必法庭起诉，列位做个见证，就此离婚，两无后悔。

蔡夫人　有劳列位与我等做个见证，免奴出首法庭，抛头露面，奴感激不尽。

梁士诒　且慢。待我等商量商量。我想君子成人之美，怎有拆散婚姻的道理。这个见证人是做不得的。

阮中枢
顾　鳌　不作见证，也不便就走，又没和解的办法，这是怎么处呢？

杨　度　你们真是老顽固，连个新法律都不知道，现在的自由离婚，只要双方同意，就是闹到法院里去，没有不准的。况且他们俩在前台上吵吵闹闹，到了后台还是说说笑笑的，这样顺水人情，为什么不做呢？

三　人　这么讲，是做得的。

杨　度　做得的。

梁士诒　好，我等去问问他们，是怎样的离法。

贤嫂，你既然主张离婚，有怎么意见，你且说来。

蔡夫人　我有三个条件要他依从。

［梁转问蔡。

梁士诒　仁兄，他有三个条件，你可依从？

蔡松坡　莫说三个条件，十个八个我都依从。贱人，有什么条件，你且说来。

蔡夫人　头一件，离婚之后，任我自由，利害祸福两不相干。

蔡松坡　那可自然。

杨　度　（打诨）这才真正解放咧。

蔡夫人　你的财产各分一半，任我自由处分。

蔡松坡　依允依允。

杨　度　这不是共产主义，只算得是均产的方法。

蔡松坡　你的第三件呢?

蔡夫人　第三件吗，你须亲笔写离婚书与我，免得日后反悔。

蔡松坡　好贱人呀。

（唱）狗贱人说出了三个条件，

杨　度　他才唱顶嘴，又唱起马前泼水来啦。

蔡松坡　蔡松坡心中似刀割箭穿。
想当年结婚是两相情愿，
实指望夫唱妇随鱼水同欢。
有谁知贱人生来真泼悍，
你道我贪风月恋烟花出丑现形把醋瓶翻。
你不该入公府丢我脸面，
你不该家务事对外人言。
我情愿将财产各分一半，
从今后你和我两无相干。
写罢了离婚书把墨来按，
快快地收拾起滚回云南。

蔡夫人　（唱）接过了离婚书心甘情愿，
叫丫鬟搬行李忙备车辇，
即刻起忙登程赶回家园。

［丫鬟仆妇提衣箱衣包车夫同上。

四　人　送仁嫂。

蔡夫人　（唱）请列位众大人静听奴言，
结婚眷我与他夫妻十年。
是奴家未曾犯那七条款，
他不该贪风月酒地花天。
奴多次用好言把他归劝，
他百般凌辱奴实实难堪。
奴与他解婚约义绝恩断。（转快）
从今后他是他我是我利害祸福两不干。
辞别了众列公急上车辇，（上车）

四　人　送仁嫂。

蔡夫人　（唱）奴此去好一似箭离弓弦。（下）

四　人　（唱）一见夫人上车辇，
再与松坡把话言。
松坡兄，夫人已去，且免愁烦，保重身体要紧。

蔡松坡　诸位大人，休得见笑，想俺蔡锷好不惭愧也。

（唱）蔡松坡自思叹，
自怨自恨自羞惭。
我娶妻太泼悍，
也是我疏于防范管家太不严。
是这等恶姻缘半途来离散，
难免那亲戚论朋友谈。
都道我无情无义，抛弃发妻，是个薄幸的儿男。

梁士诒　（唱）劝松坡且宽心莫悲叹，
人生离合聚散有前缘。
虽然是夫妻一时之气来分散，
管保你珠还合浦破镜得重圆。

阮忠枢　（唱）君不见孟夫子口口讲性善，
他的妻有过犯。
立时驱逐赶下堂前，
退归娘门永不回转。
到如今孟夫子人人称他为大贤，
有谁来论谈。

顾　鳌　（唱）朱买臣家贫寒破寒窑读书篇，
他的妻见识浅立逼他写休书拆散好姻缘。
也是那朱买臣的官运现，
你看他身穿蟒袍，头戴乌纱腰横玉带足蹬朝靴做大官。

杨　度　（唱）中华民国法律变，
讲自由来说爱恋，
妇女讨要平等权。
你看那审判庭县法院，
离婚案件千千万不稀罕。

蔡松坡　（唱）承蒙诸公将我劝，
点点言语记心间。

众　我等同到云吉院，
去看那千娇百媚的小凤仙。
命她班中备席宴，
约朋友大联欢消愁解烦把心宽。（同下）

——幕落剧终——

（说明：以上内容录自易俗社存本扫描件。封面落款：冯杰三，资料编号 273-3-0678。有删改。）

赤壁鏖兵

第一场　斩使示威

登场人物　周瑜　鲁肃　孔明　黄盖　甘宁　蒋钦　周泰　韩当　太史慈
曹操　蔡瑁　张允　蒋干　四龙套　下书人　中军

（起霸上）

黄　盖　（念）二十年间摆战场，好似猛虎下山岗。
光阴不催人自老，不觉两鬓白如霜。

甘　宁　东吴大将数甘宁，手使双戟武艺精。
任他四方刀兵起，冲锋破阵立战功。

蒋　钦　剑戟凌云贯斗牛，

周　泰　干戈扰攘几时休。

韩　当　仗着扶云撑天手，

慈　霸占江南保吴候。

黄　盖　众位将军请了。

众　请了。

黄　盖　都督升帐，我们辕门伺候。

众　请！（分下）

［四龙套中军引周瑜上。

周　瑜　（引）拜将登台，破曹军巧计安排。
（念）刘琮降曹招祸灾，百万人马沿江来。
吴候决策逞英武，本督扬威展奇才。
本督，姓周名瑜字公瑾。奉吴候之命，统兵破曹，只因诸葛亮机谋高我一头，实想命诸葛瑾说他弃刘事吴，不料反被他说，某今思得一计，杀了孔明，以除后患。

鲁　肃　（念）联刘破曹策已定，但看周郎展才能。
参见都督。

周　瑜　大夫少礼。

鲁　肃　谢都督。

周　瑜　诸葛先生可曾请来？

鲁　肃　现在帐外。

周　瑜　有请。

鲁　肃　有请诸葛先生。

孔　明　（念）不惜一身入虎穴，计高自可出龙潭。

周　瑜　先生。

孔　明　都督。

周　瑜　先生请坐。

孔　明　谢座，都督相召，有何见谕？

周　瑜　请先生进帐不为别事，只为孙刘两家同心破曹，请问先生，用兵之际，兵马未动，何物当先。

孔　明　自然是粮草当先。

周　瑜　足见高明。

鲁　肃　啊，高明的多呀。

周　瑜　啊先生，昔日官渡之战，曹操兵少，袁绍兵多，而曹反胜绍者，因用许攸之谋，先断乌巢之粮，然后取胜，今曹兵八十三万，我军只有五六万，焉能拒敌。

孔　明　少不得先断曹之粮道，然后破之。

周　瑜　着呀，我已探知曹操粮草屯集聚铁山，先生久居漠上，熟知地理，就烦先生带领关、张、子龙等，我再助兵千人，星夜赶奔聚铁山劫粮，此乃两家公事，料不推辞。

孔　明　都督委用，敢不效劳。

周　瑜　如此，先生听令，请速断曹操粮道，勿误。

孔　明　得令。

（唱七捶）周郎巧使计牢笼，
知情假装不知情。
辞别都督出大营，
仰天只好笑一声。（留板）

哈哈哈……（下）

鲁　肃　（接唱）糊里糊涂传将令，
都督做事我不明。（提板）

哎呀都督，想这劫粮一事，我营将官不少，为何单差孔明前去？

周　瑜　大夫哪知，我想杀孔明，恐天下人笑，因此借曹手杀之，以除后患。

鲁　肃　哦，都督莫可。

周　瑜　何言莫可。

鲁　肃　哎呀都督，强敌当前，不可自相残害。

周　瑜　嗯，你休多言，速往他处，听他讲说什么，回报我知。

鲁　肃　是、是、是。（下）

周　瑜　孔明呀孔明，你今前去必中俺之计也。

（唱小带板）曹孟德善用兵惯劫粮道，
聚铁山必埋伏大将英豪。
诸葛亮此一去性命难保，
借刀计杀了他才把气消。（留板）

鲁　肃　（唱摇板）诸葛亮出营去哈哈大笑，
他笑我周都督战术不高。（提班）
参见都督。

周　瑜　大夫，那孔明都讲些什么？

鲁　肃　那孔明出的帐去，哈哈的大笑。

周　瑜　哦，他笑什么？

鲁　肃　他笑说，吾闻江南童谣云“伏路把关饶子敬，临江水战有周郎”，公等只会陆战，公瑾只会水战，怎比他，水战，陆战，步战，马战，样样皆能。

周　瑜　哦，那孔明欺我不习陆战么？

鲁　肃　正是的，若能陆战，何必差他？

周　瑜　哼，不用他去，我自引军断曹粮道，速去原令追回。

鲁　肃　是、是、是！（下）

周　瑜　诸葛亮，村夫，我不杀你，誓不为人也。

（唱七锤）实想说借刀计将他瞒过，
故命他聚铁山去把粮夺。
有谁知他那里藐视于我，
还须要设良谋将他除却。（提板）

鲁　肃　交令。

周　瑜　收令，他还讲说什么？

鲁　肃　他说，曹贼多谋，那里定有重兵，都督若去，必为所擒，他又说，为今之计宜先决水战，挫动北军锐气，然后寻机破曹。

周　瑜　哎、哎，此人见识胜我十倍，今若不除，必为我国之后患。

鲁　肃　都督，目今用人之际，孙刘必须同心，方可破曹，望以国家为重。

周　瑜　哎，也罢。

中　军　禀都督，曹操遣使下书。

周　瑜　命他进帐。

中　军　都督有令，曹使进帐。

曹　使　周都督请了，这是我家相爷书信，拿去观看。

周　瑜　呈上来，（中军转书）上写，汉大丞相付周都督开拆，呸，好国贼。

（唱七捶）一见书信气炸胆，
骂声国贼曹阿瞒。

奸贼横暴无忌惮，
自恃强悍起战端。
今日先将来使斩，
然后兴师灭奸谗。（提板）

来呀，将来使推出斩首。

鲁　肃　慢着，都督，两国相争，不斩来使。

周　瑜　斩使可以示威，来呀，推下斩。（二卒将曹使推下又上）

卒　　　斩讫。

周　瑜　将首级交从人带回。

卒　　　呵。（下）

鲁　肃　今日都督毁书斩使，曹贼必不甘休，请早做准备。

周　瑜　言之有理，来呀，传众将进帐。

中　军　都督有令，众将进帐。

［黄盖、甘宁、韩当、蒋钦上。

众　　　参见都督。

周　瑜　免，众将听令。

众　　　在。

周　瑜　黄盖甘宁为先锋，韩当为左翼，蒋钦为右翼，今晚四更造饭，五更开船进攻，不得有误。

众　　　得令。（下）

［幕内擂鼓呐喊作战斗声中军四龙套引曹操上。

曹　操　（内唱箭板）三江口一战败损兵折将。（入帐坐）

（念）赤壁鏖兵初交锋，
周郎江面称威风。
战败锐气已挫动，
当用何计破敌兵。

老夫曹操。统领水旱大军进攻东吴，以报毁书斩使之仇，不料周郎三路战船纵横水面，只杀得我军惨败而回，来呀。

中　军　有。

曹　操　命蔡瑁张允进帐。

中　军　丞相有令，蔡瑁张允进帐。

蔡　瑁
张　允　参见丞相。

曹　操　哇，我兵多将广，东吴兵少将弱，反为所败，分明是你们不肯用心督战。

蔡　瑁　丞相，荆州水军久不操练，青徐之兵，不习水战，故有此败。

曹　操　你二人既为水军都督，何不操练？

蔡　瑁
张　允　这个……

曹　操　哎，也罢，今命你二人先立水寨，每日教习，限十日将水军操练纯熟，倘有违误，定按军法处斩，速去勿误。

蔡　瑁
张　允　得令。（下）

（曹出帐坐外场）

蒋　干　（念）身投曹营无寸功，

不知何日展才能。

不知丞相因何烦闷，待我进帐问个明白，参见丞相。

曹　操　少礼，坐了。

蒋　干　谢座，请问丞相，因为何事，这样烦恼。

曹　操　哎，昨日在三江口一战，被周郎杀得损兵折将，大败而归，我军挫动锐气，无有妙计破敌，因而烦恼。

蒋　干　丞相，某愿凭三寸不烂之舌，前往江东，去说周郎投降丞相。

曹　操　子翼，你和公瑾交情如何？

蒋　干　丞相请听：

（唱带板）干自幼与周郎同窗厚友，

虽异姓其恩义如同手足。

到江左必定要大功成就，

望丞相放宽心勿忧勿愁。（提）

曹　操　子翼既和周郎同窗厚朋，定能成功，但不知此去，应用何物？

蒋　干　只用一童随往，二仆驾舟。

曹　操　还用什么？

蒋　干　再不用什么。

曹　操　如此，请即准备登舟。

蒋　干　遵命了。

（唱摇板）过江去只凭三寸舌，

去说周郎投曹营。（下）

曹　操　（唱）但愿周瑜来投诚，

水陆夹攻灭江东。（留板）（同下）

第二场　群英大会

登场人物　周瑜　鲁肃　蒋干　黄盖　甘宁　韩当　太史慈　四龙套　中军

周　瑜　（唱浪头）昨晚暗窥曹水寨，
深得妙法不凡才。
观罢心中好惊怪，
但不知何人巧安排。

大夫。

鲁　肃　都督。

周　瑜　昨晚本都督暗窥曹军水寨，沿江一带，共分二十四座水门，大船居外为城郭，小船居内，可通往来，深得水军之妙，但不知水军都督是谁?

鲁　肃　乃是荆襄降将蔡瑁张允。

周　瑜　哦，想此二人，久居荆襄，熟悉水战，如不设计除此二人，难以破曹也。
（唱七锤）他二人习水战难敌难破，
恨蔡瑁和张允十分可恶。
将荆襄献曹操非同小可，
寻巧计除二贼好动干戈。（提）

甘　宁　禀都督。

周　瑜　何事?

甘　宁　曹营幕宾蒋干过江。

周　瑜　哦，蒋干过江?

甘　宁　正是的。

周　瑜　再探。

甘　宁　是。（下）

周　瑜　咦，哈哈哈……

鲁　肃　都督为何发笑?

周　瑜　本督破曹水军无计可施，蒋干此番过江，必是为曹贼来作说客，本督略施小计，管叫曹贼自杀水军。

鲁　肃　都督有何妙计。

周　瑜　附耳来。

鲁　肃　果然妙计，只是都督笔迹，恐怕蒋干认得，岂不误事?

周　瑜　少不得大夫代劳。

鲁　肃　待我写来，提笔可。（急三哑腔）都督请看。

周　瑜　夹在后帐战策内边。

鲁　肃　遵命，妙计，妙计，哈哈哈……

中　军　禀都督，故人蒋干求见。

周　瑜　有请，慢着，动乐相迎。

中　军　都督有令，营门大开，动乐相迎，有请蒋先生。

蒋　干　呵，公瑾。

周　瑜　子翼兄。

蒋　干
周　瑜　呵，哈哈哈……

周　瑜　仁兄请。

蒋　干　贤弟请。

周　瑜　请坐。

蒋　干　有坐，贤弟别来无恙？

周　瑜　好说，当此用兵之际，仁兄不辞劳苦，远涉江湖，敢是为曹操来作说客？

蒋　干　哎，愚兄久别贤弟，特来叙旧，怎么疑我为曹氏来作说客。

周　瑜　弟虽不及师旷之聪，也可闻弦歌而知雅意。

蒋　干　哦，雅意，告辞。

周　瑜　为何去之甚急？

蒋　干　非是为兄去之甚急，还是贤弟你疑心太重。

周　瑜　小弟乃是一句戏言。

蒋　干　呵。

周　瑜　呵。

周　瑜
蒋　干　呵呵，哈哈哈……

周　瑜　请坐。

蒋　干　有坐。

周　瑜　（念）十年同窗砚，

蒋　干　（念）一朝话旧情。

周　瑜　传众将进帐。

中　军　众将进帐。（众将上）

众　　　参见都督。

周　瑜　见过蒋先生。

众　　　蒋先生。

蒋　干　众位将军。

众　　　呔，你敢是为曹操来作说客？

蒋　干　这……

周　瑜　呵，众位将军。

众　　　都督。

周　瑜　蒋子翼乃本督昔日同窗好友，虽从江北而来，并非为曹操来作说客，众位将军不要多疑。

蒋　干　着，虽从江北而来，并非为曹操来作说客，诸位何必多疑？

周　瑜　看酒，我与仁兄把盏。

蒋　干　慢着，摆下就是。

众　　　待我等把盏。

蒋　干　岂敢。

周　瑜　将酒摆下，（蒋与众将叙礼入座）太史慈听令。

慈　　　在。

周　瑜　这是宝剑一口，命你为监酒令官，今日酒席宴前，只叙朋友交情，有人提及孙曹军旅之事者，提头来见。

慈　　　得令，哈哈，哈哈，这，哈哈……（蒋惊呆）

周　瑜　仁兄请酒。

蒋　干　哦，哦。

周　瑜　哎，仁兄请酒。

蒋　干　哦，请。

周　瑜　仁兄。

蒋　干　贤弟。

周　瑜　弟自统兵以来，滴酒未曾饮过，今见故人，又无疑忌，定当一醉也。

蒋　干　哎呀，理应一醉。

周　瑜　（唱？板）想当年我弟兄同窗共砚，

　　　　请酒，

蒋　干　请。

周　瑜　（唱）曾受过十载苦被冷衾寒。

　　　　　　日继夜夜继日孜孜不倦，

　　　　（转摇板）朝于斯夕于斯苦苦钻研。

　　　　　　　　到今日才赢得声赫名显，

　　　　　　　　到今日才落得手掌兵权。

　　　　　　　　偏逢着老故交前来访见，

　　　　　　　　要吃个酩酊醉倒倒颠颠。

蒋　干　哎，贤弟呀，

　　　　（唱带板）实服你年纪少英明精干，

　　　　　　　　实服你统大兵又威又严。

　　　　　　　　似这样才和智人人称羡，

　　　　　　　　怎不令蒋子翼口口赞宣。

周　瑜　哦，仁兄，你这里来。

蒋　干　贤弟讲说什么？

周　瑜　仁兄你看我帐下将士可雄壮否？

蒋　干　哎呀，一个个如熊似虎。

周　瑜　你看我后营粮草可充足否？

蒋　干　哎呀呀，真乃是兵精而粮足。

周　瑜　破曹可得够否？

蒋　干　必然一战而成功。

周　瑜　哦。

蒋　干　一战而成功。

周　瑜　哦，哈哈哈，仁兄，你我同窗学业之时，未尝想到能有今日。

蒋　干　以贤弟高才，实不为过。

周　瑜　仁兄想大丈夫出世，遇知己之主，外托君臣之义，内结骨肉之恩，言必行，计必从，祸福共之，假使苏秦、张仪、陆贾、郦生复出，口似悬河，舌如利刃，安能动我之心哉，哈哈哈……

蒋　干　哈哈哈……

周　瑜　仁兄，此皆江东英杰，今日此宴，可谓群英会。

蒋　干　哎呀，真是群英会呀。

周　瑜　（唱七锤）人生聚散难逆料，
　　　　群英会上遇故交。
　　　　我这里舞长剑博君一笑，

仁兄。

蒋　干　贤弟。

周　瑜　你我久别，今日难得仁兄远涉江湖来访，喜之不尽，弟要舞剑，聊作劝酒如何？

蒋　干　哎呀，那么雅极了。

周　瑜　来呀，换衣。（中军取剑交周瑜），

（接唱七锤）畅饮高谈在今宵。
　　　　一柄长剑出了鞘，

（舞剑毕吐）舞剑起夜沉沉，
　　　　不觉两颊泛红潮。

仁兄，你我故友相会，心甚畅快，你我各饮百杯。

蒋　干　慢着，慢着，贤弟乃沧海之量，愚兄乃沟渠之水，三杯也就够了。

周　瑜　三杯就三杯，来呀，着大杯伺候。

蒋　干　哎，舍命陪君子，三大杯就三大杯。

周　瑜　（接唱）故友相逢当醉饱，

蒋　干　干。

周　瑜　（接唱）眼望中原酒自消。

蒋　干　贤弟，这酒有些性暴，

周　瑜　暴酒么，

（接唱）暴酒难逃三江口，

蒋　干　顺流而下。
周　瑜　（接唱）顺流而下东海飘。
唔，嘟，嘟……
众　都督酒醉。
蒋　干　他醉了，他醉了，我，我，我也醉了，唔，嘟嘟……
众　蒋先生酒醉。
周　瑜　久不与仁兄同榻，今晚要抵足而眠，来呀，将蒋先生扶到我帐中安歇。
（中军二龙套扶蒋下）
慈　交令。
周　瑜　收令，黄公覆听令。
黄　盖　在。
周　瑜　命你今晚三更时候，进帐密报军情，不得有误。
黄　盖　都督，该报什么？
周　瑜　附耳来。
黄　盖　明白了，哈哈哈……（下）
周　瑜　甘兴霸听令。
甘　宁　在。
周　瑜　命你今晚巡营瞭哨，蒋干逃走，莫可拦阻，不得有误。
甘　宁　得令。（下）
周　瑜　掩门。（众分下）

第三场　蒋干盗书

登场人物　鲁肃　蒋干　周瑜　黄盖　中军　二龙套

[鲁肃提灯上，场上设寝帐，斜场桌椅，鲁肃将信藏在书内，两边看，闻声以袖遮灯悄悄下，中军持灯，二龙套扶蒋干上，入寝帐，中军龙套下，蒋干出寝帐偷看，闻声急入帐，二龙套扶周瑜上二龙套下，周瑜至寝帐旁听，起初更。

周　瑜　仁兄，子翼，他竟睡着了。
（唱二摇板）他那里假装睡欺哄与我，
岂知晓我也是设下网罗。
假意儿装醉样和衣而卧，
暗地里看蒋干行事如何。
[周瑜打哈欠入寝帐起二更。
蒋　干　（偷出帐）贤弟，公瑾，他竟然睡着了，哎，想我蒋干此番过江，实想说

他降曹，不料他在酒席宴前，竟是那样的行动，让我张口不得，难道我就是这样回去，又怎见曹丞相之面，蒋干呀，蒋子翼，你今番来来来，来错了。

（唱紧摇板）舍安乐投荆棘实实怪我，
坐不安睡不宁两眼难合。
实指望念故交他依从于我，
谁知他掌军机不容分说。

哎，是我心中有事，偏偏他又是那样的呕吐酣睡，搅的我坐又坐不安，睡又睡不着，这却如何是好，（看桌上）呵，案上有书，待我看看书文解闷，（看书）兵书，战策，车战，用不着，陆战，水战，（发现书信）上写蔡……贤弟，公瑾，嗯，睡着了，（持灯出外，左右看无人，看信）上写：蔡瑁张允拜上都督麾下，我等降曹，非为仕禄，迫于势耳，今已将北军困于水寨，但得其便，即将曹贼首级献于麾下，早晚人到，便有关报，幸勿见疑，先此敬覆。哎呀，曹丞相啊丞相，不是俺蒋干过江，你命险送二贼之手。

（唱紧摇板）曹丞相他那里安然稳坐，
岂知晓二贼子里应外合。
若不是我蒋干把机关识破，
怕之怕数日内你命难活。

我不免将书信带回，献于丞相，也是我蒋干大功一件，贤弟，公瑾。（将书信藏于袖内，看灯未放好移正，入帐，起三更，黄盖持灯上）

黄　盖　（念）谯楼打三更，进帐报军情。
都督醒得，都督醒得，

周　瑜　（出帐）老将军深夜进帐何事?

黄　盖　今有江北蔡……

周　瑜　住口，（急吹灯）子翼，仁兄，且喜他睡着了。蔡什么?（蒋干从帐内探头看，出帐偷听）低声些。

黄　盖　那蔡瑁张允差人前来，言说三日内必以曹贼首级来献，请都督派人去接。

周　瑜　嗯，幸喜蒋干睡着，若被他听去，岂不误了大事，行军多年，还是这样鲁莽，还不退下。

黄　盖　是。（黄盖周瑜相视暗笑，黄盖下）

周　瑜　真乃荒唐，（走回帐口，蒋干退入帐）子翼，仁兄，幸喜不曾被他听见。
（入帐，起四更，蒋干出帐）

蒋　干　贤弟，公瑾，哎呀，谯楼鼓打四更，看看天明，我是怎样地脱身，不免趁他未醒，暗暗逃回江北。
（念）金蝉脱壳将身化，回见丞相把功夸。

[鲁肃上与蒋干相撞。

鲁　肃　蒋先生。

蒋　干　呵呵……

鲁　肃　请了。

蒋　干　请了，请了。(急下，鲁肃进帐寻信不见)

鲁　肃　都督醒得，都督醒得，

周　瑜　大夫，蒋干呢?

鲁　肃　逃走了。

周　瑜　书信呢?

鲁　肃　盗去了。

周　瑜　呵。

鲁　肃　呵。

周　瑜　这，哈哈哈……

鲁　肃　哈哈哈……

周　瑜　(唱带板)曹孟德差蒋干千差万错，

鲁　肃　周都督用巧计鬼神难觉。

周　瑜　此一计天下人被我瞒过，(下)

鲁　肃　怕只怕瞒不过南阳诸葛。

嗯，只恐瞒不过他呀。(下)

第四场　曹操中计

登场人物　曹操　蒋干　蔡瑁　张允　蔡中　蔡和　四龙套　中军

[四龙套中军引曹操上。

曹　操　(唱浪头)得荆襄杀刘琮耀武扬威，

统雄狮八十万屯于赤壁。

愿早日灭孙权杀却刘备，

那时节庆升平吾意方遂。

蒋　干　(唱摇板)在东吴得书信不胜欢喜，

见丞相领功赏我算第一。

参见丞相。

曹　操　子翼回来了。

蒋　干　回来了。

曹　操　一旁坐了。

蒋　干　谢座。

曹　操　命你去说周郎，他的降意如何？
蒋　干　周郎雅量高致，非口舌所能摇动。
曹　操　哎，事既不成，反为周郎所笑。
蒋　干　虽未能说得周郎来降，却与丞相打听得一件机密要事。
曹　操　什么机密要事？
蒋　干　这……耳目甚众。
曹　操　左右退下。（四龙套中军下）
蒋　干　这是书信一封，丞相请看。
曹　操　这是看过的信。
蒋　干　请丞相仔细看看。
曹　操　嗯，待老夫看来。（急三哑腔）哦，二贼这样无理，吩咐刀斧手进帐。
蒋　干　刀斧手进帐。（四龙套中军二刀斧手分上）
曹　操　传蔡瑁张允进帐。
中　军　蔡瑁张允进帐。
蔡　瑁
张　允　参见丞相，有何将令？
曹　操　老夫即日进兵，水军可曾练熟？
蔡　瑁
张　允　水军尚未练熟，丞相不可轻进。
曹　操　哇，水军若还练熟，老夫首级早献周瑜。
蔡　瑁
张　允　这……
曹　操　刀斧手。
刀斧手　有。
曹　操　推下斩首。
刀斧手　得令。
蔡　瑁
张　允　哎……（刀斧手推蔡瑁张允下）
曹　操　嗯，有诈，不错，这是一计，将二将快快赦回。
刀斧手　斩首已毕，
曹　操　下去，哎，

（唱摇板）我中了小周郎反间之计，
杀蔡瑁和张允追悔不及。

来呀。
中　军　有。
曹　操　传令下去，水军都督换毛玠于禁掌管，传蔡中蔡和进帐，

中　军　丞相有令，水军都督命毛玠于禁掌管，蔡中蔡和进帐。

蔡　中
蔡　和　参见丞相。

曹　操　罢了，老夫因你兄怠慢军令斩首，你二人可曾怨恨。

蔡　中
蔡　和　违误军令，斩者无亏。

曹　操　好个斩者无亏，如今大江南北，难通消息，老夫有心命你二人趁此机会，诈降周瑜，你的意下如何？

蔡　中
蔡　和　情愿前去。

曹　操　回来，敢有逃走之意？

蔡　中
蔡　和　我二人家眷俱在荆州，焉敢别存他意。

曹　操　好，东吴若有动静，速报吾知，成功之后，重重有赏。

蔡　中
蔡　和　遵命。

蔡　中　（念）辞别曹丞相。

蔡　和　　　　诈降小周郎，（下）

蒋　干　呵丞相，这个功劳，乃是俺蒋干的。

曹　操　嗯。

蒋　干　丞相，这一功是俺蒋干的。

曹　操　哎，

（唱摇板）书呆子盗书信全不思想，
中了计他反来得意洋洋。
我为你错杀了两员上将，
去了我左右膀反助周郎。

哼哼哼。（下）

蒋　干　（唱摇板）这一场大功劳不加封赏，
为什么要将我羞辱一场。
我这里低下头暗暗思想，

哦，哦，是了，是了。

一定是为周郎不来投降。

呵，那周郎执意不降，与我有什么相干，难道教我拉着他来投降不成，哎，曹营的事有些难办，嗯，实在难办啊！（下）

第五场　同谋用火

登场人物　周瑜　鲁肃　孔明　蔡中　蔡和　甘宁　黄盖　中军　灯夫一

［周瑜上。

周　瑜　（擂锤上唱七锤摇板）
　　昨夜晚弄玄机把蒋干瞒诳，
　　诸葛亮虽多谋谅不知情。

鲁　肃　（唱）曹孟德果杀了蔡瑁张允，
　　贺都督破曹兵大功必成。
　都督，哈哈哈……

周　瑜　大夫因何发笑？

鲁　肃　都督，那曹操果中都督借刀之计，杀了蔡瑁张允，水军已换毛玠于禁掌管，岂不可喜？

周　瑜　此事当真？

鲁　肃　当真。

周　瑜　呵，哈哈哈……

鲁　肃　哈哈哈……

周　瑜　呵，大夫，此事孔明可知？

鲁　肃　他未必知晓。

周　瑜　谅他不知，大夫，请诸葛先生进帐。

鲁　肃　有请诸葛先生。

孔　明　（念）周郎巧计赚蒋干，曹操失着斩水军。

周　瑜　呵，先生。

孔　明　都督。

周　瑜　先生请坐。

孔　明　有座，恭喜都督，贺喜都督。

周　瑜　曹兵未破，喜从何来？

鲁　肃　是呀，这喜从何来？

孔　明　曹操中了都督借刀之计，杀却蔡瑁张允，岂不是一喜？

鲁　肃　哎呀，他倒……（周瑜拦鲁肃）

周　瑜　些许小计，不算什么。

孔　明　都督高才。

周　瑜　先生过奖。

孔　明　亮想蔡瑁张允既死，曹营再无深通水性之人，水军换了毛玠于禁掌管，他二人不习水战，一定送了水军性命，都督破曹，大功必成。

周　瑜　好说，呵，先生，瑜观曹军水寨，极其严整，不易攻破，思得一计，不知可否，请先生为我一决。

孔　明　不必明言，各写在手，看同也不同？

周　瑜　大夫讨笔砚来。（鲁肃取笔砚二人各执笔暗写鲁肃放笔砚）

孔　明
周　瑜　大夫请看。

鲁　肃　（看孔明手）火，（又看周瑜手）火，你二人同是一个火字。

孔　明
周　瑜　未必。

鲁　肃　你且看来，

周　瑜　（看孔明手）火。

孔　明　（看周瑜手）火。

鲁　肃　火。

周　瑜　呵。

孔　明　呵。

鲁　肃　呵。

三　人　（笑）哈哈哈……

周　瑜　先生请坐。

孔　明　有座。

周　瑜　呵，先生，我二人所见相同，定是妙计，且勿泄露！

孔　明　军情大事，岂有泄露之理。

周　瑜　哎，先生。

（唱摇板）既然间我二人不谋而合，
更无疑是妙计神鬼难觉。
火攻计破曹兵大事定妥，
望先生切不可泄露谋略。

孔　明　（唱）周都督你不必叮咛嘱托，
我岂能将军情去向人说。
曹孟德虽中我两次用火，
这妙计我料他实难察觉。

周　瑜　请问先生，今与曹兵水面交锋，以何兵器为先？

孔　明　大江之上，当以弓箭为先。

周　瑜　先生之言，甚和愚意，怎奈我营正缺箭用，就烦先生监造十万枝雕翎，此乃两家公事，望勿推却。

孔　明　都督见委，自当效劳，敢问何时使用？

鲁　肃　哎呀，这十万枝箭，至少也得一年。（周瑜斜视鲁肃示意不许他说）

周　瑜　军情紧急，一月如何？
孔　明　多了。
鲁　肃　这还多吗？
周　瑜　如此半月。
孔　明　还多。
鲁　肃　哎，恐怕太少。
周　瑜　那么七日。
孔　明　呵，都督。
周　瑜　嗯。
孔　明　想早晚曹军必到，如此耽延时日，岂不误了大事？
鲁　肃　哎呀呀，七日怎么还嫌多吗？（周瑜拦鲁肃）
周　瑜　那么先生自限日期吧。
孔　明　三日交箭。
周　瑜　三日无箭。
孔　明　以军法从事。
鲁　肃　这军中无戏言。
周　瑜　着呀，军中无戏言。
孔　明　愿立军状。
鲁　肃　哎，这个立不得。
周　瑜　嗯，先生请写。
孔　明　待我写来。（三哑腔）都督请看。
周　瑜　大夫收起。
鲁　肃　哎，你拿来吧。
孔　明　三日内江边接箭。
周　瑜　事成之日，定有重赏。
孔　明　不敢言赏，告辞了。

（唱七锤）同谋破敌敢言赏，
监造雕翎亮愿当。
辞别都督出虎帐，
连累子敬受恐慌。

哈哈哈……（下）

鲁　肃　（唱摇板）孔明做事难猜想，
大料他要逃过江。

哎呀，都督，孔明只限三日交箭，莫非他有逃走之意？

周　瑜　他若逃走，岂不被人耻笑，你可吩咐工匠，故意延缓，误了日期，定按军法斩首，杀他个死而无怨。

鲁　肃　都督莫可。
周　瑜　嗯，不必多言。
中　军　禀都督，今有蔡瑁之弟蔡中蔡和前来投降。
周　瑜　（寻思）嗯，吩咐众将站队。
中　军　都督有令，众将站队。（众将上）
周　瑜　中军，命蔡中蔡和报门进帐。
中　军　蔡中蔡和报门进帐。
蔡　中　（念）离了曹营地，
蔡　和　　　　来至是东吴。
报　　　蔡中、蔡和报门。
蔡　中
蔡　和　蔡中蔡和参见都督。
周　瑜　请起，你二人既然降曹，为何又背曹投降东吴?
蔡　中
蔡　和　都督，曹贼无故杀我兄长，今来投降都督帐下，借兵报仇，望都督收录，愿为前部。
周　瑜　好，二位弃暗投明，不失俊杰。
蔡　中
蔡　和　都督夸奖。
周　瑜　甘兴霸进帐。
中　军　甘将军进帐。
甘　宁　都督有何吩咐?
周　瑜　这是荆襄旧将，今来投降，拨在你的营下，好好看待，日后还要重用，
甘　宁　遵命，二位将军随着我来。
蔡　中
蔡　和　谢都督。（随甘下）
鲁　肃　都督，他二人是诈降。
周　瑜　嗯，曹操杀他兄长，特投本督帐下，借兵报仇，有什么诈，像你这样多疑，怎容天下贤士？退下。
鲁　肃　是是是，（二幕闭）哎，他二人分明是诈，都督却说是实，倘若中计，那还了得，我不免问过诸葛先生便了。
（唱摇板）周都督他用兵颇有奇谋，
　　　　　却将那诈降人竟然收留。
　　　　　这件事倒教我猜想不透，
　　　　　问孔明便知晓其中情由。（下）

第六场　老将献策

登场人物　周瑜　黄盖　灯夫

（起更　周瑜在桌旁闷睡）

周　瑜　（上唱二倒板）夜阑更残好梦难，
　　为国事说兵机运奇谋忧虑坐不安废寝又忘餐。
　　曹孟德率领着人马百万，
　　他一心杀刘备并吞江南。
　　与孔明暗筹策同谋火攻，
　　恨无人去诈降引鱼上竿。
哎，该命何人诈降曹营，如何才能瞒过曹操？这，这，哎，好烦闷也。
（唱摇板）思前想后心意乱，
　　灯下且把兵书观。（灯夫引黄盖上）

黄　盖　（唱浪头）大营扎在三江口，
我军和曹对岸扎营，曹众我寡，不宜相持过久，是俺想得一计，不免都督上边谏言，灯夫将灯止回。
　　黑夜进帐献计谋。
参见都督。

周　瑜　老将军少礼，传坐。

黄　盖　谢座。

周　瑜　老将军深夜进帐，有何见教？

黄　盖　哎呀都督，敌众我寡，只可智取，不宜力争，若还无有奇谋破曹，常此相持必败。

周　瑜　以老将军之见？

黄　盖　以末将之见，兵不厌诈，何不用火攻之。

周　瑜　何人使将军来献此计。

黄　盖　末将自己主意，非他人所教。

周　瑜　此计本督早已想到，所以才把蔡中蔡和诈降之人收留，着他与曹暗通消息。哎，令人可恨。

黄　盖　都督恨什么？

周　瑜　想那曹营有人诈降我东吴，恨我帐下就无人敢去诈降那曹操。

黄　盖　哎呀都督，俺黄盖不才，愿去诈降那曹操。

周　瑜　怎么老将军愿去。

黄　盖　末将愿去。

周　瑜　哎，可惜呀，可惜。

黄　盖　都督可惜什么?

周　瑜　哎，此去诈降，若不受些苦刑，怎能瞒得过曹操，可惜将军老了，受不得刑了。

黄　盖　哎呀都督，俺黄盖身受东吴厚恩，今为国家安危，慢说苦刑，就是肝脑涂地，也是理所应当。

周　瑜　老将军可是真心。

黄　盖　哪有假意。

周　瑜　老将军若肯行此诈降之计，实江东万民之幸，请上受我一拜了。

黄　盖　不敢，不敢。

周　瑜　（**唱紧七锤**）老将军秉忠心大义凛凛，
可算得我东吴第一功臣。
苦肉计瞒众将疼痛要忍，
年纪迈受五刑为国轻身。

黄　盖　都督请起。
（**唱紧七锤**）周都督你不必这样恭敬，
俺黄盖为东吴何惧苦刑。
受国恩虽一死我也高兴，
学一个奇男子诈降曹营。

周　瑜　老将军，明日聚集众将你以言辞激怒于我，再行此计，方好瞒过众人耳目。

黄　盖　遵命了。
（**唱七锤**）辞一礼出宝帐且回大营，
待明日众将帐再把计行。（下）

周　瑜　（**唱七锤**）好一个黄公覆忠心耿耿，
安排下苦肉计大功必成。（下）

第七场　草船借箭

登场人物　诸葛亮　鲁肃　四卒　船夫　曹操　蒋干　四将

［**诸葛亮上。**

孔　明　（**唱安板**）为破曹过江来顺说东吴，
昼夜间费思虑运筹帷幄。
小周郎度量窄多怀嫉妒，
叫山人背地里冷笑不休。
他那里要杀我怎能得够，

空劳心枉费神巧用计谋。
鲁子敬他将我行监坐守，
哪晓我诸葛亮另有他图。

鲁　肃　（唱摇板）限三日要交箭不多时候，
为什么冷清清不睬不瞅。
哎，（孔明自饮鲁肃将杯夺下）
（唱摇板）你不该在帐中夸下海口，
这件事倒教我替你担忧。

孔　明　我有什么事，叫你替我担忧。

鲁　肃　哎呀呀，你昨日在帐中夸下海口，立下军状，三日之内，要造十万枝雕翎，怎么不叫我替你担忧呀？

孔　明　呵，呵，不是大夫提起，我倒忘怀了。

鲁　肃　哎，你看看看这样大事他竟忘了。

孔　明　我们算算日期吧。

鲁　肃　你算吧。

孔　明　昨日。

鲁　肃　一天。

孔　明　今日。

鲁　肃　两天。

孔　明　明日。

鲁　肃　拿来。

孔　明　拿什么来？

鲁　肃　拿十万枝箭来。

孔　明　我是一枝也无有。

鲁　肃　哎，无箭我看你怎得了呀？

孔　明　哎呀大夫，事到如今，你要救我一救。

鲁　肃　好好好，大家想，呵先生，你不如驾舟逃回江夏去吧。

孔　明　亮奉命过江，同心破曹，如今大功未成，回去如何复命，我是走不得的。

鲁　肃　怎么你走不得？

孔　明　我走不得。

鲁　肃　走不得，呵，先生，我倒有个妙计。

孔　明　有何妙计？

鲁　肃　你不如投江死了吧。

孔　明　哎，蝼蚁尚且贪生，为人岂不惜命。

鲁　肃　看你这人，叫你走你不走，叫你死你不死，真叫我替你为难。

孔　明　大夫呀。

鲁　肃　我这个大夫看不了你的病。
孔　明　（唱慢带板）鲁大夫你平日待人忠厚。
鲁　肃　本来不错。
孔　明　（唱）你保我过江东无祸无忧。
鲁　肃　哪个害你不成。
孔　明　（唱）周都督要杀我你不相救。
鲁　肃　这是你自招其祸，怎么怪起我来了？
孔　明　（唱）看起来算不得知己朋友。
鲁　肃　朋友不能替你死呀，
（唱摇板）叫你逃你不逃走又不走，
教你死你不肯去把江投。
这件事原是你自作自受，
为什么反将我埋怨不休。
孔　明　如此说来你是无法救我的。
鲁　肃　我救不了你。
孔　明　你救不了我，问你借几件东西可有？
鲁　肃　我早就替你预备下了。
孔　明　你预备的什么？
鲁　肃　寿衣，寿帽，还有一口大棺木。
孔　明　要他何用？
鲁　肃　明日无箭，我家都督将你斩首，用这些东西我好盛殓你的尸首。
孔　明　你这个朋友怎么尽盼我死。
鲁　肃　我这个朋友该算不错，你在世你我来来往往，你死后，我将你盛殓，送过江去，好好葬埋，对你该算不错。
孔　明　你怎么总想叫我死。
鲁　肃　你还想活，哎，难，难的多着呢。
孔　明　大夫，我问你借的不是那些东西。
鲁　肃　你要什么？
孔　明　我要的乃是军中应用之物。
鲁　肃　好，你且讲来。
孔　明　战船二十只。
鲁　肃　有。
孔　明　军士六百名。
鲁　肃　有。
孔　明　茅草千束。
鲁　肃　有。

孔　明　战鼓百面。

鲁　肃　有。

孔　明　青布帐幔千条。

鲁　肃　也有，还要什么？

孔　明　还要备酒一席。

鲁　肃　那些东西军中所需，要酒席何用？

孔　明　我与大夫舟中饮酒取乐。

鲁　肃　哎，明日无箭，你就不得活了，还要饮酒取乐？

孔　明　你快办去。

鲁　肃　我办我办呀。

（唱摇板）十万箭今夜晚怎样造就，
怕只怕明日里难保人头。
倒不如我放你早些逃走，

孔　明　那却不能。

鲁　肃　（唱）为朋友我只好顺水推舟。（下）

孔　明　（唱摇板）这件事料鲁肃猜想不透，
他怎知山人我另有机谋。
须等到今夜晚四更时候，
趁大雾到曹营去把箭收，

鲁　肃　（唱摇板）一件件我与他俱已办就，
请先生到江边快去登舟。

孔　明　大夫到了。

鲁　肃　到了。

孔　明　所借各物，可曾备齐。

鲁　肃　俱已齐备。

孔　明　走。

鲁　肃　哪里去？

孔　明　你我舟中饮酒取乐。

鲁　肃　我营事忙，不能奉陪。

孔　明　不妨，你来。

鲁　肃　我不去。

孔　明　说是你（拉鲁肃），来，来，来。（拉下）

（开幕，场上设船，草人，四卒摆酒，水夫搭跳，孔明拉鲁肃上）

孔　明　大夫请。

鲁　肃　我营事忙，实在不能奉陪。

孔　明　请。（孔明推鲁肃上船，水手拉跳板开船）

水　手　禀爷，满江大雾。

孔　明　待我看来。

鲁　肃　你要逃走，还来得及。

孔　明　我若逃走，对不起你这个好朋友。

鲁　肃　哎。

孔　明　哎呀，果然大雾，来呀。

四　卒　有。

孔　明　传令下去，每只船上军士三十名，茅草人五十个，军士擂鼓直往北开，大夫请酒。

（唱慢板）一霎时白茫茫满江雾厚，
顷刻间看不清在岸在舟。
似这等巧机关世间少有，
劝大夫放宽心莫要担忧。

水　手　开了舟了。

鲁　肃　慢着慢着，这船是往哪里去的?

孔　明　往北而去。

鲁　肃　往北乃是曹营，如何去得?

孔　明　正要往曹营而去。

鲁　肃　往曹营你去，我是不去的，我要下船。

孔　明　船已离岸，你是怎样下去。

鲁　肃　适才叫你逃你不逃，叫你死你不死，哈哈，这你才是降曹呀。

孔　明　呵。

鲁　肃　你说，你说。

孔　明　哈哈哈……大夫，你这一下就猜着了，想我既无面会见主公，又不能容于周都督，难道真将我逼的投江不成，不如暂投曹营，偷过此时，缓后再说，

鲁　肃　你降曹我不降曹，快让我走。

孔　明　此时想走，也是不能走的了。

（唱慢摇板）鲁大夫你不必只管要走，
荣辱共休戚同最好朋友。
事到此你和我开怀饮酒，
莫奈何咱二人暂把曹投。

鲁　肃　你害得我好苦。

孔　明　大夫请酒。

水　手　开了舟了。

鲁　肃　（唱七锤）鲁子敬在船舱浑身颤抖，

拿性命当儿戏陪伴朋友。

孔　明　大夫请酒。

鲁　肃　（唱）这时候还有甚心肠饮酒，

怕的是遇曹兵命难保留。

水　手　禀爷，船到江心，离曹营不远。

孔　明　直往曹营进发。

鲁　肃　慢着，慢着，你怎么是这样的人，那曹营去不得，要去你去，我要走。

孔　明　船行半江，越发不能走了。

鲁　肃　不能走了？

孔　明　不能走了。

鲁　肃　孔明先生。

孔　明　怎么样？

鲁　肃　我鲁肃待你该不错。

孔　明　是的，不错。

鲁　肃　怎么你临死还要拉上一个替死鬼。

孔　明　哪有此事，来来来快饮酒。

鲁　肃　怎么还要饮酒。

孔　明　正要饮酒。

鲁　肃　哎，说不了，拼着性命也要交你这个死朋友。

孔　明　大夫，请酒。

（唱黄板）劝大夫放宽心开怀饮酒，

些小事又何必这样担忧。

水　手　禀爷，前面就是曹营。

孔　明　吩咐各船头东尾西，一齐擂鼓呐喊。

鲁　肃　使不得，使不得。（抱头伏案发抖）

［蒋干上。

蒋　干　哎呀，江中擂鼓之声，待我禀报丞相，有请丞相。

曹　操　何事？

蒋　干　江中擂鼓呐喊，想是周郎偷营。

曹　操　吩咐水陆军一齐放箭。

蒋　干　丞相有令，水陆我军一齐向敌船放箭。（曹将站高处　四龙套上　牌子　放箭）

水　手　禀爷，船上箭满。

孔　明　你们高声喊叫：孔明多谢曹丞相赠箭。

鲁　肃　我才明白了。

四卒 水手 孔明多谢曹丞相赠箭。（四龙套下）（鲁肃看草人上箭满甚喜随下）

曹操 哎呀，我当周郎偷营，原是孔明借箭，吩咐众将驾舟追赶。

蒋干 不可追赶。

曹操 怎么不可追赶？

蒋干 恐怕二次中计。

曹操 哎，

（念）时时防巧计。

蒋干 着着让人高。

曹操 丢了十万箭。

蒋干 缓后再来造。

曹操 又中他人一计。

蒋干 下次不中也就是了。

曹操 又坏在你的身上。（下）

蒋干 怎么又坏在我的身上，哎，曹营的事真难办啊。（下）

（牌子　四卒引孔明鲁肃上）

孔明 来呀，查点看有多少箭？

四卒 除去破坏十万有余。

孔明 大夫，这可交得令。

鲁肃 交令有我。

孔明 不费江东半分力量，得来十万枝箭，明日就拿此箭去射曹军，岂不甚便。

鲁肃 哈哈哈……

孔明 大夫发笑为何？

鲁肃 我真服了你了。

孔明 你服我的什么？

鲁肃 我服你怎晓今有如此大雾。

孔明 为谋士者，不通天文，不识地理，不看阵图，便是庸才。

鲁肃 哎呀呀，佩服，佩服。

孔明 亮我也服了你了。

鲁肃 你服我的什么？

孔明 我服你方才那样抖抖抖抖乱颤。

鲁肃 哎呀，取笑了。（同下）

第八场　计打黄盖

登场人物　周瑜　鲁肃　孔明　黄盖　甘宁　韩当　周泰　四龙套　二牢子手　中军

［四卒四将乱炸上。

黄　盖　众位将军请了。都督升帐，你我辕门伺候。

众　　来呀，催马。

卒　　来到辕门。

众　　接马。

（四龙套中军引周瑜上起双豹子头）

周　瑜　（念）深夜密谋破曹兵，集众传令把计行。

怒气冲冲坐虎帐，先除后患斩孔明。（倒四锤入内）

本督周瑜。孔明自限三日交箭，今已到期，若还不曾完备，谅他难逃军法，来呀，传鲁大夫。

中　军　鲁大夫进帐。

鲁　肃　（念）忙将借箭事，报与都督知。

参见都督。

周　瑜　免，大夫，诸葛亮将箭可曾造齐？

鲁　肃　倒也造齐。

周　瑜　呵，他，他，他是怎样的造法？

鲁　肃　那诸葛亮出的帐去，他一日也不慌，二日也不忙，到了三日，他并不用工匠器材。

周　瑜　他用的是什么？

鲁　肃　他只用战船二十只，军士六百名，茅草千束，战鼓百面，青布帐幔千条，四更时候，擂鼓呐喊，直往曹营。

周　瑜　怎么样？

鲁　肃　借来雕翎十万有余，特来交令。

周　瑜　这个，哎，孔明神机妙算吾不如也。

鲁　肃　真是天下奇才。

周　瑜　哎，有请诸葛先生。

鲁　肃　有请诸葛先生。

孔　明　（念）得来十万箭，看他又如何？

周　瑜　先生请坐。

孔　明　有座。

周　瑜　先生高才令人敬服。

孔　明　些须小事，何足道哉。

周　瑜　帐中备宴，与先生贺功。
孔　明　都督厚赏。
周　瑜　大夫陪宴，酒宴摆下。（中军摆宴同入座）
周　瑜　先生请。
孔　明　请。（牌子）
周　瑜　先生，曹操率百万之众，非一日可破，瑜意筹备三月粮草，准备破曹，不知先生意下如何？
孔　明　都督高见。
周　瑜　如此待本督传令。（中军移宴旁边）
孔　明　大夫，你我再痛饮几杯。
鲁　肃　奉陪先生。
周　瑜　中军传令下去，每只战船暂打三月粮草，养就军力，准备破曹。
中　军　都督有令，每只战船暂打三月粮草，养就军力，准备破曹。
黄　盖　慢，慢，慢着，黄盖挡令，黄盖挡令，都督将令勿行。
周　瑜　老将军因何阻令？
黄　盖　都督，想那曹操，既得袁绍之众，又得荆襄之军，雄兵号称百万，连营三百余里，声势浩大，其锋难当，莫说三月粮草，就是三年粮草，也不济事？
周　瑜　依你之见。
黄　盖　依俺黄盖之见，曹众我寡，持久必败，若有奇谋，本月能破即便破之，若是不能，还是依从张昭之言，弃甲倒戈，北面降曹，何必常此吃苦？
周　瑜　嗯，本督奉吴候之命，督兵破曹，谁知你竟敢前来阻令，可知本督尚方宝剑不利乎？
黄　盖　哎呀，都督，俺黄盖以理相说，听不听尽在都督，动不动你有尚方宝剑，难道封了我们江南文武之口，不许开言。
周　瑜　哇，你身为大将不晓军法，敢在本督帐前如此放肆，来，与我叉出帐去。
黄　盖　慢着，

（唱七锤）周都督不必生怒气，
江南威风你第一。
俺黄盖相喻以大理，
你为何依势将人欺。

周　瑜　黄盖，

（唱紧七锤）骂声黄盖多无理，
口出狂言乱军规。
俺掌兵权不由你，
要你出的什主意。

黄　盖　（接唱）曹兵百万势难敌，
杠费粮草与军力。
倘若出兵不得利，
不如投降算知趣。

周　瑜　（接唱）养兵千日用一夕，
正是忠臣效力时。
国家要你有何用，
枉食爵禄受官职。

黄　盖　（接唱）此时不听俺言语，
将来后悔也不及。
那时身败名涂地，
军民死都是你误的。

周　瑜　（摩锤子）
（唱尖板）两军相持待对敌，
敢出诳言乱军机，
怠慢军心罪无比，
按律将你斩首级。
来呀，你将这老匹夫推出斩首。

黄　盖　你们谁敢来？你们谁敢来？
（唱紧兴板）俺随主创业历三世，
纵横东南谁不知。
年迈老臣你不在意，
俺眼中实无你小周瑜。

周　瑜　（摩锤子）黄盖。

黄　盖　周瑜。

周　瑜　老匹夫。

黄　盖　小孺子。

周　瑜　嗒，是俺统兵以来，江南文武，大小官员，哪个不尊，哪个不服，你不过有勇无谋之偏将，竟敢在本督帐前如此放肆，我不杀老匹夫，怎统江南大军，来呀，将黄盖推下砍了。

黄　盖　（左右踢卒）想俺黄盖随主创业以来，纵横东南，血战二百余场，今日死在小小周郎手内，看在其间，好不惶愧，惶愧人也。
（二卒推黄盖下）

鲁　肃　刀下留人，哎呀众位将军，你我赶快进帐讲情。

众　将　快快进帐讲情。

鲁　肃　诸葛先生。

孔　明　请酒。
鲁　肃　这样的人。
众　　　哎呀，都督，未曾行军先斩大将与军不利，都督谅情。
周　瑜　怎么说，（起摩锤　擂锤　乱扎）江南文武，江南众公，我有深谋破曹，老匹夫阻我将令，是我将他推下问斩，以正国法，谁知你们一个个来在瑜上边求情，你教瑜今后怎么行兵，（起乱扎　魔锤　擂锤　三壓）也罢，念起众公讲情，来呀，将老匹夫解下桩来。
众　　　快将老将军解下来。
黄　盖　（上起摩锤子）谢都督不斩。
周　瑜　嗒，那是不斩于你，念起众公讲情，死罪免了，活罪难容，来呀，将黄盖推下重责一百。
黄　盖　哈哈哈……（三笑下）
周　瑜　梃子手进帐。
梃子手　参见都督。
周　瑜　将老匹夫与我结实地打。
梃子手　是，（下）（梃子手内喊捆起打瑜听内喊出帐向看）（内喊）一十、二十、三十、四十、五十。
周　瑜　（惊暗白）老将军呀！（瑜入座闷坐）
梃子手　禀都督，老将军几次绝气。
鲁　肃　起去，哎呀众位，老将军受刑不过，快快进帐讲情，诸葛先生。
孔　明　大大快快吃酒。
鲁　肃　哎。
众　　　哎呀，都督，老将军年迈，打了五十尚留五十，血流遍地，气绝几次，还望都督谅情。
周　瑜　怎么说，（起魔锤　擂锤　偷视孔明　孔明饮酒自若毫不瞅睬　周瑜怒　起乱扎　指孔明恨恨然）江南文武，江南众公，我有深谋破曹，老匹夫阻我将令，是我将他问斩，你们个个在瑜上边求情，是我将他死罪免了，饶他重责一百，目今仅打五十，血流遍地，绝气几次，你们个个又在瑜上边求情，你叫瑜今后怎样行兵?
众　　　请都督谅情，请都督谅情。
周　瑜　也罢，念起众公跪前跪后，将老匹夫与我解下来。
众　　　解下来，解下来。（周瑜出帐坐外场）
黄　盖　（内唱尖板）五十棍打得我皮开肉绽，
　　　　（上三锤小擂锤）
　　　　（唱紧七锤）年迈人受不过五刑惨然。
　　　　吞着声忍着气上前参见，（二梃子手扶黄盖左看）

谢都督轻刑打忙跪帐前。

众　　老将军受屈了。（黄盖摇头表示不屈，向右看）

老将军受屈了。（黄盖摇头视孔明恨抚痛处进帐小擂锤乱扎）

周　瑜　黄盖上来。

黄　盖　是。

周　瑜　想你今日轻视国法，藐视主帅，竟敢胡言，慢我军心，本督打你可该？

黄　盖　该。

周　瑜　你可服？

黄　盖　衷心诚服。

周　瑜　既然诚服，说是你往上跪来，往上跪，再往上跪。

黄　盖　是，是。

周　瑜　嗒，

（念）俺有刑法是铁炉，

不怕老贼你不服。（指孔明）

今后再若有怠慢，

定用宝剑斩头颅。（斜视孔明恨）

（唱七锤）满腔怒气冲牛斗，

开言骂声黄公覆。

本督统帅文共武，

谁不遵来谁不服。

老匹夫大胆将令阻，

论军法就该砍下头。

念起众公把情奏，

重责五十轻饶恕。

依仅你老将战功有，

将老匹夫搀出帐去，（周瑜背坐　二梼子扶黄盖左右望　黄盖周瑜对望　周瑜掩面　二梼子扶黄盖下）

（接唱）江南地有尔全当无。

（指孔明　倒四锤亮相下　众随下）

鲁　肃　先生，先生。

孔　明　呵都督。

鲁　肃　是我，是我。

孔　明　原是大夫。

鲁　肃　先生，方才我家都督怒责老将，我们都是他帐下之人，你居客位，正好讲情，你怎么一言不发，还在那里自斟自饮，这酒就是那样的好吃吗？

孔　明　呵，大夫，你怎么也来诓我。

鲁　肃　何出此言？

孔　明　这他们一个愿打一个愿挨，与我有什么相干？

鲁　肃　哎，哎，世上只有愿打，哪个愿挨？我愿打，你可愿挨。（举拳打）

孔　明　哎，他二人乃是一计。

鲁　肃　怎么又是一计？

孔　明　你家都督着黄盖诈降曹操，诚恐曹操不信，故定此苦肉之计。

鲁　肃　哦，哦，我才明白了。

孔　明　明白了好，大夫，见了公瑾不可说亮我先知。

鲁　肃　我晓得。

孔　明　如此随我饮酒走。

鲁　肃　请。（同下）

——幕落剧终——

（说明：以上内容录自家存手稿，先生手迹，钢笔分行书写，繁体竖排。）

孔家庄

［武松走边上。

武　松　（念）奔走风尘义气豪，满腔怒火冲云霄。

酒楼杀了西门庆，除却强梁把怨消。

（白）行者武松。自从大闹飞云浦，诛灭张督监，为避官府追捕，只得浪迹天涯了。

（唱浪头）云离岩壑无定向，

鸟脱樊笼任翱翔。（下）

（孔明孔亮上走架子，对拳）

孔　明　（唱浪头）我弟兄在柳林演习拳棒，

孔　亮　逞英雄行侠义四海名扬。

孔　明　好光阴应爱惜不可松放，

孔　亮　练就了股肱力怒目金刚。

孔　明
孔　亮　论拳勇也算得天下无两，（对拳，宋江上）

宋　江　绿柳荫转来了公明宋江。

孔　明
孔　亮　参见师傅。

宋　江　少礼。

孔　明
孔　亮　师傅，你看我弟兄二人的武艺如何？（很自满而骄傲地问）

宋　江　倒还熟练精通，只是功力尚差，不如一人。

孔　明
孔　亮　不如哪个？

宋　江　不如那都头武松。

孔　明
孔　亮　哎呀，师傅，我弟兄二人，多蒙师傅谆谆教诲，武艺有所长进，只说天下无敌，你怎说不如一个武松。

宋　江　嗯，休要藐视天下人也。

（唱）你二人且不可趾高气扬，

有寸进便觉得天下无双。

当知晓智若愚贵在修养，

是英雄哪一个肯露锋芒。

从今后虚其心要有容量，
勿自满戒骄傲免招祸殃。
武二郎有臂力武艺高尚，
景阳岗曾打虎名扬四方。
到明天差小介前去寻访，
若见面你弟兄应拜门墙。（二孔执拗不服）
少年人血气勇不可依仗，
必须要尊师训永矢勿忘。

孔明
孔亮　送师傅。

宋江　免。（笑下场，孔明、孔亮不服，低头不语，猛然抬头三看）

孔明　（唱）他将武松来夸奖，

孔亮　说什么打虎景阳岗。

孔明　见面要和他较量，

孔亮　显一显身手有何妨。（愤怒拉衣下）

［孔秀担酒桶上。

孔秀　二大叔在柳林演习拳棒，
我小子去送酒往来奔忙。
我小子孔秀。二位大叔以在柳林练武，庄主命我担酒去送，只得走走。

［转圆场，秀和武双进门碰上。

武松　娃娃，你担的什么？

孔秀　我担的是酒，你问着是怎的？

武松　捧过来，洒家用些。

孔秀　你们出家人用不得酒，若是用了酒，要犯戒律哩。

武松　那不关你事，只说你给洒家用不给洒家用。

孔秀　我不给你喝。

武松　你敢说三个不？

孔秀　慢说三个不字，就是十个百个由我说，一个不，两个不，三个还是个不。

武松　嗒。（武拉秀一只臂膊坐在背上端桶喝，秀扎挣无力，喊叫武喝完放秀）

孔秀　咦，都喝干了，好大的酒量呀，拿来吧。

武松　拿什么来？

孔秀　常言道的好，酒后不言价，拿来，是银子，还是钱。家里还有，待我给你担去。

武松　（武摸身发窘）今天手头不便，忘记带钱，改日与你送上门去。

孔秀　（很生气地）啥，你手头不便就敢在这里喝酒，哎，你也不去打听打听，孔家庄是个什么地方，岂能容你这刁头和尚在此放野撒刁，将你身上的僧袈与我脱下。

武　松　岂有此理。

孔　秀　啥，你脱下不脱下。（秀上前欲打武，武一手架秀）哎哟，哎哟，你打人哩，你能打我，给你叫两个人去。二位大叔，快来。

孔　明
孔　亮　（五锤子上）何事？

孔　秀　那一刁头和尚吃了酒不给钱，还将我的臂膊打坏了，哎哟！

孔　明
孔　亮　这还了得，闪开，呔，好一恶僧，吃了我家酒，为何不付资？

武　松　方才说过，今天手头不便，改日送上门去。

孔　明
孔　亮　哇！今天有了酒资还则罢了，如其不然，先吃我弟兄一拳。（打摆腿怒视武）

武　松　哈哈哈，若说打架，洒家何惧。（三人甩掉外衣，武扫二孔飞脚翻身）

孔　明
孔　亮　恶僧休狂笑，快快留名受死。

武　松　你二爷就是景阳岗打虎的武松。

孔　明
孔　亮　你来得正好，免得我寻找。今日将你打不倒，不算一方豪杰。

武　松　怎么打？

孔　明
孔　亮　嗯，要打。

武　松　说打便打。（飞脚扫二孔）

（唱尖板）武二郎生世来性情豪荡，

胆大的小鼠辈赶来张狂。

孔家庄（又一飞腿）不放在爷的心上，

入虎穴下龙潭却又何妨。

孔　明　　休得要出大言将俺小量，

孔　亮　　谁不知我弟兄威震一方。

孔　明
孔　亮　怒轰轰先叫你吃我一掌，（三人对打，武打亮下，又打明，甩飞腿打明败下）

武　松　　赶上去再教训两个儿郎。

（带醉意身子左右晃，忽然酒气上涌亮相打双飞燕滚飞脚下）

孔　秀　（乱捶或水里鱼上）哎呀，那一刁头和尚与我家二位大叔厮打一起，带我速报宋师傅得知。

（急跑下）

［明、亮急上，双飞燕亮相。

孔　明
孔　亮　（唱夹板）一霎时气的人怒火千丈，

料武松打不出孔家村庄。

如不然我弟兄就要齐上，

［武赶上，三人打，明败下打亮，明又上对打，武一腿打明倒。

武　松　景阳岗降猛虎除害乡邦。

［到明身旁用手摸，很气地下，明慢慢醒，飞脚跌倒起两边搜门亮相踢腿三翻身下，明亮上。

孔　明
孔　亮　好英雄，哎呀，好英雄。

孔　明　那一恶僧打我弟兄一拳。

孔　亮　还不上一拳。

孔　明　踢我弟兄一足。

孔　亮　还不上一足。

孔　明
孔　亮　庄丁走来，（四庄丁上站立两边）你们抬了虎又拉了猎犬。

［二人辟义园场站在下场门，武急上，见二人打二虎圈羊，犬捕武，武踢犬倒地夺明叉踢四庄丁倒，足踏庄丁手挽明一手夺亮叉，亮急搬石块，宋急上。

宋　江　嗯，（亮掉石）方丈法号？（武奔孔明）

武　松　行者武松。

宋　江　哦，原是武贤弟。

武　松　你是宋大哥？

宋　江　贤弟如何得成这般？

武　松　大哥不知，为弟杀了西门庆，被解孟州……（三哑腔）大哥如何到此？

宋　江　孔太公特请兄来此训蒙。大胆的孔明、孔亮，为师怎样对你训诫，如何对你嘱咐，有眼不识泰山，得罪你家武二叔。还不上前赔罪。

武　松　一时误会，怪不得二位。

宋　江　（唱）你弟兄进前来听师细讲，

他本是武都头侠义二郎。

论拳棒你怎敢和他较量，

仗人多凭猎犬不算豪强。

孔　明
孔　亮　适才间怪小侄一时鲁莽，武二叔多原谅莫记心旁。

武　松　些小事何值得谦虚礼让。

宋　江　请进庄摆筵席再叙衷肠。

众　　　请。

——幕落剧终——

（说明：以上内容录自家存手稿。先生手迹，钢笔书写，繁体横排。）

陆文龙

序　言

《陆文龙》这部戏，在评剧中富有艺术价值，且其所含的意义，重在激发人民勿忘国仇，起来一致御辱，使侵略者有所戒惧，慎勿以邻为壑，自取覆败。剧中如陆登夫妇殉节、王佐断臂投金、薛乳娘救孤报主、陆文龙聆词索仇等幕，各有各的结构，各有各的技巧，皆有极精彩的场子。而最后会战一幕，靠把开打，更觉得有声有色，令人兴奋，确是一部富于典型的佳剧。冯杰三先生为改进秦腔艺术及勉励人民同仇敌忾，勿忘国耻，特就原来剧本重加改编，词句务求深入浅出，使一般观众聆歌知意咸思奋发，不唯增光剧坛，而辅助社会教育，是提高民族意识，亦确有相当的裨益。此剧已经选派优秀学生合演，教练导排纯熟，不日公演，先此露布，即希共鉴。

［兀术率众上。

金兀术　　耀马扬威犯中原，号令一声鬼神寒。
　　　　　率领大兵四十万，一战成功谢苍天。
　　大金邦四太子昌平王完颜兀术。某家生来足智多谋，膂力过人，力举千斤，吾王心喜，命某率领精兵夺取中原。今乃黄道吉日，正好兴兵。巴图儿，兵发潞安州。（下）

［四龙套须生上。

陆　登　（引）威震潞安，为国效忠不畏难。
　　（诗）渔阳鼙鼓动喧天，易水潺潺星斗寒。
　　　　　铁骑金戈来北塞，胡尘笳角满岗山。
　　潞安州节度使姓陆名登字子敬。奉命镇守潞安州。可恨金邦四太子完颜兀术带领人马，来犯潞安，本帅已命人打探敌情，未见回报，好不着急人也。
　　（唱）兀术率兵四十万，
　　　　　人强马壮犯中原。
　　　　　虎口雄关已失守，
　　　　　浩浩荡荡攻潞安。

卒　报　金兵已到潞安

陆　登　来，带马迎敌。（下介）

［金引众与陆登六人战，登败下，金追下。

[家将上。

赵德胜 （唱）宝帐领了元帅令，

下书要到潞安城。

韩元帅家将赵德胜。领了元帅之命，扮作商人，去到潞安下书，白昼不敢行走，只好星夜前往了。

（唱）奉命下书不敢停，

耳内忽听人马声。

金兀术 宋朝陆登武艺精，

一战损吾数万兵。

随吾之去攻水关。

报 拿住奸细一名。

金兀术 绑上来。这一汉子，胆敢来做奸细，来，身旁搜验。

哈迷蚩 禀狼主，搜出蜡书，请观。

金兀术 待吾一观。果是奸细。来，推下砍了。

哈迷蚩 慢着，狼主将他交与为臣自有妙用。（全下）

（须生上起更）

陆　登 （唱）恨兀术犯中原大肆屠杀，

可怜我身披甲昼夜巡查。

来到城楼将马下，（上城介）

设计我要把兀术擒拿。

[丑上。

哈迷蚩 （引）明知山有虎，故作采樵人。

呔，开城来。

陆　登 你是何人，奉何人之命，可有文书？

哈迷蚩 小人名赵德胜，奉两狼关总兵韩大老爷之命，有书呈上。

陆　登 想韩元帅那边原有一个赵德胜，但不曾见过。我且问你，你即在韩元帅麾下，可晓得他在何处得功，得到元帅之位？

哈迷蚩 因我家老爷同张叔夜招安了水浒寨中好汉得功，钦命镇守两狼关。

陆　登 夫人何氏？

哈迷蚩 我家夫人非别人可比，现掌五军都督印，梁氏夫人。

陆　登 她是什么出身？

哈迷蚩 小人不敢说。

陆　登 可有公子？

哈迷蚩 有两位公子。

陆　登 叫什么名字，多大年纪？

哈迷蚩 大公子韩尚，一十五岁了；二公子韩彦直，三岁。

陆　登　果然不差。呈书来我看。

哈迷蚩　是。

陆　登　哎呀，我想孙浩是奸臣门下，怎么叫我助他。众将官。你们今天吃羊肉不曾。

卒　　　小人们并不曾吃羊肉。

陆　登　哈哈，若不是这阵羊膻气，几乎被他瞒过。大叫番奴，大胆的奴才，竟敢前来骗我。若速将实情说出还则罢了，如其不然休想活命。

哈迷蚩　大人饶命，我乃大金国军师哈迷蚩，前日拿住了韩元帅与大人送信之人赵德胜，是我一夜将他问得明明白白，照原书另写一封，小番方好来做奸细。

陆　登　我也听得，番邦有个哈迷蚩，就是你吗？

哈迷蚩　是小番。

陆　登　闻听你屡次私进中原，打听消息，以致犯我边疆，今将你杀了，恐天下人笑我怕你计策；若将你放回，下次再做奸细，如何辨识。来，将他鼻子割下，放他去吧。

哈迷蚩　哎呀。

卒　　　去吧。

哈迷蚩　多谢大人饶命之恩。正是：割去鼻子真可笑，掩面回去报消息。

陆　登　来，带马随爷巡查防线一回。

（唱）丑贼设计将我骗，
闻膻气猜破贼机关。
割去鼻子放回转，
叫他知我不平凡。
众将随爷巡防线
处处必须守望严。（下）

［兀术上。

金兀术　（唱）军师一去不复返，
到叫某家把心担。
将身儿且在宝帐站，
（哈迷蚩上向金指介）
军师他何成了这般。
来，将军师搀下。巴图，直攻水关。
（交战介陆登败下　金追下）
［青旦上。

陆夫人　（唱）可恨兀术挑战争，
老爷妙计挫敌锋。

怎奈我兵少敌势众，
不能歼贼成大功。
西望援兵无踪影，
闷坐二堂泪珠零。

[陆登上。

陆　登　（唱）兀术奋勇破水关，
国破家亡在眼前。
本公一身殉国难，
见了夫人说一番。

陆夫人　老爷慌张为何情缘?

陆　登　哎呀，夫人，兀术攻破水关。水关一失，此城难保。只说此城若失，我全家焉能得生。本公自然为国尽忠，夫人你速拿个主意吧。

陆夫人　哎呀老爷，事到而今，老爷为国尽忠，妻当尽节而死，还有何说。
（唱）夫尽忠妻尽节同赴国难，
落一个美名儿万古流传。
回头来把乳娘一声呼唤，
夫人我有言语叮咛二三。
我夫妻为国家今将命断，
烦劳你抚养我小小儿男。
小娇儿生世来三月未满，
遭大祸抛弃儿割心割肝。
放狠心将冤家交你照管，
这也是出在了无奈之间。
叫乳娘你转上待我拜见，

薛乳娘　夫人这是何意?

陆夫人　千万间勿忘我临终之言。
哎哎哎，我叫叫一声乳娘呀乳娘，我夫妻为国尽忠死后，只有这点骨血，重托与你，将他抚养成人，接续陆氏香火。倘若我儿长大成人，无有能力还则罢了，若有能力，你将我夫妻遇难情由给他讲说，叫他为国报仇，与我夫妻雪恨。我夫妻死在九泉，也要感你的大恩。

薛乳娘　（唱）夫人不必过悲哀，
大祸临头难避开。
为国捐躯真可爱，
我愿报仇养婴孩。

陆夫人　（唱）恩人即允忙起站，
再拜老爷意志坚。

解带悬梁莫迟缓，
唯恐贼人到身边。
罢了儿，说是罢，罢，罢。（悬梁死介）

陆　登　哎呀夫人。

薛乳娘　老爷醒得。

陆　登　（唱）见夫人自缢死得惨，
我的夫人呀！
不由叫人泪涟涟。
耳听外边人声喊，
必是贼人到府前。
急忙抽出青萍剑，
为国尽忠丧黄泉。
（内喊）金兵已到，待我自刎。
正是：临难捐躯有几人，满腔忠义郁风云。
丹心一点终不泯，留得姓名万古新。（死介）

薛乳娘　收拾小包裹，抱主去逃生。
哎，老爷！（下）
[兀术上。

金兀术　侥幸破坚城，谨防埋伏兵。
哎呀，陆登自刎。夫人自缢。

卒　禀狼主，拿住了一个妇人，抱着一个小孩。请狼主发落。

金兀术　你且站起，这一夫人，你是何人，抱的孩子是你什么人？

薛乳娘　大王。这是陆老爷的公子，名叫陆文龙。我是他的乳娘。可怜老爷夫人为国尽忠，只有这点骨血，求大王饶命。

金兀术　原来如此。陆老元帅，某家决不绝你之后。某今认他为子，抚养成人。
（陆登尸倒）（兀术抱小孩）
巴图，某认此儿为子，仍交乳娘抚养，以后有人泄露此情，定斩不饶。来，速派五百军士护送乳娘公子回到本国。

薛乳娘　多谢狼主。

金兀术　好好抚养公子，某家得胜回国，重重有奖。

薛乳娘　小妇人遵命。正是：捐躯殉节义气高，碧血常新壮宋朝。（下）

金兀术　哈利禄听令。

哈利禄　在。

金兀术　速将陆登夫妻尸首合葬在城外。

哈利禄　遵命。（下）

金兀术　众将官随某攻打两狼关。

［四龙套王上。

宋高宗　（引）宋室江山一统，恨强邻虎视鲸吞。

（坐诗）中华好河山，半壁已沦陷。

战事又吃紧，愿早将都迁。

寡人大宋高宗皇帝在位。可恨金人侵犯中华，二帝被掳，山河破碎。今日战事吃紧，京都受敌威胁，朕已令临安节度使苗傅总兵刘正彦在临安建筑新宫殿，准备迁都，不知可曾完工，叫朕时刻悬心。

内　侍　禀万岁，苗节度刘总兵有本奏上。

宋高宗　呈上来，待朕一观。哎呀，原是临安殿竣工，请朕迁都。内侍，宣文武上朝。

内　侍　万岁有旨，文武上殿。

李　侗　军民齐抗战，

许景衡　群力挽狂澜。

黄潜善　求和为上策，

汪伯彦　避难将都迁。

李　侗　太师李侗。

许景衡　尚书左丞许景衡。

黄潜善　中书侍郎黄潜善。

汪伯彦　同知枢密院事汪伯彦。

众　　　万岁召宣，上殿去参。请！

宋高宗　众卿平身。

众　　　万岁万万岁，宣召臣等上殿，有何军国大事议论。

宋高宗　众卿哪知，倾据苗傅刘正彦本奏，临安新宫殿竣工，请车驾即日迁都。朕已准奏，宣众卿上殿，商议择日迁都。

黄潜善　万岁，金陵楼台残破，城郭空虚，还是早日迁都为妙。

汪伯彦　万岁，黄侍郎所奏甚是。请万岁即日迁都。免得兵临城下束手无策。

许景衡　万岁，想金陵乃六朝建都之地，有长江之险，可战可守，易图恢复，请万岁不可听信谗言。

李　侗　万岁，自古中兴之主俱起于西北，故关中为上。今都金陵虽是中策，尚可以号召四方，以图恢复。若迁往临安，不过是惧敌退避之意，真是下下之计，望陛下勿降此旨，免得摇动民心，不胜惶恐之至也。

（唱）望万岁不可将都迁，

为臣有本奏君前。

我国英主把都建，

均说最好是长安。

今都金陵虽然偏，

容易恢复旧河山。
如将都城迁临安，
动摇民心怎挽还。

宋高宗　李太师所奏甚是。但金陵已被兀术破坏，人民离散，只剩这个空城，还能久守？况且，临安南通闽广，北近雁门，民多鱼盐之利，足以休兵养马，等候兵精粮足，然后再图恢复。

黄潜善　近日战事紧张，人心惶恐，以臣之见，不如一面遣使议和，一面速备车驾迁都。

汪伯彦　可恨岳飞、李刚等人，一派主张死战，一派主张死守，提起迁都他就反对，若言议和，他就反对，拼命抵抗。难道兵临城下，将万岁叫金兵掳着去不成？黄侍郎所奏迁都求和两件办法，甚是有理，请万岁决定速行。

许景衡　慢慢慢着，万岁，陛下宜安守旧都，选将挑兵，控扼要之地，积草屯粮，召集四方民军直抵黄龙，迎还二帝，以报中原之恨。岂可迁都惧敌，以失民心。况临安僻近海隅，四面受敌。黄潜善、汪伯彦乃奸佞之徒，不可被其蛊惑，望陛下三思也。

（唱）各路战事均进展，
军民联络将敌歼。
奸臣误国陈意见，
昌言求和割地盘。
迁都为的避祸患，
人民流离实可怜。
这些奸臣皆应斩，
不斩贼人民怎安然。

哎，
见得万岁怒满面，
全然不听臣忠言。
怒冲冲提袍执笏板，
我要为民除奸谗。
先打国贼黄潜善，
再打伯彦小狗官。
二贼罪恶人民怨，
打死你卖国贼天下才安。

宋高宗　大胆，
骂声景衡好大胆，
金殿上竟敢耍野蛮。
这样行为本该斩，

姑念初犯且从宽。
免去官职下金殿，
回家为农务庄田。

许景衡 哎，
口头谢恩下金殿，
气的景衡发冲冠。
号召群众赴国难，
拯救万民复河山。（下）

宋高宗 黄、汪二卿听旨。

黄潜善 汪伯彦 臣听旨。

宋高宗 黄潜善，联系金营，割地议和；汪伯彦，准备车驾，即日迁都，不得有误。（下）

黄潜善 汪伯彦 为臣遵旨。

黄潜善 （唱）金营求和暂息战，
汪伯彦 即日迁都到临安。（下）

［旦上。

薛乳娘 （诗）身居番邦十六春，抚养公子已成人。
眼望故国空流泪，冤仇不能对人云。

妾身陆文龙乳母薛氏。自从金兵入寇，潞安失守，老爷夫人为国捐躯，我同公子被掳番邦，幸喜兀术不曾伤害，认为己子，并传令不许泄露秘密，违者斩首。是我受尽辛苦，抚养公子成人，但是他父母之仇恨，迄今一十六载，还不知晓，我也不敢诉说。今乃老爷夫人殉难之日，公子出外练习枪刀，不免后帐哭祭老爷、夫人一回了。

（唱）身在番邦思故乡，
眼望故乡痛断肠。
国恨家仇记心上，
暗地设祭哭忠良。

［陆文龙上。

陆文龙 （唱）文龙生来膂力强，
好使一双梨花枪。
每日郊外习拳棒，
准备效命赴疆场。

小生陆文龙。生在番邦，最爱中原服装。校场练习枪马已毕，探望乳娘。乳娘，乳娘。怎么不见。哼，必是在后帐给我赶绣花衣，不敢大声疾呼，

恐怕惊动于她。我还是亲往后帐偷看一番。（下）

（旦上）

薛乳娘 哎哎，我叫叫一声老爷呀，夫人呀，自从你二人为国尽忠以后，我抱公子逃难，被贼俘虏送到金邦，今已一十六载，是我受老爷夫人之重托，怀恨含冤抚养公子成人，以报老爷夫人之大德。但不知此恨此仇何日得报呀！老爷夫人，今是你们殉难之日，后帐设祭，哭你吊你，不知你晓也不晓？知也不知？

（唱）哭老爷为国身先丧，
夫人自缢尽节亡。
怀抱公子向外闯，
被贼俘虏到番邦。
我将真请对他讲，
幸喜他不曾将公子伤。
受遗命我将孤儿养，
十六栽艰辛已遍尝。
公子年长性豪爽，
两臂有力使双枪。
大仇未报心惆怅，
不敢向公子说短长。
今日设祭哭良将，
恨无人报我仇刺杀贼王。

陆文龙 乳娘，你在这里祭的哪个，哭的何人，仇人是谁？

薛乳娘 这个……

陆文龙 乳娘，待小王与你杀了仇人，以雪冤恨。

薛乳娘 殿下，我无有什么仇人，也无有什么冤恨。

陆文龙 乳娘，小王听得明明白白的，你说设祭哭良将，无人报仇杀贼王，怎么说没有？

薛乳娘 我当真莫有什么仇恨。你再不要多心了。

陆文龙 哎，真可怪也。

（唱）乳娘后帐哭声恸，
倒叫小王心不明。
她说仇人狼虎性，
问她不肯露真情。
访寻实情无门径，
霎时难坏陆文龙。

哎，我的乳娘。

小王生世太苦命，
幼小亲娘便丧生。
多亏乳娘来照应，
抚养爱护如亲生。
每天与我将饭烹，
四季与我将衣缝。
有时身体染疾病，
乳娘求医问神灵。
是这样大德山海重，
小王时刻记心中。
适才乳娘哭声痛，
娘哭我怎不心疼。
娘言报仇力不胜，
小王情愿除残凶。
请娘快说仇人姓，
不说明我要碰死你怀中。

薛乳娘 我莫有什么仇人，你叫我从何说起？

陆文龙 你有仇人呢，你给我说。

薛乳娘 （唱）叫殿下不要哭不要号，
听我为你说冤枉。
自从逃难到你邦，

陆文龙 你说你的冤枉，管什么到你乡不到你邦，你快说。

薛乳娘 哎，殿下。
（唱）你的亲娘便死亡。
受辛苦我将你抚养，
幸喜的殿下长大两膀有力使双枪。

陆文龙 我问你有什么大冤枉，
你偏说我短和长。

薛乳娘 提起冤枉山海样，
有口难以说端详。

陆文龙 你将仇人对我讲，
小王与你做主张。

薛乳娘 仇人统兵势力强，
你一人怎能将他伤。

陆文龙 小王力敌千员将，
哪怕仇人势力强。

薛乳娘　中原遍地遭兵慌，
可怜我国破家亡。
骨肉分离孤孤单单漂流在他乡。
陆文龙　我问张来你说王，
将冤枉半吞半吐半露藏。
薛乳娘　非是我半吞半吐半露藏，
说出口恐怕遭祸殃。
陆文龙　乳娘讲话全不想，
哪个敢将你命伤。
薛乳娘　虽无人敢将我怎样，
到底不说总稳当。
陆文龙　你不说来我要嚷，
霎时急坏小儿郎。
薛乳娘　你休急来你休嚷，
恐怕你以后变主张。
陆文龙　自幼儿乳娘将我养，
难道说不知我心肠。
薛乳娘　自古道人大心大变花样，
你现在我怎知端详。
陆文龙　我如对乳娘有欺诓，
沙场上乱箭把命亡。

薛乳娘　住口，殿下不必这样。

陆文龙　你不给我说，我心里着急得很，怎能不哭，我，我怎能不哭？

薛乳娘　哎哟，不要哭，我给你说就是了。

陆文龙　怎么乳娘给我说呀。

薛乳娘　我的仇人吗，不在金邦。

陆文龙　他在哪里？

薛乳娘　尽管给你说在中原，难道你不曾听见吗？

陆文龙　听见了。

薛乳娘　但是你们如何得到中原。

陆文龙　我马上差人请示父王，必许我去。

薛乳娘　未必允许。

陆文龙　他必许我。

薛乳娘　若果到了那里，有了机会，我再实说。说了你须要速办，倘若迟缓，不特我的命难保，恐怕你也不得活。

陆文龙　我绝对严守机密。

薛乳娘　到那时，你可不要变卦。
陆文龙　不敢欺骗乳娘。
薛乳娘　一言为定。
陆文龙　万勿更改。
薛乳娘　若还失信，
陆文龙　死无葬身。
卒　马上送捷报，进帐向上呈。
禀殿下，狼主送来捷报，请殿下拆阅。
陆文龙　呈上来。我父王又得捷报，待小王拆开一观。咦哈哈。
薛乳娘　殿下，捷报上说的什么？
陆文龙　乳娘，我父王攻破汴京，杀死中国人民成千过万，并俘虏中国两个皇帝。
薛乳娘　哦，苦呀！
陆文龙　乳娘，你真爱哭，这样好的消息，你听了还要哭呢，难到你不愿父王坐中国皇上吗？
薛乳娘　非也。
陆文龙　那么你为着何来？
薛乳娘　我苦的是中国老百姓，可怜他们无辜受害。
陆文龙　乳娘，不要啼哭，待小王修书，请示父王，准我中原助战，并将乳娘爱民之心附带写上。
薛乳娘　尽在殿下。
陆文龙　待小王修书可。（牌子）来，这是回书一封，速到中原，面呈我父，速去勿误。
卒　遵命。（下）
陆文龙　乳娘，请到下边。
正是：请示父王愿参战，好与乳娘报仇冤。
薛乳娘　亡国妇人无主见，但愿中华百姓安。（下）
［四龙套四将押粮车上。
何元庆　（诗）耀武扬威立大功，
严正芳　挽枪净扫虏尘空。
何元庆　守土抗敌男儿志，
狄　雷　但愿早日捣黄龙。
岳　云　俺岳云。
严正芳　俺严正芳。
何元庆　俺何元庆。
狄　雷　俺狄雷。
四　人　请了。奉了元帅将令，催押粮草。众将官，催马回营交令。（同下）

［四将引岳飞上。

岳　飞　（引）精忠报国筹奇策，扫荡金兵。

（坐诗）屡败金邦挫敌锋，中原指日息战争。

唯愿直捣黄龙府，消灭侵略复汴京。

本帅姓岳名飞，字鹏举。金人率兵犯中原，民遭涂炭。前日杨再兴误走小商河，马陷淤泥，被番奴乱箭射死。今日本帅兴师擒贼，以泄我恨。众将官，起兵前往。

（或牌子或唱）

杨再兴忠勇是好汉，

小商河被贼乱箭穿。

今日兴师和敌战，

生擒兀术报仇冤。（同下）

［报上。

报　启狼主，岳飞讨战。

金兀术　再探。

［报下。

众巴图，杀！（牌子下）

［陆文龙上。

陆文龙　（引）束发金冠雉尾双，白袍鳞甲放光芒。

梨花双枪银鬃马，守将当锋尽灭亡。

小王陆文龙。父王兀术与宋君不和，屡战不胜，兵屯朱仙镇。近日不知胜败如何，叫人时刻悬心。

［小番上。

小　番　（引）一心忙似箭，策马快如云。

殿下在上，咱家叩头。

陆文龙　罢了。小番，我父王兵屯朱仙镇，胜负如何？

小　番　殿下，那宋将屡次得胜。小番奉狼主之命，请殿下和乳娘同到朱仙镇，共议军情大事，夺取宋室江山。

陆文龙　既然如此，小王与乳娘说明，即日同进中原便了。

小　番　（诗）全凭殿下双强勇，

陆文龙　哪怕宋朝百万兵。（同下）

［金兀术原人同上会阵。

岳　飞　哇，兀术尔藐视吾国，伤俺大将杨再兴，恨不能食尔之肉。看枪。

［金败岳追下。

（四车夫小番旦坐车）

陆文龙　（内唱）少年英雄武艺精，

军前效命显威风。
羡慕中原好风景，
但愿灭宋立大功。

薛乳娘 （唱）回到祖国真侥幸，
趁机向文龙说冤情。
杀贼报国救百姓，
扫除胡虏庆太平。

陆文龙 宋朝岳飞休逞能，
屡次战败俺金兵。
小王闻报怒气生，
要将中原一马平。
吩咐车辆往前行，
见了父王问分明。

［岳原人同上，云元狄芳四将上。

四　将 参见元帅。

岳　飞 罢了。粮草可曾运到？

四　将 已经运到。元帅出阵，胜败如何？

岳　飞 大败而回。

四　将 待我等出马。

岳　飞 须要小心。（下）

［金上原人会阵，金下。

［四番将四中将会阵番将败下。

金兀术 （唱）朱仙镇打败仗可羞可耻。

小　番 启狼主，殿下乳娘到。

金兀术 唤他进见。

（旦上）

薛乳娘 狼主万福。

金兀术 乳娘请至后帐歇息。

薛乳娘 多谢狼主。（下）

［四手下引陆文龙上。

陆文龙 双枪能敌千员将，
管教岳飞枪下亡。
急忙下马进宝帐，
见了父王问安康。
父王在上，儿臣参见。

金兀术 王儿路途辛苦，免了吧。

陆文龙 谢父王。

金兀术 一旁坐下。

陆文龙 谢座。

［报上。

报 岳飞讨战。

金兀术 再探。

［报下。

陆文龙 启父王，既是宋将前来，待儿臣出马，生擒宋将。

金兀术 好，王儿须要小心。

陆文龙 孩儿遵命。众小番随小王杀上前去。

正是：万马丛中显姓字，千军队里夺头功。

［四将四龙套岳飞上。

岳　飞 （唱）可恨金人战衅开，

纵横干戈起尘埃。

［报上。

报 报。

岳　飞 军报何事?

报 番将讨战。

岳　飞 再探。

［报下。

众将，哪个愿去?

四　将 我弟兄愿去。

岳　飞 即愿前去，须要小心。你四人出阵，不可齐上。应一人先和他交战数合，再换一人，最后齐出共战。此名车轮战法。

四　将 得令。（下）

岳　飞 众将官，随本帅迎敌。（下）

（上四锤将　番将上会阵　同下　陆文龙上　耍枪　严正芳会阵　败下陆文龙耍枪，何元庆上会阵　何败下　陆文龙耍枪　岳云上　会阵　云败下　陆文龙耍枪　狄雷上　会阵　败下　四小将进城　陆文龙追　同下）

［王佐上。

王　佐 （唱）运筹帷幄将军事，

陷阵冲锋战士功。

适才探报，金营来了一个少年，甚是英勇。不知元帅胜败如何，令人悬心。

［原人同上。

岳　飞 （唱）胡笳羯鼓声彻天，

千里纷腾起狼烟。

（坐诗）雄才巧艺适相逢，枪来锤架各逞雄。

赤胆忠心报国基，不能生擒陆文龙。

［报上。

报　启元帅，陆文龙讨战。

岳　飞　再探。

［报下。

来，将免战牌高挂营门。众将提防番将趁势偷营。今夜必须人不解甲马不离鞍，齐守防地，不可大意。

［众下。

哎，想俺岳飞每战金人，未曾有如此之败。今日一仗，被一少将枪挑数员大将，大败而回。咳，好不惭愧人也。

王　佐　元帅不必烦闷，小将王佐情愿前去诈降兀术，顺说陆文龙前来投降，岂不是好。

岳　飞　哎，想那金人诡计多端，只恐此去画虎不成，反遗敌人笑柄。请将军休起这个念头，回营谨慎防护，出帐去吧。

王　佐　如此，暂避元帅。（下）

岳　飞　众将官小心防守了。

（唱）陆文龙果称英雄汉，

双枪伤我将数员。

愁锁双眉后帐转，

设谋要将金兵歼。

王　佐（唱）听谯楼打初更风清月朗，

又听得啸月猿啼夜鸟哀鸣声凄怆。

恨兀术肆强暴逞兵犯上，

他一心要将我中国灭亡。

岳元帅起义师和贼抵抗，

杀金奴好一似虎赶群羊。

昨日里朱仙镇打了一仗，

车轮战难胜敌兵勇将强。

陆文龙持双枪抵我千将，

只杀得天色变日月无光。

可怜我千万军败在阵上，

无一人能抵挡梨花双枪。

陆文龙武艺精万夫难挡，

陆文龙性猛勇难挫锋芒。

我王佐不忍叫国家沦丧，
想良方灭丑虏复兴我邦。

尔等退下。哦，兀术入寇我国以来，半壁河山也已沦陷。昨日朱仙镇一仗，岳元帅大败而归，言说陆文龙英勇无敌，我中华亡国灭种就在眼前。文龙，文龙，陆文龙。哎，想当年大破潞安州，陆登夫妇为国捐躯，留下一子交与乳母，均被金人掳去，迄今已有十五六年，依我看来，陆文龙必是陆登之子无疑。那时此子年幼，怎知父母仇恨。若得一人诈降兀术，深入番营，见了乳娘，设法顺说陆文龙归国，同心协力，消灭兀术，复兴我中华，岂不是好。此事该命何人去办？该命何人去说？哎呔，想我王佐自从参战以来，未立尺寸之功，今晚若能想得一计，诈降兀术，顺说陆文龙返回祖国，那时，我上可为国家尽忠，下可为元帅分忧，方遂我王佐之心怀也。

（唱）为国家入虎穴去把忠尽，
想妙计瞒兀术假意投金。
陆文龙他不晓父母仇恨，
俺王佐用巧言挑动他心。
在帐中低头想心烦意闷，
倒不如上公案观看古今。（看书介）

哦，汉书。汉朝卫律、苏武，先后去到番邦催贡。一个贪生怕死，降顺番邦，封侯将；一个牧羊北海，食毡饮雪执意不降。哎呀，这忠奸甚是分明。

（唱）汉朝中有卫律名声不正，
怎比那苏子卿丹心忠诚。
饥食毡渴饮雪忠心耿耿，
保护那忠良臣暗有神灵。

东周列国好，还是看列国。吓，要离断臂，要离断臂。哦，当年要离断臂刺杀庆忌此乃大丈夫所做所为之事。我何不效此而行之，此计甚妙。国家已到存亡之秋，正是人民报国之时，我已决定断臂诈降，方能瞒过兀术。想我王佐今日断臂，是为消灭强敌而断臂，是为收复失地而断臂，意义甚大。如果不测，我王佐死也有光荣，死也有价值。

（唱）那要离曾断臂颇有胆量，
为报恩刺庆忌名扬四方。
今日里朱仙镇损兵折将，
无良策败敌兵羞愧难当。
眼看着中原地将要板荡，
眼看着好河山断送犬羊。

我中国已到了存亡关上，
难道说我无有爱国心肠。
为救国学要离断臂假降，
顾不得生和死自作主张。（砍臂倒地介）

［二旗牌上。

旗　牌　王将军醒来！

王　佐　（唱）霎时间疼得我神魂不定，
身好似滚油泼肉颤心惊。
猛然间睁开眼难以挣扎
为国仇断一臂诈降金营。

旗　牌　王将军为何断臂？

王　佐　尔等不要声张，我心中有冤苦之事。这里有书信一封，送至大营。倘若元帅问起，就说你老爷另有公干去了，切不可走漏消息。

旗　牌　是。（下）

王　佐　天色已明，不免前往金营。正是：壮士一身即许国，此行哪管吉和凶。（下）

［四小番引金兀术陆文龙上。

金兀术　干戈何日定，

陆文龙　狼烟此地多。

金兀术　昨日一仗，皆是王儿之功。

［小番上。

小　番　启狼主，擒来宋营奸细一名。

金兀术　绑上来。

［押佐上。

王　佐　狼主在上，王佐叩见。

金兀术　哦，你就是王佐吗？

王　佐　正是难人。

金兀术　哇，你来吾营，必是打探消息。来，推下斩首。

陆文龙　请父王息怒，容他讲明来历。

金兀术　站起来讲。

王　佐　狼主恩宽。

金兀术　速快讲来。

王　佐　狼主容禀。难臣王佐昨见岳飞大败而回，免战牌高悬，晚间聚众商议难臣进言，劝他归顺狼主，他执意不肯倒也罢了，反拔剑将臣左臂砍断，着臣来降金邦报信。他说即日来擒狼主，杀到黄龙，踏平金邦，迎回二圣。难臣若不来，就要斩首。想难臣乃是一个残废之人，望狼主收留。

金兀术　某家全然不信。
王　佐　现有断臂在此，狼主请看。
（兀术看）
金兀术　哎呀，好一岳飞，这就不是，降与不降，全在于你，为何下此毒手，断了王佐之臂，你好狠毒之心。哎，你为某家吃了苦了，某家留你就是。
陆文龙　请父王封他个官儿才是。
金兀术　该封他个什么官？
王　佐　苦呀！
陆文龙　何不封他个苦人儿。
金兀术　好，王佐，某家就封你苦人儿之职。来，晓谕众将，宋朝王佐为某受苦，某家封他苦人儿。以后，苦人儿到处为居，任他行走。大小营寨不许阻拦，违者斩首。你且下去。
王　佐　多谢狼主。正是：为将不唯兵甲利，还需舌头有锋芒。（下）
金兀术　王儿回营休息，准备大战岳飞。
（唱）恼恨岳飞太任性，
　　　军中哪有断臂刑。（下）
［旦上。
薛乳娘　（唱）撇故乡到那邦无依无靠，
　　　尽头路料难逃怎得开交。
　　　何日里才能够冤仇相报，
　　　思想起伤心事泪如雨抛。
奉狼主之命，跟随文龙回到故国。沿途只见田园荒芜，村舍为墟，大好中华变成杀人战场，这种悲惨状况都是强敌之所为。哎，前在番邦，公子逼问我的仇人，许下到了中国再讲，我想此事需要谨慎，不可鲁莽，趁机行之方觉妥当。昨据公子言讲，他初次上阵作战，岳元帅大败而归，免战牌高挂，中国无人敌他，照这说来，中国灭亡就在旦夕。只说我将公子亲仇怎样对他讲说才妥，怎样才能消灭强敌，恢复中国也。
（唱）陆公子年十六亲仇不晓，
　　　他还要帮仇人杀害同胞。
　　　自愁我国恨家仇不能报，
　　　暗地里临风痛恨愤忾交怀哭嚎啕。
　　　坐帐中自觉得心烦恼，
　　　是何人能与我将愁消。
［王佐上。
王　佐　（唱）到番营一月整机会难遇，
　　　怎能够见文龙来把话提。

苦肉计巧机关用尽心力，
来后营偷眼看寻踪觅迹。

薛乳娘　你是何人敢来内营偷看。

王　佐　哎呀夫人，不要高声，我是宋朝一个残废之人，蒙狼主封为苦人儿之职，又晓谕大小营寨，随我游玩，不准阻拦，故而闲游此间，观看殿下的虎帐。

薛乳娘　昨日殿下曾说，宋朝有一人名唤王佐，乃湖广人氏，被岳飞砍去左臂，莫非就是你？

王　佐　不敢，就是在下。哎，听夫人口音，不像金邦之人。

薛乳娘　妾身亦是湖广人氏。（看四下无人）请坐。

王　佐　有坐。请问夫人，因何至此？

薛乳娘　哎，将军乃是同乡，就实说也无妨。

王　佐　是呀，请说无妨。

薛乳娘　但是将军切不可泄露。

王　佐　哎，岂有此理。

薛乳娘　妾身薛氏，前在潞安州陆老爷府中充当乳娘，不料被狼主攻破潞安州，老爷为国尽忠而死，夫人尽节而亡。

王　佐　哎呀，为国捐躯，乃是一个大大的忠臣。但是，陆公可有后裔。

薛乳娘　说也凄惨，撇下三个月的公子，被狼主掳进金邦，所以流落到此了。
（唱）十六年前潞安州金兵破城满目愁，
老爷为国自刎首。
夫人尽节一命休，
留下三月陆门后。
被掳金邦十六秋，
可怜我含冤抱恨被掳金邦抚养公子年深久。
但不知何日报冤仇。
今将实言对你诉，
泄露机关命难留。

王　佐　哈，俺王佐来得真凑巧也。
（唱）听罢言来喜心头，
我与夫人说来由。
断臂都为陆门后，
舍死忘生番邦投。

薛乳娘　呵，将军是为我家老爷夫人之仇未报，故而断臂到此。你吃苦了。

王　佐　不妨。

薛乳娘　哎，将军，

（唱）深感将军恩义厚，
断臂冒险降金奴。
为我家你把痛苦受，
劝公子还要想良谋。

王　佐　（唱）俺断臂情由休泄露，
漏消息必有意外忧。
坐宝帐我将公子候，
说评话触动他心头。
愿公子归宋灭强寇，
扫除胡虏报父仇。

夫人，我已将陆公殉难之事绘画一图，并编成评书。公子到了指图说书，还要夫人从旁助帮。

薛乳娘　那是自然的。你还要小心才是。

内　殿下回来了。

薛乳娘　殿下回来了，将军切宜小心。

王　佐　晓得。

［旦下，四文堂引陆文龙上。

陆文龙　年少英雄气轩昂，壮志凌云傲秋霜。

王　佐　迎接殿下。

陆文龙　苦人儿，这几日往哪里去了，今到我营何事？

王　佐　这几日，蒙那些王爷平章们，这个听我说些前唐后汉，那个叫我饮酒吃饭。今日无事，一来迎接千岁回营，二来参观宝帐虎威。

陆文龙　呵，听你之言，你还会说评话。

王　佐　略会一二。

陆文龙　如此少待。有请乳娘。

薛乳娘　欲知父母冤仇事，须听评话动他心。

陆文龙　乳娘，请坐。

薛乳娘　有坐。

陆文龙　乳娘，这苦人儿他会说评话，让他说来，大家听听。

薛乳娘　好。着他说来。

王　佐　千岁，这位夫人，他是何人。

陆文龙　这就是小王的乳娘。苦人儿你来见过。

王　佐　哎，失敬了。苦人儿叩见夫人。

薛乳娘　罢了。

陆文龙　苦人儿你也坐下。

王　佐　千岁在上，哪有苦人儿的座位。

陆文龙　咱们莫有什么讲究，只管坐下。
王　佐　谢座。但不知殿下要说文的，还是要说武的。
陆文龙　小王习武，说武的好。
王　佐　还是爱听忠的吗还是爱听奸的。
陆文龙　俺喜的是忠臣，恨的是奸佞，自然爱听忠的。
王　佐　哦，爱听忠的。现有一部忠肝义胆的书名曰骅骝思乡。
陆文龙　骅骝思乡，苦人儿你慢慢地讲来。
王　佐　遵命。（？介拍案）
（诗）道德三皇五帝，功名夏后商周。
五霸七雄闹春秋，说什么龙争虎斗。
一不讲西汉东汉，二不说三国内乱，单说我大宋驾前一家忠良。
陆文龙　忠良是谁？
王　佐　姓杨名延昭。
陆文龙　哦，杨延昭。
王　佐　麾下有一偏将。
陆文龙　偏将是谁？
王　佐　名唤孟良。
陆文龙　哦，叫作孟良。
王　佐　此人能说六国语言。其时番邦欲灭中国，被杨元帅杀得落花流水大败而回。那番邦勾通一个奸臣。
陆文龙　奸臣是谁？
王　佐　名叫王钦若。
陆文龙　哦，王钦若。后来怎样？
王　佐　他就暗害杨家，谗言奏上宋主，言道，番邦有骑宝马，眼如日月，四蹄生焰，身高八尺，遍体白毛，此马日行千里，夜走八百，名曰日月霄霜驹。宋王即命杨延昭去到番邦，着他贡献此马。这就是王钦若陷害忠良之奸谋，那杨延昭回到帐中，闷闷不悦。
陆文龙　乳娘，实在好听。
薛乳娘　哦，好听。
王　佐　其时，孟良在旁，问起情由，讨下将令，前往番邦。这一日两，两日三，他竟混入番邦，无人知他是宋朝大将。后来，一日三,三日九，竟被他把那宝马盗回。
陆文龙　哦，这孟良竟然将马盗回来了。
王　佐　是呀。
陆文龙　哈！好的，真是一员虎将。往下讲。
王　佐　那杨延昭得了此马，奏明宋王，宋王大喜。不料那马到了中原，七日七夜不吃草料，望着番邦大叫三声，竟然饿死了。

陆文龙　这却为何？

王　佐　那畜生也有思乡之心。

陆文龙　哦，那畜生也有思乡之意。哎，乳娘，何况人乎？

薛乳娘　是呀。

王　佐　为人若无思乡之念，真不如兽类也。

（唱）畜生尚有思乡意，
难道人身不如畜。
父母冤仇轻抛弃，
反把仇人当自己。

［旦哭下。

陆文龙　乳娘为何伤心？你真真好哭。苦人儿，这个故事颠三倒四，年深日久，况且又是无稽之言，小王不爱听。你把那新的故事说与小王听听。

王　佐　哦，殿下爱听新的。

陆文龙　是的。

王　佐　待我将大破潞安州之故事讲来。这个故事最新奇，最好听，最热闹。

陆文龙　哦，怎么大破潞安州，这个故事乃是最新奇，最好听，最热闹的故事。

王　佐　不特新奇，好听，热闹，还有画图。

陆文龙　乳娘，你听他还有画图。

薛乳娘　好，命苦人儿将图挂起。

陆文龙　苦人儿，你将图挂起。

王　佐　是。（挂图介）

陆文龙　乳娘请坐。苦人儿你也坐。

薛乳娘　殿下，你上前来，将这图画看个明白。

陆文龙　待小王一观。苦人儿，这画图之上有这些人马，是宋朝人吗还是吾国金兵？

王　佐　殿下，这画图之上，宋军金兵俱有。

陆文龙　这员大将原是宋朝打扮，为何拔剑自刎？他是何人？

王　佐　这个所在乃是中国潞安州。这个死的将爷，官居节度使，他姓陆名登字子敬，因与金兵屡战不胜，又无救兵。金兵攻破城池，故而拔剑自刎了。

（旦哭）

陆文龙　哦，拔剑自刎了。

王　佐　正是。

陆文龙　哎，可惜，这位忠良，殁于国事。这一夫人，悬梁自缢，他又是何人？

王　佐　这就是陆大老爷的夫人，见夫主尽忠而死，故而她也尽节而亡。

（旦洒泪介）

陆文龙　哎，乳娘，你真是听故事流眼泪，替古人担忧。

薛乳娘　非也。因听他全家殁于国事，实实不忍，所以悲伤落泪。

陆文龙　哦，这员大将乃是吾国打扮，跪在尘埃，他是何人？

王　佐　这就是狼主，因见陆登为国捐躯，爱他是个忠良，敬他是个好汉，所以拜他几拜。

陆文龙　哦，我父王敬他是个忠臣，所以拜他几拜。

王　佐　正是。

陆文龙　如此说来，小王也要拜他几拜。

王　佐　理当。

陆文龙　乳娘，拜得吗？

薛乳娘　还需多磕上几个头。

陆文龙　忠臣孝子，人人可敬。陆老先生在上，待小王一拜。

（旦王佐作色介）

乳娘，请坐，苦人儿你也坐下。

二　人　有坐。

陆文龙　我且问你，那旁有一妇人，怀抱小婴孩，她是何人？

王　佐　这就是陆大老爷之公子，那就是乳娘抱在怀内哺乳。

陆文龙　此子有多大岁数？

王　佐　今年一十六岁。

陆文龙　哦，也是一十六岁。乳娘，他与小王乃是同庚。

薛乳娘　正是同庚。

陆文龙　苦人儿，他可有本领？

王　佐　若问他的本领，他能力敌万人。

陆文龙　哦，我且问你，他既然有如此本领，为何不与他父母报仇？

王　佐　他非但不与他父母报仇，如今反帮助仇人。

陆文龙　却是为何？

王　佐　他不但帮助仇人，还认仇人为父，岂不痛心。

陆文龙　此人现在何处？他叫什么名字？

王　佐　名讳吗，苦人儿不敢说。

陆文龙　讲来无妨。

王　佐　不，不，不敢讲。

陆文龙　哇，说了便罢，如其不然，吃俺一剑。

王　佐　他叫什么陆文龙。

陆文龙　哇，胆大的苦人儿，你竟敢耍笑小王，看剑。

薛乳娘　慢着，这就是你父母遇害的画图，不要反怪好人。你以前问我的仇人，因机会未至，不敢明说。今时机已到，不能不对你实说，你要知我的仇人不是别个。

陆文龙　他是哪个？

薛乳娘　他就是你父王兀术。当年逼死你父母是他，杀害无数中国人的也是他。兀术是你父母之仇人，也是我之仇人，是中国人民之仇人。我今把话说明，报仇也在你，不报仇也在你。当年我之不死，因你尚在怀抱。今你已成人，留我无益，还是拔剑自刎，以表忠义之心。

陆文龙　乳娘莫可。乳娘，这就是我父母遇害的画像？

旦王佐　正是。

王　佐　哎呀，陆老爷，我的惨死的老爷夫人呀！

陆文龙　罢了，爹娘。

旦
王　佐　殿下醒得。

陆文龙　（唱）爹娘被害把命丧，

不由文龙怒满腔。

手执宝剑往外闯，

薛乳娘　哪里去？

陆文龙　杀尽番奴复国邦。

薛乳娘　且慢。

王　佐　公子不可性急，容后缓图之。

陆文龙　今日若非乳娘细说，我怎得明白。

薛乳娘　哎，他才明白了。

王　佐　我的膀子也完了。

陆文龙　哎呀，恩公，明日金兵要用铁浮陀冲阵，如何是好？

王　佐　这有何难？待我修一秘扎，绑在箭上，射入宋营，通知元帅，调动兵将，杀他个里应外合，何愁番贼不灭。

陆文龙　如此，待小侄磨墨。

王　佐　好。（牌子）

陆文龙　恩公，乳娘请到下边。

正是：全仗恩公施巧计，

王　佐　此事休要贼人知。

薛乳娘　设计深山擒猛虎，

陆文龙　手持双枪诛强敌。

哎，爹娘呀！（同下）

［四将上。

何元庆
严正芳　（念）将士战袍血未干，

岳　云
狄　雷　　金兵入寇何时安。

四　将　只因王将军前往番营，未有下落。奉元帅之命，四路打探。来，催马前行。

［陆文龙暗上。

陆文龙　待俺射他一箭。呔，看箭。（下）

众　启将军有箭书一封。

岳　云　待我看来。哦，这是陆文龙射来箭书，速报元帅得知。

（当场）

有请元帅。

［四龙套边上。

岳　飞　　柳营春试马，虎帐夜谈兵。

四　将　参见元帅。

岳　飞　命你打听王佐，可有消息？

四　将　现有箭书，请元帅观看。

岳　飞　呈上来。

（牌子）

哦，王佐断臂成功，名垂千古。四将听令，今夜速命各营虚设旗帐，悬羊打鼓，各将本部人马移往凤凰山，按东西南北埋伏，候号炮一响，一起杀出，不得违误。

四　将　得令。（下）

岳　飞　众将官，移营凤凰山。（下）

（兀术原人上陆文龙牌子）

金兀术　某兀术。可笑岳飞，被吾儿一仗杀得大败而归，免战牌高悬，不战而退。今晚三更用铁浮陀攻打宋营。众巴图，起兵前往。王儿保守大营。

（兀术原人下陆文龙在场）

陆文龙　恩公，乳娘，有请。

［王佐乳娘上。

王　佐　（诗）金贼横行逞干戈，

薛乳娘　　十六载冤仇今才消。

陆文龙　趁此机会，恩公，乳娘先到宋营，待小侄烧了贼营。

薛乳娘　金贼呀，你也有今日。王将军，我们同回宋营。

正是：脱离虎穴回故乡，

王　佐　　为国断臂姓名芳。

陆文龙　　国恨家仇均须报，

轰轰烈烈做一场。

薛乳娘　须要小心。

陆文龙　遵命。

　　　　［乳娘王佐下。

陆文龙　待我放起火来。（放火介）

　　　　［兀术原人同上。

金兀术　来，架炮轰营。

　　　　［小番上。

小　番　报。启禀狼主，殿下放火烧寨，同乳娘、苦人儿投往宋营去了。

金兀术　哎呀不好，岳飞真厉害，能使将官舍身断臂来骗某家，又顺说我儿归国，这才是闭门养虎，虎大伤身。巴图儿，带马追杀。

　　　　（下）（两边上将开打番将下上全四将下上兵开打兵下）

金兀术　哎呀，怎么是空营。来，收兵。哎呀，儿呀，怎么杀起你父王来了？

陆文龙　呸，我父母镇守潞安州被你逼死，你又杀死我国成千过万的百姓，我今为国人报仇。说是你休走，看枪。

　　　　（陆文龙刺兀术落地）

金兀术　哎呀儿呀，你看在十六载养育之恩，饶了我这条老命吧。（哭介）

陆文龙　（哭白）若不念在十六年养育之恩，今日定要这一枪。

　　　　（兀术哭介）

　　　　也罢，四下无人，你你你上马去吧。

金兀术　哎呀儿呀。（两回头介下）

陆文龙　待俺将这些番奴斩尽杀绝。

　　　　（上看将开打众反下）（陆文龙在场岳飞原人同上王佐上）

岳　飞　诸位将军，金奴可曾完全消灭，失地可曾整个收复。

众　将　完全解除贼武装，失地整个收复。

陆文龙　参见元帅。

岳　飞　贤侄贤弟，为国报效，其功非小。后帐摆筵，与二位贺功。

王　佐
陆文龙　多谢元帅。

众　　　请。（尾声全下）

——幕落剧终——

（说明：以上内容录自家存手稿，毛笔满行书写，繁体竖排。）

女拆书

一　回

［老生纶巾带院子上。

老　生　（引）无儿邓伯道，有女蔡中郎。

（坐白）下官李毅，于晋为臣，官拜章州刺史，夫人去世，所生二女，秀珍、秀云。且喜年方及笄，均各长成，每日习文讲武，承欢膝下，老夫倒也心宽。近日李雄造反，窃据成都为王，攻城掠地，势甚猖獗，老夫时刻防范，清晨起来，打坐二堂，窃听一报。

卒　（上引）贼兵入境内，报与老爷知。

（进门介）报！

老　生　讲。

卒　贼人带兵三千，来犯吾境。

老　生　再探再报。

卒　得令。（下）

老　生　哎呀不好，贼兵来犯，应该怎处。（想介）我想先发制人，乃为上策，趁那贼兵初来，立足未稳，不如迎头痛击，先挫锐气。（唤介）家院，吩咐众将校场点兵。

家　院　遵命。（传介）下边听着，（内应介）大人有令，校场点兵。

内　遵命。

［二小旦同上。

秀　珍　（白）忽听爹爹点大兵，

秀　云　急忙上前问分明。（进门介）

秀　珍
秀　云　爹爹万福。

老　生　吾儿坐了。

秀　珍
秀　云　孩儿告座。（坐介）敢问爹爹，校场点兵有的何事？

老　生　吾儿哪知，贼兵来犯吾境，为父校场点兵，准备杀贼。

秀　珍
秀　云　哦，原是贼兵来了。

［卒上。

卒　　报。
老　生　讲。
卒　　贼兵离城十里，安营下寨。
老　生　传令三军出城，随我截杀。
卒　　遵令。（下）
秀　珍　爹爹莫可。
老　生　怎么莫可？
秀　珍　贼兵初来，锐气方盛，以孩儿心中思想，不如闭城固守，暂避其锋，一面启奏朝廷，等候援兵到来再好出战。
老　生　那如何等得。
秀　云　这是爹爹，贼兵初来，立足未稳，以孩儿心中思想，不如出其不意，攻其不备，先发制人，迎头痛击。
老　生　云儿所见极是，颇与为父心意相投。
秀　珍　爹爹，你去不得。
老　生　怎么去不得？
秀　珍　此事非同小可，总需审慎，还能凭着一气之勇吗？
老　生　军令已下，岂能收回，珍儿休要阻挡。
秀　珍　嘿，这个。
老　生　这个什么？
秀　珍　（叹气介暗白）哎，爹爹真个老糊涂了。
秀　云　爹爹，孩儿也有一身武艺，情愿帮助爹爹出城杀敌。
老　生　我儿不必，为父乃是朝廷命官。如今女儿抛投露面，其不被贼耻笑。（唤介）家院。
家　院　有。
老　生　取出甲胄，伺候老爷，辕门更衣。
［老生家院下。
秀　珍　妹妹，你的好参谋，你的好军师。
秀　云　我怎样不好？
秀　珍　爹爹乃是年高之人，那个龙潭虎穴如何去得。杀贼如同搏虎，万一失败，岂不损了一世威名。
秀　云　哎呀呀，你就惮怕坏坏子了。
秀　珍　我知道你不惮怕么。
秀　云　这有惮怕的什么？（唤介）姐姐，我说你真是个凤毛鸡胆，畏首畏尾，前怕虎后怕狼，照你这样惮怕，早已闻风逃走，这个章州城岂不被贼人占据。
秀　珍　你再莫要夸了，你是初生犊子不畏虎，大风地里说宽话呢。

秀　云　非是妹妹夸口，只恨我不是个男儿。

秀　珍　是个男儿能怎样？

秀　云　我再是个男儿，定要轰轰烈烈为国家报效，做一件惊天之事，立一番盖世之功。

秀　珍　你还能做惊人之事，你还能立盖世之功？

秀　云　哎，姐姐呀，

（唱）请姐姐莫要把妹妹小看，
裙钗女有志气力可回天。
学武艺原来想南征北战，
带戎马我也会执掌兵权。
擎天柱架海梁功烈表现，
学一个大丈夫立功疆边。
学一个霍去病鞑子追赶，
学一个定远候镇守玉关。
把这些古英雄心头常念，
只恨我是裙钗不是儿男。

秀　珍　（唱）妹妹武艺真猛勇，
姐姐甘心败下风。
只要主意拿的定，
女儿何尝不立功。
果然将门出将种，
怪道爹爹喜心中。

怪道爹爹平日夸奖妹妹有志气、有本领，今日一看妹妹果然有志气，有本领。

秀　云　妹妹疯言浪语，姐姐耻笑了。

秀　珍　姐姐懦弱无能，实在不及妹妹。

秀　云　这话不必提了，如今爹爹杀贼那我小心守城。

秀　珍　衙内之事，姐姐照应；守城之事，还要妹妹担任，你我分工合作。

秀　云　那个自然。

秀　珍　正是：年迈爹爹出城战，不由女儿挂心间。

秀　云　贼匪闻风必逃窜，姐姐请把心放宽。（同下）

二　回

［净戎装率毛净四卒上。

净　（引）插旗造反在西蜀，自立为王占成都。

孤家李雄。父亲去世，是我不愿承袭父职，因而插旗造反，称王成都，练就精兵十万，要夺晋室江山。自从出师以来，攻城掠地，势如破竹，真乃令人可喜，可喜呀。（笑介）哈哈哈。而今要取章州。（唤介）军士们。

众　（内）有。

净　上前攻城。

［卒上。

卒　报！

净　讲。

卒　章州刺史李毅出城挑战。

净　摆开阵势，准备接杀。

［老生带兵上。

老　生　好一叛贼，朝廷待尔不薄，为何举兵造反。

净　满口胡道，休走看枪。

（战介净毛净败老生追下净毛净上）

李毅老匹夫，杀法骁勇，不免用计擒拿。（唤介）先锋陈龙听令。

毛　净　在。

净　速快掘下绊马坑，撒下绊马绳。

毛　净　得令。

（老生上战介老生落马被擒介毛净笑介）

速将这个老匹夫解送大王帐前。（下）

［净上。

净　撒下绊马索，李毅难逃脱。（坐介）

［毛净上。

毛　净　禀大王，拿住李毅。

净　绑上来。（绑老生上）老匹夫，现已被擒，何不投降。

老　生　呵呸，老爷为国杀贼，岂能降儿，要杀就杀，何必多言。

净　杀了你这老匹夫，污秽一席之地。（唤介）人来。

卒　有。

净　押禁后营派人看守。

卒　是。（拥介）

老　生　好不气，好不气杀人也。（下）

毛　净　大王为何不杀？

净　听说李毅有一女儿名唤秀云，杀法骁勇，十分厉害，待我借来李毅手笔，修得假书一封，差人送去，劝她开城投降，来营救父，章州岂不唾手可得。

毛　净　大王果有智谋。

净　启开文房，待俺修书。（修书介牌子）书已修成。（唤介）人来，将这封书信送至章州城中，勿得有误。

卒　遵命。（持书下）

净　吩咐众将，城下安营，开宴贺功。

（唱）擒获李毅真荣幸，
不由大王喜气生。
女儿拆书心吃惊，
包管投降来献城。（同下）

三　回

［秀珍上。

秀　珍　（唱）爹爹不听女儿劝，
一气之勇要当先。
清早出城和贼战，
日色过午未回还。
差去小卒忙打探，
不见消息传耳边。
胜败如何常挂念，
叫儿怎不把心担。

秀珍便说，爹爹今日出城杀贼，这般时候，还未回来，叫我时刻悬心。我想爹爹虽然忠勇，毕竟年迈力衰，令人有些可怕。万一临阵失败，岂不损了威名。只怨秀云妹妹，少不更事，她偏要随声附和，要劝爹爹杀贼，倘若得胜还则罢了，如其不然，我看她怎对爹爹。如今妹妹登城巡哨去了，候她回来问个明白。

（秀云戎装廉内）

秀　云　（唱）耳听得小探子一声报禀，（上）
老爹爹中贼计失陷火坑。
这消息向姐姐怎敢告奉，
只恨我劝爹爹自作聪明，

李秀云。适才探子报到，爹爹中计失陷贼营，这个消息，怎对姐姐说知，不如隐瞒才是。（想介）我想事大如天，怎好隐瞒，不救爹爹何为人乎。还是对她实说了。（想介）嘿，这都怪我，要劝爹爹杀贼，如今自己把祸闯下了，怎敢去对姐姐实说，不如隐瞒了。（想介）这事不但不敢隐瞒，而且不能隐瞒，还是对她实说了，一同搭救爹爹。（进门介）姐姐。

秀　珍　妹妹你回来了，爹爹杀贼，胜败如何？

秀　云　爹爹吗。

秀　珍　（惊）哦，爹爹怎样？

秀　云　爹爹嘛……

秀　珍　（急介）爹爹到底怎样，快快讲出口来。

（秀云哭介）

秀　云　爹爹失陷贼营。

秀　珍　哎呀，不好，

（唱）听一言吓得我魂飞天外，
好一似半空中霹雳降来。
老爹爹出城去临阵失败，（指介）
恨妹妹闯下祸该杀奴才。

秀　云　那是爹爹失败，此事怎怪妹妹。（哭介）

秀　珍　我劝爹爹守城，你劝爹爹杀贼，如今大祸临头，你就与我寻爹爹去。（哭介）

秀　云　哎，姐姐，

（唱）叫姐姐你不必泪流两行，
救爹爹有妹妹一人承当。
与贼寇写书信叫他释放，
如不然杀一个搅海翻江。

姐姐，莫要挥泪，妹妹与贼修书一封，叫他释放爹爹；如其不然，杀一个落花流水。

秀　珍　你真是小孩见识，那贼人未必如此听说。

秀　云　管他听说不听说，待妹妹修书。

秀　珍　慢着，这还能济事吗，这还能济事吗？

［卒持书上。

卒　　（引）老爷有书信，禀与姑娘知。（进门介）
禀姑娘。

秀　珍
秀　云　讲。

卒　　老爷有书信送回。

秀　珍　赶快陈来。（接书介拜书介）

［卒下。

秀　云　姐姐快拆书。

秀　珍　我们一同拆书。

秀　云　同拆同看。

秀 珍 （秀珍读介）爹爹失败被获擒，
晓谕吾儿李秀云。
若要搭救我性命，
献城投降莫因循。
亲自前来谢罪过，
不然爹爹命难存，命难存。
妹妹，爹爹既有此书，你赶快献城投降，搭救爹爹。

秀 云 姐姐莫要着忙，以妹妹看来，这封书信有些可疑。

秀 珍 怎见得有些可疑。

秀 云 这封信，一非爹爹笔迹，二非爹爹口气。我想爹爹一世忠勇，岂能临难苟免。先叫女儿献城投降，必无此事。这书一定是个假的。

秀 珍 妹妹，你再莫要自作聪明了，你想爹爹被贼囚禁，岂能容他捉笔；况且，好生恶死，人之常情。依我看来，是个真的。

秀 云 是个假的。

秀 珍 是个真的。

秀 云 纵然是真，以妹妹想来，应当为国尽忠，何况是假。

秀 珍 纵然是假，以姐姐看来，应当尽孝，何况是真。

秀 云 哎，姐姐，
（唱）观此书不由人心中起火，
恨一声小贼寇实在可恶。
老爹爹被贼擒身遭大祸，
咱姐妹又岂能再投网罗。
这封信明是假怎能认可，
劝姐姐须仔细还要斟酌。
自古来为降将都无结果，
到头来一场空谁有下落。
请姐姐再莫要凄惶泪堕，
待妹妹去杀贼救父命活。

秀 珍 你去杀贼，不是救爹爹呢，那是害爹爹呢。

秀 云 姐姐，你看贼人诡计多端，分明暗修假书，要取章州，你们献城投降，正中贼人之计，那时，不但救不了爹爹性命，你我姐妹难免受贼侮辱，况且爹爹一世威名，谁不钦仰，纵然被贼所害，也是为国尽忠，宁叫我辈当逆子，莫叫爹爹失忠臣。

秀 珍 妹妹，千万不可去。

秀 云 姐姐，休要阻挡，待我出城杀贼。（唤介）家院，速唤马童，带马伺候。
（院子应介下）

秀　珍　妹妹，你若出城，那就是爹爹的祸星到了，说是你千万莫可呀。

（唱）叫妹妹莫心急暂且忍住，
听姐姐把言语细说心中。
假若还你出城和贼拼命，
难免的老爹爹不丧残生。
自古道为儿女应当孝敬，
作子职尽了孝胜似尽忠。
劝妹妹回头来扪心自省，
难道说你不念骨肉之情。

（马童暗上介）

秀　云　哎，姐姐，

（唱）非是我不念那骨肉之情，
为是为尽了孝难以尽忠。
老爹爹有意气忠心耿耿，
他岂肯降贼寇丧失威名。
劝姐姐再莫要伤心悲恸，
临大节不可夺才是英雄。
转面来叫马童将马带定，（上马介）

秀　珍　（唱）问妹妹你何必定要尽忠。

（滚白）我叫叫一声妹妹，妹妹，我的同胞妹妹呀，你看爹爹膝下无男，只生你我姐妹两人，平日疼你爱你，养你教你，今日身遭大祸，命在旦夕，你不设法搭救，反要惹起事端，爹爹若做刀头之鬼，试问你于心何安，于理何容了。

（唱）妹妹何不细思想，
父母之恩非寻常。
乌鸦反哺知孝养，
跪乳而且有羔羊．
禽兽不把根本丧，
难道为人没心肠。

秀　云　姐姐哭得好伤惨，
感动秀云心不安。
无奈下马先解劝，
看来此事真到难。

姐姐，你再莫要伤悲了。

秀　珍　莫必你也心回了，速快献城投降，搭救爹爹。

秀　云　嘿，这个。

秀　珍　这个什么，难道你就如此狠心。

秀　云　自古投降之人哪有结果。

秀　珍　我们是女孩儿，何必定要为国尽忠。

秀　云　这却怎处？

（内喊介）

内　众将士要见。

院　子　禀姑娘，众军士要见。

秀　云　命他们进来。

［众卒上。

众将士　参见二位姑娘。

秀　云　你们有得何事

众将士　请姑娘出城杀贼，搭救老爷。

秀　珍　这真难了。

秀　云　你们下面听令。

众将士　遵令。（下）

秀　云　姐姐，你看，众军士努力效命，情愿出城杀贼，难道你我姐妹不如军士了。

（唱）姐姐不必泪满面，
献城之事休再言。
马童带马莫迟慢，（唤介）
父仇不与共戴天。（上马介）

（秀珍拉秀云暗拔秀云剑）

秀　珍　妹妹，你若不肯投降，我便随父一死，请你先杀了我，然后杀贼，你不杀我，我便自杀。（仗剑作自刎介）

秀　云　哎，好难也！

（唱）姐姐以死威胁我，
吓得秀云心胆落。
滚鞍下马先见过，
此事叫人莫奈何。（下马夺剑介）

姐姐莫要自杀，我不杀贼去了。

秀　珍　不杀贼去了，你我献城投降，搭救爹爹。

秀　云　嘿，这个。

秀　珍　还有这个的什么？

秀　云　好不难杀人也。

（唱）李秀云好伤惨，
此事叫我左右难。

有心降贼把城献，
难道说与贼是一般。
有心出城去鏖战，
老爹爹一命难周旋。
姐姐她要寻短见，
一旁哭的泪涟涟。
我也想尽忠尽孝尽孝尽忠忠孝二字都存念，
怎奈忠孝难双全。
事到而今无法办，
不由叫我呼苍天。

天啊！天啊！只说应该怎处。（想介）有了，我想贼人既有假书，不如将计就计。（唤介）这是姐姐，妹妹想出妙计了。

秀　珍　什么妙计？

秀　云　救父杀贼，忠孝两全。

秀　珍　啊，那便好了，快快讲出口来。

秀　云　贼人既有假书，待妹妹单身出城投降，姐姐领兵埋伏，等候贼人进城，趁他无备，中途截杀，一来搭救爹爹，二来保守城池，岂不是个忠孝双全。

秀　珍　果然是个妙计，但是一件。

秀　云　哪一件？

秀　珍　你看姐姐懦弱无能，怎能领兵，不如姐姐出城，妹妹领兵埋伏。

秀　云　姐姐文弱，倘若到了贼营，被人看破机关，那如何是好？还是让妹妹去吧。

秀　珍　妹妹去后，姐姐还能埋伏作战，中途截杀吗？

秀　云　嘿，这就难了。

秀　珍　妹妹，我想当年伍尚救父伍员逃国，尽忠尽孝，兄弟两贤。如今妹妹好比伍员，姐姐愿学伍尚，此一前去，见了爹爹，要生同生，死同死，也不枉爹爹养女一场。

（唱）妹妹学艺胜于我，
军情之事有把握。
姐姐此去必安妥，
救父哪管死与活。
忙将降文先写过，（写介）

（院子取甲胄介）

院　子　请姑娘更衣。

秀　珍　（接唱）换上甲胄脱绿罗。（更衣介）
马童带马。

马　童　请姑娘上马。

秀　珍　（接唱）一切大事安排妥，

　　　　急忙上马莫蹉跎。（上马介）

秀　云　送姐姐。

秀　珍　免送了。

（唱）秀珍上马泪如涌，（哭介）

我，我的妹妹呀。

秀　云　（哭介）我的姐姐呀。

秀　珍　（唱）临别话儿细叮咛。

　　此去倘若遭不幸，

　　姐尽孝来妹尽忠。

罢了，妹妹。

秀　云　罢了，姐姐。

秀　珍　说是罢罢罢。（下）

秀　云　（唱）一见姐姐把马乘，

　　姐妹分离好伤情。

　　吩咐三军莫久停，

　　埋伏城外动刀兵。

（唤介）军士们。

[众卒上。

众　有。

秀　云　速快城外埋伏，准备杀贼。

正是：君亲之恩须当报，尽孝不如先尽忠。（同下）

四　回

[净率卒等上。

净　（引）送去假书劝投诚，探子回来问分明。（坐介）

（卒上）

卒　禀大王，李秀云献城投降，营门伺候。

（净笑）

净　果然中了吾计，唤进帐来。

（秀珍惊惶介）

秀　珍　小女拜见大王。（捧降文跪介）

净　站起来，站起来。哈哈哈。女郎可是李秀云？

秀　珍　正是李秀云。

净　　只要安心归降，果算深明大义。

秀　珍　大王过奖。

（净看介）

净　　（暗白）观见这一女郎，体态懦弱，神色惊惶，只怕不是李秀云，莫非其中有假？我自有道理。（唤介）人来，将这一女子送到李毅那边，命她父女相见，进城之后再好释放。

秀　珍　呵。（暗白）哎呀，不得活了，不得活了。

卒　　随着我来。

［秀珍随卒下。

净　　陈龙听令。

毛　净　在。

净　　吩咐三军，刀出鞘，箭上弦，带了李毅父女进城，个个准备，莫中娃娃诡计。

毛　净　遵命。

净　　点起大兵速快动身。

（唱）娃娃不把章州献，
还要诡计生多端。
速快准备莫怠慢，
刀出鞘来箭上弦。（同下）

［秀云卒持械上。

秀　云　李秀云出城来用目观看，
见贼人刀出鞘箭又上弦。
我姐姐假意儿去把城献，
莫非是被贼人猜透机关。
罢罢罢无奈了挺身鏖战，
到今日我只有一马当先。

卒　　贼人杀上前来了。

秀　云　摆开队伍，准备接杀。

［净带卒上。

净　　好一李秀云，差你姐姐冒名顶替，诡计投降，机关泄露，何不献城。

秀　云　李雄，叛国贼，既然被你蛮贼猜破机关，我姐我父唯有一死报国。休走看枪。

（战介净毛净败下）

哪里走。（追下）

［净上。

净　　黄毛丫头，名不虚传，果然厉害。（唤介）小卒们。

众　　有。

净　　速斩李毅父女，将首级捧上，待尔到来，抛于马前，将尔必然气死，我们好取章州。

众　　是。

（内擂鼓　两下持头上）

卒　　女将追着来了。

净　　闪开。

（秀云上战介）

娃娃看头。（抛头介）

［净卒下。

秀　云　（气倒介　持头哭）哎呀，我的爹爹，我的姐姐呀，

（唱）亲骨肉被贼杀肝肠裂断，（哭介）

我，我的爹爹呀，我的姐姐呀！

（接唱）为国家舍性命真道惨然。

我这里拔青锋以身殉难，

（拔剑介　马童挡）

马　童　姑娘莫可，你若死后谁与老爷复仇？章州城池何人把守？

秀　云　哎！

（唱）罢罢罢忍一忍先报仇冤。

回头来叫军士努力追赶，

随姑娘上前去杀尽贼蛮。

（净上战介败下毛净战介被擒）

马　童　李雄逃走，拿住贼将。

秀　云　定要活捉李雄。

马　童　贼人不知去向了，穷寇勿追，请姑娘收兵回城，与老爷大姑娘安置后事。

秀　云　言之有理。如此收兵回城，先斩贼将，祭奠老爷，后奏朝廷，请追诰封，正是：章州虽然未失陷，想起爹爹泪不干。罢了爹爹，罢了姐姐。哎，爹爹，姐姐啊。（同下）

——幕落剧终——

（说明：以上内容录自易俗社展陈馆馆藏手稿（扫描件），封面落款冯杰三，编号273-3-0687。）

新讨渔税

李　俊　（引）路见不平事，

倪　荣　　　抵制恶势力。

李　俊　俺混江龙李俊。

倪　荣　俺卷毛虎倪荣。

李　俊　不愿做官，

倪　荣　打猎为生。

李　俊　多日未见萧兄，今同倪贤弟去访，和他畅谈一回了。

（唱）大英雄走天涯无牵无挂，

倪　荣　　　见不平拔刀助扶正祛邪。

李　俊　　　但愿得士农工不分上下，

倪　荣　　　无欺凌无剥削社会一家。（下）

桂　英　（内唱）

江水茫茫波浪大，
哪有渔人常在家。
青山绿水难描画，
父女打鱼度生涯。

［萧恩上。

萧　恩　　　父女打鱼在江下，
贫穷迫人真没法。
我的儿稳小舟又把网撒，
怎奈我年纪迈气力不佳。

桂　英　爹爹年迈，这打鱼生活不做也罢。

萧　恩　我说哪里话来，哎，又是一网空呵。若是不做这打鱼生涯，怎奈家贫，我父女该拿什么度日。

桂　英　（哭）哎吓。

萧　恩　儿呀，不必啼哭，天气炎热，你我父女找一柳荫之下休息，凉爽凉爽。

桂　英　你看近日天旱水浅，鱼不上网。儿为父钓了几条鲜鱼，在船舱内收拾了，不如自己吃了吧。

萧　恩　我儿言之有理，我要下酒。

桂　英　孩儿遵命。

（酒过三杯。李俊、倪荣上）

李　俊　走呀，

（唱）闲来无事江边游，

倪　荣　　江水滔滔往东流。

李　俊　　手搭凉棚用目瞅，

倪　荣　　柳荫之下一小舟。

李　俊　来到江边，看那小舟之上，好似萧兄模样，待我冒叫一声，那旁可是萧兄。

桂　英　呵，爹爹，岸上有人叫你。

萧　恩　岸上有人叫我，待我看来。原是李贤弟，莫非要到船上坐坐。

李、倪　正是要到船上。

萧　恩　待愚兄为你搭了扶手。

［二人上船。

萧　恩　此位是谁？

李　俊　此位是卷毛虎倪荣。来，见过萧兄。

倪　荣　萧兄，小弟这里有礼。

萧　恩　这是做什么？

倪　荣　试试你的胆量。

萧　恩　老了，不中用了。哈哈。儿呀，出舱见过二位叔父。

桂　英　是。二位叔父万福。

倪　荣　此位是谁？

萧　恩　小女桂英。

李　俊　多大年纪？

萧　恩　一十七岁。

李　俊　可曾许配人家？

萧　恩　已经有了人家。

李　俊　但不知许配哪一家？

萧　恩　不是别的，就是花荣之子，名唤花逢春。

李　俊　倒是一门好姻缘。

萧　恩　夸奖了。

李　俊　告辞。

萧　恩　且慢，愚兄今日打了几条鲜鱼，你我弟兄在船头畅饮一回。

李、倪　到此就要叨扰。

萧　恩　自己弟兄，何出此言。儿呀，捧酒来。哎，二位贤弟，愚兄做的水面上的买卖，忌的是："干、旱"二字，有人提起"干、旱"二字，不敢说罚，必需要敬酒三杯。

李、倪　好。
萧　恩　请。
李　俊　干。
萧、倪　哈哈，敬酒三杯。
［郭先生上。
郭先生　（唱）闲来无事江边走，
观见江边一小舟。
哎呀，观见小舟之上，有一绝色女子，待我偷着瞧一瞧。
李、倪　萧兄，岸上有人，前去看过。
萧　恩　二位贤弟，少等一等，待我看来。（下船）呔，做什么的？
郭先生　问路的。
萧　恩　你问的向哪里去的路？
郭先生　问的是向丁府去的路。
萧　恩　你看前面八字粉墙，黑漆大门，两座大旗杆，那就是丁府。咳，听见了没有。
郭先生　哦哦。（盯看桂英，下）
萧　恩　狗头狗脑的，定不是好人。（上船）
李　俊　干什么的？
萧　恩　乃是问路的。
倪　荣　哪里是问路的，分明是觑……
萧　恩　咳，谅他不敢。请呀。
三　人　请。
［丁郎上。
丁　郎　离了家下，来到江下，说来说去总是这两句话。来到江下，也不知哪只船是萧恩的船。待我叫他一声。呔，萧恩，萧恩，萧恩！
李　俊　岸上有人唤你。
萧　恩　哦，有人唤我，再饮几杯。
李、倪　酒也够了。
［萧恩下船。
萧　恩　原来是丁郎。丁郎到此何事？
丁　郎　你看他，拿的明白，吊我的糊涂。我是讨鱼税来的。
萧　恩　丁郎儿，你看，这几天天干水浅，鱼不上网，改日有了银钱，与你送上府去就是。
丁　郎　话倒是两句好话，改日有了银钱，与我送上府去，让我一趟一趟白跑，跑坏了鞋子，还要我的钱买呢。
［丁郎欲走，萧恩上船。

李、倪　做什么的？
萧　恩　那是丁府的家人，前来讨要渔税。
李　俊　待我问他几句。
萧　恩　不要与他生气。
李　俊　晓得了。呔，滚回来。
丁　郎　哦，又出来一个，回来了。
李　俊　你前来做什么？
丁　郎　前来讨渔税银子。
李　俊　催讨渔税银子，可有圣上旨意。
丁　郎　没有。
李　俊　可有六部公文？
丁　郎　也没有。
李　俊　凭的何来？
丁　郎　本县太爷。
李　俊　敢是那吕子秋。
丁　郎　本县的太爷。
李　俊　你回去对他言讲，渔税银子免了便罢，如若不免，大街之上。撞见俺，有些不方便。
丁　郎　你吹啥牛皮，说啥大话，你叫什么名字。
李　俊　俺混江龙李俊。
丁　郎　哦，你就是混堂里屁精。
李　俊　我打死你这王八蛋。
（萧恩拦挡）
倪　荣　呔，滚回来。
萧　恩　不要与他生气。
倪　荣　我且问你，这渔税银子可有圣上旨意。
丁　郎　没有。
倪　荣　六部公文？
丁　郎　也没有。
倪　荣　凭着何来？
丁　郎　本县太爷所断。
倪　荣　敢是那吕子秋。
丁　郎　太爷。
倪　荣　回去对他言讲，免了渔税银子便罢。
丁　郎　如若还不免。
倪　荣　若还不免，大街之上撞着某家，我剜他的眼睛泡烧酒喝，我把他的皮剥下来，熬狗皮膏药，记下了？

丁　郎　没有。你不要海外大奇谈，你叫什么名字？

倪　荣　俺叫卷毛虎倪荣。

丁　郎　哦，你叫卵毛里的臭虫。

倪　荣　什么话，我打死你这个王八蛋。

丁　郎　你要打么，不要忙，等我摘了帽子，脱了衣裳。

倪　荣　怎么样？（萧恩挡丁郎）

丁　郎　你拉牢了他，我好逃走。（下）

李、倪　萧兄如何这样软弱。

萧　恩　他们有银钱。

李、倪　买咱们兄弟不动。

萧　恩　这就难讲了。

李、倪　这打鱼生活不做也罢。

萧　恩　本当不做打鱼生意，怎奈囊中惭愧。

李　俊　小弟送银十两。

倪　荣　小弟送米十石。

萧　恩　是哪位贤弟送来？

倪　荣　小弟送来。

萧　恩　愧领了。

李　俊　告辞了。

萧　恩　奉送。

李　俊　（唱）听说令爱许花家，
　　　　　　这门亲事果不差。

倪　荣　　　　但等令爱早婚嫁，
　　　　　　花红彩礼送到家。

[李倪同下。

萧　恩　二位贤弟慢走。愚兄不能远送了。这才是我的好朋友。

桂　英　爹爹，这二位义气的叔父，是何等样的人呀？

萧　恩　我儿问的是他二人。儿呀，
　　　　（唱）他在江湖称雄霸，
　　　　　　当年猛勇把贼杀。
　　　　　　蟒袍玉带不愿挂，
　　　　　　愿走江湖访豪侠。

桂　英　（唱）他比子期访伯牙，
　　　　　　爹爹交友果不差。
　　　　　　天色不早夕阳下，

萧　恩　　　　不如摇撸转回家。

天色不早，将船摇回去吧。

桂　英　遵命。

萧　恩　正是：父女打鱼度生涯，

桂　英　　　　家贫亲老长叹嗟。

萧　恩　　　　有雾不知天早晚，

桂　英　　　　披星戴月转回家。

（同下）

［员外、郭先生上。

员　外　（引）家有千石粮，

郭先生　　　　前仓堆后仓。

［丁郎上。

丁　郎　离了江下，来到家下，还是这么两句话。参见员外。

员　外　罢了。命你催讨渔税，怎么样了？

丁　郎　待我慢慢地告诉你。我奉了员外之命，去到江下，看见萧恩出来，倒讲得蛮好，叫我对员外说，这几日天旱水浅，鱼不上网，改日有了银钱，送上府去。这还倒也罢了，我刚要走出来，一个黑胡子的，叫了一叫，呔，回来。

员　外　我且问你，这是什么人呢？

丁　郎　那时我就回去，问他什么事，他就说了，你是哪里来的，我说是丁府来的，催讨渔税银钱。他说催讨渔税，可有圣上旨意。

员　外　无有。

丁　郎　六部公文？

员　外　也无有。

丁　郎　凭的什么？

员　外　本县太爷所断。

丁　郎　敢是那吕子秋？

员　外　哎，本县的太爷。

丁　郎　他说将这渔税银子免了便罢。

员　外　如若不免？

丁　郎　如若不免，大街之上撞见与俺，有些不便。

员　外　你可曾问他们的姓名。

丁　郎　我倒问了他叫混堂里屁精。

员　外　敢是混江龙李俊。

丁　郎　不错，他叫混江龙李俊。正说之间，又出来一个，喉咙比他还要大，叫我滚回来。

员　外　你可曾滚回去?

丁　郎　我没有滚回去，我是走回去的。我问他什么事，他也是这么两句话，叫将这渔税银子免了便罢。

员　外　如若不免?

丁　郎　如若不免。大街之上撞见于他，要挖去眼睛，泡烧酒喝，把他皮剥下熬狗皮膏药。

员　外　他名叫什么?

丁　郎　他叫牛皮鼓里臭虫。

员　外　哎，卷毛虎倪荣。

丁　郎　不错，卷毛虎倪荣。他说的。

员　外　有这等事，下面歇息。（丁郎下）来，搭轿。

郭先生　且慢，些些小事，待卑职代劳。

员　外　小心了。（下）

郭先生　我想此事非要教师爷前去走上一趟不可。啊。教师爷。

［四小教师上。

四教师　郭先生，什么事情?

郭先生　你家师傅呢?

四教师　在里面练功呢。

郭先生　请他出来，就说郭先生要会会他。

四教师　晓得了，有请师傅。

［大师爷上。

大师爷　（念）好吃好喝又好睡，听说打架我先退。

徒弟们，什么事?

四教师　郭先生要会会你。

大教师　郭先生要会我，待我去看。哎，郭先生。

郭先生　啊，教师爷，

大教师　你把我爷儿几个弄了出来，有什么事情。

郭先生　请了出来。

大教师　不错，请了出来，有什么事情?

郭先生　员外命丁郎去催讨渔税银子，被他们羞辱一场，我想此事要请教师爷们辛苦一趟。

大教师　我们是看家护院的，不是催讨渔税的。

郭先生　就这一次。

大教师　下次不可。那么你套车。

郭先生　敢是拉银子。

大教师　拉不了银子，还拉不了人吗?

郭先生 取笑了，哈哈。（下）

大教师 徒弟们，谁认识萧恩那块儿。

四教师 我认识。

大教师 时间不早，速快睡觉，明天一早，随师傅讨要渔税一回了。（同下）

萧　恩 （唱）昨夜晚吃酒醉合衣而卧，
报晓鸡惊醒了梦里南柯。
二贤弟在江下相劝与我，
把打鱼这事儿一概丢却。
我本当不打鱼家中闲坐，
怎奈我家贫穷怎样生活。
清晨起开柴门乌鸦叫过，
飞过来叫过去却是如何。
莫不是我家中有甚大祸，
莫不是鱼舟上要遇风波。
心烦闷低下头草堂愁坐，
桂英儿捧茶来与父解渴。

［**桂英上。**

桂　英 （唱）遭不幸我娘亲早年亡过，
家贫穷父女们打鱼过活。
清晨起忙补修渔网残破，
不晓得老爹爹唤我为何。
走上前见爹爹草堂闷坐，
辞一礼问爹爹讲说什么。

萧　恩 这事儿呀。

桂　英 爹爹。

萧　恩 快与父打盅茶来。

桂　英 孩儿遵命了。
恨家贫劳气力终日受饿，
想起了我的娘泪如滂沱。

萧　恩 哎，可恨丁贼欺人太甚，何日才吐这口不平之气也。
大英雄遭贫穷多受坎坷，
何日里吐不平斩妖降魔。

桂　英 富贵家欺平民心肠太恶，
不由人伤心泪点点洒落。
盼爹爹改愁容笑脸换过，
双手儿捧茶汤为父解渴。

爹爹，请来用茶。

萧　恩　儿呀，为父怎样嘱咐与你，不叫你渔家打扮，却怎么还是渔家打扮？

桂　英　孩儿生在渔家，长在渔家，不叫孩儿渔家打扮，怎样打扮？

萧　恩　不听为父之言，儿就为不孝。

桂　英　爹爹不必生气，孩儿改过就是。

萧　恩　这便才是。

［小教师大教师同上。

大教师　行行，走走。

小教师　来到萧家门口。不要走了，到了。

大教师　怎么到了萧家了。待我看来。回去吧，回去吧。

小教师　干什么回去？

大教师　萧恩不在家。

小教师　怎么不在家？

大教师　关住门了。

小教师　关住门在家，锁住门不在家。

大教师　呀，关住门在家，锁住门不在家。好，叫门去。

小教师　师傅没教过，我们不会。

大教师　叫门还要教。你们看。

小教师　看看师傅。

大教师　我的叫门要这样子。这叫拦门式，你们学着一点。他不出来便罢，他要出来，上头一拳，低头一腿，他会倒了。学着点儿。萧恩，开门来，来来来。吠，开门来。

萧　恩　外面有人叫门，待我去看。

［桂英下。

是哪　位？

大教师　地下哪里来的西瓜皮，把教师爷我滑倒了。

小教师　萧恩出来了。

大教师　待我会会他。原是个糟老头。

萧　恩　你们是哪里来的？

大教师　我们是丁府来的教师爷。

萧　恩　原是丁府的教师爷，老夫不知，多多得罪。

（萧恩锉大教师手腕）

大教师　哦，会两下，不要紧，不要紧。

萧　恩　你们前来何事？

大教师　我们前来见你，一不请安，二不问好。我们是问你讨要渔税来的。

萧　恩　你看天旱水浅，鱼不上网，改日有银钱，与你送上府去，何必你来。

大教师　哦，萧恩，别人来，三言两语让你哄回去了，今日教师爷来了就得要给银子。

萧　恩　别人来了，没有；今日教师爷来了越发的没有了。

大教师　哦，他又来了，亏着师傅躲得快，不然又被他点上了。徒弟们，跟他说软的不行，跟他动硬的。

小教师　动硬的。

大教师　链子带来没有?

小教师　带来了。

大教师　带来了，我拿链子一套他的膀子，你们拉住就走。

小教师　哦，套着了我们拉着就走，晓得了，晓得了。

大教师　不要忘了。萧恩，你可认识这个。

萧　恩　朝廷的王法，要它何用?

大教师　这个不是朝廷的王法，是你姥姥怕你长不大，与你打了一个百家锁。

萧　恩　不用。

（萧恩打落锁链，踏在脚下）

大教师　这个老头有点扎手，硬的不行，还是动软的。

小教师　就看师傅，软的。

大教师　萧二太爷，有银子没有银子不要紧，你跟我们爷儿们过江一趟，见了我家员外，银子给不给在你，要不要在他，把我们爷儿们差事可交了，你看好不好。

萧　恩　你说这话老汉倒也明白，莫非叫老汉跟你们过江一趟，见了你家员外，银子要与不要但凭于他，没有你等的事。你说是也不是。哼，哼，哼。你二太爷可惜没有功夫。

大教师　哦，又跑出这么一个二太爷来了。这个老头软硬不吃，我们还是打。萧恩，你太不懂事，跟你要银子，你没有；叫你过江，你也不去，你看咱们带的人多。

萧　恩　人多便怎么样?

大教师　要打。

萧　恩　当真要打?

大教师　当真要打。

萧　恩　果然要打?

大教师　果然要打。

萧　恩　哇！讲到打架吗，我老汉幼年时，就说打架好比小孩子过年穿新鞋一般，如今我老了，行不动了，哈哈哈。

大教师　哦，这是个骗解。萧恩呀，年轻力壮，我也打你不过，我将你好有一比。

萧　恩　比就何来?

大教师　老鼠舔猫鼻子，有点寻死。

萧　恩　也罢。我老汉打个样儿给你们见识见识了。

（唱）听一言不由人七窍冒火，

大教师　听一言不由你七窍冒火？

教师爷打你个七死八活。

萧　恩　气得我年迈人手擦拳磨，（打小教师）

江湖上叫萧恩不才是我。

大教师　江湖上叫萧恩不才就是你？教师爷将你好有一比。

萧　恩　比就何来？

大教师　我好比左铜锤。（萧恩打小教师）

萧　恩　（唱）大战场小战场见过许多，

爷本是出山虎独自一个。

大教师　什么，你是出山虎独自一个。教师爷，好有一比。

萧　恩　比就何来？

大教师　好比那打猎的，单打你这个死老虎。

萧　恩　（唱）何惧你守家犬一群一窝。

你本是奴下奴敢来欺我，

（打小教师）

大教师　打呀，打呀。

小教师　不要打了，人家骂下来了。

大教师　骂什么？

小教师　骂咱们是奴下奴。

大教师　我去问问他。萧恩，你骂我们是奴下奴，我们是丁府的奴，不是你萧家的奴。这么办，你禁得住师爷我三羊头，渔税银子就不要了。

萧　恩　慢说三羊头，就是二狗头，二人爷何惧。

大教师　人头变成狗头了，你站好了，待我运运气。

萧　恩　咳，小心着。

大教师　哦，你别夸口，你站好了。

［撞三羊头，萧恩领起，打四小教师下，截住大教师。

大教师　二太爷，我跪下了，你也让我过去吧。

萧　恩　要过去不难，你是丁府上的师爷么，今日倒要领教领教。

大教师　有什么本事，不过混饭吃。

萧　恩　一定要领教。

大教师　一定要领教，我用点功夫与你看看。

萧　恩　这叫什么？

大教师　这叫扁担。

萧　恩　不好。
大教师　不好，你再看这个。
萧　恩　这叫什么？
大教师　这叫担扁。
萧　恩　不好。
大教师　你再看这个。
萧　恩　这叫什么？
大教师　这叫茶壶。
萧　恩　不好。
大教师　不好，我没有了。你放我过去吧。
萧　恩　放你过去不难，你方才撞你二太爷三羊头，如今你二太爷打你三拳头，放你过去。
大教师　慢说三拳头，三百拳头也不要紧。待我运运气。
萧　恩　你站好了。
［桂英上，持竹板打大教师，大教师下。
桂　英　打得好。
萧　恩　打得好？打出祸来了。
桂　英　怎么打出祸来了？
萧　恩　那贼回去了，必不甘心。取为父衣帽来，待我前去抢他一个原告。
桂　英　他乃官宦人家，不去也罢。
萧　恩　小孩了家，懂得什么，看守门户。
［桂英下。
正是：闭门家里坐，祸从天上来。（下）
［大小教师同上。
大教师　打呀。
小教师　都打坏了，还打什么。
大教师　找郭先生去。
［郭先生暗上。
郭先生　啊，教师回来了，银子可曾要下？
大教师　银子倒没要下，我们爷儿几个都被打回来了。
郭先生　教师爷不必动怒，明日将他送到有司衙门，打他几十个板子，出出教师爷的气。
大教师　你早有这个办法，省得我们去。
郭先生　后面歇息。
大教师　徒弟们，随师傅后面养伤去吧。（同下）
丑　官　（念）人物均有捐，名目难记全。

剥削老百姓，孝敬有权官。

本县吕子秋。自从拜亲王个干爹丁大人，他竟委我个馀江县知县。到位以来，因税捐的名称增多，将我老爷弄得昏天昏地的。近来除旧有的捐税外，又添了卖粮的斗捐，结婚的印花捐，杀猪宰羊的血捐，窑子的花捐，粪尿的清洁捐，摊贩捐，吃饭捐，活的所得捐，死人的遗产捐，又有什么自卫捐，挖壕捐，鸡鸭捐，鱼鳖捐，戏剧的娱乐捐，可以说，除了放屁无捐而外，什么都得上捐。把这些话不要说起。我老爷为报丁大人之恩，所以将餘江全县渔税这一项孝敬了他，以谢他举荐之恩。前几天抗捐不纳的案子出了数起，我老爷将他们传到堂上，不管他们说的有理无理，想减免税捐可是万万不能的。至于他变田变产，卖房卖板，我老爷一概不管。只要他把捐纳了，就对了。今日坐堂逼捐。人役们，将上月各捐可曾催齐。

役　已纳九成。

丑　官　还须严催，限三天扫数。

役　是。

[郭先生上。

郭先生　（念）一张公文进县衙，惩办刁民正国法。

吕知县请了。

丑　官　请了。

郭先生　这是公文一件，请你速办刁民萧恩。

丑　官　下官遵命。

郭先生　告辞。

丑　官　恕不远送。

郭先生　请了。（下）

丑　官　丁府有书，待我看来。

[萧恩上。

萧　恩　丁府家人欺压我，因讨渔税起风波。

进县先告仇人过，县太爷与民将主做。

丑　官　下跪何人？

萧　恩　小民萧恩。

丑　官　你就是萧恩。

萧　恩　是小民。

丑　官　闯进县衙，有的何事？

萧　恩　小民告的丁府倚势欺人，剥削贫民。

丑　官　萧恩，胆大萧恩，是你抗税不交，胆敢动手打人，该当何罪？哎，我可恼也，

（唱）骂声萧恩胆太大，

敢将渔税久拖沓。
这样刁民怎容过，
动起大刑将你打。

萧　恩　慢，慢着，哎，太爷，
县太爷息怒莫动火，
小民不敢说官府错。

丑　官　丁府家规你打破，
不缴渔税为什么。

萧　恩　实因天旱雨不落，
水浅无鱼难生活。

丑　官　限期非交捐不可，
我老爷不管你死活。

萧　恩　县太爷睁眼不容我，
竟将小民来宰割。

丑　官　萧恩出言太可恶，
喝令打这老怪物。
来，你将萧恩这个老东西拉下去重责四十大板。

役　验刑。

丑　官　结实打。
（役打）

丑　官　萧恩老奴才，你是个什么东西，竟敢抗税不交，打伤丁府家丁。今限你三天速将渔税缴清，亲往丁府赔罪。倘有违抗，定要你的老命。轰出去。掩门。（下）

萧　恩　（唱）四十板打的我皮开肉破，
将苦情回家去对女细说。（下）

[桂英上。

桂　英　（唱）哭声亲娘早年死，
父女生活凭打鱼。
近日天旱不下雨，
水浅无鱼枉费力。
欠下渔税官府逼，
家贫无银救危急。
今早丁府讨鱼税，
和我父亲翻面皮。
教师拳打家丁欺，
拉我父县衙见高低。

此去不知凶和吉，
悲叹身世锁双眉。
可怜我无娘无姨无兄无弟无姐无妹无依无靠黄花女，
不能公堂辩父屈。
恨无英雄起义举，
杀贪官拯救我群黎。

萧　恩　（唱）恼恨那狗县官太得无礼，
责打我四十板缴款限期。
老英雄咬牙关忙回家去，
扣双环叫女儿快开柴扉。

桂　英　爹爹回来了，如何这般模样？

萧　恩　哎呀，儿呀，为父上得堂去，那馀江县令吕子秋这个狗官，不问理之曲直，喝令一声，将为父拉下堂去，重责四十大板，好重的板子，结实的板子。

桂　英　爹爹受屈了。

萧　恩　这还算受屈？那狗官限父三天交清捐款，过府赔罪。

桂　英　爹爹去不去？

萧　恩　说什么去与不去，为父的恨不得肋插双翅飞到丁府，父我要杀。

桂　英　住口，杀什么？

萧　恩　杀他的全家。

桂　英　白日杀人人不容，夜里杀人天不容。爹爹不去也罢。

萧　恩　小孩子懂得什么，取为父的衣帽戒刀过来。

桂　英　是。衣帽在此。

萧　恩　好好看守门户，

桂　英　儿也要去。

萧　恩　女流之辈，不去也罢。

桂　英　壮壮爹爹胆量也是好的。

萧　恩　好。取你衣帽过来。

桂　英　是。

萧　恩　随为父来走。

桂　英　爹爹，这个门呢。

萧　恩　这门吗，不要了。

桂　英　（哭）这日用的家具呢？

萧　恩　这日用的家具吗，也不要了。

桂　英　（哭）哎呀，爹爹那颗庆顶珠呢？

萧　恩　你可曾带在身旁？

桂　英　儿我带在身旁。

萧　恩　倘有不测，也好逃往你婆婆家去吧。

桂　英　爹爹呢？

萧　恩　为父我吗，你不要管了。

桂　英　（哭）哎呀。（上船）

萧　恩　儿呀，夜晚行船，比不得白天，儿要掌稳了舵。

（唱）恼恨那恶霸贼做事暴横，
苦害了众黎民不得安生。
船行在半江中将舟稳定，
上岸去杀贼人泄我不平。

桂　英　爹爹，此去杀人，是真是假？

萧　恩　自然是真，哪有什么假。

桂　英　如此孩儿有些害怕，还是不去了吧。

萧　恩　为父不叫你前来，你一定要来，船行江中，你又不去。也罢，待为父送你回去。

桂　英　孩儿难舍爹爹。

萧　恩　哎呀，桂英，我的儿呀。（哭）

（唱）社会上最不平以势凌弱，
我的儿呀！

桂　英　老爹爹。

萧　恩　恨狗官和土豪狼狈作恶。
四十板打得我皮开肉破，
今夜晚我要将贼的头割。

桂　英　爹爹，忍耐些。

萧　恩　儿呀。我们在此下船，你要记下，将衣服穿好，到了那里，为父叫你骂你就骂，叫你杀你就杀。

桂　英　遵命。

萧　恩　来此已是。呔，有人吗？走出一个来。

丁　郎　是谁？（开门）咦，二太爷，你怎么打上我们门上来了

萧　恩　过府赔罪来了。

丁　郎　过府赔罪来了？

萧　恩　哽。

丁　郎　你退后一点，我好与你通禀。

萧　恩　哦，退后一点。

丁　郎　还要退后一点。

萧　恩　你二太爷退在哪里？

丁　郎　你随便站在哪里。有请家爷。

［员外、郭、四小教师同上。

员　外　（念）昨晚一梦梦得丑，

郭先生　　　阎王请我吃烧酒。

员　外　何事？

丁　郎　萧恩过府赔罪。

员　外　叫他进来。

丁　郎　呔，叫你们进来。

萧　恩　我且问你，这渔税银子，可有圣旨？

员　外　无有。

萧　恩　六部公文？

员　外　无有。

萧　恩　凭着何来？

员　外　本县太爷所断。

萧　恩　敢是那吕子秋。

丁　郎　县太爷。

萧　恩　呸，（丁郎下）

（唱）骂一声吕子秋做事太恶，

责打我四十板却是为何。

有一日天睁眼必降大祸，

杀死你害民贼人心快活。

儿呀，骂。

桂　英　奸贼呀，

骂一声狗奸贼无端降祸，

仗势力欺良民想方剥削。

照你这丧天良必无善果，

集众怒把你贼活活皮剥。

员　外　人来，与我拿下。

萧　恩　且慢，我父女有好心当献。

员　外　有什么好心？

萧　恩　我父女打鱼得了一颗庆顶珠，特来献上，抵还渔税。

员　外　呈上来。

萧　恩　耳目甚众。

员　外　两厢退下。（四小教师退下）

（萧恩杀员外、郭先生）

萧　恩　儿呀，随为父杀。

桂　英　遵命。（追杀四小教师、大教师，同下）

丁　郎　员外被萧恩杀死，待我上县报官。（下）

［大教师，小教师又上。

大教师　众徒弟，点起火把，速快追凶手了。

（唱）众徒弟快赶胆放大，

料凶手有翅难逃脱。

［萧恩、桂英上。

萧　恩　（唱）丁贼欺人太得过，

县官打我实可恶。

激起英雄满腔火，

杀贼全家无一活。（下）

（大小教师追场下）

［萧恩、桂英上。

桂　英　（唱）父女闯下滔天祸，

心急驰舟如飞梭。

避难该向何处躲，

我只好听天命天涯海角。（下）

［大小教师上。

小教师　师傅，怎么卧下了？

大教师　原是坐下了。

小教师　哦，坐下了。我们快赶凶手。

大教师　我的腿实在撑不住了。

小教师　怎么办呢？

大教师　回县报告，多带人马，追赶凶手了。

（唱）追赶凶手无结果，

请县官派兵火速捉。（下）

［萧恩、桂英上。

萧　恩　（唱）贼人沿江追赶我，

送女花家见婆婆。

桂　英　回头不见贼灯火，

何不停舟找吃喝。

萧　恩　我儿讲话真稳妥，

再进一程看如何。（同下）

花　母　（唱）吾儿为国惨死去，

乱箭穿身丧身躯。

媳妇被害去了世，

留下小孙不离弃。
满腹多少不平事，
急的老身咬牙齿。
号召民众群起义，
要和恶人见高低。
大闹公堂不为奇，
恨奸人倚势将人欺。
一怒杀奔王府去，
恶贼全家性命毕。
剥削人民膏和脂，
散与大众救眉急。
闯大祸将家迁此地，
安贫守分过穷日。

老身华荣之母。自从我儿夫妇被害，是我一怒，大闹公堂，杀死奸人全家，将剥削人民之财产散给贫民。是我带了孙儿避祸至此，幸喜孙儿长大成人，与萧恩之女订婚。我婆孙二人劳苦度日。哎呀，天已大亮，待我打扫庭除了。

天将黎明急忙起，
持帚我先扫庭除。

花逢春　（唱）三更灯火五更鸡，
闻鸡起舞练身躯。
幼年若无坚苦志，
老大徒悲学习迟。

小生花逢春，父母早丧，依靠祖母抚养成人。今晨舞剑已毕，准备上山打柴。待我禀明祖母。祖母。

花　母　孙儿，将剑可曾练习。

花逢春　倒也练习。孙儿要上山打柴。

花　母　孙儿须要早些回来。

花逢春　孙儿遵命了

（唱）半日打柴半读书，
五更是我练武时。
忙排柴担深山里，
一心要学万人敌。（下）

花　母　一见孙儿打柴去，
老身造饭忙下厨。（下）

［李俊上。

李　俊　（唱）萧恩有胆有魄力，
老英雄确是万人敌。

倪　荣　穷人吐口不平气，
昨夜他将丁贼除。

李　俊　李兄闻听萧恩父女昨夜暗带利刃，将丁贼全家杀死。

倪　荣　这些剥削人民血汗供自己享受之人应当这样处置，方能大快人心。但不知她父女逃向何处，不如沿江找寻，你看如何？

李　俊　这样甚好。事不宜迟，你我马上加鞭，速快前往了。
（唱）豪杰催马访知己，
满腹不平对谁提。（同下）

花逢春　（唱）晚间读书夜眠迟，
清晨打柴深山里。
终日辛苦为生计，
人生不可不劳力。
虽然贫穷有壮志，
唯恐穷人无志气。
哎呀，远望江心有一小舟，其行如飞，不知所是何故。待我放下柴担，看个明白。哎呀，舟中站着一位老翁，好像我岳翁萧恩，那个好像我妻桂英。不知他到此何事。待我叫他一声。萧世伯，将舟转来。

萧　恩　（唱）耳听得叫世伯心惊胆颤，
想必是县衙里追我将官。

桂　英　稳小舟抬起头用目细看，
原是我花世兄站在江边。

花逢春　果然是萧世伯。

萧　恩　哦，原来是花世侄。

花逢春　世伯，我祖母在家常常挂念你老人家，此处离我家不远，请到我家去见祖母。

萧　恩　哎，我正要找你，机会凑巧偏偏的就和你遇见了。女儿，为父将舟稳定，你先上岸。

桂　英　是。
［桂英、萧恩上岸。

花逢春　世伯因何至此？

萧　恩　此地非讲话之处，到了贵府，再与世侄细讲。

花逢春　如此世伯前行，待世侄担了柴担。

萧　恩　女儿，随父走。
（唱）父女驾舟行一晚，

脱了危险到此间。
桂　英　羞得人低头难仰面，
柳絮如雪逐风颠。
花逢春　祖母依门将孙盼，
中途不敢再迟延。（同下）
花　母　家道贫寒生活艰，
穷人处处都觉难。
孙儿打柴不回转，
独坐草堂候孙男。
[花逢春上。
花逢春　（唱）因避战乱居深山，
此处胜过桃花源。
花　母　孙儿回来了。
花逢春　回来了。参见祖母。
花　母　罢了。孙儿今日因何迟回。
花逢春　祖母，孙儿路遇我萧世伯和女儿。
花　母　现在何处?
花逢春　现在门外。
花　母　快快有请。
花逢春　有请萧家世伯。
萧　恩　咡嘿，
为民除暴不畏难，
桂　英　杀尽天下贪污官。（进门）
萧　恩　参见伯母。
花　母　贤侄远路而来，快快请坐。
萧　恩　谢座。女儿，快给祖母叩头。
桂　英　孙女叩见祖母。
花　母　快快起来。孙儿，快给你世伯叩头。
花逢春　世伯在上，受世侄一拜。
萧　恩　请起。
花　母　你兄妹也见上一礼。
花逢春　世妹，世兄这里有礼。
桂　英　世兄万福。
花　母　贤孙女一旁坐了。
桂　英　孙女告坐。
花　母　孙儿，快打扫后山小房，准备酒饭，好与你世伯世妹洗尘。

花逢春　孙儿遵命。（下）

花　母　贤侄因何成了这般光景，快与老身讲来。

萧　恩　伯母即问，听我道来。

（唱）可恨县官太得恶，
不该将小民来剥削。
正粮正草都纳过，
又增杂税名目多。
小民都将家产破，
终日劳苦无吃喝。
我父女打鱼小舟坐，
丁贼讨税起风波。
县官无辜责打我，
他说土豪无有错。
气的人满腔生烈火，
怒杀贼全家无一活。
父女逃难避大祸，
何处是我安乐窝。
对伯母我将实情说，
亲送女儿见婆婆。

花　母　（唱）听罢言将人胆气破，
贪官做事真可恶。
穷人苦力求生活，
土豪竟敢来剥削。
老身手内躲不过，
我要杀。

桂　英　住口。

花　母　不必胆怕，
杀官除奸怕什么。

桂　英　哎，我的祖母，

（唱）祖母不必心生火，
听孙女把话对你学。
世事不平强凌弱，
不平的事儿太繁多。
山村清贫虽淡薄，
自力更生真快乐。

［花逢春上。

花逢春　　春入人间万象新，
　　今日无意见丽人。
禀祖母，酒饭齐备。
花　母　贤侄孙女，随老身下边用饭，你们好早些休息。
萧　恩　伯母费心，实在感激。
花　母　不必客气，随着我来。正是：
　　大英雄造福人群，
萧　恩　　杀恶霸扶持贫民。
桂　英　　天下事原来是梦，
花逢春　　世上人何必认真。
［大教师、四小教师上。
秦　武　山高皇帝远，县令就是灭门官。
徐江县游击秦武。奉了知县之命，协同丁府教师，捉拿凶手萧恩。由半夜赶到现在，尚无踪迹。教师，该向何处追赶？
大教师　萧恩之女早许花逢春，必定逃在他家。
秦　武　如此先到花家。
大教师　大爷，这就是花逢春的家。
秦　武　上前叫门。
大教师　开门来。
花逢春　耳听人唤声，开门问分明。众位来到寒舍，所为何事？
秦　武　我们是奉了县太爷之命，捉拿凶手萧恩来的。
花逢春　萧恩实在未来。
秦　武　你竟敢窝藏杀人凶犯。
花逢春　哪有此事？
秦　武　来，四下搜检。
役　　无有。
秦　武　花官人，请你早早交出凶手，若还藏匿不献，与你不利。
花逢春　小民实在不敢。
秦　武　来，将他带了。
花逢春　待我禀明祖母。
秦　武　不能。一时就可回来，将他带了，我们快走。（下）
（丑看介）
丑　　花老太太，花老太太，怎么不应声。待我在后院大声叫，花老太太，哎花老太太，不好了。
花　母　因为何事这样大惊小怪？
丑　　花老太太，不好了，适才县府差役和丁府教师因捉拿凶手萧恩，将你孙儿锁着走了。

花 母　奴才这样大胆，待我赶上前去，打死这些奴才。

桂 英　祖母莫可，想公子被捕，全是为我父女所害。孙女情愿上县去告。

萧 恩　我愿自首。

桂 英　爹爹，万万不可，还是孩儿前去最妥了。

（唱）辞别二老向外走，
营救夫君将状投。（下）

花 母　我要上县，看县官将此事怎样判断。

萧 恩　伯母，今夜我亲到县衙劫狱，救出世侄，天明公堂相会。

花 母　这样也好，收拾行李，快走，

（唱）霎时怒气冲牛斗，

萧 恩　要和贼子作对头。（分下）

李 俊　心急催马访良友，

倪 荣　眼看日落西山头。

萧 恩　世侄为我被贼虏，
可恼狗官吕子秋。

李、倪　你是萧仁兄。

萧 恩　二位贤弟到此何事？

李、倪　仁兄为民除害，使人钦佩万分。

萧 恩　哎，因兄闯下此祸，县衙差役将花逢春带去。我要到县府打听，可巧遇见二位贤弟。

李、倪　我二人愿助仁兄前往。

萧 恩　如此甚好。事不宜迟，随兄快走。请。（下）

（小丑扶花逢春）

花逢春　（念）身遭不白冤，何日拨云见青天。（坐）哎，耳听谯楼五更，想起社会这样恶劣，不知政治何日才能开明，人心何时才能公道也。

（唱）谯楼上打五更天色将亮，
想起了恶劣世心中悲伤。
身受刑心烦闷眼看月上，（萧恩李俊倪荣上）
恨无人帮助我杀这强梁。

何人？

萧 恩　住口。（救花逢春下）

桂 英　（唱）辞亲昨夜跑一晚，
天明才到县衙前。
进得大堂用目看，
忙击堂鼓口喊冤。

吕子秋　（唱）堂鼓不断声连天，
　　　　　　吓得我手颤眼瞪圆，
　　　　　　不知发生何凶案。
　　　　何人击动堂鼓？
役　　　民妇喊冤，带上堂来。
桂　英
花　母　大老爷，冤枉。
吕子秋　大胆。
　　　　（唱）骂声妇人太胆大，
　　　　　　敢击堂鼓犯王法。
桂　英　　　贫妇我的冤情大，
　　　　　　冒死击鼓喊冤告状到县衙。
花　母　　　老爷不可将民骂，
　　　　　　击鼓不算犯王法。
吕子秋　　　霎时将人活气煞，
　　　　　　有什么冤情快说吧。
桂　英　　　夫名逢春本姓花，
　　　　　　打柴读书清贫家。
花　母　　　昨日县差同恶霸，
　　　　　　无辜竟将孙儿拿。
吕子秋　　　皆因萧恩将人杀，
　　　　　　听说匿藏在你家。
花　母　　　萧恩杀人枉国法，
　　　　　　不该嫁祸到我家。
　　　　　　早放孙儿万事罢，
　　　　　　不放我要闹县衙。
吕子秋　　　丑妇说的什么话，
　　　　　　你敢在公堂将威发。
桂　英　　　老爷不容人说话，
花　母　　　气得老娘咬钢牙。
吕子秋　　　丑妇公堂再喧哗，
　　　　　　马上我要把你杀。
花　母　哈哈哈哈，狗官，大胆的狗官，哎，
　　　　（唱）手拉狗官举拳打，
　　　　　　料你将我也莫办法。
役　　　禀老爷，昨晚五更，有三个强盗劫狱，将花逢春劫着去了。

吕子秋 哎哟，竟有此事，看来和这两个妇人一路之贼。胆大的丑妇，竟敢大闹公堂，凌辱国家官长，哪里容得。来，速唤刽子手，先将这两个妇人绑在法场斩首。

［萧恩、花逢春、李俊、倪荣上。

众 杀！

花逢春 哎，今日之事，这都是社会恶劣，政治不良之所逼也，非我们之过。

萧　恩 伯母珍重，我们今日分别，后会有期。

桂　英 爹爹，今后我们天下为家，联络英雄要和恶势力奋斗到底。

萧　恩 言之有理。我们今后要铲除贪官污吏，要打倒土豪劣绅，要和恶势力奋斗到底，决不许恶势力存在社会，决不许恶势力妨害人群。（分下）

——幕落剧终——

（说明：以上内容录自易俗社原存手稿资料，毛笔满行书写，繁体竖排，有残破。资料标签：编号 456；剧名，新讨渔税；作者，冯杰三，收藏者，易俗社。）

关羽之死

第一回　孙权登殿议事

人物：孙权　诸葛瑾　吕蒙　四龙套　大内

孙　权　（唢呐空场）虎踞江东，孙刘联合破曹兵。
（坐诗）坐领江东有九州，父兄创业数十秋。
诸侯纷纷争相斗，不知干戈几时休。
孤孙权。据报刘备西川失利，凤雏遇难，孔明入川增援，关羽留守荆州。想刘备借我荆州，屡讨不还。（五捶）现今鲁都督一病不起，荆州无人讨要，陆口无人镇守。前日曹操差人下书修好，夹攻刘备共分疆土。事关国家大计，不免宣诸葛瑾、吕蒙商议。内侍，宣诸葛瑾吕蒙上殿。

内　主公有旨，诸葛瑾、吕蒙上殿。

诸葛瑾　（豹子头）孙刘联合抗曹兵，

吕　蒙　乘隙夺回我荆州。

诸葛瑾
吕　蒙　参见主公。

孙　权　请坐。

诸葛瑾
吕　蒙　谢座。

孙　权　这是二卿。鲁都督一病不起，危在旦夕，陆口无人驻守，荆州无人去讨，昨日曹操下书修好，约我夹攻刘备，共分疆土，孤有心应允曹操之约，怎奈关羽英勇；有心不允，荆州何日才能交还。

吕　蒙　主公不必多虑，请赐臣一队人马，乘其不备，夺回荆州。

诸葛瑾　主公莫可。

孙　权　何言莫可？

诸葛瑾　哎，主公请听。
（唱大带板）
想当初联刘用火攻，
烧死曹操百万兵。
已定国策勿妄动，
凡事必须三思行。（齐板）

孙　权　子瑜有何高见？

诸葛瑾　主公，臣闻关羽有女尚未许人，主公世子尚未娶妻，某愿前往与世子求婚。若关羽允婚，即与关羽计议共破曹操；若关羽不允，然后助曹操夺取荆州。未知主公意下如何？

孙　权　如此也好，事不宜迟，我卿速去勿误。

诸葛瑾　为臣遵命了。

（念）辞别吴侯离江东，但愿得孙刘和同破曹兵。（下）

孙　权　子明，鲁都督久病，命我卿替代其职，驻守陆口，不可妄动，速去勿误。（抽下）

吕　蒙　遵命。

奉命驻陆口，乘隙夺荆州。（大列搥下）

第二回　关羽坐镇荆州

人物：关羽　廖化　王甫　周仓　诸葛瑾　费诗　四卒

诸葛瑾　（豹子头）

逆水行舟到荆州，但愿得此一行君命不辱。

哪位将军值事？

周　仓　是哪个？好大胆诸葛瑾，你屡次前来，絮絮叨叨。前次看在军师面上，便宜了你，怎么今番又来送死。

诸葛瑾　周将军，某求见君候，有要事相商，烦劳通禀。

周　仓　哼，你等着，你等着。

诸葛瑾　是，是，是。

周　仓　有请君候。

关　羽　（亮铙钹）器宇轩昂，镇荆州威名远扬。

（坐诗）蔑视东吴无英俊，曹操丑类何足云。

坐镇荆州负重任，要灭魏曹除吴孙。

（坐介）大哥进军西川，某家镇守荆州。今日吴兵攻取襄阳，来，伺候了。

周　仓　诸葛瑾又来求见君候。（擂搥子整介）

关　羽　想必有为荆州之事，叫他报门而进。

周　仓　呔，君候有命，叫你报门而进。你要与我小心着，你要小心着。

诸葛瑾　是、是、是。报，东吴诸葛瑾告进。（列搥子进门介）拜见君候。

关　羽　赐坐。

诸葛瑾　谢座。

关　羽　子瑜前来，莫非为讨要荆州之事。（生气介）

诸葛瑾　非也。（很和气的）

关　羽　此来何事?

诸葛瑾　特来求结孙刘两家之好。

关　羽　就该明讲。

诸葛瑾　君候请听，我主吴侯有一公子，甚是聪明；闻君候有一女尚未许配，特来求亲，两家结好，并力破曹。

关　羽　大胆。

（唱带板）

听言怒发三千丈，

虎女怎配犬儿郎。

若不看军师情面上，

霎时叫你剑下亡。

子瑜，（三押）胆大的诸葛瑾，想俺关某之虎女，岂肯下嫁孙权之犬子，今日不念你弟面上，定斩不饶。（生气不理介倒坐）

诸葛瑾　呵，君候。（欲讲）

关　羽　哼!休要多言，来，将诸葛瑾赶出帐去。

关　平　（跟出）大夫慢走，大夫慢走。（回见关羽）哎呀爹爹，东吴前来修好，正好俩家和睦，同心破曹。

关　羽　（毫不在乎地）小孩人家懂得什么，这孙权曹操同是我家仇敌，讲什么同心修好。

关　平　哎呀，（很郑重）爹爹，想军师临行，重托爹爹，言说曹操兵多将广，我不投降不能言和；孙权偏安江东，若不同心，不能破曹。当年东和孙权，北拒曹操，有这一联吴破曹之大计，才有赤壁鏖兵之全胜，命爹爹坚守联吴破曹之计，则荆州万无一失，请爹爹谨遵，千万不可疏忽。

关　羽　哼，将在外君命有所不受，何况诸葛亮一派胡言乱讲。（稍停）想为父威震华夏，北灭曹操，东扫孙权，易如反掌。大丈夫立功于世，虽死无憾。（长播摧子）

关　平　哎我的爹爹，

（唱带板）

劝爹爹息怒容儿禀，

听儿把话说分明。

军师为国把计定，

联吴才能破曹兵。

望爹爹你将东和孙权北拒曹操已定大计勿妄动，

勿负重托汉室兴。

关　羽　休再胡言，谁敢再说，立斩不赦。

旗　　司马费诗奉主公之命由西川而来。
关　羽　有请。（稍想介空场）
费　诗　将军。
关　羽　请坐。将军到此何事?
费　诗　玄德进位汉中王，特来报喜。（奉书羽看）
关　羽　真乃可喜。汉中王命我攻取襄阳樊城，不日即可动兵。（费觉不对忙提醒）
费　诗　怎么今日就要动兵攻打襄樊?
关　羽　正是。
费　诗　下官临行之时，汉中王和诸葛军师再三嘱咐，要将军北拒曹操，必须结交孙权，不可大意。
关　羽　关某晓得。山高路远，他们哪知其中详情。呵，费司马，汉中王封某何等爵位?
费　诗　封将军为五虎上将，将军为首。
关　羽　但不知五虎上将都是何人?
费　诗　乃关张赵马黄。
关　羽　怎么是关张赵马黄?
费　诗　正是关张赵马黄。
关　羽　哎呀!（不悦）某想翼德乃系某弟；子龙跟随大哥多年，亦某弟也；马孟起世代名将，爵位与某同列，尚无不可。至于黄忠。（一搥）老儿，他是何等样人，焉敢与某齐名同列。大丈夫誓死不与黄忠老卒为伍。司马速将印绶带回，某不受爵。
费　诗　将军言话差矣。想当年萧何、曹参跟随高祖，共举大事，最为亲近。韩信乃楚之亡将，后来官封三奇王，位在萧、曹之上，并未闻萧曹曾有怨言。今汉中王虽有五虎上将之封，而与将军有兄弟之义，视同一体，实则汉中王即将军，将军即汉中王也，诸将哪个敢和将军相比。将军不要计较官号之高低，快快受印。（关心服略想介）
关　羽　关某谢教。（空场受印）来，设宴款待司马。（卒摆宴）司马请。
费　诗　将军请。（火光冲天锣鼓炮声）
关　羽　关平看何处呐喊?
关　平　遵命。（下）
关　羽　司马清酒。（三眼腔）
费　诗　将军请。
关　平　（急上）禀爹爹。
关　羽　何事?
关　平　傅士仁、糜芳在帐中饮酒，失于检点，后帐遗火，烧着火炮，把军器粮草尽皆烧毁。

关　羽　（惊介）呵，来，将傅士仁、糜芳捉来见我。

周　仓　得令。（下，带傅士仁、糜芳上）

傅士仁
糜　芳　末将请罪。（跪介）

关　羽　大胆，某令你二人做先锋，不曾出兵即将许多军器粮草烧毁，火炮打伤本部兵马，如此误事，要你何用，推出斩了。（二将吓坐地介）

费　诗　且慢，将军，未曾出兵，先斩大将，与军不利。

关　羽　某不看费司马情面，定将你二人斩首。来，摘去先锋印绶，各杖四十。（拉下打介关费饮酒介傅糜跛上跪介）

傅士仁
糜　芳　多谢君侯饶命。

关　羽　罚你二人分守南郡公安，倘有差错，二罪俱罚。去吧。

傅士仁
糜　芳　得令。（不悦下有恨意）

费　诗　将军，下官告辞。（空场）

关　羽　恕不远送。（费下）众将听令。

众　　　在。

关　羽　廖化为先锋，关平为副将，即日出兵，攻打襄阳。（列搥下）

第三回　孙权命诸葛瑾约曹

人物：孙权　诸葛瑾　四龙套

孙　权　（浪头上）

　　命子瑜修好奔荆州，
　　去向关羽把婚求。
　　倘若他能允婚成就，
　　破曹后再好夺荆州。（留板坐外场介）

诸葛瑾　（接唱浪头上）

　　可恼关羽无来由，
　　从此孙刘结冤仇。（齐板进介）

参见主公。

孙　权　子瑜请坐。

诸葛瑾　谢座。

孙　权　我卿此去，关羽可否允婚？（期盼介）

诸葛瑾　哎，（五搥子）主公，那关羽刚愎自用，蛮横无理，不但不允亲事，反口出恶言。

孙　权　呵，（生气）什么恶言，不要隐瞒，以实讲来。

诸葛瑾　哎呀主公，为臣去见关羽，提起婚事，那关羽勃然大怒，言说他那虎女，怎配犬子。

孙　权　他说什么？（擂搥子）

诸葛瑾　他说虎女怎配犬子。

孙　权　（磨搥子）气煞人也。关羽（三押）匹夫，允亲也在你，不允亲也在你，竟敢如此无礼，口出恶言，好不气，气煞人也。

（唱七锤）可恼关羽太无理，
口出恶言将孤欺。
怒气填胸难压制，
誓杀关羽擒刘备。（齐板）

好不气……

诸葛瑾　主公息怒。

孙　权　关羽无礼太甚，叫孤怎得不气，我卿有何良策，生擒关羽，夺回荆州。

诸葛瑾　主公，（五搥子）要擒关羽夺回荆州不难，今可遣使去见曹操，命曹仁旱路起兵，先攻荆州，关羽必倾荆州之兵，而取襄樊，那时荆州空虚，主公派大将暗度长江，夺回荆州，一举可得。不知主公意下如何？

孙　权　（想介）此计甚妙。就命我卿前往许都，去见曹操陈说此事，速去勿误。

诸葛瑾　为臣遵命。（急下）

内　　　禀主公，吕都督有书。（上）

孙　权　呈上来待孤一观。（三押）哎呀，提兵攻打襄樊，不如趁其远出，袭取荆州。不免修书，命吕蒙趁虚进兵。带我修书提笔。内侍，这是书信一封，命来人带回。

（唱）关羽大兵攻襄阳，
命吕蒙乘虚暗渡江。
夺回荆州归孤掌，
诸曹兵擒关羽大战一场。（留板下）

第四回　攻下襄阳

人物：曹仁　四卒　关羽　关平　廖化　王甫　马夫　四将

曹　仁　（浪头上）奉命驻守襄阳城，要把孙刘一扫平。
本帅曹仁。奉魏王之命，约会东吴夺取荆州。

探　　　报。

曹　仁　军报何事？

探　　关云长率领大兵，攻打襄阳来了。

曹　仁　呵呀，关羽自来送死。众将官，随本帅出城迎敌。

（出城战廖化，关平、廖化佯败，曹追下，又上战，关平、廖化又败下，仁回马，关羽自大旗下突出，击仁马下，逃走）

关　平　禀爹爹，曹兵大半死于襄江之中，我军得了襄阳。曹仁退守樊城。

关　羽　传令下去，攻打樊城。（扎势示追意）

王　甫　慢着。君侯一鼓而下襄阳，曹兵虽然丧胆，然而东吴鲁肃已死，吕蒙代任大都督，屯兵陆口，常有进犯荆州之意，我重兵远离，倘吕蒙攻打荆州，如何是好？

关　羽　这个……（想介）有了。王甫听令。

王　甫　在。

关　羽　命你亲去沿江上下，或二十里，或三十里，选高阜之地，筑烽火台。每台用五十人把守，倘吴兵渡江，夜则明火，昼则举烟为号，某将亲自堵挡。

王　甫　君侯，糜芳、傅士仁被罚之后，内心不服，命他二人分守公安南郡二城，恐不尽力，必须再派一人总督荆州。

关　羽　某已差潘濬留守。

王　甫　君侯，潘濬多疑好利，不可重用，不如差赵累代之。

关　羽　某素知潘濬为人，今即已差定，不必更改。赵累即掌军粮，甚是重要。司马不必多疑，快快去筑烽火台去。

王　甫　遵命。

关　羽　关平听令。

关　平　在。

关　羽　速备船只，横渡襄江，在襄阳歇兵三日，攻打樊城。

关　平　得令。（下）

关　羽　（浪头唱）

取襄阳斩曹将威震华夏，
攻樊城要把那曹仁捉拿。
叫周仓催动赤兔马，
灭曹操栓孙权统一天下。

第五回　水淹七军

人物：于禁　庞德　关羽　关平　周仓　报子　四青衣　四龙套　中军

庞　德　（起霸上）

志气凌云贯九霄，阵前斩将称英豪。

男儿为国当报效，要与魏王立功劳。

俺姓庞名德字令名。元帅升帐，早来伺候。

于　禁　（坐帐介）

本帅奉命出许昌，旌旗飘飘映日光。

率领七军谁敢挡，一心要擒关云长。

本帅于禁。曹仁有书，言说关羽破了襄阳，现围樊城，乞魏王救援。魏王命我大起七军，前往樊城。来呀，先锋进帐。

中　军　元帅有令，先锋进帐。

庞　德　参见元帅。

于　禁　站下。庞将军，你我奉命前往樊城救援，想那关羽智勇双全，此去须要小心，不可轻敌。

庞　德　俺在魏王面前夸下海口，如若不能生擒关羽，情愿背抬棺木，仰面还乡。（走来走去介）

于　禁　如此，庞德听令。

庞　德　在。

于　禁　速率前哨人马开道，不分星夜前往樊城，不得有误。

庞　德　得令。

于　禁　庞将军英勇，此去助他成功。哎呀，不妥。想本帅跟随魏王多年，若让新来庞德成了大功，岂不灭了本帅威风。我还是听魏王戒旨，阻止庞德成功。众将官，兵发樊城。

（唱）日夜兼程奔樊城，

要擒关羽立大功。（同上马介）

关　羽　（大浪头上唱）

五关斩将威名标，

冲锋陷阵立功劳。

攻破襄阳把贼讨，

东敌孙权北拒曹。

但愿狼烟早消扫，

重整山河扶汉朝。（列撾子坐介）

报　　　报。

周　仓　做什么的？

报　　　报军情的。

周　仓　小心着，小心着，你要与我小心着。

报　　　报。（跪介）

关　羽　军报何事？

报　　　听报着，听报着。

启禀君候在上听，报子探得敌军情。
于禁挂帅把军统，庞德马前做先锋。
七军人马甚勇猛，蜂拥而来救樊城。（跪介）

关　羽　再报，再探。

周　仓　再报，再探。（报急下）

关　羽　于禁庞德，关某何足惧哉。庞德，庞德，料你纵有万夫勇，难逃青龙宝刀锋。周仓。

周　仓　在。

关　羽　传令下去，整队迎敌。

周　仓　得令。众将官，君候有令，整队迎敌。（上马介）

内　　　喊啊！

（羽上马大会阵）

关　羽　呔，马前你是庞德？

庞　德　然也。

关　羽　庞德，庞德，领兵前来意欲何为？

庞　德　关羽，关羽，你竟敢持强夺我襄阳，今又围攻樊城，俺在魏王面前夸下海口，要和你决一死战，若还不胜，你来看，俺抬棺木一口，仰面还乡。

关　羽　想你故主马超弟兄二人，均降吾主，你若归服，必在上将之列。

庞　德　关羽休得多言，俺今不生擒你，非英雄也。

关　羽　不听良言，悔之晚矣。周仓，压住阵脚。（对打，于禁鸣金）

庞　德　关羽，莫非你怯战？

关　羽　非是某家怯战，你家元帅鸣金了。

庞　德　我却不信。

关　羽　回头观看。

庞　德　关羽，关羽，明日就在此处，决一死战。来者……

关　羽　君子。

庞　德　不来……

关　羽　非大丈夫也。

庞　德　哎呀，

收兵卷旗角。（下）

关　羽　勒马停干戈。

周仓。

周　仓　在。

关　羽　回营。

周　仓　收兵回营。（下）

关　羽　（唱）二十年前起战争，

建功立业显威风。
心中恼恨贼庞德，
也敢人前称英雄。
周仓。

周　仓　在。

关　羽　传令下去，今晚人不可解甲，马不可离鞍，若到五更天明，大战庞德。

周　仓　喳，喳，喳，喳。君候有令，今晚人不可解甲，马不可离鞍，若到五更天明，大战庞德。

卒　　（内）呵！

周　仓　传令已毕。

关　羽　站在一旁。

周　仓　呵。

关　羽　今日阵前某观庞德，刀法纯熟，若非他主帅鸣金收兵，关某险遭不测。老了，老了！

周　仓　君候不老。

关　羽　（唱）想当年两膀臂力今犹在，
今日里战庞德败下阵来。
庞德好威严也。
（唱）头戴着金盔双翅凤，
身穿着银甲多威风。
庞德的好坐骑也。
跨下了青鬃马甚是猛勇，
好似那出海一蛟龙。
庞德的好刀法也。
手提着青铜刀迎面砍定，
偃月刀不能成大功。
我大哥若需这员将，
擒庞德某还要定计而行。

报　　报。

周　仓　做什么的？

报　　报军情的。

周　仓　小心着，小心着，你要与我小心着。

报　　报。

关　羽　军报何事？

报　　庞德夺去我军粮草。

关　羽　再探。

周　仓　再探，再探，再探。（报下）

关　羽　周仓，

周　仓　在。

关　羽　（三押想介）传令下去，命三军人马，不可自乱，三日以内，必有粮草使用。违令者斩。

周　仓　三军听着，君候有令，三军人马，不可自乱，三日以内，必有粮草使用。违令者斩。传令已毕。

关　羽　站下。

（入内诗）二十年前一武夫，演兵习阵学孙吴。

五十三岁打败仗，再把春秋仔细读。

（曲子）　把春秋仔细读。

刀来，刀呵刀，想当年你随关某斩了多少大将首级，今日遇见小小庞德，怎么就无用了？

周　仓　哎呀，着，着，着。

关　羽　（唱）到今宝刀也无用，

（白）想起了庞德儿的好威风，儿的好杀法，哎，如何才能擒得庞德。哎，想起了。

（唱）将在谋而不在勇。

关　平　（急上）启禀父帅，于禁大营移至罾口川。

关　羽　不必惊慌，随为父登山一观。

（唱）率二将我离了大营宝帐，

耳听得曹营中大小儿郎噪闹嚷嚷。

于禁领兵把帅掌，

庞德的武艺真高强。

想关某智勇是上将，

南征北战逞豪强。

过五关，过五关来斩六将，

擂战鼓，擂鼓三通斩蔡阳。

到如今，到如今五十三岁打败仗，

不服庞德小儿郎。

叫关平周仓把山上，

睁眼不住观端详。

耳内里忽听人马喧嚷，

周　仓　哇呀，哇呀。

关　羽　住口。

（唱）庞德率部押军粮。

帐下儿郎排两行，
要擒拿还需想良方。
我这里再登高峰望，
江水滔滔一片汪洋。
观罢地势心欢畅，

哈哈哈。

周　仓　君候因何发笑？

关　羽　（唱）于禁用兵多良方。
左边低右边高，
樊河水引动了襄江浪
于禁罾口必灭亡。
主意已定回营帐。
忙对二将说端详

关平听令。

关　平　在。

关　羽　速带本部人马，准备布袋砂囊，将襄江上流各处水口填堵，等到五更撤去沙袋，放水一淹樊城，哪怕庞德飞上天去。

关　平　得令。（下）

关　羽　周仓。

周　仓　在。

关　羽　速带水军四十名，准备船只，埋伏土山左右，五更水下，捉拿庞德。不得有误。

周　仓　得令。（下）

关　羽　众将官，将大兵移至山顶。（谷洞门下）

于　禁　（豹子头）移七军驻扎罾口，使庞德难成大功。

庞　德　（下马介）参见元帅。

于　禁　免。

庞　德　请元帅查点粮草。

于　禁　不用查点。来。帐中设宴，与将军贺功。（后台喊，放水呀，大水下，于禁、庞德浪中下，周仓上，水战，擒庞德下）

关　羽　（站门）放水淹七军，庞德定被擒。

关　平　禀父帅，于禁拿到。

关　羽　押上来。

于　禁　君候饶命。

关　羽　于禁，你竟敢领兵抗某。

于　禁　上命差遣，身不由己，望君候怜悯。

关　羽　来，将于禁押送荆州大牢，等候发落。
周　仓　禀君侯，庞德拿到。
关　羽　绑上来。
庞　德　（见板）关羽放水淹七军，
　　　　贼做事残酷甚不仁。
　　　　咬牙切齿大营进，
　　　　心头恼恨无信人。
　　　　（齐板进介立介）
关　羽　哇，好大胆庞德，见关某为何不跪？
庞　德　关某，匹夫，俺乃堂堂男儿，岂肯跪你这无信之人。
关　羽　关某以信义为重，怎说无信。
庞　德　（两边走地说）关羽匹夫，你我阵前约定，今日决一死战，谁是你这无信之人，黑夜暗用水淹，可怜无数百姓惨遭此害，是你做此不仁之事，还言什么信义。我今被擒，唯有一死，要我归降，万万不能。
关　羽　哇，死在目前，还敢如此无礼。来，将庞德推下斩首。
庞　德　哈哈哈！
周　仓　斩讫。
关　羽　众将官，某今擒了于禁，斩了庞德，威震华夏，正好乘胜攻打樊城，活捉曹仁。明日出战，各自准备了。
　　　　（唱）擒于禁斩庞德威震华夏，
　　　　　　攻樊城我要把曹仁捉拿。（下）

第六回　陆逊探病定计

人物：吕蒙　陆逊　中军　四卒

吕　蒙　［中军搀扶，踏板唱上。
　　　　　　实可叹鲁子敬一病丧命，
　　　　　　留下了都督位让我担承。
　　　　　　那关羽无智谋只凭猛勇，
　　　　　　下襄阳围樊城荆州虚空。
　　　　　　奉主命袭荆州有机可乘，
　　　　　　烽火台无法破难成大功。
　　　　　　心愁闷不外出假托有病，
　　　　　　忧的人日夜间坐卧不宁。
　　　　哎，哎，好不愁闷人也。

中　军　禀都督，陆大夫到。

吕　蒙　有请。说我有病不能出迎。

中　军　是。有请陆大夫。

陆　逊　（豹子头上）奉主命来探子明病，但愿勿药早动兵。

中　军　都督有病，不能出迎，请大夫入帐相谈。

陆　逊　那我晓得。（入内）

吕　蒙　（装病状）伯言兄到了。呵呀，有失远迎。

陆　逊　弟奉吴侯之命，来探子明兄的贵恙来了。

吕　蒙　贱体偶病，何劳探望。

陆　逊　（故意问介）呵，子明兄，自鲁都督病故之后，吴侯以重任托付仁兄，仁兄不乘时而动，心中不乐，所是为何？

吕　蒙　这个……（看左右）哎哟，（假装介）

陆　逊　哎，为弟奉命探病，怎么未问病症，竟问起别的来了。子明兄。

吕　蒙　伯言兄。

陆　逊　你是伤风？（吕摇头）冒寒？（吕摇头）呵呵呵，你是头疼？（又摇头）哎哎哎，即非伤风，冒寒，又非头疼脑热，不住地把头这样一摇，那么一摆，莫非你得的摇头病。这个病我能治，不知仁兄可肯用我的药？

吕　蒙　但愿伯言兄相助。

陆　逊　耳目甚多。（看左右）

吕　蒙　左右退下。伯言兄良药望即赐教。

陆　逊　呋哈哈哈哈，子明兄的病，不过因荆州的兵马整肃，沿江有烽火台之备，一时不能渡江，仁兄你说是也不是？

吕　蒙　呵。（发呆介）

陆　逊　子明兄，弟有一计，可使烽火台不能举火，荆州之兵束手归降。

吕　蒙　伯言兄洞见肺腑，愿闻良策。

陆　逊　子明兄请听，

（唱摇板）

仁兄勿急且坐定，

（饶板）

听我把良策说分明。

那关羽自大恃强勇，

天下人不放他眼中。

兄乘机辞职假托病，

陆口大任委无名，哎，委无名。

吕　蒙　伯言兄，陆口重任应委一才望兼隆之人才好，怎么说委一无名之辈？

陆　逊　仁兄不知，那关羽英雄自恃，以为天下无敌，目下所虑者唯我兄也。兄应趁机托病辞职，陆口都督之责让与无名之人，若委一才高望重之人那关羽必防备甚严，所以要用无名之人必有所济也。

（摇板接唱）

即差人持书去见关羽，
多说好话再怂恿，
以骄其心自满盈，自满盈。

吕　蒙　哎，他自满不满，何妨。荆州驻有重兵，我军是怎样过江？

陆　逊　仁兄勿忧，你将职权让与他人，若人去见关羽，卑自赞美，以骄其心，那关羽必撤荆州之兵，攻打樊城。荆州若无重兵，我用一旅精锐，别出奇计，乘机袭取，则荆州在我掌握之中也。

（唱摇板）

他将荆州军尽动，
留下的少数老幼残兵。
那时我用一旅精锐众，
出奇计夺取荆州城。
助曹兵把关羽四路围攻，
望仁兄早准备为国立功。

吕　蒙　（三长播看介去病状）伯言兄所见真良策也。

（唱）听罢言来心欢喜，
霎时病去展愁眉。
急忙上前施一礼，
谢伯言助我设良计。

陆　逊　（唱）兄服良药只一剂，
竟然药到疾病祛。

子明兄，你的病呢？

吕　蒙　呵哎，有了你这个好大夫，我的病吗……

陆　逊　怎么样？

吕　蒙　立刻就痊愈了。

陆　逊　怎么病好了？

吕　蒙　好了。

陆　逊　呵。

吕　蒙　呵。

陆、吕　哈哈哈！

陆　逊　仁兄，你我将此大计禀明主公，准备渡江。

吕　蒙　好，随着我来呀，

（七搥）可笑那关云长恃勇无谋，

陆　逊　　和吕蒙定巧计移花接木。
吕　蒙　　你与我一同去先见主公。
陆　逊　　将此计对吾主一一禀明。

第七回　攻打樊城关羽带箭

人物：曹仁　关羽　关平　周仓　八卒　马夫

曹　仁　（浪头上战鼓声音唱）
关羽杀法真骁勇，
襄阳失手退樊城。
耳听得鼓声响咚咚，
莫不是关羽来攻城。
（上马上城）
叫人来带马出大营，
急忙上城楼观分明。
关　羽　（见板雁翅）
三军攻城齐奋勇，
勒马横刀叫曹营。
七军人马尽丧命，
活捉于禁庞令明。
大军四面已围定，
你等还不快投诚。
早早投降饶性命，
再顽抗将你一扫平。
曹　仁　（看介七搥唱）
听罢言来怒冲冲，
逼我投降万不能。
叫众将放箭齐开弓，
（关羽中箭落马，曹仁杀出，关平架住，众救下）
三日毒发定然丧命。
哈哈哈，关羽中箭，众将官，各自坚守城池。（列搥下）

第八回　吕蒙坐帐白夜渡江

人物：吕蒙　陆逊　四将　守军

四　将　（紧空场）请了。吕、陆二位都督升帐，两厢伺候。
吕、陆　（引）雄兵虎将，设奇策夜渡长江。
吕　蒙　（念）可笑关云长，
陆　逊　　　轻视小陆郎。
吕　蒙　　　设下牢笼计，
陆　逊　　　夺取我荆襄。
吕　蒙　本督吕蒙。
陆　逊　副督陆逊。
吕　蒙　众位将军，关云长目无江东，已将荆州兵马调去，今夜本督点动精兵三万，快船八十只，一律身穿白衣，扮作商人模样，等将烽火台守军捉住，速将沿江一带墩台拆毁，守军尽行捉住不得走漏一人，然后长驱直进袭击荆州。
陆　逊　众位将军，传令下去，攻入荆州之后，俘获关羽家眷好好款待，随关羽之荆州兵士家眷，按月给与粮米，不许搅扰，以动摇关羽军心，各自遵守勿误。
众　　　呵。
吕　陆　众将官，各自准备，今夜渡江。（急下，起更，渡江介，下急定门）
吕　蒙　烽火台已被拆毁，荆州已得。一半人守城，一半人乘胜直取公安、南郡。进城之后，不许妄杀一人，妄动民间一草一木。违令者斩。（急下介）

第九回　败走麦城

人物：徐晃　曹仁　关羽　关平　周仓　廖化　王甫　赵累　报子　旗牌

徐　晃　（两边对头上）关平小儿，老夫奉魏王之命，策应东吴，擒你父子。
关　平　我当是何人，原是徐叔父，叔父率领人马，哪路征剿？
徐　晃　你家荆州已被东吴夺取，偃城已被本帅攻破，还敢在此狂为。
关　平　休得胡言，看枪。（关平败，徐晃追下，关平又上，关羽站门，关平狼狈上，下马见关羽介）
关　羽　（念）箭伤平复要征伐，报仇先将曹仁杀。
（坐）是某大破襄阳，擒了于禁，斩了庞德，威震华夏。不料围攻樊城，误中曹仁毒箭。多蒙华佗先生割开皮肉，去骨上箭毒，敷上灵药，现已平复。今日攻打樊城。

关　平　（急上）参见父帅。

关　羽　我儿为何如此狼狈？

关　平　哎呀父亲，徐晃已夺襄阳、偃城等处。

关　羽　不要慌惊，随父迎敌。（杀出见徐晃）

徐　晃　君候别来无恙？

关　羽　原是徐公明。

徐　晃　某与君候数载不见，君候的须发已苍白了。

关　羽　公明，你的须发也苍白了。

徐　晃　彼此。

关　羽　一样。（同笑介）

徐　晃　前在许昌多蒙指教，当面谢过。

关　羽　好说。

徐　晃　众将官，有能擒得关羽者赏银千两。

关　羽　公明这是何意？

徐　晃　君候今日之事，某不敢以私废公。休走看刀。

（徐晃败下，关羽追，上王甫）

王　甫　君候，我军背腹受敌，应速渡襄江，不可恋战。

关　羽　如此，速渡回襄江。

旗　牌　吕蒙过江，拆毁烽火台，荆州失守。

关　羽　某中吕蒙之计，荆州已失，速回公安、南郡。

旗　牌　公安傅士仁，南郡麋芳投降东吴。

关　羽　怎么讲？

旗　牌　麋芳、傅士仁投降东吴。

关　羽　气煞我也。

（唱）听说那傅、麋二将降东吴，

气得我伤口崩血出。

切齿傅麋太卑鄙，

誓杀二贼气方息。

哎呀！（乱砸锣鼓）

关　平　父帅，创口疼痛，不能应敌，不如去到麦城屯扎，等候援兵。

关　羽　此城太小，恐怕不能立足。

关　平　事已至此，无处可去。

关　羽　既然如此，先到麦城驻扎一时，再做道理。（转场进城）

兵败走麦城，等候救援兵。

关　平　父帅与吕蒙旧时交好，前在陆口，曾有书信，约父帅同心破曹，今背前盟。何不修书，责以大义，看他怎样回答。

关　羽　倒也是理。提笔可。（三腔）旗牌走来，这是书信一封，下奔荆州吕蒙都督那里。

旗　牌　遵命。（分下，转圆场到吕蒙营中）

第十回　困守麦城　廖化搬兵

人物：吕蒙　中军　旗牌　关羽　关平　廖化　周仓　王甫　赵累　八卒

旗　牌　来此已是吕都督营寨。门上哪位在？

中　军　什么人？

旗　牌　下书人求见。

中　军　哪个差你下书？

旗　牌　关将军。

中　军　少站，请都督。

吕　蒙　（站门）白衣渡江夺荆州，全赖陆郎献良谋。

中　军　禀都督，关将军差人下书，求见都督。

吕　蒙　请他进来。慢着，带我出迎。

中　军　请你进去，慢着，我家都督出迎。

旗　牌　下书人与都督叩头，这是关将军与都督书信。

吕　蒙　请起，看座。（看介）呵，原来为此。烦来使回禀关将军，就说蒙昔日与关将军结好，乃一己之私见；今日之事，乃奉命差遣，不能自主，他的家眷无恙，请关将军放心，排宴上来。

旗　牌　多谢都督。（摆宴介）

吕　蒙　来使请。（痛饮介）

（饮酒多时）

旗　牌　都督请，在下告辞。

吕　蒙　请来使见了关将军善言致意，恕不远送。（给中军使眼色，吕下，中军拿书信许多）

旗　牌　（念）酒醉饭吃饱，急忙往回跑。

吕都督真是个好人，对我就是这样好，实在少见。

中　军　我们这里许多士兵是随关将军从征的将士家属，他们家门无恙，衣食不缺，请你与他们带信。（接信介）

旗　牌　好，把信都交给我，无有信的，我口头与传。我走了。（沧浪下）

关　羽　（站门）吴魏夹攻，大英雄被困麦城。（坐介）

旗　牌　参见君候。

关　羽　那吕蒙可有回书？

旗　牌　无有回书。他说他昔日与关将军结好，乃一己之私见；今日之事，乃奉命差遣，不能自主。并说君候家眷无恙，他还请来人同席共饮，小人吃得大醉而回。

关　羽　大胆的奴才，竟敢在他营饮酒，还不与我滚出去。

旗　牌　他倒怪起我来了。（出营门介）

众　兵　你回来了，我们家里可平安吗？

旗　牌　来吧，来吧，我给你们都带有家信。你一封，你一封。你没听呀，现在那位吕都督待他们好极了，到了荆州以后，今天送米，明天送柴，家家无恙。（关平暗上听）你们家里人叫你们再不要打仗了。

众　　　哎，现在成了这样，我们也就是想走了。

关　平　大胆的旗牌，竟敢惑乱军心，还不退下。

众　　　我们家里有信，说他们很好，我们要回家了。

关　平　（唱）恨旗牌造谣言军心变动，

众将官乱纷纷逃走越城。

睹此情难制止忙把父请，

关　羽　我的儿你惊慌所为何情。

关　平　哎呀，父帅，旗牌官所造谣言，动摇军心，军心叛变，如何是好。（大擂摧子）

关　羽　哎，荆州失守，军心已乱，大势去矣。（一摧，王甫急上）

王　甫　禀君候，我军粮已尽绝，吴兵将城四面围住，从征将士家属在高阜呼唤，军心叛变，都应声四散了。

关　羽　所留未散者，还有多少人。

王　甫　只剩二百余人。（关呆坐介）

赵　累　君候，当日诸葛军师临行时，再三嘱托你，叫君候东和孙权，北拒曹操，小心谨慎，不可大意，君候不听他言，背道而行，造成孙曹联盟，夹攻局势。

关　羽　哎，今日之败，就是诸葛军师在此，也是无计可施。

廖　化　君候，为今之计，别无良策，此地离上庸不远，小弟愿去上庸搬兵，以解此围。

关　羽　哎，魏吴会师，围住麦城，此番前去，只恐性命难保。

廖　化　哎呀君候，我廖化就是粉身碎骨，也要前去。

（唱七摧）

辞别君候众弟兄，

廖化即刻就启程。

关　羽　叫关平周仓将他送，

王　甫　　　望将军平安到上庸。
廖　化　　　二位送我出麦城，
　　　　　　低头难言别离情。
　　　　　　为国挺身走险境，
　　　　　　要到上庸求救兵。（三人四搥下）
关　羽　王甫赵累听令，命你二人帐外巡视三军，不许他们交头接耳，倘有违犯，提头来见。（大列搥子下）
王、赵　得令。（分下）

第十一回　吕蒙陆逊布置埋伏兵

人物：吕蒙　陆逊　四将

吕　蒙　围困麦城郡，（所有人马定门介）
陆　逊　要把关羽擒。
　　　　关羽困守麦城，内无粮草，外无救兵，必然逃走，如何使关羽就擒，请子明传令。
吕　蒙　众将官，关羽兵少，绝不敢从大路逃走，必从麦城西北小路而去。一半人埋伏麦城北门二十里之处，关羽到来，随后掩杀，一半人埋伏临沮小路，挖下陷马坑，准备长钩套索，活捉关羽来见。
众　　　呵。
陆　逊　众将官，各营准备，随后接应。（分下向外亮相）

第十二回　夜出麦城关羽战死

人物：关羽　关平　周仓　王甫　赵累

关　羽　（四将站内）内无粮草，外无救兵，一败涂地，好不心焦人也。（内喊杀声大作）哎，四面喊杀声甚近，廖化搬兵无望，好不焦急人也。
　　　　（唱七锤）耳听城外杀声喊，
　　　　　　　　关某心中似火燃，
　　　　　　　　众将带路城头看。（上城介）
　　　　　　　　见城外人马乱声喧
　　　　　　　　这一边东吴兵接连不断，
　　　　　　　　那一旁曹兵将重叠如山。
　　　　　　　　东西南贼兵将埋伏三面，

只见那北门外不见人烟。
观罢了敌阵型忙回营转，
今夜晚要逃出虎穴龙潭。

这是众将，某适才观看城外敌兵阵势，东西南三面，人马纷纷均有埋伏，只有北门小路无有人马，不如今晚，开城从北门逃往成都，调来大兵，再好报仇。（一搥）

王　甫　君候莫可，城外尽是魏吴兵马，万万不敢出城，君候去不得。

关　羽　虽有魏吴千军万马，某何惧哉。

赵　累　君候，北门外小路不见人马，必有埋伏，决不敢从此路出走，君候去不得。

关　羽　某料他以为某必走大路，所以小路无有重兵。

关　平　父帅，廖将军上庸搬兵，等救兵到来，孩儿随父亲杀出城去，再往成都，也还不迟。今夜不可冒险出城，父帅去不得。

关　羽　儿呀，想这麦城已被魏吴兵马困住，倘若杀进城来，你叫父束手就擒不成。

周　仓　君候，北门外山路崎岖，倘有埋伏，进退两难，君候去不得。

关　平　父帅，去不得。

众　　　君候去不得。（众跪介擂搥两看介最后搥停）

关　羽　你们站起来，某去心已定，众位不必多言。王甫周仓留守北城，不可出战。关平赵累随某夜出北城。

众　　　君候去不得，君候去不得。

关　羽　哎。（竟直下去，四将看劝不听，低头下场，惨然出城去而别）

关　平　父亲，赵累已死。

关　羽　怎么他……死了……随父来杀呀。

——幕落剧终——

（说明：以上内容录自家存手稿。钢笔分行书写，繁体竖排，首页落款冯杰三改编。）

割发代首

第一回　割发号令

（将上起霸点降上）

晃　（念）细柳营门开，

惇　马嘶芳郊外。

于
李　旌旗风飘展，

渊
进　剑竖刀枪排。

许　冲锋陷敌阵，

典　斩忻显雄才。

晃　徐晃。

惇　夏侯惇。

于　于禁。

李　李典。

渊　夏侯渊。

进　乐进。

许　许褚。

典　典韦。

晃　众位将军请了。

众　请了。

晃　你我随丞相征伐张绣，自许都出师，军行到此，已是半途。

典　昨日下寨安营，今日参见丞相便要起行。

晃　丞相升帐，在此一同伺候。

［四龙套二子曹上。

曹　操　（引）只手独擎天，灭群雄扫荡狼烟。

（诗）献帝无能幸许都，赏功罚罪尽归吾。

宛城余孽尚留在，亲自督师去扫除。

（白）老夫曹操，沛国谯郡人氏，由骁骑校尉，南征北讨，屡建奇功。又因李榷郭汜叛逆，救驾有功封为武平侯，位列三台，大权独揽，威权极矣。哈哈哈。探报张绣屯兵宛城，有窥伺许都之意，趁他未动，先发大兵征讨，兵行半途，下寨安营。今日升帐，传令起行。众将进帐。

中　　丞相有令，众将进帐。（众将上）

众　　告进，参见丞相。

曹　操　站立两旁。

众　　哦。

曹　操　此番出兵，欲渡淯水，约有四百余里路程，老夫欲从小路出发，可近百余里，不知众将意下如何？

众　　丞相高见，末将等遵令。

曹　操　如此，典韦听令。

典　　在。

曹　操　吩咐众将，人衔枚，马摘铃，卷旗息鼓，从小路而行。一不许骚扰百姓；二不许马踏青苗；须要小心，违令者斩。

典　　丞相有令，一不许骚扰百姓；二不许马踏青苗；须要小心，违令者斩。

曹　操　就此起兵了。

（唱）有老夫每出征纪律森严，

决不许乱行动扰害民间。

今日里讨张绣必操胜算，

为元戎统雄兵令重如山。

典　　启禀丞相，前边一片麦苗。

曹　操　吩咐众将卷旗息鼓，不许踩毁麦苗。

典　　丞相有令，命众将捲旗息鼓，不许踩毁麦苗。

众　　哦。

曹　操　传一令众三军旌旗收卷，

好似那江河水波涌浪旋。

慢步儿休喧哗暗地作战，

［众下。

挽丝缰勒坐马不敢加鞭。

（白）你看众将，静静悄悄缓步而行，老夫心中好不快乐也。哈哈哈。

丑　子　丞相那是什么鸟儿？

曹　操　那是斑鸠。哎呀不好。

（唱）见斑鸠惊坐马四蹄乱窜，

忙收缰急的我魂飞九天。

不提防这将令我竟自犯，

哎，也罢，

倒不如自刎死命丧黄泉。

［众上。

众　　慢着。哎呀丞相，飞鸟惊马，与丞相何干？

曹　操　（急白）哎呀，众将，老夫命令三军，不许骚扰百姓，不许马踏青苗，违令者斩，老夫自不小心，马踏民间麦苗，命令由我自犯，如不自刎，何以号令三军。还是自刎。

众　　丞相莫可。

曹　操　哼，你等欲陷我曹操于不义也。

（众跪）

晃　　丞相，春秋之议，法不加于尊。今丞相奉命征讨，岂可自刎？

曹　操　哎呔，即春秋有法不加于尊之义，吾且免死。众将请起，今与老夫暂记过一次，将马斩讫来报。

惇　　得令。（下又上）

请丞相验马首。

曹　操　再割吾发一绺，以代吾首，示众号令。

惇　　下边听着，丞相马踏麦田犯令，割发代首，众将各自小心。

曹　操　老夫犯令，割发代首，今后犯者，实不宽容。

众　　是。但愿得凯旋庆升平。

惇　　禀丞相，前面人马已近淯水。

曹　操　夏侯惇听令。

惇　　在。

曹　操　命你带领前哨人马先到淯水扎营，大兵随后即到。

惇　　得令。众将官，丞相有令，前哨人马先到淯水扎营。（下）

曹　操　众将官，催马前进了。

（唱）奉令征讨掌权柄，
张绣竟敢来抗衡。
何日干戈才平定，
也免佩剑染血腥。（同下）

第二回　张绣拒谏

［须生扮贾诩上。

贾　诩　（唱）心儿里可恼汉天子，
内外朝纲皆废弛。
董卓凶暴行卑鄙，
严刑残酷贪女色。
王司徒巧施连环计，
吕布刺卓一命毕。

曹操专权除异己，
军国大事一手持。
李榷郭汜和张济，
一个个都被曹贼诛。
主公宛城欲起义，
要灭奸臣救群黎。
我贾诩屡陈除曹计，
会合诸侯共伐敌。
主公轻敌太大意，
忠言不纳费猜疑。
闻曹操率兵夺宛地，
得报叫人锁愁眉。
想宛城防务未准备，
兵又少来将又微。
霎时烦闷无主意，
坐卧不安心发急。

（坐白）下官贾诩。主公欲起兵伐曹，攻取许都，是我进谏，言说曹操智略过人，兵多将广，欲灭曹操必须群策群力，方能成功。主公自恃英勇，轻视曹操，不纳忠谏。今闻曹操率领大军，夺取宛城。兵法云知彼知己，百战百胜。今曹操率领十五万精兵，战将千员，宛城兵微将寡，怎好抵御，不如再劝劝主公，联合诸侯，同心破曹，方为上策。今日主公校场操演人马，等主公回来再做计议了。

（唱）为胜总须知彼己，
兵少将微怎却敌。
等主公回来再计议，
约会刘表灭曹贼。

张　绣　（内白）众将官，人马回操。

［四套八撩刀八火牌绣上。

操演火牌操刀手，
管教曹贼一命休。

［二将上。

贾　诩　参见主公。

张　绣　先生、二将少礼请坐。

众　　　谢座。

贾　诩　主公教场操演人马，多受辛苦。

张　绣　好说，请问先生可有破曹之计。

贾　诩　启禀主公，依某看来，只宜计取，不易力拒。
张　绣　却是为何？
贾　诩　主公，据报，曹操统领雄兵十五万，战将千余员，兵强将勇，所向无敌，今我宛城兵不过万，将不满百，众寡悬殊，不宜速战。
张　绣　依你之见……
贾　诩　依某之见，不如先联络诸侯，同心协力，共灭曹贼，方为上策。
张　绣　先生，想吾自统兵以来，匹马单枪，冲锋陷阵，无人抵挡，况今既有张雷二将，均有万夫不当之勇，又有火牌撩刀助阵，胜算独操。曹贼乌合之众，有何惧哉？今日一战，定要杀他个片甲不归。
贾　诩　主公，曹贼智略过人，兵多将广，望主公不可轻举妄动。
张　绣　先生，吾与曹贼旗鼓相当，岂可自馁。吾意已定，请勿多言。
贾　诩　主公，我贾诩知无不言，言无不尽，还请三思而行。

［报上。

报　　　报，曹军已到宛城边界。
张　绣　再探。

［报下。

哈哈哈，烦先生镇守城池，待吾先会他一阵，叫他知我厉害。
贾　诩　主公不可轻敌。
张　绣　自量吾力必灭曹贼，先生毋庸过虑，速去守城，不得有误。
贾　诩　得令。（下）
张　绣　二位将军，吩咐众将进帐。
二　将　众将进帐。

［火牌撩刀两旁上。

众　　　参见主公。
张　绣　免，众将官，开城迎敌。

［出城同下曹率八将上绣原人上。

曹操，今率大军何往？
曹　操　张绣，据报尔连结刘表，意图犯阙，吾奉旨督军出讨。
张　绣　曹操国贼，是你挟天子，排除异已，纵爪牙，苦害良民，劝你早早收兵还则罢了，倘若迟缓，定要杀尔个片甲不归。
曹　操　张绣小儿休得夸口，看吾擒尔。来，杀。

［惇渊于李打下绣原人上急地风当场惇四将会阵火牌撩刀败惇下曹四套典四将惇四将上。

曹　操　（唱）火牌撩刀战法奇，
　　　　　　我军大败无人敌。
　　　　　　两军对阵勿大意，

还须设谋施军机。

（白）张绣火牌撩刀甚是骁勇，我军连败两阵，不能取胜。徐晃、于禁、李典、乐进听令，速带所部人马，压定阵脚，等张绣败走一齐杀出，勿误。

四　将　得令。（下）

曹　操　许褚、典韦听令。

二　将　在。

曹　操　速带所部，攻打火牌撩刀勿误。

二　将　得令。（下）

曹　操　众将官随吾登高观阵。

［上山绣原人上典许上会阵开打绣败下典追下典攻火牌许攻撩刀典戟挑绣盔绣大败下典许三笑下。

第三回

张　绣　（内唱）宛城外与曹兵一场恶战，（上）

霎时间日色暗烟尘蔽天。

恨典韦和许褚十分凶悍，

一阵阵杀声起地覆天翻。

只杀得众儿郎东逃西散，

只杀得血成河尸骨堆山。

可叹我气力竭不能应战，

紧加鞭催坐马大败而还。

忙关闭宛城门暂保残喘，

［诩上绣下马进坐。

手捶胸足踏地疼烂心肝。

贾　诩　见主公打败仗情实伤惨，急忙忙我将他再劝一番。主公受惊。

张　绣　哎，是我不听先生忠言，竟有如此之大败。

贾　诩　主公不必烦恼，还需再做商议。

张　绣　贼兵乘势攻城，如今唯有死守城池，还有商议的什么？

贾　诩　主公，依某之见，

张　绣　依你之见怎样？

贾　诩　依某之见不如捧献宛城印信，暂时求和。

张　绣　这个，哎呀先生，求和就是投降，那却万万不能，吾不与曹贼再决胜负，实难甘心。

（唱）不再与曹贼决胜败，

世人笑我无用才。
叫人抬枪把马带，
奋勇要杀当道豺。

［报上。

报　报，曹兵四处放火，烧杀百姓，言说若不开城要将百姓杀尽，鸡犬不留。

张　绣　曹贼这样暴横，吾不杀贼誓不为人，来，抬枪带马。

贾　诩　主公莫可。

张　绣　哼！

贾　诩　今曹操狭天子以令诸侯，自战争以来，攻无不取，战无不胜，声势浩大，哪个不怕。主公乃当世英雄，应识时务，不可执迷。还请三思而行。

张　绣　呵。

［报上。

报　报，曹兵四面攻城甚急，城破就在旦夕，请主公早作准备。

张　绣　再探。

（报下内喊）

张　绣　哎呔，敌兵攻城甚急，破城就在旦夕，我今既不能杀敌卫国，又不能保全百姓，还有何面目再见宛城父老，不如拔剑自刎。

贾　诩　慢着，主公，想自杀乃弱者之所为，主公英勇盖世，岂能自寻短见，

张　绣　先生，难道你叫我束手送死不成。

贾　诩　哎呀，主公常言败兵之将不可言战，况曹兵初胜，将士骄傲，我军新败，士无斗志，望主公暂时求和，然后会合刘表做外援，联络百姓为后盾，那时相机行事，设计锄贼，即雪国家之耻，又报百姓之仇，未知主公意下如何？

张　绣　哎，吾今投降岂不失了一世威名。

贾　诩　主公今为保全宛城而免百姓受贼屠杀之苦，速快求和，不听臣言，后悔晚矣。

张　绣　呵，
兵败求和真无奈，保全百姓避祸灾。
只好假降去下拜，叫先生快快作安排。

二　将　主公，我们战死沙场，也落个节烈之士。

张　绣　二位将军不必着急，守城去吧。

二　将　得令，咳。

（下）

张　绣　就烦先生带了印信随我去见曹操。
正是：两军胜败一朝定，

贾　诩　肉袒牵羊作降人。

（下）

第四回

[旦淡妆扮邹氏上。

鄒　氏　（念）天昏日暗淡，鼙鼓响连天。
　　　　独坐深闺里，新愁锁眉尖。

（白）妾身鄒氏，先夫张继，拜授骠骑将军，南攻穰城，中箭身亡，膝下无子，只有侄儿张绣，得以相靠。呵，可恨曹操统领大兵犯我宛城，侄儿出城迎敌，不知胜败。

（内喊）

耳听战鼓杀响之声，好不惊怕人也。

（唱）恨曹操逞强梁兴兵作乱，
　　　　无故的犯宛城黎民不安。
　　　　我侄儿出城去和敌鏖战，
　　　　兵又少将又微马不过千。
　　　　众与寡强与弱甚是明显，
　　　　若不胜我宛城难以保全。
　　　　耳听得战鼓咚咚号筒嗡嗡，
　　　　咚咚嗡嗡嗡嗡咚咚嗡咚声不断，
　　　　奴家闻之心胆寒。
　　　　又听得，喊杀声，哭号声，马嘶声，犬吠声，
　　　　杀声号声嘶声吠声忽高忽低忽低忽高忽远忽近忽近忽远声悲惨，
　　　　怎能叫人不痛酸。
　　　　霎时心惊胆儿颤，
　　　　坐卧不宁心欲燃。

[旦作不安，丑旦上。

丑　旦　（唱）听人言谢天又谢地，
　　　　不料战事一时息。
　　　　忙与夫人去报喜，
　　　　两腿如飞走得急。

夫人接喜喜到。

旦　　胡说，战争这样紧急，人心何等惶恐，国破家亡就在眼前，你个奴才，毫无心肝，竟敢耍笑于我，我真道的少教。哼，你真少教。

丑　旦　夫人息怒，婢子适才听得院公之言，他说我家少老爷与曹兵交战，大败而还。

旦　　呵，怎么你家少老爷与曹兵交战大败而还？

丑　旦　是的。

旦　　哎，不好，

（唱）我军今日遭惨败，

城破百姓受祸灾。

我国破家亡将谁赖，

奴才为何报喜来？

这不得了，不得了，哎，不得了，不得了。

丑　旦　夫人你不要着急，我后头还有话呢。

旦　　有话何不快说。

丑　旦　夫人，如今干戈平定。

旦　　呵，即说大败而还，怎么又说干戈平定。

丑　旦　哎，我的夫人呀，

（唱）少老爷随贾诩出城求和，

请曹操早日息干戈。

从此后不杀人来不放火，

这不是喜是什么。

旦　　哎，哎，

（唱）曹操暴横心肠恶，

想夺宛城动干戈。

我侄儿兵败去求和，

寄人篱下困难多。

倘若不与敌求和，

城破百姓怎生活。

看起来主战主和都不妥，

无妙计急得人泪流如梭。

这件事儿难住我，

仰天搔首莫奈何。

丑　旦　哎，夫人。

（唱）劝夫人莫把愁眉锁，

奴有言语对你说。

少老爷为救燃眉祸，

兵败求和息干戈。

这样都说甚安妥，

你应该欢喜哭什么？

小　旦　有客来问信，急忙请夫人。禀夫人，张、雷二位夫人，客厅候见夫人。

旦　　她们有何事？

小　旦　我也不知。

旦　　如此前边带径了。
（唱）忽听的小梅香一声告禀，
张夫人雷夫人来到府中。
急忙忙到客厅梅香带径，
我要将军情事细问分明。

第五回　献城求和

［绣官服上。
张　绣　（唱）保卫宛城无奇策，
只好求和救眉急。
贾　诩　（唱）抱印投降权且计，
除贼还须待时机。
（白）来此已是辕门，门上哪位在？
［二牌上。
牌　　哪里来的？
贾　诩　烦劳通禀，就说宛城张绣带领贾诩辕门求见。
牌　　站着，有请典将军。
［典上。
典　韦　宛城败将张绣，猛勇莫与俦，何事？
牌　　今有宛城张绣带领贾诩辕门求见。
典　韦　你待怎讲？
牌　　张绣前来投降。
（典三笑）
典　韦　咧，哦哈哈哈，闪开，张绣你来了，你来了，你也来了，哈哈。
贾　诩　请典将军通禀丞相，就说宛城张绣，前来求和。
典　韦　你站着，你站着。（进介）禀丞相。
曹　操　（内）何事？
典　韦　宛城张绣带领参谋贾诩辕门投降。
曹　操　（内）吩咐众将，弓上弦剑出鞘两厢伺候，击鼓升帐。
典　韦　下边听着，丞相有令，众将弓上弦刀出鞘两厢伺候，击鼓升帐。
［四龙套八将二子曹上。
曹　操　（白）
典韦听令。
典　韦　在。
曹　操　将张绣身旁仔细搜检，命他报门而进。

典　韦　得令。吠，张绣，前来投降，可有夹带。

张　绣　无有夹带。

典　韦　某要搜。

张　绣　请搜。

典　韦　某要查。

张　绣　请查。

（搜介）

典　韦　张绣，丞相命你报门而进，你小心着。

张　绣　是！

典　韦　某要你小心着。

张　绣　是！

典　韦　哈哈。

张　绣　报，宛城张绣带领参谋……

贾　诩　贾诩。

张　绣　告进。叩见丞相，死罪，死罪。

曹　操　下跪何人？

张　绣　宛城张绣。

贾　诩　贾诩。

曹　操　来此何事？

张　绣　前来求和。

曹　操　头顶何物？

张　绣　宛城印信地图。

曹　操　呈上来。

（丑子取与曹看）

哈哈哈，站起去。

绣
诩　谢丞相。

曹　操　张将军，为何行此大礼。

张　绣　丞相乃朝廷重臣，理当如此。

曹　操　张将军，你看老夫韬略如何？

张　绣　丞相变化莫测，动应多端，末将心悦诚服。

曹　操　张将军，等候老夫奏明天子，封你宛城郡守。

张　绣　多谢丞相，请丞相进城查点府库银钱。

曹　操　张将军。

张　绣　在。

曹　操　命将军先行回去，打扫城池，老夫大兵随后就到。

绣
诩　遵命。

张　绣　正是：治世能臣乱世枭獍，

贾　诩　　　　权诈百出果称奸雄。（下）

二　子　禀丞相，张绣诡计多端，必须提防一二。

曹　操　无防，老夫自有道理。众将听令。

众　　　在！

曹　操　命许褚、典韦带领所部人马，随老夫进城，其余将士均在城外扎营下寨。带马进城。

［众下。

［绣雷张二将火牌撩刀上出城，曹二子许典四套上进城当场。

张　绣　参见丞相。

曹　操　免，张将军，你守宛城全凭何物当先。

张　绣　全凭火牌撩刀。

曹　操　老夫心想校场观操。

张　绣　请丞相传令。

曹　操　张绣听令。

张　绣　在。

曹　操　这是大令一支，速往教场伺候。

张　绣　得令。（下）

曹　操　来，带马校场。

［转场下马绣上。

张　绣　参见丞相。

曹　操　张将军，吩咐撩刀手操演上来。

张　绣　丞相有令，撩刀手开操。

［张将领撩刀手上开操介操完参曹下。

张　绣　火牌军开操。

［雷将领火牌开操介操完参曹火牌撩刀合操完参曹下。

曹　操　哈哈哈，火牌撩刀好不威严人也。

许　褚　丞相休长他人之志气。

典　韦　灭却自己之威风。

许　褚　末将不才，愿破撩刀手。

典　韦　末将愿破火牌军。

许　褚　倘若不胜，

典　韦　按军令施行。

张　绣　且慢，二位将军，乃是天生的虎将，怎能与小卒比试。

许典　张绣不必多口。

曹　操　二将既要比试，不可伤他一兵一卒，须要小心。

许典　得令。

（张领撩刀上许比雷领牌上典比破毕许典笑）

哈哈哈。

［张雷火牌撩刀下。

曹　操　张将军，这火牌撩刀何人传授。

张　绣　此乃先叔父张济在世时传授。

曹　操　何不将这火牌撩刀拨在老夫帐下听用。

张　绣　遵命。

曹　操　带马伺候了。

（唱）夺来撩刀火牌军，

唯恐张绣有二心。

霎时自觉身倦困，

休息片刻再安民。（分下）

第六回

（丑旦小旦抱琴）

旦　（内唱）幸喜得战事平心欢意满，

因此上主仆们同到花园。

进园来便觉得胸襟开展，

观不尽红姹紫嫣斗芳妍。

这良辰和美景人人欣羡，

心欢乐莫辜负艳阳春天。

小　旦　夫人，我们好久未来花园，今日战事平定，来到花园，夫人你先看……

旦　看什么？

小　旦　你看这园中景物，满眼繁华，葱葱柳绿，艳艳桃红，真乃一片大好风光也。

旦　哎呀好呀。

（唱）春风骀荡丽日新，

柳暗花明三月春。

事不随心使人恨，

无言默默步香尘。

（低头忧思）

丑　旦　哎夫人，你看那几只桃花红的好似胭脂染。你再看这边，几株杨柳摇曳如青烟，我们快快登楼看，登楼远眺眼界宽。

旦　（唱）干戈平定烟尘扫，
无事嬉游兴自豪。
垂杨影里观芳草，
戏惊流莺玉弹抛。
粉墙红杏迎人笑，
溪边桃花艳而娇。
步踏落花闻啼鸟，
登楼攀栏几屈腰。

（小旦扶旦坐焚香抱琴）

丑　旦　夫人你看，园花盛开清风拂面，美景当前，瑶琴在抱，夫人何不弹上一曲，也可消愁解闷。

旦　言之有理，梅香焚香，待我弹来。
（唱）清风拂面花当前，
理弦按轸任意弹。
恨只恨缺少知音人儿在当前，
清音雅韵付云端。

［曹同二子上。

曹　操　（唱）二侄儿带路大街上，
看看美景好风光。

（旦弹琴介）

曹　操　忽听高楼琴声响。
（看）
哎呀，
弹琴美人赛王嫱。

旦　（唱）消愁何妨再鼓琴，
焚香按轸理丝弦。

（又弹曹看）

曹　操　哎呀，
（唱）有老夫站大街举目观看，
楼台上鼓琴人貌似天仙。
看罢她不觉得魂飞魄散，
倒叫我进退无路不知所言。

丑　子　丞相我们回府吧。

（曹看下）

小　旦　夫人，时候不早了，请回房休息。

旦　哎，哇，

（唱）春香扶我把楼下，

她们欢喜我独嗟。（同下）

（二子扶曹上）

曹　操　（唱）二侄儿带路回府上，

这件事印心实难忘。

丑　子　叔父有甚心事，这样烦闷。

曹　操　吾无有什么心事。

丑　子　叔父虽然不肯明讲，孩儿早已知晓，待孩儿去办。（下）

曹　操　哎，

（唱）侄儿聪明又伶俐，

吾的心事他竟知。

不便明言不便语，

军中需要守机密。（下）

（丑子四卒车夫）

丑　子　（唱）马上加鞭莫怠慢，（跑圆圈）

不觉来在她门前。

（白）来呀，一拥进内。（进介）

后边搜。

［卒下拉旦丑旦小旦上。

丑　旦　你们是何处兵丁，竟敢抢人。

丑　子　不必多言，打在车中，速快回府。

（同下院急上拉丑子）

院　你们是哪里兵丁，因为何事，将我家太夫人抢往何处。

丑　子　你撒手不撒手，你不撒手，我这一脚要你的老命。

［踢院丑子下。

院　哎呀不好，适才来了一队人马，不知何事，将我家太夫人抢去，少老爷不知，待我报于少老爷得知了。

（唱）贼兵白昼将人抢，

太夫人不知到哪厢。

心急出府迈步往，

报于少爷得知详。（下）

第七回

［丑旦花旦旦上。

旦　　（唱）恨悠悠困守在大宅深院，
　　　　思家门好叫我悲啼涟涟。
　　　　心儿里我把那侄儿埋怨，
　　　　为什么作降将苟且偷安。
　　　　枉有那张雷二将火牌擦刀猛将百员雄兵整一万，
　　　　竟无有一个人能破曹杀敌锄奸。
　　　　到如今国已亡生离死散，
　　　　才知晓亡国奴不能保全。
　　　　我还是悬梁死自寻短见，

丑旦 花旦　夫人莫可。

旦　　唯恐那曹操贼无理纠缠。

丑旦　夫人既来之则安之。

旦　　呸，你看我国破家亡，身被敌掳，眼看就要失节，还言什么安不安。

丑旦　夫人不可生气，听我与你细说。

旦　　你快说。

丑旦　夫人请听：我们今即被贼擒来，绝无轻放之理，你今一死，不过白送性命，于事何益？依我之见，哼，不如将计就计。

旦　　哎，我明白了。
　　（唱）香春一言提醒我，
　　　　我愿舍身除恶魔。
　　　　主意拿定这样做，
　　　　哪怕贼将我头割。

［丑子曹上。

曹操　（唱）半生来受尽了千凶万险，
　　　　灭诸侯败张绣苦战连年。
　　　　终日里整军务无暇自遣，
　　　　寻快乐我只好忙里偷闲。
　　　　叫侄儿前引路深庭幽院。（看）
　　哎呀，
　　　　见美人不由我心中喜欢。
　　（进）
　　美人，你是谁家宅眷。

旦　　我乃张济继室张绣之婶邹氏。

［曹向外。

曹操　怎么是她，哎，想张绣他有何力量，敢与老夫相抗，不怕什么。原是夫人，失敬了。

旦　　岂敢。

曹操　冒犯。

旦　　好说。

曹操　久仰夫人芳姿，方准令侄投降，哈哈哈，原来老夫为的就是你。

旦　　此乃丞相之恩。

曹操　快与夫人看座。

旦　　妾本罪臣之婶妄窃非分。

曹操　你侄有罪，与你何干，况且他已投降，如今成了老夫心腹之人，哈哈哈。夫人快快坐下，你我痛饮几杯。来，看酒。

［丑子丑旦小旦下。

曹操　夫人快快坐下，

（唱）夫人快坐莫发呆，
你我饮酒畅心怀。
常言好花终有败，
青春一去不再来。
夫人不必含羞态，
请饮合欢酒一杯。

旦　　哎！

（唱）他那样丑态真可怪，
羞得奴家头难抬。
我主意拿定无更改，
料他不知我心怀。
我还是含垢忍辱低头不语忙下拜，

曹操　夫人莫跪快起来。
今晚偿还风流债，
你我携手赴阳台。

（白）夫人，你我今晚得遇，真乃三生之幸，夜已深了，望乞夫人同寝。

旦　　丞相，此事奴家断断不敢从命也。

（唱）奴本是蒲柳姿花残叶败，
怎能把闲草木种在瑶阶。
今夜里蒙丞相宠赐天外，
怎奈奴薄命女无福受来。

曹　操　哎，夫人，

　　常言道景难留韶华易尽，
　　岂不知春宵一刻值千金。
　　不是夫人容貌俊，
　　老夫怎能起爱心。
　　看起来你我姻缘前生定，
　　不可辜负好光阴。

说是你，来来来。（拉下）

第八回

［二将四卒上。

甲　将　幸喜得了宛城地，

乙　将　带领士兵抢东西。大哥，你看近日各部私行抢夺，我们今天趁机会，也来夺些钱财，抢几个民女，回营快乐快乐。

甲　将　那可不敢，丞相法令森严，自己马踏麦苗犯令，不特将马斩了，还要割自己头发，以代首级，号令三军，这样以来，谁也不敢犯法。

乙　将　大哥你再不要傻了，从前割发代首，那是丞相的手段。

甲　将　如今呢?

乙　将　如今打了胜仗，他竟使他的侄子私抢民妇，横征暴敛，他是这样做，所以制止不了别人。

甲　将　既然如此，我们也照样去干。

乙　将　好，咱们干。（分下）

［百姓男女老幼上。

老　生　将爷，我老汉只守这一个女儿，求将爷饶命，将他放了。

乙　将　放屁。你撒手不撒手。

老　生　我不，求将爷饶命。

乙　将　来，将这个奴才与我杀。

［百姓下。

甲　将　来，将抢来的东西，一齐带上回营。（下）

［百姓上。

百　姓　哎，这样兵丁，如同强盗一般，日夜抢夺妇女，杀人放火，将这些害民贼不杀死，我们老百姓莫有活的路了。

老　生　不要哭了，我们要想法子报仇。

众　　　不要哭了，贼又来了。

［二将四卒上追百姓下又追下。

［绣上。

张　绣　俯首依人抱奇耻，不杀仇敌不甘心。

［胡上。

胡　曹兵烧杀抢劫，残害无辜良民。禀主公。

张　绣　何事？

胡　哎呀，主公，曹兵到处烧杀抢劫，百姓叫苦不安，特禀主公得知。

张　绣　哎，暂且忍耐，你且下去。

胡　是。（下）

院　战事方息大祸又起，少老爷，大事不好了。

张　绣　何事惊慌？

院　哎呀，少老爷，昨晚黄昏时候，忽然来了一队兵丁，如狼似虎，一拥闯进府来，将我家太夫人抢着去了。

张　绣　你可知是何处的兵丁？

院　好像新来的兵丁。

张　绣　可曾抢去什么物件？

院　物件一件未动。

张　绣　你且回去，我即进城。

院　是。（下）

张　绣　本部兵丁，料他不敢，若是外处兵丁，物件怎么一概未动。哼，这是哪里的兵马？哎，有了，此事定是曹贼所为。待我前往曹营打听虚实，再做道理。家将。

［武生上。

武　生　在。

张　绣　快速带马，前往曹营。

［武带马绣上马转场下马武卜。

来此已是，门上哪位在？

［丑子上。

丑　子　日色已到午，一夜未曾眠。原是张将军。

张　绣　烦劳通禀一声，就说张绣求见。

丑　子　丞相还未起床。

张　绣　（背白）

日色已午，他怎么还未起床。

（向丑子）

某有要事相禀。

丑　子　你且站着。（进）

有请丞相。

曹　操　（内）何事？
丑　子　张绣有要事相禀。
曹　操　怎么怎么张绣。
丑　子　正是张绣。
［曹上。
曹　操　哎，这真难以为情。
丑　子　有请张将军。
张　绣　丞相在上，末将参拜。
曹　操　请坐。
张　绣　谢座。丞相连日辛苦。
曹　操　连日吗？吾尚要盘桓几日，然后班师。
张　绣　丞相多住几日，绣还要领教。
曹　操　足下为人高义，若不嫌弃，吾与将军今后叔侄相称。
张　绣　怎么叔、叔、叔侄相称，过蒙抬爱。
曹　操　贤侄，人常疑老夫，哪知老夫所爱的是英雄，所敬的是贤士，都是诚心诚意的对人，绝无虚伪待人之心。
张　绣　久仰久仰。
（梅捧茶上见绣惊）
曹　操　不妨，贤侄乃大才之人，凡事见机而行，哈哈哈。
［梅下。
张　绣　告便。
曹　操　请。
（绣起背？）
张　绣　且住，我当是哪路兵丁，原来就是曹贼所为，曹贼呀曹贼，我不杀你誓不为人。
曹　操　请坐，贤侄为何呻吟，莫非有甚不满之事。
张　绣　蒙丞相。
曹　操　叫叔父。
张　绣　哦、哦、哦蒙叔父高爱，已经心满意足，并无什么不满之事。
曹　操　贤侄，你的富贵皆在叔父身上。
张　绣　多谢丞相。
曹　操　还是叫叔父。
张　绣　叔、叔、叔……
曹　操　叫叔父。
张　绣　哦、哦、哦，叔、叔、叔父，告辞。
曹　操　恕不远送。

张　绣　不敢。

曹　操　请!

张　绣　请。家将带马。

［武生上。

正是：莫把声色露，设计要报仇。（下）

曹　操　哈哈哈，

［旦上。

夫人，老夫又添一心腹人也，哈哈哈。

旦　丞相。

曹　操　夫人，方才令侄至此，吾命梅香送茶，详查他的光景，绝无别意。

旦　丞相话虽如此，还须防备一二。

曹　操　那可不必。

旦　丞相，妾住军营，军中说长论短隐语讽刺，你叫我是怎样的活人。

曹　操　夫人勿悲，老夫将各部将士，遣派远处巡视，你看如何?

旦　尽在丞相。

［丑子上，惇上。

惇　忙将军情事，报于丞相知。请禀丞相，就说末将求见。

丑　子　你且少待。禀丞相，夏侯惇有事面禀。

曹　操　夫人回避。命他进来。

丑　子　命你进去。

［惇进。

惇　参见丞相。

曹　操　有的何事?

惇　丞相，各部兵丁到处烧杀抢劫，百姓叫苦连天。

曹　操　何不制止?

惇　制止不住。

曹　操　哇，这都是你们为将之过。夏侯惇。

惇　在。

曹　操　这是大令一枚，命典韦守营，其余各部人马即日遣派旁县巡视。

惇　得令。（下）

曹　操　哎好气也!

（唱）典韦猛勇最忠信，
　　一人当关抵万人。
　　班师再将军律振，
　　攻徐州要把吕布擒。

第九回　设计除典

张　绣　（唱）恨曹贼挟天子肆无忌惮，
侍强权欺弱小篾理背天。
贼不该纵爪牙烧杀扰乱，
贼不该抢妇女任意作践。
贼不该夺民财逞私聚敛，
贼不该害百姓与民结冤。
抢婶娘他将我侄儿呼唤，
似这样侮辱人实在难堪。
霎时间气炸了英雄肝胆，
要设法灭曹贼大报仇冤。
催坐马紧加鞭往回急赶，
吞着声忍着气恨地怨天。
下坐骑皱双眉忙回府院，
见贾诩把此情细对他言。
（坐白）有请先生、张、雷二将军。

武　生　有请先生、张、雷二将军。

［诩张雷胡上。

众　　　参见主公。

张　绣　少礼请坐。

众　　　谢座。

张　绣　可恼呀可恼！

众　　　主公因何这等烦恼？

张　绣　哎呀，先生、二位将军，今早家院慌慌张张前来报告，言说昨晚黄昏时候，不知哪里兵丁闯进府去，将我婶娘抢去，是我既往曹营打探，我婶娘果在那里，见我哭哭啼啼，拂袖而去。曹贼又唤梅香与我送茶，并叫我与他叔侄相称。这样侮辱与我，你叫我怎的不气，怎的不恼，你叫我怎的不恨也。
（唱）曹操贼欺压人太得过甚，
抢婶娘败坏我张绣家门。
一阵阵恶火起切齿愤恨，
我不杀曹操贼誓不为人。

贾　诩　哎，曹贼残害百姓，抢夺妇女，欺人太甚，主公你该气，你该恼，你该恨。

张　绣　哎，悔不听先生之言，竟受曹贼之侮辱，就说此仇此恨叫我张绣是如何的隐忍。

贾　诩　主公，此仇报与不报？

张　绣　哪有不报之理。

贾　诩　要报此仇，需要听我贾诩之言。

张　绣　先生料事如神，哪有不听之理。

贾　诩　主公，曹操夺我宛城，将士骄傲，任意烧杀，到处奸淫，百姓遭此痛苦，均思报仇。

张　绣　先生，曹贼兵多将广恐难取胜。

贾　诩　曹贼将大部人马遣派旁县巡视。

张　绣　先生，典韦猛勇，何人是他对手？

贾　诩　主公勿忧，我想典韦所恃着，双戟。若有一个有胆量的英雄前往曹营，将典韦双戟盗来，何愁大事不成。

胡　　　主公请放宽心，末将不才，愿往曹营盗取典韦双戟。

张　绣　将军，你可有此胆量？

胡　　　有此胆量。

张　绣　如此请上，受我一拜了。

（唱）悔不听忠言自招祸，

曹贼欺我莫奈何。

可喜你从旁能助我，

深感将军恩义多。

胡　　　气得人七窍生烈火，（起介）

曹贼做事太可恶。

龙潭虎穴我不躲，

我愿盗戟入贼窝。

贾　诩　胡将军听令。

胡　　　在。

贾　诩　我今请典韦过营饮宴，命将军扮作马夫模样，营门外遛马，等典韦到来，照我眼色行事，速去勿误。

胡　　　得令。

贾　诩　旗牌走来。

［旗上。

旗　牌　在。

贾　诩　这是主公名帖一张，速往曹营请典将军过营饮宴。

旗　牌　遵命。（下）

贾　诩　张、雷二将军听令。

张　雷　在。

贾　诩　烦劳二位将军两厢埋伏，等典韦到来，看我眼色行事。
二　将　得令。（下）
张　绣　来，典韦若到，早禀我知了。
定下擒虎牢笼计，
贾　诩　料他神鬼也难知。（下）

第十回　结金兰

［四卒典持马鞭上。
典　韦　（唱）有典韦性勇悍未遇敌手，
濮阳城战吕布自己出头。
持双戟退强敌东奔西走，
曹丞相心欢喜加官进禄。
随丞相战宛城威风抖擞，
杀张绣闭关门才把降投。
到如今干戈息身离甲胄，
此一番到席前提防计谋。
［绣上。
张　绣　（唱）有张绣整衣冠忙出营口，
（诩上）
贾　诩　（唱）见将军不由人喜在眉头。
绣诩　典将军到了。
典　韦　到了。
张　绣　请！
典　韦　请！
张　绣　请坐。
典　韦　有坐。
张　绣　典将军驾临，未曾远迎接待不周，万勿见罪。
典　韦　好说，今蒙台召，典韦怎敢违令。
张　绣　将军屈高临卑实乃张绣之万幸也。
典　韦　岂敢，名帖相邀，有何见教？
张　绣　今备水酒，请将军饮宴，聊表敬意。
典　韦　来了就要叨扰。
张　绣　水酒蔬肴，不成敬意，来，将宴排下。
（内马嘶）

典　韦　外边什么喧哗。
贾　诩　乃是马夫遛马。
典　韦　将他招来。
张　绣　胡车将马带来。
典　韦　请问此马有多少路程？
张　绣　此马有千里路程，登山越岭如履平地一般。
典　韦　待某试骑。
张　绣　请。
典　韦　马童带马。
（乘马下）
张　绣　先生你看，典韦乘在马上，好不威武也。
贾　诩　主公，请放宽心，此贼不难除也。
张　绣　全仗先生。
[典上下马。
典　韦　好马好马，哈哈哈。
张　绣　将军敢是有爱马之意？
典　韦　好物人人皆爱，何况一匹宝马。
张　绣　将军即爱此马，就将此马送于将军。
典　韦　如此说来某家当面谢过。
贾　诩　主公，此马性格不好，不如连马童送给将军。
张　绣　好，就将马童也送于将军，伺候鞍前马后。
典　韦　哎呀呀，某家多谢了。马童将马带下，多加草料，少刻某家乘骑回营。
胡　　　遵命。（下）
张　绣　来，将军带来的人，请在下边酒肉相待。
典　韦　来，谢过张将军。
四　卒　多谢张将军。（下）
张　绣　将军请来上坐。
典　韦　岂敢。
张　绣　将军到此是客，理当上坐。
典　韦　这就不恭了。
绣诩　　恭候。
典　韦　不恭。
绣诩　　恭。
典　韦　不恭，哈哈。

绣诩　恭候，哈哈。酒来，典将军请。

典　韦　张将军、贾先生请。

张　绣　待我与典将军把盏。

典　韦　如此多多得罪。

张　绣　好说，将军请。

典　韦　请。

张　绣　哎，请呀。

（唱）今日里为将军备下水酒，
愧席上无美味又乏珍馐。

贾　诩　将军，请。

典　韦　请。

张　绣　（唱）典将军是豪杰世上少有，
今见面谈论间情谊相投。
若不弃愿结为金兰好友，
望将军勿推辞小将要求。

典　韦　慢着，慢着。想将军乃宦门之后，某家不过一赳赳武夫，焉敢高攀。

贾　诩　将军太得谦虚，请先饮酒，诩我还有话讲。

典　韦　先生有何贵言请讲。

贾　诩　将军请听。

典　韦　请讲。

贾　诩　典将军请听，想将军乃陈留人氏，英勇无敌，每战必克。昔日濮阳之役，吕布仗着一枝画戟，直奔曹营，曹军素知吕布之勇，未战先怯，虽有曹仁、曹洪、夏侯惇、夏侯渊数员大将，均非吕布之敌手，由清晨战到日暮，将丞相围在核心，东杀不出，西闯不走，南似瞅，北似望。那时，吕布发出号令，许多硬箭射往丞相坐马，眼看就要被擒，就在进退无路，徬徨危急之时，忽然闪上一员猛将，大喊一声，哪个粗心胆大的敢来，手中取得十余小戟，连次掷刺，一戟一人应手而倒，手中之戟无一虚发，当下刺死十余人，这位将军手持双戟，就是这样咣喇喇一阵好杀，只杀得吕布人马大乱，那边人踏人死，马踏马亡，奋勇突出重围；忽然一声炮响，鼓角齐鸣烟焰冲天，火光骤起，这位将军挺身上前，用戟拨开火堆，力救丞相脱险。丞相大喜，优加赏赐，拔为都尉。这一件轰轰烈烈世上少有之事，人人钦佩，个个称赞，都说将军是一位天神，哈哈哈。

典　韦　先生你还记得清楚。

贾　诩　哎，这样奇人奇事，我怎能记不清楚。

典　韦　先生，怎么说奇人？

贾　诩　奇人。

典　韦　奇事?

贾　诩　奇事。

典　韦　哎者，呵咦哈哈。

（唱）提起了当年事笑声大吼，

哈哈哈（三笑）

不由某一阵阵喜在心头。
想从前濮阳城一场恶斗，
只杀得曹丞相兵败难收。
我典韦陷敌阵奋勇援救，
双铁戟能挡贼十万兵卒。
叱喇喇大火起光如白昼，
鼓角鸣杀声起哭号不休。
拨火堆扶丞相逃出虎口，
众将士称赞某猛勇无俦。
曹丞相心欢喜赏功从厚，
赐金银和彩缎加官进禄。
今日里蒙先生赞不绝口，
讲的话句句儿意合情投。

绣诩　将军真勇猛无敌，哈哈。

典　韦　好说，好说。

贾　诩　将军，今天我家主公因羡慕将军的英勇，愿和将军结拜；因景慕将军是个英雄，愿和将军结拜。况我家主公乃宛城降将，今与将军结拜，实在是我家主公高攀将军，千万不要推辞。

典　韦　这个……

贾　诩　将军若不应允，于我家主公和我贾诩这个面子上有些难看。将军你还是答应了吧。

典　韦　先生这样言讲，我典韦就斗胆了。

贾　诩　来，速排香案。

（卒排香案供台口）

贾　诩　请二位主公望空一拜。

张　绣　哎，你我望空一拜了。

典　韦　哎，一拜了呀。

绣典　（唱）咱二人结金兰谁长谁幼，

张　绣　末将三十二岁。

典　韦　如此某便居长了。

张　绣　真吾兄也，哈哈哈。

（起对笑）

典　韦　（唱）论年纪我典韦三十六秋。
今结拜要学个管鲍交友，
休效那孙与庞终成雠仇。

张　绣　（唱）叫人来退小杯另换大斗，
这杯酒表一表小弟心头。

贾　诩　（唱）我主与典将军喜结良友，
与我的大主公共谋嘉猷。
走上前急忙忙亲手斟酒，
再敬我大主公美酒三瓯。

（典饮吐介）

典　韦　先生，某的酒已经够了，不能再吃了。

贾　诩　将军今与我家主公结拜，就是我贾诩的大主公，敬酒不饮，诩我脸上实在难堪。

张　绣　照呀，盟兄不饮，先生脸上有些惭愧，请盟兄赏他个面子饮了吧。

典　韦　先生，盟弟这样讲来，先生将酒拿过来，拿过来，哈哈哈。（饮吐）

（唱）蒙先生你赐我美酒三斗，
只吃得醉醺醺涌上心头。（吐介）

张　绣　盟兄，再饮几杯。

典　韦　愚兄酒已够了，实不能多饮。

张　绣　哎，盟兄呀，

（唱）兄本是大英雄世间少有，
两军阵逞威风名扬九州。

请。

典　韦　哎，盟弟呀，

（唱）张贤弟你待我这样恩厚，
我典韦饮美酒半点不留。

张　绣　盟兄，请再饮一杯。

典　韦　请。

贾　诩　待贾诩再敬大主公几杯。

（典饮三杯吐介）

张　绣　待弟与盟兄再斟一杯。

典　韦　不、不、不、不能饮了。

张　绣　天色不早，请盟兄就在弟处下榻。
典　韦　为兄命令在身，怎敢不回。马童，
［胡上。
胡　　　在。
典　韦　带马。
（骑马不能上）
张　绣　不能骑马，换车伺候。
胡　　　是。
［车夫上。
典　韦　看车。
（诩看左右张雷上挪典）
这是做什么的？
张　绣　护送盟兄上车。
典　韦　这可不用，告辞了。（下）
张　绣　烦先生传令。
贾　诩　遵命，主公今夜带领人马，杀进曹营。
张　绣　得令。（下）
贾　诩　张、雷二将听令。
张
雷　　　在。
贾　诩　今晚带所部人马，围住典韦营寨，四处放火，活捉曹操勿误。
张
雷　　　得令。（下）
（典乘车胡上典下车进换衣入帐，胡卒下）

第十一回　胡车盗戟

（起更胡上起把）
胡　　　（念）自幼生来胆气高，龙潭虎穴称英豪。
适才奉得主公令，盗取双戟杀奸曹。
俺胡车。奉了主公之命，盗取典韦双戟。这般时候，待俺前去走走。
（典帐内）
典　韦　马童。
胡　　　有。
典　韦　看茶。
胡　　　是。（送茶）

典　韦　打杯。

胡　　是。（胡近帐听典睡熟）哎，天色不早，待俺动起手来。（盗戟介）双戟现已到手，待俺掌起号来。（下）

第十二回　骄兵取败

（绣过场三鼓绣上急向帐内枪刺，典梦中惊醒跳出帐外打介典取戟不见着急惊）

典　韦　双戟不见，某命休矣。

[二将绣上开打典急持二卒打身带乱箭死绣追下子上。

子　　启禀丞相，大事不好。

（曹出帐）

曹　操　何事惊慌？

子　　三军喧哗。

曹　操　因何喧哗？

子　　马棚起火。

曹　操　些小之事，为什么大惊小怪，还不与我滚下去。

[子下又上。

子　　父亲醒得，父亲醒得。

曹　操　何事？

子　　张绣杀进营来了。

曹　操　典韦何在？

子　　典韦被张绣杀死了。

曹　操　哎呀不好！

丑　子　还不快跑。

[子丑子曹下。

旦　　侄儿为国杀贼，我今有何面目见人，不如一死。

张　绣　曹贼与婶娘无干。来，将太夫人送回府。

[旦下。

众将官随本公杀贼。

（绣原人上过场曹跑下丑子被绣杀追下曹坐马被射死，子下马与曹）

子　　丞相快将儿马骑上，速快逃走。

[曹上马下绣原人上刺子死追下。

[曹过河众将上。

众　将　参见丞相。

曹　操　哈哈哈。

众　将　丞相为何发笑。

曹　操　吾笑张绣不会用兵。若会用兵，在此处埋伏一哨人马，老夫性命休矣。

内　喊　张绣杀来了。

［曹原人下绣上，曹众上开打操兵败下。

张　绣　收兵。（下）

——幕落剧终——

（说明：以上内容录自家存手稿，先生手迹，毛笔书写，繁体竖排。首页落款冯杰三编，一九五〇年十二月。）

嫦娥奔月

一　场

［吴刚、逄蒙、寒浞、王升上。

吴　（诗）天高云远海茫茫，

逄　　古木参天蔽大荒。

寒　　后羿威武升虎帐，

升　　弯弓射日毁穹苍。

吴　刚
逄　蒙
寒　浞　请了，后羿吾皇升殿，你我早来伺候。

［后羿、嫦娥、四内侍、四宫女上。

后　（引）老迈逞英雄，弯弓射日夺天工。

众　臣吴刚、逄蒙、寒浞、王升，参拜吾皇万岁万万岁！

后　众卿平身。暴力威凌众，功高毁碧穹，天工任巧弄，大地暗冥濛。朕，有穷后羿，生来体格魁梧，两膀有万斤之力，降龙伏虎，猛不可当，是朕镇压大地威及九州。想当年天上原有十个太阳，朕手挽大弓，射落九个，若不是弓胎折断，连现在这个太阳也不能留下。如今这一个还是阳光刺眼，叫朕不能安睡。吴刚，命你修造弓胎，怎么还未修好？

吴　禀万岁，长弓折断，必须新换弓胎，这材料定要两围大的实心竹子才能使用，因无这种材料，故而不能动工。

后　无用的奴才，为何不命人四处寻找？

吴　找遍天下，还是无有这种奇才。

寒　我可是要说吴刚呀吴刚，你真是忠厚老实，你们找不到，为什么不趁早种几根？

后　寒浞之言有理，为什么不趁早种几根？

吴　臣当遵命，只是要到九百年后才能成材。

后　哼，岂不是要等九百年后才能射下这颗太阳。

寒　说的是呀，谁能活得了这么大的岁数。

后　哎，都是一派胡言。若不念你们忠心，定要斩首。

逄　启奏万岁，想着一颗太阳，还是留下不射也罢。

嫦　妾妃也是这个主张。

后　　嗯，留下他有何用？

逢　　吾皇息怒，容臣据实禀奏呀。

（唱）天地间有太阳光明普照，
鲜朝阳艳夕阳分外娇娆。
育生灵养万物无比神妙，
判春秋调寒暑暮暮朝朝。

嫦　　倘若是无阳光寒风呼啸，
好河山冰连雪草萎花凋。
愿我皇切莫将太阳射掉，
爱光明求温暖快乐逍遥。

后　　什么光明温暖，与朕何干。朕只爱在黑暗中恣情纵欲充分安睡，你等休得胡言乱语。吴刚听旨，命你速造大弓，倘若迟慢，提头来见。日落西山，爱妃搀朕回宫。

（念）日落乌烟平地起，后宫欢共美人眠。（下）

逢　　吴大人，请缓一步。

吴　　将军有何见教？

逢　　皇上执意要射红日，毁灭光明，命你修造大弓，你竟然答应了。

吴　　哎！这就叫做身不由己。（下）

逢　　哎，想吴刚本是怯懦之人，断然不敢违命抗旨，倒不如去和嫦娥商量，共谋良计。我便是这个主意了。

（唱）但愿光明能永保，
须和贵妃共商量。（下）

二　场

嫦　　（唱）月儿升虫儿鸣人儿清净，
去到那夜花园消闷散心。
御花园夜深沉秋风乱鬓，
花儿香叶儿润草软如茵。
今夜晚月团圆天高风紧，
怕只怕月缺残黯自伤身。
后羿皇射红日强暴残忍，
果如此无日夜万物无存。
我也曾进忠言数谏不允，
幸逢蒙他与我同口同心。

（白）后羿妃嫦娥。生来玉骨冰肌，花容月貌，被后羿掳进宫中，夜夜寻欢，朝朝作乐，是我身体瘦弱，梨花暴雨不堪摧残，每想逃出这高大的宫墙，怎奈力不从心，不能如愿。想后羿贪图黑暗厌恶光明，我与逄蒙数谏不听。若果他将这个红日射落，必然天地毁灭。思想起来忧惧万分。这时暴君正在睡梦之中，我不免去到花园消散胸中之闷气也。

（唱）天阶夜色开金镜，
清净无尘广寒宫。
云路迢迢神仙境，
何人来伴素人行。

逄　（唱）疏星点点月轮高，

嫦　哎呀，那旁有人来了，待我躲在花阴之下。

逄　（唱）年少将军午夜号。
那后羿他本是残暴无道，
杀黎民如切草罪恶天滔。
那寒浞奸佞臣帮凶助暴，
那吴刚胆怯汉无用儿曹。
我有心为黎民安良除暴，
怎奈我少年人计策不高。
嫦娥女貌如花心肠太好，
想与她共商量同谋兵韬。
夜深沉难相见心情焦躁，
苦相思懒赏月莫听松涛。

嫦　那是逄蒙将军？

逄　呵，我正在思念于你，想不到你却在此。请问贵妃，夜已深沉，怎么还未安寝？

嫦　我有心事在怀，怎能睡他得下。

逄　有何心事？

嫦　我的心事将军你是知道的。

逄　你的心事小生怎能知道？

嫦　你我月下无事，何妨请你猜上一猜。

逄　怎么猜上一猜，如此待我猜来呀。
（唱）月明如镜光四照，
更深风露满花梢。
低头暗想微微笑，
遵声贵妃听根苗。
莫不是嫌宫中衣食不好，

嫦　想我在宫中，每日山珍海味，绸缎绫罗，有何不好？将军你猜错了。

逄　　猜错了另猜呀。

（唱）莫不是嫌吾皇老迈年高。

嫦　　聪明的将军你越发猜的不对了。

逄　　哎，再听呀。

（唱）莫不是嫌后羿性情残暴，（嫦摇头）

莫不是你有心月下潜逃。

嫦　　哎呀！

（唱）听他言来心头喜，

知心话我要对知心人提。

欲语难言寸心碎，

凤凰怎愿配山鸡。

后羿残暴无人比，

梨花暴雨玉屑催。

心向明月高飞起，

怎奈无有上天梯。

逄　　（唱）说什么无有上天梯，

月宫寒冷露凄凄。

你不必痴心妄想高飞起，

敢作敢为向群黎。

追求那光明还要有主意，

挣脱枷锁靠自己。

趁着夜静人尽睡，

杀死老贼莫迟疑。

嫦　　将军你叫我持刀杀人，我实在不敢，你不妨带我逃走。

逄　　你想逃走吗？哎，只是逃到海角天涯，也逃不出后羿的魔掌。

嫦　　逃到那清净的月宫岂不是好。

逄　　哎，适才你已说过，无有上天之梯，如何攀登得上？

嫦　　那么如何是好？

逄　　我看你既无胆量，又无勇气，还是快回后宫陪伴暴君。我去了。

嫦　　将军慢行，我对保全红日倒有一计。

逄　　有何妙计？

嫦　　将军，你去劝吴刚，不要修造弓胎。只要他答应，岂不保全了光明。至于别的事件，日后再作打算。

逄　　想那吴刚忠厚无用，劝他枉然。我要去了。

嫦　　哎，将军。

（唱）此事你我再商量，

将军何必这样忙？
幸今夜月圆光明朗，
乍圆未缺喜逢郎。

寒　哼！原来是你两个在这里唧唧哝哝地说知己话。

逢　你能怎样？

寒　我不敢怎样。我是奉旨请贵妃回宫。（嫦下）哼哼哼！（下）

逢　哎，想嫦娥如此懦弱，真可怜也。
（唱）余怒不息向前进，
不除祸害心不宁。（下）

三　场

后　（唱）后羿皇在后宫午睡方醒，
昏沉沉心烦躁坐卧不宁。
日正午天闷热浑身汗浸，
不射落这红日誓不为人。（二内侍打扇）

寒　万岁午睡方醒，上前忙问安宁。奴才寒浞见驾。

后　平身。哎，这天气实在热。

寒　你们这两个小奴才，连个扇子都不会扇。拿来，你们看，要这样。
（宫女送汤）

后　哎，喝了更加发热。

寒　那奴才就更加出劲的扇。万岁，人血汤是滋阴补阳的，吃了浑身马上就要发热，这就是大见效力。奴才为万岁进个妙策，请万岁每天捉几个百姓，压榨抽血。弄死几个百姓把万岁补得肥肥胖胖的。万岁，你看奴才对万岁多么的忠心耿耿。

后　朕要重用你，就将这剩下的两口赏赐你喝了吧。（寒丢扇接碗喝舔碗）

寒　叩谢恩赐。哎呀！这人血汤的滋味真好呀。

后　寒浞，朕这双脚困乏无力，你快趴在地上，让朕搁起脚来休息休息。（寒伏地驮脚）太高了。哎，又太低了。

寒　万岁，这个样儿怎样？（后点头）

后　这个样儿才合适。

寒　看我寒浞服侍万岁，可不上不下，不高不低，简直是标准的奴才。

后　哎！

寒　万岁如何唉声叹气？

后　哎，想朕创立空前绝后黑暗的大事业尚未完成，须发斑白，因而叹息。

寒　万岁，一个人总是要老的，太老了还要死呢。

后　　哼！奴才竟敢胡说，滚过去。（**踢寒一脚，寒在地上滚，仍谄媚**）

寒　　我又滚过来了。万岁请息雷霆之怒。奴才最怕虎狼之威，踢疼了奴才屁股不要紧。待奴才擦净万岁靴底上的尘灰。万岁若想长生不老，奴才倒有个妙计。

后　　有何妙计，起来快讲。

寒　　万岁请听呀。

（唱）万岁不必情绪恶，
请听奴才把话说。
花有开时也有落，
百日红花要凋索。
凡胎俗骨难永活，
只有神仙居大罗。
万岁要吃长生药，
须到西天王母阁。

后　　如此说来，吃了此药，便可不老长生。

寒　　不特长生不老，还能升天。

后　　快随朕领兵去抢。

寒　　慢着！万岁，这可使不得，这仙药只可恳求，怎能抢夺。

后　　依你说怎样办才好？

寒　　万岁，欲求仙药，必须和贵妃斋戒沐浴，三步一跪拜，九步一叩首，一路跪拜，拜上了西天，才能求得仙药到手。

后　　这样麻烦，不如派兵马上去抢来得快。

寒　　万岁，万万抢不得。如果万岁觉得自己体胖行动艰难，就请贵妃代万岁前往请求，这也是一样的。

后　　如此快宣嫦娥。

寒　　万岁有旨，贵妃上殿。

嫦　　（唱）忽听皇上一声宣，
不由嫦娥心胆寒。
急急忙忙上偏殿，
罗裙委地把驾参。

嫦娥见驾，万岁召宣妾妃，有何大事商议？

后　　爱妃，朕命你斋戒沐浴，三步一跪拜，九步一叩首，快到西天王母殿前请求仙药。

嫦　　要这仙药何用？

寒　　吃了可以长生不老。

后　　只要能长生不老，等吴刚修好弓胎，射落太阳，了却朕平生之愿。

嫦　　哎呀！老贼为了射日，命我为他去求不死仙药，这便如何是好，哎！有了。启禀万岁，想妾妃身为女子，行路艰难，怎能跪拜前往？

后　　哼！

嫦　　妾妃实在寸步难移。

寒　　贵妃呀贵妃，不是奴才多嘴，你昨晚深夜和逄蒙在月下谈心，双双对对行来走去，走去行来，多半夜都能走的，现在万岁要你上西天王母那里去一趟，就不能劳驾吗？

后　　嗷！果有这等事情？

嫦　　并无此事。

寒　　我亲眼所见。

后　　哎好恼！

（唱）听言罢来怒气发，
　　捶胸顿足咬钢牙。
　　叫内侍与我重重打，
　　管教你红颜女命染黄沙。（内侍打）

嫦　　（唱）无情棒打得我遍体鳞伤，
　　骂声奸贼太猖狂。
　　挑拨是非乱诽谤，
　　无端害我为哪桩。
　　你若在此胡言讲，
　　管教你狗命不久长。

后　　来，将她押回后宫。（嫦下）

（唱）霎时间气得朕心头火冒，
　　求仙药还须得自己辛劳。
　　速传旨众三军就此开道，
　　西王母她那里跪拜一遭。（下）

四　场

［四仙女上。

王　　（唱）吾是神仙西王母，
　　诡计多端性狠毒。
　　吾把众生骗得苦，
　　众生不敢为吾仇。

（白）吾乃西王母是也。常以炼丹救众为名，实际上我做的剥皮吸血的勾当。假如有些妄想不死的善男信女来到这里求药升天，吾就叫他掳掠许多少年男女，供吾吃用。至于长生不长生吾不管。升天升到半空摔下来摔死，吾更不管，哈哈哈！

后 （唱）千跪万拜腿酸痛，
为的是求不死想做仙翁。
奴才们搀为王步难移动，
为什么还不到王母仙宫。（伏地）

寒 瑶池宝阁到了，到了。万岁起来，到了。看把万岁累成这个样子了。

后 快去叫门。

寒 万岁你也打起精神，打扮打扮，好进去大礼参拜。

后 朕乃东土大地之主，平素威风赫赫，怎么要对一个西方女子大礼参拜？

寒 哎。好我的万岁呢，你一路上三跪九叩的拜着来，到这时你又装腔作势地不肯拜，不知你打的是什么算盘。

后 哎，只是面子有些难堪。

寒 哦，你要顾面子，好好，咱们回去，快回去。

后 你这是怎么样了？

寒 你死要顾面子，不肯跪拜，还求得什么不死之药，不生之药也求不到，不回去坐在这里干什么。

后 如此说来，非大礼参拜不成。

寒 你要不想活了，你就不拜。

后 哎，这时也就顾不得老脸皮了，我拜就是。

寒 这不就结了。喂！门上哪位在？

仙 何人叫门？

寒 有劳仙姑禀报王母，就说东土大地之主后羿，求仙丹来了。

仙 少站。禀王母，后羿来了。

王 快快放下珠帘，命他报名而进。

仙 命你报名而进，大礼参见。

后 东土后羿皇上，参拜西天王母，愿王母仙寿无疆。

王 平身。一旁赐座。

后 谢座！

王 到此何事？

后 王母有所不知，想我东土原有十个太阳，是我厌恶光明，射去九个，剩下一个，要等九百年后，弓胎修好，才能完成大事。

王 你有很大的功劳。

后 王母，我能制造黑暗，毁灭光明，创立空前的伟业丰功。哎，只是我现已须发斑白，天寿不长，一篑功亏，未免可惜。

王 照你所说，理应得到仙丹救济。

后　　感谢王母大恩大德。
王　　哎，只是老丹施舍用罄，新丹尚在炉中，还未炼成。若要成功，还须加入童男童女的七窍玲珑心三万颗。怎奈无有这多的心灵也是枉然。
后　　这有何难。只要数目不多，我与王母送来。
王　　好！你就绑送三万少年男女前来，吾便将不死仙丹交你。
后　　数目太多，三百如何？
王　　吾要三万，你给三百，这是个什么折扣？
后　　那么，我出三千。
王　　太少！
后　　三千三百好了。
王　　两万玖仟不能再少了。
后　　三千九百个，不能再多了。
王　　吾是照本计算，你出不起，请回去吧。
寒　　万岁，你怎么这么死心眼，绑的杀的是黎民百姓，又不要你的命，你为何这样吝啬。
王　　你这个奴才说得对，你们东土的人口有的是，才杀了两万玖仟个少年男女，就要换来你的长生不老，你还不干吗？
后　　我并不是舍不得杀人，若送来的太多，就减少了我自己的食用。
王　　哼！这样说来你到底做不做？
寒　　行行行行，好我的皇上呢，你快答应了吧。
后　　既然如此，就依你的吧。请将仙丹交付于我，少年男女改日送来。
王　　那不行，还是一手交人，一手取丹，绝不误事。退班。（下）
后　　来，摆驾回宫了。
（唱）只为怕死相求仙，
跪跪拜拜到西天。
长生不老如心愿，
捕杀青年万万千千。（转圆场下马坐）
宣吴刚、逢蒙上殿。
王　　万岁有旨，宣吴刚、逢蒙上殿。
吴　　（唱）忽听的皇上宣乱了方寸，
玉阶前来了我吴刚忠臣。
蒙皇上见爱多信任，
他封我都管作内臣。
我也是百般应承小心来依顺，
闻宣召吓得我丧胆亡魂。
放大胆低头内厅进，

战战兢兢臣见君。

吴刚见驾，愿吾皇万岁万万岁。

后　平身。

吴　谢万岁。奴才启奏万岁，弓胎的材料还是无有，乞万岁宽限时日。

后　哼！怎么不见逄蒙上殿。

吴　哎呀，好险呀好险。

后　王升，速宣逄蒙上殿，不得有误。（王升下）

吴刚听旨，命你和逄蒙带领人马去拿三万少年男女，不得有误。

吴　禀万岁，奴才自当遵命，只奈奴才从来不曾上过阵打过仗。

后　哼，奴才敢抗皇命。

吴　奴才不敢。

寒　你这个人真奇怪，怎么什么事都想不通，谁叫你上阵打仗，难道你连捉拿百姓的事都不会吗？

吴　启禀万岁，想那黎明百姓安分守己，终日勤劳，如带兵捉拿，该用什么道理籍口？

后　这个道理吗……

寒　哼！这一下问住了，你爬起来，大家想法子吧。

吴　我吴刚天生愚蠢，想不出什么法子。

后　哎，要什么道理，用不着欺骗，你们奉旨行事，看见少男就拿，看见少女就捉，这便是道理，皇上的命令，谁敢不从。

寒　对呀，这个道理好极了，皇上的命令谁敢不从。

吴　哎呀，他们如此横行霸道，天下必将大乱，想我吴刚本是黎民出身，如今做了皇上的奴才，却要与民为敌，这便如何是好。哎，既然做了奴才，也就身不由己，照旨行事，何必迟疑，启奏皇上，何日拘捕。

后　等逄蒙到立刻前往。

［王升上。

王　启禀万岁，为臣奉旨召宣逄蒙，他却言道，有要事在身，不能上殿。有何大事商议，臣说大概商议捉拿三万黎民之事，他听说此言，勃然大怒，他说叫他拿百姓绝不受命。

后　哼！小小逄蒙，竟敢违抗皇命。吴刚听旨，速拿逄蒙见朕。

寒　慢着，想逄蒙真是胆大包天，那晚在御花园和贵妃情话缠绵，如今又违抗皇命，理应碎尸万段，只是他现在拥兵自重，而且甚得民心。如果去拿，必然造反，奴才现有一计。

后　有何计策？

寒　耳目众多。

后　两厢退下，快快讲来。

寒　万岁，要除大患，必须杀了逄蒙，但不能明动枪刀。不妨叫吴刚告诉他，就说东山狮虎甚多，伤害百姓，皇上爱民如子，亲率百姓一同打猎，约定明天日上三竿，兵民围攻，我们一面抢百姓所猎得野兽，一面捉拿少年男女，趁混乱之时皇上将他杀死，岂不除了心腹大患。

后　此计甚妙，照计而行。

吴　想我口笨舌拙，不会讲话，还是请你去才妥。

寒　你看他又来了。

后　纤小之事，不可推辞，速去勿误。

吴　遵旨。正是，

　　逄蒙年少逞豪强

寒　笼络兵民反后王。

后　安排陷阱捉雏虎，

三同　管叫儿郎箭下亡。（分下）

五　场

逄　（引）秋夜初凉丹桂暗浮香，梧桐萧瑟月无光。

（坐诗）瑟瑟西风万里过，初凉秋兴此时多。

绿窗寂寞人枯坐，数问苍天意如何。

（白）小生逄蒙，官拜御前侍卫之职。今日校场练武，后羿传旨，命我捕捉少年男女。是我不肯伤害黎民，违命抗旨；又听贵妃与我月下谈心之事，奸臣寒浞从中拨弄是非，后羿将贵妃痛打一顿，如今我又不能闯进后宫探望于她，心中十分惭愧。今晚乌云闭月，枯坐无聊，不免独对孤灯假寐片刻。（伏桌睡）

嫦　宫娥掌灯前边带径了。

（唱）秋风拂袖怯清凉，

夜静犹余玉桂香。

款步花间寻旧梦，

露珠和泪湿罗裳。

逄　（唱）孤灯假寐意朦胧，

百结愁肠恨满胸。

忽听莺啼墙外夜，

数声如梦透帘栊。

嫦　（唱）萧条枫径叶翻风，

飘忽歌声昨夜同。

正是相思如幻梦，

隔墙隐约烛摇红。

小病已愈，愁肠百结，在这枫径徘徊，忽听一阵哀怨歌声来自这高墙大院。宫娥，去看看来到何处。

宫　禀贵妃，这是逄将军的官衙。

嫦　怎么是他的官衙。上前叩门。

宫　逄将军，开门来。

逄　黑夜何人扣门？原来是贵妃，请进。不知贵妃驾到有失迎迓，多有得罪。

嫦　黑夜来的鲁莽，还望将军海涵。

逄　贵妃光临有何见教？

嫦　你们回避。（宫女下）哎，将军，

（唱）一见将军心悲痛，
点点泪珠洒在胸。
我为你相思恹恹病沉重，
我为你棍棒之下受苦刑。
我朝朝暮暮盼你来慰我疾病，
我日夜思想与你诉苦情。
幸今晚灯光摇红影，
犹恐怕是虚无梦中欢情。
多少话不知如何能说尽，
多少恨不知何时能洗清。
我好比柳絮杨花飞无定，
我只有柔肠热泪都付于逄蒙。

逄　（唱）贵妃不必珠泪滚，
小生与你说原因。
自从那夜相逢在花阴，
我与你月光之下结同心。
恨只恨后羿贼太残忍，
恨不能挥刀杀暴君。
我数次想去后宫来慰问，
怎奈那宫门锁墙高入云。
今夜晚相逢心喜甚，
好一似双星度过银河津。
但愿你千言万语能说尽，
但愿你奋斗之道能辩分。
我与你复冤仇利刀磨刃，
我为了安良除暴加紧操练军。

有一日打虎之计安排定妥把兵进，
眼见要翻天覆地兵民合力杀仇人。

嫦　此话当真。

逢　当真。

嫦　如此，你我有了出头之日了。（同笑）

吴　暴君心肠恨，设计害好人。快去叫门。

兵　逢将军，开门来。

逢　哎呀，门外有人。

嫦　这……这便如何是好。

逢　请暂且闪过一旁。（嫦娥下）何人扣门，原是吴都管，黑夜到此何事？

吴　黑夜打扰十分不恭，怎奈皇命在身，实不由己。

逢　皇上有何谕旨？若是捉拿百姓，我是万万不去的。

吴　难道将军你要违命抗旨不成？

逢　如此倒行逆施的命令，违抗一二，这又何妨。

吴　将军少年英俊，血气方刚，我吴刚与你相比，真是惭愧惭愧！

逢　都管秉性忠厚，凡事谨慎小心，对皇上俯首服从，极尽忠臣之能事，何言惭愧二字。

吴　将军不知，我吴刚的心事吗，哎，真是一言难尽也。

（唱）听他言真叫我难以搭话，
逢将军请听我惭愧根芽。
想当初为黎民无忧无挂，
入宫门变成了皇上管家。
榨人血剥人皮杀剐吊打，
刽子手兼屠户脚软手麻。
却说我做都管威风很大，
做高官就得要调遣由他。
我也知事做错万人唾骂，
细思想又不愿抛却乌纱。
这才是临悬崖难以回马，
到如今只落得自怨自嗟。

逢　都管，你的痛苦我是知道的。常言知过必改善莫大焉。你如能悬崖勒马，痛改前非，弃暗投明，安良除暴，那就是戴罪图功。

吴　你劝我戴罪图功，安良除暴吗？

逢　正是此意。

吴　好倒是好，还需待我三思。

逢　是真英雄贵在当机立断。

吴　当机立断吗，容我从长计议。时间不早，我要告辞。

逢　恕不远送。

吴　且住。到此发了半夜牢骚，将要说的话倒忘坏了。将军开门。

逢　都管为何去而复返？

吴　将军，皇上言到，东山狮虎甚多，为害黎民。明天日上三竿，皇上亲自打猎。命你率领兵民前往围攻，请你准备准备。

逢　想那东山狮虎我早已率领兵民围剿多日。皇上愿去参与更好，何必准备。

吴　皇上武艺高强，你还是早准备准备的好。

逢　此话怎讲。

吴　将军，凡事先有防备，方不致祸起仓促之间。万一准备不及，就托病不去也罢。将军请自斟酌。

逢　你这话我越发的不懂了。

吴　将军，这是我老实人的一番好意。

逢　多谢都管关怀。

吴　告辞，莫忙，我还有一言奉告。据我所知，这东山洼内，有一种小草，叶上结果，梗上开花，名叫回春仙草。若有人重伤将死，吃了此草，必然起死回生，将军你要牢牢记下。

（唱）这叫做话到舌尖留半句，（下）

逢　含混言语费思虑。

嫦　适才间吴刚含混语。

半吐半吞不明题。

这必是奸人设诈计，

还请你小心提防要周密。

依我说不如托病不前去，

免得受害后悔迟。

逢　贵妃言语差矣，想我逢蒙英雄盖世，上山搏虎，下海擒蛟。那些鼠辈，何足惧哉。

嫦　将军英雄气派，我已衷心钦佩。只是明枪易躲，暗箭难防，你虽武艺高强，也难免不中他的奸计。

逢　我当小心提防，假若他要伤害于我，我就趁机杀死奸贼，岂不是除暴安民，为百姓消灭大害。

嫦　将军既有大志，我也不便阻挡，只是你的吉凶祸福，和我痛痒相关。但愿将军旗开得胜，马到成功，还望你、你、你，玉体珍重呀。

逢　（唱）见得贵妃泪珠滚，

不由逢蒙痛在心。

贵妃多情亲切甚，

英雄最怕女儿情。

嫦　将军既有安良除暴的雄心，我怎能阻挡。只是适才情不自禁，不免伤心落泪。还望将军你莫见笑。

逄　既然如此，我就放心前去，请你静坐宫中，等候好音。

嫦　我要去了。宫娥，掌灯回宫。

逄　黑暗沉沉，多加小心。

嫦　长夜漫漫，还望将军珍重，早些安睡，我去了。（下）

逄　哎，

（唱）适才吴刚把旨传，
他命我围猎到东山，
倘暴君杀人行凶悍，
我要刺贼将民安。（下）

六　场

寒　吴都管请了，皇上今日东山围猎，你我早来伺候。

吴　请！

后　欲求王母长寿丹，须捉三万少女男。

吴寒　吴刚寒浞参见万岁。

后　免。逄蒙为何未来？

吴　想必他到东山准备迎驾去了。

后　既然如此，你二人更要小心。人马可曾齐备。

吴　齐备多时。

后　兵发东山。（嫦娥急上）

嫦　嫦娥阻驾。（扯后衣）

后　这是何意？

嫦　万岁起得甚早，精神不佳，还是在宫内休息，不可出兵。

后　朕有要事，怎能休息，快快撒手。

嫦　万岁，千万不可前去。

寒　贵妃，你撒手吧。你这样岂不是开玩笑吗。

后　哎，我好气也。

（唱）贱人执衣不放松，
不由叫朕怒气生。
一脚踢你浑身肿，
内侍押她回后宫。（众下）

哼哼哼！（下）

太 贵妃醒得。

嫦 （唱）费尽心思劝不醒，
恼恨昏主性暴凶。
残杀黎民好百姓，
我苦苦哀求他不听。
霎时发了虎狼性，
反将我踢倒地流平。
但愿得逢蒙将有天照应，
除暴君安良民天下太平。
无奈何回后宫将他信等，
等候逢蒙好音通。（下）

七 场

女 （唱）荷锄持弓田野去，
抬头四下观端的。
晴朗无云好天气，
百花齐放黄莺啼。
那枝花盈盈将委地，
这一枝开放正当时。
最鲜艳此株含苞蕾，
又只见凌霄花儿攀缘古树与云齐。
我这里举锄将它取，

老 （内）女儿，女儿。哎呀，

女 耳听得老爹爹唤女声声急。

老 女儿，你再不要玩了。

女 逢将军领我们将野兽快打完了，如今平安无事，儿心里高兴，玩玩有何不可。

老 你随父来等逢将军来。还要围猎，总须将害人的野兽消灭净尽，我们才能平安。众位，请了！

（众上）

众 请了。

老 我们东山百姓，原是十分和睦，相安无事。自从西山来了这班凶兽，才弄得生灵涂炭，鸡犬不宁，真是可恨万分。

女 哎，若不是逢将军指导我们攻打猛兽，我们东山黎民更是不得了的。

众　是的，逄将军真是我们的大大的恩人。

女　爹爹，逄将军来了。

逄　为救黎民命，和贼要斗争。列位请了。

众　请了。我们正等将军来带领大家打猎。

女　是不是马上就要动手？

逄　且慢。众位，我们东山来了许多猛兽，残害生灵，若不是众位同心合力，怎能获得许多狮虎。这都是众位的功劳。

老　这是逄将军善于教导的功劳。

众　也是众位兵丁英勇攻打的好处。

逄　好说。今日后羿带领人马要在此围猎，不知众位意下如何？

老　后羿人马来了，我们赶快散伙，各自回去。

女　爹爹，难道你想让皇上替我们消灭那些猛兽吗？

老　我儿有所不知，为父并非此意。想那暴君奸臣，不但不围猎猛兽，为民除害，反来要伤害我们，倒不如赶快散伙，逃命要紧。

众　大家赶快散伙，逃命去吧。

逄　慢着。适才老者言到，后羿今天来此打猎可能别有用心，我等需要防备，不可散伙逃命。请问众位，为今之计，我等是消灭猛兽安居乐业要紧，还是让猛兽占据东山大家逃命要紧。

众　当然是加紧消灭东山猛兽安居乐业要紧。

逄　如此，我们加紧消灭东山猛兽。假如寒浞奸贼无端加害众位，我们应该合力同心，准备斗争。如大家散伙，不但于事无补，还会遭灾。只要我逄蒙站在众位前头，管教那班小人丧胆。

女　好了，有逄将军保护我们，还有什么可怕。走！我们打猎走。（下）

后　（唱）大吼一声天地震，
为求长寿捕黎民。
号令三军向前进，
速快捉拿少年人。

寒　来，皇上有旨，将这少年男女一律与我拿下。（众作抵抗下，逄站不动）追！

逄　启禀万岁，黎民围猎猛兽，寒浞不但不为协助，反来追捕他们，是何道理？

后　哇！好大胆的逄蒙，竟敢聚众造反，该当何罪？吴刚与我杀。（吴败，后战）

逄　（唱）一见暴君翻了面，
不由逄蒙怒冲冠。
举起长枪银光闪，
管教你一命丧黄泉。（打后败逄追下）

老　（唱）后羿无道心肠狠，
　　不打猛兽伤黎民。
女　父女逃命向前奔，
　　贼人后边紧追寻。
老　何日才报大仇恨，
女　不见逢蒙救命人。（寒追女被捕）
老　寒浞大公，我老汉只有这个女儿，求大公饶了她吧。（老跪执寒衣）
寒　你撒手不撒手，再不撒手，叫你知道这宝剑的厉害。（寒踢老并刺死）
女　逢蒙将军快快救命！（逢上）
逢　看枪。（刺寒腿寒逃下）
女　将军，我爹爹被贼杀死，我要报仇。
逢　不必啼哭，随我去杀后羿。（下，后上，逢对头打，后败下，逢追下）
后　逢蒙杀法厉害。等他到来，回马箭伤他。
（逢上，后射逢头部，女挟下）（吴刚寒浞上）
逢蒙被朕射死。寒浞速押解少年男女，王母殿前换不死之药。来，将抢到黎民所猎的野兽带上，收兵回朝。哈哈哈！（下）

八　场

嫦　（唱）嫦娥女在宫中心神不定，
　　闷恹恹昏沉沉蹀躞宫廷。
　　看天边白云飞彩霞似锦，
　　最堪怜多情女莫立黄昏。
吴　忙与贵妃报凶讯，
　　心惊胆战进宫门。
吴刚参见贵妃。
嫦　吴都管回来了，皇上可曾回宫。
吴　皇上早已回宫，寒浞押解少男少女往西王母那里去了。
嫦　逢蒙将军回来不曾？
吴　这个……哎，只怪他自不小心，他他他他他……
嫦　他到底怎么样了？
吴　他，他，他被皇上一箭射倒东山。
嫦　哎呀不好了！
吴　贵妃醒得！
嫦　（唱）忽听逢蒙中雕翎，
哎呀，不好了！

我要前去看分明。

吴　贵妃，逄将军当时受伤，生死未知。你若要去看他，趁皇上熟睡，我送你一程。

嫦　有劳了。

（唱）急急忙忙出宫廷，
荒山野径走一程。
哪怕林深草没胫，
东山洼内找逄蒙。

吴　贵妃恕不远送了。

嫦　我去了。（分下）

九　场

猿　（念）长臂猿猴通性灵，
鹿　梅花仙鹿也多情。
兔　金睛白兔神仙种，
羊　长髯山羊显至诚。

猿　我们同住东山和平相处，不想从西山来了一群狮虎，侵犯我们。幸亏逄将军围攻猛兽，保护地方，恢复和平。不料来了后羿暴君，比猛兽还凶，杀害人民真令人痛恨。现在，逄将军被贼射伤，我们前去照料照料。

众　好，一同前往。（转场）来此已是。

兔　待我问问他的病况如何。

羊　不要叫病人受惊。（兔下同猿、女上）

女　众位在此，叫我何事？

众　大恩人的伤势如何？

女　箭头拔出，流血过多，到现在还是昏迷不醒。

众　如此说，必是中毒箭太深了。

兔　你看这里地势低，太潮湿，何不软软地给他铺上个铺，再烧一堆火，暖和暖和。

女　哎，好到好，无有柔软的茅草，如何办理。

鹿　这个不难。我用这一对角，去叉它一大捆来。

猿　我去弄些火种，再弄些水果。

羊　我到我老婆那儿去挤筒奶，给他滋补。

兔　我什么都弄不了。

女　你陪我等恩人醒来了，跳跳叫他欢喜欢喜。（女、兔下）

嫦　（唱）登高坡下深涧行路艰困，

攀藤葛披荆棘撕破衣裙。
夜深沉无月色路险山峻，
更不知到哪里寻找情人。

哎，是我黑夜漆漆来到东山，不识路径如何是好。逄蒙，逄将军。（恶鸣，嫦惊退）逄蒙，逄将军。（猛兽嚎叫，惊退）哎！

（唱）恶兽鸣吓得我寸步难进，
颤兢兢眼迷离向谁问津。

［萤虫上，嫦惊。

萤　随我来！

嫦　幸遇着萤火虫他把路引，
羊肠径转鸟道山崖重深。
无奈何问苍天天不怜悯，
逄将军你究竟何处安身。

（白）萤火虫小哥，逄将军是否就在此处。

萤　等一会儿，你们就会见面，我也要休息去了。

嫦　听他之言，逄将军就在此处，只是黑夜无光，叫我向哪里去寻，哪里去找。呵，有了，我不免大声喊叫：逄蒙，逄蒙，哎，我的逄将军。

（唱）高叫逄蒙千万声，
逄蒙将军你细听。
我单身摸索到了无人境，
我登山涉水何处找逄蒙。
但愿你闻声早答应，
黑夜中哭坏了嫦娥女童。

逄　（唱）昏迷中忽听得人唤我名，

何人叫我，叫我的可是嫦娥，可是嫦娥来了吗？

嫦　这正是他的声音，逄将军你在哪里，我来了！

逄　嫦娥你在哪里？

嫦　逄将军你在哪里？

逄　你是嫦娥。

（唱）原来是嫦娥你来在山中。

嫦　一见逄郎心悲痛，

我的逄郎呀。

莫不是我二人梦里相逢。

逄　嫦娥，你我并非梦中相会。只是黑夜凄凄，我看不见你的颜色，是不是比昨夜更消瘦了。

嫦　逄郎，即使为你消瘦，有甚要紧，只是你这满面的泪痕，叫我更加伤心。

逢　你道我这泪痕吗，哎，请你不必伤心，这并非眼泪，这是天上的露水滋润我忧愁的面。

（嫦左看右看看不见哭）

嫦　哎哎哎，我叫叫叫一声苍天呀苍天，你看我攀藤涉水受尽艰辛来到东山探望逢郎，不幸今晚天黑地暗，又无灯光，看不见逢郎颜面，该向哪里寻灯火，我该向何处求光明。天呀，天呀，你赐我一点光明，是我将逢郎望得一眼，我也心甘了。哎呀，是我祷告上苍，便现出半轮明月。

逢　哎，这是老天成全了你我的心愿，只是明月半缺，却不团圆。难道月不肯为我们团圆。

嫦　逢郎，人有悲欢离合，月有阴晴圆缺，既然你我正是苦后回甜，等到明天，这明月也会不缺全圆。你看这月光又明亮了，照耀着我们。待我看看逢郎的颜色如何。哎呀，逢郎你道脸上露珠点点原来是鲜血满面。

逢　哎呀，

（唱）手摸一把血满面，

不由我小逢蒙痛彻心田。

猛想起后羿贼射我毒箭，

我与他结冤仇不共戴天。

（白）哎呀，伤痛难忍，快快扶我坐下。

嫦　这将如何是好？

女　贵妃有所不知，将军中了暗箭，滚下山来，是我拔出箭簇他便昏迷不醒。适才听到你的声音，忽然站起和你相见，谁知他见了鲜血，又支持不住了。

嫦　多谢妹妹照管与他。哎，你看这深山之中，医药全无，如何与他疗伤？

逢　嫦娥，那晚吴刚对我言讲，这东山洼内，有一种小草，梗上结果，叶上开花，有起死回生之效。

嫦　此种仙草，不知现在哪里？如何寻找？

兔　这草我知道哪里有，叫我找去。（下）

［猿、鹿、羊持茅草、水果、奶上。

猿　这时将军的病如何？

女　他已清醒，你们来得正好，快把铺弄好，生起火来，好叫将军躺下。

嫦　有劳众位，我这厢有礼。

女　众位见过贵妃。

众　拜见贵妃，我们都是深山野汉，不懂礼仪，贵妃请莫见笑。

兔　仙草找来了。

嫦　这里无有锅灶碗盏，该拿什么煮药？

女　你是在宫廷过惯了养尊处优的生活，不能在困难中想办法。仙草给我，小兔弟弟随我来。（下，火已燃起，铺弄好，逢躺下）

逢　嫦娥，我的腹中饥饿。

嫦　逢郎，这里是高山深谷，并非皇宫内苑，无有饮食之物，该怎处？

猿　将军，这是我摘来的水果。

羊　这是从我老婆身上挤来的奶。

嫦　多谢众位，只是水果未洗净，羊奶未煮熟，叫他怎样的吃呢？

猿　水果要洗，奶要煮，如此麻烦，我从来不曾见过。

羊　老猿你去在山泉洗果，我在这火上煮奶。他们是皇宫内苑的人，到底和我们不一样。（下，兔、女上）

兔　仙药煮好了，将军请用。（嫦给逢吃药）

逢　哎，好苦的药。

猿
羊　水果洗净了，奶也煮熟了。

鹿　请将军吃了，在这温暖的铺上睡上一觉，箭伤就好了。

嫦　这水果奶他吃的很有味，若有肉吃，将军的伤好得更要快。

女　我们打来的猛兽，都被后羿抢去。夜深了又不能打猎，要肉吃实在没办法。请问众位可有办法？

众　我们都是不吃肉的，哪里还有办法可想。

兔　哎呀，逢将军吃了肉才能伤好，他们无有办法，这该怎处。哎呀！有了，想我白兔向来舍己救人，从不计较自己的利益。如今逢将军为保护东山和平，驱逐猛兽，反对暴君，他为我们受伤，如不吃肉，便有性命危险，无他就不能杀死暴君，更不能保存光明的太阳，我今愿拼了小小的生命，成全了伟大的英雄和伟大的事业，那我的牺牲就很有价值了。

（扑灯蛾）

打定主意心泰然，心泰然，
遵声列位听我言。
逢蒙将军中毒箭，
若不吃肉命难全。
假若英雄命危险，命危险，
光明和平不保全。
我今舍命救好汉，
玉兔的英名万古传。（翻跟头扑火，嫦掩面不忍看，众惊）

逢　快快将他救出。（猿伸手，火烧了手，拉出黑焦兔）

猿　已经烧熟，将军可愿吃？

逢　你这话未免太无心肝，难道你把我看成后羿一样全无人性之人也。

（唱）一见兔尸泪珠滚，
不由逢蒙痛在心。

舍生取义将心尽，
愧死尘寰负义人。

猿　那么快快将他埋了吧。

嫦　慢着，不必埋葬，我要将她放在我的胸前，活在我的心里，有朝一日她是会复活的。

女　月已偏西，时间不早，我们走开，叫将军安息吧。

逄　嫦娥，夜深漏尽，请回宫去吧。

嫦　你在病中，我怎舍得离开你呀。

逄　话讲哪里，我虽病重，吃了仙药，谅也无妨，待我身体复原，定要报这一箭之仇。假若你不回宫，后羿必然前来搜寻，那时你我性命均难保全。我的志愿也化为泡影了。

嫦　哎，怎奈这夜深路远行走艰难。

猿　有我老猿护送，谅也无妨。

逄　有劳相送。

猿　请贵妃立即就走。

嫦　妹妹，姐姐去了，逄郎多蒙照护有待偏劳，我们后会有期。

女　不劳姐姐关怀。

嫦　逄郎好好安睡，明夜我再来看你。

逄　恕小弟不能相送，明夜你定要来。

嫦　逄郎我去了。

（唱）匆匆别郎回宫禁，
明月多情照侬心。
小别依依情难忍，
明夜再来探郎君。（下）

逄　哎呀！（众扶下）

十　场

后　（唱）有后羿逞英雄万般凶猛，
挽长弓射九日地动天崩。
断弓胎剩一日刺目疼痛，
恨不能日继夜常在梦中。
命寒浞换仙丹朕要使用，
吃仙丹能长生转老还童。

（白）可恨逄蒙存心反叛，是朕将他暗箭射死，除了大患。前命寒浞押解三万人俘，去到王母殿前，换取不死仙丹。吴刚，寒浞怎么还不见取丹回来。

吴　路途耽搁，也未可知。

太　禀万岁，寒太公取丹回朝。

后　宣他进宫。（太转）

寒　来来来了。

（唱）西王母殿前押人众，
　　破肚挖心鲜血红。
　　换取仙丹来进贡，
　　这番我又立大功。
　　从此皇上更信用，
　　大权在握逞威风。
　　篡位谋权登大统，
　　风云际会蛇变龙。

寒浞参见万岁万万岁。

后　罢了，仙丹可曾取来？

寒　取来了，我这个头号奴才办事，还会有错。

后　快呈上来。

寒　不要着急，待我找寻。

后　若将仙丹失遗，朕定将你碎尸万段。

寒　哎呀，幸喜还没失遗。万岁请看。（后一层一层拆纸）

后　哎，为何包上这许多层纸张？

寒　万岁，西王母说，不这么包就会通风透气，那就毫不灵验。

后　嗯，这小小两粒仙丹，能叫朕长生不老，杀死两万玖仟青年男女算得什么，待朕立刻吃了仙丹。

寒　万岁，这可使不得。西工母说这仙丹吃一丸能长生，吃两丸便能升天。一定要在三更月上中天，沐浴焚香，遥望西天王母，口念玉帝，清水服下，要诚心诚意，若还心不诚，莫怪药不灵，升到半天摔下来摔死她可不管。

后　时在黄昏，还未起鼓，要等到三更，何妨先行好梦一场。寒浞你今立此大功，明日领赏，下面休息去吧。（将药纳入怀中）

寒　谢万岁隆恩。（下）

后　吴刚，你在此守候月出。唤嫦娥。（下）

吴　有请贵妃。

嫦　（引）天生丽质多情种，一夜缠绵应下风。

何事？

吴　皇上就寝，请贵妃相伴。

嫦　哎！

吴　贵妃为何慨叹?

嫦　我的心事吴都管是知道的。

吴　贵妃昨晚去到东山，可曾找到逢将军。

嫦　多谢都管护送，受尽辛苦，才找见了他。

吴　他不曾死，总算万幸。

嫦　哎，只是气息奄奄，不知何时才能痊愈。

吴　哎，他病在深山荒野，也没个人照顾，实在的可怜。

嫦　是我临行之时，约定今晚再去，怎奈昨晚回宫惊醒了暴君，又遭一顿折磨，今日浑身疼痛，如何再去探他?

吴　这就叫好事多磨今古恨，花非常艳月难圆。

嫦　你道是花非常艳月难圆吗，哎。只是这残酷的人间才如此，想那天上月宫，玉洁冰清，光辉普照，必然是永远幸福的。

吴　话虽如此，我们凡人怎能升天。

嫦　难道我们都是注定在这黑暗的皇宫，受一辈子痛苦不成?

吴　不说也罢。快快进去，免得又要受苦。我在此为他守候，到了三更，皇上吃了不死仙丹我好睡。

嫦　仙丹，这仙丹现在何处?是怎样的个形式?

吴　这仙丹小如绿豆，现在皇上胸前。

嫦　哎呀，暴君若吃了仙丹便能长寿，等候吴刚修好弓胎，天上这颗太阳必将不保，这便如何是好。哎，有了，我不免前去偷了他的仙丹。正是：急急忙忙寝宫闯，窃盗丹药救太阳。（下）

吴　谯楼起更，明月高悬，我吴刚为暴君熬夜守时，不能安睡。好不烦闷人也。

（唱）明月高悬映窗纱，
吴刚心中乱如麻。
想世人都道是官高福大，
谁知我无胆量畏惧王法。
每日里供使唤做牛做马，
昧良心甘愿做虎豹爪牙。
那逢蒙曾劝我悬崖勒马，
只怪我性优柔怯懦如蛙。
东山兽后羿皇不去猎打，
他反倒杀害人血染黄沙。
只杀得天地惊神嚎鬼怕，
恨暴君杀黎民如同切瓜。
求长生只希望万年天下，

可怜那三万人惨死为他。
像这样残暴君皆曰可杀，
无勇气我只得枉自叹嗟。

［嫦窃药出。

嫦　适才去到寝宫，趁暴君熟睡，将仙丹盗出，怎奈无处躲藏，如何是好？

后　（内白）嫦娥，朕胸前仙丹被你偷去，快快还朕。

嫦　哎呀，暴君追问，这该怎了。有了，不如含在口内，谅他也不能搜出。

后　快将仙丹还朕。

嫦　我实在未见什么仙丹。

后　哼！吴刚命你看守嫦娥不准放走。待朕寻找，如果床上无有，定然是她偷去，我要杀她。

嫦　哎呀，吴都管，是我一时不慎，吞下仙丹，突然觉得身轻如燕，步履漂浮，我要飞飞飞飞。（吴牵嫦衣）

后　贱人看刀。（摔了一跤，跑圆场）

嫦　（唱）身轻如燕逐行云，
金乌西坠正黄昏。
飞来飞去无投奔，
俯瞰下界雾沉沉。
暴君后边追得紧，
不知何处可藏身。
碧天似水星辰近，
举目斜望见太阴。
回首前事不堪问，
心向明月离凡尘。（下）

后　远望嫦娥飞上天，
飘飘荡荡逐风颠。
恨不能上天将她赶，
气得朕七窍冒青烟。
（白）哎，贱人飞上天去，这便如何是好。哎，取来强弓神箭，射死这个贱人，我便是这个主意了。
（唱）恼恨嫦娥理不端，
不该盗朕长寿丹。
回宫忙取神弓箭，
射死贱人夺仙丹。
迈开大步往回转，
不由人咬牙恨牵缠。（下）

十一场

[女持棍背弓上。

女　　（唱）幸将军伤势渐渐好，
　　　　猿猴每日送果桃。
　　　　是这样淡食乏养料，
　　　　无有肉食发煎熬。
　　　　今日山野猎虎豹，
　　　　见落花随处任风抛。
　　　　忽听虎啸鸟兽叫，
　　　　无风万树生怒涛。

（白）哎呀，耳听猿猴哀号，群鸟乱叫，必有猛兽伤害他们。待我赶上前去，打死这个猛兽，好与弱小除害。（跑下，虎上，女上打，虎死）幸喜我将猛虎打死，待我将死虎背回好与将军煮食其肉也。

（唱）身背死虎往回跑，
　　　　亲手为他忙烹调。（下）

吴　　（唱）锦绣彩云飞宇内，

嫦　　　　太清高处不胜寒。

吴　　呀，如此金碧辉煌，银光灿烂，笙箫钟鼓，棋运诗情，我们到了什么所在？

嫦　　你看那碧玉牌楼上写着广寒宫三字，难道你我真来到月宫了。

吴　　那厢来了许多仙女，你我暂且避过一旁。

（赤白青黄四夫人）

四　　（新腔）
　　　　露冷风清霁魄圆，
　　　　琼楼更在碧云天。
　　　　玉阶丹桂清香远，
　　　　晶宇华筵翠袖联。
　　　　白璧钗横歌子夜，
　　　　红唇声软舞秋妍。
　　　　人间争将神仙羡，
　　　　无奈高寒怯鼓弦。

嫦　　呀，这样清歌妙舞，不知是何曲调，待我上前问过。

吴　　她和你我并不相识，不问也罢。

嫦　　既然到此，彼此总要相识，前去问问这又何妨。请问仙子，适才歌舞的是何曲调？

赤　这是霓裳羽衣曲。你们是哪里来的，叫什么名字？
嫦　我们是人间来的，他是吴刚。我是嫦娥。问众仙子尊名。
赤　我乃赤帝夫人。
白　我乃白帝夫人。
青　我乃青帝夫人。
黄　我乃黄帝夫人。
赤　启禀太阴夫人，结璘宫主，现有下世嫦娥、吴刚来到广寒宫，听候宫主发落。
结　（念）光薄银河寰宇静，人间天上几多愁。
你们因何到此？
嫦　宫主请听。只因下界后羿残暴无道，杀害生灵，又将……
结　此事不必叙述，本宫主早已知晓。以为你日夜羡慕月宫清静。今籍你偷食丹药之际，我便差使者接你上天。只是你把吴刚带来做甚。
嫦　宫主，我并没有带他，因他奉后羿之命，扯住我的衣襟，故而带来。
结　吴刚呀吴刚，想你这帮凶行为，该当何罪？
吴　宫主，我并非有心为恶，还请宫主宽恕。
结　想你理应刻苦耐劳，善良为本，谁是你贪图功利，甘心助暴帮凶，与民为敌，如此糊涂贪鄙，这清静月宫之内如何容得。众位夫人，将他摔下天界。
嫦　启禀宫主，吴刚理应严予惩罚，姑念他秉性忠厚怯懦无能，并非存心作恶，还求宫主宽恕。
赤　宫主，我倒有个办法，只是说出来又恐众位夫人见笑。
结　何妨说出。
赤　宫主，想这太阴宫中，全是女子，没有一个男子，实在寂寞得很。
结　嗯，赤帝夫人休得撒野。
赤　宫主，我说没有一个男子给大家帮忙，有许多事情都做不成功。就像这宫外的丹桂树，只能开花，不会结果，况树老叶多，阻挡月宫的光辉，不能普照人间，早想把他砍了，怎奈我们力气太小，不如让这位木匠还他本来的面目，就叫他砍伐树。改变他糊涂的念头呀。
（唱）罚他宫外砍丹桂，
树叶阻挡月光辉。
宫主你看对不对，
还请宫主定主意。
结　赤帝夫人言之有理，众位夫人意下如何？
众　这样办理，甚是相宜。
结　如此，吴刚听旨，命你砍伐宫外桂树，速去勿误。

吴　遵旨。（下）

［白兔由嫦娥怀中跳出。

嫦　哎呀，想这白兔前晚为逄蒙投火自尽，不料来到月宫，果然复活。

赤　嫦娥妹妹，这个白兔是哪里来的？

嫦　夫人，只因逄蒙在东山被后羿暗箭射伤……

结　这也不必细说，放他下来。

赤　这个小玉兔真可爱。

结　玉兔何在？（变大，翻跟斗）

兔　拜见太阴夫人。

结　罢了，玉兔想你在人间受尽欺凌，但能认清正义，杀身成仁，应名流千古。今在天上复活，便能不老长生。这里有玉草琼花，任你摘食。宫苑游览观光去吧。

兔　叩谢宫主。（下）

嫦　（哭）哎呀！

（唱）只见玉兔跳跃下，
怀念逄蒙泪如麻。
月宫清静无虚假，
恐怕从此难见他。
约定今晚再叙话，
怎能叫他独怨嗟。
倒不如辞别云层下，
恳求宫主说根芽。

结　嫦娥讲话你有差，
哭哭啼啼有何法。
既然上天怎能下，
从今后将心挂高不必怀念他。

嫦　如此我是永远不能下去了？

结　下不去了。

嫦　那么我和逄郎是永远不能相见了？

结　割断一缕情丝，也就万念皆空了。

嫦　叫我割断情思吗，我和他乃是连理花枝，怎能分开呀。

结　休要悲痛。青帝夫人带她下去。掩门。（下）

青　不必啼哭，以后再好设法。随着我来。

嫦　哎！

（唱）割断情思实难忍，
连理花枝怎离分。

可怜冷落晶宫女，
犹是东山梦里人。（下）

十二场

后　（唱）恼恨嫦娥灵药盗，
不由后羿怒火烧。
实指望吞仙丹长生不老，
等待那弓胎修好箭射红日落九皋。
但愿得插双翅月宫飞到，
抓住那嫦娥女万剐千刀。
寒浞。

寒　伺候万岁。

后　嫦娥偷了仙丹奔月而去，你有什么办法将他抓回?

寒　办法倒有，就怕说了你不做。

后　你且道来。

寒　万岁要将嫦娥抓回，必须去到月宫。

后　无有上天之梯，怎能爬得上去?

寒　用人骨梯上去最妙。

后　什么叫做人骨梯?

寒　万岁不知什么叫做人骨梯，听奴才道来呀。
（唱）上天梯，人骨梯，
说了出来不稀奇。
吃人肉，剥人皮，
拆下骨头做楼梯。
楼梯要做十万级，
十万人头落下地。
这就叫做上天梯，
你说这计谋奇不奇，奇不奇。

后　这恐怕有些不妥。倘若爬到半空中，摔下来，那还得了。

寒　若用人骨梯上去，我保险把你摔不死，这可以当场试验，如不灵验，包退包换。（背引）用这个办法，把他摔死，叫我来做皇上，你看妙不妙。

后　既然如此，又要杀人了。

寒　那还用说，又要大大的杀人呢。你想，要用千千万万人的骨头做上天梯，叫你上天找老婆去，这还不合算吗?

后　如此快快准备杀人，既能用人骨造上天之梯，又可用人心去换不死之药，一物二用，倒还合算。

寒　万岁，千万不要走漏消息。

后　咦哈哈哈。

（唱）一物二用真合算，
明日杀人到东山。（下）

寒　我今又将昏君骗，
摔死他我做皇上握大权。（下）

十三场

吴　（唱）寒风嗖嗖夜色明，
我吴刚月宫前触景伤情。
想人间都争道月宫美景，
又谁知空洞洞冷冷清清。
想从前我也曾富贵迷性，
帮助后羿叛苍生。
因为天良未昧净，
对月惭愧扪心胸。
有时也想辞人境，
来到了月宫里独享太平。
如今天庭多冷静，
半生的冤孽仔细想分明。
恨自己软弱糊涂性，
善恶黑白分不清。
结璘宫主指迷境，
他罚我伐桂劳动身不宁。
手执利斧心自省，
从此返璞归真形。
我耐心砍伐桂树除月影，
使光明普照黑夜路人行。

哎，我吴刚，一斧一斧砍去，怎么拔出斧来，这斧痕又合拢了。这才奇了，哎，不管它合拢不合拢，我还是继续地砍呀。

（唱）不管它斧痕再合拢，
我还是继续砍伐斧不停。

赤　阵阵清风拂罗衣，
广寒宫外步迟迟。

嫦　　寂寞空洞月宫内，
　　冷冷清清有谁知。

赤　嫦娥妹妹，你这样愁闷不乐，想是有什么心思？

嫦　夫人，想我逢郎病在东山，箭伤不知怎样。他怎知我已到月宫，不能下降人间，我与他永远不能相见。思想起来，夫人呀，你叫我怎能不愁，怎得不闷呀。

赤　哎，你的心情是苦的，我也为你伤心，可是这有什么办法。除非制炼一种仙丹，吃了才能下降人世。

嫦　哎呀，你道想要下降人世，一定要吃一种仙丹。

赤　正是的。

嫦　哎，是我吃了仙丹，才能来到天上。如今想下去，谁知还要吃仙丹。

赤　可不是吗。仙丹仙丹，你简直要害死人。吴都管大人。

吴　夫人取笑了。

赤　都管，你砍了好久，怎么将桂树还没有砍断？

吴　夫人，这桂树砍下斧，立刻又合缝了。请问夫人，这是个什么缘故？

赤　哎你听呀。
（唱）你本是木匠技艺精，
　　四海五洲有声名。
　　后羿他将你重用，
　　他命你东走你不敢西行。
　　你毫无反抗唯一听命令，
　　助暴君杀害黎民甘心去帮凶。
　　今本该将你这个糊涂贪鄙之人赶出月宫境，
　　姑念你秉性忠厚怯懦太无能。
　　惩罚你砍伐桂树勤劳动，
　　磨练你从前不劳而获劣性情。
　　但愿你日日砍树夜夜修枝日夜劳动不可稍留停，
　　好比那铁杵磨针功夫若到自然成。

吴　哦。原来如此，吴刚领教了。（继续伐树）

［玉兔跳上。

嫦　玉兔，你从哪里来？

兔　到处走走看看，实在凄凉冷落。最难过的是，没有事情可做。这真是闲的叫人心慌。

赤　照你说来，人世还比天上还好些吗？

兔　夫人。我们小兔在人世，虽然每天要找食物，又要提防那些猛兽侵犯我们，但是比较天上倒觉得有意思得多。

嫦　人世若无暴君猛兽，可要比这冷静空洞的月宫好得多了。

吴　你在人间，受苦受难，常幻想月宫如何好，总想飞上天来，如今到了这里，寂寞凄凉，却又飞不下去，真是后悔不及。

嫦　哎，早知如今，何必当初。

赤　照你那样说，都是凡心不死，还想下去吗？（嫦、兔、吴点头）你们既然都想下凡，我倒有一个办法。

嫦　夫人，你有什么办法？

赤　这宫后有一十万年的灵芝，只要将它放在这水晶臼里捣碎，再加上日精月华，吃了就能飞到下界。

兔　那我马上就去搞来捣碎。这个事我能干。（跳下，持灵芝又上）我把它放在水晶臼里，三两下将它捣碎。（捣）

赤　哪有这么容易的事。此药要捣三万年才能成功。

兔　要三万年。好，吴胡子，从此以后你伐你的树，我捣我的药。走！（拉吴下）

嫦　哎，听赤帝夫人之言，这灵芝仙草，要三万年才能捣碎，思想起来，好不忧愁也。

（唱）三万年才捣碎灵芝仙菌，
不由人心冰冷泪洒衣襟。
到那时我逢郎早化灰烬，
我纵能回下界为了谁人。
回头来求夫人执礼敬问，
还望你指迷津轻启朱唇。

赤　哎呀，

（唱）未开言不由人笑容满面，
我有话嫦娥妹细听心间。
你求我发慈悲将你指点，
心想要见逢蒙回到尘凡。
想人世恩和爱时时改变，
你何必哭啼啼常常挂牵。
你言说逢蒙将军和你恩爱情深意缠绵，
偏偏的又不能和好姻缘。
这件事我为你心中悲叹，
有句话提醒你我亦为难。
假如你在此地苦苦惦念，
他那里却另有如意新欢。
你对这事儿作何打算，

　　　　把你的心腹话对我实言。

嫦　哦，你道他另有新欢吗？哎，果然如此，那也是理所当然。但愿我能将这话讲与他听，即使以后独伴清辉，我也甘心。

赤　那么我告诉你一个办法。当八月十五的晚上，正是人间吃月饼的时候，如果逢蒙对你真有恩爱之情，必然对月思人，叫着你的名字，你就驾着月轮和他相见。这是我不肯轻易告人的秘密，希望你不要错过时机。

嫦　多谢指点。

赤　妹妹不必悲伤，说是你随我来呀。

（唱）嫦娥妹不必泪如雨，
　　把恩爱两个字不可常提。
　　想我今将秘密告诉你，
　　希望你不要错过这时机。

嫦　哎，

（唱）蒙夫人指迷津心甚感激，
　　绝不敢错过了中秋时机。
　　为见时准备着千言万语，
　　到相逢又恐怕无有半句。

哎，逢郎呀。

赤　随着我来。（下）

十四场

猿　（唱）只求将军病体好，
　　采摘水果不辞劳。
　　鹿弟山坡去巡哨，
　　羊哥供奶也功高。
　　爬山越岭往回跑，
　　不见将军心发焦。
　　羊哥鹿弟一声叫，
　　忙问那逢将军何处去了？

鹿　到那边散步去了。

猿　有请将军。

逢　幸喜箭伤好，散步解心焦。何事？

猿　将军请用水果。

逢　有劳你们了。

猿　将军箭伤好些吗？

逢　多谢关怀，百般照料，我这箭伤倒也好得很快。天色不早，请回森林休息去吧。（猿、鹿、羊下）哎，昨夜明月半阕，今晚月缺不圆，一连两夜不见嫦娥。月夜怀人叫我逢蒙好不伤感也。

（唱）一弯斜月夜深沉，
寂寞空林寂寞心。
月下徘徊无限恨，
如何不见意中人。

女　夜凉露冷秋风紧，
将军对月想佳人。
我这里假意把他问，
将军因何暗伤心？

逢　小生并未伤心。时间不早，怎么还不睡去？

女　我在这里伺候将军。

逢　妹妹待我这样好心，叫我逢蒙如何地报答。

女　哎呀将军，你为保护太阳，保护黎民，中了后羿的毒箭，险些送了性命。我们伺候你，这也是应该的。况你还是我的救命恩人。

逢　些小之事，何足挂齿。除暴安民乃大丈夫份内之事。致使大业未成，叫我好生惭愧。

女　哎呀，将军，秋风瑟瑟甚是寒冷，你的箭伤新好，快安歇吧。

逢　好妹妹呢，想我逢蒙生来力能搏虎，素经千锤百炼，些小秋风算得什么。妹妹如觉天寒，请早安歇。

女　你不怕冷，难道我还怕冷不成。不要小看我，我也是经过千锤百炼的，你不肯睡，我就陪你闲谈闲谈也好。

逢　时间不早，不谈也罢。

女　嗯，想我知道你的心思，等你嫦娥姐姐来，我立刻便走，何必催逼。

逢　妹妹多心了。

女　谁多心，说的全是老实话，我从哪一点能比得上你嫦娥姐姐呢。

逢　越发多心了。还是快回家去吧。

女　哼，你明知我父惨死，家破人亡，你叫我回到哪里去，回到哪里去？（三锤）呀！（哭）

逢　好妹妹。恕我失言。（赔礼）

女　谁要你赔礼，我要你与我报仇。

逢　妹妹言之有理，我决要为你报仇，我要为天下受苦的人报仇。

女　将军，你这话是真的吗？

逢　大丈夫言而有信，谁来骗你。

女　哎呀好呀，

（唱）听言罢来心振奋，
报仇雪恨为黎民。
杀父之仇洗净尽，
我为你提枪带马不离君。
从此后愿与你相依为命听明讯，
不再是落花流水两不亲。

逢　妹妹你听，这深山夜静，是哪里传来的歌声？

女　你看，那不是一个白须老人来了。

月　（唱）高歌步月，红尘踏遍。
金风秋爽，来到荒原。
撮合姻缘牵红线，
撒播情种在人间。
说什么夫妻前生定案，
多情的男女美满团圆。
愿天下有情人都成美眷，
真相知又相爱莫错过良缘。

逢　请问老丈从哪道而来？

月　来道而来。

女　向哪道而去？

月　去道而去。

逢　敢问老丈手捧何物？

月　白头偕老鸳鸯谱。

女　请问老丈身上挂的红绳有何用处？

月　千里姻缘一线牵。

逢　请问老丈敢是月卜老人。

月　正是。

逢　不知小将的终身大事缘分如何？

月　少将军终身大事吗……（看逢及女，女羞）

逢　小将正在思念一人，不知可否称心如愿？（女瞅逢）

月　少将军思念的人吗，好倒是好，可惜呀可惜。

逢　可惜什么？

月　可望不可即，相见不相亲，还将旧时意，怜取眼前人。（看逢及女，女羞）哈哈。

萤　禀将军。

逢　何事？

萤　贵妃嫦娥偷吃后羿长生仙丹，飞到月宫去了。

逢　　哦，怎么嫦娥奔月去了。哎，我的嫦娥呀。

（唱）可叹嫦娥奔月亮，

不由逢蒙哭断肠。

女　　奉劝将军莫空想，

天上人间枉断肠。

逢　　此恨绵绵难补偿，

女　　化悲为愤除霸强。

逢　　有道是人非草木心怎不惆怅，

女　　可笑你英雄气短儿女情太长。

萤　　禀将军，后羿听信寒浞谗言带领人马又到东山杀人来了。

逢　　再探。（萤飞下）

女　　哎呀，将军，嫦娥姐姐既飞上天，一时不能下来，悲痛也是无益。还是准备讨伐后羿保护地方要紧。

月　　小姑娘言之有理，你们赶快抚恤伤亡，收拾兵马，奋勇杀贼。

逢　　仙长良言，自当谨记。

月　　前程远大，好自为之。告辞。

逢
女　　多谢仙长。（月去又回）

月　　还有一事相告。当月明三五之夜，你用月饼供月，并向东方高呼嫦娥，她会下来与你相见。

逢　　多谢仙长美意关怀。

月　　不必多谢。告辞了。

（唱）姻缘不是前生定，

相爱少年自主张。

奉劝世人休幻想，

小心谨慎配成双。

逢　　嫦娥呀，多情的姐姐呀！

女　　哎将军，

（唱）将军不必心悲伤，

我有言语听端详。

一己私情挂心上，

可记得千万黎民刀下亡。

劝将军抛却痴情与妄想，

同心同力除魔王。

逢　　哎，

妹妹理直气又壮，

干天义气满胸膛。
我本是威武不屈英雄将，
除暴安良天下昌。

［猿急上。

猿　禀将军。

逄　何事惊慌？

猿　后羿领兵杀奔东山来了。

逄　哎，我好恼也！

（唱）可恨后羿太猖狂，
又把东山作屠场。
大喝一声军威壮，
众家弟兄听端详。（羊、鹿、四獵、四兵上）

妹妹听令，你为先锋，带领人马迎敌勿误。

［女、四猎、四兵转场。

［后、寒、四套上。

后　来将通名。

逄　你爷爷逄蒙报仇来也。（后败，逄追下，寒败，女追下，后上）

后　逄蒙被朕射死，为何还在人世？等他到来，再用暗箭伤他。

［逄上后射未中，大开打，后、寒被逄、女所杀。

逄　乘胜占领皇宫。

十五场

兵　这里就是御花园，从前只有后羿和那班大臣才能来玩，

猎　现在可不同了。我们杀了暴君、奸臣。这里就是黎民百姓大家的。

兵　你看，逄将军和小姑娘来了，我们走开吧。

逄　（唱）除暴安良大业成，
怎能触景不伤情。

女　黎民百姓甚高兴，
欢天喜地庆成功。

（白）将军，你今天领导我们立了大功，百姓又拥戴你坐了江山。将军一到这里，怎么不高兴起来了？

逄　哎，今天大家帮我完成了除暴安良的志愿，理应高兴，谁知来到这御花园中，不免叫我触景伤情呀！

女　原来你又想起了嫦娥姐姐，这也怪她没有勇气，她总想逃到清静的地方去安生，现在好，弄得下也下不来了。

逢　这正是他空想的下场。

女　今日经这一场恶战，你也该休息休息。

逢　不妨事，我还要少待一时。

女　好，今乃中秋佳节，待我给你捧月饼去。（下）

逢　哎，月白风清，好一派秋光夜景也。

（唱）徘徊月下凉初透，
怀念伊人咏中秋。
犹记忆香浮花滴露，
月正满时影扶疏。
我与她并肩花影处，
蜜语甜言不解忧。
相思苦都只为人归天府，
今夜晚对景满眼愁。

宫　将军，猎女姐姐叫我送来月饼，将军请用。

逢　有劳妹妹。（宫下）哎，猎女甚是体贴多情。想昨夜月下老人言道，当月明三五之夜，以月饼供月，向东方高呼嫦娥，她便下来与我相见。不免供将起来便了。

（唱）今夜满月还依旧，
不觉频添百斛愁。
婵娟也苦相思久，
人间天上一般秋。
珊珊欲挂垂杨柳，
把团圆香饼供仙姝。
对月高呼鸳鸯偶，
嫦娥呀嫦娥！
但愿你悠悠下嫁半含羞。

嫦　（唱）碧云天忽听的逢郎呼唤，
我这里离广寒踏彩云珊珊缓步下降人间。
旧地重游到内苑，
又只见逢将军站立面前。

［女上隐花阴。

逢　嫦娥你来了。

嫦　我伸出玉手含羞自腼腆，
怎奈我浮云中尚在半天。

逢　嫦娥你快快下来。

嫦　逢郎，我是下不来的，只因你供饼呼唤于我，你的精诚所至，感动了太阴夫人，才许你我相见一面，并在这里停留不久。（哭）逄郎，你有什么知心的话儿快快讲的几句，也不枉我嫦娥和将军今夜相见一回了。

逄　如此你不能下嫁于我了。

嫦　（唱）逄将军莫把婚事提，
徒叫嫦娥泪珠滴。
想那夜在此处誓成婚配，
知心话儿应对知心人叙。

逄　你道是后羿残暴无人比，
你道是凤凰怎肯配山鸡。

嫦　你道是不必痴心妄想高飞起，
你道是挣脱枷锁杀死老贼救群黎。

逄　你道是心向明月逃出苦海清净地，
你道是怎奈无有上天梯。

嫦　你道是高山共流水，

逄　你道是学比翼鹣鹣鸟飞。

嫦　你道是兔丝蓬麻相附倚，

逄　你道是梧桐只待凤凰栖。

嫦　到今日都成了，

逄　梦幻空虚。
今相见，

嫦　只好将旧情重提，

逄　再不能相亲善，

嫦　甜言蜜语。

逄　再不能，

嫦　在人间连理并蒂。

逄　这才是相望不可即，

嫦　这才是相见不能将手携。

逄　幸今日将仇报杀死后羿，

嫦　你我不能再亲密。

二人　此恨绵绵无尽处，
夜夜对月空悲泣。

嫦　都只为幻想月宫美，
不敢有作为向群黎。
偷盗那仙丹平地飞起，
又谁知到月宫不能回去。
从此后云路迢迢千万里，

我的将军呀!

人间天上永别离。

逢　（唱）嫦娥姐姐不必双泪滴，

伤心的事情莫再提。

你追求光明和正义，

只因软弱少提携。

到今日大业已成堪告慰，

光明永保乐群黎。

嫦　可喜今日实现了你我的志愿，我虽不能享受，也还心满意足。我在月宫思过忏悔，但愿人间光明安乐永保，不再像我幻想天堂，我个人的错想，警醒了众人的迷梦，也是值得的。

逢　哎，只是撇我独自在世上如何是好。

嫦　这个妹妹走来。

女　拜见嫦娥姐姐。

嫦　你可记那夜东山临行时，姐姐言道，逢郎多蒙照管，有待偏劳，我们后会有期。是你言道，不劳姐姐关怀，这话当时都是无心，想不到成了谶语。妹妹呀妹妹，从今而后月明中秋，是为你们圆的。但愿你善待逢郎，结为美眷，既是伟大事业的好伴侣，也是和平幸福的好夫妻，生儿育女，绵延后代。我纵然夜夜相思在云天高处，也会默默地为你们祝福。

逢
女　哎，嫦娥姐姐呀!

嫦　逢郎、妹妹，请你们不要流泪，也不要惦念，应为我高兴才是。我去了。

逢
女　姐姐!

嫦　逢郎、妹妹，哎逢郎。

（唱）我这里千言万语说不尽，

他那里哭哭啼啼难离分。

生离死别心狠狠，

莫奈何驾起祥云回太阴。（上升）

逢　见嫦娥站云端哭声隐隐，

但愿你明年今晚再降临。（下）

——剧终——

（说明：以上内容录自家存手稿。毛笔分行书写，繁体竖排，首页落款冯杰三，末页落款一九五一年十月四日。）

火烧战船

第一场　阚泽下书

登场人物：周瑜　鲁肃　黄盖　阚泽　曹操　蒋干　四龙套　二校尉　二旗牌　四卒

［周瑜便服上。

周　瑜　（念）暗定苦肉计，神鬼也难知。

（白）本督周瑜。今日痛打黄盖，欲叫他诈降曹操，必须先用苦肉之计，方能瞒过曹操，就中用火攻之可以取胜。此计未知孔明知否，见了子敬一问便知。

鲁　肃　（念）孔明叮咛语，牢牢记在心。

（白）参见都督。

周　瑜　子敬少礼。

鲁　肃　谢都督。请问都督，今日因为何事，痛打黄老将军？

周　瑜　文武可有怨言？

鲁　肃　文武个个心中不安。

周　瑜　孔明之意若何？

鲁　肃　诸葛先生，他也埋怨都督，太得情薄。

周　瑜　呵，怎么诸葛先生他也埋怨起本督来了。

鲁　肃　是的，他也埋怨你来了。都督你毒打黄公覆，究竟为着何来？

周　瑜　子敬，你听：

（唱）黄老将军性忠直，
　　愿捐躯为国诈降敌。
　　与本督暗定苦肉计，
　　不受酷刑计难施。
　　文武聚集宝帐里，
　　命黄盖言辞将我激。
　　毒打黄盖是用计，
　　使蔡中与曹通消息。
　　料文武不知是假意，
　　瞒过了孔明也不知。

鲁　肃　（唱）众人不晓是用计，
　　　　此计孔明全不知。
　　　　文武暗地都怨你，
　　　　可怜老将受委屈。
　　（白）我才知都督打黄盖乃是一计。
周　瑜　正是一计。
鲁　肃　收用蔡中蔡和乃是将计就计，使他二人暗与曹操通报这里消息。
周　瑜　正是此意。
鲁　肃　都督妙计，神鬼难知。
周　瑜　好说，此计孔明当真不知？
鲁　肃　当真不知。
周　瑜　此番才瞒过孔明也，哈哈哈……
鲁　肃　（暗语）孔明真高见也。哈哈哈……
周　瑜　子敬。
鲁　肃　都督。
周　瑜　襄阳庞统因避乱寓居江东，经大夫荐于本督，未及往见，命你去问破曹当用何策？他是怎样的应答？
鲁　肃　都督，庞士元曾说，曹众我寡，欲破曹公，需用火攻。
周　瑜　却怎么他也说要用火攻破曹。
鲁　肃　正是的。
周　瑜　咦，哈哈哈……
鲁　肃　都督，黄老将军为国不惜一身，真乃江东之幸也。
周　瑜　哎，幸虽幸，怎奈曹操兵扎长江，连营百里，大江之上，一船着火，余船四散，不能一火烧尽，也是枉然。
鲁　肃　该用何计？
周　瑜　你去请庞统先生，大家商议，当用何策？
鲁　肃　是。
　　（唱）辞别都督出帐去，
　　　　孔明才高堪称奇。（下）
周　瑜　（唱）见得子敬出帐去，
　　　　本督低头思仔细。
　　　　请庞统设谋定巧计，
　　　　如何能一火烧尽百万敌。（下）
　　（二卒扶黄盖上）
黄　盖　（唱）与都督暗定下苦肉之计，
　　　　五十板打得我血肉横飞。

文武臣不知情唉声叹气，
这计谋料曹营无人得知。

阚　泽　（念）公覆受酷刑，前来问分明。
（白）速去传禀，就说阚泽要见。

卒　甲　是，禀将军，阚先生要见。

黄　盖　嗷，怎么阚先生要见。

卒　甲　正是的。

黄　盖　去传，不便相迎，请他进来。

卒　甲　是，将军不便相迎，请先生进来。

阚　泽　老将军受屈了。

黄　盖　咳。（黄盖以目示意卒下）

阚　泽　老将军受责，莫非与都督有仇？

黄　盖　无仇。

阚　泽　有恨？

黄　盖　无恨。

阚　泽　既然无仇无恨，莫非是苦……

黄　盖　住口，（搜门）苦什么？

阚　泽　莫非苦肉之计？

黄　盖　先生何以知之？

阚　泽　我看都督举动已料就八九。

黄　盖　即被先生看破，实不相瞒。我受孙氏三世厚恩，无以为报，故献此计，以破曹操。肉虽受苦，亦无怨恨，但我遍观军中，无一人可为心腹，唯有先生素怀忠义，敢以心腹相告。

阚　泽　老将军以实告我，无非要下诈降书，你说是也不是？

黄　盖　实有此意，未知先生可愿前去？

阚　泽　老将军，大丈夫不能立功建业，岂不与草木同朽？老将军即捐躯报主，我又何惜微生！

黄　盖　这可是一句实言？

阚　泽　为国尽忠，焉敢道诳。

黄　盖　为此请上，受我一拜了。
（唱）受痛苦为国把忠尽，
献书恳求知心人。

阚　泽　（唱）舍身过江去送信，
见曹操还须费舌唇。
（白）老将军，事不宜迟，就请修书。

黄　盖　待我写来。（急三压枪，修书付阚泽）先生此去，须要小心。

阚　泽　老将军请放宽心，告辞。

黄　盖　有劳先生。

阚　泽　好说。

（唱）勇将轻生思报主，
谋臣为国有同心。（下）

黄　盖　阚泽，真奇男子也。

（唱）阚先生过江把诈降书献，
立大功全凭着文武同担。（下）

（四龙套引曹操上）

曹　操　（唱）诸葛亮趁大雾擂鼓呐喊，
失却了十万箭后悔难言。
造战船练水军准备交战，
但愿得灭孙刘一统江山。

蒋　干　（唱）都只为盗书信蔡张命殒，
又谁知小周郎暗破水军。

禀丞相，

曹　操　何事？

蒋　干　昨晚巡江军士，拿住一人，口称江东参谋阚泽，求见。

曹　操　必是东吴奸细，绑进帐来。

蒋　干　绑进帐来。

［二刀斧手押阚泽上。

曹　操　哇，你可是东吴奸细？

阚　泽　我乃东吴参谋，姓阚名泽子德润。

曹　操　既是东吴参谋，来此何干？

阚　泽　人言曹丞相求贤若渴，今观此问，甚不相合，黄公覆呀，黄公覆，你又错打主意了。

曹　操　嗯！老夫与东吴旦夕交兵，你私行到此，如何不问。来呀，与他松绑。

［刀斧手与阚泽松绑。

阚　泽　这便才是。

曹　操　你来此何干？

阚　泽　黄公覆乃东吴三世功臣，今被周瑜无端毒打，不胜愤恨，欲投降丞相借兵报仇，命我前来下书，未知丞相可否容纳？

曹　操　书在哪里？

阚　泽　书信在此，丞相请看。

［蒋干接书交曹折看。

曹　操　“盖受孙氏厚恩，本不当怀二心，然以今日时事论，用江东六郡之卒，当中国百万之师，众寡不敌，海内所共见也。东吴将吏，无论智愚，皆知其不可。周瑜小子偏怀浅戆，自负其能，辄欲以卵敌石，兼之擅作威福无罪受刑，有功不赏。盖系旧臣，无端为所摧辱，心实恨之。伏闻丞相诚心待物，虚怀纳士，盖欲率众归降，以图建功雪耻，粮草车仗，随船献纳，泣血拜白，万勿见疑。”定是诈降，哇，黄盖用苦肉计，命你下诈降书，就中取事。哼，这样诡计，竟敢前来戏侮老夫。来呀，推出斩首。

（押于台口）

阚　泽　哈哈哈……

曹　操　押过来，将你斩首，为何发笑？

阚　泽　我不笑你，我笑黄公覆他不识人。

曹　操　他何不识人？

阚　泽　要杀便杀，何必多问。

曹　操　老夫熟读兵书，深知奸伪之道，你这诡计，只好瞒哄别人，如何瞒得过老夫。

阚　泽　你且说书中哪件是奸计？

曹　操　老夫说出你破绽，叫你死而无怨。你即是真心献书投诚，为何不约明日期？

阚　泽　哼哼……亏你不愧，敢自夸熟读兵书，依我之见，不若及早收兵，倘若交战，必被周郎所擒，无学之辈。可惜我屈死你手！

曹　操　老夫何谓无学？

阚　泽　你无待贤之礼，又不明道理，我何必多说，但求一死而已。

旗　牌　启禀丞相，今有蔡……（递信）

曹　操　哼，知道了。（接信）退下。（旗牌下曹看信，阚泽会意，知为二蔡之信）呔，阚泽，大胆的阚泽，老夫不明什么道理？

阚　泽　哎，你不知背主作窃，不可定期之道理，我和你怎样的说？

曹　操　为何背主作窃不可定期？你把你的道理，与我讲来。

阚　泽　你听，

（念）降书怎把日期许，哪有投降定约期。
　　不约而来虚中实，约而不来实中虚。
　　因虚而动两得计，虚虚实实用心机。

（白）丞相你想，背主作窃，若定日期，这里急着不能下手，那里反来接应，事必泄漏，但可觑便而行，岂可预期相订？你不识机谋不明道理，不察真伪，欲杀好人，真乃无学之辈也。

（唱）你座中待贤全无礼，
　　妄谈军事不知机。
　　黄公覆仇恨小周瑜，
　　背吴降曹趁时机。

先命我献书来此地，
不问皂白斩首级。
悔不该与黄盖设谋定计，
悔不该劝黄盖背主降敌。
悔不该别乡井抛妻撇子，
悔不该叛吾主挂冠弃职。
悔不该献密书来投明主，
悔不该离江东错了主意。
可惜我阚泽今屈死，
实怪黄盖无眼力。
要杀快杀吾何愧，
何必再三问仔细。

曹　操　（唱）听他言来心欢喜，
军机焉有不见疑。
先生道破书中意，
恨老夫一时少见识。

（白）来来来，待老夫亲自与你松绑，（刀斧手军士下）老夫一时识见不明，冒犯尊严，请先生勿怪。

阚　泽　两军对垒之际，不得不防，焉敢怪着丞相。

曹　操　你二人若能建立功勋，他日授爵，必在诸人之上。

阚　泽　我等非为爵禄，实应天顺人耳。

曹　操　哈哈哈。就烦先生仍回江东，与黄公覆约定，先通消息过江，老夫一定接应。

阚　泽　我已离江东不可复还，望丞相别遣机密人去。（蒋干自指曹摇首）

曹　操　此事若遣别人，恐怕泄漏机密，非先生不可。

阚　泽　若去不敢久停，便当即行。

曹　操　宴罢再行，何必速去。

阚　泽　唯恐周郎见疑。

曹　操　哎呀，真乃社稷之臣，恕不留宴，请了。

阚　泽　告辞。

（念）归降大事说妥当，（下）

曹　操　管叫周郎难提防。（归坐）

哎呀，黄盖吗？

蒋　干　丞相，黄盖怎么样？

曹　操　老夫未可深信，如今若有一人深入江东打探虚实方好。

蒋　干　丞相，前番蒋干过江，未得成功，心怀惭愧，今愿舍身再往江东，探得实信，回报丞相。
曹　操　好，子翼二次过江，须要小心。
蒋　干　遵命。
曹　操　速去速回。（下）
蒋　干　遵命，遵命呀。
（唱）舍身二次过江东，
天佑这次成大功。（下）

第二场　蒋干受骗

登场人物：周瑜　庞统　蒋干　中军　四将　四龙套

［四龙套引周瑜上。
周　瑜　（唱）火攻破曹决胜算，
怎奈他船四散不能烧完。
心烦意乱眉难展，
坐宝帐等候庞士元。
中　军　启禀都督，蒋干二次过江。
周　瑜　咦，哈哈哈，蒋干二次过江，又中本都督之计。请庞统先生进帐。
中　军　有请庞先生。
庞　统　（念）怀揣千般计，胸藏百万兵。
参见都督。
周　瑜　先生少礼请坐。
庞　统　谢座。唤某进帐有何军事议论？
周　瑜　曹兵势众，先生有何高见？
庞　统　曹兵势众，须用火攻。
周　瑜　火攻之计，昨已议就，只是大江之上，一船着火，余船四散，不能一火烧尽，特请先生赐教。
庞　统　都督欲一火烧尽曹船，除非连环之计。
周　瑜　何为连环之计？
庞　统　都督可差一人过江去见曹操，叫他将大小船只钉在一处，功可成也。
周　瑜　妙计妙计，为瑜过江行此计者，非先生不可。
庞　统　奈无引进之人。
周　瑜　瑜有一计，请先生到西山茅庵住下，等蒋干到来。那时……附耳来。（二人耳语）
庞　统　遵命。

（念）安排香饵计，专等巨鳌来。（下）

周　瑜　击鼓升帐。

中　军　击鼓升帐（四将分上）

周　瑜　蒋干到此，叫他报门而进。

中　军　呵！

蒋　干　（唱）过江来见周瑜暗探动静，

呀！

却缘何冷清清无人相迎。

中　军　呔，蒋干听着，都督有令叫你报门而进。

蒋　干　呀呸，我今到此是客，怎么报起门来了，待我进去。

中　军　哦！

蒋　干　哎，军法无亲，不大稳妥，报门就报门。报，蒋干告进，啊，贤弟。

周　瑜　哼，什么贤弟。

蒋　干　怎么他不认了？贤弟哈哈哈……

周　瑜　哇，你前番过江，我酒宴款待，留你同榻，不想你盗我私书，回报曹操。杀了蔡瑁、张允，使本督大事难成。今番无故又来，必不怀好意，来呀，推出斩首。

蒋　干　哎呀，贤弟呀，请念旧日同窗相契之情。

周　瑜　哼！我若不念同窗相契之情，定要将你一刀两断。

蒋　干　哎呀……

周　瑜　若留你军中，恐你又泄露军情。也罢，今将你送在西山茅庵之中，待本都督破曹之后，再来发落。

蒋　干　啊贤弟。

周　瑜　哼哼。

（念）我与贼人作故友，谁知故友是贼人。

蒋　干　贤弟，贤弟。

周　瑜　押下去。

［中军押蒋干下。

蒋　干　贤弟，哎，哎。（下）

周　瑜　哎，真凑巧也。

（唱）本督定下火攻计，

曹船四散计难施。

庞统愿献策无人引进心焦急，

偏偏的来了个蒋子翼。

暗设下网罗巧布置，

但愿得大事成一火烧尽曹操百万师。（下）

［蒋干苦闷上。

蒋　干　（唱）今晚郁闷心焦烦，
立坐寝食均不安。
出得茅庵信步转，
万籁俱寂夜已阑。
猛想起周郎恨无限，
也怪我不该二次过江南

（白）哎，是我在曹丞相面前夸下海口，讨下军令，实想过得江来，探得军情曹营立功，不料周郎见我反面无情，不容分说，将我就要斩首，幸他看在旧日同窗友情，不斩于我，竟将我拘留西山茅庵。周瑜呀，周瑜，你真对不起朋友，你真对不起朋友。哎，这旷野深山，四处又无人烟，叫我到哪里打探军情，如何见得蔡中蔡和之面。哎，说什么哪里打探军情，如何得见蔡中蔡和之面，看周郎今日那种情景，恐怕这条性命也难保全。我可莫说蒋子翼，蒋子翼，你这次又来错了。哎，你又来，来，来错了呀。

（唱）实可恨周公瑾无情反面，
提前事险些儿尸首不全。
多亏他念旧情不将我斩，
反将我拘留在西山茅庵。
怕只怕破曹后命难保险，
将尸首葬江南只怨苍天。

（白）哎可怜我蒋干，胸无妙计，不能脱险，只说这该怎处，这这这该怎处。（一阵风声）哎呀，松风冷冷，溪水呜咽，好不愁煞人也。哎，好不愁煞人也。

（唱）碧天如水冰轮现，
群星万点照江潭。
夜沉沉银河如白练，

呀！

松风冷冷拂面寒。
满腹愁肠自感叹，
慢步游解愁闷反将愁添。

（蒋干听读书声甚惊）

呀！深山之中，何处传来这朗朗读书声。嗯，待我信步寻去，嗯，待我信步寻去。

（唱）信步追寻莫怠慢，
手挽柳梢下山岩。（作下山坡介）
渡过小溪登堤岸，（踩石过水介）

豆点灯火映眼帘。
紧走几步仔细看，
傍岩茅草屋数椽。
门儿紧闭窗半掩，
见一人灯下把书观。
壁上悬挂一口剑，
这人仪表不平凡。
更深苦读忘劳倦，
必是贤能隐林泉。
蒋干心中暗称赞，
轻叩门扉问根源。

（白）先生开门来。

庞　统　呀！

（唱）正读孙子十三篇，
忽听门外扣双环。
急忙开开门两扇，
何人深夜到此间。

蒋　干　请问先生尊姓大名？。

庞　统　在下姓庞名统字士元。

蒋　干　久闻大名，恨无相晤之机，今晚相遇先生，实三生有幸也。

庞　统　先生何人？因何深夜至此？

蒋　干　在下乃曹丞相麾下参谋蒋干，因访周瑜，议论国事，可恨周瑜不念旧交，将我拘留西山庵中。适才独坐无聊，偶尔散步至此，不期得遇先生。

庞　统　哦，原来是子翼先生，失敬了。

蒋　干　好说。

庞　统　请坐。

蒋　干　谢座。久闻凤雏先生胸藏经略，腹有良谋，乃济世之才，今逢大乱之秋，应宜一展经略，为何避居此地？

庞　统　先生不知，恼恨周瑜自恃才高，不能容物，区区江南，焉能展望大志，故而避居于此，隐乐山水。

蒋　干　哎，周郎既然如此不仁，以先生之才，何往不利。为何不投奔明主，共图大事。

庞　统　某久有投明主之心，奈无其人？

蒋　干　目下曹丞相礼贤下士，终成大业，先生何不投之？

庞　统　惜无引进之人。

蒋　干　我蒋干愿做引荐之人，管保曹丞相重用。

庞　统　多谢先生。

蒋　干　岂敢，岂敢。哎，只说你我如何才能过江？

庞　统　你我趁此四下无人，急速逃过江去，免被周郎闻知，差人杀害。

蒋　干　哎呀，周郎监视我的行踪，你我如何逃走得脱，况且这山路纵横，还不知怎样下去。

庞　统　先生勿忧，某居住此山已久，熟识下山路径，你我深夜逃走，料他人不得知觉。

蒋　干　为此你我快走。

庞　统　先生随着我来。

（唱）故意怆惶前代径，

蒋　干　崎岖山路实难行。

庞　统　献连环随他到曹营，

蒋　干　荐贤才算我第一功。

（左顾右盼惊恐下）

第三场　计献连环

登场人物：曹操　蒋干　庞统　四龙套

[四龙套引曹操上。

曹　操　（唱）蒋子翼过江去暗探军情，

未回归叫老夫常挂心中。

但愿得黄老将真心投诚，

实不难杀孙刘江南扫平。

蒋　干　（唱）我蒋干得奇才心甚高兴，

在曹营今日里才立大功。

参见丞相。

曹　操　子翼回来了。

蒋　干　回来了。

曹　操　二次过江，可曾见过蔡中蔡和？

蒋　干　虽然不曾见蔡中蔡和，倒顺说一位贤士，前来投降。

曹　操　哪位贤士？

蒋　干　丞相请听，

（唱）蒋干开言喜满面，

细禀丞相听根源。

昨夜歇宿西山畔，

偶遇奇士庞士元。
他愿投降丞相把机谋献，
现在帐外候令传。

曹　操　莫非凤雏先生？

蒋　干　正是此人。

曹　操　咦，哈哈哈……

（唱）老夫闻言喜心间，
子翼过江受风寒。
如今能把凤雏荐，
天助老夫得大贤。

吩咐大开营门，有请庞先生。

蒋　干　大开营门，有请庞先生。

曹　操　待老夫出迎，那是凤雏先生。

庞　统　那是丞相。

曹　操　先生请来前行。

庞　统　丞相请来前行。

曹　操　你我挽手同行。先生请坐。

庞　统　谢座。

曹　操　久闻先生大名，今日驾临，真乃老夫之幸也。

庞　统　某乃襄阳布衣，久慕丞相大才，得天下归心，几番欲来相见，奈无机遇。今蒙子翼先生引进，得见丞相，某甚感荣幸。

曹　操　好说，哎，周瑜年幼，恃才欺众，不用良谋，恐难免败军之患。

庞　统　周瑜乃孺子也，某久居江东，一筹莫展，今归丞相，愿效犬马之劳。

曹　操　先生乃经纶济世之才，即愿辅助老夫，乞不吝教诲。

庞　统　某素闻丞相用兵有法，今愿一睹军容。

曹　操　老夫正欲请先生前往水旱二寨一观。倘有不到之处，还望指教。

庞　统　岂敢，愿随丞相前往一观。

曹　操　来呀，

众　　　有。

曹　操　带马伺候。（曹操庞统蒋干上马绕行下马登高）先生你看旱寨如何？

庞　统　傍山依水，前顾后盼，出入有门，进退有法，虽孙吴再生，穰苴复出，亦不过如此。

曹　操　先生过奖了。请看我水寨如何？

庞　统　哎呀，大船居外，列为城郭，小船内藏，二十四座军门，安定五方，往来有巷，起伏有序。丞相用兵如此，果然名不虚传。周郎呀周郎，你亡在旦夕，哈哈哈……

曹　操　先生不必过奖，尚望指教。

庞　统　岂敢。

曹　操　来呀，带马伺候。

（唱）凤雏先生多夸奖，

随老夫归宝帐痛饮一场。

（三人下高台上马绕行下马归座）

来呀，酒宴伺候，（龙套排酒）先生请。

庞　统　丞相请。

曹　操　请！

（唱）与先生畅饮在宝帐，

不由老夫喜洋洋。

先生教诲乞明讲，

助老夫立功定四方。

庞　统　（唱）丞相用兵胜张良，

何愁东吴不归降。

平定九州如反掌，

岂惧孺子小周郎。

周瑜小才非大将，

卵石怎把泰山当。

曹　操　先生夸奖，你看我水军如何？

庞　统　丞相教练水军，其法甚妙，可惜不全。

曹　操　哪些不全，还请指教。

庞　统　丞相，军中可有良医？

曹　操　要良医何用？

庞　统　丞相，北军不惯乘舟，多生疾病，须用良医调治。

曹　操　哎呀先生，老夫正忧虑此事，先生真吾心腹也。

（唱）老夫闻言感肺腑，

先生真乃吾心腹。

北军不能服水土，

俱生呕吐把命卒。

目前死者无其数，

老夫忧虑少良图。

先生恤念北军苦，

有何良策且教吾。

庞　统　啊，丞相。某有一策，可使我军无病，安稳成功。

曹　操　先生有何良策，快快讲来。

庞　统　丞相，这大江之中，潮生潮落，风浪不息，我军不惯乘舟，受此颠簸，便生疾病。若将大小船只，互相搭配，或三十为一排，五十为一列，首尾用铁环锁在一处，上铺大板，休言人可渡，马亦可走，乘此而行，任它风浪潮水上下，复何惧哉？

曹　操　哈哈哈……真乃高见，若非先生良谋，安能破吴，老夫当面谢过。

庞　统　岂敢。

曹　操　子翼，吩咐众将，连夜钉锁战船，须要坚固，不得有误。

蒋　干　得令。

（念）引来庞统献奇计，也是蒋干一大功。（下）

庞　统　丞相，某观江东豪杰多有怨恨周郎者，某愿为丞相顺说来降，那周郎孤立无援必为丞相所擒。

曹　操　哈哈哈……成功之后，先生当封为三公之位。

庞　统　统非为升赏，实为万民耳。乞丞相过江，慎勿杀害。

曹　操　老夫替天行道，安忍杀害百姓。

庞　统　如此，某便告辞。

曹　操　烦先生速去速回。

（念）多蒙先生献良谋，指日行兵破江东。（下）

庞　统　不是庞统连环计，公瑾焉能建大功。

［徐庶上。

徐　庶　呔，庞统，你好大胆。

庞　统　哎呀，原是元直兄。

徐　庶　黄盖用苦肉计，阚泽下诈降书，你今又来献连环之计，哼，哼，你是欺我江北无人吗？

庞　统　这个……元直兄，你若说破我计，可惜江南八十一州百姓性命皆送你手。

徐　庶　哎，仁兄不必惊慌，我受刘皇叔厚恩，未尝忘报，那曹操逼死我母，吾决议终身不为曹操设一谋，焉能破兄良策。只是我亦随军在此，倘若火攻一起，玉石俱焚，难道连我的性命也不顾了吗？

庞　统　我兄高见远识，谅此有何难哉？

徐　庶　愿兄赐教。

庞　统　这个……曹操大举南征，他忧的是什么？

徐　庶　他忧的是马腾，韩遂……哦，哦……小弟明白了。

庞　统　元直兄真智士也。

徐　庶　多谢士元兄提醒。

庞　统
徐　庶　（二人相视而笑）哈哈哈……

庞　统　（念）曹下江南忧后路，谣言马韩奔许都。（下）

徐 庶 （念）鱼脱金钩凭一语，奇才谁及庞凤雏。（下）

第四场 横槊赋诗

登场人物：程昱 徐庶 荀攸 曹操 毛玠 于禁 许褚 张辽 曹洪 张郃 文聘 夏侯惇 焦觸 张南 一伞夫 二旗牌 蒋干 二水夫

［八将二旗牌伞水引曹操上曹入座。

众 参见丞相。

曹 操 列位少礼。

众 请，丞相。

曹 操 我军连日钉锁战船，多有辛苦，今晚置酒设乐，与列公同饮。

众 我等把盏。

曹 操 看酒伺候。

旗 牌 啊。（斟酒）

曹 操 列公请。

众 丞相请。

曹 操 干，哈哈哈……你看东山月上，皎皎如同白昼，风平浪静，指日扫平东吴，真乃老夫之幸也。

众 一来主上洪福，二来丞相调度有方。

曹 操 老夫自兴兵以来，破黄巾，擒吕布，灭袁术，收袁绍，深入塞北，直抵辽东，与国家除残去暴，扫清四海，削平天下，所未得者江南也。老夫今有雄师百万，更赖众公用命，收复江南，易如反掌。只等天下无事，与诸公共享富贵，以乐太平也。

（唱）今夜晚宴长江风清月朗，
　　抬头看望西夏东有紫桑。
　　指日间灭东吴把群雄扫荡，
　　与诸公回朝转共乐安康。

众 愿得早奏凯歌，我等皆赖丞相福荫。

曹 操 看酒，请！

众 丞相，请！

曹 操 干，哈哈哈……

众 丞相为何如此发笑？

曹 操 老夫笑周瑜鲁肃不识天时，今幸有投降之人，为他心腹之患，此乃天助老夫也。哈哈哈……

荀 攸 丞相勿言，恐有泄漏。

曹　操　座上诸公，与近侍左右，皆老夫心腹之人，言之何碍。嗯，刘备、孔明你不过蝼蚁之力，欲撼泰山，何其愚也。（风声）唔呼呀，你看西北风大作，吾船在江，甚是平稳，若非天命助吾，安得庞统献此连环妙计。老夫今得妙用，周郎呀，孺子，看来你的锐气尽矣。

（唱）笑周郎与孔明空夸智巧，
怎及得庞士元妙计才高。

程　昱　啊丞相船皆连锁，固然平稳，倘东吴若用火攻，难以回避，不可不防。

曹　操　哈哈哈……仲德此言，虽有远虑，却还有见不到之处。

荀　攸　仲德之言甚是，丞相何故笑他？

曹　操　众公不知，凡用火攻，必藉风力。方今隆冬之际，只有西北风，安有东南风。我军现居西北之上，彼军皆在东南，若用火攻，反烧他自己之兵，吾何惧哉。

众　　　丞相高见。我等不及。

曹　操　哈哈哈……

（唱）想昔日破黄巾威震华夏，
灭袁术收袁绍把吕布擒拿。
追刘备败当阳穹奔江夏，
夺荆襄杀刘琮兵力增加。
率领着水陆军百万人马，
何惧周郎小娃娃。
指日江南要攻下，
杀孙刘扫群丑天下一家。

众　　　丞相真乃气吞东吴也。

蒋　干　（唱）将士营中暗议论，
说马腾杀奔许都城。

参见丞相，大事不好了。

曹　操　何事惊慌？

蒋　干　哎呀丞相，适才在营中，只见士卒，三三五五，交头接耳，言说西凉马腾、韩遂谋反，杀奔许都去了。

曹　操　哎呀，老夫率军南征，心中所虑者，马腾韩遂，士卒传言，虽虚实未定，却不可不防。

徐　庶　启禀丞相，徐庶蒙丞相收录，愧无寸功报效，今愿领三千人马，星夜奔往散关，扎住隘口，以防彼军，如有紧急，再报知丞相如何？

曹　操　哈哈哈……如此甚妙，散关已有兵马，统归先生调用，再拨马步三千，臧霸为先锋，星夜前去，不可迟延。

徐　庶　得令。

（念）楼船领将令，鳌鱼脱金钩。（下）

曹　操　徐庶此去，老夫无忧也。

（唱山歌）

对酒当歌，人生几何？
譬如朝露，去日苦多。
慨当以慷，忧思难忘。
何以解忧，唯有杜康。

（接唱风入松）

月明星稀，乌雀南飞。
绕树三匝，无枝可依。
山不厌高，水不厌深。
周公吐哺，天下归心。
周公吐哺，天下归心。（众和）

侥幸呀，侥幸，哈哈哈……

刘　馥　丞相，今大军相持之际，将士用命之时，何故出此不吉之言？

曹　操　（醉态）吾言有何不吉？（横槊）

刘　馥　乌雀南飞，无枝可依，主南征无所得，岂非不吉之言？

曹　操　你焉敢败吾兴？（用槊刺刘馥落水）

众　　　哎。

曹　操　快快搭救。

水　夫　（捞刘上船）气已断绝。

曹　操　这是何人？

程　昱　这是扬州刺史刘馥。

曹　操　哎，刘馥呀刘馥，你起自合淝，创立州治，聚逃散之民，广屯田，兴治教，久事老夫，多立功绩，今被我误伤殒命，哎，悔无及矣。（抛槊）来。

众　　　有。

曹　操　将刘馥以三公厚礼葬之。哎（哭）（众托刘下毛玠于禁上）

毛　玠
于　禁　启禀丞相，水军齐备，请丞相调遣，克日进兵。

曹　操　众将官。

众　　　呵！

曹　操　听老夫一令。我军水旱二军，俱分五色旗号，中央黄旗，毛玠、于禁前军红旗，张郃、文聘后军皂旗，焦觸、张南左军青旗，曹洪右军白旗，夏侯惇、许褚、张辽为陆路都救应，外余小船五十只，往来巡警，各依队伍。（左右看大笑）哈哈哈。青徐幽燕之军，不惯乘舟，非此连环妙计，安能涉大江之险。

焦　觸
张　南　丞相休言北军不能乘舟，末将今愿借巡船二十只，直抵江口，夺旗鼓而还。

曹　操　哎，你二人乃袁绍旧将，生在北方，恐乘舟不便，江南之兵，往来水上，习练精熟，你等勿得儿戏性命。

焦　觸
张　南　丞相，末将等如若不胜，甘受军法。

曹　操　如此须要小心。

焦　觸
张　南　得令。（同下）

曹　操　文聘听令。

文　聘　在。

曹　操　令你带领三十只巡船接应。

文　聘　得令。

曹　操　来呀，吩咐催舟。（水声中众同下）

第五场　数语却疾

登场人物：周瑜　鲁肃　庞统　诸葛亮　丁奉　徐盛　中军　四龙套

［四龙套鲁肃引周瑜上。

周　瑜　（唱）庞士元献连环深入虎口，
他去后叫本督愁锁眉头。

鲁　肃　曹孟德虽奸雄料难猜透，
周都督你何必时刻担忧。

庞　统　入虎穴献连环又出虎口，
大料想曹孟德难解奇谋。
都督。

周　瑜　先生回来了。

庞　统　回来了。

周　瑜　请坐。

庞　统　谢座。

周　瑜　先生，连环之计如何？

庞　统　大事已成，请都督安排进兵。

周　瑜　先生首功一件，请到后帐歇息。

庞　统　谢都督。（下）

鲁　肃　都督连环之计已成，就该进兵。

丁　奉
徐　盛　禀都督。

周　瑜　何事?

丁　奉
徐　盛　焦觸、张南领哨船二十只，直往江南进发。

周　瑜　哦，此二贼擅敢直抵江南水寨么?

丁　奉
徐　盛　我二人情愿当先破敌。

周　瑜　好，吩咐各寨严加守御，不可轻敌。你二人各领哨船五只，分左右而出，不得有误。

丁　奉
徐　盛　得令。（下）

周　瑜　哎，
（唱）庞士元献连环此计稀罕，
曹孟德那老贼竟中机关。

鲁　肃　实服了周都督有谋有断，
此一计大功成国泰民安。

周　瑜　叫子敬你随我登船窥探，
看曹营大小船可否连环。
呀!（周瑜鲁肃登高台）
有本督登高楼用目观看，
观曹营大小船并锁连环。
（内擂鼓作战声）
呀!
见丁奉刺焦觸血染江面，
有徐盛纵过船立斩张南。
哎呀，好呀，观见丁奉、徐盛立斩二将落水，文聘接杀，抵敌不住。曹操大小船只连锁一处，一时应接不便。曹操呀曹操，你中我连环之计也。哈哈哈……
（唱）我这里用火攻甚得其便，
成大功灭曹瞒就在眼前。
（擂鼓作风声）
哎呀，霎时西北风大作，我军位于东南，若用火攻，必然自伤，焉能烧得曹贼。原来大功难成也。
（唱）十一月隆冬期东风少见，
要成功只怕是千难万难。

（作呕吐状，众扶下）

亮　　（唱）周公瑾破曹兵安排用火，
　　　　数九天少东风无可奈何。
　　　　小周郎心上病无人知觉，
　　　　这桩事瞒不了南阳诸葛。

适才闻听周瑜瞭望江北，忽染重病，必是为了风势不顺，难以用火。是我连日观测气候，冬至节边，风势必转，可有三日三夜东风，等子敬到来，我同他去见周郎，叫他在南屏山近江之处，设坛祭风，料他必允，单等东风一起我便逃回江夏，遣将调兵，截杀曹操也。

（唱）见周瑜用暗语不必说破，
　　　　他必然请教我速赐良药。
　　　　十六字管保他除去病疴，
　　　　那时节我看风再好使舵。

鲁　肃　（唱）恨曹贼灭诸侯心肠毒恶，
　　　　都督病急得人无法奈何。
　　　　事到了危急时何人助我，
　　　　求良医我先见南阳诸葛。

亮　　大夫，你来了。

鲁　肃　哎，我来了。

亮　　啊，大夫，你这样愁眉不展，为了何事？

鲁　肃　哎呀，先生呀，我家都督偶得急病，倘若曹军大举杀过江来，如何是好？

亮　　大夫以为如何？

鲁　肃　此乃曹操之福，我江东之祸也。

亮　　哈哈哈……无碍紧要。

鲁　肃　哎，这样军情大事，怎说不紧要？

亮　　你家都督的病，我吗……

鲁　肃　你怎样？

亮　　哎，我能医治。

鲁　肃　怎么，先生你还会治病？

亮　　我可比你这个大夫会的多。

鲁　肃　不要拿我取笑，但愿你这个先生，比我这个大夫强，你能治病，就请你治。

亮　　管叫手到病除。

鲁　肃　你若能将我家都督的病治好，我鲁肃当拿重礼相谢你这个先生，你我快走。

亮　　走呀，哈哈哈……

鲁　肃　哎，你不要笑了，随我快走。

（唱）似这样紧要事心急如火，
还须要仗先生速赐灵药。

亮 （唱）他害的心上病不用服药，
我自有妙法儿与他调和。
（同下，中军扶周瑜上）

周瑜 （唱）实指望破曹兵一帆风顺，
又谁知天不佑难遂人心。
望天空自怨嗟心中愁闷，
火攻计无东风急坏了人。

鲁肃 （念）心急显路远，事忙恨步迟。
都督病体如何？

周瑜 心头疼痛，时复昏迷。

鲁肃 适才孔明言道，都督这病，他能医治，现在帐外，请他医治如何？

周瑜 好，请他进帐。

鲁肃 有请诸葛先生。

亮 （念）病从心头起，还从心上医。
啊，都督。

周瑜 瑜染病在身，未能出迎，望先生恕罪。

亮 岂敢。

周瑜 先生请坐。

亮 有坐。连日未晤君颜，何期贵体不安？

周瑜 哎，人有旦夕祸福，岂能自保？

亮 是呀，天有不测风云，人又岂可料乎？

周瑜 （闻言甚惊，不好明说，长叹一声）哎……

亮 都督可否觉得心中烦闷？

周瑜 然也。哎哟。

亮 必须凉药以解之。

周瑜 已服凉药，无效也是枉然。

亮 如此必须先理其气，气若顺，自然痊可。

周瑜 欲得顺气，当用何药？

亮 亮有一方，管叫都督气顺。

周瑜 愿先生赐教。

亮 取纸笔过来。（中军取纸笔付亮，亮背身写方）

鲁肃 先生写的什么？

亮 都督的病源。（写毕）都督请看。

周瑜 待我看来：欲破曹公，须用火攻，万事俱备，只欠东风。哦。

（大惊暗思）

鲁　肃　啊，都督怎么样了？

孔　明　他的病好了。

鲁　肃　哎呀，你真是神仙，手到病除。

周　瑜　哎，孔明真神人也。

（唱）本都督心病他道破，
当以实情告诸葛。
既然你知我病疴，
恳求先生赐良药。（跪）
一臂之力你助我，
早日破曹息干戈。

亮　（唱）一臂之力全在我，
助都督一帆风顺把敌却。

周　瑜　先生若能助我，大事成矣。先生快快请坐。

亮　有坐。

周　瑜　愿闻妙策。

亮　都督，亮虽不才，习得奇门遁甲之法，能呼风唤雨。都督若要东风，可于南屏山临江僻静之处，高设一台，名曰七星祭风坛，用一百二十名兵士，各执旗幡围绕，待山人登台行法，借三日三夜东南风，助都督用兵如何？

鲁　肃　慢说三日三夜，只须一夜东风，大功可成。

周　瑜　但愿如此，不知几时起风？

亮　甲子日起风，丙寅日止风。

周　瑜　好，如此样求先生以往。

亮　得令。

（唱）冬至节起东风早已算定，
假意儿筑坛台前去祭风。（下）

周　瑜　（唱）他未必有出鬼入神之能，

鲁　肃　能唤雾必能祭来东风。

周　瑜　如此说来，那孔明乃是异人了。

鲁　肃　世间罕有。

周　瑜　依我看来，他的死期到了。来呀。

中　军　有。

周　瑜　唤丁奉、徐盛进帐。

中　军　丁奉、徐盛进帐。

丁　奉　（念）南北争锋决雌雄，

徐　盛　灭却曹贼立大功。

丁　奉
徐　盛　参见都督，有何将令。

周　瑜　命你二人埋伏南屏山水旱两路，只等东风一起，即将孔明首级斩来报功，不得有误。

丁　奉
徐　盛　得令。

鲁　肃　啊都督，想曹操一心要灭东吴，若不联络刘备同谋破曹，决不能共存自保。今若杀了孔明，刘备必为曹灭，那时东吴势孤力单，岂能独存；况今强敌压境，交锋就在早晚，先杀有功之人，与军不利，与情不忍，事关国家大计，还请都督察夺。

周　瑜　大夫哪知，我今杀了孔明，胜似曹操百万之众，你是如何得知呀！
（唱）杀孔明为除我江东之害，
　　　他插翅也难逃今日祸灾。（笑下）

鲁　肃　看起来周公瑾量小胸窄，
　　　好叫我鲁子敬愁眉不开。（下）

第六场　祭风脱身

登场人物：赵云　诸葛亮　丁奉　徐盛　四卒　水夫　四守台军　四大旗　二童子

［赵云上起霸

赵　云　（念）百万军中无人敌，战马冲开长坂围。
　　　曹兵闻名皆丧胆，常山将军逞雄威。
俺，赵云。主公临江赴会，先生有言，命俺十一月甲子日，驾一小舟，暗地渡江，迎接先生。众将官，

众　啊！

赵　云　同往江边。
［卒带马，赵上马，绕行，下马，水夫迎上，赵等上船同下。

亮　（内唱二倒板）
　　　习天文用兵法犹如反掌，
［四军士、四大旗、二童子引诸葛亮上。
（唱）南屏山设坛台祭东风相助周郎。
　　　曹孟德他那里兵多将广，
　　　领人马下江南兵扎长江。
　　　孙仲谋无决策难以抵挡，
　　　集文武同商议御守良方。

武将家力要战摩拳擦掌，
文官臣无远见皆要投降。
那时间文武相争主战主降彼此争论不相让，
鲁子敬着了忙调解一场。
藉吊丧奔江夏虚实探望，
搬请我诸葛亮过长江同心破曹共做商量。
周公瑾气量狭小处处谋害我诸葛亮，
怎知我做准备时时提防。
老黄盖苦肉计将贼欺诳，
曹孟德差蒋干错了主张。
庞士元献连环安排妥当，
用火攻少东风急坏周郎。
我算定甲子日东风必降，
南屏山设坛台故作过场。
披法衣掌法剑装模作样，

（行礼上台）

诸葛亮登星台观看四方。
望江北锁战船连环排上，
叹只叹东风起火烧战船曹营兵将无处躲藏。
这也是时机到难逃罗网，
我这里假做法祝告上苍。

（焚符，风旗上过场下）

啊！

耳听得风声起从东而降，
趁此时返夏口再做主张。

且住，东风起，大功必成，我不免趁此时返回夏口，调动兵将，截杀曹贼。那时节，周郎呀周郎，管教你枉费心机也。守台童子何在？

旗　童　在。

亮　穿我法衣，自有分派。

旗　童　是。（穿法衣上台）

亮　守台军士听着。

众　啊！

亮　你们一不许擅离方位。

众　是。

亮　二不许交头接耳。

众　是。

亮　　三不许失口乱言。
众　　是。
亮　　四不许乱动睁眼，违令者斩。
众　　是。
亮　　待山人踏罡步斗。
［孔明持令箭出坛，回顾暗笑下。丁奉徐盛急上台。
丁奉、徐盛　诸葛亮，看剑。
旗童　哎呀，我不是诸葛亮。
丁奉、徐盛　啊？诸葛亮哪里去了？
旗童　他踏罡步斗，一步一步去走了。
丁奉、徐盛　你我紧紧追赶。（同下）
旗童　唔呀，都走了，我也溜了吧。（众下）
亮　　（念）将身逃出天罗网，好似蛟龙奔长江。
来在江边用目望，不见子龙在哪厢。
赵将军何在？
赵云　岸上来的敢莫是先生？
亮　　正是。
赵云　快快搭了扶手。（水夫搭跳，孔明上船）
亮　　快快开船。
丁奉、徐盛　诸葛先生慢走。
亮　　二位将军赶来作甚？
丁奉、徐盛　奉了我家都督之命，请先生回到营中。
亮　　哦，烦二位回去上复都督，就说东风起，大功已成，好好用兵破曹，亮暂回夏口，后会有期，请了，请了。
丁奉　我家都督请先生回营，还有紧急军情商议。
亮　　哈哈哈……吾料都督不能容我，必来加害，故先叫子龙接我。目今孙刘两家同心破曹，不要伤了和气。将军不必追赶，请回去吧。
徐盛　先生若不回去，我等就要鲁莽了。
亮　　嗯，好不知趣。
赵云　呔，两个无知的匹夫，我家先生过江，立下盖世之功，你们不来酬谢，反来加害，待俺结果尔的性命。（搭弓射箭）

亮　　慢着，不要伤了两家和气。

赵　云　也罢，念在两家同心破曹，赵某显个手段，射断尔的蓬索。（射落了丁奉船篷）艄水，扯起船篷，催舟。

亮　　请了请了。（同下）

丁　奉　蓬索已断追之不及，回营缴令。

徐　盛　哎。（同下）

第七场　遣将破曹

登场人物：周瑜　黄盖　甘宁　太史慈　吕蒙　蔡中　蔡和　丁奉　徐盛　八卒　水夫　旗卒　曹操　文聘　四龙套

周　瑜　（念）眼观东风起，耳听好消息。

丁　奉　（念）孔明已逃走，忙报都督知。

丁　奉
徐　盛　启禀都督，孔明预先命赵云驾一小舟接回夏口去了。

周　瑜　嗷，（大吃惊）此人如此多谋，使我昼夜不安。哎呔，先破曹兵，日后再做区处。来呀，唤蔡中蔡和进帐。

众　　蔡中蔡和进帐。

蔡　中　（念）机关多周密，

蔡　和　　　　功劳盖世奇。

蔡　中
蔡　和　参见都督，有何将令？

周　瑜　本督与你二人借件东西。

蔡　中　都督要用何物，末将即刻备办。

周　瑜　将他二人绑了。

蔡　中
蔡　和　啊，都督为何将末将等绑了？

周　瑜　本督缺少祭旗之物，愿借你二人首级一用。

蔡　中
蔡　和　我二人身无过犯。

周　瑜　哼，你是何等样人，竟敢来诈降我东吴。

蔡　中
蔡　和　啊，你家黄盖、阚泽也曾同谋。

周　瑜　哼，哼……此乃本督之计也。

蔡　中
蔡　和　曹操呀，你害了我们了。

周　瑜　斩。（卒押二蔡下）吕蒙听令。

吕　蒙　在。

周　瑜　速带三千人马，直抵乌林曹操屯粮处，举火为号，追杀曹兵，不得有误。

吕　蒙　得令。（下）

周　瑜　太史慈听令。

慈　　　在。

周　瑜　速带三千人马，直奔黄州地界，断曹操合淝接应之兵，放火为号，只看红旗，截杀曹兵，不得有误。

慈　　　得令。（下）

周　瑜　黄盖听令。

黄　盖　在。

周　瑜　命你一面使人下书曹操，约定今夜来降，一面安排火船二十只，内藏硫磺焰硝引火之物，上插青龙牙旗，驶近曹营放火，不得有误。

黄　盖　得令。

周　瑜　甘兴霸听令。

甘　宁　在。

周　瑜　速备战船四只，随定黄盖船后接应，不得有误。

甘　宁　得令。（下）

周　瑜　丁奉听令。

丁　奉　在

周　瑜　命你为第一队，速备战船三百只，前面排列火船二十只，见曹操大船火起，一拥放火喊杀，不得有误。

丁　奉　得令。（下）

周　瑜　徐盛听令。

徐　盛　在。

周　瑜　命你为第二队，速备战船三百只，前面排列火船二十只，见红旗向曹营放火喊杀。不得有误。

徐　盛　得令。（下）

周　瑜　众将官。

众　　　啊。

周　瑜　随本督登舟督战。

（念）曹操百万下江南，战船横江铁连环。

孔明祭风显才干，但看本督破曹瞒。（同下）

（四龙套引曹操上）

曹　操　（念）战船连锁如平地，

我兵无病喜洋洋。

看起周郎命该丧，
但愿黄盖早来降。

[文聘上。

文 聘 参见丞相。

曹 操 罢了，何事？

文 聘 适才末将巡哨，接来黄公覆书信，请丞相观。

曹 操 呈上来。“周瑜关防得紧，无计脱身，今有鄱阳湖运到粮船，差盖巡哨，已有方便，今晚但看船上插青龙牙旗而来者，即是粮船”哈哈哈……黄公覆来降，此乃天助老夫也。来呀，

众 有。

曹 操 吩咐今夜命许褚、张辽巡哨，众将齐到水寨，随老夫船头观望。

众 啊！（随曹下）

[黄盖、水夫、青龙牙旗上。

黄 盖 （念）英雄志气与天同，假扮粮船诱曹兵。
火攻之计安排定，乘风放火显奇能。
黄盖奉了都督将令，带领火船二十只，诈降曹操，烧绝战船。曹操呀曹操，管教你死无葬身之地。艄水，

水 夫 有。

黄 盖 催舟。

水 夫 啊。（同下）

第八场　火烧战船

登场人物：曹操　文聘　张郃　张辽　许褚　毛玠　于禁　曹洪
夏侯惇　周瑜　黄盖　甘宁　丁奉　徐盛　八卒　二水夫

[二水夫曹四将引曹操上。

曹 操 哎嗨呀，月光照耀江心，如万道金蛇，翻波戏浪，我船如在平地，好不快哉。哈哈哈……
（牌子、黄盖等过场下）

文 聘 丞相，吾观黄盖此来，必定有诈，且休叫他进寨。

曹 操 何以见得？

文 聘 粮在船中，必然沉重，今观来船，轻而且浮，今夜东南风甚紧，倘若有诈谋，何以当之？

曹 操 哎呀是呀，幸得早言，若迟，定中诡计。就命你去止住南船进寨。

文 聘 得令。艄水，催舟。

［水夫随文聘下黄盖等与文聘等又双上。

吠，丞相有令，南船且休进寨。（黄盖射文聘下又以火箭射曹大船起火）

曹　操　哎呀不好。

（唱）火趁风力风助火，（左扑火）

战船连锁不能脱。

误中诡计自招祸，（右扑火）

百万人马难生活。

内　白　那是曹操。

曹　操　（唱）四面炮火难防躲，

冒烟突火避干戈。

［黄盖上曹船。

黄　盖　曹操，哪里走！（欲擒曹扑空）

曹　操　哎呀。

（唱）许仲康快快来救我。

［黄盖手拉衣不防被箭射落水。

（甘宁救黄下，二水手张辽许褚救曹操及三将下火船领下）

［水夫甘宁黄盖上，甘宁与黄盖拔箭。

甘　宁　老将军身负箭伤，请回营调治。

黄　盖　嗯，大将临敌，岂肯惜命。

甘　宁　老将军，大事已成，不必为虑，暂请回营。

黄　盖　不要走脱曹操。

甘　宁　是，艄水，催舟。（同下）

［曹操率众将和水夫上。

曹　操　弃舟登岸。（同下）

［周瑜率众将水夫上。

周　瑜　弃舟登岸。（同下）

［曹操率众将上。

曹　操　杀呀。（下）

［周瑜率众将上会阵，起打，曹将败下。

众　　　曹兵败走。

周　瑜　追。

（众同下）

——剧终——

（说明：以上内容录自家存手稿（誊写本），与初稿略有不同。初稿为先生手迹，毛笔满行书写，繁体竖排。首页落款：冯杰三编，一九五二．四．二．初稿。）

吕布之死

［吕上。

吕　（引）杀丁刺卓，叛袁绍终年战争。

（坐诗）飘零在关东，诸侯多不容。

霸占徐州地，堪称盖世雄。

（白）本公姓吕名布，字奉先。自与王司徒计杀董卓之后，又遭李郭之变，飘零关东，诸侯多不能相容。无奈投奔刘备，借居小沛，是我与曹豹定计，夜袭徐州，逼走刘备，霸占了徐州。怎奈袁术欲杀刘备，是我辕门射戟，解他两家之危，从此两家罢兵，某亦安枕无忧。哎，自从貂蝉死后，继娶曹氏早亡，宋宪送来几个女子，均不称心如意，想起貂蝉，叫人日夜心焦。

宋　（引）偶遇采桑女，容貌赛西施。

参见主公。

吕　哎。

宋　禀主公，小将郊外射猎，路过桑林，见一采桑女郎，生的十分美丽，请主公随小将出城，以射猎为名去到桑林，看那女郎，若还中意，将她抢回。

吕　言之有理，速快带马，随本公郊外一回了。

（唱）听他言来心欢喜，

霎时自觉破愁眉。

叫宋宪带马出城去，

郊外桑林觅丽姬。

［同下旦花旦小旦丑旦上。

旦　（唱）远峰积翠浑如画，

杏艳桃娇争朝霞。

花旦　持篮忙奔桑林下，

曲径长堤踏落花。

小旦　侬本是半耕半读家，

女采桑来男种麻。

丑旦　终日勤劳无惊怕，

自食其力乐无涯。

旦　用手忙把桑枝押，

［四农夫上笑。

田野处处笑语哗。

甲　麦田得雨真无价，

点瓜已毕又种麻。

乙　桑林经雨渐更大，

山村农人无闲暇。

丙　溪边雀噪蔷薇架，

满地春光处处花。

丁　日出老少将田下，

日入歌唱转回家。

吕　胜日嬉游桑林下，

哎呀！

果然此女貌似花。

宋　主公你看如何？

吕　果然不差。哈、哈、哈。

众　哎呀，军官来了，不要冲了马头，快快躲开。

吕　唤他们回来。

宋　呔，那一女郎回来，温候在此，须要小心上前答话。

旦　是，给温候叩头。

吕　抬起头来。

旦　温候。

吕　咦哈哈，果然妖艳出奇，本公一见倾心，来，将这一女郎带回徐州，本公有话和她商议。

［宋拉旦。

甲乙农　哪里强盗，青天白昼竟敢抢夺民女。

（宋杀甲乙农）

宋　哪个敢来。

旦　罢了爹爹。

吕　速回徐州。

［宋带旦下。

吕　这哈哈哈。（下）

丙农　哎，我把你个贼，

（唱）吕布做事真可恨，

抢夺女儿害良民，

兄长被害把命殒，

报仇雪恨靠何人。（下）

［小旦上。

小　旦　（唱）恨温候长安把我弃，
避乱受惊步难移。
多蒙庞舒救危急，
藏在他家畏人知。
事平将我送此地，
夫妻重会不分离。
猛想起我女儿年长十六七，
无有个人儿将媒提。
心中自觉不欢喜，
闷闷不乐锁愁眉。
独坐深宫自思虑，
未知何人是佳婿。

（坐）吕布之妻严氏。温侯近日神色仓皇，举动失常，不知所谓何事？等他到来，问个明白。

吕　（念）烦恼心绪乱，苦闷不堪言。

小　旦　温候到了。

（吕坐）

吕　哎！

小　旦　温候，你往日回宫，欢天喜地，今日为何愁眉不展，闷闷不乐？

吕　哎，夫人不知，那一采桑女郎，自进宫来，本公百般温存，万般劝解，怎奈他是铁石心肠，全无喜容，因此本公愁烦不欢。

小　旦　呵，原来为的那一女子，她既不愿，将他赶出宫去，另选美女，何必烦恼。

吕　哼。

［中上。

中　禀主公，袁术差人下书。

吕　呈来，待本公一观。（看介）来，着使官馆驿候命。

中　是。（下）

小　旦　温候。袁术差人下书，所为何事？

吕　哎，夫人你听：

（唱）夫人请坐莫心急，
我与夫人说来历。
袁公路修书又派使，
他与吾女把亲提。

小　旦　哪一家？

吕　　哎，你听：
（唱）他言说他有一个子，
愿聘吾女做儿媳。
未知夫人可允许，
快快讲来本公知。
小　旦　哎，好呀！
（唱）听言罢笑嘻嘻，
我女儿终身有所依。
想袁公威镇淮南地，
诸侯哪个敢相欺。
不久将要称皇帝，
我女就是太子妃。
以后为后生皇子，
富贵荣华谁比拟。
这样婚姻真罕稀，
劝温候即许莫迟疑。
吕　　夫人，本公只有这一个女儿，对她的婚姻大事，必须谨慎，不可大意。
小　旦　温候，妾闻袁公路久镇淮南，兵多粮广，早晚将为天子，若成大事，以后我女就有后妃之望，倘不能为后，与他联婚，加强和好，彼此为援，我徐州也可安然无事。
吕　　依妇人之见，和袁术结亲，有益于我处者多。
小　旦　正是的。
吕　　那么我就将女儿许他。
小　旦　温候，但不知他几个儿子？
吕　　他只有一个儿子。
小　旦　那就好了，快快将女儿许他，千万不要错了主意。
吕　　夫人之言甚是有理，我便收了他的聘礼，着使臣回复袁术。
小　旦　温候，何日可以结婚？
吕　　女儿出嫁吗，尚待缓议。
小　旦　温候，妾想古者自受聘成婚之期，各有定例，天子一年；诸侯半载；大夫一季；庶民一月。
吕　　夫人，袁公路天赐国宝，早晚称帝今从天子例可乎？
小　旦　不可。
吕　　那么仍从诸侯例如何？
小　旦　也不可。
吕　　然则从大夫例可吗？

小　旦　更不可。

吕　　　咦哈哈哈，莫不是夫人叫本公从庶民之例？

小　旦　尤其不可。

吕　　　夫人呀，本公从天子例，你说不可；从诸侯例，你说也不可；从大夫例，你说更不可；从庶民例你说尤其不可。这也不可，那也不可，你到底叫本公从哪个例子才可呢？

小　旦　哎，我的温候呀，

（唱）方今天下祸乱生，
各路诸侯互争雄。
今即把女儿许袁姓，
还需早些将亲成。
倘若延期一年整，
诸侯必然知此情。
我这里择期把女送，
他那里四面埋伏兵。
趁机夺女挡路境，
起了变故笑话生。
望温候早把主意定，
不可犹豫在心中。

吕　　　夫人讲的甚是有理，但不知怎样办理方觉妥当？

小　旦　温候，为今之计，不许便罢，即已许他，当趁诸侯未知之时，即便送女到寿春，另居别馆，然后择机成亲，你说妥当不妥当？

吕　　　夫人高见。

小　旦　过奖。

吕　　　计划得周到。

小　旦　越发的过奖了。

吕　　　本公实在地不如你也。

（唱）夫人讲话甚有理，
嫁女勿叫诸侯知。
连夜速将妆奁备，
收拾宝马和香车。
明日便将女送去，
到寿春再好择吉期。
夫人你快告诉女，
叫女准备勿迟疑。

小　旦　听言罢急忙去见女，

连夜为女做嫁衣。（下）

吕 幸与袁术结秦晋，
彼此相依如齿唇。
今后再把威风振，
扫除诸侯独称尊。（下）

［四卒丑上。

丑 （唱）奉命即日离徐都，
前往徐州见温侯。
与吕布加官赐印绶，
布喜必不思远图。

（白）奉军都尉王则。曹丞相欲征张绣，又恐吕布作乱，想吕布乃无谋之辈，见利必喜。曹丞相命下官捧旨与吕布加官赐爵，令吕布与刘备解和，布喜，必不思远图，丞相亲征张绣则无后顾之忧。中途不敢久停，马上加鞭，前往徐州一回了。

（唱）催马加鞭奔徐州，
中途不敢久停留。（下）

［旦上。

旦 （唱）绵绵空有千古恨，
耿耿难忘白发亲。
可恨那吕布贼心肠毒狠，
因抢侬杀死我父命归阴。
贼和我结下了千愁万恨，
却还要逼侬家共枕同寝。
只为要报亲仇含羞忍愤，
终日里将仇恨常挂在心。
无妙计日忘餐心烦意闷，
无妙计夜难寝暗地伤神。
霎时间窗帘动西北风紧，
自觉得一阵阵寒气逼人。
独坐在锦绣丛口将心问，
悲身世哭爹爹珠泪纷纷。

（坐白）侬乃小沛采桑女，吕布抢我入宫，虽说恩宠有加，怎奈仇恨难忘，欲报大仇，怎奈我懦弱无能。哎，只说我是怎样才能与父报仇，我是怎样才能将祸国殃民之贼杀死。

甲女 七宝珠冠翡翠裙，

乙

丙丁 女 锦绣花裳献美人。

甲乙 女 禀夫人，这是温候赐你的七宝珠冠。

丙丁 女 锦绣衣裙。

众 请夫人快穿快戴。

旦 哎，我还有什么心情穿戴它呀。

甲乙 女 夫人呀，看你天天愁，夜夜愁，时时愁，晌晌愁，不知道你有多少愁。

旦 你问我的愁吗，哎，你怎能知道呀。

（唱）你问我能有多少愁，
好似那一江春水向东流。
满腹愁恨向谁诉，
何日才能报冤仇。

众 哎哟，你就有那么多的愁。

丙丁 女 请夫人穿戴起来，自然就不愁了。

旦 哼，如此逼人，真是岂有此理。

甲乙 女 夫人，你真是遇事则迷，你若不从，恼怒温侯，不但与你不利，与你的亲属更不利。你只顾你一时使性，怎对得起你九泉下之父亲。

旦 呵。

丙丁 女 夫人呀，想我家温侯，前在虎牢关上，力战十八路诸侯，所向无敌，他真是个盖世英雄。

旦 呵，他是个英雄。

甲乙 女 他不但是个英雄，还是个风流多情之人。

旦 怎见得他是多情人。

甲乙 女 夫人，你不知道，我家温侯前与董太师，誓为父子，因爱貂蝉，他就不顾父子情义，刺杀太师，夺取貂蝉。不料貂蝉投池身死，温侯大失所望终日不乐，时时苦闷，宫里这些女子，都不是他的意思。

旦 呵，貂蝉为国舍身，离间吕布董卓，使他父子自相残杀，为国除害，果算的个爱国女子。

甲乙 女 温侯今即爱你，你就该从了他，你有任何大的愁呀、恨呀，他能与你解愁除恨，你何苦这样的执拗。

旦　　呵。

甲乙女　　你说。

旦　　这个……

甲乙女　　你讲。

旦　　哎，

（唱）众姐姐讲的话甚是聪敏，
低下头按盘算自己思忖。

丙丁女　　夫人你有什么思忖的？人常说英雄好酒，才子好色，只要你多给他斟上几杯酒，他把天大的事都与你办咧。

旦　　怎么酒色？

丙丁女　　正是的。

旦　　哎呀，我今已到危机之处，我是全节者好，还是除贼者好；若为我一身计守贞为重；若为国家除害计还需通便。我今后以酒色为戈矛，要制吕布之死命。为国为家舍身，死也无悔。哎，我便是这个主意了。

（唱）从今后改方法将贼亲近，
借酒色每日里戕害贼身。
对菱花整貌容轻施胭粉，（穿衣介）
等吕布他到来假意殷勤。（走介）

［吕上。

吕　布　（唱）连夜为女办妆奁，
送女出嫁身才安。
命侍女去把美人劝，
赐她锦衣七宝冠。
不知她依劝不依劝，
不知她喜欢不喜欢。
偷闲亲自将她看，（向内看旦照镜）

哎呀！

见美人对镜照容颜。
云鬓不嫌花朵满，
体态窈窕使人怜。
进门不敢高声喘，
含笑上前拍香肩。

［甲乙女扶旦跪。

众　接见温候。

吕　美人快快请起，哈哈哈。

（旦起羞）

吕　坐了。

（旦笑）

旦　谢座。

吕　这是新夫人。

旦　温候讲说什么。

吕　本公昨晚因为女赶办妆奁，今早送女出嫁，即来看望夫人，说是夫人你可不要见怪。

旦　怎敢怪着温候，但不知将小姐许于哪家王侯公子？

吕　夫人许的不是别的，就是淮南袁术的公子。

旦　温候，小姐出嫁乃是一桩喜事，现有美酒，待我与温候贺喜。

吕　你我大家之喜，理应痛饮一场，哈哈。

旦　如此，侍女们，看酒伺候了。

（唱）夜光宝杯醇碧酒，
上前殷勤劝温候。（斟酒）
幸喜小姐结婚媾，
贵家公子定风流。（再斟）
多饮喜酒人长寿，
不到醉乡不罢休。

吕　（唱）自古英雄多好酒，
夫人劝酒语温柔。
她爱本公情谊厚，
不多饮我也不自由。

换大杯来。

旦　（唱）忙接小杯换大斗，
温候酒量孰与俦。
斟罢美酒轻舞袖，
请君连饮三金瓯。（吕饮）

吕　夫人，你陪本公饮上几杯。

旦　侬家不会饮酒。

吕　哪有不会饮酒之理？侍女们，快与你家夫人献酒。

甲　夫人请酒。

旦　我饮，哎我饮了。

（唱）酒乍沾唇便觉醉，

乙　　夫人请酒。

旦　　呵，我饮。

（唱）却怎么身轻步难移。

丙　　夫人请酒。

旦　　我饮来了。

（唱）勉强支持乘风举，

丁　　夫人请酒。

旦　　（唱）侍女献酒唤声急。

丁　　夫人请酒。

旦　　我来了。

（唱）饮罢美酒抽身起，

待醉癫狂自东西。

侍女们看酒了。

双手捧酒献知己，

温候请饮莫推辞。

（吕饮）

吕　　咦哈哈。

旦　　（唱）醉态博得温候喜，

温候，

吕　　夫人。

旦　　咦哈哈，

学一个落花蝴蝶作团飞。

舞罢上前深辞礼，

请君勿怪侬意痴。

（甲乙女扶旦）

吕　　哎好呀

（唱）夫人醉态难描画，

她好似带醉海棠花。

眉扫黛、鬓堆鸦、腰弄柳、脸舒霞，

穿锦绣、贴翠花。

一笑就有倾城价，

貂蝉在世不如她。

夫人，再饮一杯。

旦　　不能再饮了。

吕　　饮一杯无妨。

旦　　一点也不敢饮了。

吕　　少饮无妨。
旦　　有劳温候。
（饮吐）
吕　　待本公将夫人搀下。
旦　　多谢多谢了！
（唱）一步向前又退后，
四肢无力不自由。
温候，
吕　　夫人，
旦　　（唱）颠颠狂狂绕廊走，
温候扶侬上画楼。
（同下）（老丑上）
老　丑　（唱）闻袁术吕布结亲眷，
他狼狈为奸乱中原。
我要冒险把他见，
去说吕布绝姻缘。
（白）老朽陈珪。适才鼓乐喧天，人言吕布与袁术联姻，送女出嫁，我想袁吕联结亲眷，必乱中原，是我扶病去见吕布，陈说利害，叫他退婚，联合曹操，暂息战争，免得生灵涂炭也。
（唱）事到危机不敢缓，
扶病来在宫门前。
不传不禀进宫院，
内　　退下。你是什么人，胆敢擅入，还不与我往下站，再往下站。
老　丑　哇，我是沛相陈珪，有得机密大事要见温候，你敢挡我也。
（唱）奴才竟敢将我拦。
（拉内进）（吕上）
吕　　宫外人声嚷，上前看端详。何人喧哗？
内　　沛相陈珪。
吕　　命他进见。
内　　呔，命你去见，你要小心。
老　丑　哎，
（唱）忽听吕布将我唤，
大摇大摆进内参。（四拜介）
不言不语一旁站，
仰面老眼望青天。
吕　　陈珪。

老 丑　哼。
吕　　来此何事？
老 丑　闻听温候将死，老朽我特来吊丧。
吕　　沛相何出此言？
老 丑　请问温候，前者袁公路以金帛奉送温候，心想藉温候之手杀死刘备，而温候竟以辕门射戟解和两家战争，今忽然前来求亲，其意安在？
吕　　本公不知。
老 丑　哼，袁公路他想将温候之女为质，随后攻打刘备，而取小沛，小沛亡则徐州危矣。
吕　　呵。
老 丑　以后袁术不是借兵，便是借粮，温候若允，是疲于奔命，而又结怨于人；若还不允，是弃亲而起兵也，又闻袁术有称帝之意，彼若称帝，是造反也，彼若造反，温候就是反贼之亲属，受天下不义之名，必有累卵之危。
吕　　这个。
老 丑　温候试想，骄侈如术能成大事乎？
吕　　嗯，哎！
老 丑　温候，今曹操奉迎天子，辅赞国政，威灵命世，将征四海，术必灭亡。温候与他联姻显系从逆，能不因此而受祸。

（吕点头）

老朽今为温候计，最好协同曹公，既可保名，复可安身，比诸与袁术结亲，祸福利害，相差甚远，还请温候再思再想，三思可也。
吕　　哎，本公有心与彼绝婚，怎奈女儿已去，如何复回？
老 丑　去尚未久，尽可追回。
吕　　你说这事吗，可否通得？
老 丑　通得。
吕　　待本公思忖。
老 丑　温候，岂不知当断不断，反受其乱？
吕　　哎吠，本公主意已决，来，这是大令一枝，速遣轻骑往追吾女，并将韩胤拿回，勿误。
内　　得令。
老 丑　咦哈哈。

（唱）温候英勇又聪明，
从谏如流知必行。
老朽适才不恭敬，
温候竟然海量容。
吕　　不是沛相指迷径，

险些与贼结姻盟。
以后还请多照应，
免得失误大事情。

［中上。

中　　追回七香车，忙报主公知。
　　　禀主公，香车追回，韩胤拿到。

吕　　将韩胤监禁。

中　　得令。（下）

老　丑　温候现将韩胤拿住，就该解往许都。

吕　　该命何人押解。

老　丑　老朽保荐一人，定能胜任。

吕　　沛相举荐哪个？

老　丑　温候，常言举不避亲，老朽保荐的不是别人，

吕　　是哪个？

老　丑　就是老朽的儿子陈登。

吕　　陈登吗？

［生上。

生　　禀主公，圣旨下。

吕　　有迎。

王　　圣旨下，吕布听旨。

吕　　臣。

王　　皇帝诏曰，吕布平定天下，功在国家，封为左将军，特赐印绶，钦此谢恩。

吕　　万岁万万岁。大人捧旨前来，多受辛苦。

王　　好说。曹公私下给温候有书。

吕　　待我一观。

王　　温候，曹公敬慕温候之英勇，常对众将夸奖。他说，人中有吕布，马中有赤兔。

吕　　咦哈哈，来，排宴，元龙快修表章。

生　　遵命。（下）

中　　禀主公，宴齐。

吕　　大人请来上坐。

王　　这就不恭。

吕
老　丑　恭候。

王　　不恭，哈哈。

吕　　吕布与大人把盏。
王　　摆下就是。
吕　　这就省事了。
王　　大家省事。
吕　　请。
王
老　丑　　请。
　　[生上。
生　　（念）谢表已修好，堂上把差交。
　　主公，表已修好，请主公过目。
　　（吕看）
王　　温候，王命在身不便久待。
吕　　就命元龙带了谢表，押解韩胤随同大人进京谢恩。
生　　遵命。
吕　　元龙，见了曹公，荐本公为实授徐州牧。
生　　末将遵命。
王　　告辞。
吕　　奉送。
　　[生下。
吕　　好呀！
　　（念）曹公英明人敬仰，命陈登赴京送表章。
老　丑　　谢表呈上定邀赏，温候准备喜酒吃一场。
　　哈哈。
　　（分下）（四龙套）
曹　　（唱）攻宛城典韦丧性命，
　　老夫亲祭痛哭声。
　　班师还许把兵整，
　　准备报仇灭群雄。
　　（坐）老夫曹操。前征张绣，夺取宛城，因被一妇人所迷，几致身死绣手。哎，宛城失败，吾殇长子爱侄，俱无深痛，独可惜猛将典韦，死在乱箭之下，想起叫人怎不伤心呀。
中　　禀丞相，王则同吕布使臣求见。
曹　　命他进见。
中　　丞相有令，吕布使臣进见。
王　　吕奉先轻于去就。
生　　呈谢表来到许都。

参见明公。

曹　请起，看座。

生　谢座。

曹　王卿下边休息。

王　遵命。（下）

生　明公，登奉吕布之命，呈表谢恩。

曹　呈来。（看）哈哈哈。

生　明公，吕布前与袁术联姻，经臣父说明利害，着他追回香车，与袁术绝婚，劝他协同曹公，吕布已允，心想求实授徐州牧，并解袁术使臣韩胤来京，请明公发落。

曹　来。

校　有。

曹　将韩胤市曹斩首。

校　哎。（下）

生　明公，吕布勇而无谋，轻于去就，宜早图之。

曹　吕布狼子野心，诚难久养，卿父子善察情伪，幸为老夫从中代谋。

生　明公，吕布新纳一宠妾，闻此女乃沛城采桑女子，生的十分美丽，吕布心喜，抢她作妾，女父不肯，布怒杀其父，女欲报仇，终日以酒色消磨布之志气，戕贼布之身躯，吕布已入迷惘，不思远图，此女有功国家，不逊貂蝉也。

曹　吕布为酒色所迷，吾无忧矣。

生　明公若有举动，登当为内应。

曹　老夫即表奏，赠卿父秩二千石，封卿为广陵太守。

生　叩谢明公，为臣告辞。

曹　哎，爱卿呀，

（唱）东方之事尽付卿，
爱卿勿忘记心中。

生　急忙叩头谢明公，
回徐州见吕布不吐真情。（下）

曹　陈登父子为吾用，
征伐吕布定成功。

哎，

猛想起典韦心肠痛，
不觉泪珠洒在胸。
为他立祠万人敬，
老夫亲自吊英灵。（下）

[四卒中军吕上。

吕　（唱）陈登呈表许都去，
　　曹公定知我心机。
　　但愿邀请随人意，
　　那时吐气又扬眉。

[生上。

生　离许都回到徐州地，
　　还需巧言将布欺。
　　行来虎堂身辞礼，

吕　陈登勿跪请起立。
　　我所请曹公可允许，请坐一旁说仔细。

生　谢座，主公，此次奉命呈表许都，曹公甚喜，表奏天子，赠我父子秩二千石，封登广陵太守。登父子邀恩，皆温候之所赐。

吕　哼，陈登，大胆的陈元龙，你父劝我协同曹操绝婚袁公路，本公所求终无一获，你父子俱各显贵，本公为你父子所卖，还敢回来见我。
（抽剑杀登，登笑）

生　咦哈哈，主公何其不明甚也。

吕　本公怎样不明，你与我讲。

生　主公请听，登奉命去见曹公，原为主公进言，登说养温候譬如养虎，当饱其食，不饱将要吃人，曹公批驳登言，他说，吾待吕布如养鹰耳，狐兔未消，不敢先饱，饿则为用，饱则扬去，所以未肯实授州牧；登又问他，何人为狐兔，曹公说，淮南袁术，江东孙策，冀州袁绍，荆襄刘表，益州刘璋，汉中张鲁，皆是狐兔。

吕　这，哎哈哈，曹操视我为鹰，真知我也。

宫　（念）秦晋未谐吴越斗，七路人马攻徐州。
陈宫。据报袁术分七路人马夺我徐州，待我报予温候知。主公，大事不好了。

吕　何事惊慌？

宫　哎呀主公，适才探报，袁术闻得主公将韩胤押解许都，被曹操斩首，袁术大怒，亲帅大军二十万，分七路攻打徐州来了。

吕　这个，哎，想我兵不过万，马不满千，如何敌得袁术七路大军。

宫　哎呀，主公想徐州之祸，乃陈珪父子所招，想他父子，媚朝廷以求爵禄，绝婚姻引起甲兵，为今之计，速斩陈珪父子，将首级献于袁术，其军自退。

吕　公台言之有理，来，将陈登与我绑了。

生　咦哈哈。

吕　　为何发笑？难道你贪生怕死不成？

生　　主公请勿上气，登有下情禀告。

吕　　有什么话速快讲来。

生　　主公请听呀，

（唱）请主公镇静勿懦弱，
陈登有言对你说。
七路兵好比七堆腐草容易破，
霎时可以息干戈。

吕　　哼。

老　丑　袁术大军攻徐州，想下妙计见温侯。

吕　　陈珪，老匹夫，本公正要寻你，你竟来了。

老　丑　我怎能不来。

吕　　陈珪，是你劝我绝婚袁术，投降曹操，惹出滔天大祸，今就命你这个老匹夫去退敌兵，退了还则罢了，倘若不能退敌，休想你活。

老　丑　温候，请你不要着忙，不要上气，老朽正为此事而来。

报　　报袁术七路人马来攻徐州。

吕　　再探。

［报下。

吕　　陈珪，你有什么办法才能退敌？

老　丑　温候，你莫要慌，你莫要忙，有我陈珪做主张。

报　　报袁术大军离城只有五十里。

吕　　再探。

［报下。

公台速快率士卒守城勿误。

宫　　得令。（下）

吕　　陈珪，你有什么主张，还不与我快快的讲来。

老　丑　温候，你莫要慌，你莫要忙，退敌兵，不用刀，不用枪，只凭书信纸一张，敌人便会一扫光，或者还会自投降。

报　　报敌人兵马离城不过三十里。

吕　　再探。

［报下。

陈珪，既然书信可退敌兵，你还不与我赶快修书。

老　丑　温候，你莫要慌，你莫要忙，有我陈珪做主张。

报　　报敌人离城十里。

吕　　陈珪，敌人离城十里，你还不速快想法退敌。

老　丑　温候，你莫要慌，你莫要忙，有我陈珪做主张，书信能退敌兵将。

吕　　书信能退敌兵将，你与我快快修书。

老　丑　修书有我小儿郎，何必要我这老癫狂，老癫狂。

吕　　将陈登松绑，赶快修书。

生　　遵命，待我修书，提笔可。书已修好，主公请看。

吕　　该命何人下书？

老　丑　我儿就可。

吕　　陈登速快出城下书。

生　　遵命。

老　丑　儿呀，你持书信，速往敌营，陈说利害，管保成功。

生　　孩儿遵命。正是：凭我三寸舌，退敌七路兵。（下）

吕　　陈珪，你说一封小书，能退敌人七路大军，究竟是何缘故？速将详情告诉本公。

老　丑　温候请听呀，

（唱）温候要问这原因，
且听老朽仔细云。
袁术七路把兵进，
乌合之众不齐心。
只凭着我儿陈登一人一封信，
管叫他七路大军一个一个五裂四分破碎不全回寿春。
或者还有大将来降顺，
请温候静坐待佳音。

报　　报袁术七路大军完全退却。

吕　　再探，

［报下。

沛相一封小书，竟退袁术七路大军，老先生料事如神，哈哈哈。

生　　七路大军全退。

宫　　二将投诚来归，参见主公。

吕　　坐了。

生　　谢座。启禀主公，登凭三寸不烂之舌，说得袁术七路大军纷纷退却，杨奉韩暹前来投诚。

吕　　怎么杨奉韩暹前来投诚？

生　　正是的。

吕　　二将诚心归顺，留他二人屯兵徐州。

老　丑　温候，莫可，想杨奉韩暹新来投降，有甚变故，如何是好？

吕　　依沛公之见？

老　丑　依老朽之见，不如命他二人屯兵山东，不出一年，则山东城郭皆属温候。

未知温侯意下如何?

宫　慢慢慢着，哎呀主公，杨奉韩暹即来投诚，应留徐州，整顿士卒，以待曹操；倘若使二将屯兵山东，紧急之时，无人协助，如何是好?

吕　沛相之言甚是有理，公台不必多疑。来，传令下去，命杨奉韩暹二将屯兵沂都琅琊二处待命。

中　遵命。（下）

宫　哎，

吕　来，排宴上来，本公与沛相父子贺功。

卒　宴齐。

吕　沛相、元龙、公台请酒。

众　请。

吕　哎，沛相，

（唱）沛相料事真如神，
一封书信退敌七路军。

老丑　还是温候有威信，
谁不怕来谁不尊。

生　虎牢关一战名远震，
诸侯吊胆又亡魂。

宫　他父子二人多恭顺，
甘言蜜语面谀君。

吕　公台无端谗言进，
竟敢当面害好人。

宫　他父子虚伪假殷勤，
离间我君臣将士心。

吕　元龙为人甚逊顺，
沛相助我立功勋。

宫　背叛袁术失了信，
唇亡齿怎能独存。

吕　投曹公名正言亦顺，
所以先绝袁术婚。

宫　去就事大家需讨论，
不该由你一个人。

吕　大事小事全由君，
哪个低头问群臣。

宫　既然事事全由君，
以后事再休向我云。

吕　　　　以后事不用你闻问，
　　　　　速退免伤君臣恩。
宫　　　　哎，我好难也，
　　　　（唱）他父子居心不可测，
　　　　　行动鬼祟甚可疑。
　　　　　温候竟然受蒙蔽，
　　　　　任人玩弄他不知。
　　　　　我有心弃他别处去，
　　　　　又恐被人来笑嗤。
　　　　　低头盘算不忍去，
　　　　温候，
　　　　　再请温候听仔细。
　　　　　对他父子要防备，
　　　　　莫道祸临后悔迟。
吕　　　　大胆，
　　　　（唱）骂声陈宫太无理，
　　　　　竟敢无端将人欺。
　　　　　以后大事不用你，
　　　　　有话再休向我提。
　　　　还不与我退下。哼！
宫　　　　（唱）温候忠言不容纳，
　　　　　吾辈必然受祸殃。
　　　　　气愤交怀出虎帐，
　　　　　恼恨贱人心似狼。
　　　　哎。（下）
吕　　　　哼。
老　丑　　温候不必上气。
生　　　　请主公再饮几杯。
吕　　　　请。
老　丑　　温候能识别真伪，不使紊乱，可算得个识时务之俊杰。
吕　　　　怎见得？
老　丑　　温候曾不计司马德操之言，儒生俗士不识时务，识时务者，再乎俊杰。想温候先事丁原，因丁原叛乱，杀丁原从董卓，后董卓谋国，乃刺董卓投袁绍，袁绍不容，弃袁绍依袁术，袁术不纳，则离袁术见张邈，张邈兵败，不能孤立，今竟协同曹公，共图大事，这不是识时务之俊杰是什么也？

吕　　　咦哈哈，请酒。

老　生
丑　　请。告辞。

吕　　　请了。

老　生
丑　　请了。（下）

吕　　　陈珪父子真是本公之真知己，哈哈。（下）

（六将起霸）

晃　　　（念）头戴金盔身披甲，

褚　　　　　战场与敌动厮杀。

于
典　　　要展男儿凌云志，

仁
渊　　　除非四海成一家。

晃　　　徐晃。

褚　　　许褚。

于　　　于禁。

典　　　李典

仁　　　曹仁。

渊　　　夏侯渊

众　　　众位将军请了。

众　　　请了。

众　　　丞相升帐，你我两厢伺候。请。（下）

[四龙套四校尉上。

大　生　（念）运筹帷幄展才能，

二　生　　　决胜千里建奇功。

大　生　荀彧。

二　生　郭嘉。

[曹上。

曹　　　掌握兵权，灭群丑奠定中原，

[众上。

众　　　参见丞相。

曹　　　站立两厢。

（坐）天下纷纷起干戈，忠心为国保山河。

　　　杀斩不由汉天子，扫除强梁在掌握。

老夫曹操，昨据沛城刘备表奏，言说吕布又通好袁术，趁机叛乱，攻打沛城，刘备自恐不支，上表求援，老夫欲征吕布，不忧袁绍，只恐张绣刘表生变，诸卿有何良策？

大　生　明公，想张绣刘表新破，未敢轻举妄动，吕布骁勇，若连接袁术，纵横淮泗，实难急图。

二　生　明公，今乘吕布初叛，众心未附，急往击之。

曹　奉孝之言正和吾意。于禁李典听令。

于典　在。

曹　命你二人带领五万人马为先锋，速往徐州勿误。

于典　得令。（下）

曹　众将官，兵发徐州了。

（唱）可恨吕布复叛变，

兴师罚罪把民安。（同下）

生　据探报曹丞相兴师动众，

我还要想妙计灭布立功。

走上前辞一礼忙把父请，

［老丑上。

老　丑　问我儿请父亲所为何情。

生　父亲，曹丞相大军已到，吕布命你老人家保守徐州，命儿随他去攻小沛，儿就要启程，特禀父亲得知。

老　丑　哎呀，儿呀，昔日曹丞相曾言，东方之事，尽付与儿，今吕布将败，你是怎样的安排。

生　哎呀父亲，外面之事自为之，倘若吕布兵败，必回徐州，父亲千万不可放他进城，儿我自有脱身之计。

老　丑　儿呀，吕布妻小均在徐州，他的心腹之人甚多，为之奈何？

生　父亲勿忧，儿见吕布自有办法。

老　丑　儿呀，城内之事有父，外边之事，我儿须要小心。

生　儿遵父命。

正是：

父子暗地设陷阱，

老　丑　大料吕布难逃生。

（分下）（四将上）

张　胸出奇才按六韬，

高　中原内战何日消。

宋　但愿温侯登极位，

魏　　　为主杀敌立功劳。

张　张辽。

高　高顺。

宋　宋宪。

魏　魏续。

众　请了，温候升帐，你我早来伺候，请。

宫　（念）忠言主不容，大事恐难成。

生　　　调虎离山径，好来把计行。

宫　陈宫。

生　陈登。

［**八卒上，吕上。**

吕　（引）盖世英雄战诸侯四海扬名。

众　参见主公。

吕　站立两旁。

（坐）虎牢关前抖威风，诸侯无人敢相争。

　　但凭画戟赤兔马，何惧曹操百万兵。

本公姓吕名布字奉先。前已差人到河内买马，运至中途，被刘备部下夺去。刘备自觉理屈，乃上表求援，本公亦与袁术通好，决定分兵攻打兖州等郡。

宫　主公，莫可，主公即叛袁术，投顺曹操，不该再联袁术，背叛曹操。这样无信，怎能服人？

张　哎呀主公，主公即决定弃袁术投曹操，不该又叛曹操再联袁术。这样反复无常，何以取信于人？

吕　嗯，本公主意已定，决难更改，你们不必多言。

生　主公，徐州四面受敌，曹必力攻，主公应思退步。

吕　元龙有何妙计？

生　主公，以登之见，不如将徐州钱粮及主公家眷移于下邳，倘徐州被围，下邳有粮可救。

宫　慢慢慢着，主公勿中奸人调虎离山之计。

吕　公台又来多口。宋宪、魏续听令，速备车辆，将本公家眷护送下邳，并将徐州所有钱粮屯下邳勿误。

宋
魏　得令。（下）

吕　陈宫听令，速带人马会同臧霸，东取兖州勿误。

宫　得令。（下）

吕　高顺张辽听令，速带本部人马，西攻沛城勿误。

张高　得令。（下）

吕　众将官兵，发小沛了。

（唱）据报曹操统大兵，
来攻徐州小沛城。
本公有谋又有勇，
遣将分路把敌迎。（下）

［四龙套四校尉四将曹上。

曹　（唱）有老夫率人马山摇地动，
锦旗飘飘映日红。
恨吕布叛国起内讧，
扰害百姓不安宁。
刘使君告急将师请，
老夫征伐统雄兵。
此去定将狼烟靖，
除暴安良救众生。

报　报，吕布陈宫分路攻打兖州各郡。

曹　再探。

［报下。

曹仁听令。

仁　在。

曹　速带三千精兵，攻打小沛勿误。

仁　得令。

曹　众将官，兵发萧关。正是：将士个个能效命，指日擒布捉陈宫。（下）

［生八卒吕上。

吕　据报曹军已入境，率队速救小沛城，

生　主公，请在此处暂停，待登先到关上，打探曹兵虚实。

吕　言之有理，速去速回。

生　遵命。（下）

吕　来呀，人马暂住此处候命。（下）

宫　关地多险，一夫当关，万夫难开。

生　要行反间计，先来骗陈宫。

宫　元龙到了，请坐。

生　有座。公台兄，主公深怪兄等，不肯向前，要来责罚。

宫　元龙不知，曹公势大，未敢轻敌，还请元龙回复主公，劝他保守小沛，乃为上策。

生　弟当遵命。

宫　元龙请在下边休息，我还要巡城。

生　公台请便。

宫　请了。（下）

生　陈宫走后，我不免今晚修书三封，绑在箭上，射下关去，曹公见书必然依计用兵，我便是这个主意，正是：今晚灯下修书信，料他陈宫也难知。（下）

［吕原人上。

吕　陈登探曹兵虚实，这时不回心着急。

生　（念）妙计安排妥，引贼入网罗。

参见主公。

吕　元龙打探曹兵虚实如何？

生　哎呀主公，关上孙观等，心想献关，登已留陈宫严守。请主公黄昏时候，杀去救应。

吕　哎，若不是元龙发觉，萧关必断送贼人之手。元龙速到关上，约陈宫为内应，举火为号，本公大兵即到。

生　遵命。（分下）

宫　（念）昼夜巡关城，静待救援兵。

生　　颠来倒去皆是我，管保鲤鱼上吊钩。

公台兄，不好了。

宫　何事惊慌？

生　公台兄不知，曹兵已抄小路，来到关内，深恐徐州有失，公台兄何不弃关，速回徐州。

宫　哎呀元龙，事已紧急，待我整队出关。（下）

生　陈宫出关，待我放起火来。（下）

［吕上。

吕　关上大火起，众将官奋勇杀敌。

（宫吕开打宫败下吕追下原上）

宫　那是主公。

吕　你是公台，哎，本公中贼人之计，你我速回徐州。

（转场）

宫　城上听着，温候到了，速快开城。

老　丑　吕布贼子，你还想进此城。

吕　陈珪，老匹夫，你儿陈登可在。

老　丑　我儿随你去了，哈哈哈。（下）

宫　主公你还在梦中，问此奸贼。

吕　　来呀，军中遍寻。
卒　　无有。
宫　　主公，不如暂投小沛。
吕　　来呀，兵发小沛。
（转场）（张、高上）
吕　　二位因何到此？
张高　　陈登言说主公被围，命我等援救。
宫　　哎，这又中奸贼之诡计。
吕　　陈登呀陈登，我不杀你誓不为人，来呀，速回小沛。
（转场）
（生站城上）
生　　吕布，国贼，我乃堂堂男儿，怎肯事你这反复无常之小人。
吕　　陈登奸贼，好好开城还则罢了，若还不开，打破城池，休想你活。
［曹四将上开打吕败下晃褚上。
晃褚　　吕布哪里走。
［打吕败晃褚追下，吕上。
吕　　来呀，收兵下邳。（下）
［曹原人上老丑上。
老丑生　　（念）颠倒吕布自残杀，
　　　　缚虎还需另设法。
参见明公。
曹　　快快请起。
老丑生　　谢明公，请明公入城。
曹　　来呀，大兵暂住城外，徐晃、许褚随老夫进城。
［众下曹晃褚老丑生下又上。
曹　　此次败布，皆沛相父子之功，加封陈珪十县之禄，授陈登为伏波将军。
老丑生　　叩谢明公宏恩。
曹　　来呀，设宴，与沛相父子贺功，明日大兵出发，攻打下邳了。
（唱）沛相老谋有深算，
　　　元龙好计非等闲。
　　　老夫与卿设酒宴，
　　　明日出兵擒奉先。（下）

[吕上。

吕　　(唱)自恃粮足安心守，
　　　　泗水险要吾何忧。
　　　　坐待曹贼来入寇，
　　　　不灭奸贼不罢休。

[宫上。

宫　　想下绝妙计，忙报主公知。
　　　参见主公。

吕　　公台少礼。

宫　　主公，宫有一计，使曹贼不战自退。

吕　　公台有何妙计，快快讲来。

宫　　哎呀主公，宫想曹操远来，势不能久，主公可率步骑屯城外，宫与高顺余众闭守于内，曹军若攻主公，宫引兵击其背；曹军若来攻城，主公回击于后，内外呼应，犄角相援，不过旬日，曹军粮尽，不战自退。未知主公意下如何。

吕　　妙计，妙计，公台速助高顺守城，本公收拾戎装，即率步骑出城立营。

宫　　遵命了。
　　　(唱)辞别主公出官去，
　　　　巡查防务不敢迟。(下)

吕　　　　公台多谋又足智，
　　　　画策内外牵掣敌。
　　　　时方冬寒天雪雨，
　　　　吩咐将士带棉衣。
　　　来呀，速晓谕将士，本公即日亲率步骑，屯扎城外，命他们多带棉衣。

中　　遵命。(下)

吕　　　　吩咐毕忙回后宫里。

[侍女接。

侍　女　见温候。

吕　　叫伺儿与本公收拾戎服。

侍　女　是。
　　　(下)

吕　　哎。

小　旦　(念)闻言心惊恐，

旦　　　　上前问分明。

吕　　夫人到了，快快请坐。

小　旦　请问温侯，收拾戎装意欲何往？

吕　　夫人不知，适才陈宫献计，言说曹操远来，势难久待，着本公率步骑出屯于外，陈宫高顺率余众闭守于内，曹军若攻本公，陈宫引兵击其背，曹军攻城，本公回击其后，内外呼应，犄角相援，曹军粮尽不战自退，所以本公命伺儿们收拾戎装，准备行军。

小　旦　呵，怎么你走呀。

吕　　我走呀。

（旦坐不理小旦）

小　旦　哎呀，温侯，妻前在长安，已被温侯所弃，幸赖庞舒私藏，得遇温侯重相聚会。不料今日你又抛弃为妻，率部远出，看起来你妻始终难免一死。温侯，你的前程万里，请你自便，勿以妻为念。

吕　　哎哎哎，有话你说，哭着是怎的。

小　旦　你不要管我，你走你的，你你你，你走你的。

吕　　哎呀家家，夫人你说本公该走不该走？

旦　　哎呀，温侯，妾素知陈宫与高顺不和，若温侯出外，陈宫与高顺岂肯同心守城，倘有差失，温侯当如何自立，况且曹操厚待陈宫，不啻骨肉，而陈宫尚舍曹操来投温侯，今温侯待陈宫未必能及曹操，温侯竟委全城托妻子，孤军远出，一旦有变，妾身安得复为温侯妻也。妾今将话说明，去也在温侯，不去也在温侯，你你你何必问我。

吕　　哎，你们有话快说，再不要哭了。

小　旦　我。

吕　　怎么样？

小　旦　我把你个无恩无义的人也。

（唱）恨温侯无恩义良心丧坏，
全不顾你和我恩爱难开。
想从前在长安弃妻受害，
东家藏西家躲恐怕贼来。
有庞舒私藏妻将他依赖，
送你妻与温侯重会天台。
不料想你今又弃妻出外，
有差失你的妻要受祸灾。
妻命苦终须死请你杀坏，
免得你牵肠挂肚记心怀。

你将我杀了。

吕　　哎哎哎，这是怎么样了。

小　旦　苦呀。

吕　　夫人，敌人逼近下邳，你说我该走不该走？

旦　　哎我把你个薄情的人呀。

（唱）只说你最多情有恩有爱，
谁是你背恩义抛弃裙钗。
曹孟德对陈宫恩深似海，
他竟然舍曹操投奔你来。
这样人怎算得忠心不改，
这样人怎算得有用奇才。
这样人怎能把大军来带，
这样人怎能把重任委差。
你今日托妻子孤军出外，
有大祸哪一个肯救我来。
看起来红颜女终要受害，
倒不如杀了我你心畅快。

来来来，
先杀我莫可久待，
杀了我将恩爱一刀割开。

苦呀！

吕　　哎哎哎，我好难也。

（唱）这情景霎时间将人难坏，
她二人痛哭声我也悲哀。
这一个她和我有恩有爱，
那一个她为我身受魔灾。
我有心率步骑屯扎城外，

（小旦、旦哭）

苦呀！

她二人直哭的头儿难抬。
我有心不出城安然坐待，
又恐怕曹孟德大兵攻来。
吕奉先心意乱失了主宰，
左也难右也难怎样安排。
猛想起虎牢关诸侯丧魄，
十八路兵和将无人敢来。
杀丁原刺董卓为国除害，

背袁绍弃曹操好不快哉。
现有我画杆戟赤兔马在，
何惧那曹孟德无用奴才。
劝夫人你休将花容哭坏，
你与我斟美酒快把宴排。
饮几杯醇漾酒来将愁解，
咱三人生同栖死也同偕。

旦　哎好呀，
（唱）听他言来忙下拜，
霎时自觉笑颜开。

小　旦　温候威名震四海，
盖世英雄不凡才，

旦　曹操老贼空作怪，
料他不敢到此来。

小　旦　叫侍儿。

女　有。

小　旦　忙把酒宴排，

旦　温候请饮。
（吕喝）

小　旦　（唱）吃到醉乡也痛快。

吕　二位夫人变容态，
美人陪我乐无涯。

旦　温候请酒。

吕　请。

旦　温候，你千万不要远出。

吕　夫人想你我乃是恩爱的夫妻，我怎忍舍你远出，哈哈哈。

小　旦　温候请饮。

吕　请，哎呀，夫人，本公自觉形容消瘦，快取菱花镜来，待本公一观。（吕照镜）哎呀，
（唱）对镜自照容颜瘦，
左顾右盼心发忧。
皆因我饮过量酒，
我要戒酒勿举酬。
哎，本公瘦损至此，必是为酒所误，由今日始，应当严戒，来呀。
［中上。

中　在。

吕　　传令下去，由今日起，全城军民一律戒酒，有饮酒者斩。

中　　遵命。（下）

旦　　嗯，温候并不消瘦。

小　旦　恐怕你是心上的病。

旦　　温候，陈宫、高顺为人奸诈，温候须要拿定主意，万万的不敢听信他二人的谗言。

小　旦　温候你与为妻做主。

吕　　哎，你们再不要哭了，本公绝不听陈宫、高顺之言。

小　旦
旦　　那就好了。

吕　　哎夫人呀，

（唱）妻妾恩爱难割舍，
不听陈宫高顺说。

小　旦　但愿夫妻常恩爱，

［小旦扶吕下。

旦　　何日才能将仇雪。

哎，爹爹呀！（下）

［宫上。

宫　　（唱）恨陈登他父子从中作怪，
吕奉先信谗言有勇无才。
贼定计调猛虎离了山寨，
黑夜晚自残杀真道悲哀。
曹孟德统雄兵亲自为帅，
只杀得天昏暗烟雾尘霾。
实可怜吕温候徐州兵败，
困守在下邳城无计安排。
我劝他率步骑屯兵城外，
我陈宫与高顺城内隐埋。
贼攻城击其后为国除害，
贼击外内救应彼此往来。
他不听忠言告我也无奈，
眼看着杀身祸快要降来。
我有心弃吕布跳出方外，
又恐怕天下人骂我公台。
我有心随吕布彼此依赖，
大祸临我陈宫怎能避开。

千千思万万想将人难坏，
无妙计低下头独自徘徊。
哎，
霎时间计上心愁眉顿解，
还是我陈公台胸有奇才。
闻曹操往许都去把粮解，
劝主公断粮道此计妙哉。
不旬日曹粮尽不战自败，
这妙计料曹贼难测难猜。
我还是见主公心急步快，
但愿得大功成畅饮开怀。（下）

［**八卒四将吕上。**

吕　（唱）终日饮酒解愁闷，
夫人待我甚殷勤。
退守下邳将身隐，
恨曹贼处处来逼人。

宫　曹兵四面将城困，
设计除贼建奇勋。
参见主公。

吕　少礼。

宫　哎呀主公，曹军四面围城，若不早出，必受其困。

吕　公台不必着急我想远出不如坚守。

宫　主公，近闻曹军粮少，遣人前往许都运粮，早晚必到，主公可率精兵断曹粮道。曹军无粮，不战自退，请主公速行。

吕　公台，曹操多诈，本公绝不上曹贼的当。

高　哎呀，主公，公台所陈甚是，主公应当即行；若主公不便前去，末将愿率部去断曹军粮道。

吕　此事本公自有办法。

高　哎呀主公，凡破家亡国，非无忠勇明智之臣，但患君不见用耳。主公举动不肯详思，不听忠荐，此主公之所短也，还请主公明察。

宫　哎呀主公……

吕　不必多言，还不与我退下。

宫　哎呔，主公被惑于夫人，见嫌于部将，吾等死无葬身之地也。（下）

吕　高顺魏续听令。

高
魏　在。

吕　高顺将所部归魏续统领，魏续将所部归高顺统领，即日交换，不得有误。

高
魏　遵命。

张　慢慢慢着，哎呀主公，高将军为人清白，不饮酒不受馈，所部将士盔甲斗具精炼齐整，每战必胜，号为陷阵营。今若将所部归魏续统领，诚恐将士不服。

吕　本公命令已出，决难更改，有不服者斩。

［成上。

成　美酒先奉上，回营再称觞。
参见主公。

吕　免。

成　禀主公，小将托主公虎威，追回失马，众将各馈酒肉相贺，小将恐违将令，特分酒肉献上。

吕　侯成，胆大的侯成，本公下令禁酒，你竟敢酿酒入献，藐视本公，莫非谋杀本公不成。来呀，将侯成推下斩首。

［二校拉下。

魏、宋
张、高　刀下留人！主公，正在用人之际，请主公将侯成饶恕。

吕　哎，本应斩首，众将乞情将侯成解下。

［成上。

侯　谢过主公不斩之恩。

吕　哇，非是本公不斩于你，今看众将面上，死罪免了，活罪难免。来呀，将侯成拉下重责四十。

［二校拉成下内喊一十、二十、三十、四十，成上。

侯　谢主公轻打。

吕　侯成，匹夫，这次宽容，以后若犯本公将令，定斩不饶。来呀，将侯成叉出帐去。

［下，魏宋扶成下。

张
高　哎。（下）

［魏宋扶成上。

成　哎呦，多谢二位将军救我不死。

魏　好说，哎，吕布贪恋妻妾，视我等如草芥。

宋　曹军攻城甚急，我等杀身就在眼前。

魏　吕布无信无义，贪酒好色，依末将之见，不如弃布。

侯
宋　住口。（*左右看*）

魏　　我等不如弃布投曹。

宋　　末将亦有此意，恨无引进之人。

成　　二位将军，某想，吕布所恃者赤兔马也，二位有心投曹，小弟当盗马先见曹公。

二　将　如此甚好，我们依计而行。

正是：三人密谋定巧计，

成　　我盗赤兔你盗戟。（分下）

［四龙套六将二小生曹上。

曹　　攻城三月不能克，兵久必疲不如归。

（坐）这是众卿，你看我军围城三月，尚不能下，吾想，兵久必疲，不如暂回许都。

大　生　丞相莫可，想吕布屡败，锐气已挫，陈宫虽智，性多迟疑。今藉吕布之气未复，陈宫之谋未定，乘此急攻，吕布可擒，为何无故退兵？

曹　　哎，军中乏粮，如何是好？

二　生　丞相勿忧，嘉有一计，胜过二十万大军。

大　生　莫非用水。

二　生　正是此意。嘉见下邳，城临沂、泗两河，不如决两河之水，用水淹之，胜如二十万大军。

曹　　咦哈哈，妙计妙计，正合吾意。许褚李典听令。

二　将　在。

曹　　速率士卒，决开沂、泗二河，水淹下邳，不得有误。

二　将　得令。（下）

曹　　夏侯渊、曹仁、徐晃听令。

三　将　在。

曹　　各带本部人马攻打东、南、北三门，不得有误。

三　将　得令。（下）

曹　　于禁听令。

于　禁　在。

曹　　传令下去，吩咐我军一律移住高原。

于　禁　遵命。丞相有令，下边听着，我军一律移住高原。（内喊）

曹　　大计安排定，准备破坚城。（下）

吕　　（内唱）因贪酒这几日形容消瘦，

（旦扶吕上走花梆子）

令全城齐戒酒不可举酬。

恨侯成犯军令本该斩首，

念众将跪乞情把他命留。

今日里消愁闷又来借酒，
想起了曹孟德气上胸头。
那老贼兴人马屡次入寇，
陈珪贼暗通敌献了徐州。
曹操贼要擒我怎能得够，
我吕布抖威风群贼命休。

叫人来。

中　有。

吕　看过了琼浆美酒，（坐）
我二人今日里多饮几瓯。（饮）

旦　哎温候，
（唱）曹孟德他虽然兵强将勇，
怎能敌吕温候盖世英雄。
空用谋巧用计有甚作用，
画杆戟能挡贼百万雄兵。
我这里假殷勤把酒来敬，（吕饮）
吃一个酩酊醉万念俱空。（吕饮看旦介）

呵温候，想温候乃当世之英雄，无敌于天下，却怎么今日遇见一个曹操，就是这样的烦恼？

吕　哎，你怎么连我都不知道，一个曹操何能放在我心上，我叹夫人这样花容玉貌，随我奔波辛苦，我实在对不起你。

旦　温候说哪里话来，受些辛苦，有甚要紧，侬家因见温候是个英雄，所以侬家我才……

吕　你才怎么样？

旦　我才爱你。

吕　咦哈哈哈！你爱我，我也爱你，这才是恩爱的夫妻。

旦　美满的姻缘。

吕　照呀，美满的姻缘。哎，只是曹操这个老贼，逼人太甚，既然夺我徐州等地，又来攻我下邳，恨不能生食其肉，方称我心。

旦　温候，妾想曹操不过一刁诈小人，怎能敌得温候英雄盖世，区区小敌，何足道哉。幸喜今日天气清朗，侬家虽比不上美人，也算一个知己。现有美酒在抱，知己当前，何不吃个醺醺大醉，方是英雄本色。

吕　什么，什么醺醺大醉？

旦　是呀，醺醺大醉。

吕　英雄本色？

旦　英雄本色。

吕　酒来酒来，哈哈。（饮）

（唱）夫人你真个是聪明绝顶，

识时务是俊杰口角春风。

我和你虽非比美人英雄，

也可算得那惺惺惜惺惺。

（饮吐）

宫　（内唱）曹操贼领兵攻下邳，（上）

温候被惑在深帏。

我要见他进忠诲，

急忙进宫莫迟疑。

（白）速快通禀，就说陈宫有得机密大事启奏。

中　你少待。禀温候，陈宫有得机密大事启奏。

旦　温候酒醉，有事明天再议。

中　温候酒醉，有事明天再议。

宫　这话是何人讲的。

中　是夫人讲的。

宫　哎不好，

（唱）温候贪酒又好色，

终日他被酒色迷。

军国大事毫不理，

恐怕城破在旦夕。

可怜我死无葬身地，

事到着急悔不及。

放大胆我要闯进宫去，

中　哼，是你这样孟浪，难道你要寻死吗?

宫　这。

中　往下站，再往下站。

宫　既无权又无力束手待敌。（下）

旦　温候请酒。

（吕饮吐擂鼓三遍内喊）

内　水下来了，水下来了。

[旦惊推吕不动高上。

高　忙把盗马事报予温候知。速快通禀，就说高顺有事要见。

中　温候酒醉，有事明天再见。

高　你且闪开。（进）

主公醒得，吠，主公醒得。

（吕看）

吕　　将军何事？

高　　主公，大事不好了。

吕　　呵，何事惊慌？

高　　主公请听，

（唱）侯成盗去赤兔马，
　　沂泗两河大水发。
　　曹兵四门齐攻打，
　　主公速快想良法。

吕　　再探。

［高下。

不不不好了，

（唱）闻报怒气发，
　　不由人咬碎钢牙。
　　盗去赤兔胭脂马，
　　大将无骑怎样杀。

旦　　（唱）温候不必怒气发，
　　妾有言语听根芽。
　　温候威名谁不怕，
　　无有战马也胜他。

吕　　来呀，吩咐另备战马伺候。

［中下吕看旦旦下。

旦　　哎，我可莫说吕布呀吕布，此一出城，恐怕你的凶多吉少也。

（唱）我见得吕布他去了，
　　恐怕失败在今朝。
　　可怜我国仇家恨今才报，
　　我还要诉冤苦去见曹操。（下）

［晁仁渊于上。

于　　这是众位将军。

众　　将军。

于　　适才侯成献马，言说布将宋宪、魏续准备献城，以白旗为号，不久必有内应，你我分门加紧攻打。

众　　请。（分下）

（马夫备马介）

马　夫　　有请主公。

［吕上。

吕　　全身齐披挂，出城将敌杀。

［上马会战曹四将上败下。

（唱）吕布马上威风振，（战一将败下）

越杀越战越精神。（又战一将败下）

管教来者俱命殒，（再战二将败下）

哪怕曹军百万军。

［战四将败下吕耍枪花下四将吕上战四将败吕追下四卒高上。

高　　哎呀，不好，宋宪、魏续献了东门，曹军已经进城，西门水围不通，我不免竭力抵杀一阵。

［褚上会阵高被擒。

褚　　来呀，押见丞相。（下）

宫　　哎呀且住，宋宪、魏续献了东门，主公不知下落，这这这却怎处。

晃　　哪里走，来呀，与我绑了，押见丞相。（下）

吕　　（内唱）方才城楼少休憩，（上）

被宋宪盗去画杆戟。

忙换银枪再抵御，

［杀二将四将上接战败下。

曹军势如潮水急。

先失了赤兔马又失画戟，

好似那楚霸王乌江丧师。

振奋精神将敌刺，

（战六将被擒）

众　　擒贼为国立功绩。

哈哈哈。（三笑四锤头下）

［四龙套二生刘曹上。

曹　　攻破下邳城，将士都有功。（众将上）

众将　　禀丞相，擒住吕布、陈宫、高顺。

曹　　此乃众将之功，下边休息。

众　　谢丞相。（下）

中　　禀丞相，将吕布家小拿到。

曹　　单招新夫人进账。

旦　　哎，来来来了，

（唱）刀枪剑戟围住我，

霎时不绑去绳索。

进前下拜愁眉锁，

问丞相宽容却为何？

曹　下跪你是新夫人？

旦　正是。

曹　抬起头来。

旦　不敢抬头。

曹　恕你无罪。

旦　谢丞相。

曹　果然美貌绝伦，这是新夫人？

旦　丞相。

曹　你是何方人氏，怎样跟随吕布？不必啼哭，站起缓缓地讲来。

旦　哎，丞相容禀了：

（唱）侬本是小沛农家女，
被吕布抢来作小妻。
我父亲不肯拉拉扯扯被贼一刀曾杀死，
拼下我薄命女儿孤孤单单无靠又无依。
我有心为国除害为父报仇将贼刺，
懦弱女儿无力气。
闻吕布贪酒又好色，
我便拿酒色将贼迷。
嫣然一笑学妩媚，
贼入网罗不自知。
我从中离间挑是非，
使他将叛亲信离。
陈宫屡次陈妙计，
他要出外我不依。
我终日陪他宫帏里，
外边的事儿全不提。
擒布全赖丞相智，
今日里也是我报仇之时。
这是我遭遇冤苦事，
求丞相杀吕布不可延迟。

曹　真道的可伤，这一女子，为国除害，其功不小，老夫赐你黄金千两，送你还家。

旦　谢丞相。

曹　来呀，将吕布妻女送回许都。这一女子护送小沛无误。

旦　谢过丞相了。

（唱）谢丞相赏赐大恩义，

脱笼鸟展翅任我飞。（下介）

［吕上。

吕　夫人转来。

［旦看又上。

那是夫人。

旦　呸，谁是你的夫人，你是我的仇人，想我乃小沛农家女儿，桑林之下被你贼瞧见，是你纵使爪牙抢我作妾，我父不允，被你这贼一刀杀死。那时我有心自寻短见，怎奈父仇未报，有心报仇，恨我无力，暗想你乃酒色之徒，我便以酒色为戈矛，终日劝你吃酒作乐，消磨你的志气，戕贱你的身躯，我便从中离间挑拨，使你将帅不和，你竟上了我的圈套，陈宫之妙计不纳，诸将之忠谏不用，到今日，众叛亲离，身被人缚。今杀你这有勇无谋、反复无常、祸国殃民之贼，为国除奸，为民除害，为我惨死的父亲报仇，我好不高兴，我好不畅快也。

（唱）今日里我将大仇报，
满腔愤恨一笔消。
含泪回家把亲吊，
祭奠爹爹哭嚎咷。（下）

吕　哎，我好怪也，

（唱）新夫人她和我恩爱甚好，
却怎么今见面恶语相嘲。
莫不是得疯病语言颠倒，
低下头将此事仔细推敲。

宫　陈公台上前来急忙禀告，

曹　带陈宫。

卒　走。

宫　（唱）遵一声吕温侯细听根苗。
到如今你还是迷恋不晓，
看不出那女子妙计一条。
媚惑你假意儿嫣然一笑，
那就是杀你的利刃钢刀。
常言说儿女情爱英雄事业不并道，
你不该贪酒色竟将祸招。
到今日身被缚后悔迟了，

曹　带陈宫。

［吕下宫进。

宫　回头看上坐的国贼曹操。

深痛恨我不能为国除暴，
准备着三寸舌骂贼一遭。

卒 跪了。

宫 不跪。

曹 且便由他，公台别来无恙？

宫 曹操呀曹操，店内恨我做事太宽，那时若将你贼杀死，焉有今日。

曹 哼哼哼，幸亏你还记得，想你在中牟县衙，既能弃官随我，共谋大事，不该客店不辞而去，你这反复小人，还有何说。

宫 哈哈哈，不提前情还则罢了，提起前情，叫人可恨。想从前我在中牟公堂，见你身为骁骑校尉，有胆有识，虽然谋刺董卓不成，其心毕竟可嘉，那时我不唯饶你性命，情愿挂官随你逃走，实想为民除害。谁知你这奸贼，生性残忍，疑心太重，杀死吕氏全家，是我忠言相劝，你非但不知追悔，反敢昌言，宁要我负天下人，不要天下人负我。今日果然奸形尽露，如今你显宦在朝，大权在握，挟天子以讨异己，聚财狼以吞州郡，制造战争，残害百姓，可惜大好中原，变成杀人战场也。

（唱）你剪除异己行霸道，
终年战火不能消。
中原百姓受惊扰，
贼董卓变成了贼曹操。

曹 且当老夫奸如董卓，究比吕布如何？

宫 哼，吕布虽无智谋，却不似你奸诈；虽无权术，却不似你阴险；虽无仁政，却不似你毒辣。想你这样奸诈、阴险、毒辣的小人，比当日王莽董卓还甚千倍。曹操呀奸贼，我恨不能食尔之肉，寝尔之皮也。

（唱）曹操贼阴险又毒辣，
忠良臣子被你杀。
恨我中牟失计划，
留贼今日祸国家。

曹 想吕布乃酒色之徒，有甚作为，不然像他那样英雄盖世，勇冠天下，欲图大事有何难哉。怎奈他不思远图，贪酒好色，听妻妾言，不纳诸将计，岂能不失败。公台即称足智多谋，今果如何？

宫 哎，只恨吕布不听吾言，若听吾言，未必为你贼所擒。

曹 今当如何？

宫 有死而已。

曹 公台如此，固可留名后世，怎奈家有老母妻子乎。

宫 这个，哎呔，吾闻以孝治天下者，不害人之亲，施仁政于天下者，不绝人之祠。老母妻子之存亡，尽在于你。

曹　　公台何不再思？

宫　　吾心已决，再无他念。

曹　　哎，公台既然心决，不便相强。来呀，将公台老母妻子送还许都厚待。公台死后，安葬许都勿误。

中　　遵命。

曹　　公台请来就刑。

宫　　哎呔，求仁得仁复何怨，可怜老母再见难，哎呀，娘呀，杀。

［二校拉宫下。

校　　公台已死。

曹　　哎，公台呀！带吕布。

吕　　（内唱）水淹下邳打败仗，（上）

大英雄今难免刀下丧亡。
我吕布善弓马号称飞将，
虎牢关战诸侯四海名扬。
东西杀南北战无人抵抗，
不听调不听宣独霸一方。
猛想起从前事衷心惆怅，
不由人落下了珠泪两行。
悔不该杀丁原刺卓命丧，
悔不该轻去就反复无常。
悔不该贪酒色自陷迷网，
悔不从陈宫计妻妾主张。
到今日众将叛身陷缚绑，
大丈夫说不得昔日称强。
叫人来你押爷白门楼上，
阶下囚名吕布自来归降。

曹　　吕布。

吕　　丞相。

曹　　你虎牢关的威名何在？

吕　　天下英雄谁比丞相。

曹　　哈哈哈，既知如此，不该背叛。

吕　　丞相所患者，不过吕布，布今已服丞相。丞相若能舍布，他日丞相为帅，布为先锋，天下不难定也。

曹　　哼，（点头）

吕　　玄德，公为座上客，布为阶下囚，何不发一言而相宽乎？

曹　　刘使君意下如何？

刘　　丞相，曾不记布事丁建阳及董卓乎？
吕　　大耳儿最无信义，不记辕门射戟之时也？
刘　　这。
吕　　哎，叫人可恨。
　　[高上。
高　　吕布匹夫，怕死不成。
曹　　来呀，将吕布推下斩首。
吕　　哎呔，
　　（唱）自悔骄侈贪酒色，
　　　　辜负赤兔画杆戟。
　　杀。
　　[校推吕下。
高　　吕温候，吕奉先，
　　（唱）一见温候把命丧，
　　我的温候呀，
　　　　不由人落下泪两行。
　　　　可叹你盖世英雄并无双，
　　　　大战虎牢把名扬。
　　　　一人能敌千员将，
　　　　又怪你贪酒好色不听陈宫忠谏由妻做主张。
　　　　到今日众叛亲离身首两断悲惨状，
　　　　怎能不叫高顺痛断肝肠。
曹　　带高顺。
高　　　　将身来在城楼上，
　　　　断头将军气轩昂。
曹　　下站何人，有些面善。
高　　你我濮阳相遇，难道不记得你家高老爷。
曹　　原是火烧濮阳的火头军。
高　　可惜呀可惜。
曹　　你可惜什么？
高　　嗯，可惜当日濮阳火小，不曾烧死你这国贼。
曹　　败兵之将，何敢辱骂老夫，待老夫杀了这厮。
高　　杀杀杀。
曹　　咦哈哈，老夫素知将军忠勇，不过吓唬耳。
刘　　将军，曹丞相待人有恩有义，将军还是降了吧。
高　　不降。

曹　　将军若肯投降老夫，不失封侯之位。
高　　哼，我高顺是断头将军，不是投降将军。
曹　　将军，老夫久仰将军刚直烈壮，这是老夫锦袍，赠与将军征表爱慕之忱。
高　　不要。
曹　　将军降了好。
高　　哼，你家高老爷，宁为国家鬼，不愿为贼将，要我投降，万万不能。
众　　将军降了吧。
高　　不降。
曹　　将军不必执拗，还是降了好。
高　　宁死不降。
曹　　哎，这就难了。来，将高顺推下斩首。
　　［校拉下又上。
校　　禀丞相，高顺已死。
曹　　可惜一员虎将。来呀，准备酒宴，与众将贺功。请！（同下）

——幕落剧终——

（说明：以上内容录自家存手稿，先生手迹，毛笔满行书写，繁体竖排。首页落款：冯杰三编，一九五二年四月二十三日脱稿。）

白素贞

第一回

［青旦旦幼生老生上。

老　生　（诗）赃官豪富逼租饷，又逢连年遭旱荒。
富家酒肉吃不尽，贫穷难借半升粮。
娘子，女儿，你看连年荒旱，收成全无，官府催饷，豪富逼租，逼得我们穷人要命。哎，可怜我们，就是粗糠草根，眼看着也是吃不到嘴里了。

青　　这到底怎么办呀?

旦　　爹爹，官府近年与百姓增加银饷为何?

老　生　那就是练兵。

旦　　儿想，承平年间练兵何用?

老　生　专为剿匪，

旦　　哪里有匪?

老　生　别处不知，为父只知大谷山有匪，必是官兵时常追剿。

旦　　爹爹，大谷山那是各处难民受不了赃官豪富的欺压勒索，投奔此山，你怎么说他们是匪?

老　生　哎，我听差役们说的。
（内喊）
哎呀，外边哭声叫，不知何事，你们退下，待我去看。
［四差役拉王二丁四上。

王二、丁四　老爷饶命……

差　役　你们这些穷小子，胆敢抗饷不交，轻视国法，打!

老　生　大爷不要生气。

差　役　哼!

老　生　请老爷高抬贵手，把他们饶了，叫他们想法子三天清缴饷银，你看如何?

差　役　哼，你将你的三天也要交清。

老　生　我当然要交清。

差　役　我给你这些穷鬼说，三天若还交不清饷银，小心你们的狗命。

众　　是!

差　役　哼，赶快办。

众　　是。

［差役下。

众　　哎，我把你个贼，

（唱）恨官府恶差役欺人太甚，

我把你个害人的贼呀，哎，我把你个贼呀。

立逼我穷百姓交清饷银。

荒旱年无收成饥饿难忍，

可怜我家贫寒手无分文。

三日后贼逼饷手持兵刃，

只说我何处避入地无门。

黄仁
黄义　（内唱）弟兄越墙避大祸，

众　　你慌张为何？

二黄　老伯、大哥不知，王府管家，带领壮丁，来拿我送县逼租，我弟兄闻报越墙逃走。

老生　哎，如今贪官豪富横行天下，实在没有我们穷苦人的活路了。

王丁　老伯，贤弟闻听人说，大谷山忠义民兵保护穷人，四方好汉多投奔那里，依我之见，不如咱们逃到那里，比死守在家里强得多。

二黄　大哥之言甚是，我们同到那里，先杀王员外，给地方除害。

王丁　老伯，你的意下如何？

老生　哎，你们年富力强，前程远大，我老汉子女幼小，行走艰难，你们先去。

众　　如此我们告别了。

王二　（唱）与老伯辞一礼泪流满面，

丁四　顾不得父和母穷苦家园。

黄仁　恨土贼手毒辣欺压穷汉，

黄义　我不杀害人贼不算奇男。（下）

老生　见他们投奔大谷山，

白老头低头细盘旋。

回家忙把妻儿唤，

一家商量逃外边。

娘子，女儿

青　　忽听夫君一声唤，

旦　　问爹爹唤儿何事端？

老生　这是娘子女儿，你看租饷逼得甚紧，三日若不清缴，恐怕性命难保。王二、丁四，黄家你兄弟都跑了。

旦　　爹爹，他们都走了，我们不能饿死在这个穷家里。

青　　不饿死家里有甚办法。
旦　　依儿想来，还是早早逃走，另找生路。
老　生　如此，速快收拾行装，随父逃走。
旦　　女儿遵命。（下）
青　　哎，我们逃走，叫我怎样割舍我这个穷家园。
老　生　娘子不必伤心，我们逃命要紧。到了外边，找一富贵之家，为奴作仆，也比饿死家里强。娘子、女儿引了小儿，随我速快逃走了。
（唱）出门来不由人悲悲切切，
旦　　满腹的悲愤事该向谁说。
青　　离家园抛故土实在难舍，
三　人　一家人逃外边苦度日月。（下）
［四卒六将上。
生　　（唱）恨赃官和富豪倚势作恶，
逼饷银催租粮鞭打勒索。
穷苦人受欺压光景难过，
离家乡逃出门老少奔波。
刘士英睹此景满腔生火，
大谷山聚好汉抑强扶弱。
在山中春耕夏收不受困和饿，
杀恶霸救百姓好不快乐。
据探报富阳府遣将灭我，
准备着与贼战负起干戈。
刘士英。以在大谷山中，集众千余，号称忠义民兵，春夏耕田，秋冬操练，各食自己劳力，绝不扰害百姓；杀的是贪官污吏，除的是恶霸豪富，保护乡里，扶持贫弱。近闻宝阳训练壮兵，与我等为难。
众　　大哥，宝阳所练壮兵，不是抓的百姓，就是绑的穷人，将官家饷银入了私囊，兵吃不饱，穿不暖，哪个肯为他打仗。
报　　报，胡副总兵率领三万人马，离山寨三十里扎寨。
生　　再探。
［报下。
众　　大哥，胡贼初到，我们下山，先杀贼个下马威风。
生　　众家弟兄言语差矣，想敌众我寡，只有智斗，不可力争。我们此次与敌交锋，以三百人守山，三百人避实击虚，三百人绕敌后路，东牵西扯，使敌首尾难顾，虚实难测，那时听我号令，奋勇杀敌，大功必成，未知众家弟兄以为如何？
众　　大哥计划，作战之策，甚是有理。

生　　如此，众家弟兄随我下山布置，准备擒贼，为民除害。（下）

［四卒四将上。

净　　（诗）刁民聚众大谷山，奉命剿灭掌兵权。
　　但愿一战获全胜，论功行赏升高官。

本帅副总兵官，胡安。可恨刁民聚集大谷山，杀官劫库，声势浩大，朝廷命我统领三万精兵，剿灭山寇。众将官，此番剿寇，须要奋勇当先，但能获胜，大小将官都有升赏。今乃黄道吉日，正好行兵。来呀，全部人马杀奔大谷山了。

（唱）本帅将令往下传，
　　众将奋勇要争先。
　　但愿胜利凯旋转，
　　大小将士都升官。（下）

老　生　　被贼逼在家难立站，

青　　手领娇儿逃外边。

旦　　可怜我一家老少沿途受尽辛苦被人下眼看，

老　生　　离乡人在外事事难。

青　　走的我头昏眼花天地转，

旦　　见爹娘哭哭啼啼凄凄惨惨心中悲痛向谁言。

老　生　　耳听得马嘶人乱喊，

青　　吓得我胆颤心又寒。

旦　　叫爹娘随儿往前赶，

老　生　　该向何处把身安。

旦　　哎呀爹娘，前边尘土大起，人喊马叫，不知何处兵马？

青　　这该如何是好。

旦　　哎呀爹娘，我们速往前边村庄躲避，若遇乱兵，就有杀身之祸。

老　生　　儿呀，快随父来。（下）

难　民　　（唱）恨赃官逼饷款，
　　差役好似鬼判官。
　　鞭打绳捆穷苦汉，
　　贫民逃难血泪斑。
　　恨恶霸，心太残，
　　逼租行凶耍野蛮。
　　佃农无吃少衣穿，
　　日剥树皮草根餐。
　　大家事，执力干，
　　打开枷锁勿为难。

报仇雪恨要勇敢，
杀尽恶霸和贪官。

［难民男女、净、生，左右上，将难民冲散；开打，净败，下，生追下。

［白英杰上。

英　爹爹、母亲，哎姐姐呀

［生上。

生　这孩子，你是哪里人，为何在此啼哭？

英　我随我爹娘逃难，叫兵将我冲散了，我要我爹娘呢。

生　哎，可怜的孩子，你小小年纪，怎样的找你爹娘，不如随我上山，日后再好慢慢打听你父母下落。

英　你给我找我爹娘。

生　不要哭了，我与你找你爹娘就是了。众家弟兄，我们回山了。

（唱）众家弟兄真猛勇，
杀败敌兵远逃生。
回山再把军律整，
四处巡查害民兵。（下）

老生　（内唱）
小娇儿被冲散呼唤不应，
白英杰，父的儿！
（唱）却怎么四处找不见影踪。
恨官府豪富家苦害百姓，
逼饷银催租粮任意行凶。
少年人被逼迫山上逃命，
我一家也逃出苦难家庭。
中途路遇乱兵抢劫一阵，
冲散我白英杰小儿娇生。
到处找到处寻不见儿影，
千声呼万声唤儿不应声。
哭我儿哭得我气结咽哽，
哭我儿哭得我喑哑无声。
叫贤妻和女儿将我搀定，
白、白、白英杰，父、父的儿，罢了儿。
一霎时头昏晕寸步难行。

旦　（唱）劝爹爹你不必过分悲痛，
我兄弟被冲散慢慢打听。
儿搀父到店中求医治病，

我母女做针工暂度残生。

青　　哎，

（唱）夫君哭儿生病症，

这才是祸患不单行。

我们中途莫久停，

忙到店内请医生。

旦　　爹爹挣扎着。

老　　白英杰，父的儿，哎，儿呀。（下）

第三回

丑　　（念）我家主人是尤万富，家有良田千余亩。

大城小镇有房屋，开的有绸缎铺、杂货铺、木器铺、棉花铺，小饭馆，大酒楼，还有五个掉金铺。

麦米囤子无有数，金银财宝堆满库。

使的有童仆，唤的有丫头。

花街走，柳巷游，心想娶个美貌小妻到处求，托朋友。

我名尤二，人都称我尤二爷，乃是尤万富尤大爷府里的大总管。我尤二生来心灵口巧，两腿能跑，很得大爷的欢心。大爷心想娶个美貌妻小，彩礼要少，人样还要好，命我们管家、教师、家丁在佃农家各处找，总没有个可心人儿。今日街上讨要房租一回了。

大爷心想纳妻小，找不下一个女窈窕。

见街上红男绿女老老少少东来西去无有一个好容貌，何日才把差事交。

说说话来到小二店。小二。

小　二　　二爷到了，何事？

丑　　我二爷到这里难道你还不知何事？

小　二　　想是要房租。

丑　　你个奴才，两月不交房租，还叫我当账讨不成？

小　二　　二爷，小店近来生意不好，缓几天有钱，亲自送过府去。

丑　　哼，明天就要，若还交不出来，打坏你的狗腿，小心着。

小　二　　是！

丑　　哼！哼！哼！

小　二　　送二爷。

［丑下。

小　二　　尤二，尤二，我把你个贼呀。

（唱）骂声尤二太无礼，
贼不该倚势将人欺。
我这里与白老将汤送去，
可怜他离乡人真道惨悽。（下）

老　生　一夜思儿难合眼，
忽哭忽笑发痴颠。
有时间隐隐之中听得我儿悲悲切切将我唤，
有时间望见我儿痴痴呆呆不言不语站在我面前。
用手摸儿儿不见，
急得人心似滚油煎。
迷迷糊糊整一晚，
睡不宁来坐不安。
自觉得头昏周身软，
耳鸣心跳眼发蓝。
恐今世不能见儿面，
要相逢除非是梦里团圆。

小　二　尤二昨天催房租，今日无钱怎罢休。
老伯病体如何？

老　生　哎，小哥哥呀。

小　二　老伯伯不必伤心，你的病可轻了？

老　哎，越发沉重了。

小　二　老伯伯勿忧，待我到药铺里给医生说说，叫他给你换一副药，吃了就会减轻。

老　多谢小哥哥！

小　二　哎，真可怜也。
（唱）可怜他手中无一钱。
离乡人客中将病患，
忙到药铺把账欠，
这才是穷人方知穷人难。（下）

老　白英杰，父的儿呀，难见的儿呀！

青　哎，
（唱）夫君不必将儿唤，
莫将儿常挂在心间。
好好养病莫悲惨，
病好再找小儿男。

旦　（唱）老爹爹忧儿染病患，

日夜痛哭不安然。

可叹父逃难他乡失却娇儿身染重病哭哭啼啼如疯如颠身发颤，

客乡人这惨状有谁可怜。

老　生　贤妻，女儿，可恨官府逼饷，恶霸催粮，不是鞭打就是绳拴，将我们穷人逼得要命，只说逃出门来，求条生路，不料中途遇见乱兵，将小儿冲散，四处找寻无有踪迹，是我忧儿成病。贤妻呀，我看我这病，恐怕不中用了。女儿可怜，我儿年长十七，尚未许人，儿呀，倘若不幸，为父身死，儿呀，你的身子，要你做主，为父我管、管、管不了你了呀！

旦　哎，爹爹呀！

青　你再不要胡说，人谁无病，不能一病就死。

旦　爹爹请放宽心，小二哥将药抓回，你吃了，病就会好。

老　生　哎，父这病岂是医药所能治得呀。

（唱）避苛政别故土出门逃难，

中途路失掉了小小儿男。

哭我儿哭得我肝肠寸断，

想我儿急得我两眼发蓝。

恐怕我在人世不能久站，

我一家生离死别在目前。

丢贤妻在他乡何人照管，

可怜我素贞女尚无姻缘。

异乡人如浮萍漂流不定，

何一日他母女才回家园。

我死后将臭骨不可装殓，

在野外挖土坑尸埋内边。

万不可哀求人舍财救难，

万不可向他人告借银钱。

正讲话自觉气力短，

一口鲜血上下翻。

手拉着贤妻女儿心疼烂，

贤的妻，素贞儿，罢了儿，

痰塞咽喉不能言。（死）

青、旦　哎呀不好！

青、旦　（唱）一见夫君爹爹把命断，

我的夫君爹爹呀，哎我的夫君爹爹。

伤心珠泪洒衣衫。

你死只把你自己管，

丢下为妻女儿有谁可怜。

青　　夫死无钱买棺板，

旦　　将爹爹怎样送坟园。

［小二上。

小　二　　耳听店内放哭声，

急忙进内问分明。（进）

哎，是我一步来迟，老伯他竟然死了。哎，老伯伯呀！老伯即死不能复生，赶快买口棺材将他老人家埋了。

青　　小哥哥，我是逃难之人，手中分文也是无有的哇。

小　二　　哎，这该怎样的办呢？

青　　小哥哥，请你替我想个办法。

小　二　　哎，我可怜的连钱交房租都莫有，还能给你们想办法吗？实在是心有余而力不足。

丑　　尤二生来无出息，专为富家拍马屁。小二，小二。（看女介）

小　二　　尤二爷来了。

丑　　小二，他们是哪里人氏，因为何事哭啼啼？

小　二　　二爷不知，她母女乃离乡逃难之人，不幸丈夫死亡，无钱埋葬，因而啼哭。

丑　　那一小姑娘是谁？

小　二　　那就是她的女儿。

丑　　呠，是她的女儿，真道的可怜。

小　二　　尤二爷，请你发个慈悲，回禀大爷，赏他几两银子。

丑　　这个我能办到，尤大爷乐善好施，我替大爷不知行过了多少善事，这是我收的房租二十两银子，赏给他们。可是把人埋了，必须叫她母女到尤府叩谢大爷一回。

小　二　　那是当然的。

丑　　你将她母女领来。

小　二　　那我晓得。

丑　　你可不敢忘了。

小　二　　你放心，我定要领她们叩谢大爷。

［丑点头，看，笑，下。

小　二　　妈妈，适才那一位是我们这里有名的大财主尤万富的管家，他怜念你们，赏了二十两银子。可是把老伯埋了，须要到尤府叩谢尤大爷一回。

青　　多蒙他赐银，哪有不谢之理。

小　二　　那么妈妈随我去买棺材赶快埋人。

青　　女儿，你快烧些水，与你爹爹洗洗，为娘的一时便回来。

（唱）感谢财主赐银两，
埋葬夫君在异乡。
旦　眼含泪珠头难仰，
母女他乡怎下场。
哎，爹爹。
青　夫君呀。（分下）

第四回

［小生担水上。
小　生　（唱）实可怜二爹娘早年丧命，
丢下我小呆夫孤苦伶仃。
无依靠无亲族家无度用，
莫奈何到尤府充当苦工。
日担水夜守门忍饥受冻，
稍不慎被打骂贼欺我穷。
常偷闲习拳棒更深夜静，
自觉得身强健喜在心中。
哎，我呆夫父母早亡，无法生活，来到尤府，为奴做工，白天担水扫地，黑夜守门防户。是我每晚人静之时，偷习拳棒，今早四下无人，待我练习一回了。
（念）四下无人天黎明，手持扁担练武功。（舞介）
丑　清早起来闲游玩，行来府门用目观。
这个奴才不好好担水，大清早就在这里玩耍。呆夫，好个奴才，你不担水，在这里干什么。
小　生　下次不敢。
丑　哼！以后再不好好干，打死你个奴才。
小　生　是！（下）
丑　哎，
（念）低头暗想细盘算，闲游闲转心不安。
哎呀，
远望三人走得缓，必是那姑娘到此间。
来了，来了。
小　二　（唱）她母女遭遇真可怜，
铁石人见了也心酸。
青　出得店门自嗟叹，

含泪尤府谢恩典。

旦　日夜忧愁眉难展，

伤心珠泪洒罗衫。

丑　小二，你们来了，先在这里坐下，待我与你传禀。

小　二　有劳二爷。

［丑进。

丑　有请大爷！

净　定下绝妙计，诓骗美貌妻。

丑　禀大爷，那件事情已办妥当，那姑娘前来叩谢。

净　现在何处？

丑　现在门口。

净　快快将她带来见我。

丑　是。小二，你们随着我来。哎，上座就是尤大爷，快快上前叩谢。

青　是。多蒙大爷周济，转上受我母女一拜。

净　咦，哈哈，区区小意，何必在心。你们是何方人氏，因何到此？

青　大爷不知，我母女乃宝阳白家庄人氏，举家逃难来到此间，不幸丈夫病死店中，可怜我母女离乡在外，无钱葬埋，多蒙大爷大恩大德，赏赐银两，才将亡人葬埋，今日特来登门叩谢。

净　那一女娘是你什么人，多大岁数？

青　她是小女素贞，年长一十七岁。

净　这就是了。（给尤二使眼色）

丑　这一婆子，我有一句话，讲出口来从不从在你，千万不要生气。

青　有何贵言请讲当面，贫夫人不敢生气。

丑　我想你母女乃外乡之人，离家甚远，无亲少友，走到哪里都是受罪，大爷有心将你女儿给他做个二房夫人，享不尽的荣华，受不尽的富贵，不知你意下如何？

青　哎呀二爷，我们乃是贫穷人家，大爷乃富贵门第，况且我女年幼，这万万通不得。

丑　哎，你不要傻了，我们大爷家财万贯，街房百院，吃的是香油白面，穿的是绫罗绸缎，住的是高楼大厦，使的是奴仆丫环，何等的富贵，何等的享受，况你母女是个离乡之人，今与大爷结亲，岂不是也有了安身之地，这样的美事，真是天上难找，地下难寻，你还是快快地答应了吧。

青　尤二爷，这、这、这通不得。

净　哼，怎么的通不得？

青　大爷饶命，想我允亲万万的不能。

丑　哼！给你个脸不要脸，一把一把往下撕。禀大爷，他们不愿意。

净　　哇，好好良言相劝，你这老乞婆，竟敢不听，也罢。常言说得好，杀人的偿命，借债的还钱，若不应允亲事，将银子还我，若还交不上来，将你送到县衙，我大爷走动官府，料你逃不出我的手掌。事情到了那个地步，你后悔就迟了。

小　二　哎呀尤大爷，那如何使得，这算什么话呢？

丑　　可恶的东西，还不与我滚出，在外不许你胡言乱语；若是胡言乱语，定要砸坏你的狗腿，滚出去！

小　二　哎，真是人面兽心的东西。（下）

丑　　这一婆子，快快允亲倒还罢了，倘若不允，小心你的狗命。

青　　哎呀，不好，

（唱）听他言来吃一惊，
好似冷水泼头怀抱冰。
我有心不把亲事应，
他钱多势大欺我穷。
我有心要把亲事应，
岂不把女儿推火坑。
左难右难心伤痛，
我母女活活地受人欺凌。
事到危机无妙用，
回头叫儿听分明。
娘无奈将你亲事应，
不知你依从不依从？

旦　　（唱）听得母亲把我问，
低下头儿暗思忖。
老贼他安排巧计引鱼上钩太残忍，
假装慈善赐纹银。
立逼我母将亲允，
不允亲就要还纹银。
这才是二十两银便把穷人卖到死地心凶狠，
如不然送官衙拷打贫民。
想他们恶霸官府勾结一起穷人有冤不详审，
这仇恨申诉苦无门。
霎时心中生怒愤，
活活急煞白素贞。
我母女吞声暂饮恨，
再叫母亲听儿云。

你儿已经乱方寸，

儿的事完全在母亲。

青　哎儿呀。

旦　母亲不必伤心，想你我母女漂流在外，无依无靠，儿不愿眼见母亲受人逼迫。母亲呀，不如暂且忍耐了吧。

青　哎！娘的儿呀。

净　允与不允，速快讲来。

青　咦，尤、尤、尤大爷，这亲事我应允了。尤大爷你看老身是一个孤苦婆子，也没三亲二友，离乡在外，无处投奔，结亲之后，请你容老身在这里作个安身之地，

净　哼，哼，哼，尤二，叫她立下婚书字据。

丑　是。待我替他写了吧。你在上面按上个手印，哎，按上一个吧。大爷请看。

净　将字据好好收藏，唤梅香、呆夫。

丑　是。梅香、呆夫走来。

［小旦、呆夫上。

小旦、呆夫　大爷何事?

净　这是你家二娘，领到下边去吧。

小旦　是。

旦　母亲。

青　女儿。

小旦　走吧。

旦　娘呀！（下）

青　哎，儿呀。

净　尤二，看过十两银子。

丑　是，银子到。

净　这是十两银子拿回家去作个小本生意，这里不是你久站之地。呆夫快快领她出去。

青　尤大爷。

净　哼。

青　哎，哎，哎，我叫叫一声尤大爷呀尤大爷，你看我逃难在外，他乡作客，中途小儿失散，店中夫主死亡，可怜呀可怜，可怜留下我母女二人孤苦伶仃，相依为命，女不忍离开娘，娘怎忍抛弃女，请你留我在这里，做一安身之地，也好照管我女。大爷呀，大爷，你家有吃不了的剩汤剩饭，赏我一碗半碗；有穿不了的衣衫，赏我一件两件，你将我只当你府上多用一个

下人。尤大爷，你将我收留下，就当救我一条老命也。

净　哼，哼，

呆　夫　大爷，他乃外乡之人，这十两银子连路费也不够，还是把他收留下，每天也不过吃上两碗残汤剩饭。

净　呸！多嘴的奴才，还不与我滚出去。

［呆夫下。

净　老乞婆，将银子拿上，早早走去还则罢了，若还迟缓，休怪我大爷无情。

青　这个。

丑　你看大爷生了气了。你还不快走！

青　尤万富呀尤万富，你真是人面兽心，衣冠禽兽，面带慈善，心藏奸诈，欺我外乡之人，骗我女儿，丧尽天良，分散我母女。贼呀！贼呀！只恨我不能吃尔之肉，喝尔之血，方解我心头之恨也。

（唱）骂一声尤万富贼太薄情，
你真是人世上万恶畜生。
我和你上官衙以律伸讼，
贼欺我离乡人孤苦伶仃。

净　哎，我好气也！

（唱）骂一声老乞婆不得任性，
不由人一阵阵恶火上升。
再叫骂我定要断送狗命，
叫尤二将乞婆拉出门厅。

［丑拉青外，关门。

青　尤万富呀尤万富，我把你害人的贼呀！

（唱）骂一声尤万富良心丧尽，
我把你个贼呀！
贼不该欺压我离乡穷人。
设圈套骗女儿心太残忍，
我和贼这仇恨何日才伸。

呆　夫　妈妈不必啼哭，随着我来。（转场入窑）

青　小哥哥，你是何人，因何领我到此？

呆　夫　妈妈，我名呆夫，父母早亡，无法生活，投奔尤家，充当苦工。我看妈妈甚是可怜，所以领妈妈来到这破窑之中，暂作安身之地。请问妈妈，你是何处人氏，因何受贼欺骗，可该对我说个明白。

青　小哥哥，即问请坐一旁，听我道来。

（唱）未开言不由人泪流满面，
提起了以往事心中痛酸。

问我家就在那宝阳小县，
东门外白家庄有我家园，有我家园。

呆　夫　因何到此？

青　　　哎，
恨官府逼饷银在家难站，
举家人抛故土逃在外边。

呆　夫　妈妈，都有什么人？

青　　　哎，你听。
中途路英杰儿被兵冲散，
四处找不见我英杰儿男。
我丈夫哭娇儿身染病患，
可怜他店房内命丧黄泉。
母和女直哭得肝肠裂断，
无银钱将夫尸怎样装殓。

呆　夫　后来怎样的埋葬？

青　　　哎，请听了，
忽来了尤二爷假装慈善，
赐银子二十两周济贫寒。
他叫我丧事毕尤府叩见，
叩谢那尤大爷赏赐恩典。
到他府谁知贼竟将脸变，
强迫我素贞女要结姻缘。
可怜我孤女寡母离乡在外无依无靠无亲无眷，
怎敌贼钱财多势大如山。
莫奈何允亲事暂将身站，
贼一怒恶狠狠赶我外边。
这是我遭遇事细讲一遍，
小哥哥你看我可怜不可怜。

呆　夫　（唱）听妈妈讲冤情实实难过，
不由我小呆夫珠泪如梭。
可怜她离乡人遭此大祸，
恨尤贼仗势力设下网罗。
欺穷人骗民女手段毒恶，
有一日犯我手将贼皮剥。

青　　　小哥哥，你看我小儿失散，女儿被骗，丢我一人，怎样下场呀。

呆　夫　妈妈不必伤心，我呆夫幼丧父母，无有亲人，有心认妈妈为母，养活妈妈，慢慢打听你儿英杰下落，未知意下如何？

青　　这个，这样老身实实担待不起。

呆　夫　妈妈，你我都是穷人，不必推辞，请上受儿一拜了。

（唱）妈妈请上待儿拜，
儿养妈妈理应该。

青　　快快起来莫下拜，
听老身把话说开怀。
你速去打听我女好和歹，
寒窑等你报信来。

呆　夫　待我先与妈妈送些柴米。

青　　儿呀，你先打听你姐姐的消息，早来报我。

呆　夫　儿晓得。（分下）

第五回

丑　旦　（念）使奴唤婢逞刚强，争风吃醋是内行。

奴家刁氏，配夫尤万富家财万贯，使奴唤婢，吃喝穿戴，样样遂心，每天饭到手才张口，出房门丫环扶。这些丫环奴仆都是我家买死的骨头，断死的肉，我愿将他怎样就怎样。梅香，打茶去。

小　旦　是。

丑　旦　哼！茶凉了。

（小旦另换）

丑　旦　哼，就说将这样煎的茶端来烫死我不成。我不见你不生气，见了你就生气，滚出去。

［小旦下。

丑　旦　哎，什么事都能随心所欲，唯有奴夫有些老不正经，他黑黑明明地想着要一个年轻貌美女子做二房，若果那强盗真要娶上二房，那时我这地位就保不住了。想起此事，叫人好不心焦也。

（唱）刁氏女心烦闷胡思乱想，
思想起这件事好不悲伤。
恨奴夫他爱走花街柳巷，
他还想再取上妾小一房。
倘若还真娶个容貌漂亮，
那强盗岂不是背叛老娘。
这件事要坚持不能退让，
这件事还要我时刻提防。

从今后要和他乱吵乱嚷，
我要叫奴的夫下马归降。
好几天不知他何处游荡，
莫不是暗地里偷娶新娘。
气得人一阵阵恶火朝上，
他回来要和他大闹一场。

哎嘘，梅香，梅香。

小　旦　大娘。

丑　旦　你死去来，与我捶背。手重了，贱人你去。

［小旦跪。

丑　旦　哎，我把你个贱人。

（唱）骂声贱人不中用，
什么事你都干不成。
我拿钱买下你的命，
要揭你面皮要威风。

［张引白。

张　　见过大娘。

白　　参见大娘。

丑　旦　张妈，她是谁？

张　　大娘不知，她是我家大爷新娶的二房，名叫白素贞。

丑　旦　呵，哎，时时刻刻提防这个强盗走这一条路，我最怕的是这一招，今天真的就来了这一招。这个强盗做出此事，把老娘活活的要气死。

净　　钱多势又大，

丑　　穷人见了怕。

丑　旦　你来了，来了就好。哼，哼，哼，我把你这个老东西，你坏了良心了，你变了心肠了；我要和你吵，我要和你闹。

净　　将你家二娘领下去。

张　　是，二娘随着我来。

旦　　苦呀！（下）

丑　　大爷，县太爷派人来请大爷县衙会客。

净　　外厢备马。

［丑下。

净　　吗嘿。（下）

丑　旦　梅香，将你大爷唤回来。

香　　大爷，大爷……大娘，我家大爷走了。

丑　旦　你怎么将他不拉住。

香　　我不敢。

丑　旦　哼！你光会吃。哎，我把你个小贱人。

［小旦跪。

（唱）霎时气得团团颤，
急忙取来牛皮鞭。
恶狠狠打你血乱溅，
打死你贱人丧黄泉。

小　旦　（唱）一霎时打得我皮肉绽，
我的天呀，哎，我的天呀。
鲜血淋漓染衣衫。
富贵家将穷人看得下贱，
可怜我心敢怒口不敢言。

丑　旦　哼

小　旦　见得大娘气满面，
吓得我胆颤心又寒。
无奈了好言哀告求他行方便，
大娘在上听心间。
今后我事事小心不敢再将法来犯，
请大娘饶我命多赐恩典。

丑　旦　哼哼，滚出去，回来不准你在外胡言乱语，倘若错说一句，我要拔掉你的狗舌头。

小　旦　不敢。

丑　旦　出去。

［小旦下。

丑　旦　哎，是我将这个贱人饱打了一顿，把我胸中的怒气消去了大半。哎，我想白素贞年纪轻，长得好，大爷十分宠爱，若果这样下去，我是怎样地活呢。该用什么法子害死这个贱人。哎，有了，我不免与她烧上碗人参汤，暗下毒药，把他害死，拔去我眼中之钉，况他又是离乡之人，死了有甚关系。哼，我便是这个主意了。

（念）一人暗中想毒计，神不测来鬼不知。
急忙下厨烧汤去，斩草须要连根除。（下）

第六回

旦　　（唱）白素贞感身世暗地嗟叹，
想起了遭遇事心中痛酸。

恨赃官害良民逼捐逼款，
恨恶霸催租粮鞭打绳拴。
又不幸本乡土连年荒旱，
穷苦人将树皮草根吃完。
受逼迫忍饥饿家中难站，
携着男带着女逃命外边。
我一家在中途受尽苦难，
遇乱兵抢劫人起了祸端。
忽然间尘土大起鼓声连天杀声震地逃难百姓中箭着抢东奔西窜哭声喊，
一霎时战祸起地覆天翻。
小兄弟年纪幼被兵冲散，
老爹爹哭娇儿命丧黄泉。
尤万富设罗网假装慈善，
命尤二赠银两巧语花言。
葬了父我母女尤府叩见，
那老贼强迫我要结姻缘。
无奈了允亲事贼将脸变，
一怒儿将我母赶出门前。
日夜间想我娘不能见面，
不知娘在何处啼饥号寒。
我好比笼中鸟有翅难展，
我好比槛中虎难归深山。
茶不思饭不想心烦意乱，
何一日我举家才能团圆。

［**丑旦上**。

丑　旦　（唱）在厨房烧来了参汤一碗，
断肠毒药下内边。
恼在心中笑在脸，
进门来问妹妹身体可安？

旦　大娘到了，请坐。

丑　旦　妹妹呀，梅香曾说，妹妹近日身体不好，是我亲身下厨，与妹妹烧了一碗参汤，将妹妹的身体保养保养，妹妹你快将汤喝了。

旦　多谢大娘的好心。

丑　旦　你我姐妹，何出此言，姐姐可怜妹妹，离乡在外，又无亲人，姐姐不爱护妹妹，还叫旁人来爱护不成。以后什么事，都要想开些。

旦　大娘操心。

丑旦　妹妹你快将汤喝了。

旦　我晓得。

丑旦　那么，妹妹歇一歇喝也好，姐姐去了呀。

（唱）临行好言将妹劝，
不要终日心愁烦。
快喝参汤莫迟缓，
喝了参汤你身体安。

我走了。

旦　送大娘。

丑旦　不送了。（下）

旦　哎，想不到大娘才是个好人。

（呆上，偷看介）

她对我还是这样地关心，她的好心好意，与我送来参汤，我若不用，有负心她，待我将汤用了。

呆夫　姐姐。

［旦惊，将碗放下。

旦　你怎么将我这样称呼?

呆夫　姐姐不知，自从那日你允亲事之后，尤万富将你母亲赶门在外，是我见她离乡在外，无处投奔，将他领到寒窑之内，问明冤情，认为义母。你母既是我母，所以我将你叫姐姐。

旦　尤贼丧尽天良，赶走我娘，多蒙你收留，我白素贞感你之恩，生世不忘。

呆夫　姐姐不要啼哭了，我今天看房内无人，偷来与你报信。

旦　哎，我母女虽在咫尺，见面不能，你叫我怎的不哭。

净　（引）县衙去会客，宴罢带醉归。

哼，你个奴才，做什么来了，还不与我滚出去。

呆夫　哼！（下）

净　娘子，是我以在县衙，饮酒过多，霎时口干舌燥，心似火烧，那是什么?

旦　那是人参汤。

净　何人送来?

旦　大娘亲手送来。

净　哎呀，好渴呀，

（唱）自觉的腹内烧心急难忍，
今日里我才知酒能乱神。
忙将这人参汤一饮而尽，
人参汤下咽喉滋味清醇。

哎，是我喝了人参汤，心神稍定。娘子，呆夫到房做什么来了？

旦　莫有做什么。

净　不能无事，哼，以后不许你出门，并不许外人到房内来，你要小心。哎呀，怎么腹内有些疼痛。

旦　想是热人受了寒气。

净　哎呀，受了寒气，一时即过，岂能疼痛不止。这内中必有缘故。哎哟，

（唱）却怎么一霎时腹疼一阵，

哎呀！

疼得我周身颤冷汗淋淋。

这汤内定有毒毫无疑问，

谋害我必是你这个贱人。

哎哟，你向我处来，我有话对你讲说，你来，哎，我把你个贱人，

骂一声小贱人心肠太狠，

你不该汤内下毒害我身。

哎哟，

恨不得这一拳打死了你，（打旦介）

疼得我肝肠断如刀剜心。

哎哟，疼煞我也。

旦　哎呀不好，

（唱）一见尤贼丧了命，

我的天呀，哎，我的天呀，

吓得我胆颤心又惊。

丑

丑　旦　耳听房内恸哭声，

丑　急忙上前问分明。

丑　旦　怎么样了？

旦　他、他、他死了！

（丑旦看）

丑　旦　哎呀夫君。

（唱）我见得夫君死得惨，

哎呀，不好了，我、我的夫君呀，

你死为妻靠何人。

丑　大娘不必啼哭，你先问人是怎样死的。

丑　旦　大爷是怎样得死的。

旦　他说他在县衙饮酒过多，将大娘送来的人参汤喝了，一时腹疼不止，他就死了。

丑　　我想这人参汤乃是保养身体的补品，怎能喝了就死，这其中必有缘故。
丑　旦　哎，我明白了，必是你不愿做妾，暗在汤内下毒害死奴夫，你说是不是？
旦　　我不敢。
丑　　不要问了，杀人的偿命，这有何说。
丑　旦　尤二，你先报乡地，再到县衙报官。
丑　　是。
丑　旦　哎，就是你，不愿做妾，或者嫌他老，也该与我说一声，我将你放走，你不该下此毒手，害死奴夫。
旦　　大娘，我冤枉。
［乡地上。
乡　地　大娘。
丑　旦　乡约地方来了，你看奴夫被二娘害死，我命尤二报官。
乡　地　怎么是她害的。哎，我们将尸移下。
丑　旦　张妈、梅香，将她锁在房中好好看守。
张小旦　旦　苦呀！（下）
（四青衣、二班头）
官　　（念）据报发生命案，急忙下乡检验。（下轿）
乡　地　接见大老爷。
［官进，乡地、官看。
官　　果然生前中毒身死，刁氏。
差　　老爷唤刁氏。
丑　旦　参见大老爷。
官　　你可知何人将你丈夫害死的？
丑　旦　大老爷，是我家二娘白素贞害死的。
官　　如此，你们将人犯带到县衙，我大老爷与你审问。
丑　旦　谢过老爷。（下）
官　　来，打轿回衙。（转场下，轿进）唤刁氏、白素贞。
差　　老爷唤刁氏、白素贞。
丑　旦　（念）暗里花银钱，行贿知县官。
旦　　周身都是口，难辨覆盆冤。
丑　旦　旦　伺候大老爷。
官　　刁氏，白素贞怎样害死尤万富，你与我从实说来。
丑　旦　大老爷，请听：白素贞离乡在外，父死无钱葬埋。奴夫见她可怜，送她二十两银子。她母情愿将她与奴夫作妾，谁知过门之后，她嫌奴夫年老，汤内下毒，害死奴夫，这是实情，还求青天大老爷天断。

官　　白素贞你是怎样的谋害本夫，还不与我从实地招来。

旦　　老爷，尤大爷清早县衙会客，大娘亲身送来人参汤一碗，言说汤是她亲手所做，大爷回来口渴自喝，有毒无毒大娘便知。小女子实在不敢害人，请老爷明察。

官　　刁氏，你有什么对证。

丑　旦　这个，哎呀，老爷，我们都是书香门第仕宦之家，老爷你还不知吗？况且我夫妻乃是扎角夫妻，甚是恩爱，怎忍害我丈夫；既然我要害他，以前我不害，偏偏等她来我才害我丈夫。请老爷详情。

官　　是呀，我想书香门第、仕宦家庭的子女，决不能做出这样伤天害理之事，这定是白素贞嫌老夫少妻，不愿相配。刁氏，我老爷替你做主，你且下去。

丑　旦　谢过青天大老爷。（下）

官　　白素贞，刁氏将你证实，你将你怎样害死尤万富的详情，从实地招来。

旦　　大老爷，小女子冤枉。

官　　哎，我好恼也，

（唱）骂声刁妇心肠恶，
竟敢汤内下毒药。
害死人命非小可，
将实情招出饶你活。

来呀！将白素贞与我枷起来。

旦　　哎呀，不好，

（唱）大叫一声疼煞我，
我的老爷，哎呀，我的老爷，
疼得我周身颤索索。
谁料我无端遭飞祸，
平地竟然起风波。
想赃官定与恶霸勾结合，
受苦穷人受折磨。
屈打成招这罪过，
事到危机难逃脱。
受刑不过我应诺，
我承认害人是我下毒药。

差　　禀老爷，有招。

官　　松刑，速快招来。

旦　　老爷，毒药是我下的，人是我害的，件件是实。
官　　这就是了，命她画供。
差　　画供。
旦　　哎，天呀。
官　　唤女监禁。
差　　老爷唤女监禁。
正　旦　参见老爷。
官　　将这一女收监。退堂。（下）
正　旦　随着我来。
呆　夫　姐姐。
旦　　苦呀。
正　旦　衙门前不准乱叫。
旦　　娘呀。（下）
（呆看）
呆　夫　哎，看起来这做官的和有钱的就是一家。有势就有钱，有钱就有势。这个狗官和尤家勾结，得财卖法，将我姐姐屈打成招，押在监牢，我此一回去，与大家商量，不在有钱人家再做牛马生活了。
（唱）恨刁氏和尤二心肠狠毒，
他待我穷苦人不如马牛。
害姐姐反害了尤贼万富，
狗赃官屈打成招莫来由。（下）

第七回

张　　（唱）富贵家待穷人太得下贱，
待我们好似那仇人一般。
小　旦　贫家女做奴婢实在伤惨，
打得我浑身上皮肤不完。
张　　三年满我准备回家不干，
小　旦　但不知她放我出这牢监。
呆　夫　进门来抬头用目看，
见张妈梅香泪涟涟。
张
小　旦　呆夫你从哪里来？
呆　夫　我由衙门回来。

张小旦　官府将这案怎样判断？

呆　夫　哎，可恨狗官得财卖法，将素贞姐姐屈打成招，下在监牢。

张小旦　哎，穷人真可怜。

呆　夫　这是张妈梅香，我将这种情形，已告诉教师和庄丁们，他们都离开尤家，另寻生路。

张小旦　他们走了，成。刁氏那个贱人和尤二也不敢怎样，但是我二人懦弱，那贼不放也是枉然。

呆　夫　我们不干，料他不敢将我们怎样，有事我担。

张　　　我在他家三年已满，不干了他也莫有说的，就是回家吃菜咽糠也比在这里强。

小　旦　哎，我爹娘因家贫穷，将我偿了他家租账，今已满期，我要回去，那个刁氏再打我，还请呆夫哥哥帮忙。

呆　夫　那是当然的。不愿在他家做牛马。

张小旦　准备不干转回家。（下）

丑　　　我小子生来好造化，在富贵家中享荣华。
我尤二钱多势又大，谁不恭敬谁不夸。

丑　旦　果然银钱会说话，县官得财竟卖法。
白素贞被押监牢下，大概秋后要斩杀。

丑　　　自从尤万富死后，我尤二爷就承受他这份大家产，在家呼奴唤婢，出外骑马坐轿，吃的是甜盘子酱肘子，火腿片肚子块，大米饭，鸡鸭汤，将我吃的白白胖胖。

丑　旦　哼，这就太便宜了你了。

丑　　　哎，还是我的福命大。

丑　旦　哼，不是我想下这个毒计，你还能享这个福。

丑　　　什么毒计？

丑　旦　哎，我只说在汤内下毒，害死白素贞这个贱人，不料反将奴夫害死。

丑　　　呵，原来是你干的。

丑　旦　不敢多说。

丑　　　那我知道。哎，今天教师和庄丁都走了，你说叫谁保护我们呀。

丑　旦　你不要愁，只要有银钱，什么事都能办到，这是个啥了不得的事。

丑　　　哎好呀，
（唱）有钱买得鬼推磨，
走了教师怕什么。

明天出去寻几个，
万贯家产有所托。
叫两个妓女陪伴我，
我尤二爷在家要做乐。

丑　旦　你切不要耍得大，
大权还在我掌握。
大小事都要通过我，
我说怎么便怎么。

丑　婆娘家怎敢装大货，
你的把柄我拿着。
倘若你不顺随我，
我将你害人的事向外说。

丑　旦　听他言来吓杀我，
上前忙把好话说。
从今后大权交你你说怎做便怎做，
你千万将那事儿不敢向人学。

丑　咦哈，婆娘家到底胆小，两句大话说的，就下马投降了。

丑　旦　哼，我把你个强盗。

丑　张妈，梅香我把你这些奴才，就说你的耳朵塞了驴毛了，与二爷捧茶去。
（张、小旦不动）
呆夫与我捶背来。

呆　夫　你是个什么东西。

丑　就说你们这些奴才反了。

张
小　旦　三年已满，我二人不干了。

呆　夫　把工钱给我。我也不干了。

丑　旦　怎么都不干了？哎哟，这倒怎么办呀？

丑　哼，他们这些穷鬼，早就该滚了，只要我尤二爷有钱，还怕没人伺候。

丑　旦　说的是呀，不干了就与我滚，免得我养活你，这些穷鬼，我也憎恶极了。要滚马上滚，免得我多嘴。

呆　夫　将我的工钱给我。

丑　要滚早滚，要钱莫钱。

呆　夫　好，咱们走着看。正是：站在路边观螃蟹，看尔横行到几时。哼！（下）

丑　旦　他们这些穷鬼都走了，就剩下咱两口倒还方便，想吃呀，想喝呀，想玩呀，想乐呀，都凭咱两口子自由自便。今后你就是一品大当家的。

丑　你少不下是一品大当家的当家娘子。

丑　旦　尤二。
丑　　　哼，你怎么把我还叫尤二。
丑　旦　那我该把你叫什么？
丑　　　郎君也好，二爷也好，你看怎么叫着亲便怎么叫。
丑　旦　哎，郎君呀，我和你做夫妻心甚欢喜，你有恩，我有爱，恩爱夫妻。
丑　　　如今我尤二爷有钱有势，还需要多买几个奴仆丫环来服侍。
丑　旦　（唱）我尤家仕宦高门第，
　　　　　　　富阳县里数第一。
丑　　　　　　任我享乐玩妓女，
　　　　　　　莫可错过好时期。
　　　　娘子，你与尤二爷烧一碗人参汤，将我尤二爷这个身体也保养保养。
丑　旦　待我与你烧汤去。
丑　　　回来。
丑　旦　何事？
丑　　　你可不敢再给汤内下毒药。（丑旦按丑口拉下）

第八回

青　　　（念）思女掉下伤心泪，想儿昼夜锁双眉。
　　　　［呆夫上。
呆　夫　忙将冤屈事，报知母亲知。母亲，不好了。
青　　　我儿何事惊慌？
呆　夫　哎呀，母亲，可恨刁氏狗贱人，汤内下毒，害死尤万富，将人命之事赖在我姐姐身上，那狗官受贿屈打成招，将我姐姐押在监牢。
青　　　罢了女儿。
呆　夫　母亲醒得。
青　　　（唱）听呆夫他与我讲说一遍，
　　　　　　　白素贞，娘、娘的儿呀！
　　　　　　　吓得我头昏晕心似箭穿。
　　　　　　　可怜女被陷害诬赖命案，
　　　　　　　恨狗官屈打成招将儿押在监。
　　　　　　　娘哭声素贞女肝肠裂断，
　　　　　　　可怜你今遭下不白之冤。
　　　　　　　我要到监牢中去把女看，
　　　　　　　见我儿问一问人命根源。
　　　　呆夫。

呆　夫　母亲。

青　　　你领为娘前往监牢，探望你姐姐，问明情由，再好设法搭救呀。

呆　夫　母亲不必啼哭，随着儿来。

青　　　哎，女儿呀。（下）

正　旦　（念）家贫无靠当禁卒，犯人啼哭我加愁。

老身王氏，家贫无靠，在这里当了一名女禁卒，日夜间只听那些犯人，不是前边哭，就是后边号，听得我好不心伤，好不愁闷。哎，我看白素贞这个女孩子很老实，我有心收他做个干女，他日官司出了头，老身我也有个依靠，不如将她唤出，先和他商量商量。白素贞，快到这里来。

旦　　　（唱）忽听得妈妈一声唤，
吓得我胆颤步难前。
含泪低头忙跪见，
问妈妈你唤我所为哪端。

正　旦　哎，快快起来，坐在那里，我有话要向你说。

旦　　　呵，但不知妈妈有何贵言。

正　旦　哎，我见你进得监来，日夜哭哭啼啼，不知你有什么冤屈，可该与我说个明白。

旦　　　哎，妈妈即问我的冤屈，请坐一旁听我道来。

（唱）妈妈即问我屈冤，
听我把屈冤仔细言。
我本是远乡人出外逃难，
父死葬埋无银钱。
尤万富赐银两假装慈善，
葬父后到尤府起了祸端，起了祸端。

正　旦　什么祸端，不必啼哭，快快讲来。

旦　　　妈妈呀，

（接唱）尤万富正讲话就把脸变，
立逼我白素贞要结姻缘。
我的娘不允亲贼要还款，
如不然送县衙命难保全。
莫奈何允亲事受贼欺骗，
尤万富妻刁氏凶恶不贤。
参汤内下毒药生了祸患，
毒死了尤万富命丧黄泉。

正　旦　后来怎样的办呢?

旦　　　妈妈你听：

（唱）那刁氏用银钱买通知县，
将人命赖在了我的身边。
县太爷不详审糊涂判案，
屈打我要承招这件事端。
咬牙关将人命满口承揽，
画口供定了案押在牢监。
这是我冤屈事细讲一遍，
问妈妈你看我屈冤不屈冤。

正　旦　（唱）听得他讲屈冤我心伤惨，
尘世上竟有这不平事端。
事到此再不必泪流满面，
我还有一句话要对你言。

哎！这是白素贞，你看老身无儿无女，孤苦伶仃，我有心认你为女，未知你的意下如何？

旦　妈妈有此好意，转上受女儿一拜。

正　旦　不拜了。女儿，有妈妈我，你什么也不要害怕。但是你日后出狱，可不要忘了老身。

旦　怎敢忘却妈妈大恩。

青　（唱）女儿监牢受磨难，

呆　夫　跟随老娘来探监。

母亲，来到监门。

青　我儿上前去问。

呆　夫　儿晓得。禁妈妈请了。

正　旦　何事？

呆　夫　请问妈妈，监中可有一白素贞。

正　旦　你是何人？

呆　夫　我名呆夫，领她母亲前来探望她来了。

正　旦　呵，亲家到了，待我与你开门。（进门）

旦　那是母亲。

青　那是女儿，哎呀，

旦
青　我的母亲
女儿。

旦　罢了母亲。

青　（唱）见女儿戴枷锁将心疼烂，
我的女儿呀，
儿受屈为娘我怎不心酸。

只说是母女们不能相见，
谁料想监牢里与儿团圆。
但不知娘的儿何等罪犯，
你快快与为娘仔细明言。
女儿，快快站起来。

旦　　哎，我的娘呀，
（唱）白素贞站娘前泪流满面，
好一似刀割肠剑把心剜。
只说是允了亲祸事可免，
谁料想平白地起了祸端。
恨刁氏害人命真道凶悍，
用金钱买官府把儿牵连。
狗赃官受贿赂将案错断，
屈打儿要承认人命事端。
常言道有钱有势什么事儿都好办，
懦弱女我怎敢抵抗县官。
下毒药害人命女儿承揽，
那县官笑嘻嘻押儿牢监。
恨世道为什么如此黑暗，
将冤情儿不敢向人实言。
今日里咱母女见上一面，
叙一叙你的儿满腹屈冤。
但愿得有一天世道改变，
儿纵然身一死含笑九泉。
从今后望娘加餐强笑方为善，
万不可哭哭啼啼呼儿唤女思前想后夜不眠。

青　　（唱）我女儿哭的悲哀痛，
为娘我断送儿一生。
但愿得苍天有灵应，
保佑我女儿冤早明。

呆　夫　　母亲姐姐勿悲痛，
与姐姐伸冤告状儿愿应。

正　旦　　长班与我把信送，
狗官查监出花厅。
亲家不必啼哭，有我在这里，女儿绝受不了罪，请亲家放心。

青　　多谢嫂嫂。

呆　夫　姐姐请放宽心，无论怎样，我也要与姐姐伸冤告状。
青　　　亲家，时间不早了，那狗官快要查监来了，你们快走。
旦　　　母亲。
青　　　女儿。
旦　　　罢了母亲。
青　　　罢了女儿。
正　旦　快将你娘领上走。
　　　　［正旦、旦下。
青　　　儿呀。（呆拉青下）

第十回

　　　　［八卒、六将、生上。
生　　　（念）豪杰被迫大谷山，为民除害杀贪官。
　　　　　　恶霸豪富欺良善，犯在我手难生还。
　　　　刘士英。前与贼兵打了一仗，多蒙众家兄弟，个个奋勇，人人争先，只杀得胡贼大败逃亡。我们近年垦荒种田，粮食积余不少，现在麦收秋种，准备与众家弟兄练习弓马。
英　　　大哥，小弟上山，已经三载，心想下山寻找爹娘，并打探赃官豪富如何欺压穷人。
生　　　小弟，如今这贪官豪富，横行天下，你那穷家恐怕也难找到暖衣饱食安身之地，还是将你父母早接上山。若有不平之事，速报我知。
英　　　如此，小弟去也。
　　　　（念）辞礼急忙下山岗，下山找寻二爹娘。（下）
生　　　众家弟兄，随兄练武场与众家弟兄习武艺一回了。
　　　　（唱）随兄去到练武亭，
　　　　　　与众家弟兄练刀弓。
　　　　　　除暴安良救百姓，
　　　　　　何日世界才太平。（下）

第十一回

呆　夫　（唱）最可恨富贵家假装慈善，
　　　　　　论行为好比那禽兽一般。
　　　　　　他把那穷苦人看的下贱，
　　　　　　因此上不做工来到此间。

自从离开尤家，在这三岔路口开了一座茶棚。（看）天气不早，待我收拾起来呀。

忙收拾茶壶和茶碗，
再将桌凳擦一番。

英　（唱）六月伏天热难熬，
路上行人似火烧。
水阁凉亭盼不到，
头上汗珠往下抛。

哎呀，那边有一茶棚，我不免到那里喝一碗茶再走。（进）

呆　夫　客人可是喝茶的。

英　正要喝茶。

呆　夫　请坐。茶到。

英　放在桌上。（喝介）

是我找寻爹娘，杳无下落，不知何日我一家人才能相见也。

（唱）白英杰在茶棚自思自叹，
想起了二爹娘泪如涌泉。
我一家三年久未曾见面，
但不知二爹娘可在人间。
哭爹爹老娘亲儿难相见，
不晓得素贞姐他在哪边。

（呆看）

呆　夫　哎呀，这一客人，独自吃茶，因为何事，两眼垂泪？

英　哎，是我找寻父母姐姐，杳无音信，因而流泪。

呆　夫　客人尊姓大名？

英　在下白英杰。

呆　夫　怎么，怎么白英杰。

英　正是的。你可知我父母姐姐的下落？

呆　夫　我略知一二。

英　请你快快与我说个明白。

呆　夫　哎，你听呀：

（唱）提起此事心悲痛，
听我与你说详情。
我在尤家做雇佣，
将这事儿记得清。
你一家逃难遭不幸，
你父亲店内丧残生。

英　　哎，爹爹呀！
呆　夫　不必啼哭。
英　　我娘现在何处？
呆　夫　哎，请听：
（唱）尤万富假慈悲纹银赠送，
丧事毕到他家叩谢恩情。
那尤贼逼亲事娘不答应，
狗贼子变了脸要送官厅。
莫奈何允亲事写下凭证，
将老娘赶出门欺压贫穷。
我呆夫领老娘寒窑孝敬，
谁料想尤府里冤祸又生。
刁氏妇用毒药害夫性命，
将人命赖在了姐姐身中。
恨狗官受贿赂不问究竟，
将姐姐押监牢受尽严刑。
今日里见你面真是万幸，
你速快与姐姐把冤来明。
英　　听罢言来气破胆，
（唱）骂一声狗刁氏无法无天。
恨赃官受贿赂不容分辩，
屈打我姐姐承招害人画供押在监。
今日里犯我手定要杀斩，
除恶人杀贪官为民报冤。
走上前忙跪倒多蒙救难，（跪）
多亏你我母子才有今天。
问老娘在何处领我去见，
呆　夫　咱老娘现在那寒窑内边。
英　　叫大哥你带我莫可迟缓，
呆　夫　劝贤弟勿悲痛将心放宽。（下）
［青上。
青　　（唱）思娇儿想爱女心神缭乱，
日忘餐夜忘寝坐卧不安。
老天爷你何不睁开慧眼，
保佑我儿和女早些团圆。
英　　随大哥去见娘心急步快，

呆　夫　　到寒窑用手儿将门推开。（进）

英　那是母亲。

青　你是我儿。

英　罢了老娘。

青　（唱）一见我儿跪尘埃，
　　不由老身泪满腮。
　　将我儿失落已三载，
　　无有音信转回来。
　　儿的父想儿眼哭坏，
　　身死异乡好悲哀。
　　今日里重相会喜出望外，
　　儿快将失散情细说开怀。

我儿快快起来。儿呀，为娘多亏你哥哥搭救，认我为母，甚是孝顺，我儿何不上前拜过你那哥哥。

英　哥哥请上，受弟一拜。

呆　夫　不敢。

青　儿呀，你们快快坐了，速将那年失散情由说与娘听。

英　母亲，那年我一家逃难，中途遇见乱兵，将儿冲散，幸遇大谷山首领将儿带上山去，教儿武艺。儿在山上整整三载，思想二老，日夜啼哭，前日辞别首领，下山找寻爹娘，行至茶棚见了大哥，说明前情，儿才知爹爹逝世，母亲破窑受苦。

青　哎，儿呀。

英　母亲，我那哥哥对儿言说我姐姐含冤被押，儿定要杀死贪官恶霸，为万民除害，为姐姐报仇。

青　儿呀，我们穷苦百姓，怎敢杀官除暴。儿呀，还是忍耐了吧。

英　儿我自有办法。

呆　夫　天已晚了，母亲请到窑内安歇。

青　儿呀，你们千万不可做那犯法的事。

英　儿晓得。

［青下。

英　大哥，今晚领弟去到尤家，杀死刁氏这个狗贱人。

呆　夫　贤弟说得甚是。随着兄来呀，
　　今晚杀仇除恶霸，

英　　连夜上山把兵搬。（同下）

第十二回

丑　旦　（唱）和尤二做夫妻天遂人愿，
　　　　奴爱他有才干正在青年。
　　　　却怎么夜已深不见他面，
　　　　但不知这时候他在哪边。
丑　　　恨租户穷鬼们顽皮混蛋，
　　　　种人田不出租只告艰难。
　　　　将他们一个个绳拴送县，
　　　　不逼他绝不肯早出租钱。
丑　旦　你到哪里去了，这般时候才回来。
丑　　　哎呀家家，你就一时都离不开我。
丑　旦　你到底往哪里去了。
丑　　　哎，可恨这些租户，只知种地，不知出租，这个说莫打下，那个说家里穷。
丑　旦　你将这些穷鬼怎么办？
丑　　　我看这些穷鬼不下强硬手段，他不害怕；我把他们绑送县衙，请县太爷逼租。
丑　旦　打上几顿，他就把租子交了。夜深了，你我睡吧。
丑　　　莫忙，你与我暖一壶酒来。
丑　旦　是。酒到。
丑　　　娘子，请呀，
　　　　（唱）和娘子喝酒把话谈，
　　　　今晚觉得心喜欢。
丑　旦　还是奴家有识见，
　　　　如不然你我怎能结良缘。
　　　　［英、呆上。
　　　　哎，奴家实想汤内下毒，将白素贞这个贱人毒死，不料反害奴夫。
丑　　　哼，不是我用银子买通县官，恐怕要你给人偿命。
丑　旦　县官将白素贞究竟怎么办理？
丑　　　按县官说，大约三日内就要斩首。
丑　旦　那就好了。
　　　　［英、呆夫进。
英　　　狗贱人竟敢如此可恶。
丑　　　英雄饶命，这事是她做的，与我无干。
丑　旦　大王，害人是他来，小妇人不敢，请大王饶了我吧。

英　　你二人丧尽天良，还想活命，说是你去吧。
　　　哎呀大哥，恶贼已除，待弟连夜上山，请首领发动人马，搭救姐姐。

呆　夫　如此甚好。正是：
　　　　报仇雪恨除恶霸，

英　　　搬来人马闹县衙。（分下）

第十三回

正　旦　　满怀伤心事，尽在不语中。
　　　哎，明天就要斩我女儿白素贞，想我本是当差服役之人，有甚法子救她。怎奈我娘儿两个一场也不容易，我不免将她唤来，喝两杯买路死前的喜酒。素贞女儿走来。

旦　　纵有千牙万口，难辨覆盆沉冤。
　　　妈妈何事？

正　旦　你先坐下。

旦　　谢妈妈。

正　旦　这是女儿，今天乃是为娘我的生日，咱们娘儿两个喝几杯喜酒。

旦　　孩儿不会饮酒。待女儿先与妈妈拜寿。

正　旦　不拜了，女儿，你不会饮酒也该喝两杯。

旦　　多谢妈妈。

正　旦　待为娘先与我儿斟上一杯。

旦　　妈妈先饮。

正　旦　女儿先喝。

旦　　今乃妈妈生日，还是妈妈先饮。

正　旦　女儿你先喝吧。
　　　（旦饮，正旦哭）

正　旦　不明白的女儿来来来，再喝一杯。

旦　　妈妈，女儿心中烦闷一杯也就够了。

正　旦　喝够了，女儿，从今以后，你可不要再想你那冤枉的事了。

旦　　呵，儿我不想。

正　旦　不想着好。夜已深了，你就在这里睡上一会儿，我也睡了。
　　　（起更）

旦　　（唱）耳听得谯楼起三更，
　　　　　心烦意乱睡不宁。
　　　　　妈妈今晚这举动，
　　　　　不由素贞疑心生。

想起往事好伤痛，
但不知何日屈冤明。
（滚板）
白素贞监牢想亲娘，
点点血泪洒罗裳。
娘依窑门将女望，
女儿监中痛断肠。
今生不能将娘养，
我娘空生女一场。
仰面问苍天，天哪天哪，你待我白氏素贞太得薄情也。
仰着面问苍天天不应，
却怎么你待人太得不平。
白素贞我做了一场噩梦，
想人生原如此万念俱空。
正　旦　（唱）谯楼上打三更尚未合眼，
却怎么今夜晚坐卧不安。
想起了伤心事泪流满面，
将真情我不敢与女明言。
背地里我把苍天怨，
你害得我女实可怜。
悲悲切切不该高声喘，
含泪默默坐床边。（起更）
旦　（唱）耳听谯楼起四更，
雄鸡不住叫连声。
妈妈叫我把酒用，
他的心事我不明。
闻人说监中欢饮喜酒就是行刑日期定，
老妈妈她瞒我不告真情。
这事儿是真是假叫我狐疑不定难猜中，
到明天向妈妈要问分明。
正　旦　（唱）四更鼓起思虑烦，
心中好似乱箭穿。
富贵人与官府一处勾串，
逼迫我穷苦人不能安然。
恨世上为什么这样黑暗，
贫穷人受欺压无处伸冤。

我不愿与赃官再做鹰犬，
愿回家受穷苦织布纺棉。（起更）

旦 （唱）谯楼五更未曾眠，
心中好似滚油煎。
恨贪官恶霸行凶作乱苦害良民无人管，
难道说穷苦人永受屈冤。
何一日恶世界才能改变，
何一日穷苦人才见晴天。
白素贞在监牢自嗟自叹，
心意乱见明月更加愁烦。

正　旦 五更打罢天快明，
不由人泪珠如雨零。
（旦起窃听）
今夜晚叫女儿她把酒用，
吃喜酒儿还内不明。
儿不知府上已下钉封令，
到天明将女绑在法场问斩刑。

旦 哎呀娘。

正　旦 女儿醒得。

旦 听娘言吓得我昏迷不醒，

正　旦 女儿醒得。

旦 身边旁忽听得有人唤声。
强打精神用目奉，
哎呀，不好了。

正　旦 女儿呀。

旦 见妈妈哭得好惨情。
妈妈呀，
（唱）只说是屈冤明把你孝敬，
谁料想大限到各自西东。
丢不下亲生娘忍饥受冻，
丢不下亲生娘孤苦伶仃。
我死后靠何人慰娘暮景，
但不知小兄弟何处飘零。
妈妈呀，
这生别死离人生最悲痛，
到天明钢刀响女儿丧生。

妈妈呀，

　　你不必悲悲切切法场将儿送，

　　恐妈妈眼见女身首两断怎不心疼。

娘呀，儿亲生的娘呀，

　　要见儿除非南柯梦，

　　梦魂中母女叙苦情。

　　正讲话听得人声哄哄，

　　吓得我战战兢兢身冷如冰。

［八刀斧手拉旦下，正旦追下。

第十四回

［生领六将八兵过场，八刀斧手绑旦上。

旦　天哪，天哪，我冤屈，我冤枉，我白素贞死的好不明白。

（四青衣，四将，丑）

官　奉了上司令，监斩白素贞。

［上坐，生、六将左右上，丑。

时刻已到，来呀，吩咐开刀。

（生、六将下，开打，丑、官跑下。英救旦。生上追丑、官，杀）

（青、旦、呆夫、英扶旦）

英　母亲，姐姐，

生　贤弟。

英　狗官已杀，民贼已除，你们一同上山。待我将男女监内受难穷人完全放出。

众　请。

（分下）

——幕落剧终——

（说明：以上内容录自家存手稿。先生笔迹，毛笔满行书写，繁体竖排。首页落款为“冯杰三一九五二年七月十八日脱稿”。原稿中各回均书写在页眉，但未见第一、二、九回。）

糊涂判

登场人物：张衙　武皂　段德明　罗业　韩茹　胡友仁　张仁　周志明　四青衣

［张衙、武皂上。

张　衙　（念）新官要坐堂。

武　皂　　　　叫人发了忙。

张　衙　武皂贤弟。

武　皂　张衙大哥。

张　衙　咱们住衙门多年，莫见过这样稀奇的事。

武　皂　怎样的事？

张　衙　你还不知，新官上任，定下讼费。每一案官司，原被两家，各出衙钱一串五百文。你想咱们把身子卖到衙门里头，就是靠这衙门过日子，咱们穿衣吃饭，养活老婆娃，哪一项不要钱。因而词讼上的花费，我们说多便多，说少便少。每任县官都不管事，新任这位却要定成死的，又定下这一点儿，能够做什么？

武　皂　大哥说的是，人常说天下衙门向南开，有理没钱少进来。况这砖头台台子上莫种红麦子绿豌豆，我想这事，他爱定了只管定，咱们能多要还是管旧要咱的钱。

张　衙　对，今日开下三案官司，只有张仁是个有钱的富汉，咱们还没说话，他就拿出来六串。

武　皂　哎，只是那两案分文未交，不多时老爷就要坐堂，这该怎办？

张　衙　他不给钱还行，咱们快要走。

武　皂　走。（同下）

（内喊）传站班的，老爷坐堂，伺候着。

（内应）来了，来了。

［四青衣上。

（内喊）张衙、武皂。

（内应）来了，来了，快些将钱拿出，不出钱你们休想见官。

（内喊）伺候着，老爷坐堂呷，老爷上来了。

［四青衣引段德明上。

段德明　（唱）世事可叹真可叹，

　　　　　　多少糊涂虫作知县。

打麻雀，吸鸦片，
一件事情都不办。
民有冤，告到县，
几月不见知县面。
衙门前，常游玩，
一案官词就得几十串。
公堂上，口胡拌，
是非黑白都不辩。
照这样，作知县，
难免得百姓齐埋怨。
我老爷，清如水，明如鉴，
昔年曾入翰林院。
翰林散了馆，
簾外坐知县。
说知县，道知县，
我把这小小知县看得比屁淡。
今日接状子，
明日就问案。
秦镜高处悬，
邪正即时现。
不论他，
浪荡子招摇，
江湖客撞骗。
霸占人田产，
奸谣窃盗案。
问不明白就算我是个糊涂蛋。

下官段德明。江西做官三年，人人称咱有判断之才，因而升任首县。昨日接了三张状子，原被都到，今早坐堂问案。张衙。

青　衣　莫到。

段德明　武皂。

青　衣　莫到。

段德明　好王八蛋，本县坐堂问案，他们跑向哪里去了，快叫，快叫。

青　衣　张衙、武皂。

张　衙
武　皂　来了，来了。

青　衣　老爷坐堂多时了，你还做什么呢？

张　衙
武　皂　伺候大老爷。

段德明　好王八蛋，本县坐堂多时，你两个向哪里去了？

张　衙
武　皂　回老爷话，小的在那里丢了个盹。

段德明　胡说，明明嫌本县定下的官司钱太少，暗中向原被勒索，你说是不是？

张　衙
武　皂　大老爷，小的不敢。

段德明　不敢不敢，为什么要人呐喊。事问明白，定要打坏儿的骨干。人来，将原被告带上堂来。

青　衣　老爷，先问哪一案？

段德明　三案所有的人一齐带上堂来。

青　衣　老爷，三案官司，一堂怕断不成。

段德明　你知道狗屁，一齐带上来。

青　衣　是，三案原被告人等一齐上堂。

［周志明、罗业、韩茹、胡友仁、张仁上。

众　与大老爷叩头。

段德明　张衙、武皂二差，可曾与你们要钱？

张　仁　回大老爷的话，他两个都是好人，莫多要一个钱。

段德明　哼，哼，哼，好的了不得，才说好呢。

罗　业　大老爷，二差问张仁要钱，张仁说张衙是他的同宗，顺手给了六串钱，二差各拿一半。

韩　茹　老老爷，张衙、武皂向我二人格外勒索，我二人实在没钱，他二人说莫钱休想见官，听着大老爷坐堂呢，他还说不要紧，不要紧，不给他们钱，不准见官。

段德明　可是实话？

罗　业
韩　茹　句句是实，不敢道诳。

胡友仁　大老爷，小人有两个儿子，不管小人，告在堂上。他二人受了我儿的钱，放走我两个儿子，跑了一双。候了几月，托人还没叫到，他还要问我要钱呢。

段德明　哼、哼、哼，你两个王八蛋还有什么说的，来呀，拉下去。

青　衣　打多少？

段德明　一人三吊。

青　衣　大老爷，那是钱的数儿。

段德明　混帐王八蛋，一个钱一个板子。他受了三吊钱，就打他三吊板子。还问什么，拉下打。

张　衙
武　皂　大老爷，小的下次再不敢了。

段德明　还想下次，拉下结实地打。

二青衣　是，（二青衣推张衙武皂下）

（内白）一五，一吊。吊五，两吊。两五，三吊。

张　衙
武　皂　（上）谢老爷轻打。

段德明　这是革条一张，贴在照壁子上边，滚下去。

张　衙　哎呀大老爷，小的家有老母，年已八十，无依无靠，求老爷赏一碗饭吃罢。

武　皂　大老爷，小的家有九十岁的祖母，也靠小的吃饭，求大老爷施一点恩惠罢。

段德明　哎，也罢，本县念你二人是个孝子，准你们立功赎罪，三日内若能办一件重要案子，再复你的卯名。站在一旁。

张　衙
武　皂　谢过大老爷。

段德明　张仁，你就不是个好东西，为什么堂下与差人花钱，堂上又替他们出脱。

张　仁　大老爷息怒，小的原是发了一点善心，行了些善事。

段德明　你怎样的行善，你与我说。

张　仁　大老爷请听。

（唱摇板）小人生平好行善，
家中颇有银子钱。

段德明　你有钱了就好。

张　仁　（接唱）进衙门我将他们看，
一个个贫苦叫连天。
这个说家中无柴无米又无面，
那个说一家大小缺食少衣穿。
声声叫我多怜念，
格外给他六串钱。
小人听言暗盘算，
低下头儿想一番。

段德明　你想什么？

张　仁　（接唱）小人想六串铜钱在我跟前好似大河水一点，
给了他积阴德又济人难。

段德明　既然你给他六串钱，本县问你因何不肯实说？

张　仁　大老爷盘问，小人又思量了半会。若是说出实话，他们必然挨打，岂不是为他，反倒把他害了，连小人一点善心都莫有了。因而遮掩了几句，求大老爷量情。

段德明　你说得倒也好听。

张　仁　大老爷，小人不敢道谎。

段德明　是、是、是，本县就准你一个记名的大善人。

张　仁　小人不敢当。

段德明　暂且应承，本县自有安排。这位老汉名叫什么？

胡友仁　小人名叫胡友仁。

段德明　你有什么冤屈？

胡友仁　回老爷的话，小人有两个儿子，一个名叫胡为，一个名叫胡成。平日不务正业，胡行浪荡，东赌场出，西赌场入，又不管小人的吃，不管小人的穿，小人忍气不过，告到堂上，实想把两个奴才重重处置。谁料差役得财卖法，放两个奴才逃走，至今尚未到案。

（唱尖板）小人生下浪荡子，
每日要钱把烟吸。
求老爷与民快做主，
处置奴才勿胡为。

段德明　（唱摇板）老汉不必过悲伤，
也怪你教子无有方。
你今告子公堂上，
本县与你作主张。

胡友仁　我实在冤屈得说不成了。

段德明　老汉不必啼哭，本县立刻出票与你捉拿。张衙、武皂。

张　衙
武　皂　伺候老爷。

段德明　这是火签一支，限三日内，将胡成、胡为，捉拿到案，如拿不到案，休想儿活，速去勿误。

张　衙
武　皂　遵命。（下）

段德明　胡友仁，你看火签已出，你暂且回家，等候你的儿子捉住，再好与你出气。

胡友仁　大老爷，几时才能捉住，小人实在候不住了。

段德明　即是这样，本县今日就与你出气。

胡友仁　谢大老爷。

段德明　你两个打的什么官司？

罗　业　大老爷在上，小人名叫罗业，他借小人二百四十两银子，整整十年，分文未还，因而告他。

段德明　前几年你为何不要？

罗　业　回老爷话，小人前数年，家道宽裕，念起平日交情，因而不要。这几年家道不好，欠债甚多，账户每日缠绕，不得开交。我向他要银子，他又不还，莫奈何才来告他，老爷明鉴。

段德明　这就是了，韩茹上来。

韩　茹　伺候老爷。

段德明　你借他多少银子？

韩　茹　大老爷在上，小人借他二百四十两银子。

段德明　借下几年了？

韩　茹　十年了。

段德明　他待你如何？

韩　茹　甚好，甚好，小人实在感激。

段德明　他今年家道如何？

韩　茹　哎，也说不成了。

段德明　你为什么不还银子，使朋友为难。

韩　茹　小人也知道朋友受难，只是家贫如洗，一两银子都拿不出来，还要老爷量情。

段德明　这就难了，（沉思看张仁，心里有了主意）有了有了，罗业。

罗　业　大老爷。

段德明　你不要银子不得成？

罗　业　不得成。

段德明　韩茹。

韩　茹　大老爷。

段德明　你想还账没银子？

韩　茹　没银子。

段德明　这个不要不得成，那个想还莫银子。（看张仁笑点头）嗯，不要紧，不要紧，本县自有道理。周志明上来。

周志明　伺候老父师。

段德明　你告张仁为了什么？

周志明　老父师在上，张仁不安本分，恃他有钱有势，暗入我家，与寡嫂通奸，被小人捉住，送到公堂。请老父师按律究办。

段德明　你在什么地方将他捉住，有何凭证？

周志明　老父师，他在我家后院击掌为号，小人随掌声前去，将他捉住。

段德明　什么时候？

周志明　二更以后。

段德明　这就是了，张仁上来。

张　仁　伺候老爷。

段德明　哈哈，你还是个善人，为什么奸人家的寡妇，被人捉住，从实说来。

张　仁　老爷，小人实在冤屈得很。

段德明　你黑夜寂寂跑到人家，做什么去来？

张　仁　大老爷，提起话长，小人生平就吃了行善的大亏了。

段德明　怎么你这回事，也因行善闹起的？

张　仁　正是的。

段德明　哼、哼、哼，黑夜跑到人家寡妇房子内边行善去了？嗯，你说你的话。

张　仁　大老爷不知，小人从前与他哥哥相好，他哥哥去世后，他偏心利己，不管他嫂子穿，不管他嫂子吃。眼看把他嫂子就要困死。他哥哥平日交游的朋友，这时候一个都不见了，大老爷你想，人常说养兵千日，用兵一朝。这时用不着朋友，几时才用朋友。小人是个好善的人，到这时候，念起朋友交情，心上实在过不过，因而暗地送了些银钱，纯是一片善心，并无歹意。大老爷量情。

段德明　你行善就该光明磊落，黑夜之中，在旁人家里来来往往，是个什么道理？

张　仁　大老爷在上，小人常闻人说，善要人见，不是真善。小人若青天白昼在人家送银送钱，送米送面，反把旁人不好显出来。小人只要把善事做了，不情愿叫人知道，惹人不爱，所以夜间送去。大老爷详情。

段德明　照你这样说，你实实在在是行善的吗？

张　仁　是的。

段德明　你行善，想来不止一次？

张　仁　大老爷，行善的回数多得很，小人也记不清楚了。

段德明　哎，当真得可笑也。

（唱慢摇板）实可笑这个王八蛋，
要和本县打搅团。
人家寡妇你霸占，
反说是为行善事送银钱。
本县不是那混蛋，
岂容你是非颠倒颠。
你说行善就行善，
我处理善人也不难。
初上任先来个糊涂判，
乱七八糟问一番。
张三的帽子李四戴，
周二的衣服王五穿。

笑嘻嘻我离了公堂案，
叫一声善人听我言。

（段下对张笑介）

哈，哈，哈，本县生平最喜欢的是善人，今日头一堂问案，偏偏就逢着你这一位大善人，实在妙得很，妙得很。本县与你说，以后遇着善事，总是要做的。

张　仁　大老爷，那是自然的。

段德明　今日现有一件善事，你愿做不愿做？

张　仁　大老爷吩咐，小人愿做。

段德明　你答应下了？

张　仁　答应下了。

段德明　答应下了，本县就升堂问事，伺候着。这是善人。

张　仁　大老爷。

段明德　你看他两个人，一个不要银子不得成，一个想还银子还不起，眼看着朋友就要失情。依本县思想，你好行善事，拿出二百四十两银子，交与他二人，就把这个围解了，你看如何？（张吐舌半会不语）你看如何？

张　仁　大老爷，小人不欠人的银子，为何叫小人替他还账？

段德明　哎，只管说行善行善，你却不欠不欠，难道你欠周志明家寡妇银子不成，况且古来大豪杰，有因为行善，把他的家业费尽的，你出二百四十两银子，值得什么，出了就是了。

（唱紧摇板）陶朱公三积能三散，
楚子文为国家财完。
二百四十两银子比屁淡，
还买下一品善人衔。
勿嫌花费勿盘算，
且把这善事做一番。

来呀，看过纸笔。

青　衣　纸笔到。

段德明　交与那个善人。

青　衣　是，接，快写。

张　仁　大老爷教小人写什么？

段德明　你大街上有一大号生意，你快写一纸银条子，本县命人去取。

张　仁　呀，这那不写不得成，哎，写。银条写就，请老爷过目。

段德明　呈上来。

青　衣　是，老爷请看。

段德明　嗯，这就是了。来呀。

青　衣　伺候。

段德明　拿这银条，取银勿误。

青　衣　是。（下）

张　仁　了了，二百四十两银子，跟人跑了。

段德明　哎，好有趣也。

（唱摇板）善人的招牌不易悬，
几百两银子顷刻完。
二次我把善人唤，
本县还有不尽言。

善人你看，这位老汉，告他两个儿子，胡行浪荡，想叫本县与他出气。他两个儿子，现在一个也莫到堂。有心不与他出气，这老汉心急，几乎就要气死。依本县思想，你好行善事，暂且替他两个儿子多少挨上几下，把这老汉一腔的恶气，略出一出，你看如何？（张低头不语）你看如何？

张　仁　大老爷，自古迄今，哪有替人挨打的道理，但不知大老爷根据国家何法何律，哪一条款？

段德明　你混蛋混蛋，竟敢在我老爷面前，满口胡挥呀！

（唱七捶）骂声奴才好大胆，
公堂下竟敢胡乱言。
本县推理夺情来断案，
决不能使百姓常受屈冤。
管什么法律和条款，
不贪赃屈好人就是清官。

张　仁　大老爷息怒，小人说错了。

段德明　（接唱）叫人役将善人拉下重办，
先叫老汉心喜欢。

张　仁　哎呀大老爷，小人好行善，不愿挨打，挨打疼得很，我挨不起打。

段德明　哎，你管行善行善，莫怕把屁股打烂。周志明捉你的时节，若使强硬手段将你一刀两断，你又该怎么处？况古往今来的大善人，连身子也不顾，把这小小的屁股，值得什么呀？

（唱摇板）观世音舍身救八难，
救世主钉死在大街前，
只要你善人的名字显，
哪怕他血流一大滩。
勿嫌疼痛勿叫唤，
再把这善事做一番。

拉下去打。

青　衣　打多少?

段德明　两个二百五。

张　仁　大老爷，两个二百五就是五百，小人实在挨不起。

段德明　不必多说，看把善人两个字耽搁了。拉下去打。(二青衣推张下)

(内白)一五、一百、百五、二百、二五、三百、三五、四百、四五、五百。(二青衣推张上)

青　衣　打齐。

段德明　站在一旁。

张　仁　大老爷，小人从今以后，再不敢行善了。

段德明　哈哈，你再不敢行善了，嗯，岂有此理。

张　衙
武　皂　禀老爷，将胡成胡为已经捉住。

段德明　怎么，捉住了?

张　衙
武　皂　捉住了。

段德明　在哪里捉住?

张　衙　大老爷，小的二人，一个坐在东城门口，一个坐在西城门口，不多时，胡成进城被小的捉住。

武　皂　胡为进城，被小的捉住。

段德明　好，你二人都有功，本县就将你二人卯名复起。

张　衙
武　皂　谢过大老爷。

段德明　大善人，哈哈，哈哈，(下堂向张)你看这两个奴才，一步来迟，就教把善人委屈了。千万不要在心，本县明日升堂，教他两个奴才与你加利奉还。你替他挨了五百，就把他打上五千。这是十分的利钱，你看如何?

张　仁　大老爷，小人已经打也挨了，疼也受了，就把他两个打死，还准什么。小人实在冤屈得很。

段德明　不要紧，不要紧，虽然挨打，却把善人大衔落下了，本县还要与你传名，伺候着。(升堂)这是善人，你因为善人两字，挨打出钱，也就算受了辛苦了。本县赐你善人牌一面，将你所行的善事，写在上边，带在项上，在衙门前坐上三十天，使大众看个样儿，你情愿不情愿?

张　仁　大老爷，小人不敢领牌。

段德明　嗯，你岂不知礼记上说，长者赐，少者贱者不敢辞，来呀。

青　衣　伺候。

段德明　取木牌一面。

青　衣　是。

段德明　过来，把那个头号枷拿来。
青　衣　是。
张　仁　不知道这却做个啥活呷。
青　衣　大老爷验牌。
段德明　好。
张　仁　大老爷，那是个枷。
段德明　牌和枷一样。
张　仁　大老爷小人戴不起，你把小人免了。
段德明　不要推辞，待本县注明才是。
（念）善人行事真正善，寡妇房中行方便。
替人挨打又出钱，戴牌一月再结案。
来呀。
青　衣　伺候老爷。
段德明　将这木牌与善人戴上。
青　衣　是，请善人戴牌。
张　仁　大老爷，你把小人免了。
段德明　哪有反悔的道理。
张　仁　大老爷，小人不要这个善人招牌。
段德明　不必推辞，戴上就是了。（青衣与张戴枷）
青　衣　禀老爷，善人将牌戴好了。
段德明　请善人下堂。
青　衣　是，请善人堂下伺候。
张　仁　堂下做什么？
青　衣　夸官去。
张　仁　夸什么官？
青　衣　一品善人衔，大得很。
张　仁　再莫作践人了，我还夸我的什么官呢，已经做下这活了，说不成，扫兴，扫兴。
青　衣　请善人下堂。
张　仁　哎，把人丢完了。（下）
青　衣　禀老爷，银子取到。
段德明　罗业，你将这二百四十两银子领回，将韩茹所欠账目勾销，以全友谊。
罗　业　老爷在上，小人情愿将四十两银子让与韩茹，交他暂度目前光阴。
韩　茹　罗兄莫可，小弟还不起银子，就惭愧万分了，这四十两银子，万万不敢受。
段德明　哎，他二人虽打官司，还是这样的义气，这才算是两个真正善人，与那个王八蛋不一样的。韩茹，

韩　茹　老爷。

段德明　自古道人有敬仪，须当领之，你也不必过于推辞，下堂去罢。

罗　业
韩　茹　谢过老爷。

青　衣　这是银子。（罗与韩分银）

罗　业　韩兄，你看如何？

韩　茹　仁兄高见。

罗　业　请。

韩　茹　请。

罗　业　（念）幸喜拨云见青天，
是非真假两皎然。

罗　业
韩　茹　好老爷，好老爷。（同下）

段德明　胡友仁，你看你那两个儿子，已经捉住，你暂且回家，本县明日升堂问事，与你处置就是了。

胡友仁　大老爷天断。

段德明　周志明，那个善人的落脚，你已经看明白了，这一回家，劝你嫂嫂，若能安分，还则罢了，如再不安分，早早打发她出门，免得坏你家名声。

周志明　老父师明鉴。

段德明　官司结案，你二人下堂去吧。

周志明
胡友仁　谢过大老爷。

周志明　你看老爷今天，将三案官司，问得实在稀奇。

胡友仁　实在快活。

周志明　你我一同回家。

胡友仁　请。
（念）从来宵小须严办。

周志明　（念）三案官司一案完。（胡周同下）

段德明　（念）堂上新演糊涂判，看似糊涂不糊涂。
有事无事？

青　衣　无事！

段德明　掩门。有趣、有趣！（分下）

——幕落剧终——

［说明：以上文字录自家存手稿（誊写本），封面落款冯杰三，内容同易俗社存油印本（扫描件）。］

牛郎织女

第一场

登场人物：八宿　八仙

［八宿上舞下，八仙上。

众　　众仙请了！

答　　请了，今乃王母寿诞之日，你我一同前去拜寿。

答　　请！（同下）

第二场

登场人物：织女　牛郎

织　女　（唱）白茫茫雾腾腾云层滚滚，
九霄外不过是一片空灵。
孤单单冷清清机房织锦，
幸有那牵牛星将我温存。
恨天宫无爱憎戒律严森，
西王母决不许男女相亲。
今日里庆寿宴蟠桃盛会，
她命我侍席前持盏把尊。
离寒宫驾祥云直往前奔，
站云头等候那牵牛星君。

牛　郎　（唱）心儿里想织女情实难禁，
恨王母她不容男女相亲。
三月三蟠桃会王母寿辰，
她命我和织女侍席把尊。
足踏祥云往前进，
藉机会与织女一处谈心。
织女星君！

织　女　牵牛星君！

牛　郎　今乃王母寿诞之日，王母命你我侍席把盏，你看时光尚早，不如寻一云层稀薄之处，叙谈片刻。

织　女　少时海岛群仙、天上星宿，俱要前去拜寿，赐宴之后，还要移席瑶池水阁，接待玉帝与三教教主，你我奉命侍宴，怎敢偷闲。

牛　郎　哎呀，你还是这么的忠心。

织　女　休来取笑。哎，我也是有许多话要对你讲。

牛　郎　哎，好呀，

（唱）我与你情投意合心相印，

心心相印意殷切。

你有话，我有话，

寻一个云层薄处谈谈心。

织　女　哎，你看看王母驾前，侍从甚多，若被他们看见，如何是好？

牛　郎　你不必胆怕，少谈片刻何妨。织女，随着我来看呀，

云薄处却有那无边美景，

织　女　又只见霞光照彩色缤纷。

牵牛，你看那方，一片霞光，辉映七色，那是何物？

牛　郎　那就是太阳星君。织女，你再往远处看呀，

叫织女细凝神远处望定。

织　女　那万丈高耸是何名？

牛　郎　那是山。

织　女　哎呀，

看那方一片波涛浪汹涌，

牛　郎　那名叫大海水溶溶。

你看那山外有海，海外有山，

翻山越海有一地方甚昌盛。

织　女　我问你那个地方叫何名？

牛　郎　那就是人间凡尘境。

我问你看清未看清？

织　女　怎么那是凡尘境？待我仔细看分明。

我问你人间都有何情景？

牛　郎　鸟儿叫，花儿香，水秀山青。

还有那男男女女相亲相爱一家人恩义重，

双双对对多有情。

我问你人间好不好，

织女你说人间好不好，你说，你说。（织女凝神沉思叹气）哎，

为什么唉声叹气不应声。

织女，你不要叹息。

（织女看回顾牛郎笑再看）

织　女　哎呀，牵牛你看，云层闪闪，想是众仙前去与王母拜寿，此处不可久站，你我可到瑶池宴罢之后再好云端相见。

牛　郎　如此，请！

（念）按捺情怀瑶池往。

织　女　　宴罢云端叙衷肠。（携手同下，八宿上看介笑下）

第三场

登场人物：牛郎　织女　双成　云英　四仙女　王母　八仙　八宿

王　母　（念）春日百花放，瑶池寿宴开。

牛　郎
织　女　禀王母，海岛群仙、众位星宿到。

王　母　有请！

牛　郎
织　女　是。有请众仙列宿。（细乐王母入座八仙八宿上）

众　仙　王母在上，我等拜寿。

王　母　有劳众仙列宿，大家入座畅饮。

众　　　酒是要喝的，寿也要拜。

王　母　哈哈哈，（细乐，众仙拜寿毕入座，八仙侍立）众仙，请！

众　　　王母请！

王　母　（念）三月三春光好，众仙上寿赴蟠桃。

花香和着祥云绕，一年一次多有劳。

（牛郎织女斟酒）

织　女　（唱）请尝这百花仙酿酒，

牛　郎　　请尝这仙果仙蟠桃。

织　女　　执金壶上前满斟倒，

牛　郎　　一霎时急得人心似火烧。

众　　　　神仙快乐谁知晓，

瑶池风光难画描。

随王母学得金丹道，

同修得长生不老寿比天高。

王　母　牵牛、织女，

牛　郎
织　女　在！

王　母　取我玉壶盏，将瑶池玉乳空青遍赐众仙。

牛　郎
织　女　遵法旨了。（下又上）

众　　　多谢王母。

织　女　（唱）织女忙将玉壶捧，

牛　郎　　　牵牛双手把玉盅，

织　女　　　近前一一把酒敬。

　　　　　　执玉壶，

牛　郎　　　把玉盏，

织　女　　　遍敬列仙，

牛　郎　　　玉乳空青。

织　女　　　饮这一杯增福命，

牛　郎　　　饮这一杯延寿龄。

织　女　　　愿祝列仙万年庆，

牛　郎　　　愿祝列仙不老长生。

织　女　　　他们快乐我高兴，

牛　郎　　　偷眼笑看织女星。

　　　　（牛郎织女相视而笑，牛郎失手玉盏落地，牛郎织女大惊）

王　母　哇！

　　　　　　胆大牵牛乱天宫，

　　　　　　竟敢调戏织女星。

　　　　胆大的牵牛，竟敢席前失礼，违犯天条，扰乱清规，如何容得。

奎木狼　王母，小仙朝见王母，云端观见牵牛织女一处谈心。想瑶池乃清净之处，岂容他们如此。

王　母　这还了得！奎木狼、娄金狗何在？

奎木狼
娄金狗　在！

王　母　速将牵牛星赶出天宫，贬下凡尘。

织　女　哎呀王母，想此事乃由我身所起，请王母重罚于我，宽恕牵牛。

王　母　嗯！小小织女，你还为他讲情。

织　女　哎呀王母，如其不然，我愿与牵牛一同受贬。

王　母　哼，哼，哼，你还想下凡与他相会。

金牛星　哎呀王母……

王　母　休得多言。来呀，将牵牛与我打下凡去。

［奎木狼娄金狗推牛介织女拉奎木狼娄金狗挡推牛下。

织　女　哎！

　　牵牛竟被贬下凡，

我的牵牛、牵牛。

　　织女心里似油煎，

　　含泪忍痛忙拜见。

哎呀王母，请发慈悲，宽恕牵牛，收回法旨。

王　母　哼！焉能由你。双成、云英。

双　成
云　英　在！

王　母　速将织女送回宫去，命她采云织锦，无我法旨，不准片刻停歇擅离一步；如若再犯，二罪并罚。

双　成
云　英　遵法旨。（押织女下）

金牛星　好恼好恨！

王　母　金牛星君为何失仪？

金牛星　哎呀王母，想那牵牛星不过一时失手，纵然有罪，也不至于赶出天宫，贬下凡尘。织女求情乃是理所当然，命她回宫采云织锦也就是了，为何不准片刻停歇，擅离一步？这般处罚令人难服。

王　母　呸！大胆了，好一胆大金牛星，敢说吾处罚不公平，想是你与他同谋抗天命。

金牛星　这个，小神怎敢。

王　母　哼，哼，哼！你即怜念牵牛，就与他一路去吧。

金牛星　呵！哈……

王　母　嘴火猴、尾火虎。

二　宿　在。

王　母　将金牛星贬下凡尘，罚他与牵牛做牛受苦，押了下去。

二　宿　遵法旨。走！

金牛星　好，走走走哇！

［二宿押金牛星下。

王　母　众仙列宿。

众　　　王母。

王　母　今日被牵牛织女等搅乱了寿宴，请众仙随我去到水阁，等候玉帝与三教教主到来，一同畅饮。

众　　　多谢王母。

王　母　众仙女，

四仙女　有。
王　母　移席水阁。
四仙女　遵法旨。（同下）
［奎木狼娄金狗推牛郎上打下天宫亮相下。

第四场

登场人物：织女　双成　云英

织　女　（唱）离机房出宫门云端立站，
腰儿酸腿儿软步儿懒前。
恨王母她罚我采云织绢，
只落得冷冷凄凄孤孤单单有苦向谁言。
数日来只觉得身体困倦，
但不知牵牛星落在哪边。
心难舍拨云层仔细观看，
喽呀！
望不见心上人好不心酸。
拨云望尘凡，
珠泪擦不干。
不见牵牛星，
叫人心痛酸。
恼恨西王母，
王母呀王母，
你不该恩爱两分开。
站云端望牵牛无限悲惨，
恨云层割断了天庭人间。
双　成　她那里思牵牛望穿两眼，
云　英　我二人忙把她劝解一番。
双　成　妹妹，
云　英　姐姐。
（织女见二人急拭泪）
织　女　呵，原是二位姐妹，想是王母唤我。
云　英　哎，王母现在瑶池打坐。
织　女　呵，怎么王母现在打坐？
云　英　正是的。

织　女　哎，二位姐妹呀

云　英
双　成　不必伤心，我们都是自己姐妹，特来与你解闷，你有什么话请讲无妨。

织　女　哎，二位姐妹你看，这天上吗……

云　英
双　成　这天上怎么样？

织　女　冷冷清清，毫无生气。

双　成　依你之见？

织　女　以妹之见，不如趁着王母打坐之时，我们同到人间一游。

云　英　织女姐姐，妹妹看你哪是到人间游玩，分明是要找寻你那心爱的牵牛。你说是也不是？

织　女　这个……妹妹呀，纵然我有此心，你看这茫茫人海，叫我到何处去寻，何处去找？

双　成　妹妹，你不要啼哭，倘若哭出病来，王母定要责罚于你。

云　英　哎呀呀，我想，人不伤心不落泪，我姐姐她伤心，怎能不哭。难道说这哭王母也要管？

织　女　咳！我叫一声姐姐，你看妹妹久锁天宫冷冷清清，真正能把人愁闷死了。可怜我禁锁幽宫日夜不停织锦把云纺，终年间为谁作嫁衣裳。

云　英　（唱）织女姐哭得我心软，

可怜她遭遇实难言。

我要与她行权便，

好与姐姐解闷烦。

双成姐姐，你看织女日夜辛劳，形容憔悴，哭哭啼啼，实在可怜。依妹之见，不如约集众家姐妹，同往人间碧莲池沐浴一回，也可消消她的愁，解解她的闷。不知姐姐意下如何？

双　成　倘若王母知觉，降下罪来，哪个担待？

云　英　若有祸事，我们大家担待。

双　成　妹妹，王母戒律森严，怎敢私到人间。

云　英　你不要胆怕，无妨无妨。织女姐姐，你看这样好不好？

织　女　如此多谢二位姐妹。

云　英　不必多言，双成姐姐，你我速快回宫，约集姐妹们一同前往了。

双　成　姐妹急忙回宫院，

云　英　约集了众姐妹同到人间。

织　女　下尘凡若能把牵牛找见，

愿和他在人间不愿上天。（同下）

第五场

登场人物：牛郎　牛形　李大娘　二祥

牛　郎　（唱）农家耕种是根本，
深耕稠种要锄勤。
怎奈我嫂嫂太身困，
好吃懒做爱串门。
千言万语劝不醒，
是这样怎能过好光阴。
无奈何和兄嫂三言两语把家分，
今后的事儿靠自身。

哎，自从我父母去世，跟随哥嫂过活，怎奈嫂嫂不贤，好吃懒做，常常与我为难，我哥哥看此情形，和我商量，才把家分了。怎奈麦忙在即，我一人里里外外，如何顾得过来。哎，老牛。

二　祥　牛郎哥哥，我娘看你来了。

李大娘　（上唱）听说牛郎分了家，
放心不下来看他。

牛　郎　李大娘、二祥弟来了。

李大娘　来了。

牛　郎　老牛，你在那边吃草去。（牛点头去）

二　祥　哎呀，这个老牛真有趣。

牛　郎　我这头老牛耕田种地拉车，叫它快它就快，叫它慢它就慢，不用鞭策，不用绳打，能懂得我的话。

二　祥　依你那样说，这头牛真灵。

牛　郎　灵得很。大娘前来何事？

李大娘　牛郎，听说你和兄嫂分了家，大娘恐你没处住，所以前来找你，去到我家暂住，容后再想办法。

二　祥　牛郎哥哥，你住在我家，我娘在家给咱们做饭，咱们白天做活，晚间一处说说笑笑，你看好不好？

牛　郎　多谢大娘二弟关心，我有住处。

李大娘
二　祥　你在哪里住？

牛　郎　大娘你看，就是那间破草房。

李大娘　哎，那间草房破破烂烂，怎能居住呢？

牛　郎　大娘不要紧，过几天我把它收拾收拾就好。

李大娘　那么你兄嫂都与你分了些什么？

牛　郎　大娘你看，就是这头老牛，一辆破车，三亩薄地，还有那间破草房。

李大娘　呵，就是这这这！哎，牛郎呀，

（唱）老牛破车怎耕田，
割麦天谁人与你来做饭。
可叹你无父无母年幼真可怜，
这光景你今后作何打算。
大娘我爱你性良善，
因此叫你在我家住几天。

二　祥　哎，牛郎哥哥呀，
可怜你一个人与牛作伴，
既少吃来又少穿。
依我说不如住到我家倒方便，
咱二人白天做活夜同眠。

牛　郎　哎，
大娘不要把心操，
二弟好心我知道。
虽然我这黄牛老，
耕地又快又耐劳。
凭我这身劳力好，
什么事我都能开交。

大娘二弟　你们看，就凭这头老牛，三亩薄田，还有我这两只手，什么都是不怕的。

李大娘　牛郎，你是个好孩子，有志气，只是这样的大忙天，你还是顾家呀嘛，顾地呀，如果你还有个……

二　祥　如果你有个媳妇多好。

李大娘　是呀。

金牛星　哞！

牛　郎　不要说笑话了。大娘，天色不早，请你回去，早些歇息。

李大娘　哎牛郎呀！

（唱）牛郎勤苦性刚强，
可惜缺少一妻房。
时值麦黄要上场，
一个人儿怎应当。
此时应在我心上，
大娘与你想良方。

牛　郎　多谢大娘，天黑了，快快请回。

李大娘　二祥，随着娘来。
牛　郎　送大娘。
李大娘　不送了，不送了。（下）
二　祥　牛郎哥哥，再不要想了，我妈明日给你说花媳妇呀。（跑下）
牛　郎　（唱）收获时家家户户忙，
谁与我做饭烧茶汤。
低下头儿心暗想……
却怎么老牛唤牛郎。
金牛星　牛郎。
牛　郎　哎呀，这老牛怎么说起话来了。
金牛星　我早就想说话来了。
牛　郎　呵，怎么你早就想说话来了？
金牛星　牛郎，农忙了，你一个人太孤单，何不早些娶个媳妇？
牛　郎　怎么娶个媳妇？
金牛星　是的，娶个媳妇，成了家，男耕女织，岂不是好。
牛　郎　你说得倒好，想这娶媳妇也不容易，若果真娶个媳妇我还要挑一挑，选一选，我要那人好手巧，能帮我过日子。
（唱）我要那人儿好来性情好，
模样要好手要巧。
能帮我做活把饭造，
这样的媳妇你叫我向哪里找。
金牛星　管保能遂你的愿。
牛　郎　你先说那人是谁？她在哪里？
金牛星　前面有一碧莲池，有几个仙女在池中沐浴，你到那里，你将那红色衣衫抢上就走，引那仙女前来，我自有办法成就你二人的姻缘。
牛　郎　怎么娶个仙女当媳妇？哎，不成不成。
金牛星　怎么不成？
牛　郎　哎，将来她跟我要好吃的、好穿的，又不能作活，那我不要。
金牛星　牛郎你听，这个仙女名叫织女，人好手巧，终日勤劳，绝不偷懒。
牛　郎　那样就好。（沉思）哎，不成不成。
金牛星　怎么又不成？
牛　郎　她样样都好，要是看不上我呢？
金牛星　他定能看上你。
牛　郎　如此甚好。但是你说的碧莲池，我不知道在哪里。
金牛星　我带你去。
牛　郎　那么你带我前往了。

（唱）你带我前往碧莲池，
去抢仙衣好娶妻。（同下）

第六场

登场人物：二仙女　双成　云英　织女　牛郎　牛形

织　女　（唱粉蝶儿）
齐下天堂，姐妹行，齐下天堂，
落云端，凡尘来降。（圆场凹横一字介）
一个个喜洋洋，
望莲池，丛丛的金花开放。
乐悠悠，戏水鸳鸯摆莲叶，
乘着那小渔舟，飘飘荡荡。
（白）这是众家姐妹，你我久在天宫，重云深锁，今到凡尘，心中好不爽快。
云　英　真是爽快，你看这人间风光，无边美景，真来好看。
众　好看倒是好看，我看还没有织女姐姐穿的这身衣裳，又红又鲜，那才叫好看呢。
织　女　诸位姐妹休要取笑。
众　姐姐你看清风徐来，幽香在水，好一片景致也。
织　女　（唱）明月浮沉在人间，
星光闪闪水潺潺。
风摆动荷花飘碎瓣，
水面上双双鸳鸯交头眠。
愿做那比翼鸟儿双飞远，
飞到那天涯海角边。
世人都把神仙羡，
哪知晓天上怎能比人间。
漫步蹁跹将愁遣，（同舞）
赖留人间不羡仙。
云　英　众家姐妹，来到碧莲池，我们脱去仙衣下池沐浴。
众　（唱）莫把那好时光轻轻空放，
脱仙衣入莲池沐浴一番。
双　成　众姐妹同我到香冽清泉。
织　女　入莲池我遂要涤尽愁烦。（同下）
［牛郎牛形上，牛郎取仙衣放在牛背上跑下。

众　　织女。那人将你的仙衣抢走了。
织　女　哎呀不好！
双　成　众家姐妹，我们速回天宫。（跑下）
众　　请！（众取仙衣亮相下）

第七场

登场人物：织女　牛郎　牛形

织　女　好一牛童，抢我衣衫，是何道理？
牛　郎　哎！（被问住无话答）牛大哥，牛大哥，到了紧急处，你怎么不管我了？
织　女　快快还我便罢，如若不然我就要……
牛　郎　你要怎样？
织　女　我岂肯与你干休，快快还我。
牛　郎　牛大哥，牛大哥，哎，这倒怎了？
金牛星　你二人且慢动手。
织　女　呵！你不是金牛星君吗？
金牛星　正是。
织　女　你可知牵牛星他、他、他在何处？
金牛星　嗯，相隔不远，你自己看去。
织　女　呵！
（唱）自那日王母怒将你谪贬，
下毒手拆散我恩爱姻缘。
她罚我锦云宫采云织绢，
无法旨不许我片刻偷闲。
我为你与王母瑶池争辩，
我为你身被囚受尽磨难。
我为你日夜忧思愁难遣，
我为你朝朝暮暮暮暮朝朝拨云望尘寰。
多蒙那云妹妹于我方便，
约齐了众姐妹私到人间，
碧莲池抢仙衣与你相见，
倒叫我有悲有喜有惧有羞不知我该说何言。
牛　郎　哎，好奇怪也，
（唱）她扯我哭哭啼啼为哪件，
叫人难解又难参。

转面我把牛兄唤，
你与我将此事快快明言。

金牛星　怎么你不明白？

牛　郎　哎，我一点也不明白。

金牛星　你看她可好？

牛　郎　她吗？好。

金牛星　叫她与你做个媳妇，你可愿意？

牛　郎　我是很愿意的。可是，你先问问人家愿意不愿意。

金牛星　你问她去。

牛　郎　这可不大好张口。

金牛星　问问无妨。

牛　郎　好，我问，我问。嗨！那个人儿你听着，我要问你一件事，但不知你愿意不愿意？

（唱）我问你与我当个媳妇你可愿，
请你快快当面言。（织女羞不答）
如不然你将头儿点，
点一点头儿当语言。

织　女　他那里提婚姻遂我心愿，
怎知我为婚姻私下尘凡。
猛想起西王母戒律森严，
怎容许我二人私结姻缘。
我若还与牛郎结成亲眷，
那王母她定要下毒手段。
为爱情哪怕她碎尸万段，
为爱情纵一死我也心甘。
转身忙把头一点，（点头）

牛　郎　她点头来我喜欢。
牛大哥，人家愿意了，咱们怎么办呢？

金牛星　一同回家，商量过日子。（下）

牛　郎　好，回家商量，嗨，咱们回家走。（牛郎拉织女下）

第八场

登场人物：李大娘　刘大叔　二祥

李大娘　（念）今早牛郎对我讲，说他要下一新娘。

场活毕急忙他家往，特地前去看新娘。

二　祥　母亲，母亲，天这么热，才喝了汤，你不歇一歇，不言不语，急急忙忙的往哪里去？

李大娘　我看你牛郎哥哥去呀。

二　祥　你哪里是看我牛郎哥哥去，分明是要看新媳妇去呀。

李大娘　胡说，这话你怎么知道的？

二　祥　这事村里都摇了铃了，看谁不知道。

李大娘　休得胡说！

二　祥　我也要去呢。

李大娘　你去了，到那里可不要胡闹。

二　祥　是。

李大娘　如此随娘走呵。

刘大叔　（上唱）

人都说牛郎娶妻房，

我要前去看端详。

李大娘　你刘大叔，天不早了，你往哪里去呀？

刘大叔听说牛郎娶了一个媳妇，来得有些奇怪……

李大娘　哎，这有什么奇怪。这是牛郎他哥哥见他兄弟孤单，所以瞒着他嫂子，偷着给娶下的。

刘大叔　嗷，原是这样。

李大娘　你再不要听人胡说了。咱们走，看看这新媳妇走，你我一同去探望。

刘大叔　（唱）大家同去看新娘，

二　祥　到那里我要闹一场。

李大娘　嗯！

二　祥　耍新娘。（同下）

第九场

登场人物：牛郎　织女　李大娘　刘大叔　二祥

牛　郎　（唱）急急忙忙碾完场，

无风怎能将麦扬。

哎，人家场里都完了，我一个人赶着把场才碾完，风又停了。眼看着太阳快要压山了，怎么还没有风。哎呀，风来了，

清风刮得树梢响，

篱边花儿也放香。

织女，织女，快把家具拿着场里来，

汤碗信手放场上，

急忙乘风把麦扬。

织　女　一阵风儿甚凉爽，

忙到场里帮牛郎。

牛　郎　将簸箕口袋放场上，

乘风帮我将麦扬。（舞蹈）

麦子扬完把锨放，

织　女　灌麦我将口袋张。

灌了一庄又一庄，

你去该把庄子扛。

牛　郎　我扛庄子回家往，

织　女　我拿扫帚扫麦糠。

将麦场扫得白又光，

麦颗扫在场中央。

轻重活儿我都不退让，

拿簸箕再把麦簸扬。

牛　郎　有牛郎来喜洋洋，

叫声织女听心上。

人常说新娶媳妇不出房，

不料你里里外外终日忙。

织　女　牛郎你把话错讲，

庄户人家怎不忙。

今夏丰收心欢畅，

为自己过口月忙也应当。

［二祥跑上。

二　祥　牛郎哥哥，叫我与你把庄子扛上。

李大娘
刘大叔　牛郎，场里活儿完了么？

牛　郎　刚完。大娘大叔来了。咱们快到我家里坐坐。大娘大叔你的都把麦扬了没？

李大娘
刘大叔　也是刚才完。我们喝了汤就来。

牛　郎
织　女　大娘大叔你看房子里黑，咱们就坐在院子。

李大娘 刘大叔　好，咱们就坐在院子，院子还凉快。

二　祥　娘，你看那就是新嫂子。（织女将凳子取出）

李大娘 刘大叔　牛郎，我们特来与你道喜。

二　祥　我是来耍新媳妇的。

牛　郎　大娘大叔请先坐下。娘子，这是刘大叔，这是李大娘。

织　女　李大娘，刘大叔见礼了。

李大娘 刘大叔　还礼了。

二　祥　还有我呢。

牛　郎　我把你竟然忘了。娘子，这是二祥弟。

织　女　贤弟，礼了。

二　祥　还礼，还礼。母亲，大叔你们看怎么样?

李大娘 刘大叔　哎，真格跟画上的天仙一般。

二　祥　牛郎哥哥，你娶媳妇，怎么都不跟我说，也不请我吃杯喜酒。

牛　郎　改天我定补请。

二　祥　那倒不必了。可是，每天我到地里去，要是渴了饿了，到你家来找吃喝，嫂子不往外撵我就行了。

织　女　只要你来，绝不慢待。

李大娘　你大叔，你看牛郎把房子收拾得多么干净。

刘大叔　把这间破草房也收拾干净了。

李大娘　哎。我真料想不到，牛郎能娶下这好的个媳妇。从今后，我也不再替他操心了。来来来，大娘我也没有给你买什么稀罕的东西，这是几尺花布，你收下，准备与小孩做衣服呀。

（唱）这几尺花布娘送你，
与小孩做下一身衣。
你明年与他生儿子，
那时你也不着急。

织　女　大娘真爱说笑话。只顾说话，大娘大叔连一口水也没喝，待我烧水去。

刘大叔　不要费事，我们看看就回去了。

织　女　远远的来，忙什么?

牛　郎　你去烧水去。

李大娘　慢着。牛郎，你刘大叔和我都不是外人，说不喝就不喝，都快坐下。大娘还要问问你。

牛　郎
织　女　大娘讲说什么？

李大娘　哎，牛郎呀，

（唱）你二人新成这个家，
大娘问你都增啥。
你与大娘说一下，
我叫二祥送你家。

刘大叔　短少什么，尽管说来。

牛　郎　粮食我有，烧的也有，就是少个水缸，一副水桶。

刘大叔　那我家中都有，你担去。

牛　郎　刘大叔那我先借着用用，明天我来担。

二　祥　慢着，明天我到地里去的时候，与你担来。想你一趟一趟跑，哪有这闲工夫。再说，你才娶下新媳妇，陪我嫂子多说一会儿体己话，也是好的。

牛　郎　那我就谢谢你了。

二　祥　咱们弟兄，还谢什么。

李大娘　还用什么？

织　女　大娘，村里谁家有不用的纺车跟织布机？

李大娘　这可巧极了，我们家里都有。

刘大叔　李大娘家里不但有，她还是咱村织布的好手。你明天好好教教她。

李大娘　好，我教她，我教她。牛郎，你明天来取。

牛　郎　大娘，那我明天……

二　祥　你明天干什么？我明天拿个小车与你推来。

牛　郎　多谢贤弟。

二　祥　不用谢。你不能说谢谢就算完了，这个忙我可不白帮。

牛　郎　那你还要怎样？

二　祥　我要耍房，还要耍媳妇。

牛　郎　哎，已经过了三天了。

二　祥　不成，不成，我定要闹房。

牛　郎　哎贤弟呀，

（唱）贤弟讲话真荒唐，
三天过你还要闹房。

二　祥　今天来道喜要闹房，
看一看新郎和新娘。
新娘生来好模样，
低着头儿站一旁。
见了人儿羞羞答答不敢高声把话讲，

偷着眼看他小牛郎。
牛郎高兴喜洋洋，
扭着头抿着嘴笑看新娘。
看媳妇看得出了相，
人和他说话他都不搭腔。
叫母亲大叔你们望，
你看新郎发癫狂。
我拉住新郎衣襟不轻放，
我要欢天喜地闹新房。
还要叫新娘与我拜一拜，
她不拜我和你不能下场。

牛　郎　娘子，你看他叫你和他拜一拜，你何不照办呀，贤弟既然要闹房，你与他拜上一拜他就下场。

织　女　贤弟礼了。

牛　郎　贤弟，这一下好了吧。

二　祥　还不成，不成，你看我嫂子手巧活好，看她都给我们做什么，说得对了，我们就走了；说的不对，今天晚上就要耍一夜。

牛　郎　娘子，你就快给人家说。

织　女　哎，

（唱）贤弟莫燥莫乱闹，
我与你绣上带一条，
与大娘做鞋花绣好，
与大叔用心绣荷包。

二　祥　这样也好，你不做可是不行的。

李大娘 刘大叔　再不要淘气了，天不早了，我们回去吧。

牛　郎 织　女　大娘大叔再坐一会儿。

李大娘 刘大叔　不坐，不坐。

牛　郎 织　女　送大娘大叔。

二　祥　还有我。

李大娘 刘大叔　不送了，不送了。

（唱）辞别了新夫妇各回家下，

二　祥　　明日里把东西保送到家。（笑，同下）

织　女　　老老少少有情分，
　　　　　个个待人是真心。
　　　　　收拾座位把房进，

牛　郎　　高高兴兴过光阴。

第十场

登场人物：四仙童　王母　奎木狼　娄金狗　嘴少猴　尾火虎

王　母　（唱）适才亲自去查巡，
　　　　　不见织女为何情？
　　　　　将身打坐瑶池等，
　　　　　唤双成云英问分明。
　　　　来，唤双成云英见吾。

嘴少猴
尾火虎　　王母唤双成云英二仙姑。

双　成
云　英　　参见王母。

王　母　　罢了，你们到哪里去了？

双　成
云　英　　我们同往人间碧莲池沐浴去了，未曾告禀，王母恕罪。

王　母　　哼，不奉法旨，私自下凡，这还了得。

双　成
云　英　　下次不敢。

王　母　　你们可知织女何处去了？

双　成　　织女，她，她吗……

王　母　　为何欲言又止？

云　英　　王母不知，我们见织女愁闷可怜，约她一同沐浴去了。

王　母　　织女现在何处？唤她见吾。

双　成
云　英　　哎呀王母，我们正在碧莲池沐浴，忽然来了一个少年男子，牵着一头黄牛，将织女仙衣抢去搭在黄牛背上而跑。

王　母　　是何人识得仙机，如此大胆。失去仙衣，织女如何上天？

双　成　　王母，织女去追那人，我等急忙逃回，不知织女的下落。

王　母　　嗯！莫非是牵牛星与金牛星作怪不成？咳，
　　　　（唱）自悔当日错主意，

不该把金牛星贬下凡去。
倒与牵牛添翅羽，
不遵戒律破仙机。
吾先令金牛归本位，
再提织女莫迟疑。
不许他们成婚配，
叫他夫妻早分离。

来！

二仙女 有。

王　母 持吾牒文，烦老君手下牛童将那金牛星归位，不得有误。

二仙女 领法旨。（同下）

王　母 奎木狼、娄金狗何在？

奎木狼 娄金狗 在！

王　母 命二位星君前去宣召织女回转天宫。

奎木狼 娄金狗 倘有不服？

王　母 赐尔等穿心宝锁，哪个不服，一起擒来。

奎木狼 娄金狗 领法旨。（同下）

王　母 众仙童。

众 有。

王　母 随吾去见玉帝。

（唱）可恨织女好大胆，
竟敢私自到人间。
吾要捉织女回宫转，
不许他们结姻缘。（同下）

第十一场

登场人物：牛郎　织女　奎木狼　娄金狗　金牛星

织　女 （唱）我本天上织女仙，
为配牛郎到人间。
夫妻相爱多美满，
不愿飞升上九天。

想我来到人间，与牛郎成婚，得遂心愿，已经生下两个孩儿，我二人相亲相爱，男耕女织，日子倒过得十分快乐。今早牛郎下地耕作，孩儿熟睡，待我纺织。（搬纺车纺线）

（唱）手把纺车心暗想，
想起了天宫岁月好凄凉。
天条清规如铁网，
恨王母残忍毒心肠。
人人俱是无情样，
有情也难配成双。
那日蟠桃盛会上，
她命我和牵牛手捧琼浆。
我二人彼此两相望
玉盏落地起祸殃。
王母怒将牵牛贬，
她罚我采云织锦不准停歇离机房。
可怜我出宫遭魔障，
和牵牛恩爱情难忘。
因此上才把凡尘降，
不愿做天仙愿作鸳鸯。
与牛郎成亲遂愿望，
劳劳碌碌日夜忙。
他耕种我纺织各不相让，
一个要比一个强。
这才是男耕女织纺，
合家快乐度时光。

［牛郎持锄上。

牛　郎　（唱）豆觳生苗雨下透，
秋后必定又丰收。
高高兴兴回家走，
问娘子把饭可做熟。

织　女　牛郎，你回来了。

牛　郎　回来了

织　女　孩子已经熟睡。

牛　郎　饭好了没？

织　女　饭已在锅里了。哎，你看你把衣衫都叫汗塌透了。（取衣）快将这件换上，把那件脱下，我好与你洗。

牛　郎　不换。换啥呢。

织　女　哎，你来，待我与你换吧。孩子醒来了，待我把他抱上。

牛　郎　叫我也抱一个。

织　女　牛郎，今秋的豆穀长得如何？

牛　郎　娘子，提起了今秋的庄稼，把人能高兴死。今秋的庄稼长得真好，定然又是丰收。

******

织　女　这也是你的劳苦之功。

牛　郎　哎，想你在家里，黑不当黑，明不当明地纺线织布，你织的布又快又好，一到集上，人都抢着买。你能勤苦，我怎能不好好做庄稼呀。

（唱）提起了做庄稼我好高兴，
不由人一阵阵喜在心中。
这二年我做的庄稼茂盛，
秋与夏都是好收成。
从今后你与咱织布缝衣不受冻，
我与咱劳苦耕种不受穷。
有吃有穿过得好光景，
咱夫妻好好抚养小儿童。

织　女　哎，好呀。

（唱）你每日勤苦把地种，
我纺棉织布不放松。
孩子熟睡你勿惊，
我与你下厨作豆羹。（下）

牛　郎　哎，这两个孩子真乖，他妈妈做活他就睡觉。哎呀，我怎么也瞌睡起来了。我也在这里打个盹吧。（金牛星上）

金牛星　牛童传我回天堂，
特地前来别牛郎。

牛郎，牛郎。

牛　郎　你是谁？

金牛星　我是你牛大哥。

牛　郎　呵，怎么你是我牛大哥。牛大哥，你来有什么事？

金牛星　牛郎不知，方才望见天上差牛童前来召我上天。

牛　郎　牛大哥，我实在舍不得叫你走。

金牛星　哎，你舍不得我，我也舍不得你。怎奈王母法力浩大，我是无力违抗的。我死之后，将皮与你留下，若有急难的事，将皮披在身上，自有用处。哎，我将话说明，牛郎，我就走了。

牛　郎　牛大哥，你不要走。（牛郎拉金牛星，金牛星推牛郎下牛郎追下又上）
（唱）牛大哥当真把命丧，
我的牛大哥，哎，我的牛大哥！
他与我留下了牛皮一张。
哎，牛大哥呀！

织　女　哎！
（唱）正在厨房烙面饼，
忽听牛郎放哭声。
急忙上前用目奉，
问牛郎啼哭为何情。
牛郎，你为何事在此啼哭。

牛　郎　娘子，咱的老牛死了。

织　女　呵，怎么老牛死了？

牛　郎　牛大哥死了，哎，牛大哥呀！

织　女　牛郎，事到如今，哭也无益，你快快到村里，请几个乡党帮你把它埋了。

牛　郎　好。待我前去，哎，牛大哥呀！（哭下）

织　女　哎呀，我想金牛之死，定是王母所为，此事与我有关。我可莫说，牛郎呀牛郎，恐怕你我夫妻也要遭难了。
（唱）金牛去必然是王母知晓，
怕只怕这一关我也难逃。
可怜我夫妻恩爱室家和好，
我怎忍把恩爱一旦分抛。
小娇儿未满岁离娘怀抱，
不由人一霎时愁锁眉梢。
［奎木狼娄金狗急上女见大惊。
呵，二位星君何来？

奎木狼
娄金狗　我等奉了王母法旨，命你速回天宫。

织　女　这个……星君，想我与牛郎相亲相爱，男耕女织，终日辛劳，不废职守，且已生男养女，我怎忍抛夫弃子而去。星宿，这天宫我是万万不回去的。

奎木狼　织女，王母赐有穿心宝锁，若敢违抗，王母就要动手。

织　女　哼哼，慢说是宝锁穿心，就是将我粉身碎骨，要我舍夫弃子也是万万不能的。

娄金狗　织女，王母法旨违抗不得。依我相劝，还是遵旨回宫为好。

织　女　星君盛情我岂不知，只是我心已决，誓死不回。

奎木狼　难道你就不怕激怒了王母？

织　女　拼着一死，我还怕谁。

奎木狼　她既然不服，我们动起手来。

娄金狗　慢着，织女，你今违抗法旨，王母一怒，连累起来如何是好？

织　女　连累哪个？

娄金狗　就是你那难舍的牛郎和你一双儿女，难道你都不顾他们了。

织　女　这个……怎么我不回天宫，她要捉拿我牛郎和一双儿女？

娄金狗　依我之见，你还是随我等回宫，日后你夫妻母子还有相见之日，请你三思。

织　女　这个，哎，我明白了。

（唱）星君一言提醒我，
王母无辜起风波。
仗着伤人穿心锁，
我违抗定将夫儿夺。
一霎时心中生烈火，
忙取仙衣织布梭。（下又上）
平地无端遇飞祸，
事到危机无话说。
我丢下小娇儿受饿受冻向谁托，
我丢不下牛郎夫恩爱情多。
儿啼哭想是他腹内饥饿，
闻郎声小手乱揣摩。
抱上一个又一个，
怀抱冤家泪如梭。

哎，哎，哎，我叫叫一声儿呀儿呀，为娘今日被逼无奈，抛弃我儿，今后你就成了无娘的儿，儿呀你将两眼睁开，把娘再看得一眼，从此天上人间，恐我母子永无相见之时了。

（唱）怀抱儿女泪纷纷，
生离死别疼烂心。

奎木狼　时间已到，将儿放下快走。

织　女　我走走走，哎，

牛郎夫不回转我乱了分寸，

牛郎，牛郎！

我难割难舍骨肉两离分。

二　宿　若再迟延，王母降罪，如何是好，走吧。

他那里恶森森逼我声紧，霎时五内如火焚。

织　女　罢了，娘的儿，牛郎夫！

二　宿　快走!

织　女　小娇儿，牛郎夫（二宿推女下）

牛　郎　（唱）忽听织女喊声急，

跑回家里看端的。

娘子，娘子，哎呀不好，见娘子被人押到天上。（找仙衣）

猛想起牛兄临死语，

忙担小儿披牛皮。

呔，娘子慢走，我追赶你来了！（追下）

第十二场

登场人物：织女　牛郎　双成　奎木狼　娄金狗　四云童　王母

织　女　（唱）抛夫儿回天宫心酸难忍，

[二宿、双成、云英上，织女回顾、不行。

娄金狗　织女为何停云不走?

织　女　二位星君，你看牛郎后面追来，容我夫妻一别。

奎木狼　哼，王母嗔怪，哪个担待，还不快走。

织　女　哎，走。

（唱快板）被迫生离好伤心。

舍不得与牛郎夫妻情，

舍不得一双儿女两离分。

牛郎，牛郎。（二宿迫双成云英拉织女下）

牛　郎　（唱）担上儿女赶得紧，

不避艰险向前奔。

娘子慢走，我追赶你来了。（下）

织　女　耳听后边追得紧，

猛然一计想在心。

假意投梭打得准，

牛郎，牛郎。

二　宿　快走!

[牛郎挑孩子追上跑圆场织女用梭打牛郎哭下。

牛　郎　是何物打到牛郎身。

呵，（拾梭看）我明白了，这梭上有线，分明是织女叫我顺线追她了。

她那里抛梭用线引，

我这里加力紧追寻。

吠，你们慢走，我赶你来也。（扫头追下）

织　女　（唱）背地里我把王母恨，

　　　　拆散我骨肉太狠心。

（向后看）哎呀，二位星君，你看我那牛郎，情深意重，苦追不舍；可怜我那一双儿女乍离娘怀，恳求星君，容我夫妻儿女见上一面，纵然一死，也感你们的恩德呀。

二　宿　祥云冉冉，王母来也，还不快走。

织　女　哎，难见的牛郎。

　　　　好话说了多和少，

　　　　苦苦哀求他不招。

　　　　悲悲切切回头看，

　　　　牛郎他把娇儿挑。

二　宿　王母已到，快走。

牛　郎　听得他说王母到。

王　母　哇！大胆牵牛星，即被贬谪，未奉法旨，竟敢擅闯天界，还不与我退下。

牛　郎　哼，我不知什么叫牵牛星，也不知什么是天界，我只知要我的媳妇，我的孩子是要娘的。

王　母　来，将织女押回天宫。

牛　郎　我也要赶到天宫。

王　母　哼，待吾拔下玉簪，画一道银河，使他二人永不能相会。牵牛大胆。

织　女　儿呀！（扫头牛郎追织女回身两扑二宿两拦圆场四童王母上拔玉簪划天河下）

第十三场

登场人物：二书童　奎木狼　娄金狗　双成　云英　二仙女　王母

［王母上。

王　母　（唱）好一大胆织女星，

　　　　竟敢违抗天律行。

（鼓噪声大作介）

　　　　耳旁何来鼓噪声？

奎木狼　（急上）启禀王母。

王　母　何事惊慌？

奎木狼　今有雀王率领百鸟，以在银河上空搭桥，要渡牛郎织女团聚。

王　母　这还了得。传吾法谕，不准它们在此猖狂，速速给我哄散。

奎木狼　遵谕。（下）

王　母　胆大的雀王，竟敢冒犯天庭，扰乱戒律，这还了得！

（鼓声大作）

奎木狼　（急上）回禀王母，百鸟越聚越多，不但不遵法谕，还口出不逊，骂王母恃蛮专横，拆散恩爱夫妻。

王　母　嗯，小小雀鸟，胆敢如此猖狂。传吾法谕，如敢不遵，斩杀回报。

奎木狼　遵谕。（下）

（用鼓敲紧天花介）

娄金狗　（急上）启禀王母，越杀越多，眼看鹊桥就要搭成。

（王母大惊介）

王　母　这……

奎木狼　王母，那雀王唤来九州四海的百鸟，意欲吵闹天庭，王母从速定夺。

王　母　扁毛孽畜，怕它何来？

奎木狼
娄金狗　王母，扁毛孽畜虽无多大能耐，怎奈它们不受仙规管教，如若惊动玉帝，我等吃罪不起。

（王母大惊介）

王　母　这个……（寻思）也罢，今日是人间何日？

二仙童　乃是七月七日。

王　母　传我法谕，每年七月七日，任凭百鸟搭桥，容牛郎织女一会便了。咳。

［奎木狼娄金狗大惊介双成云英窃喜介同下。

第十四场

登场人物：众鸟　雀王　牛郎　织女　众云童

［众鸟、雀王上，群舞，下。开幕，现鹊桥。

众　鸟　（唱）搭鹊桥，架鹊桥，

冲破了银河桥。

雄赳赳百鸟闹云霄，

精神焕发不怕辛劳。

翅搭翅来紧相交，

架起长桥稳又牢。

渡牛郎织女相会在今朝，

切莫把好时光耽误了。

织　女　（幕内唱）

河东河西难相见，

[织女、牛郎、孩子分上。

牛　郎　织女，我妻，妻呀。

织　女　牛郎，我夫，夫呀。（唱散板）

日夜哭得泪不干。

牛　郎　只要两情终不变，

织　女
牛　郎　哪怕银河万丈宽。

织　女　（唱快板）

恨王母太凶残，

生生拆散好姻缘。

怎禁得两心相爱铁石坚，

感动了百鸟相怜念。

鹊桥之上得团圆。

织　女
牛　郎　织女东来牛郎西，

王母拆散好夫妻。

深感百鸟施高义，

每年相会七月七。

百　鸟　每年相会七月七。

合　唱　天上传佳会，

年年七夕，

却笑西王母，

仗势尚执迷。

——剧终——

（说明：因手头无一本本剧完整资料，故第一场至第十一场之 **** 处内容，录自易俗社一九五三年六月三十日刻印本《牛郎织女》；第十一场之 **** 处至第十二场内容，录自家存手稿；第十三场至剧终内容录自易俗社资料室剧本档案 677 号，仅对原场次做了调整。）

法门寺

第一场

登场人物：傅鹏　宋巧巧　宋国实　宋兴儿　刘公道

傅　鹏　（引）苦学拳棒，读诗文九载寒窗。
（坐诗）深恨宸濠乱江南，父随阳明灭雄藩。
可怜为国身殉难，小生世袭指挥官。
（白）小生姓傅，名鹏，字云程，郿坞人氏。我父在日，与明为臣，跟随阳明先生，征剿宸濠，为国殉难。是我世袭指挥之职，近日自觉烦闷，不免大街闲游一回了。
（唱）我的父为国家曾把忠尽。
可怜他平宸濠为国丧身。
小傅鹏观国势无心上进，
在家中苦读书孝顺慈亲。
今日里自觉得心烦意闷，
到大街闲游玩解闷散心。（下）

宋巧巧　（诗）家贫如洗少粟米，一家三口常忍饥。
二八孤女何所恃，父老弟幼穷相依。
（坐白）宋巧巧，郿坞人氏，母亲去世，爹爹乃一介寒士。兄弟年幼，与人雇工，父亲清早出外告借，兄弟上街雇工，怎么这般时候，还不回来。
（唱）清晨断炊灶无烟，
无米作羹巧妇难。
春暖花开无心玩，
闷看蝴蝶绕竹帘。

宋国实　诗书无益竟负我，
文章不值半分毫。
儿呀，开门来。

宋巧巧　爹爹回来了。

宋国实　回来了。

宋巧巧　爹爹出外告借，可曾借下？

宋国实　儿呀，当今之世，人皆趋炎附势，谁肯雪里送炭，为父从外边回来，掘了些菜根，与父做饭去吧！

宋巧巧　爹爹，咱家并无米面，这点菜根，怎能充饥？

宋国实　儿呀，岂不知心安茆屋稳，性定菜根香。

宋巧巧　儿遵父命了。

（唱）老爹爹德行坚甘贫自守，

年迈人食菜根不堪其忧。（下）

宋国实　哎，

（唱）我女儿她生来天资聪敏，

随老夫读诗文博古通今。

可怜儿幼丧母艰苦受尽，

年二八守寒门尚未许人。

兴　儿　（念）清早大街寻雇主，雇工做活卖气力。

爹爹在上，孩儿拜揖。

宋国实　儿呀，父命你出门，寻一雇主，与他家雇工做活，可曾找下？

兴　儿　爹爹，儿到大街，遇见我那乡约刘伯伯，叫儿与他做活，言定工价银三两，粟米五斗。爹爹，我刘伯伯他也来了。

宋国实　如此，请你刘伯伯。

兴　儿　有请刘伯伯。

刘公道　田地无人耕，出钱觅雇工。

宋国实　公道兄。

刘公道　宋先生。

宋国实　请到家中。

刘公道　要到府上。

宋国实　请坐。

刘公道　有座，这是宋先生，令郎与我家雇工做活，可曾与你商议？

宋国实　倒也商议。

刘公道　既是这样，待我请个代笔人写一张雇工文契。

宋国实　不必请人，待弟写来。

刘公道　那好极了，先写工价银三两，再写粟米五斗，以后有什么疾病意外之事，与我家无干。

宋国实　哼哼。

刘公道　不成话了。

宋国实　请看写得通妥不通妥。

刘公道　倒也通妥，这是兑就三两银子请收。

宋国实　为弟爱财了。

刘公道　五斗粟米，明天差人送来。

宋国实　多谢老兄。

刘公道　宋先生，我看还是今天就命令郎上工吧？

宋国实　为何如此急促？

刘公道　为弟家中活忙。

宋国实　如此，兴儿随你刘伯伯去，不几日为父就探望我儿来了。

刘公道　哎，宋先生，

（唱）兴儿聪明多伶俐，
牧牛放羊不费力。
同吃同喝同和气，
价银三两莫嫌微。

兴儿，随着伯伯来。（兴哭下）

宋巧巧　（唱）含泪悲痛观弟去，
兄弟出门泪悲啼。

宋国实　送我儿出门随人去，
皆因为家贫穷皙度眉急。

宋巧巧　爹爹，刘公道身为乡约，依势欺人，我兄弟今与他家作工，定受他的虐待。依儿之见，不如将我兄弟唤回，另做打算。

宋国实　儿呀，这也是家贫无奈，但刘公道看在为父的面上他也不能过分地打骂我儿，女儿不必担心。

宋巧巧　你儿总觉放心不下。

宋国实　不必担心，儿呀，父命你做饭，可曾做熟？

宋巧巧　已经做熟。爹爹请到下边用饭。

宋国实　儿呀，随着父来，

正是：事成勿议论，

宋巧巧　总觉不放心。

宋国实　欲装痴中痴，

宋巧巧　爹爹，谨防富不仁。（同下）

第二场

登场人物：孙玉娇　刘媒婆　傅鹏

孙玉娇　（引）　独处深里，静锁双眉。

（坐诗）母亲诵佛经，哀怨不堪听。
谁念女儿苦，尽在不语中。

孙玉娇。只因父亲去世，母亲触景伤怀，因此，普救寺听经，借减怨痛。

今日圣会，特别去早，我不免作些针黹。（取线比色引针做活）

（唱）孙玉娇坐窗前双眉紧锁。（鸡叫喂鸡数鸡毕做活）
叹身世孤伶仃懒将活作。（看不见开窗风吹出门望）
细思想坐门首有何不可，（端椅出门做活）
料此地不会有什么风波。

傅　鹏　（唱）闲无事我从那孙家庄过，
抬头看又只见美貌娇娥。
梳油头挽发髻面如花朵，
惹动了痴呆心寸步难挪。

（白）来至孙家庄，观见那旁有位大姐，生得十分美丽，本想与她讲话，怎奈不好启齿。（想介）想这孙家庄，惯养雄鸡，我不免上前买鸡，借此叙谈几句。大姐请来，小生这厢有礼！

孙玉娇　原是一位公子，请了，素昧生平，不便还礼，公子莫怪。

傅　鹏　好说。

孙玉娇　请问公子，莫非借行路径？

傅　鹏　小生？是借行路径，请问大姐，这里可是孙家庄？

孙玉娇　不错，这里正是孙家庄。

傅　鹏　有位孙妈妈，她在哪里居住？

孙玉娇　呵呵，你是问孙妈妈的么，她不是别人，她就是我母亲。

傅　鹏　哦，她就是你母亲。

孙玉娇　是的。

傅　鹏　大姐，闻听孙妈妈广养雄鸡，小生特来买一只雄鸡使用。

孙玉娇　哎，雄鸡倒有，只是我母亲不在家中，我是不敢卖的。

傅　鹏　她往哪里去了？

孙玉娇　她到普救寺听经念佛去了。

傅　鹏　她是什么时候去的？

孙玉娇　清早去的。

傅　鹏　什么时候才能回来？

孙玉娇　今日圣会，恐怕到黄昏时候才回。

傅　鹏　哎，好呀！

（唱）他和我虽同乡未曾见过，
久留恋又恐怕惹起风波。
我有心把真情与她道破，
实不敢少礼貌举止轻薄。

哎，小生若得与她婚配，真是美满姻缘。只说我是怎样的说法，哦，有了，我不免将玉镯假意掉在门首，她若拾去，这婚姻就有八九。大姐，小生告辞了。

（唱）从腕上忙卸下玉镯一个，

假意儿从衣袖掉下此物。

她若拾这婚姻八九定妥，

我这里撒手去看她如何。

［玉拾镯媒婆看玉玩傅上。

偷看她拾去了那只玉镯，

不由人背地里喜笑呵呵。

［玉见傅羞将镯仍放地下带羞回家。

孙玉娇　公子因何去而复转？

傅　鹏　这个，哎，大姐呀！怪小生撒手去未曾谢过。未道谢贤大姐与礼不合。

孙玉娇　公子讲话错又错，无故谢我为什么。

傅　鹏　这这这，大姐，小生是来买雄鸡的。

孙玉娇　哎，适才已经说过，雄鸡虽有，怎奈我母亲不在家中，我是不敢卖的。

傅　鹏　那么小生我……

孙玉娇　你快回去吧。（背立着）

傅　鹏　哎，多谢了！

（唱）眉有情眼有意打动于我，

我仍然掉下了这只玉镯。

她若是拾去镯婚姻允可。

忙回家禀母亲托媒执柯。

（看将镯放地下，玉左右看拾镯）

刘媒婆　哎哟，已经带上还说不要，真不怕羞。

孙玉娇　（唱）那公子临行时偷看于我，

假意儿摔衣袖掉下玉镯。

我二人作夫妻有何不可。

恨中间缺少个媒约作合。（看下）

刘媒婆　有老身大树后亲眼看过，

孙玉娇和傅鹏有些做作。

老身刘门胡氏。观见孙玉娇与傅鹏眉来眼去，有些偷情之意，我不免去到她家，讨个定情之物，送与傅鹏，亲事若成，这中间的花红钱，岂不是我婆子的呀！

（唱）适才间我从那大树旁过，

孙玉娇与傅鹏想结丝萝。

这样事年轻时我也做过，

到老来我才能作这媒婆。（下）

孙玉娇　　适才间将那人细看一遍，
　　好一个佳公子风流少年。
　　我这里将玉镯仔细来看，
　　想那人必定是多情儿男。
　　我的娘每日里家事不管，
　　这桩事好叫我心内愁烦。

刘媒婆　　在我家未歇缓又未用饭，
　　急匆匆我来到孙家门前。
大姐娃开门来。

孙玉娇　何人叩门？

刘媒婆　　我本是你刘妈与你作伴，

孙玉娇　刘妈，你来了，你进来不进来。

刘媒婆　我来了，怎能不进来。

孙玉娇　那你就进来。

刘媒婆　你不开门，我是怎样的进来？

孙玉娇　哦，我没有开门，待我开门。（惊藏镯开门）刘妈在哪里？

刘媒婆　我在这里，哎，大姐娃呀！
　　问一声你的母可曾回还。

孙玉娇　还未回家。

刘媒婆　哎，苦了我娃了，
（唱）只顾她普救寺去把经念，
　　丢下你年轻人受尽孤单。

孙玉娇　刘妈有礼，请坐。

刘媒婆　常来常往的，不受礼了，坐便坐了。

孙玉娇　刘妈好久不来我家，待我捧茶去。

刘媒婆　　只见她手腕上明光闪闪，
　　一霎时管教他漏出真言。

孙玉娇　刘妈请茶。

刘媒婆　多谢你的茶。

孙玉娇　一杯清茶，何须多谢。

刘媒婆　冷水要人挑，热水要人烧，怎能不谢。

孙玉娇　刘妈真会讲话。

刘媒婆　哎，哪有你这娃聪明。（看玉作惊）哎哟，你这头是哪个与你梳的？

孙玉娇　那是女儿自己梳的。

刘媒婆　梳得真好。你这鞋上的花是哪个与你绣的？

孙玉娇　也是女儿自己绣的。

刘媒婆　哎哟，绣得真好！大姐娃，我娃腕上明光闪闪，那是什么东西？

孙玉娇　没有什么。

刘媒婆　刘妈我看见了。

孙玉娇　刘妈，这是玉镯。

刘媒婆　我知道是玉镯，拿来，待刘妈看看。

孙玉娇　哎，卸不下来。

刘媒婆　能戴上，哪有卸不下来之理。（玉取镯）

孙玉娇　刘妈，这是女儿心爱之物，却要小心。

刘媒婆　刘妈比你小心得多着呢，哎哟，想这玉镯，乃是罕稀之物，你家贫穷，哪有这样贵重东西。

孙玉娇　刘妈不知，这是我先祖留下来的。

刘媒婆　你家祖宗三代的事，我都知道，哪有这样的东西？

孙玉娇　刘妈既知我家没有这样东西，女儿与你实说了吧。

刘媒婆　你实说，是哪里来的？

孙玉娇　刘妈，是女儿买来的。

刘媒婆　刘妈我不信，依刘妈看来，这不是你买下的，定是哪个情人送你的。

孙玉娇　拿来吧，好一刘妈，这就不是，往日来到我家，遇茶吃茶，遇饭吃饭。今日讲出这样不堪听的言辞，你与我出去！

刘媒婆　哎哟，她倒先生起气来了。我今天非说破不可，我看你这玉镯来的不干净。

孙玉娇　怎么来的不干净，你与我说，你与我讲。

刘媒婆　哎，你听呀，

（唱）大姐娃你不必怒气满面。

　　刘妈我把真情与你实言。

孙玉娇　你讲你的。

刘媒婆　　提起来那人儿却也不远。

孙玉娇　他叫什么名字？

刘媒婆　　他名儿叫傅鹏青春少年。

　　假意儿买雄鸡穿针引线。

　　他故意把玉镯掉你门前。

孙玉娇　你像是眼花了。

刘媒婆　　你不信刘妈我学来你看。

（作拾镯状）哎，

　　这种事刘妈我做过在先。

孙玉娇　哎，这事偏偏被她看见。（想）刘妈，此事你既知道就是了，千万莫要对我母亲说，你若对我母亲说了，那女儿我就不得活了。

刘媒婆　哎哟，把她竟惹哭了。大姐娃不要哭，刘妈我不对你母亲说就是了，我娃快收起来。

孙玉娇　不说了，那就算了。（笑介）

刘媒婆　原来你才是卖假货的。

孙玉娇　多有得罪，刘妈请坐。

刘媒婆　好说，大姐娃，你可愿与公子见面?

孙玉娇　哎，想与公子见面。刘妈可知他的住处?

刘媒婆　刘妈知道，你拿什么东西做定情礼物?

孙玉娇　儿乃贫寒之家，哪有贵重东西?

刘媒婆　我娃你可知，寸丝可以为聘。

孙玉娇　刘妈，绣鞋可要得?

刘媒婆　可以可以。

孙玉娇　那么待儿取来，刘妈请看。

刘媒婆　好了，待刘妈与你传说去。

孙玉娇　有劳刘妈了，

（唱）请刘妈你与我去把他见，
　　我二人婚姻事要你成全。
　　若能说我二人成了亲眷，
刘妈呀，
　　你和我亲生母同是一般。

刘媒婆　　大姐娃你不必叮咛千万，
　　管保你姻缘事不过三年。

孙玉娇　刘妈，三天。

刘媒婆　哦，三天，三天。

孙玉娇　　嘱咐刘妈要紧言，

刘媒婆　　何必叮咛再二三。

孙玉娇　　奴在小房常计算，

刘媒婆　大姐娃你准备着。

孙玉娇　准备什么?

刘媒婆　　准备蝴蝶入花篮。

孙玉娇　哎，原是早团圆。

刘媒婆　呵，早团圆。

孙玉娇　送刘妈。

刘媒婆　免送。（玉笑刘看分下）

第三场

登场人物：刘彪　刘媒婆　傅鹏　刘公道　苍头

刘　彪　卖地卖莊房。日夜在赌场，赌运太不好，将钱都输光。门儿上锁，我母亲不知往哪里去了。母亲，母亲！

刘媒婆　刘彪，你回来了。（开门进）

刘　彪　回来了，母亲，就说你吃的咱家的饭，不与咱家过日子，整天往哪里跑。

刘媒婆　儿呀，只因孙寡妇不在家中，为娘与孙玉娇作伴去了。

刘　彪　母亲你再不要去。

刘媒婆　为娘不去，该叫谁去？

刘　彪　叫儿我去。

刘媒婆　我把你个奴才，人家是个未出阁的闺女，你是个丁壮小伙子，如何作得伴。

刘　彪　做得，做得。

刘媒婆　再胡说，我打你个奴才。

刘　彪　我问你，哪里来的这只绣鞋？

刘媒婆　这是为娘我的。

刘　彪　你怎能穿这样红的绣花鞋，快快说了实话，倘若不说，我喊叫呀。

刘媒婆　不要喊叫，为娘与你实说了吧。

刘　彪　你不说失把得成。

刘媒婆　哎，为娘清早出外，观见傅鹏和孙玉娇眉来眼去，送玉娇玉镯一只，娘乘此机会去到孙玉娇家中，讨来这只绣鞋，要与傅鹏送去。亲事若成，这个花红钱岂不是我的。

刘　彪　哼哼，你这大年纪还作这些苟且之事。

刘媒婆　你个奴才，游手好闲，吃酒耍钱，将地卖光，房卖光，我不作这媒婆，吃喝什么？

刘　彪　好好好，你就说你的媒，母亲，你快与儿做饭去。

刘媒婆　你拿钱来。

刘　彪　哎，你儿这几天，赌运不佳，把钱都输光了，整整一天，还莫吃饭呢。

刘媒婆　哼，你有钱还不回来。

刘　彪　好我的母亲呢，你快些做饭去。

刘媒婆　待娘与你做饭去。（将鞋放在柜内，下）

刘　彪　哎呀，我母下边做饭，我不免将绣鞋盗去，拿在大街，找寻傅鹏讹诈他些银子，再好赌钱。哈哈哈。

（唱）险些儿笑出口又把口掩，

得绣鞋好一似珠宝一般。
拿此物到大街把傅鹏欺骗，
还要与孙玉娇倒凤颠鸾。
行来在大街上用目观看，
傅鹏来我睡倒假装醉汉。

傅　鹏　（唱）那女子她生得十分好看，
婚姻事我和她不好明言。
将此情与老娘细讲一遍，
请媒约到孙家去说姻缘。

苍　头　起来，将路让开。

傅　鹏　那人酒醉，不要管他。

刘　彪　你不管我，我可要管你。

傅　鹏　你管我为何？

刘　彪　有人将你告下。

傅　鹏　何人告我？

刘　彪　孙寡妇告你诱奸她女孙玉娇。你若不信，有你送孙玉娇的玉镯，这是她送你的绣鞋。

傅　鹏　满口胡道，
（唱）我傅鹏生世来问心无愧，
人告我好一似平地风雷。
我犯法也不出人情天理，
在大街信口说问尔是谁。

刘　彪　咱家就是刘彪。你不要害怕，拿出几十两银子来，我与你在衙门打点，管保你无事。唔呼，我醉了，我醉了。

傅　鹏　（唱）说什么你吃醉街前倒睡，
分明是你有意来将人欺。

刘　彪　看你那个样子，像是要打架，你连老子摸也不敢摸。

傅　鹏　说打就打。

刘公道　慢着，慢着。刘彪，我把你个奴才，常常与人打架，还不与我滚回去。

刘　彪　看刀。

刘公道　你个奴才了不得，还不与我滚回去。

刘　彪　哼，你怎么拿偏刃子斧头断，以后叫你个老东西知道我的厉害。（恨下）

刘公道　傅官人，哈哈，你们打架所为何事？

傅　鹏　哎，老伯，
（唱）我二人早素间并无相会，
无辜的在大街将我抢白。

刘公道　那奴才吃醉了。

傅　鹏　　分明是耍刁野何言吃醉，
　　　　　我傅鹏虽懦弱岂能容贼。

刘公道　哎，傅官人呀，
　　　　（唱）总乡约刘公道是我名讳，
　　　　　那小子叫刘彪素日不规。
　　　　　他的父去世早无人教诲，
　　　　　我是他五服中亲亲的堂伯。
　　　　　到明天我带他与你赔罪，

傅　鹏　那倒不必。

刘公道　　傅官人莫上气你且请回。

傅　鹏　哼，哼哼！（分下）

第四场

登场人物：孙玉娇　孙寡妇　许慎　贾氏　刘彪　刘公道　宋兴儿

孙玉娇　（唱）刘妈妈临行时细讲一遍，
　　　　　她言说这事儿不过三天。
　　　　　将玉镯心爱物戴在手腕，
　　　　　等母亲回家来缄口不言。

孙寡妇　　适才间普济寺去把经念，
　　　　　我兄弟他夫妇也把佛参。

许　慎　　但不知因何事不能如愿，

贾　氏　　低下头自觉得意乱心烦。

孙寡妇　玉娇开门来。
　　　　（玉娇开门介）

孙玉娇　母亲回来了。

孙寡妇　你舅父妗母也来了。

孙玉娇　舅父妗母请到家中。舅父妗母，甥女有礼。

许　慎
贾　氏　甥女少礼。

孙寡妇　玉娇，你舅父妗母和娘听了一天经，天色已晚，快去预备晚餐。

许　慎
贾　氏　慢着，我们自觉困倦，不愿晚餐，既要歇息。

孙寡妇　如此，玉娇掌灯，就叫你舅父妗母歇在你的绣阁。

孙玉娇　绣阁有灯。

孙寡妇　同到绣阁。（转场）你们安歇，玉娇，随着娘来。（下许贯入帐）

刘　彪　（念）月明星辰高，谯楼更鼓敲。
　　　　可恼傅公子，贪恋孙玉娇。

是我赌钱已毕，与几个赌友吃了几杯水酒，随带钢刀绣鞋，去寻孙玉娇。来在孙家门首，观见门儿半掩，待我大胆进去。这是孙寡妇的佛堂，这是孙寡妇的卧房，这是孙玉娇的绣房。哦，怎么一个人睡觉，两个人出气。想是孙玉娇和傅鹏苟合一处。傅鹏娃娃，已在大街将我打骂，气上心来，手执钢刀，把这两个狗娘养的杀了。呀，怎么带出一颗人头。我将人头撂在何处？哦，想到刘公道，藉当官人时常打骂于我，我不免将人头孝敬他老人家。

正是：可恨刘公道，自称班辈高。
　　　　休怪我狠毒，该你把灾遭。（下）

刘公道　耳听犬声汪汪，想是有了盗贼。兴儿下床去看。

宋兴儿　（念）犬声汪汪叫，鼓打三更敲。
　　　　不是牛破肚，便是羊撇羔。

（看见人头）哎呀不好。伯伯快来，伯伯快来。

刘公道　兴儿惊叫什么？

宋兴儿　伯伯有了贼了。

刘公道　快快取个灯亮来。

宋兴儿　灯亮到。

刘公道　上前去看，那是什么东西？

宋兴儿　哎呀，刘伯伯，

（唱）见人头将我的三魂吓掉，
　　　　吓得我周身颤汗似水浇。

刘公道　　　　哪一个王八蛋将人杀了，
　　　　连累我总乡约要坐狱牢。

兴儿这一下不得了了，这怎么办呢？

宋兴儿　撂在门外街上。

刘公道　撂在街上也与我乡约不利。

宋兴儿　那么撂在后院流沙井中。

刘公道　好好，快取镢头去。（兴儿下）哎呀，我想兴儿乃是外姓之人，若到外边走了风声，如何是好？有了，我不免等他撂人头的时候，一镢头将他打死，撇在井内，免得走漏风声。哼，我便是这个主意。

宋兴儿　镢头到。

刘公道　将人头抱上。

宋兴儿　我不抱。

刘公道　你怎么不抱?

宋兴儿　我害怕。

刘公道　你吃了我的熟的，拿了我的生的，敢说不抱。你再说不抱，我要打死你个小子。

宋兴儿　伯伯莫要打我，我抱上就是。

刘公道　走，撂走。

宋兴儿　撂下去了。

刘公道　我怎么没有听见?

宋兴儿　我都听着咕咚的一声。

刘公道　你再去看。（兴儿看）下去吧。哎哟，今晚这事做了个妥当，做了个妥当。如今上炕。唔呀不妥，若到明天宋先生与我要他的儿子，我该拿何言答对?只说这这，哦，我不免写上一张失状，先告兴儿盗物黑夜逃走，老爷必然差人捉拿。捉来捉去，无有踪迹。哪知兴儿被我打死，我不追究，岂不把此事游案了呀。我可没说兴儿，事到如今，宁叫亏你，怎能损我也。

（唱）我名儿叫公道却不公道，
　　　做此事并不是过河拆桥。
　　　到明日宋国实把娃来要，
　　　我先告宋兴儿盗物偷跑。（下）

第五场

登场人物：孙寡妇　孙玉娇　地方　赵廉　四青衣　二差役　刘公道

孙寡妇　（唱）猛抬头我只见日出东海，
　　　昨夜晚忘记了门户大开。
　　　手提着竹篮儿大街买菜，
　　　却怎么血点儿落在窗台。

怎么这些血点儿，一滴一滴掉到我家?兄弟、弟妇起床来。哎呀不好！玉娇快来。

孙玉娇　母亲怎么样了?

孙寡妇　不知何人将你舅父妗母杀坏。

孙玉娇　待儿去看。哎，舅父妗母。

孙寡妇　乡约地方。

地　方　乡约不在，有我地方当差。什么事?

孙寡妇　我家杀了人了。

地　方　杀在哪里？
孙寡妇　杀在我女儿绣阁。
地　方　领我去看。（看介）事大事小，见官便了。你搭尸棚我报官。（下）
孙玉娇　哎，舅父妗母！
孙寡妇　儿呀不要啼哭，随娘去搭尸棚。（下）
（赵廉书吏二差役四青衣牌子上）
赵　廉　特授郿坞知县赵廉。孙家庄刀伤二命，本县前来验尸。快头，唤乡地。
差　役　老爷唤乡地哩。（地方上）老爷唤你哩，你尽管让的是坐上席咖吗。
地　方　乡约不在，我是地方。
差　役　乡约不在，一切责任都在你身上。
地　方　是。先抬尸。一副了。再抬尸，两副了。
差　役　再抬。
地　方　莫了。
差　役　先点香，再捎上两口酒。
赵　廉　怎么男尸有头，不见女子首级？
地　方　小人回老爷的话。小人清早听说杀人，即来查验，那时就不见女尸首级。
赵　廉　怎么清早就无有女尸首级？移尸。地方，杀坏人命，可有凶手？
地　方　无有。
赵　廉　凶器？
地　方　也无有。
赵　廉　尸主？
地　方　有。
赵　廉　哪一家？
地　方　孙寡妇。
赵　廉　传孙寡妇。
地　方　老爷传孙寡妇。
孙寡妇　来了。叩见大老爷。
赵　廉　下跪你是孙寡妇？杀的是你家什么人？
孙寡妇　是我娘家胞弟夫妇。
赵　廉　所做何事，因何被人杀坏？
孙寡妇　昨日在普救寺拜佛回来，歇在我家，晚间不知被谁杀坏。
赵　廉　可曾失遗什么物件？
孙寡妇　我家一贫如洗，并无失遗什么财物。
赵　廉　他们宿在何处？
孙寡妇　宿在我女儿绣阁。
赵　廉　怎么你还有个女儿？

孙寡妇　有个女儿。
赵　廉　多大岁数？
孙寡妇　一十六岁。
赵　廉　可曾许人？
孙寡妇　未曾许人。
赵　廉　这就是了。唤你女儿。
孙寡妇　玉娇快来，老爷唤你。
孙玉娇　儿我不敢见官。
孙寡妇　有娘在此，不妨去见，我女儿到。
赵　廉　女子何名？
孙寡妇　名叫玉娇。
赵　廉　你先下去。抬起头来。
孙玉娇　不敢抬头。
赵　廉　赐你无罪。
孙玉娇　老爷。
赵　廉　哎呀，观见这一女子，生得十分美貌，必有奸情在此。
孙玉娇　娘呀。
孙寡妇　不要啼哭。（下）
赵　廉　这是玉娇，杀的是你家什么人？
孙玉娇　是我舅父妗母。
赵　廉　他们所干何事，夜宿何处被人暗杀？
孙玉娇　昨日里在普救死求佛念经回来，宿在小女绣阁。第二天清早，才知被人杀坏。
赵　廉　杀在你的绣阁，你岂能不知。不动大刑，料你不招。来，拶起来。
孙玉娇　哎呀，大老爷。
赵　廉　快头，看她腕戴何物？
差　役　腕戴手镯。
赵　廉　一只吗两只？
差　役　一只。
赵　廉　唤孙寡妇。
差　役　老爷唤孙寡妇。
孙寡妇　叩见大老爷。
赵　廉　这是孙寡妇，是你言道你家一贫如洗，你女儿腕戴玉镯，可是你家之物？
孙寡妇　待我看过。老爷，这不是我家之物。
赵　廉　这就是了，下去。
孙寡妇　好一蠢材，为娘不在家中，哪个赠你玉镯，哼，我恨不得打死你个蠢才，气煞人也。

（下）

赵 廉 玉娇，这玉镯是何人送你，这人就是何人所杀无疑。

孙玉娇 玉镯是我出门望母，无意儿拾下的。舅父妗母不知何人所杀，老爷天断。

赵 廉 胡说，杀在你的绣阁，岂能不知？不动大刑，料你不招。拶起来。

（唱）女孩儿未出阁应守闺范，
谁知你卖风流惹下祸端。
那玉镯现戴在你的手腕，
是哪个情人赠快招实言。

孙玉娇 老爷，有招。

赵 廉 带刑招来。

孙玉娇 （唱）问起了那人儿却也不远，
他名儿叫傅鹏青春少年。
假意儿买雄鸡门前游转，
临行时把玉镯失遗门前。
奴在外做针工亲眼看见，
无意中拾此物未对娘言。

赵 廉 这就是了。去刑，命她画供。（玉画供）

书 吏 书供是实。

赵 廉 上刑收监。

差 役 上刑、标封、寄监。（带下）

赵 廉 快头，这是火签一根，速带傅鹏候审。

［役领签下。

外边打轿。

刘公道 乡约刘公道接见老爷。

赵 廉 往上跪。该死的奴才，孙家庄刀杀命案，你为一乡官人，既不见你前来报案，本县前来验尸，又不见你安置。来，打。

刘公道 老爷莫要动刑，小人还有下情禀报。我家雇工宋兴儿，昨夜盗物逃走，小人赶了一天一夜尚未见面。不是小人不来报案，不把事来办。若还是虚，你把小人的屁股打烂，小人死而无怨。现有失状，老爷请看。

赵 廉 奴才一片好利嘴。呈失状来，可曾件件是实？

刘公道 件件是实。

赵 廉 你可不要枉状告人。

刘公道 小人不敢枉状告人。

赵 廉 我看你那地方，办事不成，令举一人方好。

刘公道 小人有一个侄子，名叫刘彪，办事可靠，将他举上好不好？

赵　廉　你可不要结党营私。

刘公道　小人不敢。

赵　廉　好。下月新地方就是刘彪。两副尸首暂寄太玄庙，事定之日，自有开销。外边打轿。

正是：男女疯狂起淫奸，桑间濮上结姻缘。

只说杀人无凶犯，留下玉镯作证见。（同下）

刘公道　哎。老爷真会办事，管那刘彪对不对，只要是咱的人，事情办瞎办好，都是闲事。哈哈。（下）

第六场

登场人物：赵廉　四青衣　二差役　书吏　傅鹏

赵　廉　（念）孙家庄刀杀二命，回衙来彻底查清。

差　役　禀老爷，傅鹏带到。

赵　廉　命他上堂。

差　役　傅官人上堂。

傅　鹏　公差执签传唤，不知有何事端。

差　役　傅官人，老爷怒坐大堂，小心去见。

傅　鹏　报，傅鹏告进，公台在上，晚生打躬。

赵　廉　上得堂来。口称父台，什么前程？

傅　鹏　世袭指挥。

赵　廉　荣任何地？

傅　鹏　文书未到。

赵　廉　文书既然未到，现为吾民，上堂不跪，实为抗礼。

傅　鹏　父台息怒，晚生跪跪跪倒了。

赵　廉　站起来，来，腕上去看。

差　役　禀老爷，腕戴玉镯一只，与孙玉娇那只相同。

赵　廉　此事千真万真，通奸无疑。这是傅鹏，有人将你告下了。

傅　鹏　何人告我？

赵　廉　你听，孙寡妇告你依势诱奸她女，泄露奸情，昨晚在孙玉娇房中，把他兄弟夫妇杀坏，你说是也不是？

傅　鹏　哎呀父台，晚生并认不得孙玉娇，何能通奸杀人。

赵　廉　哇，你既认不得孙玉娇，啊且问你，世家公子，腕戴玉镯必然成双配对，这一只尚在你手，那一只现在何地？你说。

傅　鹏　这个……

赵　廉　这个什么。

傅　鹏　哎父台。

（唱）自幼儿读经史端方守正，
　　我傅鹏为的是功名前程。
　　习弓马但等得朝廷使用，
　　我岂能犯律条杀人行凶。

赵　廉　哈哈哈，好一个傅鹏，本县问的孙家庄杀人之事，哪个管你功名不功名。非动大刑，料你不招。来，枷起来。

傅　鹏　慢慢慢着，父台不要动刑，你要我招认什么，无不从命。

赵　廉　只要你将孙家庄杀人之事从实招来，本县何必动刑。

傅　鹏　哎，也不过要我傅鹏一死，承认何难。

赵　廉　从实招来。

傅　鹏　（唱）我先祖为国家东杀西征，
　　受五刑也算我败坏门风。
　　眼睁睁七尺躯滚落陷阱，
　　纵有那滔天祸我愿应承。

赵　廉　傅鹏，我问你杀人来无有？

傅　鹏　杀不杀我情愿替他偿命，

赵　廉　奸情可曾是实？

傅　鹏　问奸情我二人原有私通。

赵　廉　好，好，杀人是真，奸情是实，按律应该判你个热决。

傅　鹏　也不过找首级要我性命，
　　大料想上不了火熬油鼎。

赵　廉　你也上不了火熬油鼎，因奸连伤二命，焉能得活。命他画押。

书　吏　男尸有头，女尸无有首级，画了供怎样申详？

赵　廉　傅鹏，杀人既然是实，男尸首级尚在，女尸首级撂在何处，从实说来。

傅　鹏　哎呀，父台，杀人是实，奸情是实，问起人头，实实地屈杀人了。

（唱）杀了人要首级何处使用，
　　这并非两军阵斩将立功。
　　杀人事没奈何满口答应，
　　问人头我不敢指空画供。

赵　廉　来么来么，既然杀人是实，问起人头怎么成了冤屈了。傅鹏，再休说你世家公子，岂不知王子犯法与民同罪。本县堂上，国法不容。

傅　鹏　哎呀，今犯你手，任你所为。

书　吏　傅官人，想是你一误之间，将人杀坏，人头失落何处，你若说了实话，老爷申详上司，留你一个活命。要知那个人头，老爷不要是不行的。

（傅摇头哭）

差　役　傅官人，你将人杀了，人头撂在何处，你说了，我们去取。

傅　鹏　哎。

差　役　禀爷，双目捧泪一语不发。

赵　廉　明天定要审出人头。上刑收监。

差　役　当堂上刑，标封寄监。

［转场青衣差役书吏下。

书　吏
禁　子　参见老爷。

赵　廉　孙家庄杀人命案，傅鹏已经承认，只是女尸无头。命你二人将傅鹏孙玉娇监禁一处，窃听他们将人头置之何地，暗录口供，据此判案。

书　吏
禁　子　遵命。（下）

赵　廉　（唱）小傅鹏因奸情刀伤二命，
将首级藏何处无影无踪。
有口供无首级此案难定，
命书吏和禁子暗地窃供。（看想下）

第七场

登场人物：书吏　禁子　孙玉娇　傅鹏

禁　子　刘师爷，来到监狱。

书　吏　开门。（进）将帘子放下，唤孙大姐傅官人前监来。

禁　子　是。待我把这帘子先放下。孙大姐向前监来。

孙玉娇　（唱）孙玉娇年二八生长寒家，
我从来未受过这样刑法。
行步儿我来在前监坐下，
看一看赵知县怎样开发。

禁　子　傅官人向前监里来。

傅　鹏　（唱）在大堂问口供信手未画，
赵知县依官势将我锁拿。
行步儿我来在前监坐下，
想起了冤枉事眼泪吧吧。（看想）

孙玉娇　苦呀！

傅　鹏　（唱）见一位女大姐身旁坐下，

披着发戴着锁低头怨嗟。
细观她容貌儿十分惊讶，
却与那孙大姐一点不差。
再端详果是她一点不假，
气的人一阵阵牙儿咬牙。

那旁你可是孙大姐？

孙玉娇　我是玉娇。

傅　鹏　孙玉娇，你家哪里来的无头命案，将我傅鹏无辜牵扯在内，你害得我好苦呀。

孙玉娇　傅官人呀傅官人，杀人之事不知何人所为，只怪奴受刑不过将你牵连，我实非有心害你。

（唱）我舅父和舅母绣阁宿下，
第二早血淋淋命染黄沙。
报官府为的是人命事大，
赵知县未验尸诬赖奴家。
尸棚内受不住五刑拷打，
细思想拾玉镯惹祸根芽。

傅　鹏　那一日闲游玩路过你家，
买雄鸡我问过你的妈妈。
咱二人不相识并未答话，
也不曾在一处闲谈磕牙。
那玉镯还怪我有意掉下，
谁料想你家中暗将人杀。
误攀我到公堂五刑拷打，
恨赵廉赖人命我也无法。

孙玉娇　傅官人莫要怨我，我二人负屈衔冤，同病相怜，官人有情奴岂无意，我孙玉娇今生今世，将终身许你，永不再嫁，若还不信，奴愿对天盟誓了。

（唱）孙玉娇跪监狱泪如雨洒，
傅官人近前来细听心下。
奴今生许傅家永不再嫁，
假若还有二心苍天鉴察。

傅　鹏　孙大姐发誓言非我不嫁，
细思想这冤屈实难怪她。
我和你做夫妻绝不变卦，
请大姐再不要眼泪吧吧。

哎，可恨赵廉屈打成招，可怜你我遭此不白之冤。

书　吏　命他们男回男监，女回女监。待我详告县主。（下）

禁　子　你们男回男监，女回女监。（下）

第八场

登场人物：赵廉　书吏　院子　宋国实　宋巧巧　四青衣　二差役

赵　廉　（念）有尸无头难判案，不能申详上司官。

书　吏　暗录孙傅口供，回禀县主知情。

禀老爷，这是录下孙傅两人口供。

赵　廉　你且下去。以此口供看来奸情是假，杀人吗，当然也不真了。

（唱）观口供奸情事并无踪影，

他焉能黑夜间捉刀行凶。

院　子　老爷请用茶。

（赵喝茶想）

赵　廉　讨孙刘两家状子来。

院　子　是。（下又上）孙刘两家状子到。

［赵接状，院下。

赵　廉　孙寡妇告傅鹏，依势诱奸她女，因为泄露奸情，杀坏她娘家兄弟夫妇；三月十五日晚，刘公道告宋兴儿黑夜盗物逃走。三月十五日晚，以此状子看来，两家之事出在同时，莫非是兴儿迎戏孙玉娇，女子不从，惊动他舅父舅母，兴儿情急，将人杀坏，临行盗去刘家之物，也是有之。三月十五日晚，三月十五日晚，我想此两家，既是近邻又是对门，必定是这个奴才无疑。来，火签一根，速带宋国实家小上堂候审。

［差役下。

三月十五日晚，三月十五日晚，必是这个奴才无疑了。

（唱）昨日里审傅鹏公堂以上，

暗查情才知道他是冤枉。

宋兴儿那夜晚不知去向，

必是他杀了人盗物远扬。

差　役　禀老爷，将宋国实家小带到。

赵　廉　击鼓升堂。来，唤宋国实上堂回话。

差　役　老爷唤宋先生上堂回话。

宋国实　（念）读书明理守分安贫，

宋巧巧　朱签来捉不知何因。

差　役　宋先生，老爷怒坐公堂，小心去见。

宋国实　儿呀，随着父亲。父台在上，生员宋国实随带女儿下拜。
赵　廉　宋先生少礼。
宋国实　父台恩宽。
赵　廉　下站你是宋国实？
宋国实　是生员。
赵　廉　身后跪的何人？
宋国实　小女。
赵　廉　原是令爱。
宋国实　是小女。请问父台，生员一不欠粮，二不欠草，带我为何？
赵　廉　带你非为粮草之事。
宋国实　究因何故？
赵　廉　你不是有个儿子叫兴儿？
宋国实　倒有一子名叫兴儿，何劳父台挂念。
赵　廉　并非挂念，他与刘家为工做活，可曾是实。
宋国实　生员家贫所以与刘家为工做活。
赵　廉　有人将你告下了。
宋国实　何人将我告下了？
赵　廉　刘公道状告你那儿子，黑夜盗物逃走，现在你家，为何藏子不献？
宋国实　我儿与刘家做活，并未回家。忽然刘公道状告我儿盗物逃走，即无见证，又无赃物，你也不该带我的家小。
赵　廉　明知不应带你的家小，你看这盗物逃走，乃是一件小事。
宋国实　此事为小，何事为大？
赵　廉　孙寡妇家中那晚刀伤二命，必是你那儿子所为。速将你儿送到公堂，免得本县差人捉拿。
宋巧巧　哎呀老爷，我兄弟与刘家雇工做活，焉能无故在孙家杀人？即在孙家杀人，逃命也是逃他不及，岂能又在刘家盗物，况且一十三岁的牧童，哪有一刀连伤二命之理？
宋国实　哎呀，说的是。
赵　廉　哎，想你兄弟虽然年幼，已知情爱，一见孙玉娇貌美，黑夜前去迎戏，女子不从，情急杀人也是有之，本县绝不屈人。
宋巧巧　哎呀老爷，即就我兄弟情急杀人，怎么不杀孙玉娇，而杀别人，是何道理？
赵　廉　因孙玉娇舅父舅母宿在她的绣阁，所以将她舅父母杀坏。
宋巧巧　老爷，那晚孙玉娇她在何处？
赵　廉　哇。本县追问你父，哪用你来多口。宋先生，过来，断你与刘家赔偿十两银子，先了结盗案。

宋国实　哎呀父台，生员家贫，无有十两银子。既有十两银子，也不能将假买真。

赵　廉　你不将假买真，你便怎么样？

宋国实　父台不必上气，我愿与刘公道补偿十两银子，补偿之后，我要告那刘公道。

赵　廉　你告他者为何？

宋国实　难道我都不要我的儿子。

赵　廉　哇，本县不叫你与刘公道补偿十两银子，你就不要你那儿子；本县叫你与刘公道补偿十两银子，你就勒要你那儿子。本县我也看出来了。

宋国实　看出什么来了？

赵　廉　你是饥饿起盗心。

宋国实　你倒住了吧，你在这郿坞县里，明察暗访，我宋国实虽贫，也是贫而有志。

赵　廉　说什么贫而有志，有了十两银子则还罢了，无有十两银子，我将你女押在监中。有了十两银子再赎你女出狱。无有银子，老死狱中。来，将这女子收监。

宋巧巧　住住住了，一人犯法，不罪家属，为什么要监禁与我？

赵　廉　你父不出十两银子，就要监禁与你。

宋巧巧　今日此案既无原告，又无证据，我兄弟又无下落，安知非人暗害。强罚我父十两银子，又要将我收禁在监如此冤人，你也枉为民之父母。

赵　廉　住口，公堂上不准你说。宋国实过来，限你三天将你儿献出。倘若藏子不献，本县非严办不可。来呀，哄下堂去。

宋巧巧　赵廉赵知县，今日强制与我，他日非与你破釜沉舟辩明是非不可。

宋国实　不讲理，不讲理！（分下）

赵　廉　退堂。（众下）

好一伶俐女子。上得堂来一口将本县咬定，言说她兄弟与刘家雇工，焉能在孙家杀人；既在孙家杀人，逃命也是逃他不及，怎能回头又在刘家盗物。况且一十三岁的牧童，哪有一刀连伤二命之理，问得本县闭口无言。又说要与本县破釜沉舟辩明是非不可。宋国实下得堂去，言语不正，恐与本县不能干休。

差　役　禀老爷，司礼太监九千岁兴平下马，太后老佛爷法门寺降香，请老爷速去安置。

赵　廉　你且下去。哎，此案尚未了结，忽报太后老佛爷法门寺降香，宋国实若拦舆告状，大料我赵廉这官不能安然稳坐了。

（唱）想兴儿杀了人慌慌张张，

即杀人也不能盗物远扬。

这件事叫本县前思后想，

那人命未必是兴儿所伤。（下）

第九场

登场人物：孙玉娇　宋巧巧　苍头　傅鹏　女禁子

宋巧巧　（唱）恨赵廉依官势不容分辩，
刘公道告我弟盗物逃生。
想此案无原告又无见证，
他竟说小牧童也有奸情。
当堂上诘问他哑口不应，
县官怒他将我押在监中。
见一位女大姐泪如泉涌，
我这里走上前细问分明。

孙玉娇　（唱）孙玉娇在狱中不敢乱动，
但不知这冤恨何日才明。

宋巧巧　这位大姐，请来见礼了。

孙玉娇　还礼了。

宋巧巧　请问大姐何名，身犯何罪被押在监？

孙玉娇　奴名孙玉娇，身遭不白之冤，被押在监。

宋巧巧　孙大姐，你莫非就是孙家庄那一命案吗？

孙玉娇　无辜被囚，好不羞煞人了。

宋巧巧　姐姐不必啼哭。请问孙大姐，你家人命之事如何而起，可请将实情说个明白。

孙玉娇　哎哎哎，我叫叫一声姐姐，姐姐，我的姐姐呀姐姐，即问请坐一旁，听我道来。
（唱）未开言请大姐你且坐下，
提起了这命案将人冤杀。
那一日母拜佛不在家下，
傅公子买雄鸡来到我家。
掉玉镯还怪他有意留下，
拾玉镯也是我痴心爱他。
刘媒婆到我家用话巧诈，
索绣鞋愿与我前去作伐。

宋巧巧　呵，原是刘媒婆与你做媒的。

孙玉娇　正是的。

宋巧巧　她可曾将媒与你说成？

孙玉娇　哎，姐姐你听，

（唱）她言说三日后与我回话，
谁料想当日晚起了祸芽。

宋巧巧　呵，起了什么祸，往下讲来。

孙玉娇　哎姐姐请听，

（唱）那夜晚舅父母绣阁宿下，
但不知是何人来将他杀。
赵知县来验尸唤奴答话，
见玉镯起疑心诬赖奴家。
懦弱女受不住五刑拷打，
威逼我将奸情满口应答。
那时节问口供信手来画，
戴枷锁他将我监禁管押。

宋巧巧　（唱）孙大姐他与我讲说一遍，
这其中与媒婆大有相关。
但不知她可见傅鹏之面，
我还要将此情细问一番。

这是孙大姐，刘媒婆将你的绣鞋拿去，但不知他见傅鹏没有？

孙玉娇　姐姐，那日监中我见公子，并未提说他见刘媒婆之事。想刘媒婆诓我绣鞋，并非与我做媒。

宋巧巧　嗯，哎呀孙大姐，刘媒婆若见公子还则罢了，若还未见公子，这命案她必知其中情由八九了。

（唱）将绣鞋她若还未与傅鹏，
人命案刘媒婆必知其情。
这冤案与绣鞋关系非轻，
还需要向公子问个分明。

苍　头　夫人命我将饭送，行步来到女监中。

禁婆哪里？

禁　婆　老管家，你与孙大姐送饭来了。

苍　头　这是老妇人送你的酒钱，请你收了。

禁　婆　谢管家。回到府上代我谢谢老夫人。孙大姐在此有我照管，请老夫人不要操心。（开门）你在这里等着，走时唤我。

苍　头　是，孙大姐请来用饭。

宋巧巧　孙大姐，这是何人与你送饭？

孙玉娇　这是傅老夫人，每日差老管家与我送饭。

宋巧巧　呵，怎么是傅宅的管家？

孙玉娇　正是的。

宋巧巧　老管家请了。

苍　头　这位大姐有何话讲？

宋巧巧　请你到男监问问公子，前几天，刘媒婆去到府上，与孙大姐说媒，不知她去来无有。

苍　头　并未见什么刘媒婆与公子提亲，请问哪个刘媒婆？

孙玉娇　就是刘彪之母。

苍　头　怎么是刘彪之母？

孙玉娇　正是的。

苍　头　哎，可恼刘彪好赌贪色，不务正事。那日，我随公子以在大街遇见刘彪，手拿孙大姐绣鞋，言说我家公子送孙大姐玉镯，被她母知晓，要告我家公子迎戏他女，刘彪心想讹诈银两，不料二人言语相犯，出拳厮打，若不是刘公道上前相劝，几乎酿出人命。那刘彪心里不服，手拿绣鞋怀恨而去。

宋巧巧　老管家，孙大姐绣鞋当真在刘彪之手？

苍　头　当真。

宋巧巧　是实？

苍　头　是实。

宋巧巧　既然当真是实，孙大姐你家这命案有了眉目了。

孙玉娇　怎样的有了眉目了？

宋巧巧　哎呀，孙家姐姐，想那刘彪本是无赖之徒，手拿姐姐绣鞋，讹诈公子，未遂心愿，必不干休，黑夜携刀威胁姐姐，不料令舅父母宿在绣阁，惊动贼人，提刀行凶。以妹妹看来，这人命之事，必是刘彪所为也。

（唱）贼刘彪日夜在赌场，
讹诈不遂要强梁。
怀恨威胁提刀往，
定是他黑夜将人伤。

孙玉娇　（唱）姐姐讲得情理顺，
必是贼怀恨来杀人。
赃官他不推清问，
糊里糊涂冤好人。

宋巧巧　哎！

孙玉娇　姐姐为何叹息？

宋巧巧　孙大姐不知，你家的命案将我一家也牵连在内了。

孙玉娇　怎么将姐姐一家也牵连在内了？

宋巧巧　孙大姐你听。我弟弟兴儿以在刘公道家中雇工，刘公道忽告我弟黑夜盗物逃走，因两事出在一晚，赵知县竟说这人是我弟弟杀的，当堂叫我爹爹补赔刘公道银两，又限我爹爹三日交出我弟，是我悲痛爹爹风烛残年，怀念幼弟无有下落，自己身系缧绁，只说县官明日逼迫我爹爹，勒要我弟，叫人怎不愤恨也。

（唱）刘公道告我弟盗物远扬，
朱签提我父女同到公堂。
那县官不许我父女多讲，
他言说人命是我弟所伤。
限三日交出弟又罚银两，
无银两监禁我实在冤枉。
当堂上恨县官恶火上漾，
当堂上恨县官气断肝肠。
可怜我老爹爹遭此魔障，
但不知明日里怎样下场。
事已到危机处无力抵抗，
低下头暗盘算手押胸膛。

孙玉娇　见姐姐低下头心中暗想，
不由我孙玉娇泪流两行。

宋巧巧　孙大姐不必啼哭，如今此案有了眉目，我们何不上告鸣冤。

苍　头　这位大姐说得甚是。这几天人人都说九千岁法门寺降香，要告上状这也是个机会。

宋巧巧　哎呀，好，有此机会，我情愿拼一死，去到法门寺挡舆告状了。

（唱）听说是九千岁出京还愿，
太后佛法门寺要把香拈。
我情愿舍性命去把冤喊，
要告那害人的赵廉狗官。

孙玉娇　姐姐你虽女流有识有胆，
实服你抱不平替我伸冤。
假若还救我们脱离魔难，
我二人感你的恩重如山。

苍　头　这位大姐，你莫非就是宋先生之女。

宋巧巧　正是的。

苍　头　不知宋大姐何日才能出狱，替我家公子伸冤。

宋巧巧　我爹爹若有十两银子，目刻就能赎我出狱。

苍　头　这有何难？待我回府禀明老夫人，讨来银两，先请宋先生赎姑娘出狱。

孙玉娇　（唱）深感你多侠义将人搭救，

为我们告上状挺身出头。
我在狱牢日夜等候，
望姐姐早驾来救苦慈舟。

宋巧巧　我和你在狱牢艰苦遍受，
咱二人为犯罪作了楚囚。
若出狱九千岁台前出首，
舍性命告御状伸冤雪仇。

孙玉娇　姐姐，请来用饭。

宋巧巧　请。（同下）

第十场

登场人物：宋国实　苍头　宋巧巧

宋国实　（唱）恨赵廉恃官势不明曲折，
我的儿无下落生死难说。

苍　头　宋先生等着。

宋国实　讹诈我十两银无处去借，
（三挡）哎，哎，这一汉子，无故挡住我的去路，真道的好气。

苍　头　这是十两银子，看你还气不气？

宋国实　掌家，这是何意？

苍　头　宋先生不知，这是傅夫人着我送来，快赎宋姑娘出狱。你若不明，见了宋姑娘一问便知。

宋国实　呵，怎么这是傅夫人送来的？

苍　头　正是的。

宋国实　他送银两着何意？

苍　头　说起话长，
（唱）先赎出宋姑娘再好细说。

宋国实　如此我便去了。
（唱）手拿银两心思考，
倒叫老夫难推敲。
急忙我往县衙跑，
赎出女儿问根苗。（下）

苍　头　（唱）我这里迈开步忙往回跑，
也免得老夫人她把心操。（下）

宋巧巧　（唱）出狱来丢不下孙家姐姐，

我二人共患难同吃同歇。
傅公子岁年少并不苟且，
告上状我还要对父细说。

宋国实　将我儿就委屈坏坏了呀！

宋巧巧　请问爹爹，哪里银两赎儿出狱？

宋国实　儿呀，这是傅鹏之母，差人送来银两，父才赎我儿出狱。

宋巧巧　这就是了。

宋国实　儿呀，为父四处找寻你那兄弟，杳无下落，这该怎处呀！

宋巧巧　哎，兄弟呀！

宋国实　儿呀，宋宅无故送我银两，为父再三追问，他说见了我儿一问便知，儿呀，这到底是何缘故？

宋巧巧　爹爹，天色不早，有话回家再讲。

宋国实　儿呀，随父来走。

宋巧巧　哎走，
（唱）恨赵廉不详查将人诬赖，

宋国实　好一狗官赵廉，无故讹诈我十两银子，嗯，我和你怎能干休。

宋巧巧　平白的与我家降下祸灾。

宋国实　儿呀儿呀，你跑向哪里去了，连累你姐姐狱中受罪。

宋巧巧　但不知小兄弟因何逃外，
赵知县冤好人实在不该。

宋国实　儿呀，傅家与我家素无来往，老夫人忽然差人送来银两，这其中究竟是何缘故？

宋巧巧　爹爹不知，儿在监中，得遇孙玉娇，始知她家命案，与赵廉诬陷我兄弟杀人有关。思想欲明弟冤，必须先破此案。所以儿愿往法门寺九千岁台前，去告御状，因此傅老夫人送来银两，赎儿出狱。

宋国实　哎，我儿年幼怎敢去告御状？

宋巧巧　爹爹，难道将此仇恨白白罢了不成？

宋国实　儿呀，要告御状，待父去告，为父豁出这条老命，也要为儿伸冤。

宋巧巧　爹爹，你去上告，千岁若问你的儿子有何冤枉，是被人打伤的还是被人暗害的，人在何处，尸在何地，那时你该拿何言答对？

宋国实　这个……

宋巧巧　况且我弟弟之事，原由孙家一案引起，可恨赵廉又将我一家牵连在内。只要平反这个冤案，我弟弟之下落自明。

宋国实　我儿之言有理，只是我儿乃系女流，怎好出头露面。

宋巧巧　哎呀爹爹，我家遭此大祸，还言什么出头露面。你儿若不上告，不仅我弟弟下落难明，明日县官逼迫爹爹，要我弟弟，爹爹呀，你是怎样地应答。

宋国实　奥哎，我好伤心也，

（唱）听儿言不由人点点泪落，

事到了危机时我该怎么。

恨赵廉依官势欺人太过，

赵廉狗官，

到明日受逼迫怎样推脱。

宋巧巧　爹爹，

（唱）劝爹爹你不必珠泪如索，

恨县官冤好人将事做错。

你的儿告御状生死不躲，

儿和贼翻山倒海拼个死活。

宋国实　（唱）我的儿虽女流有识有胆，

一心要法门寺上告县官。

儿呀，

为庶民告当官罪名非浅。

此事儿还需要斟酌再三。

哎呀儿呀，你看为父年迈，你兄弟又无下落，我儿去告御状，万一有甚好歹，儿呀你看为父老了，该靠何人呀。

宋巧巧　哎爹爹，事已至此，你儿拼着一死也要和狗官辩明是非。

宋国实　我儿虽有如此胆量，你可知告上状的只有子替父雪仇，妻替夫伸冤，我儿虽然查明孙家庄命案实情，怎奈我家与孙傅两家无亲少故，儿呀，你是怎样的告法?

宋巧巧　咦，

（唱）心中恨满腔愤胜似烈火，

老爹爹问得我却无话说。

可怜我父老母亡弟幼女懦弱，

一家人读书安分过生活。

实感叹世路崎岖多坎坷，

辜负了老爹爹满腹才学。

父女们守清贫家中安坐，

刘公道忽告弟黑夜盗物。

赵知县不推情追问经过，

人命案将我弟卷入旋涡。

将冤案在狱中详问明确，

舍性命告赵廉依势诈恶。

怎奈我二八女尚未出阁，

我素与孙傅两家无亲无故少瓜葛。
女孩儿冒人妻实在不妥，
又担心旁人儿议论颇多。
这件事难抉择急坏了我，
低下头我还要仔细斟酌。（想介　见父　思弟）
见爹爹在一旁愁眉紧锁，
怀念起小娇儿无有下落。
实悲叹我的家遭此大祸，
恨赵廉强逼人没得奈何。
将生死置度外不避不躲，
还害怕其他人讲做什么。
冒傅妻告御状有何不可，
回头来叫爹爹听儿细说。

哎呀爹爹，事到如今，儿只有冒名傅指挥未婚妻去告御状，替夫伸冤，爹爹你看如何？

宋国实　奥，哎呀儿呀，你岂不知为名与器不可以借人，何况冒名人妻。儿呀，此事万万的通不得。

宋巧巧　爹爹，你看咱家无辜地遭此大祸，眼看就要家破人亡，你儿已将生死置之度外，冒名有何不可？

（唱）冒他人未婚妻本是权变，
舍性命为小弟鸣屈伸冤。
你儿一身都是胆，
你儿勇气胜奇男。
鼎镬斧钺儿不管，
哪怕剑树加刀山。
告冤状你的儿胸有成算，
请爹爹你不必将儿阻拦。

宋国实　（唱）我的儿冒人妻父心不愿，
宋宋宋巧巧。

宋巧巧　老老老爹爹。

宋国实　父父的儿，哎，父的儿。

宋巧巧　老爹爹。

宋国实　这件事万不可达便通权。
恨赵廉不明察推情断案，
宋兴儿，父的儿呀。
但不知小娇儿身在哪边。

哭娇儿哭得我声嘶气喘，
叫女儿父有言细听心间。

儿呀，如今的官府，都是官官相卫，哪个是为民伸冤的。

宋巧巧　爹爹，儿深知他们都是无情无义官官相卫，哪个为着百姓，所以儿才冒名上告，他们为了世袭指挥，不能不深究此案。此案若破，大料我弟弟之冤也就明了。

（唱）告御状冒人妻是我权变，
为自己为他人雪恨报冤。
事到了危机时不可迟缓，
入牢笼出虎穴死也心甘。
急忙忙提起了湘竹笔管，

宋国实　儿呀，通不得。

宋巧巧　爹爹莫管。（三挡）

宋国实　哎。（四更）

宋巧巧　（接唱）把冤情我一一写在上边。
先写那孙家庄人命冤案，
赵知县刘公道狼狈为奸。
刘媒婆母子是杀人凶犯，
诬赖我小弟弟杀人通奸。
恳太后与千岁推清明断，
小女子纵一死口喊青天。
写完了伸冤状从头细看，（起五更）

哎呀，不好。

耳听得打五更月亮西偏。
天快明我忙把衣衫更换，
我要到法门寺上告狗官。

宋国实　儿呀，小民告官，其罪非小……

宋巧巧　爹爹，眼看天明，那狗官逼你要人，就有大祸临头。

宋国实　儿呀，我女商量妥当再告。

宋巧巧　爹爹，事到危急，怎能迟缓，儿的主意已定，决难更改。爹爹在家等候，儿我去也。

宋国实　哎呔，我儿执意要告待父送儿一程。

（唱）儿告御状冒风险，

宋巧巧　不告县官怎鸣冤。（同下）

第十一场

登场人物：刘瑾　贾贵　须官　太后　四差女　四龙套
四校尉　方丈　宋国实　宋巧巧　赵廉　刘媒婆

刘　瑾　（引）权镇当朝，这富贵人间稀少。（坐）
（念）四海腾腾庆升平，锦绣河山属大明。
满朝文武尊咱贵，何用西天把佛成。
咱家，大明正德驾前司礼太监刘瑾。自幼入宫侍奉老王。老王驾崩，服侍正德皇帝登基。多蒙太后恩宠，认咱为御儿干殿下，加衔九千岁，内管三宫六院，外辖五府六部。只因吾母有病，许下法门寺降香还愿。贵儿。

贾　贵　在。

刘　瑾　銮驾齐备了无有？

贾　贵　齐备多时。

刘　瑾　听咱家吩咐，长幡宝盖前边走，銮驾车辇后边行，一队队摆得整整齐齐的，不要乱了队伍；假若乱了队伍，咱家要办你，小心着。儿臣有请母后。

太　后　要学长生不老，先到法门寺拜佛。

刘　瑾　贵儿，吩咐摆驾法门寺。

贾　贵　校尉们，摆驾法门寺。
（牌子转场下宋巧巧宋国实上）

宋国实　哎呀儿呀，你看九千岁出得京来，前呼后拥，真道森严，此状不告也罢。

宋巧巧　爹爹，休说九千岁前呼后拥，就是一座刀山儿也是要去的了。
（唱）明知晓山有那豺狼虎豹，
难道说哪一口断了砍樵。

宋国实　为庶民告上官其罪非小，

宋巧巧　理意正哪怕他王法律条。

宋国实　怕的是我的儿拥挤不到。
［太后上，下銮驾，和尚接。

和　尚　法门寺和尚接见太后老佛爷。

校　尉　法门寺和尚接见。

刘　瑾　闭了佛殿。

和　尚　阿弥陀佛。（转场众跪拈香起坐巧上）

宋巧巧　冤枉！

刘　瑾　贵儿，外边什么鸡猫喧叫的？

贾　贵　校尉，外边什么鸡猫喧叫的？

校　尉　有一女子喊冤。
贾　贵　启千岁，有一女子喊冤。
刘　瑾　难道都未有父母官吗，拖出去砍了。
太　后　慢着，为娘到此烧香还愿哪有杀人之理？看那女子有状无状？
刘　瑾　是。贵儿，搜那女子身旁有状无状？
贾　贵　是。校尉们，搜那女子身旁有状无状。
（校尉搜介）
校　卫　有状。
贾　贵　怎么？有状。启千岁有状。
刘　瑾　贵儿，将状子拿在手中，跪在下边，一个字一个字念与老佛爷和咱家听。
贾　贵　是。告状民女，宋氏巧巧，年一十六岁，系郿坞县生员宋国实之女，状告知县赵廉诬良杀人替夫辩冤事。
刘　瑾　贾贵，你是没有吃饭吗？
贾　贵　奴才用过饭了。
刘　瑾　用过饭了怎么还唔里唔啦的，没有一点劲，只管说老佛爷是年大之人，听字不真，你把你声放大一点，清清楚楚往下念来，不要打唔啦，再打唔啦我要办你。
贾　贵　是。民女自幼许配本城世袭指挥傅鹏为妻。名分虽定，六礼未成。只因傅鹏偶去孙家庄闲游，路过孙寡妇门首，误遗玉镯一只，被孙玉娇拾去，刘媒婆从旁窥见，去到孙家骗去绣鞋，回家后被她儿刘彪盗去讹诈傅鹏。二人言语相犯，旁有刘公道相劝，刘彪讹诈未遂，怀恨而去。不料那晚孙氏房中，一刀连伤二命。天明县太爷检验，男尸有头，女尸无头。县太爷见玉镯生疑，言说杀人犯定是傅鹏，带上公堂，屈打成招。想此案既无凶器，又无见证，无辜将一个世袭指挥问成死罪，押禁在监。刘公道又告民女之弟兴儿，是晚盗物逃走，县太爷听信一面之词，将我父女传至堂上，不容分辩，勒令补偿刘家十两赃银，又限三天将兴儿献出。我父无力交银，县太爷大怒，立将民女押在监中，幸遇孙玉娇，问明情由。民女想孙家庄杀人凶犯显系刘彪无疑。县太爷不追究刘彪母子，反诬良杀人，造成冤狱，民女实难甘服。今闻千岁法门寺降香，民女不避斧钺，冒死来到千岁台前，叩天哀哀上告。
刘　瑾　起去。母后你听状子内边情由如何？
太　后　一十六岁未出阁的女子，竟有如此胆量。刘瑾。
刘　瑾　儿在。
太　后　将那告状民女，带进大佛殿，为娘我要问话。
刘　瑾　是。贵儿，将告状民女带进大佛殿，老佛爷要问话。不可吓唬她。
贾　贵　是。校尉们将告状民女带进大佛殿，太后老佛爷要问话。

校　尉　呔。好一大胆的民女子。

贾　贵　慢来慢来，你们吓坏民女，太后老佛爷降下罪来，可是要办你的。还不低声唤来。

校　尉　民女醒得。

贾　贵　这不对了。

宋巧巧　（唱）他那里恶森森将我呼唤。

贾　贵　呔，这一女子，上坐太后老佛爷，这边是我们千岁，你有什么冤枉，从实地诉来。

宋巧巧　战兢兢下跪在大佛宝殿。

刘　瑾　哼，不要这样吓唬她。

贾　贵　千岁不要这样施威，叫你们滚下去。这一女子，往下地诉来。

宋巧巧　皇太千岁容禀。

（唱）遵太后禀千岁细听心间，
小女子家住在郿坞小县。
我的父宋国实儒学生员，
傅公子闲无事大街游转。
将玉镯遗掉在孙家门前，
孙玉娇拾玉镯媒婆看见。
刘媒婆索绣鞋贪图银钱，
有刘彪诈傅鹏未遂心愿。
必是他去强奸杀人行凶。
赵知县不推情以理判案，
把一个世袭指挥拿问在监。
刘公道告我弟盗物逃窜，
县太爷不详情将我屈冤。
他又说两件事出在一晚，
将兴儿也牵连命案内边。
可怜我小兄弟生死不见，
县太爷要我弟限了三天。
是这样大冤屈无处去喊，
冒生死告御状千岁台前。
乞太后千岁爷明断此案，
审清了这命案与民伸冤。

刘　瑾　（唱）把此案前后情细听一遍，
恨赵廉竟敢将指挥收监。

母亲，你看赵廉胆大不胆大，人命大案，未曾三审六详，糊里糊涂将一个世袭指挥收禁在监，他心里无有天子，目中还有儿我吗？

太　后　儿呀，你将此案审明，奏与为娘的得知。

刘　瑾　母亲请在佛阁休息，孩儿就审就问。

［太后侍女下。

贾贵，小心了。（牌子瑾上坐）怎么不见郿坞知县赵廉？

贾　贵　请安已毕，回上馆驿去了。

刘　瑾　他比咱爷们还自在。这是银牌一面，与我提溜着来。

贾　贵　校尉们，银牌一面，速提赵廉进来。

［二校尉接牌下。

刘　瑾　这是巧巧，咱家提你父母官去了，他若到来，你与他对审，倘若一字有差，咱家要责罚你。

宋巧巧　是。

［二校尉提赵廉上。

校　尉　将赵廉提到。

贾　贵　启千岁，将赵廉提到。

刘　瑾　打进来。

贾　贵　打进来。

校　卫　赵廉报门而进。

赵　廉　郿坞知县赵廉告进。千岁在上，郿坞知县赵廉参。

贾　贵　往上跪，再往上跪。呔，再往上跪。启千岁，赵廉到。

刘　瑾　下跪你是赵廉？

赵　廉　是小官。

刘　瑾　我的赵老太爷。

赵　廉　吓煞小官了。

刘　瑾　我只知你不来，谁知你可也来了。

赵　廉　千岁有的银牌相调为臣怎敢不来。

刘　瑾　孙家庄刀伤命案，一无凶器，二无见证，私自将一个世袭指挥收禁在监，定了死罪。哈哈哈，你心目中无有朝廷，还能瞧起咱家我吗。赵廉，你说吧。

赵　廉　千岁容禀，

（唱）孙寡妇告傅鹏杀人凶犯，
两家事在一晚不后不前。
当堂上未动刑满口承揽，
因此上臣将他暂时收监。

刘　瑾　住了吧。这傅鹏杀人，是你眼见来，还是你与他递刀来？巧巧何不盯对来。

宋巧巧　（唱）县太爷你不必巧言折变，
杀人案前后事在我心间。
恨刘彪盗绣鞋起了祸患，
提来了刘媒婆便知根源。

刘　瑾　怎么还有个刘媒婆？来，银牌一面，与咱家提溜着来。

贾　贵　校尉们，银牌一面，速提刘媒婆进来。

刘　瑾　赵廉，咱家看你这顶纱帽，可有可无，（贾卸帽）放下，暂且容你一时。这是百姓告你的状子，睁开你那个眼睛看去吧。

赵　廉　遵命。告状民女，宋氏巧巧，这个名儿好熟。这可是宋国实之女，名唤巧巧。

宋巧巧　你当是谁。

赵　廉　你为何告此刁状？

宋巧巧　上告鸣冤，何为刁状。

赵　廉　为何不在我处来告？

宋巧巧　县太爷不容分辩，所以我才拦舆上告也。
（唱）刘公道告我弟盗物逃窜，
讹诈我十两银情理不端。
公堂上不容我父女分辨，
无辜的你将我收禁在监。
杀人事自有个水落石现，
岂容你倚官势诬人通奸。

［二校尉刘媒婆上。

校　尉　刘媒婆提到。

贾　贵　启千岁，刘媒婆提到。

刘　瑾　打进来。

贾　贵　打进来。

［刘媒婆跪。

赵　廉　呔！

刘　瑾　咱家传来的人，还莫顾得问，你在下边就要审，想是你会审，请你坐在上边审，咱家站在下边，与你站站班。请上坐。

赵　廉　哎呀，千岁请问，千岁请问。

刘　瑾　退下。赵廉你替咱家问来。

赵　廉　臣下遵命。呔，胆大刘媒婆，怎样诓骗孙氏绣鞋，造成命案。上坐千岁，还不从实招来。

刘媒婆　哎，千岁，
（唱）傅公子掉玉镯被我瞧见，

孙玉娇见此物想结姻缘。
我只说拿绣鞋穿针引线，
谁料想孙家庄起了祸端。

宋巧巧　住了，千岁不知，她有个儿子，名叫刘彪，每日赌钱，不务正业，将孙玉娇绣鞋盗去，讹诈傅鹏，二人言语相犯，互相厮打，使他怀恨在心，黑夜行刺孙氏房中，刀伤二命，凶犯是他无疑。上坐千岁，你还不从实招来。

赵　廉　哎呀，姑姑姑……

宋巧巧　（唱）她的儿名刘彪好将钱耍，
盗绣鞋伤人命遗害傅家。
但不知哪一家钱广势大，
赵老爷你不该图财卖法。

赵　廉　才知晓刘彪是杀人凶犯，
却原来这内中有许多牵连。
问案时还怪我才学太浅，
望千岁开天恩限臣三天。

刘　瑾　好一个胆大的郿坞知县，
把一个人命案审问倒颠。
限三日将人犯一起带见，
审不明将人头悬挂高杆。
（贯贵抽剑）
巧巧回去，哪时传哪时到。

宋巧巧　多谢千岁。

刘　瑾　赵廉，咱家将刘媒婆交你限你三天，将此案审清问明还则罢了，如若不然，我要你的脑袋。与我打出去。
（唱）只说出京乐清闲，
谁知民事更麻烦。
常言官高声名显，
朝里朝外都一般。
［赵拉刘媒婆下，刘瑾率众下。

第十二场

登场人物：赵廉　刘媒婆　刘公道　刘彪　宋国实　四青衣　二差役

赵　廉　离了大佛殿，浑身汗未干。
可恼刘媒婆，骗鞋起祸端。

来，将刘媒婆带上，与爷带马。

（转场　青衣上）

差　役　接见老爷。

赵　廉　带了刘媒婆，打轿孙家庄。

刘公道　乡约刘公道。

刘　彪　地约刘彪。

刘公道
刘　彪　接见老爷。

赵　廉　刘彪，可是刘媒婆的儿子？

刘　彪　正是的。

赵　廉　来呀，将刘彪绑了，打轿刘彪家。

（转场）

差　役　来到刘彪家。

赵　廉　与爷住轿，内边搜检。

差　役　搜出钢刀一把，绣鞋一只。

赵　廉　钢刀放在轿底。传刘媒婆。这可是孙玉娇赠傅鹏之物？

刘媒婆　老爷，这就是那个冤孽。

赵　廉　胆大刘彪，怎样拿此绣鞋，讹诈傅鹏，互相厮打，还不从实地招来。

刘　彪　老爷，小的是个顺民，不敢打架。

赵　廉　刘公道往上跪。

刘公道　伺候老爷。

赵　廉　何不盯对？

刘公道　打架是实，劝解是真。

赵　廉　起来。胆大的刘彪，孙氏房中一刀连伤二命，必是你个奴才无疑，何不从实地招来。

刘　彪　老爷，小人不敢杀人。

赵　廉　不动大刑，料你不招。来，箍起来。

刘　彪　有招，有招。

赵　廉　松刑。

差　役　跪起，跪端。

赵　廉　还不从实招来。

刘　彪　老爷，三月十五日晚，小人以在赌场，与朋友饮了几杯水酒，回到家中，取得钢刀一把，前去迎戏孙玉娇。观见门儿大开，挨身进内，听见孙玉娇房中，二人闭气哄哄，一处睡觉。心想是孙玉娇和傅鹏通奸。是我怒气不过，手执钢刀，就是这么一刀。

赵　廉　怎么样？

刘　彪　老爷，我杀了两个。
赵　廉　你为何一刀要伤二命？
刘　彪　老爷，他那日依势欺我。自古道，量小非君子，无毒不丈夫。
赵　廉　好一个无毒不丈夫，你是个好的。我问你，男的有头，妇人首级向哪里去了？
刘　彪　老爷，刘公道劝解不公，我把人头孝敬了我乡约伯了。
刘公道　好，你把那个照顾我哩。
赵　廉　我的好乡约，来将刘彪带下。刘公道往上跪。
刘公道　伺候老爷。
赵　廉　大胆的刘公道，隐昧人头不报，该当何罪？
刘公道　老爷，小人并没有见那人头。刘彪这个奴才，拿血口喷我哩。
赵　廉　杀人有他个奴才偿命，你为何隐昧人头不报。
刘公道　老爷，小人实在没见那个人头。若见那个人头，怎敢隐昧不报。
赵　廉　不动大刑，料你不招，来，箍起来。
刘公道　有招，有招。
赵　廉　松刑。
差　役　跪端，跪起。
赵　廉　如实地招来。
刘公道　老爷，三月十五日晚，小人似睡不似睡的，听着咕咚一下。
赵　廉　怎么样？
刘公道　小人起来一看，院子有血不拉拉一个人头。
赵　廉　怎么有一颗人头。
刘公道　有一颗人头。
赵　廉　你将人头置之何地？
刘公道　老爷，我糊涂了。
赵　廉　箍起来。
刘公道　老爷，我有招。
赵　廉　命他招来。
刘公道　我把人头撂在我后院流沙井里了。
赵　廉　来，带刘公道，同奔流沙井。（转场）
差　役　来在流沙井。
赵　廉　与爷打坐，下井打捞。

［差役下井。

差　役　禀爷，有一颗人头。
赵　廉　往上捞。
差　役　还有一副死尸。

赵　廉　哦，怎么说还有一副死尸？哎，糊里糊涂往上捞。

宋国实　（唱）女儿把此事料的就，

　　　　流沙井内捞人头。

　　　　我在一旁高操手，

　　　　看县令将此事怎样穷究。

赵　廉　快头，看是男尸吗女尸？

差　役　是一幼年儿童。

赵　廉　什么伤痕？

差　役　脑后有一打伤。

赵　廉　刘公道，往上跪。

刘公道　伺候老爷。

赵　廉　这一尸首由何而来？还不从实招来。

刘公道　老爷，我不知道。

赵　廉　箍起来。

刘公道　有招。有招。

赵　廉　松刑，命他招来。

刘公道　老爷，这就是黑夜盗物的宋兴儿。

宋国实　罢了儿。

　　　　（唱）一见我儿丧了命，

赵　廉　什么人？

差　役　宋先生。

赵　廉　不得了。

宋国实　　　珠泪滚滚洒在胸。

　　　　刘公道害了儿的命，

　　　　为父与你把冤明。

赵　廉　这是宋先生。

宋国实　我叫宋国实。

赵　廉　你哭这一尸首，莫非认得。

宋国实　还言什么认得认不得，这就是黑夜盗物逃走的宋兴儿，刘公道钱广势大，买通你们衙里衙外，害死我儿入井。

赵　廉　有他个老奴才偿命。

宋国实　又要讹诈穷儒十两银子。

赵　廉　本县补赔百两。

宋国实　强逼我女坐监。

赵　廉　本县一时之错。

宋国实　赵廉，赵知县，我非上告你不可。

（唱）照住知县拿头撞，
此事和你不干休。
本县生员齐出首，
会同三学众朋友。
千岁面前把冤诉，
要告你郿坞的百里侯。

（差役挡）

你们谁敢来？（下）

差　役　禀老爷，宋先生告老爷去了。

赵　廉　你们快快挡住。

差　役　宋先生转来。老爷，宋先生走得远了。

赵　廉　这是哥哥们，你们谁将宋先生赶回，老爷重重有赏。

刘公道　老爷，你与我五十两银子，我与老爷把宋先生赶回，不告老爷。

赵　廉　什么人？

差　役　刘公道。

赵　廉　呸！

（唱）骂声公道真禽兽，
害死兴儿一命休。
隐昧人头不出首，
反告雇工把你偷。
宋国实一见冲冲怒，
他和本县结冤仇。
千岁面前去出首，
有口也难辩情由。
越思越想越愤怒，
活活打死你这老蠢牛。

差　役　老爷，将他打死，见了千岁如何地盯详回话。

赵　廉　即是这样，将傅鹏、孙玉娇释放，待老爷亲身押解一干人犯去见千岁。吩咐外边带马伺候了。

（唱）实指望作清官高升一品，
又谁知孙家庄起了祸根。
宋巧巧告上状亲身传问，
限三天将冤案审清谢恩。
叫差役带人犯速快前进，
放大胆闯虎穴去见上人。（下）

第十三场

登场人物：刘瑾　刘媒婆　刘彪　宋国实　宋巧娇　傅鹏　孙玉娇　赵廉　四校尉　贾贵

刘　瑾　（念）这件公文做得好，这案官司问明了。（看状）

赵　廉　　　司礼千岁第一人，见他如同见当今。

参见千岁。

贾　贵　郿坞县到。

刘　瑾　赵廉。咱家赐你一把椅儿，坐了吧。

赵　廉　多谢千岁。

刘　瑾　将人犯可曾带到。（看状）

赵　廉　俱已带到。

刘　瑾　来，将人犯一起带上来。（贾贵传）

众　　　与千岁叩头。

刘　瑾　刘彪。

刘　彪　伺候千岁。

赵　廉　千岁，这就是孙家庄一刀连伤二命的凶犯。

刘　瑾　赵廉，一刀连伤二命，犯的什么罪？

赵　廉　入室杀人，罪当问斩。

刘　瑾　拉下去，大卸八块。（校尉将刘彪拉下）刘公道，

刘公道　伺候千岁。

赵　廉　千岁，这是隐昧人头不报，又害雇工入井的刘公道。

刘　瑾　赵廉，这个老奴才犯的什么罪？

赵　廉　问他一刀之罪。

刘　瑾　拉下去宰掉了。（校尉拉刘公道下）刘媒婆，

刘媒婆　伺候千岁。

赵　廉　千岁，这是诓骗孙玉娇引起他儿奸杀人的刘媒婆。

刘　瑾　这婆子也不是好东西，推出去宰了吧。

赵　廉　慢着。千岁，其子犯法，与母无干，请千岁将她释放。

刘　瑾　滚下去。宋巧巧，

宋巧巧　千岁。

刘　瑾　这是巧巧，你兄弟冤仇已报，你丈夫冤屈已明，咱家做主，你与孙玉娇同配指挥。

宋巧巧　哎呀，千岁，只因孙家庄命案，县太爷不加详察，将我兄弟也牵连在内。又诬断我父银两，限期要我兄弟，眼看就要家破人亡，逼得民女无奈，不顾羞耻，冒名傅指挥未婚妻来告御状，此乃一时之权变，多蒙千岁断明傅

孙俩家冤案，现在我弟弟被人打死，老父无人奉养，民女情愿回家养亲，乞千岁依民之愿。

赵　廉　这指挥夫人甚是荣耀，你还是从下好。

宋巧巧　人各有志，岂能勉强。

刘　瑾　巧巧你既不愿，咱们也不勉强，暂且回去吧。

宋巧巧　千岁，赵知县糊涂判案，欺压百姓，造成冤狱，何不严办，与民伸冤。

刘　瑾　咱家自有办法，你且回去。

宋巧巧　谢过千岁。正是：冒名告官鸣弟冤，要我变节难上难。（下）

刘　瑾　傅指挥、孙玉娇，你二人的冤已明，咱家做主，回家成亲去吧。

傅　鹏
孙玉娇　谢过千岁（下）

刘　瑾　赵廉，你连官都不会做，以后再不要惹起百姓上告，今罚你二百四十两银子，与宋国实以作养老。下去。

赵　廉　卑职遵命。（分下）

——幕落剧终——

（说明：以上内容录自易俗社刻印版存本（扫描件）。封面落款：易俗社印，冯杰三改编，一九五三年八月三十一号。资料编号 273-3-0683。）

貂蝉

人物表

董卓	大净	王允	须生
张温	老生	李儒	丑角
蔡邕	生角	吕布	武生
貂蝉	小旦	李肃	须生
堂倌	杂角	家将	杂角
院子	杂角		

四龙套　校尉　四将　四歌伎　酒役　刽子手等若干

场　目

第一场	杀　温	第二场	拜　月
第三场	小　宴	第四场	大　宴
第五场	质　问	第六场	三　闯
第七场	亭　会	第八场	刺　卓

第一场　杀　温

登场人物：董卓　王允　张温　李儒　蔡邕　吕布　四龙套
四校尉　四将　堂倌　二酒役　二刽子手

［四龙套、四将、四校尉、董卓上。

董　卓　（引）威名显耀，矫王诏，三战虎牢。

（坐诗）官居太师压朝臣，自居尚父谁不尊。

军国大事吾独揽，威名赫赫震乾坤。

（白）老夫董卓，汉室为臣，今日省台设帐置筵，大宴百官，一来夸耀吾儿吕布武功，二来借观文武动静。

堂　倌　（上）禀太师，文武百官到。

董　卓　命他们进帐。

堂　倌　太师有令，文武百官进帐。

王　允　（上念）今日省台设酒宴，
张　温　（上念）召集文武众百官。
蔡　邕　（上念）太师官高威名显，
李　儒　（上念）大会群臣在长安。
王　允　大司徒王允。
张　温　大司空张温。
蔡　邕　中郎将蔡邕。
李　儒　给事中李儒。
王　允　列位大人，一同进帐参见。
众　人　请。（进内）参见太师。
董　卓　列公免礼。
众　人　请问太师今召我等，不知所为何事?
董　卓　列公不知，只因吾儿吕布，以在虎牢关前大战一十八路诸侯，功绩卓著，又蒙列公相助，扶天子迁都长安，如今诸侯战败而散，正是无事之秋，备得酒宴，请列公与吾儿欢聚一饮。
众　人　我等愿陪，不知奉先今在何处?
董　卓　是我命他关外打探消息，据报已回长安，少时就到。
众　人　这就是了。
董　卓　堂倌，酒宴摆下。
堂　倌　是。（下场）
董　卓　列公请。
众　人　太师请。（入座，堂倌酒役摆宴毕下场）
董　卓　列公请酒。
众　人　太师请酒。
董　卓　请!
（唱塌板）
邀列公省台排酒宴，
文武百官听吾言。
吾儿吕布威名显，
保定汉室好河山。
十八路诸侯来作乱，
被吾儿战败虎牢关。
今日设帐置酒宴，
要你们开怀饮一番。
（夹白）列公请!
王　允　太师请啊!

（接唱摇板）太师官高威势大，

张 温 （接唱）奉先英雄谁不夸。

蔡 邕 （接唱）虎牢关前排兵马，

李 儒 （接唱）得胜还咱才能享这荣华。

众 人 （白）太师请！

董 卓 列公大人请！

刽子手 （上白）禀太师，北地降卒八百余人前来请罪。

董 卓 什么？

刽子手 北地降卒八百余人前来请罪。

董 卓 将这些奴才拔舌剜眼，断手断足俱用大锅蒸煮，好为老夫下酒。

刽子手 遵命！（下场。内喊杀哭嚎。文武惊，刽子手上手捧盘子）已经煮熟。

董 卓 放在宴前。

刽子手 是。（下场，董卓见文武慄慄畏惧）

董 卓 列公不必惊怕，请酒请酒，哈哈哈！

（唱紧摇板）列公请酒勿惊怕，

这些奴才该斩杀。

杀一惊众安天下，

看哪个大胆敢犯法。

吕 布 （上唱浪头带板）关外得到机密事，急忙报与相父知。

（入内白）参见相父。

董 卓 罢了。

吕 布 谢相父，列位大人。

众 人 将军。

董 卓 我儿为何来迟？

吕 布 这个？有机密大事回禀相父。

董 卓 你且讲来！

吕 布 （迟疑）相父附耳来！（吕布与董卓耳语）还有书信相父请看。

董 卓 呈来！呈来！（看书介）哈哈哈！来呀！将张温老贼绑了。（四将绑张温）

张 温 董卓呀！老贼！是你这样残暴凶狠，欺君虐民，你张老爷恨不能手刃贼头食贼之肉喝贼之血，方解我心头之恨！（吕布杀张温）

王 允 吓煞人也！

（唱七锤带板）太师杀人不眨眼，

蔡 邕 （接唱）吓得文武心胆寒。

李 儒 （接唱）不知他将何法犯，

王 允 （接唱）可怜命丧宴席前。

（白）啊，太师！但不知张温身犯何罪，将他斩首？

董　卓　列公不必惊慌，只因张温老贼，勾结袁术，谋害老夫，袁术差人下书，误投吾儿奉先之手，故而将他斩首。

王　允　哼哼哼！张温哪！老贼！太师待你不薄，你竟敢私通袁术，谋害太师，这样不忠之贼，你该死！你该死！将你斩得不亏。

李　儒　哼！张温老贼，真乃死有余辜。

董　卓　武士们！速将张温全家斩杀回报。

武　士　得令。（下场）

董　卓　列公，今日之宴，改称人头之宴，从今之后，顺吾者昌，逆吾者亡，倘有与张温同样者，管教他死无葬身之地，校尉们！将张温老贼尸首扯下。打道进宫。（怒视众人）

众　人　送太师。

吕　布　免！（与董卓同下）

李　儒　（接唱摇板）张温老贼真胆大，

蔡　邕　（接唱）竟敢虎口来拔牙。（二人同下）

王　允　（看李儒、蔡邕下场后）哎！好贼呀！

（唱双锤带板）董卓做事心肠狠，
残害忠良杀张温。
吞声忍气回府去，
我要设法除贼臣。（下场）

第二场　拜　月

登场人物：貂蝉　王允

［貂蝉捧香盘上。

貂　蝉　（唱苦音慢板）

貂蝉女感身世忧愁烦闷，
捧香烛来花园夜静更深。
分花枝拂柳絮香风暗引，
万籁静望天空几片淡云。
想家门遭灾难爹娘命殒，
多亏了王老爷教养成人。
习歌舞读诗文谆谆教训，
他待我如亲生深感大恩。
这几日见老爷饮食少进，
坐不安睡不宁是何原因。
莫不是为朝廷王纲不振，

忧得他形憔悴珠泪纷纷。
可怜我是女流难解忧愤，
恨府中又无有得力之人。
老爷前我不敢直言明问，
因此上拜明月祝告天神。（下取茶座上焚香跪拜）

王　允　（内唱二倒板）
恨董卓逞淫威残暴无忌，
（上唱摇板）
欺天子杀忠良祸害群黎。
我有心和老贼争论几句，
又恐怕徒争辩与事无益。
回府来心烦闷又恼又气，
想不下除奸计心中着急。
藉月光信步游后花园里，
站亭畔对明月仰天叹息。
夜已深万赖静寻思往事，
哭一声张司空血泪沾衣。

貂　蝉　（滚白）哎！哎！哎！天哪！天哪！我老爷自从省台赴宴归来，愁眉不展，坐卧不宁，我又不敢明言直问，但愿苍天保佑，朝纲重振，天下得安，免得我老爷日夜忧闷也。

王　允　（接唱摇板）
转过了茉莉架牡丹亭畔，
苦思虑无妙计也是枉然。

貂　蝉　（接唱）但愿得我老爷身体康健，
愿老爷国家事早遂心田。

王　允　（接唱）是何人在此间长吁短叹，
细观她原是那歌伎貂蝉。
（白）我当是何人，原来是府中歌伎貂蝉，想此女聪明伶俐，颇有识见，老夫以亲女待之，今晚在此对月长叹，莫非有什么隐情？哼！我自有道理，呔！大胆的貂蝉，夜深人静，独自一人在此长叹，莫非有什么隐情？

貂　蝉　老爷请勿多疑，婢子并无什么隐情。

王　允　既无隐情，为何长叹？你说！你讲！哇！如此行径，岂无隐情，好好从实讲来，还则罢了，如其不然定要家法处置。

貂　蝉　（跪介）哎呀，老爷！老爷请勿动怒，婢子实因老爷近日愁眉不展，茶饭懒用，婢子又不敢明言直问，因此来在花园，对月长叹。

王　允　呵！原来如此！站起来。

貂 蝉 谢过老爷。（起身）

王 允 哎！好不闷煞人也。

貂 蝉 敢问老爷究因何事，如此忧闷？

王 允 哎！你问这能抵何事？

貂 蝉 老爷忧闷至此，怎忍不问。

王 允 哎！你乃闺中弱质，老爷对你说了，你也不能与老爷分忧解闷。

貂 蝉 这个！（低头想介）哎呀，老爷！想我貂蝉自幼多蒙老爷夫人抚养，颇知大义，倘有用我之处，我貂蝉粉身碎骨，万死不辞。

王 允 哎呀！听貂蝉之言颇含忠烈之气，（看貂蝉貌美而生计）貂蝉，你虽有此肝胆，怎知老爷忧闷的乃是奸贼祸国殃民的大事。

貂 蝉 老爷何不差人刺……

王 允 住口！（左右看介）刺什么？

貂 蝉 刺杀奸贼。

王 允 哎！老夫何尝不想如此，怎奈奸贼位高权重，况他义子吕布骁勇异常，文武百官都束手无策。

貂 蝉 老爷，说什么文武百官束手无策，分明他们都贪生怕死，只恨我貂蝉不能近贼之身。

王 允 若能近贼之身，你便怎样？

貂 蝉 我愿与老爷分忧，为国杀贼。

王 允 哎呀！谁料汉家天下，却在这一女子之手。（看貂蝉想计）貂蝉，老夫倒有一计只是关系重大，倘若泄露，不但我有灭门之祸，还关系国家存亡。

貂 蝉 老爷有何妙计只管讲来，貂蝉岂肯泄露，我若不报大义，当死在万刃之下。

王 允 此话当真？

貂 蝉 当真。

王 允 是实？

貂 蝉 是实。

王 允 哎呀，貂蝉！（唱七锤带板）

王允提衣忙跪定，
再叫貂蝉你当听。
董卓父子行暴横，
你快快搭救那无数生灵。

貂 蝉 （惊问）老爷你这是何意？

王 允 哎呀、貂蝉！你看董卓父子残暴凶狠，横行无忌，天下百姓有倒悬之苦，朝中群臣有累卵之危，文武百官无计可施，想不到你竟有如此肝胆，我今并非拜你，实拜的为国为民除害的英雄。

貂　蝉　婢子怎敢当此，若与国家有益，婢子何惜一身，但不知老爷有何妙计？请起再讲。

王　允　貂蝉，我已想下连环之计，管叫贼父子成仇，自相残杀。

貂　蝉　何为连环计？

王　允　貂蝉，董卓残暴，全仗吕布，欲杀董卓，必须先笼络吕布，此二人俱是好色之徒，我今将你先许吕布，后献董卓，离间他父子反目，使吕布杀董卓，以除大恶，重振社稷，在此一举，不知你意下如何？（貂蝉闻言羞涩不言）

貂　蝉　（背唱摇板）

听罢言来满面羞，
转过身来自思筹。
恨董卓残害大臣欺君幼，
无辜良民被杀戮。
老贼残毒难忍受，
文武臣噤若寒蝉不敢出头。
我有心以计遵命把贼诱，
女孩儿一失大节臭名留。

（白）哎！女孩儿当以名节为重，大节一朽，岂不遗臭万年，哎！想我貂蝉自幼多蒙老爷收留，怎能不与老爷解愁，说是罢了！若为了一身名节，涂炭生灵，岂不留下骂名，我可莫说貂蝉呀貂蝉，为了分君王之忧，解老爷之愁，还可通权达变！

（唱原板）

罢罢罢来休休休，
且把名节付东流。

（夹白）老爷。

吩咐的话儿愿遵守，
全凭舌剑用机谋。
请老爷不必双眉皱，
貂蝉女愿舍身为国分忧。

王　允　（接唱）

王允闻言喜心头，
解开忧来放下愁。
倘若此计成功后，
羞煞文武众诸侯。
千载须眉应低首，
青史把你姓名留。

（白）貂蝉，夜漏更深，回房歇息去吧。

貂　蝉　婢子遵命。（欲走）

王　允　回来。

貂　蝉　老爷还有何吩咐？

王　允　貂蝉我有心将你拜在我的膝下，认为义女，你可情愿？

貂　蝉　如此爹爹请上受女儿一拜。

王　允　受我儿一拜了！

貂　蝉　（跪唱七锤带板）

爹爹请上受儿拜，

王　允　（接唱）

连环妙计巧安排。

女儿回房莫久待，

貂　蝉　（接唱）

要学西施惑夫差。（拿香盘欲下又止）

爹爹！（接唱）

此计虽然巧安排，

如何能使吕布来。

王　允　（白）这却不难，儿啊！想吕布乃贪财小人，前日以在虎牢关前，失却心爱的紫金冠，为父将家藏珍珠，命良匠嵌造金冠一顶，密送吕布，他必前来拜谢，到那时就说我儿亲手所造，待机诱他上网，我儿你看如何？

貂　蝉　如此甚好！

王　允　我儿快快歇息去吧！

貂　蝉　孩儿遵命。（下场）

王　允　（说诗）安排香饵垂钓线，管教鱼儿自上钩。（下）

第三场　小　宴

登场人物：吕布　王允　貂蝉　家将　院子

吕　布　（上唱二倒板）

束发金冠真精巧，

不由豪杰喜眉梢。

玲珑巧样镶珠宝，

灿烂夺目放光毫。

再取菱花镜儿照，

（白）家将，（家将上场）速取菱花来。

家　将　是。（下场拿镜子复上，吕布左右看介，耍翎子）

吕　布　（接唱原板）

　　戴起分外有风标。

（白）哎！只因虎牢关前，大战十八路诸侯，被张飞打坏金冠，有心另作，怎奈无有良匠，不料王司徒送来这顶金冠，做得十分精巧，哈哈哈！王司徒有此好意，不免去到他府拜谢一回了！

（接唱原板）

　　王司徒待我情意好，

　　我要拜谢走一遭。

（白）家将，

家　将　有！

吕　布　带马司徒府。（二人同下）

王　允　（上唱慢板）

　　除权奸保汉室定下巧计，

　　管教他父和子变成仇敌。

　　束发冠他收下我心欢喜，

　　但愿得成大功除却奸贼。

　　今朝设宴画阁里，

　　我料他解不开其中机密。

（坐白）家院。

家　院　（上白）有。

王　允　吕将军到了，我与他画阁饮宴，酒至半醉之时，你需要多报几次。

家　院　不知禀报什么？

王　允　你就说朝房有事。

家　院　记下了。（内白：吕将军到）禀老爷，吕将军到。

王　允　有请，待我出迎。

家　院　有请。

吕　布　（上）司徒大人！

王　允　吕将军！哈哈哈！将军请！

吕　布　请！（二人落座）

王　允　不知将军驾到，未曾远迎。望乞恕罪。

吕　布　岂敢！岂敢！蒙赐金冠，壮我威容，当面谢过。（起身打躬）

王　允　好说！微物拜渎，何劳致谢，请坐。

吕　布　谢座。

王　允　将军，近日诸侯兵败，实乃将军之力。

吕　布　哎呀！惶恐！惶恐！

王　允　将军勇冠三军，御敌远劳，且喜奏凯，与将军洗尘。

吕　布　慢着！布乃相府一将，司徒乃朝廷大臣，辱蒙错爱，岂敢叨扰。

王　允　将军！如今天下别无英雄，唯将军也。下官非敬将军之职，乃敬将军之才。

吕　布　布乃赳赳武夫，并无雄才大略，司徒何出此言？

王　允　哎！如今汉室衰弱，天下安危全靠太师。

吕　布　那却不错。

王　允　但愿下官一家的安危吗……

吕　布　怎样？

王　允　全靠将军。

吕　布　司徒真痛快人也。哈哈哈！

王　允　家院，将宴摆下。（家院欲下）回来，吕将军不是外人，将宴就摆在画阁。

家　院　是。（下场，捧酒盘上）

王　允　将军请！

吕　布　司徒请！

王　允　请啊！

（唱蛮带板）

画堂设宴洗尘垢，
葡萄美酒泛金瓯。
将军威名垂宇宙，
安社稷全仗将军谋。

吕　布　（接唱原板）

吕布本是一武夫，
怎敢当大司徒夸奖不休。

王　允　（白）请问将军，前日以在虎牢关前，大战十八路诸侯，朝中文武纷纷议论，都说将军是当世的英雄，下官未曾目睹，愿闻其详。

吕　布　司徒，提起虎牢关大战那十八路诸侯，人人心寒，个个丧胆，说是司徒你听。

（唱尖板）

虎牢关前打一战，

（转唱塌板）

十八路诸侯心胆寒。
画杆戟翻飞如闪电，
贼将个个丧阵前。
诸侯怯战尽逃窜，
只留下桃园弟兄三。

三马连环与某战，
三日三夜未曾眠。
一时大意未防范，
被张飞鞭坠束发冠。
豪杰怒气冲肝胆，
纵马战败三桃园。
虎牢关前威名显，
为只为汉室锦江山。

王　允　（接唱摇板）
将军有识又有胆，
为国立功虎牢关。
诸侯今后把迹敛，
天下共庆太平年。
（白）将军请酒。

家　院　禀老爷，朝房有事，请老爷议事。

王　允　知道了！下去。

吕　布　即是朝房有事，司徒就该前去。

王　允　难得将军到此，你我意气相投，正要畅谈，朝房之事，少缓无妨，将军请酒。将军，但不知下官所送金冠，可中意否？

吕　布　哎呀呀！不是司徒提起，我倒忘记了，司徒，不知这顶金冠，是何良工巧匠所造？

王　允　并非良工巧匠所造，乃是小女亲手所作。

吕　布　什么？

王　允　乃是小女亲手所作。

吕　布　怎么是令嫒亲手所作？

王　允　正是的。

吕　布　哎呀！世上竟有这样聪明的小姐，哦！司徒大人，小将有心请小姐出堂，当面道谢，不知大人意下如何？

王　允　（假装难为情的）这……

吕　布　呵！小将冒昧了。

王　允　咦！将军，你我通家之好，见见何妨。家院，请小姐出堂。

家　院　是，老爷有命，小姐出堂。

貂　蝉　（上唱摇板）
整装移步出兰房，
准备香饵到画堂。
秋波一转向内望，

（吕布呆视貂蝉）

见那人呆视奴家现轻狂。

果然鱼儿上了网，

还要我暗中用良方。

含羞不语娇怯样，

深施一礼站一旁。

吕　布　（接唱紧摇板）

举目不禁神魂荡，

容貌绝代一红妆。

（白）呵！大人。这位小姐，敢莫就是令嫒？

王　允　正是小女。儿呀！这就是你素日敬慕的吕将军，还不上前拜过。

貂　蝉　孩儿遵命。将军万福。

吕　布　不敢，呵大人！何不请小姐入席共饮。

王　允　是啊！儿呀！快快与将军把盏。

貂　蝉　是。将军请酒。

吕　布　不敢。

王　允　将军不必拘礼。

吕　布　司徒请酒。

王　允　儿呀！将军不是外人，就坐在一旁，陪将军多饮几杯。

貂　蝉　是！将军请酒。

家　院　（上白）禀老爷，朝房有事，请老爷即刻前去。

王　允　知道了。

家　院　连催几次了。

王　允　退下。（家院下）哎！正和将军饮酒，不想朝房有事，一再地来催。

吕　布　啊！司徒大人，既然朝房有事，小将暂且告退，改日再来请教。

王　允　哪有不欢而散之礼。（看貂蝉）儿啊！你且陪将军饮酒，为父去去就来。（貂蝉故作难为情的）儿呀！为父在朝全仗吕将军，我儿要好好陪伴将军，将军多饮几杯。

吕　布　如此司徒大人你去去就来。

王　允　好！我去去就来。

貂　蝉　爹爹你要早些回来。

王　允　（会意的）为父晓得。（下场）

吕　布　（看王允下场回视貂蝉）小姐请坐。

貂　蝉　将军请坐。

吕　布　（看貂蝉无话说，突然想起金冠）啊！小姐。令尊言道，送小将这顶金冠乃是小姐亲手所造，可曾是实？

貂　蝉　正是奴家亲手所造。

吕　布　哎呀呀！小将有何德能，敢劳小姐如此费心。

貂　蝉　将军呀！

（唱慢摇板）

奴虽然是女流性情刚劲，
每日间读经诗最爱英雄。

吕　布　（夹白）小姐过奖了。

貂　蝉　将军不必过谦了。

（接唱原板）

虎牢关立战功当真猛勇，
十八路众诸侯胆战心惊。
在深闺对将军无物奉敬，
才作这束发冠略表寸衷。

吕　布　（接唱慢摇板）

谁料想闺阁中有此知己，
大丈夫借酒力吐气扬眉。

（白）请问小姐芳名？（貂蝉羞涩地低头离席站在一旁，吕布出席）请问小姐芳名？

貂　蝉　小字貂蝉。

吕　布　什么？什么？貂蝉。请问小姐青春几何？

貂　蝉　奴家虚度一十六春。

吕　布　可曾许人？（貂蝉羞不好回答慢步走动）小姐你可曾许人哪？

貂　蝉　这……（做手势表示无有）

吕　布　哎呀呀！青春丽质，怎能错过佳期。

貂　蝉　易经有云："迟归终吉"。

吕　布　小姐即知"迟归终吉"，岂不闻"窈窕淑女，君子好逑"。

貂　蝉　哎！只是未遇英雄。

吕　布　英雄？小姐你看俺吕布：赤兔马踏平天下，画杆戟威震乾坤。可算得个英雄？

貂　蝉　正因为将军是个英雄，奴家才……

吕　布　你才怎样？

貂　蝉　奴家才亲手与你做的这顶金冠。

吕　布　小姐真有心人也。

（唱摇板）

难得你识英雄大有眼力，
喜得我心花放难辨东西。（王允暗上）

咱二人是天缘何容避忌，
愿与你结鸳盟共效于飞。（王允喜下）

貂　蝉　（接唱摇板）
承蒙将军不嫌弃，
貂蝉何敢来推辞。
唯恐将军变了志，
使奴有白头叹后悔已迟。

吕　布　（白）哎呀！即蒙小姐见允，小将怎敢负盟，吕布之心情愿对天一表。
（跪唱摇板）
你我今日结连理，
空中过往有神灵。
吕布若负貂蝉女，
死在千军万马营。

貂　蝉　将军呀！
（接唱摇板）（王允暗上偷听）
蒙君多情我心领，
（吕布拉貂蝉跪）
誓愿白头不负盟。

吕　布　小姐。

貂　蝉　将军。

吕　布　（拉貂蝉起）哈哈哈！

王　允　嗯！（吕布羞退后。背白）我好意请他饮宴，又命小女陪伴，怎么他竟调戏起我女来了，这是个什么道理？

吕　布　喔喔喔！（作吐介）

王　允　果然醉了，醉了者好。常言道：不醉不归，醉了者好。（见貂蝉）我把你个蠢才，父命你陪伴将军，你为何与他拉拉扯扯，这成何体统？（吕布作手势给貂蝉示意不要说）

貂　蝉　那是将军拉扯女儿，并非女儿不明事理。

王　允　还不退下，少教的奴才。

貂　蝉　是。（与王允相视暗笑下）

王　允　这还了得！这还了得！

吕　布　喔喔喔！

王　允　将军醒得！将军醒得！

吕　布　（作醉状）呵！原来是司徒大人。

王　允　将军莫非有喜爱小女之意？

吕　布　（难说）啊！哈哈哈！

王　允　（会意的）哈哈哈！
吕　布　令嫒姿容秀丽，心思聪明，亲手与小将作此金冠，怎的叫人不爱呀！
王　允　将军即爱小女，下官就将小女许配将军，不知将军意下如何？
吕　布　大人此话当真？
王　允　淑女当配英雄，英雄谁比将军？还恐小女丑陋，不合尊意。
吕　布　哎呀，大人！令嫒貌似天仙，世所罕见，布实求之不得，大人何出此言？
王　允　如此就将小女许配将军。
吕　布　哎呀，岳翁！（跪介）既蒙慨允，三生之幸，如此厚爱，布当效犬马之劳，以报大德。
王　允　将军言重了。
吕　布　岳翁转上受小婿一拜。
王　允　受你一拜。（吕布跪拜）贤婿请起。
吕　布　但不知佳期约在何时？
王　允　早晚择一良辰，送小女过府与将军成亲。
吕　布　一言为定。
王　允　绝不更改。
吕　布　告辞了。
（唱紧七锤带板）
施一礼出府门扬长就走，
王　允　（夹白）贤婿慢走。
吕　布　岳翁请了。（下场）
王　允　（接唱带板）
今日里他上了钓鱼金钩。（下场）

第四场　大　宴

登场人物：董卓　四校尉　王允　貂蝉　四院子　四歌伎

董　卓　（上唱浪头带板）
今日里朝王驾宫中赐宴，
汉天子年纪幼懦弱不堪。
俺董卓德威重文武称赞，
王司徒他对我格外周旋。
（白）老夫今日朝王，午门得遇王允，是他邀我小饮，想王允官居司徒，老夫若还登基，还要借重于他，况他对老夫甚是忠诚，因此不便推却，校尉们！打道司徒府。

（接唱带板）

叫校尉打道莫怠慢，

准备在司徒府痛饮一番。（下场）

家　院　（上唱小带板）

董太师大驾到府门，

忙报老爷出府迎。

（白）禀老爷，太师驾到。

王　允　（内白）鼓乐相迎。

家　院　鼓乐相迎。（下场）（王允与董卓二人上场）

王　允　请太师驾转后堂。

董　卓　如此也好。（进内入座）

王　允　太师在上，下官大礼参拜。

董　卓　司徒请起。

王　允　谢太师，太师驾临，下官未曾远迎，多多有罪。

董　卓　不知司徒相邀，所为何事？

王　允　今当下官贱辰，特备酒宴，请太师痛饮一场。

董　卓　如此待老夫先与司徒祝寿。

王　允　吓煞下官了。

董　卓　理当如此。

王　允　吓煞下官了。家院，酒筵摆上。

家　院　是。（设宴入席，四校尉，家院下）

王　允　太师请。

董　卓　司徒请。

王　允　请啊！

（唱浪头带板）

劝太师多饮一杯酒，

（转摇板）

下官有言听心头。

允夜观天象验气数，

汉室将亡难为谋。

太师功德世少有，

尧舜禹汤堪效尤。

天下百姓仰慕久，

望太师应天命顺人心取代汉室稳九州。

非是俺王允夸海口，

凭赤胆仗智谋扶保你稳坐金銮也无忧。

董　卓　（白）司徒你言重了，老夫怎敢有此奢望？

王　允　太师之言差矣。

董　卓　何言差矣？

王　允　太师。想这天下，非一人之天下，乃天下人之天下也，自古有德伐无德，太师德隆望重，天下仰望，正位九五，有何不可？

董　卓　哈哈哈！

（接唱摇板）

听他言不由我精神大振，
王司徒他是我知心之人。
汉家业俺董卓万一有份，
我封你开国元勋第一功臣。

王　允　（白）谢主隆恩！

董　卓　平身！还早哩！还早哩！哈哈哈！老夫今日十分高兴，这寡酒无味，听说你每日选伎征歌，可能容老夫欣赏欣赏嘛？

王　允　笙簧丝竹，早已为太师安排妥当，只怕不能入大雅之目，动高人之耳。

董　卓　司徒赏识定然不错，何不唤出。

王　允　如此待下官吩咐。家院。（家院上）唤歌伎出堂。

家　院　众歌伎出堂。

四　伎　（上白）参见老爷。

王　允　见过太师爷。

四　伎　叩见太师爷。

董　卓　司徒，命她们歌舞起来。

王　允　快快歌舞起来。

四　伎　遵命了。

（合唱）

艳阳天姹紫嫣红都开遍，
似这般流水华年都付与我们青春少年。
良辰美景奈何天，
赏心乐事谁家院。
朝飞暮卷云流散，
锦屏人看得这韶光贱。（四歌伎歌毕下场）

董　卓　莺喉婉转，入耳动听，哈哈哈！

王　允　太师过奖，太师，还有白练旋风舞。

董　卓　快快舞来。

王　允　家院，命貂蝉献舞上来。

家　院　老爷有命，貂蝉献舞上来。（貂蝉上舞绸毕下）

董　卓　笙簧缭绕，舞技超群，哈哈哈！

（唱摇板）

白练旋风飞舞忙，
一片行云到画堂。
娇滴滴舞态翻红浪，
从未见那样新奇妆。
容貌俊秀风流样，
鹤立鸡群不寻常。
观罢歌舞精神爽，
不由老夫喜洋洋。

王　允　（接唱摇板）

她们舞技本平常，
不堪入目供画堂。
承蒙太师过赞赏，
下官脸上也有光。

董　卓　（白）司徒，取元宝一锭，赏与歌伎们。

王　允　家院，取元宝一锭，赏与歌伎们，命她们上前谢赏。

家　院　是。歌伎们上来。（四歌伎上白）

四　伎　唤我等何事？

家　院　太师赏你们元宝一锭，还不上前谢赏。

四　伎　谢太师爷赏赐。

董　卓　司徒，命她们退下，速唤舞白练那一女子，老夫我要问话。

王　允　尔等退下。（四歌伎下场）家院，唤貂蝉亲自谢赏。

家　院　老爷有命，貂蝉亲自谢赏。

貂　蝉　（内唱二倒板）

奉命堂前去谢赏，

（上唱摇板）

背地里我再整容装。
眉目传情画堂上，
管教老贼入醉乡。

（白）叩见太师。

董　卓　（接唱紧摇板）

天生丽质色出众，
嫣然一笑百媚生。
眼角传情秋波动，
不由人神魂飘荡坐不宁。

王　允　（白）貂蝉，太师赏识你的舞技，快快与太师把盏。
貂　蝉　太师爷请酒。
董　卓　你叫什么名字？
貂　蝉　奴名貂蝉。
董　卓　啊哦！貂蝉。这个名字响亮，好名字！好名字！你今年多大岁数了？
貂　蝉　年方二八。
董　卓　二八一十六，好年华，好年华，哈哈哈！风姿绝世，真乃神仙界中人也。司徒，老夫新筑郿坞，虽有几十名歌伎，怎奈均不出色，哪个能比得上她？
王　允　太师此言，下官倒也明白。
董　卓　明白何来？
王　允　太师莫非喜爱此女？
董　卓　咦！哈哈哈！好物人人见爱，何况如此美人。
王　允　太师即爱此女，下官就将此女献与太师，朝夕侍奉如何？
董　卓　司徒，此话当真？
王　允　下官怎敢道谎。
董　卓　如此厚爱，何以为报？
王　允　下官在朝全仗太师，区区一女子，何足道哉？
董　卓　如此老夫多谢了。
王　允　待下官择一良辰，将此女送过府去。
董　卓　嗯！今日就是良辰吉日，着貂蝉随老夫一同回府。
王　允　如此甚好，貂蝉快快回房收拾去吧！
貂　蝉　遵命！（下场）
王　允　太师请到下边歇息，等貂蝉梳洗打扮已毕，随太师一同回府。
董　卓　请！（同下）

第五场　质　问

登场人物：吕布　董卓　王允　四校尉

吕　布　（上引）长安风景好，终南暮云横。
董　卓　（上引）一代红颜归相府，朝云暮雨写幽情。
吕　布　（白）接见相父。
董　卓　我儿少礼，哈哈哈！
吕　布　相父满面笑容，不知有何喜事？
董　卓　我儿哪知，为父今日新纳一妾，要回相府，不觉喜形于色。

吕　布　如此我先与相父恭喜。

董　卓　我儿也喜，哈哈哈！为父要回相府，我儿可到朝房料理料理。

吕　布　遵命。（董卓下吕布转身见貂蝉，吕布惊貂蝉有意揭开盖头让吕布看见自己，吕布呆视，貂蝉下）怎么是她？这才奇了！哎王允，老匹夫。你讲你女许配与我，为何今日又献与我父？好不气，好不气！气煞人也！呵，有了，我不免去到王府质问这个老匹夫，看他有何话说？

（唱尖板）

心中恼恨老王允，

（转七锤带板）

一女两许乱天伦。

我要到王府去质问，

看他如何对我云。（下场）

王　允　（上唱蛮带板）

吕奉先若知情定要来问，

管教他真和假不好推寻。

我这里进二堂从容坐稳，

等他到我叫他丧气灰心。

吕　布　（上唱尖板）

到王府直入室不用传信，

（转七锤带板）

见司徒不容问先拉衣襟。

王　允　（白）贤婿，这是何意？

吕　布　（背言）他还将我口称贤婿，莫非我将人认错了？

王　允　贤婿请坐。

吕　布　有坐。

王　允　你我翁婿一同坐了。贤婿怒气不息，你从何而来？

吕　布　我从相府而来。

王　允　相府何人敢得罪贤婿，为何如此恼怒？

吕　布　敢问岳翁，小婿与令嫒，究竟何日成亲？

王　允　怎么你还不知晓？

吕　布　我知晓什么？

王　允　你父已将小女接去，你即从相府而来，怎么还来问我？

吕　布　你即将令嫒许我，为什么又叫我父接去？

王　允　这就不成话了！

吕　布　怎么不成话了？

王　允　太师那是为你将小女接去的。

吕　布　那我就更不明白了。

王　允　你不明白，听我与你讲来。贤婿，那日我在朝房遇见太师，太师将我一把拉住，口称亲家，是我一时无言答对，便问太师，为何这样称呼？太师言道：听说你将女儿许配我儿吕布，可有此事？我才想起了，便对他说实有此事，你说我该不该讲？

吕　布　该讲。

王　允　我转念想来，总然谊关父子，应该和太师会亲，我便说，此事本应和太师商量，只因一时疏忽，未曾告知，明日就请太师驾临府下，吃几杯结亲酒，你说该请不该请？

吕　布　自然该请。

王　允　好在次日太师驾临，先行结亲礼，这结亲礼，儿媳要拜见公公，你说该见不该见？

吕　布　当然该见。

王　允　拜见之后，儿媳妇理应举杯献酒，你说该献不该献？

吕　布　该献！该献！

王　允　献酒已毕，小女便站在一旁，太师观见小女，赞不绝口连称难得呀！难得！果然是我的儿媳。他又言道：我在长安以西，南山之麓，修了一座相府，周围数十里，现已竣工，名叫郿坞，我想于郿坞落成之日，叫我儿与令嫒成亲，目下就将令嫒接过府中，小住数日。你想太师言出，我怎敢推脱？况貂蝉虽说是我的女儿，究竟还是太师的儿媳，常言道女去婆家便，你说我该叫去不该叫去？

吕　布　那也可以叫去。

王　允　你想太师威风凛凛，词严义正，要接他的儿媳我怎敢说不叫去？

吕　布　这个……

王　允　你这个什么？我的话也该讲，亲也该结，面也该见，酒也该献，人也该去，你还有什么过不去？

吕　布　这个……

王　允　我有什么对不起你？

吕　布　这个……

王　允　论起国法，我是朝廷一位大臣，你不过一个小小中郎将，见面理应叩头。

吕　布　理应叩头。

王　允　论起家法，我是你的岳翁，你是我的门婿，见面理应顿首。

吕　布　理应顿首。

王　允　既然理应叩头顿首，为什么今日进得府来不肯拜跪问安，还则罢了，竟然一把扯住老夫的衣襟，好像和我要动武的样子，只说成何事体？

（唱慢摇板）

在朝中你做官不知大礼，
进门来怒冲冲扯我朝衣。

吕　布　（夹白）岳父，小婿我错了。

王　允　（接唱原板）

我和你是翁婿全不介意，
可笑你年纪幼不知高低。

吕　布　（白）岳翁请勿动怒，小婿错了。

王　允　既然知错，你是个晚辈，老夫不怪你也就是了，以后再不要这样粗莽了。

吕　布　小婿知罪，再也不敢了。但这门亲事中途有了变卦了。

王　允　老夫已将小女交于太师与你接去，哪个中途变卦？

吕　布　哎！不是别的就是我父，

王　允　哎！这才奇了，你父怎样变卦？你快讲来！

吕　布　哎！小婿上朝路遇太师，我即上前拜见，太师笑道：我今新纳一妾，要回相府，命我朝房料理，是我上前道喜，转过身来，仔细一看不是别人。

王　允　她是哪个？

吕　布　就是令嫒貂蝉。

王　允　啊！（假惊叫）

吕　布　岂不是变了卦了。

王　允　怎么说！

（唱紧塌板）

听此言两眼花浑身发颤，
泪珠儿如淋雨湿透衣衫。
貂蝉女性聪敏颇有识见，
她平日最敬重英雄少年。
我将她许配你她心甘情愿，
却怎么平白地生出事端。
论年华才二八自幼娇惯，
怎能和老太师同枕共眠。（吕布生气）
这才是花正开狂风吹散，
背地里怨苍天有口难言。

吕　布　（唱浪头带板）

一霎时将小将气炸肝胆，（气介）

哈哈哈！

（接唱带板）

我的妻被霸占怎能心甘。
为人父作此事当真罕见，

难道说你不怕骂名流传。

转过身我再把岳翁呼唤，

（白）我的岳翁呀！

王　允　我的贤婿呀！

吕　布　我的貂蝉妻呀！

王　允　我的貂蝉女呀！

吕　布　哎呀我的岳翁！

王　允　我的贤婿呀！

吕　布　（接唱）叫岳翁你不必心中痛酸。

这姻缘本来是十分美满，

恨我父乱人伦禽兽一般。

从今后对岳翁披肝沥胆，

权当我是你的亲生儿男。

王　允　（夹白）这却不敢。

吕　布　（接唱带板）

论门婿是半子有何不敢，幼年人尊长者理之当然。

到今日才看出太师真面，悔不该认义父辱我奉先。

（白）哎！哎！悔我当初不该拜那等之人，作为义父，错了，错了。岳翁，我才明白了，以后还要你多多指教。

王　允　哎！少年老诚，倒算美德，我也不能作谦，但是以后再不可翁婿相称。

吕　布　为何不可翁婿相称？

王　允　常言道：循名责实，顾名思义，我将貂蝉许你，不过成了一句空话，他将貂蝉纳宠，竟然成了实情，我将你叫得什么贤婿？你将我称得什么岳翁？若叫他人听见，定要说董太师父纳子妻。

吕　布　啊！不错。

王　允　王司徒受欺骗，一女嫁两夫。

吕　布　也不错。

王　允　吕奉先无福分，作门婿落空衔。

吕　布　一点不错。

王　允　常言道：家丑不可外扬，况且你我大大小小，都是朝廷命官，这些秽话相传，丑声四播，第一有损太师的威望，第二有伤老夫的人格，第三有失将军的志气，哎！人言可畏，机事要密，岂能自己承认，遗人笑柄，所以翁婿这两个字，万万不敢再出口了。

吕　布　如此说来，当然不敢再出口了。

王　允　将军，你定要记下。

吕　布　记下了，我便告辞了。

（唱七锤带板）

到如今我好似大梦初醒，

回府去我看他怎样调情。（下场）

王 允　（接唱带板）

连环巧计安排定，

猜破机关算你能。（下场）

第六场　三　闯

登场人物：貂蝉　董卓　侍女　吕布　李儒

［董卓带貂蝉上。

董 卓　（唱蛮带板）

貂蝉色艺世无双，

莺喉婉转赛笙簧。

朝夕饮宴心欢畅，

月余懒得出画堂。

偶染小恙心不爽，

幸亏你衣不解来伺药汤。

貂 蝉　（接唱摇板）

蒙太师怜爱荣华享，

深感恩德永不忘。

不幸太师染病恙，

侍奉药汤理应当。

董 卓　（白）貂蝉，你看咱董府比王府如何？

貂 蝉　王府怎比董府豪华。

董 卓　这算什么，异日老夫登龙即位，贵为天子，富有四海，你便是昭阳正院，那时岂不更好。

貂 蝉　妾先谢主隆恩。

董 卓　哎呀呀！老夫病了几天，把你累得连梳妆都顾不得，老夫今天病愈，侍女们，快快扶侍你家夫人梳妆，貂蝉，你与我好好梳妆。（貂蝉扶董卓卧，侍女准备梳妆的东西）

貂 蝉　太师还是好好静养。

（唱慢摇板）

见的老贼卧床上，

貂蝉心中自思量。

进府来花言巧语将他诓，
柔情蜜意侍身旁。
怎知我忍耻受辱原为除奸党，
引诱他父子同室操戈动刀枪。
幸喜老贼入罗网，
成大功还须用良方。

侍　女　（白）请夫人梳妆。

貂　蝉　（接唱）
闷对菱花整容相，
不知吕布在何方。
（白）不用伺候，下去。

侍　女　是。（欲下。吕布急上）

吕　布　（唱尖板）
王司徒把实情对我言讲，（见彩女）
（白）你是何人？

侍　女　我是伺候貂蝉夫人的丫头。

吕　布　啊！怎么你是伺候貂蝉夫人的丫头？

侍　女　正是的。

吕　布　太师可曾起床？

侍　女　太师自从纳了新宠，朝朝饮酒，夜夜笙歌，方才虽然起床，现又睡着了。

吕　布　好气也！
（唱七锤带板）（侍女跑下场）
恨老贼占我妻乱了纲常。
怒气冲冲往内闯。

［吕布隔窗窥视、貂蝉见镜内映照吕布、惊哭。手指董卓慢慢靠近吕布。

董　卓　嗯！（貂蝉吕布惊退，吕布招手示意貂蝉出去，貂蝉招手示意吕布进内，用手指吕布示意桌上有剑，抽剑杀董卓，吕布进内抽剑欲杀又止，貂蝉拂袖哭介，吕布气愤执剑又刺，董卓叫）貂蝉！（吕布惊退顿足急下）

貂　蝉　太师。

董　卓　你梳妆好了无有？

貂　蝉　梳妆好了。

董　卓　待老夫观看。（看介）哈哈哈！真好看也！
（唱摇板）
貂蝉美貌真可爱，
脸似桃花初放开。
柳叶眉来杏子眼，（吕布上窥视气愤地下董卓笑介）

哈哈哈！

（接唱）

唇点胭脂红两腮。

貂　蝉　（接唱摇板）

承蒙太师多怜爱，

不由貂蝉喜心怀。

董　卓　（接唱带板）

叫貂蝉我爱你，

（吕布又上窥视）身似杨柳被风摆。

吕　布　（气急败坏地唱尖板）

又恼又气闯进来。（貂蝉躲避到床的一侧哭介）

（白）参见相父。

董　卓　罢了！父命你郿坞探亲，国太疾病如何？

吕　布　已经如常。（呆视貂蝉）

董　卓　可曾服药？

吕　布　已经如常。

董　卓　近日可曾练兵？

吕　布　已经如常。

董　卓　这娃娃怎么语言错乱，神思恍惚？（看吕布呆视貂蝉，董卓生气的）呔！大胆的奴才，竟敢如此无礼，不念父子之情，定要砍下头来，还不与我滚出去！

吕　布　是。（顿足下场）

貂　蝉　太师，方才来的那员小将，他是何人？

董　卓　那是老夫义子吕布。

貂　蝉　照这样说来，妾身是他的义母。

董　卓　不错，你正是他的义母。

貂　蝉　太师，想那吕布，即是太师义子，进得府来，参见妾身也罢，不参见妾身也罢，竟敢调戏妾身，如此无礼，以后还要太师与妾身做主。（哭介）

董　卓　啊！吕布那个奴才真的了不得了！

貂　蝉　太师今后需要多加防范，要不然妾身定会吃那吕布的亏。（哭介）

董　卓　貂蝉不必啼哭，等待机会，将那个奴才赶走也就是了。

侍　女　（上白）禀太师，李姑爷求见。

董　卓　叫他进来，（对貂蝉）你且回避。（貂蝉退下）

侍　女　有请李姑爷。

李　儒　（上诗）太师近日欠安，特来探问一番。（进内）参见太师。

董　卓　少礼，坐了。

李　儒　谢座。太师尊体如何？

董　卓　偶冒风寒，不大要紧，哎哟！（生气介）

李　儒　太师因何上气？

董　卓　哎！

（唱摇板）

恨吕布小奴才太得无礼，
他竟然敢调戏我的爱姬。
休怪我病床上霎时动气，
小奴才色胆大不知高低。

李　儒　（接唱）

常言说投鼠要忌器，
这小事何必费猜疑。
军国大事他治理，
不该因此反面皮。
请太师且息这怒气，
但不知吕将军他在哪里。

董　卓　（白）哼！小奴才这样无礼，老夫将他赶出去了。

李　儒　哎！哎！哎！

董　卓　怎么样了？

李　儒　太师，你这雷霆之怒，发得错的不能说了。

董　卓　怎么就错的这样厉害？

李　儒　太师，我且问你，我们统兵靠的是谁？

董　卓　靠的是吕布。

李　儒　打仗离得开吕布？

董　卓　离不了吕布。

李　儒　将来太师登基，又凭的是谁？

董　卓　当然凭的还是吕布。

李　儒　好说！统兵靠的是吕布，打仗离不了吕布，将来登基还凭的是吕布，太师即用得着此人，便要收买他的心，相府这些爱姬也罢，侍女也罢，他看上哪个，太师便将哪个赏赐与他，他才肯与太师出力，岂能因他眼睛一瞟，你便将他赶走，那么我们以后到相府来，也都不敢睁眼睛了。

董　卓　这个……

李　儒　这个什么？吕布这一出去，自然心中不满，倘若与十八路诸侯暗暗勾结，马上便要大祸临头，太师，你合九州之铁，也铸不下恁大的个错，你何不再思再想也！

（唱摇板）

太师凭心细参想，
这大错铸的太荒唐。
倘若吕布有反相，
我看你那时怎下场。

董　卓　（接唱）
李儒与我仔细讲，
这种气发的真荒唐。

李　儒　（白）太师，小不忍则乱大谋，还望太师三思。

董　卓　贤婿之言倒也有理，只是方才老夫一怒之下，已将吕布逐出，如今怎样才好?

李　儒　这倒不难，想吕布最贪小利，太师可备一份厚礼，待小婿与他送去，再用言语将他安慰安慰，保管无事。

董　卓　如此甚好，就烦贤婿多备金帛彩缎，对吕布去讲，就说老夫病中昏迷，言语错乱，叫他不要在心。

李　儒　如此小婿告辞了！（董卓下场）
（唱摇板）
太师做事欠检点，
险些儿逼反吕奉先。
忙备金帛和彩缎，
他见了礼物定喜欢。
（白）待我速备礼物与他送去。哎呀不妥！想吕布看中了太师的爱姬，我今与他送的彩缎金帛，明明他爱的是那个，我却给他送的这个，他若大怒，我是怎样的下台？这……哎！有了！我就说你先将礼物收下，你所爱的人，我改天再对太师去讲，管保叫你如愿以偿，况他和我交情甚厚，定能听我的话，我就是这样去办才妥呀！
（接唱摇板）
吕奉先他和我交情非浅，
此一去他必定能听我言。（下场）

第七场　亭　会

登场人物：董卓　吕布　四校尉　貂蝉　李儒

董　卓　［四校尉，吕布引董卓上。
（念）恼恨天子太大胆，不经老夫乱封官。
怒气冲冲进宫院，当面责问不容宽。

校　尉　来在午门。

董　卓　住轿。吕布我儿在此等候，为父进宫质问昏君，唤声即到。

吕　布　遵命。

董　卓　吠！董卓进宫来了。（怒下）

吕　布　呵！想董卓老贼霸占我妻貂蝉，前日在相府相见，被贼窥破，将我逐出，这口恶气叫我如何咽它得下？（思介）有了，我不免趁此机会，转回相府，找寻我妻貂蝉，校尉们！你们在此等候太师，我要回府，马来！（上马急下）

董　卓　（内白）胆大的昏君，想俺董卓，受尽辛苦，扶你登基，你今坐享尊荣，任意封官，哪里容得，吾儿吕布何在？（董卓上）吾儿，吕布，校尉们！吕布哪里去了？

校　尉　吕将军回相府去了。

董　卓　（惊气）快快打道回府。（同下）

貂　蝉　（上唱小带板）

为国仇独徘徊暗自思忖，
连环计定叫贼父子分离。
前日里他父子一场争论，
恨李儒来调解巧弄舌唇。
怪不得董卓贼淫威大振，
贼府中原有此智谋之人。
这件事我还要时时谨慎，
管教你贼李儒主谋定计枉费心机助卓为恶千条毒计化烟云。
观董卓他已经深入迷阵，
看吕布他见我更是消魂。
我貂蝉此时侯从中诱引，
激吕布杀董卓除却祸根。
料李儒虽奸巧难知底蕴，
诛元凶显身手安定乾坤。

（回头见吕布由远而来，假装看花）

吕　布　（上唱带板）

进府来我把侍女问，
说貂蝉花园来散心。（猛见貂蝉）

（白）那是貂蝉。

貂　蝉　那是将军。

（唱尖板）

与将军今相会恍如梦境，

一颗心奴与你倾倒怀中。
幸喜得凤仪亭甚是清净，
我与你柳荫花丛诉衷情。

吕　布　（接唱）

你我相逢莫悲痛，
有件事儿我不明。
太师将你纳了宠，
难道你甘心负前盟。

貂　蝉　（唱二倒板）

说什么我甘心负却前盟，
你怎知这其中一片冤情。
我的父对将军甚是慕敬，
酒席前许婚姻海誓山盟。
我只说配英雄三生有幸，
谁料想好事儿有始无终。
我的父朝王毕太师挡定，
他询问你我的婚姻事情。

（转双锤）

我的父不敢瞒实言告禀，
过府来他叫我拜见公公。
谁料想他见我邪念波动，
借你名接我来霸占府中。
那时节气的我黑血上涌，
曾为你拼一死与他相争。

吕　布　（白）你与他是怎样的争论?

貂　蝉　我说楚平王淫乱不正，父纳子妻留下骂名。

吕　布　嗯！他是如何地答对?

貂　蝉　嗯！他说吕奉先乃三姓家奴。

吕　布　呵！（气得发颤）

貂　蝉　（接唱）

他言说吕奉先并非姓董，
三姓儿哪能是老夫亲生。
今日里我定要将你纳宠，
也非是乱伦常任意横行。

吕　布　哎呀气煞我也！

（接唱浪头带板）

听罢言气得人恶火朝上，
我吕布岂受贼如此欺凌。
貂蝉妻我和你恩爱情重，
是英雄我还要三思而行。

貂　蝉　（接唱）

分明你少志气无有血性，
怎能说英雄要三思而行。
我为你哭啼啼茶饭少用，
我为你陪老贼忍辱偷生。
今见面你还是主意不定，
可叹我貂蝉女错认英雄。
罢罢罢愿将军多多保重，
不如我扑荷池了此残生。

吕　布　（白）貂蝉啊！是我久知你心，只恨不能共语，今幸得见，正好谈心，为何要寻短见？

貂　蝉　你看我度日如年，你不能怜我，救我，还是如此惧怕老贼，我今不死等待何时？

吕　布　哎呀貂蝉！请你暂且忍耐，我吕布今生不能娶你为妻，非英雄也。

貂　蝉　什么英雄？

吕　布　嗯！英雄。

貂　蝉　呸！英雄？以前我看你是当世英雄。

吕　布　如今呢？

貂　蝉　如今你处处受制于人，莫要说起，竟连自己的妻室也保全不住，你还算得个什么英雄？

（唱七锤带板）

妾虽女流也知耻，
一腔热情你怎知。
照这样偷生不如死，
翻身要跳荷花池。

［欲跳池吕布拉貂蝉急跪。

吕　布　（唱尖板）

抱定貂蝉心疼烂，

貂　蝉　（接唱）

你快走让我死在你面前。

（白）你撒手！你撒手！

［吕布起身抱住貂蝉，董卓猛上。

董　卓　貂蝉！貂蝉！啊！吕布，好奴才！（吕布、貂蝉见董卓惊介，貂蝉哭下。（扑灯蛾说壳子）

骂声吕布太猖狂，太猖狂。
戏我爱姬乱纲常，乱纲常。
怒气冲天狠心上，
管教奴才戟下亡。

［董卓取戟刺吕布，吕布急挡，董卓持戟扔吕布，吕布打戟落地跑下场。董卓拾戟追下。李儒、吕布分上对头。

李　儒　将军为何如此惊慌？
吕　布　我爹爹要杀我呢！（董卓上刺吕布，吕布夺戟推李儒将董卓碰倒，吕布怒指董卓下场，李儒起扶董卓起）
李　儒　太师，太师，因何怒打吕布？
董　卓　哎！可恨吕布这个奴才，竟敢在凤仪亭前调戏老夫爱姬貂蝉，今日誓杀吕布以消吾恨。
李　儒　哎！我当为了何事，原是这点小事。
董　卓　哼！此事为小，何事为大？哎嘘！
李　儒　太师不要上气，吕布他即爱貂蝉，太师就将貂蝉赐予吕布，岂不完了。
董　卓　胡说！老夫爱姬，怎能轻易给人，你为何不将你的爱姬送与吕布？
李　儒　哎！哎！哎！岳翁……
董　卓　哎！叫这个奴才，将老夫气糊涂了。哼！逆贼戏吾爱姬，誓必杀之。
李　儒　哎呀！太师，昔日楚庄王绝缨之会，不究蒋雄调戏爱姬之罪，后来庄王被秦兵所困，得蒋雄死力相救，战胜秦兵，得保天下。今貂蝉不过一女子，而吕布乃太师心腹猛将，怎能为一女子而失猛将？太师不如就此机会，以貂蝉赐吕布，布感大恩，必以死报太师，请太师不可因一时小愤，而误将来之大事。
董　卓　这个……你且退下，待吾思之。
李　儒　太师，小婿肺腑之言，请三思之。
董　卓　你去！（李儒闷闷而下）貂蝉走来。（貂蝉哭上）我把你个贱人，怎样私通吕布？还不从实地讲来？
貂　蝉　哪个与吕布私通？妾因太师上朝，一人房中寂寞，去到花园看花，忽见吕布赶来。
董　卓　你见他来，就该躲避。
貂　蝉　妾前已觉此人行为不正，一见他来，赶快躲避，不想那吕布满面笑容，将妾拦住，言说我乃太师之子，何用躲避？他便一手将妾拉住。
董　卓　他将你拉住怎样？
貂　蝉　他！他！他！欲行无礼。（哭介）

董　卓　好奴才！后来怎样？

貂　蝉　妾见事不妙，况他又是个武夫，恐难逃贼手，急欲投池自尽，不想被他抱住。（董卓气急败坏）

董　卓　呵！抱住怎样？

貂　蝉　正在生死之时，幸亏太师前来，救了妾命，不想太师反说妾与吕布私通，真真冤死妾身了！（哭介）

董　卓　哎！貂蝉，吕布既然爱你，老夫就将你许配吕布，你看如何？

貂　蝉　（大惊）哎呀太师！妾身得事贵人，名分已定，怎能下嫁那个家奴？妾宁死不从，倘若太师不能见谅，不如碰死太师面前，以报恩情。（欲碰）

董　卓　（急拉）貂蝉，老夫不过一句戏言，你怎能当真？

貂　蝉　哼！此必李儒之计，想李儒与吕布十分交厚，所以他劝太师将妾许配吕布，他只顾朋友之情，却不顾太师的体面与妾身的性命，妾当生食李儒之肉，方消心头之恨。（大哭）

董　卓　不必啼哭，老夫怎忍舍你。

貂　蝉　蒙太师怜爱，妾深感激，但恐久居此处，必遭二贼所害。

董　卓　这却无妨，明日你随老夫回到郿坞，同享快乐，命李傕、郭汜、樊稠、张济保驾，你看如何？

貂　蝉　这样甚好。

董　卓　如此后堂备酒，与美人压惊，貂蝉，随着老夫来呀！

（唱塌板）

叫貂蝉勿担忧保重玉体，
天大事老夫我自有主意。
这几日在此间甚少兴趣，
回郿坞享安乐双飞双栖。（同下）

第八场　刺　卓

登场人物：王允　吕布　董卓　李儒　李肃　四将

王　允　（上唱浪头带板）

随文武在郊外送贼西奔，
见貂蝉假痛哭珠泪纷纷。
激起了吕奉先顿足忿恨，
痴呆呆站土岗眼望车尘。

吕　布　（上唱）

恨老贼逼貂蝉去到郿坞，

我不报夺妻仇誓不罢休。

（白）大人留步。

王　允　原是将军。将军不随太师同去郿坞，转来则甚？

吕　布　哎！老贼欺我太甚！

王　允　住口！将军请到舍下一叙。（王允拉吕布转场）

家　院　（上白）接见老爷。

王　允　下边伺候。（家院下）将军，太师原是你的义父，为什么把他叫做老贼？

吕　布　哼！他淫大人之女，又夺小将之妻，前日已在凤仪亭前，我和令嫒相会共语，被贼看见，执戟刺我，不是我的手快，险些被贼刺死。

王　允　哎呀加加！父子之间怎么有此狠心？罕见！罕见！太师淫老夫之女，夺将军之妻，诚为天下耻笑。老夫无能，年迈之辈莫要说起，实可惜将军英雄盖世，受太师这么大的侮辱，真是欺人太甚。

吕　布　大人！我欲报夺妻之仇怎奈与他有父子之情，恐惹后人议论。

王　允　将军姓吕，太师姓董，执戟刺你之时，父子之情何在？

吕　布　多谢大人指教，小将已打定主意了。

王　允　你打定什么主意了？

吕　布　大人，我打定主意要杀……

王　允　住口！（左右看）你杀什么？

吕　布　我要杀这个老贼。

王　允　哎！太师势倾朝野，哪个敢说杀他，就是你有此雄心，还要严守机密。

吕　布　小将虽愚，岂能向外人去说，还请大人与我设计。

王　允　哎呀！事若不成，岂不将老夫也株连在内，哎呀！老夫不敢做主。

吕　布　大人！想俺吕布乃盖世英雄，岂容老贼如此相欺，布意已决，誓杀老贼，以血奇耻也！

（唱七锤带板）

吕布今日决主见，
剑刺臂血作誓言。
倘若中途把计变，
神明鉴察有青天。

王　允　（接唱）

奉先与我发誓愿，
只见他怒气发冲冠。
奉先毕竟有肝胆，
望你快扶汉江山。（扶吕布起）

将军如果以堂堂之鼓，正正之旗，除凶残于庙堂之上，奠国家于磐石之安，不特无杀父之罪，并且有救国之功。

吕　布　大人！怎奈老贼已去郿坞，如何是好？

王　允　这却不难，可差一能言之人，前往郿坞，传天子命诏，就说主上卧病深宫，难理朝事，文武商议让位太师，老贼必然前来，将军伏兵朝门之内，待老贼入宫起而诛之，定能成功。

吕　布　此计甚妙。

王　允　不知何人可到郿坞传命？

吕　布　布想昔日李肃劝我刺杀丁建阳辅佐老贼，事成之后，因老贼久不封其官，李肃恨贼已久，命他前去，老贼必不见疑，他若不去我便杀之。

王　允　好！待老夫先见主上，再与文武商议将军亲见李肃。正是：

吕　布　（说诗）誓杀老贼血奇耻，

王　允　（说诗）除却奸贼保汉室。（二人分下）

李　肃　（捧圣旨策马上念）同谋除奸定巧计，

杀却董卓恨方息。

李肃，奉命前去郿坞，去诓董卓，入朝斩杀，以血国恨，马上加鞭。（急下）

吕　布　（上念）奉旨杀贼要猛勇，

率部先到未央宫。

吕布，天子有诏，命我讨贼，已命李肃传召郿坞，诓贼入朝共图杀之。据报老贼已到郊外，司徒命我率部埋伏。来呀！埋伏两廊，等董卓进宫，严守午门，不得有误。（绕场下）

董　卓　（上唱浪头带板）

皇帝今日让宝位，
霎时黄袍便加身。
众将士催车往前进，
王允是孤知心人。

李　儒　（上唱紧摇板）

太师今日要受禅，
李儒心中不自安。
急忙追赶莫迟慢，
小婿我有不尽言。

董　卓　（白）住车。李儒有何话讲？

李　儒　太师向哪里去？

董　卓　今日皇上禅位，难道你还不知？

李　儒　哎！禅位之事，王允一人主持，恐有变故，太师不要自投罗网。

董　卓　王允和老夫交情甚好，况吾儿吕布在未央宫安置，你怕什么？

李　儒　哎！你还信任吕布，难道把凤仪亭之事都忘了？（王允、吕布上）

王　允　接见太师。

吕　布　接见相父。

董　卓　今日就将你们忙坏了！

吕　布　请相父到受禅台。

董　卓　我儿带径，李儒随老夫一同进宫。

（转场王允仗剑登台，吕布执戟一旁立站）

王　允　圣上有旨下边听着：董卓老贼上欺天子，下虐万民，等他入宫格杀勿论。

四　将　啊！（四将、四校尉架住）

［董卓、李儒跑下，李肃、吕布追董卓、李儒上，李肃杀李儒。

董　卓　哎呀不好！吾儿吕布，快快救驾。

吕　布　再休做梦！吕布奉旨讨贼，休走看戟。（刺死董卓）

王　允　董卓虽死，余党甚多。

吕　布　大人请到朝房议事，待俺杀贼余党。

王　允　正是：

（说诗）

连环妙计非等闲，
为国除奸托红颜。

李　肃　　幸喜今朝随夙愿，

吕　布　　重寻旧梦会貂蝉。

——剧终

（说明：以上内容录自易俗社存本〔扫描件〕，冯杰三改篇，1980 年 7 月油印本。）

木兰从军

前　记

木兰从军的故事，仅见于古乐府里边的《木兰辞》，在史书上并没有明文记载。但据传说：隋朝末叶，突厥进犯边境，朝命武屏藩出师抵御，在祁连山下兵败被围，请兵增援。其时延安尚义村退伍老将花弧，名在军帖。其女木兰素勤纺织，兼习武艺，怜父患病初愈，不堪劳顿，遂改易戎装，替父从军。

木兰从军十二年，屡建奇功，终至战败突厥，朝命受职尚书郎。木兰因思亲心切，不愿为官，婉言谢辞，解甲还乡。武屏藩趋宅过访，始知木兰是女扮男装，代父从军，遂称赞不止。

这剧本是冯杰三先生抗日战争时期编写的，大体上保持了原故事的完整性，后又参考京剧作了适当修改，在情节方面，也有所丰富。曾经西安易俗、三意等社上演过，效果很好。现在重经整理出版，以供各地演唱。

长安书店编辑部

场　次

第 一 场　寇边	第 十 场　解围
第 二 场　机房	第十一场　劝降
第 三 场　观阵	第十二场　释囚
第 四 场　欢宴	第十三场　巡哨
第 五 场　遭困	第十四场　陈策
第 六 场　别家	第十五场　荡寇
第 七 场　结伴	第十六场　探病
第 八 场　征途	第十七场　凯旋
第 九 场　应卯	第十八场　归里

人物表

花木兰（兰）	张宁（宁）
花木蕙（蕙）	徐前（前）
花弧（弧）	周振（振）

花母（母）
花木棣（棣）
武屏藩（武）
张龙（张）
赵虎（赵）
李英（李）
王熊（王）
黄福（福）
李勇（勇）
赵能（能）
刘忠（忠）
孙山（山）
差官（差）
地保（地）
突厥王（突）
四番将
八番卒
四龙套

第一场　寇边

登场人物：四番将，八番卒，二正将，四卒，突厥王。

［四番卒引二番将上亮像，四卒引二正将上开打，二正将败下，二番将四番卒突厥王上。

二　将　禀大王！来到中国地面。

突　站下，众将官！

众　有。

突　今到中国地面，所到之处，烧杀奸淫，各随所愿，斩关夺寨，不得退后，违令者斩。一拥杀上前去！

众　得令，杀，杀，杀！（急下）

第二场　机房

登场人物：花木兰，差官，地保，花木蕙。

兰　（上念）闲来习武兼习文，屈指光阴逾数春。
乐守田园勤纺织，承欢膝下慰双亲。
（坐白）花木兰，陕西延安人氏，父亲花弧，前曾身入军籍，自从归田之后，一家和睦，自耕自织，倒也安乐。不料近日爹爹忽染疾病，幸喜今已痊愈。我不免去到机房，纺织一回便了。
（唱摇板）
这几日老爹爹卧病床上，
在床前侍汤药日夜奔忙。
父病好到机房勤织勤纺，
但愿得老爹爹时常安康。（进门）

哎，几日未来机房，尘土已满，待我打扫、打扫。（收拾毕入座穿梭织布）

（唱慢板）

花木兰坐机房自思自想，
恨突厥无故地犯我边疆。
我父名已登在军籍册上，
倘若是军书传怎上战场？
猛听得门儿外人声嚷嚷，
忙下机侧着耳细听端详。

［差、地上。

差　（念）突厥犯边境，

地　（念）各地去征兵。

差　地保，你我沿户传告。

地　是，来在花弧门首，上差少等，待我叩门。花弧在家没？

兰　何人叩门？（开门看介）呵，原是上差到此。有何公干？

差　姑娘不知，今有突厥侵犯我国，元帅招集各地乡民，参加军伍，为国效命。

兰　军书上可有我父的名字？

差　军书十二卷，卷卷都有你父的名字。

兰　上差，我父前在军伍，今已退休了。

差　姑娘，这次征兵，退伍军官，也要从征。

兰　上差，我父年老多病，怎能从征？

差　若是年老多病，儿子代替也可。

兰　这个……（沉思）哎，只有一个兄弟，年纪尚小，这该怎处？

差　姑娘若无长兄，只好叫他老人家预备出征，我们走了。（同地保下）

兰　哎！军书十二卷中，卷卷都有我父的名字，我父无大儿，木兰无长兄，我怎好叫我白发老亲万里长征？我有心代父从军，怎奈女儿从军不便，这该怎了？这该怎了？哎，好不难煞人也！

（唱七锤）

适才间见公文心中烦闷，
眼看着老爹爹上阵从军。
想国家兴和亡匹夫有份，
难道说女儿家永锁闺门？
我有心去应征替父临阵，
怎奈我生就是女儿之身。
低头想无妙计暗自怨恨，
急得人一阵阵五内如焚。

木兰女懒织纺乱了方寸，
怎能够杀敌寇如愿称心。
（低头叹息）哎！

蕙　（上唱带板）
只听得叹息声高低一阵，
却怎么听不到纺织声音。
进机房我要把妹妹细问，
问妹妹因何事背地呻吟。

兰　姐姐到了，请坐。

蕙　有坐。

兰　哎！

蕙　妹妹一人，为何叹息？

兰　妹妹未曾叹息。

蕙　姐姐适才来在门外，并未闻纺织声音，只听妹妹叹息，怎能说无有？
（唱摇板）
姐姐门外久伫立，
只闻妹妹长叹息。
但不知妹有甚心事，
请出口姐替你好作主意，好作主意。

兰　什么心事？我什么心事都没有。

蕙　哎，我明、明、明白了！
（接唱）
常言道男大当婚女大当嫁周公礼，
莫不明怪二老未将婚提，未将婚提。

兰　妹妹虽大，还能大过姐姐你吗？

蕙　哎，我想起了呀！
（接唱）
莫不是恨姐姐不帮你婚姻大事，
因此上背地自叹息，自叹息。

兰　姐姐，照你这样说，女儿家咳声叹气，都是为了当嫁不当嫁的事吗？

蕙　（接唱）
这不是来那不是，
倒教木蕙心着急。
妹到底为了什么事，
快与姐姐说仔细。
（白）妹妹，你到底为了何事在此叹息？

兰　哎呀姐姐！适才有上差到来，言说突厥进犯我国，爹爹姓名也在军籍，妹想爹爹年老多病，怎能经起万里长征之苦，故而一人在此叹息。

蕙　呀哎妹妹，有这等事，这该怎处？哎！

兰　姐姐，你怎么也叹息起来了？

蕙　妹妹，你看爹爹如此高年，怎能远征？妹妹呀，这便怎处？

兰　姐姐不必着急，妹已想下妙计。

蕙　妹妹有何妙计？

兰　妹愿乔装替父从军，姐姐你看如何？

蕙　哎，妹妹乃系女流，怎能从军？况且古今征战，都是男子，绝无女子当兵之理。

兰　姐姐，妹想为国效命，男女都是一样，倘若一国之中，事事要男子去做，女子岂不是成了无用之人？妹虽女流，也曾跟随爹学些兵法武艺，若不施展出来，学它作甚，况女子领兵杀贼，自古有之。

蕙　我却不信，有哪几个？你讲！

兰　姐姐请听！

（唱摇板）

姐姐要问古人名，
听妹与你说分明。
吴宫美人常演阵，
秦风女子号知兵。
冯氏西羌百战胜，
荀娘年幼守危城。
巾帼英雄古有证，
妹愿替父去从戎。

蕙　依姐姐看来，妹妹勇气倒好，可惜此去，实在有些不大稳便。

兰　怎么不大稳便？

蕙　哎，妹妹本是女子，单人独骑，日与男子共事，倘被他人看出破绽，那还了得！

兰　姐姐之言固然有理，但此事妹已筹之甚详，此番女扮男装，顶替父亲名字，从军杀敌，岂肯鲁莽从事。

蕙　妹妹有此胆量，真令人敬仰。

兰　好说，姐姐，爹爹病体初愈，味不可口，待妹到后山，打几只飞禽，姐姐早些准备酒菜。

蕙　你我分别去办，正是：

眼看骨肉要分散，

兰　准备酒宴解亲烦。（分下）

第三场　观阵

登场人物：张龙、赵虎、李英、王熊、武屏藩、四番将、八番卒、四龙套。

张　　张龙。
赵　　赵虎。
李　　李英。
王　　王熊。
张　　众位将军请了！
众　　请！
张　　元帅升帐，你我两厢伺候。
众　　请！
　　［四龙套引元帅上。
武　　（引）誓帅平番，凭浩气力挽狂澜。
众　　参见元帅。
武　　站立两厢。
众　　呵！
武　　（诗）雄兵十万出皇都，本帅威名震九洲。
　　　　帐下将士齐效命，誓灭突厥复金瓯。
　　（白）本帅武屏藩，只因突厥侵犯我邦，本帅奉命征兵，征讨突厥，差官听令！
差　　在！
武　　这是军籍一册，分路速传征令，军前听点，不得有误。
差　　得令！（下）
武　　众将官，随本帅关上查看一回了！
　　（唱浪头）
　　　　有本帅在帐中传下军令，
　　　　众将官进前来细听分明。
　　　　讲兵法与临阵地势路径，
　　　　必须要到关前侦察敌情。
　　（上城看接唱）
　　　　上关来只见那敌兵驰骋，
　　　　耳边厢又听得鼓角齐鸣。
　　　　观敌兵一个个甚是猛勇，
　　（四番将代番卒上左亮像）
　　　　观敌营一阵阵杀气腾腾。

（番将番卒右亮像）

观敌军一队队刀枪齐整，

（番将番卒换中势子）

观敌营一处处盔甲鲜明。

（番将番卒再换势子）

观此次敌营中人马强胜，

［番将番卒下。

到阵前要奋勇与敌交锋。

有本帅回大营安排妥定，

明白里再与敌列阵交兵。（下）

第四场　欢宴

登场人物：花木兰，花木蕙，花弧，花母。

兰　（上唱浪头）

幸喜爹爹病初愈，

饮食少进体无力。

欲供盘餐做酒礼，

唯有野味最相宜。

挟弓箭急往山林里，

举目抬头观端的。

峰峦高耸连云际，

松柏层层又密密。

那一群、那一群山鸡飞来又飞去，

这一伙、这一伙狡兔窜东又窜西。

我把那山鸡一箭一个一个一箭射落地，

（射三箭）

再把这狡兔一个一箭一箭一个射得不差半毫厘。

（连射）

得心应手称奇技，

好似当年养由基。

（收拾鸡兔）

收拾鸡兔回家去，

只恐姐姐心着急。

（亮相跑下）

蕙　　（上唱苦音慢板）
　　　　实不幸父患病形容瘦损，
　　　　母女们侍汤药不敢离身。
　　　　这几日病渐好身体困顿，
　　　　木兰妹打飞禽孝养慈亲。
兰　　（上唱摇板）
　　　　恨突厥犯边关军情急紧，
　　　　为国家杀强敌早有此心。
　　　　今日里见二老欢喜不尽，
　　　　谁知我准备着替父从军。
蕙　　妹妹，今天必须劝二老多饮几杯。
兰　　妹妹晓得，姐姐，你我同请爹娘。
蕙　兰　有请爹娘。
弧　　（念）早岁从戎，年老力衰归农。
母　　女儿，何事?
兰　　母亲，儿因爹爹病体初愈，味不可口，儿在后山打了几只飞禽，烹调已好，我姐姐又作了些酒菜，请爹娘同用。
弧　　哎，儿呀！突厥侵犯我国，应当节俭才是。
兰　　哎爹爹呀！
　　（唱摇板）
　　　　恨突厥入寇起战祸，
　　　　国人应当都节约。
　　　　奈今日酒菜已备妥，
　　　　望爹爹不必再推却。
　　（白）姐姐随着我来。（姐妹笑嘻嘻地跑下）
母　　　　山禽野味女儿作，
　　　　年老人何必再啰嗦。
弧　　　　听罢言来笑呵呵，
　　（笑介）哈哈哈！
　　　　怎奈老夫愁闷多。
蕙　　（上接唱）
　　　　老爹爹病初愈味难可口，
兰　　（上接唱）
　　　　燃松火烹野味胜似珍馐。
蕙　　　　炒蔬菜又备下一壶美酒，
兰　　　　请二老饮几杯解闷消愁。

（斟酒）

弧　　难得我儿如此孝心。

母　夫君请！

弧　请！哎！（很烦闷）

蕙　（唱摇板）

　　老爹爹展愁眉不可忧闷，

兰　　岂不知忧与愁最能伤身。

蕙　　突厥贼犯中华边疆不稳，

兰　　保国土人人要竭力尽心。

蕙　　劝爹爹放宽心开怀畅饮，

兰　　笑盈盈与爹娘忙把酒斟。

（斟酒毕）（白）爹爹！

弧　我儿讲说什么？

兰　女儿近来的武艺比以前长进得多了。

母　哎！女孩子武艺长进不长进，说它有什么用处！

兰　母亲，这武艺吗，大有用处，大有用处！

蕙　爹爹，你的大病初愈，闷闷不乐，依儿之见，不如叫妹妹舞剑一通，一来可解爹爹的忧闷，二来看看我妹妹的武艺长进没长进。

弧　好，兰儿你就舞来，待父看看。

兰　孩儿遵命了！

（唱尖坂）

　　轻挥双锋光四放，

（唱七锤舞剑）

　　为与二老做酒觞。

　　女儿有话对父讲，

　　儿身是铁汉百炼钢。

　　恨突厥无故犯边防，

　　杀人放火把民伤。

　　你儿生来有胆量，

　　有志为国上沙场。

　　尊声爹爹勿愁怅，

　　病好与儿教刀枪。

　　舞罢青萍精神爽，

　　问爹爹你看儿武艺可强？

弧　（唱带板）

　　我儿武艺真精巧，

　　　　不由老夫喜眉梢。

蕙　　爹爹，你看我妹妹的武艺如何？

弧　　兰儿的武艺果然长进得多了。

兰　　母亲，我爹爹说儿的武艺长进得多了，你看儿当得了个大将？

母　　你真是胡说，女孩儿人家，怎能当大将呢？

弧　　儿呀，你今天怎么这样的高兴呢？

兰　　儿因你老人家，病体初愈，忧闷不乐，故而舞剑，以消爹爹之忧闷也！

　　（唱摇板）

　　　　念爹爹体衰年纪老，

蕙　　　　终日愁闷锁眉梢。

兰　　　　女儿舞剑助热闹，

蕙　　　　原为二老解心焦。

弧　　　　可喜我儿性至孝，

母　　　　我儿的武艺果高超。

蕙　　爹爹，你与我妹妹将骑射再指点指点。

弧　　好，为父就与她指点指点，兰儿随着父来。

　　正是：突厥为患犯边城，（下）

母　　　　无人奋勇退敌兵。（下）

蕙　　　　但愿二老多康健；（下）

兰　　　　改扮男装代父征。（下）

第五场　遭困

登场人物：武屏藩，张龙，赵虎，李英，王熊，突厥王，四番将，八番卒，四龙套。

　　[张龙、赵虎上，跳架子。

张　　（念）忆昔当年排战场，

赵　　（念）如同猛虎下山冈。

张　　（念）今日同心把敌抗，

赵　　（念）誓灭强寇固边防。

张　赵　元帅有令，校场点兵，将兵点齐，回头一观，元帅来也，（四龙套、李英、王熊引武屏藩上）参见元帅。

武　　免！将兵可曾点齐？

张　赵　齐备多时，等候元帅传令。

武　　传令下去，兵发祁连山。

张　赵　来呀，兵发祁连山。（起兵转圆场突厥王率众对头）

突　马前来的你是武元帅?

武　你是突厥王?

突　然也!

武　突厥王，尔国无端挑衅，侵我边疆，是何道理?

突　武元帅，孤家出兵，一心要灭中华，统一天下，君若能归顺孤家，不失封侯之位。

武　突厥王，本帅生来忠心赤胆，岂肯降你，今日相逢，誓灭你这强梁。

突　哇!孤家与你好好讲话，为何恶言伤人?

武　慢说恶言伤你，手中宝刀要杀你这番王，与我死难百姓报仇。

突　休得无理，来呀，杀!（开打番败下，武追下，突厥王上布阵，武率众入阵被围）来呀，将祁连山团团围住，孤要活捉武屏藩了。

（唱）团团围定祁连山，
孤要活捉武屏藩。（分下）

第六场　别家

登场人物：花弧，花木兰，花母，花木蕙，花木棣，差官，地保。

弧　（上唱软音慢板）

人到老年多病患，
秋风吹面遍体寒。
胡须条条雪霜染，
膝下无有大儿男。
恨突厥残暴又凶悍，
率众进犯我中原。
名城雄关被强占，
杀人放火扰闾阎。
沦陷百姓遭大难，
携男抱女逃外边。
我国守将无力战，
孤军坚守嘉峪关。
元帅军书到州县，
征兵为国杀敌番。
老夫虽年迈有肝胆，
情愿带病到军前。

（坐白）老夫花弧，前曾身入军籍，自从归田之后，务农为生。哎!月前大病一场，幸得妻女多方调护，渐渐复好，不幸昨日又风寒，军情紧急，使我不能早日上阵杀敌，叫人好不心急也！

（接唱）

大病初愈未复原，

不料昨日又冒寒。

母　（上唱带板）

秋风秋雨天气凉，

夫君带病到草堂。

（白）你病后身体还须小心保重。

弧　无妨。

棣　（上）爹爹，爹爹！

母　棣儿，你在哪里玩耍，看你头上的汗。（花母与棣擦汗）

棣　爹爹，又有个送信的来了。

弧　现在哪里？

棣　快要到咱家里来了，爹爹，他是个做什么的？

弧　儿呀，那是公差，他是来征兵去打敌人的。（公差地保上）

差　（念）鸡毛文书急，要把兵调齐。

地　花弧在家没有？（花弧开门棣随父后看）

弧　呵！原是上差到了。

差　到了，老将军，元帅三次有令，所有征兵，即日起程，军营应卯，不得有误。

弧　好，我准备起程，上差请到草堂吃茶。

差　军令在身，不便久留，请了。

弧　请了！（差保下）

棣　爹爹，你上阵杀贼，我也要去。

弧　哎，你如何去得？

母　哎，你若大年纪，怎能阵前交锋，这是千万去不得的。

弧　娘子说哪里话来，想为国效命，人人有责，倘若个个贪生怕死，只图安乐，可知国破家亡之后，全国老少也难保全，你再不要多管我的事，我是一定要去的，快快与我收拾行装去。

母　是！（闷闷地下）（木兰男装上）

兰　军情紧急，换戎装代父从军。（进门）

上面想是花老将军，见礼了！（花弧闷坐听得有人，惊看）

弧　哦哦，还礼了，未曾远迎，多得有罪。

兰　好说，来得冒昧，还请老将军原谅。

弧　岂敢，看茶。（棣凝视兰，花弧看像女儿木兰，不敢冒认，心甚怀疑）

呵！面熟得很，请问将军贵姓？

兰　在下姓木，应征投军，路过宝庄，久闻老将军大名，因而拜访，来得鲁莽，未能先事报知，有罪之至。

弧　好说，好说！

棣　请茶，（棣看像他姐姐给弧说）爹爹，他有些像兰……

弧　不要胡说，下去！（棣一边看一边笑退下）

兰　老将军何日动身？

弧　大约今天，木将军光临，定有见教？

兰　哎呀老将军，方今国家征兵御侮，小生亦被征选，得见军书，才知老将军此次也要出征，故特相约。

弧　那好极了，尊寓何处，老朽定当走马奉约。

兰　老将军年近六旬，还能亲自出征，可钦，可敬！

弧　好说，哼！可恨突厥，犯我边境，杀人放火，残暴无忌，这样欺人，我怎能坐视不理！

兰　老将军不因衰老而气馁，可比得老当益壮之马文渊。

弧　比不得。

兰　比得！

弧　哎，比不得！

兰　比得，比得！哈哈哈！哎，但是这事生来就是男子作的，女子都是坐享其成，我常替我们男子抱屈。

弧　这事从来就没有女子做过，应该原谅她们，实在她们不能作。（看像木兰不敢直认）木将军，我们的确在哪里见过。

兰　呵呵，我也是那样想，莫非你我有缘，哈哈哈！

弧　嗯，我、我、我想起了，木将军你……

兰　我怎样？

弧　你、你、你好像我家一个人。

兰　像你家哪一个人，嗯，这才奇了！（棣引花母上看）

弧　哎，她如果能像你，我也可以不去亲冒矢石了。（闷坐）

兰　你的话我全然不懂。（坐在一旁）

母　哎呀！

（唱带板）

　　小儿与我讲一遍，

　　来了个将军像木兰。

　　老身偷眼仔细看，

（夹白）哎呀！

　　果是我儿女扮男。

上前忙把女儿唤，

（白）木兰，哎，娘的女儿呀！

弧　哎、哎、哎！谁是你的女儿？

母　（接唱）

女扮男装为哪般？

弧　夫人，你像是发疯了！

母　我清清楚楚，何言发疯？

弧　既然你不发疯，为何将这位将军叫起女儿来了？

母　哎，你真老糊涂了，连自己的女儿都认不得了。

弧　谁是我的女儿？

母　这不是木兰是谁？

兰　爹爹！

弧　你是兰儿？

母　不要和你爹爹再开玩笑了，快快将你爹爹的盔甲脱了去。

兰　我不脱，母亲你让儿穿着。

棣　姐姐，姐姐你差一点把我吓死，哼，你打扮这个样子，好像咱村菩萨庙里那个韦驮，但是我早就看着是你。

兰　哦，你竟然能看出，母亲，你迟来一时，那还有更好看的呢。

母　哼，你真淘气，连大小也不知道，又恰巧遇着这位眼目昏花的父亲。

弧　咦，哈，哈，哈！

兰　老将军请了！小将这里有礼，爹爹你看像不像？

弧　很像！很像！

兰　这个样儿可以了吗？

弧　可以了！可以了！

兰　过得去？

弧　过得去。

兰　如此儿便去也。

母　你向哪里去？

兰　儿替爹爹从军去。

母　胡说，那你都能去吗？

弧　是呀，那你都能去吗？

兰　爹爹方才不是还说去得。

母　哼，这个女子不得了，你爹爹不过说你扮的过得去，快将那盔甲脱了去！

兰　哎呀母亲，你看我爹爹年老多病，儿怎忍眼见白发老亲去上战场，儿更何忍目睹孤苦母亲以泪洗面，父无大儿，女无长兄，该叫何人替父从军，母亲呀，你准儿去吧。

母　我不准你去！
兰　母亲，你准了好。
母　你休多说，我不准你去！
弧　儿呀，你为国为亲，有此胆量，怎奈你是个女孩人家，不去着好。
兰　爹爹，儿去得，儿此去，不但要保卫国家，儿我还要救自己，母亲呀，你准儿去吧！
母　再休胡说了！（哭）
兰　这个？
（唱二倒板）
叫母亲勿悲痛容儿细禀。
（白）爹娘请坐了！
（唱慢二六）
从军之事诉娘听。
你儿生来血气勇，
随父读书练刀弓。
每日晨昏亲定省，
书香剑影乐融融。
自耕自织过光景，
举家欢聚享太平。
可恨那突厥犯边境，
烧杀抢劫逞残凶。
朝廷惊慌下诏命，
军书卷卷有父名。
想我父年高气衰老态龙钟两须如霜，多、多疾病，
怎能万里去长征？
可叹儿弟年幼中，
木兰生来无长兄。
儿愿为国去效命，
儿愿替父去从征。
此去要把边乱定，
为国为民争光荣。
望二老不必再伤痛，
（白）母亲呀！（接唱）
请你应允放儿行。（跪下乞求）
母　哎呀儿呀！（扶木兰起，兰哭）
（唱带板）

木兰讲话理欠通，
听娘与你说分明。
古今来都是男儿荷戈去从戎，
哪有个女孩人家能当兵。
况军营尽是壮男多骁勇，
女孩儿怎能冲锋陷阵同他一般把贼平。
劝儿不要太任性，
劝儿不要越礼行。
虽说是扫荡敌寇保卫国家人人应效命，
怎奈儿是个女花童。
自古道男女有别圣人礼教须尊重，
安心纺织作女红。
快将那盔甲卸去换上罗裙重把云鬓整，
想要从军万不能。

弧　哎，哎！（木兰花母闷坐两旁，蕙上）

蕙　（唱带板）
耳听得上房嗓闹声，
急忙前去看分明。
（白）妹妹，你穿得整整齐齐还不走，坐在这里做什么呢？

兰　姐姐，母亲不许妹妹从军，姐姐何不好言相劝？

蕙　待姐姐去劝，母亲呀母亲，儿想国破则家亡，国存则家安，母亲今不许我妹妹从军杀敌，若果敌人一拥杀来，那时国家灭亡，全国百姓遭难，大家的性命还能保吗？

母　这个，哎苦呀！

弧　哎，我儿忠孝之心，为父晓得也就是了。

母　是呀，你父知道我儿的孝心也就是了。

兰　爹娘，儿的去心已定，若不放儿前去，儿要碰死阶前。

蕙　妹妹莫可！（花弧花母惊慌急挡）

母　儿呀，你既要前去，等候明天再作商量。

兰　母亲，军情紧急，儿即刻就要走，儿在家多留一刻，突厥就要多害一刻百姓。

弧　哎，也罢，我儿既有如此胆量，为父也不忍阻挡于你，待为父去到西市与你备办弓箭鞍鞯便了。

兰　爹爹，那些东西儿早已办妥了。

母　哼，你真淘气！

兰　爹娘请上受儿一拜了！

（唱七锤）

儿此去千万里归期难定，
免不得二爹娘珠泪淋淋。（叩头）

弧　难得儿为国家去把忠尽，

母　一路上冒风霜须要小心。

弧　倘若是狼烟息边疆平稳，

母　切莫作封侯想早回家门。

兰　（唱带板）

二爹娘金玉言孩儿谨遵，
恕你儿不孝罪难奉晨昏。

蕙　妹妹！（哭）

兰　（接唱）

回头来叫姐姐不必悲悯，
小妹妹有言语请记在心。

蕙　妹妹有何话讲？

兰　姐姐，妹妹此去，未知何日才回，二老上边，全仗姐姐多加照应。

蕙　那是姐姐应尽之责，何劳妹妹嘱咐，妹妹此去，应当处处小心，保重身体。

兰　妹妹记下了。

棣　姐姐，你是上阵杀贼去吗？

兰　弟弟，姐姐去后，你在家好好念书，不要叫二老生气，以后在二老面前，千万不要提起姐姐，免得爹娘伤怀。

棣　那我晓得。姐姐，你上阵杀贼，可莫要这样。（学女子走木兰瞅棣笑）

兰　请爹娘保重身体，儿就此去也！

母　待为娘送儿一程。

兰　爹娘莫可，若被外人瞧见，反为不美。

弧
母　如此，我儿一路须要小心。

兰　孩儿遵命了！

（唱带板）

想人生要有那英雄胆量，
我虽是闺阁女志气刚强。
急忙忙辞爹娘离了堂上，

（向父母拜揖）

棣　我与姐姐牵马去。

（下带马上木兰上马）

兰　　（接唱）

　　　　到阵前杀强敌永固边疆。

　　（向父母作别笑下）

弧　　见女儿扮男装从军上阵，（下）

母　　儿远行教为娘怎不操心。（下）

蕙　　贤妹妹乘马上真个猛勇，（下）

棣　　长大了我也要当个英雄。（亮像下）

第七场　结伴

登场人物：黄福、李勇、孙山、周振、赵能、徐前、张宁、刘忠。

众　　（上唱浪头）

　　　　一路同行结伴侣，

　　　　为国勇敢杀强敌。

忠　　众位，可恨突厥，来犯我邦，我们奉命，军前听点。

山　　众位，你们将家事可曾安排妥当？

忠　　哎，家事倒没有什么，我就是丢心不下我的媳妇。

福　　哼，这是众位，你看敌人太得凶横，杀我们的百姓，烧我们的房屋，还要奸淫妇女，我们为报仇雪恨，勇敢去杀敌人，要把家庭摆得脱，妻子丢得下才是。

众　　好啊，我们不留恋妻子，不顾虑家事，同到阵前杀敌。

福　　哼，就是你一个人丢不下媳妇。

众　　嗯，你真没出息！

忠　　众位呀，我方才所说，丢心不下我的媳妇，这不过和大家开开玩笑，你们怎么当起真的来了？

众　　不要多说，我们赶路要紧。

福勇　　（唱带板）

　　　　为杀敌别妻又抛子，

山振　　把家事且莫在心里。

前能　　只要大家齐奋起，

振忠　　怕他强敌是怎的？（同下）

第八场　征途

登场人物：花木兰，黄福，李勇，周振，孙山，赵能，徐前，张宁，刘忠。

兰　（上趟马唱浪头）

替父从军来远征，
木兰浩气贯长虹。
朝辞爹娘背乡井，
奋勇催马入兵营。

（白）俺、花木兰，自从辞别爹娘，一路行来，风餐露宿，戴月披星，过了黄河，又渡黑水，回首家乡，已被白云遮住，耳边厢只闻河水潺潺，二老爹娘唤女之声，已是听不到了。哎！还是国家大事为重，哪里顾得许多呀！

（唱浪头）

离家征途时未久，
早渡过黄河黑水头。
这一厢霜林似红绣，
那半壁胡骑声啾啾。
只听得深山寒溪吼，
并不闻双亲唤女声音柔。
但愿得此去边关冲锋陷阵斩敌首，
不承望挂印又封侯。

（白）且住，走来走去，不知走了多少路程，这才是万里赴戎机，关山渡若飞。朔风传金柝，寒光照铁衣。哎呀，前面有一队人马，我不免打马赶上前去。（接唱）

保卫国家心甚急，
军营报效犹恐迟。（下）

［八征兵上。

众　（唱浪头）

急急忙忙往前奔，

兰　（内白）众位慢走。

众　背后不知是何人。

兰　（内白）众位等着。

众　后边有人唤声紧，
等他到来问原因。

福　众位，后边有人，飞马追来，想必也是往军营去的，我们等他一路同行。

众　　好，我们等他一等。

兰　　（唱浪头）

　　昼夜兼程到前阵，

　　众位必是从征人。

（白）列位请了！

众　　请了！

兰　　列位敢是往军营去的？

众　　正是的。

兰　　在下也是要往军营，正好一路同行。

众　　如此甚好，敢问壮士尊姓大名，哪里人氏？

兰　　在下姓花名弧，乃陕西延安尚义村人氏。

众　　原是花壮士，失认了。

兰　　好说。

众　　我们一路同行，彼此也就不觉寂寞。

兰　　请问众位是哪里人氏？

众　　我们都是延安的征兵。

兰　　呵，原来是同乡。

众　　正是同乡。

兰　　失敬了。

众　　好说。花壮士，我们此番临阵，还须彼此照应才好。

兰　　那是自然。众位壮士，此处离大营不远，我们赶上前去。

众　　请！

（唱浪头）

　　为国杀敌要奋勇，

兰　　自觉胆壮心更雄。

众　　大家催马莫稍停，

兰　　前边不远是大营。（急下）

第九场　应卯

登场人物：张龙，赵虎，花木兰，黄福，李勇，孙山，徐前，张宁，赵能，周振，刘忠，四卒，差官。

［兰及八征兵上。

张　　（唱浪头）

　　元帅被困无力救，

赵　　征兵不到日夜愁。

张　　眼望京师时翘首，

赵　　何人能灭敌固金瓯。

兰　（念）骏马锦鞍梨花枪，同仇敌忾赴战场。

众　已到大营，烦花壮士上前通报。

兰　遵命，请烦传禀。

差　何事?

兰　我们是延安的征兵，前来听点。

差　少待。报，延安征兵到。

张
赵　怎么征兵到了?

差　是的，征兵到了。

张
赵　征兵到了，这就好了，快快命他们进来。

差　是，命你等进见。

众　告进，参见将军。

张
赵　站立两厢，报名上来。

福　黄福。

勇　李勇。

宁　张宁。

能　赵能。

前　徐前。

山　孙山。

振　周振。

忠　刘忠。

兰　花弧。

张
赵　众位壮士，随我校场比武，再好编队听用了。

（唱带板）

请众位后帐内先谈战略，

校场上演武艺比试几合。（众下）

第十场　解围

登场人物：武屏藩，李英，王熊，赵虎，张龙，四卒，花木兰，黄福，李勇，张宁，徐前，孙山，赵能，周振，刘忠，突厥王，四番将，八番卒。

武　（上唱苦音慢板）

一溪清流环山绕，
初冬树木叶零凋。
恨突厥国王性残暴，
占我边关杀同胞。
本帅兴师把敌讨，
误中奸计被围包。
每晚各营去巡哨，
要与士卒共苦劳。
二将掌灯前领道，

（转带板）

迈开大步过小桥。
满营灯火光四照，
将士不敢解战袍。
可怜他日间山林把食找，
晚间瞭望去登高。
整日不能得一饱，
个个憔悴面枯槁。
孤军被困心如捣，
焦思苦虑发煎熬。
将本帅须发愁白了，
想不下妙计灭贼曹。
三万人马无粮草，
无力鏖战动枪刀。
三日救兵若不到，
全营将士命难逃。

[四卒上。

卒　参见元帅。

武　众位兄弟们，快快站起来。

卒　谢元帅。

武　你们日间劳苦，不得一饱，应该早些休息才是。

卒　元帅，我们身体虽然有些困乏，肚子虽然饥饿，但是我们杀敌的勇气，却是十分充足的。

武　哎呀好！兄弟们为国效命，忘其劳苦这种勇敢精神，真叫人万分敬佩也。

（唱七锤）

众将士奋勇把敌抗，
忘却劳苦饥饿肠。
有此忠勇保国将，
何愁敌寇不灭亡。
正讲话忽听得人声嚷，

（唱尖板）

必是敌兵攻山岗。
叫众将奋勇把敌挡，
拼性命和敌战一场。

突　哪里走！

［突厥王四番将八番卒上开打，武屏藩二将败下，突厥王原人追下，张龙赵虎率八征兵花木兰穿场下。

武　（内唱尖板）

突厥贼犯祁连一场恶战，（跑圆场勒马转盘）

（唱榻板）

众将士效忠勇恐后争先。
只杀得烟尘起月色惨淡，（战二番将败下）

（唱尖板）

只杀得血成渠尸堆如山。
怒冲冲执宝刀把敌杀斩，（斩一番将跌马下）

（唱尖板）

胭脂驹倒地上无力向前。
猛回头见敌酋后边追赶，
弃坐马抖精神步战贼番。

［突厥王上战，武屏藩倒地，木兰上接打，突厥王败下，四番将上与木兰接打，黄福李勇张英孙山上接打，木兰下，突厥王上擒黄福李勇，木兰上接打，突厥王等败下，木兰听有人声救武屏藩。

兰　元帅醒得！

武　（接唱）

昏沉沉忽听得有人呼唤，

（白）小将何人！

兰　小将花弧，乃延安新到的征兵。

武　　哎呀，真是难得，小将军随本帅回营与将军贺功了。

（唱浪头）

好一个英勇善战忠良将！

兰　　蒙元帅多夸奖怎敢承当。（四卒带马上）

武　　小将随本帅并马回帐，（上马下）

兰　　不生擒贼番王不见爹娘。（上马下）

第十一场　劝　降

登场人物：突厥王　四番将　八番卒　黄福　李勇

突　　（唱浪头）

攻关夺宅无不胜，

只望一朝把敌平。

前遇小将甚勇猛，

连年战争不成功。

来啊、将擒来那两个奴才带上来，

卒　　得令！（下）

福
勇　　（内唱尖板）

祁连山与敌兵一场大战，

（上转榻板）

我中华好男儿奋勇当先。

突重围救元帅真道凶险，

勇　　里与外相结合困敌中间。

福　　只杀得突厥兵东逃西窜，

勇　　只杀得突厥兵叫苦连天。

福　　只杀得突厥王亡魂丧胆，

勇　　只杀得突厥将弃甲丢冠。

福　　众好汉拼性命将贼追赶，

勇　　中奸计身被擒受尽磨难。

福　　今日里贼番王将我传唤，

勇　　要我降除非是日出西山。

（转尖板）

雄赳赳气昂昂去把贼见，

（进帐接唱）

挺着身站立在牛皮帐前。

突　吠，胆大的黄福李勇！见了孤王为何立而不跪，该当何罪？

福勇　住、住、住了！你非我主帅，我非你部将，我跪你是怎的！

卒　跪了！

福勇　不跪！（*左右踢*）不跪！

突　且便由他。（*离座左右看福勇*）这是二位将军，想你二人，身被孤擒，时已数月，孤王差人相劝将军投降，二位将军定是愿降的。

福勇　不愿降！不愿降！

突　孤爱将军忠勇，还是降了着好。

福勇　不降，不降，不降！

突　将军不必恼怒，将军若果降了孤王，攻打中国，孤王坐了中国皇帝，二位将军就有王侯之位。

福勇　哼、哼！

突　还请二位将军三思，不要错了主意。

福勇　唗！想你我两国，各守疆土，相安无事，谁是你自恃兵强将悍，无故率军侵犯我邦，屠杀我人民，抢占我疆土，只恨我不能食尔之肉，喝尔之血，寝尔之皮，抽尔之筋，方消我心头之恨也！

（**唱七锤**）

两国相安守疆土，
你不该侵犯我版图。
要杀开刀吃张口，
绝不肯学反叛将贼来投。

突　大胆！

（**唱带板**）

奴才帐前骂破口，
气的孤恶火上心头。
怒冲冲抽剑斩尔首，

福勇　你杀，你斩，你杀！

突　哎呔，

还有好言将他求。

劝将军投降勿迟后，
孤赐你宝马衣轻裘。

福勇突　休拿好言将我诱，
中华男儿不事仇。
你国将士无力斗，
孤要一马踏神州。

福勇　我国军威尚雄厚，
怎肯叫狂敌伤金瓯。

突　孤王大军甚雄厚，
投鞭可断黄河流。

福勇　我国军民齐御寇，
要设良谋擒贼首。

突　孤王待将恩义后，
早投降封你万户侯

福勇　番王说话太荒谬，
我不愿投降愿断头。

突　亡国奴不如丧家狗，
怎敢倔强不低头。

福勇　项带铁索手带肘，
我要打死你这个老狗头。

突　（唱尖板）
败将已成阶下囚，
还敢猖狂将孤殴。
（白）来啊，将这两个奴才推出斩首！

将　慢、慢、慢着，大王！依末将之见，不如将这两个奴才吊在空中，用皮鞭拷打，不怕他不降。

突　好，来啊，命你们将这两个拉下去，吊在空中，皮鞭拷打，若不结实打，孤要杀了你们。

卒　遵命。

突　拉下去。（四卒带福勇下）

福勇　哼、哼！

突　哎！孤王多年征战，不能踏平中国，叫孤好恨！

将　大王，末将有一计，管保成功。

突　将军有何妙计？

将　大王，敌军这次得胜，夜间必不提防，今晚早餐战饭，三更时分，前去偷营劫寨，大功必成，请大王定夺。

突　　妙计，妙计！众将听令，今晚早餐战饭，三更随孤偷营劫寨，不得有误。

众　　得令！（分下）

第十二场　释　囚

登场人物：四番卒，黄福，李勇。

甲　　（念）有恩须当报，

乙　　（念）不做负心人。

甲　　伙，你看中国将我国将士擒去，发给银两放回，我们大王将中国将士擒来，打骂劝降，不降就要杀害，心肠太毒辣了。他们今晚去偷营，叫我们拷打这两个小将，我的心里有些打不下去，但是不打大王就要杀我们，这怎么办呢？

甲　　不要高声，依我之见，不如趁这个机会，先将中国那两个小将放走，然后我们再看事行事，你看如何？

乙　　好，咱们就这样办。

甲　　正是：二人暗定放虎计，

乙　　料他神鬼也难知。

［分下，甲同丙上乙同丁上耳语，丙丁低头应允左右巡哨甲乙下带黄福李勇上扎开手助耳语，黄福李勇感激叩谢用三押腔分下。

第十三场　巡　哨

登场人物：花木兰，四卒。

兰　　（内唱尖板）

怜亲病替父征离乡背井，

（上转唱榻板）

奉将令去巡哨戴月披星。

到军营只听得战鼓震动，

听不见二爹娘呼唤女声。

在军营女孩儿担心受惊，

唯恐怕露破绽笑语丛生。

为国家战祁连奋不顾命，

为国家经百战累建奇功。

大雪止天初晴更深夜静，
唯恐怕突厥贼前来偷营。
（白）是我自到军营，身经百战，屡建奇功，元帅十分器重。今晚大雪初晴，奉命巡哨，众弟兄，随我巡哨一回了！
（唱浪头）
北风起严霜降天寒地冻，
奉军令巡防地侦察敌情。
抬头看漫天星明月如镜，（鸟飞鸣）
（惊白）哎呀！
又只见飞鸟过令人心惊。
（白）呵！夜深人静，飞鸟自北而来，是何缘故？嗯，明白了！来啊，速回大营。正是：
忙将机密事，报与元帅知。（急下）

第十四场　陈　策

登场人物：武屏藩，花木兰，张龙，赵虎，孙山，徐前，
赵能，张宁，周振，刘忠，四龙套，差官。

武　（上念）夜半胡笳静，谨防突厥兵。
兰　（上念）夜半更深宿鸟起，其中必定有戎机。
参见元帅。
武　花将军进帐何事？
兰　禀元帅，今晚定有番兵前来偷营，望元帅早作准备。
武　将军何以见得？
兰　元帅，小将奉命巡哨，忽见一群飞鸟，自北而来，必是番兵前来偷营，一路马蹄声响，才把林鸟惊起，望元帅详查。
武　将军言之有理，众将进帐。
差　众将进帐。
众　（上）参见元帅。
武　众将听令。
众　在！
武　今晚番兵定来偷营，众将各带本部人马，四下埋伏，待番兵到来，团团围杀，不得有误。
众　得令！（下）
武　花将军听令。

兰　　在！

武　　速带五百铁骑，埋伏西谷之内，放过番兵，乘机去到嘉峪关，夺取番营，不得有误！（下）

兰　　得令！（下）

第十五场　荡　寇

登场人物：突厥王，四番将，八番卒，花木兰，黄福，李勇，四卒，孙山，徐前，赵能，张英，周振，刘忠。

［突厥王率四番将八番卒上，左右就地偷听，一个传一个叫准备杀。

突　　来啊，杀！哎呀！怎么是一座空城？四面必有埋伏，来啊收兵。（孙山等上开打，突厥王败下，孙山等追下。木兰率四卒上，攻城，守军放箭，木兰连中数箭，拔箭力战，黄福李勇上城杀死守军，开城合战，突厥王率众返回接战，木兰擒突厥王）

兰　　来呀，飞马去报元帅，就说嘉峪关已得，番王被擒，速去勿误。

卒　　得令！（下）

兰　　众将官，押定番王，进城之后，必须保护百姓，不准妄动民间一草一木，违令者斩！凯歌进城。（木兰伤疼看城已得笑进城）

武　　（上念）众将能奋勇，扫灭突厥兵。

本帅武屏藩，花将军坚毅勇敢，力擒番王，不幸身中数箭，未知伤势如何，不免前去探视一番。来啊，催马。（同下）

第十六场　探　病

登场人物：花木兰，武屏藩，黄福，李勇，孙山，刘忠，四龙套。

兰　　（上唱拦头）

昨日里嘉峪关一场大战，
擒番王扫狼烟好不喜欢。
欠防范左右臂连中数箭，
在军营日长久恐露机关。

武　　（上接唱）

一战功成灭突厥，
为国为民将仇雪。

兰　　元帅到了。

武　到了。
兰　参见元帅！
武　免礼坐了！
兰　谢座！
武　花将军箭伤如何？
兰　今日伤口有些发作，谅不妨事。
武　将军擒了番王，夺下营寨，真乃奇功。
兰　不敢，功在元帅运筹指挥与全军将士奋勇杀敌，末将区区小功，何足道哉？
武　将军过谦了。
兰　元帅过奖。
武　这是花将军，如今边疆平定，本帅即日修表进京，奏明圣上，为将军升官加爵。
兰　哦！（很惊的）
武　将军少年英俊，功在国家，本帅有一小女，尚未许人，愿许将军为婚，未知将军意下如何？
兰　这个，哎呦！小将箭伤发作，至于升官许婚之事，容后再议。
武　如此，将军珍重，本帅去也。
（唱浪头）
好一个花将军少年英俊，
为国家经百战建立功勋。
但愿得伤势好再将婚论，
只因为好将难求快婿更难寻。
兰　送元帅。（武上马）
武　免。（笑下）
兰　（唱紧摇板）
武元帅他真乃老诚忠厚，
为女儿竟将凰错当凤求。
（白）哎，想我花木兰，替父从军，在外一十二载，幸喜番王就擒，边疆平稳，元帅回朝，必然论功行赏，升官加爵，况且元帅还要将爱女许我为妻，这如何是好？这，这，这倒怎了？呵，有了！我还是回朝之后，见了天子，不受赏赐，不作官职，乞恩还乡，岂不省去多少烦恼，嗯，我便是这个主意了。
（唱摇板）
立意请求回故里，
不图富贵和官职。

福勇 （上唱带板）

花将军立奇功负伤甚重，

忠振 去探病叙一叙弟兄友情。

众 花将军，花将军在……

兰 众位到了，快快请进。

众 花将军箭伤如何？

兰 哎，伤口小愈，有劳众位了。

众 好说。

兰 请坐。

众 有坐，花将军，我们今日前来，一为探病，二为贺喜。

兰 这个，我有什么喜，敢劳众位来贺。

众 哈哈，他倒装起傻来了。

忠 老弟，你大喜了，什么我都知道，你以为我糊涂，我老刘对这点可不糊涂，元帅说回朝之后，一为你升官，二为你成亲，这门亲事，还是我的媒人，这喜酒可得扰你几杯呀。

兰 哎，哪有此事。

福 贤弟，恭喜你和那位武小姐，可真算得个英雄美人，郎才女貌，天生一对，地设一双，叫人羡慕极了，我先为贤弟恭喜恭喜，再恭喜。

兰 仁兄，你怎么也取笑为弟来了。

福 我诚心恭喜，怎说取笑？

众 我们也与花将军恭喜，恭喜你将好媳妇已定下，恭喜你杀敌立功享荣华。

兰 众位取笑了呀！

（唱带板）

众位不要取笑咱，
小弟言来听根芽。
杀敌立功保华夏，
岂是为了享荣华。
家中已将妻定下，
停妻再娶理欠差。
幸喜敌平干戈罢，
回朝后乞恩转回家。

福勇 （唱摇板）

十二载你妻怎能不再嫁，

不知如今在谁家。

兰　我的妻能敌千军并万马，

不比寻常女儿家。

忠　她既能抵抗千军并万马，

振　还要咱男子作甚么。

兰　她冲锋陷阵功劳大，

请众位休要小看她。

福　你休夸她的功劳大，

勇　我们却没见过她。

忠　老弟不要说谎话，

振　你快把亲事应下吧。

众　你不作官不成家，

你真是个大傻瓜。

忠　老弟呀，你说你杀敌是保卫国家，不是为享富贵荣华，这我老刘佩服你。可是，你说你家里已定下媳妇，我可不相信，这十几年来，好像没有听见你提过。

兰　哎，十几年来，都以征战为重，提这小事作什，倘若众位不信，日后请到舍下一见便知。

众　好好，以后我们定要到你府上看看你的媳妇。

福　贤弟，若果你真是有了媳妇，那么把这门亲事，不如让给我吧。

忠　对了，对了，瞧你的那个德行，让给你还不如让给我。

福　你比我还能强多少？

忠　是呀，不说，不笑，不热闹。

众　花将军箭伤初愈，须要好好将养，不可过劳。

兰　多谢众位关怀。

众　好说，花将军，你早点休息，我等告辞。

兰　请便。

众　花将军，婚姻之事，还请斟酌斟酌，不要错了主意。

兰　为弟主意已定。

众　告辞了。

福　（唱带板）

花贤弟你请在为兄告退。（下）

勇　到明日随元帅凯旋回归。（下）

振　回朝后结婚姻锦衣归里，（下）

忠　好事成别忘了是我作媒。（下木兰笑下）

第十七场　凯　旋

登场人物：武屏藩，花木兰，黄福，李勇，张宁，赵能，周振，孙山，徐前，刘忠，张龙，赵虎，李英，王熊，四龙套，差官。

武　（上唱浪头）

众将士为国家和敌鏖战，
幸得胜今日里班师凯旋。
一路上众父老来把行饯，
闹嚷嚷男和女笑语喧天。（同下）

第十八场　归　里

登场人物：花弧，花木兰，花母，花木蕙，花木棣，武屏藩，黄福，李英，周振，刘忠，差官，四龙套。

弧　（上唱拦头）

木兰儿代父征为国效命，
擒番王扫狼烟屡建奇功。
十二载经百战边疆平定，
不夸功不受爵不作公卿。
行来在荒郊外我将儿等，
耳听得众亲邻欢呼之声。

兰　（上唱浪头）

两兔傍地急急行，
哪辨木兰是雌雄。
不愿作天子尚书郎，
愿乞明驮还故乡。
正行走来用目望，
见一老丈站路旁。

（白）那边站着一位老人好像是我爹爹。（仔细再看）爹爹，女儿回来了。

弧　你是兰儿？

兰　正是女儿，爹爹为何一人在此？

弧　为父听说我儿得胜回来所以在此等候我儿。

兰　（唱带板）

风和日暖气象新，
父在郊外望征人。（左右看）

　　　　转面我把爹爹问，
　　　　却怎么不见我母亲？
弧　　　全家听到你信音，
　　　　家中喜坏你母亲。
兰　　　儿搀爹爹往回奔，
　　　　一家欢聚笑语亲。
　　（转场）（白）母亲开门来！
母　（上唱摇板）
　　　　忽听得门环扣得紧，
　　　　想是木兰回家门。
　　　　开开门儿仔细认，
　　　　原是少年一将军。
兰　母亲，儿是木兰回来了。（扶母进门花弧牵马下又关门笑嘻嘻站在一旁）
母　哦！果然是我女儿回来了。
兰　母亲，你儿出外一十二载，爹娘身体可还康健？
弧母　我二老倒也安康，只是我儿辛苦了。
兰　母亲，女儿今天回来，应该欢喜，怎么倒伤心起来了？
母　哎，为娘回想，我儿在外一十二载，辛苦受尽，怎不叫为娘伤心！
兰　母亲，女儿出门虽久，但是在万马军中，非常欢乐，母亲，你看女儿身体如何？
母　我儿倒还强健。
兰　请问爹娘，儿的织布机在也不在？
弧母　在呢，在呢。
兰　在呢就好，（向左右看）爹娘，我姐姐弟弟都在哪里？
母　哎，不是我儿提起，为娘倒忘了，蕙儿棣儿快来！
蕙　（上唱摇板）
　　　　老爹爹郊外把妹等，
　　　　未知今日可回程？
棣　（上接唱）
　　　　听姐姐平寇得了胜，
　　　　随大姐上前看分明。
蕙　妹妹在哪里？
棣　姐姐在哪里？（看木兰不敢认很惊怕地向左右退）
兰　姐姐，弟弟，怎么见了我，都害怕起来了？

蕙棣　我简直都认不得你了，怎不惊怕。

棣　姐姐为国平寇，受尽辛苦，真是难得。

蕙　妹妹呀，你在外边，可曾被人看出破绽？

兰　姐姐，你看妹妹这个样子，可像个女子？

蕙　嗯，真是不像，真是不像。

兰　哎哎你看，只管说话，回得家来，还没有给爹娘行礼。

弧母　我儿一路辛苦，不行也罢。（兰跪拜）

兰　儿在外日久，有缺定省，望爹娘恕儿不孝之罪。

弧　我儿替父从军，为国平患，何罪之有？快快站起来。

母　儿啊，你把从军情由对为娘讲个明白。

兰　爹娘请听了！

（唱摇板）

儿从军在边疆立功不小，
救元帅擒番王屡建功劳。
十二年才把那番贼平了，
昨日里随元帅奏凯还朝。
官封儿尚书郎你儿不要，
辞官职回家来侍奉年高。

母　蕙儿，你妹妹受了风霜劳碌，快领她下边歇息去吧。

蕙　女儿晓得，妹妹随着姐姐来。

兰　儿遵母命了。

（唱摇板）

十二载换我女儿貌，

蕙　贺妹妹为国立功劳。（同下）

弧　娘子你看，女儿为国立功，凯旋归来，应当庆贺一番才是。

母　那是当然的。

弧　棣儿，速往后院杀猪宰羊，与你姐姐接风洗尘。

棣　孩儿遵命了！

（唱摇板）

领了父命出前堂，
后院磨刀宰猪羊。（下）

母　移步忙把后堂进，
去看风尘劳碌人。（下）

弧　（唱带板）

一见女儿解愁闷，
不由老夫喜在心。（四卒抬礼物差官引武屏藩上）

武　（唱带板）
看村中好一似桃园美景，
一家家耕和织快乐安宁。

差　禀元帅，来此已是花将军门首。

武　你如何知道？

差　当年征兵就是我来的。

武　如此上前通报。

差　是，开门来！

弧　门外何人？（开门看介）

差　我家大人前来探望花将军。

弧　你家大人是哪一位？

差　就是武元帅。

弧　呵！参见元帅。

武　罢了。老丈，请问花将军是老丈的什么人？

弧　就是哦、哦、哦、那是小儿。

武　原是老将军，失敬了。

弧　岂敢，请元帅草堂待茶。

武　请！

弧　请坐。

武　有坐，老将军，令郎此番平番有功，晋封为平西大将军了。

弧　哦！

武　本帅奉命前来探望与他，再则，本帅有一小女愿许令郎结为百年之好，万望老将军勿却。

弧　这个！

武　不知花将军箭伤可否痊愈？

弧　箭伤已经痊愈。

武　令郎今在何处？

弧　这，哎，只因他中途受了风寒，如今染病在床，不能接见。望大人原谅。

武　哎，真乃不幸，待本帅床前探病。

弧　慢着，元帅不见也罢。

武　本帅远道而来，怎能不见？

弧　元帅执意要见，待小老唤他出来，也就是了。

武　如此有劳。

弧　好说。（出门看笑下）

武　哎，真不幸，箭伤好了，他又病了，来呀！

差　有！

武　将礼盒抬进来。

差　是！（出门招四卒将礼物抬进出门下）

武　哎，真不幸也！

（唱带板）

本帅贺功到延安，
为女儿婚姻挂心间。
实想说早结秦晋了心愿，
谁料他箭伤愈又冒风寒。

（白）哎好奇怪也！

（接唱摇板）

本帅我当面贺喜许亲眷，
那老儿仓皇失措不答言。
莫不是他托故不把我见，
假意儿说将军染病床边。
莫不是怨恨本帅回朝不早将他看，
有莫非怪本帅待将心偏。
低下头暗盘算仔细检点，
一霎时急得人立坐不安。

兰　（内唱二倒板）

开东阁入我临窗帐，

（上唱摇板）

脱战袍着我旧时裳。
理云鬓对镜细照亮，
淡扫峨眉贴花黄。
老爹爹进内对我讲，
言说元帅到我庄。
羞答答去把元帅望，
谅元帅不知将军是女郎。

（白）元帅万福！

武　（看是一女子很惊诧）还礼了，老将军，她是何人？

弧　小女木兰。

武　哎、哎、哎，老将军，本帅急于一见令郎，怎么你将令爱唤出来了？

弧　元帅，这就是追随元帅远征一十二年的花将军，难道元帅就不认得了？

武　呵呵，可怪呀！花将军乃是一位堂堂丈夫，怎么成了一个女子？老将军，这到底是何缘故？

兰　　这！这！哎元帅呀！

（唱摇板）

元帅既要问底事，
听我与你说仔细。
那日木兰当户织，
见有军书来传知。
言道边疆军情急，
调我父从征勿迟疑。
想我父年老病初愈，
深恐一路有差池。
因此木兰扮男子，
保卫国家赴戎机。
一十二载回乡里，
仍然穿上旧时衣。
今与元帅说详细，
望元帅勿奏万岁知。

弧　　哎元帅呀！

（唱摇板）

念花弧在暮年壮心未老，
奈当时染重病难举枪刀。
我的儿木兰女天性纯孝，
扮男子替老朽为国勤劳。
将真情对元帅尚未实告，
乞元帅勿降罪恩同天高。

武　　咦哈哈哈！

（唱带板）

听罢言不由人喜之不尽，
怪不得在军营不肯允亲。
可羡你跨战马冲锋陷阵，
可羡你经百战扫荡胡尘。
擒番王夺营寨边疆平稳，
谁料想八面威风杀敌将军才是女儿身。
为国家立功劳不图官品，
可算得巾帼中第一奇人。

兰　　元帅夸奖。

武　怪不得将军金殿辞官，归里孝亲，本帅今日才如大梦初醒。
兰　元帅，我木兰志在立功国家，一向欺瞒，乞元帅勿罪。
武　本帅不但不敢加罪于将军，还要将此奇事奏明当今。
福　（念）得胜凯旋归，（勇、忠、振随上）
勇　（念）请假探双亲。
振　（念）来到尚义村。
忠　（念）拜访花将军。
众　花将军在家吗？花将军在……呵，元帅在此，参见元帅。
武　少礼，见过花将军。（四人左右看）
众　哪是花将军？
武　这就是花将军。
众　什么花……不是的！不是的！
武　他就是替父从征的花将军。
众　哦！怎么同行一十二载，我们丝毫也没有看出。
武　当日他女的扮男的，你们没有看出，如今他男的扮女的，你们看出来了没有？
众　我们都没有看出。
武　哎！不但你们没有看出，就是本帅我，也未曾看出，还不上前见过。
众　哎。真奇怪也！
福勇　（唱摇板）

这件事儿真奇巧，

振忠　倒教我等不明了。

福勇　十二载军前曾报效，

振忠　全身披挂威风高。

福勇　跨马持枪把敌讨，

振忠　奋勇力战胆气豪。

福勇　幸喜敌平胡尘扫，

振忠　得胜凯歌还了朝。

福勇　　这种事儿出意料，

众　　实不知杀敌将军原是女窈窕。

（白）参见花将军。

兰　　还礼了。

众　　花将军，你在军营曾说，我们到你府上的时候，叫我们看看你的媳妇，你的媳妇在哪里，请出来，叫我们大家看看。

武　　取笑了，哈哈哈！

弧　　元帅，可笑我儿木兰，回得家来，只说了三言两语，便问她的织布机在也不在。

忠　　元帅，我想花将军征战有功，荣耀还乡，这富贵荣华也就享用不尽，从今后这个线吗，也就不必纺了，这个布吗，也就不必织了。

兰　　哎，刘将军！

（唱带板）

刘将军讲的哪里话，

（转摇板）

听我与你说根芽。

我木兰为国万里长征将敌杀，

岂是贪图享荣华。

辛喜得番王就擒干戈罢，

辞官孝亲转回家。

不作官才卸连环甲，

从今后孝亲纺织在家下。

武　　（唱带板）

她讲的尽是有理话，

果然她不是平常女儿家。

众　　为国杀敌功劳大，

既不骄傲又不夸。

武　　是这样巾帼英雄人惊讶，

大家必须仿效她。

弧　　众位请到草堂欢宴。

众　　请！（同下）

——剧终——

（说明：以上内容录自长安书店出版《木兰从军》，1955 年 3 月第一版。）

冯杰三与秦腔（下）

冯省行　杨献农　杨　锋　主编

中国戏剧出版社
CHINA THEATRE PRESS

目　录

下

冯杰三秦腔剧作选

冯杰三戏剧服装设计成就

悼念冯杰三先生

天门阵

第一场 解 围

登场人物：萧天佐、韩延寿、杨延昭、焦赞、孟良、岳胜、
四辽将、四辽兵、四宋兵、宋王、赵德芳、王钦若

（战鼓声中，辽兵攻城喊杀开幕）

天 众将官奋勇攻城。

众 喝！

卒 报，杨延昭率众杀来，我军左营败退。

天 再探。

卒 报，我军右营被杨延昭杀得大败而逃。

天 再探。众将官，随本帅迎敌。

孟焦 哪里走？（开打，杨延昭上。萧天佐率败兵狼狈急下）

杨 追杀，（焦、孟追下，赵德芳上）

卒 我军全胜，敌兵败走，澶州之围已解。

杨 再探。

芳 妹丈，幸喜澶州围解，待本御进城面奏万岁，复你官职。

杨 有劳贤爷。（芳下）

岳 禀元帅，敌兵丢盔弃甲，狼狈而逃。

焦孟 禀元帅，辽兵损伤大半，抱头鼠窜，我军得到敌兵粮草、马匹、武器不计其数。

杨 吩咐我军，就在此处安营下寨，待我修本见君，请求乘胜追击，收复失地。

正是：北辽累犯侵边关，誓扫胡尘复中原。（下）

宋 （念）幸喜澶州已解围，反使孤王心怀疑。

这是御弟，杨延昭已革职，今天怎能统兵救驾。

芳 皇兄有所不知，臣弟因我朝将士，无力抗辽，万岁被围，危在旦夕，是我无奈黑夜突围回京，搬来杨延昭，杀退辽兵。

宋 呵，原来如此。

芳 请皇兄降旨，复杨延昭官职，命他杀敌保国。

宋　就请御弟带了金印紫袍，仍复杨延昭兵马元帅边关招讨之职。
芳　遵命。（下）
内　禀万岁，杨元帅有本。
宋　呈上来。
王　恼恨杨延昭，上本将功邀，参见万岁。
宋　爱卿平身。
王　谢万岁。启奏万岁，杨延昭上本，请求进攻辽兵，未知万岁意下如何？
宋　孤对此事，正在疑虑，我卿有何高见？
王　万岁，辽帮兵精粮足，不可轻敌，况杨延昭为人，骄傲自满，此次偶有小胜，便想进攻邀功，万一战败，岂不连累万岁爷家锦绣河山。
宋　依我卿之见……
王　依臣之见，不如乘胜向敌求和，敌必欢然允许，免得两国再动刀兵。
宋　我卿所奏，甚是有理，王爱卿听旨，命我卿速往辽营，议和勿误。（下）
王　为臣遵旨。（下）

第二场

登场人物：萧天佐、韩延寿、四辽兵、王钦若。

天　（念）兵败如山倒，大功已全抛。
延　　　失地亡军马，怒气实难消。
　　元帅，今日一战大败，我军丧胆，想不到杨延昭又来和我们作对。
天　哎，中原重整军威，必然乘胜追击，况杨延昭用兵如神，我军如何反击。
延　依我之见，还是收兵回朝，再作打算。
卒　启禀元帅，宋朝枢密使王钦若营门外求见。
天　哦，命他进来。
卒　是，元帅有令，王大人进见。
王　（念）奉了万岁命，求和到辽营。
　　大宋枢密使王钦若参见二位元帅。
延天　王大人少礼，请坐。
王　谢座。
天　请问大人，到此有何见教？
王　下官奉命，特来讲和。
延天　怎么讲和？（二人很惊讶）那杨延昭他可愿意？

王　二位元帅不知，杨延昭这次偶然小胜，他便连上三本，请求乘胜追击，下官本奏万岁，言说，辽帮兵强将悍，不可轻举妄动。万岁准我之本，即命我前来讲和。杨延昭虽然不愿，这是万岁之命，谁敢违抗。

天　本帅允许两国和好，杨延昭若发兵攻我何人承担？

王　元帅请放宽心，我朝万岁不下旨意，杨延昭他怎敢擅自出兵。

天　他不敢？

王　不敢。

天　不敢了好，

（唱）听他言来笑哈哈，
宋王惧我太懦弱。
我还是将计就计暂应诺，
暗调兵再夺宋山河。
转面叫声王钦若，
本帅允许两国和。

王　多蒙元帅答应我，
覆旨后定期立盟约。

告辞。

延天　请（王下）

延　元帅，宋王既然畏惧我们，以后不要再怕那杨延昭。

天　哎，话虽如此，我们也不可轻敌。副帅，依我之见，不如乘此时机，暗暗回朝，调来大队人马，由本帅摆下天门大阵，管教杨延昭束手无策。那时何愁中原不能归我大辽。

延　此计甚妙，待我回朝调动人马。

大　事不宜迟，需要速去速回。

延　得令。（下）

天　（唱）暗调大兵运奇谋，
夺取中原入版图。（下）

第三场　搬兵

登场人物：杨延昭、焦赞、孟良、赵德芳、王钦若、岳胜

杨　（唱）耳听谯楼起了更，
心烦帐外漫步行。
胡笳声声寒风送，

恼恨辽邦气满胸。
萧天佐逞强犯边境，
烧杀抢劫害百姓。
杨延昭重整旧部军马奋勇一战得全胜，
萧天佐兵败去逃生。
心想乘胜再进攻，
灭强敌收失地巩固边城。
连上三本君不用，
反与敌议和灭威风。
萧天佐暗调倾国兵，
摆下了天门阵奥妙无穷。

（白）想我军，兵不过数千，将只有几员。虽说兵强将勇，怎能胜敌十万之众。我是如何地破阵，我是怎样地灭敌？哎，

（唱）知彼知己百战胜，
怎奈我兵微将寡如何能破阵灭敌定太平。

孟　（唱）可恨皇上太昏庸。

焦　（唱）委屈求和因甚情。

杨　原是二位贤弟。

焦、孟　元帅。

杨　贤弟，夜已深，不去安歇，到此何事？

孟　哎，我二人心中有事，怎能眠它得下。

焦　元帅，你怎么这般时候还不安眠？

杨　哎，二位贤弟不知，为兄今晚心中烦闷，难以就枕。二位贤弟来的正巧，愚兄有事要与贤弟相商。

焦、孟　元帅，有何要事？

杨　请到帐中再好叙谈。

焦、孟　请。

杨　请坐。

焦、孟　有坐，元帅请讲。

杨　我们这次招集旧部，来到边关，一战澶州围解，辽兵丧胆。是我连上三本，请求乘胜追击，收复燕云十六州失地。使辽邦不敢再犯我国。哎，怎奈万岁，昏庸懦弱，畏惧敌兵，听信谗言，不纳忠谏，反使王钦若委屈求

和。如今萧天佐调来十万人马，摆下天门大阵，我观此阵，奥妙无穷，看来绝非容易攻破的。

孟　难道我们怕他不成？

焦　元帅，你不要长敌人之威风，灭了我们之志气。

孟　为弟不才，愿去破阵！

焦　他不成还有我，我弟兄二人同去破阵，定杀他个落花流水。

杨　二位贤弟请勿性急。

孟　元帅，如此怯敌，我实不服。

焦　真急死人也。

杨　哎，贤弟呀，

（唱）相劝贤弟把怒息，
　　勿争勿吵勿性急。
　　破阵画策要周密，
　　不可鲁莽不轻敌。
　　倘若粗心又大意，
　　我兵败祸国殃群黎。
　　从今后弟不要妄动轻举，
　　免得失足后悔迟。

孟　元帅，讲话有道理。

焦　怪我二人心太急。

杨　贤弟请坐。

焦孟　有坐。元帅，我们究竟何时破阵，难道不战就罢了不成？

杨　怎能不战而罢，想敌已新增十万人马，我们也须设法各方搬兵，加强军力，准备破阵。

孟　该向何处搬兵，小弟愿往。

焦　为弟愿去搬兵。

杨　哎，你二人不必相争，回营待命。

焦孟　遵命。

芳　（内唱）恨辽邦反复无信义。

焦孟　禀元帅，八千岁驾到。

杨　待我出迎，（赵德芳慌张上）参见八千岁。

芳　免，哎呀妹丈，可恨辽邦，反复无常，既允和好，忽然下来战书。

杨　战书上说些什么？

芳　他说他们摆下天门大阵，要我朝去攻，若还攻破此阵，他愿息兵进贡，否则，要夺我大宋江山。

（唱）我兄皇见战书胆战心惊，
吓得他面如土色喊连声。
本御奉了兄皇命，
跑得我汗流气喘到军营。
请妹丈破阵灭敌把兵动，
全仗你救驾保国多尽忠。

杨　千岁，辽邦反复，早在臣意料之中，为臣连上三本，请求乘胜进攻，只奈万岁不纳忠谏，委屈求和，反使辽邦长起威风。

芳　哎，事到如今，悔之无益，只说我们如何破阵。

王　千岁，千岁，万岁坐卧不安，十分着急，命臣来催千岁，速请杨元帅商议破敌之策。

焦　哎，我好气也，

（唱）一见奸贼怒气生。

孟　（唱）你竟敢进谗惑主公。

焦　（唱）这一鞭要送尔的命，

孟　（唱）打死贼再好灭敌兵。

杨　（唱）喊住二将勿妄动，
听我把话说分明。
眼前国事须为重，
不可逞强显你能。

芳　将军，这千不是，万不是，都是本御的不是。

焦
孟　哼。

芳　请妹丈以国事为重。

杨　哎，请千岁回复万岁，就说我杨延昭，为了宋室江山，万死不辞。

芳　就该设法破阵。

杨　待臣安排妥当，约期破阵。

芳　如此本御告辞。

杨　送千岁。

芳　免。（王钦若颤怯怯随赵德芳下）

杨　天色大亮，唤岳胜进帐。

焦　元帅有令，岳胜进帐。

岳　忽听元帅传唤，不知有何差遣。参见元帅。

杨　贤弟少礼。

岳　元帅唤末将进帐，有何差遣?

杨　贤弟，萧天佐调来十万人马，摆下天门大阵，要和我们决一雌雄。我因边关军力单薄，命贤弟回朝请太娘带领八姑九姑及府中壮年，即来边关助战，速去早回，勿误。

孟　慢着，元帅，想太君乃年大之人，怎能边关助战。

焦　还是不要叫她老人家受此风霜之苦。

杨　哎，贤弟呀，

（唱）太娘虽然年纪老，
精通阵法武艺高。
请娘助战把敌讨，
破阵灭敌立功劳。

岳　（唱）辞别元帅出大营，
天波杨府去搬兵。（下）

杨　焦梦二位贤弟。

焦孟　元帅。

杨　敌兵猖獗，须要时刻防备，多加小心。

焦孟　遵命。

杨　（唱）临边征讨动乾坤，
猎猎旗帜日月昏。
画策要破天门阵，
长驱大进扫胡尘。（下）

第四场　增援

登场人物：佘太君、八姐、九妹、杨勇、岳胜、杨宗保

佘　（唱）恨辽邦累犯我中原，
干戈扰嚷民不安。
宋天子率众去戡乱，
君臣被困在澶渊。
我命六郎将兵选，
解围救驾赴边关。
日久无有音信传，
老身日夜把心担。

八　　（唱）劝老娘勿忧闷愁眉放展，
九　　（唱）杨九妹有言语娘听心间。
八　　（唱）我父兄抗辽邦多年征战，
九　　（唱）杨家将威名天下传。
八　　（唱）我六哥救驾平敌患，
九　　（唱）他定能解围扫狼烟。
佘　　哎，话虽如此，为娘总觉放心不下。
八　　母亲，我六哥深谋远虑，定能杀敌取胜。
九　　请你老人家再不要操心了。
勇　　禀太君。
佘　　何事？
勇　　岳胜将军，由边关回来，求见太君。
佘　　快快请他进来。
勇　　是，有请岳将军。（**岳胜上**）
岳　　奉了元帅命，回府请太君。岳胜叩见太娘。
佘　　贤侄少礼。
岳　　谢太娘，二位贤妹礼了。
九
八　　将军万福。
佘　　贤侄请坐。
岳　　谢座。
佘　　贤侄从边关回来，这几日军情如何？
岳　　太娘，小侄跟随元帅，去到边关，一战得胜，澶州围解。
八　　母亲你看如何？
九　　果然我六哥马到功成。
佘　　贤侄，既然敌兵败退，澶州围解，你们就该乘胜追击。你回来有得何事？
岳　　太娘请听了，
（唱）辽邦兴兵起战祸，
边关黎民难生活。
元帅奉命把敌挫，
重整军马执干戈。
一战大胜敌退却，
澶州围解民欢乐。
恨万岁畏敌胆子懦，
听信谗言去求和。
萧天佐明许立和约，

暗调大军十万多。
摆下了天门阵命我军破
元帅愁我兵力薄。
命小侄连夜回朝阁，
搬太娘助战保山河。

佘　哎，我好恼也。
（唱）听罢言气得人心生怒火，
萧天佐无信义实在可恶。
既然允许两国和，
贼不该暗调兵又动干戈。
分明是藐视我主太懦弱，
分明是藐视我国无人物。
岳胜侄既然来搬我，
不能因年老便推托。
老身愿助战把阵破，
要将那萧天佐生擒活捉。

岳　大娘，元帅临行吩咐小侄，火速回朝，请太娘早临边关助战。今蒙太娘允许，还请早些起程。

八九　慢着，哎，
（唱）念我娘年迈身体弱，
怎能长征受奔波。
我姐妹愿替娘去平边祸，
沙场杀敌助六哥。

佘　（唱）休再说娘老身体弱，
当年豪气未消磨。
自问精力还不错，
执戈卫国有何说。

岳　（唱）边疆军情急如火，
应早动身勿耽搁。
元帅日夜愁眉锁，
等候助战老太婆。

佘　军情紧急，怎敢耽搁，老身决定即日起程。

岳　如此甚好。

佘　贤侄请到外厢歇息。

岳　小侄遵命。（下）

九八　母亲，你既愿前去，女儿怎敢阻挡。女儿愿随母亲一同前去。

佘　儿呀，疆场杀敌，人人有责，我杨家男女老少苦苦练习武艺，就是为的杀敌保国。现在边关军情紧急，我们应当到沙场上显一显身手，方不负所学。

（唱）忙回房改戎装身披甲锁，
沙场上与狂敌拼个死活。
叫女儿备战马收拾包裹，
随为娘破天门捣贼巢窝。

八　（唱）行李包裹早备妥，

九　（唱）恨无时机没奈何。

八　（唱）今日老娘允许我，

九八　（唱）灭敌寇固边疆永息干戈。（同下）

保　（唱）瞒娘亲偷偷离门庭，
龙驹战马快如风。

勇　（唱）受尽风寒霜月冷，
越过千山万水重。

保　杨勇为何不行?

勇　哎呀，公子，你我只顾赶路。不觉天色已晚，你看这旷野深山，前无店，后无村，你我该在哪里投宿。

保　哎，强敌猖狂，军情紧急，你我还需日夜兼程。

勇　公子，山路崎岖，你我黑夜是怎样的行走。

保　哎，我的心急如箭，但愿早到边关，哪里还顾得黑夜不黑夜，你我马上加鞭。

（唱）雾暗长空月昏昏。

勇　（唱）不顾艰辛走风尘。

保　（唱）心急打马向前奔。

勇　（唱）跑得我周身汗淋淋。

［宗宝杨勇坐马滑倒起又跌下，二人心急勒马挣扎不脱。

保　哎呀，（念）白龙马陷于泥河，纵会飞腾身难脱。

勇　（唱）霎时心急生烈火，
不能脱险没奈何。

保　（唱）叫声杨勇小哥哥，
我能救你出淤河。
手持银枪岸上戳，

身轻如飞跃上坡。

勇　公子你上了岸了？

保　我上了岸了，杨勇快快打马。

勇　公子牵好。（保牵马绳杨勇打马上）

保　杨勇你上岸来。（勇手持保枪杆纵上岸。二人将马用力牵上河岸）

勇　哎呀，好险呀。

保　杨勇，天色已明，你我将马牵到山坡，歇息片刻，再好起身。

勇　好，你我先到那边歇息歇息。（拉马下）

第五场

登场人物：杨延昭、焦赞、孟良、岳胜

杨　（念）父子抗辽历战场，赤胆忠心保家邦。

澶州一战敌胆丧，全仗杨家梨花枪。

焦　元帅，如今太娘带领八姐九妹宗保杨勇到了边关，就该约期破阵。

孟　为什还迟疑不决？

杨　贤弟哪知，虽然太娘已到边关，将阵法一一教导于我，但是要破阵镇服辽邦，收复失地，还觉兵力不足，粮草不够。

焦　那么等到何时才能破阵？

孟　我们兵力不足，元帅也该速想办法。

杨　贤弟，听说山东有个穆柯寨？

焦　不错，有个穆柯寨。

孟　元帅，你听我的。

杨　你二人不必相争，孟良贤弟请讲。

孟　元帅，山东有个穆柯寨，兵强马壮有威名，寨主名叫穆桂英。

焦　元帅你听我的。

杨　就请贤弟讲。

焦　元帅请听。

（唱）山东有个穆柯寨，

寨主是个女裙钗。

孟　过来吧，

（唱）数千军中她为帅，

精通阵法有能耐。

焦　你去吧，

（唱）他在山东威名大，

久有心归附投宋来。

杨　(唱)他既有心投宋来，
我还是招抚将人差。
如果他真能来投宋营寨，
破天门扫胡尘有何难哉。

焦　元帅，我愿去招穆桂英人马前来投降。

杨　哎，你一人怎能担此重任。

焦　我不行还有我孟二哥呢。

杨　如此甚好，焦赞、孟良听令。

孟
焦　在。

杨　命你二人速往山东招抚穆柯寨人马归降。

孟
焦　得令。

杨　此去须要小心，见机行事，千万不要鲁莽，速去勿误。

孟
焦　遵命。

杨　岳胜听令。

岳　在。

杨　命你四处催粮，押运大营，不得有误。

岳　得令。(分下)

第六场

登场人物：杨宗保、孟良、焦赞、四卒。

保　(念)少年豪气贯长虹，父子为国作干城。
奉命巡营去瞭哨，小心谨慎探军情。
众将官。

卒　有!

保　随我巡营一回了。
(唱)奉了父命巡营去，
得到军情早报知。

孟　奉命直往山东跑，

焦　招抚山寨女英豪。

保　二位叔父往哪里去?

孟　小本官不知，我二人奉了元帅之命，要到山东招抚穆柯寨人马归降。

焦　小本官你听我说，山东有个穆柯寨，寨主名叫穆桂英。长得好像天仙，这个红处红似血，白处白似雪，好看极了。

孟　你听我说，我二人奉命去招抚穆柯寨人马归降，听说这个女英雄武艺高强，十分厉害。

保　嗯，她的武艺高强？

焦　小本官，恐怕你都不是她的敌手。

保　我……哼，我倒要去看看她是怎样的厉害。

焦　对，咱们走，到了那里，你在山下等候，我二人上山和她先说，她若归降还则罢了，若还不愿，咱们三马连环，生擒了她，看她降不降？

孟　去不得，去不得。想小本官奉命巡营，岂敢私离阵地。元帅知晓降下罪来，何人承担？

焦　去得，去得，怎么去不得，想元帅日夜愁得兵力不够，无力去破天门阵。若能说穆桂英归降，帮助咱们破了天门阵，这就是大功一件，有什么罪过。若是元帅降罪，有我承担。

保　焦叔父说去得？

焦　去得。

保　去得了，侄儿随你前去，会一会穆桂英。

孟　哎，去不得。

焦　宗保侄儿，咱们走快快上马。

孟　去不得。

焦　你去吧。（宗保上马，与焦赞下，孟良追下）

第七场

登场人物：穆瓜、穆桂英、四女兵、四男、孟良、焦赞、杨宗保

瓜　（念）我的名字叫穆瓜，武艺高强谁不夸。
　　　　上阵交锋不骑马，亚赛当年小哪吒。
是我奉了姑娘之命，以在山坡，摆下围场，安排妥当，回禀姑娘得知。
（念）小将年十四，练就一杆戟，爬山越峻岭，两腿快如飞。（小翻下）

英　（引）多谋足智，论神勇万夫难敌。
（坐诗）巾帼女丈夫，英雄盖世无，
　　　　剑播山岳动，马衔百阵图。

瓜　禀姑娘，围场布置妥当。

英　穆瓜听令。

瓜　在。

英　吩咐下去，我寨大小将官，披挂整齐，前往围场。一来比武，二来射猎。

瓜　得令，下边听着，姑娘有令，命我寨大小将官，前往围场，一来比武，二来射猎。

众　（内应）呵。

英　穆瓜，下边收拾弓箭备马伺候。（下）

瓜　得令。（下）

英　（唱）催马下山把猎打，
如同上阵齐披挂。
头戴凤额雉尾插，
身穿连环锁子甲。
胯下一匹桃花马，
绿鸾宝刀手内拿。
上阵擒将如戏耍，
神勇力能将山拔。
打马来到山坡下，
只见那杏艳桃娇遍山崖。
远峰荟萃浑如画，
曲径马蹄踏落花。

瓜　禀姑娘，来在围场。

英　穆瓜听令。

瓜　在。

英　传令下去，两厢听着，姑娘有令，命大小将官上前听点。

众　呵，参见姑娘。

英　免参。

众　呵。

英　众将官，听我号令着。
（唱）穆桂英马上把话讲，
大小将官听端详。
恨北辽连年侵我邦，
干戈扰攘民遭殃。
宋王昏庸无胆量，
宠信奸臣害忠良。
我父边关为大将，
二兄长战死在沙场。
父被害无力把敌抗，

携家聚众占山冈。
习武演阵练拳棒，
为的是除暴安家乡。
今日射猎非寻常，
试一试哪个弱来哪个强。
多打野兽有重赏，
显一显身手比刀枪。

众将官，

众　在。

英　各自分散射猎。

众　呵。（男女兵分列作射猎舞蹈下）

英　穆瓜。

瓜　在。

英　随姑娘深林寻找飞禽。

瓜　遵命，

英　（唱）山坡深林找飞禽，
遇见猛兽要小心。

瓜　风和日丽花似锦，
忽见长空雁一群。

姑娘你看，远远望见一群鸿雁飞过来了。

英　看过弓箭。

瓜　是（瓜送弓箭，英挽弓射雁）。姑娘神箭射得准，雁带箭飞要追寻。姑娘鸿雁带箭飞去。

英　紧紧追赶。（英、瓜急下）

孟　（唱）催马来在穆柯岭。

焦　（唱）山寨去找穆桂英。

孟　三弟，你既叫小本官来，为何不叫他和我们一同上山？

焦　二哥哪知，听说穆桂英十分骁勇，我弟兄今去劝他归降，若果言语不和，打起来，恐你我弟兄不是他的敌手。那时，请小本官相助，何愁大事不成。

孟　元帅降下罪来，如何得了。

焦　降下罪来有我。

孟　有你，你能承担？

焦　我能，二哥，不要多说，咱们快上山走。

孟　走呀，

（唱）弟兄并马上山岭。

焦　　　　但愿说降能成功。
孟　哎呀，空中坠落一只鸿雁，怎么还带着一支箭？
焦　这雁是我的。
孟　你要它何用？
焦　晚上回到店房，咱弟兄二人好下酒吃。
孟　人家之物，还给人家才是。
焦　无主之物，谁见就是谁的。
孟　雁上有箭，怎能无主？
焦　如此，我拿雁，你拿箭。
孟　穆桂英，穆桂英，三弟，这箭乃是穆桂英的。
焦　只要箭是穆桂英的就好了。
孟　怎么好了？
焦　二哥，这箭是穆桂英的箭，定是她在此射猎，我们哥俩拿她这支箭，去找她本人，岂不是好了。
孟　三弟，我们找到穆桂英，你可不要多说话，看闯出祸来。
焦　怕啥呢，闯出祸来有我。
瓜　呔，黑红大汉，拾去我家雁箭，快快还给我家。
孟　这箭我要亲自还给穆桂英，还有话要对她讲。
焦　我要见她本人，叫穆桂英亲自来讨。
瓜　哼，你们一定不是好人，姑娘快来。
英　穆瓜讲说什么？
瓜　姑娘，那两个野汉，拾去咱家雁箭，恃强不还，口出恶言。
英　穆瓜闪开，哪里狂徒，竟敢在我山前撒刁？
孟　女将留名。
英　你姑娘穆桂英，好好还箭便罢，如若不然，定教你们死无葬身之地。
孟　穆小姐我有话。
焦　贱人口出狂言，休走看鞭。（孟良拉住焦赞）
英　狂徒好生无礼，看刀。（孟良无奈，帮焦赞打，同败下）哪里走！（追下）
保　（唱）穆柯寨前好景象，
　　和风微送杏花香。
　　黄鹂娇啭花枝上，
　　柳丝摇曳雁飞忙。
　　山前美景无心赏，
　　久等二叔我心发慌。
二位叔父上山招抚穆柯寨归降，怎么一去好久，不见回来，我有心上山去看，怎奈焦赞叔父再三叮咛，不准我去，教我在此久等，好不心焦。

焦　小本官，小本官。

保　二位叔父回来了，穆桂英可愿归降?

孟　哎，不要提起，那穆桂英杀法骁勇，我弟兄难以抵挡。

焦　哎呀，那穆桂英杀上来了。

保　二位叔父闪开，待侄儿迎她。（孟焦急下）

英　黑红二汉，哪里走。

保　丫头休得无理，看枪。

英　这个少将，不要拦住姑娘的去路。

保　丫头休要逞强。

英　难道你要与姑娘较量不成。

保　叫你知道你少爷的厉害，看枪。（开打）

英　呀，少将的好枪法，

（唱）这员少年真不错，
微风凛凛似韦陀。
因什事从我山前过，
快把姓名对我说。

保　（唱）杨宗保将军就是我，
我父元戎保山河。

英　怎么你是杨宗保?

保　嗯，我是杨宗保。

英　哎，（唱）杨家将抗辽功劳多，
父子忠良保山河。
你不在边关把敌破，
来到我山前做什么?

保　（唱）丫头明知故问我，
气得豪杰颤索索。

英　（唱）将军有话请明说，
如不然随我上山坡。

保　（唱）你不要使诡计诳骗于我，
我今要将丫头生擒活捉。
看枪。

英　来，来，来。（下）

保　丫头哪里走。（追下）

瓜　（念）姑娘好杀法，未战就败下。
有心去帮打，无令不敢杀。

英　穆瓜。

瓜　　伺候姑娘。

英　　速快命兵丁在松林之内，撒下绊马索，我要活捉杨宗保。

瓜　　得令。（下）

保　　丫头休走看枪。

［起打，桂英败下，宗保追下，桂英又上下，宗保上，绊马索上被擒。

英　　押上山寨。（下）

焦
孟　　慢着，慢着，留下小本官。

孟　　小本官被穆桂英擒山去，我二人回营见元帅。

焦　　二哥别急，我们想个法子，救出小本官。

孟　　哎，他们山寨人多势众，你我怎能救出小本官。

焦　　二哥勿忧，为弟有个好计。

孟　　三弟有何妙计？

焦　　不如用个调虎离山之计，救出小本官。

孟　　何为调虎离山之计？

焦　　你在山后放火烧山，我趁他们混乱救火之时，救出小本官。这就叫调虎离山之妙计。

孟　　哎，我这次全坏在你一个人身上了。

焦　　二哥，照我的妙计去做，没错没错。

孟　　只好随你去干。

（唱）今日闯下滔天祸，

焦　　（唱）可恨丫头太可恶。

孟　　（唱）我到山后去放火，

焦　　（唱）救出宗保咱再说。

走。

孟　　哎，走。（下）

第八场

登场人物：穆瓜、穆桂英、杨宗保、四女兵

瓜　　（唱）恨贼人山后放大火，

姑娘率众用水泼。

幸亏我山寨人儿多，

如不然全寨人命难逃脱。

女　　小将军，把火扑灭了没？

瓜　一时就扑灭了。
女　将黑红二汉可曾捉住？
瓜　姑娘将那两个蠢汉打得跑了。
女　哎，若不是发觉的早。
瓜　那真是不得了。
女　姑娘现在哪里？
瓜　回房去了。
女　我们快去伺候。（下）
瓜　你们去，待我去看守那个少将去。（下）
英　（唱）恼恨黑红二贼将，
　　不该放火烧山冈。
　　扑灭火找贼汉不知去向，
　　回房卸甲换新装。
　　适才抢来宗保将，
　　眉目清秀气轩昂。
　　我有心对他把亲事提讲，
　　女孩儿羞羞答答有口实难张。
　　可怜我父远游母亲早丧，
　　该与何人去商量。
　　倒不如我将他释放，
　　又觉得恋恋难舍少年郎。
　　低下头儿仔细想，
哎，罢、罢、罢！
　　还要我自己作主张。
（白）穆瓜。
瓜　在。
英　吩咐下去，将擒来那一少将与我押上来。
瓜　下边听着，姑娘有令，将那一少将押上来。
保　（唱）遭暗算被擒入贼网，
　　不由豪杰气满腔。
　　龙潭虎穴往内闯，
　　怒目切齿恨强梁。
瓜　禀姑娘，把那一少将押来了。
英　（唱）众将散队出宝帐，
　　再叫穆瓜听端详。
穆瓜。

瓜　伺候姑娘。
英　你去问那位少将，他既被咱们擒住，还是愿意死呀，还是愿意活着？
瓜　他死他活，全在姑娘，何必问他。
英　你问去。
瓜　我就是这样去问人家吗？
英　不这样问怎样问？
瓜　哎，
英　你去。
瓜　我去，呔，我家姑娘叫我问你，是愿意活着吗，还是愿意死？
保　大丈夫生而何欢，死而何惧？我既被擒，只求速死，何必多问。
瓜　好，对，有志气。姑娘我问来了。
英　他说什么？
瓜　你还没听见吗？他说他愿意死。
英　怎么他说他愿意死？
瓜　呵，人家愿意死。
英　哎，穆瓜，你再去对他说，还是活着，活着比死了好得多。
瓜　哎，人家愿意死，你干脆把他杀了，就算完了，说这些闲话算啥呢？
英　哎，你怎么连我的心事都不知道。
瓜　哎，好我的姑娘呢，你的心事，我哪里能知道？
英　没用的东西，闪开，待我自己去问。
瓜　哎，你早就该自己去问。
英　我说这位将军。
保　哼！
英　将军你受委屈了。
保　呸。
英　哎，好大的性子。
瓜　那你就不该和他说。
英　嗯。
瓜　姑娘我没说什么。
英　将军我……
保　你怎么？
英　我，我问你来到我山，所向何事？
保　你是当真不知道，还是佯装不晓？
英　哎，我知道何必问你。
保　丫头既然不知，听我道来。
英　将军请讲。

保　你听。

英　你讲。

保　可恨辽邦，自恃兵强将悍，侵犯我国，摆下天门大阵，我父因边关兵微将寡，各处搬兵助战，听说穆柯寨兵精粮足，久有归附之心，所以才派焦孟二位叔父，前来招抚，不想被你这丫头杀得大败，又使诡计擒我上山。我今既被你擒，要吃张口，要杀开刀。谁知你杀又不杀，放又不放，是何道理？

英　将军请勿动怒。

保　哼。

英　哎呀，

（唱）听他把来情对我讲，
原为招抚我归降。
我虽在绿林早有此愿望，
恨无机难表热衷肠。
你杨家忠烈素慕仰，
天下无敌梨花枪。
将军来我心喜非常，
情愿率队去投降。
与将军并马战场把敌抗，
胜似占山作大王。

保　哼，你既然归附，为何要追杀焦孟二将？

英　哎，将军你听，

（唱）只怪那焦孟二将对我未明讲，
无理混闹动刀枪。
得罪将军请原谅，
哎……
有事与你作商量。

保　有事就该明讲。

瓜　姑娘你说，你说。

保　你既愿归降，就该将我送下山去，为什么不言不语，闷坐一旁。难道你反悔不成。

瓜　人家问话呢？姑娘怎么不答人家的话。或杀或放，快些发落。

英　将军我有话……

保　有话快讲。

英　将军，我因敬重将军乃忠良之后，英雄出众，武艺超群，有心和你结为百年之好，你若应允我婚姻之事，我便率山寨人马归顺宋营，你是愿意不愿意？

保　住了，俺乃元戎之子，岂肯要你这山寇之女？

瓜　得，又碰了。

英　哎，穆瓜，你听见了没有？

瓜　我没听见。

英　他骂咱们呢。

瓜　他骂咱们什么？

英　他骂咱们是山寇。

瓜　这可把咱们骂苦了。

英　穆瓜，看来或者他不知咱们来历。

瓜　那你过去对他把咱们的来历说说。

英　嗯，待我对他说去。将军，你说我是山寇之女，你哪里知道，我父原是守边将官，因遭奸臣谗言，退居山林，这也是被迫无奈。

保　哎，是我心急如焚，你再不必絮絮叨叨，你若不愿归顺，还是把我杀了。

英　将军不怕死，乃是武将气概，我甚钦佩。只是我要把你杀了，你还得落个不忠不孝之名。

保　嘿嘿嘿，我今死，可算为国尽忠，替父招抚被害，可算为父尽孝。何言不忠不孝？哎，我今视死如归。来、来、来，你把我杀了。

英　哎，将军，你听我说，你若死在山寨，宋营无人，破不了天门阵，败在辽邦之手。大宋江山一旦付于他人，请问将军的忠在哪里？

保　这个……

英　你若轻生，不唯辜负父母养育之恩，老元帅因你不能为国报效，你杨家世代英明，岂不付于流水。将军呀将军，请问你的孝又在什么地方？

保　这个……

英　依我相劝，不如答应我的亲事，我便率领山寨人马归顺宋营，帮助将军破了天门阵，保定大宋江山，也不负你杨家世代英名，这才算得了忠孝双全。

瓜　有理呀，有理。

英　将军，你还要再思再想。

保　（唱）据情想来照理论，

　　良言提醒梦中人。

　　我今一死不大紧，

　　父帅难以破天门。

小姐呀，

　　婚姻大事我应允，

　　适才间多得罪请莫记心。

英　（唱）将军应允我婚姻，
　　不由桂英喜在心。
　　上前亲手忙松绑，（辞礼）
　　适才冒犯没在心。

保　多谢小姐。

英　将军请坐。

保　你我一同坐了。

女瓜　与姑娘、姑爷扣喜。

英保　大家之喜。

保　小姐，自小将被擒之后，我焦、孟二位叔父哪里去了？

英　将军勿忧，穆瓜，你速快下山，找寻焦孟二将，就说少将山寨招亲，请他二位先回营禀明元帅。

瓜　是。（下）

保　小姐，天门阵未破，军情紧急，你既决定归顺，不知何日下山？

英　你我完过花烛，就可率众下山。侍女们，下边准备酒宴，与你姑爷压惊。

女　是。（下）

英　将军请。

保　小姐请。（念）你我今朝结婚姻。

英　且喜得配意中人。（下）

第九场

登场人物：杨延昭、杨宗保、焦赞、孟良、佘太君、赵德芳、穆桂英、穆瓜

杨　（念）蠢子犯军令，定斩不宽容。
　　焦孟二弟。

焦孟　在。

杨　宗保到来，命他报门而进。

焦孟　遵命。

保　离了穆柯寨，回营见父帅，参见二位叔父。

焦孟　罢了，小本官回来了。

保　回来了，我爹爹可曾升帐？

焦
孟　升帐多时了。

保　喜怒如何？

焦　怒而不息。

保　哎呀不好！

焦　哎，大丈夫只有向前，哪有退后之理？二哥与他报门。

孟　小本官告进。

保　参见父帅。

杨　下跪可是宗保？

保　是儿。

杨　你二叔父言道，你在穆柯寨招亲，可曾是实？

保　是实。

杨　圣上有旨？

保　无旨。

杨　为父有令？

保　无令。

杨　哇，圣上无旨，为父无令，奴才违反军法，私自招亲，父将儿……

（唱）奴才做事胆不小，
竟敢违令犯律条。
忙将左右一声叫，
将奴才绑辕门定斩不饶。

保　儿有下情回禀。

杨　绑下去。（二将推宗保下）

焦　二哥，这里来。

孟　讲说什么。

焦　小本官犯罪，乃是你我的引诱，必须进帐与他讲个人情。

孟　元帅怒气未消，恐怕这个人情讲不下去。

焦　不要紧，元帅喜欢的是我。

孟　如此请。

焦
孟　焦赞、孟良与元帅扣头。

杨　你二人施礼为何？

焦
孟　小本官犯罪，理应斩首，念在我二人鞍前马后，有点小小功劳，望求元帅开恩饶恕。

杨　敢是与他讲情？

焦
孟　　元帅开恩。

杨　　哇，宗保犯罪，乃是你二人的引诱，先斩宗保，然后再取你二人的首级。

孟　　我说这个人情讲不下来，你说有你，这便如何是好。

焦　　二哥不要着急，我有法子。

孟　　你有什么法子？

焦　　我请太君去。（下）

孟　　对，快去，哎。

佘　　（唱）听说要斩杨宗保，
　　吓得老身心惊跳。
　　焦赞进帐忙通报，
　　你就说太娘来到了。

焦　　太娘来到了。

孟　　禀元帅，太娘到了。

杨　　焦赞传，孟良禀，太娘来到，二贤弟，怎么太娘到了？

焦
孟　　有请太娘，有请太娘。

杨　　太娘在哪里，太娘在……太娘到了，请到帐中。（佘太君悲愤不言进帐坐）娘在上，儿延昭与娘扣头。

佘　　不消。

焦　　不消。

杨　　（唱）气得我手捶胸恨气难消，
　　儿问娘进帐来为何烦恼。

佘　　娘不言我的儿自己知道。

杨　　莫非是娘为的你孙儿宗保。

佘　　我孙儿犯何罪绑在了法标。

杨　　提起来小奴才该杀该绞，
　　恨不得把逆子油锅去熬。
　　儿有令命奴才巡营瞭哨，
　　他竟敢穆柯寨去把亲招。
　　违将令论军法其罪不小，
　　临阵上私招亲定斩不饶。
　　因此上绑辕门将儿头找，
　　儿斩子与国家整一整律条。

佘　　犯军令本当将头找，

杨　　谢太娘。

孟　　斩不得。

佘　　且慢，

（唱）应念他年幼无知小儿曹。

杨　　（唱）娘说他年纪小孩童气概，

说一个年幼人老娘听来。

三国中周公瑾十二掌帅，

在赤壁烧曹兵无处葬埋。

有智不在年高迈，

无智百岁也无才。

佘　　（唱）听儿言将为娘活活气坏，

骂一声杨延昭不肖奴才。

你的父抚辽兵捐躯被寨，

一家人都死得凄惨悲哀。

你五哥避烦恼心灰意怠，

弃红尘当和尚上了五台。

我儿你在三关挂印为帅，

还有那八姐九妹二裙钗。

为娘我力衰年高迈，

想起了万马军中出生入死怎不伤怀。

只剩下小宗保杨家后代，

还要他披麻戴孝把我埋。

倘若是我孙儿有甚好歹，

那时节管教你后悔迟来。

杨　　哎，娘呀，

昨日里斩八将头挂帐外，

老娘的方便门为何不开。

今日里斩宗保娘把儿怪，

难道说人家该死咱该活？

佘　　你把为娘怎看待，

不听娘话太不该。

杨　　军中自有军令在，

骨肉私情说不来。

佘　　斩宗保不如把娘害，

母子之情分丢开。

杨　　循私情赦了儿宗保，

旁人仿效怎制裁。

儿违家教娘宽耐，
严申军令理应该。
叫焦赞将宝剑悬挂帐外，
哪家再来讲情我要自刎来。

佘　哎，不好，
见得宝剑挂帐外，
珠泪滚滚洒胸怀。
可怜我无依无靠年高迈，
救不下孙儿心悲哀。
罢罢罢，我不叫延昭，我叫杨元帅，杨杨杨元帅，杨杨总爷，你不赦宗保娘要赴阴台。我的杨总爷。（跪）

焦
孟　太娘跪倒了。

杨　（唱）见老娘跪倒地魂飞天外。
（白）太娘快快请起。

佘　你将我孙儿可曾赦过？

杨　娘呀，你问的是他，儿赦过了。

佘　我先谢过总爷。

杨　吓煞儿了，二贤弟，快将太娘扶起。

焦
孟　太娘请起。（佘起，焦看座）

杨　儿的娘呀，
（唱）吓得儿战兢兢忙跪尘埃，
你的儿怎敢当老娘下拜，
娘开了天地恩儿才敢起来。
太娘开恩。

佘　你可将我孙儿赦过？

杨　赦过了。（焦下）

佘　赦过了，你站起去。

杨　太娘恩宽，
（唱）非是娘来讲情儿不瞅睬，
怕的是宋王爷降下罪来。
娘不记双梁城胡儿犯界，
只杀得宋营里雪消冰开。
宋王爷当殿上挂娘为帅，
我的父先行官前把路开。

与胡儿打败仗将娘气坏，
将我父推营外要斩头来。
那时候把你儿个个吓坏，
跪倒了八个子两个裙钗。
清早间只跪到日落西海，
娘呀你坐宝帐闭眼不开。
虽然间允了情军法犹在，
捆一绳打四十赶出营来。
那时候娘不念我父年迈，
犯军令儿斩子该也不该？
宝帐里施一礼娘啊，你请，请出帐外，
要儿活除非是日月并来。

佘　哎呀，
杨延昭性倔强令人可恼，
他不把母子情放在心梢。
我去请宋王爷下个赦诏，

孟　太娘快去。（焦引赵德芳上）

芳　赵德芳替外甥讲情讨饶。

佘　迎接贤爷。

芳　太君。

佘　哎，贤爷呀，
（唱）幸喜贤爷你来到，
叫我免去内心焦。
延昭要斩小宗保，
快去讲情把他饶。

芳　（唱）太君不必心焦躁，
请回后营把气消。
料延昭不敢斩宗保，
大事都得靠当朝。

佘　有劳贤爷。（下）

芳　（唱）叫孟良进帐快禀报，
你就说本御来到了。

孟　贤爷驾到。

焦　禀元帅，贤爷驾到。

杨　（唱）有焦赞和孟良进帐禀话，
辕门上来了个王位人家。

他为君我为臣理应迎驾，
下位来整衣冠忙把躬搭。
贤爷到了。
芳 到了。
杨 请，贤爷请坐。
芳 （唱）赵德芳坐虎帐急忙答话，
贤妹丈进前来细听根芽。
御外甥他身犯何律何法，
却为何绑辕门将他斩杀。
杨 八贤爷进帐来先问此话，
君问臣我怎敢不应不答。
因北辽萧天佐将咱欺压，
摆下了天门阵一百单八。
穆柯寨穆桂英屯军养马，
臣命那二都司招抚与她。
宗保儿巡营哨同到山下，
穆柯寨私招下穆氏金花。
似这样犯律条军令不怕，
因此上斩宗保要整国法。
芳 （唱）御外甥犯军令理当斩了，
杨 谢千岁。
芳 且慢。
焦 且慢。
芳 念本御讲人情将他恕饶。
杨 贤爷为臣我理当遵照，
怕的是徇私情违犯律条。
芳 未出兵先斩将不是吉兆，
做元帅也须要度大量高。
杨 赦免了杨宗保其事还小，
宋王爷降下罪谁敢承招。
芳 慢说是我叔王圣旨来到，
纵有那天塌祸有我承招。
杨 斩不斩全由我军中令号，
用不着千岁你多把心操。
芳 你杨家边关做招讨，
全亏本御把心操。

潘仁美对杨家仇恨不小，
他一心要斩断杨家根苗。
你进京告御状本御作保，
五更天我带你启奏当朝。
我为你提冠准七天来到，
我为你南清宫假设阴曹。
若不是本御我定下计巧，
潘仁美他怎肯把供来招。
到如今你算是冤仇得报，
又赐你黄金印玉带紫袍。
赵八王对杨将哪件不好，
斩你儿我讲情为何不饶。

杨　贤爷休要把功表，
难道说杨家将无有功劳。
我杨家投宋来不要人保，
白龙马梨花枪苦挣功劳。
我大哥替宋王把命丢掉，
我二哥丧剑下血染征袍。
三哥马踏尸难找，
四八郎失落无下梢，
我五哥弃红尘削发修道，
我七弟被潘贼射死芭蕉。
我的父李陵碑前命丧了，
单剩下孤身杨延昭。
东西杀来南北剿，
凭功劳挣下这玉带紫袍。
动不动你把杨将保，
保杨将保了个无有下梢。

芳　吃王爵禄受王封，
为国亏不了你的功。

杨　宗保犯罪应该斩，
你百般拦挡因甚情？

芳　虽然你斩的杨宗保，
他是本御亲外甥。

杨　清早间斩了杨宗保，
白虎堂才能把令行。

芳　　清早间斩了杨宗保，
　　午间与你个不太平。
杨　　要斩要斩实要斩。
芳　　不能不能实不能。
杨　　你把你亲王看得太大了。
芳　本来的不小。
杨　　哪把我杨元帅挂在心梢。
　怒冲冲打坐白虎帐，八千岁。
芳　杨元帅。
杨　赵德芳。
芳　杨延昭，大胆。
杨　你可知你在什么所在?
芳　小小白虎节堂。
杨　既知是白虎节堂，为何在此摆来摆去。
芳　慢说你这小小白虎节堂，就是我叔王的金銮宝殿。我也要摆上几摆。
杨　擅闯辕门就该斩。
芳　哪个敢斩。
杨　这个，
　（唱）八千岁和我做了对，
　　这猛虎怎敢斗蛟龙。
　　戴乌纱好比愁人帽，
　　身穿蟒袍坐笼牢。
　　足登朝靴似绊索，
　　腰系玉带捆人绳。
　　不做官来不受气，
　　做一日官来担一日惊。
　　焦贤弟看过九头狮子元帅印，
　　上前交与八主公。
　　手捧帅印忙跪倒，
　　破天门保江山另选贤能。
芳　　边关多事敌侵扰，
　　才搬你解围灭北辽。
　　天门阵你还未破了，
　　哪个敢让你把印交。
　　不欢而散我去了，
孟　禀元帅，千岁走去。

杨　接印。
焦　拿来。
杨　送千岁。
芳　免，
（唱）心中恼恨杨延昭。
孟良焦赞你把宗保看守好，
我到御营奏当朝。
焦
孟　遵命。（芳下）
英　穆桂英离了穆柯岭，率领人马投宋营。二位将军请了。
焦
孟　来者可是穆小姐。
英　不敢。
孟　小姐到此何事？
英　率领人马来投宋营。
焦　哎呀，我的穆小姐，小本官在你山招亲，元帅大怒，将小本官绑在辕门就要斩首，太君、八千岁讲情不下，来来来，随我进帐讲个人情。
孟　且慢，贤弟你可知私闯辕门，其罪当斩。
焦　你闪开，穆小姐快随我来。
英　（唱）穆瓜进前来听令，
姑娘有言听分明。
宋营不比穆柯岭，
看事行事要顺从。
瓜　将粮草放在何处？
英　（唱）将粮草营门且堆定，
瓜　人马呢？
英　东南角下扎大营。
瓜　得令。（下）
焦　随着我来。
英　进帐屈膝忙跪定，
他问我一言应一声。
焦
孟　女将跪帐。
杨　（唱）适才间争吵好无兴，
为宗保失了君臣情。
我猛睁睛用目奉，

虎帐中跪倒一女兵。
头戴凤额盔一顶，
桃儿铠照得满帐红。
莫不是八姐？

孟　不是的。

杨　是九妹？

焦　还不是的。

杨　这不是，那不是，
下跪女将报上名。

英　家住山东穆柯岭，
我的名叫穆桂英。

杨　听说来了穆桂英，
丫头的来意弄不清。
问小姐不在穆柯岭，
来在宋营何事情。

英　穆柯寨人马来投宋，
愿随元帅把敌平。
今日来把粮草送，
人马在外扎大营。

杨　送来粮草齐收下，
穆柯寨人马好安排。
桂英小姐请出外，
奏明天子领赏来。

英　适才间我在营外等，
小本官身带犯法绳。
问少将犯了何等罪，
绑在辕门问斩刑。

杨　宗保犯罪你知晓，
我不言来你自明。

英　少将犯罪本该斩，
念起桂英讲人情。

杨　哇，
好一大胆穆桂英，
敢在宋营来讲情。
不念你投降功劳重，
我把你……

焦
孟　　元帅莫可。

杨　　（唱）我不便请你出宋营。

英　　（唱）元帅赦了少将命，
　　　　　我愿替少将军戴罪立功。
　　　　　假若还不赦少将命，
　　　　　宋营里杀一个满堂红。

杨　　（唱）我不赦宗保她不答应，
　　　　　穆柯寨投降一场空。
　　　　　我思前想后主意定，
　　　　　开言再叫桂英听。
　　　　　我有心赦了宗保命，
　　　　　天门阵中无人应。

英　　　　　元帅赦了少将命，
　　　　　天门大阵我承应。

杨　　　　　天门一百单八阵，
　　　　　哪一阵上你立功。

英　　　　　休说一百单八阵，
　　　　　他纵有千万阵我敢担承。

杨　　　　　好一个有智有勇穆桂英，
　　　　　他愿替宗保儿戴罪立功。
　　　　　叫孟良和焦赞进前接令，
　　　　　赦宗保我准了小姐人情。

英　　　　　忙叩头来谢恩情，

焦　　二哥走。

孟　　哪里去?

焦　　与小本官松绑去。

英　　你拿来吧。
　　（唱）有令箭去松绑我自己能。（下）

焦
孟　　咦哈哈……

杨　　贤弟发笑为何?

焦
孟　　俺喜的是元帅收了穆桂英，得到穆柯寨粮草人马，就可早破天门阵。这事全是我哥俩的引线，也算俺大功一件。

杨　　该笑，你二人可知罪。

焦　　只知有功，不知有罪。

杨　哇，你二人不遵将令，引诱宗保私到山东，论军法就该斩首。

焦孟　哎呀元帅，念俺弟兄一片忠心，求元帅开恩饶恕。

杨　哎，姑念你二人杀敌勇敢，暂且轻饶，戴罪立功，倘若再犯，二罪归一，绝不宽容。

焦孟　多谢元帅。

杨　焦、孟二弟，传令下去，本帅收了穆桂英，赦了杨宗保，有保状者呈上。

焦孟　下面听着，元帅收了穆桂英，赦了杨宗保，有保状者呈上。

内　贤爷的保状、太君的保状、满营将士的保状。

焦孟　禀元帅，这是贤爷的保状，太君的保状、满营将士的保状。

杨　（唱）杨延昭接保状将心放下，
哪怕贼王钦若冷本参咱。
将保状交二将营门高挂，
晓谕了众将士莫犯军法。

保　（唱）卸下斩桩重活命，
进帐谢罪我心惊。

英　放大胆进帐忙跪定，
元帅见责我担承。

杨　哇！
谁叫你违父命私犯军法，
险些儿辕门外命染黄沙。
恨不得一足将儿踢……

英　桂英上前忙护他。
快叩头莫胆怕，
后营内拜祖母二位姑妈。（同下）

焦孟　元帅，现在我们粮草充足，兵力雄厚，就该发兵破阵。

杨　贤弟言之有理，焦、孟二弟，吩咐下去，歇兵三日，大破天门阵。（下）

焦孟　得令。（下）

第十场

登场人物：萧天佐、韩延寿、四辽将、四辽兵、杨宗保、穆桂英、杨延昭、佘太君、焦赞、孟良、岳胜、八姐、九妹、杨勇、穆瓜

天　（念）统帅精悍十万兵，要与宋朝决雌雄。
延　　六郎暗窥天门阵，久无动静是何情。
呵，元帅，自从元帅摆下天门阵之后，杨延昭已窥探数次，久无动静。看来还是宋朝无力破阵，依我之见，不如趁他无力，攻其不备，擒了杨延昭，中原不难平也。
天　副帅言之有理，来呀，吩咐下去，命我军欢宴三日。
将　下边听着，元帅有令，命我军欢宴三日。
内　呵。
天　来呀，看酒上来，副帅请酒请酒。
（唱）本帅巧把天门摆，
日久无人破阵来。
延　准备反攻宋营寨，
夺中原将我版图开。
甲　报　禀元帅，宋营女将攻打头阵，我朝兵马败下。
天　再探。
乙　报　禀元帅。青龙左阵被宋将攻破。
延天　再探。
丙　报　禀元帅，白虎右阵被宋营女将攻破。
延天　再探。
丁　报　禀元帅，八卦中阵被宋营黑红二将攻破。
延天　再探。呵，宋兵攻破左右中三阵，主阵失去门户，来呀，摆开主阵，本帅亲自迎敌。（下）
（宗保战天佐不下，桂英上助战，韩延寿天佐败下，八姐九妹战四辽将，太君上杀二辽将，追下。桂英上战天佐，杨延昭杀天佐，辽兵败下）
杨　今日大破天门阵，全仗众将奋勇杀敌。萧天佐、韩延寿战亡，辽兵大败，料他不敢再来猖狂，众将官凯歌回营。（同下）

——剧终——

（说明：以上内容录自家存手稿。先生手迹，钢笔分行书写，繁体竖排。卷末落款：1955.5.10 脱稿，冯杰三。）

范雎相秦

（1955 年版）

场　次

第一场　说齐订约
第二场　范雎受杖
第三场　贫儿救贤
第四场　设计脱险
第五场　魏齐寻尸
第六场　穰侯搜车
第七场　范雎拜相
第八场　须贾吃草

人物表

范　雎	小生	门客—秦相	郑安平	武生	义弟
田贫儿	丑	义花子	王　稽	须生	秦下大夫
田法章	正生	齐王	须　贾	净	魏中大夫
魏　齐	净	魏相	魏　冉	净	秦穰侯
范　妻	小旦	范雎妻	昭襄王	小生	秦王
内　侍	杂		大　内	杂	
驿　卒	杂		校　卫	杂	
中　军	杂		四　将	杂	
龙　套	杂		车　夫	杂	

第一场　说齐订约

［范雎上。

范　雎　（引）本是邦家栋梁材，竟作大夫门下客。（坐）

（诗）谈笑风云两袖生，揣摩权术待时鸣。

休夸宁戚能传美，不许苏张独显名。

范雎，大梁人氏。父母去世，笃志经书。文精诗赋策论，武学军旅韬略。欲求事魏王，因家贫不能自通，乃先报于中大夫须贾门下作客。虽然君子藏器于身，待时而动，但俯仰于人，终非常策。今日东君上朝，这般时候还不见回府。

[须贾上。

须　贾　（引）列国纷纷动兵车，
争城夺地何时歇。

范　睢　东君下了朝了！

须　贾　哎，下了朝了。（垂头丧气闷坐）

范　睢　因为何事，这样地烦恼？

须　贾　哎，范睢不知，只因齐王兴兵伐魏，主上寒心，命我聘齐求和。此去成败难保。

范　睢　诚心求和，不怕什么？

须　贾　范睢，想你颇有应对之才，可能随我前去？若有不测，相帮一二。

范　睢　东君之命怎敢有违，情愿前去。

须　贾　为此准备车马，即日启程了！
（唱）有你这大人才随着我去，
进龙潭入虎穴要用心机。
一时间失检点不但身死，
还恐怕我魏国祸起燃眉。

范　睢　（唱）不敢言怀抱着安邦经济，
论本领我真能压倒秦仪。
齐若言我魏国无恩无义，
到那时我范睢自有主意。（同下）

[四内侍引田法章上。

田法章　（引）知耻近勇，
灭敌国大举兴兵。（坐）
（诗）魏联五国犁齐廷，
田单火牛建奇功。
十年生聚十年教，
要把敌国马踏平。
孤，齐襄王田法章。可恨魏国，恩将仇报，因而发兵伐魏，以泄孤愤。

内　侍　启千岁，魏国使臣须贾来朝，

田法章　孤不兴兵，他还不肯来朝。内侍，传侍卫上殿。

内　侍　千岁有旨：侍卫上殿。

[四侍卫上。

侍　卫　参见千岁。

田法章　你们刀出鞘，弓上弦，等魏使上殿，说杀就杀，说斩就斩，站立两厢。

四侍卫　遵旨。

田法章　内侍，命魏使上殿。

内　侍　千岁有旨：魏国使臣上殿。

［须贾、范雎上。看贾恐惧。

须　贾　（念）侍卫个个带杀气，
心惊胆战步难移。

范　雎　（念）临深履薄勿忧惧，
应对我有绝妙词。

须　贾　范雎你看，枪刀林立，恐怕有险，你我还是逃走为妙！

范　雎　不可！使于四方，不辱君命，方不愧为使臣。既到齐邦，焉能逃出！齐王哪有不问而斩之理。有我在此，管保东君成功。

须　贾　哎，罢，罢，罢。告进。（进跪）魏国使臣须贾，奉主之命，敬献金璧，乞释前怨，修复旧好，千岁之恩。

田法章　唗！你主忘恩，非寡人不念兄弟之好。当日宋兵伐魏，魏势危急，差人求救于齐；齐国即发举国之兵，宋人畏而撤兵。宋不仇魏而仇齐，会合五国伐齐。齐虽大邦，怎当五路之众！差人求魏，魏不救齐犹可，不该联络诸侯伐齐，因其功而分其地。寡人无奈，割五陵与秦，诸侯罢兵。你国既不报恩，反来伐齐。恩将仇报，岂有此理。来呀，推下斩首。

范　雎　慢慢慢着，千岁息怒，想先寡君奉命共同伐宋，原约三分宋地。上国背约，尺寸不与，反加侵虐，是齐之失信于魏也。诸侯畏齐骄暴，亲近燕人，济西之战，五国同仇。大兵未临齐境，先集魏地。魏乃小邦，不得已而随于五国兵车之后。秦兵出关，诸侯未退，魏先罢兵。可知感齐恩者，魏君臣之心。伐齐者，实出于诸侯之逼，非其罪也！千岁今逞一时之愤怒，失却两国之旧好，岂不知今年魏亡，明岁齐灭，可立而待。

田法章　怎么，魏亡而齐灭，可立而待？请起再讲。

范　雎　千岁请听。语云：辅车相依，唇亡齿寒。齐魏乃唇齿之邦，诸侯不敢伐魏者，因有齐在；不敢伐齐者，惧有魏援。两国相合，大如秦楚。因此，诸侯不敢轻视，千岁何不细思细想也！

（唱）千岁英明谁不钦，
报仇雪耻继先君。
只说是桓威之烈必再振，
遣臣修好感齐恩。

田法章　（唱）此人谈吐真明敏，
片言可抵十万军。

侍卫下殿。（四侍卫下）内侍，传旨下去，速将我伐魏兵车撤回。

内　侍　遵旨。（下）

田法章　卿是何人？

范　雎　微臣范雎。

田法章　现居何职？

范　雎　微臣乃布衣之士，现居须贾门下为客，辅东君来朝千岁。

田法章　魏王兄弟可谓无智，如此大才之人，怎不重用。孤自有道理。须大夫去回馆驿，孤与范卿还要少叙。

须　贾　千岁恩宽。

（念）释怨复旧好，
范雎果才高。（下）

田法章　内侍，快与范卿看座。

范　雎　微臣不敢受座。

田法章　孤言非立谈可尽。孤敬卿才，坐了好叙。

范　雎　为此。微臣谢座！

田法章　这是范卿，齐自桓公以后，霸业日衰。寡人虽非英主，欲复霸业，当以何先？望卿直言勿隐。

范　雎　微臣碌碌庸才，千岁下问，微臣焉敢不直陈也。

（唱）立君德霸诸侯必先仁义，
效五帝并三皇不尚兵车。
须年年尽臣道尊事周主，
三五载复霸业诸侯聘齐。
这本是微臣的安邦大计，
贡献我贤千岁以报相知。

田法章　范卿之言，金玉可比。魏王既不重用我卿，何不来齐，寡人当拜卿为相，未知意下如何？

范　雎　哎呀，千岁，臣无定乱之才，魏乃父母之邦，此事微臣万难从命了！

田法章　卿既不愿，请到馆驿安身。

范　雎　微臣遵命了。

（唱）魏虽小父母邦实难抛弃，
大丈夫怎当得众人论非。（下）

田法章　内侍，速备黄金美酒去到馆驿，避过须大夫，送与范雎。并劝他若肯来齐，当拜他为相，以桓公待管仲之礼待之。速去！

内　侍　遵命！（下）

田法章　哎，范雎若允，齐国之福也。

（唱）论寡人也算得谦恭下士，
却怎么贤良辈不肯来齐？
何一日才遇得中流砥柱，

复霸业朝诸侯吐气扬眉。（下）

［范雎上。

范　雎　（唱）齐王实有爱才念，

背主求荣万万难。

我可莫说齐王呀齐王，你虽有敬贤之诚，我岂肯离父母之邦，未免有负你爱才之心也！

（唱）我还想霸魏邦将诸侯节制，

又岂肯弃大梁臣事田齐。

感齐王爱贤才高情厚义，

实令人当殿上好难置辞。

［大内率四内侍抬金酒上，大内向内偷看，见无人，点头。

大　内　（引）吾主谦恭敬贤士，

请范雎背魏来事齐。

［须贾上，看大内进，闪后。

须　贾　哎，我正要在范雎上边领教，偏偏齐使在此，我且不可上前，听他讲说什么。

大　内　可喜须贾不在，正好交言。范先生见礼了。

范　雎　尊官何来？

大　内　奉齐王之命，与先生送来黄金美酒。吾主再三嘱咐，先生若肯来齐，愿拜先生为相，以桓公待管仲之礼待之。望先生慨允，不要错了主意。

须　贾　哼，哼，哼。

范　雎　哎呀尊官，齐王之恩，实为可感。但是，我奉命至此，背主不义，此事万难从命。

大　内　这个，请将礼物收下。

范　雎　这黄金美酒实不敢受。

大　内　先生不收，教我怎样复命？

范　雎　望尊官见了齐王，善为我辞。

大　内　如此告辞。

范　雎　奉送。（大内等下）哎，

（唱）背君恩图富贵自然不是，

瞒东君受私惠未免有非。

人处世必须要循规蹈矩，

我范雎岂肯留半点瑕疵。（下）

须　贾　哼，可恨齐王，把我这个使臣全然不放在眼中，原来他要拜范雎为相，他虽然辞却，但是回国之后，魏王论功行赏，必然重用范雎，那时我怎肯位居门客之下。嗯，有了，我这一回国，先见丞相，就说范雎私受黄金，心想背主求荣，丞相恼怒，将他处死，这和齐功劳，岂不是我一人独有。正是：

（念）主意拿定回国去，
见了丞相进谗词。（下）

第二场　范雎受杖

［魏齐上，中军随上。

魏　齐　（引）须贾赴齐和聘，
老夫昼夜担心。
老夫魏齐。只因齐兵伐魏，主上寒心，君臣商议，命须贾聘齐求和。未知齐王可能应允，叫人时刻担心！

［须贾上。

须　贾　（引）只为国家事，
失却朋友情。
速快传禀，就说须贾还朝求见。

中　军　是，禀相爷，须大夫还朝求见。

魏　齐　怎么须贾还朝，快快有请！

中　军　有请。

须　贾　（进）丞相，下官出使还朝，未去面君，先谒见丞相。

魏　齐　大夫此去齐求和，可曾成功？

须　贾　蒙大王丞相之福，齐王允修旧好。

魏　齐　咦，哈，哈，哈！大夫释两国之仇，救举国之祸，功莫大焉！中军，

中　军　伺候。

魏　齐　大堂排宴，宾客作陪，与大夫贺功！

中　军　是。（下）

魏　齐　大夫，随着老夫来。哈哈哈！（同下，中军上排宴，魏齐须贾同三朝臣上，入坐）大夫请酒！

众　　　丞相请酒！

魏　齐　大夫成此大功，举国沾恩！

须　贾　丞相夸奖。丞相，下官此次赴齐，从行有门客范雎。

魏　齐　带一门客也好。

须　贾　丞相，此人可疑，请丞相做主。

魏　齐　什么可疑？你且讲来。

须　贾　丞相，齐王允许和好，即命我回馆驿，独留范雎坐谈，更深方回。复又命侍臣送来美酒黄金，要拜范雎为相。我想此人深知魏之虚实，倘他为齐

相，异日必率兵伐魏，必难为敌，因而禀明丞相。

魏　齐　哼，小小门客，竟敢私通齐邦，背主求荣。

须　贾　请丞相作主。

魏　齐　校尉们。

［四校尉上。

四校尉　在。

魏　齐　速传范雎见我。

四校尉　呵！（下）

魏　齐　大夫请酒！

众　　丞相请酒！

魏　齐　请！（四校尉带范雎上跪）下跪你是范雎？

范　雎　丞相传我为何？

魏　齐　你随大夫去到齐国，怎样成功从实说来！

范　雎　丞相容禀了！

（唱）到齐邦朝见时齐王大怒，
好一似入虎穴生路难求。
须东君心惧怯拔腿要走，
我范雎立保他不曾受戮。
以利害说齐王和好如旧，
传旨意当时把兵车尽收。

须　贾　嗯，真是胡说！

魏　齐　齐王命大夫回馆，留你坐谈什么？

范　雎　哎，请听！

（唱）齐王问我不敢隐藏愚陋，
兴霸业必须要和睦诸侯。
讲富国与强兵肤功难奏，
先仁义后征伐才是良筹。

魏　齐　这也不错！你回驿馆，齐王命侍臣送你黄金美酒何意？

范　雎　（唱）他叫我到齐国去把官做，
我范雎怎忍心背主事仇。
送来的金和酒一概不受，
大丈夫决不肯暗受贿赂。

须　贾　丞相，齐王送他金酒，要拜他为相，这是下官亲眼所见，如今他还要强辩。丞相早为主张，勿遗后患。

魏　齐　哼，背主之贼，实难宽容。校尉们。

四校尉　在。

魏 齐 大刑伺候。

范 雎 须东君怎么不念和齐之功，宾主之情！

须 贾 像你这背主之贼，应当处死。

魏 齐 来呀，狗皮扯了。

范 雎 （唱）只说是复邦交和约成就，
哪料想今日里恩变成仇。
既不能享荣华反将刑受，
难道你做宰相不问情由。

魏 齐 大胆！
（唱）背主贼倘若是得了生路，
我君臣到那时性命难留。
到今日犯我手万难宽宥，
霎时间管教你魂归九幽。
来呀，将这个逆贼与我打！

范 雎 慢、慢、慢着！魏齐，我把你个奸贼！想齐兵犯界，举国震惊，尔乃国家之宰辅，束手无策，竟差须贾聘齐求和。须贾胆怯，命我偕他同行。那时，我范雎为了魏国，不畏强御，去说齐王，撤退兵车，化险为夷。你今听信谗言，残害有功之人，你的良心何在？天理何存也？
（唱）我只说劝齐王来把兵罢，
实指望两国和安定邦家。
谁料想被贼害反遭拷打，
真乃是功愈高罪刑愈加。
照你这仗权势将人欺压，
昧天良将好人活活屈煞。

魏 齐 （唱）逆贼不住骂连声，
阵阵恶火向上升。
怒气冲冲忙传命，
乱棍打死这狂生。

［校尉打范雎，范雎恨魏扑打，被打死。

四校尉 禀丞相，范雎绝气。

魏 齐 什么？

四校尉 范雎已死。

魏 齐 （出席看，用手摸）哼，把你这贼死得不屈。来呀，将尸丢在厕坑，扯下去。（四校尉抬尸下）大夫，你同大小官员，去到厕坑，溺尿唾骂。

众 遵命。（魏齐下）大人，你和范雎乃系宾主，随你赴齐修好，今日相府堂上，何不与他说些好话？

须　贾　你不明白。他若为齐相，必然伐魏。那时，我们都要做他刀头之鬼！
众　　　大人言话差矣！他为齐相，魏乃父母之邦，怎忍加兵！
须　贾　这个……
众　　　这个什么？
须　贾　适才相府你们为何不言？
众　　　丞相面前哪有我们讲话之处。
须　贾　如今迟了。丞相吩咐我们，同到厕坑，唾骂一番。（下）
众　　　须贾去了。想我们和范雎何仇，不必如此！见了丞相，就说唾骂了。正是：
（念）能方便处且方便，
得留情处且留情。（同下）

第三场　贫儿救贤

［范雎倒卧前场，田贫儿上。
田贫儿　（板歌）
我、我、我花子，命儿苦，
早丧父，又亡母，丢我丢得太年幼。
无庄房，少地亩，零丁孤儿满街游。
亲不怜，友不救，只好乞讨在街头。
东巷跑，西巷走，叫爷叫婆喊破口。
吃不饱，饿不瘦，鹑衣百结冷难受。
花子虽贫心底还忠厚，还忠厚。
咱乃花子田贫儿。正在大街讨饭，忽听人说范爷被人打死，尸首丢在厕坑。众弟兄，今天都不要去上门。
内　　　（应）有什么事故？
田贫儿　哎，把范爷被人打死了，尸首丢在厕坑。我们前去哭他几声。
内　　　他死了，以后再不给咱馍吃了，哭也没用，我们不去。
田贫儿　你们都是没良心的东西！岂不知：受人点水恩，必当涌泉报。你们不去，我要去。（边走边说）我不去我的良心过不去，我要哭他几声。那是范爷，我是花子田贫儿来在这里哭你，为报你周济之恩了！
（唱）田贫儿走来泪涔涔，
哭范爷为报周济恩。
为人处处要谨慎，
难道你就没小心。
可怜你今将命殒，

血尿满身痛煞人!

范　雎　哎哟!

田贫儿　(惊退后看)打鬼!打鬼!我可是不怕鬼的。哎呀,想是范爷活过来了。待我问他声,范爷,你是鬼声吗?还是人声?

范　雎　你是田大哥。

田贫儿　是的,我是哭你来的。

范　雎　有劳你了。我被奸贼打得筋骨折损。虽留残喘,不久必死。你能背我回家,与我妻见得一面,我将金子十两谢你。

田贫儿　范爷,小人情愿背你回去。来,待我背你。

范　雎　此时不可。

田贫儿　什么时候才成?

范　雎　请你速去和大家去相府乞恩,就说你们都是街上百姓,因厕坑通着街市,臭气难当,断了行人,乞相爷将尸移出城外,好用土盖。此时,奸贼得意狂饮,必然大醉,定叫你们移尸。那时,你来背我,才得脱险。

田贫儿　哎呀,好计好计!我就依计而行了。

(唱)难得他筋骨折心有成算,
能想出这样的巧妙机关。
卧厕坑全不闻呻吟叫唤,
好像个路旁的僵尸一般。(下,同百姓上)

快走快走呀。

是这样硬骨气古今罕见,
范大爷真不愧当代英贤。

来在相府门首,你们站着,待我上前。军爷请了。

[中军上。

中　军　做什么的?

田贫儿　我们都是街上的百姓前来乞恩。

中　军　乞的什么恩?

田贫儿　请军爷通禀相爷,就说街上百姓都说厕坑通着街市,每日用土掩盖三次。今有相爷仇人尸首在内,不敢盖土,臭气难当,断了行人。乞相爷将尸移出城外,我们用土掩盖厕坑。

中　军　待我与你们传禀。(下)

内　禀相爷,街上百姓乞恩,言说尸首臭气难当,请移出城外,他们用土盖,以便行人。

魏　齐　(内)命他们将尸丢在郊外,任鹰犬食之。

[中军上。

中　军　百姓们听着:相爷有命,叫你们将尸首丢在郊外,任鹰犬食之。(下)

田贫儿　遵命，遵命呀，

（唱）范爷他真个是巧计妙算，

那奸贼他果然中了机关。（带众百姓下，一人又上）

此一去背范爷将她妻见，

离险地免贼害我才心安。

来在厕坑。范爷，范爷，他怎么不应。嘿，他恐怕我带来外人，不敢应声。待我与他说明。范爷，此间再无别人，就是我贫儿一个在此。

范　睢　大哥，你来了！

田贫儿　哈哈，果然如此。我就把他的心事揣着了。可见我的才和他差不多。

范　睢　你去如何？

田贫儿　那奸贼说把你的尸首丢在郊外，任鹰犬食之。

范　睢　如此说来，那就无事了。

田贫儿　无事了。

范　睢　你快背我来。

田贫儿　你上来，我好背你。

范　睢　我能上去，何劳你背？

田贫儿　你不能上来，我就下来了。（背上走）范爷你把我抓紧。

范　睢　我晓得。

田贫儿　（唱）我贫儿背上他浑身粪染，

为救人哪怕他臭气难堪。（下）

第四场　设计脱险

［范妻上。

范　妻　（唱）我范郎天方晓丞相唤去，

必然是论功赏身穿紫衣。

想到此我自觉洋洋得意，

这时候不回来却是怎的。

哎，今晨相府传唤，范郎这般时候怎么不见回来，呵，是是是了！

（唱）莫不是丞相因他聘齐合约告成庆功行赏设宴席，

你一杯他一杯不好推辞。

今日里他才能扬眉吐气，

扶东君说齐王撤退兵车。

从今后我国家安然无事，

论功绩我官人他算第一。

哎。我可莫说范郎呀范郎，就是丞相庆功设宴，你也该知进退，不该乐不思归。

（唱）初立功万不可过分得意，
岂不知得意忘形饮酒过量惹是非。
还不见人役们送他回里，
只恐怕醉醺醺步儿难移。

哎，天色已晚，还不见范郎回来，待我将红灯挂在门首，等他便了。（取灯出外挂灯，左右看无人失望）

（唱）日西坠天昏黑还不见回，
倒叫我左思右想心加疑。（回房闷坐，田贫儿背范雎上）

田贫儿　（唱）背范爷急忙走心中欢喜，
救贤人脱危险暗谢神祇。

范爷，天黑了，远近如何？

范　雎　前边挂红灯的就是我家。

田贫儿　呵，我当是金子放光呢呀。

（唱）幸喜得今日里大功成就，
送范爷回他家从此无忧。

到了，待我唤门。范大娘子开门来。

范　妻　嗯，必是范郎回来，待我开门。（开门，田贫儿背范雎进）你将何人背到我家？

田贫儿　这是我家范爷，被丞相打成这个光景。

范　妻　哎，不好！

（唱）见范郎血淋淋浑身粪染，
不由人痛煞煞心似刀剜。
每日里只夸你才学罕见，
为国家反受了不白之冤。

范　雎　不必痛哭，有人听见，不太稳妥。

范　妻　那是何人？

范　雎　他是我救命恩人。

范　妻　原是恩人，受我一拜了。

田贫儿　这一下，大概把我的金子拜完了！

范　妻　（唱）含着泪忙跪倒谢你恩义，（跪，田贫儿惊）
负残躯归寒舍恩与天齐。

田贫儿　不敢，不敢。待我先和范爷开个玩笑。范爷，快取金子叫我走。

范　雎　大哥，我哪里有金子！齐王赐我黄金，我不曾受，奸贼将我打成这般光景；若果受金，有何屈我！

田贫儿　呵，怎么，你没金子？

范　睢　无有，大哥你今晚之恩，万难忘却，他日得志，必当重谢。

田贫儿　范爷，我是爱打现钟的，等不得铸钟。你这时候没有十两了，就是五两我也收的。

范　睢　一点也无有。

田贫儿　没有五两了，二三两该是有的？

范　睢　哎，大哥，我实在是无有的！

田贫儿　没有了罢，我是和范爷你取笑呢。慢说你没金子，就是你与我二三十两，我也是不受的。我为救你而来，岂肯怀金而去乎。

范　睢　哎，谁料讨饭乞儿之中，竟有如此义气之人！

田贫儿　范爷，休说背你回家这点小劳，就是再有用我的时候，赴汤蹈火，决不推辞！

范　睢　如此，我就越发有劳你了！

田贫儿　范爷，你今可怜到这般地步，你叫我做什么，我就前去，怕事我都不算君子。

范　睢　大哥，烦你再到西门内第三家，高叫郑官人。有人问你，你就说，我叫他速来。

田贫儿　那是何人？

范　睢　那是我结义兄弟郑安平。

田贫儿　那么，我就去。

范　睢　慢着，我还有嘱托。

田贫儿　不知你还有何事？

范　睢　大哥，你到明天，扮就樵夫模样，寻得半张芦席，用血染了，丢在郊外。你在一旁砍柴。奸贼必来寻尸。倘若问你，你说昨日打柴，见许多人抬着芦席卷一尸首，丢在此处，狂笑而去。忽然来了一只猛虎，将尸噙去。奸贼必信为实，再不穷究。我好在外平安养伤。

田贫儿　这个我能办。你放心，我去了。（下）

范　睢　娘子，快取温水洗我。

［范妻扶范睢入帐取水盆上，与范换衣洗涤。

范　妻　哎，我的范郎！

（唱）实想你做高官锦衣归里，
哪料你受严刑怎不惨凄！
我劝你丢开了富贵二字，
且安贫好消受蔬食布衣。

［郑安平上。

郑安平　（唱）闻凶信吓得我魂不附体，
范仁兄遭此事真道惨悽！

大功劳做罪人颠倒处置，
恨奸贼咬牙关怒气难息。

范　妻　郑叔叔你来了！

郑安平　我我我来了，仁兄，你可认得我？

范　雎　怎么不认得你！贤弟，你快将我背到你家，鸡鸣混出城去，奸贼明日必要寻我。

郑安平　如此，快走！

范　妻　郑叔叔！

郑安平　嫂嫂，讲说什么？

范　妻　哎，你哥哥的祸患，皆由长舌惹起。你在外边，劝他千万再休多说话。

范　雎　哼，只要我的舌头还在，不难报仇。他日你们再看我舌头上的功劳。

郑安平　你我快走！

范　雎　且慢，哎哎娘子，到了明天，你身穿孝服，空设灵位。贼人必前来探问我死的虚实。你就说，打死相府，尸首丢在郊外，贼必不疑，可保一家平安。

范　妻　为妻记下了！

范　雎　贤弟，快快背我来走！

（唱）临行时先想下安家之计，
决不令魏国人笑我无奇。

郑安平　（唱）我二人虽则是异姓兄弟，
其恩义如同胞患难不离。（背范出门）

范　妻　（唱）含着泪忍着痛送出门去，
罢了郎君！

范　雎　娘子！

范　妻　范郎！

范　雎　哎，娘子呀！（下）

范　妻　（唱）到明天诳奸贼换上孝衣。
用计谋等候贼他到此地，
结素帏设灵堂招魂悲泣。

哎，范郎呀！（下）

［田贫儿捉鸡上，内做犬吠声。

田贫儿　（唱）耳听得那壁厢犬声乱咬，
必定是鸡主追我难脱逃。
急忙忙换白衣再戴白帽，
无计谋我贫儿不算英豪。（下）

［须贾上。

须　贾　（唱）我心上战兢兢策马飞跑，
恐范雎未打死惹起祸苗。
黑夜里我只得相府报告，
［田贫儿白衣高帽乱叫，须贾疑是鬼，跌落马下。
见凶鬼吓得我汗如水浇。
［贫儿乱叫，须贾伏地，贫儿下，须贾看。
哎，这也是我心虚胆怯。嗯，我还要相府禀告，免得以后丞相怨我。（下）

第五场　魏齐寻尸

［范妻上。
范　妻　（唱）举哀戴孝哭声放，
想起遭遇痛断肠。
范郎大功应受赏，
反被贼害身遭殃。
尸丢厕坑命未丧，
田贫儿救命暗隐藏。
但愿得志杀贼相，
大报仇冤谢上苍。
哎，范郎临行言说：魏齐多疑，酒醒必来我家找寻尸首。着我在家假设灵堂，举哀戴孝，以绝奸贼之疑。这般时候，恐贼前来窥探，不免恸哭起来。哎，我叫叫一声范郎呀范郎，我的惨死的郎君！
［魏齐须贾带四校尉上。
魏　齐　（引）今晨酒醒心还恨，
须　贾　（引）虎去必定要伤人。
校　尉　禀相爷，来到范雎门首。
魏　齐　内边去看。
校　尉　是。（进）呔，这一妇人，范雎是你什么人？
范　妻　是我丈夫。
校　尉　在家不在？
范　妻　被人打死，尸首丢在郊外，家中空设灵位，你来细看，何必问我。（四校尉左右看，无有尸首，出门）
校　尉　禀丞相，他家空设灵位，无有尸首。
魏　齐　既然尸首不在家，速往郊外寻尸。（急带须贾四校尉下）
范　妻　奸相已去，唯恐复来。我还是暂勿收拾灵堂。姑坐灵前，想起此事，叫人怎不痛心也！

（唱）奸相虽去恐复返，
勿叫贼窥破这机关。
姑坐灵前泪满面，
但不知范郎何日还！（幕下）

［田贫儿上。

田贫儿　（唱）昨夜晚为朋友做贼装鬼，
料须贾那老贼真情不知。
为骗贼设巧计血染芦席，
我还要扮樵夫暗听消息。

来在郊外，将这血席丢在一旁，待我砍柴。

［魏齐须贾带四校尉上。

魏　齐　（唱）催马来到荒郊外，
须　贾　（唱）见一樵夫在砍柴。
魏　齐　大夫，那旁有一樵夫，速去问过。
须　贾　樵夫，樵夫，呔，你砍柴也罢，为何怒气冲冲？
田贫儿　因它救了我的命，所以我要怀恨砍它。
中　军　树怎能救你的命？
田贫儿　你不知道，昨日我正砍柴，忽然来了一只虎，要吃我。我急忙爬上此树。那虎没法吃我，将一个尸首噙着去了，岂不是它救了我的命？
须　贾　那么你也太没良心了！
田贫儿　我没良心！哪个王八蛋没良心。
须　贾　你用小斧砍大树，慢说砍它不倒；就是砍倒，也可惜栋梁之材！
田贫儿　你说我不惜栋梁之才，不知道被人将栋梁之才屈死了多少！
须　贾　嗯！我且问你，你在这里可见一副尸首？
田贫儿　哎，我昨日见许多人用芦席卷着一副尸首，丢在草丛。忽然来了一只猛虎，我爬上树，虎将尸首噙去。那不是芦席？
魏　齐　照这样说，范雎死而无疑。
须　贾　嗯，死而无疑。
魏　齐　大夫，随老夫同到相府，痛饮一场。正是：
（念）枉有奇谋累身死，
须　贾　（念）八斗雄才被虎食。（同下）
田贫儿　呀呸！哎，我把你两个奸贼呀！
（唱）死人倒把活人欺，
奇谋巧计他难知。
但愿范爷早得志，
贫儿也有荣耀时。（下）

第六场　穰侯搜车

［王稽上。

王　稽　（诗）强弱相形非一日，
　　　　　　小邦多受大邦欺。
　　　　　　政柄下移宾做主，
　　　　　　君少国危怎支持。

　　　　下官秦国下大夫王稽。只因秦王年幼，国舅专权，上欺君王，下虐百姓，秦国变乱，就在眼前。下官奉命至魏，独坐驿馆，好不愁烦。

［郑安平上。

郑安平　（引）欲扶贤士投明主，
　　　　　　馆驿门下探消息。

　　　　郑安平。诈为驿卒，留心细访诸侯使臣。哪国君贤，便投哪国。今有秦国使臣在此，不免藉送茶机会，探问秦国治乱如何。大人，请茶！

王　稽　这是驿卒。

郑安平　大人讲说什么？

王　稽　我且问你，你魏国多出贤士，你知才可大用之人是谁？

郑安平　大人请听！
　　　　（唱）我魏国唯范睢才具最大，

王　稽　受职不曾？

郑安平　（唱）可怜他才学高境遇不佳。

王　稽　今在何处？

郑安平　（唱）竟被那魏丞相立毙杖下，
　　　　　　将大功变成罪实实屈他。

王　稽　哎，可怜此人怀才受屈，可惜不到我国，不能大展其才！

郑安平　（唱）想如今列国中唯有秦大，
　　　　　　还需要选贤才富强国家。
　　　　　　倘若再用奇才数年必霸，
　　　　　　有何难展雄图号令天下。

　　　　大人，秦王果能用贤，今小人里中，还有一人，本领不在范睢之下。

王　稽　他是何人？

郑安平　名唤张禄。

王　稽　可能一见？

郑安平　此人因避仇家，隐居山中。

王　稽　那却如何能见？

郑安平　大人要见不难。约定日期，途中相见。

王　嵇　何人去请?

郑安平　大人既有求贤之诚，小人岂惮荐贤之劳。

王　嵇　如此深感！明日你待我于三亭冈，千万不可失信。

郑安平　无信成什么人！

王　嵇　如此速去。

郑安平　遵命。（下）

王　嵇　哎，好呀！

（唱）看驿卒言谈间令人惊讶，

细思想那人物一定不差。

他二人必定是齐驱并驾，

求一贤得二士真道喜煞。（下）

［范雎上。

范　雎　（唱）深山中且喜把残躯养好，

恨魏齐和须贾怒气难消。

二奸贼却不能除根斩草，

我不死你终把亡身祸招。

范雎，更名张禄，隐居山中。幸喜伤势痊愈。欲游列国，曾命郑贤弟访问哪国求贤，便向哪国去投。

［郑安平上。

郑安平　（引）奇才岂可久耽延，

宜早献策入秦川。

范　雎　贤弟回来了！

郑安平　回来了。仁兄，弟想列国之中，唯有秦大，欲展壮志，可投秦邦。

范　雎　为兄亦有此心。怎奈无有引荐之人。

郑安平　仁兄，弟已与秦国使臣约定，三亭冈相会。

范　雎　不知何日去见?

郑安平　约定今日，他在那里等候、

范　雎　既然约定今日相见，你我一同前去了。

（唱）这本是巧遇合令人难料，

我好似脱笼鸟展翅飞逃。

郑安平　（唱）幸喜得西秦邦使臣来到，

秦昭王爱贤士网罗英豪。（同下）

［王嵇上。

王　嵇　（唱）当途中卷车尘西风吹动，

我手中慢扬鞭驾车西行。

倘张禄是真才必能大用，

除残暴安秦邦为国立功。

［范睢、郑安平上看。

那厢来的可是张禄先生？

范　睢　正是小人。

郑安平　仁兄，这就是秦使王大人。

范　睢　见礼了。

王　嵇　还礼了！闻名久矣！一瞻道范，可谓名不虚传。敢问先生，如今周室衰弱，天下不安，西秦欲霸，当用何策？

范　睢　大人，霸秦之策，莫如远交近攻。

王　嵇　何为远交近攻？

范　睢　远交远国，近攻邻国。远国和而能相用，邻国近而易用兵，天下不难太平。

王　嵇　真良策也！请同车入秦，吾主必然大用。

范　睢　全仗大人。

王　嵇　好说，此位何人？

范　睢　此是我盟弟郑安平，有文武之才。

王　嵇　有慢先生。

郑安平　好说

王　嵇　请二位登车，即刻启程，唯恐魏人知之，不大稳便也。

（唱）谈论间就知他锦绣怀抱，

如吾君能大用必立功劳。

范　睢　（唱）猛抬头见前面兵车来到

郑安平　（唱）摆着队列着伍旌旗飘飘。

范　睢　大人，前边何人兵马？

王　嵇　请二位且坐车中，待我迎接来人。

［四龙套四校尉引魏冉急上。

魏　冉　（唱）催动人马过函关，

只见王嵇站道边。

王　嵇　王嵇接见千岁。

魏　冉　王嵇。

王　嵇　千岁。

魏　冉　命你打探魏国，如何？

王　嵇　千岁，魏国君臣并无怨我秦国之意。

（范睢车中窃视魏冉）

魏　冉　哼，你从关东来，可带有舌辩之士？

王　嵇　小官不敢。

魏　冉　料你不敢。来，

众　　　有。

魏　冉　兵出函关。

众　　　呵。（走，魏冉心疑，一步一回头看车）

王　嵇　送千岁！

魏　冉　免。（下）

范　睢　大人，此人是谁?

王　嵇　先生，这就是秦王之舅，穰侯魏冉。吾主年幼，国舅专权，欺君虐民，任意残杀。先生到了秦国，先除此贼，以安社稷。

范　睢　如此，我弟兄告辞!

王　嵇　先生，这是何意?

范　睢　大人，我观穰侯，屡视车中，已起疑心。未即搜查，不久必悔，悔必复来搜车。那时，不但我二人有祸，恐与大人不便，贤弟快走。（急下）

王　嵇　先生转来，先生转来。哎，真可笑也!

（唱）笑张禄纵有才胆量太小，
即带你到我国难立功劳。
当栋梁他原是蓬茅野草，
只怪我失眼力枉费计较。

［魏冉带四龙套四校尉上。

魏　冉　（引）亲自将车搜，
方去吾心忧。

王　嵇　千岁，为何去而复转?

魏　冉　恐你带来关东舌辩之士。

王　嵇　小官不敢!

魏　冉　吾心甚疑，故来搜车。

王　嵇　丞相请搜。

魏　冉　校尉们。

四校尉　在。

魏　冉　车中搜检。

四校尉　呵，（搜车）禀相爷，车内无人。

［魏冉摆头，亲自搜来，见无人，疑视王嵇，左右看。

魏　冉　哼！哼！哼哼哼!

王　嵇　（惊颤）小官不、不、不敢。

魏　冉　哈哈哈，料你也不敢。校尉们，

四校尉　在。

魏　冉　兵出函关。

众　　呵!

王　稽　送千岁。

魏　冉　免。(急下)

王　稽　哎呀，张禄真神人也!

(唱)才知他甚聪明看得分晓，
如见其肺肝然不差丝毫。
他走去但不知哪里去找，
把一个大贤人半路相抛。

[范雎郑安平上。

范　雎　(唱)为避搜车未远走，

郑安平　(唱)见了大人问从头。

范　雎　大人受惊。

王　稽　怎么你们又来了?

范　雎　为避搜车，不曾远去。

王　稽　哎呀呀!先生明眼卓见，真神人也!

范　雎　好说。

王　稽　先生到秦，先除此人。

范　雎　秦王若能用我，除他有何难哉!

王　稽　如此，请来登车。

范　雎　请!

(念)此去秦王若用我，
要将穰侯相印夺。(同下)

第七场　范雎拜相

[四内侍大内引昭襄王上。

昭襄王　(引)国舅专权柄，何一日还政朕躬?(坐)

(诗)勿言骨肉亲，何曾如路人。
早已下犯上，不久臣做君。

孤王秦昭襄王。国舅大权独揽，太后不肯还政，自料社稷难保，终日忧愁，无法奈何。

大　内　禀千岁，王稽还朝候旨。

昭襄王　召他上殿。

大　内　千岁有旨，王稽上朝。

王　稽　(内)接旨。(上)臣王稽，自魏还朝，参见千岁!

昭襄王　我卿平身。

王　嵇　千岁恩宽。千岁，臣自关东带来贤士。

昭襄王　其人是谁?

王　嵇　魏人张禄。

昭襄王　他有何长?

王　嵇　此人有谈天说地之能、安邦定国之志。若大用此人，必能强秦。

昭襄王　哎，卿既带来，暂授左庶长之职。

王　嵇　千岁，左庶长之职，恐难羁縻此人。

昭襄王　寡人并非吝惜官爵，一旦秦国祸起，张禄不特不能救孤，恐他也要受祸。奈何。卿不必多言，下殿去罢!

（唱）朕见穰侯胆即破，
早晚难保孤死活。
张禄若还加厚爵，
国舅岂能不知觉!
贤士他也要受祸，
暂屈下僚还安乐。（带内侍下）

王　嵇　（唱）指望大才为辅佐，
朝中荆棘尽除却。
官小难留他两个，
贤士去而祸必作。
眼前国家就要破，
辗转无法唤奈何!（下）

[范睢郑安平上。

范　睢　（引）秦国富饶民性强，
关山险固天府邦。

郑安平　（引）堪羡秦地好气象，
独霸称雄在西方。

[王嵇上。

王　嵇　（引）这样贤才不大用，
秦亡即在旦夕中。
可恨穰侯秉国政，
闭塞贤路妒才能。

范　睢　有劳大人。主上怎样吩咐?

王　嵇　哎，屈先生暂就左庶长之职，他日有功，必能大用。

郑安平　呵，明是秦王不用我兄，何不别作打算!

（内鼓声忽起）

范　睢　大人，哪里鼓声大作?

王　嵇　那是穰侯点兵伐齐夺取纲寿之地。先生逆料，此去胜败如何？

范　雎　大人附耳来。

王　嵇　哎呀，不好！

（唱）听他言来吃一惊，

我要进宫见主公。（急下）

范　雎　哎！

（唱）数语说破伐齐病，

摇动秦王巧计生。（下）

（四内侍大内引昭襄王上）

昭襄王　（唱）忧国忧身眉常皱，

爱才不敢用张禄。

国亡旦夕无人救，

整日只觉闷悠悠。

［王嵇上。

王　嵇　（唱）穰侯伐齐争纲寿，

假公竟然报私仇。

怒冲冲进宫去启奏，

内　侍　（唱）无召命不许人自由。

你站远点。

王　嵇　我有机密。

内　侍　你站远，你有事，登了殿再奏。

王　嵇　呔，我有机密要事进宫奏明千岁，你许我进宫，也要进宫；不许我进宫，也要进宫。（推开大内闯进宫）臣王嵇见驾。

昭襄王　孤王无宣，进宫何事？

王　嵇　臣有机密大事。

昭襄王　什么机密大事，请起奏来。

王　嵇　千岁，国舅兴兵，主公知否？

昭襄王　出兵何往？寡人不知。

王　嵇　调兵伐齐，为夺纲寿之地。智者以为不可！

昭襄王　谁以为不可？

王　嵇　张禄先生以为不可。

昭襄王　何为不可？

王　嵇　千岁，秦之伐齐，有三不可。

昭襄王　其一？

王　嵇　千岁，秦兵伐齐，必须越韩过赵。即得其地，不为韩有，便为赵夺。劳师远征，胜则无益于秦，败则为害不小。

昭襄王　哼，其二？

王　嵇　秦兵东出函关，齐人闻风恐惧，必然会合韩赵两国，聚兵齐地。齐兵在前，韩赵之兵随后。秦兵虽强，怎抵三国之众！

昭襄王　其三？

王　嵇　楚闻秦发大兵，远越韩赵而伐齐国。如乘我空虚，出兵武关，直捣咸阳，那时，不但国破家亡，性命恐也难保！还请千岁早作准备。

昭襄王　呵，我卿速请张禄。寡人驾幸偏殿，与他叙话。

王　嵇　为臣遵旨。正是：

祸起萧墙殊堪忧，

不除权奸誓不休。（下）

昭襄王　内侍趋车偏殿。

（唱）穰侯兴兵不启奏，

为王在朝有若无。

叫内侍趋车偏殿走，（上车出宫）

要到那里会张禄。（下）

（范雎上）

范　雎　（唱）秦王偏殿将我候，

乘君疑忌进良筹。

[看秦王来佯装不知，四内侍大内引昭襄王上。

昭襄王　（唱）兴亡眼前料不就，

自恨祸起不早图。

何人拦住宫车路？

君臣之礼一旦休。

大　内　闪开，王过来了。

范　雎　秦国何曾有君？

内　侍　你都不怕王吗？

范　雎　我不怕王。我怕的是穰侯！

昭襄王　此人言切肺腑，必是深知孤王之人，还是下车相见。（下车看范不理）先生莫非魏人张禄？

范　雎　臣正是张禄。

昭襄王　先生随孤登车偏殿一叙了！

（唱）寡人携定张禄手，

唯先生能解孤忧愁。

先王之业不能守，

还恐早晚性命休！

（下车，手挥左右退下）

先生不远千里而来，将何以教寡人？（范雎不言转右，秦王向右拜揖）先生辱临敝邑，岂无一言教寡人乎？（范雎低头思虑不语又转左，秦王无奈，下跪）先生为何一语不发？

范　雎　哎呀，千岁，（扶秦王起，）臣非不言，实不敢言耳！臣闻伊尹太公，商周异姓之臣也。一兴商六百余载，一兴周八百余年，亦享有封侯传之子孙。箕子、比干，皆骨肉之亲。比干谏而死，箕子为之奴。臣为羁旅之客，居至疏之地。欲言皆兴国大计，或有关系人骨肉之间。不深言则无救于秦；欲深言则大祸临身。不获伊尹太公之荣，反受箕子、比干之辱！臣愿效愚忠而未知王之心，所以，王三问而臣不敢答也！

昭襄王　寡人慕先生大才，故屏去左右，专意听教。凡事可言者上及太后、下及大臣，愿先生尽言无隐才是呀！

（唱）屏去左右专听教，
　　请先生勿隐说明了。
　　安秦应该循何道，
　　除奸应用何律条？
　　朝野不清无人扫，
　　请先生代孤多效劳！

范　雎　千岁，以尽言命臣，臣之愿也！请上受臣一拜。（下跪，王扶起）

昭襄王　先生快快请坐。

范　雎　谢座！

昭襄王　请言强秦之道

范　雎　千岁，秦地之险，天下莫及；甲兵之强，天下莫敌！为千岁计，莫如远交而近攻。

昭襄王　远交近攻之道如何？

范　雎　远交以离人之欢，近攻以广我之地，天下不难尽，兼并之谋就，霸王之业成。千岁以为如何？

昭襄王　嗯，先生所奏强秦良策，甚是有理。先生听封！拜先生为客卿。臣扶先生冠带。

范　雎　谢千岁。（大内随范下）

昭襄王　哎，好呀！

（唱）先生真有大才智，
　　远交近攻安社稷。
　　今后大事托他理，
　　寡人才能展愁眉。

［范雎冠带上。

范　雎　（唱）三寸舌开明理路，

才高应受国厚禄。

千岁，臣蒙过听，引与同决国事，虽粉身碎骨，无以为报。臣有安秦之计，尚未敢尽言。

昭襄王 张卿，寡人以国相托，有计不以此时辱教，尚待何时？

范　睢 哎呀千岁，夫制国之谓王，生杀予夺，他人不敢擅权。今太后恃国母之尊，孤行己意，四十年矣。穰侯独专秦政，三君辅之，各立门户。私家之富，十倍于公。千岁空有其名，恐千秋万岁，有秦国者，非王之子孙也！

昭襄王 先生所教乃肺腑之言。寡人深恨闻之不早！张卿，穰侯应如何处治？

范　睢 臣自有策。镇殿将军何在？

［四将上。

四　将 在。

范　睢 速驾兵车出关，就说太后有旨，取了穰侯兵符，收符之后，军前大声扬言：无秦王之命，伐齐行同作乱。言毕即持兵符飞奔而回。众将必然一拥而西，速去勿误。

四　将 得令。（下）

范　睢 侍臣，传君之命，太后安居深宫，不许临朝听政。泾阳等三君，存爵除权。倘有不遵，当以叛逆论罪。速去勿误！

（唱）还有一事要面奏，

请大王仔细听从头。

国舅掌权世少有，

太后听政无来由。

陛下今已非年幼，

应立朝纲展宏筹。

［四将上。

四　将 （唱）夺得兵符已到手，

急忙上殿把旨交。

千岁，小将夺得兵符入关，众将带队回国。

（呈兵符，昭襄王收，喜）

昭襄王 殿下伺候。

四　将 遵旨。（下）

昭襄王 张卿真神人也。

（唱）寡人畏他如猛兽，

张卿妙计解孤愁。

真个他有擎天手，

古今罕见这嘉猷。

［魏冉上。

魏　冉　（唱）满腔豪气冲牛斗，
　　　　天大势力一旦休。
　　　　不知何人下毒手，
　　　　不由人恶火上心头。

千岁，千岁，为臣伐齐，夺纲寿之地，为何削臣之权？是何道理？你与我说，你与我讲。

（王惊慌失措，范向王耳语）

昭襄王　行兵大事，慢说君臣，即父子，也要商议。私自出兵伐齐，目无寡人，孤不得已而如此。

魏　冉　满口胡道！（恶狠狠至案边，王惊退，颤索不已）

范　雎　哇，你仗骨肉之亲，竟敢侮辱一国之君。想臣只可因爵尽力、不可假权资乱。今后国舅府中，只用苍头数人，不许人员过多。倘有违背，当以叛逆论罪！

魏　冉　你是什么人？

［范雎目视四将，夺穰侯相印。

范　雎　就是国舅没搜出的关东舌辩之士。

魏　冉　这个。

范　雎　我将大事安排妥当，国舅你小心着！（下案，指穰侯，穰侯惊）

昭襄王　国舅下殿，朝事不用你管。

魏　冉　哎，罢了！

（念）那日怀疑在途中，
　　　　曾命士卒把车搜。
　　　　只怪粗心又大意，
　　　　难免今日一旦休。

哎！（垂头丧气下）

昭襄王　张卿听旨！

范　雎　臣。

昭襄王　拜我卿为相，爵封应侯。军国大事，唯卿一人主之。

范　雎　谢主隆恩。陛下回宫。

昭襄王　丞相回府。

范　雎　为臣遵旨了！

（唱）安秦之策已成就，
　　　　再向列国展良图。（下）

昭襄王　（唱）有了应侯伺左右，
　　　　寡人才享太平秋。（上车下）

第八场　须贾吃草

［须贾上。

须　贾　（唱）奉命使秦入函关，
　　　　列国使臣对我言。
　　　　张禄丞相不易见，
　　　　黄金白玉是枉然。（闷坐）

魏国使臣须贾。只因秦用张禄为相，移文各国，来秦修好。是我奉命至秦，数谒张相，竟不能见。眼看岁暮，又不能归，闷坐馆驿，叫人好不为难也。

（唱）独坐馆驿心着急，
　　　　终日愁闷锁双眉。
　　　　要见张相非容易，
　　　　与秦求和该靠谁。

［范雎装穷相上，驿卒暗上。

范　雎　（唱）蓬头垢面无根履，
　　　　捉襟见肘破烂衣。
　　　　装穷独向驿馆去，
　　　　好似挨门把食乞。
　　　　行装举动毫无异，
　　　　只怕容颜不相宜。

［范雎向前进，驿卒喊住。

驿　卒　做什么的?

范　雎　这里有魏国来的一位须老爷。你就说他的乡里拜见。

驿　卒　你站着。待我与你传禀。

范　雎　是。

驿　卒　禀爷，驿馆门外来了一人，说是老爷的乡里拜见。

须　贾　其人光景如何?

驿　卒　咳！穿得很褴褛。

须　贾　胡说。老爷乡里，不是乘马，就是坐车，哪有衣衫褴褛的乡里。老爷不见，叫他快去。

驿　卒　是我老爷心中有事，不见客，你快走去。

范　雎　烦你再去与他说，他见我也要见，他不见我也要见。

驿　卒　哎，待我传来。禀爷，那人说你见他也要见，不见他也要见。

须　贾　你三番五次的真道的麻烦。也罢，命他来见。

驿　卒　是。咳，老爷命你去见。

范　雎　哎！来来来了。
（唱）烂衣破履穷光景，
看他可能念旧情。
东君别来无恙！
须　贾　哎呀，不好。
（唱）一见范雎进驿厅，
吓得须贾胆战惊。
只说是他那年丧性命，
死后怎能又复生，
莫不是冤鬼将人弄。
打鬼，打打打鬼！
范　雎　东君我明明是人，何言是鬼？
须　贾　哎，从前魏齐丞相将你立毙杖下，你不去找他，为什么来找我？
范　雎　东君不知，我被好友搭救，不曾死。
须　贾　如此说来，你没有死。
范　雎　我何曾死。
须　贾　范雎。
范　雎　东君。
须　贾　请坐。（须贾想起前情对不起范，无法挽回，想起藉酒宴可以叙谈，遮掩己过）
范　雎　有座。
须　贾　来呀。看酒宴上来。
范　雎　慢着，要酒宴何用？
须　贾　我要与先生共饮。
范　雎　你看我成了这般光景，焉敢与东君一处饮宴？
须　贾　你我是酒宴逢知己，他乡遇故交。来呀，摆宴上来。（卒捧酒宴放在桌上）先生请酒。
范　雎　请！
须　贾　（亲自一再斟酒）先生请。
范　雎　请！
（唱）和大夫一处同饮宴，
接二连三情意谦。
当年作别魏阳县，
谁料相逢在秦川。
须　贾　请！
（唱）只说你死后难得见，

　　　　不料相会到此间。
　　　　共坐饮酒喜满面，
　　　　恨魏齐错把好人冤。

范　睢　（起向外看）呀！
　　　　（唱）乌云四起天黑暗，
　　　　雪花飘飘坠檐前。
　　　　西风一阵通身颤，
　　　　破衣难遮遍体寒。（寒冷发抖）

须　贾　范先生怎么样了？

范　睢　你看这风雪交加，好不冻煞人也，哎呀，好冷呀！

须　贾　哎，天变一时，范先生衣单。人来，取老爷绨袍来。

范　睢　慢着，要绨袍何用？

须　贾　赠与先生御寒。

范　睢　东君的绨袍，岂是我穿的？

须　贾　哎，岂不知，肥马轻裘，与朋友共敝之而无憾。你我故人，如何穿不得？（卒取衣交须贾，须贾亲手与范睢披衣）不必推辞，请穿请穿。

范　睢　如此，多谢了！
　　　　（唱）须贾贼把前情念，
　　　　赠绨袍救了他活命还。

须　贾　范先生这一下就不寒冷了。

范　睢　温暖了。

须　贾　哎！（叹气）

范　睢　东君，这绨袍门下再三不穿，东君定要相赠，刚刚蔽体，就有怨意，宽去就是了。

须　贾　哎，范先生我非为绨袍，别有心事。

范　睢　东君有何心事，不妨实言。

须　贾　我的心事，与你徒说无益。

范　睢　是不是难扯回文。

须　贾　哎呀，话还投机。先生你我坐下，闲谈闲谈。

范　睢　门下奉陪。

须　贾　先生可知我因何入秦？

范　睢　我却不知。

须　贾　先生，想以前你我聘齐，齐王大怒，将我推下问斩，多感先生，说得齐王满心欢喜，收回兵车，扯了回文，回得国来。魏齐耳邪，错听小人之言，说先生背魏投齐，不容分说，乱棍打死，尸丢茅厕，溺尿浇身，后将尸抛在荒山，那事你实在怪不得我。

范　雎　是的，那可怪不得东君。

须　贾　对对对，像先生这样人，是知礼不怪人；有多少人，怪人不知理。是我见先生遭此大难，心甚痛恨。命人荒山找尸，未曾找着。常使我耿耿在心。自此以后，秦国出了张禄丞相，他初次入秦善能治事。秦王重用，是他行文各国，都要命使臣来秦求和。我主惧秦，命我入秦和聘。到了秦邦，今日见张相见不到，明日见张相见不了。他恐我逃走，命四十名大汉，将馆驿围住。先生眼看年期岁暮，我须贾和聘不成，身禁馆驿，真使人为难。

范　雎　不难。

须　贾　先生你说不难，必有良策，我要领教你这个不难。

范　雎　好说，东君，你可知我范雎是怎样来秦。

须　贾　我如何得知你是怎样来秦。

范　雎　东君，从前之事，怒恨魏齐，有功不赏，反听小人之言，将我乱棍打死，且幸好友相救。情知魏不容我，只得潜逃出境，来至秦邦，幸遇一富翁，念我是斯文一脉，留在他府安身。我家主人与张禄丞相时相往来。张相极好谈论，主人不能应答，我常替语。张相爱我之才，因而常常出入相府，所以我说不难。

须　贾　先生如此说来，去见张相不难。

范　雎　我引你见，有甚难哉。

须　贾　哎呀，先生，烦劳你见了张相，可要与我帮言。

范　雎　那是自然。

须　贾　（看范怀疑）他那个样子，都想见丞相。嘿嘿，只怕未必哟。哎，我就同他前去，看他能把我领到哪里。先生，我们何日去见张相？

范　雎　目刻就去。

须　贾　如此甚好。哎哎，不能去，不能去。

范　雎　怎么又不能去？

须　贾　哎，我的车折轴马有病，无大车驷马，怎样地前去？

范　雎　那却不妨。我家主人，广有车马，我去借他一乘。

须　贾　有劳先生。

范　雎　岂敢，岂敢呀！

（唱）当场时随机就应变，

　　　笑须贾将本相未曾认全（下）

须　贾　哎呀，

（唱）过去是非他全不念，

　　　叫我难解这机关。

（范雎引车夫执车旗上）

范　雎　（唱）大车驷马驿门站，

料须贾不知我是行权。（进）

东君，门下将车马借到，请东君登车！（**同须贾出门看**）

须　贾　先生你我同车前往。

范　雎　慢着，我在秦邦，人都相识，恐辱东君。我与大夫御车，才是正理！

须　贾　有屈先生。（**上车，范执鞭**）

范　雎　应该，应该呀！

（唱）执鞭之事我情愿，

怎敢同车又并肩。

须　贾　（唱）若不是先生通机变，

要见张相难上难。（下）

（**四将四校尉上，范雎须贾上**）

范　雎　（唱）步步含笑把车御，

竟将相爷做仆役。

须贾还在梦儿里，

哪知张禄是范雎。

须　贾　（唱）相府门首忙下车，

见人役跪地把膝屈。

［**笑扶人役，人役不理，须贾无趣，敷衍说。**

秦人多礼，秦人多礼。

范　雎　何言秦人多礼？

须　贾　先生你看，我乃外邦一使，来在秦国，相府校尉跪地迎接，我们魏国实不及也。

范　雎　这个，是的，他是迎接东君。据门下看来，邦兴而礼多。

须　贾　难得，难得！

范　雎　待我与你去传。

须　贾　慢着，先生，张相见与不见，你要与我通个消息。

范　雎　是。

须　贾　先生转来。

范　雎　讲说什么？

须　贾　先生，你就是这样仓仓促促去见张相。

范　雎　就是这样去见。

须　贾　哎，你听我叮咛：

（唱）张相独掌国军事，

在秦国不比在魏齐。

说话要看喜怒意，

见与不见通消息。

范　雎　（唱）可笑须贾无见识，
　　入我罗网全不知。
　　见张相只要我话两句，
　　扯文叫你转回去。（背手下）

须　贾　哎呀，他怎么胆敢闯进去，他那个样子都去的，我是一国差官怕什么呢。放开大胆闯进相府。

［中军执令旗上。

中　军　丞相令下，各国差官候齐。传赵国差官进见。（赵国差官上中军赶下）

须　贾　适才中军传令，各国差官候齐，赵国为首。我府门稍候，等他出来，一问便知张相好见不好见。

中　军　丞相令下，赵国差官见了丞相，三言两语回答不上，恼怒丞相，将他拿来斩首。

须　贾　（惊恐）请问大人，可曾见我一位好友，他他他进去没有？

中　军　你的好友是谁？

须　贾　他是范雎。

中　军　呔。相府并无姓范之人。

须　贾　大人不知，就是方才与我御车之人。

中　军　哇，我把你瞎了眼的东西，那就是我家丞相！

须　贾　哎呀，我才明白了，中军大人烦劳你禀明丞相，就说魏国须贾跪门求死。（中军踢须贾倒地，须贾挣扎起）来嘛来嘛，范雎来在秦国，竟得大志，须贾你瞎了眼了，你不认识丞相。若记前仇，他他他还能容你。

（唱）冤家相逢狭路下，
　　只有伸头待人杀。

［中军上。

中　军　丞相令下，传魏国须贾。走、走、走。（下）

须　贾　丞相传我我要去见。（膝行下，范雎上）

中　军　禀丞相，须贾带到。

范　雎　抓进来。（中军执剑逼须贾跪门进，须贾作扑跌状）须贾！

须　贾　在。

范　雎　你可知罪？

须　贾　擢贾之发，难数贾之罪。

范　雎　你隐贤不荐，罪之一也；以公报私仇，罪之二也；人死仇不散，溺尿浇身，罪之三也。可知你不死？

须　贾　丞相海量。

范　雎　就是这一件绨袍，来呀，赏他上席一桌，命他去用。

中　军　须贾听着，丞相不杀你，赏你上席一桌，起来去用。

须　贾　好个仁义丞相。且喜这件事遇他，若是遇我……（恨状）席在何处？

中　军　廊下。

须　贾　丞相恩赐，必是美味。哎哟，怎么是草料。（中军逼须贾吃，须贾作难受状，跪）谢丞相的上席。

范　睢　其味如何？

须　贾　其味无穷。

范　睢　比你溺我如何？

须　贾　哎哟，我该死！

范　睢　须贾，我今杀你无益，扯下回文，回得国去，速将魏齐首级同本人家眷送来，不得有误。来呀，踢出府门。

［中军踢须贾下。

哎，本相真名已露，不敢隐瞒，我要面奏大王。正是：

（念）隐姓埋名已数年，

　　　上殿请罪奏君前。（下）

——剧终——

（说明：以上内容录自家存手稿。钢笔书写，繁体竖排。改编自作者本人民国版《范睢相秦》。封面落款时间为 1955.9.28。）

疯僧扫秦

第一场

登场人物：疯僧　方丈

［疯僧持拂尘上。

疯　僧　（引）全凭伶俐舌，灵隐羞奸佞。

（白）可恨奸贼秦桧，东窗定计，陷害忠良，早知奸贼要到林隐寺降香，不免当众将贼羞辱一场，一来好叫世人都知贼的奸计，二来也好泄一泄吾心头之恨。

（唱）恼恨秦桧狗奸残，

祸国殃民害忠贤。

林隐寺内把贼见，

出口恶气才心甘。

（白）来此已是林隐寺，里面师傅可在？

［方丈上。

方　丈　（念）松下山门日昼长，竹间僧舍午风凉。

谁能似我无尘虑，一炷清香答上苍。

（白）师傅从哪道而来？

疯　僧　贫僧从西天而来。

方　丈　到此何事？

疯　僧　前来挂褡。

方　丈　请到禅堂。

疯　僧　请。（进内）

方　丈　师傅可曾用斋？

疯　僧　斋已用过，请师傅与我打杯茶来。

方　丈　是，请少待片刻。

疯　僧　有劳了。

方　丈　好说。（下）

疯　僧　方丈已去，待我将贼的东窗隐情写在粉墙上边。（从袋内取笔写）

（念）缚虎容易纵虎难，东窗毒计害忠贤。

男儿两点凄惶泪，洒落胸襟透胆寒。

（写毕进内坐）

方　丈　师傅请茶。

疯　僧　多谢了。（侧身喝茶画脸）

方　丈　师傅还用不用?

疯　僧　哈哈！哈哈！（方丈惊转）

方　丈　师傅怎么样了？（疯僧呆视方丈）师傅莫非得下疯病了?

疯　僧　哈哈!

（唱快板）

说我疯，我便疯，
不辨南北和西东。
霎时驾云腾了空，
那时看我疯不疯。

方　丈　哎，看你这样疯疯癫癫，不可在此久站，快到香积厨烧火去吧。

疯　僧　（念）禅机明示不须参，见贼臣说个再三。

方　丈　下去，下去，快下去。

［方丈逼疯僧下。

第二场

登场人物：秦桧　四校尉　方丈　疯僧

［秦桧上。

秦　桧　（引）身居相位，一举登科占高魁。

（白）哎，自从我夫妻害死岳飞父子之后，每晚心跳肉颤，不能安寝，夫人差人带了银两，以在林隐寺做个道场，乞佛保佑，来呀。

［四校尉上。

校　尉　伺候相爷。

秦　桧　打道林隐寺。

校　尉　呵!

［车夫上，秦桧出，上车。

秦　桧　（唱）自从设谋害岳飞，
每晚惊悸难安息。
特在灵隐设斋食，
为免祸殃将佛祈。

校　尉　禀相爷。

秦　桧　讲。

校　尉　来至灵隐寺。

秦　桧　住车。

方　丈　林隐寺主持迎接相爷。

秦　桧　方丈，老夫多年不曾做斋，今日到此祈神，你可诚心诵经，重重有赏。

方　丈　是，请相爷佛殿上香。

秦　桧　前边带径。（转场）点香。

方　丈　是。

秦　桧　左右回避。

［众分下。

我佛在上，下跪弟子秦桧，乞佛保佑我夫妻无灾无难，百年偕老，并乞我佛将岳飞父子早日消灭，免得每晚缠绕，弟子愿重修庙宇，改换金身。（祷告毕）方丈走来。

方　丈　伺候相爷。

秦　桧　多化金帛。

（方丈化金帛）

方　丈　请相爷各处随喜随喜。

秦　桧　前边带径。

方　丈　是。

秦　桧　这是什么殿？

方　丈　这是弥陀殿，那是枯木堂。

秦　桧　这是什么所在？

方　丈　香积厨。

（秦突见墙上诗句，惊）

秦　桧　（念）缚虎容易纵虎难，东窗毒计害忠贤。

男儿两点凄惶泪，洒落胸襟透胆寒。

（白）哎，这首一句是老夫与夫人东窗仄中所写，并无一人得知，如何却写在此处，这就奇了。方丈——

方　丈　伺候相爷。

秦　桧　胆大的方丈，老夫前三日就有火牌到此，命你不得容留闲杂人等，这诗是谁写的？

方　丈　禀相爷，三日前来了一个游僧，每日喜欢东涂西抹，此诗想是他写的。

秦　桧　那游僧可在这里。

方　丈　还在这里。

秦　桧　唤他出来见我。

方　丈　回禀相爷，这个游僧有些疯癫，倘若叫他出来，语言冒犯相爷，不大稳便。

秦　桧　既是疯癫，老夫不计较于他，唤他出来。
方　丈　是。疯和尚快出来。
疯　僧　（内白）我忙着呢。
方　丈　你做什么忙？
疯　僧　烧火忙。
方　丈　放下火筒快来。
疯　僧　我又忙着呢。
方　丈　又是什么忙？
疯　僧　我在念佛忙。
方　丈　你念的什么佛？
疯　僧　我念的普天之下人不醒的佛。
方　丈　你念来我听。
疯　僧　南无阿弥陀佛。
方　丈　哎，这佛三岁孩童也会念，你快出来，相爷唤你呢。
疯　僧　相爷唤我呢？
方　丈　正是的，疯和尚你快来。
疯　僧　我来了，我来了。
（唱快板）
人人叫我疯和尚，
人人笑我太肮脏。
怎知我浑身肮脏外形癫狂心地却善良，
不是那贼佛口蛇心肠。
恨秦桧，狗奸党，夫妻同谋在东窗，
残害岳飞父子风波亭上命丧亡。
天下恨奸相，
天下哭忠良。
贼只知阴谋毒计瞒过天下人耳目，
哼，哼，
哪能瞒过吾等。
吾今要当众将贼瞒心昧己事儿向外扬，
吐一口恶气又何妨。
方　丈　哎，你再不要疯言疯语地说了，相爷唤你，小心去见。
（方丈进内）
疯　僧　什么相爷。
（突见秦桧发呆）
秦　桧　嗯，我当是怎么个游僧，原来是个垢面蓬头歪嘴跛足浑身肮脏的疯癫和尚。

疯　僧　哼，哼，我当是怎样的相爷，却原来是个通敌卖国陷害忠良的奸贼。

秦　桧　哈哈哈，你这个僧人

（念）蓬头难拜梁王忏，垢面何能诵佛经。

受戒如来偏破戒，疯癫不像一高僧。

疯　僧　你休笑我蓬头垢面衣肮脏，我这肚子内边却比你干净得多。

秦　桧　嗯，老夫问你，这墙上的诗句，可是你写的？

疯　僧　这诗吗？

秦　桧　是谁写的？

疯　僧　是你作的，我写的。

秦　桧　为何“胆”字写的这样的小？

疯　僧　我的胆小出了家，你的胆大就弄出事来了。

秦　桧　你可知我的来意？

疯　僧　我怎能不知。

（唱）秦桧来意我早就知，

要把贼心腹事一口说出。

只因为夜惊恐不能安息，

拜佛祖求保佑把冤仇消释。

秦　桧　你手里拿的什么东西？

疯　僧　是把扫帚。

秦　桧　你拿这把扫帚何用？

疯　僧　大有用处。

秦　桧　有何用处？

疯　僧　你听，

（念）昔日边境扫烟尘，今天殿上扫奸秦。

秦　桧　哎，想是扫殿上的灰尘。

疯　僧　别人扫灰尘，我是专扫奸秦。

秦　桧　那只手拿的什么？

疯　僧　是火筒。

秦　桧　既是火筒，就该放在厨下，拿在手中何用？

疯　僧　这个火筒，节节生枝，能吹得狼烟四起，实在放它不得呀。

（唱）我这火筒称万能，

能吹两国动刀兵。

一头通在金邦地，

一头通在宋京城。

吹气一口狼烟起，

从此天下不太平。

秦　桧　尽是胡说，你可有法名？

疯　僧　（快板）

有，有，有，

我名也十一，

终日藏香积。

不怕泄天机，

奸谋要说出、要说出。

秦　桧　这个，哎，你看这好大的寺院，就是高低不平。

疯　僧　（念）不平处把丘山冤尽扫，你休管寺院低和高。

秦　桧　哦，这丘山是个岳字，你说岳家的姓氏是怎的。

疯　僧　我说他姓不大要紧，秦桧呀，你为何要害他父子三个的性命？

秦　桧　休得胡说，你即知老夫姓秦，我问你，这秦字是怎样的写法？

疯　僧　你可知大金三人禾吗？

秦　桧　哎嘿呀，好奇怪呀，他怎么知道此事。呔，你这个疯痴东西，休得胡言乱语。

疯　僧　哎，你休要心中惊疑不定，秦桧呀！

秦　桧　嗯，你怎敢常常叫起老夫的名讳。

疯　僧　你的名字，我不叫你谁叫你。

秦　桧　你可知我是何等样的人？

疯　僧　我怎能不知。

秦　桧　我乃当朝宰相。

疯　僧　（唱）明知你是宰相职，

我今到此是为你的。

秦　桧　好个垢面疯痴的和尚。

疯　僧　（唱）休笑俺垢面又疯痴，

参不透我的这禅机。

你在朝堂夸权势，

害岳飞父子命归西。

做事瞒心又昧己，

（白）秦桧你下阶来。

秦　桧　下阶做什么？

疯　僧　你看上面是什么。

秦　桧　是天。

疯　僧　我当是地。

（唱）岂不知湛湛青天不可欺。

秦　桧　（唱）老夫我日夜间忙于国事，
为和议息干戈费尽心机。
众黎民都道我清廉正直，
普天下为我建立德正碑。

疯　僧　（唱）众黎民个个受威逼，
心不愿也得把碑立。
这冤屈天知地也知，
这痛苦你知我也知。

秦　桧　哎，老夫看你这般行径，哪能作诗，你说这个墙上的诗，究竟是何人作的，你如能实言而告，老夫即发度牒，替你披剃。

疯　僧　哈哈，你能替我，我却替不得你。

秦　桧　呵，是了，是了，你既然会吟诗，可当面作一首我看。

疯　僧　好，好，好，以何为题？

秦　桧　就依老夫为题。方丈——

方　丈　伺候相爷。

秦　桧　取笔墨纸砚过来。

疯　僧　不用取，我这袋内都有。
（取纸笔出，写）
拿去看。

秦　桧　这纸为何能皱？

疯　僧　在蜡丸内取出的，怎能不皱。

秦　桧　（念）久闻丞相理乾坤，占立朝纲第一人。
都为富贵通北国，堂中埋没老元勋。
闭门谋害忠良将，塞上欺君虐万民。
贤愚千载凭公断，路上行人口……
（白）这诗怎么不全。

疯　僧　若见诗全，你就要死。

秦　桧　哎，这疯僧题诗有意，又说若见诗全，我便要死，想岳飞有一副将，名叫施全，久不闻此人，莫不是他要替主报仇，刺杀老夫，左右——

校　尉　在。

秦　桧　以后小心，暗中搜寻施全，捉来见我。

校　尉　呵。

疯　僧　还有呢。

秦　桧　在哪里？

疯　僧　横看去。

秦　桧　诗怎么横看。

秦　桧　你的事怎么横做。
秦　桧　哼。
（念）久占都堂，闭塞贤路。
（白）哇，你敢装疯卖傻，羞辱我朝中一品宰相。哎，老夫不怪你这有疯病之人，讲了半日，想是肚里饿了。方丈，
方　丈　伺候相爷。
秦　桧　赏他一份斋。
方　丈　是，疯和尚，相爷赏你一份斋。
疯　僧　我不吃。（倾地）
方　丈　相爷，他不吃，倾在地上。
秦　桧　再赏他一份斋。
方　丈　是，相爷又赏你一份斋。
疯　僧　我不吃他的斋。
方　丈　禀相爷，他又不吃，倾在地上。
秦　桧　哇，你不吃也就罢了，怎么连坏我两份斋，真乃可恼可恨。
疯　僧　秦桧，我坏了你两个，你便恼恨，你坏了他，他，他，三个，难道世人就不恼不恨吗?
秦　桧　哼，我是朝中宰相，就是坏了他何如。疯和尚，你这病是从哪里得的?
疯　僧　这是在西湖上遇见了卖蜡丸的，就得下胡言乱语之病。
秦　桧　为何不请个医生医治?
疯　僧　不瞒相爷因在东窗下伤天凉，没了药家附子。
秦　桧　呵，怎么伤天良，殁了岳家父子，疯和尚，这里不是讲话之地，你随老夫到冷泉亭去。
疯　僧　冷泉亭不好。
秦　桧　哪里好?
疯　僧　还是风波亭上好了事。
秦　桧　嗯，疯和尚我看你伶牙俐齿，有什么本事。
疯　僧　我会呼风唤雨。
秦　桧　风雨乃在天上，你如何呼得下来。
疯　僧　不但能呼得下，还可以退得去。
秦　桧　我却不信。如今我要一阵大风。
疯　僧　有，有，有，呀呸，如来佛助奸臣秦桧一阵大风。
（内作大风声）
秦　桧　好大的风，收了，收了。
疯　僧　收，收，收，这不是风。
秦　桧　不是风是什么?

疯　僧　这是朱仙镇上黎民的怨气。

秦　桧　嗯，我还要一阵大雨。

疯　僧　有，有，有，呀呸，东海龙王助奸臣秦桧一阵大雨。

（内作雨声）

秦　桧　哎呀，好大的雨。收了，收了。

疯　僧　收，收，收，这不是雨。

秦　桧　不是雨是什么？

疯　僧　这是屈杀了岳家父子天垂泪。

秦　桧　风雨在天上，如何来得这样快？

疯　僧　一日连发三道圣旨十二道金牌召来的，怎得不快。

（唱）你要风来风即至，

你要雨来雨便随。

那风是朱仙镇上黎民怨愤气，

这雨是屈杀岳家父子天垂泪。

十二道金牌三道旨，

屈杀忠良危社稷。

实可叹岳家父子三人血战功劳赤心为国遭惨狱，

千古令人恨切齿。

勾通金邦就是你，

作威作福害群黎。

全不怕万民将你怨恨死，

都想吃你的肉来寝你的皮。

今日斋我全无济，

不久的东窗事发你自作自受去。

（白）秦桧呀，我可是不能替你的。

秦　桧　呀！

（唱）疯僧道破东窗事，

唬的老夫魂魄飞。

霎时心头生怒气，

小秃驴敢将大臣欺。

（白）校尉们，

校　尉　有。

秦　桧　将这个秃驴拉下乱棍打死。

校　尉　呵！

（众拉疯僧）

疯　僧　慢着，秦桧呀，奸贼，你这奸贼，恶贯满盈，死期已近，还敢发你雷霆之怒，仗你虎狼之威，我今虽然戏弄大臣，不过无礼，并不是屈杀岳家父子三人，如何就将我打死。秦桧呀，我把你个卖国的奸贼。

秦　桧　来呀，乱棍处死。

［众打，疯僧以灰土迷众，下，众追下又上。

校　尉　禀相爷，眼看疯僧进了僧房，我等追去，四处寻找，不见踪影，桌上留下柬帖，相爷观看。

秦　桧　（念）为吐不平作疯癫，说破奸谋返故关。

贼臣休再恃权势，死亡就在眼目前、死亡就在眼目前。

（白）哎，被这疯僧一番言语，说得老夫毛骨悚然。嗯，不如回府说与夫人知晓，设法除此奸人。来呀！

校　尉　有！

秦　桧　打道回府。

［秦上车，众随下。

——剧终——

（说明：以上内容录自家存手稿。钢笔书写，繁体竖排。封面落款：冯杰三编，一九五五年十月十五日。）

春秋笔

场　目

人　物

宋　王——小　生	徐羡之——净
檀道济——大　净	王彦丞——须　生
黄　眉——丑	吴承恩——须　生
乳　娘——彩　旦	王夫人——正　旦
贾　嫂——小　旦	檀夫人——正　旦
高进之——武　生	薛　彤——武　净
刘　魁——武　丑	李　保——武　生
陈　义——武小生	驿　卒——小　丑
王　女——娃娃旦	檀　子——娃娃生
木耳连杰—武　净	张百万——老　丑
张来娃——小　丑	

四番将、四内侍、二更夫、大内侍、众百姓、中军、家院、二差官

第一场　殿　议

登场人物：宋王、徐羡之、檀道济、王彦丞、黄眉、四内侍、大内侍

［大内侍四内侍引宋王上。

宋　王　（念）强敌侵犯，军情传来孤胆寒。
（诗）可恨北魏起狼烟，攻陷河洛窥江南，

中原之地多沦没，何时收复好山河。

（白）寡人南宋皇帝刘义隆在位，可恨北魏，攻陷洛阳，夺去虎牢，进兵豫州，窥视江南，这样猖獗，如何是好。内侍宣文武上殿。

大内侍 万岁有旨，文武上殿！（徐羡之、檀道济、王彦丞、黄眉上）

众 （内白上朝）参见万岁，万万岁。

宋王 众卿平身。

众 谢主宏恩，万岁宣臣等上殿，有何大事商议？

宋王 众卿有所不知，北魏起兵，侵犯我邦，中原之地，相继沦陷，卿等有何良谋，以御外侮，而安社稷。

徐羡之 臣，徐羡之有本奏上。

宋王 你且奏来。

徐羡之 万岁，北魏入据中华，已历数世，国殷民富，兵强将悍，此次入寇，实难抵挡，以臣之见，不如纳款求和，一来免得兴师动众，二来可以转危为安。

檀道济 万岁，臣檀道济有本。

宋王 我卿有何本章？你且奏来。

檀道济 万岁，北魏占我疆土，人人痛恨，他今入寇中原，正好趁机杀敌，复我河山，为何屈膝求和，遗万世羞。

徐羡之 万岁，常言："兵凶也、战危也"，此一出兵，关系国家存亡，岂可轻举妄动，请万岁速遣使臣，纳款求和，如其不然，魏兵南下，江南危矣。

王彦丞 万岁莫可，臣，王彦丞有本。

宋王 你且奏来。

王彦丞 万岁，北魏自恃强悍，欺侮四邻，攻打柔然，侵略夏国，连年入寇，扰乱中原，现在举兵南下，国内空虚，柔然夏国，定要乘虚而入，这就是他的腹心大患，况我国兵精粮足，将士用命，正好趁机灭敌，收复中原，为何屈膝求和，自显怯懦。

宋王 我卿所奏甚是，但是哪个敢去和敌交锋对垒？

檀道济 万岁，为臣不才，情愿率师出征，不灭强敌，誓不还朝。

徐羡之 大将军，你口出大言，敢保全胜？

檀道济 如若不胜，甘当军令。

徐羡之 敢和老夫打赌？

檀道济 打赌何妨。

徐羡之 好，此去不胜魏兵，该当如何？

檀道济 愿输这颗头颅，若还胜敌，该怎么样？

徐羡之 愿将相印输将与你，你我必须立军令状。

檀道济 这有何妨，请万岁赐下纸笔。

宋　王　内侍，将御笔金笺赐下。

大内侍　遵旨！（大内侍持纸笔交徐檀）

檀道济　臣此去抗魏，若不获全胜，情愿斩首都门，臣，檀道济画押，列位大人，末将和徐司徒打赌，哪个敢来担保？

王彦丞　王彦丞愿保大将军。

檀道济　深感！

王彦丞　岂敢！

檀道济　请来签字画押。

王彦丞　臣，愿保大将军。此去抗魏，若还不能得胜，臣全家老幼愿午门请罪。臣，王彦丞画押。（王将军状交大内侍）

徐羡之　大将军此去，若还得胜还朝，臣愿斩首都门，臣，徐羡之画押，列位大人，老夫和大将军打赌，哪个愿保老夫？

黄　眉　哎呀！我想当朝一品是宰相，我不奉敬，还等何人。黄眉愿保太师。

徐羡之　有劳！

黄　眉　好说！

徐羡之　请来签字画押。

黄　眉　大将军此去，得胜还朝，臣愿全家午门请罪，臣，黄眉画押。（黄将状交大内侍）

大内侍　请万岁过目。

宋　王　卿等为国赌头输印，寡人殊觉惭愧，待孤撕毁军状。

王彦丞　万岁莫可，军状关系国事，岂可撕毁。

宋　王　如此放存史馆。（将状交王）

王彦丞　为臣遵旨！

（念）赞助书立军令状，为忠社稷保家邦。

宋　王　这是徐檀二爱卿！

徐、檀　臣！

宋　王　卿等为国打赌，千万莫存私见！

徐、檀　为臣不敢。

宋　王　如此，檀大将军听旨！

檀道济　臣！

宋　王　命我卿统率三军，即日渡江杀敌，不得有误！

檀道济　为臣遵旨！

（念）校场点大军，渡江杀敌人。

徐羡之　万岁，臣愿保光禄大夫黄眉，督运粮草。

宋　王　如此，黄爱卿听旨。

黄　眉　臣！

宋　王　命我卿督运粮草，接济军需，不得有误。

黄　眉　为臣遵旨。

宋　王　二卿下殿去吧。（宋王大内侍四内侍下）

徐羡之　（唱带板）今日殿上赌输赢，

黄　眉　（接唱）保人心中不安宁。

徐羡之　（接唱）我有计谋你勿惊，

黄　眉　（接唱）全仗太师展奇能。（留板）（下）

第二场　释　放

［吴承恩抱娃上。

吴承恩　（唱小带板）

怀抱着王公子灯棚游玩，

满城中结灯彩闹闹喧喧。（齐）

（白）吴承恩，是我应试落第，夫妻二人，羁留史官王大人府中，可喜王大人，待我如同胞兄弟一般，今乃元宵佳节，夫人命我怀抱公子，大街玩灯，是我自觉心中愁烦，不免去到酒馆吃上几杯，再好回府了。

（唱带板）

寄居京师日子久，

不知何日才出头。

怀抱公子酒馆走，

畅饮几杯解忧愁。（留，下）

乳　娘　（上唱花音摇板）

怀抱小姐去玩耍，

家家悬灯结彩花。

行步儿来到灯棚下，

看灯的人儿乱嘈杂。

（白）我是檀府中一个乳娘，元帅年过半百，无有子息，夫人临盆，生下个女孩，今乃元宵佳节，夫人命我抱在灯棚之下玩耍，哎呀，真热闹呀！

（唱摇板）元宵佳节风光好，

流星爆竹多热闹。

各样花灯真奇巧，

家家户户把锣敲。

张灯结彩满街道，

十番锣鼓闹嘈嘈。

（东张西望笑嘻嘻地走来走去）

吴承恩　（上唱带板）一霎时头昏晕出了酒馆，
心中焦灼似火燃。
（呕吐，小儿哭）
王公子在怀中哭声不断，
在街头歇一歇再好回还。
（白）不要哭了，不要哭了

乳　娘　（唱原板）心中欢喜慢慢走，
见一汉子坐街头。
一股酒气又呕吐，
他怀中小孩子哭闹不休。（齐）
（白）哎呀！那一汉子坐在街头，呕吐不止，喂！这一汉子，你因何成了这般光景？

吴承恩　噢！原是一位大嫂。

乳　娘　你怎么成了这般光景？

吴承恩　适才贪饮了几杯，因而成了这般光景，（吐，儿哭）不要哭了！

乳　娘　这一汉子，孩子啼哭不止，想是饿了？

吴承恩　腹中饥饿了。

乳　娘　抱来待我与孩子用上几口奶乳。

吴承恩　不用，不用，我即刻就要回去。

乳　娘　看你这个人哟！娃哭成这个样子，抱来待我与娃吃上几口奶，他就不哭了。

吴承恩　大嫂的好意，哎呀！不用，不用。

乳　娘　看你这个人，如此小气！给你抱了我的，我抱了你的。

吴承恩　怎么你抱了我的，我抱了你的，大嫂，你与他要用的时节，少用些。

乳　娘　我晓得。

众　　　快跑快跑，灯过来了。
[乳娘背身与娃用乳，竹马花船上，将乳娘拥挤下。

吴承恩　大嫂，你与他少用些，我就要回去。

老　汉　（唱花音摇板）
元宵佳节人高兴，

老　婆　（接唱）家家户户挂红灯。

青　年　（接唱）灯棚下人多胡乱碰，

儿　童　（接唱）拾炮去把衣服烧个窟窿。

吴承恩　大嫂抱公子来，我要回去。

青　年　胡子哥，你怀中抱了一个小孩，怎么还叫人把公子抱来，你是疯了吗？

吴承恩　（看是女孩，大惊）大嫂、大嫂，

（心中着急，东扑看不见乳娘，西扑又不见乳娘）
哎呀不好，大嫂等着！（下）

老　汉　哎，你看那一汉子，慌里慌张的。

老　婆　大半叫人把娃换着去了。

儿　童　咱们快走，看人把我也换着走了。

老　汉　呸！谁要你是粮食不得出虫咧。

青　年　你看耍花船的过来了，咱们快走！

众　　　走，咱们看走。
（唱摇板）
咱们快向那边转，
跑到那里看花船。（留）（跑下）

吴承恩　（唱七锤带板）
失却公子闯大祸，
恨那夫人太可恶；
今晚我将事做错，
见了夫人说什么。
（白）吴承恩，是我今晚吃酒带醉，失落公子，有何面目见人，不如走是走了，嗯！我走，我走，哎！我走不得，我走不得呀！想我家老爷，平日颇有义气，岂能因此事难为于我，哎！我今失落他子，已是不义，若再逃走，更是不仁，况且还有这一女儿花童，我若走去，她的性命岂不反被我害了，不如抱回府去，任凭他处置于我，也要搭救这一女儿性命。
（唱拦头）
这女儿美貌难描画，
夫人一见必爱她。
回府去任凭他打骂，
舍性命要救这女中花。（下）

王夫人　（上唱花音慢板）
吴承恩抱儿玩灯去，
夜将半不见回府里。

贾　嫂　（接唱）全不念夫人叮咛语，
全不念公子用乳食。

王夫人　（接唱）莫不是贪杯酒馆里，
你我再等两三时。

贾　嫂　（接唱）这时候不回人心急，
唯恐他灯棚惹是非。（留）

吴承恩　（唱七锤带板）

行来在府门外心中忧虑，
他夫妻怎知我将娃失遗。
我这里放大胆忙进府去，
（白）哎呀夫人，我，我，我实在该死！

王夫人　哎，你不过回来迟了，有甚要紧，何必这样慌张。

吴承恩　这个！

王夫人　贾嫂，将我儿抱过来。

贾　嫂　抱公子来！抱公子来，既然胆小，你就该早些回来，你就早些……
（看见女孩大惊，吴示意不许声张）

王夫人　快将我儿抱来。

贾　嫂　来了，来了。

王夫人　我可莫说儿呀儿呀，这般时候，想是我儿要用乳了，（发现女孩，惊问）承恩过来，我的儿子哪里去了，你将谁家这一女儿抱回？

贾　嫂　你还不快些实说。

吴承恩　哎呀夫人，是我怀抱公子灯棚玩灯，自觉精神不爽，以在酒馆，贪饮了几杯，一时昏迷，呕吐不止，被一妇人将公子换，换，换着去了！

王夫人　罢了儿呀！

贾　嫂　夫人醒得！夫人醒得！官人过来，你今失却公子，吓坏夫人，你不得活了！你，你，你不得活了！

吴承恩　不得活了，不得活了，不得活了呀！

贾　嫂　夫人醒得！

王夫人　（唱尖板）听他言吓得我魂飞魄散，
（喝场）小，小冤家，娘，娘的儿！
（接唱）泪珠儿滚滚湿衣衫；
小冤家被失落我心疼烂，
又痛又恨口难言。

吴承恩　夫人，我今失落公子，实属不义，不如将我处死，好与公子出气呀！

王夫人　哎，你今失落我儿，我处死你是怎的，你何不逃走，霎时老爷回来，你就是不得活的！

吴承恩　这个！

王夫人　你快走！

吴承恩　夫人我走，我走走走，哎，我走不得，我走不得呀！哎呀夫人，我今失落公子，岂可逃走，就是要走，也得见我家老爷一面呀。

王夫人　承恩呀承恩，你今失落我的儿子，老爷回来一定不能和你甘休。你与我赶快走！走！走！

吴承恩　我走，哎！我走呀！

王夫人 贾嫂！

贾　嫂 夫人讲说什么？

王夫人 速取麸金二十两。

贾　嫂 失落公子，那有麸金与他？

王夫人 你快取去。（贾下取金上）

贾　嫂 麸金到。

王夫人 承恩过来，这是麸金二十两，速到各处找寻公子，有了公子你再回府，若无公子，你还是逃奔他乡千万不可回来，说是你拿上与我走！走！走！。

吴承恩 哎！夫人我走，我走，哎！我好苦呀！

王夫人 承恩，你放心逃走，丢下你妻，我定另眼看待于她。

吴承恩 哎呀夫人！

（唱浪头）实服了夫人宽宏量，
放我逃走奔他乡；
生死离别心惆怅，
回顾我妻泪汪汪。

（白）我！我的妻呀！

贾　嫂 我！我的官人呀！

吴承恩 罢了妻！

王夫人 承恩过来，你何不赶快逃走，老爷一时回来，就是不得活的，你快与我走！走！走！

吴承恩 哎，我走呀，那是妻！

贾　嫂 那是官人！

吴承恩 哎！妻呀！（下）

王夫人 （唱慢板）今晚大祸从天降，
吴承恩失落我儿郎；
放他逃走多原谅，
想起娇儿泪悲伤。

贾　嫂 （唱摇板）夫妻分别泪涔涔，
回过身儿劝夫人；
我夫君今晚不谨慎，
失落公子难找寻。
倒不如将我来处死，
也免得老爷回责难夫人。（跪）

王夫人 哎，贾嫂！

（接唱）一见贾嫂跪在地，
叫人心中更悲戚；

你不必如此快请起，（扶起）
这事儿我决不难为你的。
（白）哎！娘的儿呀！

贾　嫂　夫人不必伤心，你看这一女儿，身带五彩帕，是件稀罕之物，日后有人认物定知公子下落，还是将她抚养才是。

王夫人　好，你就与我抚养吧，贾嫂，我儿项带浑圆镜，乃是我家传世贵宝，今后令府下人等要留心寻找我儿。

贾　嫂　夫人言之有理，夜已深了，请夫人早些安歇。

王夫人　请。
（念）元宵佳节起祸端，失落娇儿泪不干。

贾　嫂　（念）恩爱夫妻今离散，不知何日才团圆。

王夫人　哎，儿呀！

贾　嫂　官人呀！（同下）

第三场　创　敌

（四将起霸上）

高进之　（念）英雄生来胆气豪，

薛　明　（念）壮志凌云武艺高。

刘　魁　（念）同心合力将国保，

李　保　（念）疆场杀敌立功劳。

高进之　众位将军请了！

众　请了。

高进之　元帅升帐，我们两厢伺候。

众　请。（分下）

檀道济　（引）统大军和敌鏖战，做国家万里长城；
（诗）率领雄师离江南，一心要把强敌歼。
大小三军能用命，斩馘献俘凯歌还。
（白）本帅檀道济，奉旨出征，与敌交锋，虽未大获全胜，敌已闻风丧胆，来呀！

中　军　在。

檀道济　众将进帐。

中　军　元帅有令，众将进帐。

众　参见元帅。

檀道济　站立两厢。

众　呵。

中　军　禀元帅，夫人差人前来报讯。

檀道济　命他进来。

中　军　是。报讯人进帐。

家　院　（念）领了夫人命，报喜到大营。

（白）小人与元帅叩喜。

檀道济　站起来，叩的何喜？

家　院　夫人生一麟儿，命小人前来报喜。

檀道济　琐屑小事，竟来大营，下边歇息去吧。

家　院　是。

众　　末将与元帅贺喜。

檀道济　琐屑小事，怎值一贺，本帅愿和众位协力同心，杀退强敌，收复失地，保卫河山，名列千秋，功垂竹帛，那才可贺，众将你看！

众　　看什么？

檀道济　今日天气昏暗，正好劫杀敌营，不知众将以为如何？

众　　我等愿往，请元帅传令。

檀道济　众将听令：

众　　在！

檀道济　吩咐我军，三更用饭，四更出发，人衔枚，马摘铃，随本帅前去杀敌，不得有误。

众　　遵命！（分下）（内起更擂鼓喊杀）

木耳连杰　（念）连续打败仗，叫人心惊惶。

报　子　报。

木耳连杰　何事？

报　子　宋军追杀来了！

木耳连杰　速快渡河。（木率将士跑，宋将士追下，檀道济上）

檀道济　（念）风吹夜气寒，杀声喊连天。

（四将上）

众　　禀元帅，敌军大败，逃过黄河。

檀道济　敌人逃过黄河，吩咐我军，追过黄河，滑台安营下寨。

（唱带板）这一阵杀得敌亡魂丧胆，

追过河在滑台暂扎营盘。（下）

第四场　史　馆

王彦丞　（上唱花音慢板）

王彦丞在史馆自思自念，

思想起徐羡之误国奸谗；
为媚敌在殿上口巧舌辩，
他言说北魏兵势大无边；
多亏了檀将军有识有胆，
为杀敌和奸贼赌头君前；
贼心虚曾差人暗把金献，
拒贿赂定使贼心中难安。
修国史将这事一一编纂，
载功过寓褒贬惩诫愚顽。
不包藏不隐讳敢书直言，
才算是春秋笔诛伐峻严。

（白）想当年五胡乱华，西晋灭亡，东晋偏安江左，终未恢复中原。传至司马德文，大权旁落，奸雄跋扈，这江山吗……被我先王武帝便夺取了。不幸先帝晏驾，宜都王登极之后，北魏屡经入寇；奸贼徐羡之媚敌求和，以图苟安，多亏檀道济抗议直言，率师御敌，不料奸贼竟然与我暗中行贿，想起实在可恨也。

（唱摇板）恨奸贼徐羡之倡导和议，
他一心媚敌人贻误社稷，
用口诛和笔伐载在史籍，
权当作以斧钺斩贼首级。

院　子　（上）禀老爷。

王彦丞　何事？

院　子　檀元帅送来书信一封。

王彦丞　呈来，待我一观。（院呈信、王拆看）（念信）“出师以来连战皆捷，目前军情堪以告慰。唯因军粮不济，人心弗安，连上数本，未见消息。请阁下面奏圣上，严旨催饬，火速火速。”哎呀！粮饷关系全军命脉，倘有贻误，如何克敌致胜。据来信看，定是黄眉、徐羡之，狼狈为奸，限制军粮。如此奸险，这还了得。

（唱七锤带板）恨黄眉徐羡之居心奸险，
押粮草误军机罪恶滔天；
我一定要参他去把君见，
将二贼正国法头挂高竿。

院　子　禀老爷，徐司徒到。

王彦丞　怎么徐司徒到，嗯，（默想如何应付）有请。

院　子　有请。

徐羡之　（上念）仇人却贿金，老夫忧在心！

王彦丞　（出迎）司徒到了。

徐羡之　到了。

王彦丞　请坐。

徐羡之　有坐。（同坐）

王彦丞　看茶。（同饮）

徐羡之　著述国史实在辛苦。

王彦丞　为国尽职，何言辛苦。

徐羡之　这是王史官。

王彦丞　司徒有何话讲？

徐羡之　老夫差人送来薄仪，就该收下，为何退却？

王彦丞　司徒有所不知，下官一介不与，一介不取，怎能暗受司徒馈金。

徐羡之　些许薄仪，受了有什要紧？

王彦丞　怎能不要紧呢！“暮夜馈金，古人拒受”，下官不才，窃愿学之，请司徒见谅才是。

徐羡之　你我同僚多年，理应休戚与共，互相关照。

王彦丞　应关照处自然关照，何用司徒如此费心。

徐羡之　理应如此。

王彦丞　这就不必。请问司徒边关军情如何？

徐羡之　我军锐不可挡，敌已退过黄河。

王彦丞　近日可有捷报？

徐羡之　无有。

王彦丞　大将军可有本章？

徐羡之　无有。

王彦丞　不知军粮可曾按时运济？

徐羡之　黄眉督运粮草，负责认真，史官何必操心。

王彦丞　哎呀司徒！粮草关系我军胜负，国家存亡！下官怎能不操心呢。

徐羡之　史官言之有理。但是我军粮草有黄眉督运，一定是源源不断的。

王彦丞　说什么源源不断，下官听说我军粮草不能按时运济。

徐羡之　怎么不能按时运济？这定是谣言，你何必信以为真。

王彦丞　唉，司徒。

（唱摇板）徐司徒你不必那样来讲，
依我看是奸党有意中伤；
似这样误军机丧心病狂，
我定要彻底查去见君王。

徐羡之　（接唱）王史官我劝你必须慎重，
运军粮谁胆敢从中作梗；

这一定是奸细造谣惑众，
你何必要面君惊动圣躬。

（白）王史官，此事你要慎重，不必轻率面君，惊动圣上，以免中了敌人反间之计。

王彦丞 难道断绝军粮不成？

徐羡之 哎呀！军粮不能按时运济，你是耳闻，还是眼见？

王彦丞 现有檀元帅书信可证。

徐羡之 呈来我看。（王递书信与徐看）噢！当真军粮不能按时运济。哎呀，这一定别有原因。

王彦丞 有什么原因？你与下官讲个明白。

徐羡之 据老夫看来，不是道路梗塞车马难行，便是敌人知晓拦路将粮劫去。

王彦丞 依下官看来，定是有人从中作祟。

徐羡之 哎呀！未必有这样胆大妄为之人。

王彦丞 哼！大有人在。

徐羡之 你说却是哪个？

王彦丞 督运粮草之人，岂能辞其罪责！

徐羡之 虽然不能辞其罪责，但是随便说他从中作祟，未免太过。

王彦丞 唉，司徒。

（唱七锤带板）徐司徒你不必再来遮辩，
这件事决不难找出根源。
黄眉贼他原来为人不善，
督运粮一定是别具心肝。

徐羡之 王史官，你说他别具什么心肝？

王彦丞 司徒你听：你和檀元帅当殿打赌之时，黄眉以身家性命担保于你；这个小人不计国家利害，唯恐我军得胜，牵连于他，因此迟迟不运粮草，企图陷害我军，你说是也不是？

徐羡之 唉、唉、唉、唉！照你这样说来，岂不将老夫也牵连在内了。况且黄眉督运粮草，小心谨慎，即有一差二错，也是无心之罪。

王彦丞 说什么无心之罪！贻误军机，就是大大的罪过！

徐羡之 人非圣贤谁能无过，难道史官你就无过错吗？

王彦丞 我有什么过错，你且讲来。

徐羡之 你编修国史，妄加笔削，立传叙事任意褒贬，这就是罪过。

王彦丞 褒贬笔削，正是春秋诛伐之义，怎么是罪过？

徐羡之 你倒巧辩！

王彦丞 哎呔！下官著史，一禀大公，光明磊落，何惧人言也。

（唱浪头带板）

我禀公著史无私见，
（转双锤）
你信口雌黄为哪般？
黄眉运粮逾了限，
这和你一定有牵连！

徐羡之 （接唱）说什么著史无私见，
妄加笔削发狂言。

王彦丞 （接唱）我学齐国太史简，
凛冽千秋万古传。

徐羡之 （接唱）颠倒是非满史篇，
怎能妄比古先贤？

王彦丞 （接唱）你不必信口来诬陷，
自有公论在人间。

徐羡之 （接唱）说什么公论在人间，
我劝你忍让免祸端。

王彦丞 （接唱）真金不怕炉火炼，
忠臣何惧人进谗。

徐羡之 （接唱带板）醒悟回头便是岸，
你何必与人结仇冤。

王彦丞 （接唱）为国不计恩和怨，
除奸哪怕结仇冤。

徐羡之 （接唱）你再思再想再检点，
前悔容易后悔难。

王彦丞 （接唱）你不要甜言蜜语将我骗，
不参他除非石烂海水干。

徐羡之 怎么说？
（唱浪头带板）王彦丞他执意要将君见，
这件事吓得我胆战心寒；
急忙忙出史馆心中盘算，
倒不如暗进宫先将他参。
（出馆暗白）我不免暗暗进宫，参他编修国史，妄加笔削，毁谤先帝暴扬国恶，定要将他参倒处死！
（念）旧恨加新仇，教人恼心头。（下）

王彦丞 老贼已去，今晚草拟本章好去参他。
（念）草拟本章把君见，请万岁彻查追弊端。（下）

第五场 逆 谋

[徐羡之上。

徐羡之 （念）可恨史官王彦丞，强和老夫作对头；
暗进宫去拿本奏，发他岭南做楚囚。

家 院 禀相爷。

徐羡之 何事？

家 院 黄大夫求见。

徐羡之 命他来见。

家 院 有请黄大夫。

黄 眉 （念）忙将心腹事，报与司徒知。
（白）参见司徒。

徐羡之 少礼坐了。

黄 眉 谢座。

徐羡之 大夫何日回朝？

黄 眉 今日回朝。

徐羡之 到此有得何事？

黄 眉 司徒有所不知，檀道济出征，连战皆捷，魏兵大败，退过黄河。

徐羡之 老夫早已知晓。

黄 眉 他若得胜还朝，下官全家都是不得活的。

徐羡之 那却无妨。

黄 眉 眼看就要我全家性命，怎说无妨呢？

徐羡之 大夫。

黄 眉 司徒。

徐羡之 岂不知用兵最重粮饷，军粮不济，兵自溃败。从前你我商议，不按时运粮，自今以后，要按粮不动，断绝军需，不怕檀道济他不溃败哟！

黄 眉 对，对，对，给他个永远断绝军粮，教他喝风屉屁去！

徐羡之 何不速去办理。

黄 眉 待下官速去办理。哎呀不妥！

徐羡之 为何去而复返？

黄 眉 还有一件大事，尚未禀明司徒。

徐羡之 有何大事？

黄 眉 司徒，王彦丞虽然发配岭南，如不处死仍是后患。

徐羡之 老夫已经暗中修就公文，正拟差人晓谕各州府县，王彦丞解至那里，就地正法，斩首送京。

黄 眉 妙妙妙，快快差人前去！

徐羡之　家院。

家　院　伺候相爷。

徐羡之　唤两名家将前来。

家　院　遵命。（下）

二　将　（上白）参见相爷。

徐羡之　命你二人不分昼夜，将这道公文，持谕各州府县，不得有误。

二　将　遵命。（下）

黄　眉　我可莫说王彦丞啊，檀道济，教你二人死无葬身之地！哈哈。

徐羡之　大夫速去。

黄　眉　下官遵命。

徐羡之　（唱摇板）定下打虎牢笼计，
　　　　　　　　哪管国家与社稷。

黄　眉　（接唱）司徒定下这妙计，
　　　　　　　果真才学比人奇。（辞礼出门下）

徐羡之　（接唱）我岂能放虎归山去，
　　　　　　　打蛇不死伤自己。（下）

第六场　起　解

［陈义押王彦丞上。

王彦丞　（唱带板）恨奸贼徐羡之阴险毒狠，
　　　　　　　　诬陷我修国史毁谤先君；
　　　　　　　　万岁爷他不该准了贼本，
　　　　　　　　信谗言误国事忠奸不分。

陈　义　这是王大人，小人起解大人，但不知大人身犯何罪?

王彦丞　唉！奸贼徐羡之因我揭发贻误军粮，和我结下仇恨，参我编修国史，毁谤先帝，万岁不察，降下罪来。想起，哎，好不气煞人也。
　　　　（唱带板）为国事和奸贼结下仇恨，
　　　　　　　　被诬陷革了职岭南充军；
　　　　　　　　何一日君王悟朝纲大振，
　　　　　　　　杀奸党除国贼大快人心。

陈　义　听大人讲说一遍，实在冤屈。

王彦丞　哎！（恨）

陈　义　大人，前边不远，便是芦州驿。待我前去教驿丞来安置大人。

王彦丞　哎！我是一名钦犯，你我投宿官店，不便打扰驿丞。

陈　义　说什么不便打搅，还要投递公文。

王彦丞　既然如此，你自前去，但是莫教驿丞前来见我，是他来我也是不见他的。
陈　义　如此我们先去投宿。
王彦丞　好，你我先去投宿。
（念）眼看红日已沉西，思念家国痛曷极。
陈　义　（念）大人不必心伤悲，忠臣自有下场时。（下）

第七场　杀　驿

［吴承恩官服上。
吴承恩　（念）思念大人多忠义，
梦魂常游到京畿。
（白）自从那年失落王公子之后，逃出京师，更名邹奇，经友人举荐，来作芦州驿丞。
驿　卒　走呀、走呀，禀老爷！
吴承恩　讲。
驿　卒　有一京解老爷，押着一位犯官老爷，要见老爷，老爷还是接见老爷不接见老爷，我的老老的老爷。
吴承恩　京解大人到来，何不早禀我知？若还怪罪，如何担当得起？
驿　卒　他们歇的官店，此时才来求见，小人并未怠慢，急忙禀传，老爷接见不接见？
吴承恩　有请！
驿　卒　有请。
陈　义　（念）一路百姓齐传颂，芦州驿丞好声名。
吴承恩　大人。
陈　义　驿丞。
吴承恩　大人到了，请到衙内。
陈　义　要到衙内。
吴承恩　请。
陈　义　请。
吴承恩　大人请坐。
陈　义　有坐。
吴承恩　驿子。
驿　卒　有。
吴承恩　看茶。
驿　卒　是。（卒捧茶分送陈吴）
吴承恩　驿子。

驿　卒　有。

吴承恩　打杯。

驿　子　是。（端盘下）

陈　义　驿丞？

吴承恩　大人。

陈　义　一路行来，闻听你的好声名。

吴承恩　大人过奖！

陈　义　好说。

吴承恩　请问大人，解的都中钦犯，却是哪家大人？

陈　义　不是别的，就是那史官王大人。

吴承恩　可是那王彦丞王大人？

陈　义　正是的。

吴承恩　但不知法犯何律？

陈　义　因修国史，被徐羡之参了一本，流放岭南充军。

吴承恩　哦！大人请坐。下官告便。

陈　义　请便。

吴承恩　罢了老爷！哎老爷！

陈　义　哎呀！是我提了一句史官王大人，观见驿丞双目捧泪，此情为何？嗯！听他讲说什么？

吴承恩　哎！老爷！

（唱慢板）王老爷为人多忠义，
他不顾生死为社稷；
到今日落下这步地，
不由叫人泪悲凄。

（夹白）哎！老爷。

陈　义　呾嘿！（吴惊拭泪）

吴承恩　请坐！

陈　义　有坐！这是驿丞！

吴承恩　大人。

陈　义　是我提了一句史官王大人，观见你双目捧泪，叹声不绝，此情为何？

吴承恩　咦！这个，哎！大人不知，小官从前不得志的时候，以在王大人书馆容身，深知王大人清廉直正，忠心保国，今遭流放，哎！叫人怎不凄惨也。

（唱拦头）王老爷忠义世间少，
他作官和善爱同僚。
处世接物多公道，
为国家到今日竟把祸招。

陈　义　照你这样说起，王大人是个清廉直正之人。

吴承恩　正是的。这是大人，下官今夜晚上，心想奔上官店，看望王大人一回。

陈　义　慢着！王大人吩咐过了，不容人见，即就你去，他也是不见你的。

吴承恩　这个，哎！难见的老爷。

陈　义　告辞！

吴承恩　慢着！待我安置大人。

陈　义　驿丞免了。

吴承恩　这就省礼了。

陈　义　大家省礼了。

吴承恩　送大人。

陈　义　免。（下）

吴承恩　罢了老爷！哎！老爷！

（唱慢板）王大人在京待我好，
他待我吴承恩胜似同胞。
悔不该元宵节酒吃醉了，
灯棚下我失落他的根苗。
贤德的夫人恩义好，
二十两麸金放我逃。
我不愿戴主乌纱帽，
愿替他岭南走一遭。

驿　卒　禀老爷！

吴承恩　请。

驿　卒　又有差官要见。

吴承恩　今夜晚上好多的差官。

驿　卒　不是一个是两个，这两个比那一个恶得多。

吴承恩　有请！

驿　卒　有请。

差　官　（上）你可是此间邹驿丞。

吴承恩　正是，下官。

差　官　将犯官王彦丞可曾解到此处？

吴承恩　已到此处。

差　官　嗒！说什么已到此处，这是公文，拿去观看。（公文掷地吴拾起看）

吴承恩　驿子！

驿　卒　有！

吴承恩　掌灯！

驿　卒　是！

吴承恩　上写史官王……

二差官　嗒！王什么？若到五更天明，便要王彦丞的首级，说是你小心着！

吴承恩　是！

二差官　你小心着！（急下）

吴承恩　驿子！

驿　子　有！

吴承恩　掌灯！

驿　卒　是。

吴承恩　上写史官王彦丞，私效春秋笔，毁谤先帝，革职流放，难赎其罪，为此晓谕各州府县，地方官吏，该犯官所到之处，就地正法，将首级送京，将首级送京。哎呀！（昏倒驿子扶吴起）

驿　卒　老爷醒得！

吴承恩　（唱慢板）我正想设法将他救，
　　　　谁料想大祸起仓猝。

（白）王，王、王老爷！王，王、王老爷！

驿　卒　哎呀！我家老爷，往日见了差官，不慌不忙，今晚见这两个差官，怎么慌脚慌手的？噫！这是怎么一回事？（下）

吴承恩　（唱紧带板）王老爷忠心将国保，
　　　　可怜他今晚命难逃，
　　　　我今不能将他救，
　　　　枉在人世走一遭。

（白）罢了老爷，哎老爷呀！（入坐）我想今晚不到五更天明，就要我家老爷的首级，时间如此迫促，我不寻计搭救我家老爷，我闷坐是怎的？我是怎样搭救我家老爷，有了，我不免去到官店，见了老爷再作商议，这般时候，待我奔上官店走走。且慢，适才京解大人言的明白，我家老爷吩咐过了，不容人见，即就我去，他也是不见我的，我是怎样地搭救我家老爷。想起了，想我从前以在王老爷书馆容身之时，府下丫环院子，曾说我这眉目面孔，和王老爷直生得一般无二，看在其间，莫非应在今夜晚上，哎，我心如此，但不知天意如何？驿子过来！

驿　卒　伺候老爷。

吴承恩　奔上官店去请京解大人！

驿　卒　是！

吴承恩　回来，先来的。

驿　卒　我知道是先来的不是后到的。

吴承恩　速去！

驿　卒　是！（下）

吴承恩　哎！我想死有重于泰山，有轻若鸿毛，我今替我家老爷一死，我是为了除贼保国而死，我死的该，我死的值，哎！我死的值得呀！

（唱七锤带板）王老爷史笔持正义，
得罪奸相徐羡之；
为国我今替他死，
公情私义我死得值。

驿　卒　禀老爷，京解老爷到。

吴承恩　可是先来的？

驿　卒　正是先来的，光脸没麻子。

吴承恩　有请！

驿　卒　有请！

陈　义　（上念）夜阑人静来相请，莫非驿丞有隐情。

吴承恩　大人。

陈　义　驿丞。

吴承恩　请坐！

陈　义　有坐！

吴承恩　驿子。

驿　卒　有！

吴承恩　看酒。

驿　卒　是！

吴承恩　大人请。

陈　义　请。

吴承恩　干。

陈　义　干。

吴承恩　驿子再看酒。

陈　义　好酒不能多饮。

吴承恩　大人的量贵。

陈　义　量微！

吴承恩　量贵！

陈　义　量微，哈哈哈。

吴承恩　驿子。

驿　卒　有！

吴承恩　打、打杯。

驿　卒　是！

吴承恩　驿子过来。

驿　卒　侍侯老爷。

吴承恩　老爷今晚用了你，再不用你了，这是纹银十两，拿回家去，好好孝养你的父母，说是你去吧。

驿　卒　谢过老爷，唉呀！我家老爷，今晚这样举动，叫我好不明白，赏我银子十两，叫我拿回家去，好好孝养父母，我想老爷平素待人甚有恩义，芦州驿的百姓，莫有不爱他的，今晚叫我回去，我的心中实在难受，哎，难舍的老爷。（下）

吴承恩　这是大人，今夜晚上，不过闲谈之说，你看下官我这眉目面孔像谁？哈哈。

陈　义　你不问我，我正要对你讲说，你这眉目面孔和王大人直生得一般无二。

吴承恩　怎么说下官这眉目面孔和王大人直生得一般无二？

陈　义　正是的。

吴承恩　大人，今夜晚上。下官想作一件非常大事，需要大人担待担待。

陈　义　能担待，我便担待，观你也非做差事之人。

吴承恩　我先谢过大人。

陈　义　但不知你想作一件什么非常之事？

吴承恩　今夜晚上我愿替……

陈　义　住口，（搜门）替什么？

吴承恩　我愿替王大人一死。

陈　义　驿丞过来，王大人不过流放之罪，你为何要替他一死？

吴承恩　大人你还不知？

陈　义　不知什么？

吴承恩　掌灯来看！适才京中送来紧急公文，上边写得明白，不到五更天明，便要王大人的首级，天呀，天呀，他还不知。（吴拿公文交陈看）

陈　义　哎呔！忠良屈死，国将奈何？

吴承恩　大人，今夜晚上我愿替王大人一死。

陈　义　你为何要替他死？

吴承恩　哎呀，大人，王老爷忠肝义胆，国士无双，有他在世，定能除贼保国，因而我要替他一死，望大人千万莫可泄露。

陈　义　哎！你如此忠义，我岂肯泄露，只是明日不见驿丞，又是一个破绽。

吴承恩　这有何难，将下官纱帽悬挂大堂口前，上写邹驿丞挂冠逃走，料他难解其情。

陈　义　如此速快写来！

吴承恩　大人掌灯。

（唱尖板）驿丞提笔粉墙描，

（念）世态多炎凉，人情草上霜。

若问邹驿丞，学了汉张良。

（接唱）过路的客官仔细瞧，
我不愿戴主乌纱帽，
我情愿挂冠连夜逃。
大堂口前卸纱帽，
二堂里讨来了杀人的钢刀。（下）

陈　义　（唱浪头带板）邹驿丞侠义世间少，
为国捐躯美名标。
仰面我把苍天叫，
（夹白）天哪！哎呀苍天！
（接唱）为什么忠良把祸招。

吴承恩　（上唱尖板）明朗朗钢刀出了鞘，
心中好似滚油浇；
手执钢刀往上跑，
来，来，来杀我归阴曹。

陈　义　慢着！你今替他一死，王大人若问，我该拿何言答对？

吴承恩　大人，哎呀大人，王大人不问就此罢了，王大人若问，你就说灯棚下失落他家公子之人，他！他！他就明白了，来！来！来杀！

陈　义　慢着，你如此侠义，我怎忍下手杀害？

吴承恩　大人，哎呀，大人，你今杀了我，就是为了我，你不杀我，就是害了我，这是钢刀，说是你就与我杀，杀，杀。

陈　义　（唱浪头带板）一把钢刀拿在手，
霎时驿丞性命休。（陈杀吴，二差官上）

差　官　（上）邹驿丞在哪里？

陈　义　何事？

差　官　可将王彦丞斩首？

陈　义　向那里去看。

差　官　好。（提头下）

陈　义　罢了驿丞，哎！驿丞呀。（下）

第八场　巡　营

［檀道济烦闷上。

檀道济　（唱浪头带板）
恨黄眉压粮草良心死坏，
全不念国家的外患祸灾；
昼夜间盼粮饷急煞本帅，

防敌寇我还要巧计安排。

薛　彤　（上接唱）士卒个个不安静，

高进之　（上接唱）报与元帅得知情。

薛、高　禀元帅，我军粮饷断绝，将士鼓噪不安，倘若敌人闻知，杀过河来，如何是好？

檀道济　哦！速传各营将士进帐。

薛、高　是。（二将下，檀左思右想，二将同众上）

四　卒　（上）参见元帅。

檀道济　弟兄们站立两厢，休要急躁，我军粮草虽绝，本帅已经修表进京，不久粮草便可运来。你们暂受一时饥饿，休再喧闹，倘被敌人知晓，杀过河来，如何是好？

四　卒　元帅，我们饿成这般光景，粮饷怎么迟迟不来？

檀道济　弟兄们有所不知，奸贼徐羡之，勾结黄眉，按粮不动，通敌谋国，陷害我军，此时还要你们咬紧牙关，忍饥受饿，将来杀退敌人凯歌还朝，奏明圣上，除了二贼，好与弟兄们报仇。

四　卒　元帅何不先杀二贼？再来杀敌。

檀道济　弟兄们言语差矣，大敌当前，怎敢退却，稍一移动，敌必乘势追杀，那时军心散涣，势必瓦解，我们不作刀头之鬼，便成敌人之俘，弟兄们何不细思细想？

四　卒　元帅讲得倒也有理，怎奈我们饿得实难忍受。

檀道济　哎！我的弟兄们。

（唱摇板转慢板）

弟兄们不必纷纷嚷，
听本帅把古人表一场；
汉朝苏武中郎将，
出使匈奴为家邦。
单于王强逼他投降，
那苏武宁死不肯屈番邦。
因此被逐北海上，
冰天雪地去牧羊。
渴饮冰雪当茶汤，
饥餐皮毛当食粮。
十九载受尽痛苦志坚强，
节旄落尽还汉乡。
精忠大节人敬仰，
立功异域把名扬。

我军虽然缺粮饷，
比苏武当年强又强。
众弟兄手压胸膛自思想，
何不学千古英雄好忠良。

四　卒　元帅不必伤心，我们愿学古人。
檀道济　怎么你们愿学古人？
四　卒　我们都愿学苏武，忍饥受饿，坚守营寨。
檀道济　如此弟兄们，各回各营去吧。
四　卒　遵命。（下）
檀道济　二将。
薛、高　元帅。
檀道济　晓谕三军，营门大开，鸣锣打梆，严防敌兵夜袭。
薛、高　元帅，将士饿得疲惫不堪，营门大开，敌人偷营，如何是好？
檀道济　二将哪知，兵法云“虚者实之，实者虚之”，我军出师以来，连战皆捷，今夜营门大开，敌必疑我设有埋伏，怎敢偷营劫寨。
薛、高　元帅言之有理。
檀道济　速去传令。
薛、高　遵命。（下）
檀道济　（唱浪头）将士尽忠忍饥饿，
个个愿将古人学，
宝帐以内急煞我，
粮饷不济怎奈何。
甲更夫　（上）各营小心着，更下来了。
乙更夫　（上）营下小心着，更下来了。
甲更夫　哦！原是张大哥。
乙更夫　咦！你是李贤弟。
甲更夫　哎！你为何还有精神？
乙更夫　哎！你看元帅为了国家，和我们一样受饿，想到这里，我就有精神了。
甲更夫　哦！那么我也要鼓起劲来。
乙更夫　能鼓起勇气更好。
甲更夫　咱们快快打更。
乙更夫　小心敌人偷营。
甲更夫　各营小心着。（打梆下）
乙更夫　更下来了。（敲锣下）
檀道济　（唱）军中粮草已绝断，
将士受饿实可怜。

耳听得马嘶人声喊（内擂鼓人喊马叫声，檀起惊望二将上）

（白）什么人？

薛、高 薛彤，高进之。

檀道济 到此为何？

薛、高 禀元帅，适才敌人杀来，观见我营门大开，吓得他人马倒退。

檀道济 哼！战败之将，料儿不敢擅入，你们小心巡营去吧。

薛、高 遵命。（下）

檀道济 （唱浪头带板）

营门大开妙计玄，
料敌不解这机关；
军情紧急我心愁烦，
取来兵书仔细观。

甲更夫 各营都小心着，谨防敌人。

乙更夫 小心着，更下来了。

甲更夫 怎么又是你？

乙更夫 怎么还是你。

甲更夫 哎呀！张大哥，把我饿得实在无力打更了，你怎么还有劲？

乙更夫 哼啊，我有治饥饿的秘方哩。

甲更夫 哦！怪道你不饿，原来你有治饥饿的秘方哩，张大哥，你快把这秘方传授给我。

乙更夫 好，你却要照方子行哩。

甲更夫 那是自然。

乙更夫 你听，以后你见了人，先说三个我的肚子吃得饱，说说笑笑就不饿了。

甲更夫 好，好，好，我的肚子吃得饱，我的肚子吃得饱，我的肚子吃得饱，哈哈。

乙更夫 怎么样？

甲更夫 不饿了。

乙更夫 不饿了，快打更。

甲更夫 各营小心着。

乙更夫 更下来了。（下）

檀道济 （唱慢摇板）先看孙子十三篇，

吕尚六韬仔细观；
韩信破赵背水战，
诸葛亮伐曹魏六出祁山。

甲更夫 各营都小心着，更下来了。

乙更夫 小心敌人偷营，更下来了。

甲更夫　哎！我，我，我倒了！（倒上场口）

乙更夫　咦！我怎么也，也，也倒了！（倒下场口）

檀道济　黄眉，徐羡之，我把你两个奸贼！

（唱摇板）可恨二贼压粮草，
要害我全营众英豪；
我这里手执兵书翻来覆去心焦躁，
想不下灭敌计一条。
耳听得远近鸡报晓，
明星朗朗月儿高。
听不见锣声鸣军号，
听不见打梆把铃摇。
身出帐外去了哨，
大小儿郎睡熟了。
按军令就该将头找，

（夹白）哎！

（接唱）将士饥饿难计较。
我这边鸣锣动军号，

（白）营下将士小心着，谨防敌人偷营，你们小心着。

（接唱）放下锣再来把梆敲。

（白）营下将士小心着，你们小心着。

（接唱）今夜晚怎到天明了，
闷坐宝帐发煎熬。（檀入帐闷坐起更）

薛、高　（念）日夜盼粮无踪影，唯恐敌人来劫营。

（白）元帅醒得，元帅醒得。

檀道济　（唱浪头带板）
军中绝粮心惊恐，
一夜不眠到五更；
对敌我不知将何计用，
愁得我坐卧不安宁。

（白）二将到此何事？

薛、高　元帅怎么一夜，竟将胡须愁白了。

檀道济　我却不信。

薛、高　请元帅看过。

檀道济　待我看过，哦！竟然一夜将本帅胡须愁白了！（二将分向左右看更夫）

薛、高　哼！你们还在这里睡呢，元帅将胡须都愁白了。

甲乙更夫　当真？哎呀，元帅真一夜将胡须都愁白了。

甲更夫　我再不敢睡了。

乙更夫　哪个再睡斩下头来。（甲乙下）

薛、高　元帅，各营将士虽然安静，但是军中绝粮，终是可虑！

檀道济　倒也可虑，（低头想介）二将，军粮现有多少？

薛、高　元帅，为数不多。

檀道济　速命将士打起席棚，内囤沙土，上盖米粟，命将士以斗量沙，高声筹计粮数，敌人闻之，定疑我军粮到，必然戒惧，不敢前来。

薛、高　恐怕难以瞒过敌人。

檀道济　休得多言，速去传令勿误。

薛、高　遵命。

（念）定下量沙计，急忙去传知。（下）

檀道济　（念）用兵行诡计，方能建奇绩。（下）

木耳连杰　（上念）率部前来劫宋营，三军个个抖威风。

（白）檀道济用兵如神，我军损兵折将，不能胜敌，昨日探子回报，宋营粮草断绝，因此率部复来劫营，来呀，杀进宋营。

四番将　呵！木耳连杰：慢着，远远望见营门大开，灯火辉煌，粮堆如山。

（内白）：五斗咧，一石咧，十石咧，五十石咧，……

木耳连杰　怎么营内点计粮数，这一下中了檀道济的诡计了，来呀，速快退军。

[木耳连杰率四将跑下。

第九场　劝　捐

[王彦丞微服上。

王彦丞　（念）芦州几遭死难，想起擦泪不干。

（白）哎！那日逃出芦州驿，心想前往檀道济营中，但闻军中粮绝，将士惶惶，（左右看想）我不如先在黄河两岸，劝告百姓，捐输粮饷接济军需，然后再去大营。哎呀！那边厢一伙百姓喧吵而来，待我站在一边，听他们讲说什么？再好劝告。

（念）摇唇鼓舌去劝捐，逢人便要开笑颜。

（百姓甲乙丙丁上）

百姓甲　（念）痛恨魏兵来作乱，

百姓乙　（念）杀人放火民不安；

百姓丙　（念）多亏我军来作战，

百姓丁　（念）杀得敌兵奔河南。

王彦丞　列位请来见礼了。

众百姓　还礼了，客官施礼为何？

王彦丞 特来与你们传报消息。

众百姓 什么消息？

王彦丞 哎，此处不久便有大祸！

众百姓 甚么大祸？

王彦丞 列位请听：

（唱摇板）尊声列位听我讲，
听我把军情说端详；
檀元帅营中断粮饷，
不能杀敌保家邦。
不久便有大祸降，
你们这里要沦亡。

众百姓 客官，这话可曾是实？

王彦丞 这样大事，岂敢造谎！我军粮草早已断绝，敌人若还知晓，杀过河来，你们这里便要遭殃！

众百姓 哎呀！伯伯，我军无粮，怎能打仗，敌人若来，不但烧我们的房屋，还要杀人，这该怎么处呀！

百姓甲 不要哭，哭着有什么用处。

众百姓 哎！这倒怎么办呀？

王彦丞 这也不难，列位何不向大家劝告，有钱的捐钱，有粮的输粮，送到大营就把大事济了。

众百姓 客官言之有理，但是我们都是小户人家，就是把家里所有的粮一齐捐了，也是无济于事！

王彦丞 难道这里就没有富户人家？

众百姓 倒有几家富户，存粮很多，但他们都是铁公鸡，一毛不拔。

王彦丞 哎！事到危机，你们总得设法向他们劝告，不然大祸就在眼前。

百姓甲 客官说的是，伙计们，这事我有办法。

众百姓 你有什么办法？

百姓甲 你们赶快到村里向大家说，拉牛套车，先到张百万家劝粮。

众百姓 那个看财奴，绝对不肯捐的，去也是白去。

百姓甲 你去我有办法。

王彦丞 列位，现在正是紧急关头，若还无法劝输粮饷，全军便会覆亡！

百姓甲 客官放心，我们定要设法劝他捐助，他若不肯，我有的是办法。

王彦丞 如此甚好，我便告辞。

（念）列位情愿去劝捐，不由叫人心喜欢。

（白）请了，请了。

众百姓 请了。（分下）

张百万　（上念）不坑穷人焉能富，发财便要手段辣。
（白）咱名张有余，家资巨万；食粮千石，人都称我张百万，今日起来早了点，身上有些不爽快，来个人给我捶腿。

百姓甲　（念）我军无粮饷，

百姓乙　（念）怎能保家邦。

百姓丙　（念）来劝张百万，

百姓丁　（念）捐钱又捐粮。

百姓甲　来到张百万门首，你们进去后都要看我眼色行事。

众百姓　对对对。

百姓甲　快进，快进。

众百姓　走！

张百万　你们不传不禀，到我家干什么来了？

百姓甲　张员外，是你不知，檀元帅军中粮饷断绝，我们大家来，是劝你老人家捐些粮饷。

张百万　哼！军中断粮，与我何干，想叫我捐，办不到的！

百姓甲　张员外，你还是捐助些，不然，魏兵杀过河来，你这家业，也难保存。

张百万　你这老东西少说扫兴话，魏兵来了也罢，谁来了不叫干大。我一颗子儿都不捐，你们这些穷鬼与我滚出去！

百姓甲　你不捐了也不要紧，我们对员外，还有点好心奉上。

张百万　有何好心？

百姓甲　众位，将这老东西绑了。

张百万　你们反了？

众百姓　反了就反了。

百姓甲　众位，将前仓后仓打开，把粮食一齐装上走，（众分下肩粮袋穿场下）

张百万　你这伙穷光蛋，青天白昼，竟敢抢劫，我要上县告你。

百姓甲　你若去告，把你家粮食，便要抢光，哼！哼！（下）

张百万　来娃子快来！

张来娃　来了。

张百万　快把爹解下来，与爹备骡子，爹要上县告这伙穷鬼！

张来娃　你若告去，他还要抢！

张百万　我一定要告。

张来娃　不敢，不敢！（来娃拉张百万下）

第十场 凯 旋

[檀道济很惊慌上。

檀道济 （念）量沙之计虽巧妙，终久难免敌人知。

中 军 （上）禀元帅，营外有一客官，言说从京师而来，有机密大事，要见元帅。

檀道济 呵！从京师而来，传出有请。

中 军 有请。

王彦丞 （上念）只说流放死，怎知见故人。

（白）元帅在上，故人拜揖。

檀道济 还礼了，你是史官王仁兄？

王彦丞 正是的。

檀道济 快快请坐。

王彦丞 有坐。

檀道济 仁兄，你如何能够到此？

王彦丞 哎！一言难尽呵！（排子）

檀道济 仁兄到此，正好参赞军机，仁兄。

王彦丞 元帅。

檀道济 徐羡之谋害你我，黄眉又按粮不动，只说军中无粮，如何破敌？

王彦丞 元帅不必忧虑，不久便有粮饷。

檀道济 这可是实？

王彦丞 不敢道谎。

中 军 禀元帅，黄河两岸百姓求见。

檀道济 有请。

中 军 有请众百姓。（众百姓上）

百姓甲 娃娃们，元帅请咱们，都来与元帅叩头。（王见百姓背面而立恐认识他）

檀道济 快快请起，你们来此何事？

百姓甲 特来捐献粮草。这是粮册，请帅爷观看。

檀道济 黄河两岸百姓，捐助军粮五千石，好父老，好父老，哈哈，中军！

中 军 在。

檀道济 速命我军，一面收粮，一面发粮，款待送粮父老，并将姓名记在功劳簿上，得胜还朝，按名奖赏。

众百姓 谢过帅爷。

中 军 随着我来。

百姓甲 娃娃们，你看体面不体面，哈哈。（随中军下）

檀道济 仁兄，百姓捐输粮草，你如何得知？

王彦丞 元帅，是我中途闻听我军粮绝，以在黄河两岸劝告百姓，输粮捐饷，我怎不知。

檀道济　原来如此，仁兄此举，有功国家，本帅当面谢过。

王彦丞　岂敢。

檀道济　仁兄，现在应如何破敌？乞兄赐教！

王彦丞　元帅，弟在京时，闻听我军连战皆捷，所以虽无粮草，敌人不敢轻易进犯，如若旷日持久，胜负就难逆料，依弟之见，不如乘此进兵，必获全胜。

檀道济　本帅亦有此意，来呀，击鼓升帐！

四　将　参见元帅。

檀道济　免参，众将听令！

四　将　在。

檀道济　吩咐我军，顶盔贯甲，整顿戎装，今晚随本帅大举破敌。

四　将　得令。（下）

檀道济　仁兄请到后帐，商议进攻之策。

（念）虎帐传将令，

王彦丞　（念）用兵贵神速。

（同下）（幕内擂鼓喊杀作战声）

木耳 连杰（念）损兵又折将，杀的月无光。

（白）来呀！速快逃回本国。（木率将士急下）

檀道济　（念）敌寇连败北，死伤千万人。（四将上）

中　军　禀元帅，黄眉押运粮草到。

檀道济　哼哼哼，好奸贼！将他押在后营，还朝奏明天子，和奸党徐羡之一同处决。

中　军　是。（下）

四　将　禀元帅，敌兵大败，木耳连杰率领残兵败将，逃回魏国去了。

檀道济　敌寇大败回国，不必穷追，传令三军，拔寨回营，歇兵三日，班师还朝。

（念）将士个个胆气豪，大获全胜立功劳。（同下）

第十一场　诛　奸

［二武士随监斩官押徐、黄上。

徐羡之　（念）实想说专权弄朝柄，不料想今日问斩刑。

黄　眉　（念）吓得我惶恐难行动，两腿股慄战兢兢。

（白）徐司徒，你害得我黄眉好苦啊！

徐羡之　事已至此，你怨我也是枉然。

监斩官　押上走！

武　士　走！

徐羡之　（念）悔当初媚敌把忠良害。

黄　眉　（念）祸国殃民大不该。

（白）不得活了，不得活了。（同下）

第十二场　拜　府

［檀夫人上。

檀夫人　（唱小带板）老爷得胜回朝转，
一家人今日才团圆；
王大人劝捐纾国难，
教人刻骨铭心间。

家　院　（上）禀夫人！

檀夫人　何事？

家　院　王夫人拜府。

檀夫人　哪个王夫人？

家　院　就是史官王彦丞的夫人。

檀夫人　呵！是她，快快有请。

家　院　是，有请王夫人。（王、贾领女同上）

王夫人　（唱摇板）檀元帅为国家平靖外患，
得胜还才辩明老爷屈冤。

贾　嫂　（接唱）我官人替忠良死而无怨，
为国家为朋友忠义参天。

檀夫人　夫人到了快快请坐。

王夫人　夫人请上，待我母女拜过。

檀夫人　这是何意？

王夫人　檀元帅辩明我家老爷冤屈，理应拜谢。

檀夫人　好说，王夫人协助我家老爷，平靖敌寇，我也有一拜了。
（唱花音摇板）
王大人劝百姓捐粮功大，
助元帅平敌寇也应谢他。

王夫人　（接唱）檀元帅为奴夫辩冤见驾，
因此上领女儿前来报答。

檀夫人　（接唱）二夫人快请起一旁坐下，
叫院公与夫人快去捧茶。

家　院　是。（下）

檀夫人　快快请坐。

王、贾　谢座。（院公捧茶上分送王、贾，檀打杯看王女）

家　院　夫人请到这厢来。

檀夫人　院公讲说什么？

家　院　我看见姑娘胸前佩戴的帕儿，好像咱家之物。

檀夫人　（看王女惊）哎呀！

（唱慢摇板）我一见王小姐心中惊讶，
却怎么她胸带我家彩帕？
想那年元宵节误换男娃，
十一载这事儿常在心下。
王夫人今日来教人异诧，
假若还他问我怎样应答。
越思越想我猜疑大，
一霎时心中乱如麻。（闷坐）

檀　子　（上唱摇板）怀抱书卷回府转，
进门施礼问娘安。

檀夫人　见过二位夫人。

檀　子　是！二位夫人见礼了。

王、贾　公子免礼。

檀夫人　快到后边去吧。

檀　子　孩儿就在这里侍侯母亲。

贾　嫂　夫人你向这边厢来。

王夫人　贾嫂讲说什么？

贾　嫂　你向那边厢看。

王夫人　哎！我早已看见了。

（唱苦音摇板）见公子不由我伤心泪下，
观面庞和我儿一点不差；
元宵节定是她以娃换娃，
十一载才见了小小冤家。
又见他浑圆镜戴在项下，
分明是我的儿上前认他。

（白）那是我……哎！不妥。

（接唱）话说口边又压下，
母子们虽咫尺如隔天涯。

檀夫人　（唱摇板）王夫人你为何伤心泪下，
请将你其中情细说根芽。

王夫人 （接唱）檀夫人既要问你且坐下，
提起了伤心事两泪巴巴；
想那年吴承恩抱娃玩耍，
贾　嫂 哎！官人呀！
王夫人 （唱苦音摇板）
灯棚下失落了我的根芽。
但不知是何人换去我娃，
害得那吴承恩逃奔天涯。
檀夫人 呵！
贾　嫂 （接唱）提起夫君泪巴巴，
无一时心中不想他。
十余载夫妻两分岔，
可怜他替老爷命染黄沙。
王夫人 （接唱）今日里见公子我心惊讶，
他和我亲生儿面貌不差；
浑圆镜又戴在他的项下，
这本是我家物怎到你家？
檀夫人 （接唱）她怎么问我这些话，
一时心酸难应答，
低头不言泪如雨下，
我女儿想必是失落她家。
王夫人 （接唱）檀夫人低头不应答，
叫我空急也没法。
不好意向她再讲话，
眼望冤家泪如麻。
王　女 娘，我母亲因为何事？伤心落泪？
贾　嫂 她心中难过，怎能不落泪呀！（哭）
檀　子 母亲，好端端地，怎么伤起心来？
檀夫人 哎！你晓得什么。
家　院 禀夫人，老爷和王大人回府。
檀夫人 待我出迎。
檀道济 （念）奸臣祸国殃民。
王彦丞 （念）正法大快人心。
檀夫人 王大人到了。
王彦丞 到了。
檀夫人 老爷，王夫人母女前来拜府。

檀道济　那好极了，仁兄请。

王彦丞　请！（进内）

檀道济　请坐。

王彦丞　有座。

檀夫人　王大人军中献策，平灭敌寇，请上受我母子一拜。（檀妻、子拜，王挡）

王彦丞　岂敢，岂敢。

王夫人　元帅，为我家老爷明冤，请上受我母女一拜。（王妻、贾、女拜，檀挡）

檀道济　不敢当，不敢当，大家一同坐了。

檀夫人　老爷上殿面君，万岁将徐羡之、黄眉，如何发落？

檀道济　已经问明正法。

檀夫人
王夫人　嗯！这才大快人心。
贾　嫂

檀道济　夫人。

檀夫人　老爷讲说什么？

檀道济　王大人和我下得朝来，中途谈论，言说我儿项下戴的浑圆镜，是他家之物，怎能得到我家？

檀夫人　这个！……

檀道济　我家五彩帕，如何又挂在王小姐的胸前？你与我实说。

檀夫人　这个！

檀道济　这个什么，究竟是何原故？你与我快快讲个明白。

檀夫人　哎！老爷，是你不知，那年老爷出征，为妻分娩，生一女儿，元宵节晚，乳娘抱去玩灯，见一汉子怀抱孩子哭啼不止，乳娘好心将女与他，给那孩子吃了几口奶乳，不料人多拥挤，不见那汉子了，乳娘无奈将这孩子抱回，为妻恐你回来见怪，差人谎报喜事，好容易将他抓养这么高大，想起实在心酸。（痛哭拭泪）

檀道济　呵，原来如此，仁兄。

王彦丞　元帅。

檀道济　如今此事已明，请将你的儿子引去，把我的女儿留下，当年五彩帕换来浑圆镜，今日浑圆镜换回五彩帕，哈哈哈。

檀夫人　哎！儿呀！

王彦丞　元帅！你我通家至好，我的儿子即是你的儿子，你的女儿就是我的女儿，你我何分彼此。

檀道济　如此甚好。

贾　嫂　哎！官人呀。

檀、王夫人　贾嫂不必伤心，这两个儿女，也是你的儿女。

王彦丞 着，着，着，也是你的儿女，承恩兄一死，气壮山河，名垂千秋，请贾嫂不必再伤心了。

檀道济 此事待老夫奏明圣上，旌表承恩，我们再到坟茔，祭奠一回，以慰幽魂。请到后堂饮宴。

（念）为国捐躯留正气，千古英雄人称奇。

王彦丞 （念）忠奸善恶载青史，严于斧钺春秋笔。

檀道济 好一个严于斧钺春秋笔，请。

王彦丞 请。（同下）

——剧终——

（说明：以上内容录自长安书店出版的《春秋笔》。1956 年 12 月第一版。）

砂子岗

人　　物

杜　氏　彩旦　　　　杨四伢　小旦
杨三伢　小生　　　　夏三伯　老生

杜　氏　（引）老身今年五十春，天天吃饭不断荤。
（念）人说我把媳妇磨，我比别人强得多。
哪个不把媳妇做，多年媳妇磨成婆。
（白）哎，老身娶了一个媳妇，名叫杨四伢，做起活来，倒也勤快，我偏偏看她不顺眼。一天不打她不骂她，我的心里就不痛快，当婆婆的要是不把媳妇管得紧，她也不知道我当婆婆的厉害。多时不见这个贱人，不知她做什么。四伢，四伢！

杨四伢　（上唱摇板）耳听得婆婆唤心中害怕，
吓得我浑身发抖眼发花。
不是打来就是骂，
她是有名的母夜叉。
这时想是脾气发，
我颤颤索索去见她。

杜　氏　四伢，快来。

杨四伢　（接唱）走上前辞一礼将头低下，
问婆婆要用茶媳妇去拿。
（白）婆婆。（见礼）

杜　氏　今是过年呢？

杨四伢　不是过年。

杜　氏　过节呢？

杨四伢　也不是过节。

杜　氏　不是过年，也不是过节，要你见得什么礼？你是不是想把我拜死呀？

杨四伢　媳妇见婆婆怎能不拜？

杜　氏　你还顶嘴，这样百讲百对，还了得吗？你晓得还有什么活没有做？

杨四伢　砍柴去。

杜　氏　歇着，砍柴？你又想到山上去睡觉！

杨四伢　那么推磨去。

杜　氏　回来，推磨？你是想偷我的面！

杨四伢　不砍柴不推磨，婆婆你说做什么活呀？

杜　氏　呵，你还问起我做什么活来了，就说你吃饭几大碗，做起活来还要人管，我晓得你又是皮松了！（拧媳）

杨四伢　哎呀！（哭）

杜　氏　我还没打你，你就哭起来了，（又拧）洗衣服去！

杨四伢　是。（下又上，拿衣服盆子欲走）

杜　氏　站住，你到哪里去洗？

杨四伢　到小塘去洗。

杜　氏　小塘有浮萍，怎能洗衣？

杨四伢　那我就到河沟去洗。

杜　氏　河沟水浅不能洗。

杨四伢　婆婆，河沟水浅还清得很。

杜　氏　你又顶嘴！（欲打，四伢躲）走，跟我到大河里洗走！

杨四伢　那我就到大河里去洗。（欲出）

杜　氏　等着，（锁门）走。

杨四伢　哎，苦呀！

（唱摇板）含泪去到大河头，
眼看河水向东流。
水流大海终有尽，
可怜我受苦难何日方休。

杜　氏　到了，洗去。

杨四伢　是。（使劲洗衣）

杜　氏　洗得重了，把我的衣服洗破了，洗轻些。

杨四伢　是。（轻轻地洗）

杜　氏　就说你是没吃饭吗？那样死巴巴地洗，怎能洗掉衣服上的肮脏，洗重点。

杨四伢　是。（用棒槌捶衣）

杜　氏　捶重了，你诚心想把我的衣服捶烂是不是？（夺棒打四）

杨四伢　哎呀！

杜　氏　不许你哭，快洗！

杨四伢　婆婆，洗好了。

杜　氏　洗好了，回走，走快点。

杨四伢　哎，走！

（唱摇板）离了河边转回家，
她好似毒蛇追蛤蟆。

两只眼睁得那么大，
吓得我苦媳妇胆战肉麻。

（到家杜氏开门）

杜　氏　进来。

（四进门将盆放下，拿衣欲晒）

杜　氏　你往哪里去晒？

杨四伢　搭在竹竿上晒。

杜　氏　搭在竹竿上叫风吹下地来，那还了得。

杨四伢　那我晒在篱笆上。

杜　氏　篱笆上有蚂蚁，不能晒。

杨四伢　那么放在家里，慢慢地阴干。

杜　氏　慢慢地阴干，日子多了，岂不把我的衣服搁涅了。

杨四伢　怕涅了吹火去烘。

杜氏烘　不怕烘焦了，你会过日子，会过日子么？（打四不知所措）走，把衣服拿到砂子岗上去。

杨四伢　走，

（唱摇板）婆婆逼我到砂子岗，
好比那猛虎赶绵羊。
岗上的石子碴碴响，
太阳晒得像火烫。
不知她葫芦里把什么药装，
叫我到此为哪桩？

（杜捡一堆石子多的地方）

杜　氏　来，与我跪在石子上头，（四不肯）快来！（用力将四按倒跪下）跪端、跪正、把衣服顶在头上晒，叫南风吹过去，北风吹过来，老娘我就要穿这样“软性子”衣服，我不叫你，你就在这里跪着。（杜假走动，四掀掉头上衣服）嘿嘿，我还没转身，你就想站起来，好大的胆子！（凶狠地拧）好好的与我跪了，我在山脚下看着。哎哟，被这个贱人活活的还累死了。（下）

杨四伢　（滚白）哎，哎，哎！我叫一声天呀天呀！我婆婆百般折磨于我，只说让我怎样地忍受呀！

（唱慢板）我心中恼恨恶婆婆，
我苦受折磨奈她何。
可怜我白天砍柴夜推磨，
轻重活都要我来作。
谁知她一天更比一天恶，

打骂我不准把泪落。
适才洗衣在大河，
又叫我跪倒砂子窝。
头上红日如烈火，
跪得我双腿疼痛对谁说。
是这样日夜折磨我，
我愿早死不愿活。

杨三伢 （上唱原板）我家住在杨家湾，
弟兄排行我为三。
听说四妹受苦难，
怎不叫人痛心肝。
暗藏钢锥把路赶，
要到她家看一番。

（白）哎呀，太阳像火一样，谁家女儿跪在这里，你是哪个？（掀衣看）

杨四伢 三哥呀！

杨三伢 四妹，你怎么顶着衣服跪在这里？

杨四伢 哥哥。（四哭三见状心痛愤怒但尽力制止）

杨三伢 是不是你婆婆折磨你？（四点头）她是怎样折磨你？

杨四伢 她叫我洗衣服。

杨三伢 洗衣服你跪在这里做什么？

杨四伢 哥哥不知，我把衣服洗好，她叫我跪在砂子岗上，把衣服顶在头上晒。三哥你看，把我的双膝都跪肿了。

杨三伢 这个老东西，心真毒。妹妹你起来，把衣服顶在我的头上，看她怎样折磨。

杨四伢 我不敢，她来了就要打。

杨三伢 不怕她，我带的有锥子，她要打一下，我就锥她几个大窟窿。（四藏过）

杜　氏 （上）四伢，四伢，嗯，我把你个贱人。
（唱七锤带板）骂声四伢是笨货，
老是跪着等什么。
人家将饭都吃过，
你还不回家去烧锅。

（白）四伢，我把你个贱人，人家把饭都吃了，你还不快回去烧锅，你是想要把我饿死，你就好了，嗯！你看贱人好大的胆子，动都不动，（三假哭）还哭呢，哼哼，今天骨头是你的，皮是我的，（拧三，三锥杜）哎呀！贱人还敢咬我一口，哼，我看这贱人头上长了几个抵角。

（掀去头上衣）

杨三伢　姨娘你好!

杜　氏　（惊讶，故意殷勤）哟，是你三哥来了。

杨三伢　我妹妹在你家，怎么不叫她到我家里去呢?

杜　氏　是的，是的，好亲戚都该常来常往的。四伢，你三哥来了，这娃，哪里去了?

杨三伢　四妹你来。（四伢上）

杜　氏　四伢，你三哥来了，快回家去。（四伢跑过）你三哥，四伢过得很好，走路都带小跑。

杨三伢　嗯。

杜　氏　你三哥，家里去坐哟。

杨三伢　我正要到你家去。

杜　氏　那就走吧。

（唱摇板）你今是客我要请，
快快随我到家中。

杨三伢　（接唱）她那里殷勤假奉承，
我已将她看得清。（进门）

杜　氏　你三哥请坐。

杨三伢　我晓得坐，妹妹进来，不要怕。

杜　氏　四伢，给你三哥倒茶去。（四下）

杨三伢　我不喝。（四捧茶上送杜）

杜　氏　哼，你哥是客，先给你哥。

杨三伢　我不喝。

杜　氏　哎，四伢，

（接唱）我把四伢叫一声，
快去做饭把火生。
干鱼腊肉快去烹，
鸡蛋鸭蛋要多蒸。

（白）四伢，跟我一同煮饭去。（推四伢下）

杨三伢　慢着!

（接唱）干鱼腊肉不要烹，
鸡蛋鸭蛋不用蒸。
我有一件事不懂，
要你与我来讲清。
我四妹违抗了你什么命，
跪在砂岗为何情?

杜　氏　（接唱）你三哥莫要怒气生，

闲言闲语不必听。
我待她好比亲生女，
吃穿使用顺心情。

（白）哎哟哟，你三哥你不知道，我叫她洗衣服，她跑到砂子岗上去玩，我哪晓得一点，这娃真淘气！

杨三伢　怎么还说她淘气？你叫她跪在砂子岗上，把衣服顶在头上晒，底下是尖碴碴的石子，头上是热呼呼的太阳，你就是这样看待她？

杜　氏　我叫她做活全是好意，哪知她做作弄圈套，来冤枉我。

杨三伢　这是我亲眼见的，还说她冤枉你，我把她叫出来当面问问。

杜　氏　我不怪她就是了，那又何必问呢，你三哥，你坐了。

杨三伢　四妹你来。（四伢上）

杜　氏　四伢，你要知道婆婆爱你，把你衔在口里怕你疼着，你哥哥问你，你有啥话就说。

杨三伢　四妹过来。

杨四伢　哥哥何事？

杨三伢　她是怎样折磨于你？有一说一，不要惮怕。

（四瞅杜有点畏惧，杜摇手不要她讲）

杜　氏　你说吗？

杨三伢　你说她是怎样折磨你，把事情讲清了，我与你作主。（四鼓起勇气）

杨四伢　哎，三哥请听。

（唱二倒板转慢板）我怨声爹娘怨声命，
怨声媒婆将人坑。
瓜秧长瓜盼瓜熟，
妹九岁就送出门庭。

杨三伢　妹妹这些事不要讲，你说你婆婆她是怎样地折磨你。

杨四伢　哎，你听：

（唱慢板）自从我来到了杜家门庭，
好似跑进烈火坑。
饭要做好衣洗净，
轻重活都要我担承。
舂米推磨起三更，
织麻纺纱到天明。
日砍柴夜纺纱脚手不停，
每天打骂不容情。
我不敢哭来不敢哼，
不知道怎样才能顺随婆婆的心情。

杜　氏　我叫你做活该不算坏，总没有叫你偷人家。

杨三伢　妹妹不要怕，往下地讲来。

杨四伢　（唱二六）七年的日子七年的苦，

七年的苦处诉不清。

茶饭不许我饱用，

酸粥米糠要我吞。

那年妹妹身染病，

逼我砍柴到山中。

我又病又饿担儿担也担不动，

霎时间昏倒地浑身如冰。

婆婆见了怒冲冲，

反说我偷懒怕做事情。

拿起扁担要送我的命，

打得我遍体肿又青。

杜　氏　哼，你真会嚼舌根子，你真会……

杨三伢　哼，妹妹，别的我都不问，你只说她今天因何罚你跪在砂子岗上？

杨四伢　她今天叫我洗衣服，我到小塘去洗不好，拿到河沟去洗也不好。

杨三伢　她到底要你怎样才好？

杨四伢　哎，哥哥。

（接唱）将我押到大河坡，

洗轻洗重都有错。

拿起棒槌就打我，

狠心打破我胳膊。

杜　氏　她自己洗衣不小心，把胳膊擦破了，怎么反来怪人？

杨三伢　妹妹你不要惮怕，她今天不敢要脾气，你讲你的。

杨四伢　（接唱）洗完衣服回家转，

她又成心找麻烦。

晒东晒西她不愿，

她说她要穿个软性衣衫。

杜　氏　你三哥，我这大年纪了，就是穿件软性衣衫，也不为过分？

杨三伢　歇着吧，什么东西叫软性衣衫，妹妹，你再往下地讲来。

杨四伢　（接唱）她叫我跪在砂子岗，

顶在头上晒衣裳。

底下垫得石子烫，

上面晒的是太阳。

这是你亲眼见那样情状，

望哥哥替妹妹快作主张。

杜　氏　你这贱人，狂言诳语作践我，你不得好死！

杨三伢　哼，你还骂人，难道我四妹身上的伤痕，是狗咬的不成？

杜　氏　你三哥，我叫四伢做事，有些差错，就是打她几下，也是我愿她好，我两家是好亲戚。

杨三伢　现在我和你还有什么亲戚？我知道你是不想要媳妇了。

杜　氏　杨三伢，你是怎么说，谁说不要媳妇了？你再少说这话，我也不是好欺的。

杨三伢　我晓得你不是好欺的，我今特意带来一点礼物来看你。（用锥子锥杜）

杜　氏　我不要你看我。（三锥杜）哎哟！

杨三伢　你也晓得疼？你打人人疼不疼？你说你为什么要折腾我四妹，今天说不明，讲不清，我就不走。四妹，我们到后面走。（下）

杜　氏　杨三伢，你锥我锥得好疼哟！

（唱紧摇板）恼恨三伢发了狂，
把我锥得遍体伤。
我要到左邻右舍诉冤状，
请大家评一评谁理长。

（出门白）东头的伯伯婆婆，杨三伢说我折磨媳妇，用锥子锥我，你们快来说个公道话。

内　声　哪个不晓得你是折磨媳妇的能手，我们不管你的闲事。

杜　氏　你们不管就不管，为什么还说那么多的话，你的不管，我到西头找叔叔婶婶去。西头的叔叔婶婶，杨三伢说我不疼媳妇，到我家来把我锥得浑身是伤，请你们来说个公道话。

内　声　你这个害人精，多锥几下就好了。

杜　氏　哎，你们这些人，怎么是那样地说话，我找夏三伯去。夏三伯在家吗？

夏三伯　（内白）是哪一个？

杜　氏　是我。

夏三伯　（上念）老汉本姓夏，喜欢说真话。
忽听人声大，哪个到我家。

杜　氏　你三伯。（哭）

夏三伯　呵，原是你杜婶，你怎么今天哭哭啼啼的？

杜　氏　你听。

（唱紧摇板）我叫四伢去洗衣，
在他哥面前说是非。
杨三伢来太无理，
来到我家把我锥。

锥了我还不遂他的意，
住在我家还不依。

夏三伯　（接唱）害人精本来就是你，
不该折磨你儿媳。
他哥哥今日来锥你，
你自作自受怨得谁。
（白）本来你这个婆婆折磨媳妇算是很有名的，天天都听见嘴里吱哩吱喳的，一个月要吵三十天，今天也有人把你锥，锥得好！

杜　氏　你三伯，以往的事，你老也不用提了，杨三伢在家不走，请你老替我出个主意吧。

夏三伯　哼，以前我的好话不知道对你说了多少，叫你不要折磨四伢，你总把我的话当了耳边风，如今这事我不好管。

杜　氏　以后我听你的话，今天这个事你替我出个主意。

夏三伯　好吧，咱们走。

杜　氏　你三伯，杨三伢把我锥成这个样子，你要替我出气。

夏三伯　好，我替你出气。（转场到杜家）三伢，在哪里？（夏指杜）你与我烧茶去。（杜下）三伢。（三伢上）

杨三伢　夏三伯来了。

夏三伯　你这娃做事还不错。

杨三伢　夏三伯伯，我不晓得什么事，今天我到这里来，也没去拜望你老，但是今天有件事情，做的有点对不起你。

夏三伯　听说你把你姨娘锥了几下子？

杨三伢　我是锥了她几下，因为她把我妹妹折磨得实在可怜。

夏三伯　你锥得好！她折磨你妹妹，左邻右舍都清清楚楚的，该锥，这锥了以后你打算怎么办呢？

杨三伢　锥是锥了，你老人家也来了，我还有什么话说，跟你老人家说一声，我就要走了。

夏三伯　你这娃，不是我说你，哎，到底年轻，这你锥了就走，难道说做事都不收尾吗？

杨三伢　三伯伯，你说该怎么办？

夏三伯　你叫她打锣叫街，告明地方。

杨三伢　怕她不叫。

夏三伯　那你就对她说，你这个婆婆，折磨媳妇哪个都知道，好说你不听，好劝你也不听，今天不叫街就不行。

杨三伢　她真的不叫呢？

夏三伯　她真的不叫，你就再锥。

杨三伢　那不是对不起你老人家？

夏三伯　有什么对不起我，这号之人不整，把地方上都弄坏了。

杨三伢　好！我就照你老人家的话去做。

夏三伯　你到里边去吧。（三伢下）你杜婶。

杜　氏　你三伯，你怎样对他说的？

夏三伯　你听你听。

（念）三伢脾气犟，他的话难讲。

要你去叫街，告明众乡党。

杜　氏　哼。

（念）杨三伢杂种黑了心，他把老娘当什人。

将我锥了伤一身，还要我叫街说明分。

婆管媳妇古人训，万不能叫街到街门。

夏三伯　照你这样说，你不叫？

杜　氏　我不叫。

夏三伯　你杜婶，常言说得好，主人让客三分理，杨三伢今天来意不善，你还是叫吧。

杜　氏　你三伯，我也不是好惹的，我是婆磨媳。不是媳磨婆。

夏三伯　不管你是婆磨媳也罢，媳磨婆也罢，你把四伢折磨成这个样子，总是没理，我看你还是叫一下吧。

杜　氏　我不叫。

夏三伯　你不叫你打算怎么办呢？

杜　氏　你三伯，你老与我作主，我要打这个杂种。

夏三伯　打？恐怕打不过他吧。

杜　氏　那我就骂。

夏三伯　骂呀？

杜　氏　我就说，杨三伢，你这个杂种的东西，锥了我不算，还要我打锣叫街，真不要脸。

夏三伯　好，你骂。（下）

杜　氏　杨三伢，你在我家少闹。

杨三伢　（上）你说什么？

杜　氏　你在你三伯面前怎么说？

杨三伢　叫你打锣叫街。

杜　氏　我不叫。

杨三伢　哼，你折磨我妹妹，何人不知，哪个不晓，人家好好说你不听，人家好好劝你不改，你今天要是不叫，就不行。（三锥杜）

杜　氏　哎呀。（伯上暗示三伢下）

夏三伯　你怎么样了？

杜　氏　你三伯，他又锥我呢。

夏三伯　哎，我叫你叫，你不叫，看怎么，他又锥你。你杜婶，我看你还是叫吧。

杜　氏　你要与我作主，我不叫。

夏三伯　事情低了头，怎么办呢，你不叫，我也不管这些闲事，我要走了。

杜　氏　你三伯，你不要走，我叫。

夏三伯　你叫，好吧，杨三伢。（三上）你姨娘在这里，有话你们当面讲吧。

杨三伢　怎么讲？（杜不语三拿出锥子）

杜　氏　我叫，我叫。

夏三伯　那你就快去叫，我到后面喝茶去。（下）

杨三伢　走。（三跟杜出门）叫。

杜　氏　（念）为人莫学我，我把媳妇磨。
　　　　娘家来了人，锥得没奈何。

夏三伯　算了吧，回来回来。（三、杜回家，伯、四上）你婶，你到后面歇一会儿吧。（杜下，伯对三问）叫了吧。

杨三伢　叫了。

夏三伯　现在你又打算怎么办呢？

杨三伢　街也叫了，现在还有什么说的，对不起你老人家，我要回去了。
（四伢上）

杨四伢　哥哥，你走了我就不得活了。

夏三伯　对了，你一个人走了，她会在你妹妹头上下功夫，你就叫做“桑树剥皮”、“柳树出汗”，我看今天还把你妹妹的事，更弄坏了呢。

杨三伢　三伯伯，你看该怎么办？

夏三伯　我看，你把妹妹接回去。

杨三伢　恐她不叫我妹妹去？

夏三伯　她不叫去？你就连两句老古话都说不了，她若不叫你接，你就对她讲说，客人不断行家路，女儿不断娘家路，今天不叫她去就不行。

杨三伢　我这样说她再不叫去呢？

夏三伯　那你就再锥。

杨三伢　好，你老人家怎样说，我就怎样办。

夏三伯　那你到里边坐坐，（三下）你婶婶。

杜　氏　（上）你三伯，那个杂种怎么还不走？

夏三伯　（念）三伢脾气大，真正难说话。
　　　　要接他妹妹，今朝回他家。

杜　氏　（念）四伢本是我家人，九岁抚养到如今。
　　　　三伢想把她接去，没有那样好事情。

夏三伯　你杜婶，你都不想吗，“皇姑招驸马，只要冤家离眼前”，我看随他接去算了吧。

杜　氏　你三伯，我养媳妇，是想好呢，难道我日后就不要媳妇了？

夏三伯　他接回去过几天，就与你送回来了。

杜　氏　就是一天，我也不叫他接去。

夏三伯　你打算怎么办？

杜　氏　我还是骂，我就说，杨三伢，你是什么东西，你想把你妹妹接回去卖几个钱，看想钱把你的脸想黄了着。

夏三伯　好，你骂吧。（下）（三伢上）

杜　氏　杨三伢，你在你三伯面前是怎样说的？

杨三伢　我要把我妹妹接回去。

杜　氏　接回去？我不许她走去。

杨三伢　怎么？常言客人不断行家路，女儿不断娘家路，不许我接她回去就不行。

杜　氏　杨三伢，你是个什么东西，想把你妹妹接回去卖几个钱，看想钱想黄了脸。（三锥杜）哟，哎哟，又锥呢。

（伯上暗示三伢下）

夏三伯　怎么他又锥你呢？你婶，锥着不疼吧？

杜　氏　哎哟。（诉苦状）

夏三伯　你婶，还是叫他把四伢接回去吧。

杜　氏　我不能叫他接着走。

夏三伯　你不叫他接，等会三伢出来又要锥你。（杜低头想）

杜　氏　你三伯，凭着你老人家当面，我准他接回去，我还凭着你老人家向他要人。

夏三伯　可以，杨三伢。

杨三伢　（上）夏三伯伯，她是怎么讲？

夏三伯　现在把四伢接回去算了。

杨三伢　夏三伯伯，你在这里，我姓杨的不是不讲理，我今把我妹妹接回去过一晌，她要是想要媳妇，诚心改错，以后再着人去接，我姓杨的没有二句话讲。

夏三伯　你的话讲得好。你婶，三伢的话讲得好，他把四伢接回去过一晌，只要你诚心改错，着人去接，他没有二句话讲。

杜　氏　四伢。

杨四伢　（上）婆婆讲说什么？

杜　氏　你跟你哥回娘家享福去。

杨三伢　夏三伯伯你看，她将我妹子折磨得都不像人了。

夏三伯　三伢算了吧，你婶，把四伢的衣服取出给她。

杜　氏　（一面捡衣一面叽咕）这是老衣，穿着进棺材去。
（三以锥吓杜，杜跑下）

杨三伢　夏三伯，她要不是这样骂人，我也锥不了许多回。

夏三伯　她这样骂，还不能算了，你兄妹走了，她还要去骂哩。

杨三伢　那就随她骂去吧。

夏三伯　要是随她骂去，下次她还不改她的错？

杨三伢　那怎么办？

夏三伯　你兄妹在前面树林子里躲一会儿，她不骂就算了，她要是再骂，你是这么……

杨三伢　三伯伯怎样？

夏三伯　给她一个回马枪，再锥。

杨三伢　好，我就照伯伯的话行事。

夏三伯　你们就回去吧。

杨三伢　夏三伯伯，谢谢你老人家，我兄妹回去了。

夏三伯　四伢，你跟你哥回去吧。（三伢四伢下杜上）

杜　氏　这把我活活气死了，杨三伢杂种，你做的事绝子绝孙。

夏三伯　你一个人在这里，骂得一下都不歇，你骂哪一个？

杜　氏　我骂杨三伢出气。

夏三伯　你骂杨三伢？人家都走得远了，骂着叫谁听？

杜　氏　走了？我要到砂子岗上去骂他呢。

夏三伯　你会骂？

杜　氏　骂人我会，我骂人三天三夜不吃饭都是一样地骂。

夏三伯　那我就走了。

杜　氏　我也不送你。（下）

夏三伯　这个恶婆婆，不这样整整她，就没有别的办法。（伯下杜上）

杜　氏　（唱摇板）急忙走来急忙行，
砂子岗上去骂人。
骂得他五谷不长穗，
骂得他猪死牛得疯。
（白）杨三伢，我骂你，你听着，你过江落江，过河落河，你不得好死。
（三伢上锥杜，杜慌忙跑下，三伢下）

——剧终——

（说明：以上内容录自《砂子岗》，冯杰三移植。长安书店出版。）

闯宫抱斗

场　目

第一场　朝　房
第二场　闯　宫
第三场　抱　柱
第四场　谏　君
第五场　游　园
第六场　定　计
第七场　行　刺
第八场　审　后
第九场　抱　斗
第十场　赶　驾

人　物

（以出场先后为序）

杜辉——老生
商容——老生箕子（须生）
微子——小生
杨义——须生
梅伯——须生
纣王——大净
妲己——花旦
中贵——丑
费仲——净
黄飞虎——红生
姜后——正旦
黄贵妃——小旦
姜环——二净
殷皎——小生
殷洪——小生
方弼——武净
方相——武净
黄明——武净
周纪——武须生
黄天祥——武生
黄天禄——娃娃生

大内侍、家院、马童、龙套、内侍、武士、宫女、兵士等多人。

第一场 朝 房

杜 辉 （上引）尽忠贞见危受命，匡君恶挽救山河。
（坐诗）主上无道信奸馋，贪恋酒色弄管弦；
经年累月不设朝，社稷危急民倒悬。
（白）钦天监杜辉。吾主贪恋酒色，信任奸谗，经年累月，不理朝事，以致天下惶惶，民遭涂炭；为了社稷，不免设法谏诤吾主才是。
[商容，箕子、微子、杨义上。

商 容 （念）君王荒淫朝事乱。
（白）老夫商容。

箕 子 （念）天下惶惶民不安。
（白）箕子衍。

微 子 （念）恨主不听忠良谏，
（白）微子启。

杨 义 （念）偏听费仲尤浑言。
（白）下官杨义。

杜 辉 众位大人到了。

众 到了，杜大人早到班房！

杜 辉 请坐。

众 有座。

杜 辉 众位大人，你看吾主沉迷酒色，不理朝政，朝歌暮舞，只是取乐，如此荒淫，怎生是好？若不设法谏诤，社稷危亡，就在目前。

众 杜大人言之有理。
[梅伯上。

梅 伯 （念）朝王见驾月影斜，一片丹心为国家；
食王俸禄尽王事，哎呔！哪怕油锅火熬炸！

众 大人到了，请到班房。

梅 伯 请。（同坐）众位大人早到班房！

众 梅大人因何来迟？

梅 伯 众位大人有所不知，只因吾主沉于酒色，听信谗言，朝政日非，民遭涂炭；是我心想设法谏诤君非，以在府下思前想后，因而来迟。

众 噢，但不知梅大人如何谏诤？

梅 伯 闯进宫去，陈奏三本。

众 请先讲你首一本。

梅 伯 众位大人请听：吾主登基以来，修建鹿台，起盖摘星，大兴土木，劳民伤财，这鹿台三十六丈高，七十二间宽，命费仲尤浑绘图监修，想这两个奸贼，贪财好利，蝇营狗苟，藉机聚敛，勒索贿赂，有钱的免丁，无钱的枷打，可怜全国儿女百姓，迫于劳役，死于鹿台之下者千千万万！搢的百姓无其奈何，一个个携男抱女逃奔西岐。依俺下大夫梅伯看来，这江山恐怕不久长了，哎！不久长了！

（唱拉锤带板转双锤）

吾的主贪声色朝事不理，
修鹿台兴土木民苦劳役；
众百姓一个个携男抱女，
携着男，抱着女、逃奔了西岐。

众　　请讲第二本。

梅　伯　众位大人请听：吾主听信谗言，以在摘星楼下，掘下丈二深的土坑，青石板铺底，黄蜡糯米汁勾缝；强迫朝歌儿女百姓各纳蛇蝎五条。想都城之内，哪有许多蛇蝎，百姓无奈，以在百里之外买来交纳，放在坑内，名曰“虿盆”。不论我朝文武大臣，庶民百姓，宫娥彩女，有言主上妲己过恶者，将他衣服脱去，赤裸裸地推入虿盆，毒虫吞去了肉，蛇蝎吮去了血。可怜呀可怜！可怜无辜臣民，遭此惨刑，看在期间，真道的凄惨！哎！凄惨了！

（唱拉锤带板转双锤）

万岁爷置酷刑臣民皆怕，
一个个心痛恨暗地怨嗟；
似这样虿盆毒残害臣下，
怎能够收人心保立邦家。

众　　第三本是什么？

梅　伯　众位大人请听：吾主内宠妲己，外信费尤，穷奢极欲，祸国殃民，近狎邪僻，拒谏杀忠；置酷刑、造鹿台、起摘星、打虿盆。可怜朝里朝外，无辜忠良，朝歌远近黎民百姓，死于非命者日有所闻。闹得天下诸侯个个不安；吾主若再执迷不悟，恐怕亡国大祸，就在目前了。

（唱拉锤带板转双锤）

恨万岁宠妲己骄奢淫逸，
忠良臣被残杀真个惨凄；
恐不久刀兵祸便要酿起，
眼看这好河山危在旦夕。

（白）这是众位大人。

众　　大人。

梅　伯　你看万岁荒淫，社稷危急，为人臣者岂能安心？哪家有愿随俺进宫面奏君非者，应俺一声！

众　　待我们思忖。

梅　伯　众大人思忖。

商　容　（向众）众大人请了！

众　　请了。

商　容　梅大人讲的尽是实情，但是老夫屡经苦谏，怎奈万岁不纳，此番前去，恐怕也是无益。

众　　老大人言者甚是，我等也曾多次上本，俱被掷下，看来此去，定是枉然。

梅　伯　众位大人，你们哪家愿去，应我一声？

众　　（低头不语）

梅　伯　（见众不语气愤地问）为何不言？为何不语？哎呔！万岁荒淫，社稷危急，为人臣者岂能坐视不理也！

（唱七锤带板）

众大人一个个装聋卖哑，
低着头坐一旁一语不发；
为避免杀身祸如此胆怕，
难道说不思念社稷国家？
睹此情气得人恶火难压，

（夹白）众大人，哈哈！

（接唱）笑你们贪爵禄舍不得富贵荣华！

杜　辉　（唱尖板）梅大人他为国慷慨讲话，
众同僚一个个缄默不答；
为社稷去谏君何必胆怕？
难道说保首领不嫌羞杀！

（夹白）哎！梅大人！

（接唱）我情愿跟随你进宫见驾，
舍性命谏诤君挽救国家。

梅　伯　哎！杜大人！

（接唱）杜大人为社稷不甘人下，
来来来去闯宫不为犯法。

杜　辉　（接唱）照这说，

梅　伯　（接唱）我前行

杜　辉　（接唱）我后随，

梅　伯
杜　辉　（接唱）同见王驾。

进宫去哪怕他火熬油炸！（同下）

商　容　（唱慢带板）他二人不知情怨恨于我，

数上本君不纳无可奈何，
倒不如告老还乡家中坐，
愿贤能安社稷早息风波。（下）

众　（接唱）他二人去闯宫必遭大祸，
想起了忠良臣心如刀割。（同下）

第二场　闯　宫

［妲己、纣王上。

妲　己　（唱二导板转慢板）
清歌才罢又飞舞，
寿仙宫中乐悠悠；
我这里承欢献美酒，（斟酒献与纣王）
祝贺万岁寿千秋。

纣　王　（唱原板）
爱姬与孤恩情厚，
朝歌暮舞乐忘忧；
斟杯你祝孤长寿，
饮旨酒不由王喜在心头。（中贵暗上）

［梅伯、杜辉上，振衣束带、整冠。

梅　伯　（唱尖板）振振衣，

杜　辉　（接唱）束束带，

梅、杜　（合唱）稳稳纱帽，回头来叫内侍细听根苗！
（白）内侍过来！（中贵上前）进宫禀明万岁！

梅　伯　下大夫梅伯。

杜　辉　钦天监杜辉。

梅、杜　有本面君请主赐见。你与我传，你与我禀！

中　贵　我与你传，你往下站！（梅、杜退一步）再往下站！（梅、杜又退一步）再往下站！

梅、杜　（怒斥）嗒！

中　贵　好！你就站在那里。（转身入宫）禀万岁，下大夫梅伯，钦天监杜辉，有本面君，请主赐见。

纣　王　往外去传！就说孤与寿仙宫娘娘饮宴，有什么本章，登了殿再奏。

中　贵　（转身出来向梅、杜传旨）二位大人，万岁有旨，他和寿仙宫娘娘正在饮宴，有什么本章，登了殿再奏。

梅　伯　内侍过来！二次去禀万岁，下大夫梅伯。

杜　辉　钦天监杜辉。

梅、杜　有本面君，迫不急待；若不命见，死在宫门，誓不回府！

中　贵　我与你传，你往下站！（二人退一步）再往下站！

梅、杜　（甚怒）嗒！该站何处？

中　贵　哎！你就站在那里。（转身入宫）禀万岁，梅伯杜辉二次请主赐见，如期不然，死在宫门，誓不回府。

纣　王　（怒）哼！中贵！宣武士进宫。

中　贵　万岁有旨，武士进宫。

[四武士左右上。

武　士　参见万岁。

纣　王　武士们：下大夫梅伯，钦天监杜辉，进得宫来，说拿便拿！说斩便斩！站立两旁。（武士应声站两旁）中贵，向外去传，他们有什么本章，何不等孤登殿再奏？这样三番五次的琐屑，真道可恼！

中　贵　（向梅、杜）二位大人。万岁有旨，你们有什么本章，何不候驾登殿再奏？这样三番五次的琐屑，真道可恼，哼！

梅　伯　（唱尖板）内侍臣气势凶传王旨意，
　　　　这才是主昏暗法纪废弛。
　　　　想面君怎容他宫门阻止，
　　　　怒冲冲推过了小小内侍！

（过于气怒。将中贵推倒，中贵起后，跑进宫去。）

杜　辉　（接唱）梅大人将内侍推倒在地，
　　　　实可恨那小人不识高低。

梅　伯　（接唱）假天威对大臣骄傲无礼，

杜　辉　（接唱）闯进宫奏罢本再究其非。

梅　伯　（接唱）照这说我前行，

杜　辉　（接唱）我后随，

梅、杜　（合唱）同进宫去，
　　　　进宫去哪怕他斩了首级。

[二人闯进，纣王大怒。

纣　王　哇！胆大的梅伯，杜辉！孤与寿仙宫娘娘正在饮宴，你们闯进宫来该当何罪？

梅、杜　（跪）哎呀万岁！臣等进宫志在社稷，忠心为国，何罪之有？

纣　王　哼！梅伯低头，杜辉有何本奏？

杜　辉　万岁！陛下迷于酒色，听信奸谗，经年累月，不理朝政，天下惶惶，黎民不安。为了社稷，听臣一本可！（排字介）

纣　王　杜辉低头！梅伯有何本奏？

梅　伯　微臣却有三本。

纣　王　先奏其一！

梅　伯　万岁！陛下登基以来，修建鹿台，起盖摘星，横征暴敛，劳民伤财。依臣本奏，拆了鹿台，毁了摘星，轻征赋税，这是臣的一本。

纣　王　再奏其二。

梅　伯　万岁！陛下听信谗言，制造酷刑，打下虿盆；可怜无辜臣民，遭此惨刑。依臣本奏，除了酷刑，填了虿盆，灭了蛇蝎。这是臣的二本。

纣　王　哼！将你三本奏来！

梅　伯　陛下内宠妲己，沉于酒色，外信费尤，法纪荡然。依臣本奏：杀了费仲，斩了尤浑，贬了妲己。这是臣的三本。

妲　己　（怒视梅伯）哼！

纣　王　（唱尖板）恨梅伯犯君颜骄傲无礼，
进宫来你竟敢本奏孤非？
武士们将二贼推出宫去！

［武士们前拿梅、杜。

杜　辉　（战栗接唱）吓坏了钦天监！

梅　伯　（愤怒唱）恼怒了梅伯！
一刹时气得我心头火起，
恨不得除却这祸国奸妃！（以笏指妲己）

纣　王　胆大的梅伯！
（唱尖板）骂梅伯太暴横不守法纪，
强奏本又指斥孤的爱姬。
武士们将杜辉宫门立劈！

［武士们拿杜辉。

杜　辉　梅大人！

梅　伯　杜僚兄！

杜　辉　哎！大……大人！杀！（武士拥杜下）

梅　伯　慢着慢着！
（接唱）请万岁杀梅伯，赦了杜辉！（幕内炮声三响，武士持刀上）

武　士　禀万岁，已将杜辉斩首。

纣　王　退下！

梅　伯　钦天监！杜僚兄！
（唱尖板转浪头）
放大声哭不出满腔怨气，
恨昏君竟斩了杜辉首级；
可怜你七尺躯今遭惨死！

可怜你为国家死得冤屈！
无故地杀忠良残暴无理，
（转尖板）
难道说你不怕丧亡社稷！

纣　王　（接唱）
恨梅伯毁谤孤该当何罪？
若将你不严办有失君威，
武士们将梅伯押在狱内！
［武士绑拿梅伯。

梅　伯　杜大人！杜僚兄！哎！昏君。（武士押梅伯下）

纣　王　中贵！宣中谏大夫进宫。

中　贵　万岁有旨，中谏大夫进宫。

费　仲　（上）臣费仲参见万岁万万岁。

纣　王　费仲听旨。

费　仲　臣。

纣　王　速命刑宫造一铜柱，高二丈，周八尺，上造三道风火门，下造四只催动轮。造成之后，寿仙宫交旨。

费　仲　臣下遵旨。

妲　己　请问万岁，造此铜柱何用？

纣　王　要将梅伯炮烙而死。

妲　己　他真可恨！

纣　王　真道的可恨！爱姬，随着寡人来哟，嘿嘿嘿！（同下）

第三场　抱　柱

［箕子等四朝臣上。

箕　子　（念）钟鸣鼓响王升殿，

黄飞虎　（念）不知有甚大事端？

微　子　（念）文武个个费猜想，

费　仲　（念）上得殿去自了然。

箕　子　众位大人，万岁久不临朝，今日鸣钟登殿，实在可喜！

黄飞虎　微子：观见许多朝臣气象仓惶，莫非有什么大事？

费　仲　众位大人不必议论，上得殿去，自然分晓，请！
［同下，纣王带四内侍及中贵四武士上。

纣　王　（引）铸造炮烙刑，要除骄傲臣。
（坐诗）宫中歌舞兴正浓，可恼梅伯犯朕躬；

三本连奏王过恶，今日要他一命终！
（白）武士们！（武士应声）
将铜柱燃起拥上殿来！（武士将铜柱燃起拥上）
宣文武上殿！

中　贵　万岁有旨，文武上殿。
（内喊："上朝"。众朝臣上）

众　　　参见万岁。

纣　王　众卿平身。

众　　　谢万岁。

纣　王　殿角新置一物，你们上前看过。

众　　　遵旨。（向殿角看）
万岁，殿角置有铜柱，其中火焰炽烈。但不知要它何用？

纣　王　稍刻便见。武士们，宣梅伯上殿！（武士们押梅伯带法绳上）

众　　　梅大人上殿。

梅　伯　接旨，（起双豹子头，亮调、亮錞、三锤起呐呐牌子内唱气炸胸膈牌子）
气炸胸膈，（梅伯上）
（夹白）呀！
阵阵恶火向前推，
忠良臣子尽做鬼。
恨昏王，怒切齿，
（白）臣，梅伯参见万岁。（跪）

武　士　（禀报）有刑。

纣　王　去刑，（武士将法绳取了）下跪你是梅伯！

梅　伯　是臣。

纣　王　殿角新置一物，上前看过。

梅　伯　臣下遵旨。（起看，见铜柱火焰，不觉毛骨悚然）咦呀！
（唢呐牌子）
见得铜柱遍体红，遍体红；
火焰熊熊向上冲。
（白）万岁！殿角置一铜柱，上有三道风火门，下有四只催动轮，其中火焰熊熊，不知要它何用？

纣　王　（声色俱厉）要炮烙你这骄傲之臣！

梅　伯　哦！哼……！忠臣为国，岂能怕死，臣当闯宫之时，已将生死置之度外，怎怕你那虿盆之毒，何惧你这炮烙之刑；想先王诛伐夏桀，南征北剿，才创下这江山，至今六百余载；万岁不思励精图治，延续昌大，反来倒行逆施，纵情恣慾，修鹿台，打虿盆、害百姓、杀无辜，弄得天下惶惶不安，臣和杜辉为了匡正君恶，挽救危亡，冒死犯难，闯进寿仙宫中，万岁一见臣等，勃然大怒，立斩杜辉，囚臣梅伯；臣监禁后，受尽拷打之苦！可恨痛楚未息，又要炮烙。万岁如此残酷，杀害忠良，臣死何惜，可怜国家，将要断送在你这昏君之手了！

（唱浪头带板）

当殿上我来把昏君质问：
你为何将忠良粉身碎骨？
炮烙刑杀害人实实残忍，
恨昏君你竟然有这毒心。
我梅伯为国家何等忠尽，
谁料想到今日炮烙焚身！
臣一死虽除你昏君之恨，
大料想你昏王也难久存。

纣　王　大胆！

（唱带板）可恨梅伯真倔强，
死在眉睫犹猖狂。
一霎时炮烙你命丧，
管叫你骄傲之臣无下场。

箕　子　（接唱）见万岁要炮烙梅伯命丧，

黄飞虎　（接唱）用酷刑杀忠良恼人心肠！

微　子　（接唱）战兢兢离开了座位拿本上，

众　（合唱）请万岁赦免了梅伯死亡。

梅　伯　（唱尖板）众僚兄请休要拿本奏上，

（夹白）众位大人请起！

（转唱浪头带板）

近前来听梅伯细诉衷肠。
恨昏君似蛇蝎人心尽丧，
把臣民一个个当就犬羊。
假若还谁尽忠罪刑即降，
炮烙刑虿毒盆残酷非常。
劝同僚休为我触怒今上，
也免得众僚兄同遭祸殃。
劝同僚休伤悲我把命丧，
也休念我梅伯死无下场。
劝罢了众同僚转身向上，
怒冲冲咬着牙痛恨昏王。

我梅伯为国家炮烙命丧，
再看你这昏王怎样下场！

纣　王　武士们！将梅伯推下，扶上炮烙！

武　士　（屈躬婉劝）请梅大人就刑。（梅左看）请梅大人就刑，（梅右看）请梅大人早些就刑！

梅　伯　（沉痛地）噢！哥哥们站起来！（拭泪）
（念）赤胆忠心为国家，何惜一命染黄沙；
但恨昏君太残忍，哎呔，炮烙酷刑将俺杀！

［武士与梅伯脱去外衣，二武士持梅伯左臂，二武士持梅伯右臂。

梅　伯　（扑灯蛾）昏王残暴无道理，无道理，
（四武士拉梅伯向前跑三步）
杀害无辜真惨凄，真惨凄，
（四武士拉梅伯向下退三步）
俺今当殿炮烙死，
（四武士拉梅上柱梅畏惧退下）
此恨绵绵无尽时。

［四武士拉梅上柱。

武　士　禀万岁，梅伯已死。

纣　王　下去。（武士下）文武听着：今后哪个敢来动本，定和梅伯一样处治。小心着！（下）

箕　子　这是众位大人！梅大人忠心为国，如此惨死。令人伤心！

黄飞虎　忠良落此下场，实在凄惨！

微　子　朝事如此，这却怎处？

费　仲　众位大人不必忧伤。自古道：祸福无门，唯人自招。请各回各府。

箕　子　微子：哎！
（念）可怜梅伯成灰烬，

黄飞虎　（念）怎叫忠良不寒心！（同下）

第四场　谏　君

［姜后带四宫女上。

姜　后　（引）悠悠岁月长，无计悟君王。
（坐诗）主上无道乱朝纲，拒谏饰非杀忠良；
可怜梅伯炮烙丧，怎叫本后不忧伤！
（白）本后正位中宫以来，已生下两个殿下，实在喜之不尽。唉！怎奈主上溺于酒色，不理朝事，大臣进谏，反被杀戮，如此荒淫，怎不灭也！

（唱慢板转二六）
闷悠悠深宫长吁气，
不能够悟君王无限忧思。
恨万岁宠妲己朝事不理，
任费仲和尤浑颠倒是非。
有梅伯进忠言炮烙身死，
钦天监一进宫即斩首级。
杀忠良毫不顾君臣之义，
从此后有谁人敢保社稷？
似这样朝纲乱国势危急，
叫本后昼夜间常锁愁眉。（留）

［黄贵妃上。

黄贵妃　（唱小带板）万岁荒淫宠奸妃，
朝事混乱不堪提。

大内侍　禀国母，黄娘娘朝见。

姜　后　有请。

大内侍　国母有旨，黄娘娘觐见。

黄贵妃　（进宫参拜）参见国母。

姜　后　免礼，坐了。

黄贵妃　谢座。（坐）

姜　后　（叹息）唉！……

黄贵妃　国母为何发愁？

姜　后　唉！贤妹！你看万岁荒淫，不理朝事，大臣忠谏，反被杀戮。国事如此，叫我怎得不愁！

大内侍　禀国母，圣驾到。

姜　后　贤妹，你我一同迎驾。（纣王带四内侍上）

纣　王　（引）梅伯炮烙死，谏臣才绝口。

姜　后
黄贵妃　（拜迎）接见万岁。

纣　王　站起来。

姜　后
黄贵妃　谢万岁。（同坐）

姜　后　请问万岁，为何杀了杜辉，炮烙梅伯？

纣　王　提起这些骄傲之臣，寡人十分恼恨！

黄贵妃　万岁为何恼恨？

纣　王　贵妃，是你不知，寡人和妲己已曾在寿仙宫中宴乐，可恨他们胆大妄为，竟敢闯进宫来，因而恼怒寡人，杀了杜辉，炮烙了梅伯。

姜　后　万岁，他们闯宫面君，无非为的社稷。处死他们，岂不有失君臣之义？

纣　王　说什么君臣之义，寡人娱乐身心，要尽情适兴，兴之所至，任所欲为；从今之后，哪个再来谏诤，不但炮烙斩首，并要剜眼剖心！

黄贵妃　万岁如此，难道不怕丧亡社稷也？

（唱摇板）叫万岁你何必如此残忍，
忠良臣为国家奏本谏君；
假若还将他们残杀命殒，
有何人保社稷永远长存？（齐）

纣　王　文武奏本，实是可恼，你们又来火上浇油，是何道理！

姜　后　万岁息怒，请问我朝这江山，从何而来？

纣　王　夏失其国，我朝得之，何用多问？

黄贵妃　夏桀是怎样亡国的呢？

纣　王　（不耐烦地）寡人哪有闲情来讲这些。

姜　后
黄贵妃　万岁不讲，妻
妾妃不得不奏。

纣　王　休再多言，免激朕怒！

姜　后　哎！万岁！

（唱拦头带板）请万岁压心火休要发怒，
把前朝亡国事细听根由。

黄贵妃　（接唱）夏桀王宠妹喜荒淫无度，
杀忠良害黎民广招怨尤。

姜　后　（接唱）众百姓一个个指日恨透，
恨不得把桀王斩去头颅。

黄贵妃　（接唱）先王爷为救民振臂愤怒，
诛夏桀于南巢一死罢休；

姜　后　（接唱）创下了这基业子孙承受，
六百载传至今源远长流。

黄贵妃　（接唱）万岁爷登了基贪色好酒，
宠妲己乱朝纲文武担忧；

姜　后　（接唱）信奸谗拒忠谏钳制臣口，
哪一家来奏本即遭杀戮；

黄贵妃　（接唱）酒为池肉为林男女追逐，
兴土木民服役昼夜不休。

姜　后　（接唱）害的那众百姓流离奔走，
因此上遍国中怨声载途；

黄贵妃　（接唱）照这样好河山怎能长久？
　　　　　　　照这样岂不是大祸根由？
姜　后　（接唱）劝万岁从今后广开言路，
　　　　　　　再休要把忠良当就寇仇。
黄贵妃　（接唱）劝万岁下决心革新除旧，
　　　　　　　把一切旧设施荡尽不留。
姜　后　（接唱）劝万岁拆鹿台平怨止诟，
　　　　　　　正朝纲辩忠奸罢黜费尤。
黄贵妃　（唱双捶剁）劝万岁为社稷听妾本奏，
姜　后　（接唱）劝万岁为国家及早回头。
姜　后
黄贵妃　（合唱）假若还再执迷仍然悖谬，
　　　　　　　夏桀王亡国痛就在眉头。（留）
纣　王　（甚怒）胡道！
　　　　（唱三锤带板）
　　　　　恨姜后和贵妃真道狂妄！
　　　　　怎将夏桀比孤王？
　　　　　颓丧的话儿一再讲，
　　　　　不由寡人怒满腔。
　　　　（白）好不气、气、气煞人了！（忿恨地下）
姜　后　贤妹！主上拒谏不纳，忿怒而去，这却怎处？
黄贵妃　国母，依妹思想，还要去谏。不然国破身亡，同归于尽，那时悔之晚矣。
姜　后　贤妹言之有理。你且回宫，待我谏诤去也。
　　　　（唱摇板）今日奏本吵连天，
黄贵妃　（接唱）为了社稷犯君颜。
姜　后　（接唱）待我追踪去再谏，
黄贵妃　（接唱）免得国破身不安。（左右分下）

第五场　游　园

　　　　［妲己带四宫女上。
妲　己　（唱小带板）
　　　　　苏妲己寿仙宫自思自想，
　　　　　进宫来王宠爱实在无双。
　　　　　怎能够作正宫更有威望，
　　　　　昼夜间费心机无有良方。

［纣王带四内侍上。

纣　王　（唱蛮带板）

恨姜后奏本激朕怒，

黄贵妃火上又浇油。

妲　己　接见万岁。

纣　王　免礼。哎呀！

妲　己　万岁为何面带怒容？

纣　王　唉！今日姜后、黄妃面奏寡人许多不是，因而发怒。

妲　己　万岁既然心中不快，妾妃陪驾苑囿游玩一回，不知可愿前去？

纣　王　如此甚好，一同前往了。（上车辇）

（唱塌板转二六）

与爱妃前往苑囿去，

心中怒气犹未息。

妲　己　（接唱）往事已过休记忆，

免得生气伤心机。

纣　王　（接唱）爱妃讲话真有理，

胜过姜后和诸姬。

妲　己　（接唱）不觉已至苑囿里，

纣　王　（接唱）观景谈心喜溢眉。（留）（下车）

（白）爱妃，来至苑囿，你我君妃二人，坐在亭台以上，一面观景，一面谈心。

妲　己　请。（坐亭上）

纣　王　爱姬。你看苑囿如何？

妲　己　哎！真旷阔也！

（唱欢音原板）

雾气腾腾烟波起，

环顾四周好迷离。

举目遥望无边际，

这苑囿旷阔古今稀，古今稀。

纣　王　真乃旷阔，嘿嘿嘿，（高兴地笑）爱妃，你看这楼阁如何？（指楼阁）

妲　己　（仰首看）好高大也！

（接唱）见楼阁高耸云端里，

显得天上星辰低，

巍峨挺拔真壮丽，

仰首观看与天齐，与天齐。

纣　王　实在高大，嘿嘿嘿！（狂笑）爱姬，再看苑内景致如何？

妲　己　哎！好呀！
（接唱）苑囿景致美无比，
建筑壮丽又整齐。
有楼阁，
纣　王　（接唱）有殿宇，
妲　己　（接唱）见红墙，
纣　王　（接唱）衬金壁。
妲　己　（接唱）有池沼，
纣　王　（接唱）有长堤，
妲　己　（接唱）有花草。
纣　王　（接唱）真茂密。
妲　己　（接唱）满苑囿形形色色这样那样无比拟？
纣　王　（接唱）真乃是金碧辉煌、灿烂夺目世间稀。
妲　己　（接唱）雌雄鸟儿相附依，
纣　王　（接唱）珍禽异兽样样奇。
妲　己　（接唱）见麋鹿，
纣　王　（接唱）互相抵，
妲　己　（接唱）见紫燕，
纣　王　（接唱）对对飞。
妲　己　（接唱）见池鱼，
纣　王　（接唱）穿水底。
妲　己　（接唱）见仙鹤，
纣　王　（接唱）松下立。
妲　己　（接唱）看这些鸟、兽、虫、鱼一个一个都适意，
纣　王　（接唱）怎能胜你我君妃相亲相爱不相离。
妲　己　（接唱）赏玩美景兴儿起，
纣　王　（接唱）越看越爱不忍离。
妲　己　（接唱）叫万岁，
纣　王　（接唱）王爱姬，
妲　己　（接唱）这一旁？（手指）
纣　王　（接唱）是酒池。
妲　己　（接唱）这一旁？
纣　王　（接唱）是肉林。
妲　己　（接唱）酒池肉林朝朝有，
哪一家富贵敌王侯？
纣　王　（接唱）酒池肉林何足数，

召来歌舞以解愁。（中贵暗上）

（白）中贵，命裸体男女台下歌舞。

中 贵 万岁有旨，命裸体男女台下歌舞。（音乐伴助，内幕歌舞）

纣 王 （听得高兴，手舞足蹈）爱姬，实在快乐，嘿嘿嘿！（姜后上）

姜 后 （唱一句砸）

恨主上荒淫情难忍！

（气冲冲地白）哼！万岁！男女赤身露体，互相追逐，这……成何事体？

纣 王 （见姜后突至，惶遽不知所措，急示意妲己向姜后行礼）

爱姬，快快上前见礼。

妲 己 接见国母。

姜 后 （唾妲己）呸！妲已！我把你个奸妃！

妲 己 （亦怒）哎！去哟！（以袖甩姜）

姜 后 （唱小七捶带板）

我一见妲已心火迸，

不由本后怒气生，

你不劝君行仁政，

为什么勾引万岁胡乱行？

妲 己 哎！可恼也！

（唱三捶带板）

恼恨国母理不通，

为何见我怒气生。

越思越想气上涌，

叫中贵随我转回宫。（下中贵随下）

纣 王 （唱三捶带板）

可恨姜后太任性，

唾骂妲已理不通。

照这样肆无忌惮真骄横，

难道你不怕犯罪行。

（白）哼！……（忿怒而下）

姜 后 （唱带板抽一捶）

万岁执迷劝不醒，

胡作乱为任意行。

越思越想心伤痛，

不由人悲愤交集泪盈盈。（拭泪下）

第六场　定　计

［妲己、中贵上。

妲　己　（唱小带板）

恨姜后做事太可憎！
当众骂我不留情，
这样无礼真暴横，
气得我坐卧不安宁。（齐）

（白）唉！唉！气！气！气煞我了！

中　贵　娘娘不必生气。

妲　己　（越想越气）唉吁……

中　贵　娘娘不要生气，气坏玉体如何是好？

妲　己　姜后如此辱骂于我，这口恶气如何咽得下去？

中　贵　娘娘，她乃为大，你乃为小，还请娘娘忍耐忍耐。

妲　己　我怎能忍耐下去？

中　贵　娘娘不必忍耐，有什么办法？

妲　己　你与我定得一计，把姜后害死，方泄我恨。

中　贵　娘娘，奴婢怎敢定计杀害正宫！

妲　己　有我作主，不怕什么！

中　贵　如此待奴婢思忖。

妲　己　你且思忖。

中　贵　哎呀！苏娘娘命我定得一计，把姜后害死。我想此事非同小可，若还败露，我这脑袋（以手指头）和身子便要分家！这事我不敢不……不敢……（有一转念）哎呀不妥！想她乃是天子宠妃，我若不肯定计，她与我降下罪来，我怎么得活？这……这……这……这（想）有了，禀娘娘！

妲　己　讲。

中　贵　依奴婢思想，中谏大夫费仲，计谋权术，胜过小人；他对娘娘又很恭敬。娘娘何不命他定得一计，害死姜后，岂不妥当？

妲　己　（想）嗯，倒也妥当。

中　贵　如此，请娘娘写一封密简，待奴婢送去。

妲　己　待我写来。（写就付与中贵）这是密简，速快送去！

中　贵　是。（持简下）

妲　己　回来！

中　贵　娘娘讲说什么？

妲　己　宁要机密！

中　贵　奴婢晓得。（分左右下）

［费仲骑马上。

费　仲　（念）走过金桥玉路，来至凤阁龙楼。

［中贵持简上。

中　贵　（见费仲打招呼）费大人请了。

费　仲　中贵有何话讲？

中　贵　这是苏娘娘的密简，（付简）携回府去，仔细观看。请了。（下）

费　仲　请了。待我催马回府。（转场下马回府）（坐后取简）苏娘娘送来密简，待我一观。（看）呵！我当为着何来，原来命我定得一计，害死姜后，她便与我加官晋爵。哎呀！此事有些难办，该用何计？（想）嗯，有了。想我府中姜环，颇有胆量；他原是东伯侯姜桓楚手下之人，因犯死罪，携妻子逃脱。被我收留在府，命他刺王杀驾，我却暗通妲己已派人提防。以此嫁祸姜后，岂不是好。人来。（家院暗上）

家　院　伺候老爷。

费　仲　唤姜环见我。

家　院　是。（向内唤）老爷唤姜环哩！（姜环上）

姜　环　（念）当年犯死罪，逃来费府中。（白）参见老爷。

费　仲　免礼坐了。

姜　环　老爷在上，小人怎敢就坐。

费　仲　有事相商，坐了再叙。

姜　环　小人告坐。

费　仲　这是姜环。

姜　环　老爷。

费　仲　你来府下几载了？

姜　环　五载了。

费　仲　老爷待你如何？

姜　环　老爷说得哪里话？那年不是老爷收留，小人和妻子早被东伯侯杀了。老爷，你是小人的重生父母，这种大恩，何日才能报答？

费　仲　如此甚好，老爷今有一件大事，要你去办，不知你可情愿前去？

姜　环　老爷，小人受老爷恁大之恩，即使赴汤蹈火，也是情愿。

费　仲　（左右看）好！心想命你刺王杀驾，事成之后，富贵不小。你可敢去？

姜　环　（起身欲去）待小人前去。

费　仲　少站，待我取刀。（取刀付姜）这是短刀一把。

姜　环　（接刀在手，看后欲去）小人去了。

费　仲　慢着，倘若败露其祸不小！

姜　环　老爷放心，若还败露，自有小人承当，决不连累老爷。

费　仲　万一被执，你拿何言答对？

姜　环　这个。

费　仲　附耳来。（耳语，环点头）随着我来。正是：做事要机密，

姜　环　谨防外人知。（同下）

第七场　行　刺

［杨义上。

杨　义　（念）奉旨巡查大殿，处处须要小心。

（坐殿门口）（费仲引姜环上，但二人却有相当距离）

费　仲　（念）设计陷害姜后，唯恐别人发觉。

（见杨义坐殿门口，上前问话）杨大人请了。

杨　义　请了，费大人为何夤夜来此？

费　仲　心想进宫奏事，不知可准入内？

杨　义　更深夜静，未有王命，不敢作主。

费　仲　如此我便回府去了。

杨　义　公事在身，不便远送。

费　仲　请了，请了。（下）

［中贵捧酒盘上。

中　贵　（念）酒内下蒙汗，忙到大殿前。

（白）杨大人请了。

杨　义　请了。

中　贵　姜娘娘因你巡查大殿，通宵不能安息，特赐美酒，大人请用。

杨　义　待我谢过娘娘。

中　贵　请用，咱家还要复旨。

杨　义　待我用来。（用毕将杯给中贵）

中　贵　告辞。

杨　义　恕不远送。

中　贵　请了，请了。（中贵转身看杨义倒坐上前唤）

杨　义　哎呀！

中　贵　杨大人，杨大人，嗯。（中贵用手招费仲，仲看杨义昏迷倒坐引姜环上，仲指姜环路径入宫姜环点头入宫，费仲中贵左右顾盼偷看杨义下）

（起更后，杨义醒来走向左右看无人）

杨　义　东方发亮，待我上殿交旨。（下）

［纣王带众上，姜环探首看时，被武士拿住。

武　士　禀万岁！拿住一名刺客！

纣　王　押上老龙殿！中贵！传谕文武，老龙殿侍候！（带众下）

中　贵　文武听着：圣驾行至粉宫楼前，拿住一名刺客，在老龙殿审问，命文武前去侍候。（下）

［箕子、微子、黄飞虎、费仲上。

箕　子　（念）一波甫平一波起，

黄飞虎　（念）此刻一定有来历；

费　仲　（念）不管青红与皂白，

微　子　（念）审清问明枭首级。

箕　子　众位大人请了。

众　　　请了。

箕　子　万岁行至粉宫楼前，拿住一名刺客，以在老龙殿审问，命我们文武殿前侍候。

众　　　请。（分左右站）

［纣王带众上。

纣　王　（念）心中怒火起，恨煞文武臣！

众　　　（参拜）参见万岁。

纣　王　（怒视众）哼！站立两旁！

众　　　谢万岁。

纣　王　（诘问）这是文武！寡人行至粉宫楼前，拿住一名刺客，定是你们文武所差！如此逆谋，这还了得！

众　　　不知哪家巡查大殿？

费　仲　杨义巡查大殿。

纣　王　命杨义上殿。

中　贵　万岁有旨，杨义上殿！（杨义上）

杨　义　（念）巡查大殿不谨慎，竟然闯下大祸根！（白）参见万岁。

纣　王　（怒斥）哇！巡查大殿，自不小心，放进刺客，如何容得！武士们！将杨义推下砍了！

杨　义　哎！杀！（武士推杨义下）

纣　王　文武！将刺客严加审问！

费　仲　（唯恐审出真情，所以自己奏请要审）万岁，老龙殿耳目甚众，审问有些不便。不如命臣背地审问，审出口供，回禀吾主得知。

纣　王　命你背地审问。

费　仲　遵旨。武士们！将刺客带上来！（武士押姜环上）好一大胆刺客！何人命你刺王杀驾？何不从实招来？

姜　环　小人姜环。东伯侯姜桓楚手下之人，奉了我家老爷之命，入都探事，姜国母赐我短刀一把，命我藏在粉宫楼前，刺王杀驾。这是小人的实供。

费　仲　可是尔的实供？

姜　环　是小人的实供。

费　仲　武士们，将刺客押下去。禀万岁，刺客有了实供，但是牵连内宫，臣不敢讲。

纣　王　赐你无罪，快快讲来。

费　仲　万岁。刺客言道：他名姜环，是东伯侯姜桓楚手下之人，奉了他家老爷之命，入都探事，姜国母赐她短刀一把，命他藏在粉宫楼前，刺王杀驾。

纣　王　（怒甚）是她！

费　仲　是我家国母所差。

纣　王　这还了得！中贵听旨！姜后谋杀寡人，传旨黄贵妃审问。审出口供，寿仙宫交旨。（下）

（众臣怀疑面面相觑）

黄飞虎　这是众位大人。姜娘娘幽娴贞静，仁慈和平，岂有差人行刺之理？

箕　子
微　子　（也怀疑）嗯，此事令人可疑？

费　仲　众位大人不必胡猜乱想，还是各回各府。（分下）

第八场　审　后

［黄贵妃上。

黄贵妃　（引）主上信奸谗，朝事如累卵。

［中贵执金牌上。

中　贵　金牌下，黄娘娘听旨。

黄贵妃　接旨。（跪）

中　贵　（宣旨）寡人行至粉宫楼前，拿住一名刺客，供出姜后所差，旨交西宫黄贵妃审问，审出口供，寿仙宫交旨。

黄贵妃　万岁万万岁。（中贵下）（黄心中怀疑，自言自语）竟有此事？我想姜娘娘性情温良，忠厚和平。已生两个孩子。将来承继王位，她便是天子之母，岂能差人刺驾？此事有些可疑哎！等她到来再看如何？

［二内侍押姜后上。

大内侍　国母到。

黄贵妃　有请。

姜　后　（引）实想劝主正宫廷，谁料无端大祸生！

黄贵妃　（迎接）接见国母。

姜　后　贤妹，冤屈冤枉！（拭泪）

黄贵妃　国母不必伤心，此事既交妹妹审问，决不冤国母。

姜　后　贤妹，你能公平处断，毋枉毋纵，我便感激不尽了。

黄贵妃　好一个毋枉毋纵。内侍，悬起王旨。（内悬旨）

（姜后跪迎旨）

姜　后　万岁！（哭）

黄贵妃　姜后上来。

姜　后　伺候。

黄贵妃　圣旨道你命姜环刺王杀驾，何不从实招来？

姜　后　（滚白）黄贵妃呀！黄贤妹！你看我父姜桓楚威镇东鲁，我又身为正宫，母仪天下，和主上结发半辈，已生两个殿下，将来承嗣皇位，我便是天子之母，怎忍差去刺客，谋杀圣驾？贤妹推理详情，雪此奇冤了！

（唱慢板转二六）

有姜后诉冤枉泪如泉涌，
黄贵妃坐上边细听心中。
我的父镇东鲁威名甚重，
我兄长姜文焕盖世英雄。
封正宫荫三代何等荣幸，
称国母掌三宫位极尊崇。
和主上结伉俪恩爱情重，
已生下两个子气概峥嵘。
到后来我的儿承天应命，
我便是天子母怎不光荣。
似这样我安忍刺杀王命，
黄贤妹你细细推理详情。

黄贵妃　（唱原板）听罢言低下头仔细参想，
这件事一定是将她冤枉。

姜　后　（夹白）贤妹，你再思再想！

黄贵妃　（接唱）叫国母休加愁宽心大放，
天大事有妹妹一人承当。
叫内侍将国母好好奉养，
寿仙宫见万岁细奏端详。

［内左右扶姜下，黄出门下。

［纣王携妲己上。

纣　王　（唱紧塌板）有寡人登龙位二十八载，
娱声色玩珍奇逍遥自在。

妲　己　（接唱）恨姜后心肠毒性离情乖，
差姜环刺圣驾实在不该。

纣　王　（接唱）她虽然差刺客来把朕害，

审问明处死她方称心怀。（同坐）

［黄贵妃上。

黄贵妃　（接唱）寿仙宫中来交旨，

一见妲己怒心怀。

（白）参见万岁。

纣　王　命你审问姜后，可曾审出口供?

黄贵妃　妾妃奉旨审问国母，是她言道："她和主上结发半辈，恩爱情深，况且已生两个殿下，将来她的儿子承嗣大位，她便是天子之母，安忍刺王杀驾……"妾妃推理详情，据实判断，实在将我家国母屈、屈、屈屈地屈冤了！

纣　王　（恼笑）哼……我什么将她屈冤，不用严刑，料她不招！

黄贵妃　哎呀万岁，自古及今未有严刑拷打正宫之理?

妲　己　住了吧！自古及今，哪有严刑拷打正宫之理，哪有正宫谋杀圣驾之理？你与我说！你与我讲！

纣　王　是呀，哪有正宫谋杀圣驾之理?

黄贵妃　妲己！我把你个贱人！你不革君之非，反来助长其恶。

纣　王　嗯，黄贵妃听旨，命你二次审问，审出口供还则罢了。若再不招，剜目一只，寿仙宫交旨。

黄贵妃　哎呀万岁！这万万通不得！

纣　王　通得！通得！

黄贵妃　通不得！通不得！

纣　王　说什么通不得！若再抗旨，一律同罪！速快出宫去吧！

黄贵妃　（不得已出宫）哎！

（念）可恨昏君是豺狼，妲己进谗又中伤。

（白）妲己！我把你个小贱人！（哭下）

妲　己　万岁，黄娘娘此去不肯动刑，如何是好?

纣　王　寡人自有道理。中贵，

中　贵　伺候万岁。

纣　王　赐你金牌一面，前去催刑。

中　贵　遵旨！（持牌下）

纣　王　（唱摇板）提起姜后好气愤，

差来刺客杀寡人。

手托爱姬转内禁，

饮酒作乐再谈心。（携妲己下）

第九场 抱 斗

［黄贵妃上。

黄贵妃 （唱尖板）寿仙宫与国母剖白罪状，
谁料想反成了雪上加霜；（姜后暗上）
急忙忙转回宫实言奉上。（进宫）

姜 后 贤妹，你前去交旨，万岁他是怎么样？

黄贵妃 我叫叫一声国母呀国母！是我前去交旨，实想将国母的冤屈昭雪，谁料万岁……

姜 后 他……他怎么样？

黄贵妃 谁料昏君言道：国母有了口供还则罢了，倘若无有口供，定要剜目一只。

姜 后 好忍心的昏君！

黄贵妃 我叫叫一声国母呀国母！以妹妹思想，不如速请比干丞相进得宫去痛谏昏君，以免此祸了。

姜 后 罢了，黄贤妹！贤妹妹！哎……贤妹妹呀！你看昏君这样残忍暴虐，忠臣进谏多被杀戮，比干丞相虽是长辈，却是臣下，难道昏君不杀他耶。

中 贵 （内白）金牌下。
（姜大惊失色）

姜 后 这却怎处！

黄贵妃 不必胆怕，待我接旨一回。（中贵带武士上）

中 贵 旨下。黄贵妃听旨：姜后有了口供还则罢了，若再不招，剜目一只。武士们！

武 士 有

中 贵 施刑！

黄贵妃 慢着！正在审问，何必施州？

中 贵 时限已过。武士们上前施刑。（武士剜姜眼介）

姜 后 哎呀！痛煞我了！（姜倒地滚）
（唱紧浪头带板）
一霎时将人的心肝疼烂，
恨昏君气得我紧咬牙关。

黄贵妃 （接唱）见武士剜去了国母之眼，
不由人心痛酸毛骨悚然！
叫内侍将国母好好照管，（内侍扶姜后下）
寿仙宫去交旨看他怎言！（用盘捧姜眼珠下）

［纣王和妲己上。

纣 王 （唱蛮带板）

命贵妃对姜后二次审问，

妲　己　（接唱）却怎么这时候不见回音？

［黄贵妃上。

黄贵妃　（唱尖板）黄贵妃低下头心中悲愤，

忍不住痛煞煞珠泪涔涔！

进宫来禀万岁你心怎忍？（跪）

（白）罢了万岁，妾妃二次奉旨审问我家国母，不料金牌到来，竟然剜目一只。万岁！万岁！你全不念结发一场了？！

纣　王　站起去！站起去！来！（黄起）剜目一只，还无口供？这个贱人倒也倔强。

黄贵妃　万岁，这分明是将她冤屈了！

纣　王　说什么将她冤屈了！命你三次去审，倘若再无实供，一定炮烙她死！

黄贵妃　（惊惶）哎呀万岁！如此严刑，妾妃誓不奉旨！

纣　王　竟敢违抗朕命！还不与我速去。（唤妲己）爱姬随着朕来。

黄贵妃　万岁使不得！（扯住纣王衣襟）

纣　王　哼！怎么使不得？（甩脱黄妃手拟下。黄贵妃无奈又扯住妲己衣服后襟）

妲　己　（无法挣脱，乃呼纣王）万岁快来！万岁快来！

衬　王　胆大的黄贵妃，还不速去！（帮妲己甩脱黄手后和妲己下）

黄贵妃　（唱浪头带板）

恨昏君迷声色作事不正，

似这样无情义要害正宫。

急忙忙我来至西宫内院。

［转场，二内侍扶姜后上。

姜　后　贤妹妹！此去怎么样了？

黄贵妃　我叫叫一声国母呀，国母！贤德的国母呀！是我奔上寿仙宫中禀明万岁言说国母太得冤屈，谁料昏君充耳不闻，反命妹妹三次审问于你，审出实供还则罢了，倘若无有实供，一刹时金牌到来，便要……

姜　后　（惊问）便要怎么样？

黄贵妃　便要炮烙你一死！

姜　后　狠心的昏君！

（唱浪头带板）恨昏君似禽兽心肠大变，

他定要害本后命丧黄泉，

似这样狠心肠前情不念，

一阵阵心焦灼好似油煎。（齐板）

中　贵　（内白）金牌下！

姜　后　（神情紧张地）哎呀不好！待我速死！

黄贵妃　慢着。藏在宫内。待我审问刺客，便明白了。

［二内侍扶姜下。

［中贵带武士抬火斗上。

中　贵　黄贵妃听旨：姜后有了实供还则罢了，若无实供，赐来火斗，炮烙她死。武士们！命姜后抱斗上来！

黄贵妃　慢着，待我先审刺客。

中　贵　你且审来。接牌。（付金牌中贵下）

黄贵妃　武士们，将刺客带上来！（武士押姜环上跪地）姜环，胆大的刺客！你和哪家同谋？要害圣上，何不从实招来？

姜　环　我是姜娘娘所差，你叫我该招何人？

黄贵妃　好贼！

（唱七捶带板）恶徒倔强实可恼，
听娘娘把话说根苗。
你将真情实言告，
免得动刑受煎熬。
若还再不实言告，
你的狗命定难逃。
叫武士将贼与我拷！

武　士　验刑。

黄贵妃　施刑！（武士动刑，并问口供）

武　士　秉娘娘，无有口供。

黄贵妃　再施刑！（武士正拷打间，中贵上）

中　贵　（疾言厉声地）姜后抱斗上来！

［姜后抱斗上，被烧后倒在地，殷皎、殷洪上。

殷　皎　（唱浪头带板）
见国母周身齐烧烂，

殷　洪　（接唱）不由孩儿痛心肝！

殷　皎　（合唱）上前来搂抱娘哭声不断，（兄弟二人抱住姜后）

殷　洪　却怎么我的娘成了这般？

（白）母后！

姜　后　你是殷皎？

殷　皎　是孩儿。

姜　后　（以手摸洪）你是殷洪？

殷　洪　是孩儿。

姜　后　殷皎，殷洪，娘心疼的儿呀！恨你父王贪恋酒色，暴虐无道。今天行至粉宫楼前拿住一名刺客，言说为娘所差，因此，剜去为娘眼珠一只，现在又炮烙为娘……

殷　皎
殷　洪　（沉痛地）母后！

姜　后　殷皎！殷洪！娘的儿呀，你看为娘命在倾刻，倘若一死，你弟兄二人即刻离开朝歌，逃奔东鲁，以免昏王残害。（陡觉气上不来）殷皎！

殷　皎　母后

姜　后　殷洪

殷　洪　老娘！

姜　后　罢了，儿……（死）

殷　皎
殷　洪　哎呀！母后！

黄贵妃　哎呀，国母！

（唱浪头带板）一见国母把命断

（拉喝场）我的国母、我的国母！

（接唱）不由叫人痛心肝！

殷　皎　（接唱）用手抽出青铜剑，

先杀刺客报仇冤！（劈死姜环）

（白）刺客劈死，待我杀进寿仙宫去。（持剑下）

殷　洪　禀姨娘！我哥哥杀进宫去了。

黄贵妃　快快唤回！

殷　洪　哥哥回来！哥哥回来！（皎返回）

黄贵妃　我叫叫一声殷皎呀殷皎！不懂事的殷皎！你小小年纪，怎敢前去寿仙宫中送死！你父王忍心炮烙你母，难道不杀你弟兄两个。你们快快逃出朝歌以避大祸了。

（唱浪头带板）你弟兄快快离朝歌，

免遭大祸把头割。

殷　皎　（接唱）姨娘一言提醒我，

殷　洪　（接唱）兄弟二人快逃脱。（同下）

［中贵捧旨上。

中　贵　旨下！黄贵妃听旨：姜后既死，速命殷皎殷洪前来寿仙宫中。

黄贵妃　他弟兄二人逃出朝歌去了。

中　贵　如此，待我回宫交旨。（下）

黄贵妃　（念）国母一死痛煞我，悠悠岁月怎奈何。

（白）罢了国母，哎！国母呀！（下）

第十场　赶　驾

［黄飞虎、箕子、微子上。

黄飞虎　（念）主上无道杀忠良，

箕　子
微　子　（念）贤士纷纷离朝堂。

黄飞虎　二位大人，主上拒谏杀忠，贤士纷纷离朝，商容老相国也告老还乡，想起实在可叹，不知吾妹审问姜娘娘情形如何？我们午门探听一回。

箕　子
微　子　请！（殷皎、殷洪踉跄地上）

殷　皎
殷　洪　（唱尖板）

急急忙忙向前跑。（见众臣向前求救）

（白）罢了，众位大人。我父王听信谗言，害死我母，又要杀我弟兄二人，众位大人快快救命吧！

黄飞虎
箕　子
微　子　（惊愕）哦！哎！国母既然屈死，我们不如鸣钟击鼓，奏闻天子，赦免二位殿下才是。（方弼弟兄突上）

方　弼
方　相　众位大人！何不杀了昏君，扶持大殿下登基！

箕　子
微　子　（唯恐引起大祸，因而呵斥）小小武官，怎敢乱讲，快快退下！

方　弼
方　相　如其不然，我弟兄便反了。二位殿下，快快随着我弟兄来。（同下）

箕　子
微　子　黄大人！方弼弟兄二人反了，你为何低头不语？

黄飞虎　偶有所思，因而低头不语。

箕　子
微　子　你思念什么？

黄飞虎　哎！我想姜娘娘屈死，两个殿下实在可怜！

箕　子
微　子　哎！真道可怜。

［中贵上。

中　贵　（引）奉王旨意出皇宫，追杀殷皎和殷洪。

（白）众位大人请了。

众　　请了。

中　贵　你们可见二位殿下？

众　　　和方弼弟兄反出都城去了。

中　贵　（一想不敢追赶）如此我便回宫交旨。（下）

[费仲持剑上。

费　仲　（引）圣上赐宝剑，追杀二殿下。

（白）黄大人请了。

黄飞虎　请了。

费　仲　圣上赐你尚方宝剑，着你追拿方弼方相，并取二位殿下首极。

黄飞虎　（犹豫不决）这个……

费　仲　圣上严旨，怎敢怠慢？（付剑）

黄飞虎　如此我便去了。（二人分下）

箕　子　黄大人此去，二位殿下性命休矣！

微　子　他乃忠义之人，怎忍杀害殿下。

箕　子　如此，你我回府。

微　子　请。（同下）

[殷皎、殷洪、方弼、方相上。

殷　皎　（唱七捶带板）

离开朝歌天罗网，

殷　洪　（接唱）逃奔东鲁避祸殃。

方　弼　（接唱）可恨昏君人心丧，

方　相　（接唱）残杀骨肉害忠良。

殷　皎
殷　洪　（合唱）战战兢兢逃奔忙，
见后边追兵心惊惶！

（白）哎呀不好！后面追兵赶来，这却怎办？

方　弼
方　相　二位殿下勿忧，等他到来再看如何？

[黄飞虎带马童四兵卒上。

黄飞虎　二位殿下休走。（皎、洪惊惧，躲在方氏弟兄身后）

方　弼　黄大人到此何事？

黄飞虎　奉旨追赶你弟兄和两位殿下回朝。

方　弼
方　相　我弟兄既然反出朝歌，想叫我们回朝万万不能。

黄飞虎　（微怒）哎！若不回朝，尚方宝剑岂能容情！

殷　皎
殷　洪　（哀求）叫叫一声黄将军！黄大人！你看我母后衔冤屈死，丢下我弟兄二人年幼无知，你怎忍斩草除根，前来杀害？哎呔，（顿足）你要杀的时节，你将我杀了，放我弟弟/哥哥逃走，与我母留下一条后根源，我母子九泉之下，感恩不浅了。

殷　皎　将军将我杀了！

殷　洪　将军将我杀了！

方　弼
方　相　（怒目而视）

黄飞虎　哎！难煞人也！

（唱带板）二殿下哭得真伤惨，

倒叫我黄飞虎左右为难！

（白）哎！我还是不违君命把他斩！（举起剑）

方　弼
方　相　慢着！你不谏诤昏君还则罢了，反来追杀殿下；既然你贪图富贵，来来来，将我弟兄也杀了，好在昏君上边献功去！

黄飞虎　（很羞惭）

（接唱）方弼他责问我惭愧难言，

恨昏君残暴朝纲乱。

母屈死我杀子问心何安？

罢罢罢放他们去逃难。

（白）你们逃命去吧！

方　弼
方　相　二位殿下快快逃走！（急趋逃下）

黄飞虎　哎呀不妥！

（接唱）回朝去君降罪怎样承担。

（向下场口）二位殿下！你们转来！你们转来！

（此时黄明、周纪、黄天祥、黄天禄等突至）

黄　明
周　纪　（唱带板）嫂嫂贵妃死得惨！

黄天祥
黄天禄　（接唱）咬牙切齿怒冲冠！

黄　明
周　纪　兄长不好了！

黄天祥
黄天禄　爹爹不好了！

黄飞虎　（惊问）你们缘何到此？

黄　明　哎呀兄长！我家嫂嫂前往摘星楼去见贵妃，被昏君调戏坠楼而死；贵妃上前谏诤昏君，也被摔死楼下！

黄飞虎　罢了妻、妹！（昏倒在地被众扶起）

黄天祥
黄天禄　爹爹醒得！

黄　明
周　纪　哥哥醒得！

黄飞虎　（唱尖板）听罢言将人的肝胆气炸！
（转浪头）恨昏君作此事乱了国法。
（扯喝场）贾……贾夫人！贤……贤妹妹！我的妻呀！
（接唱）逼死我妻和妹摘星楼下，
思想起这仇恨珠泪巴巴。
（白）罢了贤妻！贤妹……！（拭泪）

黄　明　大哥不必伤悲。我们还是反出五关，再好设法报仇。

黄飞虎　胡道！

周　纪　哎呀！兄长！你看昏君残暴已极，屈杀姜后，还要追杀其子。他既逼死嫂嫂，摔死贵妃，难道不忌克吾兄？以弟之见，反出五关，方能保全性命。

黄飞虎　住口！

黄　明　哎呀大哥，祸在目前，你不速反，难道白白送死不成？

黄天祥
黄天禄　（意欲劝反）爹爹！

黄飞虎　（禁止说话）嗯！

黄天祥
黄天禄　哎！惨死的娘呀！（拭泪）

黄飞虎　（看此情况很是作难）哎！我好难也！
（唱拦头）兄弟们声声要造反，
祥禄儿哭娘实可怜！
恨昏君荒淫又凶悍，
残杀无辜害忠贤，
国法废弛朝纲乱，
天下惶惶民不安，
众叛亲离人人怨，
一个一个逃外边。
我有心随他们造了反，
恐怕骂名后世传。
我有心不随他们反，
杀身大祸在目前。
事到临危无主见，
思前想后左右难。
哭了声贤妻妹妹死得惨，
珠泪滚滚洒胸前！

黄　明
周　纪　兄长！你再犹豫不决，我弟兄二人便去了！（假意走）

黄飞虎　二弟转来，二弟转来，有话慢慢商量。

黄　明
周　纪　商量什么？还是速反！

黄飞虎　你们说反得？

黄　明
周　纪　反得、反得！

黄飞虎　哎！反得了反！

（唱七捶带板）恼恨昏君心太惨，
君戏臣妻理不端。
吾妹忠心直言谏，
反被摔死在楼前。
罢罢罢随他们造了反，
投奔西岐出五关。

（马童报告）

马　童　报！昏君率领人马追杀老爷来了！

黄飞虎　昏君到来，有何面目相见？

黄　明
周　纪　大哥退后，待我二人去迎。

［纣王带众兵均上。

纣　王　黄飞虎，叛贼休走！

黄　明
周　纪　（以兵器抵住纣王）昏君看斧！

［黄明、周纪、黄天祥、黄天禄和纣王厮杀，纣败走。

黄飞虎　昏君败走，不可追赶。只说我们怎能渡河？

黄　明
周　纪　兄长勿忧，二哥、三哥早到河岸准备去了。

黄飞虎　如此，兵发孟津。（同下）

——剧终——

（说明：以上内容录自长安书店出版的《闯宫抱斗》，冯杰三、宋润苍改编，1957 年 2 月第一版。）

串龙珠

前　记

“串龙珠”是秦腔流行剧目之一，内容反映了元统治者的徐州亲王王彦龙的残酷横暴，一时激起公愤，被害百姓纷纷赴衙喊冤，州官徐达问明原委，在群众的支持下，打死王派来接任的新官，在徐州举起义旗，结果与红巾义军里应外合，杀死王彦龙父子，与百姓报了冤仇。

此剧系根据李可易同志口述整理，在整理中，除将一些原来不衔接的过场和带有迷信色采的词句，加以删除外，还修改了一些不合人物思想感情的陈词，基本上仍保留了原剧面貌。

但限于整理者的能力，其中不妥之处，恐所难免，希望读者演者多提意见，使这一整理本能够更加完善。

整理者　一九五七年二月九日

场　目

第 一 场　行围射猎
第 二 场　贩私遇祸
第 三 场　传信救友
第 四 场　探监失照
第 五 场　饮马剁手
第 六 场　路遇闻变
第 七 场　破家毁灶
第 八 场　寡妇上坟
第 九 场　设计夺宝
第 十 场　寻照被捕
第十一场　公堂明冤
第十二场　搜府索贼
第十三场　聚众起义
第十四场　率僧惩暴
第十五场　依城相战
第十六场　断尸复仇

人　　物

王彦龙	武净
骆　驼	武丑
老　王	老丑
王金凤	武旦
花　云	武生
侯伯卿	须生
花　婆	老旦
刘杏燕	小旦
郭广卿	大净
康茂才	红生
徐　达	正生
郑　氏	正旦
李　青	小丑

丑官、四番将、四女兵、四青衣、二差役

第一场　行围射猎

［骆驼起霸上。

骆　驼　（念）王爷坐镇徐州城，总管也能要威风。

（白）咱家王骆驼，在王爷府中当了一名总管。千岁升帐，早来伺候。

［四番将引王彦龙上登高场。

王彦龙　（念）先祖夺取中原地，征服四海定国基。

近年刁民纷纷起，宣示武力扬声威。

（白）孤御王彦龙，近年刁民扰乱，红巾寇逼近徐州，顺帝有旨，命各地王爷，整顿兵马，四出巡猎，示武天下，以壮军威，骆驼进帐！

番　将　骆驼进帐！

骆　驼　告进，参见千岁。

王彦龙　站下，传令我军，速在城外撒下围场，各营挑选精兵骏马，多带弓箭，随王爷出城射猎。

骆　驼　得令！下边听着：千岁有令，城外撒下围场，各营挑选精兵骏马，多带弓箭，随千岁出城射猎。

众　　得令。（牌子骆驼彦龙上马众上马同下）

第二场　贩私遇祸

［花云走边上。

花　云　（念）少年英雄胆气豪，梵王宫中射双雕。

箭射双雕不为妙，双手能使七口刀。

（白）小可花云，只因舅父郭广卿在外贩盐，去了日久，不见回来，是我奉母言命，前去打探一回了。

（唱带板）舅父出外去经商，

日久不见转回乡。

娘命我出门去寻访，

不辞劳苦走一场。

（内人喊马叫声）

（白）哎呀，观见后边兵马铺天盖地而来，待我登高看是何人兵马？（登高台）呔，官兵来了，大家还不快快逃命。

内　白　快跑，官兵来了，快逃命，快逃命呀！

［四番将督马上，王彦龙趟马下，郭广卿推车上。

郭广卿　（唱浪头带板）

郭广卿推盐车忙回家转。

［骆驼飞马上，郭左避马左碰，右避马右碰，将车碰倒，马直立，骆驼翻马下。

骆　驼　好一刁民，竟敢撞大爷马头，该当何罪？

郭广卿　你的马横冲直碰，将小民车子碰倒，反说小民撞了你的马头。

骆　驼　哎呀，你这是什么？

郭广卿　不是什么。

骆　驼　哼，哼，你这刁民竟敢贩私！

郭广卿　我有官府票照，怎能说是贩私！（郭取出票驼抢票撕破掷地）

骆　驼　满口胡道！

（唱七锤带板）骂声刁民好大胆，

竟敢违法贩私盐。

今撞马头应重办，

禀明千岁送当官。

（白）有请千岁！

王彦龙　何事？

骆　驼　有一刁民贩运私盐。

王彦龙　好一大胆刁民，竟敢贩运私盐，哪里容得，来呀！

番　将　有！

王彦龙　将这刁民绑送徐州公堂，重打四十，带枷一面，每日站在衙前示众。王府派人还要三日一审，五日一问，命徐达小心着！

二番将　遵命。（绑郭）走！

郭广卿　哎，走！（花云看郭广卿去下台暗下）

骆　驼　禀千岁，空中飞来一群皂雕。

王彦龙　看过弓箭。（骆驼取弓箭给彦龙射）

骆　驼　禀千岁，鸟儿带箭飞去。

王彦龙　加鞭追赶。（同下）

第三场　传信救友

［花婆忧愁烦闷上。

花　婆　老了，老了！

（唱慢板）喜鹊儿不住地檐前乱噪，

只叫得老身我好不心焦。

我兄弟久在外无有家报，

为此事教老身常把心操。

（白）老身花云之母，只因我兄弟郭广卿，出外贩盐，去了日久，不见回来，是我放心不下，命我儿花云前去打探，这般时候，怎么还不见回来呀？

（唱摇板）娇儿出门不回转，

老身倚门望儿还。（出门左右看）

（白）花云，娘的儿，哎，怎么还不回来！

（接唱）眼望穿不见娇儿面，

闷坐草堂愁眉尖。

刘杏燕　（上唱小带板）刘杏燕在小房织棉纺线，

耳听得我的娘叹息不安。

进草堂身施礼用目观看，

问老娘因何事愁锁眉尖？

花　婆　哎儿呀！

（唱摇板）娘因为你舅父久不回转，

恐怕他在外边闯下祸端。

命我儿出门去各处打探，

这时候不回来娘发熬煎！

刘杏燕　（唱小带板）劝老娘你不必愁眉泪眼，

年老人还须要将心放宽。

我舅父他为人精明强干，
绝不会在外边惹下祸端。
望老娘勿忧虑愁眉放展，
等你儿他回来便知根源。

［花云心情紧张急上。

花　云　（唱浪头带板）适才间在郊外亲眼瞧见，
王彦龙将舅父送押禁监！
忙回家见老娘细讲一遍，
再设法搭救他拨云见天。
进门来叫老娘急忙拜见，
你的儿小花云叩问娘安。

花　婆　（唱带板）娘命你出门去各处打探，
打探你舅父他今在哪边？

花　云　（接唱）奉娘命你的儿各处打探，
在中途遇官兵起了祸端。
他言说我舅父私将盐贩，
扰乱了贼围场争辩一番。
王彦龙动了怒杀气满面，
送州衙打四十押在禁监。

花　婆　哎，儿呀！
（接唱）既然间你舅父身遭大难，
你何不梵王宫去把信传。

花　云　孩儿遵命了！
（接唱）叫贤妻与为夫快把衣换，
本丈夫有言语细听心间：
咱的娘年纪迈身体不健，
还要你常孝顺侍奉堂前。
辞别了我的娘莫可怠慢，
要奔上梵王宫去把信传。（下）

刘杏燕　（接唱）送花郎出门去望他不见，
这件事倒教我常把心担。
问老娘你想吃什么茶饭？

花　婆　（接唱）你与娘摊饼子荷包鸡蛋。

刘杏燕　（接唱）我的娘她想吃那样茶饭，
急忙忙下厨灶去把火燃。（下）

花　婆　（唱七锤带板）我媳妇下厨灶与我造饭，

有老身抬起头用目细观。

（白）嗒，观见空中飞来一群皂雕，待我手执弹弓打他几个，看老身当年梵王宫的武艺在也不在？（开弓向空射下两只鸟儿）呵呀，老身一弹上去打下两只皂雕。媳妇走来！

刘杏燕　来了！婆婆讲说什么？

花　婆　将这两只鸟儿与娘爆炒爆炒。

刘杏燕　媳妇遵命。（下）

（空中落下箭一支）

花　婆　呵，不知何人射箭？射来一支雕翎，老身要他何用，插在西窗之上。

侯伯卿　（上念）为友典当串龙珠，要救仁兄出牢狱。

（白）花嫂开门来！

花　婆　何人叩门？待我去看，（开门）原是侯贤弟到了。

侯伯卿　到了。

花　婆　请到家中。

侯伯卿　请！

花　婆　贤弟请坐！

侯伯卿　有坐。

花　婆　媳妇走来！

刘杏燕　来了。

花　婆　见过你那侯叔父。

刘杏燕　是，参见侯叔父。

侯伯卿　侄媳少礼。

花　婆　快与你叔父看茶。

刘杏燕　是！（下又上捧茶）叔父请茶。（下）

花　婆　贤弟来到我家，有得何事？

侯伯卿　老嫂不知，只因我那仁兄郭广卿，贩盐回家，撞了王彦龙的马头，那贼恼怒，说我仁兄贩私，绑送州衙，重打四十，押在衙前示众。为弟因救仁兄，将祖传串龙宝珠典押当店，王府上下打点。

花　婆　王彦龙如此横暴，叫人可恨着可恼！

侯伯卿　老嫂不必生气，你我同到衙前探望我那仁兄一回。

花　婆　那个自然，媳妇看过饭篮。

刘杏燕　是！（下取篮上）饭篮到。

花　婆　为娘去探你那舅父，我儿谨慎门户。

刘杏燕　媳妇晓得。（花婆侯伯卿出门，刘关门下）

花　婆　贤弟你我快走！

侯伯卿　哎走！

（唱浪头带板）王彦龙依权势作事不善，
贼不该春三月射猎田间！

花　婆　（接唱）到衙前我见了兄弟之面，
被害事我还要细问一番。（同下）

第四场　探监失照

［李青引郭广卿带枷上。

郭广卿　（唱尖板）实可恨王彦龙暴横凶顽，
无王法无天理但凭强权！
郭广卿为糊口将盐运贩，
中途路遇不平气上心间？
王彦龙率人马麦苗踏践，
众黎民四处逃悲痛万般！
睹此情把豪杰气炸肝胆，
那贼子竟说我贩运私盐。
送徐州公堂上不容分辩，
重打了四十板押在衙前。
这口气叫豪杰怎往下咽，
何一日扫胡尘改地换天。
恨不能将贼子一刀两断，
恨不能杀贼子大报仇冤！
带枷锁被押在衙前立站，
一阵阵恶火潮怒发冲冠！

花　婆　（上唱七锤带板）
行来在大堂口抬头观看，
我一见小兄弟擦泪不干。
弟本是大豪杰英雄好汉，
被贼害带枷锁站在衙前。
到今日竟成了违法罪犯，
不由人一阵阵珠泪涟涟。
（白）哎兄弟呀！

郭广卿　姐姐不要哭，为弟心上有事。

花　婆　不哭就不哭。

李　青　好的。

郭广卿　姐姐你作什么来了？

花　婆　姐姐与你送饭来了。

郭广卿　为弟不用。

李　青　不用了给我。

花　婆　赏你。

郭广卿　姐姐你同哪个来?

花　婆　我同侯贤弟来。

郭广卿　唤他见我。

花　婆　侯贤弟走来!

侯伯卿　来了!

（唱七锤带板）花老嫂她那里一声呼唤，
侯伯卿急忙忙来在衙前。
郭仁兄他本是英雄好汉，
被贼害带枷锁身受磨难。
为弟我今日里来将你看，
一见面怎能不珠泪涟涟。

郭广卿　为兄心烦，贤弟你不要哭。

侯伯卿　不哭就不哭。

李　青　又是一个好的。

郭广卿　贤弟，你作什么来了?

侯伯卿　因仁兄身遭不白之冤，为弟将祖传串龙宝珠，典押万顺当店。当银百两，以在王府上下打点，心想搭救仁兄出狱。

郭广卿　呈当照来，待兄观看。

侯伯卿　仁兄请看。

郭广卿　典当人侯伯卿，今当串龙珠一百二十颗，当在万顺当店，当银百两。哎呔!为兄打已挨了，屈已受了，无故花费银子百两，嗯，休怪为兄说你，真道的无才。

侯伯卿　是，为弟无才。

内　白　老爷查监来了，犯人收监。

李　青　老爷查监来了，你们快走，大爷进监。

郭广卿　姐姐，你们回去。

侯伯卿　老嫂，你我回家再作料理。

花　婆　请!

（念）王爷不该欺良民，兄弟你且放宽心。

侯伯卿　（念）仁兄受屈弟难忍，

[侯藏当照，掉在地下，随花婆下。

郭广卿　（念）无故花费百两银。

［郭无意打李青倒在地下。

李 青　哎，我家老爷与我派下这个差事，真难管，他那个捶头子好像木碗，臂膊好像松椽，动不动不是一捶就是一脚，照这样几天就没我了。呀！人跑了赶人，哎呀！（拾当照）这是个什么东西？呵！原是一张当照。人常说当半当半，当了一百就值二百。我不免将它拿在大街市上，卖几两银子，我先把季换了，赶人赶人。（跑下）

第五场　饮马剁手

［四番将驼骆引王彦龙上。

王彦龙　（念）催马过庄院，户户无人烟。

骆 驼　（念）人渴战马喘，口中吐白涎。

（白）禀千岁，

王彦龙　何事？

骆 驼　战马口吐白涎，喘息不休。

王彦龙　就在此庄打水饮马。

骆 驼　是。（众下马，彦龙坐上场口，众将左右站）这家大门紧关，不知内边有人没有？

呔，开门来！

刘杏燕　哎呀！（唱小带板）正在家中作针线，

忽听门外扣双环。

莫不是花郎回家转？

急忙开门迎夫男。

骆 驼　开门来！开门来！

刘杏燕　哎呀不妥！（接唱）这声音教人甚难辩，（马叫）

又听得马嘶人嚷闹喧喧。

骆 驼　快开门来，呔！开门来！开门来！

刘杏燕　哎呀好不胆怕人也！

（接唱）不住打门连声喊，

吓得我胆战心又寒！

无奈开开门两扇，

原是军爷到门前。

骆 驼　哎呀，这一妇人生得还不错。呔！王爷兵马到此，快快打水与王爷饮马。

［刘下取桶上。

刘杏燕　桶到。

骆 驼　怎么是空桶，快快打水去。

刘杏燕　哪个与你打水！院中有井，井边有绳，你自己有手，你不会去打。

骆　驼　咦哈哈……还是小娘子与王爷亲手打去。（骆摸刘手刘怒）

刘杏燕　奴才大胆，竟敢动手动足，真道岂有此理！

骆　驼　哼！好大的性子，霎时教你知道我的厉害。（出门）禀千岁！

王彦龙　讲。

骆　驼　有一妇人，出言不善，不愿与王爷打水饮马。

王彦龙　人马一拥进庄。（众入内）

骆　驼　唔呀，千岁御箭，怎能得到这里？禀千岁！

王彦龙　讲。

骆　驼　千岁御箭怎么在他家？

王彦龙　箭在他家，鸟儿定在他家，向他讨鸟。

骆　驼　是。呔！这一妇人，王爷御箭现在你家。鸟儿必在你家，快快奉还王爷。

刘杏燕　不曾见什么鸟儿，请到别家去找。

骆　驼　哇！好好交出鸟儿还则罢了，若再吱唔，休想你活！

刘杏燕　哎呀千岁，自古常言讲得却好，官不入民房，你今带领人马，闯进民宅，真真岂有此理！

王彦龙　好一民妇，竟敢如此无理，如何容得。骆驼！

骆　驼　在。

王彦龙　剁手一只！

骆　驼　是。（骆剁刘手）

刘杏燕　哎呀！（刘倒地）

王彦龙　好恼也！

（唱浪头带板）骂声刁妇好大胆，
叫骂孤御理不端。
骆驼带马回府转，
惩罚刁民法要严。（同下）

刘杏燕　（唱尖板）一霎时疼得我周身肉颤，

（喝场）哎呀，我的天哪！

（唱七锤带板）王彦龙狗奸贼虎狼一般！
贼不该带人马行凶作乱，
剁去我一只手疼烂心肝。
花郎夫梵王宫不见回转，

（喝场）我，我，我的郎君呀！

（接唱）我婆婆奔州衙探舅未还。
咬着牙忍着痛忙把门掩，
等婆婆回家来细诉屈冤。

（白）哎，婆婆呀！（哭下）

第六场　路遇闻变

［花婆闷闷不乐低头边走，边想上。

侯伯卿　（内白）花嫂等着。

花　婆　（唱摇板）正行走忽听得有人呼唤，

侯伯卿　（急上白）花嫂慢走。

花　婆　（接唱）侯贤弟你赶来所为哪般？

侯伯卿　（接唱）闻人说王彦龙降下祸患，
剁去了民妇手实在惨然。

花　婆　怎么王彦龙将民妇手剁去了？

侯伯卿　正是的。

花　婆　嗯，就是这样的欺人。贤弟，你听他因何剁去民妇之手？

侯伯卿　哎呀老嫂，为弟适才闻听人说，王彦龙田野射猎，因追鸟儿，路过你庄，有一妇人语言冲撞，被贼剁手一只。

花　婆　哦，贤弟请在，我要回家。请了！（跑下）

侯伯卿　老嫂性如烈火，真道可羡；老嫂走后，待我检点当照。哎呀不好！一时大意，失遗当照，只说这却怎处！嗯，想起了，想我在衙前收拾当照时，李青在旁，定是他拾去，待我找他讨要当照了。
（唱紧带板）遗当照吓得我通身是汗，
急忙忙找李青奔上衙前。（跑下）

第七场　破家毁灶

［花婆神情紧张上。

花　婆　（唱七锤带板）侯贤弟对我讲一遍，
气得人心血上下翻。
迈开大步回家转，
见了媳妇问根源。
（白）媳妇开门来！

［刘杏燕心惊胆战含泪急上。

刘杏燕　（唱浪头带板）耳听得柴门外有人呼唤，
（喝场）哎呀，我的天哪！
（接唱）莫不是王彦龙又到门前，
恶狠狠开柴门用目观看，

原来是我的娘转回家园。

（白）婆婆回来了！

花　婆　回来了！

刘杏燕　婆婆，这般时候，想用什么茶饭，待媳妇去作。

花　婆　什么也不用。快与为娘打杯茶来。

刘杏燕　媳妇遵命了！

（唱七锤带板）忍着痛含着泪心烦意乱，

娘面前我不敢口吐实言。

背地里我把那贼子恨怨，

下厨灶先与娘去把茶煎。（下）

花　婆　哎、好奇怪也！

（接唱）见媳妇眼含泪神色大变，

但不知是何人与他为难。

王彦龙将庄内何人手断，

坐草堂等媳妇细问一番。

刘杏燕　哎，哎！

（接唱）在厨下与婆婆烹茶一碗，

剁手的惨痛事不敢明言。

捧茶汤低下头上前奉献，

咬着牙将疼痛忍耐几番。

（白）婆婆请茶！

花　婆　嗯，往常与娘双手捧茶，今天怎么一手端来，哼，哼，真乃少教！

刘杏燕　婆婆不要生气，媳妇我……

花　婆　你怎么样？

刘杏燕　婆婆，你的性情不好，讲出口来，恐你老人家生气。

花　婆　为娘我不生气，你快讲来。

刘杏燕　婆婆，儿我无有什么讲的。

花　婆　哇！观见你双目捧泪，神色大变，必有什么冤屈，若不与为娘实说，真要气死老娘。

刘杏燕　婆婆息怒！

花　婆　速快与为娘从实地讲来！

刘杏燕　哎呀，我的婆婆！

（唱浪头带板）劝老娘你不必怒气满面，

（喝场）哎呀，我的婆婆！

（接唱）听媳妇将实情细对娘言，

花　婆　不必啼哭，哎，你快快地讲！

刘杏燕　哎，婆婆！

（接唱）娘走后你媳妇勤务针线，

谁料想平白地起了祸端！

花　婆　什么祸端？快快讲！

刘杏燕　婆婆请听！

花　婆　哎，你快讲！

刘杏燕　（唱七锤带板）王彦龙带人马路过庄院，

因汲水闯进了咱的家园。

你媳妇上前去和贼分辩，

那贼子性凶暴虎狼一般！

他言说咱家中有他御箭，

勒要鸟在咱家混闹不安。

王彦龙动了怒一声呵喊，

剁去了……

花　婆　剁去什么？

刘杏燕　（接唱）剁去我……

花　婆　剁去你什么？快讲，嗯！

刘杏燕　（接唱）剁去了媳妇手老娘请观。

花　婆　（唱尖板）见血手气得我团团打颤！

（白）媳妇，待娘与你安手。

刘杏燕　婆婆安不得。

花　婆　说是你来！（花与刘安手刘避过）媳妇站定，待娘与你安手。

刘杏燕　安不得。

花　婆　你来！（花与刘安手刘疼，花安不上，）

（唱七锤带板）王彦龙狗男女作事欺天！

怒冲冲拉虎叉将贼追赶，

刘杏燕　婆婆莫可！

花　婆　（接唱）回头来见灶君气上心间。

（白）灶君，哎呀灶君！

你是我一家之主，我家遭此大祸，不见你有灵有应，看将起来，你只知受香烟，全无一点用处。嗯，气上心来我将灶君扯他娘的扯了！

刘杏燕　天呀天呀，连灶君都扯了。

花　婆　不要哭，随娘同到徐州公堂，告贼一状。

刘杏燕　婆婆，他乃王位人家，位尊势大，不告也罢。

花　婆　王位不王位，难道徐州都没有百姓活的路了！为娘一定要告。

刘杏燕　怎么婆婆一定要告？

花　婆　难道为娘道谎不成。来，随娘来走！
刘杏燕　婆婆慢走，待媳妇锁了门户。
花　婆　哇，锁了门户，你还想回来吗！嗯，气上心来，我将这门搬他娘的搬了！
刘杏燕　天呀天呀，连门也不要了。
花　婆　不要哭。随娘来走！
刘杏燕　苦呀！
花　婆　再不要哭，快随娘走！
刘杏燕　是。
花　婆　王彦龙狗男女，老娘和尔誓不两立。（恨顿足）哎哟，老了！（刘随花下）

第八场　寡妇上坟

［郑氏孝服引小毛上。
郑　氏　（念）夫君亡故痛无比，抚育孤儿勤纺织。
（白）妾身朱门郑氏，不幸夫君中道殒命，膝下一子，名唤小毛，母子二人，纺织度日。今乃夫君周年之日，是我收拾纸钱，前往坟茔扫墓。
小　毛　母亲，你要到哪里去？
郑　氏　哎，今乃你爹爹周年之日，为娘要到坟茔烧化纸钱。
小　毛　母亲，儿也要给我爹爹烧纸去呢。
郑　氏　我儿要去，随着娘来。
（念）寡妇孤儿谁与语，夫君坟前诉委屈。
（郑氏引儿出门锁门）
小　毛　母亲快走。
郑　氏　哎，走！
（唱苦音慢板）郑氏女出门来自思自叹，
忍不住伤心泪洒在胸前。
天不幸夫染病竟将命断，
丢下我娘儿们有谁可怜。
为光景日与人做些针线，
到晚来勤纺织夜半才眠。
前日里我的儿忽将病染，
无药资去看病实在作难。
怀抱儿孤零仃凄凉悲惨，
儿看娘娘看儿疼烂心肝。
幸喜得儿病好天遂人愿，
郑氏女才把那心儿放宽。

今是夫周年日前去祭奠，
携我儿到坟前烧化纸钱。
正行走擦泪眼用目观看，
见田野雾腾腾尘埃遮天。
但不知是何人围猎射箭，
好麦苗被踏坏真道惨然。
见乡邻一个个愁眉苦脸，
愁着眉苦着脸怨地恨天。
母子们在中途莫可怠慢，
夫坟前哭诉我满腹屈冤。

小　毛　母亲，你再不要哭了。
郑　氏　娘我不，不，不哭了。
小　毛　不哭了咱快走。
郑　氏　走，儿呀，随娘来。
小　毛　快走，快走！（下）

第九场　设计夺宝

［四番将骆驼引王彦龙上下马，四番将牵马下，彦龙下，骆驼坐一旁。
骆　驼　哎呀好热，教我先坐在这里凉快凉快。
李　青　（上念）大街喊叫卖当照，不知有人要不要。
（白）卖当照，卖当照来。
骆　驼　咦，李青，你在那里喊叫什么？
李　青　我，我，我莫喊叫什么。
骆　驼　我听见了。
李　青　大爷，你听见什么？
骆　驼　我听见你喊叫卖什么当照？
李　青　咦，不是的。我说我的尿紧了，我要尿尿。
骆　驼　胡说八道，分明听你喊叫卖什么当照，强辩你要尿尿，速快说了实话，还则罢了。如其不然，我大爷的人来，将这个奴才与我绑了。
李　青　大爷不要生气，小的与你说了实话。
骆　驼　快快讲来。
李　青　大爷是你不知，娃我方才已在衙门口拾了一张当照，心想卖得几两银子，叫娃先将季换了，这就是娃的实话。
骆　驼　当照、当照，待我大爷观看。
李　青　大爷请看。（骆驼接当照看点头）

骆　驼　嗯，不错，好宝，好宝。李青！

李　青　大爷。

骆　驼　你要卖多少银子？

李　青　我要卖百两银子。

骆　驼　李青，将这张当照卖与大爷。

李　青　大爷要买，娃就卖与大爷。

骆　驼　今天大爷手头不便，明天王府来领。

李　青　（背白）哎呀，我是个做贼的，就遇见他这个等路的，哎，没办法，待我上前哀求哀求。那是大爷，哈哈，你想娃是个忙人，哪里有闲工夫，求大爷现赏。

骆　驼　赏什么？

李　青　银子。

骆　驼　胡说！我把你个王八旦，昨晚王府被盗，失遗许多珠宝，一定是你个奴才偷盗去典当了。来呀！与我大爷将李青这个奴才绑了，送官追办。

李　青　哎呀！我不要了，不要了。（跑下）

骆　驼　咦哈哈哈，几句大话把娃吓着跑了。嗯，我想老王爷最爱珠宝，我不如将这个宝物孝敬了老王爷，老王爷对我必有上赏。（转场）有请老王爷！

老　王　（引）终日悠悠，好玩珠宝癖痳求。

（念）安享在徐州，无忧又无愁。

烧香拜佛祖，保我寿千秋。

（白）骆驼！

骆　驼　伺候老王爷。

老　王　请爷有得何事？

骆　驼　小人知道老王爷最爱珠宝，今有宝珠一百二十颗，名叫串龙珠，小人今特孝敬你老人家。

老　王　快快呈上！

骆　驼　老王爷请看！

老　王　嗯，这是个什么宝珠？

骆　驼　这是个当照。

老　王　是个当照，你为什么说是宝珠？

骆　驼　老王不知，这个当照，当的串龙珠，请老王爷仔细看看。

老　王　（远看近看，看不清楚）哎，骆驼！

骆　驼　老王爷讲说什么？

老　王　你看老王爷眼目昏花，看它不清，快请你家千岁来看。

骆　驼　是，有请千岁！

王彦龙　（上念）世袭徐州地，威名镇群黎。

（白）参见父王。

老　王　我儿少礼，一旁坐了。

王彦龙　儿告坐，唤儿到来有得何事商议？

老　王　儿呀，骆驼呈来当照，为父看它不清，我儿拿去看过，看它当的什么宝珠？

王彦龙　待儿看过。（接照看）上写典当人侯伯卿，今当串龙珠一百二十颗，当在万顺当店，当银百两。

老　王　果是串龙宝珠。好宝，好宝！哈哈哈……

王彦龙　父王赞美此物，莫非见爱？

老　王　好物人人皆爱，何况串龙宝珠。

王彦龙　既然父王见爱，骆驼过来！

骆　驼　伺候千岁。

王彦龙　速持当照前往万顺当店，连人带物一齐带到王府。速去！

骆　驼　遵命！（下）

老　王　儿呀，你将他带过府来，如何的发落？

王彦龙　父王勿忧，将他带来，就说八月中秋父王寿诞之日，他们各大商前来拜寿，临行盗去串龙宝珠。他们名为开当店，暗里藏盗贼，屈打成招，不怕他不承认了。

（唱大带板）这是儿定的巧妙计，
与他栽赃捏是非。
讹诈他拜寿来将宝盗去，
送他到公堂坐牢狱。

老　王　妙计，妙计！

骆　驼　禀千岁！

王彦龙　讲！

骆　驼　将万顺当店店主康茂才连同宝珠带到。

王彦龙　呈宝珠来！

骆　驼　千岁过目。

王彦龙　父王验宝。（老接珠笑）

老　王　宝珠乃是王府之物，留在王府，还验什么。

王彦龙　父王请退。（老王下）众将站队！

骆　驼　众将站队！（四番将上）

王彦龙　带康茂才！（康茂才上跪）

康茂才　参见千岁。

王彦龙　下跪你是康茂才？

康茂才　是小民。

王彦龙　康茂才，这串龙珠，你从何处得来，还不从实招来。

康茂才　千岁，串龙珠乃系侯伯卿所当之物，有招的什么？

王彦龙　说什么侯伯卿所当之物，分明是八月中秋我父王寿诞之日，你们各大商前来拜寿，临行盗去串龙宝珠。你说是也不是？

康茂才　哎呀千岁，小民开设当店，守分安命，怎敢偷盗王府宝珠。

王彦龙　你既不敢偷盗，此宝如何得到你处？

康茂才　千岁，此珠实系侯伯卿之物，千岁不信，将侯伯卿提来，小民和他对证。

王彦龙　满口胡道！不动大刑，料你不肯实招。来呀！

四番将　有！

王彦龙　将康茂才狗皮扯了，吊在廊下皮鞭拷打！

康茂才　哎呀千岁！

四番将　走！（将康外衣脱了吊上打）

康茂才　（唱尖板）平白地竟说我是个盗犯，

四番将　快快地实招！

康茂才　（唱七锤带板）康茂才今遭下不白之冤！
侯伯卿清早间当珠一串，
查得清问得明并无虚言。
当银子一百两分文不欠，
谁料想王府里起了祸端。
小民我守本分开设当店，
请千岁你何不推理详参。
若不信提伯卿和我对面，
乞千岁要辩明我的屈冤。

四番将　禀千岁，康茂才不招。

王彦龙　哎，我好恼也！
（唱紧带板）康茂才好大胆敢来强辩，
盗去了串龙珠理上不端！
转面来把骆驼一声呼唤，
用滚油泼他身看贼怎言。

［二番将抬油锅上与康身泼滚油。

康茂才　哎呀不好了！
（唱七锤带板）一霎时将我的心肝疼烂，
王彦龙害良民禽兽一般！
有一日犯我手千刀万断，
吃贼肉喝贼血报此仇冤。

王彦龙　大胆！

（唱浪头带板）骂一声康茂才贼真大胆，
（转唱七锤带板）尔竟敢骂孤御无法无天！
怒冲冲抽宝剑将贼杀斩，

老　王　（急上）慢着，儿呀，你将康茂才这样杀斩，甚是不妥。

王彦龙　依父王之见？

老　王　依为父之见，将他送在徐州公堂，命徐达严刑拷问，审出口供，然后再斩。

王彦龙　就依父王之见，父王请退。（老王下）骆驼！

骆　驼　伺候千岁。

王彦龙　将康茂才落下，押送徐州公堂，命徐达严刑拷问，拷出口供，王府覆命！

骆　驼　遵命。（将康落下推出）

康茂才　哼！（随骆驼下）

［郑氏引小毛提篮上。

郑　氏　（唱七锤带板）烧罢纸钱回家转，
中途不敢久留连。

甲乙番将　站住！

乙番将　禀千岁，有一妇人穿白戴孝，路过府门！

王彦龙　将穿白的妇人拉进府来！

乙番将　遵命。（拉郑氏甲将小毛赶下）走，（进内）跪了！

王彦龙　来呀，将这一妇人推出砍了。

郑　氏　慢慢慢着，民妇既不违法，又不犯罪，平白无故你斩我是怎的？

王彦龙　唗，你穿白戴孝，乃是不祥之兆。怎说无罪？

郑　氏　哎呀千岁，我丈夫亡故，民妇重孝在身，我怎能不穿白，怎能不戴孝？想这穿白不算违法，戴孝不算犯罪，千岁何不细思细想也！

（唱七锤带板）丈夫亡故应守孝，
守孝不算犯律条。
这规矩人人都知晓，
千岁一想就明了。

王彦龙　（唱大带板）民妇和我来辩理，
问得孤御无说的。
霎时怒气心头起，
叫校尉挖她一眼珠。

（白）来呀！

四番将　在！

王彦龙　挖眼一只，赶出府去。

四番将　呵！（挖郑氏眼推出，郑掩目下，将看小毛哭）禀千岁！
王彦龙　讲！
番　将　妇人出府，留下小孩啼哭。
王彦龙　腰断三节。
老　王　（急上）慢着，儿呀，你把那个孩子杀了，岂不与父王把孽作下了？
王彦龙　依父王之见？
老　王　依父王之见，不如撂在深山叫老虎吃了，与父王我还能积点阴功。
王彦龙　就依父王之见。来呀！
番　将　在！
王彦龙　将那一孩子撂在深山任虎狼食之。
甲番将　遵命！（下）
报　子　报！
王彦龙　军报何事？
报　子　刘福通聚众造反。
王彦龙　再探再报！
报　子　得令！（下）
老　王　儿呀，刁民聚众造反，少不得我儿同你妹妹亲自出征。
王彦龙　父王请退，待孩儿和妹妹商议出征。
老　王　但愿我儿马到功成。（下）
王彦龙　骆驼！
骆　驼　伺候千岁！
王彦龙　有请皇姑！
骆　驼　有请皇姑！
[四女兵引王金凤扎靠掩蟒上。
王金凤　（念）头戴金盔赤凤纹，身穿金甲石榴裙。
跨下一匹桃花马，恰似天神降凡尘。
（白）正在校场操练兵马，忽听兄王相召，不知有得何事？接马。（四女兵接马下）
番　将　禀千岁！皇姑到。
王彦龙　有请！待孤御出迎。
番　将　有请皇姑！
王彦龙　妹妹到了！
王金凤　到了！
王彦龙　请！
王金凤　请！（进内参彦龙）
王彦龙　贤妹少礼，请坐。

王金凤　有座。兄王召妹到来，有何要事商议？

王彦龙　贤妹不知，适才探报，刘福通聚众造反，父王命你我兄妹出征。

王金凤　刁民造反，请兄王速快传令。

王彦龙　贤妹请来传令。

王金凤　你我兄妹一同传令。

王彦龙
王金凤　来呀，站东列西听我军令着！

王彦龙　（唱紧浪头带板）兄妹二人传将令，

王金凤　（接唱）大小三军你们听：

王彦龙　（接唱）此番出兵若得胜，

主金凤　（接唱）大小三军都有功。

王彦龙　（接唱）鞭梢一绕人马动，

王金凤　（接唱）兄妹为国去出征。（同下）

第十场　寻照被捕

［李青引郭广卿上。

郭广卿　（唱尖板转双锤）带枷锁每日里衙前立站，
恨奸贼与百姓为仇结冤。
我外甥小花云怎不见面？
是何人梵王宫去把信传？
狗奸贼休仗你兵强将悍，
休说你王位人十分威严。
郭广卿是男儿英雄好汉，
我定要杀奸贼报仇雪冤！

侯伯卿　（唱紧七锤带板）一阵阵不由人心急似箭，
恨不得插双翅飞到衙前。

郭广卿　（接唱）侯贤弟你又来所为哪件？

侯伯卿　（接唱）将当照弟遗失衙门口前。

郭广卿　你所干何事？竟将当照遗失，真乃的荒唐！

侯伯卿　是、是、是怪弟荒唐。

（骆驼带二番将押康茂才上）

康茂才　（唱紧浪头带板）康茂才开当店落下贼犯，

侯伯卿　（接唱）侯伯卿在一旁不敢多言。

康茂才　哎侯伯卿！

（接唱）侯伯卿当宝珠累我遭难，

骆　驼　（接唱）叫人役拿法绳快将他拴。

（白）押送公堂。

二番将　走！（推康侯下）

郭广卿　嗒！王府人役将我侯贤弟带去，这样不平之事，待我打上前去。

李　青　好我的大爷呢，老爷说不久就要开释你。闲事少管。

郭广卿　不管就不管。（郭手落下打倒李下）

李　青　哎呀我的天哪，我老爷与我派下这个差事，真难办。这个红砖动不动就是一下，我看不出几天，把我娃要叫这个红砖送终了呢。

内　白　李青，李青，老爷坐堂咖。

李　青　来了，来了！（跑下）

第十一场　公堂明冤

［四青衣二差役引徐达苦闷地上。

徐　达　（唱花音慢板）徐天德在公堂自思自叹，

恨胡儿乱中华遍地腥膻！

分封那众亲王各州府县，

将我国直闹得地覆天翻。

徐州城王彦龙十恶不善，

扬声威示恐吓黎民不安。

（转二六）春秋间贼射猎如同作战，

将田苗被踏坏实在可怜。

众黎民遭灾害愁眉苦脸，

一个个只敢怒不敢明言。

我有心除民害拿贼弊短，

怎奈他王位人势大如山。

为此事我将那方法想遍，

为此事费思虑懒得用餐。

为此事终日里忧愁满面，

为此事常常地彻夜难眠。

何一日扫胡尘乾坤转变？

何一日灭胡儿改地换天？

清早间坐公堂人役呐喊，

告牌出众百姓都来喊冤。

（二差役四青衣分左右站徐入座）

（白）李青！

李　青　伺候老爷！
徐　达　告牌抬出！
李　青　是！（牌放堂口）众百姓都来喊冤来。（骆驼持柬上）
骆　驼　州官请了！
徐　达　请了，哦，原是王府总管。到此何事？
骆　驼　劳不起我说，这里有一纸柬帖拿去观看。
徐　达　李青转帖！
李　青　是。（骆驼将帖上下翻转李青接不到手，骆驼将帖抛地下李青拾帖）
骆　驼　嗯，怎样伺候大人，连个帖都转不了。
李　青　你上来了下去了胡捣，把我都捣糊涂了，老爷帖到。
徐　达　（看帖）原为王府被盗之事。赃物呢？
骆　驼　宝珠乃系王府之物，现存王府。
徐　达　嗯，人犯呢？
骆　驼　带到。
徐　达　李青！
李　青　有！
徐　达　带人犯！
李　青　是，带人犯，带人犯。（康带法绳上）原是康掌柜的。（康进跪）
康茂才　伺候老爷。
徐　达　总管，就是这吗？
骆　驼　（唱带板）这本是王府的盗宝贼犯，
康茂才　（接唱）康茂才跪大堂不敢多言。
骆　驼　（接唱）叫州官将此案从严惩办，
　　　　　　　审清了这一案官上加官。
徐　达　嗯，李青！
李　青　有！
徐　达　将总管领下好好款待。
李　青　是，总管，我老爷款待你咖，走，吃走！
骆　驼　州官，你将此案与我好好地审，你要与我好好地问，哼，你小心了！（下）
李　青　禀爷有刑！
徐　达　去刑！
李　青　是。
徐　达　这是康茂才，观你大大一条好汉，为何作贼？怎样偷盗王府？还不从实地招来！
康茂才　徐老爷容禀了！

（唱慢板转二六）康茂才跪公堂泪流满面，
徐老爷坐上边细听民言。
徐州城民开设万顺当店，
也不过为黎民暂解困难。
清早间小伙计提门两扇，
许多的当当人都在外边。
有些人他拿的绫罗彩缎，
有些人他拿的粗布衣衫。
侯伯卿手捧着宝珠一串，
整一百二十颗甚是齐全。
当银子一百两分文不欠，
亲手当亲手取两无异言。
忽然间王府人闯进当店，
抢去了串龙珠诬良为奸。
见王爷他不容小民分辩，
皮鞭打滚油泼实在惨然！
可怜民无故地遭此磨难，
与老爷苦诉民满腹屈冤。
徐老爷在上边以律判断，
审清了问明了民呼青天。

徐　达　（接唱）提来了侯伯卿二人对面，
（伯卿上跪）

侯伯卿　（接唱）侯伯卿忙跪在大堂口前。

李　青　禀老爷有刑！

徐　达　去刑！

李　青　是。（李取侯法绳）

徐　达　下跪你是侯伯卿？

侯伯卿　是民。

徐　达　你是如何地偷盗王府？还不从实地招来！

侯伯卿　大老爷容禀了！
（唱慢板）侯伯卿跪公堂泪如雨点，
尊一声徐老爷与民伸冤。
我先祖他也曾作官为宦，

徐　达　怎么你是宦门之后？

侯伯卿　正是的。

徐　达　站起来讲！

侯伯卿　老爷恩宽。
徐　达　往下地讲来!
侯伯卿　哎，老爷!
（接唱）因平番获宝珠带回家园。
串龙珠一百二大如龙眼，
先祖爷留此宝辈辈相传。
为救友典押在万顺当店，
当银子一百两都无异言。
持银两在王府上下打点，
要救那郭广卿早日出监。
谁料想这中间起了祸患，
王爷府竟说民犯科作奸。
这是民肺腹言真情一片，
被诬赖是盗贼实在屈冤。
徐　达　（接唱）呈你的当照来本州观看，
侯伯卿　（接唱）将当照失遗在衙门口前。
徐　达　嗯，难道就无有人瞧见?
侯伯卿　（接唱）遗当照有一人从旁瞧见，
他名儿叫李青身住皂班。
徐　达　什么什么李青。唤李青!
青　衣　老爷唤李青!
李　青　伺候老爷!
徐　达　你可见侯伯卿的当照?
李　青　老爷，小的没见。
徐　达　不动大刑料你不招，来呀!将李青枷起来!
李　青　老爷息怒，小的有招。
徐　达　从实地招来!
李　青　老爷，这个当照被王府总管诈去了。
徐　达　怎么叫王府总管诈去了?
李　青　是的，叫总管诈着去了。
徐　达　哈哈哈，唤总管!
李　青　是。老爷唤总管，唤总管!
骆　驼　奴才，总管岂是你唤的?
李　青　我爷唤你。
骆　驼　敢见你爷。
李　青　（背语）你可不敢见阎王爷。

骆　驼　州官请了！
徐　达　请了！
骆　驼　唤我大爷何事？
徐　达　你可见侯伯卿的当照？
骆　驼　哪个见他当照。
徐　达　李青！
李　青　有！
徐　达　何不上前盯对！
李　青　是，大爷，你拿娃的当照来。
骆　驼　哪个拿你的当照。
李　青　大爷瞒不过了，你就当救娃的命呢，快给娃，免得一时打娃的尻蛋子，伤你的脸面子。
骆　驼　嗯，宝珠已到王府，要这有何用处。拿去！
李　青　老爷，当照到。（李给徐看点头）
骆　驼　州官，这可与我无干。
徐　达　虽说与你无干，与你主人有些不利。你速快回府，禀明老王，就说宝珠乃系侯伯卿之物，好好将宝珠送过衙来，还则罢了。如其不然，本州就要亲身过府去讨。
骆　驼　好一州官这就不是，老王爷命你审问这一盗案，怎么你审来审去，竟然审在老王爷身上，我大爷此番回府，禀明老王爷，你不要在这里作官。
徐　达　哪里去？
骆　驼　回家抱娃去。
徐　达　打出去！
众　　　出去！
骆　驼　哼！哼！哼！好大的胆子！（下，花婆引刘杏燕急上）
花　婆　（唱七锤带板）行来在徐州堂大声呐喊，
叫一声大老爷与民伸冤！
（白）大老爷，冤枉！
李　青　禀爷，有一老妇人喊冤。
徐　达　命他上堂回话！
李　青　命你上堂回话！
花　婆　老爷，冤屈冤枉！
徐　达　民妇有什么冤枉，从实地诉来！
花　婆　大老爷容禀！
（唱紧七锤带板）有老身跪大堂忙把冤喊，
将冤情与老爷细诉一番。

我家住花家庄离城不远，
我本是花云母家道贫寒，
王彦龙他不该走马射箭。
无故地闯进了民的家园，
我媳妇在家中无处躲闪，
剁去了媳妇手老爷请观。

徐　达　哎呀！
（接唱）见民手吓得我团团打颤，
王彦龙作此事太得惨然！
我这里修一帖要把他见，
回头来叫李青细听爷言。
（白）李青过来！

李　青　伺候老爷。

徐　达　这是一帖，速请老王爷过衙议事。

李　青　遵命。（下，郑氏被挖一目面上血点上）

郑　氏　（唱七锤带板）贫妇人放下了破天大胆，
行来在徐州堂大声喊冤！
（白）大老爷屈冤！

青　衣　哎呀我家老爷，今天好红火的买卖。禀老爷！

徐　达　何事？

青　衣　有一民妇，满脸是血，大堂喊冤。

徐　达　哎呀老天，怎么今天来的都是妇人，来呀！

青　衣　在！

徐　达　命她上堂回话！

青　衣　是，民妇上堂回话！

郑　氏　大老爷，冤屈冤枉！

徐　达　胆大的民妇，是你上得堂来，满脸是血，何人杀死你父？殴伤你母？还不从实地诉来！

郑　氏　老爷容禀了！
（唱七锤带板）贫妇人跪公堂心惊胆战，
乞老爷与民妇快快伸冤。
我夫君他一死百期未满，
携娇儿奔坟茔烧化纸钱。
路过那王府门被贼瞧见，
说我是不祥物身穿孝衫。
他将我小娇儿推出问斩，

挖去了民妇眼老爷请观。

徐　达　（唱尖板）见民手和民眼将心疼烂，
王彦龙做的事欺了苍天。
有一日犯我手千刀万断，
那时节与黎民大报仇冤。

李　青　禀老爷！

徐　达　讲！

李　青　老王爷言道，将这案官司带到王府审问。

众　　　老爷！过府带刑不带？

徐　达　要刑何用？

众　　　那老贼若还无有口供，该用什么拷打？

徐　达　哎，他父子二人乃是王位人家，还言什么拷打？

众　　　哎，老爷作官太得懦弱。嗯，只是一件……

徐　达　哪一件？

众　　　老爷家眷无人保护。

徐　达　天哪，天哪！这该怎处？（闷坐）（骆驼带丑官上）

骆　驼　随上些！

丑　官　来了！

骆　驼　随上些！

丑　官　来了！

骆　驼　你会作官不会作官？

丑　官　我不会作官，我可会吃饭，我会吃饭就会作官。

骆　驼　如此说来你会作官？

丑　官　会作官。

骆　驼　会作官了就好，你在这里等着，待我与你讨印去。

丑　官　劳驾，劳驾。

骆　驼　好说，好说。州官请了！（徐不理）州官请了！（徐仍不理）你不理了也罢。合衙人等听着：只因徐达无能，不会作官，老王爷将他革职。徐达，快快拿印来，让新官上任办案。

徐　达　咦！（摩捶徐弹帽翅到左众示意不要交印，又慢步到右众又示意不可交印）

骆　驼　徐达，快快交印！（徐无奈抱印欲交众挡，徐达向左众挡，又向右众又挡，徐拔过众人抛印骆驼接印众恨顿足徐闷坐）好大的气，呔，接印。

丑　官　（在梦中念）双摆鱼儿亥，构九加两个。
算了十一雌，你给八个货。

骆　驼　哼，你昨晚干什么去了？跑到这里睡觉来了。

丑　官　你不知道，我昨晚上与老王爷捶了一夜腿。

骆　驼　胡说，接印！

丑　官　拿来。

骆　驼　哎，你怎么连作官的规矩都不懂？接印必须先跪拜。

丑　官　作官还这样的麻烦。（叩首接印）

骆　驼　你听我与你说，你可要作个清官，不要像徐达那个糊涂官糨子官。你快与老王爷将这一案办好，我回府禀明老王爷，把你这个纱帽再高升高升。

丑　官　我先谢谢大爷。

骆　驼　你快办案，我走了。

丑　官　送大爷。

骆　驼　免。

丑　官　再送大爷。

骆　驼　送你妈的大巴子。（下）

丑　官　哎呀，我把大爷送的高了兴了，送我个狐皮大褂子。好，我们作官的离不了个狐皮大褂子。这般时候，待我老爷打点，我老爷的人役，老爷升堂，快与老爷站班。（众青衣不理）他妈的怎么都不理？待我老爷自己升堂。（康侯站左边丑官上撞倒）哎呀！这两个大汉，甚是凶恶，我老爷升了堂，不问三七二十一，先打五十大板，四十九个都少不下。这边风硬，我老爷从那边上。（花婆出拳打丑官倒）哎呀，又碰到什么了，嗯，原是个横眉老婆子，看她满脸的口子，歪破了。我老爷升了堂，先打你一百板子，看你还歪不歪？

花　婆　嗯！

丑　官　哎呀不对呀！这面风硬，那面硬风。嗯，我老爷还是从当间上。（入座）呔，偷盗王府这案人犯上来，怎样偷盗王府？还不与我老爷从实地招来！

众　　　打死这个狗官！（众将丑官打死徐达着慌）

徐　达　哎呀哥哥们，打死上司命官，王府降罪，如何是好？

众　　　事到如今，一不做二不休，我们先杀老贼的满门家眷。

徐　达　哎，常言，官逼民反，任凭你们去吧。（又闷坐）

康茂才　众位随着我来！（众急下）

徐　达　哥哥们慢走，有话我们大家从长计议，（睁眼看众走去吓倒）哎呀不好了！

（唱浪头带板）一句话未落点大家满散，

（喝场）哎呀，我的哥哥们！

（接唱）众英雄奔王府杀贼家眷。

　　　　二堂里讨来了一口宝剑，

　　　　我只好和他们随方就圆。（郑随徐下）

花　婆　（上唱七锤带板）徐州城众百姓纷纷乱乱，
急忙忙把此事对弟细言。（郭暗上）

郭广卿　哎姐姐！
（接唱）徐老爷将此事怎样判断？

花　婆　（接唱）徐老爷为此事丢了官衔。

郭广卿　（接唱）康茂才侯伯卿怎么不见？

花　婆　（接唱）他二人奔王府杀贼家眷。

郭广卿　（接唱）既然间众百姓一齐造反，
你何不梵王宫去把兵搬？

花　婆　姐姐晓得，兄弟你把这没本钱的买卖还做到几时去呀？

郭广卿　依姐姐之见？

花　婆　依姐姐之见，把这个搬他娘的搬了！

郭广卿　王法要紧。

花　婆　狗屁王法，搬了去吧。

郭广卿　（接唱）我姐姐她对我讲说一遍，
郭广卿把王法何在心间。
怒冲冲膀加力把枷搬烂。

花　婆　（接唱）叫兄弟进前来细听姐言：
今日里杀民贼天遂人愿，
你快快奔王府大闹一番。

［郭持枷下花婆随下。

第十二场　搜府索贼

［起更，康茂才侯伯卿左右上。

康茂才　（唱浪头带板）进府来望不见贼的踪影，

侯伯卿　（接唱）侯伯卿站一旁侧耳细听。
（郭持枷上）

郭广卿　（接唱）却怎么贼府中悄悄静静，
那壁厢转来了一盏红灯。

骆　驼　（唱小带板）与老王定计出后宫，
耳听樵楼已三更，
又见那边人影动，
是何人还不快应声？
（白）你是谁呀？

郭广卿　（接唱）我本是郭广卿要尔狗命，

骆　驼　我的妈呀！
郭广卿　（接唱）我问你那老贼身宿何宫？
骆　驼　现在后宫。
郭广卿　前边带径！
骆　驼　是。
郭广卿　（接唱）小奴才你试敢来把爷哄！
骆　驼　不敢哄爷。
（接唱）龙床上现睡着我的主公。
我与你说实话饶娃性命，
娃愿认你是我三代祖宗。
郭广卿　（接唱）榆木枷打儿个雪花盖顶，（打骆死）
老　王　骆驼，骆驼！
郭广卿　（接唱）是何人在那里呼唤连声？
老　王　（唱七锤带板）叫骆驼快与爷看过马桶，
老王爷肚里疼我要出恭。
郭广卿　（接唱）榆木枷要老贼这条狗命，
康茂才　（接唱）康茂才——
侯伯卿　（接唱）侯伯卿——
康茂才
侯伯卿　持刀相迎。
郭广卿　（接唱）叫贤弟取绳来将贼绑定。
康茂才
侯伯卿　是。（下找绳又上）
（接唱）贼府中找不到一条麻绳。
郭广卿　（接唱）榆木枷一百二不轻不重，
与老贼戴项上全当五刑。
（众拉老王下）

第十三场　聚众起义

［徐达抱剑郑氏随后上。
徐　达　（唱大浪头带板）众英雄一怒间齐奔王府，
杀老贼全家人与民报仇。
郑　氏　（唱小带板）徐老爷作清官世上少有，
为百姓除祸害弃官出头。
徐　达　（唱七锤带板）说什么作清官世上少有，

到今日已成了不系之舟。
叫民妇你站在爷的身后，

［众推老王上。

郭广卿 （上唱浪头带板）转来了郭广卿众家朋友。

侯伯卿 （接唱）串龙珠搭项上举爷为首，

康茂才 （接唱）不除那害民贼决不罢休！

徐 达 （接唱）他的儿武艺高谁是敌手？
倘若还统兵回何人出头？

郭广卿 （唱七锤带板）徐老爷为此事休加忧愁，
我外甥小花云是贼对头。

徐 达 （接唱）好一个小花云射雕妙手，
到今日天睁眼英雄出头。
照这样康茂才——

康茂才 老爷。

徐 达 （接唱）侯伯卿——

侯伯卿 老爷。

徐 达 （接唱）郭广卿——

郭广卿 老爷。

徐 达 （接唱）说是你们大家莫要远走，
随老爷押贼子快上城楼。

［众押老王随徐下。

第十四场 率僧惩暴

［花云戎装率僧兵急上。

花 云 （唱浪头带板）梵王宫领人马山摇地动，
老师傅他赐我三千僧兵。
叫众位催动马莫可久停，

［众僧兵下花云耍枪花下，王彦龙率四将走场下。

第十五场 依城相战

［郭广卿侯伯卿康茂才郑氏引徐达上。

徐 达 （唱浪头带板）耳听得城外边杀声大吼，
但不知是何人统来兵卒？

［众随徐上城起战鼓王彦龙四将上。

王彦龙 （接唱）催战马来在了徐州城下，
骂一声大胆的反贼徐达。
早早地开城来迎接王驾，
如不然杀尔个流水落花。

徐　达 （接唱）见民贼霎时间气冲牛斗，
你父子不该和百姓结仇。
转面来叫一声好汉朋友，
你何不把老贼押上城楼。

［康下押老王上。

老　王 儿呀，你还不快快救父！

王彦龙 哎呀父王！（下马跪）
（接唱）见父王带枷锁作了楚囚，
（唱场）我、我的父王呀！
（接唱）气得人一阵阵恨在心头。
正讲话忽听得人马声吼，
（王彦龙上马，花云上开打，王彦龙败下）

花　云 （接唱）叫舅父助儿战快下城楼。（花云耍枪花下）

郭广卿 （接唱）郭广卿听一言跳下楼口，
（下城追下）

康茂才 侯伯卿 （接唱）康茂才侯伯卿是贼对头。
（下城追下）

徐　达 （唱七锤带板）郭广卿是英雄跳下楼口，
康茂才侯伯卿随在后头。
众好汉与贼兵一处争斗，
杀贼人好一似屠猪宰牛。

［王金凤带四女兵上耍刀下，花婆带四僧兵上耍虎叉下，郭广卿侯伯卿王彦龙王金凤上大开打，打四股挡，郭广卿侯伯卿败下，花婆挑上打小三股挡，王彦龙王金凤败下，花婆耍虎叉下，康茂才拉开四番将上打九削头，续打挡子，四番将和康茂才打金刚头四面底，王金凤跳扑虎上，王彦龙花婆由王金凤身上跳出亮相，花婆逼王彦龙下，郭广卿上打死王金凤，康茂才等打败四番将，花婆擒王彦龙，胡同道下。

第十六场　断尸复仇

［郑氏抱剑拉老王随徐达上。

徐　达　（唱浪头带板）徐州城众百姓一齐造反，（郭等擒王彦龙上）

众　　（接唱）擒来了王彦龙老爷请观。

徐　达　（接唱双锤）我一见王彦龙气炸肝胆，
徐州城几乎要被你踏翻。
你不该春秋间行围射箭，
你不该领兵马踏坏麦田。
你不该见宝物暗将心变，
你不该诬良民为盗作奸，
你不该闯进了百姓庄院，
你不该剁民手太得惨然，
你不该挖去了民妇左眼，
你不该将小孩抛弃深山，
今日里你这贼恶贯已满，
徐州城众百姓拨云见天。
转面来把众位一声呼唤，
有仇的来报仇有冤报冤！

郭广卿　（接唱）郭广卿先打贼四十大板，

康茂才　（接唱）康茂才我要报泼油之冤。

侯伯卿　（接唱）你不该把良民诬赖盗犯，

花　婆　（接唱）剁去我媳妇手实在可怜

花　云　（接唱）贼不该领人马闯入民院，

郑　氏　（接唱）搬石块打狗贼与儿报冤。

众　　老爷，贼子已死。

徐　达　老贼父子已死，大快人心。花云速奔梵王宫报与老师傅得知。

花　云　遵命。（下）

徐　达　众位请到二堂商议大事。

众　　请。（同下）

——剧终——

（说明：以上内容录自《串龙珠》，长安书店出版，冯杰三整理，1957年4月第一版，第一次印刷。）

辕门射戟

人　　物

雷把子（丑）　　纪　灵（武净）
吕　布（武生）　　刘　备（须生）
张　飞（净）　　中　军（杂角）
四龙套（杂角）　　四　卒（杂角）
旗　牌（杂角）

第一场

［雷把子起霸上。

雷把子　（念）大将多威风，武艺学得精。
身披两片甲，头戴一根葱。
（白）俺，大将雷把子，元帅发兵，早来伺候。

［四卒引纪灵上登高台。

纪　灵　（念）本帅奉命统雄兵，号令一出鬼神惊。
为主夺取小沛地，生擒刘备立大功。
（白）本帅纪灵，奉命夺取小沛，除却刘备，唯恐吕布拔刀相助，是我准备厚礼一份，差人送去，吕布乃贪财之辈，见了礼物，必不管我两家之事。人来！

旗　牌　有！

纪　灵　速将礼物送到徐州吕温侯帐下，不得迟误！

旗　牌　遵命！（下）

纪　灵　众将官！

雷把子　在！

纪　灵　兵发小沛！（牌子下）

第二场

［四龙套中军引吕布上。

吕　布　（引）大战濮阳用火烧，走脱曹操，率貔貅，镇徐州，堪称英豪。

（念）束发金冠镶珠玉，银甲外套锦绣衣。

胯下胭脂赤兔马，手提双天画杆戟。

威风八面气盖世，万马军中立功绩。

夺取徐州下邳地，雄踞一方谁敢欺。

（白）本侯姓吕名布字奉先，九原人氏。前因张飞酒醉，被某夺了徐州，使他弟兄小沛居住；本侯雄踞一方，操练兵马，今坐虎帐，来呀，伺候了！

众　呵呵！

甲旗牌　（念）奉了元帅命，送礼到辕门。

（白）门上哪位在？

中　军　干什么的？

甲旗牌　烦劳通禀，送礼人求见。

中　军　少站，启禀温侯，送礼人求见。

吕　布　传他进见。

中　军　是，送礼人，温侯传你去见，小心着！

甲旗牌　参见温侯！

吕　布　你奉何人所差？

甲旗牌　纪将军所差，现有礼单呈上。

吕　布　呈上来，下边等候。

甲旗牌　是。（下）

吕　布　纪将军送来这份厚礼，不知所为何事？

乙旗牌　（念）奉了使君命，前来下文书。

（白）来到辕门，门上有人吗？

中　军　什么人？

乙旗牌　下书人求见温侯。

中　军　少站，启禀温侯，下书人求见。

吕　布　命他进见。

中　军　命你进见，小心着！

乙旗牌　是，叩见温侯。

吕　布　你奉何人所差？

乙旗牌　奉了刘使君之命，前来下书。

吕　布　将书呈上，下边等候。

乙旗牌　是。（下）

吕　布　刘使君有信，待我拆书一观。哎嘿呀，原是纪灵带领人马攻打小沛，刘使君求我拔刀相助，只是纪灵送来这份厚礼叫我如何发落？哎，想袁术贪得无厌，若还得了小沛，我徐州孤立无援，如何是好？哦有了，我不免修书，请他两家过营饮宴，席前与他两家解合。来呀！启开文房，待我修书可……（牌子）送礼人走来。

甲旗牌　伺候温侯。

吕　布　这是小书一封回复纪将军得知。

甲旗牌　领书。（下）

吕　布　下书人进帐。

乙旗牌　伺候温侯。

吕　布　这是小书一封回复刘使君。

乙旗牌　谢温侯！（下）

吕　布　掩门！（同下）

第三场

［刘备张飞持马鞭上。

刘　备　（念）吕布请我饮酒浆，三弟席前多提防。

张　飞　（念）懦弱话儿休要讲，吕布若知笑一场。

（白）来到辕门。

刘　备　三弟接马。（张飞接马忙下又上）门上哪位在？

中　军　什么事？

刘　备　烦劳禀明温侯，就说刘备求见。

中　军　待我去传，有请温侯。

吕　布　（念）设宴解围巧安排，等待使君纪灵来。

（白）何事？

中　军　刘使君到。

吕　布　传出有请，待我出迎。

中　军　有请。

吕　布　爱弟！

刘　备　温侯！

咦哈哈哈！

吕　布　不知爱弟到来……

张　飞　嗒，吾大哥颏上有须，你娃娃颏上无须，称的什么爱弟？

吕　布　本侯比他年长几岁，因而爱弟相称。

张　飞　你爱三老子可不爱！

刘　备　温侯，我那三弟是个鲁莽人，休得和他那鲁莽人一般见识。

吕　布　本侯岂和他一般见识，爱弟请坐！

刘　备　谢座！

吕　布　这是爱弟，本侯今在帐下设排酒宴，爱弟可曾愿扰？

刘　备　愿扰不辞。

吕　布　呔，廊下黑汉，可会用酒？

张　飞　三老子不饮酒，要饮的时节，我饮他娘几缸几坛，不是三老子吃酒，你娃娃怎能夺走我家徐州。

吕　布　嗒！张翼德提起徐州之事，羞得本侯满脸通红，好不惭愧人也。

刘　备　温侯，我那三弟是个鲁莽人，休要和他一般见识。

吕　布　哎，本侯岂和他那鲁莽人一般见识。

刘　备　三弟，你今天做什么来了？

张　飞　与大哥保驾来了。

刘　备　你非与为兄保驾．你与为兄闯祸来了！

张　飞　闯闯祸怕什么！

刘　备　好我的三王爷你坐你的！

张　飞　好我的刘皇爷你坐你的！

内　白　纪将军到！

刘　备　告辞！

吕　布　做什么去？

刘　备　纪灵到此，恐有不便。

吕　布　不必惊慌，闪在身后无妨。有请！

纪　灵　（上）温侯！

吕　布　纪将军请下马来！

纪　灵　接马，（雷把子接马）身后可是桃园弟兄？

吕　布　正是！

纪　灵　马来！

吕　布　慢着，为何去之甚急？

纪　灵　我营有事。

吕　布　有事你就不该来！

纪　灵　温侯莫非有擒某之意？

吕　布　本侯不过与你两家解和，将军勿疑。请坐！

纪　灵　有座，不知温侯与我两家怎样地解和？

吕　布　本侯安排酒宴，宴上一叙。来呀，虎帐设宴！（同下）

［中军上排宴毕吕布刘备张飞纪灵雷把子上让座毕。

爱弟、纪将军请！

刘、纪　温侯请！

吕　布　（唱尖板）

在帐中摆下了和好筵宴，

刘　备　请！

纪　灵　请！

吕　布　（唱塌板）

纪将军刘爱弟细听心间。
你两家为争夺小沛地面，
某知情怎能以袖手旁观。
特设筵席相解劝，
这一杯水酒先饮干。

刘　备　（唱七锤带板）

刘玄德坐席前长吁短叹，
见纪灵坐一旁怒发冲冠。
怕的是吕温侯推手不管，
徐州城动了手拆散桃园。

纪　灵　（接唱）

有纪灵在筵前用目观看，
见刘备坐一旁某不耐烦。
怕的是吕温侯闲事多管，
这件事倒教我进退两难。

张　飞　（接唱）

气得某一阵阵通身是汗，
实不服贼纪灵统领兵权。
我有心跨乌骓和儿鏖战，
看一看吾大哥怎用机关。

雷把子　（接唱）

雷把子着了气浑身打颤，
最可恨张翼德那个红砖。
你不要三角眼把我观看，
动了手管教你死在眼前。

纪　灵　（接唱）

雷把子你与爷快把衣换，
脱战袍露出了锁子连环。
全凭我铁甲兵四十五万，
一霎时杀刘备活捉张三。

吕　布　（接唱）

纪将军你为何不饮酒宴？

纪　灵　（接唱）

要饮宴除非是灭却桃园。

吕　布　（接唱）

杀不杀他和那袁术作战，

这件事与将军有何相干。

纪　灵　（接唱）

临行时我奉了主公差遣，

吃君禄为国事理之当然。

吕　布　（接唱）

纪将军与本侯留点脸面，

纪　灵　（接唱）

留人情把刘备生擒宴前。

吕　布　（唱尖板）

听他言不由人气炸肝胆，

（白）换衣。

（唱七锤带板）

脱锦袍现出来铁甲连环。

一把手拉纪灵席前立站，

（白）坐去，

（接唱）

吕奉先把何人放在心间？

休仗你铁甲兵四十五万，

一杆戟杀得尔片甲不还。

回头来把爱弟一声呼唤，

休恐惧大着胆只管上前。

纪　灵　（接唱）

莫不是杀纪灵要把功献，

吕　布　不能！

刘　备　温侯！

（接唱）

这件事你岂能袖手旁观？

吕　布　不能！

纪　灵　（接唱）

刘玄德他和你有什亲眷？

吕　布　（接唱）

我二人兄弟情手足一般。

刘　备　是呀!

纪　灵　（接唱）

若留下刘玄德是你后患,

吕　布　这……

刘　备　仁兄!

（接唱）

我若是忘你恩头上有天。

吕　布　哎!

（接唱）

刘爱弟将我心哭软,

低下头儿暗盘算。

本侯心中有主见,

叫爱弟勿哭心放宽。

（白）这是爱弟、纪将军，本侯将你两家之事，来个天断。

刘、纪　怎样的天断?

吕　布　本侯今将画戟，插在辕门百步以外，搭弓去射，若中戟眼，各自罢兵，若还不中，任凭你两家厮杀，本侯推手不管。

纪　灵　这，莫非有杀某之心?

吕　布　助将军成功。

刘　备　仁兄，莫非要拆散桃园?

吕　布　决无此意，来呀，将本侯画戟插在辕门百步之外，兵撤辕门!

[刘纪怒视吕推众下吕耍翎子下。

[二卒抬戟上，将戟立在辕门下，刘纪张雷四龙套四卒中军引吕布上。

吕　布　（唱尖板）

吕奉先出虎帐威风八面,

（转唱紧双锤带板）

大队人马站两边。

这旁站的纪灵将,

那旁又站三桃园。

他们四下抬头看,

再看本侯显手段。

叫人来看过弯弓雕翎箭,（中军持弓箭给吕）

左手弯弓右拉弦。

我这里照住画戟忙放箭,

刘　备　慢着!

（接唱）

为弟我忙鞠躬祝告一番。
倘若还这一箭射中戟眼，
杀白马宰乌牛大谢苍天。
汉刘备祝罢天仁兄放箭，

吕　布　（接唱）
照住画戟用箭穿。
（笑）咦，哈哈哈……

纪　灵　呀！
（唱紧尖板）
射画戟把某的心火射散，（倒下场又上）
（转唱七锤带板）
开言来叫温侯细听心间。
回朝去我见了主公金面，
难道说叫纪灵赤手空拳。

吕　布　（接唱）
有本侯我与你修下书柬，
（牌子修书）
纪将军再不必忧虑熬煎。
回朝去见了你主公之面，
你就说吕温侯从中解冤。

纪　灵　（接唱）
有纪灵接书柬怒气满面，
这才是乘兴来扫兴而还。（下）

吕　布　（接唱）
一枝箭射雄兵四十五万，

刘　备　（接唱）
谢仁兄你待弟恩重如山。
（白）告辞！

吕　布　慢着，如今你我再饮几杯，请！
（念）辕门射戟为英雄，

刘　备　（念）到今方显弟兄情。

吕　布　（念）百步穿杨咱为首，

张　飞　哎呔！
（念）三老子不落空头情。

吕　布　怎么说？

刘　备　仁兄，不要常常和他那鲁莽人一般见识。

吕　布　哎，本侯岂和他一般见识，爱弟请！

刘　备　请！（同下）

——剧终——

（说明：以上内容录自长安书局出版《辕门射戟》，1957 年 4 月第一版第一次印刷。）

大孝传

第一场　访　贤

登场人物：许由　农夫　唐尧　大内侍　四内侍　伞夫

［许由农夫装持钓竿上。

许　由　（唱）青箬笠绿蓑衣风和日暖。
　　　　潭水深鳜鱼肥手持钓竿；
　　　　每日里闲无事临水登岸，
　　　　远爵禄入深山不做高官；
　　　　幸喜得唐尧帝神圣出现，
　　　　治天下真算是物阜民安。（农夫上锄地）

［大内侍四内侍车辇黄盖唐尧上。

唐　尧　（唱）出平阳来到了颖水河岸，
　　　　但不知高世人他在哪边。
　　使臣去问农夫野老，此处可有姓许之人？

大　内　遵旨，老者请了！

农　夫　请了，你莫非迷失路径？

大　内　非也，请问老者，此处可有姓许之人？

农　夫　呵，你是不是问那个许由？

大　内　不错，就是他。不知他住在哪里？

农　夫　他住的那地方，谁也找不到。如今你往那厢看，在颖水河上钓鱼的那个就是他。

大　内　呵，那就是许老先生。

农　夫　不错。你找他为何？

大　内　你不晓得，那是唐尧大帝，亲身在此访他来了。

农　夫　我们只知日出而作，日入而息，凿井而饮，耕田而食，不管他什么皇帝不皇帝，况许先生那个脾气还很奇僻。

大　内　他是怎样的奇僻？

农　夫　他平日和我们又是说又是笑，但见了带朝市的气味，他便掉头而去。你这个局面还想访他，不行，不行。

大　内　哎呀，好大的架子。

农　夫　哼！架子也不小。

大　内　照这样说，怎样才可以见面？

农　夫　你们一定要见他，先请皇帝把这车辇打远，人役退后，将衣服换了，我再引你们见他。

大　内　如此待我禀明。禀皇帝，据老者说，许老先生正在钓鱼，但是他的脾气很奇僻，请皇帝将人役退后，衣服换了，方可见面交言。

唐　尧　呵，好呀！

（唱）许先生这性情真算高士，
全不假富贵人半句言辞；
论人格就好比珊瑚玉树，
四海内这苍生赖谁维持；
内侍臣将车辇远远退去，（四内侍伞夫下）
叫侍臣你与我快快换衣。（下）

农　夫　（唱）这件事儿真稀罕，
唐尧大帝入深山；
为访许由颖水岸，
不知所为何事端。

（唐尧换青衣一人上）

唐　尧　（唱）暂时且将龙袍换，
换龙袍只为访大贤。

父老，烦你领我去见许先生。

农　夫　好，我便带你去见。（转身）许老先生，这位老者访你来了。

许　由　（唱）抛却钓竿抬头看，
一位老者站面前；
平日并未见过面，
来到此处有何缘？

老者请了！

唐　尧　请了。

许　由　老者多大年纪了？

唐　尧　呵哈哈哈，年纪倒也不大，今年才九十九岁。

许　由　哎呀，好大的年纪，明年就是一百岁了。

唐　尧　好说。

许　由　老者年纪大了，一同就地坐了再叙。

唐　尧　那就不恭。

许　由　老者何方人氏？

唐　尧　老汉平阳人氏。

许　由　平阳，我想平阳去此甚远，老者来此何事？

唐　尧　先生是你不知，听说颍川山水甲天下，况且有先生在此，真是人杰地灵，因此特来相访。

许　由　老者言之差矣，此处山青水绿，颇有可观，至于鄙人，不过区区渔樵，何足挂齿。

唐　尧　先生休要作谦，以先生之才，出而用世，何患天下不治，百姓不安。你在这里独善其身，终老岩穴，实在可惜！

许　由　老者你怎么讲出这些污浊的话头来了。

唐　尧　我这些话，并不污浊，只是独善一身，何如兼善天下。先生若做天子，总比那唐尧强得多。

许　由　老者你这话更可笑了。慢说我不能做天子，权当我能做天子，如今唐尧已经登基七八十年了，难道你叫我出山和唐尧争江山不成？

唐　尧　先生，话不是这样讲，如今唐尧年纪大了，心想传位，只因这江山是天下的公器，不是一家之私产，所以不传其子，要让与贤。正在四海访贤，先生若肯出山，老汉管保推荐得上，叫百姓也托上你先生一点福，岂不是好。

许　由　这更无谓了。如今天下，唐尧已经治成太平景象，我何必步人之后，掠人之美，那更合不着了。

唐　尧　有甚合不着呢。

（唱）先生未免太轻世，
　　四海苍生要扶持；
　　我今特来无别事，
　　兹望先生勿固执。

许　由　哎，你这老汉好有不是，我见是一位长者前来过访，我只好抛却钓竿和你闲谈几句，谁料你这老汉，才是醉心势力之人，从此絮絮叨叨，说了这些污浊的话，我这耳朵干干净净的，哪里惯听你这些话头。你速快去吧，这些话将我的耳污了。

唐　尧　先生我不是别人。

许　由　你是哪个？

唐　尧　我便是唐尧帝。

许　由　哎，哎，怎么你是唐尧帝？

唐　尧　正是的。我今天特来请你老先生出山，把这帝位替我坐上几天，把这世事替我治上几年，呵哈哈哈……

许　由　你快站远，我这耳朵今天叫你这些话污得不能说了，我要洗耳。

（唱）这些话头污人耳，
　　用水洗去这尘埃；

一洗再洗将水洗坏，
清水变成浊水来。（许由手在河中取水洗耳）

唐　尧　哎，先生呀。
（唱）许先生这性情太觉奇僻，
把功名在口中全然不提；
照这样高尚士真难比拟，
一句话讲出口翻了面皮；
为天下想得人谈何容易，
数千里来访贤隔若云泥；
论本领他真能配做皇帝，
可惜他怀经济深山栖息；
这一回倒叫我大大失意，
但不知哪一个可托群黎。

许　由　（唱）洗了耳持钓竿赶紧逃避，
只恐怕唐尧帝扰乱天机；
猛听得燕语莺鸣叽叽喳喳颇适意，
登高山临绿水且听鸟啼。（许持钓竿急下）

唐　尧　（唱）只见他持钓竿远远逃避，（望许由）
这才是山可动心志难移。（齐）

大　内　那人不知去向，请皇帝出山。

唐　尧　等一等出山也不迟。（唐呆望许）

大　内　请皇帝再不要望了。听农夫说，许先生一去便寻不见踪影了，保不住跟巢父上了树咧。

唐　尧　哎，扫兴。这才是，乘兴而来，兴尽而返，大大地落了个无趣。
（唱）乘兴而来幸尽返，
但不知高世人他在哪边。（同下）

第二场　焚　廪

登场人物：瞽瞍　姚婆　象儿　敤首　虞舜

［姚婆象儿随瞽瞍上。

瞽　瞍　（念）辣面子生葱，贴到眼里隔风，
虽然看不着，走路却能听着寺里敲钟。

姚　婆　寡妇再醮少打听，嫁了个老汉没眼睛；
织布纺线都不会，枕头上告状学得精。

象　儿　（念）瞎子是我爸，我是瞎子的打心锤锤娃。

瞽　瞍　我老汉姓姚，名字就叫瞽瞍，我这两个黑框框子，有眼无珠，看这世上什么东西都是黑的，一切皂白不分，光凭耳朵听呢。别人的话，我也不懂，我老婆子的话，不觉得嗤的一下就钻进去咧。

象　儿　母亲。

姚　婆　我娃可说什么咖？

象　儿　母亲不知，我哥哥今日在河滨烧陶，竟然结党成群，很与孩儿不利。

姚　婆　他是怎样的结党成群？

象　儿　他接连下的人，一年好像会场，二年好像街市，三年简直成都城了。你想，他结下这些死党，倘若要害孩儿，孩儿如何胜得过他。母亲你赶快想法子，把这祸根子除了，这是孩儿大大的后患。

姚　婆　哎！为娘何尝不想收拾他吗，从前用药酒害他，没有害得死，这也没法子了。

象　儿　孩儿倒有一计。

姚　婆　我儿有何妙计？

象　儿　母亲，咱家放粮食的仓房，漏处很多，你与我爹爹说，叫我哥哥上房补仓，咱们从底下放火，岂不把他一火葬了。与人就说失火伤人，你看好不好？

姚　婆　好计好计！

象　儿　好了，你与我爹爹说去。

姚　婆　老头子，你看重华奴才，以在河滨烧陶，每日招人聚众，要害我儿，我实在活不成了！

瞽　瞍　这还了得，我给你想法子，把这个奴才除却了。

［敤首上。

姚　婆　你还舍得除却你那个大儿，还是将我儿除却了，叫你那大儿得个双份子基业。

瞽　瞍　你再不要哭了，你把我哭得这双瞎眶眶子只想流水，你先看我登时把那个奴才叫回来，一顿给你打死。

姚　婆　哎，哎！你平日打他的时候，他看你持着小杖，他便挨上两下，若还看你持着大杖，他便跑得连影儿都不见了，你瞎迷两眼的，还把那个奴才能怎么样？

瞽　瞍　老婆子，你今天想个法子，叫我把这个奴才处死。

姚　婆　你当真要把他处死么？

瞽　瞍　谁还道谎，你先想法子。

姚　婆　你附耳来。

瞽　瞍　好方子，好方子，象儿走来。

象　儿　儿在。
瞽　瞍　快叫你哥哥回来，父有话讲。
象　儿　孩儿遵命。这一下大事成咧。
　　　　[象喜下。
敤　首　爹爹，今天唤我哥哥回来，有何要事？
瞽　瞍　咱家仓房漏雨，叫你哥哥回来补房。
敤　首　这一点活谁做不了，单单叫我哥哥回来何故？
姚　婆　女孩儿晓得什么，休要多口。
　　　　[象随虞舜上。
虞　舜　（唱）父有命弟来招急忙回转，
　　　　　　但不知传唤我有何事端。
　　　　　　到门口偷眼儿向内观看，
　　　　　　二爹娘相对面坐在堂前。
　　　　　　小妹妹在一旁愁眉不展，
　　　　　　不由人心儿里加上熬煎。
　　　　　　这几日并没有什么过犯，
　　　　　　却叫我平白地胆战心寒。
　　　　爹娘在上，不孝儿重华与爹娘叩安。
瞽　瞍　站在一旁。
虞　舜　爹娘身体安否？
姚　婆　我的身子到安着呢，心里总甚不安。
瞽　瞍　我除过这两个眼，身子一点毛病都没有。
虞　舜　这个，爹娘唤儿回来，有何教训？
瞽　瞍　我且问你，咱家仓房漏雨，你可晓得。
虞　舜　孩儿罪当万死，实在不晓得。
瞽　瞍　不晓得也不要紧，你速快上房补去吧。
虞　舜　孩儿遵命。
敤　首　慢着。
姚　婆　你这是怎么样了？
敤　首　母亲，这活也不是一个人做的，叫我二哥哥也上房去才好。
姚　婆　哎，你二哥哥年幼，着他在底下布置。重华，你先上房去。
虞　舜　孩儿遵命。
敤　首　慢着。
姚　婆　这你又是怎么样了？
敤　首　我二哥哥既不上房，叫他就不要前去，我底下伺候，我哥哥要什么东西，我便递什么东西。

姚　婆　你看这个孩子，你是个女孩儿家，能做什么，休得在此淘气。

瞽　瞍　重华，你个奴才，怎么还不去。（持杖冒打）

虞　舜　爹爹息怒，孩儿就去。（下）

姚　婆　敤首女儿，你好好伺候你爹爹，待我和你二哥布置去。（姚拉象急下）

瞽　瞍　这一下布置好了，叫我睡到床上等候消息。（下）

敤　首　哎呀！这可怎处，待我先与我哥哥报信去。

（唱）这事叫人怎处理，

速快前去报消息。（急下）

虞　舜　（唱）一霎时触大怒急忙逃避，

我还要到仓房打土和泥；

只恐怕我的父再要动气，

闯下了滔天祸有话难提。

敤　首　（唱）叫哥哥且慢走听说详细，

哥哥，哥哥。

虞　舜　妹妹慌张为何？

敤　首　（接唱）你今日上房去恐有身危。

哥哥，你万万不敢去！

虞　舜　妹妹，爹爹叫我前去，我若不去，岂不是违抗父命吗？

敤　首　哥哥你不要上房。

虞　舜　妹妹，既要补房，怎能不上房，况为兄以在河滨烧陶，每日登高临深，已成习惯，把这上房，还算什么，妹妹千万放心。

敤　首　哥哥，你今日上房，就要生出大大的变故。

虞　舜　妹妹，有什么变故？（抬头看）哎呀，母亲来了，妹妹你快撒手。（下）

［姚抱麦草象点捻子急上。

姚　婆　（念）今天定下这巧计，

象　儿　要叫哥哥一命毕。

敤　首　母亲慢走。（敤挡象急将姚拉住）

姚　婆　你看这孩子淘气不淘气。

象　儿　这还把我的大事耽搁了呢。

姚　婆　接，这是麦草，拿着在房底招呼去。

象　儿　对。（跑下）

［敤大惊推倒姚急忙追下姚起跑下。

敤　首　（唱）一霎时烈火照人眼，（放大火，敤上象追上）

急忙跑到房檐前。

象　儿　妹妹，一时大意，怎么失起火来了。

敤　首　说是你走远。（敤揪象倒向房上左右看）

（唱）战兢兢且向房上看，
只见红焰搅黑烟。
上下四面全看遍，
但不知哥哥在哪边。
莫非哥哥被火炼，
一阵阵心中似刀剜。
（左右放火敤左右扑火倒地）

象 儿 怎么把我妹妹气死了，哎呀，我的妹妹呀！
姚 婆 哎，这些少年人做活，太不小心，怎么失了火咧。
象 儿 母亲你看，把我妹妹气死了。
姚 婆 哎呀不好，女儿醒得，女儿醒得。
敤 首 （唱）魂梦中寻哥哥音容不见，
哎呀我的哥哥呀！
白底里生出来这样祸端。
姚 婆 我儿再不要哭了。
敤 首 恨天公甚主张全不睁眼，
恨爹娘太残忍破坏家缘。
恨二哥年纪幼妄生事变，
把骨肉当做了人世仇冤。
象 儿 妹妹，人死不能复生，你怨二老何来？
敤 首 你走远！
（唱）这样人甚心肠如此阴险，
倒叫我恨在心口不能言；
虞 舜 （唱）大火中只说我生死难保，
幸喜得逃出来性命一条；
走上前我先与母亲禀告，
请母亲和兄弟莫把心操。
姚 婆 哎呀，打鬼！
象 儿 打鬼，打，打鬼！
虞 舜 母亲，孩儿幸得脱身，并不曾死。
敤 首 呵，我哥哥才没死，哎，我的哥哥呀。
（唱）见哥哥只觉得满天云散，
姚 婆
象 儿 哎，这才闹了个白玩儿。
敤 首 （唱）这才是善良人头上有天。
我有心将此事细讲一遍，

这都是亲骨肉有口难言。
哥哥，你怎样脱逃，把妹妹几乎吓死了。

象　儿　哥哥，把兄弟也要吓死呢，我看着失火，就往跟前跑，便赶不上了。

虞　舜　兄弟妹妹操心，为兄不死就算万幸。

姚　婆　哎，你太不小心，怎么就失火了吗？

虞　舜　母亲，孩儿一时大意，实在该打。

姚　婆　好好好，只要我儿脱险，烧上一半间房子也不要紧。速快去见你父，叫他也宽心。（下）

虞　舜　孩儿遵命。

敤　首　说是你随着我来，（象挡叫他往敤前走）你走远，没叫你。
（唱）幸喜得逃出这大难，

虞　舜　（唱）多亏妹妹是大贤。
［敤拉舜下。

象　儿　我这傻妹妹，总连人家一条心，今天这火没放成，以后还要另想法子。
（念）一计不成再生计，总要叫他一命毕。

第三场　荐　贤

登场人物：义和　四岳　放齐　驩兜　唐尧　四内侍　大内侍

［四朝上。

义　和　（念）推天造历分冬夏，

四　岳　朝会诸侯振中华；

放　齐　宾服四海官天下，

驩　兜　平成之功归皇家。

义　和　义和。

四　岳　四岳。

放　齐　放齐。

驩　兜　驩兜。

众　请了。皇帝登殿，早来伺候。
［四内侍大内侍引唐尧上。

唐　尧　（引）九族既睦，平章百姓，百姓昭明，协和万邦。
（诗）巍巍皇极莅中华，中华原属百姓家；
神州不是私人产，要将皇位付贤达。
朕，唐尧帝放勋。自朕登基，七十余载，黎民时雍，天平地成，只是年高力弱，倦于勤劳，心想求贤让位，群臣举荐许由，朕不远千里去请，怎奈他不肯出山。内侍，宣大臣上殿。

大　内　皇帝有旨，大臣上殿。

众　上朝。（参拜毕）主公驾安。

唐　尧　朕躬倒也安舒，只是年纪高迈，怠于政务，心想让此尊位与许由，朕亲身请，怎奈他不肯出山，也是枉然。望众卿四处搜罗，广荐贤才。

放　齐　主公，胤子丹朱，通达事理，自当承继大统，臣等情愿推戴。

唐　尧　哎，你晓得天下是百姓之天下，非一姓之天下，朕岂能传位于子，况且丹朱这个奴才，口巧舌变，反道败德，朕岂肯为一子而害天下。老臣之言差矣。

（唱）天下原来是公器，
　　朕要退位让社稷；
　　群臣须要明大义，
　　再把丹朱不须提。

四　岳　主公既不愿转位与子，许由又不肯出山，以臣之见，还不如虞城这个孝子。

唐　尧　他是哪个？

四　岳　此人姓姚，名重华，号称虞舜，陶于河滨，渔于雷泽，耕于厉山，一年成聚，二年成邑，三年成都，真是盖世之德，出世之才。但是他乃瞽瞍之子，父亲既糊涂，后母又不贤，遇着个兄弟还莽撞，常想害他，他孝顺父母如常，所以人都称他为孝子。如今年近三十，还未曾婚对。

唐　尧　却是为何？

四　岳　他那父母兄弟常想谋着害他，谁还给他议亲。

唐　尧　此人朕也略略晓得，既是尚未完婚，朕便将娥皇女英许配与他，先看他门内如何？

众　那个正好。

唐　尧　如此，明日准备二女下嫁。

众　尽在主公。

唐　尧　（唱）下嫁二女于妫汭，
　　且到后宫讲明白。（分下）

第四场　下　嫁

登场人物：瞽瞍　姚婆　敤首　象儿　娥皇　女英　虞舜　丫环

［瞽瞍姚婆敤首同上。

瞽　瞍　（唱）老汉两眼不争气，

姚　婆　　　全凭我与他报消息；

娵　首　　　骨肉之间不得意，

　　　　　　裙钗终日锁愁眉。

姚　婆　女儿，你二哥哥前往河滨，怎么还不见回来？

娵　首　想是帮助我大哥哥烧陶。

瞽　瞍　嗯，你二哥哥岂是烧陶之人，谁叫他帮助那个奴才，明天回来给你二哥哥说，再不要管他烧陶那些事，看把你二哥哥劳着了。

娵　首　叫我大哥哥黑黑明明地做活，光叫我二哥哥睡着坐着吃着。

姚　婆　女儿，你和你二哥哥是娘亲生的，你大哥哥是前房的，你怎么和你二哥哥不是一条心，偏要常常替你大哥哥护短。

娵　首　儿我说的是正理，无有什么偏心。

姚　婆　你真是个傻孩子。

象　儿　（唱）哥哥私自成婚媾，

　　　　　　先与爹娘说来由。

　　　　爹娘不好了！

瞽　瞍
姚　婆　什么事？

象　儿　爹娘不知，孩儿前往河滨，我哥哥正在那里烧陶。

瞽　瞍
姚　婆　烧陶便怎么样？

象　儿　我哥哥正烧陶时，忽然皇帝差人送来两个美女，你说我哥哥将她怎么样？

姚　婆　既是两个美女，当然是给你弟兄两个一人做一个媳妇。

象　儿　哼，我哥哥竟然把两个美女一下霸占了，把你娃搁在干岸岸上了。

瞽　瞍
姚　婆　怎么说？

娵　首　你老人家不要生气，想我哥哥年已三十，你老人家不与他定媳妇，人家皇帝一下送来两个，也用不着你老人家费神，这还不好吗，还有生的什么气？

瞽　瞍　哼，我不信，难道人家皇帝把女子给他这烧陶的呢，此事连我这瞎子都说不过，还谎明眼咧。

姚　婆　这不晓得从哪里抢来两个美女，拿上皇帝吓人呢。

象　儿　这倒不是假的，还有皇帝的圣旨，又送的牛羊、麦米等等物件。但是孩儿还给我哥哥说，你就是把两个美女不给我分一个，也不要紧，只是咱家还有二老爹娘，就是你将二女作妻，也应该禀明二老，才合道理。

瞽　瞍
姚　婆　我娃说得甚是，那样才是正当的道理。

敤　首　哼，正当的道理？我哥哥若先禀明你二位老人家，你定是不准，那时我哥哥有心听你二老的话，便违背了君命；不听二老的话，又违抗了亲命。我哥哥那时，岂不左右两难吗？常言不孝有三，无后为大，不告而娶，为无后也。还是糊里糊涂不言传先成了亲，这才是正当的道理。

象　儿　妹妹你一下就揣着了，我昨日那样一说，哥哥还没争得言语，送亲那个九男便参前说话，他说皇帝有旨，先尊君命成亲，再告二老成礼。若果二老降罪，便拿君命相对，从此我哥哥听了这话，便和那两个美女拜堂，双双对对地向咱们家中磕了八个头，就准给两个老人家行礼呢。那九男还备酒席，吃了半天，到了晚上，就在瓦陶里成亲，把你娃气得一夜没睡觉。赶早起来，就跑回来，给你两个老人家先禀告一下，看这事怎么办呢？

瞽　瞍
姚　婆　这还了得，奴才竟敢不告而娶，照这些不孝之子，实在可恼。

敤　首　爹娘不必生气，你说我哥哥是个不孝子，我看还是个大孝子，你老人家没费一点神，就娶下两个媳妇，还有什么说的。待我先到河滨去，看我那两个嫂嫂是怎样的人物。

瞽　瞍
姚　婆　你看这个孩子，你跑到河滨做什么去呀？

敤　首　我心里急得等不得了，待我先到河滨去看一回呀。

瞽　瞍
姚　婆　嗯，真淘气，真淘气。

敤　首　（唱）我这里先往河滨去，
且看二嫂什风姿。（下）

象　儿　爹娘，你看我哥哥一个人两个媳妇，你娃连一个也没有，这如何得行。

瞽　瞍　我娃莫哭，你哥哥这个奴才，此次不告而娶，罪莫大焉，他回来非把他除却了不可。

姚　婆　上回烧房，大概敤首这个傻孩子把风走了，因此把这个奴才没除却得了，这一回再定一计，总要机密一点呢。

象　儿　如今我妹妹没在，咱娘们把这事要商量妥当才好。

姚　婆　我儿另想一个妙方子。

象　儿　方子多着呢。上回他在房上，四面都能下去，所以将他给漏了网了；这一回我想了一个最妙的方子，管保叫他想跑也跑不脱。

瞽　瞍
姚　婆　什么方子？

象　儿　我哥哥今天回来，你老人家命他打井，打上几丈深的时候，咱们把井口填了，岂不是把他活活地捂死在井里，不费一点事。

瞽　瞍
姚　婆　妙计妙计呀！（拍手）

欸　首　（叹）笑嘻嘻急忙回家转，
见了爹娘要周旋。
爹娘在上，女儿先与爹娘恭喜。

瞽　瞍
姚　婆　你个蠢材，给我恭的什么喜？

欸　首　我哥哥娶了帝女，你老人家连皇帝做了亲家，这还不喜吗？

瞽　瞍
姚　婆　你哥哥娶了帝女给我连一句话都没有，还认得我是谁，你快给你哥道喜去。

欸　首　爹娘，你再不要太执拗了，我兄嫂都回来给你老人家行礼来了。你想人家是皇帝的女儿，礼情很熟，你老人家也要把翁姑的架子拿起来，万不敢混吵混闹，叫人家瞧不起咱们。

瞽　瞍　老婆子，女儿这话说得有理，不要叫人家笑话咱们。

欸　首　请爹娘快把衣裳换了，待我给你请去。

［瞽姚下换衣。

（唱）手托着二嫂急忙回转，

娥　皇
女　英　（唱）请妹妹对高堂尽力周旋。

虞　舜　（唱）今日里回家来心惊胆战，
二爹娘降下罪怎好成全。

［瞽姚换衣上坐。

欸　首　（唱）这件事有妹妹给你仗胆，
劝兄嫂你不必胆战心寒。
待我给你唱礼，拜高堂，叩首，叩首，再叩首。兴，礼行毕了。都站在一旁。

瞽　瞍　老婆子，这两个媳妇的汉子大小？

姚　婆　你看呢么。

瞽　瞍　我能看见些不问你。

姚　婆　你姐妹两个当真是皇帝的女儿。

娥　皇
女　英　正是的。

姚　婆　你们都是皇宫里生长的，都不嫌我的家穷吗？

娥　皇
女　英　媳妇不敢嫌。

姚　婆　料你也不敢嫌，这是你攀我这门户来，我可没攀你那门户，说是你们下去吧。

鼗　首　嫂嫂随着妹妹来。（鼗拉二女下，姚向瞽耳语）

瞽　瞍　重华走来。

虞　舜　儿在。

瞽　瞍　你与二女成亲，奉得何人之命？

虞　舜　这个……

瞽　瞍　这个什么？

虞　舜　只因皇帝有旨，孩儿不敢不遵。

瞽　瞍　你拿皇帝这个大帽子压我，为父今天有命，你是遵也不遵？

虞　舜　父亲之命孩儿焉敢不遵。

瞽　瞍　这就是了。咱家井中无水，你速快另打一口井去。

虞　舜　孩儿遵命。

姚　婆　你如今有了皇帝的势，不愿意去了就说你不愿意去，也不要紧。

虞　舜　孩儿岂敢。

姚　婆　不敢了赶快打去。（姚扶瞽下）

虞　舜　（唱）父亲有命去打井，
　　　　何敢推辞不应承。（下）

第五场　浚　井

登场人物：虎儿　虞舜　鼗首　瞽瞍　姚婆　象儿

［虎儿摇辘轳。

虎　儿　（唱）大叔打井我帮忙，
　　　　辘轳摇得刚珰珰。
　　　　半天打了一两丈，
　　　　歇息一时又何妨。

大叔，大叔，你快上来，我挣得实在受不住了。

虞　舜　我不敢上去，

虎　儿　你赶快拽住绳上来。你若还不上来，我就走了。

虞　舜　你摇我上来。（虞上）虎儿，若叫我爹爹看见，降下罪来，如何是好？

虎　儿　你不要胆怕，他看不见，他若来你再下去，不要紧。你在这里歇一歇，我喝一口水就来。（下）

虞　舜　哎，只因我母去世，后母和兄弟每日谋害于我，可怜我父双目失明，受她愚弄，我今和帝女成亲，多亏妹妹周旋，尚未降罪。只说我百般孝顺，不能感动父母，好不痛杀人也！

（唱）家庭多故时运蹇，
竭力奉养难成欢。
小兄弟年幼识见浅，
无辜和我结仇怨。
照这般境遇真伤惨，
背地无人泪暗弹。
还怪我孝心未完满，
惹得骨肉生事端。
我与帝女成亲眷，
多亏妹妹帮好言。
父命我打井不敢慢，
处处小心顺慈颜。
唯恐大意有过犯，
不孝之罪怎承担。（虎儿上）

虎　儿　大叔，你家有井还打这井做什么呢？

虞　舜　这是我父之命，你不要多问，快快将我放下去。

虎　儿　你拽好下。

敤　首　（唱）忽听爹娘把计想，
要害哥哥一命亡。
吓得我神魂远飘荡，
抛针掉线出绣房。
急忙来在井口上，
叫声哥哥听端详。

哥哥，哥哥。

虞　舜　（井中白）妹妹何事？

敤　首　哎呀哥哥，眼看大祸临身，你还不快快上来。

虎　儿　哎，打井的还有什么大祸呢？

敤　首　你如何得知，哥哥你将绳拽住快上。（虞上）

虞　舜　（唱）问妹妹有甚大祸降？
快与哥哥说端详。

敤　首　哥哥不必问端详，
随妹妹快快去躲藏。

虎　儿　慢着，你将你哥哥叫上走，你爹娘若问，我是怎样地答对？

敤　首　无论何人来问，你就说我哥哥在井中。

虎　儿　是，记下了。

［敤首拉舜跑下，瞽瞍姚婆象儿上，以手示虎儿，虎儿上前，附耳问，虎

指井，姚婆象儿点头，姚婆向瞽瞍附耳语瞽瞍点头，以手作填井状，姚婆象儿点头持锨填井，虎偷笑，象在井上跳。

象　儿　这一下做稳当了。

姚　婆　一下稳当的不能说。

瞽　瞍　你拿锤子再捶上两下。

虎　儿　这你把我大叔活埋了，我在这里怎取得离手？

象　儿　你不要害怕，谁问我哥，你就说打井去了，井撮合了，将他塌死，我家自己不言传，旁人谁管呀。

虎　儿　我向来不会说谎，我告你去呢。

象　儿　你长短不敢言语，我这里把皇帝赐下的东西，给你分上一点。

虎　儿　呵！这还可通。你将那牛羊给我分几头。

象　儿　那却不能。

虎　儿　怎么不能？

象　儿　这是应该给我父母的。爹娘，把这牛羊都给你，你看可好？

瞽　瞍
姚　婆　那是我娃的孝心。

虎　儿　好孝子。莫了，把皇帝赐下的麦米分上几石？

象　儿　那又不能。

虎　儿　怎么又不能？

象　儿　那也应该给我父母。爹娘把这麦米给你老人家留下就吃一辈子了。

瞽　瞍
姚　婆　这也是我娃的孝心。

虎　儿　好孝子，真把眼瞎了！嗨，这你把要紧的东西拿去了，给我分什么呀？

象　儿　接，你把打井的这一套拿上，给人淘个井去。

虎　儿　哈，你莫非想活埋我，给我瞅下这一宗生意，算咧，你把这一套家具留下，你老子以后再给你娶一个后娘，活埋你的时候，还用着，我不要。（跑下）

象　儿　爹娘请回，娃要到我嫂嫂房子成亲去。（急下）

瞽　瞍　（唱）幸喜今日除了害，

老婆子你快引我来。（同下）

第六场　戏　嫂

登场人物：娥皇　女英　象儿　虞舜　瞍首　九男　侍女

[娥皇女英很烦闷地上。

娥　皇　（唱）夕阳渡岭天色晚，

郎君还不转回还；
只恐井内有危险，
不由叫人心胆寒。

侍　女　（念）大祸从天降，急忙报端详。
帝女，不好了！

娥　皇
女　英　何事惊慌？

侍　女　帝女不知，新郎君奉命打井，老太爷老太婆将新郎君……

娥　皇
女　英　将新郎君怎么样了？

侍　女　将新郎君就是这样活活地埋在井内了。

娥　皇
女　英　怎么说？

侍　女　帝女醒得。

娥　皇　（唱）听说郎君把命丧，
女　英　心中可恼二爹娘；
娥　皇　井底竟把大祸酿，
女　英　难道老天没主张。
象　儿　却幸哥哥把命丧，
急忙来到嫂嫂房；
走到门前向里望，
原来二嫂哭悽惶。
原来侍女在此。侍女，你给我两个嫂子传一下，就说我看她来了。

侍　女　你将你兄害死，你看她作什么？

象　儿　你不知内情。我兄打井去了，井撮合咧，把我兄撮合在井里。我几时害我兄长来吗？

侍　女　你害也罢，没害也罢，如今你兄去世，你是做小叔子的人，也不应该到你阿嫂房子里去。

象　儿　我给我嫂子宽心来了，可怕什么呢，你不传了闪开。
（唱）进门来见二嫂闷坐床上，
劝嫂嫂放宽心莫要悲伤。
二嫂，你们把心放宽，有什么不了结的事，有兄弟一面承当。

娥　皇
女　英　呵！好不气煞人也。

象　儿　对对对，这里有琴，待我与你们弹琴宽心。（象弹琴）

娥　皇　（唱）可恨小叔悖天理，

害死兄长做大逆；
你哥哥何时得罪你，
为什么无故动杀机；
只管你忍心乱纲纪，
同根相煎何太急；
可怜他已命丧井底，
怎忍骨肉永分离。

女　英　（唱）骂声小叔太无礼，
为什么又来把我欺；
我本是帝女千金体，
又况是你兄结发妻；
骨肉相残伤天理，
还不避法早逃匿；
今晚来此是何意，
难道你不怕迅雷击？

象　儿　（唱）二嫂嫂讲的是大理，
羞得我脸上没面皮；
且借琴音通蜜意，
知音定然有转机。

哎，我还是不住地弹琴，拿上琴音挑动她的心。（象弹琴）

虞　舜　（唱）多亏妹妹救性命，
逃出虎口转回宫；
可怜他费心把计定，
屡次谋害皆落空；
这回叫人受大惊，
哪知妹妹走了风；
不该死的终有命，
先与帝女说分明；

瞍　首　（唱）来到宫门将足停，
却怎么内边有琴声。

哎，奇怪呀！
今日之事好伤痛，
她有何心情弄商宫；
苦中作乐真可憎，
难道她们不知情；
请哥哥你且仔细听，

这琴声叫人不分明。

虞　舜　（唱）这声好似凰求凤，
难道二女动春情；

敤　首　（唱）听来听去难推定，
不知弹琴是何情。
哥哥，难道这般时候，我二位嫂嫂还有心情弹琴吗？

虞　舜　这也可怪。

敤　首　哥哥少站，待妹妹先到门外看一下。（转身向内看）哥哥，我当是谁，原来是他。

虞　舜　是谁？

敤　首　原是我二哥哥坐在床上弹琴，真个可恼。

虞　舜　既是你二哥哥坐在床上弹琴，这有何可恼？

敤　首　哥哥你真糊涂，小叔子坐在阿嫂房子弹琴，是何道理？

虞　舜　想是他一时高兴，因此弹琴消遣，这也没有什么意思。

敤　首　自然把你害死了他就高兴咧。哥哥你高兴不高兴？

虞　舜　我有什么不高兴，妹妹，你晓得为兄，平日里象忧亦忧，象喜亦喜。

敤　首　哥哥，你真是个好人。嗯，你快进去，把弦给拨断，再不要叫在那里彭能彭能，哎，你看把我二嫂嫂哭成什么样子了。

虞　舜　咡呸！

敤　首　我哥哥回宫来了。（众见舜惊，娥、英发痴后退，象立桌上执琴身颤）

侍　女　打鬼！

娥　皇
女　英　郎君，你到底是人是鬼？

虞　舜　你们不要胆怕，我怎能是鬼。

敤　首　权当他是鬼，难道我也是鬼不成？

娥　皇
女　英　你当真没死？

虞　舜　我怎能得死。

敤　首　我哥哥这样好的人如何得死。

娥　皇
女　英　呵，你原来没死。

象　儿　他怎么没死。（象将琴慢慢放下）

娥　皇　（唱）却幸郎君不曾死，

女　英　一天仇恨有谁知。
［象下桌，慌忙向左边跑。

象　儿　哎，我从哪里出去呀？（又向右边跑）我向哪里钻呀？

虞　舜　兄弟你慌张为何？

象　儿　这个……

虞　舜　往常你不到这里来，今天为什么到此？

象　儿　我今天想见哥哥，所以来看望哥哥来了。

虞　舜　原来想见兄，因此看望为兄来了，哈哈哈。

敤　首　嗯，你恐怕是想见嫂嫂，因此看望嫂嫂来了。

象　儿　妹妹，你怎么给哥哥扇起阴火来了，哥哥没回来的时候，我只管在床上弹琴呢，你问二嫂，看我还说什么来？

虞　舜　好说，兄弟既爱弹琴，待为兄与你弹琴来。（舜坐弹琴）

象　儿　哥哥你给兄弟教琴。

虞　舜　（唱）兄弟既然爱鼓琴，
天伦之乐有知音；
只要从今能安分，
为兄为你作伶人。（九男捧旨上）

九　男　手捧圣旨出宫禁，
到虞城先要宣德音；
圣旨下！

侍　女　圣旨下！

虞　舜　我们一同迎旨。（众迎九男进，众跪）

九　男　姚重华听旨。

虞　舜　万岁。

九　男　帝曰：三苗逆命，荼毒生灵，累年征讨，不克成功，特命尔率领大军，前往征剿，灭绝丑类，刻日出发弗延，钦哉。

虞　舜　遵旨。

象　儿　怎么还带了兵咧，这一下惹不下了，待我快给爹娘说去。（偷下）

九　男　二位姐姐，军命急如星火，速快准备行装。

娥皇、女英　姐姐晓得。

虞　舜　行装倒不要紧，只是我从戎在外，家中二老爹娘，总要小心侍奉，倘有恃势挟贵之处，为夫却不能宽恕，你二人却要记下。

娥皇、女英　记下了。

虞　舜　妹妹，你嫂嫂若有不是，全仗你从中调处。

敤　首　哥哥放心，妹妹岂有不调处之理。只是我二位嫂嫂也不是恃势挟贵之人，但有不是，都是两个老人家的。

虞　舜　妹妹言之危矣，岂不知天下无不是的父母。

鲧　首　是呵，天下无不是的父母。

虞　舜　妹妹随兄以在爹娘上边告辞走。

（念）拜别爹娘便就道，急忙带兵征三苗。（同下）

第七场　乞　火

登场人物：白小玉　郑母　姚婆　郑元　二狗形

小　玉　（念）可怜我小玉命太薄，嫁在郑家受折磨。

郎君性情还不差，最难服侍恶婆婆。

我小玉，嫁与郑元为妻，郎君读书通理，只是婆婆脾气太大，不好服侍，眼看日色过午，不免下厨，早备午餐，免得婆婆降罪。

［进门与锅内添水，钻火烧锅，郑母提肉上。

郑　母　（念）一百钱割了二斤肉，一顿吃不完，两顿却不够。

媳妇走来。

小　玉　来了，原是婆婆。

郑　母　你当谁呢。这是二斤肉，今上午把这肉连蒜苔熬上，把豆腐滚上，辣面调上，饼饼面烩上，叫为娘先纵一个口腹之欲。

小　玉　是。

郑　母　你可要做好，不许胡搞。

小　玉　是。

郑　母　记下没有？

小　玉　记下了。

郑　母　接，这是肉，我可割不正不食，不得其酱不食，一点儿做得不对，我可是不能吃的。

小　玉　媳妇小心做好就是了。

郑　母　我给你说，肉做熟了，你若还偷吃一点，我却把你这个嘴要扯烂。

小　玉　媳妇不敢。

郑　母　不敢就是了。（下）

小　玉　哎。真可怕也。

（唱）可恨婆婆太凶悍，

无辜将人要作践；

每日共是三顿饭，

顿顿吃饭把眼翻；

想起叫我心疼烂，

无可奈何只怨天。

天呀，天呀，我小玉的好命苦也。

（二倒板）

急忙持杖把面擀，（取擀杖擀面）

（慢板）

手执擀杖泪不干；
纵然侬家见识浅，
婆婆也该好成全；
为什么无辜寻过犯，
家宅六神都不安；
真个是无仇不成眷，
这样遇合实可怜。

［二狗上将肉噙下，小玉看见大惊，持擀杖打狗，甲狗将肉放下，乙狗又噙去，小玉又打乙狗，乙狗放下，甲狗又噙去，乙狗跟甲狗跑下。

这不得活了，不得活了！一时婆婆要吃饭，我该拿什么往出端，这两个狗要我的命呢。只说这却怎处。

（滚板）可恨狗奴才，
无故进厨来；
吃了案上肉，
叫人痛心怀；
婆婆要用膳，
只说怎安排；
狗贼将人害，
平地起祸胎。

郑　母　（唱）想吃猪肉卷烧饼，
等的我两眼直发红；

嗯，闻着香香的，保不住这个贱人一个儿偷着吃呢。媳妇走来。

小　玉　来了。

郑　母　把饭还没做熟吗？

小　玉　这……

郑　母　你看这个贱人，发了痴咧，难道饭还没熟吗？

小　玉　婆婆，饭没熟不大要紧。

郑　母　我把你个贱人，眼看日落西山，我肚子饿得好像猫抓呢，饭还没熟不要紧，什么要紧？

小　玉　婆婆是你不知，肉把狗叼得去了。

郑　母　怎么肉把狗叼得去了？

小　玉　哎，哎，狗把肉叼得去了。

郑　母　呵，狗把肉叼得去了，你说了个干净。（进厨房揭锅看）哼，你看这偷着吃的门道还大，把肉偷着吃了，我连汤都不得喝，问着了，狗叼着去了，今天就要把你这个狗牙抖了。贱人说是你过来。

（唱）骂声贱人太胆大，（执杖打）

小　玉　婆婆，当真是狗叼得去了。

郑　母　还敢强辩谎阿家；

小　玉　（尖板）

叫婆婆莫要打且将气压，

郑　母　哼，哼，哼哼哼！

小　玉　哎，我的婆婆。

听媳妇从头说根芽；
媳妇今午入厨下，
忙做膳馐不敢差；
谁料那狗胆太大，
霎时上案把肉拉；
着忙就拿擀杖打，
越打越闹越没法；
从狗口中夺不下，
二斤肉进了狗肝花；
媳妇不敢说谎话，
还要婆婆细访查。

郑　母　你才说了个干净，给狗全塌上了。你听，我家里就不要你这偷吃媳妇。说是你早些滚。（推小玉出门）

小　玉　婆婆！

郑　母　你来。（执杖赶小玉下，郑元进门）把这个贱人赶出门，我的气才平了。

郑　元　（唱）日快西落天将晚，
大摇大摆转回还；
走上前来拿礼见，
问娘生气为哪般。

郑　母　儿呀，你听

（唱）清早我儿进书馆，
为娘割肉要治餐；
作下肉菜没见面，

郑　元　怎么样了？

郑　母　叫那个贱人偷吃完；

郑　元　听言不觉气满面，

可恨贱人太不贤；
急急忙忙向后转，
要将贱人问一番。

郑　母　儿呀，你向哪里去？

郑　元　这个贱人实在可恶，还是把她饱打一顿，好与母亲出气。

郑　母　也不用你打，为娘已经将她赶出门了。

郑　元　呵，我想我媳妇平日落落大方，岂能做出此事，全当是实，也不应将她赶出门去。哎呀母亲，你今天割了多少肉？

郑　母　足足的二斤。

郑　元　呵，足足的二斤。我想这二斤肉，势必加些菜蔬，烩些豆腐，共总做熟差不多就是三四斤，就是她吃上一半，也给母亲留下一半。难道她就有恁大的饭量，就将三四斤的东西完全吃了？

郑　母　你再不要给你那媳妇护短，难道我还把她冤屈了不成？

姚　婆　（唱）忙到邻家来乞火，
钻头不快火不着。

郑　母　姚大嫂，你慌张为何？

姚　婆　并无别事，只因钻不着火，借你家的火来了。

郑　元　妈妈，天还未晚，点灯尚早，你要火做什么？

姚　婆　你不晓得，今天妙幸有个口头福，门前两个狗，争吃一块肉，从此两狗咬仗，我走上前去将狗打跑了，把肉拿回去，急得想做着吃，即是拿着钻子钻火，紧慢钻不出火来，因此来你家借火。

郑　元　呵。

姚　婆　快教我点上个火。（元给姚点火）请了，请了。（跑下）

郑　母　哎呀，这当真叫狗把肉叼得去了。

郑　元　那岂不是把人冤枉了。

郑　母　管他冤枉不冤枉，我这馋嘴太恓惶。只说今天肉没吃得成，还受了半天饿。嗯，隔壁子姚家大概把肉做熟了，想那肉是我的钱割的，叫她家吃，如何得行。说不了要到她家里争着吃肉，她不给吃了，和她打和她闹。（跑下）

郑　元　这般时候，我不免前去找寻我妻。哎呀，不妥，我想我母亲愤气出门，想是和人家混闹，我还是先到姚家劝我母亲回家才是。
（唱）常言说天下无事庸人扰，
平白忽起这波涛。（急下）

第八场　杀　人

登场人物：瞽瞍　姚婆　戣首　娥皇　女英　象儿　郑母　郑元　乡约　地方

［瞽瞍姚婆象儿喜洋洋地上。

瞽　瞍　（唱）今天倒有口头福，

姚　婆　　狗口里夺食不腥气；

瞽　瞍　　鹬蚌相争渔人利，

象　儿　　坐在草堂等着吃。（三人入坐）

［娥皇女英戣首各捧饭碗上。

娥　皇　（唱）双手捧膳奉姑舅，

　　一见小叔尚含羞；（将膳给瞽瞍）

女　英　　深宫不善操井臼，

　　奉养高堂转发愁；（将碗给姚婆）

戣　首　　狗嘴里夺下这猪肉，

　　气味总觉不清幽。（将碗给象）

瞽　瞍　今天这肉吃来还怪香的，就是有点狗腥气。

姚　婆　今天这肉没花钱，你尽饱地吃。

象　儿　妹妹，这肉吃着香得很，你快盛一碗坐到这儿吃来嘛。

戣　首　你吃我不吃，我嫌狗口里出来的这肉气味不好。

姚　婆　哎，今天把那两个狗亏了，它们争了一阵，倒叫咱们享受咧。

戣　首　其实也不亏它，常言两虎相斗，势不俱生，不如把这肉夺了，也免得它为嘴丧生。但这肉我总吃不下去。

瞽　瞍　小孩子还脾气大，不吃也罢。

（唱）我还要努力加餐饭，

姚　婆　　肉到口边开笑颜；

郑　母　　半天肚子没吃饭，

　　倒把媳妇赶外边；

　　谁料他家开筵宴，

　　我也染指要尝鼋。

你一家子都吃呢，吃了个香。

戣　首　妈妈到了，请坐。

郑　母　我也不坐，实话得说，我吃肉来了。

姚　婆　嫂嫂，不凑巧，将肉吃完了。

郑　母　哼！借的我家火，煮的我家肉，你一家子大排筵宴地吃完了不成，要吃呢，要吃呢。

姚　婆　慢着，这火权当是借下你家的，怎么肉也成了你家的咧？

郑　母　我花了一百钱，割了二斤肉，叫狗叼着去了，你从狗嘴里又夺着来，这可不是我家的肉是谁家的肉呢？

姚　婆　权当你家的肉，我总是夺于狗口，并不曾取于你手，你发气是怎的？

郑　母　难道说你一家子吃呢我连一点都不得吃。

姚　婆　只管说吃完了，你不信在锅里看去。

郑　母　我就全然不信，叫我看去。（下）

瞽　瞍
姚　婆　哎，今天这肉就吃脏了。

敤　首　我说不要吃不要吃，吃得好吗？

娥　皇
女　英　还是给人家说几句好话吧。

瞽　瞍　哪里有好话给她说呢。（郑母提锅上）

郑　母　你看吃了个干净，连狗舔了一样。嗯！摔他娘的摔了。

姚　婆
象　儿　这一下把锅砸了。

瞽　瞍　就是这样的横行。

（唱）耳听得咔嚓摔了锅，
气得我瞎子翻眼窝；
不由人七窍冒出火，（摸锅铲）
叫你只死不得活。（瞽瞍下取厨刀上，娥皇女英敤首拉）

郑　母　我把你个瞎种，你先把我试一下，料你还没有打人的那个胆。

瞽　瞍　你可把我料不就，谁还怕你，我年老犹有雄心在，不杀人不成大丈夫。

郑　母　你敢把我试一下。（瞽瞍用力砍郑母头晕倒众惊坐地）

瞽　瞍　怎么不言传咧？

众　　　哎呀，不好了！

瞽　瞍　哎呀，大半把祸闯下了。

敤　首　（唱）我只见血淋淋将人杀坏，
平白地又起了这个祸胎；
我哥哥领大兵为国除害，
家园中谁料想生出事来；

娥　皇　恨郎君为国事终年在外，
把家务全不曾记在心怀；
老公公今日里将人杀坏，
这祸事只说是怎样安排；

女　英　那两个狗奴才竟将人害，

无故地叨猪肉起下祸胎；
偏不幸我的夫领兵挂帅，
闯下祸无一人肯出头来；

郑　元　来进门先听得人声吵闹，
只恐怕犯口舌又把祸招；
进门来见母亲就地而倒，
可怜她血淋淋命归阴曹。

我，我的母亲呀！

母横死总怪我为子不孝，
我还要上前去细问根苗。

我母如此横死，是你家何人所害？（众不语，元拉象）你还不与我实说。

象　儿　好老哥呢，你母亲来到我家，混吵混闹，连我家锅都摔了，我爹爹眼目不好，一时动气，拾了一片子烂锅冒打了一下，就做下这活，我可没撞你家老人。

郑　元　呵，凶手原来就是瞽瞍这个老贼，我不免报知乡地，先将凶手看住，我母尸首就放他家，待我前去报官，等候验尸了。

（唱）我先要就近报乡地，
入衙再把堂鼓击。（急下）

象　儿　母亲，人家报官去了，这怎了。

姚　婆　儿呀，你老子把人命失下了，他给人家抵命去，敤首女儿，还不随上为娘逃走。

敤　首　咱们走了，我爹爹谁管呀？

象　儿　事到如今，谁管得他，快悄悄地走。

敤　首　爹爹失下人命，咱们岂能不救，我不走，还要替爹爹应罪。

姚　婆　这个蠢材，提不灵醒。孩儿，他不走了也罢，咱们快走。（偷着下）

娥皇女英敤首　（唱）他娘儿避患难纷纷逃走，

我，我的爹爹呀！

娥　皇　（唱）丢下我嫂和妹都是女流，
女　英　老爹爹年纪迈双目无有；
敤　首　一霎时公差到怎好干休。

瞽　瞍　你都哭什么呢，你看人到底死了没有？

敤　首　人已经死了。

瞽　瞍　怎么说人死了，哎，我可没说声瞽瞍啊瞽瞍，你杀了人这怕不得了呵。

敤　首　爹爹，人家儿子郑元都报官去了。

瞽　瞍　怎么郑元报官去了，呵，老婆子。

娥　皇　我婆婆逃走了。

瞽　瞍　呵，象儿，

女　英　爹爹我那小叔子也逃走了。

瞽　瞍　怎么他们都逃走了。敤首女儿，这没人管爹爹我咧。

敤　首　事到如今，家中只有我姑嫂三人，还有谁管你呢。

瞽　瞍　哎，不好

（唱）一时间失手伤人命，

他娘儿两个逃无踪；

她姑嫂三人难照应，

瞎老汉只说怎逃生。

哎，我从前真把眼瞎咧，把这搅家不贤的婆娘，忤逆不孝的儿子，总没认清，如今我才明白了。

到今日胸中才猛醒，

怪不得瞎了双眼睛。

媳妇，女儿，爹爹今日才明白了，你们速快将爹爹引上跑，把我那贤孝的大儿找着，再好设法。

敤　首　嫂嫂，妹引爹爹前行，你们后边跟随，咱们快走。

娥　皇
女　英　呵，走

敤　首　（唱）敤首女前边引路经，

娥　皇
女　英　我姐妹后边紧相从。（同下）

乡　约　（唱）姚家老汉失人命，

地　方　官人前去看分明。

乡　约　郑元说瞽瞍将他母杀坏，他到衙门报官，叫咱们把凶手先拿住。快走，看人跑了。

地　方　他瞎眉两眼的，往哪里跑，不要紧。

乡　约　随我快走。（转半圆场进门）

地　方　哎呀，这怎么一家跑得连一个人都不见了。

乡　约　你还说跑不了，我可不负责任。

地　方　你看凶手在那里睡着呢。

乡　约　你年轻轻的怎么就眼花咧，这是尸首。

地　方　呵，这是尸首，我当是凶手。（郑母翻身）尸首怎么动弹呢，怕凶咧，快跑。

乡　约　再不要傻了，叫我先看一下。呵，这人没死么，这像是血把人淌晕咧。

地　方　当真没死。

乡　约　这伤也没到致命处，人绝对不得死，你连伯先把人发落到他家。

（唱）此人口中有微气，

抬到他家请良医。（抬郑母下）

第九场　摄　政

登场人物：唐尧　虞舜　四岳　伯禹　皋陶　大内侍　四内侍

［四内侍扶唐尧上。

唐　尧　（唱）年迈百岁精力敝，

一心退位让社稷；

这天下哪个能治理，

只有虞舜最得力；

今日要与群臣议。

迟暮光阴好休息。

哎呀，自朕奉天承运，在位九十三载，年纪一百一十岁，如今老病日浸，心力俱瘁，心想让位于舜，不免宣群臣上殿商议才是。内侍，群臣上殿。

内　侍　万岁有旨，群臣上殿。

众　（内白）上朝（众上）皇帝传见，一同上殿。（上殿参拜）皇帝病体如何?

唐　尧　只因老病日浸，身体愈衰，这也是年龄所限，无法奈何，朕今决意让位，未知众卿推戴何人?

四　岳　皇帝既要让位，臣愿推戴虞舜。

伯　禹
皋　陶　他堪以继承大统。

虞　舜　为臣德薄，这个皇帝大统，实在不能胜任。

唐　尧　群臣推贤，你也不要过谦。

虞　舜　为臣当真德薄，不能胜任。

唐　尧　你平日孝德彰闻，人所共知，况你入朝以来，举十六相，去四凶残，屡立大功，天下咸服，你又何必推辞。

虞　舜　胤子丹朱，无大过失，皇帝既然年高力衰还是传位于子，为臣以姻娅之亲，作一辅佐之臣，岂不是好。

唐　尧　哎，丹朱文过饰非，朕岂能叫他暴虐百姓，况这天下原是公器，我决不能认作私产，这个大统，还是非你继承不可。

虞　舜　皇帝定要让位于臣，为臣便是逃走。

（唱）虽然说天下是公器，

臣才短不能立社稷；

请皇帝另外再拟议，
如不然臣便要逃匿。

唐　尧　哎。你既然再三恳辞，刻下也不便相强，只是朕年纪太大，无力整理朝市，命你代行天子职权，皇帝名号朕应上，国家大事你掌上，你看如何？

众　这却再不能推辞。

唐　尧　将印信陈上。（尧交给舜）四岳听旨。

四　岳　臣在。

唐　尧　命你奉旨巡行各州，晓谕九州十二牧，刻下暂由虞舜摄政行事，将来朕晏驾，何人可以继承大统，务须征求民意，民意倾向何人便把江山让与何人。

四　岳　遵命。（下）

唐　尧　你好好整理乾坤，朕便在后宫养老了。

（唱）将天下付人谈何易，
为天下得人真格难；（下）

虞　舜　从权代理天子事，
才力绵薄费筹思。（入坐）
伯禹，你看洪水滔天，下民涂炭，命你前去治水，须要小心。

伯　禹　遵命。
急忙前往治水患，
要凿龙门奠山川。（下）

虞　舜　皋陶，你看蛮夷猾夏，寇贼奸宄，特命你官居士师，执掌五刑，无论何人犯法，定以国法从事，不徇情面，不避权贵，须要认真。

皋　陶　遵命。
司法大权要慎重，
用刑还须期无刑。（下）

大　内　摄政不好了。

虞　舜　慌张为何？

大　内　摄政不知，适才在大街见一少年，名叫郑元，他说与摄政隔壁邻居，又说太老爷将他母杀坏，如今要到士师衙门禀报，请摄政速快设法。

虞　舜　怎么说？

大　内　摄政醒得。

虞　舜　（唱）一霎时吓得我三魂不在，
才摄政便结了这个祸胎；
老爹爹目失明年纪高迈，
因什事犯下了这个罪来；
乡党中理应该互相亲爱，

有什么大冤仇解释不开；
平白地拉下了这个命债，
这命案却叫我怎样安排。

大　内　摄政速快设法，你想，皋陶新任士师，他是不徇情面，不避权贵的人，遇见这种命案，岂能不行职权。事到如今，还是请托一下才是。（下）

虞　舜　（唱）他本是师士官职权所在，
我岂能去求情理上不该。

哎，我想杀人者死，国有常刑，这个命案，人家的儿子，定要与他母亲伸冤，士师皋陶定要为父问罪，我今日亲执政柄，既不能破坏国法，又不能在士师面前求情，只说这却怎处？有了，我想士师执法，乃是他的职权，人子救亲乃是我的本分，这些功名富贵皆是身外之物，不如一概撒手丢开，今晚三更以后，暗暗出宫，回得家去，将我爹爹窃负而逃，遵海滨而处，给他个不知下落。

（唱）只要父亲脱大难，
功名富贵不欣然；
内边将衣忙更换，
窃负爹爹逃外边。（急下）

第十场　捉　人

登场人物：皋陶　郑元　甲乙巡捕　四青衣

［甲乙巡捕四青衣引皋陶上。

皋　陶　（唱浪头）
有皋陶作士师今日履任，
整朝纲振国纪巡查匪人；
带人役到大街四处访问，
只恐怕奸宄徒犯法害群。

巡捕。

巡　捕　伺候大人。

皋　陶　本司今日出外巡查，倘有人喊冤，须要早禀我知。

巡　捕　遵命。

郑　元　（唱）恨瞽瞍做事太狠大，
执刀竟将我母杀；
今日来在辇毂下，
士师带人出巡查。

大人冤枉。冤枉。

巡　捕　什么冤枉？可有状子？

郑　元　倒有状子。

巡　捕　禀大人，有一少年喊冤。

皋　陶　可有状子？

巡　捕　有状，大人请看。

皋　陶　待我看来，哈哈，怎么舜为天子，皋陶为士，瞽瞍杀人，哎，这岂不是给我出下难题了。哎哈，我想人命至重，法律平等，无论何人犯法，我还是按律治罪。这是郑元。

郑　元　伺候大人。

皋　陶　本司一面与你捉拿凶犯，你速快回家，看守你母尸首，准备本司明日验尸。

郑　元　遵命。（下）

皋　陶　巡捕，速快去捉凶犯。（巡捕下）

（唱）刑事格外要谨慎，

速快策马去捉人。（四青衣随皋下）

［舜改装上。

虞　舜　（唱尖板）黑夜里出宫来神魂不定，（慌张绕场三周）

只恐怕执法人去到家中；

倘若还我的父为人抵命，

只说我为人子怎好担承。（忙下）

第十一场　窃　逃

登场人物：瞽瞍　娥皇　女英　敤首　虞舜　皋陶　二巡捕　二店家　车夫

［敤首引瞽瞍，娥皇女英后随上。

敤　首　（唱浪）手引爹爹往外走，

五内惊慌不自由；

娥　皇　怕只怕公差捉凶手，

女　英　日暮途穷怎漂流；

敤　首　耳听后边人声吼，

巡　捕　（内白）前边就是瞽瞍，停住，停住。

娥　皇
女　英　吓得人浑身冷汗流。

巡　捕　快捉拿。（将瞽瞍拿住，敤首娥皇女英惊倒地）

瞽　瞍　这一下不得活了。

敤　首　爹爹!

巡　捕　你将这老汉叫爹爹，莫非你是他的女儿?

敤　首　公爷认得不错，还请留情。

巡　捕　留什么情，这是你老子的事，与你无干，你快走你的。

敤　首　哎，我的公爷呀。

（唱）敤首听言忙跪倒，
二位公差听根苗；
我爹爹年老又昏耄，
一时失手把祸遭；
人命案件至重要，
论起国法怎能饶；
只因时运太不巧，
并不是有心犯律条；
我兄长在朝声名好，
为国家屡次立功劳；
难道法律没分晓，
公差还要细推敲；
倘若父命真难保，
裙钗情愿将罪招。

巡　捕　那却不行，这谁杀人谁抵命，别的不论谁都不能替代，快起来走，不株连你们。

娥　皇　哎，我的公差呀。

（唱）二位公差请细听，
我本是娥皇她女英；

女　英　那妇人做事太骄横，
来到我家乱发凶。

娥　皇　我公公登时

女　英　怒气涌，

娥　皇　况且双目

女　英　不分明；

娥　皇　因此失下

女　英　这人命，

娥　皇　一家人逃走

女　英　出门厅；

娥　皇　我丈夫在朝

女　英　　执政柄，
娥　皇　　我父亲皇帝
女　英　　作九重；
娥　皇　　人命本来
女　英　　关系重，
娥　皇　　难道全不
女　英　　顾面情；
娥　皇　　请公差且把人情送，
女　英　　此案毕竟好圆成。
巡　捕　好我的二位帝女呢，你说的话我听明白咧，但是放人那一层，小人实在没有那大的胆，小人此时给二位帝女准备车马，送你入都，你见了摄政，将话讲明，他自然会想法子。
娥　皇　倒还说得有理。你们速备车马。
巡　捕　遵命。（乙巡捕下甲巡捕看守瞽瞍）
娥　皇　妹妹，还是咱们一同入都，见了你哥哥再好设法。
敤　首　我怎忍舍亲入都，还请二位嫂嫂速快入都，叫我哥哥速快设法，妹妹此时就是死也不肯离开爹爹呀。
（唱）请嫂嫂速快入都去，
　　　只怕兄长不曾知。
巡　捕　车马到。
娥　皇　（唱）我二人就此登车去。（上车）
女　英　　不由叫人泪如珠。
娥　皇
女　英　妹妹。
敤　首　嫂嫂快走（娥皇女英下）
（唱）只见爹爹受痛苦，
我的爹爹呀！
瞽　瞍　我的女儿呀！
敤　首　（接唱）事到此无法可维持；
巡　捕　你不寻你哥哥去，在这里哭着算什么呢？伙计，将人解上走。
敤　首　爹爹。
瞽　瞍　女儿。这一下父不得活咧。（巡拉瞽瞍下）
敤　首　（唱）爹爹霎时随人去，
　　　孩儿怎能同驰驱；
　　　老天杀人何太苦，
　　　我还要奔走追长途。（急下）

［二巡捕拉瞽瞍上。

甲巡捕　（唱）日落西山天色暮，
　　且在店里住一宿。
那女儿还在后边追赶呢。差人的腿，骏马的尾，他赶上十天也赶不上。天色已晚，在这店房里先住一夜。店主人走来。

店　主　什么人？

乙巡捕　差事到了。

店　主　原是解犯人的公差，随我来。（进门介）这还是个老汉，不知犯得什么罪？（下）

虞　舜　（内唱）百忙中赶着要救父，
　　只怕公差将人拘；
　　正行走来日色暮，
　　且寻店房住一宿。
店主，请了。

店　主　请了。客人莫非歇店？

虞　舜　正是的。

店　主　今晚我这店有差事呢，你在那边店里歇去吧。

虞　舜　什么差事？

店　主　有两个公差解着一个犯人，双目无眸，你歇在里边也不方便，请往那边店去歇吧。（下）

虞　舜　怎么这些公差已经将我父拿住，只说这却怎处……有了，今晚三更之后，不免越墙而过，窃负而逃，便是这个主意。
（唱）今晚定要越墙去，
　　为人子救父命理应如斯。（下）

［巡捕甲从下场门上。

巡捕甲　（念）把凶手暂时绑在此。

巡捕乙　咱二人先把晚饭吃。
（对瞽瞍白）你就在这里宁宁的。（绑介）我把你绑松一点。

巡捕甲　防顾把人跑了。

巡捕乙　他双眼无眸，就是不绑也跑不了，你放心。

巡捕甲　咱们早些睡觉。（同在桌旁睡介）

瞽　瞍　哎，我好悔也。
（唱）悔不该杀人把祸闯，
　　低下头儿自思量；
　　老汉心底太混账，
　　凭老婆给我做主张；

大儿屡次遭冤枉，
小儿悖谬又荒唐；
我好比瞎子骑在瞎马的脊背上，
碰得我浑身受损伤；
到今日双手被缚绑，
想逃走两眼又无光；
重华儿是孝子快把计想，
如不然这命案怎生下场。

［舜上，越墙下，揣摩在瞽头上。

瞽　瞍　你是谁呵？要啥呢？（舜解绳）公爷，你把绳解开，叫我松活一下。（舜捂瞽口，背瞽）谁还行这善呢。（舜背瞽越墙过，背下）

巡捕甲　哎呀，天亮了，伙计快起，天明咧。（乙巡捕起）哎呀，怎么将凶手跑了。

巡捕乙　这瞎眉两眼的怎能跑脱，这才是怪事。

皋　陶　（念）四路差人拿凶犯，
来到草桥店门前；

巡　捕　接见大人。

皋　陶　将凶犯可曾拿住？

巡捕甲　倒也拿住。

皋　陶　现在哪里？

巡捕乙　昨晚一时不小心，凶犯又跑了。

皋　陶　怎么将凶犯跑了，这还了得。

差　役　禀大人，自从这件命案发生，摄政前天晚上逃无下落。

皋　陶　怎么摄政逃无下落。呵，是了，我想摄政乃是孝子，他此次逃走，定然为救父命，这凶手定是他救去的，这也无法，待我前去验尸。

郑　元　（念）母亲幸未死，
早禀大人知。
禀大人，我母亲虽然受伤，并不曾死，请大人免验。

皋　陶　既然你母受伤，并不曾死回家好好医治。

郑　元　遵命。（下）

皋　陶　只说摄政不知下落，国事无人主持，这却怎处？巡捕，速快四处打探摄政下落（巡捕下）
（唱）国家不可无元首，
此事叫人大发愁。（四青衣随皋下）

第十二场 路 遇

登场人物：白小玉 毁首

小 玉 （唱）恨婆婆做事太短见，
把媳妇全当盗贼看；
纵然是媳妇有过犯，
任凭你打骂也心甘；
为什么一心往外赶，
幼年人出门怎流连；
可怜我娘家无亲眷，
叫人何处把身安；
老天杀人太伤残，
风尘奔走到何年；
走得我腰疼双腿软，
坐在地上哭苍天；

毁 首 （唱）哭了声爹爹身遭大难，
一家人如参商何日团圆；
老天爷有主张何不怜念，
满腹中冤屈事能对谁言。

哎，心想寻我哥哥，只是不知路径。那边坐着一位女娘，不免上前问过。怎么是郑家那个媳妇，想是她前去告状，在此歇息。说是天呀，天呀，怎么又遇见仇人了。

实想和她同结伴，
谁料又是大仇冤；
她见我若还失情面，
只怕人命有牵连；
将身急忙向后转，
避之大吉免麻烦。

小 玉 那边好像姚家姑娘，她因何事到此？待我上前问过。

毁 首 这冤家不好交言，待我连快躲避。（小玉紧拉毁首惊）

小 玉 姐姐，正好见你问话，你为何转身要走？

毁 首 哎。怎么还跑不脱，这才是冤家路窄。哎，我的嫂嫂呀。（跪倒）

小 玉 姐姐，我拉你想问你两句话，你却跪下做什么呢？

毁 首 嫂嫂，你拉我是想问我两句话。

小 玉 这是他乡遇故人，难道我还有别的意思吗？

戮　首　嫂嫂，你没有别的意思？

小　玉　哎，姐姐你好多心，这可有什么意思呢？（小玉扶戮首起）

戮　首　嫂嫂你当真是想问我两句话？

小　玉　谁还道谎不成。

戮　首　（背语）哎呀，那桩案件，她像不知道。嫂嫂，你这般时候向哪里去？

小　玉　咱们隔壁邻舍，我遇到的那事，难道你还不晓得吗？

戮　首　你遇到什么事？

小　玉　哎呀，姐我的姐姐呀。

（唱）那一日割了二斤肉，

戮　首　怎么你还是为吃肉来？

小　玉　姐姐，肉还没吃得成。

戮　首　怎么还没吃得成？

小　玉　（接唱）我下厨急忙备膳馐，

谁料想来了两个狗；

戮　首　怎么还是两个狗？这两个狗就把人害死呢。

小　玉　将肉叼在门外头，

我紧打慢打不松口。

戮　首　不松口便怎么样？

小　玉　哎，从此就叫狗把肉吃咧。

戮　首　你再不要那样说，狗并没吃肉。

小　玉　姐姐你不知道，当真叫狗把肉吃咧。

戮　首　嫂嫂你往下讲，再不要说狗吃肉这一层话。

小　玉　好我的姐姐呢，这话我婆婆不信，就把我冤枉得不能说了，你是个明白人，怎么也不信，这肉我并没有吃一点，完完全全叫那两个狗奴才吃咧。

戮　首　哎，哎，哎，嫂嫂你快往下讲。

小　玉　（接唱）二斤肉进了狗喉咙。

戮　首　哎，哎，哎，

小　玉　（接唱）我婆婆饭时要吃肉，

吓得我一阵魂不收；

她言说偷吃媳妇凭口支吾吃食昧食不是狗，

和我争吵不甘休；

我用好言讲不透，

打一顿赶到门外头；

因此风尘苦奔走，

请姐姐与我把策筹；

戮　首　（唱）戮首听言泪满袖，

她也是风尘一女流；
可恨那日两个狗，
直害得两家结怨仇；
把案由与她讲出口，（近前欲讲）
只怕她和我做对头；
这话暂且不说透，
我二人还可同周游；
拿定了主意不动口，
容后再好叙根由。

嫂嫂既是这样，你如今要往何处？

小　玉　姐姐，我娘家并无亲眷，真是穷无所归。姐姐你往何处去我便与你作伴，只要将身容住，以后见了我丈夫，重重地谢你。

毁　首　岂敢，岂敢，嫂嫂，我到平阳探兄，咱们一同前去，你看如何？

小　玉　那我便连累姐姐了，只是令兄在朝，听说现已摄政，连天子差不多，怎么你单身入都，这是什么缘故？

毁　首　嫂嫂，你岂不知，自我哥哥入朝以后，道不拾遗，夜不闭户，所以我一时想见哥哥，就单身入都，你放心，不怕什么。

小　玉　哎，近日谣言甚多，有人说令兄摄政，丹朱不服；又有人说，前晚摄政忽然不知下落了。

毁　首　怎么说？

（唱七锤）却怎么朝事有变动，
我哥哥忽然又失踪；
这其中必有甚作用，
（挽双锤）思来想去没把凭；
谁说是谣言不准定，
朝中必有大事情；
我哥哥若果无踪影，
我何必奔走去进京；
老爹爹失事要抵命，
却叫何人把罪应；
这才是乖运相合并，
大祸到来不单行。

苦呀！

小　玉　姐姐我一句话说错，惹得你哭，这些谣言，全靠不稳。想令兄代行天子职权，岂能无故出走，必无此事。

毁　首　如此咱们速快入都，再探消息。

小　玉　哎，因这谣言，路上查问很紧，你我女流，恐人怀疑。

敤　首　嫂嫂，这也是没法子的。

小　玉　你我无论何人，扮个男子，就说是夫妻，倒还妥当；只是无有男子衣服，如何是好？

敤　首　这有何难。我这包裹内有我二哥哥的衣服，就给嫂嫂穿上。

小　玉　慢着，姐姐分明是个闺女，恐人看出破绽，还是你扮男子才好。

敤　首　如此你我同到树林内换装了。

（唱）想起遭遇泪如涌，
如何能救父出牢笼；

小　玉　哭声郎君心悲痛，
无奈先到平阳城。（同下）

第十三场　出　山

登场人物：虞舜　瞽瞍　姚婆　象儿　甲乙丙丁四民

虞　舜　（唱）有虞舜避尧子隐居不现，
与父亲移居住在南河之南；
幸喜得我的父性情回转，
但不知一家人流落哪边；
因此上梦寐中时常悬念，
最可怜小妹妹女中大贤；
倘若还天伦中无有缺陷，
把帝王大富贵薄如云烟。

哎，自从那日携父逃走，遵海滨而处。幸喜郑元之母未死，命案了结，满朝文武找到海滨，劝我还朝，是我迫于公义，勉强随他们入都，行至中途，听说帝尧晏驾，仍要让位于我，因此我又托故逃走，以在南河之南避匿，等丹朱登基，再好出山。只是我母和我兄弟妹妹尚不知下落，叫人悬念，这般时候，不免请出父亲再做料理。孩儿有请父亲。

瞽　瞍　咡呸！

（念）妻贤夫祸少，子孝父心宽。

虞　舜　爹爹到了，请坐。

瞽　瞍　我儿你坐了。儿呀，为父从前叫那姚婆子和象儿颠倒得心也混咧，眼也瞎咧，将你几乎害死，为父实在后悔，如今连你住在一处，每日谈古说今，讲德论道，心也清了，眼也明了，但是我那贤孝的敤首女儿尚不知下落，想起教人怎不伤心。（哭）

虞　舜　爹爹不必悲伤，待儿先与爹爹准备茶水。

（唱）准备茶水把亲奉，

天伦乐事在此中；（下）

瞽　瞍　我的儿每日真孝敬，

虞　舜　爹爹请茶。

瞽　瞍　（接唱）为父心清眼也明。

虞　舜　爹爹，孩儿四处找寻我母和弟弟妹妹，仍然渺无踪影，这却怎处？

瞽　瞍　你再不要提你母和象儿那奴才，我一辈子不见他都不想他，只要将你妹妹寻着，那就满天云散了。（姚婆象儿烂衣很狼狈地上）

姚　婆　（唱）不幸老汉失人命，

吓得我奔走出门厅；

象　儿　（接唱）一路盘费不够用，

无奈身落乞讨中。

姚　婆　为娘肚子饥得很，你快在这家要上些饭。

象　儿　爷爷婆婆，打发打发，爷爷婆婆，打发打发。

虞　舜　怎么门外有乞儿之声。爹爹请坐，待孩儿出门观看。

象　儿　那是哥哥。

虞　舜　你是兄弟，那是母亲。

姚　婆　那是我娃。（虞舜拉姚婆进门）爹爹，我母亲和我兄弟到了。

姚　婆　那是夫君。

象　儿　那是爹爹。

瞽　瞍　哼！你个贱人还认得我。（瞽瞍执杖打，虞舜拉）

姚　婆
象　儿　你看我娘儿们弄到这个光景，还不可怜吗？

瞽　瞍　哼，你们把我愚弄得才可怜，说是你快远走。

（唱）小奴才和贱人糊涂混账，

虞　舜　爹爹息怒。

瞽　瞍　（接唱）害得我一家人无有下场；

我从前瞎双眼上了你当，

把萤火看做了明珠发光；

小奴才和狗彘一般一样，

今日里打死你却又何妨。

虞　舜　爹爹息怒，爹爹息怒。

姚　婆　哎，夫君呀！

（唱）请将前事休再讲，

想前事羞愧实难当；

还要你将我多原谅，
从今后改过学贤良；

象　儿　爹爹将儿也原谅，
今后不敢再荒唐。

瞽　瞍　哼，你娘儿两个，千方百计地总想将我大儿害死，多亏没害死的大儿，连皇上都不作，那晚偷地将我背上跑咧，靠你们些，我老早地都给人抵了命咧。你早些滚蛋。

虞　舜　哎，我的爹爹呀。
（唱）劝爹爹莫要把气上，
听孩儿详细说衷肠；
凡百事还要一再想，
骨肉莫将感情伤；
从前的话儿且莫讲，
讲出口叫人痛心肠；
只要以后知礼让，
一家和气便荣光；
人能改过皆可谅，
论情况且是伦常；
娘和弟成了这个样，
怎忍他漂流无下场。
请父亲为儿放海量，
继母一样是亲娘。

瞽　瞍　我儿讲话有斤两，
和你不必论短长。
你们都站起去。

姚　婆　夫君恩宽。

象　儿　爹爹恩宽。

瞽　瞍　我如今成了明眼了，你再不要当瞎子。

姚　婆　我也明白了。

象　儿　我哥哥总算好人。

虞　舜　哎，只是我妹妹尚不知下落，这是一件大事。

瞽　瞍　儿呀，你还要设法找寻。

虞　舜　遵命。爹娘且歇息，待孩儿出外打探。

象　儿　我把我爹爹搀上。（象儿扶瞽姚随下）

虞　舜　（唱）虽然一家乐团圆，
只少妹妹我心酸；

出门四处再打探，

找回妹妹才心安。

甲乙民　众人民望云霓咸来请愿，

丙丁民　行步儿来只在南河之南。

前边好像他老人家。

甲乙民　不错，你老人家怎么在这里？（众作揖）

虞　舜　这是什么缘故？

甲　民　你老人家还不晓得，如今尧帝晏驾，让都君主持中夏，四海欢心，讴歌鼓舞，我们特来迎驾。

虞　舜　帝尧虽有逊位之诏，但是帝尧有子，我岂能承受。

甲　民　你老人家岂不知，天下原是公器，并非私产，这四海百姓哪个肯服丹朱，你老人家还要应天顺人。

虞　舜　怎么应天顺人，哎，人各有志，不能相强。

众　这是天与人归，你如何逃得脱吗，君若不肯出山，你看我们都与你跪下了。

虞　舜　（唱）众百姓个个齐翘首，

想隐遁叫人难自由；

无奈再把功名就，

且与苍生做马牛。

大众请起，说不了我随你们出山。

众　才开了恩了。

虞　舜　准备车马了。

众　是。（车夫上，同众转场，舜进门）

虞　舜　（唱）急忙我把爹娘请，（瞽姚象上车上马）

随百姓同到平阳城。（众随下）

第十四场　讼　狱

登场人物：敤首　白小玉　郑元　二差役

敤　首　嫂嫂快走，快走。

（唱）人人讴歌迎新主，

我哥哥霎时要登基；

小　玉　人家春风正得意，

惹得小玉倍伤悲；

哭声郎君你在何地，

叫人何处寻踪迹；
敤　首　今日你我应欢喜，
为何常常哭啼啼。
小　玉　哎，难见的郎君。
敤　首　哎，哎，哎，我便是你丈夫，常常在你身旁，怎么还说难见。
小　玉　休再取笑。
郑　元　（唱）到客店那人竟走去，
忙捉拿莫迟疑；
哼，原来他们跑到这里，这就是拐骗，快快捉拿。（二差役以绳绑敤首）
敤　首　这是什么事？
差　役　你做下的事，你还问谁，拉上走。
小　玉　那是郎君。
郑　元　哪个是你的郎君，见了士师再说，走。（同下）

第十五场　登　基

登场人物：虞舜　皋陶　瞽瞍　姚婆　象儿　敤首　白小玉　郑元　郑母　大内侍　四内侍

［四内侍引虞舜上。
虞　舜　（引）月正元日朕格于文祖，
（念）稷播百谷契明伦，
五品即敷百姓亲；
休云匹夫为天子，
家世原是黄帝孙。
大　内　禀新主，文武百官已在殿下称贺。
虞　舜　传旨一道，朕今登基，原为服从民意，并非创兴帝业，将来仍需举贤揖让，群臣宜共体此意，各供厥职，免于朝贺，务须辟四门，明四目，达四聪，广开言路，超拔俊杰，钦哉。
大　内　遵旨。（下）
内　侍　禀新主，老太尊上殿。
虞　舜　待朕出迎。（虞舜出桌，旁立拱手，二侍女扶瞽瞍，二侍女扶姚婆象儿同上）
瞽　瞍　（唱）幸今日我二老同上金殿，
姚　婆　（接唱）才知道重华儿他是圣贤；
象　儿　田舍郎登帝位真个稀罕，
上金殿不由人上下齐观。

虞　舜　接见爹爹。

瞽　瞍
姚　婆　我儿站起来。

象　儿　哥哥你快起来，看把你的龙袍污了。

瞽　瞍　（接唱）上金殿我先将四面观看，

姚　婆　　　　天子堂与人民总不一般；（同坐）

瞽　瞍　儿呀，从前为父一时失手，几乎将郑元之母杀坏，幸喜人尚未死，案已了结。只是咱和郑元是个邻家，你今天做了天子，不要因此事结仇，还是将郑元母子宣上殿来，面和一次才好。

虞　舜　郑元本是贤士，孩儿素所深知，儿还想重用于他，所以差人请他去了。

瞽　瞍　这样甚好。哎，只是敤首女儿不知下落，叫人着急。

虞　舜　哎，真着急。

皋　陶　（念）为政先要与民便，

　　　　作士师始信折狱难。

禀主公，今有一宗拐骗案件，言说是皇帝的兄弟，将郑元之妻拐骗着去了。

象　儿　谁还假我的名呢，这还了得。

虞　舜　将这案人犯传上殿来。

皋　陶　将人犯带上殿来。

敤　首　（唱）上得殿来举目望，

　　　　金碧满眼太辉煌；

　　　　只恨我不是女儿样，

　　　　面目羞惭内暗伤。

皋　陶　千岁你上得殿了，那不是你皇兄吗，快快朝见。

敤　首　那我自然要朝见。

皋　陶　这一阵嘴还硬。

敤　首　　　　大摇大摆把殿上，

　　　　一家大小坐满堂。

那是哥哥。

虞　舜　原是敤首妹妹。

象　儿　怎么你把我的衣服穿在身上。

瞽　瞍
姚　婆　呵，原是女儿。

皋　陶　难怪他把皇帝称作哥哥，原来如此，我便下殿。

敤　首　呵，我的爹娘呀。（跪哭）

瞽　瞍
姚　婆　我儿快快起来。

敤　首　（唱）一见爹娘泪如雨，

瞽　瞍
姚　婆　你怎么是这样的装扮?

敤　首　（唱）提起往事好唏嘘；
自那日家中遭祸事，
与爹爹分路各驰驱；
中途遇见郑家妇，
二女流不便行路途；
因此我改装作男子，
她为妇来我为夫；
住居京都半年许，
才候得兄长入皇都；
郑元不解甚缘故，
见面便送入牢狱。

虞　舜　原来如此。

姚　婆　郑家那个媳妇因何出外?

敤　首　也是那两个狗闯下的事。郑嫂嫂你上来。

小　玉　（唱）上得殿来先叩首，

敤　首　嫂嫂，你将你的事与我爹娘慢慢地讲。

小　玉　（接唱）且将前事讲从头；
我婆婆那日想吃肉，
将肉放在案上头，
偏遇见两个冤孽狗，
争着吃肉不肯休；

敤　首　嫂嫂你怎么又说那些狗吃肉的话呢。

瞽　瞍　你把狗冤枉了，这肉那狗还没得吃。

姚　婆　是我从狗嘴里夺下做的吃了。

小　玉　那我便失言了。
（接唱）我婆婆想吃不见肉，
她言说媳妇将肉偷；
进的厨房骂破口，
百方解说不甘休；
赶出门来无人救，
路遇姐姐把我收；

瞽　瞍　（接唱）咱两家遭这事都怪吃肉，
　　　　偏不幸就遇见贼狗对头。
说来说去都是为吃肉来，这两个狗不知连咱两家子有什么冤仇，把我害得几乎失人命，把你害得有冤没处申，如今你再不要发愁了。
大　内　禀新主，郑元母子殿下候旨。
虞　舜　命他上殿。
大　内　郑元母子上殿。
郑　元　（唱）今日胸中含怒气，
　　　　小贱人竟为他人妻；
郑　母　上殿先行君臣礼，
　　　　从前事儿再休提。
瞽　瞍　嫂嫂，你头上的伤好了，那日一时失手，实在对不起。
姚　婆　嫂嫂你那日不该砸我的锅。
郑　母　过去的事，再不必提了。
小　玉　婆婆，媳妇这里有礼。
郑　元　你这时候还认得我母。
郑　母　媳妇，娘那日一时动气，将你赶出，为娘实在后悔，你怎么即时就和人结了亲咧。
小　玉　你将我赶出门外我不和人结亲，难道还饿死不成。
郑　元　嗯，你还说得这样有理。
小　玉　理情都出在你家，这老太尊在此，试问那日谁把肉吃咧。
瞽　瞍　这事我便是干证，你母亲当真把媳妇冤枉了。
郑　元　哎，贱人，
（唱）权当我母冤屈你，
　　　　也应该见我说详细；
小　玉　万水千山我寻你，
　　　　我向何处问消息？
郑　元　你若寻我是诚意，
　　　　为何竟与人作妻？
小　玉　赶出门无有安身地，
　　　　不嫁人何处可栖息；
郑　元　你既然与人结婚礼，
　　　　见我也应把头低。
小　玉　自问我心对得起，
　　　　见你低头为怎的；
郑　元　贱人强词又夺理，

当殿以上把我欺；

小　玉　休怪我今日把你欺，

你不该报官动衙役；

郑　元　哎，我和你也说不清。老哥，他把皇帝口称哥哥，到底是你家什么人？

象　儿　老哥，你想世上光是兄弟把兄长叫哥哥吗，还有人呢？

小　玉　这还何待想呵，他既然将皇帝口称哥哥，自然不是皇帝的兄弟，便是皇帝的妹妹。她现在此，你看他是什么人？

郑　元　怎么你是敤首。哎，我错咧。

小　玉　郎君，如今还有何说？

郑　元　贤妻，这都怪我。

象　儿　仁兄，咱们是紧邻，你怎么累次诬告我家。头一次拏命案，连我家打官司；这一次，又拿拐骗案连我家打官司，我看你就是个讼棍，非反坐不可。

虞　舜　前事再休提起。象弟，郑元听旨，（象郑跪）朕登大宝，象弟应受封爵，便将象弟封之有鼻（庳），郑元为相，一切政事由郑元治理，象弟不得干预。钦哉。

象　儿
郑　元　万岁。

郑　元　如此你我收拾就国。

虞　舜　（念）君临天下谈何易，

瞽　瞍　只眼识人真个难；

姚　婆　天伦乐事今才见，

众　旦　留得美孝名万古传。

［象儿郑元小玉郑母下，虞舜扶瞽瞍姚婆下，敤首内侍随下。

——幕落剧终——

（说明：以上内容录自家存手稿。先生手迹，钢笔分行书写，繁体竖排。在《剧情简介》〔未录入〕中的落款时间为一九五七年五月五日。）

盗宗卷

场 次

第一场 改 卷	第五场 焚 卷
第二场 查 卷	第六场 盗 卷
第三场 屠 梁	第七场 起 兵
第四场 说 营	第八场 自 焚

人 物

吕 后——正 旦	张夫人——正 旦
刘 长——武 生	张秀儒——小 生
陈 平——老 生	吕 禄——二 净
张 苍——须 生	陈 良——武老生
蒯 彻——大 净	冯 贤——武老生
田子春——小 生	马 夫——武 丑
李左车——老 生	庆 童——娃娃生
栾 布——大 丑	夜不收——小 丑

中军、四将、宫女、八卒等杂角多人

第一场 改 卷

[四将八卒引刘长上登高场。

刘 长 （引）叱咤风云，震关东，威武超群。

（念诗）胆力过人志气刚，谁人不知小霸王。

兵发长安无别望，查明宗卷认亲娘。

（白）孤，淮南王刘长，武艺超群，力能举鼎，父王驾崩，兄王刘盈登基，不幸夭亡，国母临朝听政，前日有旨，言说叔王刘泽谋反，命小王征剿，擒拿刘泽父子，长安定罪，是我兵发成皋，一路枪挑二十四员上将，叔王恐惧，来到淮营，将刘氏宗谱讲了一遍，言说小王不是吕国母所养，实系香宫赵娘娘亲生，小王不明，将淮营大事托陈、冯二位老将掌管，小王兵发长安，要查三事，一看吕国母待我如何，二访问托国老臣，三来吗，查看宗卷，何愁生母不明。中军！

中　军　在。

刘　长　将兵可曾点齐？

中　军　齐备多时，等候千岁传令。

刘　长　来呀！

众　　　有。

刘　长　不分星夜，兵发长安。

[牌子、马夫翻、四将八卒胡同门，刘长亮相马夫牵马下，众随下。

[在音乐中四宫女引吕后上。

吕　后　（内唱二倒板）官院开宴笙簧奏，

（上唱慢板）葡萄美酒泛金瓯。

举杯畅饮祝福寿，

庆吕氏一门三王九列侯。

（转唱摇板）审食其进酒祝贺本后岁岁颜如旧，

天长地久寿千秋。

花前欢笑斟金斗，

赏花称觞乐春秋。

好风光人生能几有，

直饮到玉镜高悬照凤楼。

大内侍　国太，如今吕氏一门三王九列侯，国太又自临朝制，天下宾服，真乃盖世之才。

吕　后　嗯！（饮毕想介）

（唱摇板）想起往事身发抖，

阵阵恶火上心头。

未央宫韩信命丧在我手，

斩彭越诛英布本后主谋。

欲杀尽功臣机谋被泄露，

计难行只好作罢休。

幸今朝大权归我有，

生杀予夺由本后。

顺吾者昌逆斩首，

料无人敢和我结仇。

大内侍　国太通宵未寝，有劳玉体，请国太饮些醒酒汤。

吕　后　嗯。

吕　禄　（上念）关东有密书，进宫忙报知。禀国太！

吕　后　何事？

吕　禄　关东送来密书。

吕　后　呈上来。（大内接书给吕后）退下！（大内侍四宫女分下）哼哼！这还了得！

吕　禄　国太，书内讲些什么？

吕　后　书内言说刘长听信刘泽谗言，前来长安，暗查三事。

吕　禄　他要查哪三事？

吕　后　他一看本后待他如何；二访问老臣；三查看宗卷。

吕　禄　哎呀国太！刘长性如烈火，倘若在宗卷上查明生母，如何是好？

吕　后　不必惊慌，想刘长有勇无谋，本后略施小计，管教刘长一怒杀出潼关，马踏成皋，杀死刘泽父子。

吕　禄　如此请国太快快安排。

吕　后　本后自有主意，你且出宫去吧！

吕　禄　遵旨。（下）

吕　后　内侍听旨！

内　侍　伺候国太。

吕　后　速命张苍将宗卷捧来，宫门候旨。

内　侍　遵旨。（下）

吕　后　（唱摇板）本后巧计安排定，
　　　　　　　　提笔灭迹改卷宗。
　　　　　　　　暗布网罗设陷阱，
　　　　　　　　叫他必中计牢笼。

内　侍　禀国太，宗卷到。

吕　后　退下。（展开卷看）哎呀！
　　　　（接唱）看一册又一册无有赵姓，
　　　　　　　　册册细看要查清。
　　　　　　　　刘长高祖第五子，
　　　　　　　　他是香宫赵姬生。
　　　　　　　　为瞒刘长改赵姓
　　　　　　　　叫他里黑外不明。
　　　　（吕后提笔心惊出外看）内侍！

大内侍　（上）伺候国太。

吕　后　把守宫门。

大内侍　遵旨。（下）

吕　后　（吕后改卷）内侍！

大内侍　（上）伺候国太。

吕　后　将宗卷放在后宫。

大内侍　遵旨。（下又上）

吕　后　内侍，传旨老臣，就说淮王年幼气盛，见不得老臣，见了定斩，命他们在三日内，紧闭府门，不要出外。

大内侍　遵旨。

吕　后　内侍，安排銮驾，午门侍候。

内　侍　遵旨。（下）

吕　后　（唱摇板）暂压怒火展笑容，
　　亲身出城把儿迎。
　　十里长亭久待等，
　　见刘长假装思儿放哭声。

（吕后下众随下）（家院引张苍上）

张　苍　（唱摇板）听说淮王回长安，
　　不知所为何事端？
　　邀请老臣莫怠慢，
　　十里长亭把驾参。

（白）老夫张苍，据报淮王回朝，理应邀请老臣，一同出城相迎，家院！

家　院　有。

张　苍　轿马伺候。

家　院　是。

大内侍　（内白）公公到。

家　院　禀爷，公公大人到。

张　苍　有请。

家　院　有请。

张　苍　待我出迎。

大内侍　（上念）前来下诏命，不敢稍停留。

张　苍　公公大人到了。

大内侍　到了。

张　苍　请。

大内侍　请。

张　苍　公公大人有何见教？

大内侍　张大人有所不知，今日淮王千岁回朝，国太因他年幼性如烈火，眨眼杀人，命咱家晓谕众老臣，紧关府门，在三日以内，万勿出府，切记，切记，咱家去也。

张　苍　奉送。

大内侍　免。

张　苍　啊！淮王回京，理应远迎，为何阻止老臣相见？哎！国太有旨，我也只好杜门不出。正是：

（念）诏命莫测高深，乐得人云亦云。

［张苍示意家院，家院关门，张闷闷不乐下院随下。

第二场　查　卷

刘　长　（内唱一句尖板马童翻上）

心急策马紧加鞭，

（上转唱拦头）披星戴月履霜寒。

不避风尘把路赶，

恨不得插双翅飞到长安。

（四内侍四宫女大内引吕后上）

吕　后　（唱小带板）诚恐一旦事泄露，

假意迎儿浐桥头。（留）

刘　长　（唱浪头齐板）生母不明加忧愁，

中途马蹄不停休。

（白）马童！

马　童　在。

刘　长　去问前边何人的銮驾？

马　童　是，官儿请了。

大内侍　请了。

马　童　千岁问前边是何人的銮驾？

大内侍　吕国太迎接淮王千岁。

马　童　禀千岁，吕国太迎接千岁。

刘　长　嗯，启奏国太，就说小王要见。

马　童　官儿速传，就说千岁要见国太。

大内侍　禀国太，淮王千岁要见。

吕　后　命他进见。

大内侍　国太命千岁进见。

马　童　禀千岁，国太命你进见。

刘　长　国母在上，儿臣刘长叩安。

吕　后　罢了儿！（唱尖板转摇板）一见娇儿心悲哀，

泪珠滚滚吊下来。

儿镇守陆安整八载，

时刻教娘挂心怀。

刘　长　（接唱）国母不必泪满腮，

儿现在不是小婴孩。
终年征战久在外，
今特回朝问安来。

吕　后　（接唱）我儿孝顺娘疼爱，
骨肉团聚增悲哀。

刘　长　国母不必悲哀。

吕　后　内侍，排驾还朝。（同下又上入坐）

刘　长　国母在上，受儿臣刘长一拜。

吕　后　皇儿平身。

刘　长　国母恩宽。

吕　后　皇儿快快坐了。

刘　长　谢座。

吕　后　我儿连年征战为国立功，多受辛苦。

刘　长　为国效力，何敢言苦。

吕　后　这是皇儿！

刘　长　国母。

吕　后　近来关外可曾平静？

刘　长　诸王各安本分，儿才回朝问安。

吕　后　嗯，内侍，排宴上来。

大内侍　是。（下）

吕　后　（唱榻板）内侍快把酒宴排，
为儿接风洗尘来。
（白）皇儿请酒。

刘　长　国母请。

吕　后　（接唱）母子共饮心畅快，
不由老身笑颜开。

刘　长　（接唱）多谢国母把宴排，
背转身儿自疑猜。（齐）

吕　后　哎呀！天色已晚，我儿鞍马劳顿，早些安歇，明日再论军情。

刘　长　儿臣遵旨。

吕　后　内侍，掌了龙灯，伺候你千岁安寝。

大内侍　遵旨。（刘长随大内上）

吕　后　（唱摇板）休怪本后心肠毒，
事到着急不自由。
明日劝他饮药酒，
管教奴才一命休。（下）

（大内持灯刘长随下）

刘　长　（唱大带板）国母待我甚疼爱，

这情由叫人费疑猜。

我亲娘若被她惨害，

怎不与子降祸灾。

我若是国母亲生孩，

叔王话儿从何来？

低头暗想独徘徊，

此事儿叫人难解开。

（白）内侍，本御回朝，怎么不见先帝托孤老臣迎接？

大内侍　禀千岁，托孤老臣，他们都病故了。

刘　长　怎么他们都病故了？

大内侍　他们都死了。

刘　长　哎！偏偏的他们都死了。

大内侍　都死了。

刘　长　哎！我好难也！

（唱软摇板）听说那托孤老臣个个已长逝，

我该向何人探机密！

心中烦闷无主意，

满腔忧愤长叹息。

大内侍　请千岁早点安歇。

刘　长　小王还要独坐片时，速将刘氏宗卷讨来。

大内侍　千岁鞍马劳顿，早点安寝，明日再看。

刘　长　嗯，速快讨去。

大内侍　是。（下）

刘　长　（念）夜阑更深万籁寂，月明鸟惊难安栖。

大内侍　宗卷到了。

刘　长　呈上来，不用你伺候。下去！

大内侍　是。（下）

刘　长　（唱尖板）展开宗卷观仔细，

（转唱七锤带板）生母的传记在哪里？

一册无有看二册，

三四册无有心着急。

（白）呀！（接唱）刘长高祖第五子，

他的生母是吕雉。

看罢低头自沉思，

却怎么并无赵姬一字迹？
（白）呵，是是了！（唱七锤带板）
这都是叔王起反意，
故尔从中挑是非。

吕　后　（上唱摇板）一夜忧愁难合眼，
翻来覆去睡不安。
唯恐奴才查宗卷，
识破机谋起祸端。
进得殿来用目看，
问皇儿因何事长夜不眠。

刘　长　国母到了，儿臣有礼。

吕　后　少礼，坐了。

刘　长　儿臣谢座。

吕　后　我儿长夜不眠，所为何事？

刘　长　国母不知，我叔王言说，儿非国母亲生亲养，儿的生身亲娘，实系香宫赵娘娘。

吕　后　胡说！你明是为娘亲生，哪里来的赵娘娘？哎！是了，想是我儿查宗卷。

刘　长　正是儿臣查看宗卷。

吕　后　查看如何？

刘　长　查来看去，并无姓赵之人。

吕　后　儿呀！你今又中刘泽奸计。

刘　长　这个！

吕　后　内侍，将宗卷交看管人好好看管。

大内侍　遵旨。（下）

吕　后　儿呀，想刘泽久有谋反之心，人所共知，他竟敢在我儿面前，拨弄是非，离间骨肉，娘命你二次兵发成皋，捉拿老贼长安定罪，不知我儿可愿前去？

刘　长　儿臣愿去。（刘长欲走）

吕　后　回来，待娘为儿践行，内侍看酒。

大内侍　遵旨。（下）

吕　后　（唱紧七锤带板）金杯玉液娘饯行，
临别听娘细叮咛：
踏平成皋要奋勇，
拿住老贼再收兵。

大内侍　千岁请酒。

刘　长　儿臣不会饮酒，不如将此酒敬于天地。（泼酒起火）

呀！（接唱）一见火光怒冲冠，

谋害小王为哪般。

吕　后　（接唱）此酒本是刘恢献，

我儿息怒听娘言：

（白）哎呀！叫叫一声儿呀儿呀！此酒本是刘恢所献！不料奸王酒内下毒，要害你我母子性命，今日若非我儿洪福齐天，识破奸谋，险些儿命休矣！

刘　长　国母勿忧，儿愿兵发成皋，捉拿奸王，以报此仇。

吕　后　我儿有此胆量？

刘　长　儿有此胆量。

吕　后　（唱七锤带板）我儿既然有肝胆，

为娘还有嘱托言：

此去若把老贼斩，

娘扶儿称帝坐金銮。

刘　长　（接唱）国母勿悲勿心烦，

儿臣把话说心间：

你儿本是英雄汉，

岂容奸王乱边关。

一怒定将奸王斩，

仇报仇来冤报冤。

深施一礼忙下殿，

轰轰烈烈弄一番。

［刘长下、吕后闷闷而下众随下。

第三场　屠　梁

［刘长四将二老将上。

刘　长　（念）未曾扫关东，先踏大梁城。

报　子　报，来至梁城。

刘　长　传下，马踏梁城。

中　军　呵。（众下内杀喊声众上报子后上）

报　子　报，梁王自刎而死。

刘　长　便宜这厮，传下，兵发关东，马踏成皋。（转圆场冯陈二将上）

陈　良
冯　贤　慢慢慢着！

陈　良　千岁，兵发成皋为何？

刘　长　小王奉了国母之命，捉拿奸王长安定罪。

陈　良　千岁年年征战，民遭涂炭，乞千岁存好生之德，早息干戈。

刘　长　大胆陈良，受我叔王贿赂，休走看枪。

陈　良　慢着，千岁听信吕后谗言，马踏梁城，为臣苦谏不听，反要刺臣一死，哎！想老臣忠良半世，岂能受你一枪之苦，不如下马拔剑自刎！

（念）千岁终年动刀枪，关东百姓遭祸殃。

忠言苦谏反受谤，拔剑自刎丧无常。

（拔剑自刎颈倒地）

冯　贤　好一淮王，这就不是，陈老将军身犯何罪，逼他自刎马前？

刘　长　因他私受我叔王贿赂，阻止小王军令。

冯　贤　可怜陈老将军，南征北剿，为国立功，你今听信吕后谗言，又起干戈，扰乱关东，立逼老将军自刎，俺实不平！

刘　长　休走，看枪。

冯　贤　慢着！好一淮王，残暴已极。陈老将军忠谏不纳，反逼他自刎马前，又来刺杀为臣，想臣已老，岂受你一枪之苦，不如自刎。陈老将军等着，我也跟你来了，说是罢，罢，罢。（自刎死）

众　　（内白）众将官，淮王不仁，逼死忠良，我们还是反了反了！

刘　长　哎！众将鼓噪，杀进营去。（下又上众跪求饶）

众　　千岁饶命！

刘　长　尔等有何本领，竟敢言反，哼！哼！从今以后，再有人敢言反者，定斩不饶！

众　　我等再不敢了！

刘　长　站起来，来呀！兵屯淮河。

（念）小王一时火性发，先将梁城一马踏。（耍枪花下）

第四场　说　营

田子春　（上念）吕后残酷毒心肠，挑拨淮王动刀枪。

关东百姓遭魔障，去到淮营说淮王。

（白）下官田子春，只因吕后弄权，诛戮功臣，文武百官畏惧，不敢正目而视，她又怂恿淮王，年年征战，岁岁用兵，杀得死亡枕借，路绝人迹，梁王被迫无奈，去到淮营，将汉室家门，讲说一遍，淮王奔上长安，暗查生母，未曾查明，二次兵发关东，马踏梁城，逼死梁王，老将忠谏，反被逼死马前，淮营将士鼓噪，恼怒淮王，杀进营去，枪挑二十四员上将，小军死伤，难计其数，淮王如此残暴，为人臣者，岂能袖手旁观，是我为了除暴安良，约请三老，去说淮王，怎么还不见到来？

院　子　禀大人，三老到。

田子春　有请。

院　子　有请。

田子春　待我出迎。

李左车
栾　布　田大人。

田子春　二位大人，请。

李左车
栾　布　请。

蒯　彻　田大人。

田子春　蒯大人，请。

蒯　彻　请。

田子春　请坐。

众　　　有坐。

田子春　看茶。

院　子　是。

田子春　众位大人请。

众　　　请。（院打杯下）

田子春　蒯大人久居林泉，今日为了除暴安良，竟然出山，真乃国家之幸也！

栾　布　田大人，蒯大人好比山中的巨石，林中的大木，我二人一个拉，一个推，才将他拉出来了。

蒯　彻　栾大人，话不是那样讲。

栾　布　不是那样，你是怎样说？

蒯　彻　我若不肯来，料你二人将我也拉不到这里。

李左车　众位大人。

众　　　李大人讲说什么？

李左车　你看国事紧急，我们闲话少叙，言归正传。

栾　布　是呀，我们言归正传，田大人你将你的话与蒯大人快快细讲一番。

田子春　众位大人请听：自从吕后临朝，残杀功臣，怂恿淮王，扰乱关东，战祸连年，民不聊生，你们作老臣的岂能坐视不理？

栾　布　大人言之有理，我们应当选一能言利口之人，去到淮营，顺说一回才是。

蒯　彻　你说你就去。

栾　布　怎么谁说谁就去？

蒯　彻　你不去了，坐着。

栾　布　坐着就坐着。

田子春　众位大人，我看蒯大人就去得。

李左车
栾　布　嗯，蒯大人当然去得。

蒯　彻　住住住了，你们异口同声的，都说我去得，这你们眼中只看见我蒯彻一人吗？

众　　　哎！大人，你和我们不同，你是权变之士，当初说过先帝，何况淮王？

蒯　彻　说过是说过，我总是不去的。

田子春　蒯大人这就不是，你为国家老臣，怎么说是不去？众位大人，都说蒯大人去得去不得？

李左车
栾　布　蒯大人去得，蒯大人去得。

蒯　彻　大人都说我去得，但是要去都去，要不去都不去，要死都死，要活都活，我就不能独自一人去。

众　　　我们都愿去。

蒯　彻　慢慢慢着！要去的时节，我们在此先论个班次。

众　　　要班次何用？

蒯　彻　你我去到淮河营，淮王乃是一介武夫，命武士执刀站立两旁，吩咐我们，一家见罢，一家再见，那时我们无有班次，少不得你要推我，我要推你，岂不失了我们老臣的体统？

李左车　说得倒也有理，谁为头班？

蒯　彻　就是你的头班。

李左车　怎么我说就是我的？

蒯　彻　你和我等大不相同。

李左车　怎样的不相同呢？

蒯　彻　想当年楚汉争锋，多亏大人引诱霸王入阵，立逼他自刎乌江，先帝心喜，封你光武军之职，况大人又是托国老臣，钟在庙堂，声在四方，这个头班，理应是你的。

李左车　是我的就是我的。

栾　布　谁是二班？

蒯　彻　就是你的。

栾　布　怎么我说就是我的？

蒯　彻　呵……栾大人，你也和我们不相同。

栾　布　我怎样的和你们不相同呢？

蒯　彻　大人到此是客，常言讲的却好，主不压客，少不凌长，况大人年高德劭，这个二班，理应是你的。

栾　布　二班是我的，就是我的，谁为三班？

蒯　彻　三班是田……

田子春　是你的。

蒯　彻　田子春，你看我年老不能治国，英雄出于你们少年。

田子春　这是蒯大人，适才你说二老年高德劭，理应为头班二班，如今你又说你年老不能治国，英雄出于我们少年，想大人身为国家老臣，却为何推三阻四，这三班定是你的。

蒯　彻　是我的就是我的，少不下四班是你的。

田子春　不用四班。

蒯　彻　这你还不去吗？

田子春　我还要用计行事。

蒯　彻　你是三十六条计，溜了是主意！

田子春　我田子春失信于天下人，岂能失信于三老？

蒯　彻　你是要来的？

田子春　我是定要来的。

蒯　彻　你来的时节，把芦席多带几页。

田子春　带芦席何用？

蒯　彻　好收拾我三老的尸首。

田子春　取笑了哈哈！（下）

李左车　我头班前行。

栾　布　我二班随后。

蒯　彻　我三班偷着溜。

李左车　你逃不了。

栾　布　走不脱。

蒯　彻　我不溜，我不逃，咱们走！

李左车　（唱塌板）想当初楚汉两争强，
韩信弃楚扶汉王。

栾　布　（接唱）　逼死霸王乌江丧，
先帝封他三齐王。

蒯　彻　（接唱）　吕后残害英雄将，
未央宫中一命亡。

李左车
栾　布　（同唱）蒯大人随我淮营往，

蒯　彻　（接唱）此去难免遭祸殃。

李左车
栾　布　那是什么话？

蒯　彻　二位大人息怒，说凶者得吉，哈哈哈！

院　子　来在淮营。

众　　将手本呈上。

院　子　是。（众下）谁在这里？

中　军　作什么的？

院　子　三老各有手本，求见千岁。

中　军　你且下去，待我去传。

院　子　是。（下）

中　军　有请千岁。

［四将、八卒引刘长上。

刘　长　（唱浪头）可恼冯陈二老将，
不该诽谤小刘长。
怒气冲冲坐宝帐，

中　军　禀千岁，三老元臣各有手本求见。

刘　长　呈上来，三老前来，不知何事？嗯，必是来动说词，看他们说的怎样？来呀，将话往外相传，命他们一班一班进见，先唤头班。

中　军　下边听着，千岁有令，命你们一班一班进见，唤头班。

李左车　（上念）忽听唤头班，进帐去拜参。
（白）头班告进，叩见千岁。

刘　长　下跪哪部官儿？

李左车　臣是赵国人氏、姓李名左车。

刘　长　老王驾前，官居何职？

李左车　先帝封臣光武军之职。

刘　长　既是老王驾前托国老臣，站起来。

李左车　千岁恩宽。

刘　长　进营何事？

李左车　进营谏言。

刘　长　谏的何言？

李左车　千岁请听：昔日先帝与霸王交锋，霸王百战百胜，先帝百战百败，张良、韩信，以在九里山前，摆下十面埋伏大阵，霸王虽是勇夫，不肯入阵，那时为臣心生一计，假意投顺霸王，用些花言巧语，引诱霸王入阵，那霸王左手执枪，右手执鞭，杀的我军如风卷残云一般，先帝登高一望，大叫有人制服霸王者，封他为王，张耳应声扑入阵中，被霸王就是这样一枪，刺落马下，事定之后，追封张耳为常山王，尸送赵国安葬，于路见一妇人迎尸啼哭，先帝问明，原是张耳之妾赵夫人，先帝见她姿容美丽，纳入香宫，那就是千岁生身之母。

刘　长　哇！你是什等之人，敢证小王生母，推下斩首。

李左车　慢着，我是先帝托国老臣，你斩不得。

刘　长　斩不得，推下囚了！

李左车　哎！囚了将我就囚了吧！

中　军　头班上了囚了。

刘　长　唤二班。

中　军　唤二班。

栾　布　（内白）有、有、有。

中　军　唤二班。

栾　布　来了！（念）头班上了囚，浑身冷汗流。

走又不敢走，溜又不敢溜。

（白）二班告进，叩见千岁。

刘　长　下跪哪部官儿？

栾　布　臣是梁城人氏，名唤栾布。

刘　长　老王驾前官居何职？

栾　布　先帝封臣鄃侯之职。

刘　长　进营何事？

栾　布　特来迎驾问安。

刘　长　哇！小王初到，不见你前来迎驾，事到危急，才来问安。

栾　布　千岁马踏梁城，逼死梁王，老王闻知，昏倒在地，昏迷不醒，为臣不得其便，因而问安来迟，望乞千岁恕罪！

刘　长　讲得有理，站起来。

栾　布　千岁恩宽。

刘　长　适才进帐谏言的那位官儿，叫什么李左车？

栾　布　正是李左车。

（唱带板）李左车他是外帘官，

为臣我是内帘官。

他谏千岁理应谏，

但不知谏的何事端？

刘　长　他说小王不是吕国太所生。

栾　布　他说千岁不是吕国太所生，想必不是吕国太所生。

刘　长　他说小王是香宫赵娘娘所生。

栾　布　他说千岁是香宫赵娘娘所生，想必是香宫赵娘娘所生。

刘　长　哇！好一栾布，进得帐来，接口应答，随话答话，该当何罪？

栾　布　千岁请息雷霆之怒，暂收龙虎之威，容臣细奏！

刘　长　哼！你且奏来。

栾　布　千岁，古人云，言必从，事必行，内父子，外君臣，千岁乃是一君，布乃一臣，为臣焉敢捩君，千岁说是，为臣说不是，千岁说不是，为臣说是，岂不是以臣挨君，千岁一怒就要处斩，因此上为臣就说了个是而不是，不是而却是。

刘　长　嗯！讲的是理，依你说是也不是？

栾　布　哎呀千岁！

（唱摇板）此事何必把臣问，
宗卷以上查原因。
赵娘娘是你亲生母，
吕后何常是生身。

刘　长　哇！胆大的栾布，你是什等之人，敢证小王生母，推下砍了！

栾　布　慢着，我是先帝托国老臣，你斩不了。

刘　长　斩不了，推下囚了！

栾　布　囚不成。

刘　长　哼！你愿斩愿囚？

栾　布　那么你把我囚了吧！

中　军　二班上了囚了。

刘　长　唤三班。

中　军　千岁怒唤三班。

蒯　彻　哎呀，不、不、不好！

（拥捶上起尖板唱七锤）
忽听千岁传三班，
吓得蒯彻心胆寒。
霎时只觉心慌乱，

中　军　传三班。

蒯　彻　（接唱）他那里不住唤三班。

（白）唔呀！我想今天若还不去，日后见了众位大人，他们必然言道，蒯大人，是你当日说过先帝，先帝封你不斩之臣，今日见了淮王，为何不说，问的我无话应答，岂不失了我一世威风？嗯，要说呢，要说呢，哎呀，他将二老上囚，我怎敢再去说他，唔呀，我想同是老臣，他还能薄一个厚一个，轻一个重一个，为一个害一个，斩一个囚一个，单单杀我蒯彻不成？我这里进帐，但凭三寸不烂之舌，说中淮王，早息干戈，若还不中，也不过是一囚，想二位大人进帐和他善说，我这里进帐要和他恶说，哎，说什么恶说，我不免将这蟒袍斜穿，制度歪戴，一叩头两作揖，不等他传旨，我就起来，将他一眼瞅定，目不转睛，面不改色，他有来言，我有去语，便是这个主意了！

（起磨锤唱尖板）蟒袍斜穿帽歪戴，（接地风扭冠插等）
见淮王一摇三摆摆。

进得帐来倒身拜，（进帐跪拜起）

刘　长　帐前站的你是哪部官儿？

蒯　彻　臣是燕国人氏，姓蒯名彻，先帝驾前二次官封舌辩侯，不敢，舌辩侯就是个我。

刘　长　你说你的官衔，欺压小王不成？

蒯　彻　臣的官衔，乃是先帝封的，不得不说，为臣不说，千岁焉能得知。

刘　长　哼！好一蒯彻，进得帐来，蟒袍斜穿，制度歪戴，难道无有礼仪王法吗？

蒯　彻　住、住、住了！礼仪可以治国，王法可以治民，千岁不离座，为臣不整冠。

刘　长　小王乃是一君，你是一臣，以臣见君，无有君臣之礼，一跪两作揖，小王无旨，即便起立，你说你有罪无罪？

蒯　彻　千岁乃先帝世子，为臣是先帝托国老臣，千岁登基，为臣理应二十四拜，你今未曾登极，论起礼来，老臣见世子，一跪两作揖，也就够了你的了。

刘　长　你可晓栾布李左车他说小王？

蒯　彻　他说你不过为你，难道说为他两家之事不成？说的好了，送出营去，说的不好，赶出帐外，为何将二老上囚，岂不知周公待贤，一沐三握发，一饭三吐哺，后人称赞，可谓至德也已矣！

刘　长　你扬袍舞袖，莫非来下说辞？

蒯　彻　然也。

刘　长　只要你说的是。

蒯　彻　所干何事？

刘　长　倘有不是，小王宝剑新磨，稍刻就要试剑。

蒯　彻　住了！恐你新磨之剑，你要先试。

刘　长　小王身犯何罪？

蒯　彻　你有欺天三罪，你可知否？

刘　长　小王有容人之量，你先讲首一罪。

蒯　彻　你听！

刘　长　你讲。

中　军　往下站。

蒯　彻　请问千岁是哪宫娘娘所生？

刘　长　小王是吕娘娘所生。

蒯　彻　哎！不是的，不是的！

刘　长　怎见得不是的？

蒯　彻　千岁既是吕娘娘所生，为何不承继大统？

刘　长　小王年幼。

蒯　彻　请问千岁，多大岁数？

刘　长　小王年长二十。

蒯　彻　千岁年长二十，还言年幼，慢说二十，就是五七岁，有文武大臣辅佐，也可登基，千岁不坐，就该让于贤者。谁知你既不登极，又不让位，反使吕后临朝称制，残害戚姬，毒死赵王，冤死功臣更不知多少，你既不能进谏，反来助长其恶，妄动干戈，残杀无辜，这是你欺天的首一罪，你说是也不是？

刘　长　嗯，权当一罪，何为二罪？

蒯　彻　你听！

刘　长　你讲。

蒯　彻　哎你听！我且问你，这淮河两岸的百姓，都是哪里来的？

刘　长　小王不知。

蒯　彻　为臣不说，料你也不能得知，想当初楚汉争强，兵马扎在淮河两岸，血战三载有余，只杀得浮尸千里，河水不流。先帝登基之后，心中不忍，将褒中百姓三千余户，迁移淮河两岸，自种自食，五载免粮，六年免草，百姓敬先帝如神，先帝爱民如子，谁是你听信吕后谗言，连年用兵，灭燕破赵，伤害先帝百姓，这就是你欺天二罪，你说是也不是？

刘　长　嗯！权当二罪，何为三罪？

蒯　彻　你听！

刘　长　你讲。

蒯　彻　你听！想当年楚汉争强，我军不能制服霸王，先帝登高大喊，我军中有人能敌项羽者，事定之后，封他为王，那时张耳应了一声，扑入阵中，被霸王就是这样一枪刺落马下，后来先帝追封张耳为常山王。尸发赵国，见一穿白妇人迎尸啼哭，先帝问明，原是张耳之妾赵美人，先帝见她丰韵殊绝，竟将她纳入香宫。赵娘娘入宫，吕后忌妒，暗暗奏了一本，先帝大怒，要将赵娘娘斩首，娘娘言道，身怀有孕，一刀不伤二命，又多亏文武奏本，才将赵娘娘死罪免了，打在冷宫受罪，十月满足降下就是千岁你。吕后闻知，心中暗想，母以子贵，诚恐先帝赦免其罪，乃命宫人夺了千岁，汤内下毒，将赵娘娘活活毒死冷宫，千岁年长二十，既不能为生母报仇，反认仇人为母，这就是你欺天三罪，你说是也不是？

刘　长　好一蒯彻，小王一君，你乃一臣，以臣责君三罪，该当何罪？

蒯　彻　老臣为千岁生母不明，直言无隐，何罪之有？

刘　长　哼！你可知苏秦张仪？

蒯　彻　咦！苏秦张仪便怎么样？

刘　长　他是舌辩之徒。

蒯　彻　想苏秦不负六国印绶，张仪二次相秦，他二人皆有匡扶社稷之功，何言舌辩之徒？

刘　长　退下。

蒯　彻　我晓得，我就不信，拿我还说不过你？歇一歇还要说呢，还要讲呢？

刘　长　哎！人言蒯彻能言，果然话不虚传，今日一旦上囚，真乃可惜。

蒯　彻　说中了，说中了。

刘　长　嗯！将他若不上囚，岂不灭二位老臣志气，显他一个人的威风，他日在百官面前，夸他奇才，不如将他暂且上囚，先灭他的锐气。

蒯　彻　说中了，说中了。

刘　长　哇！

蒯　彻　哎呀不好，这娃娃怎么变颜失色，我想我偌大年纪和他讨的什么闲气，不免与他戴上个高帽子，他将我送出帐去。我老蒯岂不大大地讨了便宜？那是千岁，哈哈哈，千岁，敬人者人恒敬之，爱人者人恒爱之，千岁爱臣老臣焉有不敬千岁之理？

刘　长　哇！你三番五次，说古道今，真乃奸诈之徒，与我推下斩了。

蒯　彻　你要斩谁？

刘　长　我要斩你。

蒯　彻　你且住住住了吧！想当初为臣与齐王谋，齐王不听，后先帝闻知，乃召臣问，臣说：犬各吠其非主，彼时臣只知有齐王，不知有陛下，言罢，自扑油鼎，先帝赦臣不死，封为不斩之臣，先帝不斩，你敢斩我，说你斩不了！

刘　长　斩不了也可以囚。

蒯　彻　也囚不得。

刘　长　囚得也要囚，囚不得也要囚，来呀！拉下去囚了。

蒯　彻　哎！这一下岂不失却我蒯彻一世舌辩之名，罢罢罢！用手掬起千江水，难洗今朝满面羞。

中　军　三班上囚。

刘　长　哎，（**唱七锤带板**）老臣们一个个理直气壮，

这件事我还要仔细参详。

（**刘长低头慢步帐前分析众臣的话**）

田子春　（**上唱摇板**）卸去儒冠换道巾，

扮就云游一道人。

手携娇儿淮营进，

为息战祸费舌唇。

众将士　啊啊！

田子春　小徒弟前边什么喧嚷？

庆　童　爹爹。

田子春　嗯！

庆　童　师父军马喧嚷。
田子春　上前问过。
庆　童　师父放路不走，问他怎么？
田子春　军马喧嚷，怎能不问，退后。将爷稽首了。
中　军　举手打人不成？
田子春　（念）稽首稽首，天长地久，修真养性，太上老祖。
中　军　说得好，到此何事？
田子春　贫道盖寺修庵，神像金身未贴，三清宝殿未盖，求千岁施舍施舍。
中　军　我千岁见不得僧道两门，一怒就要杀人，你到别处去化。不见也罢。
田子春　我一定要见。
中　军　你不得见。
刘　长　外边何人喧哗？
中　军　禀千岁，有一道人要见千岁。
刘　长　见小王有什么好处？
中　军　他说一定要见千岁。
刘　长　好，命他进见。
中　军　命你去见，小心着。
田子春　千岁稽首了，请千岁施舍施舍。
刘　长　哎！小王心上有事，你向别处去化。
田子春　千岁有得何事？
刘　长　只因关东十王内边，有一王子生母不明，一半臣说吕娘娘所生，一半臣说赵娘娘所生，因此事不明，小王心中烦闷。
田子春　千岁何不将这些妄言臣子问斩。
刘　长　斩他为何？
田子春　因他不明宫中机密大事，就敢妄奏千岁，贫道想这位千岁，若是赵娘娘降生，必然左足五指不全。
刘　长　呀！（刘长听说甚吃惊）
中　军　道人还不低头。
刘　长　哎呀！小王出京以来，率领千军万马，随身大小官员却也不少；无人知我足指不全，这一道家他如何得知？莫非他是神仙！

（唱七锤带板）

听罢言来暗思念，
莫非道家是神仙。
即将小王来指点，
何妨从头问根源。

（白）哎呔，说什么神仙！常言，来说是非者，必是是非人，这一道人，宫中机密之事，你乃出家之人，如何得知？

田子春　千岁，说起话长。

刘　长　长话短叙，与你无关，从实讲来。

田子春　此事年深久远，记之不清，说之不明。

刘　长　从你记得的讲。

田子春　如此，千岁请听：贫道出家之时，不过有我小徒弟这样高大，随我师父游遍四大名山，那年化缘来到长安，宿在佛殿，我师父在上边打坐，我在山门外游玩，看见从东来了一个老儿，有六旬以上，从西来了一个老儿，有七旬以上，二老走在一处，深深作上一揖，七旬老儿言道，亲翁恭喜，六旬老儿便问：亲公，我不曾生男，又不曾养女，喜从何来？七旬老儿言道，如今娘娘产生皇子，不久普天大赦免粮免草，岂不是咱老百姓的喜？六旬老儿又问，这是宫中之事，你如何得知？七旬老儿便说，亲公是你不知，只因舍甥在钟楼旁开了一座小小酒馆有两个公公前来饮酒，酒醉说出此事，舍甥回来对我细说，我对亲公细讲，那六旬老儿言道，诚为可喜。七旬老儿又说，亲公亲公有喜必有忧，后来还要杀家呢，六旬老儿便问，杀的是什么家？七旬老儿言道，亲公不知，吕娘娘见赵娘娘入宫，心中不服，暗动一本，高皇爷家大怒，便要斩首，赵娘娘啼哭不止，言说身怀有孕，一刀不伤二命，那时高皇爷起了恻隐之心，即时降旨解下法标，打在冷宫受罪，十月满足，降生皇子。吕娘娘闻知，唯恐高皇爷赦免其罪，乃想下夺子杀母之计，命宫人送去定心汤，以在汤内下毒，赵娘娘明知汤内有毒，不敢不饮，无奈怀抱皇子，哭了几声，恨了几句，咬去皇子左足中指，交他弟赵兼老爷带回原郡，赵娘娘忿恨将汤饮在腹内，可怜呀！可怜！可怜将赵娘娘毒死在血池之中，宫人将皇子抱回交与吕娘娘，吕娘娘以为己出，暗中晓谕大臣传告天下，后来皇子长大，不知生母，岂不是要杀家呢？言罢，一个老儿往东走了，一个老儿向西去了，贫道听罢这话，也有十七八年，多则二十年了。

刘　长　你可知这位千岁多大岁数，名叫甚么？

田子春　这位千岁大约不过二十岁！名叫刘长。

刘　长　哎呀道长！那就是小王！

刘　长　哎呀千岁！贫道不知，乱言朝事，罪该万死！

刘　长　不怪于你，站起来。

田子春　千岁恩宽。

刘　长　哎！想小王从前灯下查看宗卷，不曾查明，怎能够再查一次才好。

田子春　千岁若不放心，贫道愿上长安，盗来宗卷，千岁仔细观看如何？

刘　长　盗它不来，该如之何？

田子春　若盗不来，愿输项上首级。

刘　长　可有什么物件，留得一件？

田子春　贫道也无什么罕希之物，就将我这小徒弟留在这里。

刘　长　来呀，将这一道童和三老囚在一处，再备快马一匹，打发道长早上长安。

田子春　罢了我，哎，我的小徒弟呀！（父子含泪相视，卒推庆童下）

中　军　道人请来上马。

田子春　（唱七锤带板）为国事即日奔长安，

淮营留下小儿男。

张苍在朝为计相，

向他讨卷献淮王。（下）

刘　长　（接唱）道长奔上长安去，

盗来宗卷查根基。

我母若被残害死，

定将诸吕断首级。

［刘下众随下。

第五场　焚　卷

［大内四内侍四宫女引吕后上。

吕　后　（上唱摇板）刘长勇猛不可当，

一怒出关屠大梁。

刘泽虽然多机变，

父子难免枪下亡。

吕　禄　（上念）手握兵马大权，吕氏势压朝班。

（白）参见国太万岁万万岁。

吕　后　平身。

吕　禄　国太恩宽。

吕　后　近日关外可有密报？

吕　产　禀国太，吕成差人到京，言说田子春约会三老元臣，去说淮王，三老被囚，淮王命一云游道人，前来长安盗取宗卷，这是密奏，请国太过目。

吕　后　呈上来，待本后一观。哼！这还了得。吕禄听旨！

吕　禄　臣。

吕　后　从速晓谕潼关守军，捉拿云游道人，不得有误。

吕　禄　遵旨。（下）

吕　后　内侍，宣张苍将宗卷捧进宫来。

大内侍　国太有旨张苍将宗卷捧进宫来。

张　苍　（上念）吕后临朝施暴政，诛戮功臣动兵戎。

恃权怙恶欺僚众，不知调卷是何情？

（白）参见国太。

吕　后　平身。

张　苍　谢国太，宗卷到。

吕　后　呈上来，这是计相，关东诸王，居心叵测，久谋作乱，若还盗去宗卷，必生祸患，依本后之见，不如将宗卷用火……

张　苍　哎呀国太！宗卷关系宗庙社稷，万万不可焚毁。

吕　后　哇！本后旨意，谁敢违抗，今后你若泄露机密，定将你全家斩首。

张　苍　哎呀国太！

吕　后　嗯，若再多言，先斩你的狗头。内侍，将宗卷用火焚化。（吕后下众随下内放火焚卷）

张　苍　（起磨锤唱七锤带板）恨吕后毒辣如蛇蝎，

焚宗卷要把踪迹灭。

不许我将奸谋泄，

不许我向外人说。

倘若诸王讨卷阅，

无宗卷定要将头切。

一霎时主意凌乱胆儿怯，

急得人一阵阵口张舌结。（下）

第六场　盗　卷

陈　平　（上唱摇板）吕氏专权战祸起，

关东干戈久不息。

留藏宗卷是何意？

这其中定然有机密。（齐）

（白）老夫陈平，吕后当殿传旨，捉拿道人，不知是何原故？哦！是了，闻听淮王因生母不明，差人盗卷，我想关东再无别人，必是田子春，此人虽然年幼，颇有肝胆，他来若被吕氏捉住，性命难保，嗯，我自有道理。家院！

院　子　伺候相爷。

陈　平　唤夜不收进见。

院　子　是，相爷唤夜不收。

甲乙差役　夜不收与相爷叩头。

陈　平　罢了，今晚命你二人，手提灯笼，去到大街，高声叫道，犯夜来，犯夜来，会犯夜的犯夜来，不会犯夜的可莫来，若是犯了夜，先见相爷，后送有司衙门。你们可曾记下？

甲乙差役 记下了。

陈　平 速去呀！

甲乙差役 是。（下）

陈　平 （唱二六）今夜捉拿犯夜的，
为救忠良保社稷。（留下）

田子春 （很惊慌地上唱尖板）
道家模样改装扮，
（唱七锤带板）
扮就农夫到长安。
用何计盗出汉宗卷，
低头呻吟步难前。

内　白 犯夜来，犯夜来。

田子春 （接唱）
耳听那边高声唤，

甲更夫 犯夜来，犯夜来。

田子春 （接唱）
叫人犯夜为哪般？

乙更夫 犯夜来，犯夜来，会犯夜的犯夜来，不会犯夜的可莫来。若还犯了夜，先见相爷，后送有司衙门。犯夜来，犯夜来。

田子春 哎！我想世上只有误犯夜，冒犯夜，那有打着灯笼叫人犯夜之理？这必是陈平作怪，想这老儿，巧计多端，我何不趁此机会去见于他，哎呀不妥！这老儿若还降吕，见他如何得了？呵，有了，我不如假装酒醉，到了他府，见机而行便了！
（唱七锤带板）
未曾吃酒先装醉，
故意做个犯夜的。
糊里糊涂向前去，

甲更夫 （接唱）快快捉拿犯夜的。

乙更夫 拿住了。

甲更夫 绑了见爷。

田子春 你家老爷，莫非陈平？

乙更夫 打嘴。

田子春　我醉醉醉了！

甲更夫　你是什么人？敢呼我家老爷名讳。

田子春　我是你家老爷的外甥。

甲更夫　伙计，怎么拿住老爷的外甥？

乙更夫　王子犯法，与民同罪。有错拿，无错放，管他外甥不外甥，绑了见爷。

甲更夫　好，扯上见爷。（同下）

陈　平　（上念）吕后施奸计，干戈久不息。

二更夫　禀爷，小人们拿住一个犯夜的，他说是老爷的外甥。

陈　平　我无姐妹，哪里来的外甥，带进府来。（二更夫下又带田上）

田子春　我醉了，我醉了！

陈　平　掌灯过来，不用你们伺候，退下。

二更夫　是。（下）

陈　平　嗯，全无半点酒气，自言醉了，待我看过。

田子春　你是陈……

陈　平　住口。（向左右看）

田子春　陈大人。

陈　平　田大人。你黑夜来到我府，有得何事？

田子春　特来问安。

陈　平　白天不来问安，为何黑夜前来问安？

田子春　白天不得其便，所以黑夜前来问安。

陈　平　你为何假冒老夫外甥？

田子春　常言好汉不吃眼前亏。

陈　平　好一个好汉不吃眼前亏，请坐。

田子春　有座。

陈　平　田大人，闻听关东有人假扮云游道人，来到长安盗取宗卷，你可晓得？

田子春　那，那，那我不知。

陈　平　嗯，我明白你的意思，你恐我降顺吕后，我情愿盟誓，以表我心。

田子春　如此方见真心。

陈　平　敬告天地，我陈平若有降吕之心，天诛地灭。

田子春　陈大人请起。

陈　平　田大人，究竟那个道人是谁？

田子春　就是学生。

陈　平　你是农夫的模样，何常是道人的装扮。

田子春　哎！是我路过潼关，听说吕后降旨，捉拿道人，幸喜包裹内边带有俗衣，我又改扮农夫，混过潼关，才到长安，盗取宗卷，献与淮王，早息干戈，免得生灵涂炭。

陈 平 哎！哎！你来得迟了，如今吕后将宗卷藏在后宫，哪个敢去讨要。

田子春 这可是实？

陈 平 谁还道谎？

田子春 哎呀不好！

陈 平 子春醒得！

田子春 （唱尖板）听言罢来吃一惊，

（喝场）哎呀，不好了……

（接唱）冷汗淋淋怀抱冰。

陈老爷快快救我命，

搭救子春出火坑。

（田跪陈扶起）

陈 平 （接唱）只恨老夫少才能，

无权势救你出火坑。

我放你天涯去逃命，

免得命丧枉死城。

田子春 （接唱）我有心天涯去逃命，

小儿囚在淮河营。

陈 平 （接唱）既然公子囚淮营，

你何不救他出牢笼？

田子春 （接唱）田子春霎时巧计生，

开言叫声老陈平。

（白）陈平，陈平！

（接唱）限三天交出汉宗卷，

送我回上淮河营。

三天若无汉宗卷，

死在你府不起程。

陈 平 哎！哎！你怎么与老夫种起人命来了！

田子春 陈平呀陈平！你若无有宗卷，我就要与你种命，要与你种命！

陈 平 哎！你低声些，倘若被人听见，密报吕后，如何是好？

田子春 呸！世上只有误犯夜，冒犯夜，哪有打着灯笼叫人犯夜之理？我今限你三天，有了宗卷，还则罢了，若无宗卷，我要和你扭襟上殿，去见吕后，我说为臣身居关东，陈平有帖命我扮就云游道人，来到长安盗取宗卷。

陈 平 哪有此事？

田子春 哼！见了吕后和你再说，你小心着！你小心着！

陈 平 哎！哎！你这不是盗宗卷来的。

田子春 你说我是做什么来的？

陈　平　你是逼我的老命来的。

田子春　我向你要宗卷，哪个要你的命？

陈　平　田大人不要上气，请你先到书房吃茶，待老夫慢慢与你想个法子。

田子春　哪怕你不想！（下）

陈　平　哎！我可莫说陈平。陈平！你恐田子春落在吕家人手内，性命难保，好心好意，差人捉拿犯夜，如今将他拿到，他竟和我反脸，向我立要汉室宗卷，三天无有宗卷，扯我上殿去见吕后，哎！这才是祸不寻人人寻祸，这该怎处？呵有了，来呀。

院　子　伺候老爷。

陈　平　这是名帖，差人速请计相张大人过府饮宴。

院　子　是。

陈　平　回来，一不许他坐轿，二不准他骑马，叫他哑步而来，速去。

院　子　是。（持帖下）

陈　平　（唱带板）老夫低头心自参，
思来想去心胆寒。
田子春问我讨宗卷，
将此事要推在张苍身边。
（白）来呀，酒宴摆上。（院子排酒毕下陈自斟自饮）

张　苍　（上唱摇板）陈平请我把宴饮，
霎时来到相府门。
（白）家院，你在此等候，待老爷进去畅饮几杯。

家　院　老爷，酒要少饮，话要少说。

张　苍　老爷晓得。（院下）
（接唱）进得府来用目看，
丞相自饮好悠闲。
（白）哎！这个老儿请我饮宴，怎么他自饮起来了？
呵，是了，想是他等我不及，酒兴发了，也是有的，我不免咳嗽一声，他必下位迎接，呃嘿。

陈　平　哦。

张　苍　他听见了。

陈　平　（唱摇板）府门外来了张计相，
佯装不知跪二堂。
陈平若还附吕党，
天地与我降灾殃。
表明心迹拜计相，

张　苍　哎呀，不敢当！不敢当！

陈　平　（接唱）唯有我陈平是忠良。

（白）表过忠心，再饮几杯。

张　苍　呵！我当他下位与我赔礼，谁知他对天表他是忠良。他是忠良，难道我张苍就不是忠良！他表得，我也表得，要表大家表！

（接唱）张苍屈膝向空拜，

祝告天地明心怀。

我若降吕良心坏，

满门家眷天降灾。

表忠心再把丞相拜，

忠心耿耿是不才。

（白）丞相。

陈　平　哦，原是张大人。

张　苍　不错。

陈　平　这你夜静更深来到我府，敢是要拿老夫的什么弊端不成？

张　苍　不是丞相有帖，请下官过府饮宴？

陈　平　哎呀呀，不是你提起，我倒忘怀了。

张　苍　哎！竟是这样的请客。

陈　平　来、来、来，备宴不及，这里尚有残酒，张大人用罢。（陈平将酒洒在张苍脸上）

张　苍　丞相，吃酒乃是小事，为何将酒洒在下官脸上？

陈　平　我这酒不是你吃的！

张　苍　哪个吃的？

陈　平　是保国忠良吃的。

张　苍　难道我张苍就不是保国忠良吗？

陈　平　你是保国的忠良，我先问你，官居何职？

张　苍　计相。

陈　平　所干何事？

张　苍　看管宗卷。

陈　平　拿宗卷来！

张　苍　这个……

陈　平　呸！限你三天，有了宗卷，还则罢了，若无宗卷，管教你全家性命难保！

张　苍　哎呀不好！（唱尖板）

听言吓得魂不在，

陈　平　呔！这是什么地方？

张　苍　堂堂相府。

陈　平　既知堂堂相府，为何大声啼哭，来呀，与我轰出去！

[陈下院推张出下。

张　苍　哎呀！（接唱）霎时大祸降下来。

　　　　　　　黑夜摸出相府外，（院上扶张）

（白）家院！家院！

家　院　老爷。

张　苍　哎，走！

（接唱）回府去与夫人细说开怀。（下）

张夫人　（上唱摇板）丞相今晚把客请，

　　　　　不知所为何事情？

　　　　　老身独坐二堂等，

　　　　　等老爷回来问分明。

张　苍　（上喝场）哎呀，不好了！（唱浪头带板）

　　　　　事到危急心神乱，

（喝场）哎呀我的苍天呀！（接唱）

　　　　　呼天不应地不言。

（白）不得活，不得活。哎！不得活了，不得活了。（哭）

张夫人　哎，不好！

（唱摇板）见得老爷发痴癫，

　　　　必是中邪受风寒。

　　　　这时更深已夜半，

　　　　该向何处将医延。

　　　　问老爷身得何病患，

　　　　快与为妻说一番。

张　苍　哎！

张夫人　老爷，你是伤了风了，中了寒了？

张　苍　哎！

张夫人　那么，就是酒吃得多了。

张　苍　哎呀夫人！我一不曾伤风，二不曾中寒，三来吗，我并不曾用酒。

张夫人　那你究竟为了何事？

张　苍　（唱七锤带板）夫人不必问详情，

　　　　　　今晚全家活不成。

　　　　　　手持钢刀自刎颈，

张夫人　（接唱）急忙拦住莫放松。

（白）老爷为何要寻短见？

张　苍　夫人，你不要管，快撒手！

张夫人　我不撒手。

张秀儒　（上唱紧摇板）正在书房读经传，
　　　　　　　　　　忽听二堂闹喧喧。
　　　　　　　　　　急忙进内用目看，
　　　　　　　　　　问二老执刀为哪般？
　　　　（白）爹爹！
张　苍　儿呀！你来了，你来了，你来得好！（哭）
张秀儒　爹爹啼哭，为着何来？
张　苍　我儿小小年纪，不问也罢！
张秀儒　爹爹究为何事？
张夫人　就该与我儿讲个明白。
张　苍　哎呀儿呀！吕后向父讨去宗卷，用火焚化，命父严守机密，若还泄露，定要将我全家问斩，不料今晚丞相请父过府饮宴，哪是饮宴。
张秀儒　他是怎样？
张　苍　他问为父立要汉室宗卷，限父三天，有了宗卷，还则罢了，若无宗卷，他要将我全家斩首，我们都不得活了！
张夫人　哎！不得活了！
张秀儒　我当为着何事，原为这件小事。
张　苍　夫人你听，他还说这是一件小事，奴才，此事为小，何事为大，眼看就要你的狗命！（张苍打秀儒躲过跪下）
张秀儒　哎呀！（跪下）
张夫人　老爷，你将我儿吓跑了。
张　苍　快唤，快唤，秀儒我儿快回来，为父不杀你了。
张夫人　秀儒，秀儒，我儿快回来。
张　苍　（唱七锤带板）
　　　　　　　　一句话吓跑娇生子，
张夫人　（接唱）儿跑了活我有何益。
张　苍　夫人莫可。
张夫人　你撒手。
张　苍　我不撒手。
张秀儒　（上唱紧七锤带板）怀抱宗卷笑嘻嘻，
　　　　　　　　　　　　请爹爹展开看仔细。
　　　　（白）爹爹宗卷到。
张　苍　怎么说有宗卷？
张秀儒　有宗卷。
张　苍　拿来待父观看，夫人你看这个奴才，被我吓糊涂了，竟将一部古书拿来了。

张夫人　老爷，古书也罢，宗卷也罢，你先看个明白。

张　苍　是呀，古书也罢，宗卷也罢，待我先看个明白，夫人掌灯！

（唱摇板）秀儒我儿受惊恐，
拿来古书当卷宗。
是与不是且看定，
有劳夫人掌银灯。

（白）呀！（接唱）
高祖起义在沛丰，

（白）夫人，我们莫非作梦？

张夫人　哎！为着宗卷躁闹了半夜，何尝是作梦？

张　苍　怎么不是作梦？

张夫人　不是作梦，你快看。

张　苍　如此夫人将灯掌高些。

张夫人　是，要高些。

张　苍　哎，太高了，要低些。

张夫人　是，要低些。

张　苍　哎！太低了！

张夫人　嗯！你真难伺候，高了你嫌高，低了你嫌低，怎样的才是个对？

张　苍　你听，掌灯的位置要齐眉。

张夫人　呵，要齐眉。

张　苍　哎，烧着我了，儿呀，快将你母亲灯亮接着。

张秀儒　是。

张　苍　夫人你看，我儿掌灯还比你强。

张夫人　我老了，不中用了，你快看吧！

张　苍　是呀，你我看呀！

（接唱摇板）泗水亭长有声名。
起兵先逐下邳令，
和项羽月下拜弟兄。
不须看来是宗卷，
张苍霎时心放松。

（白）儿呀，宗卷已被吕后焚化，这宗卷又从何而来？

张秀儒　爹爹不知，前因爹爹染病在床，命儿看管，儿看宗卷第七册香宫赵娘娘死得可怜，恐日后有变，儿另抄了一部，放在朱箱，将真宗卷藏在我府。

张　苍　呵，儿呀，这皇家玉玺，怎样盖在上边？

张秀儒　这是儿用黄蜡刻成玉玺盖在上边，与他个真假难辨。

张　苍　嗯，那么国太用火化的？

张秀儒　那是假的。
张　苍　这一部呢?
张秀儒　乃是真宗卷。
张　苍　真宗卷。
张夫人　真宗卷。
张　苍　夫人!
张夫人　老爷。
张　苍　你照这样的儿子与我多养上几个。
张夫人　哎呀呀!
张　苍　如今有了宗卷，我定要与陈平老儿轰轰烈烈大闹一场。
张夫人　老爷还是忍耐了吧!
张　苍　不妨事。
张夫人　夜已深了，不去也罢。
张　苍　呃，要去，要去，家院!
家　院　有。
张　苍　掌灯。
家　院　是。（张夫人张秀儒送张下，家院持灯随张苍出门）
张　苍　（唱七锤带板）如今有了汉宗卷，
　　　　　　　　　　张苍才把心放宽。
　　　　　　　　　　叫家院带路莫怠慢，（跑圆场张跌倒）
　　　　（白）家院，家院!
家　院　老爷，老爷。
张　苍　哎！我在这里。
家　院　老爷快起。（院扶张起）
张　苍　宗卷呢?
家　院　针线呢?
张　苍　哎！宗卷呢?
家　院　葱蒜呢?
张　苍　宗卷不见了。
家　院　葱蒜淹在醋罐了。
张　苍　哎！这个奴才，宗卷不见了。
家　院　宗卷不见了，待我寻。
张　苍　快寻!
家　院　老爷，宗卷在这里。
　　　　[苍见卷喜院拾卷给苍。
张　苍　哎，快走！（接唱）霎时只觉双腿酸。

急忙去把陈平见，
谁忠谁奸当面言。（下）

陈　平　（上唱带板）张苍一去不见转，
叫人时刻把心耽。
低头不语暗盘算，
今晚怎渡这难关。

张　苍　（唱摇板）有了宗卷胆量壮，
坐在上位气昂昂。

陈　平　哎，张苍此去，不是投河，便是寻死！

张　苍　咡嘿。

陈　平　你是张大人？

张　苍　然也。

陈　平　怎么连个品级台位都没有了？

张　苍　嗯，太平年间，论的是品级台位，荒乱年间，教张老爷坐坐何妨？

陈　平　我也不计较你，拿来？

张　苍　拿什么来？

陈　平　拿宗卷来！

张　苍　拿去！

陈　平　待我看来，高祖起义在丰沛，哎呀！这是宗卷？

张　苍　嗯，那不是宗卷。

陈　平　哎呀呀！取笑了，张大人请来上坐。

张　苍　有了宗卷，就可以上坐，也不讲大小品级了？

陈　平　哎呀！他又来了！

张　苍　如此谢座。

陈　平　张大人。

张　苍　丞相。

陈　平　吕后将宗卷藏在后宫，你是怎样讨来的？
［田子春上窃听。

张　苍　你只知吕后将宗卷藏在后宫，还不知她将宗卷用火焚化了。

陈　平　那这一部，从何而来？

张　苍　丞相不知，前因下官染病，命小儿看守宗卷，我儿看第七册赵娘娘死得可怜，他恐日后有变，另抄一部，放在朱箱，将真的藏在我府。

陈　平　玉玺怎样盖在上面？

张　苍　这也是小儿用黄蜡刻成，盖在上面，与他个真假难辨。

陈　平　那么吕后焚化的？

张　苍　那是假的。

陈　平　这个呢？

张　苍　这是汉室的真宗卷。

陈　平　真宗卷？

张　苍　真宗卷。

陈　平
张　苍　啊！哈哈哈……

陈　平　张大人，公子多大年纪？

张　苍　一十四岁。

陈　平　一十四岁的孩子，就有如此大才，他日后功名不在你我之下。

张　苍　是的，将来我那个儿子，少不下有丞相你这个位份呢。

陈　平　呵，我不过奉承他几句，他竟敢在老夫面前，攀起高来了，嗯，不免将他赫吓赫吓，哼哼！张苍你作的好事。

张　苍　我无有什么事？

陈　平　哇！你私造皇家玉玺。

张　苍　无有此事。

陈　平　要谋国太江山。

张　苍　哪有此事？

陈　平　走！

张　苍　哪里去？

陈　平　随我去见国太。

张　苍　（背白）哎！哎！有了宗卷，我就该走去，也就是了，我是好的什么高，如今高出祸来了，这这这，呵有了，不免上前与他赔上个礼，也就完了，那是丞相，下官出言不慎得罪丞相，我这里与丞相赔礼！

陈　平　哼！你父子私造皇家玉玺，与我作上一揖，难道就罢了不成？

张　苍　与他作上一揖，他还嫌轻，想是要我与他施一全礼，哎！都是忠良跪跪何妨，丞相，方才下官出言不慎，得罪丞相，我这里与你磕头赔罪。

陈　平　下跪何人？

张　苍　张苍。

陈　平　你怕我不怕？

张　苍　这。

陈　平　嗯。

张　苍　呵，我怕了你了。

陈　平　呵，怕了我了就好，张大人请起。

张　苍　丞相，你这是何意。

陈　平　我和你作玩呢。

张　苍　哎！哎！作玩不大要紧，倒吓了下官一身的冷汗！

陈　平　请回府去吧！

张　苍　告辞了！（唱浪头带板）

辞别丞相回府去，

（白）哎呀，不妥！（作想介）（接唱）

猛想起一事心加疑。

陈　平　张大人为何去而复返？

张　苍　非是下官去而复返，我想这宗卷是我所管，丞相苦苦向我讨要，必是关东有人前来盗卷！

陈　平　无有此事。

张　苍　哼，这个人定是田子春，你说是也不是？

陈　平　（背白）哎！他怎会晓得？

张　苍　你窝藏奸细，盗取皇家宗卷，要谋国太江山，我和你去见国太。

陈　平　这个。

张　苍　我定要将此事奏明国太，将你斩首。哼！这还了得！

陈　平　（唱攔头转摇板）

陈平低头自反悔，

和他作耍是怎的。

如今惹出大祸事，

他说我窝藏奸细盗取宗卷谋社稷。

语言不逊多怒气，

竟然和我翻面皮。

拉我同上金殿去，

将此事奏与吕后知。

想吕后残酷多诡计，

何人与我辩是非？

她若究查追根底，

田子春插翅难逃逸。

可怜他为国息兵到京地，

一旦被害真可惜！

又恐怕株连从此起，

忠臣义士无孑遗。

不由人心急失主意，

眼看大祸在旦夕。

我心慌意乱忙无智，

只好与他把头低。（留）

张　苍　哎嘘！

陈　平　哎，张大人！（唱摇板）

张大人不必怒不息，
难道你不知我心迹。
我与你赔罪施大礼，
乞大人将此事再休要提。

张　苍　下跪何人？

陈　平　陈平。

张　苍　你服我不服？

陈　平　这，

张　苍　嗯！

陈　平　我服了你了。

张　苍　服了我了好，丞相请起。

田子春　好了，好了，二位大人快快拿宗卷来，打发我走。

陈　平　田大人请看！

张　苍　田大人你好大的胆量！

田子春　胆量不大，怎敢来到长安盗取宗卷？

陈　平　胆量大了好！

田子春　二位大人，这宗卷不过证明淮王生母，关系并不重大，但是淮王起兵前来，还烦二位作个内应。

陈　平
张　苍　那是自然。

田子春　如此告辞。

陈　平
张　苍　恕不远送。

田子春　请了，请了。（下）

张　苍　下官我也告辞。

陈　平　慢着，老夫这里差人去请太尉周勃，朱虚侯刘章，设计先夺南北二军将印，请大人在此先吃一个太平宴。

张　苍　慢着，你的酒不是我饮的。

陈　平　你又来了，哈哈哈……（同下）

第七场　起　兵

［四将八卒引刘长上。

刘　长　（念）国舅赵兼把指献，老臣话儿是实言。

宗卷上边再查看，查明生母报仇冤。

中　军　禀千岁，道家回营，求见千岁。

刘　长　命他进见。

中　军　千岁有命，道家进见。

田子春　参见千岁。

刘　长　宗卷可曾盗回？

田子春　已经盗回，千岁请看。

刘　长　哎！惨死的娘呀！（三哑腔）小王前奔长安查看宗卷，连看数次，并无姓赵之人？

田子春　千岁看的是假的，吕后恐千岁查看，将宗卷改头换尾，所以将千岁瞒过。

刘　长　呵，怎么宗卷还有真假？

田子春　千岁不知，容臣细奏可。（三哑腔）

刘　长　嗯，原来如此。

田子春　千岁，臣非道人。

刘　长　你是何人？

田子春　臣是田子春，父子假扮云游道人，来说千岁，乞千岁恕罪。

刘　长　听我卿之言，小王如大梦初醒，只恨闻之不早，何罪之有？来呀，将三老和田公子放出囚车，随小王去到长安。

中　军　遵命。

刘　长　我卿下边与你儿相见去吧！

田子春　为臣遵命。（下）

刘　长　来呀，整顿兵马，即日兵发长安。

众　　　啊。

刘　长　（唱大浪头）查明亲娘死得苦，

不由小王痛彻骨。

为母报仇灭诸吕，

方称男儿大丈夫。（同下）

第八场　自　焚

［四宫女引吕后上。

吕　后　（唱七锤带板）已将宗卷用火化，

怕什么仙客与道家。

此事本后无牵挂，

斩草除根不发芽。

大内侍　禀国太，淮王差田子春盗去宗卷，查明生母，兵发长安，为母报仇。

吕　后　宗卷已被火化。

大内侍 国太用火化的那是假的。

吕　后 宗卷岂能有假?

大内侍 国太不知，张苍将宗卷另抄一部送国太焚化，他将真宗卷给田子春献与淮王。

吕　后 这还了得！速命武士将张苍陈平拿来见我。

大内侍 遵旨。（下）

吕　后 （唱七锤带板）只悔当初一念差，
将文武功臣未尽杀。
今日祸起辇毂下，
气得本后咬碎牙。

大内侍 禀国太，淮王人马杀奔长安，陈平、张苍开城出迎。（下）

吕　后 不好！（接唱）本后心狠手毒辣，
只说臣子畏惧咱。
不料一旦变了卦，
活活将人能气煞。

大内侍 禀国太，朱虚侯刘章，夺了南军将印。

吕　后 再探。（乙大内下）

甲大内 （上）禀国太，周勃夺去北军将印。

乙大内 （上）禀国太，吕禄吕产被刘章杀死，刘长人马杀到宫门来了。

吕　后 哎呀！气煞我也！

众 （内白）杀、杀、杀！

吕　后 天！哎呀天！谋事不成，叫人好恨！我岂能死在奴才之手？来呀，四面放起火来。

［刘长、陈平、张苍、李左车、栾布、蒯彻、田子春、四将、八卒上。

中　军 禀千岁，吕国太自焚而死。

刘　长 吕后自焚而死，母仇已报，立君安民，自有大臣，来呀。

众 有。

刘　长 未央宫设筵，庆贺灭吕之功。请。

众 请。

（众亮相幕落剧终）

（说明：以上内容录自长安书店出版的《盗宗卷》，冯杰三改编，1958年5月第一版。）

五台会兄

登场人物：杨延昭老和尚杨延德

[杨延昭持马鞭背负骨匣上。

杨延昭　（起浪头唱一句转慢板）

　　奉了母命奔北番，
　　盗父骨骸转回还。
　　唯恐敌兵将我赶，
　　心急催马紧加鞭。
　　红日西沉天色晚，
　　雀鸟归林夜风寒。
　　延昭马上用目看，
　　见一座丛林在路边。
　　下马上前高声唤，
　　今晚古庙将身安。

天色已晚，来此一座寺院，不免在此借宿一宵。寺内有人吗？

[老僧上。

老　僧　（念）山门不封锁，待人进香火。
　　原是一位壮士，到此何事？

杨延昭　师傅，俺行路至此。天色已晚，欲借宝刹一宿。

老　僧　请问壮士，你从何处而来，要往何处而去？

杨延昭　俺从北国而来，要往南朝而去，请师傅行个方便。

老　僧　呵，原来如此，壮士，庵观寺院，来人有份，待贫僧与你牵了坐马。

杨延昭　有劳师傅。（转场老僧将马拉下又上推开门杨延昭进内）

老　僧　壮士吃些什么？

杨延昭　吃用过了，请借照灯一盏。

老　僧　少待，（取灯）灯到，壮士小心灯火，谨慎门户。

杨延昭　师傅请便。

老　僧　老僧失陪了。（下）

杨延昭　请了。（延昭左右搜门关门，起更，取父骨匣）

（滚头子）罢了爹爹，尊堂父。

（唱塌板）一见父骨心悲哀，

泪珠滚滚洒下来。
金沙滩里一仗败，
我杨家折得好伤怀。
老爹爹李陵碑前一命坏，
我的娘命我搬骨骸。
哭了声爹爹今何在，
要相逢除非梦里来。

（抱匣睡）

杨延德　（内唱七锤）杨五郎，出了家，落了发，为了和尚，
天波府抛弃了年迈老娘。
（念）脱去紫袍换袈裟，金刀削去头上发。
不愿在朝陪王驾，五台山上出了家。
今乃三月三日，瞒哄师傅，下山去赶牛羊大会，到的会场，喝的满盏酒，吃的大块肉，将洒家吃了个醺醺大醉。哎，天色已晚，回寺安歇。
（唱浪头）金沙滩赴会一阵败，
我杨家死得好悲哀。
冷眼看破君王面，
因此削发在五台。
今日下山开了戒，
好酒，好肉。
吃酒带醉回寺来。
寺院门临溪一带，
月映古柏照青苔。
哎，一步来迟，山门关了，待我叩门，难道洒家不进去不成。待我打了进去。

老　僧　嗯，我道是谁，原是弟子回来了。

杨延德　呵，原是师傅。

老　僧　因何吃得这样大醉?

杨延德　师傅不知，弟子瞒着师傅，下山去赶牛羊大会，用的满盏酒，吃的大块肉，所以将弟子吃了个醺醺大醉。

老　僧　这是弟子，我们出家之人必须戒酒除荤。从今向后，酒要少饮，荤要少贪。

杨延德　弟子记下了。

老　僧　记下了好，随为师安歇。（转场压锤）

杨延昭　爹爹！

杨延德　哎呀师傅，五台山乃清净寺院，这般时候，何人啼哭?

老　僧　弟子不知，有一壮士，从北国来，要往大宋而去，因天色已晚，在此借宿一宵，明早便走。

杨延德　嗯，师傅，恐他来路不明，待弟子前去，盘问明白。

老　僧　你那性情不好，莫要去。

杨延德　你莫要管。

老　僧　你莫去。

杨延德　师傅撒手，（将老僧几乎推倒，延昭扶起老僧）哎呀师傅。

老　僧　哎的。（下）

杨延德　真乃年迈之人，被洒家一推，险些跌倒，师傅走去。且到客房问个明白。

（唱扑灯蛾）不放心到客房我要盘问，

叫一声远来客快快开门。

开门来，开门来。

杨延昭　（接唱）忽听的客房外有人叩门，

执宝剑开房门看个明分。

莫非偷盗之人，吃我一剑。

杨延德　慢着，

（接唱）洒家我是好心将你询问，

你不该将洒家当做盗人。

杨延昭　（接唱）这是我睡朦胧未曾详认，

请师傅原谅我远方行人。

杨延德　（背白）哎。观见此人，有些面熟，我在哪里会过他。嗯，想是潘贼差来细作，来此打探我的消息，我要谨慎，我要盘问。

杨延昭　（背白）哎呀，观见这一师傅好像我五……嗯，我还要谨慎，慢慢盘问。

杨延德　这一壮士，你从哪道而来，要往哪道而去，与洒家实说，洒家送你下山。

杨延昭　我从北国而来，要往大宋而去。

杨延德　你往大宋去，洒家将你要盘得一盘。

杨延昭　你要盘我什么？

杨延德　大宋有个天波府你可知道？

杨延昭　师傅即知天波府，不必盘我，我要将你盘得一盘。

杨延德　你盘洒家何来？

杨延昭　我问你，天波府住的什么人？

杨延德　哎你听，

（起尖板）大宋朝有个天波府。

（唱慢板）内边住的姓杨人。

杨延昭　姓杨人，都有哪些将官？

杨延德　（接唱）老令公在朝中官居极品。

杨延昭　他的夫人呢？

杨延德　（接唱）夫人佘氏老太君。

杨延昭　他有几子几女？

杨延德　（唱二流板）所生七子并二女。

杨延昭　住了，闻听人说，杨家八子二女，你怎么说是七子呢？

杨延德　（起唱浪头）杨八郎本是收来的。

杨延昭　我问你大郎现在何处？

杨延德　（接唱）杨大郎替主把命丧。

杨延昭　二郎呢？

杨延德　（接唱）杨二郎短剑死在沙场。

杨延昭　三郎呢？

杨延德　（接唱）杨三郎马踏如泥浆。

杨延昭　四郎呢？

杨延德　（接叹）杨四郎失落在番邦。（留板）

杨延昭　嗯，我要乱问他。

杨延德　你还问哪个？

杨延昭　我问你杨七郎呢？

杨延德　怎么你问的七郎？

杨延昭　七郎你知也不知？

杨延德　我怎能不知。七郎，哎呀，我的七……

杨延德
杨延昭　哎呀我的七兄弟呀。

杨延昭　师傅你哭什么？

杨延德　你怎知我的心事？

杨延昭　七郎怎么样？

杨延德　（唱双锤）壮士既要问七郎，

提起七郎好惨伤。

命他回营搬兵将，

潘仁美骗他到白虎堂。

喝令绑在高杆上，

可怜把七郎乱箭穿身一命亡。

杨延昭　师傅讲得不错，我问你六郎呢？

杨延德　六郎他好。

杨延昭　他怎么好？

杨延德　你听。

（接唱）杨六郎三关把兵掌，

无忧无虑乐安康。
杨延昭　哎，他未必安康。我问你那杨八郎呢？
杨延德　（接唱）杨八郎失散战场上。
杨延昭　杨五郎呢？
杨延德　怎么你问的杨五郎？
杨延昭　可有吗？
杨延德　有是有，只是他死了。
杨延昭　呵，师傅贵姓？
杨延德　我姓和。
杨延昭　法号？
杨延德　和尚。
杨延昭　我问师傅的俗姓。
杨延德　我姓僧。
杨延昭　师傅不必见疑，我是个好人。
杨延德　好人了，你我再见一礼。
杨延昭　方才见过礼了。
杨延德　岂不知礼多人不怪。（五郎乘行礼抽六郎佩剑）
杨延昭　师傅为何拔去我的佩剑？
杨延德　贫僧将你的剑，暂放在这里，贫僧与你赔礼。
杨延昭　好说。（五郎乘机在六郎身上摸看还有兵器没有）
杨延德　壮士真是个好人。
杨延昭　师傅到底是哪个？
杨延德　（唱七锤）我本是沙滩失散出家的和尚杨五郎。
杨延昭　（接唱）果然他是五兄长，
伤心泪儿洒胸膛。
杨延德　你是何人？
杨延昭　（接唱）五兄把弟忘记了，
弟本是镇守三关的杨六郎。（跪下）
杨延德　怎么你是六弟？
杨延昭　五哥。
杨延德　你我兄弟相会了。
杨延昭　相会了。
杨延德　团圆了。
杨延昭　团圆了。
杨延德　罢了同胞弟（跪）
（接唱）只说是弟兄今世难再见，

不料想今夜相会在客房。

杨延昭 五哥请起。

杨延德 六弟不在天波府侍奉太娘，去到北番何事？

杨延昭 五哥不知，弟奉老娘之命，去到北番，盗父骸骨。

杨延德 将父骨可曾盗回？

杨延昭 倒也盗回。

杨延德 待兄一观。尊堂父，老爹爹，罢了父亲。

（唱尖板转塌板）见父骸骨心痛伤，

不由人泪珠洒胸膛。

耳听人马喊声响，

问六弟带来多少兵。

杨延昭 （接唱）弟未带兵将是孤身，

定是韩昌贼追兵。

杨延德 （接唱）听说是韩昌统来兵，

不由五郎怒气生。（持禅杖上）

杨延昭 五哥哪里去？

杨延德 为兄下山大战韩昌。

杨延昭 你我弟兄一同下山迎敌。

杨延德 六弟莫可，想你连日鞍马劳顿，你守父亲骸骨，待兄迎敌。

（接唱）六弟暂在客房等，

手持禅杖把敌迎。

[下内作杀声喊声擂战鼓杨延昭左右看。

杨延昭 （接唱）五哥下山退敌兵，

不由延昭吃一惊。

今晚若非会五兄，

我单人独骑哪里行。

这才是打虎莫如亲兄弟，

上阵还是父子兵。

且坐客房将兄等，

杨延德 （上，接唱）杀退敌兵回寺中。

转面我托六弟请，

杨延昭 （接唱）又劳五哥退敌兵。

杨延德 六弟，敌兵已退，这般时候，快快回上天波府。

杨延昭 五哥，就该随弟回到天波府，见娘一面。

杨延德 六弟，在家容易，出家难。六弟回到天波府，见了老娘，就说不孝子杨延德，在娘上边问安。

杨延昭 如此你我弟兄洒泪而别了。

（唱带板）辞别五哥下山林，（六郎换衣五郎牵马上开门）

杨延德 （接唱）回家说与老娘亲。

杨延昭 哎，五哥呀。（下）

杨延德 （唱七锤）五台山走了同胞弟，

不由人心中好悲戚。

含泪忍痛忙回寺，

但不知弟兄重会在何时。（黄板）

——幕落剧终——

（说明：以上内容录自家存手稿（誊写本），毛笔书写，繁体横排。首页落款：冯杰三整理。为和传统剧目人物保持一致，编辑时在以上内容中使用杨六郎杨延昭和杨五郎杨延德的名字。）

田七郎

第一场

［田七郎走边上。

田七郎　（念）平生胆气豪，力大武艺高。
拳打南山虎，足踢北海蛟。
素不畏权要，何惧恶儿曹。
路见不平事，相助拔佩刀。

俺，田七郎，辽阳人氏，家道贫寒，打猎为生，不幸妻染重病，是我将家中皮毛变卖，延医诊治，怎奈久不见愈，为了日月，只得抛却病人别母入山，谁料一日一夜，无所猎获，叫人好不着急也。

（唱）别老娘抛妻子入山射猎，
奔走了整一天受尽跋涉。
负弩弓丛林中守候一夜，
无所获赤双手怎过日月。

［武承负伤上。

武　承　（唱）实可恨赵虎贼撒刁放野，

田七郎　大哥你如何得成这般光景，你恼恨着是怎的？

武　承　哎呀七郎，是我适才猎得一鹿，被赵虎带领恶仆夺去，我便和他以理争辩，不料那贼恼羞成怒，不但不还鹿，竟喝恶仆将我乱打一顿，打得我遍体是伤，你叫我怎的不恼？

田七郎　该恼。

武　承　怎的不恨？

田七郎　该恨。

武　承　哎，你叫我怎的不恼恨也。

（唱）抢走我梅花鹿以势威胁。
纵恶奴打得我浑身是血，
何一日报仇恨除此妖孽。

田七郎　（唱）听罢言气得我肝胆俱裂，
去寻贼讨回鹿不要胆怯。
倘若还再不容你我分说，
我定要抽钢刀将贼头切。

武　承　（唱）贼以势欺百姓素行恶劣，
　　　　　　诚恐怕此一去枉费周折。

田七郎　（唱）随我走再休要畏惧战慑，
　　　　　　不讨回梅花鹿不算豪杰。

武　承　（唱）忽听得狂风起响声不绝，
　　　　　　直吹得天昏暗林木落叶。

田七郎　（唱）观情景必定是猛虎出穴，
　　　　　　叫大哥快回家我要射猎。

　　　　哎呀，仁兄，你看那边一阵狂风过去，又是一阵狂风，山林里定有猛虎，你身受重伤，赶快回家，讨鹿之事，待弟回家，一同去寻那贼。

武　承　好，我回家等你。

田七郎　你快去，弟要越过此山猎虎。

武　承　贤弟须要小心。

田七郎　何待叮咛。

　　　　［**武承跑下，田七郎东张西望下，赵虎率众上。**

赵　虎　（念）咱凭御史大兄长，以势横行在家乡。
　　　　　　饱食终日无事干，率众射猎到山岗。

　　　　咱名赵虎，我哥叫赵龙，官拜御史之职，咱仗哥哥威风，横行乡里。今带小子入山打猎，不料未费一枪一箭，竟得了一只梅花鹿，小子们。

众　　　有

赵　虎　如今看山上有山鸡野兔，你们快射。

众　　　我们射鸡射兔，二爷你呢?

赵　虎　我要射虎。

众　　　哎呀，你听虎啸之声，猛虎下山，请二爷射虎。

赵　虎　哎呀，我的爷。

众　　　二爷你怎么咧?

赵　虎　快将我背着逃避。

　　　　［**众拉赵虎下，虎形过场，七郎背弓持叉上。**

田七郎　（念）越过红叶岭，山头碧云横。
　　　　　　身藏万木丛，忽闻虎啸声。（**虎形上**）

　　　　哎呀，那边突然蹿出一只猛虎，待我猎虎

　　　　（念）孽畜凶暴体势雄，张牙舞爪显威风。

　　　　俺这里趋前退后贾余勇，闪得它回转身处连扑空。

　　　　连珠袖箭虎眼中，又刺孽畜尸骨横。

　　　　［**赵虎看田七郎将虎刺死，暗发一箭。**

赵　虎　小子们。

众　　有。
赵　虎　二爷射死猛虎，快快去抬死虎。
　　［众上抢虎。
田七郎　你们是做什么的？
林　儿　我家二爷射死猛虎，我们是来抬死虎的。
田七郎　哇，虎是我一人刺死的，怎敢说是你家射死的。
林　儿　明明是我家二爷射死的，你敢诬赖？
田七郎　我且问你，一箭就能把虎射死吗？
林　儿　我们不和你辩，咱们将虎抬走再说。
田七郎　哪个敢抬我的虎？
林　儿　我家二爷就是赵御史的兄弟，你知道不知道？
田七郎　我刺死的虎，谁也不能带。管他御史兄弟不御史兄弟。
林　儿　怎么他还不认打？
赵　虎　闪开，哪里狂徒竟敢在此撒刁放野？
田七郎　哪个撒刁放野？
赵　虎　你不撒刁放野为什么赖我射死的虎？
田七郎　虎是我刺死的，当然死虎归我，谁也带不去！
赵　虎　是我射死的，怎敢说是你刺死的。
田七郎　请你看看，虎是刺死的还是射死的？
赵　虎　二爷没有闲工夫，来呀，将这狂徒与我赶走。
田七郎　你们哪个敢来？
林　儿　我敢来，看你将赵府的人敢怎样？
　　［林儿打田七郎反被打倒，众上又被田七郎打走。
赵　虎　哎，我好气也！
　　（唱）骂声狂徒休撒野，太岁头上把土掘。
　　　　早早还虎磕头谢，如不然将你满门灭。
田七郎　（唱）咱本英雄是豪杰，不与人低头又折节。
　　　　这虎本是我猎射，你竟敢仗势来抢劫。
赵　虎　（唱）你说抢劫就抢劫，你还敢打赵二爷。
　　来呀，将虎带上走。
田七郎　你带不成！
赵　虎　将这狂徒与我打！
田七郎　说打就打。（田七郎将恶仆个个打伤）
赵　虎　哼哼哼，这还了得。
林　儿　二爷不要上气。上县告他赖虎伤人。
赵　虎　好，来呀，回府。

［众随赵虎下。

田七郎 哎，贼人走去，天色将晚，待我将虎带上，快快回家，免得老娘在家盼望。

（唱）闷闷不乐将虎挟，回家细对老娘说。（下）

第二场

田　母 （唱）可怜我家贫穷媳妇染病，
为医治将家中皮毛卖空。
我的儿侍汤药操业久停，
却怎么这疾病还不见轻。
七郎儿他为了家无度用，
弃病人奔深山身负弩弓。
儿走后媳妇病又加沉重，
盼我儿久不回坐卧不宁。

（开门看）

七郎，娘的儿，哎，怎么还不见回来？

（唱）无奈了回茅舍我将儿等，
但愿得七郎儿早回家中。

田七郎 （唱）心急似箭步不停，
回家先问娘安宁。

田　母 我儿回来了。

田七郎 儿回来了。

田　母 回来了好。

田七郎 母亲在上，不孝儿七郎与母亲叩头。

田　母 哎，我儿快快站起来。

田七郎 母亲恩宽。

田　母 我儿因何一去数天才回。

田七郎 母亲不知，你儿入山一昼一夜并未守着什么，怎能空手而回，幸喜今午才猎得只猛虎。

田　母 哎，有了这只死虎，先医治你媳妇的病，娘也高兴。

田七郎 哎。

田　母 我儿为何咳声叹气？

田七郎 母亲不知，你儿久等山林，无所猎获，心中甚是焦急，幸遇这只猛虎，拼着性命，将虎刺死，不料赵虎那贼看儿将虎刺死，他那里暗放一箭，率领恶仆夺虎，言说虎是他射死的，你儿与他争辩，那贼仗他人多势众，出言不逊，和儿厮打，喝令恶仆动手。这时你儿心头火起，就是这样三拳两足……

田　母　儿啊，你低声些，这事不要叫有病的媳妇知道。

田七郎　儿晓得。

田　母　后来如何？

田七郎　母亲，儿将那些恶奴打得七零八落，头破足跛，抱头鼠窜而逃。

田　母　那赵虎还说什么

田七郎　那贼怀恨而去，并说要告儿赖虎伤人。

田　母　哎，不好。

（唱）听儿言来大吃惊，
那贼子定要将事生。
他兄御史威名重，
被害人哪个敢张声。
多怪我儿太任性，
不该和他把虎争。
倘若他一纸县衙送，
降下大祸谁担承。

田七郎　（唱）劝老娘不必心惊恐，
天大祸事有儿应。
贼若县衙起了讼，
公堂上和贼把理明。

田　母　（唱）他官官相护计暗定，
纵然有理难辨清。
自古道贫不与富争，
谁将穷人来同情。
依娘想不如早逃命，
免得公堂受五刑。

田七郎　母亲无忧，儿有理和他讲，管他官官相卫不相卫。

田　母　儿啊，你想，赵虎是御史的兄弟，那县官不向着御史的兄弟那他还向你不成？

田七郎　你儿理直气壮，怕他是怎的！

田　母　儿呀，你还是逃走着好。

田七郎　儿不犯法，为何逃走。

田　母　哎，你再不要任性。

田七郎　母亲，夜已深了，请母亲安寝。

田　母　儿呀。

［林儿带众差役持灯笼上。

林　儿　开门来。

田　母　门外灯笼火把必是那贼前来拿你，你还不快快躲避。

林　儿　开门来！

田　母　来了。

林　儿　来呀，将门与我踏开！

田　母　你们是做什么的？

林　儿　你看是做什么的，你可是田七郎？

田七郎　就是我。

公　差　有人将你告下了，我们奉了县太爷之命，前来拿你。

田七郎　我不犯法，拿我不成。

差　役　你打伤赵府家丁，怎能说你不犯法？

林　儿　将凶手带了走！

田　母　你不能带我儿！

田　妻　哎呀，夫君。

田　子　爹爹，爹爹。

林　儿　你们撒手。

田　妻　我死也不撒手。

林　儿　去吧，你敢来。

（踢妻母倒）

田　妻
田　母　你不能带他。（林儿踢妻死）

林　儿　哼，哼，哼，走！（众拉田七郎下）

［武承、武二上。

武　承
武　二　伯母醒得

田　母　（唱）恨差役凶暴无人性，

我，我把你害人的贼呀，哎，我的儿呀。

拉去我儿渺无踪。

贼踢媳妇丧了命，

你看我遭遇真惨情。

武　承　哎，弟妹呀。

武　二　你们再不要哭了，哭着能顶幺吗能顶二，只说事情怎么办咖。

田　母　哎，你看我家遭此横祸，媳妇被贼踢死，儿子被贼拉去，这样仇恨该靠谁报？

武　承　伯母，不必悲伤，小侄回家禀明叔父，设法搭救七郎。

田　母　有劳了。
武　二　你快去。
武　承　伯母，我去了。
田　母　哎，你去。（武承下）
武　二　大哥已去，待我去买棺木，先葬埋我嫂嫂。（下）
田　母　哎，罢了媳妇，娘的儿呀！
田　子　爹爹、母亲呀！
田　母　孙儿，随婆婆收拾准备葬埋你母。
田　子　哎呀，娘呀。（田母携孙下）

第三场

赵　虎　（唱快板）我是御史他弟弟，
有金银，有势力。
吃的山珍海味，
穿的锦缎花衣。
任所欲为由自己，
无人见我头不低。
县官差役不顺适，
叫他马上要丢职。
平生事事都如意，
只缺一个美貌妻、美貌妻。
林　儿　禀二爷。
赵　虎　何事？
林　儿　本县老秀才武恒率众前来与田七郎乞情。
赵　虎　乞的什么情？
林　儿　他说从前七郎得罪二爷，今已悔悟，求二爷发恻隐之心，将他释放，不但七郎感二爷之恩，就是他们大家深感于心而铭刻不忘也。
赵　虎　嗯。
林　儿　这是他们送来百两银子
赵　虎　送这何用？
林　儿　这是他们孝敬二爷的。
赵　虎　送到账房。
林　　　是。（下）
赵　虎　来呀。
家　丁　有。

赵　虎　这是二爷名帖，速送县衙，着县官将七郎释放，叫他今后要安本分，倘再触犯二爷，管叫他性命难保，速去。

家　丁　是。（下）

赵　虎　小子们。

众　　　带马郊外，正是。

（念）秋高气爽郊外往，看一看田野好风光。（下）

［武瑞香淡妆上。

武瑞香　（引）素衣淡妆，性好文墨读词章

（坐诗）秋风初作凉，庭前菊已黄。

慈颜早弃养，兴结如意郎。

裙钗武瑞香，不幸慈颜早背，严亲抚养成人，虽出寒门，粗通文墨，母亲在日，将奴已许东庄黄纲为婚，爹爹出猎未归，不免将这几件脏衣拿到河湾去洗，以备爹爹替换也。

（唱）出门来自觉天气爽，
风清云静荡秋光。
山川黄叶晚秋像，
衰柳鸦啼声凄凉。
手提篮儿河湾往，
见波浪翻腾水势狂。
杨柳树下竹篮放，
石阶之上洗衣裳。

赵　虎　（唱）郊外一片好景象，
坡坡岭岭野菊芳。
极目横云远山上，
秋风微送竹叶香。
来在河湾向前望，
见一女子貌非常。
引得我一阵魂飘荡，
下马仔细问端详。

林儿，你看，好一个有貌有色的姑娘。

林　儿　二爷只看见她有貌有色，还不知她有才有德。

赵　虎　他是哪家闺秀？

林　儿　她是武家庄武承之女，名叫瑞香。

赵　虎　是不是和咱们争鹿的武承？

林　儿　就是那个。

赵　虎　哎呀，想不到武承有这样俊俏的女儿。嗯，你们退后。

众　　是。
赵　虎　小姑娘见礼了。
武瑞香　非亲非故，施礼为何。
赵　虎　请问姑娘，这可是武家庄。
武瑞香　这正是武家庄。
赵　虎　但不知武承先生在武家庄哪家居住。
武瑞香　那就是我爹爹。
赵　虎　怎么你就是武先生的令爱，学生失礼了。
武瑞香　好说，你问我父何事有的？
赵　虎　姑娘不知，学生月前带领仆从上山打猎，因争一只梅花鹿，曾与你父斗殴，当时不知，回府问明，才知打伤的不是别的，就是令尊，是我恼怒将家奴重打一顿，今日得便，带领他们登门赔罪。
武瑞香　过去之事何必再提，我爹爹又不在家，请你们回去吧。
赵　虎　令尊向哪里去了？
武瑞香　上山打猎去了。
赵　虎　何时才回？
武瑞香　迟早不定。
赵　虎　真不凑巧，姑娘在上，学生有一言，但不知当讲着不当讲？
武瑞香　当讲的你讲，不当讲的吗请勿多言。
赵　虎　姑娘仙姿玉貌，足称佳人。
武瑞香　哪里来的这些闲话，我要回家。
赵　虎　哎，你莫忙呀！
（唱）先施一礼把话讲，
贤德的姑娘听端详。
我家姓赵有威望，
兄长御史掌朝纲。
武瑞香　我管你兄御史不御史，难道拿御史欺压人不成？
赵　虎　哎，欺压不了你呀！
（唱）家中势大银钱广，
娶下三妻妾两双。
都不如意断来往，
害得我夜夜守空房。
武瑞香　这才奇了，谁问那些话，你快走去。
赵　虎　我怎能走呀！
（唱）见姑娘如同玉人样，
貌比西施赛王嫱。

愿千金娶你好奉养，
把你定在金屋藏。
我说的话儿若有诳，
苍天与我降灾殃。

武瑞香 （唱）你休轻荡勿狂妄，
说出话儿欠思量。
二老将我许黄纲，
郎才女貌配成双。
门当户对世无两，
我绝不肯背盟弃才郎。
劝你速去休多讲，
男女防嫌理应当。

赵　虎 哎，姑娘呀！
（唱）休怪学生太孟浪，
男女交言又何妨。
我爱你如花美容像，
诚心和你结鸳鸯。

武瑞香 （唱）休鲁莽来少轻狂，
再动手与你把脸伤。

赵　虎 （唱）上前拉住不松放，

武瑞香 （唱）贼子竟敢要强梁。

赵　虎 （唱）叫小子快快与我抢，

武瑞香 你敢来！

林　儿 来呀，都下手。

武瑞香 救命，救命！

赵　虎 快走！
（唱）回府和她拜花堂。（赵随众下）

第四场

［武承挑野兽持叉上。

武　承 （唱）恨赵虎祸乡里毒似蛇蝎，
仗势力和百姓常常争猎。
贼陷害田七郎身入缧绁，
我叔侄怀重金赵府晋谒。
那贼子受贿赂才将案撤，

大豪杰出狱牢我心喜悦。
为朋友整一月未将猎射，
昨日里负弩弓复我旧业。
在山林守候了一日一夜，
才获得几只兔几只白鹰。

哎呀，怎么大门倒扣，我女儿向哪里去了。女儿，女儿！

武　二　大哥，你回来了

武　承　回来了，你侄女向哪里去了？

武　二　大哥，你不要忙，咱们回家再说。

武　承　好，你我回家，二弟请坐。

武　二　为弟有座。

武　承　二弟，瑞香女儿究竟往哪里去了？

武　二　大哥你先歇歇，待弟与你端茶去。

武　承　我不渴，我看你神色仓皇，必有什么大事，还不速快与我实讲。

武　二　哎呀，大哥，是你上山射猎，久不归家，我侄女今午河湾洗衣，不料赵虎那贼从此路过，与我侄女语言冲突，贼子大怒，喝令恶仆将我侄女……

武　承　将你侄女怎样？

武　二　将我侄女抢上走了。

武　承　罢了女儿！

武　二　哎，哎，大哥醒得，大哥醒得！

武　承　（唱）忽听得我女儿被贼抢劫，

我，我的女儿，哎呀，我的女儿呀！

（唱）恨贼子定和我来把仇结。
升平世贼竟敢撒刁放野，
一阵阵气得人两眼滴血。

武　二　（唱）劝大哥你不要悲悲切切，
快搭救我侄女不必胆怯。
你随我见叔父把冤状写，
将贼子不法事完全告讦。

武　承　（唱）岂不知那县官与贼勾结，
告冤状也不过枉费唇舌。

武　二　不成，不妥当，哎呀，这样也不成，那样也不妥，事倒着急，依你之见，我们应当怎样去办才妥？

武　承　二弟，以兄之见不如先报知黄家，再找我叔父，大家想个办法才妥。

武　二　你说这样妥当，待弟前去。

武　承　二弟，须要早去早回，免得为兄操心。

武　二　为弟记下了。（下）

武　承　（唱）二弟忠直心肠热，
东庄去对黄家说。
但愿早把方法设，
救我女儿出虎穴。

田七郎　（唱）奉母命登门来叩谢，
谢仁兄救我出缧绁。

武　承　贤弟，你来了。

田七郎　我来了。

武　承　哎，你来了，你来了，哎，你才来了！

田七郎　仁兄这样恼恨，莫非怪弟叩谢来迟？

武　承　哎，哎！

田七郎　小弟感兄拯救，才出牢狱，本应早来，家母因弟衣服不洁，与弟洗换衣服，所以耽误了两天才来叩谢，我兄见弟就是这样的恼恨。

武　承　哎，你我至交，岂能怪你来迟不来迟。

田七郎　那么你恼着为何？

武　承　哎呀贤弟，为兄因你之事，久不操业，幸喜贤弟脱陷，为兄昨日上山射猎，不在家中，今午瑞香女儿河湾洗衣，不料遇见赵虎那贼，喝令恶仆……

田七郎　怎么样？

武　承　将我女儿抢着去了。

田七郎　怎么是赵虎将瑞香抢着去了？

武　承　就是那贼！

田七郎　哎，我好气也！
（唱）听言气炸豪杰胆，
贼子作事欺了天。
横行乡里无忌惮，
百姓被害不敢言。
我要为地方除祸患，
杀死贼子报仇冤。
低头自思再盘算，
此事还要将他瞒。
抱不平挺身去走险，
不愿别人受牵连。
怒而不息一旁站，
心腹事暂且不明言。

武　承　贤弟，为兄膝下只有一女，今被贼抢，贤弟就该想个办法，快快搭救我女出陷。

田七郎　这个……

武　承　贤弟，只说这该怎处，贤弟，这该怎办，贤弟你为何不言，为何不语？

武　二　（念）一波甫平一波起，急忙报予大哥知。

七郎兄也在此处，这就好。

武　承　二弟你回来了。

武　二　回来了。

武　承　那黄家有何妙计救我女儿脱险

武　二　大哥不知，为弟才到黄家，突然来了一伙贼子，言说黄纲偷盗赵府财物不容大家分说，将黄纲绑着去了。

武　承　怎么将黄纲绑着去了。

武　二　正是的。

武　承　赵虎那贼抢去我女，绑去我婿，只说这该怎处？

武　二　大哥快快设法，再不要迟疑。

武　承　哎，事到万难，我有甚主意。七郎，你快与为兄想个办法。

田七郎　为弟告辞。

武　承　慢着，贤弟，你看为兄遭此大祸，你不与兄设法，怎忍走去。

田七郎　这……

武　承　贤弟，你不代兄设法也罢，天色已晚，你明日回去也不迟，黑夜你是如何地走？

田七郎　哎呔！（跑下）

武　二　大哥，你看我七郎兄，平日说话顺情合理，今日怎么说话痴痴颠颠。

武　承　哎，这是我交的好朋友，他前被人陷害，是我各处奔走，将家中当卖光净，并向亲友处告借以在衙门上下打点，向赵府行贿，才将他救出，我今遇事，他竟假装痴颠拂袖而去，这是我的好朋友，不交、不交。哎呀，我的女儿呀！

武　二　哎，我想七郎为人忠直勇悍，人所共知，他今日这样举动，必是别有心思，待我赶他去。

武　承　他走得远了，你如何赶他得上。

武　二　要说跑，我比他可快得多，我此去，一是与他作伴，二是问他对这事究竟怎么办。我走了，你快歇去吧。（跑下）

武　承　罢了女儿，父的儿，哎我的儿呀。（下）

第五场

赵　虎　（念）美人性执拗，苦劝不回头。
　　　　　　好似毛栗子，想吃难到口。
林　儿　禀二爷，将黄纲那个小子绑来了。
赵　虎　吩咐家丁，大厅伺候。（下）
林　儿　下边听着，二爷有命，家丁、小子大厅伺候。（下）
　　　　［众家丁、赵虎急上。
赵　虎　（念）要得挽回美人心，必须拔剑斩病根。
　　　　来呀。
众　　　有。
赵　虎　将黄纲与我带上来。
林　儿　将黄纲带上来。
黄　纲　你拿我所为何事？
赵　虎　当然有事，你就是黄纲。
黄　纲　我是黄纲。
赵　虎　黄纲，你平日在家所干何事？
黄　纲　哎，你听呀。
　　　　（唱）自幼儿读经传钻研功课，
　　　　　　朝于斯夕于斯发奋笃学。
　　　　　　寒窗下十载苦不敢懈惰，
　　　　　　到今日幸入泮尚未登科。
赵　虎　哼，好一个寒门秀才，我问你，此物从哪里得来？
黄　纲　（唱）昨夜晚三更后天降飞祸，
　　　　　　忽来了众公差将我擒捉。
　　　　　　他骂我做强盗胆比天大，
　　　　　　恶狠狠书箱中取出此物。
赵　虎　这个玉如意可是你家之物？
黄　纲　并非我家之物。
赵　虎　既非你家之物，这是哪里来的，如何得到你的箱内？还不从实地招来。
黄　纲　（唱）玉如意谁家物从未见过，
　　　　　　其中情全不晓该招什么。
赵　虎　有人告密，说你勾结强盗，偷盗人家财物，可是实情？
黄　纲　（唱）读书人怎能与强盗结伙，
　　　　　　必定是小人辈信口胡说。
　　　　　　枉告状论律条应该反坐，

但不知诬告我他是哪个。

赵　虎　现有赃物为证，怎能说人家诬告！

黄　纲　他是何人？

赵　虎　告密的人不是别的，就是你未婚妻武瑞香。

黄　纲　怎么是她？

赵　虎　你当是谁？

黄　纲　（唱）听一言将人的肝胆气破，

骂贱人做的事实在可恶。

明明她欺压我书生软弱，

悔当初一念差错结丝萝。

赵　虎　黄纲，武瑞香说你现做强盗，反道败德，她誓不予强盗为妻，叫你早早写下退婚书还则罢了，如其不然，她就要上告，以我想你还是快写，免得事情弄大，与你不利。

黄　纲　哎！

（唱）要我写退婚书有何不可，

赵　虎　那你快些写。

黄　纲　（唱）提起笔心暗想还需斟酌。

赵　虎　为何不写？

黄　纲　（唱）武瑞香她既然前来告我，

哪有个不见面便退婚约。

细思想这事儿有些欠妥，

我不写看他能将我如何。

赵　虎　你为何停笔不写？

黄　纲　要我写须得见她本人。

赵　虎　不见本人。

黄　纲　我便不写。

赵　虎　她如今已成我的夫人，怎能见你，你还是早点写下退婚书，二爷既往不咎，放你回去；若执拗不写，叫你看看二爷我的厉害，你要放明白些。

黄　纲　哼，哼，我早已明白。

赵　虎　你明白什么？

黄　纲　我明白你假设圈套，陷害好人。

赵　虎　胡说，这是你勾结匪徒，偷盗我家宝物。赃物为证，怎说是假设圈套？

黄　纲　我且问你，你家何时被盗？

赵　虎　被盗已有二十多天。

黄　纲　失遗什么东西？

赵　虎　失遗珍贵东西很多。

黄　纲　可曾报告乡地？

赵　虎　不曾。

黄　纲　县衙可曾备案？

赵　虎　无有。

黄　纲　好说好道，你家既然被盗，就该先报乡地及送失单县衙备案，谁知你既不报乡地，又不备案，竟然纵使恶仆，夜半闯进我的书斋，拿上这个玉如意，与我栽赃，今又威胁写下退婚书，你便和武瑞香成亲，你说是也不是？

赵　虎　这个……

黄　纲　想你乃宦门子弟，竟敢谋人之妻，诬良为盗，倚势欺人，横行乡里，这样卑鄙行为，真是狗彘不如也！

（唱）骂赵虎仗权势欺人太过，
　　　你不该谋人妻暗设网罗。
　　　是这样残暴贼必无善果，
　　　苍天爷岂容你这个恶魔。

赵　虎　孺子大胆。

（唱）小孺子气得我满腔生火，
　　　你竟敢二爷前如此可恶。
　　　你和我是对头宽容不过，
　　　管教你今日里狗命难活。

来呀，

众　有！

赵　虎　将这盗贼与我打。

黄　纲　慢，慢，慢着，你是个什么人，这是个什么地方，怎敢打我黉门秀才。

赵　虎　你是个什么秀才，打死你大料无人敢将二爷如何。来呀，与我打。

众　呵。（众乱棍打黄）

黄　纲　（唱）一霎时打得我皮开肉破，

我的天呀，哎呀，我的苍天爷呀！

　　　疼得我一阵阵心似刀割。
　　　大料想我的命今难躲过，
　　　倒不如和贼子拚个死活。

［扑赵被踢倒，赵夺棍打。

赵　虎　你来。（打黄倒地）

林　儿　禀二爷，黄纲绝气。

赵　虎　哼，哼，来呀。

众　有。

赵　虎　将尸抬出抛在山林。

众　　是。（二家丁抬黄下）

林　儿　二爷，这一功是我林儿的。

赵　虎　嗯，是你的，速命王妈对瑞香去说，黄纲已死，看她还有何说，明天二爷就要和她成亲，她愿意也要成亲，不愿意，也要成亲。

林　儿　想黄纲已死，那女子必然无话可说，保管二爷明天成亲。

赵　虎　事成之后，重重有赏，速去。

林　儿　遵命。（下）

赵　虎　（唱）打死黄纲我快乐，
　　　　料美人再无话说。
　　　　大事如今都办妥，
　　　　明天准备渡银河。（下）

［二幕开，布山林景，黄纲倒卧树旁脚手乱动，武二急上。

武　二　（唱）越过大岭下山坡，
　　　　赶不上田家七郎哥。

黄　纲　哎呀！

武　二　（唱）忽听喊声吓坏我，

黄　纲　哎哟，苦呀！

武　二　哎呀我的妈呀，
　　　　（唱）黑夜竟遇这鬼魔。

黄　纲　救命，救命！

武　二　哎呀，打鬼，打鬼！
　　　　（唱）披头散发树旁坐，
　　　　将我吓得魂魄落。（倒地）
　　　　打鬼，打鬼，打打打鬼！

田七郎　（唱）主意已经筹划妥，
　　　　要将恶人头颅割。
　　　　黑夜何人路旁卧？

黄　纲　君子救命，救命！

田七郎　（唱）又听求救唤声多。
　　　　呔，你是何人黑夜倒卧路旁？

武　二　哎呀，怎么又是一个鬼，我这一下不得活了。

田七郎　你是武二贤弟？

武　二　你你你是七郎哥哥。

田七郎　正是的。

黄　纲　君子救命，君子救命！

武　二　哎呀鬼来了，打鬼打鬼。（躲在田七郎身后）

田七郎　你是何人，因何成了这般光景？

黄　纲　我名黄纲，被贼人打成这般光景。

武　二　怎么你是黄纲，待我看是不是，哎呀贤婿。

黄　纲　哦，你是武家二叔。

武　二　正是的。

田七郎　哎呀呀，此处不是讲话之处，快快将他背在大哥家中躲避，千万不可走漏消息，你看贼人党羽甚重，耳目最多，倘被知晓，性命难保。

武　二　如此叫我背上快跑，但是如何能救我侄女出陷，你快快想个办法。

田七郎　你们先走，改日我来细细商谈。

武　二　大哥心急，你定要来。

田七郎　何待叮咛。

武　二　咱们快走。

黄　纲　多谢叔叔救命。

（唱）多谢叔叔来救我，
　　无力报仇恨懦弱。

田七郎　不必啼哭，快快去吧。

武　二　（唱）不要悲哀泪索索，
　　回家细对大哥说。（下）

田七郎　（唱）可恨贼子太凶恶，
　　残害善良受折磨。
　　我要杀贼除民祸，
　　方不愧大丈夫磊磊落落。（下）

第六场

［武瑞香淡妆上。

武瑞香　（唱）耳听谯楼打三更，
　　淡淡秋月树影横。
　　秋风飒飒霜露冷，
　　秋柳自摇池水清。
　　竹篱秋色连三径，
　　秋菊初绽枫叶红。
　　夜阑更深万籁静，
　　秋夜唯听秋虫鸣。
　　那日被害入陷阱，
　　贼子威逼不放松。

贼呀你枉把苦心用，
想我变节万不能。
想起爹爹哭声恸，
恐今生父女难相逢。
黄郎南学如做梦，
怎知我身落苦海中。
可怜我日夜哭父思郎珠泪如泉涌，
何日脱陷出愁城。

王　妈　瑞香姑娘。

武瑞香　妈妈。

王　妈　自你到此，日日哭，夜夜哭，茶也不吃，饭也少用，哭着有什么用处？

武瑞香　妈妈呀，你看我被贼抢来，受尽折磨，但不知我父在家如何的悲痛，又不知黄郎是如何的伤心，那贼派你将我行监坐守，是我求死不得，求生不能，处在这样境地，你叫我怎的不哭呀！

王　妈　哎，真可怜，哎呀姑娘，你看夜静更深，风寒露冷，快点回房歇息，冻出病来如何是好。

武瑞香　妈妈，我自到贼府，已将生死置之度外，死也不怕，还怕什么病不病。

王　妈　哎，你怎么不往好处打算，只是在死的路上想。

武瑞香　妈妈呀，我今除过死的一条路，还有什么法子可想？

王　妈　哎，人常说，除过死方儿都是活方儿，妈妈劝你还是爱惜自己，要想开些。

武瑞香　妈妈言之有理，我记下了。

王　妈　记下了就好。

武瑞香　哎。

王　妈　姑娘坐在这里，待我与你打一杯香茶去。

武瑞香　有劳妈妈。

王　妈　好说呀。

（唱）劝姑娘忍耐莫悲伤，
千愁万恨暂存胸。
待我去把香茶捧，
我和她同是可怜虫。（下）

武瑞香　（唱）王妈妈慈善已见性，
劝我的话儿非虚情。
恨贼子将我身锁定，
跳不出天罗地网中。
常言道天网恢恢有报应，

何不与恶人降灾星。
云外哀鸿声不停，
你为何不与我父将信通。

王　妈　（唱）听罢贼言胆颤惊，
冷汗淋漓怀抱冰。
去见瑞香实言奉，
不由人悲痛泪洒胸。

武瑞香　妈妈因何事这样的惊慌？

王　妈　哎呀瑞香姑娘，赵虎那贼将黄纲捉拿到府。

武瑞香　怎么将他也拿来？

王　妈　正是的。

武瑞香　拿他为何？

王　妈　适才在大厅乱棍打死。

武瑞香　罢了郎君！

王　妈　姑娘醒得，哎哎，姑娘醒得！

武瑞香　（唱）听得黄郎遭不幸，
我的黄郎呀，哎呀我的黄郎呀！
恨赵虎贼比虎狼凶。
杀贼只恨力不胜，
靠何人与郎把冤伸。

王　妈　姑娘，那贼害死黄纲，原为和你成婚，他说，明日你愿意也要成亲，不愿意还要成亲。

武瑞香　哎呀妈妈！

王　妈　你再不要哭了，快快想个法子。

武瑞香　哎，哎，哎，我叫叫一声，妈妈呀妈妈，你看那贼将黄郎害死，又要逼我，不如今晚寻个自尽一死，免得受贼人侮辱，妈妈呀妈妈，求你念我死得可怜，与我父通个消息，叫他设法报仇，瑞香虽死九泉也不忘妈妈的大恩大德也。

王　妈　姑娘话讲哪里，你看时间如此迫促，你还是快快寻计逃走。

武瑞香　妈妈呀妈妈，贼府甚是威严，你叫我该向何处逃，此时我心慌意乱，还有什么计策可想，请妈妈与我想法子，救我一条活命。

王　妈　哎呀瑞香，事到危机，妈妈别无法子，可我想，妈妈我愿放你逃走。

武瑞香　妈妈这可是一句实言？

王　妈　妈妈怎能道诳。

武瑞香　妈妈有此好意，转上受我一拜了。

王　妈　哎，不拜。

武瑞香　（唱）拜谢妈妈救我命，
今晚放鸟出樊笼。

王　妈　（唱）瑞香快起且站定，
听妈妈与你说实情。
那黄纲是我亲外甥，
我是他姨妈王兰英。
那贼害死外甥命，
我怎忍不放你逃生。

武瑞香　怎么你是姨母。

王　妈　正是的。

武瑞香　既是姨母何不早说。

王　妈　哎，我若早说被贼看出破绽，必不命我在此。

武瑞香　原来如此，姨母，你今放我逃走，那贼知晓，岂能和你善罢甘休。

王　妈　你快逃走，休来管我。

武瑞香　姨母，你如何得到贼府?

王　妈　哎，说起话长，以后再讲。

武瑞香　姨母，不然你我一同逃走，免得贼子发觉对你不利。

王　妈　如此也好，你快回房收拾。

武瑞香　呵，是。（下）

王　妈　事不宜迟，待我准备。（下）

家　丁　大家都听着，天明二爷成亲，今晚都要小心点，看出什么事着，都睡醒些。（随说随鸣锣下）

［王妈端梯左顾右盼，偷偷摸摸上，将梯子放墙角。

王　妈　瑞香快来。

武瑞香　姨母。

王　妈　住口，快随我来。

［至墙角，瑞香上，跌下，王妈急扶，瑞香上，拿绳吊下，家丁上。

家　丁　四班人都起来，林总管带你们出府巡更，大家快来。（鸣锣下）

田七郎　（念）暗藏利刃杀恶人，报仇雪恨。

（内鸣锣声紧）

哎呀，那边灯笼火把，鸣锣打梆，不知为何，待我躲在树后。

［七郎避在树后，瑞香跌扑跑下，王妈上，跌倒起跑，被林拿住。

林　儿　你往哪里跑，来呀，快赶那个。（众追）

田七郎　哪个敢来?

林　儿　田七郎你黑夜到此莫非寻死!

田七郎　奴才竟敢抢劫行人。

林　儿　休得无礼，看刀

［七郎杀林儿，众退后。

众　　　田七郎杀死总管，快报二爷得知。（下）

田七郎　这一妇人，还不逃命去吧。

王　妈　谢谢君子救命之恩。

田七郎　快跑。（王妈跑下）

哎呀，实想黑夜刺杀赵虎可报大仇，不料杀死林儿，天明那贼必来拿我，不如连夜背母携子深山躲避，另想杀贼报仇之计。（跑下）

第七场

［四青衣引章评上。

章　评　（念）赵府送金告武恒，主使七郎去行凶。

武家叔侄提到案，严刑拷打逼口供。

辽阳县县令章评。前据武恒状告赵虎抢夺民女，本县因情理不合，将状搁起未办。今早赵虎怀金五百，状告武恒叔侄主使田七郎行凶，本县已发飞签火票，捉拿凶手，等他到案，定行严办。

差　役　禀老爷，田七郎全家逃走，不知下落。

章　评　嗯，必是武恒匿藏凶手。

差　役　禀老爷，将武恒叔侄提到。

章　评　带上来。

武　恒　（念）县衙朱签提我，

武　承　（念）不知所为什么。

武　恒　父台在上生员武恒打躬。（武承下跪）

章　评　武先生少礼。

武　恒　父台恩宽。

章　评　下跪你是武承?

武　承　是小人。

武　恒　敢问父台，朱签传唤生员，有的何事?

章　评　有人将你告下了。

武　恒　何人告我。

章　评　赵府告你主使田七郎昨晚执刀行凶，杀死赵府管家林儿。

武　恒　哎呀父台，此事生员实实不知。

章　评　哼，哼，你还敢欺骗本县，想从前你叔侄替田七郎辩护，保他出外，后你又告赵虎抢夺民女，这分明诬告好人。

武　承　哎呀大老爷，赵虎抢夺我女，人所共知，怎能说诬告好人。

章　评　胡说，想御史之弟，还能看上一个农村女子，若果真的看上你们，百姓哪个不想争着抢着送去，还用得着他们去抢。本县只问你如何主使田七郎杀死赵府管家。

武　恒
武　承　哎呀，父台老爷，生员实在不敢主使田七郎行凶，乞父台老爷详情。

章　评　满口胡道。你叔侄与赵府有甚仇恨，主使田七郎行凶，还不从实地招来。

武　恒　哎，父台，

（唱）我武恒读书人最讲品学，
　　虽家贫也不敢胡行乱作。
　　主使人去行凶实在冤我，
　　况此事无凭证根据何说。

武　承　哎，老爷，

（唱）恨赵虎抢民女又来嫁祸，
　　诬告我差七郎执刀作恶。
　　无证见仗势力欺人太过，
　　是这样辽阳县还有人活。

章　评　大胆！

（唱）我问东你答西有意混过，
　　你竟敢公堂上胡乱推托。

哼，哼，哼，不动大刑，料你不肯实招，来呀，大刑伺候。

武　恒　慢慢慢着，父台今天问案，原告未到，凶手未获，既无证人，又无证件，凭什么说我主使田七郎行凶，糊里糊涂将生员提来就要动刑，试问父台依据何法何律？

章　评　这个……

武　恒　哼，分明你受赵府贿赂，将我叔侄提来屈打成招，你说是也不是？

章　评　狂生竟敢如此无礼，来呀，将武恒拉下重打四十。

武　承　慢慢慢着，我叔父年迈，有什么大祸，我愿承担。

章　评　你休多口，来呀，与我拉下重打。

差　役　（内白）一十，二十，三十，四十

（差役上）

禀老爷，武恒绝气。

章　评　这……

武　承　（唱）见叔叔被打死堂下倒卧，
　　我的叔父呀，哎呀惨死的叔父呀

（唱）骂一声赃狗官如此暴虐。
　　我和你这冤账要算明确，

岂容你这狗官横行作恶。

章　评　狂徒大胆!

（唱）我老爷作官来断案很多，

公堂下打死人这有何错。

县太爷今打死武恒一个，

即就是死十个算得什么。

武　承　你凭什么说我叔侄使人行凶?

章　评　赵府有状。

武　承　你也不能偏听一面之词，将人打死。

章　评　应该打死，你敢怎样，速将尸首领去掩埋。掩门退堂。（下）

武　承　狗官，狗官，哎叔父呀!（差役推武承下）

赵　虎　（念）遍找美人无下落，日思夜想不快乐。

哎，适才县官禀报，武家叔侄无有口供，当堂打死武恒，将武承释放。我想要得美人，必须先将武承押在监牢，逼他限期交出七郎，那时美人见她父受苦，必然出头露面，允许我的婚姻，嗯，就照这样办。来呀!

家　丁　有。

赵　虎　这是二爷名帖，速到县衙，着县官提武承，限明天交出凶手，若无凶手将他押在狱牢，一日三逼，速去。

家　丁　是。

赵　虎　哎，好呀。

（唱）想下这主意真不错，

定将美人能找着。

洞房花烛喜煞我，

赵虎暗祝天作合。（下）

第八场

［老尼引武瑞香上。

武瑞香　（唱）那夜晚我跳出虎穴龙潭，

恶仆追吓得人魂飞九天。

深感激老师傅慈航救难，

为避祸潜藏在紫竹女庵。

老　尼　（唱）行步儿来到了你家庄院，

上前去快叩门我要回庵。

武瑞香　师傅，请到寒舍，见了我爹爹再走不迟。

老　尼　姑娘，你快回去，深更夜半不便打搅，况且庵门未锁，老尼多不放心。

武瑞香　深蒙师傅救难，容我父女当面谢过，师傅再好回庵。

老　尼　好说。姑娘回去，过两天我来看你。

武瑞香　如此，送师傅。

老　尼　免。（下）

武瑞香　爹爹开门来，

黄　纲　（念）深夜何人扣双环，想是岳父转回还。

武瑞香　爹爹。

黄　纲　怎么是她？

武瑞香　哎呀，黄郎被贼打死怎么却在这里。嗯，想是他的冤魂不散，前来诉苦。

黄　纲　哎呀，瑞香已和赵虎成亲，怎么黑夜回家，哦，想是贼人差她回家窥探我的踪迹，嗯，我还是要提防一二。

武瑞香　哎，你是人是鬼？

黄　纲　我是人何言是鬼。

武瑞香　你被赵虎打死，何以得命至此。

黄　纲　哼，哼，哼，你想将我打死？不料深夜遇救，才得活命。

武瑞香　哎，我哪有害你之心，你这话从何说起。

黄　纲　你做的事，你就知晓。

武瑞香　我实在不知，请你明讲。

黄　纲　如此你听，那晚赵虎将我拿去，言说武瑞香告密，告我勾结强盗，偷盗赵府宝物，又说你已和他成亲，逼我立写退婚书，是我不写，竟将我打死，尸首抛在山野，深夜方醒，幸遇武二叔救我到此，你今星夜前来，定是窥探我的踪迹，回报那贼又来拿我，你说是也不是也。

武瑞香　哪有此事。

黄　纲　（唱）你和我订婚约彼此情愿，
遵从我父母命媒妁之言。
谁料你忘旧情心肠大变，
欲退婚攀高门诬我作奸。
赵虎贼逼我写退婚文券，
我不写被打死实在惨然。
夜静时遇恩人救我脱陷，
将残躯藏匿于岳父家园。
今夜晚必是贼差你窥探，
但不知你和我结的何冤？

武瑞香　哎，哎，我叫叫叫一声黄郎呀黄郎，可恨赵虎仗势行凶，将我抢到他府，逼迫成亲，是我不从，那贼恼怒，严刑拷打，囚在花园。那晚说你被贼子打死，天明逼我成亲，王妈趁贼不备，送我逃走，以在紫竹庵中藏身。数日未见动静，老师傅送我回家，不料和你相会，谁知你不问我的冤苦，反听贼人一面之词，冤枉好人，这样委屈，我向谁去诉也。

（唱）武瑞香有血性又有肝胆，
不趋炎不附势不愿高攀。
赵虎贼用诡计将你诓骗，
不察情无故地将人屈冤。

王　妈　（唱）恨凶徒将人的婚姻拆散，
全不怕头顶上碧澄澄天。
雪夜里我来到武家庄院，
看一看武瑞香可回家园。

黄　纲　你是姨母。

王　妈　哎呀，打鬼，打鬼！

黄　纲　姨母，侄儿是人不是鬼。

王　妈　听说你被赵虎打死，哪有死而复生之理？

黄　纲　姨母不知，那贼将我打死，尸首丢在山坡，深夜方醒，幸遇武二叔救我到此。

王　妈　没死了好，我先谢天谢地。瑞香，幸他未死就该欢喜，为何啼哭？

武瑞香　姨母，自从你我逃出贼府，中途又被贼子冲散，是我避在紫竹庵中，老师傅今夜送我回家，不料他见我勃然大怒，说我高攀宦门，诬他为盗，又说我已和赵虎成亲。姨母，这事你是尽知的，你看我冤屈不冤屈呀！

王　妈　哎，我的瑞香呀。

（唱）劝瑞香勿悲痛泪流满面，
这全是赵虎贼挑拨离间。
转面来叫侄儿向前立站，
听姨母我与你细说根源。
那夜晚闻噩耗悲愤肠断，
要寻死追随你同赴黄泉。
我爱她威武不屈贫贱不移有识见，
放她逃好为你报仇伸冤。
幸喜的你未死天遂人愿，
今相会你不该混噪一番。

黄　纲　姨母，她是不是已和那贼成亲？

王　妈　哎，你真傻，你都不想吗，她若和那贼成亲，不是马上来，便是轿上去，怎能黑夜偷偷摸摸地回来。

黄　纲　哦！

王　妈　哼，她若还诬你为盗，高攀权门，今夜就不认你，还和你辩的什么是非。

黄　纲　哎，我才明白了。

王　妈　嗯，你才明白了。

黄　纲　（唱）姨母对我讲一遍，
　　　　方知瑞香志贞坚。
　　　　恨赵虎诓言将我骗，
　　　　也怪我不推情将人屈冤。
　　　　我这里上前拿礼见，
　　　　乞小姐恕我量放宽。

武瑞香　（唱）只要你知我心田，
　　　　将前事一笔勾销休再多言。

王　妈　瑞香，你爹爹深夜往哪里去了？

黄　纲　哎呀姨母，赵虎那贼告我岳父叔侄主使田七郎杀死林儿，县官受贿不容分说，竟将我师爷打死，今早县衙将我岳父传去，尚未回来。

武瑞香　哎呀，祖父。

王　妈　瑞香，瑞香。

武瑞香　（唱）哭声祖父死得惨，
　　　　我，我的祖父呀，哎呀我的祖父呀！
　　　　切齿痛恨贼狗官，
　　　　我父被传不回转，
　　　　急得人立坐都不安。

黄　纲
王　妈　哎，这该怎处？

［武承、武二上。

武　承　（唱）狗官限期要凶犯，
　　　　哎呀，我的天呀，哎，我的天呀！
　　　　明天怎逃这难关。
　　　　女儿！

武瑞香　哎呀爹爹。

武　二　你是表姐。

王　妈　哎呀表弟。

黄　纲　岳父，那狗官传你为了何事？

武　承　哎，那狗官将我传上堂去，言说赵府催案，限我明天交出凶犯。

王　妈
黄　纲　这该怎办？

武瑞香　爹爹，事到危机，还是逃走为好。

武　承　逃往何处？

武　二　大哥，为弟送你们逃奔千山暂避，你看如何？

武瑞香　爹爹不必忧虑，我们还是快快逃走。

武　承　哎，走。

（唱）随我收拾莫迟缓，

武瑞香　离乡井避祸逃外边。（武承拉瑞香下）

黄　纲　姨母随侄把衣换，

王　妈　雪夜逃难避千山。（黄纲拉王妈下）

武　二　送他们后门去逃难，

何日才杀贼报仇冤。

第九场

［田七郎担柴上。

田七郎　（唱）自那晚杀林儿弃家逃难，

我的娘和幼子安居深山。

变姓名改衣装砍柴求饭，

众伙伴都知道我叫佟三。

近日来随他们担柴进县，

探不出贼行踪心中颇烦。

但愿得今日里天遂人愿，

杀恶人除贪官大报仇冤。（左右看）

田七郎。自从那晚杀死林儿，连夜背母携子逃奔千山，是我改换姓名，打柴奉母，每日进城卖柴。机会不巧，未曾窥探出仇人行踪。今日担柴进县，哎呀，霎时黑云密布，风疾雪紧我是怎样的行路。哎呔，我心中有事，还管什么风狂雪大呀。

（唱）冒风雪担柴把路赶，

心急步快不知寒。（下）

武　承　（唱）风雪当道行路难，

武瑞香　寒风凛冽雪满天。

黄　纲　贼害我家破人分散，

王　妈　何日举家才团圆。

武　承　风息雪小我们快走。

越过此山再歇缓，

武瑞香　心儿急来步难前。

黄　纲　咬紧牙关把路赶，

［田七郎上走。

王　妈　（唱）走得我腰疼两腿酸。

田七郎　那是大哥。

武　承　你，哦，你是七郎贤弟。

田七郎　正是小弟。

武　承　哎，数月未见，今天乍见我竟然认不得了。

田七郎　嗯。

武　承　哎呀贤弟，自从你逃走后那贼……

田七郎　大哥不必细述，你的事小弟尽知。

武　承　贤弟，你现在何处居住？

田七郎　为弟住在此山之角，你们快到那里只问佟姓，休提我田七郎三字。

武　承　这是何意？

田七郎　呵，大哥，你我弟兄相见，为弟再无别的托付，只是我母老子幼，重托我兄，我母就是你母，我子就是你子，望兄好好奉养老母，训教幼子。

武　承　那是兄分内之事，何待叮咛。

田七郎　如此，大哥请上受弟一拜了。

（唱）老母托你好照看，

教训幼子你承担。

别后休将弟思念，

小心谨慎莫多言。

武　承　贤弟你我一同回家。

田七郎　你们快走，我要上县。

武　承　贤弟，你何时回家？

田七郎　你们快去。

武　承　贤弟究竟何时回来，与兄说明白。

田七郎　哎。（下）

武　承　哎，你看七郎今天说话半吞半吐，叫人好不明白。

武瑞香　爹爹，我们还是先到他家，一问便知。

王　妈
黄　纲　是呀，我们还是先到他家。

武　承　只好如此，我们走。（下）

第十场

［差役上。

差　役　嗨，这一樵夫，人家都过柴，你不快走，看什么呢？

田七郎　嗯。

差　役　快走，快走（田七郎下）
内　白　赵二爷到。
差　役　有请老爷。
章　评　何事？
差　役　赵二爷到。
章　评　快快有请。
差　役　有请赵二爷。
赵　虎　父台。
章　评　二爷，请。
赵　虎　请！
章　评　二爷请坐。
赵　虎　有坐。请问父台，杀人凶手未曾拿到，主使人今又逃走，父台对此事如何办理？
章　评　哎，下官正为此事想到贵府领教，很凑巧，二爷先到，二爷你说该怎么办才妥？
［田七郎上，听。
赵　虎　依生员之见，请父台一面出示晓谕各乡，哪家献出凶手者，赏银五百，窝藏不献者与凶手同罪；一面将全城兵马衙内捕快分队出发挨门齐搜，定能将凶手捉到，父台你看如何？
章　评　这样吗，嗯，还可以。
赵　虎　父台，这是纹银五百，请先收下，凶手拿到，还有重谢。
章　评　这就有些……
差　役　退后！（七郎踢倒差役）
田七郎　闪开。（一斧砍赵倒，银子掉地，又一斧砍赵死，章跑，众差役上，七郎重伤倒，众看）
差　役　禀老爷，刺客原是田七郎，他已经死了。
章　评　待我看过，哼，田七郎，你适才的威风哪里去了，贼子死的不亏，来呀，将贼的首级割下示众。
［七郎忽起。
田七郎　狗官。（一斧砍章倒，七郎笑）

——幕落剧终——

（说明：以上内容录自家存手稿，先生手迹，钢笔分行书写，繁体竖排，封面落款为：冯杰三新编，一九五八年四月十八日。）

金玉奴

场　次

第一场　济　危

登场人物：莫稽　金玉奴　金松　二杆　四乞丐

［莫稽缩首弯腰畏寒状上。

莫　稽　呀，冷，好冷呀！

（唱软音慢板）

　　天不幸椿萱丧家业凋零，

　　穷秀才只落在乞讨之中。

（白）呀，好大的风雪！

（接唱）

　　大雪飞北风紧天寒地冻，

　　忍着饥挨着门乞食求生。

（白）哎呀，只怕今天要冻饿而死呀！

（接唱）

　　整三天未见膳勉强扎挣，

　　霎时间眼发黑腿软难行。（倒在雪地）

［金玉奴上。

金玉奴　（念）裙钗年二八，生长贫寒家。

　　母亲去世早，父女度生涯。

（白）哎呀，好大的风雪，爹爹清早出门，与人家照看喜事去了，这般时候，还不回来，待我出门看望爹爹一回了。

（唱摇板）

可怜我幼丧母艰苦尽受，
老爹爹为光景奔走不休。
清晨起出了门时已过午，
风雪大不回来是何情由？

（白）这么大的风雪，他老人家怎么还不回来？

（移步远望，回头见莫卧地惊怕）呀，怎么是个人！嗯，像个讨膳的，嗨，讨膳的你醒来。（莫爬起看）

莫　稽　哦，原是一位小姑娘！

金玉奴　你是何人？为何睡在我家门口？

莫　稽　小姑娘，我是个饥寒之人，三天未曾用膳，身上寒冷，无力行走，因而倒卧在此。

金玉奴　哎哟哟，你三天还不曾见膳，真道的可怜！（暗想）哎，我家有现成的茶膳，你进去吃上两碗，身上暖了，肚子饱了，你再走好不好？

莫　稽　多谢姑娘。哎哟！（起立站不住又倒）小姑娘，我两腿无力，难以行走。

金玉奴　哎，你这个人哟，你走不动，难道还要我女孩人家搀你抱你不成？

莫　稽　那么待我爬进去。（爬进门）哎呀呀，才进来了！

金玉奴　你等着，待我与你端膳去呀。

（唱摇板）

可怜他气奄奄命难长久，
一碗粥救活他胜造浮屠。（下）

［金松上。

金　松　（接唱）

都只为讨一碗残肴剩酒，
每日里替人家去做马牛。
幸喜我有爱女形影相守，
回家去坐草堂亚赛王侯。

（白）哎呀，好狗不挡路，挡路没好狗，叫我看这是个什么狗？

莫　稽　原是一位老丈。

金　松　哼，新账都没清，还提老账，你到底是个干什么的？

莫　稽　你问的是我？

金　松　我不问你还问谁？

莫　稽　哎，我是个饥寒之人。

金　松　饥寒人不用说就是讨膳的，就说你讨膳怎么跑进人家屋里来讨，你是想顺手牵羊是不是？

莫　稽　哎，老丈，不是我自己要进来的。

金　松　就说不是你自己进来，还是谁拿红帖把你请进来的？

莫　稽　里面有位小姑娘，她叫我进来的。

金　松　哦，怎么里面有位小姑娘她叫你进来的？

莫　稽　正是的。

金　松　你年轻轻的，说话可要老实。我叫我娃出来问，要是我娃叫你进来的，还则罢了，若还不是我娃叫你进来，哼，哼，我就要对不起！玉奴走来。

［金玉奴上。

金玉奴　（唱小带板）

风雪中盼爹爹回家相守，

听呼唤不由人喜上眉头。

走上前施一礼低声问候，

爹爹你才回来。

金　松　嗯，真要把我气死，哎嘘！

金玉奴　（接唱）

问爹爹因何事气冲斗牛？

爹爹你回来了。

金　松　我回来了，我回来了，我的家我不回来，哎嘘，哎嘘！

金玉奴　爹爹你上气和谁来？

金　松　我就和你来！我就和你来！

金玉奴　你和孩儿便怎么样？

金　松　哎呀儿呀，为父抓养你这么高大，实在不容易。为父虽穷，我是穷而有志，从未作过丢人的事。为父今早出门，教你不要在门首卖眼，你偏要在门首卖眼，你把这卖零碎的引进来，教外人知晓，还说爹爹我没家教。

金玉奴　嗯．爹爹你是不是为的是他？

金　松　不是他，还有谁？

金玉奴　爹爹不必上气，听儿慢慢与你讲来。

金　松　嗯，你说你的话。

金玉奴　自从爹爹清早出门，与人家照看喜事去了，时已过午不见回来……

金　松　人家没坐席，我怎能得走。

金玉奴　孩儿放心不下，出门探望，不想就见他，倒卧咱家门首，孩儿问他，他说他三天未曾用膳，眼看就要饿死。孩儿想咱家有现成的茶膳，与他吃得一碗，岂不救他一个活命？你老人家常说“救人一命，胜造七级浮屠”。

金　松　嗯，原来如此。

金玉奴　你回得家来，也不问个青红皂白，就和孩儿生气，这委屈你叫孩儿向谁

去、去、去诉？（哭）

金　松　我儿不要哭，爹爹将意思会错了。经我娃讲说一遍，爹爹马上心里就明白了。将膳端来了无有？

金玉奴　端来了，只怕冷了！

莫　稽　老丈，冷了我也能用。

金　松　哎，你倒生冷不忌。（将饭给莫）儿呀，再端一碗热的。

金玉奴　是。（下。莫稽吃完，玉奴又端一碗上，金松接过倒在莫稽碗内，莫再吃）

金　松　看烧，哎，真是饿急了。

莫　稽　老丈，还有没有？

金　松　无有了。

莫　稽　咦哈哈哈……

金　松　哎，留神我的碗，你看差一点将碗摔了。

莫　稽　哎，好呀！

（唱摇板）

用了膳只觉得精神抖擞，

人是铁饭是钢话不虚留。

走上前深施礼多谢搭救，

金　松　嗯，这个东西真可恶！

金玉奴　爹爹为何生气？

金　松　哼，这个小东西吃饱了，喝涨了，谢不谢都不要紧，为何把我叫大舅？

金玉奴　爹爹你先不要生气，待孩儿问他去。嗨！我可莫说你这个人，怎么不通情理？

莫　稽　怎样的不通情理？

金玉奴　你吃了喝了，谢不谢不要紧，为何把我爹爹叫起大舅来了？

莫　稽　哎呀呀，小姑娘，这是老丈听错了，我说的是搭救之救，并不曾叫什么大舅。

金玉奴　哦，原是这样。那把你错怪了。

莫　稽　好说！

金玉奴　爹爹，人家说的是搭救之救，并不曾叫什么大舅，你听错了。

金　松　哦，搭救之救，不是大舅。相公，我没念过书，对不起，错怪你了。

莫　稽　哎，老丈呀！

（接唱）

容日后得了志再把恩酬。（欲走）

金　松　你吃饱了么？

莫　稽　吃饱了。

金　松　吃饱了，言青山上山。

莫　稽　此话怎讲？

金　松　请出。

莫　稽　怎么我还要走？

金　松　这里不是你的家，你不走还能成吗？

莫　稽　我走。

金　松　你走。

金玉奴　嗨，你回来，你回来。

莫　稽　哦，哦，我还未曾谢过小姑娘，多蒙小姑娘搭救，小生这厢有礼！

金玉奴　不谢了，不谢了，不是叫你来谢我的。

金　松　好孩子，他走的好好的，你叫他回来干什么？

金玉奴　爹爹不知，孩儿看他那个样儿，实在的可怜！咱家还有剩下的杂合菜，叫他多吃些，再走好不好？

金　松　好孩子，你既有这样的好心，爹爹我有什么不愿意。

金玉奴　爹爹，儿看那人不像久贫之辈，况他又是个读书人，将来他还能忘了咱们的好处？

金　松　好好好，你去吧。

金玉奴　嗨，你可不要走！（笑下，莫看出意思）

莫　稽　这一下我不走了，这一下我不走了。

金　松　这一下你是吃定了我了，你就不走了。请坐。

莫　稽　有座。

金　松　相公，你姓什么？名叫什么？因何落在乞讨之中？

莫　稽　小生姓莫名稽，乃是本城一个秀才，只因父母双亡，家业凋零，故而落在乞讨之中。

金　松　可怜，可怜，吠！

莫　稽　老丈怎么样了？

金　松　你怎么不讲理？

莫　稽　小生怎样不讲理？

金　松　我把你问了，你怎么把我都不问一下？

莫　稽　哎呀呀，不是老丈提起，小生倒忘坏了，请问老人高姓大名？

金　松　我老汉姓金，单名一个松字。

莫　稽　哦，金松。

金　松　金就是金玉满堂的金，松就是松柏常青的松。

莫　稽　好一个高雅的名字！但不知老丈作何生理？

金　松　我老汉是本城一个杆上的。

莫　稽　呵，你是街上的。

金　松　我老汉是此地一个团头。

莫　稽　是此地一个椽头。
金　松　哎，我就是此地一个花子头。
莫　稽　呵呵，原是此地一位老先生，请来再见一礼。
金　松　有礼便还，请坐。
莫　稽　请问老丈，方才那一小姑娘，她是老丈的什么人？
金　松　乃是小女。
莫　稽　千金。
金　松　不敢当。
莫　稽　请问老丈，令爱芳名？
金　松　小女名叫玉奴。
莫　稽　可是碧玉之玉，奴家之奴？（莫写手上）
金　松　是的，是的。
莫　稽　金玉奴，金玉奴，好个幽娴的名字！哈哈哈……（莫用舌舔手上字）
金　松　怎么你一口将她名字吃了？
莫　稽　老丈不知，只因令爱待我有许多好处，我将她的名讳写在手上，吞在腹内，记在心中。
金　松　这你还是个有良心的人，相公请坐。
莫　稽　有坐。
金　松　哎呀，我看莫稽，人有人才，文有文才，我女儿也不算小了，不如把莫稽招为女婿，我老汉也可了却一桩心事；日后我老汉死了，他两口抓一把土将我埋了，岂不了事一宗。哎呀不对，我要是老不死，也许要把我活埋了呢？哎，不能，不能，尘世上不会有那样狠心的人，待我把话讲在当面。这一相公，我老汉有一句话不知当讲不当讲？
莫　稽　老丈有何贵言，请讲无妨。
金　松　哎，你看我老汉，膝下无儿，只生一女，年已十六，也不算小了，尚未婚配，我有心……
莫　稽　老丈你有心怎样？
金　松　嗯，我有心……
莫　稽　怎么样？
金　松　哎，你不要逼我，你越逼我就越说不出来了。
莫　稽　如此请老丈慢慢地讲来。
金　松　相公，我有心将我女儿许你为妻，不知你意下如何？
莫　稽　这，老丈，小生告便。
金　松　请便。
莫　稽　哎！想我虽然身贫，乃是书香门第，岂能与乞丐之女婚配？（沉想）也罢，在这无可奈何之时，暂且应允，可免目前冻馁之忧，日后吗，再做道理。（向金）呵，老丈，即蒙抬爱，小生焉有不愿之理，怎奈我一贫如洗，无钱行彩纳聘，也是枉然。

金　松　哎，我们结亲，还要什么行彩纳聘，说说就算有了。

莫　稽　如此岳父老大人请上受小婿一拜。

金　松　不拜了。

莫　稽　哪有不拜之理。

（唱摇板）

整衣冠屈膝忙叩首，
幸与贵府结莺俦。
小婿备得彩礼厚，

金　松　多少？

莫　稽　黄金千两请全收。

金　松　收了，收了。

莫　稽　（接唱）

凤冠霞帔样样有，
彩缎百端千匹绸。

金　松　好好好，全收下，全收下。（莫作递物介，金接）

莫　稽　哎呀呀，将衣服撕破了一块。

金　松　不要紧，等一会叫我儿与你补一补，门婿接来。

莫　稽　接什么？

金　松　这是四套衣裳，单夹棉都有，被子盆子俱全。

莫　稽　不要，不要。

金　松　收下，收下。

莫　稽　看，将衣服又撕破了一片。

金　松　看你身上糟得连豆腐一样。

（二杆四乞丐上）

二　杆　兄弟们。

四乞丐　二哥。

二　杆　今天一转眼，大哥就不见了，咱们到他家里去看看。

四乞丐　好，咱们走，看他在家里没？

众　　　大哥，大哥。

金　松　谁呀？哦，原是兄弟们到了。你们来得真好，进来，进来。

二　杆　这你今天是什么事？

金　松　你不知道，我与你侄女招了个女婿。

二　杆　那好么，兄弟们，咱们把女婿看看。

四乞丐　好，咱们先把女婿看看。（莫见众乞丐表示甚厌恶）

金　松　来，来，来，见过你叔叔大爷们。（莫心甚不悦，无奈与众行礼）

莫　稽　叔叔大爷们有礼了。

众　　　免了，免了。

二　杆　倒还斯斯文文的，好女婿，好女婿。大哥，就该早点与他们完了花烛。

金　松　那么你与你侄女择个好日子。

二　杆　丁寅丁卯，今日就好。

莫　稽　怎么今日就是个好日子？哎，不成不成。

二　杆　怎么不成？

金　松　完全没有预备，女婿连一件新衣服都没有？

二　杆　这里倒有一件，还没有送到柜上去呢，先借着用用。

金　松　哎，怎么是一条裤子？

二　杆　虽是裤子，倒还吉利。

金　松　什么吉利？

二　杆　这就叫“金银满裤”。

金　松　白裤腰不吉利，撕了吧。

二　杆　撕不得，这也吉利。

金　松　这又有什么吉利？

二　杆　这叫“白头到老”，请姑爷入库。

金　松　姑老爷，没袖子，不要伸了，这叫蝙蝠马褂子，将就一下吧。哎，姑娘还没有盖头。

二　杆　那我也有。

金　松　好极了，我去搀姑娘，就烦老二说两句吉祥话。

二　杆　大哥你去。

金　松　好，我去。（下）

二　杆　（念）一块沉香木，雕刻玉马鞍。

　　　　新人跨过去，步步保平安。

动乐，搀新人。（金松扶玉奴上）一拜天地，二拜高堂，夫妻交拜，送入洞房。（莫先行，金松扶玉奴下，金又上）

众　　　大哥，兄弟与你道喜。

金　松　大家都喜。

众　　　我们告辞。

金　松　慢着，还有杂合菜，咱们弟兄们先吃个蝴蝶会。

众　　　好，咱们欢欢喜喜地吃个蝴蝶会，哈哈哈……（笑下）

第二场　赶　考

登场人物：莫稽　金玉奴　金松　二杆　四乞丐

［莫稽得意自满地上，玉奴随后上。

莫　稽　（唱慢板）

感岳父救我命免遭穷窘，
和玉奴结夫妻恩爱情深。
也不愁穿和戴茶膳三顿，
从今后无忧虑再不患贫。

金玉奴　哎！

（接唱）

数日来暗观他读书不勤，
终日里只求饱无所用心。
他懒惰已成性太不振奋，
怎能望光门楣平步青云？
我这里走上前先将他问，

（白）哎，不可！

还须要慢慢地试探他心。

（白）相公！

莫　稽　娘子讲说什么？

金玉奴　你整天在家，老是这样呆坐，难道你都不烦闷吗？

莫　稽　如今有了饱食暖衣，又有娘子作伴，还有什么烦闷？我情愿永不出门陪伴娘子。

金玉奴　相公言语差矣，你看我们这吃穿，都是我爹爹乞讨来到，你既有满腹文章，何不上京赶考，倘得一官半职，也好改门换户。

莫　稽　这个……哎娘子，如今吃穿不愁，甚为安乐，还作什么科考之想？

金玉奴　哼，难道你都不为你以后打算吗？

莫　稽　那我早有了打算。

金玉奴　你有了什么打算？

莫　稽　我等岳父老大人百年之后，我就承受他老人家这根杆儿。

金玉奴　哦，你是打算承受我爹爹那根杆儿吗？

莫　稽　是的，你看好不好？

金玉奴　哼，你的好胸怀！

莫　稽　本来的不错呀？

金玉奴　你的好志气！

莫　稽　志气还算小吗？

金玉奴　哎，你好大的雄心！

（唱小带板）

实指望莫郎夫读书上进，

也好替我父女来把忧分。

原来他只想受杆儿立本，

倒叫我金玉奴好不伤心！

（白）苦啊！

莫　稽　娘子不必伤心，我是和你作玩的呀。

非是我无志气不图上进，

论才华我定能直上青云。

皆因为难割舍夫妻情分，

我若去免不了彼此挂心。

（白）娘子，我实在是舍不得你！

金玉奴　哎，你舍不得我，我也舍不得你，那么我和你一同前去如何？

莫　稽　好，你我走。

金玉奴　你不要忙，这时倒着急了，还有我爹爹，你我走了，我爹爹年纪大了，丢下他老人家，有谁照应？

莫　稽　哎呀，这该怎办？

金玉奴　依我之见，不如请出爹爹，大家商议。

莫　稽　好。

金玉奴　有请爹爹。

［金松上。

金　松　（念）忽听女儿唤爹爹，不知她有何话说？

莫　稽　岳父老大人。

金　松　女婿大官人。

金玉奴　爹爹。

金　松　有话坐下说吧。

金玉奴　爹爹呀，嗯……

金　松　有什么话，要说就说，再不要这样那样吞吞吐吐的。

金玉奴　爹爹，他……

金　松　什么话还是这样的难出口？

金玉奴　爹爹，你女婿他、他、他有话。

金　松　他有话，就该快说。

金玉奴　他说……

金　松　哎，他说怎么样？

金玉奴　他说，今当大比之年，他要进京赶考去。
金　松　赶考，好事，叫他去。
金玉奴　但是他……
金　松　怎么你又是他、他，他什么呢？
金玉奴　他说他……
金　松　哎，他说他的什么？你快说。
金玉奴　嗯，他说他舍不得我。
金　松　哦，那么我儿你呢？
金玉奴　嗯，孩儿我吗？
金　松　我儿怎么样？
金玉奴　儿我……嗯，也舍不得他。
金　松　嗯，那么他舍不得你，你也舍不得他，我儿你是怎样的打算？
金玉奴　儿打算……
金　松　我儿你打算不叫他去，是不是？
金玉奴　不是的，儿想和他一同前去。
金　松　哎，赶考的举子，哪有带家眷的？
金玉奴　爹爹，我们是恩爱夫妻，难以割舍。
莫　稽　是呀，我们是恩爱夫妻，难以割舍。
金　松　哎，你们是恩爱夫妻，难以割舍，你跟他去，很好，我不能挡着你们。（出外）哎，老伴死得早，就留下这一个孩子，好容易我一尺五寸把她养到这么大，做老人的总想与孩子找个好主儿，他们一年工夫，就成了恩爱的夫妻，竟把我老汉丢下了。要是我有个三灾八难，该靠何人？况这孩子长的这么大，也没离开过我，他们走了，我又怎能放心得下？
（金松伤心哭）
金玉奴　爹爹，你因何伤心落泪？（金松哭不理）爹爹，你老人家方才不是还说赶考是好事，你女婿要是能得一官半职，不但咱们好了，就是我那些叔叔大爷们不是也好了，那岂不是你老人家的光彩体面吗？
莫　稽　是呀，我若能得一官半职，岂不是你老人家的光彩体面吗？
金　松　哎，我实在也是舍不得你们，你们出门也没个人照应。
金玉奴　你也一同走。
莫　稽　哎，不但无人照应，就是一路盘费也是无有的。
金玉奴　是呀，想这山遥路远，无有盘费如何是好？
金　松　儿呀，那倒不必愁，反正有我跟你们，路上讨要也要把你们照顾到京地。
莫　稽　如此就走。
金玉奴　咱们收拾东西，说走就走。
金　松　不行不行。

金玉奴　爹爹，怎么又不行？

金　松　孩子，你不要忙，我的差使还得交代交代，不然就有八个字的考语，“擅离职守，弃杆逃走”，要交部严加议处。你们快收拾去，我去找老二。

金玉奴　咱们收拾走。（拉莫下），

金　松　老二呵，老二。（二杆四乞丐上）

二　杆　大哥，有什么要事？

金　松　你们进来再说。老二，呵，今乃大比之年，我家姑老爷要上京赶考。

二　杆　赶考是好事，叫他去。

金　松　你侄女也要跟他一块去。

二　杆　赶考的举子，怎能带家眷？

金　松　哎，你不知道，他们谁也舍不得离开谁。

二　杆　那你是怎么办呢？

金　松　老二，你看孩子长的这么大，就没有离开过我，他们要走，我真有点不放心，我想跟他们一块去。

二　杆　你走了，这里的事情呢？

金　松　这里的事情，就烦老二代理上三年五载，候愚兄回来，再好原业归宗，奉还大政。

二　杆　哎呀，只是小弟才疏学浅，不敢担此重任。

金　松　贤弟大才，必有大用，不必推辞，拜过杆儿。（吹打，众拜杆，玉奴莫稽上）都收拾好了没有？

金玉奴　收拾好了。

二　杆　哎呀大哥，兄弟们这里还有几十个钱，你收下路上使用吧。

金　松　这就不必，兄弟们留着用吧，你们也不富裕。

二　杆　大哥，人常说“穷家富路”，我们在本乡本土，总好办，一块儿混了多年，心里头还真有些舍不得，这是兄弟们一点心。收下吧，要是不能得中，可千万早点回来。

金　松　多谢兄弟们，告辞了。

（唱摇板）

临别时一阵阵心酸难忍，

实难舍兄弟们患难同心。

众　　一路上盘费不足，如何是好？

金　松　（接唱）

一路上缺盘费叫化为本，

（白）咱们弟兄后会有期。

金玉奴　（接唱）

但愿得此一去鱼跳龙门。

金　松　请了，请了。
众　　　请了。（众送出门，金松领莫稽、玉奴下，众进内）
二　杆　来呀。
四乞丐　有。
二　杆　升堂。
四乞丐　呵。
二　杆　这是兄弟们，大哥把差使交与我了，咱们可不能坏了大哥的规矩，今天有事无事？
四乞丐　无事。
二　杆　退堂。（同下）

第三场　赴　任

登场人物：林润　林夫人　院子　四丫环　四龙套　水夫一

［家院引林润上。
林　润　（念）滕王阁上晓烟低，王勃当时文字奇。
　　　　　　万里波涛舟一叶，计程来月到江西。
　　　　（白）老夫林润。身授山东布政使，蒙圣恩提升江西巡按，今乃黄道吉日，正好起程。家院。
院　子　有。
林　润　有请夫人出堂。
院　子　是，有请夫人。（林夫人上）
林夫人　（念）夫受皇家爵，妻沾雨露恩。
　　　　（白）呵老爷。
林　润　夫人到了，请坐。
林夫人　有座。老爷唤妻出堂，有的何事？
林　润　夫人，今乃黄道吉日。正好起程上任，夫人意下如何？
林夫人　尽在老爷。
林　润　家院。
院　子　伺候老爷。
林　润　吩咐人役伺候。
院　子　是。老爷有命，人役伺候。
　　　　［四龙套上。
林　润　外厢开道。（林润同夫人上车，转场下车，水夫上，众上船）来呀，鸣锣开舟。

（唱七捶）

今本是黄道日去把任上，
坐船舱观不尽山高水长。

林夫人　随老爷去上任同把荣享，
愿平安到江西答报上苍。（同下）

第四场　变　心

登场人物：金玉奴　金松　莫稽　报子　书吏　四差役

［金玉奴烦闷不乐地上。

金玉奴　（唱慢摇板）

到京都住在这三官庙下，
一家人每日里苦度生涯。
但愿得郎高中门庭光大，
也不枉父乞讨供给于他。
望天空已过午红日斜挂，
他翁婿却为何还不回家？

［金松上。

金　松　每日里两腿忙沿街叫化，
讨来了这一碗剩饭残茶。

金玉奴　爹爹回来了。

金　松　回来了。姑老爷怎么还没回来？

金玉奴　他还没回来。爹爹，你要来多少？

金　松　哎，跑了一早晨，就要了这一碗。

金玉奴　爹爹你跑得饿了，先吃半碗，与他留下半碗。

金　松　孩子，爹爹我不饿，我娃饿了半天，先吃上半碗，与他留下半碗就成了。

金玉奴　孩儿还不饿，爹爹你跑了半天，先吃些吧。

金　松　好孩子，你吃吧，我等一会儿再去要，我是怕姑老爷回来饿，所以要了一碗就回来了。

金玉奴　爹爹你岁数大了不禁饿，你先吃两口，压压饿。

金　松　那么还是等他回来，叫他吃吧。

［莫稽上。

莫　稽　（唱花音摇板）

三场文自觉很得意，
寻仕路要登青云梯。

心欢喜急忙回家去，

见娇妻我要夸战绩。

金玉奴　相公回来了。

莫　稽　回来了。

金玉奴　文章可曾得意？

莫　稽　文章倒也得意，哎哟！

金玉奴　相公，你那是怎么样了？

莫　稽　腹中饥饿。

金玉奴　这是一碗膳，你赶快吃吧。（莫接碗吃）

［报子上。

报　子　（念）报报报，喜来到，读书人儿真荣耀。

十年窗下无人问，一举成名天下晓，天下晓。

（白）哎，今有莫稽得中第八名进士，到处找寻，不知道他住在哪里，待我吆喝吆喝。呵，报录的来了，莫稽莫大老爷得中了。

金　松　你喊叫什么？

报　子　我是报录的。

金　松　报的哪一家？

报　子　莫稽莫大老爷得中了。

金　松　怎么莫稽得中了？嗯，你等一等，我去与你通禀一声。

报　子　哎呀，八成在这庙里。

金　松　咦哈哈哈，姑老爷得中了，姑老爷得中了！

莫　稽　呵！

金　松　姑老爷你得中了。

莫　稽　你如何得知？

金　松　报录的来了。

莫　稽　唤他进来。

金　松　嗨，老爷叫你进去。

报　子　与莫大老爷叩头。

莫　稽　罢了，可有报单？

报　子　有。

莫　稽　呈上来。

报　子　是。

莫　稽　外面伺候。

报　子　是。（下，莫看报，金抢看）

莫　稽　岳父请看。

金　松　我不认得字，还不是白看，姑老爷你看吧。（玉奴挨近莫看）

莫　稽　娘子请看。

金玉奴　相公请看。

莫　稽　如此大家一同观看，捷报贵府第，莫稽莫大老爷得中第八名进士，呵哈哈哈。（手起碰在金松眼上）

金　松　哎哟！

莫　稽　怎么样了？

金　松　你怎么样了？

莫　稽　我中了。

金　松　我的眼肿了。

莫　稽　将报单贴在门首。（金贴报，进门，报子上，招金出）

金　松　你怎么还没走呀？

报　子　我是个下苦人，跑了多时，请你禀一声，讨点赏钱。

金　松　你等一等。（金进拿不出钱，只好将剩下半碗饭藏着拿出）哎，你跑了一回，真是辛苦，我们应该有点意思，多了拿不出，少了拿不出手，无有别的，这是半碗膳，你拿去吧。

报　子　哎，还是留着你自己吃吧。（下）

金玉奴　爹爹，你看孩儿的眼力如何？

金　松　不错，我娃有眼力。

金玉奴　儿我当日就看他不错。

金　松　我也看他不错。儿呀，以后你就是夫人，爹爹我就是老太爷。想不到姑老爷真的中了，要是叫你那些叔叔大爷们知道，一定都乐得不得了了，哈哈哈……

莫　稽　嗯，中虽中了，以后必须拿些规矩出来。（莫稽态度突变，金松为了女儿不得不忍耐，玉奴知父亲伤心，暗示松到门外）

金玉奴　爹爹，他说中虽中了，以后要拿些规矩出来，你老人家这大岁数，跟着女儿受委屈，教女儿怎样的忍受呀！

金　松　我娃不要哭，这也怨我高兴得过了火了，我这样啰嗦惯了，挨责斥也挨惯了。做了官了，总得有点规矩。好娃呢，不要难过，只要你们好，爹爹，我……什么都不要紧，好娃呢，再不要哭了，你越哭爹爹我心里更难受，我娃不要哭。（金与玉奴擦泪）

金玉奴　他变性子变得太快了。

金　松　哎，这一套也许他从前就有，没有机会拿出来使用。

金玉奴　爹爹，事到如今，你有什么都看着女儿我吧。

金　松　哎，我没有什么，看着你他也不能待我太下不去。好娃呢，不要难过，进去吧。（玉奴点头转身欲进，金松拉住玉奴用袖擦玉奴脸上泪后方令玉奴进内）

报　子　内边有人没？
金　松　做什么的？
报　子　报录的。
金　松　又是你，等一等，回禀姑老爷的话，又有报录的来了。
莫　稽　传。
金　松　啥？报录的，老爷传你，小心点，老爷可是新长了脾气了。进来，进来，低头，低头。
报　子　与老爷叩头。
莫　稽　可有报单？
报　子　有。
莫　稽　呈上来。（莫斜眼看金松，松急接，接报递莫）
金　松　出去，出去。（莫看报，金松靠近，欲看，被莫以目斥退。莫又看，玉奴靠近莫身看，莫怒视玉奴退，父女只好忍耐）
莫　稽　哼，报到贵府第，莫稽莫大老爷，实授德化县正堂。报单贴在门首。
金　松　［金松很不高兴接报贴在门外，进门后见报子手招他，金明白报子的意思，仍然取出半碗饭藏着出门。
你辛苦了，你是不是想要一点赏钱？
报　子　对、对、对，烦你老人家禀一声吧。
金　松　我知道你的意思，没有什么？还是这半碗剩饭。
报　子　哎，倒霉，倒霉，真倒霉！（下）
金　松　与姑老爷恭喜。
金玉奴　与相公恭喜。
莫　稽　哎，虽然做了官了，只是无有盘费上任，也是枉然！
金玉奴　爹爹，你到街上去打听打听，看有没有放官利债的？
金　松　好，我去。（金将要出门，书吏等上）
书　吏　来到三官庙，老丈请了。
金　松　干什么的？
书　吏　我们是德化县三班衙役，迎接老爷上任的。
金　松　你们等一等，回禀姑老爷的话，德化县三班衙役迎接姑老爷上任。
莫　稽　叫他们一班一班地进来。
金　松　叫你们一百一百地进去。
书　吏　原是一班一班的进去。（书吏引众进）书吏们与莫大老爷叩头。
莫　稽　罢了，换衣来。（莫稽、玉奴换衣）
书　吏　呵，二爷。
金　松　他妈的二爷，那位老爷，是我的姑老爷。
书　吏　哦，原是老太爷。

金　松　有话你说吧。

书　吏　你也换换衣裳吧。

金　松　我穿这个就好，不必换了。

书　吏　这样太不体面，我们带来了，还是换了吧。

金　松　好，换。

差　役　把这顶帽子赏与我吧。（金松欲给，忽看见莫生气地说）

金　松　不能给你，我不是得新忘旧的人，我还得留个后手。

书　吏　呵老太爷，这里有饭食银子二百两，望老爷收下，到了任所再还我们。

金　松　不要忙，我得问一问，回禀姑老爷的话，他们有饭食银子二百两，请姑老爷收下，到任之后再还他们，那银子能收不能收？

莫　稽　收下就是。

金　松　好，收下了。

莫　稽　吩咐外厢开道。

金　松　人役外厢伺候。

内　　　呵。（同下）

第五场　推　江

登场人物：莫稽　金玉奴　金松　水夫　书吏　四差役

［水夫上迎莫稽、玉奴等上，玉奴欲上船，被莫阻挡。玉奴含泪欲投江，松挡住，莫上船。玉奴哭，松安慰上船，众上船。

莫　稽　吩咐开船。（牌子）

水　夫　禀老爷，风狂浪大，不便行船。

莫　稽　就在此处停船。

水　夫　是。

莫　稽　金二，金二。（玉奴暗示松）

金　松　哦，这是他叫我呢，嗯，有。

莫　稽　看酒。

金　松　啥？（金摆酒，玉奴起身，松令坐下）

莫　稽　哎，

（唱拦头）

思前事心烦闷自斟自饮，

乞丐女怎能够去作夫人？

早知晓今日里功名有分，

悔不该我与她联下婚姻。

到德化又遇着风狂浪紧，
叹天公捉弄我所为何因？

金玉奴　（唱小带板）
见相公中高魁大变良心，
他竟然把我父当作仆人。
事到此我只好暂且容忍，
且压住心头火上前温存。
（白）哎，相公呀，
实指望到任所一帆风顺，
又谁知天有那不测风云。
劝相公免愁烦开怀畅饮，
（玉奴起与莫稽斟酒）
待明日风平浪静再起身。

莫　稽　我酒已够了，金二，金二，将剩酒端去，船头自饮。（松取酒出舱）你我各自安歇了吧。

金　松　哎，女婿剩下的残杯冷酒，就是他丈人的。（松至船头坐下，边饮边说）金二，金二，我成了他妈的金二了。哼，忘了你倒卧我家门口，要是没有两碗饭救了你的性命，能有今天？做了官就把当日忘了！（莫稽出舱偷听）哼，此番到了任上，待我父女好便罢，（喝酒）要是待我不好，待我娃不好，（喝酒）我要约来三老四少和你算账！吃了我的饭，我要叫你吐，哼，你还金二，金二！（松饮酒醉倒下）

莫　稽　哎呀，听他言道，此番到了任所，待他父女好便罢，如若不然，他……这岂不有碍我的前程？哎，只悔我当初一念之差，就是冻饿而死，也不该在他家招赘。如今……也罢，金玉奴虽待我不薄，怎奈她实不像一位县令夫人，不如昧着良心将她推……

金　松　（梦语）好奴才，吃了我的要与我吐。

莫　稽　嗯，我自有道理，（进舱）夫人醒得，夫人醒得。

金玉奴　相公讲说什么？

莫　稽　夫人你看，霎时云破月来，江山如画，请夫人随我同至船头，赏月玩景。

金玉奴　为妻身体困倦，不去也罢。

莫　稽　如此月色，若不赏玩，岂不辜负良宵，待我搀了夫人，（玉奴仍不愿去）夫人还是陪我去吧。

金玉奴　好，我陪你就是了。（同出舱）呀，风大浪急，你我进舱。

莫　稽　慢着，夫人你看着……
（念）云破月轮高，江水浪滔滔。
寒光映水面，银丝千万条。

（白）哎呀，那不是一条金色鲤鱼？

金玉奴　金色鲤鱼在哪里？

莫　稽　那不是吗？（玉奴向下望，莫乘势一推）

金玉奴　哎呀！（玉奴落水莫稽心惊，镇静片刻后急唤金松）

莫　稽　金二醒得，金二醒得。

金　松　哦，姑老爷有何话讲？

莫　稽　你女儿失足落水了。

金　松　哎呀，船家，船家，快快搭捞，快快搭捞。

水　夫　风大水急，搭捞不起。

金　松　哎呀儿呀！

（唱七捶）

女儿落水遭不幸，
好似万箭穿我胸。
十六年我父女相依为命！

（喝场）我，我的苦命的儿呀！我、我的女儿呀！

（接唱）

不料儿身沉浪涛丧残生。
儿死留我有何用，
倒不如投江伴儿行！

水　夫　老丈没可。

金　松　你们不要挡我，我娃死了，要我何用？我要死！

水　夫　老丈，你万万的死不得。

金　松　哎，儿呀！

莫　稽　不必如此，人死不能复生，这也是她命该如此，哭也无益。这是纹银三两，拿下船去，大小做一生意，再不要到这里来了。

金　松　这个……哎呀姑老爷，我就是这一个女儿，我女今死，可怜我无依无靠，孤苦伶仃，姑老爷，你看在与女儿夫妻一场，把我带到任上，你有吃不了的茶膳，与我一碗半碗，穿不了的衣衫，赏我一件两件。你也不要把我当你丈人看待，就当你多用了一个仆人。老爷，你把我带上！

莫　稽　哼。

金　松　老爷，你看我这大年纪，若把我赶走，不是冻死，就是饿死，求老爷怜老惜贫，将我带上，我老汉就感恩不浅了。

莫　稽　衙门规矩多，你偌大年纪，还是不去的好。

金　松　衙门规矩多，我一天学一样，一月也学三十样，你看我也活不了多少年了，还能与你添多少麻烦？老爷，你将我带上，全当你救我一条老命呀。（哭）

莫　稽　你也太得啰嗦了！

金　松　太得啰嗦了，好，我这样哀求你，你全无一点怜老惜贫的心。哼，进京一路和那素不相识的人要饭，都没有费过这么多的话，今日我才认清了你。你的银子我不要，留着与你打棺材，你的衣裳帽子都与你，你当我没有你我就不能活？没有你我活得更好。总怪我老汉瞎了眼，才把女儿与你。你忘了你倒卧我家门口，是谁把你救活了的？进京赶考，一路讨饭与你吃，你也不嫌我啰嗦？才作了官就嫌啰嗦，没有我你早都饿死了。现在，现在，骂你几句都不能解恨，总有一天和你这个忘恩负义的奴才算账。

莫　稽　来呀，与我轰下船去！（差役等推金松下倒地）开船。（退下）

金　松　莫稽呀莫稽，我把你个狼心狗肺的畜牲！（拾石块打莫）玉奴，女儿，你怎么不小心，失足落水？不然你就是受不了他的气，投江寻死。女儿呀，你死了不管你苦命的爹爹了！莫稽呀莫稽，我把你个万恶的畜牲！

（唱七捶转双捶）

望江心哭女儿怒气难忍，
骂一声贼莫稽狗肺狼心。
曾不记在街头衣单雪紧，
曾不记倒卧在我的家门。
曾不记我女儿将你怜悯
曾不记我乞讨助你成人。
只说是读书人情通理顺，
却原来你是个人面兽心。
中高魁大变性六亲不认，
抛弃我年迈人负义忘恩。
罢罢罢我暂忍心头忿恨，
哭一声玉奴儿珠泪纷纷。

（白）罢了女儿，哎，女儿呀！（下）

第六场　遇　救

登场人物：林润　林夫人　四丫环　四龙套　家院　金玉奴　水夫

［四龙套、四丫环、家院、水夫引林润、林夫人上。

林　润　（唱浪头带板）

夜来风急浪汹涌，

林夫人　（接唱）

风卷怒涛万马腾。

林　润　（接唱）

　　　杨柳岸边把船停，

林夫人　（接唱）

　　　风平浪静好起程。

水　夫　禀老爷。

林　润　何事?

水　夫　江里漂来一人。

林　润　快快搭捞。

水　夫　是。（下水背玉奴上船）

林　润　看是男是女？有气无气?

水　夫　是。禀老爷，是一女子，还有微气。

林夫人　丫环，看姜汤伺候。

丫　环　是。（四丫环扶玉奴灌汤）

林　润　快快将那一女子唤醒。

丫　环　是。这一大姐醒得。

金玉奴　（唱塌板）

　　　昏沉沉逐波浪漂流一阵，

丫　环　大姐醒得。

金玉奴　（接唱）

　　　耳边厢听呼唤不知何人？（玉奴睁眼看）

　　　身落在这船中我命未尽，

　　　又只见画船上侍女成群。

　　　想起了昨晚事恍如梦境，

　　（白）哦，我怎能得到这画船之上？嗯，莫不是他们将我救起?

丫　环　这是我家林大人将你救起的，还不上前谢过。

金玉奴　哦，林大人。

　　（接唱）

　　　忙拜谢老大人救命深恩。

林　润　罢了，快快坐了。

金玉奴　谢座。

林　润　这一女儿，何方人氏？因何投江?

金玉奴　老大人容禀了。

　　（唱尖板转苦音慢板）

　　　未开言不由人珠泪滚滚，

林　润　不必啼哭，缓缓地讲来。

金玉奴　大人请听。

（接唱）

无限的伤心泪洒在衣襟。

蒙大人救命恩感激不尽，

问身世请大人听我细云。

林　润　家住哪里？

金玉奴　（接唱）

我家住杭州地临安小郡，

（转摇板）

双凤桥鸳鸯巷有我家门。

林　润　名叫什么？

金玉奴　哎大人，

（接唱）

我名玉奴贱姓金，

爹爹乞讨守清贫。

那年冬寒风雪紧，

见一人衣衫褴褛气息奄奄倒卧我家门。

女孩儿一时发恻隐，

两碗膳救活了饥寒之人。

林　润　常言救人一命，胜造七级浮屠，后来怎样？

金玉奴　哎，请听：

（接唱）

我的父回家细盘问，

才知他姓莫名稽身入黉门家业凋零是孤身。

父怜他落魄书生受穷窘，

遵父命和他结婚姻。

林　润　和他结婚，这也算得美满的姻缘！

金玉奴　唉！怎算得美满呀！

（接唱）

新婚后观他甚逊顺，

夫妻恩爱孝慈亲。

大比年赶考把京进，

怎奈囊空无分文。

沿途为他苦受尽，

父女乞讨费舌唇。

幸喜他科场显才俊，

不料想得中高魁变了心，变了心！

林　润　这才奇了！既然你夫妻和好，他又能孝顺你父，你父女助他成名，其恩不浅，他怎能变心？哎！他是怎样的变心？往下地讲来。

金玉奴　老大人请听：

（接唱）

授官职德化县前去上任，
那时节贼已经起了狠心。
视我父若奴仆全不怜悯，
又嫌我金玉奴出身寒贫。
船行在采石矶风狂浪紧，
诳我到船头上赏月散心。
他将我推江中贼心肠狠，
但不知老爹爹何处投奔。
这本是玉奴我杀身仇恨，
求大人与民女快把冤伸。

林　润　（唱浪头带板）

莫稽做事太不仁，
忘却他妻救命恩。
似这样狠心肠人天共愤，
我定教负心人低首下心。

林夫人　（唱摇板）

听他言来真痛悯，
这女儿遭遇太伤心。
不必啼哭暂容忍，
随我任所且安身。

林　润　这一女儿，老夫林润蒙圣恩钦放江西巡按，你丈夫莫稽现任德化县，正在老夫属下，你随老夫同至江西，定能保你父女相见，夫妻团圆。

金玉奴　这个……小女子只愿寻得老父，承欢膝下，今生今世再也不愿和那狠心的强盗相见了。（哭）。

林夫人　不必啼哭。呵老爷。

林　润　夫人讲说什么？

林夫人　老爷你看这一女儿，实在的可怜，为妻心想收她为义女，当作亲生看待，未知老爷意下如何？

林　润　老夫也有此意，待我讲在当面。这一女子，我二老心想收你为义女，当作亲生看待，你可愿意？

金玉奴　如此义父义母请上受儿一拜了。

林　润
林夫人　受我儿一拜，哈哈哈……

金玉奴　（接唱）

拜二老活命恩山海一样，
螟蛉女当亲生侍奉高堂。
背过身不由人泪流两行，
但不知老爹爹今在何方？

林　润　（白）女儿不必啼哭。家院。

院　子　在。

林　润　速带衣物沿江找寻金老丈回船，不得有误！

院　子　遵命。（背包袱）搭了扶手。（下）

林夫人　丫环。

丫　环　有。

林夫人　扶侍小姐后舱更衣。

金玉奴　女儿多谢了。

（唱小带板）

想前事真好似大梦初醒，
金玉奴今日里两世为人。

林　润　（接唱）

恼恨那小莫稽忘了根本，
空读过圣贤书不如兽禽。

林夫人　（接唱）

到任所先与女雪冤报恨，
查办那小畜牲负义强人。

（同下）

［金松愁眉不展上。

金　松　（唱慢摇板）

恨当初救莫稽真真瞎眼，
老汉我倒成了被难的舟船。

（白）哎，可恨莫稽，将我轰下船来，东讨西要，有心回家，家里无有什么，我不免去到德化，找寻莫稽，将他羞辱一场，也可泄一泄我胸中的恶气。嗯，要去呢，要去呢呀！

（唱七捶带板）

怒气冲冲把路赶，
要羞辱莫稽小狗官。

［院子上。

院　子　（接唱）
　　找寻金松不见面，
　　心急两腿跑得欢。（院子与金松相撞）
金　松　哎，你这人怎么呆头呆脑地往人身上撞?
院　子　你这人真不讲理，你碰了我，反说我碰了你。
金　松　哎，你也这样欺人，我金松要是年轻的时候，就不受你这样气，算了，你走你的吧。
院　子　哦，怎么你叫金松?
金　松　嗯，我叫金松，金松，你要怎么样?
院　子　请你老人家不要上气，我问你，你是否有个女儿叫金玉奴?
金　松　她，她，她死了，她死得好可怜呀！（哭）
院　子　哦，原来你就是金老丈，快快随我去见我家大人。
金　松　怎么有女儿还犯罪吗？我见你家大人做什么?
院　子　老丈有所不知，你女儿被我家大人救活，我家大人官拜江西巡按，命我带了衣物，找寻你老人家回去，父女团圆。来来来，先换了衣服。
金　松　不要忙，不要忙，上当只是一回，我得先跟你去看看，到底是怎么一回事。
院　子　你放心，我家大人绝无恶意。
金　松　说得好听不算，见了我女儿再说。
院　子　如此你随着我来。
金　松　你前行，我后到，不要你叫。（同下）

第七场　招　赘

登场人物：林润　莫稽　金永　四龙套　中军　金玉奴

［四龙套中军引林润上。
林　润　（念）饱读诗书学圣人，功名富贵等浮云。
　　贪官污吏必拿问，要与黎民把冤伸。
　　（白）老夫林润，奉旨巡查江西。中军。
中　军　在。
林　润　传令下去，文武各官，免予参见，单传南昌德化二县进见。
中　军　遵命。下边听着：大人有命，文武各官免予参见，单传南昌德化二县进见。
［金永、莫稽同上。
金　永　南昌县金永告进，卑职参见老大人。

莫　稽　德化县莫稽告进，卑职参见老大人。

林　润　免参，转堂。（吹打，转场）二位贤契请坐。

金永、莫稽

老大人在此，哪有卑职座位？

林　润　有话叙谈，哪有不坐之理？

金永、莫稽

卑职告坐。

林　润　哪位是莫贤契？

莫　稽　卑职莫稽。

林　润　哦，你就是莫稽？（林看，莫有些不安）此番上任，可曾携眷？

莫　稽　这个……（莫怀疑林察觉自己的昧心事，吞吞吐吐，心中不安）倒也携眷，不料船行江心，她、她、她失足落水而死。

林　润　哦，她失足落水而死！（莫听林话有味，更觉不安）想贤契正在青春，岂可无有佳配，老夫有一小女，才德兼备，愿许贤契，就请南昌县为媒，不知你意下如何。

莫　稽　这……

金　永　年兄，老大人当面许婚，还不上前拜过。

莫　稽　岳父请上受小婿一拜了。

（唱小带板）

走上前来忙叩拜，
谢过大人许裙钗。
得意洋洋心畅快，
但不知何日赴阳台？

林　润　嗯。（莫看林，由喜转忧，很不自然）

（接唱）

这亲事你情愿算是自主，
男女间婚姻事决不相逼。

莫　稽　小婿衷心感激，岳父不必加疑。

林　润　（接唱）

既感激在我府先成嘉礼，
今夜晚偕花烛去会佳期。

莫　稽　小婿遵命。

林　润　（接唱）

小女儿娇生惯养千金体，
要忍让休嫌她礼貌不齐。

莫　稽　小婿记下了。

林 润 记下了好。

金 永 恭喜老大人，恭喜年兄。

林 润 后堂备有酒宴，与二位贤契痛饮一场，请。

金 永 老大人请。

莫 稽 岳父同年兄前行，小婿告便一时。

林 润 请便。你随着我来。（下）

莫 稽 哎呀，想我莫稽既中高魁，又授官职，今又要与按院千金小姐联姻，真是喜出望外也！

（唱带板）

喜只喜我莫稽时来运至，
得高中授官职重娶娇妻。
想不到我有这三桩喜事，
也算得如愿偿吐气扬眉。
偕花烛入洞房其乐无比，
猛想起适才事心中加疑。

［莫低头弹帽翅想，猜疑林设圈套捉他，甚恐惧。

（白）哎呀不妥！适才林大人当面许婚之时，好像话里有话，莫非他已知我谋害前妻之事？哎，察言观色，倒教我有些怀疑呀！

（唱苦摇板）

莫不是林大人察觉前事？
设圈套备网罗捉拿莫稽。
我还是暗暗的逃出府去，

（摩捶）

按院府甚森严怎能逃出？
我有心在他府成婚招赘，
身入了这虎穴有翅难飞。
慢步儿低下头左思右虑，

（白）这……这……哎……

（接唱）

想不下绝妙计心中着急。

（白）哎，我想林大人若知我杀害前妻之事，只用他将头这样一摆，就将我拿住，何必设此圈套，嗯，决无此理，决无此理。我还是拿定主意，此番见他，他有来言，我有去语，按定他的话头，截住他的话尾，含糊答应，只求先成婚礼，成婚之后，就是他知前事，难道他还杀他女婿不成呀？

（唱带板）

还怪我心虚多猜疑，
无端畏惧是怎的？
但愿早日成婚礼，
哪有个岳翁杀女婿。

［玉奴暗上，隔窗怒视莫，莫得意洋洋，突见玉奴，惊慌后退。

（白）哎呀，打鬼，打鬼，打打鬼！

（唱七捶）

我一见冤鬼魂魄飞，
吓得我胆战汗淋漓。
求贤妻休将前仇记，（玉奴衔恨下）
念你我恩爱好夫妻。
新婚后我定超度你，
愿贤妻阴魂早归西。

（白）玉奴，饶了我吧。千不是万不是，都是我的不是，求你念起夫妻之情，快快走去。（镇静一时，左右看）哎呀，是我一时神思恍惚，两眼迷离，只见玉奴前来索命，怎么又不见了？（向外看）哎，红日当空，岂能是鬼，断无此理。嗯，断无此理呀！

（唱带板）

白昼间哪里有冤鬼，
倒是我自己心底虚。
从今后必须要拿定主意，
再多疑恐怕要惹出是非。
我这里整衣冠忙进内去，
见大人必须要应变随机。（下）

第八场　棒　打

登场人物：金玉奴　莫稽　金松　林润　四丫环

内　动乐，一拜天地，二拜高堂，夫妻交拜，送入洞房。

［四丫环引金玉奴怒冲冲上。

金玉奴　（念）含泪拜花堂，大仇怎能忘。
若要雪仇恨，打死薄幸郎。
（白）丫环姐姐。

四丫环　伺候小姐。

金玉奴　你们各备棍棒，等候新郎到来，与我痛打，他若问道，你就说这是我们这里的规矩，记下了无有？

四丫环 记下了。

金玉奴 记下了好，速去准备了。

四丫环 是。（下）

金玉奴 （唱带板）

林义父对我把婚事提起，
花庭外隔窗看果是莫稽。
贼见我战兢兢十分恐惧，
他疑我是冤鬼去把他迷。
回小房把此事考虑仔细，
为仇恨我也曾大费心机。
今夜晚拜花堂是我用计，
备棍棒要打死忘恩的贼！（玉奴进帐）

［莫稽披红插花上。

莫　稽 （唱二倒板转带板）

今夜晚偕花烛喜从天降，
我今和名门女重配鸳鸯。
若不是下狠心害死糟糠，
小乌鸦和彩凤怎配成双。
与按院千金女同入鸳帐，
好一似巫山上仙女襄王。
今夜晚逢喜事精神快爽，
行步儿我来到花烛洞房。

［四丫环上。

四丫环 你看。（各将棍棒试耍）

莫　稽 （接唱）

见丫环一个个手持棍棒，（向内看）
洞房内却怎么不见新娘？

四丫环 哼，哼，小心着！

莫　稽 （接唱）

众丫环怒狠狠磨拳擦掌，
想必是她不知我是新郎。
喜气扬扬往进闯，

四丫环 （接唱）

要打死你这个负义豺狼！

莫　稽 嗯，我乃新姑老爷莫稽，为何举棒乱打？

丫　环　哦，你就是新姑老爷莫稽，我们打的就是个你。

莫　稽　这不是待娇客之礼呀？

丫环甲　你来此招赘，可晓得我们这里的规矩？

莫　稽　什么规矩？

丫环甲　你听：我们这里的规矩，是新姑老爷入洞房时，先要打一百棍棒。

莫　稽　这是个什么规矩？

丫环甲　什么规矩？这是怕新姑老爷将来变心，先来个下马威。

众丫环　姐姐，不要和他说了，咱们打！（众打莫跑）

金玉奴　丫环，不要打了，叫他低头而进。

丫　环　是。呔，小姐有命，叫你低头而进。

莫　稽　是，是，是。（莫眉青面肿跪）

金玉奴　叫他面朝外跪。

丫　环　是呔，叫你面朝外跪。

莫　稽　是，是，是。

金玉奴　下跪你是莫稽？

莫　稽　哎呀，这声音怎么好熟？待我偷偷看她一下。（丫环打）

丫　环　小姐问话，你快说。

莫　稽　正是下官，正是下官。

金玉奴　你可有前妻？

莫　稽　倒有前妻金氏，同来上任，不幸她失足落水，命丧江心。

金玉奴　怎么她是失足落水死的？

莫　稽　正是，她失足落水死的。

金玉奴　你回头看我容貌比你前妻如何？（莫抬头看玉奴）

莫　稽　哎呀不好！打鬼，打鬼！（莫看是玉奴惊起走丫环拦住）

金玉奴　我不是鬼，想是你心上有鬼。丫环。

丫　环　伺候小姐。

金玉奴　与我打。（众丫环打莫）

莫　稽　小姐饶命！小姐饶命！

金玉奴　丫环住手，将座向前。

丫　环　是。（移座）

金玉奴　莫稽呀莫稽，想你不得志之时，挨门乞讨，那时北风凛冽，大雪纷飞，你这强盗，饥寒交加，倒卧我家门首，是我出门望父，见你奄奄一息，将要冻饿而死，这时引起我恻隐之心，用膳将你救活，我父又将我终身许你。（哭）哎，也是我妄想改换门户，大比之年，劝你进京赶考，一路之上，多亏我父沿途讨饭，才免了你饥饿之忧。不料你名登金榜，放缺德化县正堂之后，我父女就成了你眼中之钉，不想船行江心，你这强盗将我诓出舱来，推落江心一死。想你这强盗，狼子野心，凶暴成性，全不念我父年迈，竟忍心将他赶下船去。可怜我父，孑然一身，飘流异地，幸遇林老大人救活我命，又将我父寻回，我父女才得重聚，不然，我父女岂不就要生死永别，冤沉海底？林老大人将我认为义女，又将我的终身许你，你这强盗，竟然恬不知耻，来此入赘，你以往行为狼毒如此，他日为官不问可知。我金玉奴，只能一误，岂可再误。我已看清你这丧心病狂的衣冠禽兽，岂肯再和你双栖双飞！莫稽呀，莫稽，我把你这无耻的强盗。

（唱带板）

悔不该风雪中救活了你，
得中后反来将人欺。
把一个糟糠妻推落江里，
可怜我父女生离死别好惨凄。
你只说这事石沉海底另攀名门重娶娇妻心欢喜，

莫　稽　小姐，饶了我吧！

金玉奴　（接唱）

你是个禽兽心枉披人皮。
我把你已看得通身透体，
我岂肯与仇人再共枕席！
恨难消打你个忘恩负义，

［玉奴怒打莫稽一手掌气不可遏反身痛哭。

莫　稽　（接唱）

请小姐勿伤悲且把怒息。
自那日登了舟同上任去，
忽然间天黑暗风狂浪急。
幸喜得夜已半云破月出，
夫搀妻船头上观看游鱼。
也怪你不小心太得大意，
一失足落江中搭救不及。
岳父他动了怒跳下船去，
你如今怨小生所为怎的？
我这里忙与你叩首赔礼，
将前事一笔勾休再来提。

金玉奴　胡说，打！（丫环打莫，莫欲出门撞见金松，莫跪）

金　松　好狗不挡路，挡路没好狗，你是哪条狗？

莫　稽　哎呀，岳父呀！

金　松　哦，你是莫稽，莫大老爷？

莫　稽　哎!

金　松　看你装得那个可怜样子！莫稽呀莫稽，你推我女儿落江，你是何等的凶恶！赶我老汉下船，你是何等的威风！你能想到你有今天，如今你的凶恶威风哪里去了？我今天骂你几句，咬你几口，都不能解我之恨，我要打你狼心狗肺的奴才与我吐膳!

（唱七捶）

恨畜牲一阵阵心头火起，

这一棍打死你狗官莫稽。

莫　稽　（接唱）

千不是万不是我的不是，

望岳父宽饶我年幼无知。

金玉奴　哎呀。（哭）

金　松　（接唱）

见女儿一旁泪如雨，

哭断肝肠有何益。（留板）

［玉奴抱金松痛哭。

金玉奴　（接唱）

老爹爹为女儿千里到此，

（喝场）我，我的老爹爹呀，

金　松　我的女儿呀!

金玉奴　哎，我的爹爹!

金　松　我的苦命的儿呀 1

金玉奴　（唱七捶）

可怜你沿街乞讨为女婿。

谁知他狼心无恩义，

得志竟然翻面皮。

赶走爹爹背天理，

年老人颠连流离情惨凄。

今晚勉强成婚礼，

打骂薄幸贼莫稽。

出一出你的儿满腔怒气，

吐一吐你的儿满腹冤屈。

儿岂能和仇人再作夫妻，

儿岂能和禽兽共枕同席。

霎时怒从心头起，

身上脱去锦绣衣。（脱衣）

头上珠冠也卸去，（卸冠）
还我庐山真面目。（留板）

金　松　（唱七捶）
我的儿虽女流倒有志气，
随父走不看人眉眼高低。
（白）儿呀随父来，走。

金玉奴　哎，爹爹，
（接唱）
儿还要去拜别义父义母，
叩谢他救命恩随即远离。
（黄板）哼，哼，哼。（玉奴、金松怒视莫稽愤恨下，丫环拾衣冠下）

莫　稽　事已如此，不如逃走为妙。（莫走，林上，二人相碰）

林　润　莫稽。

莫　稽　岳父。

林　润　狗官。

莫　稽　大人。

林　润　你做的好事！

莫　稽　老大人饶命。

林　润　你来。（林怒拉莫带亮相幕下）

—剧终—

（说明：以上内容录自陕西人民出版社出版的《金玉奴》，冯杰三改编，1958 年 7 月第一版。）

借赵云

人物表

赵云	武小生
刘备	须生
张飞	二净
典韦	净
众卒	杂
报子	杂

[赵云起霸上。

赵　云　（念）壮怀落拓时未逢，
何日风云起困龙。
男儿欲展平生志，
当扶英主定太平。

（白）俺，姓赵名云字子龙。前在袁绍帐下，只恨老贼目不识人，轻视豪杰，命我以在盘河湾牧马。那日正在牧马中间，耳听战鼓如雷、杀声四起，是我站在高坡之上瞭望，观见一位老将败阵，后边颜良、文丑紧追。我想一人怕了一人也就是了，为何苦苦追赶？是我心想，遇难救人，方算英雄。那时人不曾披甲、马不曾备鞍，手提摆马的杆子，扑上前去，就是这样一阵好杀。战败了颜良、文丑，救下那位老将，是我问来问去，原是北平太守公孙瓒，俺就投在他的麾下。只说投一明主，谁知他行同市井，不足图谋。哎！也怪俺赵云进身太急，想起叫人好恼也！

（唱七捶带板）赵云校场恨苍穹，
老天何必困英雄。
俺好比子胥佐吴主，
又好比范增遇重瞳。

啊！今早主公传下将令，命我在大校场中操演八门金锁大阵；忽又传下将令，着我点齐三千人马，随刘使君前往徐州解围。但不知这刘使君他是何人？这……（想介）嗯！莫非就是那刘备？想昔年以在盘河湾遇见过此人，想此人乃汉室宗亲、当今英雄，俺今随他前去，中途路上，必须见机而行。耳听銮铃响动，且站一旁，看他来者是谁？

［刘备带二旗牌上。

刘 备 （唱浪头）在帐中辞别了公孙仁兄，
他借我兵三千大将子龙。
行来在大校场勒马观定，
我见了赵将军忙搭一躬。

那旁你是赵将军？

赵 云 那旁来的你是刘使君？

刘 备 赵将军！

赵 云 刘使君！

刘 备
赵 云 咦，哈哈哈……

赵 云 刘使君请下马来。

刘 备 下马来了。

赵 云 使君请来，赵云有礼。

刘 备 还礼了。

赵 云 使君不在平原，来在北平何干？

刘 备 赵将军有所不知。可恨曹操围攻徐州，陶恭祖打了败仗，孔融相约我弟兄同往解围。怎奈恭祖兵微将寡，恐难克敌，因此命备前来，以在公孙兄处借兵求将。

赵 云 我主公他借你兵多少、将几员？

刘 备 我公孙兄借我精兵三千、大将一员。

赵 云 不知这大将是谁？

刘 备 不是别个，就是赵将军你。

赵 云 刘使君，俺赵云外扬虚名，内无有实学，此一前去，打了胜仗，还则罢了；倘若打了败仗，岂不失了你桃园弟兄一世虎威？

刘 备 赵将军威武超群，此一前去，必然旗开得胜、马到成功。

赵 云 未必。

刘 备 必然。

赵 云 未必。
刘 备 必然。 哈哈哈……

刘 备 赵将军！

赵 云 刘使君！

刘 备 自古常言，救兵如救火。

赵 云 宜早不宜迟。

刘 备 着，宜早不宜迟。

赵 云 如此，使君请来传令。

刘　备　赵将军请来传令。

赵　云　你我一同传令。众将官!

［四卒上。

四　卒　啊。

赵　云　你们一路之上,不许马踏禾苗,骚扰百姓,违令者斩。

四　卒　啊。

刘　备　来呀,带马。

二旗牌　啊。

刘　备　赵将军请来上马。

赵　云　不敢,刘使君请来上马。

刘　备　你我一同上马。

赵　云　请。

［刘、赵上马,二旗牌、四卒下。

刘　备　这是赵将军。

赵　云　刘使君讲说什么?

刘　备　你看天色尚早,你我马上闲谈叙说。方今天下惶惶,诸侯争战不息,但不知日后兴王霸业者他是何人?

赵　云　俺赵云乃草莽武夫,实有未知。使君久历四方,必知天下英雄,请道其详。

刘　备　怎么赵将军不知?

赵　云　不知。

刘　备　不知,嗯。赵将军,备我想起一家来了。

赵　云　但不知哪一家?

刘　备　备想河北袁绍,四世三公,门多故吏。今虎踞冀州,人才济济,又有颜良、文丑,骁勇善战,将来成大事者必是此人。

赵　云　怎么是那袁绍?

刘　备　正是袁绍。

赵　云　俺赵云将他好有一比。

刘　备　比就何来?

赵　云　俺将他比就守户之犬!

刘　备　哎呀!怎么将一个当世英雄,比成守户之犬?

赵　云　刘使君,此人色厉胆薄、好谋无断,干大事而惜身,见小利而忘命,况他轻贤慢士,反复无常,要成大事万万的不能!

刘　备　怎么那袁绍他不能?

赵　云　他不能!

刘　备　他不能。(想介)嗯,赵将军,备又想起一家来了。

赵　云　想起哪家？

刘　备　备想袁术，现踞汝南，地广粮足，谋臣如云，猛将如雨，将来兴王霸业必是此人。

赵　云　怎么是袁术？

刘　备　正是袁术！

赵　云　俺将他又有一比。

刘　备　比就何来？

赵　云　比就冢中枯骨！

刘　备　哎呀，你怎么将他比就冢中枯骨？

赵　云　刘使君，想那袁术，奢淫肆欲，征敛无度，行事短见，赏罚不明，这样无才无德之人，他想兴王霸业，也是万万的不能！

刘　备　怎么他也不能？

赵　云　他不能！

刘　备　他不能。嗯，赵将军。

赵　云　刘使君。

刘　备　备我又想起一家来了。

赵　云　哪一家？

刘　备　想荆州牧刘景升，名称八俊，威震九州，又有蔡瑁、张允辅佐，将来兴王霸业，必是那荆州牧刘景升了。哈哈哈……

赵　云　怎么是刘表？

刘　备　正是刘表。

赵　云　刘使君，想那荆州牧刘表，外宽内忌，好谋无决，有才不能用，闻善不能纳，况蔡氏不贤，宠任蔡瑁、张允，恐荆州九郡不久要断送此二人之手。刘表虚名无实，要成大事也是万万的不能！

刘　备　怎么他也不能？

赵　云　他也不能！

刘　备　哎呀！他也不能。赵将军，备又想起一家。

赵　云　又是哪一家？

刘　备　备想我公孙兄，兵精粮足，又有赵将军辅佐，日后兴王霸业，定是我公孙兄。

赵　云　怎么是我主公公孙瓒？

刘　备　正是我公孙兄。

赵　云　哎呔！俺赵云投在他的麾下，只说投一明主，谁知他残暴成性，不纳忠言，与袁绍忽合忽离，合不为公，离益营私，性情反复，殊不足道，这样之人，想成大事也是不能！

刘　备　怎么我公孙兄他也不能？

赵　云　他不能！
刘　备　哎呀，舍此之外，难道这天下就无英雄了？
赵　云　使君！
刘　备　将军！
赵　云　俺赵云倒想起一家。
刘　备　啊！赵将军勿言，备倒明白。
赵　云　明白何来？
刘　备　备观赵将军，胸怀壮志、武艺超群，日后兴王霸业定是将军！
赵　云　怎么是俺赵云？
刘　备　定是将军！
赵　云　哎呀！不敢，不敢。想俺赵云乃一纠纠武夫，不过一将，焉能成起什么大事。
刘　备　哎呀！如此说来，那天下再无人了！
赵　云　刘使君，眼前现有一人，既是汉室宗亲，又是盖世英雄，宽宏大量、礼贤下士，日后定能兴王霸业。
刘　备　他是何人？
赵　云　不是别人，就是刘使君。
刘　备　哎呀！我刘备不过一平原小小县令，怎能兴王霸业。哎！总然风云会合，赵将军你来看……
赵　云　看什么？
刘　备　（**唱七捶带板**）我刘备才浅德又薄，
　　　　怎能执掌锦山河。
（**白**）赵将军！
赵　云　刘使君！
刘　备　（**接唱**）光阴辗转急如梭，
　　　　人生在世有几何。
　　　　为汉室江山愁老了我，
　　　　济时艰只恨力量弱。
赵　云　啊！看他倒有求将之意，只是俺投非其主，叫人好悔也！
（**唱七捶带板**）
　　　　赵云马上把天恨，
刘　备　（**接唱**）刘备不由恨在心。
哎！我好恨也！
赵　云　使君恨着何来？
刘　备　（**接唱**）恨只恨足下不生云，
赵　云　云到。

刘　备　咦，哈哈哈……

（接唱）聪明不过赵将军。

二人催马往前进，

赵　云　（接唱）大破曹兵立功勋。

刘　备　赵将军请来前行。

赵　云　刘使君请来前行。

刘　备　你我并马而行。

赵　云　请。（下）

刘　备　好将军，好将军！哈哈……（下）

［张飞上。

张　飞　（上念）燕人张翼德，跨下马乌骓。

手执镔铁鞭，临阵显雄威。

俺，张飞。我弟兄来在徐州解围，怎奈曹贼兵多将广，陶恭祖寡不敌众。俺大哥北平借兵，去了多日，不见回来，叫俺时刻悬心！

［报子上。

报　子　报，主公搬兵回营。

张　飞　知道了，下去。（报子下）

三军们！（卒应介）排队出迎。（四卒拧门转倒下，飞上马倒下）

［二旗牌、四卒过场下，赵云抖马引刘备半抖马上。

刘　备　赵将军，来在徐州，请来前行。

赵　云　不敢。刘使君请来前行。

刘　备　你我并马而行。（同下）

［四卒倒排队引张飞上，搜门下马，刘备、赵云、二旗牌、四卒上。

刘　备　三弟。

张　飞　大哥回来了，不必下马，一同进城。

［刘备、二旗牌下，张飞、赵云对头，飞轻视云，赵云、四卒下，张飞左右看。

［八卒、二旗牌、刘备、赵云、张飞上入座。

张　飞　大哥前往北平搬兵，但不知搬来兵多少、将几员？

刘　备　兵三千、大将一员。

张　飞　兵马俺已见过，大将一员，现在何处？

刘　备　就是此位赵将军。

赵　云　刘使君，此位……

刘　备　这是备三弟翼德。三弟，这是赵云赵将军。

赵　云　三将军，请来见礼了。（张飞举手拉赵云）

张　飞　呔！观见赵云面黄肌瘦，手无缚鸡之力，漫说与典韦交战，就是垫马蹄也是不能得够。说是你坐去吧！

［赵云气颤，刘备上前拦挡张飞。

［报子上。

报　子　报，典韦讨战。

赵　云　再探。

报　子　啊。（下）

赵　云　刘使君，典韦讨战，待俺赵云出马，会他一阵。来呀，带马。

张　飞　你回来吧！典韦乃是曹营一员猛将，你岂是他的敌手！若还打了败仗，岂不失了我桃园弟兄的虎威。说是你坐去！（推赵云坐）来呀。

四　卒　有。

张　飞　与三王爷带马抬鞭。（卒带，张飞上马，四卒下，飞随下）

刘　备　赵将军，我三弟乃是鲁莽之人，将军不要见怪。来来来，备这里与将军赔礼。

赵　云　怎么说！（摩锤子、顿足下）

刘　备　哎！（叹气下）

［四卒引典韦上。

典　韦　典韦。奉了曹公之命，攻打徐州。三军们。

四　卒　啊。

典　韦　杀。

［四卒引张飞上，会阵开打，张飞败下，典韦三笑下场。赵云上，搜门。

赵　云　呔！可恼张飞藐视豪杰，只说叫我怎样的破曹。哎呔！我不免兵回北平。众将官！

四　卒　（内应）啊。

赵　云　北平来的人马，随俺回上北平。（欲走，刘备急上拉住）

刘　备　慢着，赵将军莫非怯战？

赵　云　哎，可恼也！

（唱七捶带板）豪杰志气三千丈，

蛟龙思水奔长江。

你三弟他把俺小量，

休道子龙怯战场。

刘　备　赵将军，备适才也曾对你讲说，我三弟乃是鲁莽人，不要和他一般见识，待备下马与将军赔礼。（内喊介）赵将军，四面俱是曹兵，下马不便，马上与将军赔礼，赔礼！（下）

赵　云　唔！虽然张飞鲁莽，刘备却是这等仁义，也罢！俺不免去到两军阵前，看他两家交锋；张飞打了胜仗，俺便率领人马回上北平；他若打了败仗，那时俺一马当先，杀进阵去，战败典韦，显了俺的英勇，灭却他的志气。众将官，扎住阵角。

［四卒应下，赵云耍枪花下。

［刘备上。

刘　备　嗒！赵云来到徐州，被我三弟激怒，却要率队回上北平，这该怎处？（想介）哦，有了，我不免上阵与典韦交战，假意败在他的马前，看他救也不救。正是：

（念）大事安排定，要收赵子龙。（下）

［张飞上战典韦，张飞败下，刘备上与典韦战，刘备败下，典韦追下。赵云、四卒过场埋伏，张飞、刘备上双战典韦，刘备败下，张飞登高。赵云上接战，打落典韦一戟，典韦败下，赵云欲追。

张　飞　赵将军，（赵云看是张飞执枪就戳，张飞着急）是我，是我！（赵云耍枪花下）好将军！好将军！哈哈哈……（内喊张飞急下）

［四卒、典韦败上。

典　韦　呔，正战中间，闪上一将，枪如雨点一般，好生厉害！三军们，收兵。

［赵云上，打典韦下。

赵　云　哪里走！

［刘备、张飞、四卒上，刘备拦住赵云。

刘　备　慢着，败兵休追，回营与赵将军贺功。

［转圆场，张飞与赵云接马。

张　飞　赵将军杀得典韦只能招架，不能还手，赵将军是个好的！赵将军是个好的！哈……

赵　云　三将军，大将临阵杀敌，方见其才。将军以后再休以貌取人！

张　飞　适才怪俺张飞鲁莽，请赵将军宽恕！

赵　云　好说。

刘　备　赵将军请来前行。

赵　云　使君三将军请来前行。

张　飞　还是赵将军请来前行。

赵　云　不敢！

刘　备　三弟，赵将军，来来来，哈哈哈……

（同下）

——剧终——

（说明：以上内容录自长安书店出版《借赵云》，冯杰三修词，1958 年 8 月第一版。）

五侯宴

第一场

赵太公　（上念）段段田苗接远庄，家中麦米积满仓。
只恨财旺丁不旺，老年得子死婆娘。
我老汉姓赵，潞州长子县人氏。人见我有几贯钱，都唤我赵太公。婆娘死了，留下未满月个孩儿，无人照看。那日进城讨债，偶遇王屠之妻典身葬夫。我给他些银钱，着她乳养我儿。这妇人到我家后，看她倒还能干，我想居家也离不了个妇人，暗暗将她典身契改成卖身契，永远在我家使唤，这比买驴马还便宜。数月以来，不知将我娇儿乳养得如何，不免唤出看看。王大嫂将儿抱出来。

李　氏　哎，来，来，来了。（李抱两儿上）
（唱）我满怀冤苦难分诉，
恨豪户狡狠改文书。
当日约定雇乳母，
今日强赖卖身躯。
太公万福。

赵太公　王大嫂，你来我家数月了，抱我儿来待我看你把他奶得如何？

李　氏　太公请看。

赵太公　哼，怎么你将我的儿子奶得又黑又瘦：拿你儿来我看，哼，你的儿倒吃得又白又胖。嗯，定是你将有乳的与你儿吃，没乳的与我孩儿吃，你说是也不是？

李　氏　太公不要冤屈好人，我是先与你儿吃，后与我儿吃的。

赵太公　哼，你吃得我家饭，养得你家儿。你这贱人，作此损人利己之事，真把我活活气死也。
（唱）我拿银钱买到你，
原为乳养我孩儿。
谁是你偏心为自己，
与我孩子少乳食。
怒冲冲忙把鞭子取，
打死你个贱东西。

李　氏　太公不要打我，听我与你道来。

赵太公　哼，这还了得，哎嘘。

李　氏　（唱）太公不必生怒气，
听我与你说仔细。
你孩儿每晚哭不止，
从上灯看到三更时。
我若与他多乳吃，
灌得他哇哇吐不息。
我若与他少乳吃，
急得他呀呀哭啼啼。
清夜抱在当院里，
游到东来转到西。
这样那样都不是，
无奈跪地把神乞。
请太公不要乱猜疑，
拷打贫妇是怎的。

赵太公　（唱）你说的句句都有理，
难道我还将你冤屈。
霎时怒火心头起，
摔死他独养我儿子。

李　氏　（唱）急忙拉住太公衣，
恳求你饶儿发慈悲。

赵太公　摔死他有什要紧，
不过花我几贯钱。

李　氏　太公呀，你们富豪有银钱，我们穷人受饥寒。论起疼儿爱都是一般。

赵太公　哼，怎能一般，你是我买死的骨头，我愿意怎样便怎样。嗯，我不看不生气，越看越生气，还是将他摔死。

李　氏　哎呀儿呀，我叫叫叫一声太公呀太公，你今将他摔死，他的血不中饮，肉又不能吃，枉污了这块土地。恳求太公可怜他，高抬贵手，饶他这条活命了。

赵太公　哼，你再不要哭了，你放声大哭，我家里是死了人吗？

李　氏　这……我不敢哭了。

赵太公　好好我就将他饶了，抱去。

李　氏　多谢太公。（李抱欲走）

赵太公　过来。

李　氏　太公讲说什么？

赵太公　你将他快快给人去。

李　氏　哪个要他？

赵太公　那么，你将他与我抱到荒郊旷野丢了去。

李　氏　哎呀太公，好歹容我母子一处受苦，等他大了与人。

赵太公　你说的倒好听，等他大了，我的娇儿就完了，你快抱着走。

李　氏　太公，你看这数九寒天。

赵太公　休得多说。若再不走，我要将他摔死。

李　氏　哎呀，不好了。

（唱）他逼我抛弃亲生子，
　　　吓得浑身汗淋漓。

太公，哎呀太公。

（唱）急忙屈膝跪在地，
　　　恳求太公把恩赐。
　　　隆冬弃儿必冻死，
　　　容冤家长到十六七。
　　　那时他能谋生计，
　　　与你老把阴功积。

赵太公　哼哼哼，你这样甜言蜜语，分明是给鳖上汤呢。你都不打听打听，我是积阴德的，我积的阴功熬胶咖！你快与我滚蛋。

［赵推李出南门。

李　氏　太公开门，太公开门。哎呀，我的天呀，不，不睁眼的天呀！

（唱）赵太公他将我推出，
　　　苦苦哀求全无益。
　　　悲悲切切抱儿去，
　　　可怜我母子活分离。

哎，儿呀。

［李下，赵开门看李去，喜。关门抱儿看。

赵太公　哎，好呀。

（唱）我今用借刀杀人计，
　　　他儿冻死我儿肥。
　　　笑嘻嘻抱儿回房里，
　　　围炉向火把酒吃。

第二场

［四卒二将引李嗣源上。

李嗣源　（唱）俺父兵多将又广，

累建奇功封晋王。
五百义儿受升赏，
各处镇守保边防。
俺李嗣源，奉命坐守要塞。近年未曾交锋，不用刀枪。今当冬至，率领本部人马，荒山旷野，一来习武，二来涉猎。众将官。

众　　有。

李嗣源　听本帅号令着。

众　　啊。

李嗣源　（唱）本帅传令山冈上，
众家儿郎听端详。
今日涉猎非寻常，
看哪个弱来哪个强。
多打野兽有重赏，
显一显身手比刀枪。
传令一毕四下望，
就在此处摆围场。（众作涉猎介）

卒　　禀元帅，围场内惊起一只白兔。

李嗣源　看过弓箭。（嗣源接弓箭射兔）

众　　白兔带箭跑去。

李嗣源　哎，有心不赶，可惜那枝艾叶金铋箭。来呀，随后追赶了。（看介）
（唱）黑云四起瑞雪降，
踏雪追兔赶一场。（众随下）

第三场

李　氏　（抱儿上唱）大雪纷纷北风寒，
怀抱冤家泪涟涟。
含泪不住回头看，
也没个人来将我拦。
眼睁睁骨肉要分散，
孤孀母子有谁怜。
霎时悲愤恨无限，
坐在草坡怨参天。
哎，我叫叫叫一声天呀，天呀。你看夫亡子幼，典身为奴，实想受苦受难，养儿成人，那时我年老，重活难做，我儿与人作工，积些银钱，赎我那一纸放良书。不料赵太公不仁，逼我将儿抛弃。儿呀，儿呀，非是为娘

心肠毒狠，这也是被迫无奈也。（李嗣源等暗上，登高台看介）

（唱）放狠心弃儿在地面，（放儿地上欲走）
掩面痛哭转回还。（儿哭又回）
闻儿啼将我心疼烂，（看儿）

小娇儿，王阿三，哎呀，娘的儿呀。（抱起儿）

（唱）儿身上无有一丝棉。
抱在怀内热身暖，
脱破衣与儿御风寒。（解衣裙裹儿）

儿呀，为娘将你裹好，放在此处，倘遇缺儿欠女之人，将儿抱回，抚养成人。儿呀，儿呀，那时你可不要忘你苦命娘亲的仇恨。儿呀，你命在天，为娘去了。（走数步又回看）

（唱）我牵肠挂肚难回转，
恐冻杀我儿王阿三。（坐地抱儿）
娘为儿喂口临死饭，
从今后想见娘千难万难。（哭介）

［李嗣源率队下台上。

李　氏　哎，苦呀。

李嗣源　来，唤那一妇人见我。

卒　　　嗨，这一妇人，我家元帅唤你。（李氏抱儿起见嗣源）

李　氏　军爷万福。

李嗣源　这一妇人，你因何抱着孩儿，丢在地上，痛哭而去，去了又回。

李　氏　贫妇人被迫弃儿，心中不忍，因此两次三番，来来去去。

李嗣源　何人逼你弃儿，可该与我讲得一遍。

李　氏　哎，军爷不嫌，絮烦聒耳听贫妇人道来。

（唱）未开言不由人伤心泪落，
遵军爷听我把冤仇诉说。

李嗣源　家住哪里？

李　氏　（唱）家住在长子县发鸠山左，
我丈夫名王屠身染重疴。
天不幸丈夫他月前亡过，
因葬夫典身躯受尽折磨。
实可恨赵太公心肠毒狠，
典身契改换做卖身文约。
与财主乳孩夜难安卧，
今日里要看我奶儿如何。
他竟说我儿壮他儿受饿，

逼迫我将亲子弃在沟壑。
倘若还不弃儿他不容我，
无奈了抱娇儿荒郊草坡。
谁料想偏遇这风狂雪大，
丢孩儿霜雪地又怕冻着。
因此上丢儿去又折转过，
哭啼啼不忍叫儿死我活。

李嗣源 哎，真可怜也。

（唱）贫妇人母子身遭祸，
赵太公做事太暴虐。
抱你儿来我看过，（李氏给儿嗣源接看）

哎呀，好一个英俊孩儿呀。

（唱）相貌清秀是英物。
我今年已三十多，
膝下儿女一个没。
收养他夫人必许可。
当面先对他提说。（李氏接儿）

这一妇人，你与其将这孩儿丢在荒郊旷野，倒不如与人着好。

李　氏 哎，可怜我为人做奴，留他留不住，若是与人，我又舍他不得。

李嗣源 你若是肯与人，我愿收养他为子。

李　氏 这个……敢问军爷尊姓大名？

李嗣源 我乃李嗣源。

李　氏 嗯，李嗣源。

李嗣源 日后此子成人长大，我定叫他前来认你。你将他的生时年月说与我知。

李　氏 军爷，我孩儿是八月十五日半夜子时生。

李嗣源 他叫什么名字？

李　氏 名叫王阿三，军爷收养我儿，贫妇人感恩不尽，但是，久后我儿若有出头之日，千万不要忘记了我这受苦的娘了。

李嗣源 何待叮咛。

李　氏 多谢了。

（唱）幸喜得我的儿今有着落，
谢军爷收养他恩多义多。

李嗣源 不谢了。

李　氏 （唱）虽然说儿与人十分安妥，
临别时难割舍不忍抛却。

李嗣源 你放宽心，下官三旬无子，待这孩儿如同亲生亲养一般。

（李氏看嗣源介）

李　氏　（唱）儿弃了穷妈妈免受折磨，
认了个富爹爹娘心欢乐。
盼望儿无灾难成人长大，
读诗书把武艺苦苦勤学。
报娘的冤和仇凭你一个，
要我儿牢牢地记在心窝。

李嗣源　我替你抚养孩儿，等儿成人长大，定叫你母子团圆，快抱孩儿来。

李　氏　（唱）无奈了将娇儿亲手递过，
今别离要相逢梦里南柯。（嗣源接儿）

李嗣源　如今你放心回去。

李　氏　罢了，我儿，哎，娘难舍的儿呀。
（唱）母子们顷刻别珠泪如索，
忍着痛含着泪还需嘱托。
哎，军爷呀，
（唱）只说儿弃雪地非死不可，
风雪中遇军爷救命活佛。
我孩儿在你前若有过错，
该打的骂几句怜儿幼弱。
该骂的说几句将儿容过，
祝你福贫妇人口念弥陀。
我千言万语难尽说，
望娇儿心酸痛捶胸顿脚。

李嗣源　你不必悲痛，你看我膝下无子，怎能错待孩儿，不但不打他骂他，我更要疼他爱他。

李　氏　若能如此，贫妇人感激不尽也。
（唱）明知军爷无宿诺，
娘为儿不能不托说。

李嗣源　（唱）劝你勿悲勿难过，
我待孩儿爱护多。
今日分别荒草坡，
他日你母子再会合。

李　氏　军爷，你可不要忘记娇儿长大前来认娘。

李嗣源　那是当然的，决不食言。众将官，这是我的孩儿，回营之后，不许乱说，倘有泄露，绝不宽容。带马回营了。
（唱）忙将孩儿怀内裹，

回营细对老娘说。（欲走）

李　氏　军爷转来。

李嗣源　有何话说？

李　氏　军爷，你看我苦楚难过，孩儿大了，你千万叫他前来认我。

李嗣源　那我知道，何必叮咛。众将官，催马回营。

（下，众同下）

李　氏　军爷，军爷，哎呀，娘难见的儿呀。

（唱）望不见娇儿痛煞我，
心中好似滚油泼。
昨晚儿在娘身边卧，
今被迫母子两分割。
悲切切顿将愁眉锁，
今后的苦难怎过活。

罢了儿，哎，娘难见的儿呀。（下）

第四场

［四卒四将引王彦章上。

王彦章　（念）驱兵领将显高强，全凭浑铁绿沉枪。
敌兵一见魂魄丧，赳赳威风把名扬。

某梁将王彦章，只因李克用倚李存孝之威，侵扰我邦。如今存孝已死，梁元帅命某率领十万雄兵，剿灭李克用。众将官。

众　有。

王彦章　将兵可曾点齐？

众　齐备多时，请将军传令。

王彦章　众将听令。

众　在。

王彦章　今与李克用交锋，必须奋勇当先，得胜回营，定有重赏。今日拔寨起营了。（上马转围场）

（唱）浑铁枪万夫难抵挡，
谁人不知王彦章。
临军对阵活捉将，
敢勇当先战一场。（众随下）

第五场

[四卒引李从珂驱马上。

李从珂　（唱）可恨梁将逞干戈，
父帅调俺李从珂，
此去定把敌军破，
方显年幼智谋多。

李从珂。父帅有令，命我率领本部人马，星夜回营，大战王彦章。来呀，催马回营。（众随从珂下，四将起霸上）

李亚子　（念）幼习韬略识兵机。

石敬瑭　旗开对垒敢迎敌。

孟知祥　遇敌忘生要舍死。

刘知远　方显将军虎狼威。

李亚子　众位将军请了。

众　请了。

李亚子　元帅升帐，我们两厢伺候。

众　请。（分站两边）

[四龙套引李嗣源上。

李嗣源　（念）赳赳雄伟杀气高，三军帅领显英豪。
偎山靠水安营寨，扫荡强敌立功劳。

众　参见元帅。

李嗣源　两厢伺候。

众　啊！

李嗣源　本帅李嗣源。可恨梁将王彦章统领十万大兵，与俺交锋，俺今调来五虎大将，量他何足道哉。（四卒引从珂上）

李从珂　（念）少年英雄将，要擒王彦章。（下马入帐四卒分站）　参见父帅。

李嗣源　站下。这是众位将军，今有梁将王彦章，率领十万大兵前来挑战，本帅奉命，统领五哨人马，大战王彦章。

众　请元帅传令。

李嗣源　李亚子听令，速带三千人马，军行左哨，不得有误。

李亚子　得令。（下）

李嗣源　石敬瑭听令，速带三千人马，军行右哨，不得有误。

石敬瑭　得令。（下）

李嗣源　孟知祥听令，速带三千人马，军行前哨，不得有误。

孟知祥　得令。（下）

李嗣源　刘知远听令，速带三千人马，军行中哨，不得有误。

刘知远　得令。（下）

李嗣源　李从珂听令，速带三千人马，军行后哨，大战王彦章，不得有误。

李从珂　得令。（下）

李嗣源　众将官，随本帅迎敌。正是：

（念）旌旗蔽日遮青天，兵强将勇敢当先。

施展黄公三略智，生擒贼将在马前。（李嗣源率众下）

［王彦章率军上，两方开打。五虎将混战王彦章下。李从珂上战王彦章。王彦章败从珂，追下。王彦章率众军狼狈上。

王彦章　好杀，好战，李家军甚是凶猛，收兵回转。

［李从珂追上开打，王彦章败走。

李嗣源　慢着，败兵休追，得胜回军。李从珂听令。

李从珂　在。

李嗣源　命你殿后，倘若王彦章复来，与他交战。

李从珂　他若不来?

李嗣源　那你在此玩耍玩耍率队回来。

李从珂　遵命。

李嗣源　众将官，随本帅收军回太原了。

（唱）得胜收军卷征旗，

拔营起寨罢相持。

众将鞭敲金蹬响，

班师齐唱凯歌归。

李从珂　送父帅。

李嗣源　免。（众随李嗣源下）

李从坷　众将官，小心防守了。

（唱）五虎战败王彦章，

不由小将喜洋洋。

父帅班师凯歌唱，

留我殿后把敌防。（率众下）

第六场

［赵太公病容持杖上。

赵太公　（唱）十八载光阴弹指过，

那妇人丢子无下落。

幸喜娇儿已长大，

可叹我年老疾病多。

有几句话儿要嘱托，
恐我孩儿不知觉。

哎，自从那年逼迫王大嫂抛弃她的孩子，抬举我儿，已经十八年了，幸喜我儿成人长大，不料我近年力衰多病，只怪我儿亲近她乳娘，怕我百年之后，这份家业落在他人之手，借我活口在，说与我儿知。我儿快来。

赵脖揪 （上念）一生愚笨，不好斯文。
吃酒大盆，醉了打人。

你唤我干啥么？

赵太公 儿呀，你坐下。

赵脖揪 坐下，我就坐下。我奶娘哪里去了？

赵太公 哎，儿呀，她不是你的奶娘。

赵脖揪 她不是我的奶娘，她是谁的奶娘？

赵太公 他是为父拿钱买来的奴才。

赵脖揪 奴才，奴才，奴才不奴才我总是吃她奶长大的。

赵太公 我儿哪里知道，十八年前你的亲娘死了，将她买来乳养我儿，谁知这个贱人带来一个小杂种。可恨她心肠毒辣，将她的儿子喂得肥胖，我儿哪里吃过她的奶，几乎要饿死。

赵脖揪 哦！

赵太公 为父看她这样可恶，那年在大风大雪的一天，逼她将那小东西丢在荒郊野外。

赵脖揪 丢了好，将他丢了，我才有奶吃。

赵太公 哎，我儿小时缺奶，所以大了还是这样瘦小。这都是那个贱人将你折磨成这个样子了。

赵脖揪 哼，好个狠心的老乞婆，难怪我吃什么都吃不胖，老是这样又黑又瘦，原来那个老乞婆把我害成这光景。

赵太公 儿呀，这个老贱人如此狠毒，从今后不可无主奴之分，不要把她当人看待。

赵脖揪 哎，气煞我也。

（唱）听罢言满腔生怒火，
可恨贱人心肠恶。
为自己亲儿我受饿，
报仇要将她折磨。

赵太公 儿呀，你看爸爸年老多病，今后你将这家当上，要将主人的架子拿起来。

赵脖揪 爸爸好好养病，待孩儿将这个老乞婆先教训教训，出一出胸中闷气。

赵太公 嗯，应当教训，不要叫她奴欺主，哎呀。（闭二幕）

赵脖揪 老乞婆，与我滚出来。

李　氏　来了。

（念）光阴疾如箭，转眼十八年。

思儿难相见，日夜泪涟涟。

赵脖揪　老乞婆，呔，老乞婆。

李　氏　哦，你为何这样唤我，我是你的妈妈。

赵脖揪　哼哼，你是我的妈妈，我倒是你的爹爹。

李　氏　你今天怎么是这个样子？

赵脖揪　你还没见我那个样子。

李　氏　我是将你奶大了的。

赵脖揪　不提起你奶我还则罢，提起你奶我，叫我好气，好恼。

李　氏　恼着何来？

赵脖揪　想当初，你将奶都给了你的儿子吃了，把我差一点要饿死，你看把我饿得浑身像硬柴棒棒一样了。今天要和你算老账。

李　氏　这真是冤枉死人了。

赵脖揪　回来。

李　氏　讲说什么？

赵脖揪　你快与我饮牛去，不要湿了牛的嘴，若还湿了牛的嘴，回来我就是一百皮鞭。

李　氏　哎，苦呀。（赵打李手掌）

赵脖揪　你这个老乞婆与我哭。

李　氏　我不敢哭了。

赵脖揪　不敢哭了，饮牛去，你要知道我是主子少东人，你是奴才。

李　氏　哎，我知道了。

（唱）受辛苦抚养他成人长大，

翻了脸不认我是他奶妈。

赵脖揪　提起你抚养我肝胆气炸，

气得人一阵阵火性大发。

怒冲冲执皮鞭把贱人打，

打死你老乞婆不算犯法。

李　氏　脖揪孩儿莫要打我……

赵脖揪　哇，你这贱婆竟敢提我名讳，呼我孩儿。

李　氏　这个……

赵脖揪　我打死你个老贱婆。（打介）

李　氏　哎哟，哎哟。

赵脖揪　哼，哼，哼。

李　氏　哎，我，我的……

赵脖楸　你的什么？

李　氏　我的少东家呀。

（唱）他一怒吓得我心惊胆怕，

主子前不敢哭暗把泪擦。

赵脖楸　哈哈哈……快担水去。（打介）

李　氏　哎哟。

（唱）施一礼请主子惜贫怜寡，

赵脖楸　好，我不打你了，快担水去，若担不上五十担，你就不得活，快去。（下）

李　氏　（唱）担水担到荒郊去把水拔。（下）

第七场

［四卒引李从珂上。

李从珂　（唱）奉父命催马回营转，

收军摇旗做凯旋。

顷刻风剪鹅毛散，

须臾瑞雪蔽青山。

俺李从珂，自从战败王彦章，父帅先行班师回营，命俺断后。今接将令，着俺即日回营。众将官，催马回营。

（唱）中途有景无心玩，

冒风雪策马转回还。（下）

第八场

［李氏担水桶上。

李　氏　（唱）可叹我为人奴受苦受难，

贼百般折磨我有谁悯怜。

何一日老身我罪孽才满，

脱离了这苦海跳出深渊。

哎呀，顷刻云弥四野，雪满山川，风又狂雪又紧，这风只向我身上吹，雪只向我身上打。我可莫说风呀雪呀，怎么你也是这样的世态，偏向我这衣单贫苦人身上打来呀。

（唱）扑簌簌雪打得不能睁眼，

寒风吹瘦身躯手儿难蜷。

挣扎扎望四野白茫茫一片，

想起了舍娇儿十八年前。

那一日风狂雪大今又见，
可怜我亲生骨肉再见难。
风和雪你何不遂人心愿，
风儿吹雪儿卷把儿送还。

哎，来在井边，待我汲水，哎呀，好冷的天气，（打水）哎呀不好，我一时失手，将桶掉在井内，这该怎处。哎，有心回去，难免那贼毒打，也罢，不如寻个自尽。儿呀，儿呀，为娘等你不着了。

（唱）临死将儿连声唤，
唤不来娇儿王阿三。
实想儿大把娘见，
谁料儿去永不还。
哭声娇儿心痛烂，
怨声地来恨声天。
无奈在此寻短见，（将绳拴在树上）
天，天，我把你杀人的天。

哎，说是罢罢罢。（上吊，李从珂率众上）

李从珂　快快搭救那一妇人。（卒救李氏下）有气无气？

卒　尚有微气。

李从珂　快快地唤来。

卒　老妈妈醒得。

李　氏　（唱）昏迷迷忽听有人唤。

卒　老妈妈醒得，老妈妈醒醒。

李　氏　何人唤我为哪般。

卒　老妈妈醒得。（李氏睁眼看介）

李　氏　说是自缢把命断，
救我命原是众军官。

卒　老妈妈，你是我家大人救活的。

李　氏　哦，你家大人将我救活的。

李从珂　来呀，唤那位老妈妈，我要问话。

卒　老妈妈，我家大人唤你问话。（卒扶李氏起）

李　氏　小官人万福。

李从珂　老妈妈，你因何在此自尽？

李　氏　哎，小官人不知，是我在此汲水，失手将桶掉在井内，回去怕主人打骂，因而寻死。

李从珂　哎，蝼蚁尚且贪生，为人何不惜命？

李　氏　这也是被迫无奈，不死还有何法。

李从珂　真道的可怜，来呀。

卒　在。

李从珂　速替老妈妈将桶打捞出来。

卒　是，（作捞桶介）禀大人，将桶捞出。

李从珂　老妈妈将桶捞出，快回去吧。

李　氏　多谢小官人，（背语）哎呀，观见小将军眉目面孔，好像我那孩儿王阿三。哎，儿呀！（哭）

李从珂　嗯，这一老妈妈，我见你可怜，好心好意替你将桶捞出，你不走去，反而将我看来看去，看着我叫儿着啼哭，岂有此理？

李　氏　哎呀，小官人，老身怎敢望着小官人叫儿着啼哭。只因老身当初也有个孩儿，从小予了一位军官抱去，如今也有小官人这样高大，今日见了小官人，想起我那孩儿，不觉叫儿哭了两声，还乞小官人勿罪。

李从珂　怎么你当初也有个孩儿？

李　氏　是的，我也有个孩儿。

李从珂　你因何将孩儿予人？

李　氏　哎，小官人请听了。

（唱）未开言先落下伤心泪点，
小官人细听我苦诉当年。

李从珂　不必啼哭，慢慢地讲来。

李　氏　（唱）贫妇人有孩儿三月未满，
被逼迫抛弃在荒郊路边。
不忍弃哭着去我又哭转，
这时间忽来了一位官员。

李从珂　那官员因何来到此地？

李　氏　哎，你听。

（唱）那官员赶玉兔来此地面，
我对他将冤仇哭诉一番。
他言说他膝下儿女缺欠，
愿收养当作他亲生儿男。
久日后儿长大命儿回转，
不料想十八年人信渺然。

李从珂　一十八年你可曾望你孩儿一望？

李　氏　我有心暗暗地去把儿见，
岂不知侯门似海如隔天。

李从珂　抱你孩儿那位官员姓什名谁？

李　氏　那官员率人马威风八面，

他的名就叫李嗣源。

李从珂　哎，这位妈妈言道他将孩儿予了李嗣源，想世上只有我父帅一个李嗣源，难道我父帅把他孩儿抱去不成？嗯，我自有道理。这位妈妈。

李　氏　小官人，讲说什么？

李从珂　老妈妈不知，小将和李嗣源一个营中吃粮，我回去问明，定叫你儿前来认你。但不知你儿何年何月何日生，名叫什么？

李　氏　（唱）我儿是八月十五子时产，
乳名叫个王阿三。
请少将拜上李嗣源，
问他因何忘前言。
他若将我来怜念，
教我母子早团圆。

李从珂　怎么你儿是八月十五子时生，名叫王阿三？

李　氏　正是的。

李从珂　他今年多大岁数了？

李　氏　今年一十八岁了。

李从珂　哎呀，好奇怪呀。想我是八月十五半夜子时生，今年一十八岁。怎么这位妈妈的孩儿和我同年同月同日同时生，就是名姓有差，叫我好生疑也。
（唱）听他言我心生疑猜，
我父帅抱去她小小婴孩。
却怎么生辰年月和我一般好奇怪，
就是名姓有差别。
这其中必有暗昧在，
我一时猜不透来解不开。
回营去定要问父帅，
教他儿认亲即速来。

李　氏　哎，儿呀。

李从珂　劝妈妈不要再悲哀，
我替你找孩儿也是应该。

李　氏　小官人此话当真？

李从珂　当真。

李　氏　小官人呀，小官人呀，你看老身，体瘦力衰，日受折磨，在世还能活几天，你若见我儿，教他快点回来，将我望得一眼。哎，我死也是心甘。

李从珂　哎，老妈妈不要悲伤，放心回去，小将问明此事，定叫你儿前来认亲。

李　氏　叫他能要来早点。

李从珂　若还迟来。

李　氏　哎，迟来恐怕难见他苦命的亲娘呀。（哭）

李从珂　老妈妈请放宽心，你儿若在叫他即刻回来，倘若不在，我与你捎书带信，决不食言。

李　氏　小官人厚情，请上受老身一拜了。

李从珂　哎呀，岂敢岂敢。

李　氏　（唱）眼含珠泪侧身拜，（从珂跪扶李氏起）

李从珂　老妈妈快起。

李　氏　（唱）找我儿劳君记心怀。

李从珂　（唱）问明与你把信带，
　　　　　　你儿在叫他即回来。
　　　　　　老妈妈请回暂忍耐，

李　氏　　　看少将思儿泪满腮。

李从珂　老妈妈不要伤心，你的事我牢记在心。

李　氏　小官人你……

李从珂　老妈妈你保重了，来呀，带马。

卒　　　请大人上马。（欲走）

李　氏　小官人转来。

李从珂　老妈妈有何叮咛。

李　氏　哎，儿呀，（李从珂莫名其妙频频回顾下）小官人，小官人。哎，他走得远了，哎，娘的儿呀。（下）

第八场

［李嗣源上。

李嗣源　（唱）桃暗柳明仲夏至，
　　　　　　菊调梅褪又春回。
　　　　　　大破彦章父心喜，
　　　　　　庆贺五侯设宴席。（四将上）

李亚子　（念）三十男儿鬓未斑。

石敬瑭　（念）好将英勇展江山。

孟知祥　（念）马前自有封侯剑。

刘知远　（念）何用区区笔砚间。

众　　　参见元帅。

李嗣源　众家兄弟到了，请坐。

众　　　谢座。

李嗣源　这是众位兄弟。

众　　元帅。

李嗣源　只因俺五虎将大败王彦章，父王心喜，封五将为五侯，母亲今设一宴，名曰五侯宴，庆贺五侯功劳。众家兄弟少待片刻，等从珂孩儿到来，同见母亲。

众　　尽在元帅。（李从珂上）

李从珂　（念）心中猜疑事，见父问详悉。

参见父帅。

李嗣源　见过你众家叔叔。

李从珂　众家叔叔礼了。

众　　还礼了。

李嗣源　我儿因何来迟？

李从珂　哎呀元帅，孩儿率队回来，路过赵家庄，见一老妈妈自缢。孩儿将她救下，问明情由，命左右与她将桶捞出。那位妈妈望着你儿啼哭不止，你儿责问，那位妈妈言道，小官人呀，小官人呀，老身当初也有一个孩儿，因主人不容，十八年前予了一个官员抱去。若还在时，也有小官人这样高大。今见小官人，想起我儿，因而啼哭。你儿问明抱她孩儿那位官员姓名，又问他儿生时年月，叫什么名字，那位妈妈又道，他儿是八月十五日半夜子时生，名叫王阿三。

李嗣源　哎，你也多管闲事。

李从珂　那位妈妈甚是可怜。孩儿怎忍不管。孩儿对她说，我和抱你儿那位官员一个营中吃粮。那妈妈痛哭求儿替她找寻她儿。

李嗣源　我儿小小年纪晓得什么，那贫妇疯言你就当真。

李从珂　请父帅将此事快快与儿实言，叫那王阿三与儿见得一面。

李嗣源　哪有此事。

李从珂　哎，我好心急也。

（唱）想爹爹既有儿从珂，
　　要他人儿女干什么。
　　这疑团请父快实说，
　　叫阿三去认贫婆婆。（跪）

李嗣源　这个……哎，

（唱）十八年已将他瞒过，
　　不料他今遇那贫婆。
　　低下头儿暗思索，
　　要用巧言对他说。

我儿起来。

李从珂　父不说明，儿不起来。

李嗣源　好好好，为父与你说，你快起来。（扶从珂起）

李从珂　谢父帅。

李嗣源　儿呀，父不瞒你，确有此事。为父十八年前抱来一孩儿，叫他早晚服侍你，他不成，又叫他放马，不料他自不小心，从马上掉下，跌死了。如今哪里还有那个孩子呢。

李从珂　哦。（嗣源示意众人帮助）

众　侄儿，你祖母今日设宴，犒赏咱们，有话以后再讲，咱们快赴宴走。

李从珂　这个……父帅，你当真不与你儿说吗？

李嗣源　为父与你说了，你只管问着是怎的？

众　是呀！

李从珂　是什么？

众　你父亲抱养那个孩子，确是放马去跌死了。你只管的问是怎的。

李从珂　哎呀，看我爹爹吞吞吐吐，眉来眼去，其中定有隐情。少时见了祖母，定要问个水落石出也。

（唱）父帅瞒我无实语，

我问东来他说西。

看他们眉来眼又去，

这其中必定有跷蹊。

越思越想越生气，

去见祖母问端的。（急下）

卒　禀元帅，少将军怒气冲冲出府去了。

李嗣源　哎，不好。

（唱）从珂儿生气出府去，

见老娘必将此事提。

娘若将实情告与伊，

儿去我该依靠谁。

李亚子　劝哥哥不必过伤悲。

石敬瑭　此事外人全不知。

孟知祥　还是将他瞒到底。

刘知远　免得儿去兄无依。

李嗣源　哎呀，众兄弟，这孩儿已经见了他那亲娘，倘若母亲对他明讲，怎生是好呀。

李亚子　哥哥勿忧，不如咱弟兄先与老娘说知，叫他不要对从珂明讲。将他瞒得如铁桶一样，你看如何？

众　这样甚为妥善。

李嗣源　如此随兄去见老娘。

众　　请。（同下）

第九场

［四宫女二大内引刘夫人上。

刘夫人　（引）得胜班师，败彦章儿立功绩。

（坐念）咚咚鼍鼓擂，悠悠凤管吹。

今设五侯宴，庆功示雄威。

老身刘夫人，只因我五个孩儿，战败王彦章，特设五侯宴，为孩儿们庆功。

众　　（内白）众位将军到。

大　内　禀太夫人，众位将军到。

刘夫人　动乐相迎。

大　内　动乐相迎。（李嗣源、李亚子、石敬瑭、孟知祥、刘知远上，进入）

李嗣源　孩儿李嗣源。

李亚子　孩儿李亚子。

石敬瑭　孩儿石敬瑭。

孟知祥　孩儿孟知祥。

刘知远　孩儿刘知远。

众　　参见母亲。（起立）儿等有何功劳，敢烦母亲赐宴。

刘夫人　孩儿等有功受赏，理所应当。

大　内　宴齐。

刘夫人　酒宴摆下。（吹打，刘中坐，李嗣源等敬酒）

众　　请母亲满饮一杯。（跪）

刘夫人　孩儿们请起，快快入座痛饮呀。

众　　请呀。

刘夫人　（唱）今日庆功又贺喜，

犒赏孩儿立功绩。

孩儿请酒。

众　　母亲请酒。

刘夫人　请呀，

（唱）觥筹交错兄让弟，

直饮得酩酊醉方归。

孩儿们，今日是什么宴？（左右仔细看）

众　　五侯宴。

刘夫人　既是五侯宴，怎么不见我那孙儿？

李嗣源　孩儿对他吩咐过了，稍刻即到。

刘夫人　嗯。

［李从珂急上。

李从珂　（唱）不忘妈妈嘱托语，

王阿三到底是个谁？

酒席宴前问详细，

他不明言我不依。

参见祖母。

刘夫人　孙儿快快起来。

李从珂　祖母恩宽。

刘夫人　快快饮酒。

李从珂　哎呀祖母。

李嗣源　嗯。（与刘夫人使眼色）

刘夫人　孙儿为何这样慌张？

李从珂　祖母，孙儿有话要对祖母讲说。（李嗣源使眼色不叫李从珂说，从珂哭）

刘夫人　有话就讲，为何两泪汪汪？

李从珂　祖母有所不知，孙儿收军途中……

李嗣源　嗯，你在中途玩耍，为父早知，不要多言，快快与你祖母敬酒。

刘夫人　小孩子家贪玩，也是常情，有祖母在此，你爹爹不敢责怪你，快来饮酒。

李从珂　不，孙儿军行路……

李嗣源　你在路上贪玩，耽误时日，回来迟了，为父不责怪你，也就是了。休要再来乱讲。

刘夫人　哎，你来迟了，也不要紧，孙儿快快入席饮酒。

李从珂　哎呀祖母，孙儿有话要讲。我爹爹三番两次拦挡孙儿，今日话不说明，这酒我也不饮。

李嗣源　奴才竟敢如此大胆。

刘夫人　嗯，嗣源过来。

李嗣源　儿在。

刘夫人　你为何一再阻挡我那孙儿讲说。

李嗣源　孩儿不敢。

刘夫人　不敢，好，孙儿你有什么话，只管地讲来，有祖母与你作主。

李从珂　祖母容禀了。（哭）

刘夫人　不要啼哭，快快地讲来。

李从珂　（唱）你孙儿领兵去征战，

战败敌兵凯歌还。

军行潞州长子县，

瑞雪飞腾满山川。
见一贫妇寻短见，
孙儿救她问根源。
她言说为奴受磨难，
凄凉悲壮实可怜。
有儿自己不敢管，
将儿予了一官员。
那官员姓名说明显，
和我父名讳都一般。
她孩儿和我同年同月同日同时产，
姓名不同是疑团。
我名从珂为官宦，
她子名叫王阿三。
今对祖母讲一遍，
快快唤出王阿三。
我定要见王儿面，
请祖母不要再隐瞒。（哭）

刘夫人 孩儿，他敢是见他那娘亲来？

李嗣源 谁道见他那娘亲来，母亲你……

李从珂 祖母快快与孙儿实说了吧。

刘夫人 这……

李从珂 爹爹你与儿实说了吧。

李嗣源 我已对你说过，那个孩儿早就死了。

刘夫人 哦，哦，哦，那个孩儿早就死了。

李从珂 怎样得死？

刘夫人 他……他是得了一场紧病不治而死的。

李从珂 哎，我爹爹说他是坠马而死，怎么又是得病而亡？一个人哪有两样的死法？

刘夫人 这个……

李亚子 你祖母年纪大，记他不清。

刘夫人 是呀，祖母我有些老糊涂了。

孟知祥 贤侄，今日之宴，不比平常，大家要高高兴兴的。来来来，快敬你祖母一杯。

石敬瑭
刘知远 贤侄，你阵前屡建奇功，来来来，干我这杯庆功酒。

李从珂 哼，哎呀祖母，爹爹，快快对儿说明。

李嗣源　你是疯了吗？
刘夫人　祖母怎能骗你？
李从珂　众位叔父，对侄儿实说了吧。
众　　你爹爹抱来那个孩子，实实在在已死，你叫我们说些什么？
李嗣源　我儿不要多问，快快饮酒。
李亚子　孩儿与母亲满斟一杯，请母亲行个酒令。今日不同往日之宴，大家都要欢喜。
刘夫人　是呀，今天是个好日辰，都要欢欢喜喜地饮酒，不许烦恼。
李嗣源　大家听令，太夫人有令，今天席上，都要欢喜饮酒，不许烦恼。
众　　得令。大家满饮一杯，从珂贤侄满饮一杯。
李从珂　哎呔，既然大家不肯实说，那位贫妈妈之苦又不能救，要我这条性命何用？也罢，还是拔剑自刎。（拔剑众挡）
李嗣源　我儿莫可。
刘夫人　哎呀，孙儿。
李嗣源　母亲不敢……
刘夫人　哎，还是与孙儿实说了罢。
李嗣源　母亲万万不敢说。
李从珂　祖母你快说了罢。（跪）
刘夫人　你起来我说。
李从珂　你说了我才起来。
刘夫人　哎，我说……
李从珂　祖母，王阿三现在哪里？
刘夫人　孙儿你听，十八年前，你爹爹从赵家庄抱来的就是你。
李嗣源　哎，哎，哎。
李从珂　那是我，你孙儿是谁？
刘夫人　你，你……
李嗣源　母亲……
李从珂　祖母，我到底是谁？
刘夫人　哎，你就是那个王阿三。
李从珂　哦，原来我就是王阿三。
刘夫人　你就是那个王阿三。
李从珂　哎呀，娘亲呀。（昏倒众扶）
众　　从珂醒得，从珂醒得。
李从珂　（唱）老祖母道破这哑谜，
哎呀，我的亲娘呀，哎，我的受苦的娘呀。
（唱）可怜娘受折磨被人相欺。

这才是儿做官娘为奴婢，
我要去认亲娘不敢迟疑。

李嗣源 慢着。
（唱）上前忙将儿拦住，
不由人悲痛哭啼啼。
你今认你亲娘去，
丢下父年老谁靠依。

刘夫人 （唱）劝孩儿不必过伤悲，
听娘把话说仔细。
我孙儿认母是正义，
你苦苦拦他是怎的。
勿拦勿阻让他去，
救他娘早把苦海离。
哎，孙儿，
（唱）叫孙儿快快改换衣，
即日认母率轻骑。
你的娘为奴遇恶主，
受打受骂被人欺。
贼为他儿抛弃你，
嗣源抱回养大的。
快与你娘雪冤气，
报了仇你要早些回。

李从珂 哎，祖母
（唱）孙儿不敢忘恩义，
报了母仇即回归。
我忙与祖母父亲众叔叔深施礼，
恨不得插双翅飞到长子。
（李从珂施礼急下，众看介）

李嗣源 哎，儿呀。

刘夫人 嗣源，孩儿听令。

李　嗣 在。

刘夫人 速带轻骑直到潞州长子县，将我孙儿和他母亲接来，小心在意，速去勿误。

李嗣源 得令。（下　差女扶刘夫人下，众随下）

第十场

［赵脖揪怒气冲冲上。

赵脖揪　（念）父死我当家，无人来惹咱。
　　　　　　旁人不敢打，醉后打老妈。
　　　　怎么不见这个老贱货，老乞婆，与我快滚出来。

李　氏　（唱）耳听得唤声急将人吓坏，
　　　　　　问一声少东家唤我何来？

赵脖揪　我想你咧。

李　氏　这……

赵脖揪　我叫你一天担一百五十担水，你为何总不照我的话上来，嗯，今天我要将你活活地打死。（取鞭子打李）

李　氏　哎，苦呀。

赵脖揪　你与我哭。
　　　　（唱）今日要将你打坏，
　　　　　　打死你方逞我心怀。

李　氏　哎哟，少东人，你饶了我吧，（赵又打）哎呀，不好了。
　　　　（唱）全不念我年纪迈，
　　　　　　这样暴打该不该。
　　　　　　可怜我孤苦无依赖，
　　　　　　不知我儿何日来。

赵脖揪　（唱）临死还敢耍无赖，
　　　　　　唤呼你儿为何来。
　　　　　　怒冲冲上前用脚踹。（正在踢打从珂率众上）

李从珂　哎呀，老娘，母亲。（跪扶李氏）

赵脖揪　你们是干什么的？

李　氏　哎呀，多谢军爷们救我来了。
　　　　（唱）老天爷才把眼睛开，
　　　　　　许多军爷救我来。
　　　　　　今日我孽满脱苦海，
　　　　　　不由老身笑满腮。

李从珂　老娘，儿是王阿三。

李　氏　哦，怎么你就是我儿王阿三？

李从珂　儿是王阿三。

李　氏　罢了儿。

李从珂　老娘，老娘。

李　氏　（唱）十八年想我儿将娘想坏，
　　　　　　盼我儿无音信多费疑猜。
　　　　　　今日里娘险些被贼所害，
　　　　　　只愁我老骸骨无人葬埋。
　　　　　　孩儿来真使娘喜出望外，
　　　　　　我母子今团圆笑口才开。

李从珂　母亲，他是何人？

李　氏　就是他害为娘。

李从珂　来呀，将这贼绑了。（卒绑赵）

赵脖揪　老爷，你是何人？

李从珂　我就是十八年前被你家抛弃的那个王阿三。

赵脖揪　怎么他都能做官？（李嗣源率众进）

李从珂　爹爹到了，母亲，我爹爹也来了。

李嗣源　王大嫂，你还认得我？

李　氏　怎能认不得，多谢官人教子成人，受老身一拜。

李嗣源　岂敢，儿呀，他是何人？

李从珂　那就是折磨我母亲那个贼。

李嗣源　好一奴才，竟敢改毁文约，欺压贫人。来呀，推出斩首。

赵脖揪　那都是我爸爸来着，妈妈救命！

卒　　　走。（推出下又上）

李嗣源　儿呀，与你母亲更衣，同到京师，见你祖母。

李从珂　请母亲更衣，（换衣）车辆齐备请母亲登车。

李　氏　多谢官人，正是。
　　　　（念）受苦受难十八年，今日拨云见青天。
　　　　儿呀。

李从珂　母亲。

李　氏　搀娘来。（李氏上车，众上马同下）

——幕落剧终——

（说明：以上内容录自家存手稿，先生手迹，钢笔分行书写，繁体竖排。）

朱仙镇

第一场　起　兵

［四金兵、四金将、兀术上。

兀　术　（引）兵强将悍，夺宋室万里河山。（上高台）

（念）屡次兴师灭南蛮，徒劳无功幸生还。

此番誓把宋朝扫，大金一统主中原。

孤，大金邦四太子昌平王完颜兀术，奉了老王之命，带领三川六国二百万人马，复进中原，夺取宋室天下，怎奈岳飞用兵如神，屡次交锋，不能取胜。

［报子上。

报　子　启狼主，岳飞大兵已至朱仙镇。

兀　术　再探。

报　子　啊。（下）

兀　术　列位平章。

四　将　狼主。

兀　术　此次交锋，非比寻常，必须人人奋勇，个个当先，进前者赏，后退者，插箭游营。

众　　　啊。

兀　术　儿郎的，兵发朱仙镇。（上马众同下）

第二场　哭　祭

［啼鹃上。

啼　鹃　（唱）秋风起残叶飘颠狂一阵，

久囚在番邦地举目无亲。

在人前不敢言吞声饮恨，

望故乡思亲泪洒湿衣襟。

何日里是归期长跽拜问，

问苍天天不语使我伤心。

哎，哎，哎，想我啼鹃三年前随母逃难，被金兵掳来，强迫我学习弹唱。当筵歌舞，是我每念老娘，不禁泪下，恼怒狼主，便要斩首，多蒙老乳娘

乞情，救我活命，只说我身落番邦，度日如年，恐我母女今生今世，永无相见之日，气上心来，我骂一声害人的番贼。（春燕上）

春　燕　哼，哼。（啼鹃惊视）

啼　鹃　原是春燕姐姐。

春　燕　啼鹃妹妹，姐姐因你日夜啼哭，恐惹出事来，所以再三叮咛，叫你忍耐，不可啼哭，若被他人见了，那还了得，你怎么不听，又在此啼哭。

啼　鹃　春燕姐姐，妹妹怎能不听姐姐的话，实因妹妹想起家乡，不知不觉就哭起来了。（哭）

春　燕　哎，我的妹妹呀。

（唱）劝妹妹再不可珠泪滚滚，
被人见定有那大祸临身。
你和我是俘虏有谁怜悯，
唯有那老安人处处用心。
临险地必须要小心谨慎，
万不敢将仇恨轻易出唇。
勿伤悲勿啼泣贵能自忍，
免祸患要学个缄口金人。

啼　鹃　妹妹记下了。

春　燕　记下了好。

啼　鹃　姐姐老安人到了。

春　燕　快将眼擦干。（啼鹃惊慌拭泪，乳娘上）

乳　娘　（念）拘留金邦十六春，回忆当年倍酸辛。
怅望故乡空洒泪，国仇家恨常记心。

春　燕
啼　鹃　参见安人。

乳　娘　免礼，你二人在此，是不是思念家乡？

春　燕
啼　鹃　故土难忘，怎能不思念呀。

乳　娘　不必啼哭，你在贼人辇毂之下，怎敢如此，那年筵前，几乎将你杀死，以后再不可如此。

春　燕
啼　鹃　是，多谢安人。

乳　娘　春燕，速去准备香案，我在内边祭神，你在外边看守，不许别人擅入。

春　燕　记下了。

乳　娘　速去。

春　燕　是。（下）

乳　娘　啼鹃，下边准备早膳。

啼　鹃　是。（下）

乳　娘　哎，今乃老爷夫人为国殉难之日，公子校场未归，不免哭祭一回了。

（唱）久居异地思故乡，

眼望故乡痛断肠。

血海冤仇记心上，

背人设祭哭忠良。（启幕春燕拂尘，乳娘拈幡哭祭）

罢了老爷、夫人。哎，我的老爷夫人呀，自从老爷夫人为国殉难之后，我和公子被掳金邦，幸喜兀术不曾伤害，认为义子，今已长大成人，只说此仇此恨何日才报也。

（唱）哭老爷壮志未成身先丧，

夫人自缢尽节亡。

怀抱公子向外闯，

被贼俘虏到番邦。

真情实话对他讲，

认义子不曾将公子伤。

幼弱孤儿我抚养，

十六载艰辛已遍尝。

公子长大体雄壮，

膂力千斤使双枪。

眉清目秀好貌相，

气宇轩昂不寻常。

报仇雪恨有指望，

血海冤仇仗儿郎。（文龙上春燕惊文龙示意不许言语）

大仇未报心惆怅。（文龙随乳娘身后）

我我我的大爷呀，哎，我的惨死的夫人呀。

何一日杀仇人还我故乡。（回头见文龙）

文　龙　乳娘。

乳　娘　殿下，你回来了。

文　龙　回来了，乳娘你在这里祭的哪个？

乳　娘　这，哦，我祭的神。

文　龙　什么神？

乳　娘　神灵。

文　龙　是神灵？

乳　娘　因你小时，得了一场重病，是我祷告神灵，保佑你的病好了，每年设祭，给神还愿，不是每次都叫你给神叩头吗？今天因你未来，我独自一人祭神，这件事你该不会忘记。

文　龙　此事小王谨记在心，不敢忘掉。

乳　娘　不忘掉着好。

文　龙　那你哭着为何。

乳　娘　我，我，我不曾哭。

文　龙　你的仇人是谁?

乳　娘　这……

文　龙　请乳娘快快从实相告，待小王与你杀了仇人。

乳　娘　殿下，我无有什么仇人。

文　龙　小王听得明明白白，你说杀仇人还故乡，你怎能说无有?

乳　娘　我当真无有，你把话听错了。

文　龙　哎，好奇怪也。

（唱）乳娘哭声不胜恸，
教我里黑外不明。
她曾说杀仇人未提名姓，
质问她又不肯吐露真情。
此事必须追究竟，
请娘明言勿欺蒙。（乳娘哭不言）

哎，我的乳娘。

（唱）小王生世太苦命，
幼小亲娘赴幽冥。
多亏乳娘来照应，
抚养爱护如亲生。
每日与我把饭烹，
四季与我把衣缝。
那年身体得重病，
烧香求药乞神灵。
深感大德恩义重，
永矢不忘刻骨铭。
乳娘适才放哭声，
我在身后侧耳听。
娘言杀仇力不胜，
又言报仇仗儿童。
这些混语我不懂，
就该向我告实情。
快说仇人真名姓，

不明言我要碰死你怀中。
你快说，你快说。（哭）

乳　娘　（唱）叫殿下不要哭不要号，
听我与你诉冤枉。
自从逃难到金邦，
你的亲娘便身亡。
受辛苦我将你抚养，
幸喜得殿下长大成人两膀有力使双枪。

文　龙　我问你仇人却不讲，
偏说我的短和长。

乳　娘　我的仇人如虎狼，
说出口恐怕把人伤。

文　龙　是猛虎现有伏虎将，
我与你除却当道狼。

乳　娘　只可惜你一人难鸣孤掌，
擒虎不成反遭殃。

文　龙　你不必多忧虑愁眉展放，
究竟仇人在何方？

乳　娘　仇人统兵势力强，
你单人独骑怎担当。

文　龙　小王力敌千员将，
何惧仇人势力强。

乳　娘　中原遍地遭兵荒，
可怜我国破家亡骨肉分离孤孤单单漂流在异乡。

文　龙　我问张来你说王，
将仇恨半吞半吐半露藏。

乳　娘　非是我半吞半吐半露藏，
说出恐怕遭祸殃。

文　龙　乳娘讲话全不想，
哪个敢将你命伤。

乳　娘　虽无人敢将我怎样，
不说总觉才稳当。

文　龙　你不说来我要嚷，
嚷嚷闹闹不下场。

乳　娘　你休闹来你休嚷，
恐你以后变心肠。

文　龙　　　我从小乳娘亲抚养，
　　　　　　难道不知我心肠。
乳　娘　　　你人大心大和前不一样，
　　　　　　我如今怎知你心肠。
文　龙　　　日后我不报仇变了心肠，（跪）
　　　　　　就叫我死在……（乳娘掩文龙口）
乳　娘　住口，殿下请起。
文　龙　你给我说了我自然起来，若还不说，我就不起来。
乳　娘　这，哎，殿下你起来我给你说。
文　龙　怎么我起来你给我说。
乳　娘　是呀，起来我给说。
文　龙　好，那我就起来了，你快给我说你的仇人是谁，他现在何处?
乳　娘　我的仇人吗，他，他不在此处。
文　龙　他在哪里?
乳　娘　他在中原。
文　龙　中原。
乳　娘　你我如何得到中原。
文　龙　我差人请示父王，军前效命。
乳　娘　他未必许你。
文　龙　父王定然许我，乳娘，快说你的仇人是谁。
乳　娘　刻下还不能说。
文　龙　何时才能告我。
乳　娘　你我到了中原，我好对你实说。
文　龙　嗯，那也好。
乳　娘　但是。
文　龙　但是什么?
乳　娘　我说了你要与我报仇。
文　龙　那我当然要与你报仇。
乳　娘　还得要你严守机密。
文　龙　定要严守机密。
乳　娘　到了那时，你可不要变卦。
文　龙　不敢欺骗乳娘。
乳　娘　如此你我一言为定。
文　龙　万无更改。
乳　娘　倘若失信。
文　龙　天降祸灾。（啼鹃上）

啼　鹃　请殿下同老安人下边用膳。

乳　娘　殿下请。

文　龙　乳娘请。

（念）请示父王愿参战，好与乳娘报仇冤。

乳　娘　想起当年切齿恨，不知何日到中原。（同下）

第三场　坐　帐

［四宋兵引岳飞上。

岳　飞　（引）精忠报国，统雄师扫荡寇兵。

（念）屡败金邦挫敌锋，中原指日息战争。

但愿直捣黄龙府，迎还二圣复汴京。

本帅姓岳名飞字鹏举，可恨金兵屡犯中原，民遭涂炭，本帅统领雄兵屯扎朱仙镇，那兀术又率倾国人马前来，定要杀他个片甲不归，方消我恨。

（报子上）

报　子　报，金兵讨战。

岳　飞　再探，（报子下）众将官迎敌。

［四金兵，四金将，兀术上，会阵。

马前来的敢是兀术？

兀　术　然也。

岳　飞　兀术，尔进犯我朝，屡败不退，今又兴兵前来，俺恨不得食尔之肉，休走看枪。

兀　术　岳飞，你国二帝被孤掳回我国，每日坐井观天，好不笑煞人也。

岳　飞　一派胡言，看枪。（起打，兀术败下，岳飞追下，四金将上，岳飞再上，起打，兀术上，岳飞败下，兀术金兵追下）

［四宋兵，岳飞上，严成方，何元庆，岳云，狄雷上。

四　将　参见元帅，末将等交令。

岳　飞　罢了，粮草可曾催齐。

四　将　粮草催齐，元帅查点。

岳　飞　不必查点，众位将军之功。

四　将　可曾与那贼交战？

岳　飞　见过一阵，大败而回。

四　将　待末将等抵挡一阵。

岳　飞　须要小心。

四　将　得令，带马。

［岳飞下，四将上马，四金兵，兀术上，起打，兀术败下，四金将上起打，

四金将败下，四将追下。

第四场　轮　战

[陆文龙上。

文　龙　（引）胸藏虎豹韬，英名几时标。

（念）中原成逐鹿，山河风雨飘。

金戈征尘滚，壮志吞南朝。

小王陆文龙，生长北国，最喜南朝装扮，我父王夺取中原，兵屯朱仙镇，是我差人请示父王，军前效命，怎么未有消息，好不闷煞人也。（旗牌上）

旗　牌　（念）奉了大王命，搬请小英雄。

殿下在上，小将有礼。

文　龙　罢了，命你请示我父王，可许我前去助战。

旗　牌　启禀殿下，大王与宋兵交战，难以取胜，命你速去。

文　龙　既然如此，你在外厢伺候，待我禀知乳娘，一同前往。

旗　牌　是。（下）

文　龙　有请乳娘。（乳娘上）

乳　娘　（念）光阴不催人自老，冤仇未报好心焦。

殿下唤我何事？

文　龙　我父王命我速去军前助战。

乳　娘　当真？

文　龙　当真。

乳　娘　不知何日登程？

文　龙　你我即日同进中原。

乳　娘　好。

文　龙　来。（旗牌上）

旗　牌　有。

文　龙　车马伺候。

旗　牌　是。（下，车夫执车旗，旗牌执马鞭上）

文　龙　马来。

（唱）奉命助战赴疆场。（乳娘上车，文龙上马，圆场）

不由豪杰喜气扬。

吩咐车辆往前闯，

朱仙镇前见父王。（同下）

[四金兵，兀术上。

兀　术　（唱）率人马二百万雄气赳赳，

一心要灭中原鸡犬不留。
虏二帝江北地全归孤有，
朱仙镇一战败可耻可羞。
四先锋被岳云锤震谷口，
巴图鲁死非命暴尸沙丘。
从初夏直战到柳衰秋后，
只杀得日色淡雾惨云愁。
实可恨岳家军猛勇善斗，
六国兵均不是岳飞对头。
免战牌高悬在大营门首，
困守在牛皮帐苦思无谋。（旗牌上）

旗　牌　禀狼主，殿下乳娘到。

兀　术　乳娘后帐歇息，唤殿下进帐。

旗　牌　是，有请殿下。（下）

［文龙上。

文　龙　（唱）双枪能敌千员将，
管叫宋军一阵亡。
来在营门用目望，
免战牌高挂为哪桩。（拔剑砍牌入内）

父王在上，待臣儿大礼参拜。

兀　术　吾儿路途辛苦，免了吧。

文　龙　谢父王。

兀　术　一旁坐下。

文　龙　谢座。（报子上）

报　子　报，岳飞讨战。

兀　术　啊，吾曾将免战牌高挂，他为何又来讨战。

报　子　免战牌被殿下打碎。

兀　术　再探。

报　子　得令。（下）

文　龙　哎呀父王，既是岳飞讨战，儿臣愿出马生擒岳飞入帐。

兀　术　吾儿有此胆量。

文　龙　有此胆量。

兀　术　好，儿郎的，殿下出马，鞍前马后，多加小心。

四　兵　啊。（兀术下）

文　龙　儿郎的，带马，杀上前去。（上马，四宋兵，岳飞上，起打，岳飞败下，文龙追下）

［严成芳，岳云，何元庆，狄雷上。

四　将　（念）柳营春试马，虎帐夜谈兵。

（四宋兵，岳飞败上）参见元帅，胜败如何?

岳　飞　金营来了一员小将，十分骁勇，难以取胜。

四　将　待我等出马，会他一阵。

岳　飞　尔等出马，用车轮战法擒他，本帅大兵随后。

四　将　得令。（下）

［岳飞上马，四金兵，陆文龙上，开打，岳飞败下，四将先后上车轮大战，岳飞上，五人合战，同败下，陆文龙追下，四宋兵，四将，岳飞上，进城下，四金兵，陆文龙追上，一望三笑。

文　龙　哈哈，哈哈，啊哈哈，儿郎的，收兵。（四金兵下，文龙耍枪亮相反下）

［王佐上。

王　佐　（念）要为天下奇男子，须立人间未有功。

［四宋兵，岳飞上，下马，入座，报子上。

报　子　启元帅，陆文龙讨战。

岳　飞　将免战牌高挂营门。

报　子　得令。（下）

岳　飞　哎，想俺岳飞，累与金人交战，未尝有此大败，今日被陆文龙连败数员上将，恨煞我也。

王　佐　啊，元帅，那陆文龙莫非是潞安州节度使陆登之子。

岳　飞　正是此子。

王　佐　闻得他父母，命丧金人之手，如今他为何反助仇人?

岳　飞　想当年潞安州城破之时，此子未满三月，被掳番邦，他焉能知晓。

王　佐　哦，那既然如此，待俺去往金营，诈降兀术，顺说那陆文龙归宋，未知大哥意下如何?

岳　飞　贤弟，此事不可造次，你且回营严加防守，兄当寻计擒他。

王　佐　是是是，告退。（下）

岳　飞　众将官，小心防守。

四　兵　啊。（下）

岳　飞　（唱）好一少年英雄将，

威风凛凛气轩昂。

万马丛中独来往，

疆场斩将如探囊。

实想说车轮战法擒他易于反掌，

谁料他从容交战不慌忙。

八员虎将围攻上，

均被战败愧难当。
如此勇猛无人挡，
用何奇谋弱胜强。
闷闷不乐转后帐，
必须要寻妙计使他归降。（下）

第五场　断　臂

［二旗牌掌灯引王佐上。

王　佐　（起更　唱）

听谯楼打初更烟月昏黄，
又听得泉溜响悲风怆落叶飘荡情景倍凄凉。
恨兀术犯中原干戈扰攘，
贼掳我二皇帝失却汴梁。
两河地遭蹂躏悲惨气象，
众列生被糜烂万孔千疮。
岳鹏举率将士去把敌抗，
杀金奴收失地威名远扬。
金营中忽闪上一员少将，
陆文龙使双枪武艺高强。
朱仙镇一阵败损兵折将，
岳大哥回营来忧恨满腔。
我也曾进奇策中军宝帐，
不容纳反命我回营谨防。
闷悠悠进帐来心中暗想，
苦思虑想不下巧计良方。
若能够思一计番营去闯，
顺说那陆文龙返回祖邦。
倘若还有不测金营命丧，
我王佐为国死也有荣光。

你们退下。

旗　牌　是。（下）

王　佐　想俺王佐，自随元帅出兵以来，未立尺寸之功，怎能想出计策，混进番营，顺说那陆文龙归宋，上可报君王之恩，下可分元帅之忧，博一个名留青史，方遂我心，只说我如何才能混进番营？怎样才可瞒过兀术？嗯，我该用何计？这，我该用何计？哎，好不急煞人也！

（二更　接唱）

好河山半沦落无限忧愤，
实不忍众胡儿屠杀黎民。
用何计我才能番营混进，
诈投降使兀术不起疑心。
陆文龙不知晓父母仇恨，
将前情实告他归宋叛金。
低头想无妙计心烦意闷，
倒不如上公案观看古今。（入座看书）

汉室卫律、苏武俱是奉命出使，一个贪生怕死，降顺北国，一个仗节牧羊，吞毡饮雪，死不辱命，哎，这真是忠佞各别了。

（三更　接唱）

汉室中卫律贼声名不正，
怎比得苏子卿丹心赤诚。
十九年不屈节不辱君命，
似这等忠良臣能有几人。（换书看）

东周列国，倒要看看，（看书）呀，要离断臂刺庆忌，要离断臂刺庆忌，哎呀，想那要离断臂，刺杀公子庆忌，乃是大丈夫所为，俺王佐何不学他一学，嗯，待我修书。（修书）

（四更　接唱）

那要离刺庆忌颇有胆量，
留下了美名儿万古传扬。
俺王佐学要离番营去闯。（脱衣取剑）
顾不得生和死天作主张。

［断臂，倒地，五更，二旗牌上。

旗　牌　王将军醒得。

王　佐　（唱）一霎时疼得我心神不定，
好一似刀割肠乱箭穿胸。
猛然间睁开眼难以扎挣，（起身）
为国家断一臂诈降金营。

旗　牌　将军为何如此。

王　佐　尔等不要声张，来来来，这是书信一封，面呈元帅，有人问起，就说老爷另有公干去了。

旗　牌　是。

王　佐　回来，此乃机密大事，不可走露风声，违令者斩。

旗　牌　遵命。（下）

王　佐　天色已明，不免前往金营，正是：
（念）壮士一身既许国，此行哪管吉和凶。（下）

第六场　诈　降

［四金兵，兀术，陆文龙上。
兀　术　（念）全仗吾儿双枪勇。
文　龙　　　扫平南朝指顾中。（哨兵上）
哨　兵　启狼主，拿住宋营奸细。
兀　术　啊，押进帐来。
哨　兵　是。（下，二哨兵押王佐上）
王　佐　叩见狼主。
兀　术　哇，胆大奸细，敢来窥探军情，推出砍了。
王　佐　慢着，乞狼主留头讲话。
文　龙　是呀，父王，就容他讲来，我们听上一听。
兀　术　好，你且讲来。
王　佐　狼主请听，难臣王佐，乃岳飞帐下随营参军，只因昨日岳飞被狼主杀得大败，无计可胜，挂了免战牌，是我劝他，言说目今中原残破，二帝蒙尘，康王信任奸臣，忠良退位，天意可知，不如归顺狼主，庶可保全，是他执意不降，当时将难臣一臂砍下，高声大骂，定要扫尽金酋，迎还二圣，那时再将难臣斩首，哎呀狼主呀，想我死是死不了，活是活受罪，望求狼主收留。
兀　术　孤家不信你的谎言。
王　佐　狼主不信请看。（指断臂）
兀　术　岳飞呀，岳飞，降与不降，但凭于你，为何下此毒手。哼，哼，哼，你分明是苦肉之计，来瞒孤家，你说是也不是。
（唱）分明你是苦肉计，
诈降孤家探军机。
孤家生有过人智，
明察秋毫不容欺。
儿郎的你将这奸细，
推出营门斩首级。（二兵拉佐）
王　佐　咦，哈，哈，哈……（将下）
兀　术　回来，难道你怕死?
王　佐　怕死我就不来。
兀　术　既不怕死，为何发笑。

王　佐　笑我有眼无珠。

兀　术　你往下讲来。

王　佐　我王佐一生漂泊，投主不遇，实想投一明主，效劳终身，谁知岳飞不听好言，断我一臂，平日闻听金邦狼主，礼贤下士，故而冒死相投，不料狼主才是个忌才多疑之人。哎，怪我有眼无珠，错投狼主。我如今已成残废，与其日后被岳飞斩首，不如今日碰死在狼主面前，明我忠心。

文　龙　慢着，哎呀父王，听他之言，难道我大金国就容人不得，况他又是个残废之人，还怕他作乱不成。

兀　术　嗯！吾儿言之有理。王将军，冒犯之处，请勿见怪。

王　佐　岂敢，难臣一时鲁莽，乞狼主恕罪。

兀　术　孤家不怪罪你，快快起来，你为孤家吃苦，孤家收留你就是。

王　佐　谢狼主。

兀　术　你如今已是我大金国的人了，必须要改个名儿才是。

文　龙　是吧，既然成了我国人了，就该换个名子才是。

兀　术　哎呀，该叫他……

王　佐　哎，苦呀。

兀　术　有了，那岳飞害得你好苦，就叫苦人儿吧！

文　龙　苦人儿，苦人儿，倒也有趣，你要记下。

王　佐　是，是，是！

兀　术　苦人儿，从今以后，满营之中任你行走，人有问起，就将岳飞怎样断你一臂，孤家怎样收留你，一一说与他们，孤命太医与你调治臂膀，后营歇息去吧！

王　佐　多谢狼主大恩。

（念）为将不唯兵甲利，还须舌尖有锋芒。（下）

兀　术　儿呀，为父已命人回国，搬取铁浮图、火炮，待等到来，轰打宋营，管教他全军成灰烬了。

（唱）恼恨岳飞心毒狠。

文　龙　　　军中哪有断臂刑。

兀　术　　　铁浮图到火炮攻。

文　龙　　　一战灭宋庆大功。（同下）

第七场　巧　遇

［春燕乳娘上。

乳　娘　（唱）离番邦随公子军前应召，

怀仇恨不能报愁锁眉梢。

陆公子年十六亲仇不晓，
他还要帮仇人攻打宋朝。
初到此向兀术便把令讨，
跨战马舞双枪气势矜骄。
两军阵战五将百合未了，
只杀得我宋营瓦解冰消。
回帐来咨意夸立功报效，
怎知我心伤痛泪如雨抛。
岳元帅免战牌营门为号，
恨公子雄赳赳去把战挑。
我有心将真情对他实告，
又恐怕他不信反将祸招。
我有心将仇恨暂不明表，
我怎忍眼看他杀害同胞。
左也难右也难将我难倒，
坐不宁立不稳俯首自搔。
推窗望闻胡笳更增烦恼，
急得人一阵阵心似火烧。（春燕啼鹃上）

春　燕　（唱）大营去将殿下找

啼　鹃　狼主与他贺功劳。

春　燕　急忙回营实言告。

啼　鹃　免得老人把心操。

乳　娘　春燕啼鹃

春　燕
啼　鹃　安人。

乳　娘　你们回来了。

春　燕
啼　鹃　回来了。

乳　娘　命你二人寻找殿下，可曾找到。

春　燕
啼　鹃　找到了，找到了。

乳　娘　他在哪里？

春　燕
啼　鹃　现在大营。

乳　娘　怎不回营用膳。

春　燕　老人不知，狼主设宴与殿下贺功。

乳　娘　贺的什么功。

啼　鹃　因殿下打败宋军。

乳　娘　哦，原为他打败宋军，与他庆功。

春　燕　正是的。

乳　娘　他们在筵上都讲了些什么？

春　燕
啼　鹃　安人请听。

春　燕　（唱）狼主赐宴把军犒，
　　　　弹唱歌舞乐陶陶。

啼　鹃　都称赞殿下枪法妙，
　　　　年少英雄胆气豪。

春　燕　举起双枪光万道，
　　　　好似雪花空中飘。

啼　鹃　杀我士卒如斩草，
　　　　带箭将军弃马逃。

春　燕　四面尽是贼强盗，
　　　　我军被围无处跑。

啼　鹃　逢枪枪下死。

春　燕　遇刀刀下亡。

啼　鹃　人撞人马碰马马踏人倒。

春　燕　滚滚人头遍荒郊。

啼　鹃　这个说殿下杀得好。

春　燕　那个说宋军胆怯不敢把战交。

啼　鹃　再一阵定把宋军扫。

春　燕　天下一统归金朝。

乳　娘　天、天、哎呀天哪，只说我含辛茹苦，抚养孤儿，幸已长大成人，实想为祖国报仇，为他爹娘雪恨，不料仇未报、恨未雪，他竟杀我祖国人民，是我我我，问心何安、问心何忍。

啼　鹃　苦呀。

春　燕　安人，只说何日才能报仇。

啼　鹃　何日才能回我家乡，见我亲娘呀！

乳　娘　不必伤心，我想终有一日报仇，定将你们送回家乡。

春　燕
啼　鹃　但愿如此。

［王佐上。

王　佐　（唱）到番营已数日未有巧遇，

怎能够见文龙细说端的。
苦肉计巧机关费尽心力，
来后帐偷眼看寻踪觅迹。（**向内看介**）

乳 娘　哪里来的奸细，来，与我拿下。

王 佐　哎呀老安人，请勿高声，我本南朝残废人，狼主见我可怜，收留帐下，取名苦人儿，各营任我行走，今日闲暇，特来后帐，瞻仰殿下虎威，老安人休得见怪。

乳 娘　嗯，昨日闻听殿下言道，有一南朝将官，名唤王佐，投顺我国，改名苦人儿，就是你吗?

王 佐　不错，正是我。听老安人讲话，不像北国人氏。

乳 娘　老身本不是北国人氏。

王 佐　哪里人氏。

乳 娘　湖广潭州人氏。

王 佐　怎么老安人是湖广潭州人氏。

乳 娘　听你之言，你莫非也是湖广潭州人氏。

王 佐　不错，我也是湖广潭州人氏。

乳 娘　如此说来，你我是乡亲。

王 佐　是呀，你我原是乡亲。

乳 娘　这倒巧得很。

王 佐　巧得很。请问老安人，因何流落北国。

乳 娘　这个。（**乳娘向春燕啼鹃示意，二出外左右望。摇手无人，站在门口。**）哎，你我既是同乡，对你说了，料也无妨。

王 佐　是呀，你我既是同乡，但讲何妨。

乳 娘　老身薛氏，前在潞安州陆登老爷府中，曾为乳娘，那年金兵大破潞安州，老爷尽忠，夫人尽节，撇下公子，未满三月，就被狼主带回金邦，故而在此。

（唱）忆昔当年潞安州，
金兵破城天地愁。
老爷尽忠自刎首，
夫人尽节一命休。
撇下三月陆门后，
狼主怜悯将他收。
身居北国岁月久，
屈指数来十六秋。

王 佐　听你之言，陆大老爷既然有后，如今他往哪里去了。

乳 娘　前几日在两军阵前，枪挑数员宋将的，那就是陆公子。

王　佐　怎么在两军阵前枪挑数员宋将，那就是陆公子。哎呀呀，真乃是英雄盖世。

乳　娘　哎，说什么英雄盖世，可叹我家公子，他就忘……

王　佐　忘什么？

乳　娘　哎，你，你，你不问也罢。嗯，我且问你在岳元帅帐下身居何职。

王　佐　随营参军之职。

乳　娘　想这随营参军，职位也不算小。

王　佐　不小，不小。

乳　娘　哼，你身受重任，不在宋营辅佐元帅，到此作甚。

王　佐　这……只为岳飞不仁，断我一臂，故尔前来投效狼主。

乳　娘　哼哼、哼哼哼，我闻岳元帅帐下并无一兵一卒投降金邦，你身为参军，竟然叛国降敌，是你这样不忠不义之人，慢说断你一臂，就是断去四肢，也不为过。

王　佐　是、是、是，哎呀，看这乳娘颇知大义，我想此事成功，就应在她的身上。

乳　娘　春燕、啼鹃，将他与我赶出去。

春　燕
啼　鹃　是。（各取棍）

春　燕　呔，南朝竟出你这样小人，朝秦暮楚，嫁鸡嫁狗。

啼　鹃　哼，你今日能叛岳元帅降金，焉知后日不叛金。

春　燕　如此不忠不义之人，还敢在此得意洋洋。

啼　鹃　真乃恬不知耻。

春　燕　不必在此饶舌。

春　燕
啼　鹃　快快与我滚出去。（欲打）

王　佐　慢着，哎，你慢来呀，

（唱）狼主爷看我如明珠在掌，

春　燕
啼　鹃　嗯，不知羞。

王　佐　　收留我命太医调治创伤。

春　燕
啼　鹃　嗯，我把你……

王　佐　你敢，你敢！

（唱）前后营任我游谁敢阻挡，

　　岂容你女流辈说短论长。

春燕
啼鹃　哇，（愤慨指王佐唱王佐退）

（唱）休怪我女流辈说短论长，
实因你佞幸人反覆无常。
朝嫁鸡暮嫁狗只图安享，
把廉耻两个字一概全忘。

王　佐　咦，哈哈哈……
听他言来喜心上，
幸今凑巧遇乳娘。
应将实情对她讲，
遵声安人听端祥。
我为公子断臂膀，
舍死忘生来诈降。

乳　娘　哎呀，如此说来，老身屈了你了。

王　佐　不屈，不屈。

春燕
啼鹃　得罪，得罪。

王　佐　好说好说。

乳　娘　（唱）听他言愁眉顿展放，
深感将军恩义长。
为公子吃苦断臂膀，
冒险金营诈投降。

王　佐　断臂情由莫声扬，
泄露机关祸难当。
少时公子回营帐，
全仗安人作主张。

乳　娘　嗯，那是当然的。

王　佐　请了。（下）

乳　娘　你去。随着我来。（同春燕啼鹃下）

第八场　说　书

［马童、陆文龙上。

文　龙　（唱）父王特设庆功宴，
悬灯结彩四座欢。
盛张女乐歌声艳，

贺我战败岳南蛮。
席间平章齐称赞，
都说英雄出少年。
文臣举杯将酒劝，
武将提壶又把盏。
开怀畅饮乐无限，
猛想起乳娘叮咛言。
她教我慎言勿骄满，
谨防酒醉生事端。
心生一计装醉汉，
呕吐呼叫语狂颠。
父王命我回营转，
中途不敢久盘桓。
唯恐乳娘倚门盼，
使她久等不耐烦。
叫马童催马把路趱，（王佐上）

王　佐　上前忙问殿下安。

（文龙下马，马童牵马下文龙入王佐随进）参见千岁。

文　龙　少礼。

王　佐　谢千岁。

文　龙　苦人儿，这几日未见，你往哪里去了。

王　佐　这几日那些王爷平章们，这个请我吃酒，那个叫我说评书，今日闲暇，特来与千岁请安。

文　龙　哦，怎么你还会说评书。

王　佐　我记了一肚子的评书呢。

文　龙　好，你且稍待，有请乳娘。（乳娘上）

乳　娘　殿下回来了。

文　龙　回来了，乳娘，有个苦人儿，他会说评书，请乳娘一同听书。

乳　娘　好，一同听书。

王　佐　千岁，这是何人。

文　龙　这就是小王的乳娘。

王　佐　哦，这就是乳娘老安人。

文　龙　乳娘，这就是苦人儿。

王　佐　苦人儿参见老安人。

乳　娘　罢了，你还会说评书吗？

王　佐　正是的。

乳　娘　既然说书，殿下，必须赐他个座位才是。
文　龙　原有他的座位，苦人儿，你坐了吧！
王　佐　千岁在此，哪有苦人儿的座位。
文　龙　不必拘礼，快快坐了说书。
王　佐　如此多谢千岁安人，苦人儿落座。
乳　娘　请坐。
王　佐　请问千岁，喜听文的，还是喜听武的。
文　龙　小王习武，自然是武的好。
乳　娘　是呀，武的好。
文　龙　武的热闹。
王　佐　要听忠的，还是奸的。
文　龙　小王喜的是忠臣，恨的是奸党。
乳　娘　是呀，我家殿下，喜的是忠臣，恨的是奸佞。
王　佐　哦，忠的好。如此待我讲一段“骅骝思乡”的故事听听可好。
文　龙　哦，“骅骝思乡”的故事，倒要听上一听。
乳　娘　嗯！讲来听上一听。
文　龙　你且讲来。
王　佐　哼。（拍木文龙惊）
文　龙　你这是做什。
王　佐　此乃是书头。
乳　娘　这是说书的规矩。
文　龙　这说评书还有规矩。
乳　娘　有规矩。
王　佐　无规矩就不能成方圆。
文　龙　你慢慢慢地讲来。
王　佐　（念）道德三皇五帝，功名夏后商周。
五霸七雄乱春秋，顷刻兴亡过首。
青史几行名姓，北邙无数荒丘。
前人田地后人收，说什龙争虎斗。（拍木）
文　龙　他，怎么又来了。
王　佐　残词念罢，花开两朵，各表一枝，不说前唐后汉，古今兴废，单说南朝真宗驾前一段故事。
文　龙　嗯，南朝的一段故事，倒要听上一听。
王　佐　南朝有一家忠良名唤杨延昭。
文　龙　哦，杨延昭。
乳　娘　乃是个大大的忠良。

王　佐　此人乃镇守三关的元戎，北国辽邦屡次犯境，均被杨元帅杀得望风而逃，那辽邦的萧后，勾通宋朝一家奸佞，名唤王钦若。

文　龙　哦，王钦若。

乳　娘　乃是个大大的奸臣。

王　佐　一日早朝，那王钦若要暗害杨家，上殿启奏一本，言道：北国有一骑好马，此马头上有角，遍体生麟，眼如日月，四蹄如烟，日行千里见日，夜走八百不明，名为日月骕骦追风驹。

文　龙　倒是一骑宝马。

王　佐　我国若有能人将此马盗回朝来，可算得国家之祥瑞也。宋王闻奏，问道，何人能将此盗回，那王钦若奏道，要盗此马，非三关杨元帅不可，啊，千岁，这就是奸佞暗害忠良之计。

文　龙　哦，你且往下讲来。

王　佐　宋王不解其情，降下旨来，就命杨元帅去往北国盗马。杨元帅领旨下殿，回到帐中，闷闷不乐，他帐下有一员大将，姓孟名良字佩苍。

文　龙　哦，孟良。

乳　娘　是一员大将。

王　佐　进帐问起情由，讨下将令，愿往北国盗马。啊，千岁，你可晓得那孟良的出身。

文　龙　小王不知。

王　佐　他乃绿林出身。能通三川六国的语言，乔装改扮了北国的模样，他就一日两，两日三，混进了番营。哎，那北国就无人认得他是南朝大将，且喜不到一月，就将此马盗回。

文　龙　哦，盗回来了。

乳　娘　真乃好手段，后来呢？

王　佐　宋王一见此马，十分的欣喜，加封杨元帅官职，重赏孟良。只是，可惜呀，可惜。

文　龙　可惜什么。

王　佐　可惜那马，自到南朝，七日七夜，不食草料，眼望北国，大吼三声，它就饿死了。

文　龙　却是为何。

王　佐　那马它是思乡啊！

文　龙　怎么，马还会思乡。

乳　娘　马尚且思乡，何况人乎。

王　佐　还是老安人讲得有理，马尚且思乡，何况人乎。哎，老安人，我看如今的人儿吗？反倒不如畜类了呀。

（唱）那马倒有思乡意，

如今的人儿不如它。

文　龙　往下讲。

王　佐　完了。

文　龙　不好，不热闹。

王　佐　怎么还不热闹。

文　龙　不热闹。

乳　娘　不热闹了，你快讲一个热闹的故事吧！

王　佐　哎呀，还要听热闹的，（想）有了，待苦人儿说一段四狼主大破潞安州的故事。

文　龙　可是我父王大破潞安州的故事。

王　佐　正是的！

文　龙　小王倒要听上一听。

乳　娘　嗯，我们倒要听上一听。

文　龙　苦人儿，你快讲来。

王　佐　慢着，这里还有图画一幅，悬挂起来，照图说书。

文　龙　好，悬挂起来。（挂图，乳娘见欲哭，王佐急示意制止。）

王　佐　哦，老安人，你看上面热闹不热闹。

乳　娘　（忍痛）热闹、热闹。

王　佐　这是我一只手画的，画得可好。

乳　娘　好，是你一只手画的，难为了你了。（文龙看图）

文　龙　苦人儿，这画图之上，有许多兵将，那是宋兵，还是金将。

王　佐　这上面吗？宋兵也有，金将也有。

文　龙　苦人儿，上面有员大将，持剑自刎，他是何人。

王　佐　这就是潞安州节度使，姓陆名登，人称小诸葛，只因与我国交战，不能取胜，我兵势众，攻破城池，陆老先生就拔剑自刎，为国尽忠而死。

文　龙　哦，那旁有一妇人，悬梁自缢，她是何人。

王　佐　那是陆老夫人，见丈夫为国尽忠，她也尽节了。

文　龙　哦，苦人儿，上面还有一员大将，好像我父王模样，为何与他人下拜。

王　佐　那正是我国四狼主，见陆老先生为国尽忠一死，令人可敬，故而在那里拜了他一拜。

文　龙　我父王拜得，小王我可拜得么。

王　佐　千岁吗？可以哦！正拜，正拜。

文　龙　怎么拜得。

乳　娘　你还得多拜上几拜。

文　龙　陆老先生在上，受小王一拜。

王　佐　陆老先生，千岁在这里拜你呢。

文 龙 啊，苦人儿，那陆老先生已死，他为何立尸不倒。

王 佐 那陆老先生，恐他后辈不肯与他报仇，故而立尸不倒。

文 龙 哦，那陆老先生他还有后吗？

王 佐 怎的无有。有道是忠良不绝后。

乳 娘 是呀，忠良不绝后。

文 龙 那旁有一妇人，怀抱婴儿，为何在那里啼哭。

王 佐 那是陆府乳娘，怀抱公子，未满三月，见他一家死得可怜，故而在那里啼哭。

乳 娘 喂呀。

文 龙 乳娘，你怎么哭起来了。

乳 娘 我，我听他一家死得可惨，故而伤心落泪。

文 龙 哎呀呀，你这不是，“听评书落泪，替古人担忧”吗？

王 佐 着呀，你那不是替古人担忧吗？

乳 娘 怎么，我替古人担忧，哎，我是替古人担忧了。

文 龙 乳娘，苦人儿，此子他还在么？

王 佐 此子吗？尚在。

文 龙 现在哪里？

王 佐 被我国四狼主带回我国抚养。

文 龙 哦，今在我国抚养，此子他今年多大年纪了。

王 佐 若问他的年纪吗。（看乳娘手势）哦，哦今年一十六岁了。

文 龙 哦，一十六岁。哎呀，他和小王同庚。

王 佐 怎么千岁也是一十六岁吗？

文 龙 正是。

王 佐 哎呀呀，这倒巧得很。

乳 娘 巧得很。（三人同笑）啊，哈哈哈。

文 龙 苦人儿，此子可有本领。

王 佐 若问他的本领，他能力敌万人。

文 龙 哦，他，他能敌万人，（冷笑），嘿嘿嘿，苦人儿，你说笑话了。

王 佐 怎见得。

文 龙 他既能力敌万人，为何不与他父母报仇。

王 佐 哼，不提起报仇二字还则罢了，提起报仇二字，令人可恨。

文 龙 你恨着何来。

王 佐 我恨他非但不与他父母报仇，他如今反认仇人为父。

文 龙 哦，苦人儿，他叫什么名字。

王 佐 他，他叫陆文龙。

文 龙 他叫什么名字。

王　佐　陆文龙。

文　龙　哎，他到底叫什么名字。

王　佐　他，他，他叫陆文龙。

文　龙　哇，胆大的苦人儿，分明戏耍小王，快将此事说明便罢。如若不然，我便杀死你。

乳　娘　慢着，这就是你全家被害的故事，王将军断臂投金，全是为了你家之事，你不要错怪好人。

文　龙　这个……

乳　娘　十六年前你我被兀术掳到北国，是我怀冤抱恨，忍辱含垢，抚养你成人，原为祖国报仇，与你父母雪恨，那日我哭你父母，诉我仇恨，因时机未至，那时，不敢实对你说。今日将实情告你，你要问我的仇人，不是别的。

文　龙　你的仇人究竟是那个？

乳　娘　我的仇人就是那兀术，他是我中原人民的仇人，是你父母的仇人，也是你我的仇人，我今将话说明，报仇也在你，不报仇也在你。当日我之不死，因你尚在襁褓，你今长大，活我无用，不如拔剑自刎。（抽文龙剑被文龙夺下）

文　龙　乳娘，这当真是我父母遇害的图像吗？

乳　娘　当真是的。哎呀我的惨死的老爷夫人。

王　佐　哎，陆大人呀。

文　龙　罢了爹娘。

王　佐
乳　娘　公子醒得。

文　龙　（唱）听一言来珠泪掉，

我，我的爹爹，儿的娘呀。

不杀仇人恨难消。

三尺龙泉出了鞘，

王　佐
乳　娘　哪里去。

文　龙　杀尽金兵归宋朝。

王　佐　公子呀。

（唱）公子作事莫急躁，

快想良策回南朝。

文　龙　哎呀，恩公呀，那贼见岳元帅闭门不出，定于明日要用铁浮图攻打宋营，如何是好。

王　佐　这有何难，待我修下书信，公子绑在箭头，射入宋营，请岳元帅即刻移营。

文　龙　好，待小侄磨墨。

王　佐　待我写来。

文　龙　恩公乳娘请上，受我一拜。

王　佐　不必拜了。

文　龙　爹爹，母亲，罢了我的亲……（乳娘王佐急掩文龙口）也罢。（下）

王　佐　他明白了。

乳　娘　哎，他才明白了。

王　佐　他明白了，我也残废了。（同下）

第九场　移　防

［邓环、王贵上。

王　贵
邓　环　奉了元帅之命，巡营嘹哨，就此前往。（陆文龙上）

文　龙　待俺射去，呔，看箭。（下）（王贵拾箭出）

王　贵　这有箭书，速报元帅知道，有请元帅。（四宋兵岳飞上）

岳　飞　何事?

王　贵　现有箭书，元帅请看。

岳　飞　呈来，（牌子看书）众将进帐。（严成芳、何元庆、岳云、狄雷上）

四　将　参见元帅，有何吩咐。

岳　飞　命你四人，各领三千人马，接东西南北，四路埋伏，听本帅信炮一响，一齐杀出，不得有误。

四　将　得令。（下）

岳　飞　王贵邓环听令。

王　贵
邓　环　在。

岳　飞　今晚大营虚张灯火，你二人左右策应，诱敌深入。

王　贵
邓　环　得令。（下）

岳　飞　众将官，将大营移至凤凰山。

四　兵　啊。（同下）

第十场 烧 营

［四金兵，四金将，陆文龙、兀术上。

兀 术 儿呀，今晚为父要用铁浮图火炮，攻打宋营，我儿看守大营。（文龙不答）这孩子，儿呀，今日炮轰宋营，命你看守大营，你听见了没有？

文 龙 我知道了。

兀 术 这孩子也长了脾气了。儿郎的。

众 啊！

兀 术 起兵前往。（上马，众兵将下，陆文龙怒视兀术，兀术回马）儿呀，儿呀，嗯，我看你是怎么的好。（下）

（陆文龙一望）

文 龙 恩公、乳娘有请。（王佐、乳娘、春燕、啼鹃上）

王 佐
乳 娘 怎么样了。

文 龙 他们做什么来了。

乳 娘 你不必问，他二人和我们一样。

文 龙 嗯，哎呀恩公、乳娘，那贼带兵出战，趁此机会，请恩公、乳娘快快逃回宋营。

乳 娘 快快带马。

春 燕
啼 鹃 我们得回故乡了。（下，陆文龙带马，乳娘上马。陆请王佐上马，王佐谢辞，文龙坚请，王佐单臂欲上，不得力，陆抱上马，春燕啼鹃乘马上同下）

文 龙 待俺放火烧营。（放火，上马下）

第十一场 炮 攻

［牌子、四金兵、四金将、兀术上。

众 来到宋营。

兀 术 架炮攻打。

众 宋营乃是一座空营。

兀 术 啊，中了他人之计。（报子上）

报 子 报，大营失火。

兀 术 殿下可在。

报 子 不知去向。

兀 术 去你的吧。（报子下）儿郎的，寻找殿下。

［四宋兵引岳飞上，开打，兀术等败下，岳飞四宋兵追下四宋将四金将上，对锤，四金将败下，兀术上，开打，四宋将下。

哈哈，哈哈，啊哈哈哈，

［陆文龙上刺兀术，兀术大惊、闪避、落马，握陆枪头。

哎呀儿呀，你怎么杀起你父王来了。

文　龙　兀术、兀术，十六年前，你这老贼攻破潞安州，害死我爹娘，今日我定报此仇，看枪。

兀　术　哎呀儿呀，难道你就不念这十六载养育之恩。

文　龙　（哭，强制住）呸，似这样国仇家恨，不共戴天，还说什么养育之恩，休走，看枪。

兀　术　哎呀，（文龙刺兀术，四金将上架枪，兀术逃下，文龙与四将开打，四金将败下。四宋兵、四宋将上，用锤困住文龙，岳飞王佐急上）

王　佐　怎么一家杀起一家来了，不要动手。此乃陆公子，见过元帅。

文　龙　小侄归降来迟，叔父恕罪。

岳　飞　公子归国，其功不小，一同回营。（同下）

——幕落剧终——

（说明：以上内容录自家存手稿。先生笔迹，钢笔分行书写，繁体横排。）

老两口抗旱找窍门

［李德旺年五十八岁上。

李德旺 （唱）晚饭后将工作安排妥善，
分配了三路兵抗旱田间。
妇女队从深沟担水苦战，
修渠道找清泉引水上原。
唯有那井水小进度很慢，
整一天才浇地一亩二三。
党支书命我把方法改变，
提出了合井流叫人作难。

哎，合井并流，渠井合流；渠井合流还没多大难处，这合井并流很不容易，井与井离得远，如何的并流，况且这里的井也少。支书到处检查工作的功效，见一辆水车水小进度太慢，一天浇上一亩多地，全社就有十四万多亩地，照这样进度，如何能行。他指示我渠井合流，合井并流的办法，叫我赶快想方子打新井，将社里的水车全安起来，抓紧时间，找窍门，降旱魔，我想，打新井，这里一个，那里一个不但花费劳力大，占的地也多，种地更不好种。嗯，不如把它合并起来，十辆水车一眼井。

（唱）十辆水车井一眼，
五丈宽井口难保安全。

这样不安全，不行，太大，这该怎样办才好？哎！

（唱）低下头儿细盘算，
不如留二减去三。

直径两丈，能套四辆水车，这样做既妥当又安全，况且井底宽水股多，定然水旺。照这样预计一眼井能顶十眼井的功效。（作水股大进度快的手势）好办法，很妥善。哎，我为你呀，

（唱）我为你愁眉吊着脸，
时刻在我脑子旋。
我为你几夜未合眼，
忧虑着急坐灯前。
想尽方法为抗旱，
所以我工作时想、走路时想、吃饭时想，

想得我心神都不安。
不料成功在今晚，
想出了好办法心中喜欢。
灯下把图细检点，
详详细细写一番。

妈　（唱）老头子每晚把灯点，
长夜不眠为哪般？
又听他一阵长吁一阵叹，
自言自语坐床边。（进门）
就说你整夜不睡觉，是啥邪气？

李德旺　我不泄气，我为了党交我的任务绝不泄气。

妈　什么任务？

李德旺　抗旱任务。

妈　抗旱是白天浇水抗旱呢，你怎么晚上不睡，在房子抗起旱来了。

李德旺　我是找窍门，想方子改革浇水的方法。

妈　哼，近来你的性子变得就说不成了，黑黑明明地吊着个脸，凡人不搭话，好像谁把你的馍边子掰着吃了。我说你几句，你为浇水找窍门，你还能找个窍门，我看你天天晚上不睡觉，坐在房子胡成精呢，我问你成了个什么精？

李德旺　你看。

妈　哼，哼，怎么老了和小娃玩一样，成夜咖灯不吹，乱七八糟画了这些，大圈圈加小圈圈长线线带着短线线，左一大点，右一小点，这就是你的任务。哎，真可笑呀。
（唱）人都是晚上睡觉白天干，
你不睡胡成精白熬灯盏。
把一张白净纸被你画满，
这样人叫我可笑又可怜。

李德旺　哎。（李不愿意远坐一边）

妈　你不要上气，叫我再看。
（唱）你不要上气我再看，
在灯下细细地看上一番。
大圈圈小圈圈圈圈连圈，
长线线短线线有正有偏。
在圈圈线线旁加上点点，
大圈圈套小圈圈三扁四圆。
长线线接短线线七长八短，

圈和线点和圈画了一摊。
为这个成夜把灯点，
浪费了灯油谁给钱。
气上心我将它扯烂，

李德旺　不敢，不敢。

妈　（唱）我今世遇见这个懵懂老汉。

李德旺　我好不容易，几天几夜才想下这个妥善法子。

妈　哼，这就是你的妥善法子，不要诳我，我明白。

李德旺　你明白啥？

妈　我明白你不顺气，我打了二斤油，一下子给我点光，就干了这个任务，哼，还是扯了！

李德旺　不敢。这是我呕了几天几夜心血才成功的。

妈　人家晚上睡好觉，白天干活分外有劲，你却和一般小娃娃一样，深更半夜不睡，高兴地画这些圈圈线线，还把它当成命蛋蛋。哼，你偏不怕旁人笑话？

李德旺　我替大家伤脑筋找窍门，为了抗旱保丰产，他笑我什么？

妈　他笑你是个懵懂。

李德旺　我该不懵懂。

妈　你不懵懂，我问你这大的，

李德旺　一眼大井。

妈　那小的呢？

李德旺　四辆水车。

妈　长的呢？

李德旺　井上横木。

妈　短的呢？

李德旺　人行道。

妈　井有多么大，能套四辆水车？

李德旺　直径两丈。

妈　哎呀呀，你真是说大话使小钱，说的还比唱的好听。从古到今哪有那么大的井，我没见过。

李德旺　哎，你没见过的多着呢。我想下这个方子，真是一举四得。

妈　啥叫个一举四得？

李德旺　一举四得就是说做一件事情，而有四利。

妈　都是哪四利？

李德旺　一，打一眼大井比打四眼小井省劳力。

妈　嗯，二呢？

李德旺　占地少。
妈　对，三呢？
李德旺　浇地多。
妈　也对。四呢？
李德旺　四吗……
妈　四怎么样？
李德旺　你不要性急，听我与你说。
妈　你快说。
李德旺　你听了。
妈　你说。
李德旺　好种地。
妈　嗯，说得有些道理。你说浇地多，一天能浇多少？
李德旺　我估计一天能浇二十多亩。
妈　你说得太出圈子了。还是把牛吹小点。
李德旺　一点也没吹，我们新社会一天做的事比过去二十年还要多。
妈　没吹，咱现在一辆水车只浇一亩来地，怎么你把四辆水车合在一块就能浇那么多的地？
李德旺　你听我与你说。现在咱们一辆水车水小无力，畦子长，水都渗渠咖，还说浇地？若加上三辆，水头大，流得快，所以浇的地就多。我计算比现在的功效要高二十倍。
妈　跟你这一说，咱们打下两眼大井，比四十眼小井还浇地多。
李德旺　可不是吗，这还不算，市委、市人委已发出紧急通知，机械部门大力支援农村抗旱工作，技术员下来，协助打机井安马达，坚持抗旱，不胜不休。
妈　如果依你那个方子真能成功，抗旱就不愁了。
李德旺　保证成功。
妈　哎呀，没看出你还是个土专家。
李德旺　不敢。
妈　怪到乡党个你起了个绰号。
李德旺　什么绰号？
妈　方子多。
李德旺　哎，不过我遇到一件事，再困难，我总要千方百计地把它搞成，绝不叫困难吓倒，绝不与困难低头。
妈　哎，可吹起来了，你真的不与困难低头吗？
李德旺　真的不与困难低头。
妈　不低头，不低头的好！
李德旺　不低头当然好。

妈　不低头，你民国十八年……

李德旺　民国十八年怎样?

妈　（唱）你不记民国十八年，

我在娃月里受可怜。

三天吃了一顿饭，

月娃子无奶乱叫唤。

你东奔西跑去借面，

谁知求人还比上天难。

借不下空手回家转，

坐在炕上不言传。

我三番两次问长短，

你低头不答泪涟涟。

饿得人在家难立站，

无奈了带我抱娃哭哭啼啼逃命到南山。

一路上艰难困苦都受遍，

你还说你不怕困难。

李德旺　你再不要提从前，

新旧社会不一般。

旧社会穷人受苦难，

饿死冻死无人怜。

新社会面貌大改变，

穷人当家掌大权，

日子越过越美满。

不愁吃来不愁穿。

老人请进幸福院，

小孩子送在托儿所内边。

旧社会穷人无力把书念，

只有在地主家中当牛做马祖祖辈辈不能把身翻。

新社会大中小学数难算，

乡村城市都有识字班。

人人都得入学院，

要学得能写能算高论阔谈。

新社会好处千千万万，

一时三刻说不完。

妈　嗯，新社会的好处就是多。

李德旺　你知道那么多好处是谁给咱们的?

妈　　共产党毛主席给咱们的，还问谁给咱的。

李德旺　对，你说得对。

妈　　咱们多亏共产党毛主席赶跑了美帝国主义，消灭了反动派匪军，把咱们穷人从火坑中救出来，我把共产党毛主席的大恩至死都忘不了。

李德旺　忘不了就好。

妈　　哎，看你近来脸上黄的瘦的，这都是这几天黑黑明明把你劳成这个样子了，以后再有难办伤脑筋的事，推过不管，叫年轻人干去，不敢再劳了。

李德旺　那是个什么话。共产党员就是要吃苦在前，享乐在后，见事推诿，不肯吃苦，那我成了个什么共产党员?

妈　　哎，你先不要上气，我是怕你劳得生了病，那倒怎样咖。

李德旺　我受党十多年教育，思想搞通就不会生病。

妈　　哼，你的意思像是你的思想搞通，我的思想没搞通。

李德旺　有一点。

妈　　哪一点?

李德旺　就是自私自利，满脑子的个人主义思想。

妈　　我不承认我自私，我说的话完全为你。

李德旺　为我就是为你，你我是一家。

妈　　噢，是自己人。

李德旺　你要知道，个人利益要服从集体利益，把你的个人主义思想好好检查检查。

妈　　对，对，对，你说得对，个人主义思想害事大，我绝对要克服。今后，再有不对，那就提意见。

李德旺　那是当然要提。你妈，现在抗旱工作紧张，晚饭后已经把工作安排了，你今天带妇女队从沟底担水，就浇沟上那段麦地。你要带头呀。

（唱）你要将思想改造好，
为集体把私人利益全抛。
坚决克服顽固脑，
不到处还要你指教。
如今先响应党号召，
找出了窍门功效高。
保丰收不把天雨靠，
抗旱凭男女众英豪。
高山避路河改道，
用河水把原地浇。

妈　　有信心将旱魔消灭掉，
要走上社会主义幸福路一条。

李德旺　　眼看天色快明了，
　　　　　你我分道快扬镳。
　　　　　我要去把支书找，
妈　　　　支书他在梦中不要打扰。

李德旺　你快对咖，支书白天忙得脚手不停，晚上还要到各处检查工作，一连几夜了，哪里有工夫睡觉。

妈　哎哟哟，你看支书可怜的，白天忙，晚上还要受冷受冻，到处检查工作，太苦咧。

李德旺　为了抗旱，党政领导这几天都在日夜工作呢，不是哪一人忙。

妈　哎，抗旱不过就是几天的事，天爷早晚一场雨就对了，何必日夜地忙？

李德旺　哼，你看错了，党指示我们，抗旱工作为当前压倒一切的中心任务，要做长期打算，不靠天雨，保证丰产，更相信人定胜天，所以发动全党全民抗旱。

妈　人定胜天，能办到吗？

李德旺　能办到，昨年不是例子吗？

妈　嗯，昨年秋田，虽然天爷没下雨，什么都是丰产。照昨年那个样子，定能做到。

李德旺　我走了。

妈　你莫忙，我问你，你准备在哪块地打新井。

李德旺　就是东门外那一大段地的中间。

妈　嗯，那不是浪费劳力吗？

李德旺　那你还有什么好办法？

妈　哎，那段地北首有一眼大张口井，多年都不能用，还要害人。不如把它利用了，也可说一举三得。

李德旺　哎呀，你也有一举三得的好办法。

妈　只许你有一举四得，就不许我有一举三得吗？

李德旺　不敢不许，我实在欢迎感激。我问你哪三得，你说叫我听听。

妈　你听，一，省劳力。

李德旺　不错。

妈　二，废物利用。

李德旺　嗯，也不错。

妈　三，那个张口井，往往小娃娃不小心就掉下去。把它利用了，免得再出事故。

李德旺　哎呀，好，你想下这个办法比我还好。

妈　你是有名的土专家，我怎敢比你。

李德旺　还客气什么呢？哎呀，天快明了，我要走。

妈　　（唱快板）

老头子，不要着急，
月落乌鸦啼，外边黑漆漆。
暂且坐一时，
再为公社办事去。
支书几夜未安息，
受冷受冻在地里。
天快明时肚子饥，
黑夜哪里把饭乞。
倘若饿坏他身体，
抗旱工作受损失，我的心里过不去。
待我与你烙个油旋子，
你和支书吃一起。
你们替大家办福利，
我替大家酬劳你。
也是应当的，
你再别心急。

李德旺　　我的心着急，实在等不起。

妈　　只用三锤两梆子，

李德旺　　没有那容易。

妈　　现在什么事儿都跃进，难道你不明理。

李德旺　　我明理。

妈　　只要你明理，快快给我烧锅去。

李德旺　　感谢你的好心意，我就全依你。

［妈拉李笑嘻嘻地下。

——剧终幕落——

［说明：以上内容录自易俗社资料室手稿（扫描件），编号 273-3-0676。首页落款：冯杰三，1960.3.3。］

长坂坡

第一场

［张郃、文聘、许褚、张辽、曹洪、夏侯惇、李典、乐进上，四龙套引曹操上。

曹　操　（诗）号令一出山岳动，雄兵百万鬼神惊。
　　　　荆襄九郡归吾有，威震中原灭群雄。
老夫曹操。探马报到，刘备弃出新野，败走樊城，带领百姓，一日一夜，只行数十里，因此整顿人马追赶。张郃听令。

张　郃　在。

曹　操　大队人马，追赶刘备。

张　郃　得令。令出，下边听着，大队人马，追赶刘备。（众应声）传令已毕。

曹　操　起兵前往。（牌子同下）

第二场

［四兵士、糜芳、糜竺、简雍、赵云、甘夫人、糜夫人抱阿斗、刘备上。

刘　备　（唱）哭声遍野我心悲痛，
后边紧追曹贼兵。
相随百姓数万众，
扶老携幼奔江陵。
桃园弟兄发誓盟，
一心扶汉秉忠诚。
恨曹贼专权违圣命，
奉诏勤王功未成。
马跳檀溪遇水镜，
三顾茅庐访孔明。
博望相持用火攻，
指挥如意笑谈中。
二次先生把计用，
火烧新野立奇功。
实想灭贼扶汉鼎，

谁料兵败走樊城。
刘备萍漂行无定，
狂风刮起怎样行。
简先生，你看狂风四起，难以行走，如何是好？

简　雍　若再迟延，曹兵追来，大势去矣。

刘　备　依你之见？

简　雍　还是抛弃车辆百姓，走为上策。

刘　备　嗯，那百姓从新野跟随到此，怎忍一旦抛弃。前面什么所在？

简　雍　前面就是长坂坡，正东有一清渠河，河边有一当阳桥，桥东丛林荫浓，可以宿营。既要宿营，还是赶奔当阳，以保安全。

刘　备　既然如此，速奔当阳了。
（唱）抛弃百姓心不忍，
先到当阳暂安身。
传令军民往前进，
（内喊）

张　飞　呔，众百姓，曹兵追赶，休得落后，速快前进。（百姓过场，张飞上）马来，马来。（下）

刘　备　（唱）再叫先生听原因。
简先生，吩咐下去，今晚就在此地暂宿一宵，明早起行。

简　雍　下边听着，今晚就在此地暂宿一宵，明早起行。（百姓两边上众坐）

刘　备　四弟。

赵　云　主公。

刘　备　你看秋末冬初，寒风透体，好不凄凉人也。

赵　云　主公切莫悲肠，保重要紧。

刘　备　哎，我们坐了，耐到天明，再做道理。

赵　云　是。

刘　备　（唱）寒风透体夜已深，（起一更）
满天星斗起浮云。
英雄至此无限恨，
不是愁人也断魂。

甘夫人　（唱）更深夜静北风紧，（起二更）
弱质怎禁风霜侵。
一家漂流无处奔，
点点珠泪湿衣襟。

糜夫人　（唱）阿斗怀内睡不稳，（起三更）
儿哭娘怎不伤心。

用衣将儿身裹紧，
唯恐寒气侵儿身。

刘　备　（唱）百姓丛林难安寝，
荒郊悲声不忍闻。
北风透骨寒凛凛，
今晚怎耐到明晨。（起四更张飞上）

张　飞　（唱）耳听西北杀声震，
大哥，
曹贼连夜大兵临。（赵云起收拾枪马）

刘　备　（唱）听说曹操兵迫近，
百姓遭难痛我心。
保家眷四弟要谨慎，
三弟随兄挡曹军。

［鼓声，曹八将上，百姓四兵士下，赵云架住文聘、张辽，刘备架曹洪、乐进，张飞架许褚、张郃，简雍等架夏侯惇、李典，刘备、曹洪、乐进下，简雍、夏侯惇、李典等下，赵云、张飞下，曹众将追下。

第三场

［四曹兵文聘上。

文　聘　文聘。奉了丞相之命，挡住刘备去路，众将官，杀。（刘备上）刘备，哪里走。

众曹将　刘备归降，刘备归降。

刘　备　哎呀，
（唱）四面全是曹兵将，
口口声声叫我降。
拼命逃出天罗网，（张飞四兵士上）

张　飞　来了燕人翼德张。

［张飞架住四将，四兵士救刘备下，张飞与四将开打，张飞下，四曹将追下。

第四场

［张辽赵云上，许褚上，糜芳上，李典乐进上，张郃执弓上射，糜芳赵云下，曹五将追下。

糜　芳　被曹营将官射了一箭，痛煞我也。哎呀，观见赵云竟向西北而去，必是降曹去了，我不免报与主公得知。哎呀，痛煞我也。（下）

第五场

［众百姓，甘糜二夫人上，曹洪、夏侯惇、李典上，冲散甘糜二夫人分下。

［简雍上，张郃上，张郃刺简雍倒地，张郃下，赵云上。

赵　云　马来，

（唱）黑夜单骑闯曹营，

主公不见天已明。

哎，昨晚四更时分，与曹兵截杀往来，现已天明，不知主公家眷逃往何方去了。哎呀，我想主公将二位主母并幼主阿斗重托俺赵云身上，昨晚军中失散，俺有何面目去见主公，也罢，俺不免勒转马头，杀入曹营。好歹要寻找二位主母与小主人的下落也。

（唱）赵云既然受重任，

上天入地去找寻。

催马向北来探询，

简　雍　四将军救命呀。

赵　云　只见简雍倒埃尘。（救起简雍）

简　雍　多谢四将军救命之恩。

赵　云　先生因何成了这等模样？

简　雍　被曹兵刺了一枪，哎呀，痛煞我也。

赵　云　可知二位主母与小主人的下落？

简　雍　不知去向。（鼓声）

赵　云　先生，那边来了一哨曹兵，你且躲在一旁，待俺斩将夺马与你乘骑。（曹将上被赵云刺死，夺马）幸喜得来战马一匹，待俺扶你上马，报予主公得知，就说俺赵云舍死忘生要寻找主母与小主人的下落也。

（唱）烦劳你速去与主公报信，

就说俺拼性命找寻夫人。（下）

简　雍　四将军拼命闯曹营，

寻找幼主二夫人。

忙与主公去报信，

且听将军报捷音。（下）

第六场

［四兵士、张飞、刘备上。

刘　备　（唱）漫山遍野旌旗绕，

曹贼人马如涌潮。

数万百姓命难保，

张　飞　嘿！

刘　备　怎不叫人泪珠抛。

张　飞　大哥，你我弟兄带领数万百姓弃新野，走樊城，小弟只为保护于你，眼前一片好战场，不能前去刺杀，你却在一路之上，哭哭啼啼，叫弟我好不耐烦。

刘　备　呵，三弟，从新野相随数万百姓，一旦抛弃，子龙家眷生死存亡不知，你叫为兄怎能不悲伤呀。

张　飞　大哥不必悲伤。（糜芳上）

糜　芳　主公主公，参见主公。

刘　备　罢了，为何这等模样？

糜　芳　被曹营将官射了一箭。

刘　备　哎，你吃了苦了。

糜　芳　吃苦事小，哎呀主公大事不好了。

刘　备　何事惊慌？

糜　芳　赵云他降曹操去了。

刘　备　哎，哪有此事。

糜　芳　他直奔西北而去，是不是降曹去了

张　飞　大哥，想那赵云见我弟兄势穷力尽，他贪图富贵，去投降曹操，也是有的。

刘　备　哎，三弟，子龙随兄，患难相交，他为人忠厚，岂是贪图富贵之辈。

张　飞　哎呀，大哥，你看得那赵云面带忠厚，内藏奸诈。

刘　备　依你之见？

张　飞　待小弟去到两军阵前，见了那赵云，就是这样一枪，将他刺死，方消我心头之恨。

刘　备　你可记得你二哥斩颜良诛文丑之事吗？

张　飞　这个……

［简雍上。

简　雍　参见主公。

刘　备　罢了，先生怎么样了？

简　雍　被曹营将官刺了一枪，若不是四将军搭救，险遭不测。

张　飞　那赵云呢？

简　雍　四将军言道，他舍死忘生找寻二位主母和小主人的下落，因此他杀奔曹营去了。

刘　备　三弟，你看如何？

张　飞　也罢，待小弟到两军阵前，见机而行。

刘　备　你可不要莽撞。

张　飞　小弟记下了。（上马下）

刘　备　（唱）子龙随我情义好，
焉能背叛降奸曹。
糜芳与我前引道，
苍天因何困英豪。（同下）

第七场

［张郃赵云开打，张郃败下。

赵　云　（唱）六合枪战败张命将，
寻不见阿斗二皇娘。
耳内忽听哭声放，
再闯曹营又何妨。（下）

第八场

［众百姓甘夫人上。

甘夫人　（唱）浑身疼痛强支撑，
寸步难行好伤情。
但闻遍野哭声恸，
又听四面杀喊声。
忍痛急忙逃性命，（曹将上，追刺甘跑圆场，赵云上刺死曹将）

赵　云　（唱）来了常山赵子龙。
主母受惊，云之罪也。

甘夫人　罢了，四将军请起。

赵　云　谢主母。

甘夫人　四将军因何落后？

赵　云　俺为找寻主母，因此落后，主母可知糜夫人与小主人的下落、

甘夫人　被曹兵追赶冲散，不知去向。（内喊声）

赵　云　主母，那旁来了一哨曹兵，押着一人，好像糜子仲，主母请站高坡上，待俺斩将，搭救糜子仲。

甘夫人　小心了。（淳于导绑糜竺上，赵云刺死淳于导，救糜竺，夺马）

赵　云　糜子仲因何被擒？

糜　竺　哎，只因保定主母，抛弃车辆，忽然来了一员曹将，将我擒住。若非四将军搭救，险遭不测。

赵　云　可知主母下落？

糜　竺　不知。

赵　云　甘夫人在此，向前见过。

糜　竺　参见主母。

甘夫人　罢了。

赵　云　糜子仲，现有马匹，你我保定主母，寻找主公。（上马与百姓同下）

第九场

［四兵士张飞上。

张　飞　（唱）适才简雍报一信，
言说赵云无反心。
三军带路桥头等，
赵云到来问原因。

［百姓糜竺甘夫人赵云上。

四弟到了。

赵　云　到了。

赵　云　糜子仲保定主母去见主公。请主母过桥。

张　飞　哦，嫂嫂到了，请过桥去。（甘夫人糜竺百姓过桥下）

赵　云　三将军在此等候，待俺赵云杀奔曹营，寻找糜夫人和小主人的下落。

张　飞　慢着慢着，你看那曹兵人马犹如潮水一般，你快快过桥躲避，待咱老张去闯曹营，找寻糜氏嫂嫂和阿斗的下落。

赵　云　怎么说，哎。
（唱）明知他是激将语，
难道赵云全不知。
攀鞍列蹬上马去，
为找主我命何足惜。（下）

张　飞　（唱）四弟再闯曹营去，
老张心中暗思虑。

哎，想那曹操人马众多，咱的人马不到百骑，倘若杀到此处，叫咱老张是怎样的杀，怎样的战。这，这……有了，三军的，你们将柳梢砍下，绑在马尾之上，从东跑到西，从西跑到东，跑起尘土以为疑兵之计。你们与咱老张跑哇，你们与咱老张跑啊。（四兵士分上，过场下）跑哇！（张下）

第十场

［四曹兵夏侯恩上。

夏侯恩 （唱）大将出阵杀气高，

活捉刘备在今朝。

俺，背剑大将军夏侯恩。正在后帐歇息，忽听我营将官言道，来了一员小将，杀进我营，无人敢挡，是我闻言心中又气又恼，想起丞相这口青虹宝剑，削铁如泥，锋利无比，有此宝剑在手，何愁那员小将，因此披挂整齐，杀上前去，俺要枪挑张飞，剑砍刘备，活捉赵云，丞相上边献功，机会不可错过。来呀，杀上前去。（赵云上）

赵　云 来将通名。

夏侯恩 大将夏侯恩。（赵云刺死夏侯恩）

赵　云 哎呀，那人身背宝剑，光华耀目，待俺下马看来。（下马看剑）青虹剑，青虹剑，哎呀妙哇！闻听曹操有宝剑二口，一名青虹，一名倚天。幸喜得了青虹宝剑，曹兵他远来者枪扎，近者剑砍。曹操呀，曹操，俺赵云就是你的对头了。

（唱）枪扎剑砍谁能到，

方显末将武艺高。

催动战马往前跑，

找不见主母好心焦。（下）

第十一场

［四曹兵，张郃执弓上，百姓上过场下，曹兵下，糜夫人上，张郃射糜夫人下。

糜夫人 （唱）随定难民逃性命，

苦呀！

不想中了箭雕翎。

哎呀，实想抱定阿斗，闯出重围，找寻夫君下落，不料身带箭伤，寸步难行，怎说，这该怎处？有了，那厢有半壁颓垣，不免进内躲避，等曹兵过去，再好慢慢而行了。

（唱）怀抱阿斗免挣扎，

颓垣之下避曹兵。

［赵云上。

赵　云 （唱）找寻夫人无踪影，

糜夫人 苦呀！

赵　云　（唱）忽听墙内妇人声。

（看下马）哎呀，果是主母怀抱小主人，主母不必啼哭，赵云在此。

糜夫人　四将军请起。

赵　云　谢主母。

糜夫人　四将军，皇叔现在何处？

赵　云　现在桥后柳林。

糜夫人　那甘夫人往哪里去了？

赵　云　俺在乱马军中见着甘夫人，救了糜子仲，一同送往当阳桥去了。

糜夫人　且喜他一家团聚，待我先谢天谢地。

赵　云　当谢天地，请问主母，小主人可安？

糜夫人　阿斗吗，幸喜无恙，四将军到来，阿斗有命矣。

赵　云　主母何出此言？

糜夫人　哎，哎，可怜他父半世漂流，有这点骨血，望将军保护此子闯出重围，使他父子相见，我纵死九泉，也是无恨的了。

赵　云　主母必悲伤，请上战马，待云步战，杀出重围，保定主母去见主公。

糜夫人　四将军，千万不可以我为念，速保此子去见他父，就是刘氏祖先也感谢将军大德，况且大将交锋，岂可无马。

赵　云　主母快请上马，那曹兵杀来，岂不两误。

糜夫人　哎，四将军呀，

（唱）自古大将无战马，

怎能临阵去交锋。

赵　云　赵云生有兼人勇，

无马也能战曹兵。

糜夫人　非是我不随你逃命，

身带重伤实难行。

赵　云　主母上马勿悲痛，

赵云保你见主公。

糜夫人　全赖将军救儿命，

休管妾身死和生。

赵　云　千言万语不肯听，

曹兵杀来怎样行。

糜夫人　将阿斗忙交与将军抱定，

[赵云不受，再交仍不受，糜将阿斗置地，赵云急抱起。

赵　云　接过幼主勉担承。

请速上马强挣扎，

待云步战把敌迎。

糜夫人 哎呀，将军那边曹兵来了。

赵 云 在哪里？

糜夫人 在那里。（赵云回望，糜跳井下，赵云回急救已不及）

赵 云 哎呀，主母，

（唱）见得主母身落井，
哭坏常山赵子龙。
推倒土墙掩盖井。（推墙，藏斗）

［乐进、张辽、李典、夏侯惇上，下，赵云上马。

哎，主母呀！

［张郃上与赵云起打，赵下，张郃下。

第十二场

［四曹兵、曹洪、曹操、伞夫上。

曹 操 （唱）大耳刘备实可恨，
不该忘却保奏恩。
青梅煮酒把英雄论，
闻雷失箸计瞒人。
逃往徐州坐未稳，
兵败古城仅脱身。
落网之鱼无投奔，
今晚定将玄德擒。
老夫登山来观阵，（下马上山，伞夫兵下）
遥望山川起浮尘。（文聘赵云上起打，文败下，张郃、夏侯惇、乐进、许褚、李典轮次上，均败下，曹七将齐上，也败下，赵云舞枪下）

呵！

（唱）军中一将威风凛，
白马银枪似天神。
马到之处人头滚，
枪扎剑砍尸横陈。
这样虎将必须问，
问明小将是何人。

曹洪听令。

曹 洪 在。

曹 操 去到阵前，问明那一穿白袍小将姓名来报。

曹　洪　得令。（下）

［张辽赵云上，夏侯惇、李典、乐进上，曹众将败下，曹洪上。

吠，马前小将通名受死。

赵　云　常山赵云，来将?

曹　洪　大将曹洪。（打曹洪下，赵云舞枪下，曹洪又上）启禀丞相，那一穿白袍小将乃常山赵云。

曹　操　哦，他就是常山赵子龙，好将好将，真乃英勇一员虎将。嗯，我还是如此，才能将他收服。曹洪听令。

曹　洪　在。

曹　操　传谕众将，赵云所到之处，不许暗放冷箭，只要活赵云，不要死子龙，违令者斩。

曹　洪　得令。（下）

曹　操　来呀，带马。（上马下）

第十三场

［张郃、张辽、夏侯惇、乐进、文聘、李典、许褚上。

张　郃　众将军，丞相传下将令，赵云所到之处，不许暗放冷箭，如何是好?

众　　　将军引他到来，我等陷马坑擒他。

张　郃　好，待我引他到来。

众　　　埋伏了。（下）

第十四场

［赵云上。

赵　云　吠，曹营众将听着，哪个有胆量的只管前来。（张郃上）

张　郃　张郃来也。（张引赵下）（曹六将上）

众　　　埋伏了。（牌子众作挖坑身段，张郃引赵云上，赵云马陷坑内）赵云投降。

［张郃衩刺赵云，被赵云握衩杆，马跃起跳出陷坑，架住曹数将，曹众将败下。

赵　云　哎嗨呀，正战中间，一时不防，将我军臣连人带马闪落陷坑，那张郃持衩刺，是我拨开衩头，握住衩杆，人借衩力，马借人力，跳出土坑，杀死曹营将官无数。

（念）剑光如霜马如飞，单骑冲开长坂围。

　　　保定怀中小幼主，七进七出显神威。

哎呀，这场大战曹营杀进杀出，不知幼主贵体怎样，待我看来。哎，他倒睡着了。

（念）小阿斗一睡未醒，大将军八面威风。（曹四将上，赵云下，四将追下）

第十五场

［四兵士，张飞上登桥，兵士下，赵云上。

赵　云　三将军抵挡曹兵。

张　飞　四弟回来，主母呢？

赵　云　主母坠井已死。

张　飞　幼主？

赵　云　现在身旁，请看。

张　飞　好四弟，请过桥去。（赵云过桥下）

［夏侯杰、曹操、曹众将上。

夏侯杰　启禀丞相，桥头之上站定一将，人高马大，长得害怕。

曹　操　伞盖去掉，问过姓名。

夏侯杰　呔，桥上那一将官，通名受死。

张　飞　燕人翼德张。

曹　操　哎嗨呀，观见桥后尘土大起，必有埋伏，不可大意，收兵。（同下）

张　飞　嘿，曹操兵将，被俺大吼一声，就他娘的吓跑了。三军的，将桥梁拆断。（下）

——剧终——

（说明：以上内容录自家存手稿。钢笔分行书写，繁体横排。手稿封面落款为：冯杰三整理，1961.3.30。）

和氏璧

第一场

［张仪执马鞭书童担书剑上。

张　仪　（唱）为苏秦弃官职涉凶跋险，
　　又为他凑盘费一力周全。
　　临别时强赔笑矇眬泪眼，
　　心酸痛莫奈何揽辔加鞭。

冯　杰　（内白）哎哟，君子救命！

张　仪　书童去看什么人呼救。

书　童　是什么人在深沟呼唤？

冯　杰　（内白）我是个有病之人。

书　童　何不上来？

冯　杰　（内白）两腿酸麻，不能行走。

书　童　待我扯你一把。

冯　杰　哎，好苦呀！
　　（唱）猛抬头昏沉沉天黑地暗，
　　挣扎扎行一步四体痛酸。
　　弱怯怯瘦身躯何人照管，
　　一家人今世里恐难团圆。

张　仪　为何身卧沟壑？

冯　杰　小人晋国人氏。家有老母妻子，因母亲藐视豪强，遭人诬告移居楚国郢都报恩寺前居住，打猎为生。

张　仪　如何得到这里？

冯　杰　小人入秦贸易，中途染病，行囊被人骗去，将我推到此沟，三日三夜未见半餐，眼看就要冻饿而死。

张　仪　真道的可伤，小官人，我是魏国张仪，我有心送你回家，使你一家重逢，不知意下如何？

冯　杰　哎，秦楚相隔千里之遥，客官岂能送我还家。

张　仪　一言出口怎能更改。

冯　杰　客官若能送我回家，他日定当重报。

张　仪　我岂是望报之人，书童快与小官人换了衣帽。

书　童　是。（书童与冯傑换衣翟贤执马鞭上）

翟　贤　（念）幸喜领文离雍州，好似鲤鱼脱金钩。

那是张先生。

张　仪　原是翟大人。

翟　贤　怎么不见苏先生。

张　仪　他回洛阳去了，我因舍亲，要往郢都。

翟　贤　这好极了。但不知令亲高姓大名，居住何巷?

张　仪　他名冯傑，在郢都报恩寺前居住。

翟　贤　嗯，报恩寺。张先生，小弟归心如箭，不能奉陪，弟在郢都候驾。

张　仪　如此请了。

翟　贤　请了。（下）

张　仪　书童扶小官人上马。

冯　杰　客官步行，小人怎敢骑马。

张　仪　你是有病之人，步行不便。

书　童　小官人快来上马。

冯　杰　如此恩人请上受我一拜了。

张　仪　不可。

冯　杰　（唱）活命恩比天高衷心深感，

今何幸慈悲送我回还。（书童扶傑上马）

张　仪　（唱）恻隐心人皆有何为希罕，

既许下送你还决不食言。

纵然有千万里不惮遥远，

你须要去愁眉将心放宽。（同下）

第二场

［冯母上。

冯　母　（唱）我的儿离家门贸易远方，

整整的八个月不见还乡。

想娇儿早晚间倚门而望，

儿不回教老身挂肚牵肠。

老身冯傑之母。我儿出外贸易，久不还乡，时已严冬，不知媳妇将棉衣做成不曾。媳妇走来。

冯　妻　（念）露润芳草君别去，雪压玉梅人未归。

母亲万福。

冯　母　你丈夫久不回家，你与他做的棉衣可曾成就。

冯　妻　尚未完备。
冯　母　哇，九月授衣，这时还未完成，取来我婆媳一同赶作。
冯　妻　媳妇遵命。（冯傑上）
冯　杰　（念）陌路相逢肯济贫，（冯妻开门见傑回）
冯　妻　官人回来了。
冯　杰　母亲。
冯　母　我儿回来了。
冯　杰　哎呀母亲。
冯　母　（唱）却怎么全不像从前模样，
弱怯怯瘦身躯这般行藏。
进门来跪倒地凄凉景况，
惹的娘双目中珠泪汪汪。
冯　妻　（唱）问官人因甚的减了形象，
这几月出家门贸易何方。
回家来何不与母亲细讲，
又无有货物到大异寻常。
冯　杰　哎娘呀！
（唱）入函关染疾病无穷惆怅，
中途路遇恶人骗去行囊。
受饥寒病缠身哭声大放，
幸遇见大恩人站立道旁。
垂青？施恩德盘问半晌，
他主仆同落泪动了悲伤。
即许下送儿归扶在马上，
换衣衫调药方病好还乡。
冯　母　竟有这样义气君子，救儿活命，千里迢迢，送还故乡，此恩此德，没齿难忘，儿呀，恩人现在何处？
冯　杰　恩人主仆在报恩寺游览。
冯　母　我儿快请恩人。
冯　杰　孩儿遵命。（下）
冯　母　媳妇下边准备酒饭。
冯　妻　遵命。（下）
[书童张仪冯傑上。
张　仪　（念）洗不尽心头烦闷，舒不开两道眉峰。
冯　杰　这是家母。
张　仪　妈妈见礼！

母　亲　还礼了，请坐。

张　仪　有坐。

冯　母　客官高姓大名？

张　仪　在下姓张名仪，魏国人氏。

冯　母　老身备有酒膳，尊客请用。

张　仪　不用。

冯　母　吃几杯酒遮遮寒。

张　仪　也不用。

冯　母　尊客这等烦恼，想是怪我母子薄待？

张　仪　怎敢，妈妈不知是我在外闻听秦魏交兵，我家有弱妻，无人照应，你教我怎得不烦，哎，怎得不恼也。

（唱）似这等兵荒年干戈满地，
家在魏身在楚怎知凶吉。

冯　母　尊客不必烦恼，老身去搬令夫人，你看如何？

张　仪　哎，乱兵之地，妈妈如何去得？

冯　母　尊客莫要小视老身，只要家童领我管保你夫妻相见了。

（唱）入龙潭进虎穴我也敢去，
往魏国搬夫人何足为奇。
那怕他秦兵乱魏兵又起，
但有人挡路径定斩首级。

我儿快去觅舟。（下）

冯　杰　儿晓得。（下）

张　仪　实不知老妈妈这等奇异。
引得我喜在心展开愁眉。（冯母换衣上冯傑随上）

冯　母　尊客，船已雇妥，我便起程。

张　仪　妈妈，中途须要小心。

冯　母　何待叮咛。

（唱）劝尊客放宽心不必计意，
我保你夫妻俩相逢在即。

请了。

张　仪　书童随妈妈上船。

冯　母　随着我来。

张　仪　送妈妈。

冯　母　尊客免送。（冯母书童下）

张　仪　（唱）深感激老妈妈这样周济，
兵荒地赴魏邦去搬荆妻。（闷坐）

［翟贤带卒上。

翟　贤　（念）悬剑候傑士，虚位待贤人。

士　卒　来在冯傑门首。

翟　贤　接马，门外等候。

士　卒　是。（下）

翟　贤　张先生可在？

张　仪　是哪个？

翟　贤　张先生见礼了。

张　仪　翟大人到了，失迎有罪。

翟　贤　岂敢，丞相久慕先生，差小弟在此已候两日了，请先生去见丞相。

张　仪　（念）虚名反被君相召，

翟　贤　英雄到处有相知。（出门卒带马，二人上马下）

［冯傑关门下。

第三场

［昭阳上。

昭　阳　（引）职掌朝纲，结交邻邦振封疆。

老夫楚相昭阳。（堂官上）

堂　官　禀丞相。

昭　阳　何事？

堂　官　翟大夫引布衣张仪求见。

昭　阳　可是秦邦献三胜策之人。

堂　官　正是此人。

昭　阳　吩咐廊下动乐相迎。

堂　官　动乐相迎。（翟引张仪上昭阳出迎）

昭　阳　先生。

张　仪　丞相。

昭　阳　请！

张　仪　请！（进内让坐毕）

昭　阳　看茶（堂官捧茶），打杯（堂官接杯下），请问先生，翟大夫称赞先生献计有三，三策何名。

张　仪　一、行仁政；二、选贤才；三、修唇齿。

昭　阳　愿闻其详。

张　仪　丞相请听了。

（唱）千乘国百里邦都能修泰，

内外事在一人心上安排。
君行仁臣行义庶民爱戴，
普天下不用招贤士自来。
贤能辅才能治名闻关外，
列国中皆钦仰唇齿和谐。
言语多难细述略陈大概，
望丞相将仁政着意主裁。

昭　阳　听先生之言全不以兵革强，专以仁义而主，似此才能非伊尹周公莫能及也，老夫奏过吾主，重用先生。

张　仪　丞相，小生与洛阳苏秦有生死之交，受业于鬼谷先生门下，欲展微才，入秦献策，我上的三胜策，秦王宠爱，钦赐客卿之职，苏秦献的万言书，秦王不喜，火化丹墀，秦既不用苏秦，我岂能单身事秦，因此挂官逃走，若苏秦不任，小生情愿终身布衣。

昭　阳　先生如此轻功名而重交情，真乃可钦可敬，待老夫奏明主公，聘来苏秦同辅吾主与楚有光。

（堂官上）

堂　官　禀丞相，边关守将呈上文书，丞相过目。

昭　阳　呈上来，待老夫一观。边关守将为秦魏交兵事，秦相公孙衍统兵百万，人强马壮，阵列千里，烟火不息，谨此报知。嗯，秦魏交兵，秦兵得胜，必不利于楚，先生何以教我？

张　仪　丞相，秦人多贪，不得不防。依小生之见，丞相率兵廿万屯之武关，秦若得胜，与秦助兵，秦若不胜，与魏加粮。坐视胜负，两进人情。

昭　阳　奇谋，奇谋，多谢指教。

张　仪　岂敢。

昭　阳　此事不敢久停，须当面君，翟大夫陪伴先生，老夫上朝。

翟　贤　遵命。

昭　阳　失陪先生。

张　仪　好说。

昭　阳　（念）坐议之谈决远筹，

张　仪　　　此策献与楚王侯。

昭　阳　请了。

张　仪　请了。（昭阳出四龙套持刀上，昭阳上轿，同下）哎。

翟　贤　先生因何忧虑？

张　仪　哎，你听。

（唱）魏国中遭祸灾秦兵犯界，
　　　实可忧我的妻女流裙钗。

但愿得老妈妈一路安泰，
妻到楚我才能展放愁怀。

翟　贤　不必悲伤，吉人自有天相，随着我来。（同下）

第四场

［冯母张妻上。

冯　母　（唱）乱马军中走险道，
千辛万苦不辞劳。

张　妻　三载分别音信杳，
一旦相逢珠泪抛。

冯　母　这就是寒舍，待老身叩门，我儿开门来。

［冯傑上开门。

冯　母　回来了，我儿见过张夫人。

冯　杰　是，夫人拜揖。

张　妻　还礼了。

冯　母　恩人在哪里?

冯　杰　出外游玩去了。

冯　母　我儿快快去请。

冯　杰　孩儿遵命。（下）

冯　母　媳妇走来。（冯妻上）

冯　妻　（念）望断云山不见到，忽听堂前唤听高。
母亲辛苦了。

冯　母　罢了，见过张娘子。

冯　妻　是，夫人万福。

张　妻　怎敢当这样称呼，还是以姐妹相称。

冯　妻　这样通不得。

张　妻　通得。

冯　母　嗯，这样也好，媳妇速备酒饭与夫人接风。

冯　妻　媳妇晓得。

冯　母　请夫人下边更衣。

张　妻　是。（冯妻拉张妻下）

［张仪上。

张　仪　（念）牵肠挂肚今日了，烦恼忧愁一笔消。
妈妈回来了，一路多受风霜之苦。

冯　母　好说，请先见过夫人，有请张夫人。（张妻上）

张　妻　那是官人。

张　仪　那是娘子。哎，我的娘子。

（唱）不才夫游列国无处报效，
为功名把夫妻恩爱全抛。
弃贤妻在家中无倚无靠，
连累你受孤苦贫穷煎熬。

张　妻　濮漱漱泪珠儿腮边垂吊，
乍相逢又不敢痛哭嚎啕。
说什么为功名受尽烦恼，
倒不如自耕种快乐逍遥。

张　仪　娘子不必悲伤，你我拜过妈妈。

冯　母　那如何使得?

张　仪
张　妻　理当一拜了。

张　仪　（唱）拜谢你冒风霜去速回早，

张　妻　深感你千里路不惮苦劳。

张　仪　这恩德我夫妻杀身难报。

张　妻　将妈妈当母亲侍奉昏朝。

冯　母　因小儿在秦国疾病染倒，
蒙先生送他归恩如山高。
即赴汤蹈烈火也难相报，
何况这搬夫人小小微劳。

张　仪　妈妈，秦魏交兵，干戈遍地，你是如何的行走。

冯　母　先生再休提起，提起倒也惊怕；但见得愁云遮天，又见那杀气罩地，秦魏交锋，秦兵追魏军，犹如猛虎驱群羊，魏军死伤狼藉，主将丧命，那时我和夫人，登危崖，履险地，冒狂风大雪，行丛林绝径，出生入死，闯过了杀人战场，幸喜平安到家。

张　仪　如此妈妈与娘子是从旱路而来。

冯　母　正是由旱路来的。

张　仪　妈妈受惊，书童怎么不见。

张　妻　留书童看家。

张　仪　这样也好。（冯傑上）

冯　杰　禀母亲，相府差人牵马来接恩人，言说丞相要往赤山游玩，立等恩人。

张　仪　顺马伺候。

冯　杰　是。

张　仪　（念）相命如君召，谒见如临朝。（冯傑随张仪下）

张　妻　哎，看来倒不如农家安闲。（冯妻捧茶上）

冯　妻　禀母亲，酒膳齐备。

冯　母　请到下边用餚。

张　妻　（念）接待之恩实难忘。

冯　母　　　　莫嫌桂枝棲草茅。（同下）

第五场

[赵斌、宋元、翟贤上。

赵　斌　众位大人请了。

众　　　请了。

赵　斌　今日丞相出游赤山望江楼设宴，我们早来伺候。

众　　　请。（中军四龙套引昭阳上）

昭　阳　（念）一战立功拓边疆，勋业巍巍日月光。

　　　　　　映江楼设庆功宴，共赏美玉佐酒觞。

众　　　参见丞相。

昭　阳　免，怎么不见张仪张先生。

翟　贤　命人催请，霎时即到。（张仪上）

张　仪　（念）昭阳武关建奇功，楚王恩宠赏赐隆。

　　　　丞相在上，布衣张仪拜揖。

昭　阳　少礼，先生因何来迟？

张　仪　寒荆初到，未及叙话，即来应召。

昭　阳　哦，尊夫人到了，恭喜，恭喜，来呀，看过彩缎百匹，黄金一笏，送与张夫人备用。

中　军　尊命。（下）

张　仪　多谢丞相。

昭　阳　岂敢，来呀，摆宴上来。（中军上）

中　军　是。

昭　阳　请到宴上。（彼此让座）

众　　　请。（中军看座）

昭　阳　众位大人请。

众　　　请。

昭　阳　这是众位大人。老夫武关得胜而回，大王心喜，赏赐一物，不知是何贵宝。

众　　　愿赐一观。

昭　阳　捧盒上来。

中　军　是。（中军取盒放在桌上）

昭　阳　客卿赵斌请看。

赵　斌　遵命。呀！明照满座，光彩夺目，不知是何宝物，禀丞相，下官认不得此宝。

昭　阳　请坐，中郎将宋元请看。

宋　元　遵命。呀！观见此物，光放彩霞，晶莹润滑，不知它是何奇宝，禀丞相，下官也认不得此宝。

昭　阳　请坐，大夫翟贤看过。

翟　贤　遵命，呀，好东西，好东西，不是铁，不是锡，不会行走不会飞，这是什么东西，是了，宝是石头成精，禀丞相，下官倒还认得。

昭　阳　请讲

翟　贤　这是成了精的一块石头。

昭　阳　胡说，退下，张先生请观。

张　仪　遵命，哎呀，此璧乃无价之宝，世人罕见之物，怎么落在他手。

（唱）手捧着和氏璧心中惊讶，
　　　自觉得满面热竖起毛发。
　　　细端详果然是丝毫不假，
　　　无价宝却怎么落在他家。

丞相，此玉名“和氏璧”。

昭　阳　嗯，既然认得，可知出在何处？

张　仪　出在荆山。

昭　阳　有何来历？

张　仪　丞相请听，昔历王末年，有楚人卞和得璞于荆山，献于历工，工使玉工相之，以为石，王怒刖其左足；及楚武王即位，和复献其璞，玉工又以为石，王怒刖其右足；后文王即位，和仍欲献，奈双足俱刖，不能行动，乃抱璞于怀，痛哭于荆山之下，三日三夜，泪尽血流，文王闻之不忍，乃取其璞，命玉工剖之，果得无瑕美玉，因制成璧，名曰和氏璧，诚为无价之宝，世人罕见之物。

昭　阳　哈哈哈，老夫早知，特试诸公眼力，张先生诚为博学君子，可钦可羡。

张　仪　丞相过奖。（中军上）

中　军　禀丞相，满江大雾，不知何物作怪。

昭　阳　诸公随老夫江边观看。

众　　　奉陪。（众随昭阳下楼下，翟贤乘机盗璧，作种种情态，最后藏帽内慌张下楼，下）

昭　阳　（内白）

好大的雾，（原人上）诸公可认得那是何物？

众　　我等都不认得。

昭　阳　张先生可认得。

张　仪　此乃鲸鱼呼出空气。

昭　阳　何为鲸鱼，主何吉凶？

张　仪　丞相，鲸鱼外形如鱼，实兽类也，大者长六七丈，鼻孔在顶，呼出空气望之如喷雾，此物居海洋，不知因何窜至长江，真是罕见之物，并不主什么吉凶。

昭　阳　领教。

张　仪　不敢当，告辞。

昭　阳　夫人到了，新婚不如重见。

张　仪　失陪，诸公。

众　　恕不奉送。

张　仪　（念）博古通今显才能，明鉴灼识见真功。（下）

昭　阳　来呀，封了美玉回府。

中　军　是。（中军桌找寻不见美玉慌张一阵）禀丞相，席上不见了美玉。

昭　阳　可曾仔细寻找？

中　军　遍找无踪。

昭　阳　翟大夫查明回复。

翟　贤　遵命。

昭　阳　打轿回府。（四龙套上，昭阳上轿）

众　　送丞相。

昭　阳　免。（下）

赵　斌　哎，今天席前再无别人，美玉向哪里去了？

翟　贤　此事，我明白，你们不晓得。

宋　元　你晓得什么？

翟　贤　不便明言，待我回覆丞相。请了。

赵斌、宋元

请了。（分下）

第六场

［昭阳上，中军上。

昭　阳　（念）人心险恶比山川，见宝顿起三尺涎。

翟　贤　　　席前盗得无价宝，嫁祸与人显手段。

参见丞相。

昭　阳　罢了，美玉可曾查出。

翟　贤　丞相，美玉分明被张仪盗去，还查什么。

昭　阳　你怎晓是他盗去。

翟　贤　丞相，此事有三可疑。

昭　阳　哪三可疑？

翟　贤　张仪出身寒微，未见贵物，今见美玉，必起盗心，一可疑也。

昭　阳　嗯！

翟　贤　众人不识，唯他认识，物贵识家，必然心爱，二可疑也。

昭　阳　这三？

翟　贤　常言作贼心虚，筵席未散，他先辞去，三可疑也。有此三疑还请丞相裁夺。

昭　阳　以此看来，美玉是他盗去无疑，唤他速来见我。

翟　贤　遵命。（下）

昭　阳　来呀。

中　军　在。

昭　阳　吩咐校尉，大刑伺候。

中　军　是，丞相有命，校尉带大刑伺候。（四校尉上）

［翟贤上。

翟　贤　禀丞相，张仪到。

昭　阳　唤他进来。

翟　贤　是，丞相唤张仪来见。（张仪上）

张　仪　（念）纷纷相命实难违，果然富贵不如贫。

张仪拜揖。

昭　阳　张仪，老夫待你如何？

张　仪　丞相待仪，甚厚不薄。

昭　阳　哇，既然甚厚不薄，为何席前盗去美玉？

张　仪　丞相此话从何说起，我张仪素重廉隅，一介之微，不敢妄取，何况美玉也。

（唱）我张仪颇知晓操守为重，

重道义轻富贵不仕秦庭。

蒙丞相甚厚待宾客相敬，

怎肯做盗玉人坏了声名。

昭　阳　我见你三胜策才能可用，

因此上礼待你上宾看承。

谁想你作窃盗不知自重，

早献出和氏璧免失人情。

张　仪　哎呀丞相，我张仪岂是窃盗之人，丞相既以上客相待，不该冤客为盗，真是岂有此理。

昭　阳　孺子休得狡辩。

张　仪　住了，士可杀不可辱，丞相你骂不得我张仪。

昭　阳　哼，慢说骂你，将你打死何妨，来呀，将狗皮扯了重责四十。（校尉抓去头巾，脱去外衣，要打）

张　仪　慢慢慢着，昔日周公待士一沐三握发，一饭三吐哺，天下之贤士，犹恐失天下之贤士，未闻设下打宾客的皂隶。

昭　阳　皂隶打不得你难道老夫也打不得你。

张　仪　你如何打得我张仪？

昭　阳　你看老夫打得你打不得你。（昭阳怒持砚打仪额出血，夺校尉刑杖打仪，仪双手搁杖摔发）

张　仪　（唱）和氏璧我盗他作何使用。

我的丞相呀，

你不该打宾客诬赖贼情。

似这样仗权势无理蛮横，

往上看青湛之天岂肯容。

昭　阳　你盗我无价宝罪大难容，

还敢在相府中指西画东。

数十板顷刻间要你狗命，

看你这盗玉贼敢不招承。（痛打仪翻滚摔发）

张　仪　谁知晓这性命今日断送，

由秦邦到楚国反入火坑。

满腹的冤屈事对谁告禀，

我只得挺着身受贼严刑。

昭　阳　百般打不招供这样性硬，

压住。（二校尉压仪昭阳打）

恼得我一阵阵怒气满胸。

打得他皮肉烂丧了性命，

盗美玉慕荣华一旦成空。

翟大夫替老夫动刑。（昭阳将杖给贤）

翟　贤　是。（贤将仪扶起）张先生你将眼睁开，可认得我。（仪左右看）

张　仪　尔是翟翟翟大夫。

翟　贤　认的不错。张先生，丞相命我用刑拷打于你，想你我乃是至厚不薄的朋友，叫我怎样的打，怎样的拷。

张　仪　哎，他既命你拷打于我，你怎敢违抗，只求用力加打，叫我张仪速死，便是你尽了朋友之情了。

（唱）这场祸全是我自己造定，
悔不该昭阳处显示才能。
只求你用力打莫违他命，
叫张仪速快死便是友情。

翟　贤　张先生，你和哪家同谋，盗去丞相美玉，快快实招，若不实招，你看我的板子下来了，哎。

（唱）承嘱咐我只得点头遵命，
今日里定送你枉死城中。
只见他不怕死骨头真硬，

张仪，张先生，你将丞相美玉盗去，快快实招，不然我的板子下来了，快招，哎。

我还要猫哭鼠假意虚情。

昭　阳　哇，（夺贤手中杖）

（唱）拷盗贼怎能够如此省刑，
三五杖管教他立丧残生。
无耻辈留世上要他何用，
倒不如早送你去赴幽冥。

［仪熬刑不过起夺昭杖，被昭一杖打晕，倒地贤摸仪无气。

翟　贤　禀丞相，张仪绝气。

昭　阳　闪开。（三摸仪口）哎呔，未曾招出美玉，平白将一贤士打死，可惜呀，可惜。

翟　贤　丞相人已打死，追悔无益。

昭　阳　何人答言。

翟　贤　晚生翟贤。

昭　阳　呸，情知是你，滚出去。

翟　贤　是。（下）

昭　阳　来呀，将张仪尸首抬抬抬出去，（四校尉抬张仪下）哎呔。

（念）因立大功得连城，为追美玉杖良朋。
最堪怜惜最堪悔，良朋美玉两落空。（下）

第七场

［冯母上。

冯　母　（念）不如意事常八九，可与人言无二三。（冯傑背张仪急上）

冯　杰　（念）心急走得快，来到我家门。

冯　母　哎呀，我儿背的何人?

冯　杰　就是恩人。
冯　母　如何得成这般光景？
冯　杰　被昭阳老贼拷打受伤太重了。（冯母摸仪口）
冯　母　口内还有微气，我儿快取水来。
冯　杰　孩儿晓得。（下）
冯　母　夫人快来。（张妻上）
张　妻　妈妈，这是何人？
冯　母　这就是张先生，被昭阳老贼打成这般模样了。
张　妻　哎呀官人。
（唱）只见他血淋淋皮开肉破，
我心中痛煞煞如同刀割。
这是你千里路自来寻祸，
眼睁睁夫妻们同难命活。（冯杰捧水上）
冯　杰　母亲，水到。（冯母与张仪顶上喷水）
张　妻　哎呀，我的官人呀。
冯　母　（唱）劝夫人你不必凄惶泪落，
打伤人一口水即便救活。（张仪手动）
冯　杰　呀，恩人苏醒了，待我先谢天谢地，哎，恩人呀。
（唱）可怜你大英雄才高智多，
不料想遭冤祸受此折磨。
张　妻　（唱）说什么大英雄才高智多，
再休提舌似剑口若悬河。
实想他说秦楚有些结果，
倒不如自韬晦田园快乐。
冯　母　将他扶起。（张妻扶张仪起坐）
张　仪　哼，娘子，你在我口内看。
张　妻　看什么？
张　仪　看我的舌头可在。
张　妻　舌在无伤。
张　仪　可喜呀，可喜，可喜吾舌尚在，何难报今日之仇。
（唱）你休笑池中鱼灾多难多，
时不来慢慢地将养鳞角。
有一日水起浪风雷助我，
腾云雾凌苍穹纵横江河。
哎哟！
冯　母　好好将养，健康之日，再作商议。（熊贯上）

熊　贾　（念）奉命乔装扮，楚国接大贤。
　　　　谁在这里。（冯傑出）

冯　杰　做什么的？

熊　贾　小可与张先生在秦，有一面之交，闻他受屈，特来相望。

冯　杰　稍待。（进内）恩人，门外有人，言说与恩人在秦有一面之交，特来相望。

张　仪　不知何人？你们回避，请他进来。

冯　杰　有请。

熊　贾　先生拜揖。

张　仪　足下何人？

熊　贾　小可熊贾，赵国人氏，贸易到国，在秦与先生有一面之交，闻先生受屈，特来相望。

张　仪　一时想他不起，请坐。

熊　贾　有座。

张　仪　足下赵国人氏，闻听苏秦在赵拜相，可曾是真。

熊　贾　苏秦说燕赵，合六国之纵拒秦，奉武安君，苏秦为合纵长兼佩六国相印，怎么不真。

张　仪　足下来楚几日了。

熊　贾　已有半月。

张　仪　嗯，如此说来是得信了，哎，我与苏秦有生死之交，只是不能见他，也是枉然。

熊　贾　先生要见他何难，小可货已办妥，起程在即，先生要去不妨与小可同船，小可处有壮骨丹疗治棒伤有效，先生以为何如？

张　仪　只是打搅不便。

熊　贾　先生与我相国至交，与小可增光多矣。

张　仪　多蒙大恩。起程何日？

熊　贾　就在今晚。

张　仪　如此我黄昏时来。

熊　贾　小可江边恭候，告辞。

张　仪　小官人送客。

熊　贾　免送。（下）

　　　　［冯母、张妻上。

冯　母
张　妻　来人是做什么的？

张　仪　他是赵国来的，言说苏秦现为赵相，约我同船赴赵，此地不可久居，今晚就要前去。

冯　母　叫小儿陪先生前去，老身才得放心。

张　仪　多感妈妈大恩。
冯　母　好说，儿呀，速去收拾行装。
冯　杰　是。（下）
张　仪　妈妈，我走之后，我妻就依妈妈为母，妈妈将他当女看待。妈妈转上受我夫妻一拜了。
冯　母　折煞老身。
张　仪　（唱）临别时将妈妈躬身拜过，
冯　母　这般光景如何去得。
张　仪　　　万般事皆出在无法奈何。
冯　母　先生坐下讲话。
张　仪　　　将寒荆当女儿深蒙应诺，
　　　　　　勿辜负我张仪今夜拜托。
冯　母　（唱）休落泪儿凄惶慷慨承诺，
　　　　　　受人托终人事磊磊落落。（冯傑上）
冯　杰　（唱）将行装和包裹准备已妥，
　　　　　　草堂上拜母亲珠泪如梭。
冯　母　　　儿放心随恩人莫要管我，
　　　　　　背恩人到江岸莫可蹉跎。
张　仪　　　生离别不由人伤心泪落，
张　妻　　　眼睁睁两分离痛如刀割。
张　仪　罢了，妈妈，娘子。
张　妻　官人（冯傑背仪下），哎官人呀。
冯　母　不必啼哭，随着娘来。（同下）
　　　　（熊贾艄公上）
熊　贾　（念）日落西山月东升，频念贤士心不宁。（冯傑背张仪上）
冯　杰　　　打开玉笼飞彩凤，
张　仪　　　扭断金锁走蛟龙。
熊　贾　岸上可是先生。
冯　杰　正是的。
熊　贾　艄公搭了扶手，（冯傑张仪上船）就在这床上歇卧。
张　仪　打搅不恭。
熊　贾　恭候先生，不如趁此风清月朗开船，以免追赶。
张　仪　如此甚好。
熊　贾　艄公开船。
张　仪　昭阳老贼，我和贼这冤仇，誓不两立。
　　　　（唱）恨昭阳恃权势暴横凶悍。

诬赖我盗美玉负屈含冤。
但愿得过江去才能大展，
那时候报仇恨马踏江南。（同下）

第八场

［冯母急上。

冯　母　（唱）过街市急行走长吁短气，
扣柴门不由人心中焦急。
开门来。（张妻上）

张　妻　侧着耳听消息身穷无计，（开门）
问母亲我妹妹可否安吉。

冯　母　你妹妹现在相府，奸相尚未审问，料无危险，哎，我母女此地住不得了，速快下边改装，随娘逃走。

张　妻　该逃何处？

冯　母　先到魏国，打听张先生的下落，再作定夺。

张　妻　母亲，不如先设法救出我那妹妹，一同逃走。

冯　母　哎，你休得痴想，我们快快逃走，见了先生，再为商议救你妹妹之策，速去改装。

张　妻　母亲。

冯　母　住口，为娘心急似火，速去改装，去，去，去。（逼张妻下）昭阳老贼你害得我家好苦，老娘和尔誓不两立了。
（唱）恨昭阳仗权势残暴无忌。
我和贼这冤仇誓不两立。（张妻改装上）

张　妻　实指望到楚邦夫妻欢聚，（冯母收拾行李）
谁料想偏遇着仇人相逼。
平白地把恩娘一家连系。
莫奈何含着泪随娘逃出。（冯母出门，闭门）

冯　母　出家门扣双环将门牢闭，
紧行走出郢都怎敢延迟。
在人前揾住泪不可悲啼，
免门官细盘查说是道非。（二卒上）

甲　卒　做什么的？

冯　母　我母女二人，出城进香，你阻挡为何？

甲　卒　因为走脱了张仪、冯傑，丞相重责门军，如今出入齐要盘查，但有可疑之人，不放出城。

冯　母　我母女又非男子，有甚可疑？
乙　卒　你身带利刃怎说无疑。
冯　母　防身之物，不算什么。
甲　卒　你去。
乙　卒　不行。
甲　卒　咱们查的男子，他母女乃是女流，放她去罢。
乙　卒　男子，张仪的妻子也是男子不成。
甲　卒　张仪的妻子早都被丞相拉着去了，你母女去罢。（下）
冯　母　是。
乙　卒　我去相府禀告。（下）
冯　母　女儿，那个奴才相府禀告，奸相必然派人追来，随娘快跑。
（唱）离郢都危险地心中暗喜，
我好比出笼鸟展翅高飞。
张　妻　但不知夫在赵可否得意，
想到此不由人愁锁双眉。
冯　母　正行走天色变乌云四起，
风又狂雪又大何处凄息。
张　妻　走一步跌一跤（冯母拉起又跌倒）滑倒雪地，
腰儿痛腿儿酸步儿难移。（坐地）
（内喊）
冯　母　哎呀，女儿后边马嘶人喊，必是追兵，快快逃走。
张　妻　母亲，儿双足疼痛，实难行走。
冯　母　哎，这该怎处，来，来，来，待娘把你背上。
张　妻　母亲，若大高年，怎能背我。
冯　母　事到危急，不必多说，待娘背你快快逃走。（冯母张妻下）

第九场

［唐儿上。
唐　儿　（念）头戴乌纱翅儿园，
身穿罗兰袖儿宽。
唐儿是我真名姓，
相爷恩赐百户官。
相爷升庭，早来伺候。（张仪、冯傑、熊贾上）
张　仪　离了楚邦地，跋涉到淮西。
熊　贾　张先生，来到相府，小弟与你将帖投上，苏相必然出迎。

张　仪　我先仗庇仁兄。

熊　贾　好说，告辞。

张　仪　仁兄哪里去。

熊　贾　小弟离家日久了，哈哈哈。

张　仪　如此仁兄回家，问候恩嫂，为弟改日登门拜见。

熊　贾　好说，请了。

张　仪　送仁兄。

熊　贾　免。（下）

张　仪　小官人去传。

冯　杰　是门官大人，请来见礼了。

唐　儿　哎，什么人，见了我老爷，无有一头来叩，竟敢拱起你那个爪来了，我的人役，与我打，打，打。

张　仪　呾嘿！

唐　儿　张爷。

张　仪　这是唐儿。

唐　儿　小人在。

张　仪　你如今既是衣冠中人，见我休辞大礼。

唐　儿　谢过张爷。

张　仪　你家相爷可曾升庭？

唐　儿　未曾升庭。

张　仪　你家相爷升庭，速传，就说张爷我到。

唐　儿　张爷且在廊下稍坐，相爷升庭，小人即传。

张　仪　嗯，小官人，随着我来。（下）

唐　儿　哎呀，耳听云板声响，相爷升庭来也。（四龙套，二中军，苏秦上）

苏　秦　（引）悬梁刺股功业苦，游说列国声誉隆。

（念）忆昔洛阳身受贫，家人父子不相亲。

今日得佩黄金印，不是当年裘敝人。

本相苏秦，顺说六国，六王合封我为纵约长，兼佩六国相印。

唐　儿　唐儿报门，禀相爷，我家张爷到。

苏　秦　可是那余子。

唐　儿　正是我家张爷。

苏　秦　你且下去，来，启开文房，（卒整理笔砚）左中军听令，这是公文一角，下奔魏国。

左中军　领出。（下）

苏　秦　右中军听令，这是公文一角，下奔韩国。

右中军　领书。（下）

唐　儿　哎呀，怎么慢腾腾的，我还要二次传禀，唐儿报门，禀相爷，我家张爷等候多时了。

苏　秦　命他自己进来。

唐　儿　是，呵呀，想我家相爷和我家张爷乃是厚友，怎么连一个请字也没有，我唐儿不敢，有请张爷。（张仪上）

张　仪　楚国受辱事，诉与故人知。

唐　儿　接见张爷。

张　仪　站起来，你家相爷可曾升庭。

唐　儿　倒也升庭。

张　仪　怎么不见迎接于我。

唐　儿　哎，慢说迎接于你，连一个请字也没有，命你自己进去。

张　仪　哎，怎么是这样的待法，也罢，我就亲自去见，看他怎样待我。

（念）时来广交知心友，运去尽成陌路人。

季子兄在上，弟张仪拜揖。

苏　秦　执法之地，不便还礼。

张　仪　哎，呵呵呵，不礼。

苏　秦　余子别来无恙。

张　仪　无无无恙。

苏　秦　看你这般光景，想是未曾用膳，唐儿，看过小宴半桌，命你张爷廊下去用。

唐　儿　来，看过小宴半桌。（二卒抬宴上）张爷请来用膳。

张　仪　噢嘿……苏秦，季季季子，我把你当就仁义君子，谁知你才是骄傲的小人，你今锦袍玉带，忘却当初入秦献策，金尽裘敝之时乎，哈哈，嗨嗨，哈哈哈。

（唱）想当年云蒙山同堂听讲，
写盟书发誓愿结为雁行。
十数载读兵书甘苦同享，
过函关入雍州献策秦王。
把你的万言书用火焚葬，
貂裘敝黄金尽难以还乡。

唐　儿　张爷请来用膳。

张　仪　呃嘿！

幸今日在赵国身居宰相，
你何不手压胸自己思量。

唐　儿　禀相爷，我家张爷不用。

苏　秦　赏与小军。

唐　儿　来呀，相爷将这半桌酒宴赏与你们，抬下去。（二卒将宴抬下）

苏　秦　这是余子。

张　仪　季子。

苏　秦　你我分别多时，我当你也有一官半职前来见我，谁知你还是布衣而来，岂不羞煞我堂堂宰相乎。

张　仪　哎呀咖咖，好一个堂堂宰相。

苏　秦　（唱）想昔日同学艺云蒙山上，

张　仪　哎呀慢慢慢着这是季子。

苏　秦　余子。

张　仪　你还记得云蒙山吗？

苏　秦　怎能记不得。

张　仪　来么，来么，他还记得云蒙山，哎，你倒罢哟。

苏　秦　（唱）先习文后演武笃志云窗。
　　　　你看我巍巍乎堂堂宰相，
　　　　岂容你布衣人说短论长。
　　　　你眼前和乞儿一般模样，
　　　　怎比我佩金印驷马玉堂。

张　仪　住住住了，想昔日伊尹耕于有莘之野，傅说举于版筑之间，姜太公钓鱼于渭滨，百里奚自卖五羖羊之皮，这几辈古人，俱是先贫而后达，你怎知我张仪终身贫困，道我志气有亏乎。
（唱）我志气比天高谁敢小量，
　　　　好一似困蛟龙陆地潜藏。
　　　　入深渊暂且把鳞角将养，
　　　　有一日春雷震我要倒海翻江。

苏　秦　　　你还想生头角鱼龙变象，

张　仪　我怎么不能？

苏　秦　你不能。

张　仪　你料不就，苏秦，季季季子。

苏　秦　　　且看你今日里是何行藏。
　　　　把功名和富贵再休妄想，
　　　　回家去务庄农养身良方。

张　仪　呃嘿！
（唱）一池水得了风能起波浪，
　　　　我张仪腹有剑舌似刀枪。
　　　　取功名夺相印易如反掌，
　　　　断不容小人辈纵横列邦。（出门）

苏　秦　回来。
张　仪　回来就回来。
苏　秦　我今合纵六国，你不服，便怎么样？
张　仪　我张仪一日不死，料你那合纵之计，必不能成。
苏　秦　是谁？
张　仪　是我。
苏　秦　你不能？
张　仪　你料不就。
苏　秦　敢和本相击掌？
张　仪　啊，对手何妨？
唐　儿　慢着，张爷怎么你要和我家相爷击掌呀？
张　仪　和他对手何妨？
唐　儿　慢说我家相爷那个掌，就是我唐儿这个手，你摸也不敢摸，揣也不敢揣，你看我唐儿如今头戴的什么身穿的什么，足登的什么。
张　仪　噢，原是这吗？
唐　儿　你看我唐儿是何等样的人乎。
张　仪　来么，来么，这个奴才他也来了，哎。
唐　儿　（唱）戴乌纱穿罗兰将你压量，
张　仪　哎
唐　儿　哎，我的张爷。
（唱）你竟敢在相府自夸刚强。
张　仪　哎，打这个奴才。
唐　儿　你打，你打，
今日里就算你下而犯上，
一霎时给你脸上无光。
张　仪　哇！
（唱）我张仪生世来心雄胆壮，
视王侯和将相实在平常。
有一日握权柄身居虎帐，
管教你奴才辈不敢气扬。
苏　秦　唐儿，看过三两银子，赐予你家张爷，命他拿出相府，大小作一生理，再休贪恋相府。
唐　儿　是，张爷，我家相爷赐你三两银子，拿出相府，大小作一生理，再休贪恋相府来了。
张　仪　哎呔！（倾银在地）
（念）男儿立志可擎天，

岂容小人下眼观。

世态炎凉人情薄，

苏秦呀，季季季子。

交友容易知心难。

我的好朋友，不不不交。

唐　儿　把银子拿上。

张　仪　不不不要，说是不，不，不来了，不来了（下）

唐　儿　禀相爷，我家张爷倾银在地，一怒而出府去了。

苏　秦　唐儿，你为何慢待你家张爷。

唐　儿　相爷敬重，小人敬重，相爷慢待，小人慢待，并没有什么意思。

苏　秦　哇，我今慢待于他，皆因他功名不成，尔是什等之人竟敢这样，放肆，人来，卸去乌纱，宽去罗兰，拉下重打四十，马房使用。

龙　套　走。（卒拉唐下）

苏　秦　唤中郎将。

龙　套　中郎将进见。（熊贾上左右看）

熊　贾　怎么不见张先生。

苏　秦　我用言语相激，他一怒而出府去了。

熊　贾　我国用人甚急，为何使他走去。

苏　秦　将军附耳。（耳语）

熊　贾　明白了，哈哈哈……（下）

苏　秦　哈哈哈……（下）

第十场

[张仪上。

张　仪　（唱）恨小人初得志忘却旧好。

苏秦呀，季季季子。

不由人怒冲冲愤气难消。

想当年在秦邦何等荣耀，

悔不该与此人生死结交。（冯傑上）

冯　杰　恩人回来了。

张　仪　回来了。

冯　杰　此去苏相可曾迎接于你?

张　仪　哎，慢说迎接，见我瞅也不瞅，睬也不睬，与我小宴半桌，银子三两，是我撤宴不用，倾银在地，愤怒而出来了。

冯　杰　这怎处?

张　仪　哎，大丈夫只患功名不成，何愁那区区银两，休怪我说你，你也太得的小见。

冯　杰　非是我小见，明日清算店资，分文无有，又是一番噪闹。

张　仪　哎，哎！

（唱）无银钱当时间把英雄困倒，
大丈夫低下头泪如雨抛。（熊贾上窃听）
早知晓苏季子那样骄傲，
悔不该为小人挂官偕逃。

熊　贾　（唱）背地里好教我微微暗笑，
苏相国用巧计激怒英豪。
冯仁兄因什事这般烦恼，
出门人万不可愁锁眉梢。

冯　杰　哎，囊资空虚，不得不愁。

熊　贾　张先生现在何处？

冯　杰　后房纳闷。

熊　贾　我们同去见过。先生拜揖。

张　仪　啊，熊仁兄，你来了，你才来了。

冯　杰　有客，有客。

张　仪　得罪，得罪，哎，仁兄。

（唱）深感你同载情抛楚来赵，
又蒙你医棒疮妙药治疗。
似这样大恩德愧难图报，
自恨我少眼力错认知交。

熊　贾　先生言错认知交，难道苏相他慢待你不成。

张　仪　哎，只是他贵而易骄，见我理也不理，与我小宴半桌，银子三两，是我撤宴不用，倾银在地，愤怒而……

熊　贾　怎么样？

张　仪　出来了。

熊　贾　如此说来，苏相与先生不算知己。

张　仪　说什么不算知己，想我与苏秦，自幼结盟，情同骨肉，云蒙山拜鬼谷先生为师，同窗学艺，日则同食，夜则同眠，将这话莫要说起，仁兄你将座儿向前一移。

熊　贾　将先生就气坏坏了。

张　仪　且说我二人入秦献策，他献的万言书，我上的三胜策，秦王不喜他的万言书，用火焚化丹墀，见我的三胜策大悦，即日封我客卿大夫之职，我见他金尽裘敝，终日以在店房啼哭，是我不忍一人独享荣华，和他挂官逃走，行至中途，分金一半助他还乡，他如今乃是小人得志，待我张仪不如路人，你叫我怎得不恼，怎得不恨，哎，好恼，好恨也。

（唱）我待他情谊重天日可表，
重交情轻富贵挂官偕逃。
恨苏秦丧良心不念旧交，
待张仪真不如一枝蓬蒿。

熊　贾　听先生之言，苏相这就谓之不仁，不义。

张　仪　哎，难言，难言。

熊　贾　秦王久慕先生，先生何不复入秦邦，若得重用，何愁报不了今日之仇。

张　仪　哎，为弟也有此心，但恐秦王怪弟挂官逃走之事。纵然不怪，仁兄你来看。

熊　贾　看什么？

张　仪　囊中空虚，说来也是无益哟。

熊　贾　先生果有此心，小弟愿助黄金三千两，相伴先生入秦，秦王若还重用，还则罢了，倘若不能重用，有这些黄金上下打点，买也买他一个官去作。

张　仪　啊，仁兄，你怎么也来耍笑为弟。

熊　贾　何尝。

张　仪　这三千两黄金，岂是容易而得来。

熊　贾　先生，你将我熊贾当就了何等样之人也。

（唱）自幼儿爱朋友不惜财宝，
将金银当粪土一样花销。
我助你三千金大事成了，
你莫学苏季子忘却故交。

张　仪　（唱）照这样仗义人世间稀少，
待张仪更胜似一母同胞。
又疏财又仗义肝胆相照，
和管仲鲍叔牙不差分毫。

熊　贾　先生请起。

（念）交友不可惜黄金，

张　仪　多感仁兄恩义深。

冯　杰　相逢楚赵两凑巧，

熊　贾　得志莫作陌路人。

张　仪　送仁兄。

熊　贾　免。（下）

张　仪　来么，来么，这才是我张仪的一位知己朋友。小官人，清算店资，明日就要起程，呾嘿。（同下）

第十一场

（中军、四龙套、四校尉、昭阳上）

昭　阳　（念）打蛇不死遗后患，拷问贼妻法须严。
老夫楚相昭阳，走脱张仪，提来他妻，以礼相待，不肯吐出真情，今日审问，若再支吾，定要用刑，来呀，将张仪妻子带上来。

中　军　带张仪妻子。（冯妻上）

冯　妻　（念）事急无奈行权变，赴汤蹈火不畏难。
小妇人伺候相爷。

昭　阳　你可是张仪妻子。

冯　妻　正是。

昭　阳　你丈夫盗玉逃走，何处去献，还不如实地招来！

冯　妻　丞相，你看我丈夫岂是窃盗之人也。
（唱）他平生重道义光明正大，
岂能作窃盗事白璧蒙瑕。

昭　阳　嗯，问你他往何处去献，不敢隐瞒，速快实招。

冯　妻　（唱）只因为受不过严刑拷打，
莫奈何携空囊奔走天涯。

昭　阳　老夫待他不薄，不辞而去，是何道理？

冯　妻　（唱）休怪他临行时未辞尊驾，
皆因为老丞相薄待豪侠。

昭　阳　老夫待他甚厚，怎么说薄待于他。

冯　妻　（唱）诬贼情即行法不分真假，
未见你悬明镜细访暗查。

昭　阳　分明是他盗去，畏罪潜逃，还有查的什么？

冯　妻　（唱）依我看盗玉人是你手下，
丞相前进谗言嫁祸于他。

昭　阳　哼，我手下哪有窃盗之人。不动大刑，料你不肯实招，来呀，与我拶起来。

冯　妻　哎约。

昭　阳　还不实招。

冯　妻　哎哟，哎呀，丞相，古人之罪不及妻孥，丞相如此滥刑，列国闻知，笑不掩口了。
（唱）昔周公辅成王吐哺握发，
曾未见无罪人枉把刑加。
何况我女流辈无故拷打，

列国中纵未见有此律法。

昭　阳　你丈夫盗去美玉，你便是贼人之妻，用刑拷打，也是理之当然，来呀，与我结实搒搒搒。

冯　妻　哎呀，不好了。

（唱）是这样仗权势滥用刑法，

我，我的天，呀，哎，我把你害人的贼呀。

（唱）楚王知也难免不把罪加。

擅威福终要将大祸闯下，

为丞相也应该顾全身家。

昭　阳　好泼妇竟敢叫骂，来呀，与我推出斩首。

赵　斌　（内白）王旨到。

中　军　禀丞相，王旨到。

昭　阳　将泼妇押在一旁。有迎王旨。（赵斌上昭跪）

赵　斌　王旨下，跪听宣读。

昭　阳　臣。

赵　斌　张仪贤士，昭阳隐瞒，不进于先君，迫之使为秦用，现为秦相。追问昔日盗璧之冤，昭阳应即入秦谢罪，钦此谢恩。

昭　阳　这个，千岁，千千岁。

赵　斌　丞相要斩哪个？

昭　阳　哎，就是张仪之妻。

赵　斌　张仪之妻现在相府，丞相何不送往秦邦求和。

昭　阳　来呀，将张夫人快快松绑。（校尉带冯妻上）

冯　妻　为何不斩？

昭　阳　夫人息怒。

中　军　禀丞相，中郎将宋元到。

昭　阳　有请。

中　军　有请！（宋元上）

昭　阳　大人到此有得何事？

宋　元　丞相，大王畏惧张仪用秦，遣使结连诸侯，复申合纵之约，赴赵使臣回报，翟贤将和氏璧献赵，领千金重赏。

昭　阳　怎么是他，哎，是我目不识人，听信谗言屈打贤士，迫使秦用，与我国为仇，看在期间我好悔，我好恨，哎，气煞我也。（昭死众哭）

（合三幕）

赵　斌　丞相已死，请夫人随我二人去见大王复命。

宋　元　来呀，外厢轿马伺候，哎夫人呀。

（唱）你本是贤士妻聪明俊雅。

赵　斌　　　怪丞相多冒犯误用刑法。

宋　元
赵　斌　　　辞一礼请夫人同见王驾。

冯　妻　　　见楚王我还要巧言应答。（出门上轿马下）

第十二场

［四龙套四将、张仪上。

张　仪　（唱）幸今朝握权柄威风凛凛，

蒙仁兄资助我显用于秦。

王封我武信君身佩相印，

说诸候臣事秦大展经纶。

本相张仪，是我二次入秦献策，秦王大喜，封我武信君，专柄征伐，前曾移檄楚王，欲先破楚，然后伐赵。（熊贯上）

熊　贾　禀丞相，楚国使臣送夫人到。

张　仪　呈文来，待我一观，相国昭阳畏罪已死，今将夫人送来，愿修旧好，哼哼哼，有请夫人。

熊　贾　有请夫人！（冯妻上）

冯　妻　（念）雪隐鹭鸶飞始见，柳藏鹦鹉语方知。

张　仪　哎呀夫人（冯妻羞低头），哎呀，相见不发一语，将头低下，难道我作梦不成。（冯傑上）

冯　杰　恭喜丞相，我母亲送夫人到。

冯　妻　那是官人。

冯　杰　你是娘子，母亲送夫人来了。

张　仪　哦，原是她，快快有请，待我出迎。

冯　杰　有请母亲张夫人。（冯母张妻上）

冯　母　丞相。

张　仪　妈妈，娘子，请。

张　妻　哎，官人呀，连累妹妹。

冯　妻　母亲呀，好说。

张　仪　请问妈妈，楚王送来贤妹，怎么说是夫人。

冯　母　丞相不知，自说丞相走后，昭阳捉拿夫人，夫人染病在床，我家媳妇代审，楚王错认为夫人送来。

张　仪　哎嘿呀，贤妹如此仗义，可钦可敬。

［中军上。

中　军　禀丞相，苏相国送来当日在楚盗璧之贼。

张　仪　请坐，将盗璧之贼押上来。（二将下押翟贤上跪）
二　将　将贼带到。
张　仪　下跪何人？
翟　贤　小人翟贤。
张　仪　怎么你是翟贤？
翟　贤　正是小人。
张　仪　哇，翟贤呀，翟贤，我把你这见利忘义之小人，自己盗璧，因何嫁祸于我，我命险些丧在尔手，还不将实情与我招来。
翟　贤　哎，相爷容禀。（三哑腔作手势）
张　仪　好贼。
（唱）想当年见昭阳是你引进，
　　我将你当就了知己之人。
　　谁知你盗美玉嫁祸张仪，
　　今见面我将贼剥皮抽筋。
翟　贤　小人罪该万死，还求相爷宽饶。
众　　　哼，你将人几乎害死，你还想活。
张　仪　哎，也罢，来呀。
中　军　在。
张　仪　命楚使将贼带回交楚王发落，押下去。
中　军　走。（拉贤下）
张　仪　咦，者，哎，哈哈哈
众　　　丞相发笑为何？
张　仪　诸位，如今我夫妻团圆，诸位恩人俱到，真乃喜之不尽。
众　　　诚然可喜。
张　仪　哎，唯有一事，教人可恼着可恨。
众　　　丞相还有什么事？
张　仪　唯有苏秦那贼未除，不能消我胸中之愤恨。
熊　贾　苏相乃丞相厚友。
张　仪　苏秦忘恩负义，侮辱于我，我和贼誓不两立，还说什么厚友。
熊　贾　嗯，丞相如今重用于秦，小可就此告辞。
张　仪　仁兄莫可，赖兄之为，显用于秦，方图报德，怎忍舍弟而去。
熊　贾　丞相，臣非高人熊贾。
张　仪　你是何人？
熊　贾　臣乃赵国中郎将毕成。
张　仪　这个，哇，你定是受了苏秦诡计来作奸细。
熊　贾　丞相不可冤屈好人。

张　仪　谁是好人？

熊　贾　丞相请听，想当初苏相闻丞相受屈于楚，命臣假扮商人，搬丞相至赵。

张　仪　这……

熊　贾　又恐丞想安于小就，不图上进，故意怠慢，激怒丞相。

张　仪　哦。

熊　贾　又命臣相伴丞相入秦。

张　仪　嗯。

熊　贾　入秦所用三千两黄金，车辆仆从，尽是苏相资助，成全丞相功名。

张　仪　这个……

熊　贾　丞相要报恩，应报苏相之恩，与臣无干。

张　仪　哎，我在季子术中，而我不觉，季子才智高我十倍也。

（唱）我只说苏季子忘却盟信，
谁料他使熊贾暗里施恩。
实服他才智高激我上进，
可笑我在梦中不知毫分。

哎，妈妈呀，
谢妈妈为我妻艰苦受尽，
谢仁兄玉成德谨记在心。
谢贤妹怜弱妻慷慨代审，
再谢过活我命冯小官人。
成全我在秦邦身佩金印，
永不忘诸位的大义深恩。

众　　　恭喜丞相！

张　仪　大家之喜！

众　　　哈哈哈……

——剧终幕落——

（说明：以上内容录自家存手稿。先生笔迹，钢笔分行书写，繁体横排。封面落款：冯杰三改编，1961.4.17。）

西门豹治邺

第一场

[三老上。

三　老　（念）三老官职不大，执掌风俗教化。

藉端敛财敲诈，不管别人叫骂。（廷掾上）

廷　掾　禀三老，巫祝、豪长在外求见。

三　老　快快有请，待我出迎。

廷　掾　有请巫祝、豪长。（巫祝、豪长上）

巫　祝
豪　长　三老、三老。

三　老　巫祝、豪长到了。

巫　祝
豪　长　到了。

三　老　请到衙下。

巫　祝
豪　长　请。（进门）三老你好。

三　老　好，请坐。

巫　祝
豪　长　有坐。

豪　长　哎，奇事，奇事，闻所未闻，见所未见的奇事。

三　老　什么奇事。

巫　祝　就是那位新任太守西门豹老爷，人还未上任，竟然派遣兵丁五百协同百姓，凿渠灌田，事先既不询问地方风俗习惯，又不商同各级官吏，独断独行的作，岂不是奇事。

三　老　诚然奇事。

巫　祝　你们都是地方官吏，何不阻止？

三　老　哎，我闻知此事，亲到那里，对他们讲说，这渠不敢凿，若果恼怒河神，发起大水，全郡都要遭灾，怎奈他们笑而不答，使我无趣而回。

豪　长　此事我也曾和全郡各大户前去劝阻，那些兵丁不瞅不睬，谁奈他何。

三　老　哎，你们不知道，这位西门豹太守，他是个军人出身，性情暴急，官场规矩法则全然不懂，所以发号施令不和地方官吏商量，但是他……

巫　祝
豪　长　三老，但是他怎么样。

三　老　但是他做事有果断，对大小事情都很认真，丝毫也不能松放过去，他是个厉害人，提起他人人胆怕，个个寒心。

豪　长　哎呀，那么我们以后的事就难办了。

三　老　哎，不要说以后，就是目前这河伯娶妇大典，恐怕也有点担心。

巫　祝　嗯，他行他的民事，我们办我们的神事，这也是井水不犯河水的事，担的什么心。

三　老　依你之见。

巫　祝　依我之见，还是赶办我们的神事要紧。

三　老　好，就这样办，但是近年户口大减，神款怎么摊派。

巫　祝　照例摊派。

三　老　催款全靠豪长。

豪　长　那有我，看谁敢不出。

三　老　那就好了，你将神娘可曾选定。

巫　祝　虽说未定，和定了一样。

豪　长　此话怎讲?

巫　祝　现在上册的姑娘，我都去了，只有王黄管三家，一文未送，想往过推，就看他三家，哪家送钱哪家免，若还都不送钱，将他们都选。

豪　长　选那些何用?

巫　祝　就说一个神娘，两个侍女，把她都推到河里去。

三　老　嗯，还是你有办法。

豪　长　被选各户送了多少。

巫　祝　哎，这不过寻几个香火钱，莫有多大意思。

豪　长　哼，就我知道已经有三百多万贯。

巫　祝　莫有那么多。

豪　长　怎能说莫有那么多，我郡十大户，每户二十万贯，就是二百万贯，还有二百多小户，每户一万贯，也有二百多万贯，你说总共是多少。

巫　祝　这……

豪　长　你每年收多少，从来不与我实说，只给我二三十万贯，这样作，我不依你。

巫　祝　嗯，你不依我，能怎么样，想这香火钱，给你多分由我，给你少分也由我。

豪　长　胡说，我们三人同样出力，理应均分，若不公道，我要查账。

巫　祝　查账你就查，我不怕你。

豪　长　我今天作一个样子，看你怕我不怕我。

三　老　哎，算了，算了，为了这点事，不要失了和气。

豪　长　我要打着叫他向出吐。

巫　祝　你敢？

豪　长　你来。

三　老　哎，二位呀，

（唱）你莫闹来你休噪，
各守机密要容包。
倘被外人知晓了，
咱三人都要坐狱牢。
依我说还是言归好，
彼此谅解勿计较。
适才怪巫祝太骄傲，
豪长也应念旧交。
休要争多再论少，
能忍能让最为高。

巫　祝
豪　长　这个……

三　老　千万不要自相残杀，若还泄露机密其祸非小。

巫　祝　是呀，我们的机密若还宣扬出去，哎呀，那真不得了。

豪　长　哎，我们怎能狗咬狗。

巫　祝　嗯，还是三老年纪大，有见识。

豪　长　不然我二人真要把事弄大了。

三　老　不说了，我们言归正传，催款的事，还请豪长多出点力。

巫　祝　只要收数好，我们公里公道的三一三剩一地分。

三　老　决不叫豪长再吃亏。

豪　长　只要你老人家主持公道，催款有我。

巫　祝　三老，这几天必须提防未婚女子逃走。

三　老　这有我出示禁夜。

豪　长　我派人巡查。

巫　祝　咱们各办各的。

巫　祝
豪　长　请。（分下）

第二场

［冯蓉上。

冯　蓉　（念）父老女懦弱，家贫忧患多。

亲娘去世早，终日少欢乐。

裙钗冯蓉，邺郡人氏，慈颜身故，严亲抚养成人，昨年河伯娶妇，爹爹为我变卖衣物，求神免选，夏初将我许与表兄为婚，了却家父心愿，哎，只是我身世凄凉，全靠与大户人家作点针线度日，怎奈近来公差催逼神款甚急，爹爹清晨出门借贷，尚未回来。这般时候，待我与人裁衣。

（唱）持剪刀代人将衣裁，

千针万线作起来。

终年辛苦人穿戴，

看自己衣褴褛顿增悲哀。

想起亲娘今何在，

忍心丢儿赴泉台。

可怜女幼父年迈，

受饥受冻苦难挨。

深感激新任太守未曾上任先施仁政万民赖，

为救荒引水灌田把渠开。

喜麦苗茂盛真可爱，

不料那河伯娶妇为民降祸灾。

选神娘又将神款派，

众百姓见恶差战栗失色好似羊见豺。

老爹爹被迫无可奈，

出门借贷奔长街。

日映窗帘午时快，

父不回教人生疑猜。

停针抛线且等待，

等父回我才能将心放开。（冯翁上）

冯　翁　满腹愤恨闷难排，

回家对女说开怀。

来在我家柴门外，

叫女儿与父开门来。（蓉开门，翁进门）

冯　蓉　爹爹回来了。

冯　翁　回来了。

冯　蓉　爹爹上气为着何来？

冯　翁　哎，女儿你听呀，
（唱）为父清晨奔长街，
十谒朱门九不开。
豪长不肯将款贷，
侮辱穷人大不该。
恶奴推父门儿外，
气得人一阵发痴呆。
回家来无物去变卖，
我如何对付贼恶差。
冯　蓉　劝爹爹勿悲且忍耐，
爱惜自己久病骸。
倘若官府催欠债，
恳求他怜贫向后捱。
冯　翁　儿呀。
冯　蓉　爹爹。（管明担柴米上）
管　明　（唱）舅父贫困无依赖，
奉母命送来米面柴。
舅父。
冯　翁　甥儿到了。
冯　蓉　表兄。
管　明　表妹。（放担，蓉扶担）舅父在上，待甥儿拜过。
冯　翁　哎，不拜了，不拜了。
冯　蓉　表兄，妹妹有礼。
管　明　还礼了。
冯　翁　你们都坐下，（蓉明分坐）甥儿，以后再不要与我送柴送面。
管　明　舅父年老多病，我母子怎忍教你老人家受这饥寒之苦。
冯　翁　哎，连累你们，问心怎安。
管　明　舅父不必伤心。
冯　翁　女儿，与你表兄造膳去。
冯　蓉　女儿遵命。（取面袋下）
管　明　舅父，今年河伯娶妇，富家的女儿，送钱免选，我家无钱可送，巫婆必选我那妹妹，我和我母商议，携妹他乡避祸，舅父和我表妹若愿逃走，咱们同路，中途彼此也好照应，未知舅父意下如何。
冯　翁　甥儿不知，你表妹年过选期，况他已有人家，河神不娶有人家的女儿，你妹妹年在选期，还是逃走为妙。
管　明　如此甥儿回家禀明母亲，我一家就要远出。

冯　翁　哎，可怜我处连年荒旱，今岁幸蒙还未上任的西门太守大人，派兵协民凿渠灌田，麦苗立见旺盛，你母子避过选期，速回收获，不要辜负太守大人一片爱民之心。

管　明　哎，这也是巫婆所迫，不得已而离家，到了收获，甥儿要回家，就此告别。

冯　翁　你吃了膳再走。（蓉急出）

管　明　甥儿心急如箭，不敢耽延。

冯　蓉　表兄因何去之甚急？

管　明　为避大祸，怎能不急。

冯　蓉　如此我父女不便强留。

管　明　舅父，天色不早，甥儿告辞了。

（唱）施礼舅父你请在，

回家对娘说开怀。

冯　蓉　哎，表兄呀。

冯　翁　甥儿不要悲伤，速快回去，免得你母在家盼望。

管　明　甥儿遵命。

冯　蓉　表兄。

管　明　表妹。（下）

冯　翁　哎，杀人的天呀。

冯　蓉　爹爹不必伤心，回家用膳。（扶翁进坐，蓉下，捧饭上）爹爹请用。

冯　翁　儿呀，你也用吧。

冯　蓉　爹爹先用，儿我还不饿。（甲乙廷掾上，蓉看来人下）

甲廷掾　（念）剩下一伙穷鬼。

乙廷掾　还要威逼严催。（看冯翁恨笑）

哈哈，你们安闲自在。

冯　翁　廷掾老爷到了，请坐。

甲廷掾　我们莫有那些闲工夫坐，你将神款办好了，快交出来叫我们带上，再不要叫我们跑了。

乙廷掾　我们一天不是三回就二次，跑来跑去，你是叫我们来与你请安呢吗，还是看我们的走手呢？

冯　翁　哎呀廷掾老爷，你看连年荒旱歉收，我父女终年勤苦，不得一饱，实想在大户人家借贷，跑了半天，分文不曾借到，乞廷掾老爷能求三老，好话多说，目下我实在无法缴纳神款。

甲廷掾　哼哼，你说话倒不费力，都照你这样，神事还办不办。

冯　翁　请二位老爷行个方便，我家实在粒米皆无。

乙廷掾　你说得那样可怜，这米面是哪里来的？

冯　翁　哎，这是亲戚帮助我老汉的。
甲廷掾　缴不出神款，将这些米面带走抵款也行。
冯　翁　你不能拿。
二廷掾　你撒手。
冯　翁　求二位怜悯我父女，你若拿去，我父女就要饿死。
二廷掾　谁管你的死活，快滚开。
（推翁倒地，翁起，拉廷掾，大祥急上，打廷掾）
冯大祥　你敢打老人。
二廷掾　好小子，你大睁两眼想怎么样？
冯大祥　想教训你。
甲廷掾　你是个什么东西，这样目无王法，你将给你派的神款快交，不然也对不起。
冯大祥　我莫办，看你要怎样。
乙廷掾　莫有，哼哼，就要带人。
冯大祥　谁敢带我。
甲廷掾　你还是野百姓，带了走。（乙带大祥，被推倒）
冯大祥　我今天要打死你这个害民贼。
乙廷掾　好小子，你吃了豹子胆，竟敢打公差。
甲廷掾　你反了。
冯大祥　我打了你，看你能起多大妖云。
二廷掾　哼，一时教你认得我。
冯大祥　我认得你是害民贼。
二廷掾　小了你等着看。（下）
冯　翁　哎呀侄儿，你今打伤公差，祸事不小。（蓉急上）
冯　蓉　哥哥，你还是暂在外边躲避几天，免得那贼来了鞭打绳拴。
冯大祥　不要胆怕，快将伯伯扶回。
冯　翁　哎，你还是快走，我们平民百姓，怎敢和官府斗吗？
冯大祥　伯伯不要惊慌，你快回去，我找管明商议，非打死那伙贼不可。
冯　翁　哎，不敢。
冯大祥　怕什么，我走了。（下）
冯　翁　哎，这伙贼子，将人害到几时呀？
（唱）恨恶差仗势把人害，
　　　侄儿为我惹祸灾。
冯　蓉　（唱）郿郡成了这世态，
　　　何一日苍天眼睁开。
冯　翁　哎，侄儿呀。

冯　蓉　哥哥呀。（同下）

第三场

［二小巫扶老巫祝上。

巫　祝　（唱）河神新妇由我选，
有女之家送银钱。
富户有钱都宽免，
贫家无钱求免难。

小　巫　禀师父，来在管家门首。

巫　祝　上前唤门。

小　巫　是，管大娘开门来。（管母、管娥上）

管　母　（唱）耳听门外有人唤。

管　娥　想是哥哥转回还。

（母开门，娥拉住，母会意）

管　母　何人叩门?

小　巫　巫神奶奶到了。（母女俱惊）

管　母　哎呀女儿，巫婆到了，定无好事，我儿快快躲避。

管　娥　啊，是。（急下）

小　巫　快开门来。（母开门，巫祝等进）

管　母　巫神奶奶到了，请坐。

巫　祝　你也坐了。

管　母　不敢，请问巫神奶奶，驾临寒舍，有得何事?

巫　祝　哎哟，还用问吗，十多年了，年年如此。

管　母　究竟何事?

巫　祝　特来与善人贺喜。

管　母　哦，巫神奶奶话讲哪里，民妇夫亡子幼，家道贫寒，愁有万千，还有什么喜事可贺。

巫　祝　河神选中你女，岂不是一大喜事。

管　母　哎呀巫神奶奶，请你老人家回禀河神爷爷，就说民女貌丑，不堪身配河神，诚恐有污神圣，恳求奶奶开方便之门，免了此事，民妇感恩不浅。

巫　祝　这是河神亲自挑选的，我如何敢去禀奏。

管　母　这……哎呀……

巫　祝　嗯，你休多说，若被河神听见，发起大水，全城人都要受得累。

管　母　哎，哎，巫神奶奶呀，奶奶，可怜民妇，十年前夫君身亡，丢下我母子，孤苦伶仃，形影相依，倘若女去，我也难生，恳求奶奶大发慈悲代奏河神，免选小女，民妇愿将心爱金簪奉上，以作神礼。

巫　祝　什么，什么金簪，取来我看呀。（母下）

（唱）听说金簪心喜欢，
等她取来仔细观。
我也需要这物件，
收下准备自己簪。（母执金簪上）

管　母　哎，好不难煞人也。

（唱）手拿金簪心痛酸，
想起夫君临终言。
他曾说子女幼小家贫寒，
抚养要我一身担。
金簪收藏勿变换，
留与儿孙辈辈传。
言罢竟然把命断，
夫言常记我心间。
今为女儿遭大难，
舍金簪救女离龙潭。
万不得已这样办，
料夫九泉无怨言。
忍痛上前把簪献，（巫祝接簪看）
背过身儿泪暗弹。

巫　祝　（唱）接过金簪用目看，
这物能值几文钱。
簪儿收藏发善念，
乞神待我回宝庵。
免不免全在你诚心一片，
我代你祷告在神前。
神若不允你莫怪怨，
神若允你也莫喜欢。
这件事极力与你办，
办不到再来给你传。
柳稍斜阳鸦噪晚，
红日快要落西山。
快快搀我回庵转，
回庵焚香敬神仙。（二小巫扶巫祝）

管　母　送巫神奶奶。

巫　祝　免送。（小巫扶下）

管　母　哎，好奸诈的巫祝。

（唱）她半吞半吐不明言，

叫人顿时生疑团。

忙把女儿一声唤，

女儿快来。（管娥上）

管　娥　我提心吊胆到娘前。

管　母　儿呀，那巫婆已经走去。

管　娥　她可曾允许免选女儿。

管　母　为娘将咱家金簪奉献，求她免选，是她言道，回庵代奏河神，神若应允便罢，若还不允，她还得再来。

管　娥　哎呀母亲，那贼讲下这等言词，若不早想法子，那贼再来女儿就不得活了。

管　母　哎呀女儿。（母女抱头哭）

（管明急上）

管　明　（念）巫婆降祸灾，忙对母娘言。

母亲。（母女惊看）

管　母　哦，我儿回来了。

管　娥　哥哥，你怎么才回来了。

管　明　哎呀母亲妹妹，儿与舅父商议逃走之事，他以表妹已过选期，叫咱家快走，儿回家中途，偶遇长老，言说三老巫婆，以黄王两家选女逃走，决定今晚来抢我妹妹去作神娘。

管　娥　吓煞人也。

管　母
管　明　女儿（妹妹），醒得。

管　娥　（唱）听兄言来吓破胆，

我，我的娘呀。

管　母　我的女儿呀。

管　娥　（唱）切齿痛恨狗贪官。

妖妇作怪民遭难，

害死无辜女婵娟。

眼看骨肉要分散，

不如碰死在阶前。

管　母
管　明　女儿（妹妹），莫可。

管　母
管　娥　女儿（母亲）呀。

管　明　母亲妹妹不必悲伤，事到如今，我们还是赶快收拾，将前门紧关，速往后门逃走。

管　母　哎，只好如此。

管　明　（唱）离乡背井非心愿。（关门）

管　母　这也是出在无奈间。

管　娥　赶快收拾莫怠慢，

管　母
管　明　但不知何年何月才回我家园。（同下）
管　娥

［廷掾四差役持灯火急上。

廷　掾　料他今晚不防范，
去抢神娘夜色阑。

差　役　来在管家，门已关了。

廷　掾　将门踏开。（差役踏开门，众进）速去抢人。（四役分下又上）

四　役　前后无人。

廷　掾　定是逃走，料她也走不远，咱们分途追赶。
（唱）我们分途去追赶，
看她还能飞上天。（分下）

第四场

［西门豹儒服持马鞭，家院背包裹上。

西门豹　（唱）西门豹入邺郡心中焦灼，
见田园多荒芜麦苗枯索。
闾阎中人稀少房塌壁破，
观光景必定是旱魃为虐。
沿漳水度地形慎重斟酌，
十二处可凿渠引水漳河。
未上任施政令有何不可，
幸喜得渠凿成千顷绿波。
从今后民不忧水旱灾祸，
治地方必须要先得人和。
就我功成我名文侯嘱托，
金玉言谨记心不敢忘却。

这几日见百姓成群结伙，
但不知因何故向外逃脱。
莫不是天荒旱日月难过，
又莫非邺郡地政令烦苛。
其中的详细情访查明确，
除弊端使民归赋税免豁。

接马。

家　院　是。

西门豹　就在此处歇息片刻，你将马放在草坡。

家　院　是。（下）

西门豹　西门豹。奉文侯之命，出守邺郡，坐镇边关。哎，我想治理地方，首要获得民心，若要获得民心，必须兴利除弊，才能收服民心，民心归顺，地方可得太平。但是渠已凿成，旱像转过，百姓因何三五成群，向外逃走，此事重大，必须访查明白，再作区处，来呀。（家院上）

家　院　有。

西门豹　我在前边走，你在远处随，唤声即到。（西接家院包裹）

家　院　遵命。

西门豹　（唱）弃坐马乔装扮身背包裹，
私查访民疾苦官府暴虐。
远望着邺郡城云烟深锁，
好一片平川地气候温和。（西下，家院随下）

（管母等急上）

管　母　（唱）恨巫婆选神娘民遭大祸，

管　娥　幸喜得我逃出地网天罗。

冯大祥　（内白）管明等着，我有话，等我着。

管　明　正行走忽听得有人唤我，

管　娥　必是那贼子追赶管娥。

管　母　叫女儿快快走不敢久坐，

冯大祥　不要跑，等我着。

管　娥　哎呀不好，
（唱）吓得我心慌乱战战索索。

管　明　老娘亲携妹妹急忙避躲，

管　母　女儿快走。

管　娥　我腰儿酸，腿儿软，步儿赖挪。

［母拉娥，娥又倒，母右左拉不起。

冯大祥　你们跑上天，我也要追到。

管　母　贼婆紧追，女儿跑。

管　娥　　　贼紧追唤声急将胆吓破，（冯大祥跑上）

冯大祥　　　唤你们不答应所为什么。

姑母，姑母。

管　母　哎，我当是巫婆追来，原来是你。

冯大祥　把我的嗓子都喊哑了，为什么不与我答应一声。

管　明　哎，我当贼婆追赶，所以你越叫得紧，我们越跑得快。

管　母　大祥，你赶我为着何来？

冯大祥　当然我有事。

管　明　你有什么事？

冯大祥　你听，昨天廷掾在我大伯家催款，竟将他家米面抢去抵款，我大伯不舍，被恶差打倒，是我心不平，赶上前去就这么样……

管　母　娃呀，你这么样什么。（西门豹上，窃听）

冯大祥　我把那贼就是这么样一拳，打得鼻青脸肿，那贼回衙派差役捉我，我寻你商量，不料你一家逃走，我随后追赶，跑了一夜，才把你们赶上，姑母，你为什么弃家逃走。

管　母　哎，就是为了河伯娶妇那个害人的事。

冯大祥　哦，原来为了河伯娶妇。

西门豹　列位请了。（众惊视）

管　明　请了，客人有得何事？

西门豹　请问列位，你们说的什么河伯娶妇。

管　明　这个……

西门豹　在下是远方客人，因感此事奇怪，所以动问，何妨对我实说。

管　明　你既是远方客人，还是快走你的路，不要管我们这些闲事。

西门豹　我听这事奇怪，又见大嫂和小姑娘眼含珠泪，必有伤心之事，请实言告我，我定能与你们分忧解愁。

管　明　我们无有什么伤心之事，也用不着你来管，请你快走你的路吧。

西门豹　哎，看你们这般光景，怎说无有。

冯大祥　我就是有伤心之事，你是个客人，能怎么样？

西门豹　我能与你们分忧解愁，我是一片诚心，决非虚语。

管　母　君子若能与我们分忧解愁，我就对你实说，方不负你一片好心。

管　明　请母慎言。

冯大祥　姑母你说，客人一片诚心，再三追问，况我们出门在外，还怕什么。

管　明　嗯，想他是远方客人，说了也没多大关系。

冯大祥　姑母，我看这人是个好人，你说莫错。

管　母　如此君子请听了。

西门豹　不必啼哭，慢慢地讲来。

管　母　（唱）君子既然要问我，

对你说料也没什错。

老身早年夫亡过，

抚养子女少吃喝。

幸喜儿女都长大，

一家三口贫而乐。

谁料巫婆降大祸，

为河伯娶妇选娇娥。

西门豹　河伯怎么还要娶妇，究竟是怎样一回事。

冯大祥　怎样一回事，你听，河伯就是我们这里漳河的河神，巫祝说他最爱美女，每年选送一个，他才保我们这里风调雨顺，五谷丰登，不然神怒，发起大水，漂溺人家。

西门豹　嗯，大嫂，巫婆为河伯怎样的选妇，请你往下讲来。

管　母　哎，你听。

（唱）昨日巫婆把喜贺，

着我千万勿推却。

小巫扶她落了坐，

说我女被选送漳河。

西门豹　每年选定美女，是怎样的送法。

冯大祥　你听，巫祝每年春，将全郡年十六有几分颜色的女子都登记上册，富户送财帛免选，贫女不能买免就选，有爱女之家恐为河神所娶，携女弃家远逃，无法走的就被选去。当选做河伯夫人的女子，梳洗打扮，到了三月十八那天，送在河边，命女坐在芦苇编的筏子上，推到河里，流来流去，让她沉下去就完了。

西门豹　哎，这不是白白地断送一条人命吗?

冯大祥　谁说不是呢。

西门豹　为何不将此事免掉。

管　明　谁敢说这话吗。

西门豹　嗯，请大嫂再往下讲来。

管　母　哎，你听。

（唱）听她言将我的胆吓破，

忙献金钗求免脱。

谁料她手接金钗免与不免不肯明言回庵暗地商量妥，

当夜晚趁我不防来将女抢夺。

闻风携女远避祸，

因此上流离失所忍饥受饿在外苦奔波。
求君子设法来救我，
免弱女身死填沟壑。

西门豹　哎，好气也。
（唱）听罢言气得人心生怒火，
诈民财害民命痛恨巫婆。
为河伯娶妇事必是假托，
害多少无辜女身丧漳河。
是这样欺骗人风俗劣恶，
查明确将妖妇定要除却。
谁倡始谁主办都有哪个，
请二位快对我一一实说。

管　明　客人，我只知巫婆选神娘，差役催神款，你问主办河伯娶妇都有哪个，我实不知。

西门豹　二位高名。

管　明　我名管明，这是我母亲和我妹妹。

冯大祥　我叫冯大祥。

西门豹　嗯，二位，前几天，我见许多百姓携女，不知所为何事，向外逃走。

冯大祥　哎，他和我们一样，不是恐女被河伯所娶，便是为避神款而逃，你还问啥呢。

西门豹　哎，可怜，可怜，可怜无人将他唤回，使他在外受此流离之苦。

冯大祥　将他们唤回，巫婆要他女儿做神娘，差役催逼神款，不然还要挨打坐牢，谁敢回来。

西门豹　有我作主，怕他什么巫婆差役。

冯大祥　咦，你是个客商，怎能与他们作得主。

西门豹　我虽是个客商却与一般客商不大相同。

管　明　怎样的不相同。

西门豹　哎，你听呀。
（唱）我虽是一客商远方贩货，
与太守最亲密交情不错。

冯大祥　哦，他和我们太守有交情，怪不得他敢说大话。

西门豹　（唱）出平阳他再三嘱托于我，
他未到我替他先查民瘼。

冯大祥　哎呀不对呀，你说太守未到，这派兵丁和我们开渠是谁的命令。

西门豹　那是我替太守发布的命令。
（唱）为救荒开漳渠救民水火，

我替他发命令先把渠凿。
这样作问二位可也不可，
替太守为百姓所作如何？

冯大祥　作得好，作得好！

管　明　人人感激。

冯大祥　我先谢谢你这个好心肠人。

西门豹　既说我是个好心肠人，你们就不该走。

管　明　哎，这也是官逼民走，谁还愿抛弃自己家乡，出外受苦。但不知新任太守……

冯大祥　如今有你与我们作主，不但我不走，我还要叫我们乡党都不走。

西门豹　那么你速快唤他们回来。

冯大祥　你作主？

西门豹　我作主！

冯大祥　那我走了。（跑下）

西门豹　大祥真爽快人也，哈哈哈……（西手招将上）

将　　　伺候大人。

西门豹　带了令箭去到城内晓谕地方大小官员，就说新太守今天上任，命他们伺候了。（家院持马鞭上）

将　　　遵命。（下）

西门豹　列位，新任太守今天上任，我要进城安置，你们快快回家，马来。（家院接包裹，西上马）请了、请了。

众　　　送客人，

西门豹　免。（院随西下）

管　母　哎呀好呀，
（唱）我只说逃外苦难多，
中途遇救心欢乐。

管　娥　清官来定与民除祸，

管　明　一家人仍回我旧村落。（同下）

第五场

［巫祝、三老、豪长、廷掾上。

三　老　（唱）太守忽然命令下，

巫　祝　神出鬼没难防他。

豪　长　十里长亭迎大驾，

廷　掾　霎时我心乱如麻。

三　老　请了。
众　　　请了。
三　老　西门太守有令，言说今午上任，我们早到十里长亭迎接。
巫　说　大家快快坐下，等候新任太守。
众　　　请！（众下，西门豹持马鞭，家院随上，豹侧目视众下，中军，四将，四龙套上）
中　军　呔，你们是干什么的。
众　　　小官是迎接新任太守的。
中　军　太守从此过去，早已进了城了。（率众急下）
三　老　哎呀，怎么不曾看见。
豪　长　我们快到衙前伺候了。
三　老　哎，快走呀。
（唱）恭候大驾夕阳斜，
巫　祝　未见面却说到府衙。
豪　长　急忙进城相迎迓，
廷　掾　谨慎小心把话答。（转圆场，中军上）
来到衙前。
三　老　待我上前答话，官长请了。
中　军　请了。
三　老　请烦道禀，就说邺郡大小官员求见太守。
中　军　你且站下，待我传禀。禀大人。
西门豹　（内白）何事？
中　军　邺郡大小官员求见。
西门豹　传话出去，大小官员一律免见，各回各衙理事去吧。
中　军　呔，太守有令，大小官员一律免见，各回各衙理事吧。（下）
三　老　哎。
（唱）太守免见牌高挂，
巫　祝　不容相见也没法。
豪　长　军人作事多机诈，
廷　掾　未见面先觉害怕怕。（同下）

第六场

［冯蓉淡装上。
冯　蓉　（唱）辛勤剪裁终年忙，
为他人作嫁衣裳。

心烦停针依栏望，
日影移花上东墙。（莺鸣）
我厌听黄鹂娇鸣桃杏花枝上，
赖看那柳丝摇曳紫燕凌空翔。
春色融融和风畅，
春日偏能惹恨长。
表兄避祸他乡往，
却怎么一去信渺茫。
可怜我家贫亲老力薄欠孝养，
感身世凄凉暗悲伤。（冯翁扶杖上）

冯　翁　（唱）叹家贫无有隔宿粮，
凭女儿针织度时光。
女儿，你又在此伤心。

冯　蓉　爹爹，孩儿不曾伤心，日落西山，晚风甚凉，请爹爹回房，免受风寒。

冯　翁　不怕什么，女儿，你表兄走后，无音无信，大祥又无下落，父为此日夜忧思，坐卧不宁。

冯　蓉　爹爹不必忧虑，想他们在外，尚无有定处，若有定处，必有佳音。

冯　翁　哎。（巫祝二小巫四家丁廷掾上）

廷　掾　来到冯家门首。

巫　祝　上前唤门。

廷　掾　是，开门来。

冯　翁　何人唤门？

廷　掾　开开门你就知道。

冯　翁　有什么事。

廷　掾　一年一度的河伯娶妇，十多年了，还用问吗？

冯　翁　女儿回避。

冯　蓉　是。（下）

廷　掾　快开门来。

冯　翁　啊，待我开门，小民迎接巫神奶奶。（巫祝等进门）

巫　祝　恭喜老善人，恭喜老善人。

冯　翁　哎，小老贫困至此，愁有万千，还有什么喜可贺。

巫　祝　哎哟，这都是老人家积下阴功，今年河神爷爷将你女选定作新夫人，其不是一件大喜事。

冯　翁　哎呀巫神奶奶，民女貌丑，不堪身配河神，况民女年过选期，已许人家，照例河神不娶许了人家的女子，恳求巫神奶奶回禀河神爷爷免选民女，小老感恩非浅。

巫　祝　今年不比往年，这是河神亲自选定的。

廷　掾　你女作了河神夫人，将你的神款也可免了。

巫　祝　你女作河神新妇，这也是你老善人的光彩体面。

冯　翁　哎呀巫神奶奶，你看小老若大年纪，只有一女，我女去作河神爷爷新妇，小老也难以活命，求巫神奶奶大发慈悲，免了此事。

巫　祝　嗯，休得多说，若被河神听见，发起大水，全郡都要受你的累。

廷　掾　你怎么这样不识抬举，这是神衣花冠，叫你女儿斋戒沐浴，脱化凡骨，河神择定三月十六开坛受贺，十八入宫成亲。

巫　祝　将神礼放下，明晨抬亲。

冯　翁　这个……

巫　祝　这还不光彩吗？咱们走吧。

冯　翁　哎呀巫神奶奶，求你可怜我父女，高抬贵手，饶了我父女吧。（拉巫祝）

廷　掾　这个老狗真不识好歹。（拉开冯，冯又拉廷）

冯　翁　哎呀，廷掾大人。

廷　掾　你撒手。

冯　翁　求大人饶了我吧。

廷　掾　去吧。（踢冯倒地）哼哼。（廷随巫等同下，冯蓉持灯上）

冯　蓉　爹爹，爹爹。（扶冯）

冯　翁　（唱）恨廷掾狗强盗凶似豺狼，
哎呀，父的女儿呀。

冯　蓉　我、我的老爹爹呀。

冯　翁　（唱）无故地与我家降下灾殃。
将神衣和花冠放在桌上，
到明天抬女儿去作新娘。
事到了万难时无法可想，
哭了声早死妻两泪汪汪。

冯　蓉　哎，我的爹爹呀，
（唱）含着泪劝爹爹勿过悲伤，
骂巫婆和廷掾欺压善良。
那贼子仗河神兴风作浪，
懦弱女怎抵抗一群强梁。
我如何出愁城今夜晚上，
苦思虑无妙计怨恨满腔。

冯　翁　我儿不要忧愁，等她到来，我父求怜悯，免选我儿呀。

冯　蓉　我的糊涂的爹爹呀，
（唱）对豺狼乞怜悯全是妄想，

倒不如咱父女高飞远扬。

冯　翁　儿呀，你看为父年老多病，中途无人承携，怎样的逃，怎样的走呀。

冯　蓉　可怜的老爹爹呀，

（唱）老爹爹受困苦将儿抚养，

怜念你薄命女早离亲娘。

谁料想女长大遭此魔障，

枉费你够劳苦无有下场。

见花冠怒火三千丈，

撕毁这催命鬼衣裳。

冯　翁　儿呀，不敢，不敢，河神爷爷降罪发起大水，如何是好？

冯　蓉　（唱）儿不怕那河神来把祸降，

只求得安乐地将身隐藏。

冯　翁　儿呀，如今成了这般光景，哪里还能找出一块安乐地方吗？

冯　蓉　（唱）我父女已到了山穷水尽。（看桌上灵牌）

见灵牌想起我生身老娘。

悲切切走上前哭声大放，

我、我的早死的娘呀，哎，可怜的老爹爹呀。

（唱）哭声娘叫声父痛断肝肠。

我父女难逃出贼的法网，

叫老娘与女儿快作主张。

娘不应父不言我心惆怅，

一阵阵急得人意乱心慌。

但不知我表兄客乡景况，

哎，难见的表兄呀。

（唱）你怎知妹被害丧身汪洋。

恨巫婆贼妖妇将人欺诳，

害死了我邺郡多少女郎。

今日里贼又来逼我命丧，

事到了危急时无法可想。

忍着心解罗带挂在梁上，

冯　翁　我儿死不得，你怎忍心抛弃孤苦的爹爹而死呀。

冯　蓉　哎，我的苦命的爹爹呀。（西门豹上窃听）

（唱）丢不下年迈父须发苍苍。

这才是生离死别情凄怆，

你儿不死有何方。

可怜我父女无凭无靠无倚仗，

我、我的老爹爹呀。

冯　翁　我、我舍不得的女儿呀。

冯　蓉　（唱）你的儿已成了触藩羝羊。（抱头哭）

西门豹　老丈请了。（冯惊）

冯　翁　你是什么人？

西门豹　我是行路的客人。

冯　翁　黑夜来到寒舍，有得何事？

西门豹　是我一时口渴，见老丈门儿半掩，斗胆入内，还请多多原谅，施舍清水以解渴喉。

冯　翁　你到别家借去吧。

西门豹　前边几处家中无人。

冯　翁　我家无水，你快走开吧。

冯　蓉　爹爹，君子好意借水，你不该冷声冷气。

冯　翁　哎，为父心中有事，对人冷声冷气，自己还不觉得，我儿取水去吧。

冯　蓉　儿遵父命。（下）

冯　翁　君子请了。

西门豹　老丈有何话讲？

冯　翁　哎，适才，小老因心中有事，对君子礼貌不周，请勿见怪。

西门豹　岂敢。（冯蓉捧杯上）

冯　蓉　爹爹水到。

冯　翁　君子请用。

西门豹　请问老丈心中有得何事？

冯　翁　有事是我的，与你无丁，请君快走，若到三更，就不能走了。

西门豹　这是何故？

冯　翁　官府有令，禁止夜行。

西门豹　嗯，不怕什么，老丈究竟有什么伤心之事？

冯　翁　小老无有什么伤心之事。

西门豹　哎，既无伤心之事，你父女如何抱头大哭。

冯　翁　这个……

西门豹　老丈不必胆怕，请将实情相告，我定能与你想个办法。

冯　翁　小老实在无有，该说什么？

冯　蓉　爹爹，君子诚心询问，就该实言相告。

冯　翁　不敢说。

冯　蓉　有什么不敢说？

冯　翁　若被官府知晓，那还了得。

冯　蓉　爹爹，我父女将近死期，还怕什么官府不官府。

西门豹　是呀，我乃远方客人，难道还对官府去说不成。

冯　翁　如此为父去对客官实说。

冯　蓉　爹爹你去。

冯　翁　君子关心小老，小老只好实言相告。

西门豹　老丈请讲。

冯　翁　君子是你不知，今天黄昏时候，巫祝、廷掾来到寒舍，言说河神选定我女去作河神夫人，天明就要抬亲，我父女有心逃走，中途无承携；有心不逃，怎忍心叫女儿白白送死，因此抱头大哭呀。

西门豹　哎，真道的可伤。

冯　翁　这是他们送来的神礼，神衣花冠。

西门豹　嗯，但不知河伯娶妇是何人倡始，主办还有哪个。

冯　翁　这事是巫祝所言，每年由三老、豪长、廷掾所办。

西门豹　河伯娶妇用费从何而来，老丈可知。

冯　翁　哎，每年共计赋民钱数百万，用二三十万为河伯娶妇之费，其余他们均分，百姓苦此烦费，有爱之家，携女远逃，所以人民稀少。

西门豹　嗯，百姓任其瓜分，都不言语吗?

冯　翁　哎，百姓畏惧水患，固所甘心。

西门豹　这就是了。

冯　翁　这般时候，请你快走，不要因我父女之事连累君子。

西门豹　无妨，无妨，老丈，今晚杯水之恩，岂敢忘报，你父女之事，有我作主，不必惊慌，到了河伯娶妇那天，你我漳河岸相会，告辞了。

冯　翁　送君子。

西门豹　免送，免送呀。

（唱）怪事怪事不寻常，
河伯果要作新郎。
劝老丈且把愁眉放，
杯水之恩不敢忘。
你勿逃走心舒畅，
我保你父女两无伤。
当嫁女时我亦往，
漳河岸相会话短长。
辞别老丈向外望，
今晚明月分外光。（廷掾带二家丁二差役上）

庄　丁　带了。

西门豹　带我为何。

庄　丁　见了我家豪长你就明白咧，走。

西门豹　哼。（二庄丁带西下）
冯　蓉　爹爹快走。
冯　翁　走。
廷　掾　哼，你想逃呀，哎，我早已料就，来，带了走。
冯　蓉　爹爹，爹爹。（廷拉翁，役拉蓉下）
冯　翁　哎呀女儿。
廷　掾　走开。
冯　翁　你不能带我女儿。（廷踢翁倒）
廷　掾　你个老狗敢来。（下）
冯　翁　女儿，女儿。（撑起又倒，管明上）
管　明　舅父怎么样了。
冯　翁　你是甥儿。
管　明　舅父。
冯　翁　你表妹被人抢去了。
管　明　何人抢去。
冯　翁　快随舅父回家再谈，你速快设法搭救。
管　明　舅父扎挣着。（管扶翁下）

第七场

［二庄丁拉冯大祥，二庄丁拉西门豹分上。
庄　丁　禀豪长。（豪长上）
豪　长　何事。
庄　丁　将在逃冯大祥捉拿到府。
庄　丁　禀豪长，在冯翁门首拿住一个犯夜的。
豪　长　将冯大祥绑上来。
庄　丁　冯大祥带到。
豪　长　冯大祥，大胆的暴徒，奴才目无王法，竟敢殴打官吏，我问你是哪位主谋。
冯大祥　官吏逼款，欺压老弱，是我一时火性大起，抱打不平，何用人谋。
豪　长　你有胆。
冯大祥　我有胆。
豪　长　你既有胆，为何逃走？
冯大祥　哼，贪官恶霸勾结一起，苦害良民，常言光棍不吃眼前亏。
豪　长　满口胡道。
（唱）骂声狂徒真奸狡，

我面前岂容尔撒刁。
将儿先用皮鞭拷，
打死你我不犯律条。

与我打。

冯大祥 （唱）恨豪长性凶恶私将人拷，
一阵阵气得我怒火上潮。
有一日遇清官为民除暴，
犯我手将狗贼决不轻饶。

豪 长 来呀，将狂徒押下，明日送官衙定罪，押下去。

冯大祥 狗豪长，有一日犯在我手，扒了你的皮，都不能解我的恨。

庄 丁 走。（大祥怒视随庄丁下）

西门豹 哈哈哈……

豪 长 何人发笑。

庄 丁 犯夜的。

豪 长 押上来。（庄带西上）这一犯夜的，你名叫什么，哪里人氏，因何发笑。

西门豹 我名西人，远方人氏，是我见那一汉子不知好歹，因而发笑。

豪 长 嗯，为何犯夜。

西门豹 是我初到此地，不知官府律禁夜行，故而冒犯。

豪 长 既是这样，不怪于你，来呀，押下去，天明释放。

庄 丁 走。（转圆场启二幕，大祥闷坐）你在此将就半夜。

西门豹 你去。（庄锁门下）那是冯大祥。

冯大祥 你是那位客官？

西门豹 他们打你，不要胆怕，有我与你作主。

冯大祥 哎，你对咧，今天与我作主，叫我挨了一顿皮鞭，今晚你再与我作一回主，还叫我这头和身子搬家不成。

西门豹 有我作主，不怕什么。

冯大祥 我现已经知道，你这个人的本领了。

西门豹 你知道我什么本领。

冯大祥 只会吹大话。

西门豹 我是实言，并非吹大话。

冯大祥 你对我说的那么本领大，怎么叫他把你也拉到这里，还敢吹，好了，好了，你受你的罪吧。

西门豹 大祥，豪长不过一方大户，怎敢私拷乡民。

冯大祥 他就是这样，谁把他能怎样。

西门豹 哎，真可恶也。

（唱）豪长权势霸一方，

作福作威在乡邦。
私设法庭动刑杖，
无法无天害善良。

［庄丁上。

庄　丁　嗨，天明了，我家豪长叫把你放出去，可是不许你在外乱讲，早些离开此地，不然再捉住定要严办。

西门豹　知道了。

庄　丁　那你快走。

西门豹　大祥，不要愁闷，有我作主。

冯大祥　再不要吹牛咧，谁还听你那一套，你快走你的吧。

西门豹　如此我便去了。

冯大祥　你去，（西看大祥随庄丁下）哎，好不气、气、气煞人也。

（唱）切齿痛恨贼豪长，
心毒手辣欺善良。
残害百姓设刑网，
只弄得邺郡地黑暗无光。

［庄丁急上。

庄　丁　大祥，好了，好了，新任太守有令，命豪长将你释放。

冯大祥　哎呀，好奇怪呀，新任太守怎知我在此？

庄　丁　哎，豪长为此事也猜疑了一阵，你快去吧。

冯大祥　嗯，大约就是他。

（唱）大祥霎时胆量壮，
去见管明再商量。
太守衙前告冤状，
那人定与我帮忙。（分下）

第八场

［中军上。

中　军　禀大人。

西门豹　（内白）何事？

中　军　有一汉子喊冤。

西门豹　吩咐升堂。

中　军　大人升堂两厢伺候。（四龙套四将西门豹官服上）

西门豹　（念）河伯娶妇事荒诞，邪说惑众赋敛繁。
百姓弃家远逃窜，不敢抗拒告当官。

命喊冤人上堂。

中　军　喊冤人上堂。

管　明　（念）差役抢人黑夜里，乞求太守明冤屈。
小民管明与老爷叩头。

西门豹　有何冤屈，从实地诉来。

管　明　老爷容禀了。
（唱）昨晚夜阑延寿里，
一伙差役将人欺。
恶狠狠抢去冯蓉女，
父老病身力难支。
乞老爷快与民作主，
派人四处觅踪迹，
搭救民女离险地，
感老爷恩德与天齐。

西门豹　冯蓉是你的什么人?

管　明　她是小民未婚妻。

西门豹　她在延寿里街东还是街西，她家可有什么记号?

管　明　她居住延寿里中街，院内有几株桃柳为记。

西门豹　被哪个官府差役抢去。

管　明　小民不知。

西门豹　那天还有何人去过她家?

管　明　老爷请听：
（唱）昨日巫祝黄昏时，
去到冯家送神衣。
言说河神要迎娶，
选冯女去作河神妻。
老爷参详这宗事，
定是巫祝不须疑。

西门豹　嗯，本太守已经明白，你且回去转告左邻右舍，明天河神迎娶大典，齐集漳河岸去送新妇，不得有误，退堂。（下）

管　明　老爷，老爷。

中　军　大人已经退堂，明一早到漳河伺候，速去。（下）

管　明　这，哎，怎么是这样地断案。
（唱）我心里着急又生气，
他办与不办不明提，
看起来靠官靠不住，

忙回家对娘说仔细。（急下）

第九场

［三声炮响，四神差背桃木弓上分左右站坛前，二小巫持幢随巫祝、三老、豪长、廷掾四差役上，巫祝左右环视，登台，三老等分站两旁。冯翁、管母、管娥、管明、冯大祥及男女老幼群众左右上看。

巫　祝　（念）河神神，河神神，娶过这位美貌佳人。
　　　　再不要，发大水，保佑此方风调雨顺。
　　神差何在？

神　差　伺候。

巫　祝　命神娘入坛。

神　差　遵法旨。下。

冯　蓉　（内唱）
　　　　冯蓉女乘花辇悲愤无限，
　　［四小巫各持香炉彩帕车夫执车旗冯蓉上。
　　爹爹、表兄，哎爹爹呀，
　　（接唱）
　　　　想爹爹思表兄疼烂心肝。
　　　　我好比鸟入樊笼有翅难展，
　　　　又好比釜中鱼任人熬煎。
　　　　清漳河人语杂凄惨一片，
　　　　白茫茫波浪滚如同刀山。

小　巫　神娘贵人下车。

冯　蓉　（唱）到坛前心慌乱下了车辇，
　　　　见爹爹和表兄珠泪涟涟。
　　　　妹只说今世里实难相见，
　　我的爹爹，哎，我表兄呀。

冯　翁　我的女儿呀，

管　明　我的表妹呀，

冯　蓉　（唱）不料想未死前还能团圆。
　　　　一霎时妹投河鸳鸯分散，
　　　　还要兄与妹妹报仇伸冤，
　　　　妹死后年迈父要你照管，
　　　　这是妹嘱托你临终一言。

神　差　闲人回避。（小巫扶冯蓉坛旁坐）禀巫神，神娘贵人到。

巫　祝　看是什么时候。

神　差　正当午时。

巫　祝　待吾祝祷，

（念）弟子禀告河神听，献上美貌女冯蓉。

斋戒沐浴火洗净，（小巫用火表绕蓉身）

神钟神鼓一齐鸣。（敲鉀起巫祝下台小巫蓉正中坐）

大小官员齐致敬，（唢呐起巫祝同三老等向蓉跪）

神　差　神娘还不回拜。（巫祝同三老等众向蓉三叩首起，巫祝变脸厉声喊）

巫　祝　彩轿送入水晶宫。（抽剑列式神差等陪同巫祝列式凶恶阵势）

冯　蓉　哎呀不好，

（唱）巫祝显出凶恶脸，

吓得我胆战心又寒。

无人救我难脱危险，

有翅也难飞上天。

霎时眼前天地暗，

却怎么草木变容颜。

我今一死难幸免，

丢不下老爹爹风烛残年。

忙拜过生身父将心疼烂，

老爹爹、姑母、表妹、哎呀表兄。

那客人竟然道诳言。

心慌乱我把客官怨，

冯　翁　（唱）你不要怨客官只怨苍天。

我父女霎时要分散，

你不搭救为哪般。

我，我的女儿呀。

冯　蓉　老、老爹爹。

蓉　母　贤侄女。

管　明
管　娥　我的表妹（表姐）呀。

冯　蓉　姑母、表妹、我的表兄呀，（三扑被众挡）说是罢罢罢。

（唱）无奈了舍身扑水面，

众　　快快快上前忙阻拦。

儿呀，不敢，那是河。

冯　蓉　哎呀爹爹。

神　差　退后。

巫　祝　神差何不动手，将他父女一齐推下水去。

神　差　遵法旨。（中军急上）

中　军　呔，大小官员听着，太守前来与河神新娘送行，你们小心着。

众　　　哎呀，他怎么来了。（四将四龙套引西门豹上）

西门豹　（念）伤残风化是恶俗，惑众邪说要破除。

［三老等惊上前参，巫祝坐坛前。

众　　　参见大人。

西门豹　免。本太守初到邺郡。适逢河伯娶妇大典，特来送亲，怎不见巫祝？

众　　　现在神坛。

西门豹　有请。

廷　掾　是，禀巫祝奶奶，太守有请。

巫　祝　去对他讲，神事在身，不便去迎，太守有事，着他入坛相商。

廷　掾　是，禀大人，巫祝言道她有神事在身，不便出迎，大人有事请入坛相商。

西门豹　嗯，也罢，前边代径。（廷引西至坛前）巫祝请了。

巫　祝　请了。

西门豹　你为神事整日忙碌，多有辛苦。

巫　祝　神事在身，不便还礼，一旁坐下。

西门豹　敢问巫祝，河神现在何处？

巫　祝　水晶宫中。

西门豹　水晶宫离此有多远？

巫　祝　金鸡叫，马上到，信香烧，回来了。

西门豹　倒还不远，神娘可曾选妥？

巫　祝　早就选好。

西门豹　现在哪里，让我一见。

巫　祝　那个穿神衣的便是。

西门豹　嗯，哎呀巫祝，此女姿色平常，怎能配得河神，依本太守之见，劳驾代奏河神，另选美女，改期迎亲，你看如何？

巫　祝　此女乃河神亲自选定，谁敢另选？况三月十八是河神的喜日子，多年多代，古规古礼怎么能改？

西门豹　本太守乃一郡之长，神事好坏，全郡攸关，不得不慎重从事，务必改期，妥为筹办，还是烦驾代奏河神。

巫　祝　不必再奏。

西门豹　神事要紧，怎能不奏，（看三老）就烦三老前去面见河神奏明此事，来呀，将三老送入水晶宫中。

三　老　哎呀大人，小官年迈不敢下水。

西门豹　走，你身为教化之官，不能改良风俗，善为教尊，反助长妖妇作怪，想你与巫祝主办此事，当能与河神通信，还敢推辞。

（唱）妖妇和你暗通串，
　　竟敢造谣生事端。
　　每年神款数百万，
　　邺城挨户要分摊。
　　只顾自己把钱敛，
　　不顾黎民苦颠连。
　　满目凄凉真悲惨，
　　邺郡黑暗无青天。
　　今日为民除祸患，
　　推下水去勿迟延。

推下水去。（**四将拉三老到河岸推下**）

四　将　下去吧。

豪　长　老爷，小民家有要事，告辞。

西门豹　慢着，想三老年高，不会办事，再烦豪长下去一趟吧。

豪　长　哎呀老爷，小民怕水，老爷饶了我吧，我再不敢为非作歹了。

西门豹　哇，

（唱）你家好似森罗殿，
　　仗势欺人显威严。
　　私设刑杖逼神款，
　　勒索敲诈恃强权。
　　贪官恶霸欺良善，
　　弄得邺郡暗无天。
　　你的恶贯已盈满，
　　要为百姓伸屈冤。
　　叫从人将恶贼推下水面，
　　快与河神去传言。

推下去。

豪　长　老爷饶命。

冯大祥　还想活。

四　将　下去吧！

冯大祥　老爷为地方除害大快人心。

西门豹　哎！怎么他也不见回话呀？

（唱）三老办事不中用，
　　豪长一去也无踪。
　　回头忙把巫祝请，

劳你亲自走一程。

巫　祝　叫我吗?

西门豹　你怎么样?

巫　祝　既要奏明河神，待我临坛启奏。

西门豹　还是入水去奏。

巫　祝　我要临坛启奏！（豹怒）

西门豹　嗯，推下水去!

巫　祝　哎噫。

小　巫　我师父的河神神下来了。

巫　祝　（扑灯蛾）

吾是河伯从天降、从天降，
不要改期选神娘、选神娘。
太守若将巫祝害，
叫你全城遭祸殃、遭祸殃。

西门豹　来呀，推下水去。

巫　祝　谁敢来，你是邺郡太守管了民事，管不了神事，今日由我不由你。

（唱）神事本来由我管，
你越俎代庖理不端。
娶妇大典三老办，
与你太守何相干。
老爷的威严快收敛，
神面前讲公理休逞强权。

西门豹　大胆。

（唱）妖妇装神将人骗，
伤残风化造谣言。
河神娶妇太妄诞，
分明藉神诈民钱。
枉杀民女罪该斩，
以命还命理当然。
叫从人快快向前站，
推下河去把话传。

推下去。（四将架巫）

巫　祝　老爷饶命。

四　将　下去吧。（推巫下）

冯　蓉　哎，我可莫说贼婆呀贼婆，你怎知你也有今天。

（唱）贼婆虽老性凶悍，

平日见她毛骨寒。
苍天今日睁了眼，
妖妇也有这一天。

冯　翁　女儿，老爷就是那位客官，救下我儿性命。

冯　蓉　（唱）偷眼将老爷仔细看，
果然他就是那客官。

冯　翁　（唱）父女叩首谢恩典，
救我女不死出深渊。

西门豹　快快请起。

冯　翁
冯　蓉　老爷恩宽。

西门豹　怎么这些人去了都不见回话。（看小巫、廷掾，小巫、廷掾惊慌）

小　巫　哎呀老爷，我师父为河神娶妇乃是假的，她去还能回来吗？求老爷开恩，饶了我们，今后一定改邪归正。

西门豹　哼，既愿改邪归正，不咎既往，起去。

小　巫　老爷宽恩。

廷　掾　老爷，小人也知罪了，饶了小人吧。

西门豹　起去，站在一旁。

廷　掾　遵命。

西门豹　老丈请了。

冯　翁　老爷有何吩咐？

西门豹　烦老丈在百姓中询其年长无妻之人，将女弟子与他们择配出嫁。

冯　翁　小老遵命。

西门豹　冯大祥、管明。

冯大祥
管　明　伺候老爷。

西门豹　命你二人将巫祝、三老、豪长、廷掾多年贪没财赋，悉数追出，散还百姓，不得有误。

冯大祥、管明　小民遵命。

西门豹　廷掾。

廷　掾　伺候老爷。

西门豹　尔等帮同三老横征暴敛，速将尔等搜刮民财，全数交出来，太守堂前复命，听候发落。

廷　掾　小人遵命。

西门豹　诸位父老，本郡连年天饥岁荒，本太守在未上任前先派兵丁，协助百姓凿渠灌田，如今旱相转过，麦将吐穗，从今以后可免水旱之灾，而庆丰收三年，现在妖妇及贪官已死，以后再有言为河伯娶妇者，即令其人为媒往报河神。望父老安居乐业。

众　　感谢老爷为民兴利除弊。（众跪，西扶众）

——幕落剧终——

（说明：以上内容录自家存手稿。钢笔分行书写，繁体横排。封面落款：冯杰三编，1961.9.9 脱稿。）

双明珠

第一场

[小生扮李探龙上。

探 龙　（引）壮志诗书里，生涯画图中。

（坐诗）数载漂流寂无声，太原城里学丹青。

谁知回到浑源郡，偏与何家去写生。

小生李探龙，浑源县人氏，先父在日官拜左都御史，曾在东宫教授太子，后来因事离任，寓居太原。不幸父母先后去世，丢下小生一贫如洗，幸蒙武昆明老师周济，并教我习画，是我昼濡丹青，夜读诗书，欲为国家作一番事业，也不枉我父在日教我一场。前日随师回到本郡，闻得聘妻另许张家，幸而岳父请师绘画，师傅命我同去，相机行事，并着我写信送往何家，说我择吉迎亲，看他如何复我。（武昆明笑上）

昆 明　（唱）据报先皇已传位，

如今太子登了极。

闻言心中暗欢喜，

急忙告诉弟子知。

探 龙　师父回来了。

昆 明　回来了，回来了，咦哈哈哈……

探 龙　师父发笑为何。

昆 明　弟子是你不知，外边人言纷纷，都说如今老皇让位，太子登极，大赦天下，你教我怎得不喜，怎得不笑，呵哈哈哈……

探 龙　怎么太子登极了。

昆 明　正是太子登极了，想你父在日曾为太子师，太子和你兄弟相称，你兄登极，就该修表庆贺，并述你的抱负，刻下的苦况。

探 龙　哎，太子故然性情忠厚，当念旧好，只是我这封书奏怎样得见天颜。

昆 明　这却不难，今有王侍郎之子，赴京探亲，托他带去，烦乃父申奏九重，千妥万妥，莫一点差错。

探 龙　如此待弟子修书。

昆 明　你快修书，为师下边收拾画器。（欲下又停）弟子。

探 龙　师父讲说什么。

昆 明　我们明日去到何家绘画，你先不可说出姓名。

探　龙　为着何来？

昆　明　你想人家既把女儿另许别家，万一存心不良，怕有意外之祸。

探　龙　弟子记下了。

昆　明　记下了好，你快修书。（下）

探　龙　弟子遵命。哎，封书托人带去，但不知皇上能否念旧也。

（唱）一封书奏入帝畿，
但愿早达圣主知。
念起当日旧情义，
颁诏征我到京师。
一身许国展薄技，
不负男儿七尺躯。

哎，（看自己衣衫）
我如今大非昔日比，
不应当太天真想入非非。

书奏修好，待我去见师父。（下）

第二场

［刘媒婆前引路，六家丁吹唢呐打鼓抬食盒家院牵马张智索持马鞭过场下。

［伶珠俐珠各捧杯盘上下又上。

俐　珠　伶珠姐，你听，鼓乐声响，像是张家新亲来了。（伶听看天）

伶　珠　莫有，天色还早哩，我有事要禀员外。

俐　珠　你看员外来了。

伶　珠　在哪里？

俐　珠　在这里，在这里。伶珠姐，你莫看今早员外那付尊严的面孔，（学员外）今乃张府请期迎娶之日，你们都要高高兴兴的，张家本官宦人家，应当格外小心，若有半点差错，（学打喷嚏）一个喷嚏把威风打的莫影了。（二人均笑）

伶　珠　哎，员外也太狠了，只知他攀高结贵，全不顾小姐的死活。

俐　珠　嗯，我若是小姐。非和他闹到公堂不可，再不然就挟上包袱寻那李探龙去。

伶　珠　你都不怕人笑话吗？

俐　珠　总比她哭哭啼啼的强，眼看被人逼到虎口里了，却要给她请个画儿匠，把他和李公子幼时那副像放大再画一幅，难道就和那幅画成亲不成？

伶　珠　你晓得什么，这也是小姐一片孝心。

俐　珠　嗯，小姐也想得太周到了。伶珠姐，听说员外请的那位画儿师傅，还是才从太原回来的，怎么小姐不去打听公子的下落。

伶　珠　小姐怎好去问人家这些话。

俐　珠　那有何要紧，不然我给他问去。（急掩口）

伶　珠　低声些，这话若叫员外听见，可就坏了。

俐　珠　哦哦哦，看把你胆小的。（二人突听鼓乐声）

伶　珠　哎呀，鼓乐声响，你去禀员外，我去告诉小姐。（分下）

（何江海和安人上）

江　海　（唱）张智索权势大一方称霸，
幸和他今结了儿女亲家。

安　人　攀高贵背前盟居心可怕，
不羞愧在人前有意矜夸。

江　海　安人，亲翁快到，你还是如此吵闹，成何体统。

安　人　哼，你今做出此事，女儿始终不允，若要威逼，万一有个长短如何是好呀！（哭）

江　海　哎，这都怪你养女不教之过，惯的蠢才如此任性，要知张提督是官宦人家，有钱有势，嫁给他子，享不尽荣华富贵，这样亲事，打着灯笼也是难找下的，想李探龙自从父母去世，贫无立锥之地，若嫁了他岂不是睁着眼往沟里跳呢吗？

安　人　哼，想你从前慕李都御史之荣，寻情央人家要将女儿许于他子，今又做出此事，你，你真是个无情无义之人也。

（唱）你欣羡都御史官高爵显，
女十岁定要许他家儿男。
唯恐怕这亲事中途生变，
请画师描容像盟誓告天。
李探龙父母亡穷困难返，
受饥寒孤单单流落太原。
你就该念前情派人打探，
接他到咱家中苦读圣贤。
谁是你背盟约嫌他贫贱，
攀高门逼女儿上了贼船。
是你这嫌贫爱富势利眼，
一女儿两许人是何心田。

江　海　（唱）休说我嫌贫爱富汉，
世人的心思却一般。
嫁女须把门第选，
恐无人愿女受贫寒。

幸和张府结亲眷，
真是一步登了天。
你应欢喜勿埋怨，
快与女梳装到席前。

安　人　哎，事已至此，说有何益，我且问你给女儿请的画师，可否请到。

江　海　请到了，请到了。明日就来了，还是刚从太原回来的一位高手。哎，快要出嫁，偏要将那轴画像放大，到底为了什么。

安　人　为了什么，这幅画像乃女儿心爱之物，她少不了随身所带。

江　海　怎么她出嫁时还要带上那轴画像。

安　人　她当然要带。

江　海　哎，这如何使得。

安　人　那你今天就不要收张家的千两彩礼。

江　海　那如何得成。

安　人　哼，你收人家彩礼，到了那天，你就替女儿去。

江　海　哎，这更不成话了。（俐珠上）

俐　珠　禀员外，鼓乐喧天，张家新亲到村外了。

江　海　哎，眼看新亲就到，你快去劝女儿梳妆，首次拜见公公，这可不是小事。

俐　珠　哎哟，小姐哭得像个泪人儿，倒怎样见阿公的面呀。

江　海　多嘴，下去，你快去，你快去。

安　人　哎嘘……（生气地下）

（俐珠将出门何喜持信上）

俐　珠　何喜你拿的什么？

何　喜　李姑爷的信。

俐　珠　拿来我看。

何　喜　给员外看，你怎能看。（俐珠夺信看何喜拉俐珠抢信）

俐　珠　哎呀，这才是天大的喜事，待我禀告小姐得知。（跑下）

何　喜　禀员外，这是李姑爷差人送来的书信。

江　海　哪个李姑爷？

何　喜　李探龙李姑爷。（递信江海接信）

江　海　待我一观（拆书唸），岳父大人，小婿自椿萱逝世，穷困太原，幸蒙恩师提携，得回故乡，意欲择吉完婚，择吉完婚，呀，呸，真扫兴。

何　喜　来人等候回信。

江　海　去对来人说，今日有事，改日再复。

何　喜　是。（下）

媒　婆　（内白）刘媒婆到。（何喜急上）

何　喜　禀员外，刘媒婆到。

江　海　有请。

何　喜　有请。（刘媒婆上）

媒　婆　（念）张府请期来迎亲，偏遇李家下书人。

（伶珠捧茶上与媒婆相碰）那是伶珠。

伶　珠　那是刘妈，我知道刘妈路跑得多了，口也渴了，特为你备的香茶。

媒　婆　哎哟，这个丫头真会说话，员外可在。

伶　珠　专等着你呢。

媒　婆　待我进见。（进内伶珠随进）员外在上，我婆子有礼。（伶珠将茶盘放桌上）

江　海　少礼，请坐。

媒　婆　谢座，谢座。

江　海　张老大人可曾前来。

媒　婆　来了，来了，一时就到。（江海发现桌上信急藏之）哼，员外，那是什么。

江　海　哦，这……莫有什么。

媒　婆　我问的是那封信。（江海看伶珠媒婆后）

江　海　你且下去。

伶　珠　是。（出门站在一旁窃听）

江　海　实不相瞒，这原是李探龙送来的。

媒　婆　你说李探龙死在太原，怎么还能写信回来。

江　海　哎，他并莫死。

媒　婆　而且还要择吉完婚。

江　海　你如何得知。

媒　婆　我也实不相瞒，方才在门外碰见送书之人，我把他已经问了个明明白白，员外，你如今是怎样处置呢？

江　海　他家一贫如洗，如何娶得起亲，若他还来，给些钱财，也就是了。

媒　婆　想姑娘原是他先聘定的，万一他不受钱财，定要娶亲，姑娘又对他那样钟情，若还执意不嫁张家，引起诉讼。那时，我婆子吃苦倒不要紧。员外呀，你可是一根扁担两头担（耽），既攀不上张家，又丢掉了姑娘，还得退还彩礼，外边传出一片风声，你是怎样见人。哎，到了那时你后悔也来不及了。（俐珠上，伶珠拉不让他进内）

江　海　嗯，大嫂言之有理，只说这……

媒　婆　哎，依我之见，不如早日与张公子完婚，给他个迅雷不及掩耳。

江　海　这还不妥，迎亲之日，他若前来，闹个大煞风景，岂不更扫兴吗？

媒　婆　这该……

江　海　有了。

媒　婆　员外有什么了？

江　海　你听，今日张大人到来。咱们和他商定八月十五迎娶，那个穷光蛋来了，也和他约定八月十五迎娶，到了那日与他来个李冠张戴。

媒　婆　何为李冠张戴？

江　海　那天我着一个丫头扮作小姐，给李家，却对他说是小姐，糊里糊涂混得上了轿，过了门，那时李探龙就是识破，我女早已到了张家，料那个穷鬼也起不了什么风波。

媒　婆　妙极，妙极！

江　海　须要严守机密，千万不可泄露。

媒　婆　那何待说。

俐　珠　哼。（伶珠掩俐珠口）

媒　婆　你究竟叫哪个丫头顶替小姐。

江　海　俐珠快嘴利舌的，就叫他去。

俐　珠　哦。（欲进被伶珠拉下）

［鼓乐奏起何喜急上。

何　喜　禀员外，张老爷到了。

媒　婆　员外，你我一同出迎。

江　海　好，你我一同出迎。（同下）

第三场

［伶珠上。

伶　珠　（念）喜信天降下，反把人急煞。

小姐心腹话，如何转告他。

哎，你教怎说，事到着急时，就有个出奇处，凑巧在张家请期迎娶那天，李姑爷送来一信，说他已回，择吉完婚。那员外和媒婆定计，用丫头诓骗公子，是我与俐珠商议，给他来个将计就计。哎，只说李姑爷有信却不见他的人，教我把员外的鬼八卦，小姐心腹话，如何转告于他。

何　喜　（内白）伶珠姐，画儿师傅来了，快把画像送到花园来。

伶　珠　哦，知道了。嗯，待我先将画像送到花园，并告何喜探听李姑爷的住处了。

（唱）为富不仁昧天良，

定要错配好鸳鸯。

想下以李代桃计，

笑看愉人怎下场。（下）

［何喜上。

何　喜　画儿师傅，你们都随着我来。（探龙随昆明上）

昆　明　哎，来，来，来了。

（唱）适才我把员外见，

他请我一同到花园。

探　龙　门婿倒作门外汉，

背身儿洒泪不敢言。

何　喜　画儿师傅，这叫个明月亭，那叫个朝日轩，两边都有几案，案上有笔有砚，有绫有绢，你若要水要炭，要茶要饭，只将我何喜一唤，我一点都不敢怠慢，完了给我画个扇面，走后留个纪念。（下）

昆　明　好利的嘴也，哈哈哈，探龙过来，你就在明月亭，我到朝日轩，这回你我绘画，还是两处为好。

探　龙　那是个什么意思？

昆　明　你一个人在此，遇见了丫鬟奶妈，便可以随机应变，探听何小姐的心肠，我若在此，就有妨碍。

探　龙　照这样说来，师父请便。

昆　明　好，我便去了。（下）（伶珠捧画轴上）

伶　珠　（唱）画儿师傅都来了，

听说是技艺比人高。

明月亭外高声叫，

画儿师傅，画儿师傅。

探　龙　在这里，在这里。

伶　珠　（唱）我小姐烦你把容描。（挂像）

这是画像一轴，上边十来岁一个男孩子，就是我家旧姑爷，十来岁一个女孩子，就是我家小姐，教你照这个样子，放大点，另画一幅，以速为妙。

探　龙　你家员外怎么还有个旧姑爷。

伶　珠　哎，说起来话长。

探　龙　长话短叙。

伶　珠　那么你听，我家小姐原先许配李探龙，不料他一去七载，无有音信，张提督久慕我家小姐之貌，我家员外贪图彩礼，竟将小姐又许张提督之子为婚。

探　龙　这个……

伶　珠　咦，你那是怎么样了？

探　龙　无有什么，想是你家小姐也愿意张家这门亲事。

伶　珠　哎，你不知道，皆因我家小姐不愿意，所以才和员外一再争辩，怎奈员外不听，气得她啼哭不止，茶饭懒用。今日要寻死，明日要投河，那时我才给她出了一个主意。

探　龙　你替她出个什么主意。

伶　珠　就是画这轴容像的主意。

探　龙　你这话的意思，我怎么不明白。

伶　珠　不明白了，我也不便明言，你将像看看就明白了。

探　龙　哦，哎，那么我也不便再问了。（看像回头拭泪）

伶　珠　哎呀，这人一看画像，突然落泪。其中必有缘故，莫非他就是公子。嗯，待我藏在花树之后看他是怎样的举动。（伶珠在树后窃听）

探　龙　哎，我好心酸也。

（唱）我一见画像泪满面，
详详细细看一看。
总角男儿真婉娈，
垂髫女儿秀娟娟。
那年我才十岁满，
跟随爹爹转回还。
岳父招我到花园，
请来画师画容颜。
两小无猜两相看，
说说笑笑坐两边。
谁料今日事情变，
又和别人结姻缘。
背地我把岳父怨，
一女两许理不端。
一针怎能穿双线，
一马怎能备两鞍。
欺负我是贫儿汉，
料就有口不敢言。
我去寻他拿理辩，
不讲理一同去见官。（伶珠突出探龙惊退）

伶　珠　嗯，见官，见官，（探龙羞愧背立）哎，我看着像你。果然是你，你回来了这就好。待我叫去。（跑下）

探　龙　哎，不知她是什么意思，我站在这里，看她怎样。

宝　芝　（内唱）在小房一人独闷坐。

探　龙　哎呀，她来了。（跑在花树后藏）

伶　珠　小姐快走，快走。（伶珠拉宝芝上）

宝　芝　看这个蠢才，你叫我做什么去呀？

伶　珠　你走，你走。

宝　芝　（唱）愁思不散唤奈何。

伶　珠　不必愁了，解愁的人来了。快走，（拉芝）说是你来呀。

宝　芝　（唱）伶珠蠢才拉住我，

拉拉扯扯为什么，为什么？

伶　珠　小姐好了，好了，这一回好了。（笑）

宝　芝　看把你喜的，什么好了？

伶　珠　来了，来了，他已经来了。（笑）

宝　芝　是个谁吗？来了，来了。（伶珠向亭内看不见探龙，猛然看在花后）

伶　珠　哎，在那里，在那里，羞的藏在花树背后了。（笑）

宝　芝　到底是个谁，看把你笑的。

伶　珠　就是你黑黑明明，哭哭啼啼，想见不得见的那个人。

宝　芝　是他，嗯，我不信。

伶　珠　你不信了，待我给你叫去。哎，你来，（拉探龙出）小姐你看。真是从天上跌下来的，（探龙宝芝相见羞得转身低头哭）哎，怎么都哭起来了。哎，六七年不得见面，而今见了面了，不必哭了，快将你俩个多年不曾说的话说说，说明了，小姐就不埋怨姑爷了。姑爷也不埋怨小姐了。嗯，还是小姐你先说你的苦处。

宝　芝　哎，我可恨又可恼也！

伶　珠　你恼的何人？恨的哪个？

宝　芝　（唱）恨郎君在外边整七载，

无有音信寄裙钗。

我神思梦想心不快，

唯恐郎在外生病灾。

在深闺盼望一年又一载，

终日忧愁苦难挨。

奸人造谣良心坏，

竟说郎异乡一命赴泉台。

张智索差媒妁问名纳采，

我的父攀高接贵亲口许婚大不该。

父女争辩一而再，

无力挽回增悲哀。

伶妹妹劝我且忍耐，

从中设谋巧安排。

描容画像身边带，

逃出门访寻郎君不远千里奔天涯。

倘不幸郎命丧愁城苦海，

我情愿入空门礼佛长斋。

今相逢明月亭喜出望外，
想必是鬼使神仙差。
我为郎守节立志无更改，
郎对我忘却前盟不肯来。

伶　珠　哎，看我小姐越哭越伤心，真可怜、真可怜，小姐你不要哭了，待我问他去。

宝　芝　你回来。

伶　珠　你不要管。姑爷，我家小姐那心里，再莫有第二个人，常年心在你一人身上哩，你怎么莫良心地把我小姐忘了。看，我小姐伤心不伤心。

探　龙　哦，我的……

伶　珠　你的谁？

探　龙　哎，我的你呀。

伶　珠　叫小姐，叫小姐，叫的我作什么。

探　龙　（唱）小姐不必将我怪，
说起心事好伤怀。
二老爹娘都不在，
为践盟约到此来，到此来。

伶　珠　看看看，我家姑爷乃是个至诚君子，怎能作那忘恩负义之事。

宝　芝　这些年你老在外边，就是人不得回来，为什么一封信也不带来。

伶　珠　嗯，这倒怪他，我问他去。姑爷，自你走后，我家小姐为你茶也不思，饭也不想，书也怕读，话也懒讲，身子瓤的，脸儿黄的，几乎把命都送了，你怎么整整七年连个信也不带来。

宝　芝　你来。

探　龙　哎。我的小姐呀。
（唱）自我到太原无聊赖，
在画匠铺里混生涯。
有时心想把信带，
只怕你见信也悲哀。

伶　珠　小姐不怪他了，常言道，富贵了爱逢乡党，贫贱了怕见爹娘，他穷的莫路了，学了画匠。心想给你带信。嗯，怕你不理。

宝　芝　学了画匠，有何要紧。人常说莫有钱不算贫，莫有学问才算贫，莫有官不算贱，莫有品行才算贱，学了画匠，有何要紧，给人也带上个信儿，教人知道你还在世上哩。

伶　珠　哎，过去的事了，不必再埋怨了。你日夜盼人哩，而今人立在你面前了。来、来、来，你两个先商量你们的正事怎办呀。

宝　芝　人家这些年概不招呼，还商量什么呢？

探　龙　哎，哎，只是这心掏不出来，若能掏出，掏出来叫小姐看一下。
伶　珠　不说了，而今只说你的主意。
探　龙　我有什么主意，只要小姐不嫌我穷。
伶　珠　穷字不敢出口，再说嫌穷，就亏了我小姐的心了。
探　龙　只要小姐不嫌弃我，我愿发誓明心。（跪伶扶起）
伶　珠　那就不说了，姑爷，你先说你是怎样对付你那个嫌贫爱富的老岳翁。
探　龙　我已和师父商定与他个先理而后兵。
伶　珠　哼，怎样的个先理而后兵。
探　龙　明日我便央人前来，说我定期迎娶，看他如何对我，倘若给我小姐便罢。
伶　珠　假若不给。
探　龙　哼，我便击鼓鸣冤，于他公堂论理。
伶　珠　哎哟，你好大的气魄，好妙的兵法，员外和张家若听见，早已吓得魂飞天外了。
探　龙　至少也得将小姐给我。
伶　珠　看把你说得厉害的，算了吧，算了吧。
探　龙　怎么样。
伶　珠　你先不能知彼知己，怎能百战百胜。
探　龙　此话怎讲。
伶　珠　你想，张家若果怕你，怎敢造谣说你已死，夺你聘妻，何员外若怕你告他，岂能背却盟约，一女两许，要知他们一家有钱有势，一家无势却也有钱，你是个穷画匠，如果和他打官司，岂不是自找苦吃，不但小姐不能到手，恐怕还要给县太老爷赔几根打坏了的板子钱哩。
探　龙　这……
伶　珠　嗯，你还不知道员外和媒婆的鬼把戏呢。
探　龙　他们还有什么鬼把戏。
伶　珠　他们见了你那封信，已经商定，着你八月十五抬亲，却命俐珠假扮小姐，你如安分受之，还则罢了，若还寻上门来，他要告你个拐骗侍女侮辱大绅之罪，并买通合衙上下，把你打得皮破肉烂，还得把俐珠送回何府。
探　龙　哦，他竟敢如此，我去寻他……（伶拦龙）
伶　珠　算咧，算咧，那样不中用。如今你听我的，只要有我这个小诸葛，总教你引个好夫人，还是看我这把羽毛扇儿给你指挥呀。
（唱）请姑爷勿急燥莫可颟顸，
探　龙　伶姑娘有何高见。
伶　珠　（唱）我与你想下了巧妙机关。
见员外你需要恭顺和善，
假意儿感激他不背盟言。

对老人你须要行个权变，
就说你到张家去配凤鸾。

探　龙
宝　芝　那却不成。

伶　珠　嗯，人家的话还莫说完哩，就把你二人急的。那却不成，那却不成。不成了去、去、去！你就让他上公堂挨板子去。

探　龙
宝　芝　好、好、好，你讲，你讲。

伶　珠　（唱）员外他听此言欢喜无限，
自以为你上了他的套圈。
到八月十五当场变换。

探　龙
宝　芝　怎样的个变换。

伶　珠　你听，我已和俐珠商妥，到了那日，叫丫鬟扮小姐，小姐扮丫鬟，张娶小姐，李娶丫鬟。他要李冠张戴，咱们给来个张冠李戴，将计就计，圈上套圈。

探　龙
宝　芝　妙计、妙计。

伶　珠　（唱）那时节，管教他，神鬼也难辩，
一场空喜欢。
盖头一揭大换板，
眼瞪口塞干撩乱。
俐珠在张家闹翻天，
小姐在李家配凤鸾。
弄他个鬼计落空成梦幻，
纵有钱有势也枉然。

宝　芝　嗯，算你是个女诸葛。

探　龙　佩服，佩服，我们依计而行。

宝　芝　伶妹妹向这里来。

伶　珠　小姐有何吩咐。

宝　芝　你看他这般景况，到了那时，请媒人赁轿子，一切费用，从何而来。（侧身取珠）

伶　珠　哦，我明白了，把护身宝给人咖。

宝　芝　嗯，我就实在不想给他……

伶　珠　拿来，拿来，（伶夺宝珠）心里怪喜欢，口里辄说不想给他，姑爷接来，这是明珠两颗，乃是我家小姐护身之宝，你到大街变卖，足值五六百金，

满够你完婚使用。（探龙愧接珠）

探　龙　感谢、感谢。

伶　珠　莫要忙，我还有些薄仪呢，不准你笑话，却不许你推辞，这是我攒下三十六文铜钱，虽然抵不了什么，总算是我一点穷心。

探　龙　这是千里送鹅毛，礼轻仁义重。我也不用，留作纪念。（俐珠上）

俐　珠　伶珠姐，我到处找你，你却在这里，你究竟打听到李姑爷的下落不曾。

伶　珠　我先问你，员外把你唤去，说些什么。

俐　珠　哼，他见我甜言蜜语，我却给他个冷气攻心。

伶　珠　怎样的气他。

俐　珠　我说，员外你作父亲的能做出这样绝情的事，我这当丫头的可不能作此无情无义之事，后来他又说给我买绫子，扯缎子，妆奁比小姐还多一半子，我说只是一件，我可要穿张家送来的新衣，他也满口答应下了。

宝　芝　哎，俐珠妹妹，你到了张家，他一看不是我，免不了拷打于你，教我问心何安。

俐　珠　哎哟，小姐你放一百二十条心，我莫有这点本领，怎敢单刀赴会。

探　龙　哎呀，二位姑娘如此侠义，真教我感恩戴德没齿不忘。

探　龙
宝　芝　二位请上受我夫妻一拜也。

探　龙　（唱）姑娘本是豪侠女。

宝　芝　　　　慷慨挺身救危急。

探　龙　　　　铭心不忘大恩义。

　　　　　　　我夫妻以德当报德。

俐　珠　哎呦，把人急了半天，你却在面前。快起来，快起来。

伶　珠　小姐，而今事完了。快走，姑爷牢记八月十五。

探　龙　嗯，八月十五，我记下了。

伶　珠　小姐，来，来，来（拉宝芝跑下）（武昆明笑上）

昆　明　哈哈哈……

（唱）隔窗棂我看得明明亮亮，

　　　我弟子今得了明珠一双。

探　龙　师父，好了，好了，这不是人家赠的一双明珠。

昆　明　我隔窗已经看得明白，好贤慧的小姐，好俐伶的丫鬟，这对明珠不必变卖，留作纪念，我有纹银百两，也够你完婚之用。我今托故告辞，明日请媒送礼，准备八月十五成就喜事呀。

（唱）这明珠你千万不可变卖，

　　　我有钱成全你理上应该。

　　　到明日咱先将媒人招待，

要约定十五日来把亲抬。
弟子。

探　龙　师父。

昆　明　随着师父来，哈，哈，哈……（下）

第四场

［何喜上。

何　喜　（数板）

我何喜真冤枉，
鸡叫头遍就起床。
员外叫我办嫁妆，
名目开了一大张。
东街买被褥，
西街买床帐。
南街买桌凳，
北街买匮箱。
耳坠钗环雕海棠，
胭粉买了一大筐。
茶壶茶碗双双对，
酒壶酒杯对对双。
脸盆架子明又亮，
菱花镜匣八宝镶。
我把这一物一件都莫忘，
一天跑了个镗镗。
跑得我汗水湿衣裳，
好像老牛出池塘，好像母鸡淹水缸。
心中暗暗想，
员外欠妥当。
你只有一个千金女，
嫁妆为何办两堂。
两堂嫁妆都一样，
叫我何喜费思量。

哎，我想员外只有一个女儿，为何叫我办了两堂嫁妆，一路想来想去，也想不出个名堂。这，这，哎呀天色不早。我不想了，他说怎办就怎办，到了那天便知他的鬼八卦了。

（唱）我不思来我不想，
谁管他是啥心肠。
回去先与他交账，
到那天我便知端详。（跑下伶珠上）

伶　珠　（唱）八月中秋月正明，
新郎新妇巧相逢。
偷天换月计策定，
一时两家把亲迎。

两个新人穿得整整齐齐的，等着坐花轿呢，怎么还不见来。嗯，刘媒婆这个狐狸精，我今天先把她拢络住，免得败露我的机密。（何喜上）

何　喜　伶珠姐，两家花轿都到了。

伶　珠　快请员外。

何　喜
伶　珠　有请员外安人。（何江海安人上）

江　海
安　人　何事？

何　喜
伶　珠　两家花轿到。

江　海　有迎。

何　喜　有迎。（刘媒婆带轿夫由上场门上武昆明带轿夫由下场门上）

江　海　刘媒婆，老先生，请。

昆　明
媒　婆　请，与员外安人恭喜。

江　海　大家之喜，（让坐）酒来。（二丫头捧酒上）请酒。

昆　明
媒　婆　请，吉时已到，请新人上轿。

江　海　速扶新人上轿。（丫头宝芝媒婆看被伶珠一脚勾倒宝芝上轿，昆明随下，丫头扶俐珠上张轿下媒婆走被伶珠拉）（江海安人下）

伶　珠　刘妈，张公子只娶小姐一个吗？

媒　婆　哦，我明白了，我常对公子夸你，公子定定等你着吧，我保你这事成。

伶　珠　事若成了，我把你认成我的干妈。

媒　婆　哎哟，得你这个干女，把我还能高兴死呢。哎呀，轿子远了，待我赶去。（伶拉）

伶　珠　刘妈我。（耳语）

媒　婆　哎，你说的什么，我一句都莫听见，待我赶轿要紧。（下）

伶　珠　嗯，这个老婆子，常年间哄人骗人，今天把她先指教一下。

（念）难关已度过，防备下一着。（下）

第五场

［张智索、张不得披红上。

智　索　（念）易曰乾坤定矣。

不　得　　　　诗云钟鼓乐之。（家院上）

家　院　禀大人，花轿到。

智　索　我儿出迎。（刘媒婆上）

媒　婆　少爷，妥了，妥了，真材实料，莫有夹带，还给你带了个姨太太。

不　得　那我心里都给你叩头哩，快扶新人下轿。（媒婆扶俐珠上）

媒　婆　拜天地，拜高堂，夫妻交拜。

俐　珠　哎呀，好红的毡。

媒　婆　悄悄的。

不　得　这怕是个二百五。（揭盖头）

俐　珠　那是李郎。

媒　婆　那就是张郎。

俐　珠　他是何人？

媒　婆　是你公爹。

俐　珠　胡说李探龙父母双亡，哪里来个公爹。

媒　婆　不敢胡说。

智　索　你是何人？

俐　球　我是何府俐珠丫头。

智　索　错了，错了，气煞人也。（家院扶坐）

不　得　真气死我也。

媒　婆　哎，哎。

智　索　（唱）见新妇将人的头气破，

　　　　哈哈，咳咳

　　　　　　骂声媒婆太可恶。

媒　婆　我真冤枉。

智　索　　　　你受了人家多财货，

　　　　　　为何娶人能娶错。

媒　婆　我连一个钱都莫见，伶珠丫头把我哄了。

智　索　（唱）你说你教人哄过，

　　　　　　睁的眼睛作什么。

不　得　你把眼睛瞎了。

媒　婆　我时时挂眼着哩，伶珠拉住我一劲儿说悄悄话哩，就贪听话，那个上了轿了。

俐　珠　那不怪我，我顶的盖头，不知道是你的轿子，若知道我还不上。

智　索　丑丫头。

（唱）我家丫头十几个，
　　难道缺少这人物。
　　分明通同作弊踏轧我，
　　犯在我手肯饶脱。
　　把媒婆快用麻绳缚，（家院拿绳绑媒婆）

媒　婆　你别绑我。

不　得　哼！

俐　珠　把他绑紧，问他为啥把我抬来。

智　索　丑丫头，

（唱）把丫头衣服一齐剥。

不　得　脱。

俐　珠　这衣服如何得到我的身上，随随便便地就脱呀，脱不成。

不　得　脱，要衣服，不要你这个人。（脱俐衣）

俐　珠　少动手，我也不稀罕。（脱衣摔在地）

智　索　（唱）拿板子就在身上斫。
　　把戒尺当作劝善药。（不得打俐、俐怒）

俐　珠　（唱）休野蛮来休凶恶，
　　此事全非我的错。

家　院　我家少爷不要你这个人。

俐　珠　哼，他不要我定是要我家小姐，那你不抬小姐为什么将我抬来，那时你们都把眼瞎了。

不　得　你就不该来。

俐　珠　我来，我来也是你家拿花轿迎着来的，不是我自己找来的，我问你，为什要依仗权势，夺人聘妻，只说你犯法不犯法。

智　索　他父亲亲口许婚，我犯的什么法。

俐　珠　哼，他父听了你们的谣言，受了你家千两彩礼，把女儿当牛马着卖，卖了一次还要卖二次，和你一样，不知羞耻。

不　得　嗯，我今日非把你打成小姐不可。

俐　珠　慢着，小姐，小姐早到了李家了。就说你不要我，也得说个道理，还是私下了呢，官下说呢，不许你蛮横无理地乱打。

不　得　丑丫头照打。

俐　珠　你打不成，你打不成，哎，你打不成呀。

（唱）我本是何府丫鬟娃，
我是怎样到你家。
如今都说我是假，
上轿时你把眼睛瞎。
蛮横凶恶乱打骂，
难道你不怕犯法。
休仗权势将人压，
我把你莫在眼中夹。
残暴无理我不怕，
如不然和你上公衙。

媒　婆　哎，我、我的大人呀，
（唱）大人不必将我拷，
听我与你细分剖。
都怪伶珠暗中挑，
上了丫头计笼牢。
你快提兵把将调，
去拿无盐换二乔。
倘若迟了就坏了，
杀了我也不准分毫。

智　索　言之有理，他拿丫头顶小姐，我夺小姐送丫头，他是明媒正娶，我也是明媒正娶，就是到了公堂，也不为越理犯法，松绑，站起去。
（唱）媒婆替我要原谅，

媒　婆　大人应当生气，我不怪。

智　索　（唱）还要你与我去帮忙。

媒　婆　只要事成，跑路我不嫌。

智　索　（唱）唤来家丁并家将，

家　院　家丁家将走来。（**四家丁，四家将上**）

智　索　（唱）听我吩咐站两厢。
你们把刀枪齐带上，
一同去抢何姑娘。
抢回重重都有赏，
抢不来到何家大闹一场。

不　得　爹爹息怒，待儿前去。

智　索　我儿速去，为父去到何家，责问这个老匹夫。（**下**）

不　得　走。

俐　珠　往哪里去？

不　得　把你送到李家，去换你家姑娘，快走。

俐　珠　哼，那可不成，我是怎样来，仍是怎样去，你要知道请神容易送神难。（坐在供桌上）

媒　婆　俐珠姑娘，你下来走。

俐　珠　给我抬轿子去。

不　得　哎，我把你个丑丫头。

（唱）丫头不要胡出丑，
去到李家卖风流。
前拉后搬向外走。（媒婆拉俐珠下桌，众家丁出门，媒婆俐珠随下）
我不得何姑娘绝不回头。（下）

第六场

［吕刚、吕强、罗木兰、丫鬟、四家丁、轿夫上。

吕　刚　（唱）自古道良缘有天定，
英雄女儿配英雄。

吕　强　何时领得人马众，
并驱争先逞威风。

吕　刚　吕刚。

吕　强　吕强。

吕　刚　兄弟二人，幼习武艺，枪法剑术，件件精通。吾弟年方弱冠，聘定罗女木兰，因父兄传授，也是武艺超群，今逢嫁娶吉日，特行迎亲之礼。

不　得　家丁们，一拥上前。（二吕向内看）

吕　刚　哎呀兄弟，你看那边一起人众，蜂拥而来，莫非盗贼前来抢劫。

吕　强　来势不善，速快迎敌。（不得率众上）

不　得　谁家娶亲。

二　吕　吕家娶亲。

不　得　哦，李家娶亲。

众　　　对，李家娶亲。

不　得　谁家嫁女。

二　吕　罗家嫁女。

不　得　哦，何家嫁女。

众　　　嗯，对，何家嫁女。

不　得　嗯，不错，就是他，来呀，还不下手。（众打二吕跑下）

丫　鬟　哎呀姑娘，变生意外，岂能拘守常礼，还不下轿与我姑爷助阵。

木　兰　你我一同打上前去。（脱衣抽轿杆耍棍下媒婆上）

媒　婆　哎呦，哎呦，人老了，说倒了就倒了，哎呀，我慢走了几步，他们已经打起来了。嗯，无论哪家受伤，都能给我出气，我不免站在土台看他娘的个水涨河塌。（吕刚打四家将下吕强打四家丁下丫鬟打四将、木兰打二将、二将下、不得上、木兰打逃走被丫鬟截住打）

媒　婆　错了，错了。（被木兰打下二吕上）

吕　刚　众贼已逃，不必追赶。回家行礼一毕，再和他公堂论理。

（唱）恨恶少仗势欺英雄，

光天之下敢行凶。

吕　强　撒刁放野太暴横，

要和他见官把理评。（同下）（探龙宝芝上）

探　龙　（唱）适才间我夫妻同把堂拜，

宝　芝　这都是伶妹妹巧计安排。

探　龙　待亲朋一杯酒送出门外，（二出门东西望）

探　龙
宝　芝　却怎么老师父还不回来。

探　龙　娘子，席终客散，师父送客怎么还不回来。

宝　芝　郎君不必惊慌，你我速快改装，此处空设洞房，我们一同逃到武家庄。

探　龙　须等师父回来。

宝　芝　你我改装等候。

探　龙　这样也好。

宝　芝　随着我来。（同下）（武昆明惊慌失措上）

昆　明　（唱）忽听得张智索来把亲抢，（跌扑）

直吓得众亲朋高飞远扬。

急忙忙把前门连关带扛。

（进内跌倒，探龙宝芝扶昆明）

探　龙
宝　芝　师父、师父。

昆　明　哎呀弟子。是我方才送客出门，有位故人飞马来报，言说张家调动家丁家将前来抢亲。

探　龙
宝　芝　师父请勿恐慌，我们已经准备妥当。

昆　明　如此随我逃往武家庄。

（念）金蝉脱壳将身隐，

闯过此关胜员分。（同下）

探　龙
宝　芝　（不得率众急上）

家　院　禀少爷，来到李家门前，门已关了。
不　得　将门踏开，（众搬石塌开门）一拥而进。
众　　　怎么无人。
不　得　前后搜寻。（众分下又上）
众　　　无有。
不　得　这分明上了诸葛亮的空城计了。（媒婆上）
媒　婆　少爷少爷，像是由后门逃走，远远望着一人背个女娘。
不　得　必定是他。来呀，速快追赶。（随众下）（俐珠上）
俐　珠　幸喜我家小姐逃走了，他们都跑了，待我回去给员外再装一肚子气。（下）
众　　　（内白）赶呀，快赶。（哑老背玉燕上）
玉　燕　（唱）贫女名儿叫玉燕，
爹爹聋哑家贫寒。
送我婆家去噉饭，
婆婆和我结仇冤。
打的我骨折皮肉烂，
立不起来走不前。
不造茶饭作针线，
婆婆骂我不动弹。
爹爹来将女儿看，
唤我娘屋住几天。
一跛一跌出庄院，
坐在地上泪涟涟。
爹爹背儿把路赶，
无奈只得攀上肩。
耳听后边人声喊，
想是恶婆追我还。
吓得心惊胆儿颤，
叫爹爹快跑莫迟延。
[跑下不得率众追下哑老惊上跌倒不得率众上拉哑老媒婆上看。
不　得　拉回去，拉回去。
媒　婆　又错了，又错了。那是个哑老汉背了个瘫女子。
不　得　待我去看。（下又上）哎，不是的，放了，放了。（众上）
众　　　少爷天色已晚，明天再寻。
不　得　胡说，点起灯笼火把与我快追。（率众下）

第七场

［何喜随何江海上。

江　海　（唱）我女儿已经出了嫁，

幸与提督结亲家。

李探龙若还来说话，

想好计谋对付他。（俐珠上）

俐　珠　（念）他们都逃脱，回去假做作。

哎呀员外呀。（哭）

江　海　你怎么回来了。

俐　珠　我把轿上错了，被他抬到张家去了。

江　海　那张家岂能答应。

俐　珠　哎，你听。

（念）刚把盖头揭过，才知把轿上错。

他们看见是我，板子身上乱掠。

将我混身打破，要和员外动干戈。

江　海　后来呢。

俐　珠　（念）随后叫了一群大汉，捎的长枪短剑。

拿我到李家交换，我家小姐并不见面。

江　海　那哪里去了。

俐　珠　不知道跳了崖了吗落了井了。

江　海　怎么说。（气抖何喜扶坐）

俐　珠　嗯。把你气死去。（下）

江　海　（唱）听一言来气上涌，

半晌不言哑无声。

我又惊又恨又伤恸，

哎呀我的女儿呀，

珠泪滚滚洒在胸。

谁张谁李商量定，

为何颠西又倒东。

想必女要守旧盟，

一心一意嫁李生。

暗和丫头把计用，

老夫全然不分明。

越思越想越气动，

叫何喜随我张府中。（张智索上）

智　索　（内白）家丁们，门外等候。（急上）你在哩。
江　海　你来了。
智　索　你在哩就好。
江　海　你来了更好。
智　索　老匹夫，
（唱）老匹夫来太无理，
不该拿丫头将我欺。
你女既然要姓李，
为何拿女设骗局。
江　海　胡道。
（唱）老夫不将人讹诈，
丫头原来配李家，
上轿时候变了卦，
怪你的来人把眼瞎。
智　索　媒婆纵然太大意，
丫头不能作儿媳。
我今与你要你女，
莫有你女我不依。
江　海　丫头虽然轿上错，
一个人儿顶一个。
你将丫头交与我，
我与你寻我女娇娥。
智　索　我将丫头送李家，
东跑西走谁管她。
我也不是老院下，
与你看守女娃娃。
江　海　哎，混账。
（唱）说你混账真混账。
智　索　谁混账。
江　海　你混账。
何　喜　你混账。（智索打何喜一掌）
江　海　（唱）作事全然不思量，
我女既将轿错上。
就该与我说端详，
你不肯和我私下讲。
浑源县里有公堂，

谁叫你青天白日将人抢，
拿些短剑并长枪。
个个和贼真一样，
吓得百姓都惊慌。
你也曾巍巍作官长，
全不念国家有宪章。
逼得丫头无方向，
逼得我女无下场。
俐珠不知何处往，
恐怕都把性命伤。
我本来寻你去告状，
你还和我闹嚷嚷。
你莫把你的威势仗，
我和你公堂论短长。

智　索　哎，气煞人也。
（唱）听言气得团团颤，
句句话儿将我冤。
抢人不曾把法犯，

江　海　抢人不犯法，作什么才算犯法。

何　喜　抢人就是贼娃子。（智索打喜）

智　索　（唱）明媒正聘理当然。
李家兄弟极凶悍，
和你女儿并丫鬟。
个个能杀又能战，
女儿丫鬟更野蛮。
揭开轿帘抽轿杆，
打得地覆又天翻。
直打得家将齐逃散，
家丁个个伤斑斑。
我的儿头破周身烂，
回府跌倒气奄奄。
你还说你女有危险，
与我要把人命安。
分明全家暗勾串，
欺我年老不作官。
你纵有金钱十万贯，

莫你女我和你不得零干。

江　海　哎，你满口胡道。

（唱）你说的话儿真奇怪，

话从哪里讲下来。

李探龙哪有弟兄在，

文文雅雅似秀才。

两女也非英雄派，

柔柔懦懦女裙钗。

怎敢与人把阵摆，

怎敢与人把仗开。

你定将他性命坏，

故意空中结楼台。

我无有女儿无依赖，

那顾性命和资财。

任你把千军万马带，

我和你上公堂去把案裁。

智　索　哼，见官就见官，谁还惧你。

江　海　哪个惧你。

智　索　我告你一女两嫁，诓骗财物。

江　海　我告你目无王法，草菅人命。

智　索　走。

江　海　走。（智索拉江海下）

何　喜　你也来。（何喜拉家丁下）

第八场

［武昆明上。

昆　明　（念）雄鸡催晓难合眼，天明告状见县官。

探龙、宝芝。（探龙宝芝上）

探　龙　（念）告状县官必偏袒，回家贼人定纠缠。

宝　芝　一夜愁眉难开展，不觉晓日已三竿。

探　龙
宝　芝　师父呼唤，有得何事。

昆　明　弟子，你看日上三竿，还不速快改装，一同上县告状。

探　龙　师父，想我二人已成夫妻，若去告状，岂不是妄状告人。

昆　明　哎呀弟子，你不告人，人必告你，难道他两家和你干休善罢不成。

宝　芝　师傅言之有理。我们速快改装了。

（唱）急忙改装背包裹。

探　龙　　即去喊冤勿蹉跎。

昆　明　　为不平我愿赴汤火，

　　　　去告劣绅与豪恶。（同下吕刚吕强上）

吕　刚　　恨贼人依权势欺压于我，

　　　　率家奴执刀枪拦路抢夺。

吕　强　　绝不容那贼子横行作恶，

　　　　先告他欺乡民掠劫财物。（昆明探龙宝芝上）

昆　明　　实服了小伶珠聪明不过，

　　　　巧计谋出女子尘世无多。

探　龙　　张提督贼构陷欺我软懦，

　　　　何江海附权势背却婚约。

宝　芝　　父告女女告父势难避躲，

　　　　这也是出在了无法奈何。

二　吕　那边你是武老伯、李仁兄。

昆　明
探　龙　哦，你是吕贤侄弟。

吕　刚　我弟兄闻听仁兄返里完婚。

吕　强　只说小弟婚后，兄弟二人同来贺喜，不料迎娶那日中途起了风波。

昆　明
探　龙　起了什么风波？

吕　刚　张提督纵子行凶，殴打乡民，劫去妆奁。

吕　强　我弟兄正为此事，上县告状。

探　龙　哎，我们也是上县去告，何江海嫌贫爱富，一女两许。

昆　明　张智索依仗权势，夺人聘妻。

伶　珠
俐　珠　（内白）小姐等着。

宝　芝　怎么伶珠俐珠二位妹妹也来了。（众看伶珠俐珠上）

伶　珠　（念）抑强扶弱，

俐　珠　　执法之地把理说。

二　珠　那是师父姑爷小姐。

二　吕　这二位姑娘他是何人。

探　龙　这是伶珠俐珠二位妹妹，多蒙她二人相助，为兄才得与何小姐成亲。

二　吕　哦，感谢二位姑娘助兄之高义。

二　珠　岂敢，岂敢。

探　龙　二位妹妹，这是吕家二位贤弟。

俐　珠　莫非昨日中途痛打张不得的吕家公子。

探　龙　就是二位贤弟。

俐　珠　哎呀，昨日二位公子打了个痛快，打了个利落，热闹极了。新娘子更出奇，拿了一根轿杆，将张贼打得头破脸肿窝子青，走路好像刮旋风。

众　　　哈哈，打得痛快，热闹。

昆　明　不必说了，还是告状要紧。

伶　珠　师父，还是论个次序，顺序而行，方为妥当。

众　　　姑娘言之甚是，应当怎样，才觉妥当。

伶　珠　依我之见，不如姑爷小姐先告，说明原委，县官必然袒护缙绅，诬陷无辜，以成其罪，那时吕公子大声喊冤，县官明知张智索理屈，但又不愿伤其尊严，势必平面推下，这时我三人击鼓呼冤，见了官我自有安排，如此去告，不知众位以为何如。

众　　　这样去告，妥当极了。伶姑娘的高才。

伶　珠　不敢当，不敢当。

昆　明　事不宜迟，我们还是顺序告状，正是。

二　吕　（念）自古胜负在于理，

二　珠　　　　何惧炎凉世情非。

探　龙
宝　芝　　　　见义勇为有终始，

昆　明　　　　水落石出方止息。（亮相顺次序下）

［县官白无忌上。

无　忌　（念）接了缙绅状，日夜加愁肠。

　　　　　　只好压被告，不须论短长。

浑源县县官白无忌，昨日缙绅张智索状告李探龙霸占儿媳，何江海又告他拐骗女儿，我想张何两家，一家是宦门，有权有势，一家是富翁，无势却也有钱，均是本县望族，我还得格外奉承，李探龙那个穷鬼，不过是个画匠，有什用处，今天问案，不管他有理无理，我将他大加压制，以后张何两家对我岂能白完。嗯，就是这样办，来呀。

役　　　侍候老爷。

无　忌　有请张大人何员外。

役　　　有请张大人何员外。（张智索何江海上）

智　索　（念）两家言归好，同把探龙告。

江　海　　　　判女回张家，此案才算了。

智　索
江　海　县尊礼了。

无　忌　不敢，请坐，二公状子，本县详悉，今日当堂审问，绝不使二公吃亏。

智　索
江　海　仰仗，仰仗。（差役持状子上）

差　役　禀爷，有一男一女告状。

无　忌　可有状子。

差　役　有状。

无　忌　呈上。（无忌接状看）原是李探龙何宝芝，差人传他，他竟来了，唤李探龙何宝芝上堂，升堂。

差　役　是，打点升堂。（四差上站班）李探龙何宝芝上堂。（探龙宝芝上）

探　龙
宝　芝　叩见大老爷。

无　忌　你就是何宝芝。

宝　芝　是民女。

无　忌　你是李探龙。

探　龙　是小生。

无　忌　张公告你霸占儿媳，何公告你拐骗女儿，还不从实诉来。

探　龙　大老爷容禀了。

（唱）我二人现已作夫妻，

江　海　哼，无父之命，私作夫妻，真气煞我也。

宝　芝　　　父女反目成仇敌。

探　龙　　　张智索造谣说我死，

宝　芝　　　女另许父为攀门第。

探　龙　　　何江海为人太势利，

宝　芝　　　作的事不怕人谴责。

江　海　蠢才大胆。

探　龙　　　冤情状上写详细，

宝　芝　　　恳求推理细分析。

探　龙　　　大老爷与民快作主，

宝　芝　　　以律定罪勿偏私。

无　忌　大胆，你混蛋，我老爷判案，凭的法律，秉公而断，毫无偏差，你竟敢说我老爷偏私，依状看来，二公告你是实，你告二公是虚。

探　龙　怎见得我告是虚，他告是实。

无　忌　你听，你告二公，一家一女两许，一家夺人聘妻，他女现在你家，这你岂不是虚吗？

探　龙　这个……

无　忌　二公告你霸占儿媳，拐骗他女，何宝芝和你结婚，这不是实吗？如今你还有何说，此案我老爷当堂判决，何宝芝断归张家，李探龙监禁三月，以戒不法。

探　龙
宝　芝　老爷如此判断，小民不服。（站起）

无　忌　服也要叫你服，不服也要叫你服，你敢怎样。

探　龙
宝　芝　我要上告。

智　索
江　海　大胆。

无　忌　料你不敢。

探　龙
宝　芝　你料不就。

二　吕　（内白）冤屈、冤枉。

无　忌　何人大声喊？

差　役　有两个汉子，堂口喊冤。

无　忌　传他上堂。

差　役　喊冤人上堂。（吕刚吕强上）

二　吕　大老爷，冤枉，冤枉。

无　忌　哎呀，你把声放小点，你把声放得那么大干什么。

二　吕　我二人有冤枉，所以大声喊冤。

无　忌　哎呀，你那几声好像雷吼，几乎把我老爷的耳震聋了，有何大冤，赶快地诉来，我老爷还有事呢。

二　吕　大老爷容禀了。

吕　刚　（唱）我名吕刚好武艺，

吕　强　我名吕强有膂力。

无　忌　这就是你的冤枉吗？

吕　刚　（唱）与罗家定婚姑迎娶，

吕　强　中途遇见张不得。

无　忌　张不得是个谁呀？

吕　刚　（唱）张不得就是他儿子，

吕　强　张牙舞爪将人欺。

吕　刚　家丁家将四五十，

吕　强　各拿刀枪如临敌。

吕　刚　妆奁都被他抢去，

吕　强　乞老爷追回原东西。

无　忌　哼，你两个既有膂力又有武艺，怎能被人夺去妆奁，不合情理，依我老爷眼中看来，分明你是捏造事实，骇人听闻。藉此讹诈张家，你说是也不是。

智　索　哼，狂徒诬告好人。

江　海　应该反坐其罪。

二　吕　老爷问案，你二人胆敢多口。（二吕起）（堂鼓连响无忌惊）

无　忌　何人击动堂鼓，传他上堂回话。

差　役　击鼓人上堂回话。（伶珠俐珠武昆明上）

三　人　大老爷冤枉。

无　忌　呔，观见你三人上得堂来，怒目圆睁，杀气满面，何人殴伤你父，杀死你子，快快与我老爷诉来。

昆　明　哎，老爷。

（唱）老朽生来性耿直。

无　忌　这就是你的冤屈，情耿直，那你会不要耿直。

昆　明　（唱）无儿无女独自一。

不附权门不势利。

为不平甘愿舍微躯。

李探龙孤苦贫如洗，

虽贫勤读志未移。

何江海昧婚女另许，

由他颠东又倒西。

迎娶时以李把桃替，

张戴李冠更离奇。

张不得恶少性暴戾，

跑到李家抢人妻。

两个劣绅都到此，

当堂和他愿对质。

追问便可知根底，

不难水落石头出。

与他两家快定罪，

你不惩办我不依。

智　索　（唱）霎时满腔生怒气，

张智索不是好欺的。

江　海　诬告大绅捏事实，

惩罚从严依法律。

无　忌　二公暂且息怒气，

老头子快快把头低。

再不许你多言语，
二女子有何大冤屈。

伶　珠　　说起冤屈大无比。

俐　珠　　全然不是为自己。

无　忌　嗯，这才奇了。既说冤屈大无比，怎么又说不是为自己，教我老爷好不明白。

伶　珠　我们是为他人之冤仇难伸，前来击鼓鸣冤。

俐　珠　我们是为他人被强暴所欺，抱打不平而来。

无　忌　全是为人，嗯嗯，把你说的好听的，想世上的人都是为自己，怎么你们都是为人，但不知为的何人。

伶　珠
俐　珠　就是那李探龙。

无　忌　怎么也是为他，哎，此案我老爷已经公公道道地定了案了。

众　不知老爷怎样定案。

无　忌　何宝芝断归张家，李探龙监禁三月。

众　因何这样判断。

无　忌　你听，张公告他霸占儿媳，何公告他拐骗女儿，何宝芝现在李家，二公告的全是实情，所以才这样定案。

众　老爷这样判断，实在不公。（众起立）

伶　珠　哼，想李家当日定婚有证物，昨日迎娶有证人，左邻右舍人所共知，怎能说他是拐骗。

无　忌　明明是拐骗，你敢说他不是拐骗，真乃大胆。

伶　珠　哎呀老爷，想当日何员外羡慕李家之荣，千方百计把小姐许李探龙为婚，后来他父母双亡，家贫如洗，张智索久慕小姐之貌，捏造谣言，竟说他死在太原，何员外乃势利之徒。

江　海　谁是势利之徒。

伶　珠　你是势利之徒。

无　忌　嗯，以奴欺主，该当何罪，何公请坐，往下地诉来。

伶　珠　何员外乃势利之徒。

江　海　奴才大胆。

无　忌　你说，你说。

伶　珠　贪图张家财礼。又将小姐许与张家，不料李探龙返乡完婚，员外暗定巧计，以丫头顶小姐嫁他，小姐闻言就要寻死，是我见死怎忍不救，这时我就与他来个将计就计，又多亏俐珠见义勇为，去到张家，才解了这燃眉之急。

无　忌　后来怎样？

俐　珠　后来我到他家，张智索父子看我不是何姑娘，霎时气得发疯狂，吊拷媒婆，皮鞭乱上，唤出家丁家将，各执短棍长枪，去到李家抢新娘，中途遇见娶亲的吕刚吕强，他当李家去抢，大杀大砍一场，八个轿夫带伤，被他夺去嫁妆，后到李家，是一空房，他恐上了诸葛亮空城计的当，四窜好似虎狼，可怜百姓遭殃，回家我对员外讲，他二人扭襟上公堂，我说的都是真实情况，大老爷你看他两家所作所为怎样。

智　索　满口胡道。

江　海　奴才大胆。

伶　珠　哼，民女今天也看出来了。

无　忌　你看出什么来了。

伶　珠　我看出缙绅行贿，官吏卖法，官官相卫，压制贫弱，你说是也不是。

（唱）何江海见利忘却义，
张智索仗势夺人妻。
受财枉法恶官吏，
竟将是非颠倒置。

无　忌　我老爷德政布闾里，
合县百姓口似碑。
你告受贿恶官吏，
究竟官吏他是谁。

伶　珠　受贿官吏就是你，

俐　珠　不遮不掩明白提。

智　索　诬蔑官长该处死，

无　忌　霎时和你见高低。
张家明媒是正娶，

江　海　李家贫穷怎娶妻。

伶　珠　李家定婚一张纸，
何家礼物更稀奇。

昆　明　一纸画像题诗句，
女家回赠双明珠。

俐　珠　我问你张家定婚何凭据，
将他的交换证物快拿出。

无　忌　官宦人结亲眷要何凭据，
一言九鼎不改移。

二　吕　一言就能成六礼，
国家何必立法律。

众　　官不遵法守典制，

　　难道制度给民立。
　　讲理处竟然不讲理，
　　依官胁势将民欺。
　　我要到六部堂前去告你，
　　如不然告御状同奔京师。

无　忌　大胆。
　　打你个混闹公堂罪，
　　然后一齐押在狱。
　来呀，将这伙刁民拉下重责八十。

太　监　（内白）圣旨下。

差　役　禀老爷，圣旨下。

无　忌　哎呀！
　（念）圣旨忽下县，吉凶难决断。
　　暗把弥陀念，保佑我平安。
　有迎，有迎。（太监上无忌出迎进内）

太　监　圣旨下，白知县听旨。

无　忌　臣。

太　监　皇帝诏曰，披览该县士子李探龙封奏，朕心甚喜，封李探龙为佥都御史，边疆防守，为国立功，命该县准备轿马，护送入京，圣旨读罢，望阙谢恩。

无　忌　这……

太　监　怎么样？

无　忌　咦……我火晕了，万岁，万岁，万万岁。

伶　珠
俐　珠　这真是天大的喜事。

二　吕　与李仁兄恭喜。

探　龙　大家之喜。

太　监　这，你就是李探龙李大人吗？

探　龙　正是的，公公大人一路辛苦。

太　监　好说，大人因何到此。

探　龙　哎，大人请听。（三哑腔作手势述事）

无　忌　哎呀，我的李大人，下官一时懵懂，还乞大人海涵。

伶　珠
俐　珠　我们还等着坐监哩。

无　忌　下官乃一时之错。

太　监　李大人所述，可是实情。

无　忌　尽是实情。

众　　　既是实情，就该公断。

太　监　你还不从速与咱家公断。

无　忌　卑职遵命，众位大人请坐，张智索。

智　索　伺候县尊。

无　忌　你乃被撤官员，居家就该安分，为何捏造谣言，夺人聘妻，又纵子行凶，欺凌百姓，你该当何罪。

智　索　智索知罪了。

无　忌　速将家丁家将遣散回家，各安其业，再与吕家补赔妆奁带领你子登门赔罪。

智　索　谨遵台命。

无　忌　大人，这样判断。

探　龙
太　监　理应如此。

无　忌　哼，速去办理。

智　索　是。（下堂）哎。（下）

无　忌　何江海。

江　海　县尊。

无　忌　你为本县大绅，就该遵守法制，不该嫌贫爱富一女两许，妄状告人，颠之倒之，若非二位侠义姑娘，你女性命岂不断送你手，这样无情无义之人，本应大法处置，念起李大人夫妻之面，宽其既往，速肆筵设席，与公公大人接风洗尘，与李大人饯行。

江　海　江海知过，遵命。

无　忌　站在一旁，李大人，这样决断，可和尊意。

探　龙　哼，想县官乃治民之官，不是冤民之官，以后判案，必须平允，倘存私情，国法不容。

无　忌　下官谨遵教训。

太　监　哼，该县混淆黑白，颠倒是非，本该大法处置，姑念你错断尚未施行，罚俸一年，以昭儆戒，起去。

无　忌　大人恩宽。

二　吕　仁兄，我弟兄久有报国之志，仁兄此次巡边，我弟兄情愿追随，作一执鞭之士。

探　龙　贤弟之言，正合兄意，武老师济我穷困，助我成家，二位妹妹抑强扶弱，舍己为人，当奏天子，必有封赏。

伶　珠
俐　珠　愧不敢当。

太　监　李大人进京，速作准备。

探　龙　无有什么准备，说走便走。

江　海　哎，我何江海，自悔以前，羞愧难言，请诸位同到舍下，设筵陪罪，以赎前愆，贤婿。

（探龙不理，江海更觉难受）

探　龙　二位贤弟，速备行李一同起程。

无　忌　恭送诸位大人。

众　哼……（同下）

——剧终幕落——

（说明：以上内容录自家存手稿。钢笔分行书写，繁体横排。封面落款：冯杰三改编，1962.1.30。）

岳云

第一场

［四番将、四番兵、哈迷蚩、兀术上。

兀　术　（坐诗）百万雄兵似虎熊，牛头山前逞威风。
　　　　实想夺取中原地，岳飞骁勇难成功。
孤家，大金邦昌平王完颜兀术，此次率师来到中原，实想生擒岳飞，活捉康王，不料岳家军骁勇善战，不能取胜，叫孤十分烦恼。

哈　迷　殿下不必烦恼，臣有一计，任凭那岳飞有通天本事，生死俱在吾手中。

兀　术　军师有何奇计。

哈　迷　哎呀殿下，臣闻岳飞侍母至孝，他的母亲并家小，现在汤阴，我今出其不意，暗暗引兵前去，将他全家拿来，那时不怕岳飞不来投降，这岂不是活的，若要死的，将他全家送往北国，岳飞必然忧苦而死，岂不是生死俱在我手。

兀　术　嗯，妙计，妙计，军师，此计虽妙，倘若他那里有备，如何是好。

哈　迷　这却无妨。殿下一面派人去到岳家庄打探虚实，一面遣军暗渡黄河，得到密报，人马入庄，何愁大事不成。

兀　术　该派何人，去作内应。

哈　迷　殿下勿忧，张邦昌有一门客名唤赵忠，颇有计谋，投降以来，屡充行军向导，立过许多功劳，此人原籍河南，命他前去，定能成功。

兀　术　此关重大，不可冒然从事，将他召来，问个明白。来呀，宣赵忠进帐。

番　兵　狼主有令，赵忠进帐。（赵忠上）

赵　忠　（念）只图苟安目前，哪管遗臭万年。
参见狼主。

兀　术　站起去。

赵　忠　谢狼主。

兀　术　赵忠，你是河南人，可知岳飞家乡。

赵　忠　知道，知道，狼主有何差遣。

兀　术　孤家派兵，捉拿岳飞家小，有心命你先到那里，探明虚实，暗通消息，不知意下如何。

赵　忠　小人情愿前去。

兀　术　嗯，你到那里，是怎样的行事？

赵　忠　狼主不知，小人那里有个朋友，名叫李义，他在岳府听差，小人扮作商人模样，投奔于他，见机行事。

兀　术　如此甚好，此去成功，必有重赏，倘若泄露机密，嘿嘿，你却要小心。

赵　忠　狼主，小人妻儿老小，俱在此处，怎敢泄露机密。

兀　术　如此赵忠听令。

赵　忠　在。

兀　术　命你多带金银，潜伏岳家庄，暗做内线，探明虚实，密报薛张二平章，速去勿误。

赵　忠　得令。（下）

兀　术　传薛里花豹、张兆奴进帐。

番　兵　狼主有令，薛张二平章进帐。（花豹、兆奴上）

花　豹　（唱）天生神力武艺精，
牛头山前显威风。

兆　奴　铁锤能助将军勇，
夺取宋朝立大功。

花　豹　狼主传宣，进帐去参。

兆　奴　请。

兆　奴
花　豹　狼主在上，末将参。

兀　术　免。

兆　奴
花　豹　啊。

兀　术　薛里花豹、张兆奴听令。

兆　奴
花　豹　在。

兀　术　命你二人带领三千人马，扮作宋军模样，暗渡黄河，得到赵忠密报，即往岳家庄，捉拿岳飞全家，不要走脱一人，速去勿误。

兆　奴
花　豹　得令。（下）

兀　术　（唱浪头）
孤家率师夺中华，
半壁河山已归咱。
与岳飞相持不能下，
派将捉拿他全家。（众随兀术下）

第二场

[四宋兵、牛皋上。

牛　皋　催马。(唱大浪头)

恼恨兀术太狂妄，
无故兴兵犯我邦。
元帅差我相州往，
奉命前去催军粮。

牛皋，是俺跟随岳大哥去抗金兵，以在牛头山前相持不下，眼看着粮草将尽，大哥命我相州催粮，只得马上加鞭，就此走走了。

(唱)元帅统兵把敌抗，
两国交锋动刀枪。
马上加鞭往前闯，
相州催粮走一场。(同下)

第三场

[岳云上。

岳　云　(引)磨砺刀枪，操演拳棒保家邦。

(坐诗)少年英雄气轩昂，练就双锤臂力强。
集众习武学战阵，准备杀敌赴疆场。

小生岳云，我父率领人马，去抗金兵，是我长想从父阵前杀敌立功，怎奈我母不允，只好在家，跟随朱老师习文练武，今日饭后，不免庄外操演阵法一回了。

(唱尖板)

我的父为国去效命，

(唱塌板)

牛头山前扎大营。
娘命我在家读孔孟，
终日死守在书坑。
将此情对我祖母禀，
送我学舍把书攻。
朱老师为人性直耿，
学问渊博武艺精。
痛恨那金寇深入刀兵动，
勤勤恳恳训家童。

教我们都有兼人勇，
为国雪耻杀敌兵。
每日演阵甚齐整，
号令严肃皆听从。
是这样上下一心能用命，
都知晓练好武艺为的防敌兵。
出得庄来观风景，
清溪岸旁桃花红。
柳荫深处鸣莺送，
旷野麦苗蔚青青。

［向左右望，张威、李贵、黄英、钱明、刘铁蛋、王小虎上。

张威
李贵　（唱浪头）

风和日暖花似锦，

黄英
钱明　我们衣衫都换新。

铁蛋
小虎　心急两腿跑得快，

众　那旁站的是岳云。

岳云　众位都来了。

众　岳云，岳云，先生今日不在，咱们怎样练呢？

岳云　先生不在，咱们自己练来。

李贵　今天演阵，该叫谁当元帅？

张威　我看还是叫岳云当元帅，好不好？

小虎　不行，不行，不能每次都是他当元帅。

众　那么该叫谁当。

铁蛋　叫我说，看谁的学问好，武艺高，就叫谁当。

小虎　不行，不行。说念书，我没谱，讲练武，要算我王小虎，不信伸出胳膊看看腱子肉。（张威、李贵拉小虎胳膊看，笑）

张威　哎，你不行，你不行。

李贵　（念）我说话你莫难受，

黄英
钱明　你的胳膊粗，

铁蛋　你的肉厚，

张威　你到时候一样也挨揍。

小虎　（念）听他言我心头恼，

你把我小虎笑臊了，
我不依来我不饶，
我要和岳云见低高。

张　威　算了吧，算了吧，你那两下子，胜不过他。

铁　蛋　嗯，你真是昏头转向，找不到家。

小　虎　你们不要管，我定要和他比比武。

岳　云　怎么小虎贤弟，要和我比武。

小　虎　和你比比武怕什么？

岳　云　哎呀贤弟，你看金兵入寇，国家多难，我们应当好好练武，准备阵前杀敌，不可因些许小事，彼此相争。

小　虎　喝，不行，不行。

众　　　小虎，依我们大家的意思，不如叫岳云将他的双锤操演一遍，你先看看，如果你看他不胜你，那时你二人再好比武，你看行不行。

小　虎　这样吗……

众　　　你说行不行？

小　虎　嗯，大家说行就行。

众　　　岳云：你将你的双锤耍一耍，叫小虎看看。

岳　云　如此，众家弟兄闪开了。（唱带板）

众弟兄莫嗓且镇静，
我有言语听分明。
目前强敌压国境，
百姓处在水火中。
习武原是为国用，
休因意气便相争。
劝众位从今以后相亲相爱专心练武勿稍停，
准备阵前立大功。
忙将双锤来舞动，
上下翻飞似银虹。
上一锤好似猛虎出山洞，
下一锤好似蛟龙搅海中。（众拉小虎看）
左一锤要取那兀术狗命，
右一锤要挡百万金兵。
我这里上下左右东西南北要一个山摇地动，（舞毕，众欢喜拍手）

众　　　（唱）锤法高妙武艺精。

张　威
李　贵　果然武艺高强。

黄　英
钱　明　人间少有。

铁　蛋　天上无双。

众　　　真好，真好，哈哈哈……

小　虎　哎呀，怎样没几天功夫，他的武艺长进的这么快，哎，我真……

众　　　小虎，你看他要得怎样。

小　虎　真好。

众　　　你还和他比试不比试？

小　虎　那我不敢。

众　　　如此说来你认输。

小　虎　我认输。

众　　　那你与他说两句话去。

小　虎　那行，那行，岳云哥哥，方才小弟多有冒犯，小弟这厢与你赔礼，赔礼，再赔礼。

岳　云　岂敢，岂敢。

众　　　他二人好了，如今请元帅登台。

岳　云　这是众位，还是另选哪位当元帅，每次叫我当，实在有些不恭。

众　　　恭该，恭该。

小　虎　你不当，我不依，非你当不可。

岳　云　那我就不恭了，（登台）抗金大元帅岳云。

众　　　（左右唤）元帅登了台了，大家都快来。（众儿童左右上）参见元帅。

岳　云　站立两厢。（众分左右站）这是众位将军，老师常给我们讲说，行军之时，须要勤加巡查，严防奸人混入，今日本帅用兵，依本师训。本帅有令，三军听着。（唱带板）

　　登帅台传将令威风凛凛，
　　众将官到两旁杀气腾腾。
　　恨金兵无故地犯我国境，
　　御敌寇防奸细须要并行。

刘王二将听军令。

小　虎
铁　蛋　在。

岳　云　（唱）命你二人去巡营。

小　虎
铁　蛋　领了元帅一支令，

　　盘查奸细不放松。（亮相同下）

岳　云　（唱）本帅传下二支令，

　　　　　　大小三军听分明。

　　　　　　操演阵法要齐整，

　　　　　　不可喧哗乱阵形。

　　　　众将官。

众　　　在。

岳　云　操演上来。（众拉架）

众　　　　　恨金兵侵我邦，

　　　　　　杀人放火民遭殃，民遭殃。

　　　　　　朱老师对我讲，

　　　　　　习拳棒练刀枪，练刀枪同，

　　　　　　准备杀敌赴疆场，赴疆场。（众练武毕）

　　　　操演已毕。

岳　云　站在两厢。

众　　　啊。

岳　云　哈哈，哈哈，咦哈哈哈……（小虎急上）

小　虎　岳云，岳云，禀元帅，小将奉令巡营，盘查出一名奸细。

岳　云　怎么，怎么拿住一名奸细。

小　虎　拿住一名奸细。

岳　云　哎，咱们原是玩耍，怎么真的将奸细拿住了，我问你是怎样拿的。

小　虎　元帅，我二人奉令巡营，碰见一个面生的人，他见了我们，就打听这里是不是岳家庄，我们问他是干什么的，他口里吞吞吐吐的，胡支吾，我就诈他一声，好一奸细，竟敢窥探我营，他一听神色大变，说他不是奸细，你们这些小孩子不要胡喊，说完就跑。我二人紧追，我便一个箭步，跟着就一腿。（把一小孩打倒，扶起）

岳　云　你一腿怎样?

小　虎　一腿把那人踢得趴下了。

岳　云　如此说来，那人当真可疑。

小　虎　可疑得很。

岳　云　来呀，将奸细押上来。

小　虎　将奸细押上来。（铁蛋、赵忠上）

铁　蛋　快走，快走。

赵　忠　哎哟，哎哟，好厉害，（铁蛋踢，赵忠倒）我把你们这伙小奴才。（铁蛋、小虎打赵忠）

小　虎
铁　蛋　叫小祖宗。

赵　忠　哎，小祖宗，小祖宗。

小　虎
铁　蛋　禀元帅，奸细带到。

赵　忠　哼，我看你们简直要造反呀。

岳　云　呔，好一大胆的奸细，窥探我营，还敢口出不逊之言，来呀，推出……

小　虎　斩了。

赵　忠　哎呀我的……

小　虎　不要害怕，还没到时候呢。

赵　忠　你们这到底是作什么呢?

小　虎　你听，上面乃是我们的元帅，左右站的都是将军，今日元帅演阵，命我二人巡营，不料第一个就碰见了个你，你还是早早说了实话，要想蒙混人，那可是不行的。

赵　忠　你们这位元帅是谁。

小　虎　就是鼎鼎大名的岳云。

赵　忠　哦，岳云，可是岳元帅的公子?

小　虎　正是的。

赵　忠　请问公子，李义可在贵府。

岳　云　你是何人?

赵　忠　哎，公子请听，(唱摇板)

我名赵忠素经商，
贩卖绸缎走四方。
今来汤阳讨欠账，
顺便看李义我同乡。(小虎示意铁蛋去叫李义，铁蛋会意点头，下)
在庄外逢人问方向，
遇见他二人搭了腔。
他们人小太鲁莽，
把我踢倒在路旁。
硬要将我当奸党，
公子，我的小元帅，
你看我冤枉不冤枉。

岳　云　照你这样说，你不是奸细。

赵　忠　我实在不是奸细。

岳　云　你既不是奸细，为何这样慌张。

赵　忠　公子不知，他们一见我，就说我是奸细，这个一拳，那个一足，到了这里，又说什么元帅，什么将军，我被他们弄糊涂了。

岳　云　嗯，来呀，去找李义，和他对证。

小　虎　铁蛋早就去了。（李义随铁蛋上）

李　义　我的乡党，我的乡党，待我去看是谁。

赵　忠　那是李大哥。

李　义　你是赵忠，赵贤弟，你不是在张府。（赵忠惊给李义使手势）

赵　忠　弟在彰德府做生意。

李　义　那你发了财了。

赵　忠　哎，发啥财，不过混混生活罢了。

李　义　来到这里做什么？

赵　忠　弟因这几天无生意可做，来到汤阴讨要欠账，顺便找大哥玩上几天，哎哟。

李　义　那是怎么样了。

赵　忠　哎，这伙小爷们，一个个如狼似虎，硬把我当奸细着打呢，哎哟，你看这条腿，都被他们打坏了。

李　义　哼，我把你这伙穷鬼，不知好好念书，无故打人，这还了得，真是少教的东西，公子，你以后再不要和这伙野孩子在一起厮混，日子久了，教他们把你都勾引坏了。

岳　云　呸。（唱七锤）

　　李义说话真可恼，

李　义　我说他们，你恼什么？

岳　云　（接唱）竟敢在此絮叨叨。

李　义　嗯，我说两句话也犯了法了。

岳　云　（接唱）拿奸细原为把庄保，

李　义　照这样，快要闯乱子呀。

岳　云　（接唱）不许你在此把舌饶。

李　义　公子，我说的都是好话。

岳　云　哼。

李　义　算我没说，你玩你的吧。

岳　云　来呀，收兵。（众分下）（李义、赵忠左右望）

李　义　呸，好厉害的小奴才。

赵　忠　大哥，那些孩子不但把弟打了，还把个过路的穷人，打得更惨，看的人都说岳家纵子行凶，又说孩子仗势欺人，你也该给你家夫人说明，把孩子管教管教，免得败坏岳元帅的家声。

赵　忠　贤弟说得很对，我定要将这事禀告夫人。

赵　忠　大哥，你这几年在此混得该不错。

李　义　哎，老夫人治家谨严，虽说待我不错，不过吃饱穿暖，囊中长感空虚，想不干无路走，只好受穷。

赵　忠　哎，依弟看，这个年道，能保住性命，就算不错了。

李　义　贤弟，说这话的意思呢。

赵　忠　大哥不知，弟这次作买卖路过牛头山，遇见逃难的百姓说，岳元帅被金兵打得溃不成军了，不久金兵杀来，岳府全不得活。

李　义　哎呀贤弟，那我怎了。

赵　忠　大哥勿忧，依弟之见，不如跟我作生意，不特平安无事，还可发大财。

李　义　那好极了，不知贤弟作什么生意。

赵　忠　买卖很大。

李　义　多少本钱。

赵　忠　买卖大，本钱小，还须有胆。

李　义　买卖大，本钱小，还须有胆。嗯，莫非你作的骗子手的生意。

赵　忠　弟怎能做那样的事，你猜错了。

李　义　猜错了，哼，你定是作强盗，打抢人。

赵　忠　嗯，你又猜错了。

李　义　又错了，嗯，我明白了，你是跟张邦昌作了汉……（赵忠掩李口）

赵　忠　这里非讲话之处。

李　义　请到我家。

赵　忠　将弟的行李拿上。

李　义　哎，这么重。（手摸笑）

（唱摇板）一见行李笑呵呵，
他的银钱真个多。

赵　忠　鱼儿上钩来助我，
大显手段暗挑拨。

李　义　随着兄来，哈哈……（同下）

第四场

［岳银瓶上。

银　瓶　（唱二倒板转摇板）
满园春色好风景，
桃红李白柳深青。
绿竹外斜穿出数枝红杏，
落花飘飘怨春风。
恨金兵入寇多暴横，
无辜黎民受欺凌。
父为国为民把命请，

出师抗敌建奇功。
银瓶生来有血性，
兵法武艺都精通。
梨花双枪无敌手，
谁说女儿不英雄。（小鸟乱叫，银瓶看）

哎呀，观见数只老鹰，扑打一群小鸟，可怜小鸟，惊慌失措，无法飞脱，我不免开弓射鹰，搭救小鸟了。

（唱）恨老鹰恃强扑小鸟，
小鸟有翅难脱逃。
急忙开弓除残暴，
看我的箭法高不高。
连珠箭射得妙，（菊英上，窃视银瓶射鹰）
管教那强敌一个一个中箭向下抛。（射毕，看射死鹰恨，仰视小鸟笑）

哼，哼，小鸟呀小鸟，老鹰均已射死，如今你们无惊无忧了。

菊　英　嗯，原是小姐在此除暴安良呢。（银瓶惊回头）

银　瓶　哎哟，谁知才是你。

菊　英　哎，若不是小姐射死老鹰，那群小鸟……

银　瓶　怎样？

菊　英　可怜那群小鸟，难逃出老鹰的魔爪。

银　瓶　你看我的箭法如何？

菊　英　高，妙，赛过当年善射的养由基。

银　瓶　实在不敢当。

菊　英　嗯，还是当得，当得，小姐如此仗义，可算得个抱打不平的侠义女郎。

银　瓶　算不得，算不得。

菊　英　嗯，算得，算得。

银　瓶　哎，算得也罢，算不得也罢，我先问你……

菊　英　你问我什么？

银　瓶　我问你把我给你教的那一套枪练得怎样？

菊　英　哎，我白天也学，晚上也练。

银　瓶　能如此勤学，枪法必然熟精。

菊　英　嗯，还不大精敏。

银　瓶　只要你苦学，日久自然精敏。

菊　英　是的，我定要再下苦功。

银　瓶　菊英。

菊　英　小姐讲说什么。

银　瓶　你我暗地练武，千万不可教夫人知晓。

菊　英　那怕什么。

银　瓶　怎能不怕，若是教夫人知道，定要责罚。

菊　英　不妨事。

银　瓶　怎么不妨事。

菊　英　小姐不知，老夫人已与夫人讲过。

银　瓶　我祖母都讲了些什么？

菊　英　老夫人对夫人讲说，当今国难日深，应尚武艺，以后教子女，不必专读经书，他姐弟喜爱武艺，不要阻挡，练就一身本领，也能扫虏敌寇，捍卫国家。

银　瓶　此话当真吗？

菊　英　当真。

银　瓶　是实？

菊　英　是实。

银　瓶　哎，祖母讲的极是呀。

（唱）祖母贤德达事理，
恨金兵入寇痛切齿。
教我父精忠报国恐忘记，
终日面命又耳提。
亲手在父背上刺，
永矢勿忘母训辞。
今教我姐弟习武含深意，
为的是杀敌保国救群黎。
祖母的苦心我体会，
愿刻苦为学不我欺。
今后舞剑鸡鸣起，
把双枪虔心勤练习。
我愿学替父从军木兰女，
奋勇平敌安社稷。
霎时精神振刷起，
柳荫之下学剑击。

菊英，看剑伺候。

菊　英　是。（下，捧剑上，银瓶抽剑舞，舞毕，李义叫菊英耳语）你说些什么？

银　瓶　李义，你们说什么。

李　义　小姐，这几天外边人言纷纷，都说……

银　瓶　都说什么？

李　义　我，我，我不敢说。

银　瓶　说来无妨。

李　义　嗯，小人在外听得人说，咱们元帅兵败牛头山。

银　瓶　哦，（沉思）哎，这定是奸人造谣，惑乱人心，不可轻信。

李　义　造谣，造谣，但不知哪个狗东西造谣。

银　瓶　大家须要严加防范。

李　义　是的，要防范，这是谁造的谣，我想起了，小姐，小姐，前天听人都说，朱老先生来历不明，哎呀，这造谣之人，莫非是他。

银　瓶　胡说，朱老师在此多年，他的为人，哪个不晓，以后再不许你胡说乱语，哼，哼，菊英，随着我来。（拉菊英下）

李　义　哎，哎，我听赵忠的话，好意来对他说，反被他训教了一回，哎，我真晦气也。

（唱摇板）

我好心好意显殷勤，

被她说得头难伸。（下）

第五场

［岳夫人上。

岳夫人　（唱）恨金邦肆野心入寇南侵，

好河山半沦陷国难日深。

天下人怀国仇谁不愤恨，

我夫君岳鹏举前去抗金。

为杀敌顾不得萱堂霜鬓，

但愿得早平寇转回家门。

［李义上。

李　义　（唱摇板）奉命出外唤岳云，

他不回来呕死人。

参见夫人。

岳夫人　罢了，命你去唤公子，可曾下学？

李　义　下学倒是下了学了，可是他又在庄外和那些野孩子玩耍去了。

岳夫人　怎么他玩耍去了。

李　义　哎，玩耍还不要紧，只是小人替他担心。

岳夫人　你替他担的什么心。

李　义　夫人不知，我家公子，每日在外和一些野孩子玩耍打人，前天把个行路的穷人，腿都打坏了，看的人议论纷纷，这个说长，那个道短，有的说夫人纵子行凶，有的说公子仗势欺人，这样大的事，怎么夫人你还不知。

岳夫人 既有此事，何不早说。

李　义 哎，我家公子在你面前，恭恭顺顺，一到外边，他那个脾气可大，他将人打伤，我说要告夫人，他就不依，把我大骂一顿，这样谁还敢在夫人面前说他一句不好的话吗？

岳夫人 哎，我好气也。

（唱）小奴才闯祸端令人愤恨，
　　我岂能怂恿那不肖之人。
　　今要将不肖子严加教训，
　　叫李义你快快去唤岳云。

李　义 小人遵命。（下）（李义、岳云上）

岳　云 （念）手使锤一对，上下要如飞。
　　若遇金邦贼，就是这一锤。（无意打李义身上）

李　义 哎哟，好我的公子，你不要打我。

岳　云 休得高声，我母唤我何事。

李　义 唤你用膳。

岳　云 时候尚早。（欲走，李义拉住不放）

李　义 回来，回来。

岳夫人 岳云。（云进，李义下）

岳　云 参见母亲。

岳夫人 哎，奴才。（唱带板）
　　我一见奴才怒气生，
　　一阵阵气得人火动无名。

岳　云 （接唱）孩儿并未违娘命，
　　恼恨你儿因什情。

岳夫人 （唱二倒板）
　　说什么你未曾违背娘命，
哎，奴才。（唱按板）
　　将娘的教诲当就耳旁风。
　　娘教你在家读孔孟，
　　你奴才竟敢不听从。
　　为娘谨遵你祖母命，
　　送儿南学拜先生。
　　你去时为娘再三叮咛，
　　叫你小心谨慎苦用功。
　　谁知你在外多暴横，

不该闯祸把事生。

岳　云　孩儿并不曾闯祸，也不曾生事。

岳夫人　（接唱）

适才李义对我禀，
说你在外越礼行。
打伤人恃你血气勇，
旁人在背地议论抱不平。
有些人说我家法不严重，
有些人说我娇惯小儿童。
有些人说我纵子伤人欺百姓，
有些人说你仗势去行凶。
小奴才只凭你一时血性，
岂不玷辱我门庭。
我讲着讲着怒火向上涌，
今日要重责罚决不宽容。（取家法打云）

岳　云　哎，我的母亲呀。（唱大带板牙子）

母亲息怒容儿禀，
儿把详情诉娘听。
朱老师那日访友朋，
命我们将阵法操演熟精。
布阵行军要严整，
谨防奸人窥我营。
小虎铁蛋奉儿命，
辕门外巡查不放松。
见一生人问岳姓，
看那人行动鬼祟疑心生。
三盘六问他不高兴，
开口便骂小畜生。
骂得小虎动火性，
拳打足踢拉进营。
儿将小虎忙挡定，
问那人窥视我营是何情。
他假装啼哭喊腿痛，
说他和李义是亲朋。
李义来和他相对证，
儿才知误会放他行。

这是儿无心之错请宽容，
并不是儿有意打人去行凶。

岳夫人 （唱摇板）
听得我儿仔细陈，
原是误会伤行人。
此事已过不追问，
今后谨慎要小心。

儿呀，这次既是误伤行人，为娘我也不再深究，但是你从今以后……

岳　云　母娘，从今以后怎样。

岳夫人　只许你在家练习，不许你在外玩耍。

岳　云　啊母亲，我们是练武，并非玩耍，况且……

岳夫人　嗯。

岳　云　孩儿要在外和大家一起练武呢。

岳夫人　哎，少教的奴才。（唱带板）
少教的奴才真大胆，
竟敢当面抗娘言。
娘恐你在外惹祸患，
因此上不许你到外边。（银瓶扶岳母上）

岳　母　（唱摇板）
忽听岳云高声喊，
惊动老身到堂前。（岳夫人起迎，岳母看岳云哭）

岳夫人　婆婆万福。

岳　母　媳妇少礼坐了。

岳夫人　谢座。

银　瓶　母亲万福。

岳夫人　罢了，云儿，还不拜见你祖母。（岳云起）

岳　云　参见祖母。

银　瓶　祖母，看我兄弟好像受了什么委屈？

岳　母　媳妇，莫非责罚我那孙儿。

岳夫人　婆婆不知，因他不听教训，故而责罚。

岳　母　孙儿，你违背母训，就该责罚。

岳　云　祖母，非是孙儿不遵母训，实因我母不许孙儿在外练武。

银　瓶　祖母，我兄弟不在外和大家一起练武，他的武艺怎能长进。

岳夫人　嗯。

岳　母　媳妇，因何不许岳云在外练武。

岳夫人　婆婆，媳妇因他在外打人生事，所以不许出外。

银　瓶　想我兄弟，颇知礼义，岂能无故打人。

岳　母　孙儿，你小小年纪，竟敢打人生事，这还了得。

岳　云　祖母不必生气，孙儿有下情告禀。

岳　母　你且讲来。

银　瓶　你将实情，快给祖母讲来。

岳　云　祖母请听，那日孙儿和大家在庄外演阵，命小虎巡营，不多时竟拿住一个奸细。

岳　母　哦，怎么拿住个奸细。

岳　云　拿是拿住了，就是拿错了。

岳　母　嗯，小虎真粗心。

岳　云　哎，不是他粗心，孙儿也不至受罚，受罚倒不要紧，只是我母不许我出外练武，祖母你想，方今狂敌深入，国家多难，老师教我们好好练武，为国杀敌，孙儿若和大家不在外练武，怎样上阵，祖母，你说孙儿在家练着好，还是在外练着好。

银　瓶　祖母，在外和大家一起练着好。

岳夫人　嗯。

岳　母　咦，哈哈哈……（唱摇板）

听罢言来喜心上，
英雄出在少年郎。
看他们勇气高万丈，
看他们俱有那爱国心肠。
回头忙对媳妇讲，
这些孩子不平常。
既要他演阵练拳棒，
又要他读书习文章。
文武并重才妥当，
不必专精翰墨场。
从今后庄外练武莫阻挡，
练好了武艺为国争光。

岳夫人　媳妇谨遵婆婆命。
教子女不须专读经。
习文练武要并重，
还仗婆婆指点明。

岳　云　看，看，我说在外练武好，你却说在家练着好。

岳夫人　嗯。（岳云惊退）

岳　母　孙儿，你今后既要读书，又要练武，在家须遵母命，在外对人理应谦让，谨慎小心，不可生事，免得旁人背地议论。
岳　云　孙儿记下了。（岳安上，出门，牛皋上）
牛　皋　（念）相州催罢粮，来到岳家庄。
岳　安　牛二爷回来了。
牛　皋　回来了。
岳　安　待我传禀。
牛　皋　不传也罢。
岳　安　还是传禀着好。
牛　皋　哎，这家这个麻烦。
岳　安　禀老夫人，牛二爷回来了。
岳　母　岳云出迎。
岳　云　遵命，牛叔父回来了。
牛　皋　岳云，几年不见，长得这么大了。
岳　云　我祖母、母亲有请。
牛　皋　不请，我也要去。
岳　云　嗯，还是有请。
牛　皋　伯母在上，侄儿牛皋大礼参拜。
岳　母　贤侄一路风尘，免礼。
牛　皋　免礼就免礼，免得我费力，嫂嫂。
岳夫人　二叔请坐。
牛　皋　请坐就请坐，免得我啰嗦。
岳　云
银　瓶　叔父在上，侄参拜。
牛　皋　慢来，慢来，不必行此大礼，作个揖也就是了，看你家这个麻烦劲。
岳　母　贤侄你来，圣上驾安。
牛　皋　不但圣上驾安，元帅也好，就是咱牛皋也还不错。
岳夫人　婆婆还不曾问你。
牛　皋　伯母问过圣上，嫂嫂必然要问元帅，然后少不得要问咱牛皋，所以我就一起替你说了，免得你费神。
岳夫人　哎呀，牛二叔也会讲话了。
牛　皋　嗨嗨，咱牛皋自随元帅出兵以来，不但会讲话，还认识了几个黑道道子。
岳　云　敢么牛叔父认识字了。
牛　皋　嗯，不错。
岳　云　请问叔父，你认识了多少字。
牛　皋　这，我倒没算过，来、来、来，咱们算上一算，叔父我认得你家姓岳的岳字。

岳　云　一个了。
牛　皋　还认得咱牛皋的牛字。
岳　云　两个了。
牛　皋　还有个金字。
岳　云　哪个金字。
牛　皋　就是敌人金兀术那个金字。
岳　云　三个了，还有多少。
牛　皋　三个字还少吗。
岳　云　哎呀呀，这么大个人，认得三个字，也在人前夸口，哈哈哈。
牛　皋　呔，想叔父每日与金兵交战，认得了三个字，就算不少，你为何出言讥笑，真叫人好恼。
岳夫人　云儿，还不快快与你叔父赔罪。
岳　云　叔父，侄儿失言，叔父莫怪。
牛　皋　不要害怕，叔父岂能和你一般见识。
岳　母　贤侄，你今前来，必有公干。
牛　皋　伯母，侄儿奉了元帅之命，来到相州催粮，得暇看望伯母嫂嫂。
岳　母　有劳贤侄。
岳夫人　多谢二叔。
牛　皋　咦，你看你家这个样儿，一个说有劳贤侄，一个说多谢二叔，这个有劳，那个多谢，倒把咱牛皋干起来了，咱牛皋进得门来，说了半晌，连一杯茶还莫喝。
岳夫人　哎呀呀，只顾讲话，倒忘了二叔的茶，云儿，快与你叔父捧茶去。
岳　云　是，（下，捧茶上）叔父请茶。
牛　皋　哎，不要忙，刚才在中途饮马的时候，喝了半桶凉水。
岳夫人　还是用茶。
牛　皋　哎，你看酒杯大的茶碗，能喝到哪里。
岳夫人　云儿，换大杯。
牛　皋　不用，润一润嘴唇也就是了。
岳　云　叔父还用不用。
牛　皋　不用了，不用了。
岳　母　银瓶，与你叔父准备酒饭。
银　瓶　是。
岳　母　（念）万众一心与敌战，（银瓶扶岳母下）
岳夫人　　　为国忘家理当然。（下）
牛　皋　　　杀得金兵俱丧胆，
岳　云　　　誓灭胡虏复河山。

牛　皋　小小年纪，口气倒还不小，岳云，你出此大话，莫非你也练武。
岳　云　侄儿正在练武。
牛　皋　使的什么兵器?
岳　云　银锤一对。
牛　皋　重有多少?
岳　云　一百二。
牛　皋　小小年纪，怎能使起一百二十斤重的银锤，叔父我不信。
岳　云　嗯，这还是一个。
牛　皋　两个呢?
岳　云　二百四。
牛　皋　叔父越发不信。
岳　云　待侄儿取来你看。
牛　皋　好，你且取来。（岳云下）谅他小小年纪，还能使二百四十斤重的兵器。
［岳云提锤上。
岳　云　叔父请看。（牛看，惊）
牛　皋　喂呀呀，金兀术，金兀术，你如今有了对头了，快搁下去。（云下，又上）
（唱）一对银锤二百四，
幼年使用真神奇。
岳　云　叔父随侄客庭去。
对侄详告决战期。（同下）

第六场

［张威、李贵、黄英、钱明、刘铁蛋、王小虎上。
张　威　（唱）先生课徒猛济宽，
李　贵　习文练武不偷闲。
黄　英　每日枕戈以待旦，
钱　明　唯恐祖生着先鞭。
铁　蛋　夜间鸡鸣舞长剑，
小　虎　志在灭敌复河山。
张　威　岳云往日早到，今天这般时候，怎么还不到来。
李　贵　想是他家有事。
张　威　我们寻他去。
小　虎　你看那不是岳云吗。
铁　蛋　那个黑大个是他什么人?
李　贵　黑大个军人装扮，必是他父亲的部将。

黄　英　待我叫他一声，岳云，岳云，快来。（牛皋、岳云上）

岳　云　来了。

牛　皋　（唱）出得庄来抬头看，
　　　　　　桃红柳绿三月天。

岳　云　　　春色宜人草木鲜，
　　　　　　正好练武济时艰。

众　　　岳云，咱们快练武去。

岳　云　众位，请先见过牛将军。

众　　　参见牛将军。

牛　皋　好了，好了，不要这么将军、将军，还是叫叔父吧。

众　　　参见牛叔父。

牛　皋　罢了，罢了，你们都多大了。

众　　　我们都十三四岁了。

小　虎　牛叔父，我再过一年就十三岁了。

铁　蛋　牛叔父，牛叔父，我再过两年就十四岁了。

牛　皋　哎呀，这些孩子倒也有趣。

小　虎　牛叔父，我们不但有趣，我们还会行兵布阵。

众　　　我们还要打金兵呢。

牛　皋　哦，怎么你们还要打金兵？

众　　　是的，我们都要去打金兵。

牛　皋　孩子们，你们的年纪还小。

众　　　我们不小，不小。（扑灯蛾）
　　　　　　我们人小心不小，
　　　　　　天天习武练枪刀。
　　　　　　准备上阵杀强盗，
　　　　　　要为国家立功劳。

牛　皋　如此说来，你们不服小。

众　　　我们不服小。

牛　皋　不服小了好。

张　威　众位，我看叫牛叔父给咱们讲个故事，好不好。

众　　　好，牛叔父，你快给我们讲个故事。

牛　皋　我实在不会讲。

众　　　嗯，不讲不行，不讲不行。

岳　云　众位莫忙，依我之见，不如请牛叔父将他在牛头山和敌人打仗的故事，与咱们讲一段，你们意下如何。

众　　　（念）好好好，好好好，

请牛叔父将杀敌的故事，讲一遭，讲一遭。

叔父快讲，快讲。（**众拉牛**）

牛　皋　哎，哎，咱牛皋不怕杀敌，不怕打仗，就是怕的讲话。

众　嗯，不讲不行，快讲，快讲。

牛　皋　哎，好，咱就讲一段牛头山杀敌的故事，你们听着。

众　叔父快讲，快讲。（**分站左右**）

牛　皋　（**双豹子头**）

金兵犯中原，
残暴不忍言。
提起牛头山，
恨贼咬牙关。

（**唱尖板**）

实可恨金兀术兴兵来犯，

（**唱塌板**）

贼铁蹄踏碎我锦绣河山。
激动了黄河南北众好汉，
黎民百姓怒冲天。
抗金兵，与敌战，
才保定我国的半片河山。
那一日元帅把令传，
奋勇冲下牛头山。
耳听得战鼓不住咕哩咕咚杀声喊，
俺牛皋手提钢锏一马就当先。

（**牛皋手舞足蹈，众儿欢笑，随牛同舞**）

只杀得金兵乱逃窜，

好杀，好杀，

噗咚一声跪在马前。
一个个磕头如捣蒜，
浑身打战乱叫唤。
这一场血战杀死金兵有数万，
金兀术胆吓破不敢再攻山。

岳　云　（**唱带板**）

听罢言来心神壮，
满腔热血气昂昂。
回头再与众位讲，
我有言语听端详。

师尊教我们习拳棒，
为的是杀敌保家邦。
刀枪磨得明又亮，
牛头山前走一场。
众家弟兄可愿往，

众　　杀敌何必多商量。
莫多说来莫多讲，
我们是杀敌保国的英雄儿郎。

岳　云　弟兄们讲说有胆量，
牛叔父，
带我们杀金兵快到战场。

牛　皋　你等虽然俱愿往，
年纪太小少力量。
依我说不如在家习拳棒，
此时何必心着忙。

众　　我们不小，我们要去呢。

牛　皋　你们莫忙。

众　　嗯，我们心急得很呢。

牛　皋　哎呀不妥，我若将他们带去，元帅降罪如何是好，哼，不如将孩子们诳一诳。孩子们，此时你们不要心急，等叔父押送粮草回来，带你们到牛头山，玩耍玩耍，你看如何。

众　　这样吗，也好，也好。

牛　皋　孩子们，你们不见叔父，千万不敢独自前去，记下了没？

众　　记下了。

牛　皋　记下了好，孩子们，你们这些武艺，是何人给你教的。

众　　叔父不知，我这里有位文武全才的老先生，是他与我们教的。

牛　皋　这位老先生现在何处。

众　　正教大家习文练武呢，岳云，咱们快走，看老师今天教什么？

岳　云　众位先行，我随后就到。

众　　好，我们先走，牛叔父，我们念书去了。

牛　皋　你们快去。

众　　快跑，快跑。（下）

牛　皋　岳云，引叔父去见你家老师。

岳　云　叔父，随着侄儿来呀。（唱带板）
叔父随侄向前往，
看我老师练刀枪。

牛　皋　（接唱）

此人必定负重望，

见面自然知端详。（下）

第七场

[朱武上。

朱　武　教儿童攻诗书习枪舞剑，

（唱摇板）

一个个性聪敏武艺熟娴。

我必须尽所学倾囊授传，

准备着杀敌寇复我河山。（黄英捧卷上）

黄　英　禀师父，卷子收齐。

朱　武　放在桌上。

黄　英　是。（将卷放桌上，下）

朱　武　这般时候，待我阅卷呀。

（唱）窗明几净阅课卷，（看卷）

提起朱笔细点圈。

观罢一篇又一篇，

一圈再圈圈不完。

再三端详含笑赞，

诸生文笔都不凡。（张威、李贵急上）

李　贵　（唱七锤）

可恨张威心肠短，

对枪竟敢使手段。

张　威　只怪你枪法不熟练，

不是我有意使手段。

李　贵
张　威　哎呀师父。

朱　武　嗯，你二人慌慌张张，所为何事？

李　贵　师傅不知，张威和我对枪，竟敢使起手段，东一枪，西一枪，他也不看，就是这样喀咤一枪，不是我眼快闪开，把我的腿就要刺伤，师父你看，把我的裤子，被他都戳烂了。（怒视张威）

朱　武　哼，好一张威，这就不是，你和李贵对枪，就该小心，为何伤人。

张　威　哎呀师傅，李贵和我对枪，我刺他架，我进他退，我的枪来刺，他的枪不架，我这里前进，他那里不退，所以几乎将他的腿戳烂，实在是我无心，应该怪他不怪我。

李　贵　应该怪你不怪我。

张　威　怪你不怪我

李　贵　怪你不怪我。

朱　武　嗯，这不怪你，也不怪他，这都怪你二人的枪法不熟，武艺不精，不可争论，速快收拾，待为师与你二人传枪了。（唱带板）

休争论勿愤激平心静气。
枪法不熟怪为师。
你二人速快去准备，（朱脱外衣，张李持枪，挑衣随朱）
指明机变尔自知。
练就一身好武艺，
扫荡胡尘安社稷。
老朽了却报国志，
那时才能展愁眉。（亮相下）

（唱尖板）

恨胡儿入寇大祸起，（张李随朱上）

（念）强敌乱中原，室空断炊烟。
两河英雄汉，聚集牛头山。
但愿早平寇，齐唱凯歌还。

（唱浪头）

杀人放火情惨凄。
请命抗敌岳鹏举，
牛头山前战兀术。
虽说敌败挫锐气，
对垒百日苦相持，
怀念军国多所需，
培育少年更迫急。
叫声张威小李贵，
进前听师说仔细。
你们要专心致志练武艺，
不可错过少年时。

来，来，来，

为师与你传枪技，
舞动银枪雪花飞。
上扎一枪寒风起，
下扎一枪鬼神泣。

回马花枪把敌刺，
枪刺要害方称奇。
六合枪法师传你，
霸王回头使纽戟。
教你枪法牢牢记，
准备阵前立功绩。（黄扳起牌子，张李对打，岳云牛皋上看）

（打毕朱武穿衣）

牛　皋　喂呀呀。

岳　云　牛叔父，这就是我朱老师。

牛　皋　朱老英雄，咱就是牛皋。

朱　武　哦，原是牛将军。

牛　皋　再不要将军将军，还是叫牛皋。

朱　武　将军跟随岳元帅与金兵鏖战，屡建奇功，久闻大名，相见无缘。今日一见，三生之幸。

牛　皋　好说，好说，老英雄，你的好高武艺。

朱　武　将军过奖。

牛　皋　老英雄有此本领，就该为国出力，因何隐居此庄。

朱　武　哦，想是将军要问老朽的来历么?

牛　皋　就该告知小弟。

朱　武　哎，将军既问，老朽倾心而谈了。

牛　皋　请讲。

朱　武　（唱七锤）

将军既问听我讲，
我姓朱名武秉性刚。（李义暗上）
恨朝廷君昏臣庸怯懦无能只图避祸把乐享，
不思振奋力争强。

（唱双锤）

我不愿求仕进扶摇直上，
埋没风尘走四方。（岳云示意使李义下）
为救国雪耻把豪杰访，
结识英雄救国亡。
不幸染病在异壤，
感激父老调药汤。
病好留我设绛帐，
教儿童文读经史武刀枪。
操演阵法学拳棒，

练习武艺保家邦。
这是我以往真情对你讲，
万叹我壮志未酬须发白如霜。

牛　皋　（唱带板）
听他言来喜洋洋，
果是英雄隐此乡。
老哥大名久钦仰，
今日幸遇岳家庄。
来来来随弟一同往，

朱　武　哪里去。

牛　皋　吃几杯解闷酒消你愁肠。

朱　武　情投意合心宽畅，
披肝沥胆叙衷肠。

牛　皋　随着小弟来哈哈哈……（同下）

第八场

［赵忠上。

赵　忠　（唱摇板）
李义上了我的当，
钱二家中把身藏。
我是有的将矢放，
他当实话四处扬。（李义急上）

李　义　（唱）老匹夫竟敢把皇上诽谤，
急忙忙见赵忠细道其详。
开门来，贤弟，（赵惊）贤弟是我，（赵开门，李进）贤弟，兄在庄外，听得朱武对牛皋说，他痛恨朝廷黑暗，奸臣专权，因此不愿作官，奔走江湖，在此课徒，原为灭金。

赵　忠　朱武如此准备，恐怕金兵快要杀来。

李　义　哎呀贤弟，咱们快走。

赵　忠　不能走，你若远走，他们定说不忠不义。

李　义　那怎办呀。

赵　忠　李大哥，你近日窥伺朱武行动，每日报我一次，时机到了，弟好带你避难。

李　义　好，我去了。

赵　忠　你莫忙。

李　义　还有何事。
赵　忠　速将钱二给我唤来。
李　义　我马上找去。（下，赵忠关门）
赵　忠　哼，这个老东西不除，我的大事难成，我可莫说朱武呀朱武，我教你明枪易躲，暗箭难防了。（写密状）
（唱）密告朱武流言谤，
背地怨恨我国王。
他和金寇结死党，
依靠外人祸家邦。
官府逮捕勿轻放，
论律斩首在刑场。（钱二愁眉苦脸上）
钱　二　怀银攒到赌博场，
一下输了精当光。
开门来，赵大哥。（赵闻是钱二声，喜开门）
赵　忠　你回来了。
钱　二　回来了，你唤我又做啥事咖。
赵　忠　你昨晚向哪里去了。
钱　二　哎，不能提，提不起，把你给我的银子，跑到赌场，押了个二，转了个三，把银子一下输干。
赵　忠　那有什要紧，接，再拿几两。
钱　二　这，怎好意思。（接银喜）
赵　忠　将这个送到州衙。
钱　二　好，我先送这个去。（下）
赵　忠　（唱）一纸密状入公堂，
大料朱武难飞扬。（下）（朱武上）
朱　武　（唱带板）
和牛皋初会面便见情性，
我二人真个是相惜惺惺。
这几日岳家庄谣言甚盛，
必须要将此事侦查分明。（四卒二巡检上）
巡　检　呔，那边你是朱武。
朱　武　你唤朱武，有得何事？
巡　检　有人将你告下了。
朱　武　告我什么？
巡　检　有人告你奔走江湖，怨恨朝廷，潜伏此庄，图谋不轨。俺奉命拿你。
朱　武　哦，原来为此，想我国内政不修，边防不备，强敌入侵，夺关掠地，朝廷

一再退让，只图苟安，这样，你叫我怎得不怨，怎得不恨也。（唱带板）

金寇侵犯民遭难，

朝廷退让求苟安。

怨恨不算把法犯，

无故拿人为哪般。

巡　检　像你这样目无王法，口出狂言，分明是江湖大盗。

朱　武　谁敢说我是大盗，谁敢说我是大盗。

巡　检　我敢说你是大盗，来呀，与我锁了见官。（打巡检，不能锁）

朱　武　你们谁敢来。

巡　检　老英雄请息雷霆之怒，小官我有下情告禀。

朱　武　有话你讲。

巡　检　哎呀朱老英雄，你看小官乃是奉命差遣，概不由己，恳求老英雄随我们走一回，你将你的情由对官府说明，你就无事了，小官也将差交了，这样两全其美，想老英雄必然是应允的。

朱　武　哎，也罢，问心无愧，见官何妨。

巡　检　如此请老英雄戴了法锁。

朱　武　哎呔，戴了就戴了。

（念）自问无愧于天地，何惧奸人暗诬陷。

（巡检带朱武转圆场，岳云率众上，见状欲动手，朱武阻挡不许，亮相下）

岳　云　哎，不好。（唱七锤）

老师今遭不白冤，

巡检锁拿去见官。

众位随我去打探，（转圆场牛皋上）

牛　皋　问岳云慌张为哪般。

岳　云　哎呀牛叔父，巡检不知为了何事，将我朱老师锁拿到州衙去了。

牛　皋　侄儿不要惊慌，待叔父赶到州衙，问个明白。（下）

岳　云　这是众位，今日此事，实在令人可疑。

小　虎　哎，前几天大闹谣言，今天又发生此事，我看这，说不定咱们庄里有了奸细了。

岳　云　嗯，说得倒很有理，我们必须严加防范了。（唱七锤）

分头提防莫怠慢，

捉拿奸细不放宽。（亮相下）

第九场

[岳银瓶上。

银　瓶　（唱小带板）

每日习枪又舞剑，
箭射柳叶百步穿。
巾帼不让须眉汉，
战场擒敌不畏难。（岳云上）

岳　云　老师竟然遭诬陷，
定有原因在其间。

姐姐，姐姐。

银　瓶　兄弟因何惊慌。

岳　云　姐姐，朱老师被官府锁拿去了。

银　瓶　哦，因为何事。

岳　云　哎呀姐姐，那日老师和牛叔父叙谈，怨恨朝廷，只图苟安，不知抗金，有人窃听，密告官府，因此巡检率众将老师拿去，我们甚为着急，幸遇牛叔父，问明情由，赶去营救。

银　瓶　既然牛叔父前去，你还惊慌什么？

岳　云　哎，姐姐你听呀。（唱摇板）

虽说叔父去见官，
此事不明心怎安。
父和金兵正鏖战，
岳家庄内传谣言。
母亲将我严教管，
不许练武在外边。
今日老师遭诬陷，
官府拘捕到衙前。
怪事重重屡出现，
只恐庄中有内奸。

银　瓶　（接唱）

听弟言来皱眉尖，
思想此事非等闲。
倘若庄里藏内线，
定与寇贼有牵连。
低下头儿细盘算，
再把兄弟问一番。

兄弟，那日朱老师与牛叔父相谈之时，还有何人在旁。

岳　云　除弟之外，再无别人。

银　瓶　既无别人，这话外人如何得知。

岳　云　这……（沉思）嗯，想起了，哎呀姐姐，那日叙谈之时，李义曾在一旁，弟看他神色不正，将他斥退，难道他……

银　瓶　这他该不能。

岳　云　他，他该不能呀。（唱摇板）

他不能勾结贼奸党，

他不能窝藏奸细在我庄。

低头再思慢慢想，（想过去演阵拿住赵忠种种手式）

猛然想起事一桩。

哎呀姐姐，弟想起前在庄外演阵，小虎巡营，查出形迹可疑之人赵忠，问来问去，乃是李义乡亲，被他带回，自此以后，庄内谣言四起，这造谣之人，莫非是那赵忠。

银　瓶　嗯，兄弟呀，姐姐也想起一件事来。

岳　云　什么事？

银　瓶　你听，那日我在花圃，李义来对我说，他在外听得人说，爹爹兵败牛头山，又说朱老师来历不明，庄内谣言与朱老师有关。

岳　云　照这说，此事定是李义所为。

银　瓶　嗯，定是他，兄弟，只说这该怎处。

岳　云　你我禀明母亲，再作定夺了。（唱带板）

此事还需从速办，

养痈遗患后悔难。

银　瓶　快随姐姐把娘见，

再将此事仔细言。（同下）

第十场

［李义上。

李　义　（唱摇板）

牛二爷押粮回营去，

急忙禀告夫人知。

有请夫人。（岳夫人上）

岳夫人　何事？

李　义　禀夫人，牛二爷明日押运粮草，回上大营。

岳夫人　哦，该叫何人犒军。

李　义　小人愿去。

岳夫人　速备酒菜前去了。

李　义　遵命。（下）

岳夫人　（唱）牛叔叔运粮草不违期限，
　　命李义去犒军略表心田。
　　但愿得灭强寇早日息战，
　　也免得老婆婆常把心担。（岳云、银瓶急上）

岳　云
银　瓶　参见母亲。

岳夫人　罢了。

岳　云
银　瓶　哎呀母亲。

岳夫人　嗯，你姐弟有话，慢慢地讲来，何必着急。

岳　云　母亲请听了。（唱摇板）
　　不知何人去告密，
　　官府拿去朱老师。

银　瓶　定有奸人施毒计，
　　暗与金人通消息。

岳　云　儿查得奸人所在地，
　　特意禀告母亲知。

银　瓶　请母亲速快拿奸细，
　　送官治罪勿延迟。

岳夫人　但不知奸细他是谁，
　　万不可捕风捉影将人屈。

岳　云　儿料那通敌之人是李义，
　　他窝藏赵忠大可疑。

银　瓶　这几日庄内谣言起，
　　李义他淆乱黑白说是非。

岳夫人　此事你有何凭据，
　　岂能无故把好人欺。

岳　云　虽然此事无凭据，
　　拿来追问便可知。

银　瓶　母亲勿虑快作主，
　　不要犹豫再迟疑。

岳夫人　如此说速去暗窥视，
　　侦查那赵忠的可疑形迹。

倘若查出真凭据，
再好禀告你祖母知。

岳 云
银 瓶 孩儿遵命。（分下）

第十一场

［钱二提酒壶上。

钱 二 （念）好吃又好赌，得空便喝酒。
半夜睡不着，起来再喝酒。

［自言自语，自斟自饮，有些醉意，赵忠上，小虎铁蛋尾追，赵忠扣门，钱二开门，赵进关门，小虎铁蛋闪在门左右窃听。

赵 忠 钱二。（从钱手夺酒壶）

钱 二 天还未明，你做什么来了。

赵 忠 又有要紧事，还得劳你跑一回。

钱 二 又有啥事。（赵忠指手画脚，钱恐惧，赵取出蜡丸，向钱耳语。）这，我不敢去。（赵忠取出两锭银子给钱，钱见银喜，接银点头，笑看银。）

赵 忠 天亮了，你快去吧，成功之后，还有重赏。（钱点头，将蜡丸银子藏在怀内，开门出，赵关门下，小虎铁蛋在钱身后窥视，钱得意地跑。）

钱 二 哎，我真高兴呀。
（唱）有了银子腰杆硬，
得意洋洋跑得凶。
送信回赌钱我心勇，
捎长胆大定能赢。（小虎跑在钱二前使了个绊脚将钱跌倒）
哎哟我呀，这是谁呀。

小 虎 钱二爷，是我。

钱 二 你瞎了是不是，你看，将我的腰，差点摔坏了。

小 虎 二爷不要生气，来，铁蛋，咱们把二爷搀起。（乘机在身上乱摸）

钱 二 你俩这是干什么？

铁 蛋
小 虎 哈哈，我俩恐怕把二爷摔疼了，与二爷揉揉。

钱 二 闪开，不要打搅我，我有要紧的事呢。

小 虎 莫忙，你看二爷身上的土，咱俩快给二爷打打身上的土。（在钱二身上连拍带摸。）哎哟，怎么硬硬的，（从怀内取银子）这是什么？

钱 二 这是银子。

铁　蛋
小　虎　对咧，对咧，二爷像是发了财了。（小虎凝思）

小　虎　二爷你发了财了，有散碎银子，给我俩一点吧。（急伸手在钱上又乱摸，摸出一蜡丸，很吃惊。）
这是什么？（钱心惊，说不出话来）

钱　二　这，这，这是治病的药丸。（小虎听钱说是药丸，心想要这无用，想再摸出证据）

小　虎　二爷二爷，我俩不要药丸，要散碎银子。

铁　蛋　给我些散碎银子。（拉钱乱摸，钱急，摔开小虎铁蛋）

钱　二　没有了，没有了，你还纠缠啥呢。

铁　蛋
小　虎　不成，不成，我还要摸。（拉钱二）

钱　二　哇，小虎，你俩这样，莫非要搜我，要搜你就搜，你看，这是银子，这是治病的药丸，（均放在地上，抖身）如今你俩放心了吧。

铁　蛋
小　虎　谁倒说不放心你二爷吗。

钱　二　放心了好，你看，这是办货的银子，这是治病的药丸，（仍装在身上）没有什么了，我走了。（下）

小　虎　哎呀铁蛋，你看钱二，虽然可疑，只是搜不出什么证据，这该怎办。

铁　蛋　不如去找岳云再说。

小　虎　好，咱们快走。（同下）

第十二场

［四番兵，二番将，雪里花豹，张兆奴上。

花　豹　（念）奉命袭庄扮宋军，

兆　奴　　　要捉岳飞全家人。

花　豹　俺，金邦大将雪里花豹。

兆　奴　俺，金邦副将张兆奴。

花　豹　奉了昌平王之命，带领三千人马，扮作宋军模样，偷渡黄河，捉拿岳飞满门家眷，立逼岳飞投降。

兆　奴　赵忠和我们约定，他先到岳家庄，暗做内线，探明虚实，军前密报。

花　豹　他去之后，怎么无有消息。（番将上）

番　将　禀薛平章，拿住一名奸细。

花　豹　绑上来。

番　将　将奸细绑上来。（番将押钱二上，钱二跪）

花　豹　呔，好一大胆的奸细，竟敢窥探军情，还不从实招来。

钱　二　小人不是奸细，我是下书之人。

花　豹　你是何人所差，书信下与哪个。

钱　二　小人是赵忠所差，书信下与雪张二平章。

花　豹　哦，来呀，松绑，你名叫什么，哪里人氏。

钱　二　小人名叫钱二，岳家庄人氏。

花　豹　某家就是雪平章，快呈书来。

钱　二　平章爷请看。（花接丸）

花　豹　钱先生请坐。

钱　二　谢座。

花　豹　待某打开一观，（打破蜡丸看毕）待某修书，（写信毕）这是回信一封，藏好速快回庄，叫赵忠依计行事，大功成就，在此一举，速去。（钱接信，装怀内）

钱　二　遵命。（下）

花　豹　（唱）暗与赵忠相约定，
岳飞全家难逃生。

兆　奴　庄内放火外兵攻，
里应外合成大功。（同下）

［岳云、小虎、铁蛋上，左右看，见钱二，躲开，钱上。

钱　二　（唱）一路思来一路想，
此事做得真光堂。
回信交他领重赏，
今晚再进赌博场。

开门来，我是钱二。（赵上，开门，钱进，赵关门，岳云等在门外窃听）

赵　忠　你回来了。

钱　二　回来了。

赵　忠　可曾送到。

钱　二　已经送到，这是回信。（赵接信，拆开看毕）

赵　忠　钱二，烦你速买硫磺引火之物，准备今晚烧庄。

钱　二　那我不去。

赵　忠　为何不去。

钱　二　我的家小均在此庄，怎敢作此……

赵　忠　嗒，事到如今，由我不由你，去也得去，不去也得去，如若不然，我便要。（靴筒内抽小刀刺钱）

钱　二　哎呀我呀。（岳云听钱大声喊，踢开门，三人进，岳云踢落赵手刀，小虎拉赵，铁蛋拉钱，岳云取桌上信看）

岳　云　哎，好贼。
（唱）贼人竟敢将我瞒，
　　　奸情败露解疑团。
　　　将二贼绑了忙回转，
　　　捉拿李义除内奸。（小虎绑赵，铁蛋绑钱，同岳云下）

第十三场

［四宋兵各执军旗，牛皋、朱武上。

牛　皋　（唱浪头）
　　　押定粮草把路上，
　　　中途不敢久徬徨。

朱　武　　　护送将军向前往，
　　　深感你相救我侠义心肠。

牛　皋　老兄，可笑州官不识贤愚，教老兄受屈。

朱　武　多谢将军，辩明我冤，得出缧绁。

牛　皋　好说，老兄，军情紧急，你我就此分手。

朱　武　待老朽再送一程。

牛　皋　老兄，岂不知送客千里，终有一别。

朱　武　如此恕老朽不远送了。（唱带板）
　　　将军押粮往前进，
　　　一路之上要小心。
　　　牛头山前军情紧，
　　　望将军努力杀敌勿后人。
请了，哈哈哈。

牛　皋　请了，哈哈哈……
（唱）朱武与咱把话论，
　　　意重心长见识深。
　　　军人催车向前奔，
　　　日夜兼程忘苦辛。（四家丁抬酒，李义上）

李　义　李义迎接牛二爷。

牛　皋　李义到此何事？

李　义　小人奉了我家夫人之命，前来犒军。

牛　皋　你来犒军，可有美酒？

李　义　犒军怎能无酒。

牛　皋　有酒快快抬上来。

李　义　来，快将酒抬上来。（四家丁抬酒上）你们那边休息去吧。（家丁下，李义打开酒罐盖）

牛　皋　哎呀，好香的酒，好香的酒。

李　义　闻着香，喝着更香，请二爷先干上一杯。

牛　皋　闪开。（端酒罐欲喝，岳云、小虎、铁蛋、张威、李贵急上，岳云夺酒罐，摔地起火）哇呀呀。

［牛怒视李义，李义跪，惊战。

岳　云　贼子，你等奸谋败露，还不将酒内下毒，从实招来。

李　义　这，这，这我全不知。

牛　皋　呔，好一狗头，若不实说，咱家便是这一鞭。

李　义　哎呀将军，小人奉命犒军，赵忠前来，言说牛将军投效军营，杀敌致累。无物相敬，特送香料一包，教我放在酒内，仍然封好，聊表他敬爱将军之意，我只说他是好心，实不知那是毒药。

牛　皋　岳云，快随叔父回庄，捉拿赵忠。

岳　云　叔父莫可，赵忠已经拿住，叔父还是保护粮车，速回大营。中途谨防敌人截粮。

牛　皋　言之有理。

岳　云　来呀，回庄，叔父请了。（岳云等押李义下）

牛　皋　押粮速回大营。（牛皋同四卒下）

第十四场

［岳母、岳夫人上。

岳　母　（唱浪头）

据报金兵袭庄院，

岳夫人　吓得我胆颤心又寒。

岳　母　恨李义竟然把国叛，

岳夫人　我见事不明心内惭。

哎呀婆婆，金兵直奔我庄而来，这该怎处。

岳　母　且听探报，再作计较。（岳安急上）

岳　安　禀老夫人，金兵已到东门，请老夫人速作准备。

岳　母　再探。（岳安下）（银瓶急上）

银　瓶　哎呀祖母，母亲，金兵攻庄，我兄弟未回，女儿愿与庄丁出城迎敌。

岳　母　哎，你怎能当此重任。

银　瓶　祖母，孙女自幼受父教训，自问心还能杀敌致胜。

岳夫人　哎呀儿呀，你乃女流之辈，如何去得。

银　瓶　母亲，事到危机，就请速作决断，若再犹豫，金兵杀进庄来，如何是好？
岳夫人　这个。（岳云、朱武上）
岳　云　（念）奸人毒计未得逞，
朱　武　　　　金兵来犯要肃清。
岳　云　参见祖母、母亲。
岳　母　朱老先生，你们都回来了。
岳　云
朱　武　回来了。（岳安上）
岳　安　禀老夫人，金兵围庄，全力攻打东南两门。
朱　武　庄丁我安排妥当，我们速快迎敌。
岳　母　岳云、银瓶，速随你朱老师出庄迎敌。
岳　云
银　瓶　遵命。（岳母、岳夫人下）
岳　云　姐姐，咱们打仗玩去。（同下）（雪里花豹率众上）
花　豹　呔，庄内百姓听着，速将岳飞全家人口献出，如若不然，杀进庄来，鸡犬不留。（岳云率众上）
岳　云　番贼休得猖狂，岳云来也。
花　豹　呔，马前来的小将通名受死。
岳　云　你少爷岳元帅长公子岳云。
花　豹　那一女子。
银　瓶　你姑娘岳元帅小姐岳银瓶。
岳　云　番将通名。
花　豹　听着，俺乃金邦大将雪里花豹。
岳　云　那一个。
兆　奴　金邦副将张兆奴。
岳　云　番贼前来作甚。
花　豹　奉命捉拿岳飞满门家眷，小儿快快下马受缚，免得俺动手。
岳　云　满口胡道，来呀，杀。（会阵开打，岳云战花豹，银瓶战兆奴，岳云锤打花豹落马，银瓶朱武等枪挑兆奴，岳云大获全胜。）众弟兄，收兵回庄。（众亮相）

——幕落剧终——

（说明：以上内容录自家存手稿。钢笔分行书写，繁体横排。附页落款：冯杰三编剧，1963.10。）

将相和

第一场　奉璧入秦

［太监、四龙套引赵王上。

赵　王　（引）列国起争端，争雄争霸何日安。

（坐诗）

赵占太行山两面，抗楚抗魏抗齐燕。

秦据雍州逞强悍，战祸起伏年复年。

寡人赵惠文王。秦王遣使前来，欲以西阳十五城换我和氏璧，此事重大，不免聚众商议。内侍，宣文武上殿。

太　监　大王有旨，文武上殿。

众　　　上朝。

赵　胜　臣平原君赵胜。

廉　颇　大将军廉颇。

缪　贤　宦者令缪贤。

李　兑　大夫李兑。

众　　　参见大王。

赵　王　众卿平身。

众　　　臣。宣臣上殿，有何军国大事商议？

赵　王　众卿哪知，今有秦使呈递国书，秦王欲以十五城换我和氏璧，孤欲予秦，恐城不可得；不予秦患秦兵之来，众卿有何良策？

缪　贤　大王，秦王残暴，素不守信，今派使臣，以城换璧，此乃虎口交易，有害无益，还是不换为上，乞大王决断。

赵　胜　大王，方今七国并立，秦为最强，今既愿以城换璧，实为我复地之良机。不然触怒秦王，加兵于我，岂不宝地俱失，依臣之见，莫如献璧复地，方为上策。

廉　颇　大王，平原君奏，未免长他人之志气，灭自己之威风；依臣之见，璧不可献，倘若秦兵前来，有臣抵挡，定杀他个片甲不归。

李　兑　大王，依臣之见，不如遣一智勇之士，怀璧入秦，得城则授璧于秦，不得城完璧归赵，方为两全。可否，乞大王决断。

赵　王　大夫所奏，实为上策，但不知哪位爱卿带璧入秦？

众　　　这……

缪　贤　大王，臣舍人蔺相如可使。

赵　王　我卿何以知之？

缪　贤　大王请听，昔日臣因慢献璧玉，恐王治罪，欲逃燕国，那时蔺相如以忠义大节之道劝臣，臣服其言，不曾逃走，献璧请罪，大王赦臣。这样有勇多谋之人，若令怀璧入秦，必不辱命。

赵　王　如此，爱卿代孤传旨，宣蔺相如上殿。

缪　贤　为臣遵旨。大王有旨，蔺相如上殿。

相　如　（念）匡主当展经纶志，安邦应进万全策。

蔺相如参见大王千岁千千岁。

赵　王　爱卿平身。

相　如　谢大王。

赵　王　这是蔺爱卿。秦王以十五城换我璧玉，爱卿以为可予不可予？

相　如　大王，秦强赵弱，不可不许。

赵　王　倘若璧去而城不可得，奈何？

相　如　哎呀大王，秦以城求璧，赵若不许，理曲在赵；赵予璧而秦不予城，理曲在秦，两策相比之下，宁愿许秦，使秦负理曲之名。可否，乞大王三思。

赵　王　我卿所奏甚是。何人可使？

相　如　大王若无其人，臣愿奉璧往使。

赵　王　城归赵。

相　如　璧留秦。

赵　王　城不入赵。

相　如　臣请完璧归赵。

赵　王　好！拜我卿为大夫，准备奉璧起程。（分下）

相　如　为臣遵旨。

（唱）奉璧西行入咸阳，
以璧换城归赵邦。
要奏奇勋秦廷上，
方信男儿要自强。

第二场　章台献璧

［大内、四龙套、白起魏冉、胡伤、丑官、秦昭王上。

秦　王　（唱）振国威应尚武才是正道，
重文事轻武备国不重朝。
闻赵国竟得了稀世奇宝，
假意儿城换璧诱入笼牢。

寡人秦昭王。昨日赵国使臣呈上奏表，今日献璧，众卿也好赏鉴赏鉴。

众　　贺大王。

秦　王　内侍，宣赵国使臣蔺相如入宫献璧。

大　内　大王有旨，赵国使臣蔺相如进宫献璧。（相如上）

相　如　（念）手捧宝璧履秦宫，气壮山河胆自雄。

赵国使臣蔺相如参拜大王。客臣奉赵王之命，献上宝璧。

秦　王　内侍，将宝璧呈上。大夫平身。（大内接璧转交秦王）

相　如　大王恩宽。

秦　王　坐了。

相　如　谢座。

秦　王　待寡人一观。哎呀！观见宝璧，光润无瑕，果算无价至宝。今到吾手，可以统一天下也。

（唱）稀世宝到孤手侥天之幸，

天有意教寡人灭却群雄。

况秦国文能谋武将有勇，

实不难定太平六国吞并。

内侍，将宝璧传给众卿互相观看。

大　内　遵旨。众位大人请看。（众看）

众　　哎呀，好宝玉、好宝玉！真乃稀世之珍，大王今得此璧，可谓统一天下之祥兆，臣等庆贺我皇万岁、万万岁！（跪）

秦　王　咦哈哈哈……众卿平身，内侍，将宝玉送到后宫，教美人也玩赏玩赏。

相　如　哎呀，秦王玩赏美玉，却怎么不提赏城之事，嗯，我自有道理。

大　内　禀大王，后宫美人同声称赞，口呼大王万岁。

秦　王　怎么她等也称寡人万岁？

大　内　是的。

相　如　客臣启奏大王，和氏璧品质精良，天下无匹，可惜此璧有瑕，客臣愿为大王指明。

秦　王　内侍，将宝玉交与大夫。（大内接玉给相如）

相　如　我可莫说宝玉呀宝玉，你又重归赵人之手。

（唱）秦王负约行诈骗，

求璧赏城是空言。

不守信义贪无厌，

璧归我手难复还。

秦　王　大夫，快给寡人细指瑕疵。

相　如　哎呀，大王，和氏宝璧乃天下无价之宝，大王欲得此宝，遣使赴赵，愿以十五城换我宝玉。我朝文武俱以秦国多诈，恐璧去城不可得，不如不许。

臣以为布衣之交，尚不相欺，况秦王万乘之君岂能以骗术用事，赵王容纳臣言，斋戒五日，使臣奉璧拜于庭。客臣今奉璧秦庭，大王坐而受之，倨傲无礼，轻慢使臣，将宝璧送给文武传观，后宫美人玩弄，却不提归城之事，如此行为，秦真无信无义也。

（唱）壮气熊熊恨无限，
事到危急不避难。
持璧睨柱头甘断，
怒头冲冠胆不寒。

秦　王　蔺相如，大胆的蔺相如，竟敢欺骗寡人。内侍，将璧夺回。

相　如　哪个敢来！哼！哎呀，大王，我蔺相如未来秦国之前，早料大王有此一着，大王若再威逼，俺蔺相如头颅要与和氏璧俱碎于柱。（众挡）

秦　王　慢着，大夫莫可。内侍，取地图上来（大内将地图给王）大夫，寡人岂肯失信于赵，你看，从西阳以西至鲁山以东，十五城池划归赵国，你看如何？

相　如　启奏大王，客臣冒犯大王，还请恕罪。

秦　王　寡人全不介意，快快将璧呈上来。

众　臣　蔺大夫，吾主既然诚心归地，你就该将璧奉上。

相　如　这……哎呀大王，我国不敢爱此稀世之宝，以得罪大王。当臣来时，吾主斋戒五日，今大王亦宜斋戒五日，盛设九宾于廷，臣方敢献璧。

秦　王　嗯，大夫之言，寡人从之，请暂居馆驿。

相　如　客臣遵命。

（念）假托斋戒方献琛，秦人欺我我欺秦。（下）

秦　王　蔺相如引璧睨柱，怒发冲冠，可谓智勇兼全之烈士，寡人若得此人，统一天下无忧矣。

魏　冉　大王想得此人，有何难哉。

秦　王　国舅有何良谋？

魏　冉　大王，想那蔺相如忠于赵王，不过是为了名利，大王若能加他名位，并以美女黄金诱惑，定能成功。

秦　王　国舅所奏甚是，速去办理。

魏　冉　为臣遵命。

秦　王　（唱）相如壮气孤敬爱，有智有勇不凡才。

魏　冉　美女黄金作香饵，何愁鳌鱼钓不来。（分下）

第三场　完璧归赵

［蔺相如上。

相　如　（唱拦头）

秦昭王恃权力不讲义信，
设骗局城易璧欺赵无人。
回馆驿低头想心烦意闷，
我还要用计谋理屈强秦。（业旦上）

业　旦　禀大夫，秦相国到。

相　如　他来馆驿何事？

业　旦　我也不知。

相　如　传出有请。

业　旦　有请相国。

相　如　待我出迎。（四卒抬礼物随魏冉上）相国。

魏　冉　大夫。

相　如　请。

魏　冉　请。

相　如　请坐。

魏　冉　有坐。

相　如　不知相国驾到，未曾远迎，当面告罪。

魏　冉　岂敢、岂敢，蔺大夫，吾主诚心与贵国和好邦交，今见大夫乃当今英雄，秦赵和好全仗大夫之力。吾主特命下官送来黄金千两、彩帛百段……

相　如　慢着，小官奉璧至秦，皆因秦王爱璧，愿以十五城交换，想这和氏璧，乃是无价至宝，黄金千两，怎能买得。况且小官又不是卖玉之人。

魏　冉　咦哈哈哈，吾主并非以金买玉，因大夫为了秦国之事，由赵至秦多受辛苦，故以礼相赠。

相　如　哦，原来这礼是大王送小官的。

魏　冉　正是送大夫的。

相　如　相国，想我蔺相如并无寸功于秦，大王送此厚礼，小官实在不敢收。

魏　冉　大夫言话差矣，吾主因大夫为秦辛苦，故有此薄意，望大夫不必多疑，收下着好。

相　如　这……

业　旦　此礼收不得。

魏　冉　为了秦赵永好，你就收下。

相　如　如此下官愧领了。

业　旦　哎呀大夫，此礼万万收不得，常言道，文官不爱财，武将不惜命，大夫无功于秦，如何收得？

相　如　哎，虽说文官不当爱财，怎奈……

业　旦　怎奈什么？

相　如　哎，怎奈大王厚意难却。

业　旦　大夫，你可不要负了赵。

相　如　烦相国多谢大王千岁。

业　旦　哼……

魏　冉　大夫，吾主还赐大夫醇酒美女，命下官陪酒取乐。

相　如　这个……相国，我蔺相如乃是一介书生，对饮酒作乐素不谙练，还是免了。

魏　冉　此乃吾主美意，大夫不必推辞。

相　如　好，既蒙大王恩赐，小官就要开开眼界了，哈哈哈……

业　旦　大夫，馆驿狭小，舞唱不得。

相　如　舞唱不得，畅饮几杯，倒也使得。

魏　冉　招呀，畅饮几杯也是好的，来呀，快将酒筵摆下，命舞女们把盏。

卒　　　是。（**下引四舞女捧酒盘上安杯毕**）

舞　女　参见相国。

魏　冉　见过蔺大夫。

舞　女　拜见蔺大人。

相　如　免礼了，哈哈哈。

魏　冉　大夫请酒。

相　如　相国请酒。

魏　冉　请呀。

相　如　哎，多谢了呀。

（**唱踏板**）

　　　多谢秦王厚恩待，

魏　冉　　　吾主深爱大夫才。

相　如　　　今日相如开眼界，

魏　冉　　　畅饮美酒喜心怀。

大夫请。

相　如　相国请。

魏　冉　舞女们，快快歌舞起来。

舞　女　遵命了。

（唱）人生为名终奔波，

　　　附强得位乐如何。

　　　七雄争霸属秦国，

　　　地广人稠兵马多。

　　　劝君早弃邯郸狱，

　　　面事秦岭锦山河。

　　　千载良机莫错过，

光阴荏苒叹蹉跎。（舞毕下）

相　如　唱得好，唱得好，哈哈哈……

魏　冉　大夫请酒。

相　如　不、不、不能多饮了，哇哇哇哇。

魏　冉　大夫吃醉了，下官告辞。（出门）哎呀，蔺相如前日在宫廷之上气宇轩昂，今日一见，不过如此而已，吾主得璧无忧矣。（率众下）

业　旦　大夫醒得，大夫醒得，大夫醒得！

相　如　（唱摇板）

未曾多饮假意醉，

唱得好，唱得好！

舞女都有艳丽色。

莫不是巫山遇仙女，

睁眼不见是怎的。

业　旦　大夫吃醉了。

相　如　秦相国呢？

业　旦　哼，早就走了。

相　如　走了？

业　旦　大夫，你知秦王送你这厚礼，为着何来？

相　如　秦王想和赵国交好，请我从中帮忙，故以厚礼相送。

业　旦　你醒来吧，秦王素以奸诈用事，难道你就忘了，他今日厚礼送你，分明是引诱你，骗取璧玉，你说是也不是？

相　如　哦，原来如此。

业　旦　哼，你今不但受秦厚礼，还贪念酒色，莫非你心想背赵不成？

相　如　哎，说什么背赵不背赵，业旦你来看。

业　旦　看什么？

相　如　你看，方今天下，七国争霸，秦国最强，他曾三败楚国，两降韩魏，秦王不久便可统一天下，所以四方英明之士，纷纷来秦，犹如蛟龙得水，猛虎归山，那张仪公孙鞅均非秦人，后归秦国拜为上卿，想这些英雄若不归秦，岂能得此高位也。

（唱摇板）

七国争霸又争强，

争城夺地是秦邦。

三败楚国怀王丧，

两出函谷魏纳降。

他用的商鞅张仪为宰相，

民富国家自然强。

业　旦　你快醒来吧，你所说的，均是认贼作父之人，莫非你要学这些无义的小人不成？想那伯夷叔不为荣贵所动，屈原不畏强暴之势，你为何不提，为何不讲也。

（唱）屈原不畏强暴势，
不贪荣贵是夷齐。
古人多少君子辈，
一回一回你不提。
这个小人太势利，
枉作高官披人皮。

相　如　哎，你都不知人生在世为名利这句话吗？

业　旦　哼，我不知道。

相　如　业旦你看。

业　旦　又看什么？

相　如　你看，你我不回赵国，将此宝献与秦王，他虽不拜我为相，少不下封你我为十五城之君。

业　旦　哎哎，你说的是醉话吗，还是实心话？

相　如　哎，我并没有多吃酒，怎么能说醉话，我说的全是实心话。

业　旦　当真是实心话？

相　如　当真是实心话。

业　旦　好恼呀，好恼！

（唱七捶）
听他言来心好恼，
无名怒火往上烧
恶狠狠拔刀出了鞘，
要杀无耻小儿曹。

相　如　业旦，你这是怎么样了？

业　旦　蔺相如，匹夫，我当你是个忠义之士，谁知你才是个无义的小人，我今杀你，将头、璧带回祖国，决不叫秦人笑我赵国无人，说是你休走看刀。

（打过削头，相如按刀）

相　如　咦，哈哈哈……

业　旦　哦！

相　如　哎，业旦真忠义之士也！

（唱）试探人心用机诈，
业旦忠义真堪夸。
从此才将心放下，
完璧归赵嘱托他。

业　旦　大夫，你这是何意？

相　如　义士你听，我何尝不知秦王想以金钱诱我归降，以达到他骗璧之奸诈，只是如今你我处境，犹如虎穴求生，只好假意屈就，遮掩他人耳目，如其不然，他的细作密布，你我的行动可就不便了。

业　旦　原来为此，我才明白大夫的用意了。

相　如　我也知道你的忠心了。

业　旦　大夫，既然秦王无意归城，你有何妙计完璧归赵？

相　如　业旦，你可有胆量将璧带回赵国？

业　旦　只要有益国家，赴汤蹈火，有何惧哉。

相　如　业旦，带璧归国，中途若被秦拿住，你是如何的对付。

业　旦　我从小路走，料秦无重兵把守，若遇少数秦兵，凭我这身武艺，料也无妨，万一被他拿住，我就仿效大夫。

相　如　仿我什么？

业　旦　宁将头璧俱碎，决不使秦人得璧。

相　如　哎，好呀！

（唱七捶）

我赵国均是打虎将，
哪怕秦人是虎狼。
业旦请来我拜上，
请君完璧呈赵王。（相如业旦同跪）

业　旦　千金重担在肩膀，
赴汤蹈火愿承当。（同起）
如何闯出惊波浪，
乞大夫快快想良方。

大夫，我是怎样才能混出？

相　如　你应扮一贫苦人，方可混出。

业　旦　嗯，好，何日起程？

相　如　事不宜迟，即刻你就起程，待我修表，你快下边改装。

业　旦　是。（下）

相　如　业旦改装，待我修表了。

（唱尖板）

提笔急忙修奏章，
大王嘱咐不敢忘。
看秦王无意连城赏，
业旦返国玉暗藏。
臣带罪秦国据理抗，

死不辱命在秦邦。

（业旦改装上）

业　旦　乔装改扮贫人样，

但愿完璧归赵王。

大夫，看我改扮得如何？

相　如　嗯，扮得像，这是和氏璧、奏章交你，路上须要小心。

业　旦　何待叮咛。

相　如　速去。（分下）

第四场　理服强秦

［太监上。

大　内　大王有旨，满朝文武，列国使臣听着。

众　（内白）啊。

大　内　大王今设九宾礼于廷，拜受宝璧，命文武及列国使臣，齐集殿前观礼。

（幕启秦王中场坐两边四内侍四将）

众　臣　上朝。（参拜）大王今日受璧，四夷宾服，各国献酬，国运兴隆，世世其昌，臣等叩贺大王。

秦　王　哈哈，倒也可贺，众卿平身。

众　臣　谢大王。

秦　王　内侍，宣各国使臣上殿。

大　内　遵旨。大王有旨，宣各国使臣上殿。

燕　使　燕国使节。

魏　使　魏国使节。

齐　使　齐国使节。

楚　使　楚国使节。

今日秦王受璧典礼，一同上殿庆贺。

众　请！参见大王。大王今日受璧威扬四海，和睦邻邦，臣等敬贺大王。

秦　王　此乃各国之光，列位使臣平身。

众　谢大王。

秦　王　内侍，两厢与列国使节排宴，奏起礼乐，宣赵国使臣蔺相如上殿献璧。

大　内　遵旨。大王有旨，礼乐齐奏，赵国使臣蔺相如上殿献璧。

相　如　（念）使不辱君命，报国寸心忠。

完璧已归赵，赤手铄秦嬴。

赵国使臣蔺相如参见大王。

秦　王　平身。

相　如　谢大王。

秦　王　蔺大夫，寡人依你之言，斋戒五日，今已期满，悬彩设乐，各国使臣前来观受璧大礼，大夫快将璧献上。

众　使　我等特来观和氏宝璧。

相　如　怎么大王命臣献璧？

秦　王　将璧献上。

相　如　客臣罪该万死。

秦　王　这是何意？

相　如　客臣见大王有爱璧之心，无偿城之意，所以客臣已将宝璧……

秦　王　将璧怎样？

相　如　将璧送回赵国去了。

秦　王　哇！大胆的蔺相如，竟敢戏弄寡人，来呀，身上搜检。

将　　　无有。

秦　王　蔺相如，霎时教你知道寡人的厉害。来呀，将油锅架在殿前，寡人要烹炸蔺相如。（**四侍抬锅放下场口**）

相　如　咦哈哈哈……

秦　王　你莫非怕死？

相　如　哼，我蔺相如自到秦国，已将生死置之度外，岂能怕死。

秦　王　那你为何大笑？

相　如　臣我不笑别的。

秦　王　你笑的哪个？

相　如　臣笑的是，莫怪人言，秦自穆公以来，二十余君，皆用诈术，欺骗诸侯，到今一见，果然不差。

秦　王　怎见得？

相　如　大王请听。

秦　王　你讲。

相　如　想昔日秦郑两国，互结盟好，口血未干，遽尔伐郑，此其一也；穆公与晋，共同伐郑，战争方酣，私与郑和，此其二也；孝公多诈，任用商鞅，欺骗魏国，夺取西河，此其三也；大王不仁，欺骗楚国，诱掳楚王，囚死咸阳，此其四也。想这杞子欺郑，孟明欺晋，商鞅欺魏，张仪欺楚，难道数端实例不是秦国欺诈证据是什么也？

（唱）秦自穆公二十君，
　　　皆以诈术欺四邻。
　　　远则欺郑又欺晋，
　　　近则欺魏欺楚人。
　　　往事历历从无信，

璧归赵恐秦欺客臣。

秦　王　哎，好气也!

（唱）听言气得团团颤，

骂声相如理不端。

任凭你口巧又舌辩，

想要活命难上难。

来呀，将蔺相如绑了，油锅烹之。

相　如　慢慢慢着，大王，客臣在未死以前，可否容客臣一言奉上。

秦　王　哼，有何言语，容你奏来。

相　如　哎呀大王，自古皆有死，人无信不立，大王所爱者璧也，臣所守者信也，宝璧轻若鸿毛，无信何以立国，况今日之势，秦强赵弱，但有秦负赵之事，决无赵负秦之理，大王欲得宝璧，须先割十五城予赵，然后遣一介之士至赵取璧，赵岂敢得城留璧，负不义之名，而得罪于大王乎？臣自知有欺大王之罪，罪该万死，然臣已寄奏吾主，不愿生还，大王今将臣烹死，不但宝璧不能归秦，反伤秦赵两国和好，且在列国使臣面前，徒负不义之名，岂不使天下人笑。

秦　王　这……

四　将　休得多说，快来就烹。（**四将高举相如入锅**）

秦　王　慢着，蔺大夫，寡人岂能因一璧之故，而绝秦赵之欢，难为了大夫，请勿怪。

相　如　客臣死有余辜怎敢怪大王。

秦　王　请大夫回国，还城之事，寡人必须和群臣商议。

相　如　谢大王，大王赐臣黄金彩帛，贴封馆驿，请大王命人去取。

秦　王　这个……

相　如　客臣告辞了。

（唱）都说秦人是虎狼，

蔺相如当殿抗秦王。

辞别大王归赵往，

秉忠节何惧恶势强。（下）

秦　王　宴罢。

四　使　告辞了。

（唱）列国使臣喜又惊，

秦国恃强逞暴凶。

蔺相如当众抗秦命，

他真是个大英雄。（下）

秦　王　今日竟然受欺骗，

气得寡人发冲冠。
还须另将方法变，
不囚赵王心不甘。

魏　冉　大王，今日不但宝璧不曾到手，反被蔺相如羞辱了一场，难道就白白罢了不成？

秦　王　国舅不知，今在列国使臣面前杀了蔺相如，恐引起列国群起与我作对，所以将他放回，国舅有何良谋，以雪寡人之耻？

魏　冉　依臣之见，不如复遣使臣约赵王在渑池之地，共为好会，那时乘机将赵王拿下，交出宝璧放他回国，否则，叫他和楚王一样，囚死秦国。

秦　王　国舅所奏甚是，胡伤听旨。

胡　伤　臣。

秦　王　命卿速赴赵国，约赵王渑池相会，不得有误。

胡　伤　为臣递旨。（分下）

第五场　渑池相会

［八卒引廉颇上。

廉　颇　（引）威破群雄胆，强秦不敢来犯边。
（诗）报国存心一点丹，数年攻战息烽烟。
秦约吾主渑池会，率领精兵屯边关。
大将军廉颇。秦王约吾主渑池相会，以立和好盟约，昨日议妥，命蔺相如业旦随驾，老夫挑选精兵三万，驻扎境上，以防不测。中军。

中　军　在！

廉　颇　将兵可曾选齐？

中　军　已经选齐，请大将军传令。

廉　颇　兵发边界。
（唱）秦王自恃势力强，
屡次欺骗我赵邦。
蔺相如保驾渑池上，
老夫率军边界防。
倘若秦无理再欺诳，
杀入会场捉秦王。（下马站下场口赵王相如业旦李兑上）

赵　王　（唱）拨马回头邯郸望，
看爱卿陪孤会秦王。
君臣催马渑池往，
见将军送孤站道旁。

廉　颇　老臣恭送大王，大王放心前往，你看臣这精兵三万，屯在边界，会上若有变故，为臣杀入渑池，活捉秦王。

赵　王　有劳大将军。

（唱）廉上卿猛勇忠良将，
蔺爱卿智谋世无双。
此番赴会料无恙，
身入虎穴又何妨。（率众下）

廉　颇　中军，就在此地安营，不分昼夜，带领五百铁骑巡查，有事早报我知。

中　军　得令。（下）

（四龙套四朝秦王上）

秦　王　（念）渑池设宴场，要囚赵国王。（大内急上）

大　内　禀大王，赵王到。

秦　王　咦哈哈哈……

四　臣　大王大笑为何？

秦　王　赵王中了寡人之计，怎能不笑，哈哈哈，胡伤听旨。

胡　伤　臣。

秦　王　吩咐刀斧手，两厢埋伏，看寡人眼色行事。

胡　伤　为臣遵旨。（下）

秦　王　内侍传旨，有请赵王。

大　内　大王有旨，有请赵王。

秦　王　待寡人出迎。（胡伤上，蔺相如业旦李兑赵王上）赵王兄到了。

赵　王　到了。

秦　王　请！

赵　王　请！（赵王业旦进，秦王见蔺相如惊）

秦　王　不知王兄驾到，未曾远迎，望乞恕罪。

赵　王　好说，来此路忙，通报来迟，还望王兄海涵。

秦　王　岂敢，内侍排宴，胡伤安杯。（二王同揖、让座、胡伤斟酒）王兄请。

赵　王　王兄请！

秦　王　哎，请呀！

（唱）渑池设筵会赵王，

赵　王　推杯让盏饮琼浆。

秦　王　秦赵定盟把群雄抗，

赵　王　深感王兄和我邦。

秦　王　今日狂饮甚欢畅，

赵　王　不知他是何心肠。

秦　王　低下头儿暗自想，

寡人心中有主张。
怒气冲冲四下望，
自恃将勇兵甲强。
渑池设下天罗网，
料他君臣难逃亡。
威逼他将宝献上。（报子急上）

报　子　报！（秦王闻急出）

秦　王　讲。

报　子　廉颇精兵，屯扎边界。

秦　王　多少精兵。

报　子　三万。

秦　王　再探。（报子下）

（唱）寡人闻言心惊慌，
廉颇勇猛无人挡。
不敢冒昧逼赵王，
忙改怒容把话讲。

那是赵王兄，哈哈哈……

喜颜悦色劝酒尝。（入席给赵斟酒）

王兄请酒。

赵　王　王兄请。

秦　王　赵王兄。

赵　王　秦王兄有何话讲？

秦　王　久闻王兄好音，寡人宝琴在此，请王兄奏上一曲，以供众卿欢乐。

赵　王　这……

秦　王　奏奏何妨？

赵　王　如此小王献丑了。（赵王弹琴毕）

秦　王　奏得好，奏得好，哈哈哈，御史，将赵王鼓琴，载在史册。

史　官　遵命，赧王戊寅三十二年八月五日，秦王与赵王会于渑池，令赵王鼓琴取乐。

秦　王　咦，哈哈哈……

众　臣　哈哈哈……

相　如　哎，我好气也。

（唱）霎时怒气冲牛斗，
秦王欺人无来由。
迈步上前忙叩首，
听客臣把话说心头。

大王，赵王素闻大王善击盆缶取乐，请大王击缶，使客臣君臣也乐上一乐。

秦　王　这个……

相　如　大王不必推辞，请速击缶。

（唱）急忙双手捧盆缶，
　　无名怒火聚心头。
　　跪请大王从速奏，
　　奏奏秦声解客愁。

秦　王　大夫这是何意？

相　如　客臣请大王击缶。

秦　王　哼。（**四将抽剑进前**）

相　如　嗯！（**四将退**）大王若不击缶，今在这五步之内，我蔺相如头上之鲜血要溅大王。（**秦王被迫无奈**）

秦　王　哎，寡人就与你击上一下。

相　如　咦哈哈哈。御史，速将秦王与赵王击缶之事，登载史册。

御　史　遵命，赧王戊寅三十二年八月五日，渑池会上，秦王与赵王击缶取乐。

相　如　咦哈哈哈……

魏　冉　大王，今日赵王惠顾，请赵王割赵十五城为吾主祝寿。

秦　王　说是照照照，王兄请割赵十五城为寡人寿。

赵　王　这……

相　如　大王，常言礼尚往来，大王既要赵割十五城于大王寿，大王不可不报，客臣请大王割秦之咸阳为吾主寿。

秦　王　这，哇，寡人与你主讲话，你乃一臣，为何多口？

相　如　大王之言甚是，想丞相和诸位大人，均非一国之君，位居人臣，他们在吾主面前讲话，大王何不制止。

秦　王　这……

赵　王　爱卿且退。

相　如　为臣遵命。

秦　王　哎，王好气也。

（唱）一句话问得朕无言可讲，
　　渑池会又被他羞辱一场。
　　低下头仔细思怒火难放，

赵　王　秦王兄请酒。

秦　王　（唱）饮一杯醇碧酒浇王枯肠。

赵　王　秦王兄，多蒙不弃，约为兄弟，秦赵和好，不相侵伐，今日可否筵前歃血盟誓？

秦　王　这……哎，此事容后议妥，再好约期会盟。

赵　王　既然如此，小王回邯郸，待王兄议妥，约期会盟，就此告辞了。

（唱）辞礼告别向外往，

敬待约期会兄王。（下）

相　如　持鞭拨马勒丝缰，

料秦王不敢将我伤。

刺心话儿对他讲，

大王、千岁。（秦王低头气得发抖）

我君臣多谢你苦费心肠。

哈哈哈……（斜视秦王下）

秦　王　哎，好无趣也。

（唱）蔺相如忠勇世无两，

随机应变气轩昂。

若能得他作宰相，

何愁秦国不富强。

众　　大王不该放走赵王君臣。

秦　王　众卿哪知，寡人得到细作报到，言说赵将廉颇，率领三万精兵，距此不过三十里屯扎，想廉颇有万夫不挡之勇，寡人若囚赵王，他一怒杀进渑池，何人是他敌手，所以将他君臣放回，哎，只可惜……

众　　可惜什么？

秦　王　只可惜蔺相如不能为秦所用，众爱卿有何良谋？

胡　伤　大王，赵与齐有晋阳之仇，大王可遣使入齐，说明秦愿与齐和好，协力攻赵，灭赵之后，蔺相如自然归秦。

秦　王　爱卿所奏，果是上策，胡伤听旨。

胡　伤　臣。

秦　王　命我卿即日赴齐和好不得有误。

（唱）秦王旨意联齐邦，

灭赵玉帛聘贤良。（下）

秦　王　谋计不成愧难当，

垂头丧气回咸阳。（率众下）

第六场　论功行赏

［八卒引廉颇上。

廉　颇　（大浪头上唱）

秦约吾主渑池会，

约期不过三十日。
到期率众迎驾去，
但愿君臣早回国。（赵王相如业旦李兑上廉颇跪迎）
臣廉颇迎驾。（赵王等均下马）
赵　王　大将军请起。
廉　颇　大王请看。
赵　王　看什么。
廉　颇　你看为臣这三万精兵，人强马壮，幸喜秦王不曾难为大王，倘若他难为大王，为臣率众杀进渑池，定要活捉秦王。
赵　王　咦哈哈哈……孤有二卿保驾，秦国虽强，岂奈我何？
廉　颇　请大王还朝。
（滴溜接空场）
赵　王　带马还朝。（转场四朝臣上赵王入座）
四　臣　参见大王。
赵　王　众卿请起。
四　臣　大王多受风霜之苦。
赵　王　有劳众卿挂念，孤王此次赴会，廉蔺二卿之功。廉颇听旨。
廉　颇　臣。
赵　王　赐大将军彩缎百匹，以示嘉勉，钦旨。
廉　颇　谢大王。
赵　王　蔺相如听旨。
相　如　臣。
赵　王　孤王得卿，身安于泰山，国重于九鼎，卿功最大，拜卿为上相，钦旨。
相　如　谢千岁鸿恩。
赵　王　请回相府。
相　如　为臣遵命。
（念）微劳薄功封上卿，自觉惭愧心不宁。（下）
四　臣　大王，臣等欲到相府贺功。
赵　王　理应以贺。
四　臣　谢大王。（下）
廉　颇　大王，想俺廉颇，有攻城野战之大功，平原君德高望重，文章过人，如今方为上卿，蔺相如不过一个书生，徒以口舌为劳，位居俺廉颇之上，况他出身贫贱，臣羞愧不忍为之下。
赵　王　大将军话讲哪里，大将军与蔺丞相乃王之重臣，大将军统率三军，蔺相如辅佐朝政，虽然位居将军之右，孤对二卿均是一样，不必多疑，近日鞍马劳顿，请回府休息。（率众下）

廉　颇　为臣遵命，哎呔，想蔺相如乃宦者令门下舍人，徒以口舌，取得功名，俺廉颇怎甘心居贱人之下也。

（唱）俺廉颇征战功劳大，
蔺相如孺子何足夸。
叫人役催车回府下，
再见定要耻辱他。（下）

第七场　牵车让廉

［蔺相如相帽襟袍上。

相　如　（唱大带板）
威烈王坐洛阳立法不善，
韩赵魏分晋国鼎足为三。
从此后七雄出年年征战，
无公法无公理但有强权。
我赵国占的是太行两面，
抗秦楚抗韩魏又抗齐燕。
大将军性勇猛忠肝义胆，
才保定吾国的大好江山。

（四门客上）

门　客　（念）听得不平事，回报丞相知。
禀丞相，廉大将军因丞相官位居他之上，心里有些不服，发出话来，要在大街，凌辱丞相。

相　如　哇，廉将军乃堂堂一位大臣，岂有那样心事，或者是一般造谣生事的小人，胡言乱语，也是有之。自古将相不和，多由这些小人之辈，说长道短，播弄是非，一旦酿出大祸，国家便要受害，你们不必多说，这话我是万万不信的。快备车辆，赵府饮宴。

门　客　是。下边听着，丞相赵府饮宴，备车上来。

（内应）啊！
（四龙套执刀站门上）上车。（相如上车门客左右）

相　如　（唱带板）
自古来小人辈见识太浅，
说得来说得去竟惹祸端。
从今后但须诵白圭之玷，
再莫学小人辈嘴掉舌尖。（下）

［廉颇上。

廉　颇　（唱浪头）

恨赵王无皂白赏罚太滥，
把一个白面郎竟坐高官。
论功劳俺廉颇身经百战，
定名位俺居后他反在前，
这样的不平事几曾经见，
屈服在书生下实在不甘。

老夫廉颇。可恨蔺相如这个儒子，凭他那张利嘴，以在秦王面前说了几句大话，官位竟然比老夫还高，叫人真道的可气，真道的可恼。

百　姓　（内白）大家听着，蔺丞相大街路过，我们快去庆贺走。

廉　颇　来呀，（四侍卫上）

四　侍　伺候大人。

廉　颇　门外喧哗何事?

侍　卫　禀大人，蔺丞相大街路过，全城百姓手捧美酒茶果恭贺，因而喧哗。

廉　颇　怎么就是那蔺相如。

侍　卫　正是的。

廉　颇　嗯，某家不免驱车长街，挡住去径，当众将他百般凌辱，以泄某家心头之恨。侍卫们，驱车长街。

侍　卫　是。（下引车夫上廉上车）

廉　颇　（唱）驱车长街挡路径，

见了舍人定欺凌。（站下场口）

侍卫们。

侍　卫　在。

廉　颇　蔺相如到来，不可让他过去。

侍　卫　是。（四门客四龙套引相如上）

相　如　（唱）全城百姓来贺庆，

倒教相如心不宁。
虽说两次屈秦嬴，
小功绩何敢劳众位宾朋。

门　客　禀丞相，廉大将军怒气满面，挡住去路。

相　如　嗯，廉将军不过一时之怒，本公岂能和他一般见识，还是退让为是。吩咐绕道而行了。

（唱）廉将军也不过一时偏见，

终不能昧公理敢讲强权。（随众下）

侍　卫　禀大人，蔺丞相绕道而去。

廉　颇　哼，他虽眼亮，难道就罢了不成，侍卫们，绕道拦截于他。

（唱）蔺相如眼虽亮绕道儿转，

见了面定和他混闹一番。（至上场口坐相如原人上）

相　如　他挡东我走西倒也方便，

绕下个转弯儿有何作难。

门　客　禀丞相，廉大将军又在前边挡径。

相　如　哼，本公退让，他反进逼，难道我蔺相如真怕他不成。（怒转冷静）哎，我既退让于先，何必相争于后，断不可因私愤而误国家大事，还是回避于他，来呀，速速回府。

（唱）一朝愤忘其身必遗国患，

他逆来我顺受方算奇男。（随众下）

侍　卫　禀大人，蔺丞相车辆回府去了。

廉　颇　咦，哈哈哈……蔺相如怕了某家。侍卫们，驱车回府了，

（唱）蔺相如懦弱无胆量，

不敢和俺来争强。

侍卫催车回府上，

只觉得精神爽趾高气扬。（随众下）

第八场　避之于朝

［大内引赵王上。

赵　王　（唱慢带板）

自古明君选贤能，

无道昏王宠奸佞。

周文王百里施仁政，

天下诸侯均归迎。

殷纣王虽然恃强横，

后来却被武王平。

我赵国近来甚强盛，

全国团结最精诚。

蔺相如首相主内政，

东杀西挡廉爱卿。

暴秦不敢犯边境，

国人才能享太平。（大内执奏折上）

大　内　禀大王，边防守将得到密报。

赵　王　呈上，待孤一观。（看）哎呀！边疆有事，这该怎处，内侍宣蔺丞相进宫。

大　内　遵旨。大王有旨，蔺丞相进宫。（相如上）

相　如　（念）向以国事为重，抛却个人私情。

参见大王。

赵　王　爱卿平身，坐了。

相　如　谢大王，宣臣进宫，有何军国大事商议？

赵　王　爱卿哪知，适才接到边将密报，言说齐国遣将调兵，有侵我边疆之意，该如何办理？

相　如　大王，以臣看来，定是齐国受秦国怂恿，欲报晋阳之仇，大王可命廉大将军差一勇将来严防，料然无忧。

赵　王　爱卿所见甚是，内侍宣廉大将军进宫。

大　内　遵旨，大王有旨，廉大将军进宫。

相　如　启奏大王，臣的小病又发了，为臣告退。

赵　王　爱卿莫忙。（相如未出廉颇急上相撞，廉颇怒欺相如谦让）

相　如　大将军请。（下）

廉　颇　哼，老臣参见大王。

赵　王　老将军平身。

廉　颇　臣。

赵　王　请坐。

廉　颇　谢座，宣臣进宫，有何军情商议？

赵　王　顷据边关密报，言说齐国受秦国怂恿遣将调兵，欲报晋阳之仇，特请老将军商议。

廉　颇　大王勿忧，为臣派一勇将防守，料然无妨，臣请出宫。

赵　王　且慢，老将军近有一事，实令孤王担忧。

廉　颇　有得何事？

赵　王　哎，不是别的，就是老将军与蔺丞相不和之事。

廉　颇　这个，哎，大王。

（唱七锤）

大王休提蔺相如，
为臣对他实不服。
辞王出宫不回顾，
小孺子欺俺大丈夫。（急下）

赵　王　哎，不好。

（唱）廉老将军太任性，
将相不和两相争。
他好似日月不并明，
他好似水火不相容。
竟然不以国为重，

又不能为公损私情。

强秦若知把兵动，

眼前就有祸患生。

大　内　哎呀，大王这样烦恼，待我去请君夫人。（下）

赵　王　哎，怎说得将相不和，列国闻知，眼前就有大祸，这不得了，呀，这不得了呀。

（唱）秦王乘机犯边境，

怂恿齐国起战争。

秦齐东西同时攻，

弱赵怎敌两国兵。（**四宫女各执扇灯引燕夫人上**）

燕　姬　闻报心中暗自惊，

大王恼怒因甚情。

宫人掌灯前代径，

见了大王问分明。

赵　王　哎，怎说我国将相不睦，齐国闻风东犯，强秦乘机西攻，国破家亡，就在眼前，这不得了，不得了，哎，不得了，不得了！

燕　姬　大王，你自言自语，是怎么样了。

赵　王　你看我是怎么样了，你看我是怎么样了，你看我是怎么样了！

燕　姬　大王，你是不是有了疾病了。

赵　王　我有了病了，我有了病了，你又不是个医生，也治不了王的病。

燕　姬　嗯，妾虽不是医生，却能治大王的疾病。

赵　王　你倒去吧，药不对症，就要王命，哎，你不中用。

燕　姬　妾妃看病，当然对症，病对了症，一服便中。

赵　王　我先问你，是针法吗灸法、汤药呢，还是丸药。

燕　姬　大王莫忙，你先不要问我治法，请先听我的病论呀。

（唱）观此病乃是丹田火，

上焦下阴不通豁。

讲论病理先告坐，

赵　王　理应坐下，请讲。

燕　姬　（唱）仔细推测再揆度。

大王的重臣有两个，

上卿相如将廉颇。

他二人争职争位座，

将相不睦起风波。

一个忍让量宽大

一个骄傲不知错。

从此后他二人不相水火，
从此后将相不谐和。
国不团结起外祸，
将相怎能不合作。
秦齐遣将加兵我，
何人抗战息干戈。
望大王派人快解脱，
将相和好国安乐。
你看我病论妥不妥，
管保药到除病魔。

赵　王　哎，好呀。
（唱）夫人论病是扁鹊，
一篇病论胜服药。
将相不和王的过，
调解无法唤奈何。
我赵国凭的他两个，
两虎共斗难俱活。
此种消息若远播，
列国起兵来争夺。
那时王有亡国祸，
把国家人民向谁托。
调和鼎鼐谁助我，
何人能使将相和?
急得孤王难坐卧，
伤心珠泪点点落。

燕　姬　大王，这病是有方子治的，你哭着是怎的?

赵　王　你有什么方子，你说，你说。

燕　姬　不是别的。

赵　王　是什么?

燕　姬　是一服将相和解汤。

赵　王　哪个可以和解?

燕　姬　若无其人，妾妃就可。

赵　王　但不知你是怎样去解?

燕　姬　刻下不便明言，做出你便知晓。

赵　王　那么快去。

燕　姬　请大王升朝。

赵　王　如此王便去了。

（唱）解劝廉蔺且息争，

但愿夫人药剂灵。（下）

燕　姬　将相不和甚严重，

查明详情再调停。（下）

第九场　酒楼谦让

［四门客上。

门　客　（唱）丞相为国牵车让，

不是怕将军势力强。

问明详情心欢畅，

同到酒楼饮一场。

酒保可在？（酒保上）

酒　保　诸位先生，可是吃酒的。

门　客　正是吃酒的，可有上座。

酒　保　有，随着我来，（进内）请坐。

门　客　抱酒上来。

酒　保　是，（下捧酒盘上代斟酒）请饮。

门　客　不用你伺候。

酒　保　是。（下）

［大内上。

大　内　（唱）奉命质问蔺丞相，

他让廉不愿赵国亡。

先公后私宽宏量，

不愧国家一栋梁。

酒保哪里？（酒保上）

酒　保　客可是吃酒的？

大　内　是吃酒的，可有上座？

酒　保　上座被相府诸位先生占了，请到偏座。

大　内　好，就在偏座。

酒　保　随着我来，请坐。

大　内　好酒捧上。

酒　保　是，客官请酒。（酒保站在大内旁边，四侍卫上）

侍　卫　（唱）今逢佳节是重阳，

天高气爽秋风凉。

迈大步往前闯，

饮杯美酒散心肠。

来到酒馆，酒保走来。（酒保急转身上前招呼）

酒 保 众位老爷是吃酒的?

侍 卫 当然是吃酒的，将酒摆在上座。

酒 保 哎，上座被相府诸位先生占了。

侍 卫 哼，他们也来吃酒。速去对他言说，我们是大将军府来的，将上座快与我们让出来。

酒 保 这叫我怎样去说?

侍 卫 不去我要打死你。

门 客 列位不必打他，我们让出就是，酒保，快将我们移到偏座。

酒 保 是。（酒保将门客酒俱端在偏座，四门客让四侍卫上座，侍卫怒视门客）

侍 卫 我们出钱吃酒，谁叫你管。

门 客 列位不必生气，是我等的错。

侍 卫 酒保。

酒 保 伺候老爷。

侍 卫 将好酒快与老爷端上来。

酒 保 是。

门 客 酒保，这是一锭银子，将好酒送给列位吃。

酒 保 是。（下）

侍 卫 酒保，酒保。

酒 保 来了，来了，这是那几位先生特敬老爷的酒。

侍 卫 这怎么是他……

门 客 小弟等巧遇列位，特送好酒，请饮勿却。

侍 卫 这，我等多谢了，请酒。

门 客 请，列位兄台，廉大将军是否还在生气?

侍 卫 诸位先生，蔺丞相的病是否好了?

门 客 丞相的病吗，哦，尚未痊愈。

侍 卫 怎么还莫好，哈哈哈。

门 客 列位兄台笑为何?

侍 卫 笑你家丞相的胆也太小了，叫我们大人那么一吓就害怕得病下了。

门 客 我家丞相并不是害怕大将军。

侍 卫 哼，你家丞相见了廉大将军，一退大街，二退小巷，三退集会，四退宫廷。这不是害怕是什么?

门 客 列位，我且问你，廉大将军厉害得过秦王。

侍 卫 哎，秦王那样厉害，六国诸侯，谁人不怕，廉大将军怎能比得。

门　客　想秦王之威，天下莫抗，我家丞相两屈秦王，毫不畏惧，怎么独怕一个廉大将军？我家丞相说，不是他害怕廉大将军，他怕的是自己人闹事，教秦国知道，借此机会，亡了赵国，因此他处处退让，他是把国家看得重要，私仇一毫不记。

侍　卫　哦，原来如此，我们听诸位先生金玉之言，不禁五体投地，我看不但作大官都应当先公而后私，就是我们彼此也得先公后私，适才冒昧，请多原谅。

门　客　岂敢，岂敢，请了。

侍　卫　请了。（很客气地谦让出门分下）

大　内　酒保，酒钱收下，我便去了。

酒　保　是。（下）

大　内　（唱）相府门客亦能让，
　　　　将军侍卫气势狂。
　　　　将详情回宫仔细讲，
　　　　用柔制刚弱胜强。（下）

第十场　约齐攻赵

［四龙套引秦王上。

秦　王　（唱）胡伤赴齐不回转，
　　　　寡人日夜操心间，
　　　　怒而不喜坐宝殿。

［大内上。

大　内　禀大王，胡大夫回国。

秦　王　命他上殿。

大　内　胡大夫上殿。（胡伤上）

胡　伤　（念）约齐攻赵雪宿耻，上殿忙禀大王知。
臣胡伤参见大王千岁千千岁。

秦　王　爱卿平身。

胡　伤　谢大王。

秦　王　此次约齐如何？

胡　伤　大王，齐已调将遣兵，不日攻赵，并听细作探报，赵国丞相蔺相如与大将军廉颇，相争甚烈。

秦　王　怎么赵国将相不和？

胡　伤　正是。

秦　王　咦哈哈哈，寡人即日发兵攻赵。

胡　伤　且慢，哎呀大王，想赵国将相不和，战争决难取胜，待赵被齐打败之时，大王起兵，乘机而入，赵国必亡。

秦　王　爱卿言之有理，下殿休息。

胡　伤　为臣遵旨。（下）

秦　王　退班。

（念）终年训练兵和将，要把六国尽灭亡。（下）

第十一场　负荆谢罪

［四宫女引燕姬上。

燕　姬　（念）将军性如烈火，丞相真有韬略。

为国忘却私仇，甘心退让廉颇。（大内上）

大　内　禀君夫人，廉大将军宫门候旨。

燕　姬　快快有请。

大　内　有请廉大将军。（廉颇上）

廉　颇　（念）相如长街两避躲，此事叫俺费揣摩。

老臣参见君夫人。

燕　姬　老将军请起看座。

廉　颇　谢座，宣老臣进宫，有何大事商议？

燕　姬　老将军为国，东挡两杀，南征北剿，争城夺地，有功国家，今日特备美酒，微表敬爱功臣之意，宫女们，看酒伺候。

廉　颇　且慢，为臣无功于国，怎敢劳君夫人赐宴。

燕　姬　老将军话讲哪里，想将军以猛勇名闻天下，率军出征，旗开得胜，前曾一败齐国，取晋阳，再攻燕国，攻克五城，使强秦不敢侵犯我国，这都是老将军之功。

廉　颇　为臣小小功劳何足挂齿，君夫人未免过分夸奖。

燕　姬　还是老将军过谦。

廉　颇　君夫人过奖。

燕　姬　嗯，老将军猛勇忠实，口畅心直，真令人分外敬重也。

（唱）老将军忠勇性刚直，

谁不晓来谁不知。

为国曾把强敌御，

为国家东挡西杀南征北战劳心力。

一怒夺齐晋阳地，

只杀得天昏地暗尸骨如山积。

伐燕伐郑争城邑，

强秦不敢将赵欺。
老将军丰功盖世绩，
论功行赏居第一。
并非当面恭维语，
句句话儿有事实。
老将军你说是不是，
请饮美酒勿推辞。

廉　颇　（唱）听罢言来心欢喜，
咦哈哈哈……
不觉手舞足又踢。
臣为国征战争城地。
威名列国谁不知。
百战功劳无人比。
臣位竟比相如低。
自觉烦愁太无趣。
何人为臣来抱屈。
君夫人今日扶正义。
免臣长久受委曲。

燕　姬　老将军，想那秦昭王，终年争城夺地，野心勃勃，试问他想吞我们赵国不想？

廉　颇　他怎能不想，他是想吞并而不敢吞并。

燕　姬　他怎么的不敢？

廉　颇　他怕为臣廉颇。

燕　姬　他不但怕老将军，他还怕蔺丞相。

廉　颇　哼，蔺相如不过一个区区门客，见了为臣都怕得回避退让，秦王怎能怕他？

燕　姬　老将军言话差矣，想丞相在秦庭之上，归我玉璧，渑池会中逼他击缶，那时兵是兵山，将是将海，丞相却一毫不惧，难道丞相真怕老将军不成。

廉　颇　既不害怕，为何见老臣回避。

燕　姬　老将军请听，蔺丞相曾对人说，两虎相争，势难俱生，他与老将军争斗，秦王闻之，乘机入侵，赵国灭亡，无论何人都要受辱，到那时，还能争强夺气吗，因此常常回避老将军，丞相他把国家看得重，私仇一毫不记在心，情愿退让老将军，不愿亡赵国。

廉　颇　这个……哎呀，我看相如见识甚高，老夫万万不及，赵王因而封他上卿之职，但老夫堂堂一位大臣，将事作错，岂不被人耻笑，也罢，事到这步田地，还是一错再错，才不失我大臣的体统。（仍然坐不语）

燕　姬　哎，老将军呀。

（唱）施礼再把将军劝，
劝将军勿为私仇缠。
虽说是强秦不敢犯，
全仗着将军勇猛丞相多谋保江山。
倘若你二人弄私见，
秦昭王暗中窥我将相不和联齐灭邯郸。
国破家亡后悔晚，
倒不如抛却私仇将相和好国家安。
望将军为国赏情面，
捐除私见量放宽。

廉　颇　哎呀，我可莫说廉颇呀廉颇，你好无才，蔺相如也是一位大臣，被你几次凌辱，全不计较，真乃先公后私，你怎么把这私心还要作到底，哦，有了，想自古将相不和，国家必受其累，秦国若知我们将相不和，领兵前来，那时我廉颇无谋的匹夫，一死何足惜，祸国殃民之罪，都坐在我一人身上……我问心何安，问心何忍。

（唱）一霎时不由人心中悲惨，
俺廉颇闹私仇欺侮忠贤。
想我这匹夫辈见识太浅，
相如是大英雄海量容宽。
羞得我无地容怎见人面，
倒不如头碰柱死在阶前。

燕　姬　慢着。（众挡）老将军这是何意？

廉　颇　哎，俺廉颇不为国家着想，徒闹私情，凌辱大臣，像俺这无谋的匹夫，有何面目活在人世，倒不如一死。

燕　姬　老将军不必如此，老将军与丞相作对，不过一时之误也。

（唱）君子过日月食人人皆见，
小人过过必文私意牵连。
人有过勿惮改过才可免，
作大臣要提防民俱尔瞻。

廉　颇　嗯，我明白了，哎呀，君夫人，今日多蒙提醒，为臣还是肉袒负荆，亲往相府认罪。

燕　姬　哎呀，老将军勇于改过，胸中是何等样的干净，何等样的服善，比那些文过饰非骄矜不化的小人何啻天渊之别，不愧老将军是个英雄，是个豪杰。

廉　颇　哎，我真惭愧也！

（唱）多谢夫人提醒我，

识浅量小是廉颇。
肉袒负荆谢罪过，
知错相府去认错。（急下）

燕　姬　哎，好呀！
（唱）可喜他能服善勇于改过，
真不愧大英雄光明磊落。
将相和为国家理应庆贺，
请大王设筵席君臣欢乐。

第十二场　将相和好

［蔺相如上。

蔺相如　（唱）心里最可气将军廉颇，
任私意全不管百姓死活。
吞着声忍着气回车避过，
国不和又恐怕敌人知觉。（门客急上）

门　客　禀丞相，廉大将军，肉袒负荆相府赔罪来了。

相　如　当真？

门　客　当真，快到府门外。

相　如　待本公出迎。（廉颇肉袒负荆杖急上见相如跪相如扶跪）
哎，我的廉大将军呀！
（唱）劝将军你莫要赔罪认过，
非圣贤谁莫有一差半错。（取荆杖给门客）
再休提谁官小谁的官大，
同都是国家的耳目手脚。
况秦王心不良幸灾乐祸，
有微隙他就想包举囊括。
我赵国能安定只凭你我，
损一个就恐怕敌人分割。
总须要团体坚牢不可破，
总须要损小愤光明磊落。
把从前那件事一笔勾抹，
从今后我是弟你是哥哥。

廉　颇　（唱）蔺丞相你真是聪明不过，
又有德又有量智广才多。
都像你哪有个不相水火，

都像你哪有个同室操戈。
我虽是度量小见识太左，
也知道要紧事国家山河。
既能容我武夫从前之过，
结一个刎颈交至死不没。
从今后你主内主外有我，
料秦国兵力强其奈我何。

相　如　廉将军请起。

廉　颇　丞相请起。（相如扶廉颇同起）

［门客急上。

门　客　禀丞相，大王驾到。

相　如　大王到此何事？

廉　颇　我也不知。

相　如　你我快快出迎。有迎。

门　客　有迎。（廉蔺出四龙套引赵王上入内廉蔺参拜）

廉　颇
相　如　臣廉颇蔺相如参见大王千岁千千岁。

赵　王　二卿平身。

廉　颇
相　如　谢大王。大王驾临，有何要事？

赵　王　无甚要事，听说老将军与丞相追悔前非，和好如初，特来庆贺。

廉　颇　大王，为臣乃无谋匹夫，不为国家着想，数次得罪丞相，不是他退让，险些误了国家大事，罪该万死。

赵　王　老将军，服善改过，才算英雄，如今二卿和好，实为国家之幸，万民之福。（大内急上）

大　内　禀大王，适才细作报到，齐国大兵侵入边境。

赵　王　这，这该怎处？

廉　颇　大王勿忧，齐国犯界，臣请出阵，杀退齐兵，将功折罪。

赵　王　廉大将军出阵，孤无忧矣。

相　如　大将军此番出阵，下官在朝竭力辅政，并教百姓齐心相助，誓为大将军后盾。

廉　颇　多谢丞相！
（念）杀敌赴边界，立功将罪折。

赵　王　全国皆兄弟，

相　如　莫效吴与越。

赵　王　二卿请到宴上，与老将军饯行。老将军。

廉　颇　大王。

赵　王　蔺丞相。

相　如　大王。

赵　王　随着孤王来，哈哈哈……（挽廉蔺手）

——幕落剧终——

（说明：以上内容录自家存手稿。又名《廉颇蔺相如》。钢笔书写，繁体横排。封面落款：冯杰三改编，一九六三年四月二十一日。）

八个蛋一斤

（根据任雨霖话剧改编）

［叶大婶端着麦种上。

大　婶　（唱）九月里来菊花黄，
农村男女老少忙。
老年人在家选麦种，
青壮年收秋要藉墒。
破茬麦子都种上，
怕鸡刨种时刻防。
为此事开会明白讲，
都同意立法约三章。
执行章程有组长，
群众遵守理应当。

（内白）大婶子，大婶子，你快点，麦种等着要呢。

大　婶　你不要催，误不了事。（回身鸡叫）叫啥呢，关得不耐烦了。哎，谁愿关你吗，还不是怪你不争气，一放出来，就跑到麦地刨着吃麦种，不能放你。（坐下选种，鸡又叫）哎呀，今天是九月九重阳节，重阳节关鸡不下蛋啊，哦，今天放你一天吧。

（唱）小疙瘩我今放了你，
千万不要跑出去。

［放鸡。夏吵吵端饭碗上。

夏吵吵　（唱）事不公平惹人气，
去对大婶学委屈。

大婶子，你家小疙瘩今天解放了？

大　婶　谁呀，哎，原来是夏家你大嫂，今天不是重阳节吗，重阳关鸡不下蛋。

夏吵吵　哦，我倒忘了，大婶子，你这鸡喂得可好？

大　婶　哎哟，哪有你大嫂子那个小红脸好。长得快，身上的毛都发亮了。

夏吵吵　嗯，我那鸡，腿勤，嘴勤，会找食吃，哎，你想鸡怕关，狗怕栓，你那个鸡成天关着，都快成瘫子了。

大　婶　我看你那鸡定能下蛋。

夏吵吵　哼，我那个鸡打三月开张到今天，一天一个。

大　婶　蛋大吗?

夏吵吵　（手比画着）八个蛋一斤!

大　婶　你的养鸡学问可大，我早就说了，你该成了咱们队上养鸡能手了。

夏吵吵　哼，别提我了，我算个老几哟。

大　婶　你嫂子，你是个忙人，工夫值钱，没事你是不会上我家来的。

夏吵吵　我这个人就是心里搁不住事，大婶子，你是个明白人，你说说，凭啥选小胜他妈当养鸡能手，又编快板又广播。

大　婶　我得说句实话，小胜他妈养的鸡，一不往地里跑，二不害庄稼，这两条，我们就得向她学习。

夏吵吵　哎哟，看你说得好像真的，大婶子，哪家的鸡不往园子钻，不向地里跑。

大　婶　那是前几年的事，老皇历今天用不上了。你嫂子，你那个小红脸，好是好，就是有人在大光面前反映它老在地里吃庄稼。如今又说它跑到麦地刨着吃麦种。

［夏吵吵气得站起。一把麦种往簸箕一撇。

夏吵吵　是哪个嚼舌根子的说的，我的鸡下的蛋多，蛋大，八个蛋一斤，他们都看眼馋咧。

大　婶　哎，反映你的人可多。

夏吵吵　哼，我走得正，行得端，不怕狗败兴。我的鸡是在地里逮虫子吃的，再说，掉在地上的麦，就兴掉不兴拾吗?

大　婶　咱娘俩亲近，才给你说，庄稼人全靠田地养活，鸡刨麦种吃，群众自然不高兴。

夏吵吵　（跺脚向窗外）他哪个不高兴，叫他伸着脖子在我面前说，背后说人就不是好东西，叫他嚼烂舌头。

大　婶　哎，你大嫂，
（唱）皆因你的性子暴，
　　提起你群众头乱摇。
　　当面不说背后噪，
　　都说你鸡把麦刨。

夏吵吵　我性暴是吃人呢?

大　婶　（唱）他都说鸡吃麦种你不检讨，
　　难道说组长也怕夏吵吵。

夏吵吵　哼，明明他们欺我男人是个老实人，给我穿小鞋呢。

大　婶　（唱）既说没有就算了，
　　不要生气把怨消。

夏吵吵　（唱）实想她能说公道，

谁料火上将油浇。
分明他欺我男人是老好，
有意向我把眼挑。
（愤怒端饭碗下）

大 婶 ［送夏吵吵出，发现不见了鸡，吃惊。
哎呀，怎么小疙瘩不见了。（唤鸡）咕儿，咕儿，叽叽叽，哎，这个害货千万不要跑出去。（左右寻找）不见了，定是跑到地里去了。这一下不得了，若要夏家他大嫂知道了，又要吵吵。
（唱）刚刚我才把它喂，
转眼不见心着急。
若让夏家媳妇知，
跑来吵吵我没说的。
［菊英抱鸡上。

菊 英 （唱）小疙瘩刨着吃麦种，
这样下去怎么行。
娘，你看小疙瘩跑到地里刨吃麦种，这怎么行呢？

大 婶 哎，我真是没有想到。

菊 英 要是你不放它，它就跑不出来。

大 婶 你不要着气，今晚开会我自己检讨，叫群众批评我。

菊 英 娘，要检讨，我和大光是干部，该我俩去检讨。

大 婶 你们夫妻俩都是管的外头的事，家里的事我管着，出了事应该我去。

菊 英 娘以后可真要留心，快给我一条绳子，我把它拴起来。

大 婶 （从墙上取条绳子给菊英）拴紧一点，（将鸡栓好，扔在地上）是不是拴得太紧了，（抱起鸡看）哟，菊英，这不是咱家的鸡，小疙瘩没有这么重。

菊 英 哦，不是咱家的是谁家的。
（大婶仔细看）

大 婶 哎呀，这不得了咧，这是夏家你大嫂的小红脸。

菊 英 又是她家的鸡！

大 婶 快放了它，快放了它。

菊 英 娘，夏吵吵也得守章程，她犯了章程，是她的不对，就得检讨。

大 婶 叫她检讨，那日头要从西边出来呢，你还是放了它吧。

菊 英 娘，我不能放，放了以后再有这样的事，可怎么办，我们副业组订的章程她也举了手。

大 婶 举手有啥难的，可是……

菊 英 可是她也得讲理。

大 婶 她的理是另一路，咱不得罪她，大光是队长，你是组长，我又这么大的年龄，何苦和人吵闹，闹得左邻右舍都不安。

菊　英　娘，我这是为了集体，你看她天天偷偷把鸡放在地里，去吃白食，大家要都像她那样，自己得到好处，队里庄稼就要遭殃，今天我非批评她不可，看她有什么话说。

大　婶　菊英，你听娘的话，把她的鸡悄悄放了，就没事了。

菊　英　（急躁地）哎呀，娘，你真是……

大　婶　（唱）菊英我娃听娘劝，
凡事忍让最为先。
人要老实心要善，
哪怕出外到天边。
夏家媳妇性子蛮，
知道了和你吵破天。
悄悄放出任它便，
免得淘气生麻烦。

菊　英　（唱）你不要怕不要惊，
副业组订的有章程。
群众保证遵法令，
夏吵吵举手也赞成。
如今她鸡吃麦种，
我有责管理这事情。
她不遵法拿理争，
不然开会要批评。

大　婶　哎，你快放了她的鸡。

菊　英　那不能。

大　婶　哎呀，菊英，你怎么这么犟，为这鸡毛蒜皮的事。

菊　英　娘，她的鸡刨吃麦种，这不是什么鸡毛蒜皮的事呀。

大　婶　（低声）你不要忘了，咱们的小疙瘩，还没找着呢。

菊　英　哦……

大　婶　要是咱的小疙瘩也跑到麦地里，这话怎么说咖。

菊　英　对人家对自己都要一样对待，（着急）快把小疙瘩找来。

大　婶　到地里去没有，还说不定。（向外看，惊）哎呀，她来了。不能叫夏吵吵抓住咱的小辫子。菊英，快把她的鸡腿上绳解开。

菊　英　不能解，就放在这里，咱的错了咱得认错。

［夏吵吵愤气地上。

夏吵吵　毛主席领导的天下，还兴偷鸡摸狗。

菊　英　娘，你去我和她说。

大　婶　要和气点。

［欲下，夏吵吵进门。

夏吵吵　（跺脚）不要走，你这个老菩萨，我问你，凭什么逮我的鸡？

大　婶　你嫂子，啥事把你惹得生气？

夏吵吵　我的小红脸怎么得到你家？

菊　英　你少在我娘面前耍脾气，鸡是我逮的。

夏吵吵　我的鸡犯了你啥规，犯了你的啥法？

菊　英　就犯了刨吃麦种的法，就凭这条，我就要逮，我就要拴。

大　婶　你嫂子，人家都亲眼见来。吃就吃了，以后关紧点就是了，大家都少说上几句。

夏吵吵　哦，你这个老菩萨，叫我屈打成招咖，谁见我的鸡刨麦种。没有证人，我就不依你。

大　婶　哎，你嫂子，

（唱）叫声夏家你嫂子，
什么事值得耍脾气。
火伤肝来气伤肺，
请你赶快把怒息。

夏吵吵　（唱）叶家大婶我问你，
我家鸡如何到这里。

菊　英　（唱）你不要发凶不要气，
你的鸡是我逮来的。

夏吵吵　（唱）我的鸡犯何法来犯何规，
你与我快快明白提。

菊　英　（唱）它犯了刨吃麦种大法律，
凭这条逮来要拴住。

夏吵吵　（唱）鸡刨麦瞧见都有谁，
多少麦种被鸡吃？

大　婶　（唱）你的鸡跑到麦地里，
人家都亲眼看见的。

夏吵吵　（唱）刨麦种谁见我的鸡，
没有证人我不依。

菊　英　（唱）我和小胜小平都在地，
见不着怎逮你的鸡。

夏吵吵　（唱）你三个穿一条小裤子，
看来都不是好东西。

大　婶　（唱）你嫂子莫乱吵少说几句，

咱两家事儿慢慢商量何必急。

菊 英 （唱）麦田都是社员地，
为集体应当忘自己。
这不是咱两家事，
公事公办没说的。

夏吵吵 （唱）拿大伙吓我扣帽子，
这一套我是不怕的。

菊 英 （唱）你有理你就快摆出，
你少瞎吵不停息。
夏吵吵，你少在这里瞎吵。

夏吵吵 哼，亏你才当了个副组长，芝麻大个官，就不知道东南西北了，要是当个队长，我们就没有活的路了。

菊 英 只顾自己，不顾集体，我就要管，你的鸡跑到地里不只这一次，我问你，你家的鸡，你喂过几把米？

夏吵吵 喂了几把米？（岔开）人家当干部的都没有说我个不是，你算个老几哟。

大 婶 哎呀，少说几句吧，都是邻家，低头不见抬头见。

菊 英 娘，你不要跟她说，自己错了还不认账，她不讲理，我偏要讲理。

夏吵吵 它是不懂事的畜牲，它脚上有爪子，我管不住它，你来管。

菊 英 好，你不管，我就给你管。

夏吵吵 我这个小红脸，可是顶胆小的。长了这么大，我从来没叫它受过惊怕。今天你又是逮，又是拴，它不下蛋了，我和你不得另干。（抱起鸡摸了一摸）哟，我清早开鸡窝还摸过，小红脸有蛋，这一时工夫就没有了，（对菊英）嗯，你还装正经，地是社员的，麦子是大伙的。哼，你这算哪号子大公无私主义，逮了我的鸡，挖了我的鸡蛋。

菊 英 夏吵吵，你嘴里少胡说。

夏吵吵 我没胡说。我这一下把这个组长，看在眼里，记在心上。我的鸡下的蛋，八个蛋一斤。你见蛋大，就眼馋了，是不是？

大 婶 天理良心，我给你作证。菊英就没拿个鸡蛋回来，你嫂子，你不信到我家里搜查搜查。

夏吵吵 我不搜，我可没有那么小气，一个鸡蛋我也舍得起，就是队长要补身子，一句话，我送来十个二十个，也不在话下。逮我的鸡当引子，这可说不过去。

菊 英 为人不做亏心事，半夜打门心不惊。

大 婶 良心安得正不正，有理没理，自己心里明白就行了。

小 喜 （在窗外喊）大婶子，你家小疙瘩在那边地里刨麦种吃呢。

大 婶 哎，这个该死的小疙瘩。

菊　英　小喜子，你怎么不把它逮回来？

夏吵吵　不要死要面子咧，逮人家的鸡，放自家的鸡，你们仗着是干部家属，势大么，哼，我的鸡刨了队里的麦种，你愿打就打，愿绑就绑，我没有二句话。你家的鸡刨吃麦种该怎么办？

菊　英　听大伙处治。

夏吵吵　好，千锤打锣，一锤定声。我去把你家的鸡请回来。（**夏吵吵下**）

大　婶　（唱）叫你少说你不听，
把我话当就耳边风。
为何要惹她的性，
吵吵闹闹不安宁。
早放她鸡把事省，
这场风波从何生？

菊　英　（唱）遇事立场要坚定，
办事理应照章程。
我是组长责任重，
对人对己一样行。
禁止鸡鸭刨麦种，
为了集体大事情。
违反法令应严惩，
铁面无私要秉公。
咱有错检讨我承应，
劝娘不必把气生。

［**菊英扶大婶坐，大光上。**

大　光　（唱）秋夏丰收都高兴，
副业还得大加增。

娘。

大　婶　哎，大光。

菊　英　这半天你上哪去了？

大　光　刚才我跟副队商量了一下，咱们队里今年的副业生产，虽说比去年大大增加了，社员也挺高兴，可是，养鸡这一项的数量……

菊　英　数量要再多，就把地里的庄稼吃光了。

大　光　咱们队里条件并不差，你算有多少养鸡能手，咱娘，小胜他妈，夏家大嫂子……

大　婶　我可不敢戴这高帽子。

大　光　目下种地快结束了，你们副业组得抓紧时间开个会，规划规划，再琢磨几条办法出来。

大　婶　再养多了更不得了咧，就养这么几个，我就闯下祸了。

菊　英　娘，你……

大　婶　我的鸡跑到队上的地里刨吃麦种，还不是闯祸，大光，你说怎么办？

大　光　谁的鸡犯了大伙立的章程，也得处理，也得接受教训，把鸡放到地里吃庄稼刨种子，对集体是大不利，对自己也不利。你看，我在地里拾了一个鸡蛋，这蛋真不小。

大　婶　我不看，这鸡我也不养了，再养恐怕把我这条老命要搭上呢。

菊　英　娘，你先不要发火。大光，我们团支部的决议，你们到底支持不支持？

大　光　哪个决议？

菊　英　就是协助队里管好鸡子不向地里跑。

大　光　支持，当然支持！前天我们专门开了个会，不是你也参加了？可是，团支部的决议并没有叫你们用逮鸡、拴鸡的办法来保证。

菊　英　不逮不拴，鸡不会像人一样懂事？

大　光　你这话有理，可是你为什么就没想到人。

菊　英　我就是得给夏吵吵点厉害看看。

大　光　厉害不能当理用，有理不在嗓门高。

菊　英　我的态度不好，我承认。可是夏吵吵不把集体利益放在眼里，损了地里的庄稼，肥了自己的鸡，这就对吗？

大　光　我啥时候说鸡到地里糟蹋庄稼是对的，你们以为逮住她的鸡，就能把这种自私自利的思想逮住，拴住鸡就能把她损人利己的思想拴住吗？

菊　英　我不能眼看着集体受损失。

大　光　可是，这明摆着是你的方式方法有问题。

（唱）对嫂子怎能要态度，
把你的性子得扭一扭。
方式方法细研究，
对人对事要对头。
常言说克刚必用柔，
你只知用刚不用柔。
这怪你学习太不够，
毛主席著作好好读。
一个人优缺点两面都有，
你只看缺点看不见优。
大嫂子种庄稼一把能手，
既能挑担又能锄。
粗细活儿都能做，
做起活常在人前头。

菊 英 就是自私心重。

大 光 （唱）原谅她旧社会时间悠久，
老毛病怎能马上丢。
说服她还得要苦心婆口，
慢慢教育两三秋。
对她的毛病看清楚，
分析准确把药投。
她性暴躁我温柔，
药一投症功效收。

大 婶 菊英，大光说得全对。

菊 英 对了好。

［夏吵吵用围裙裹着一只鸡得意洋洋地上。

夏吵吵 （唱）菊英长了个批评人的口，
顾前全不顾后头。
她的辫子抓我手，
看她脸上羞不羞。
你的鸡我请回来了，我可连一根毛也没动它。

大 光 这么说两天不见，大嫂子，你又变样了？

夏吵吵 还不是你们大伙关心我，你队长教导有方……

大 光 有话你坐下说。（端过一条凳子）

夏吵吵 谢谢你！咱不敢领这份情，你队长兄弟叫我在这站站，我就不知往哪搁了。

大 光 （拉夏吵吵坐下）把你搁在这上头，就很合适。

夏吵吵 哟，这不折煞我了，队长兄弟，兴不兴我有发言权？

大 光 你不是正在发言吗？

夏吵吵 这不算。

大 光 哦，那你就说算的吧。

夏吵吵 我家小红脸，犯了队上的章程，我领罪。你队长愿怎样发配，就怎样发配吧。

大 光 好得很。大嫂子又是一个进步。小喜子，（外边应声）饭后你给我广播一下，就说夏玉娇大嫂子的鸡刨吃麦种，这会儿她愿承认错误，表示坚决改正，这种维护集体利益的精神，我们大家欢迎。小喜子，你听见了么？
（外应声听见了）

夏吵吵 你先不要给我灌米汤，你家大小都是干部……

大 光 干部更得守法，干部家的鸡跑到地里刨着吃麦种，照样发配，检讨。

夏吵吵 这话可是你队长兄弟亲口说出来的，你别翻脸不认账？

大 光　不认账我烂舌头。

夏吵吵　好，给你个真凭实据，看你怎么办。（把鸡双手擎在头上）

大 光　你把我家的小疙瘩逮住了，谢谢你！你做得很对很对。你这种关心集体利益的精神，我们全家一起向你学习！

菊 英　有话晚上说，开检讨会好了。

大 光　好，晚上开会。

［小丘子喊上。

小 丘　夏吵吵，你为什么逮我家的鸡？

夏吵吵　你这个小丘子，喊啥？你不看这里正断官司呢？

小 丘　夏吵吵，你真胡闹，你为什么要逮我家的鸡，（从夏吵吵手里一把将鸡夺回）你的眼睛瞎了，你瞎了！

大 婶　小丘子，你不要乱嚷，这是我家的鸡。（从小丘子手上夺鸡）

小丘子　大婶子，（打开围裙，露出白鸡）你们看，是不是我家的鸡？

大婶子　（细看）哦，这……这……

夏吵吵　哦，这……这……

小丘子　这，这，这，就只许你们养这种莱克亨白毛鸡，不许我家养鸡？这是昨天我妈从集上花了几块钱买的，你们看，鸡腿上还拴着红布条呢。

大 光　小丘子，你家的鸡也放在地里咧。

小丘子　（对夏吵吵）她的鸡能放在地里，我家的鸡就不能放吗？

大 光　咱们都放，明年就不要指望收粮食了，回去给你妈说，这次是初犯，下次不许了，去吧。

［小丘子抱鸡下。

夏吵吵　哎，吵闹了半天，耽误了活不算，还丢了个大鸡蛋，倒霉！

大 光　鸡蛋，这是不是？

夏吵吵　哟，这蛋怎么飞到你家了？

大 光　你看清楚，这是我从地里拾回来的，不是你的吧？

夏吵吵　还用看吗？咱村里只有我家的小红脸，才能下这么大的蛋，八个蛋一斤，没有第二家。

菊 英　你这八个蛋一斤是怎么来的？

夏吵吵　我的鸡下的，这还错得了？

大 光　错是错不了，我们也得替大伙想想，鸡刨吃地里的麦种，今秋吃一颗，明夏少收一两，今秋吃一斤，明夏地里的麦子好像秃子头上的毛，几根子，怎么办？

菊 英　大嫂子，你想少收麦子减了产，你家、我家、大家都要少吃多少粮食，这个账，不能不算。

夏吵吵　嗯，对，对，我明白了，哎呀，队长兄弟……

众　　（众惊）怎么了？

夏吵吵　你家的小疙瘩还在地里呢！

大　光　哦。

大　婶　我去找。

菊　英　娘，你坐下，我去，（欲下，鸡叫，咕咕嗒，咕嗒咕嗒……）娘，你听，是咱家的鸡叫。

大　婶　哎，我的天哪！

夏吵吵　哦，它……

菊　英　在屋里（进屋拿蛋出）娘，你看，鸡下了个蛋。

大　婶　嗯，小疙瘩，小疙瘩，你在屋里下蛋呢，可叫我受了一场冤枉气。

大　光　娘，话可不能这样说。

（唱）我家这回没下地，
往后请你管好鸡。
为维护集体利益，
坚决制止鸡进地。

大　婶　（唱）我记住来我牢记，
叫声你嫂子笑嘻嘻。
咱们以后莫大意，
千万管好自家鸡。

大　光　（唱）管好鸡禽为集体，
生产上你要出力气。

菊　英　（唱）你替咱副业组管好鸡养好鸡，
八个蛋一斤要继续。

夏吵吵　（唱）是是是，没问题，
我的组长兄弟媳。
从前鬼把我心迷，
处处想占小便宜。
今天不是你两口子，
我把这错事还做到几时。
往后我完全听从你，
大嫂子有错你就提。

大　光　（唱）大嫂子进步快来是好的，
大家应向你学习。

大　婶　这是你的蛋。

菊　英　这是你的鸡。

大　光　（唱）大嫂子把它拿回去，

夏吵吵　（唱）拿着蛋，抱着鸡。

菊　英　要保证八个蛋一斤。

夏吵吵　莫问题，莫问题。

大　光　（唱）莫问题了你回去。

夏吵吵　（唱）嫂子我得谢谢你！

大　婶　你嫂子。

菊　英　小心把蛋打了。

夏吵吵　嗯，你。（众笑，落幕，剧终）

（说明：以上内容录自家存手稿，先生手迹，钢笔书写，繁体横排。）

飞虹桥

人　　物

李友根	男	五十八岁	飞虹大队支部书记
王金英	女	二十三岁	生产队长　党员
李婶子	女	五十四岁	友根妻
李四泉	男	二十四岁	友根侄　生产队会计　团员
刘老大	男	六十一岁	育种员
王金宝	男	二十五岁	金英的堂兄　生产队副队长　党员
王妈妈	女	六十岁	金英的母亲
李新生	男	十二岁	少先队员
刘胜利	男	十二岁	少先队员
牛元成	男	二十六岁	社员
李兴宝	男	二十一岁	社员　团员
王金城	男	二十岁	社员　团员
黄菜花	女	二十岁	兴宝的新媳妇　社员
雪　花	女	二十三岁	元城的媳妇　社员
胡　丽	女	四十二岁	地主陈世昌的老婆
金　娣	女	二十二岁	地主陈世昌的女儿

男女青年三四人

第一场

时　间　一九六四年三月七日拂晓。

地　点　飞虹桥。

饰　景　江水奔腾，桥如飞虹。一株老杏，花繁枝硬。红日东升，春草丛生。

［幕启，金宝、元成、兴宝、金城、新生、胜利、黄花、雪花等男女青年唱歌上。

众　（唱）我们心向共产党，
党给我们作保障。
粮棉年年都增长，
献给国家固边防。

消灭蒋匪帮，
美帝野心狼。

新　生　金哥，金哥，那不是老支书吗？

金　宝　就是他，听说他上县开会，怎么这早跑到地里做什么来了。

元　成　你还不知道他那老毛病吗。

兴　宝　这老汉实在不放心人。

金　城　嗯，定是检查咱们整理种棉花的地。

金　宝　这老汉啥都好，就是爱嘟囔。

兴　宝　咱们青年人做啥他都不放心，总得亲自检查，看后就嘟囔，没有一次咱们做过的活他不嘟囔的。

元　成　我就知道他有那号子病，这次特别用心，把八十亩地做得平平整整，连胡桃大的糊基弹都没有，管保他一看满意。

众　　　你不要吹牛。

金　宝　哎，哎，咱做的那活比你还要好，但是还免不了他一顿嘟囔。

胜　利　元哥，元哥，咱们都藏在树后等爷爷来，我猛地将他一抱，就能把他吓倒，快走，看他看见了。

新　生　对，快走。

［众下，李友根背挎包上。

友　根　（唱）农家最喜三月雨，
这雨下得太及时。
春雨簌簌风细细，
黄昏风至雨才息。
不妨我上县开会去，
五更起床整行李。
顺便检查棉田地，
既平坦来又整齐。
不照计划我生气，
必须追查谁做的。
飞虹桥头忆往事，
兄妹死得真惨凄。
侄儿年已二十许，
此事尚未对他提。

［新生、胜利偷偷到友根背后，猛将友根一抱。

你两个不上学，跑到这干什么来了？

新　生
胜　利　今天是个假日，老师叫我们参加队上义务劳动。

友　根　好，

［众上。

新　生
胜　利　爷爷你害怕不害怕。

友　根　我不怕，这有什么可怕的。

新　生
胜　利　我俩只说把你猛一抱，想把你吓倒，你才不害怕，真胆大。

友　根　哈哈，小孩子真淘气。

金　宝　二叔，你背着挎包是不是上县开会咖。

友　根　是的，种棉花的地是谁收拾的。

元　成　二叔，那一块是我收拾的，你看平整不平整，八十亩地收拾得连胡桃大个糊基弹都没有。

友　根　好，就照这样干吧，那一块呢？

金　宝　二叔，那是我收拾的，你看怎么样？

友　根　好是好，就是……

［金英急上。

金　英　二叔。

友　根　金英，群众大会决定种植计划，棉田一顷四十亩，是谁改变计划少收拾二十亩地。

金　英　我就是为这事来给你报告的。

友　根　那你说吧。

金　英　（唱）为种植召集那群众会议，
决议要种棉花一顷四十。
我应该按照那决议办事，
为这事我也曾一再考虑。
八十亩叫元成整理细致，
六十亩派金宝负责收拾。
雨前我去检查大大生气，
恨金宝不服从上级指示。
我追问他说得篇篇有理，
留下的二十亩为种玉米。
多种秋少种棉他的主意，
种早秋为的是社员利益。
他那时说着说着火性起，
瞪着眼竟和我翻了面皮。
我不能因私情忘了集体，

为国家为群众我要负责。
气得我整一夜两眼未闭，
微明起来找你评个是非。
若说我没有理当众赔罪，
他没理站一旁先把头低。
认错误当众检讨无抗拒，
不检讨我和他决不能毕。

友 根 金宝，这生产计划已经群众大会讨论通过，业已汇报上级，你怎么私自改变。

金 宝 你不是给我说，做什么工作都要走群众路线，这次我是走群众路线的。

友 根 你怎么个走，你说。

金 宝 去年群众给我说少种棉多种秋，我可提议多种棉，以后群众当面对我说风凉话，背后就骂，说我办事主观，脱离群众，今年他们又说，我就把二十亩棉田留下种早秋，给他们多分点粮，他们也就不再骂我了。

友 根 嗯，我问你对种棉经验有没有，对棉花生产有把握没有

金 宝 我种了三年棉花，经验我有，对生产也有把握。

友 根 既然有经验有把握，这对群众对集体很有利，群众一时还不通，你也得对群众解释解释，不能跟上群众跑。金宝，你要站高看远点，既要看到群众集体，也要看到全国世界。

金 宝 嗯，集体、国家，对，对。二叔，经你这么一说，我明白了，当众承认错误，坚决改正。

友 根 好，只要你能认识错误，改正错误，也就对了。

金 宝 哎，共产党员要锻炼成一个好党员，真不容易。

友 根 是呀，说起很难，实际也不难，你记住一条，时时刻刻不要忘记革命。

金 宝 也许我就是这条没做好，就坏了事了。

友 根 慢慢锻炼吧，你们还年轻，土改那年，我要求领导准我回到农村锻炼自己，经上级许可，回到乡村，群众选我当贫农会主席，那个时候我的认识能力比起你们来，那差得远了，你比我条件好，识字多能看书报，还是再把毛主席的书好好学一学，道理通了，工作里办法自然就多了，也就少犯错误了。

金 宝
金 英 二叔，我愿意当你的学生，咱们好好干，把生产搞好。

金 宝 老师，我马上去收拾那二十亩地，一天完成任务，
（唱）我今天收拾那二十亩地，
完成任务不须疑。
说干就干马上去，

不误播种棉花时。

老师，我走了。（急下）

友　根　金宝的干劲可大呀，金英，

金　英　老师。

友　根　你的立场站得稳，就是……

金　英　老师，我在工作中有什么缺点，请批评，我诚恳接受，坚决改正自己的缺点。

友　根　（唱）你脑子简单性子急，
对人对事不分析。
对啥人应斗争斗争到底，
对啥人须说服耐心说服。
组织群众随着你，
发动起与你工作大有益。
不难发现坏分子，
解决问题也容易。

金　英　老师教训牢牢记，
对阶级敌人勿麻痹。
把群众赶快组织起，
对一切工作都有益。
目前种棉任务急，
分配工作请老师。

友　根　好，我给你分配，我想叫你担任分配棉种挑选工作。金宝、元成担任种棉工作，大家有啥意见，为了搞好工作请提吧。

众　　　分派得很好，我们没啥意见。

金　英　老师，你看今年的麦子长得可好？

友　根　这种子可是刘老大培育出来的。

金　英　是的，这是他最后试验成功的五号麦，咱队昨年都种的这个种，这麦产量高，今年超额完成任务，没问题。

友　根　（唱）麦苗得雨茁壮起，
雨后种棉最适宜。
年轻人办事有朝气，
麦棉丰产没问题。
大家工作我要去，
再见还得一星期。

兴　宝　二叔，你把我的新车子骑上，叫我给你推去。

友　根　不要，走着很好嘛。

兴　宝　哎，看你这个人，骑上快得多，也好看，一个支部书记往县上走多难看。

友　根　这有什么难看好看，我不要，我不要。

（唱）你的好心我感激，
不好意思用你新坐骑。
倘若骑坏赔不起，
不如不借车子骑。

大家好好干活，我走了，回来再见。

众　送二叔。

友　根　不送，快干活去。（下）

新　生　姐，姐，你看我四泉哥把棉籽拉回来了。

胜　利　姐，你快看去。

金　英　嗯，我们今天加把力，把那块菜籽锄完，明天还有浸棉种拌药粉工作呢。

众　保证完成。

金　英　那好极了，我走了。

众　你快走。

元　成　咱们下地干活。

（唱）咱们赶快锄菜籽，

新　生　还有那两对新夫妻。

胜　利　做得活来不出力，

新　生　两口子玩要时呱呱叽叽。

青　年　你现在说人呢，日后你娶下媳妇，还不和我们一样。

新　生　我再娶下媳妇可不照你那么不害羞。

胜　利　我再娶下媳妇还要比现在更卖力。

青　年　个要卖嘴，就看你咖。

胜　利
新　生　羞！

［青年男女追下，李婶子上。

李　婶　（唱）老头子上县开会去，
我给他做饭黑漆漆。
饭熟叫他把脸洗，
洗了脸快快把饭吃。
前院喊下后院叫，
不见人把我能急死。
寻他跑到西湾地，
一路喊叫没声息。
太阳这高心着急，

还不见这个老东西。

［四泉背棉籽包上。

四　泉　妈

李　婶　泉娃，你背的啥？

四　泉　妈，你老说没活干，队里给你们上年纪的人安排下活了。

李　婶　叫妈干啥。

四　泉　选棉籽。

李　婶　选多少斤记一个工分。

四　泉　哎，你老是工分工分，队里还能叫你白干嘛。

李　婶　那你怎么不多背回来几袋子。

四　泉　妈，有的是。选好了送到金英那里，她负责过磅，工分也由她记。

李　婶　那叫妈回去快动手。

四　泉　妈，你不要忙。

（唱）今年选种选得细，

精挑细选好种子。

你把那空壳发霉破碎都挑出，

选得干干净净的。

要争取咱队棉田苗全苗旺蓬蓬勃勃快长起，

来一个大丰产夺取红旗。

李　婶　你的话儿妈记住，

照你说的选种子。

泉娃，你见你伯来没有。

四　泉　我没见，听金英说上县开会去了。

李　婶　急着跑去谁还给他赏个啥呢，也不吃饭就走了。

四　泉　妈，我伯脚到就是饭，太早他也吃不下去。

李　婶　那你跟妈回去吃走。

四　泉　妈，急啥呢，拌棉籽的药剂还在公社里没领回来，我领去。

李　婶　吃了再去，你深更半夜的时候拿了两个冷馍走了，现在都半清早了，你该饿了，快跟妈回去，吃两碗煎饭再去。

四　泉　药没领回来，我不放心，我要走。

李　婶　你再不要犟了。

四　泉　妈，我心急得要命，饭我咋能吃下去，我走了。（跑下）

李　婶　泉娃，泉娃。（急追下，幕落，李婶气得又上）

哎，这娃牛犟牛犟的。嗯，咋遇来了，跟他伯那号子货一模一样的，对大伙的事，不要说吃饭，我看连他那条命都不要了，他不吃了不吃了罢，叫我把棉籽拿回去赶快地选，选好了到金英家再领一袋子，多挣他几个工分。

（唱）妈愁我娃饭没吃，
操心他的肚子饥。
料想不到运气至，
竟然有活寻自己。
提起挣分心欢喜，
对这些事我积极。
忙把棉籽背回去，
选完再领一袋子。（下）

第二场

时　间　当日午后

地　点　金英家

饰　景　旧式瓦房两间多，院旁藤椅圆藤桌。
一枝玉兰香粉摸，数杆绿竹依篱角。

［**幕启，金英由屋内出，看看花，又看看地下落花。**

金　英　（唱）冰渐消地渐暖万物变化，
不觉草木抽嫩芽。
日浸绿竹影斜挂，
玉兰盛开清香发。
我愿学绿竹钢骨虚心经得起风吹雨打，
洁白堪比玉兰花。
想老帅临别叮咛话，
批评我事理欠通达。
皆因年幼闻见寡，
也怪我任性心窄狭。
急躁这病危害大，
不除掉怎当集体家。
种棉就在眼目下，
我能力薄弱经验差。
虽说重担把肩压，
再困难也要克服它。
事情越来越烦杂，
心想接回我妈妈。
托儿所里请了假，

赶快把妈用车拉。
看庄外枣树已发芽，
芽发就要种棉花。
农具已经修理罢，
亲身一一去检查。
选棉种应当照顾年老贫农多娃娃，
这些轻活分给他。
名单列好开始发，
领去的名上把圈加。
从头查点用笔画，
业已领去十之八。
剩下军属谢元化，
烈属大嫂刘秀华。
东头跛伯王大夏，
西头还有李爷爷。
这几家不是鳏来就是寡，
应当给他想办法。
我还是拉车把辕驾，
亲自与他送到家。

妈，妈你来。（王妈上）

王 妈 吃饭毕洗碗把锅刷，
问金英唤妈做啥咖。

金 英 妈，你看门着，我给没来领棉籽的几家送着去。

王 妈 哎，送啥呢，眼看着就要种，他几家不来领了罢，不如叫对门大嫂选去，他家人多手稠，一天就选完了。

金 英 妈，你不知道，那家不但成分不好，人的思想也坏，绝不能叫她选。

王 妈 那么你就给他几家送去。

金 英 妈，我走了。

王 妈 不要多耽搁时候。

金 英 妈，我知道。妈，你的眼睛不好，千万不要选种。

王 妈 你去，我知道。

金 英 那我走了。（把袋子一袋一袋搬出来，拿条绳下）

王 妈 哎，叫我一天光吃净坐，我实在不惯。
（唱）托儿所里看娃娃，
好端端把我接回家。
光吃净坐再没啥，

转出转进反觉乏。
做惯活实在闲不下，
没事干把我能急煞。
忽听喜鹊叫喳喳，
叫得我心里乱如麻。

哎，眼看就要种棉花，这娃不叫我选种子，她是害怕我挣工分吗。嗯，我有工作呢，还要队里的工分做啥。不听她的话，我还是选吧，我选一把少一把，她回来了看，好了用，不好了她另选吧，反正我不挣工分，这可怕啥。

［王妈在聚精会神选种子，李婶背袋子上。

李　婶　金英，金英，

（王妈没抬头只说是领种子的人）

王　妈　金英没在，等一会再来领。

李　婶　我把你个瞎狗，眼瞎了耳朵也聋咖。

（王妈一看笑着说）

王　妈　才是你。

李　婶　哟，把你这个瞎东西也想挣工分。

王　妈　我是替女子看摊子的。

李　婶　金英呢？

王　妈　她给社员送种子去了。

李　婶　那么你来吧，给我过过磅，看我选了多少。

王　妈　你这死鬼，两只手比狼爪子都快，一袋子半天工夫就选完了，你自己过去吧，我不认得磅秤，是多少就是多少，你还能骗人吗。

李　婶　你放心我，我就过咖，要是有个长短，你个老东西可要负责。

王　妈　我吃的现成饭，长短有金英。（李婶拿袋子下，又上）

李　婶　连皮七十三斤，你记住。

王　妈　这一下你死鬼可发了财了，这么干，你半天就能挣十几个工分。

李　婶　你选了多少？

王　妈　我才选了几把。金英说我眼睛不好，不叫我参加。

［金英拿绳上。

金　英　师娘。

李　婶　你咋叫我师娘。

金　英　二叔如今成了我老师，所以我把你叫师娘。

李　婶　那号子也不给我说，我连个气气都不知道。

金　英　老师还没顾得给你说，就上县开会去了，你干活这么积极可合了四泉的脾气了，四泉就是喜欢这样的人，他自己干起活来又认真又积极。

李　婶　反正不闲着就行，四泉咋能像你，干啥事都是有条有理地叫人喜欢。
金　英　我可比不上你四泉，我要能学下他那工作能力，把我就高兴死了呢。
李　婶　没想到你们两个，一个吹笙，一个捏眼，脾气倒挺对。
金　英　师娘你选的棉籽过了磅没有。
李　婶　过了，连皮七十三斤。
金　英　还领不领？
李　婶　有了还能不领，有活就干。
金　英　那我就给你装去。
［金英把李婶选的袋拿下。
李　婶　（唱）我问你金英今年有多大，
你快快给我把话答。
王　妈　我只知道她属马，
多大岁数你算去吧。
李　婶　我家四泉他属蛇，
和你金英不差啥。
依我说咱们姐妹俩，
不如你我结亲家。
王　妈　这事我不管全由她，
我不急给娃找婆家。
李　婶　嗯，你这个怎么不开窍，金英是个好姑娘，长得这么大了，也该找个婆家，你还说你不急着给娃找婆家，你再想想咱老姐妹结个亲多好，你答应我吧。
王　妈　嗯，你哟，我嫌你是个财迷，只知道挣工分，过了门舍不得给我女吃，舍不得给我女穿，那该怎办。
李　婶　嗯，把你个死不了的，就是会挖苦我。你要好好想一想，我看上金英这个娃。
［胡丽满脸都是笑上。
胡　丽　哟，大嫂子，大嫂子你啥时候回来？
王　妈　我前天回来。
胡　丽　哟，二嫂子也在这儿。
李　婶　你婶，你为啥事？
胡　丽　嗯，我见二嫂子选种子，就眼红了，我也想领两袋子选选，挣几个工分。
［金英背袋子上。
哟，队长在家就好办了，队长你一天多忙呀。
金　英　你有啥事？
胡　丽　嗯，我来寻队长，想领两袋棉籽选选。

金　英　这活没你的份。

胡　丽　队长，请你不要生气，我是穷人家的女儿，这谁都知道，虽说是陈家的人，也是个被压迫者，幸亏共产党解放咱，区政府把他镇压了，替咱们穷人报了仇，把我也从苦海里解放出来，哎，咱们都是一条凳子上的人。

金　英　哼，谁和你是一条凳子上的人。

（唱）你表面说的好听话，
背后心毒手更辣。
怨恨我党暗地骂，
诱惑青年到你家。
派你拔草西坡下，
人说你连豌豆拔。
集体的庄稼你糟蹋，
不知你良心在哪搭。
回家去把自己好好省察，
快洗心革面重新做人吧。

胡　丽　队长，拔草带了豌豆，我和大家一样，谁还能一根不带吗？

金　英　你还敢强辩，不承认错误。

胡　丽　是是，我的错是我无心之错。

金　英　无心？

胡　丽　下次不敢了。

金　英　哼，群众随时随地都在提高警惕，擦亮眼睛，识别阶级敌人种种阴谋活动，以后你要小心了。

胡　丽　是，队长。

金　英　回去好好反省，就看你以后的表现。去吧。

胡　丽　是。（低头下）

［金宝急上，和胡丽对头斜视，胡丽下。

金　宝　师娘，你过来了。

李　婶　哦，我领棉籽来了。

金　宝　快坐下，金英，我把那二十亩地一天就收拾好了，你看干劲怎样。

金　英　嗯，干劲大。

金　宝　（唱）不是我一人干劲大，
大伙干劲也不差。
今天活细致毫无假，
整理土地如绣花，
不是我随便自己夸，
你不信了去查查。

金　英　那今年的棉花丰产……
金　宝　不成问题。地主老婆到这做什么来了?
金　英　领棉籽来了，我没给她，还把她批评了一顿。
金　宝　哼，对这些人应该批评。
金　英　听说金城、兴宝到他家吃饭，你可听见这些话。
金　宝　我也有所闻。
金　英　那你也该管管。
金　宝　好，我批评他俩，叫他俩提高警惕，和地主划清界线。
李　婶　你们忙，我回去了。
金　英　叫我把你送回去。
金　宝　我送。
金　英　那你快送去。
李　婶　你大妈，我回去了。
王　妈　你婶，你再坐坐。
李　婶　不坐了，我回去了。我背，不要你送，你们忙忙的。
金　宝　不忙，咱走。
金　英　师娘，你慢走。
李　婶　你快回去。
［金宝背袋同李婶下。
金　英　妈，你给咱生火，我在那几家教他把选好了的种子送到刘大伯那里，还等着拌药呢。
王　妈　好，你去。
［金英下，王妈收拾院子，幕落。
［刘老大拿了一把棉籽身抖着上，金城提袋子，兴宝、胡丽随后上。
刘　大　这叫干活?这叫干活?这叫哄鬼，人哄地皮，地哄肚皮，为了抢工分，干活就是这样瞎弄。
胡　丽　肯定是她妈干的讨巧事。
金　城
兴　宝　我俩背棉籽的时候，她妈正在院子选呢。
胡　丽　我到她屋里也见来，她妈说把她才接回来，这分明抢工分来了。
刘　大　啊，是她干的。
（唱）她口里还说的进步话，
作出事来差又差。
选种子活轻工分大，
为抢工分接她妈。
好坏种子相混杂，

选了不如不选它。

胡　丽　你小声些。

金　城
兴　宝　叫她听见，多难为情。

刘　大　（唱）他是队长我不怕，
我不能看情面害了大家。

金　城　正好会计来了。

胡　丽　叫他看该咋办。
（四泉上）

众　　　你看，选得干净不干净。

四　泉　不要乱嚷，先把事情调查清楚。

金　城　不用调查，保险是那死老婆子干下的好事。

兴　宝　她瞎眉失眼也想选种。

胡　丽　反正朝里有人好做官，什么瞎……

四　泉　你们指的是谁?

金　城　谁？去问金英好了。

胡　丽　她比我们知道得清楚。

四　泉　没有证据，可不要瞎嚷，叫我把这棉籽背上问问她，把情况弄清楚再说。大伯，你先干你们的活吧。

刘　大　好，咱们干活。
（刘大、金城、兴宝、胡丽下）

四　泉　我还是去找她，把事情问个水落石出。
（唱）背棉籽直然去问她，
用这方式恐有差。
倒不如背回去暂且作罢，
对此事慢慢再调查。（下）

第三场

时　间　当天下午

地　点　李四泉家

饰　景　新房两间小桌凳，一架紫藤一青松
（李婶手拿小蒲篮选棉种）

李　婶　（唱）王金英把胡丽罪恶揭破，
她奸诈也不敢无理辩驳。
这百说她百从唯唯诺诺，

她走后才息了这场风波。

[四泉上。

四　泉　（唱）思来想去均不妥，

不知哪个干的活。

莫不是奸人暗嫁祸，

调查清楚再定夺。

李　婶　我还没选完，你怎么又背回来一袋子。

四　泉　妈，你不是说队里不给你活干，现在活多了，干不完了吗?

李　婶　能!

四　泉　哎，这袋种子没选干净。

李　婶　是我选的不是。

四　泉　不管是谁选的，反正不干净，没尽到责任，咱们再给他选一遍。

（李婶不答）

妈，吃亏占便宜，不在这点工分上，如果把棉籽选干净，咱队里的棉花秋后丰收了，就什么都有了；要是种坏籽，棉花缺苗，长不好，挣那工分能吃还是能穿。妈，你给咱起个模范作用，把这袋棉籽重新选干净，给这些光知抢工分的人一点教育。

李　婶　没听见人说是谁选的?

四　泉　听人那么说，不一定确定。

李　婶　是谁来?

四　泉　都说是金英妈。

（李婶伤心落泪）

（唱）妈妈平日很快乐，

提起金英妈她把泪落。

李　婶　听得四泉那么说

只觉得惶惶不安乱手脚。

四　泉　为什么妈妈这难过，

眼泪巴巴不自觉。

李　婶　丢人事是我闯的祸，

嫁祸别人我不做。

四　泉　我妈心事难猜破，

举动失常为着何。

李　婶　疑惑别的还有可，

怪群众错疑王老婆。

四　泉　想金英为集体把自己忘却，

帮助人做好事做得更多。

李　婶　　　我一时鬼迷心窍事做错，
　　　　　　恨天怨地顶什么。
四　泉　　　我必须调查得明明确确，
　　　　　　究竟是谁干的活。
李　婶　　　谁料想这事儿越弄越大，
　　　　　　我羞得见人该怎着。
四　泉　　　我不能稀泥把光墙抹，
　　　　　　问问她不算我的错。
李　婶　　　妈我有话你站着，
　　　　　　贸然问她犯口角。
四　泉　妈，你有啥话快说。
李　婶　泉娃，你可不能听村里人瞎说，金英妈连选种都没选，怎能有这事。
四　泉　不怕，事情总要调查，调查清了才能处理。
李　婶　哎，我看不用调查，棉籽你也背回来了，妈我把它选了就是了，调查出来，开会呀、批评呀，一村一院的，多不好意思。
四　泉　事情弄不清，不能给大家进行教育。
李　婶　哎，教育不教育，谁也不是三岁娃娃，人有脸，树有皮，一回错了，二回也就知道了。
四　泉　这事必须弄清是谁干的。
李　婶　泉娃，要是妈干的，你咋办？
四　泉　是你干的也要处理。
李　婶　那就算妈干的好了，该咋处理，妈都接受，千万不要去问金英。
四　泉　光你说是你干的也不行，总得调查清楚。
李　婶　嗯，调查调查，你就是第一个死心眼。好，你调查去。
　　　　（四泉急走）
　　　　回来，回来。哎，这不得了。
　　　　（唱）这娃像吃了犟牛药，
　　　　　　我的话不进他耳朵。
　　　　　　问金英定把事弄大，
　　　　　　不是她干的怎认错。
　　　　　　不如我先对金英说，
　　　　　　她聪明伶俐有才学。
　　　　　　叫她想法帮助我
　　　　　　免得臭名向外播。
　　　　我先找她去。
　　　　［金英上。

金　英　师娘。

李　婶　金英，你来了好。嗯，我刚想到你家去，你就来了，真凑巧极了。

金　英　找我有什么事?

李　婶　我问你见四泉了没有。

金　英　他在我家去了，我怎能不见。

李　婶　他对你说什么话来。

金　英　他说有人反映，说我为了抢工分，把我妈叫回来选种籽，选得不干净，为这事，我和我妈吵了架，我妈气得声音发颤，哭哭啼啼，我来请你过去把我妈劝劝。

李　婶　金英，这件事我知道。

金　英　你知道是谁?

李　婶　娃呀，你不要急。

金　英　究竟是谁，请师娘对我说来，我可不对别人说，说嘛。

李　婶　我说，哎，我说——

（唱）未开言泪珠点点落，
我把详情对你学。
四泉走对我细嘱托，
要捡净霉烂和空壳。
清早选种当院坐，
来了胡丽那人物。
她说棉花就种播，
这样一天选几颗。
还是粗粗随手过，
一袋种能用两时多。
这样说我的心也乐，
把四泉话儿全忘却。
粗粗一捡丢搭过，
竟干下这个大错活。
早知道闯下天大祸，
选一斤挣百分我也不做。
就是我吃了后悔药，
治不了这病该咋着。
这错活不怨别人只怨我一个，
我思想不对头把事做错。
请你严肃批评我，
做下了丢人事没对儿说。

金　英　　师娘你今年五十多，
想得开心底也畅豁。
很快能认识自己错，
知错改正也就没。
可恨胡丽地主婆，
心肠更比毒蛇恶。
竟敢煽风来点火，
想挖集体新墙脚。
她的存心早看破，
不满意新社会把她束缚。
我已与她安排妥，
坏分子再狡猾也逃不出我掌握。

李　婶　金英，如今生米做成熟饭了，就是吃后悔药也治不了病，你批评我，我接受，千万不要叫四泉知道。

金　英　师娘，你不要愁，我们一定不让四泉知道就是了。

李　婶　哎，我还说土改后十多年了，地主老婆改造得很好，进步也快，她对人很和气，还没说话呢，先一扑哧地笑，嗯，今天我才知道她不是个好东西。

金　英　师娘，她是我们的阶级敌人，和我们没在一条道路上走，今天我们农村是存在着阶级斗争的，被打倒了的地主阶级并不甘心自己的灭亡，千方百计破坏我们社会主义建设，企图复辟，在这个时期，不能有半点含糊，必须提高警惕，防止敌人破坏。

李　婶　你说得对，咱们和她斗争到底。

金　英　对，师娘如今我帮你赶快把种子选完，各组都在等着呢。

李　婶　好，咱们快干活。

金　英　师娘，我可不是来挣工分的。

李　婶　嗯，这娃哟。

（幕落）

第四场

时　间　三月十三日上午

地　点　田野

饰　景　垂柳千条，一枝夭桃，远山如画，遍野麦苗。

［胡丽提竹篮上。

胡　丽　（唱）恨金英手辣心肠毒，
处处她把我缚束。

领棉籽将我心看透，
严厉批评情不留。
我要和她再争斗，
不达到目的不罢休。
想拉四泉谋已久，
拿金娣作饵垂钓钩。
他老实忠厚易引诱，
鱼定然上钩不用愁。
等到他伯回来后，
事已就来木成舟。
只好跟我道路走，
有我幕后定计谋。
搞垮集体把乾坤扭，
好给我丈夫来报仇。
金娣，金娣，快来。
［金娣拿锄无精打采上。

金　娣　（唱）新社会人人都自由，
唯有我金娣娘缚束。
她的话虽然我接受，
恐失足千古恨悠悠。

胡　丽　你看，四泉在那里锄地，你快去。

金　娣　我……

胡　丽　嗯，不要害怕，照妈的话去办，没有一点错，快去，妈在那边挖些野菜，也好与你仗胆，你快去。

金　娣　好，我去。

胡　丽　放眼色点。（下）

金　娣　（唱）妈妈催逼不住口，
一声一声使人忧。

胡　丽　（内白）赶快去。

金　娣　（唱）她那里不停紧催促，
逼我自己跳泥沟。
步儿向前又退后，
好像什么裹我足。
若不去难掰开妈妈手，
倘去了恐他骂我是贱骨头。
去与不去两条路，

叫我该向何方投。
低头再想计无有，
强打精神去追求。
忍着羞来含着垢，
和他一处把地锄。

（下）（众上）

金　英　（唱）种棉土软春雨后，
做得细致又迅速。

金　宝　很好完成这任务，
下段工作再研究。

元　成　衣衫竟被汗湿透，
自觉一阵春风柔。

金　宝　元成种完了没有。

元　成　完了，你完了没。

金　宝　我也完了。

金　英　我已经叫把牲口拉回去喂上了，坐下休息一会吧。

众　　　好，咱们都坐下。

金　宝　咱们这段工作做的该不坏。

金　英　因为大家有信心，所以才把工作做得又多又快又精细。

元　成　这合乎大跃进的多快好省建设社会主义。

金　英　对。

（金宝看那边锄地生气）

金　宝　四泉领那伙人锄啥。

金　英　锄苜蓿。

金　宝　嗨，苜蓿还锄，这是谁安排下的。

金　英　是我。

金　宝　你叫他锄苜蓿不胜叫搬一块炭在河里洗去，哼，我就没见过谁家苜蓿还锄。

金　英　你是少见多怪，苜蓿咋能不锄，这也是一料庄稼。

金　宝　一料庄稼，一料庄稼，锄它不是闲锄吗？

刘　大　你先不要急躁，火气咋那么大，人家锄就有人家锄的道理。

金　英　俗话说，锄头底下出肥料，况且锄掉的草也可沤肥，你咋说是闲锄。

刘　大　你听明白了没有。

金　宝　听明白了，怪她不给我先说清楚。

金　英　你没问就发火。

金　宝　哎，你知道我就是那个火性子。

金　英　那也得改。

金　宝　对，一定改。

元　成　队长你看，这场雨下得多好，麦苗得雨，几天功夫，就长得那么高了。

金　宝　今年麦子无疑的又是一个丰产。

金　英　嗯，对。

（唱）遍野麦苗似春韭，
雨后绿叶润如油。
感谢育种大能手，
如不然年年都丰收。

刘　大　不要谢我谢领袖，
提出高产粮棉油。
我愿做科学实验决心有，
敢想敢干苦研究。
党的支持群众助，
培育良种有矛头。
一颗红心献集体，
今年又是大丰收。

金　英　今天收工早，咱们再谈谈。

刘　大　再谈谈也好。

金　城　队长，咱们下段工作咋么安排。

金　英　大伯你说。

刘　大　哎，提起培育种子，我还有点说的，若说别的，我就没话了。

金　英　大家说吧。

众　　还是队长说好了。

金　英　好，我说。依我说，咱们还是补修河堤，疏通渠道，大家看怎样。

众　　对，好得很，我们同意。

金　英　同意了，明天是个假日，后天开始干吧。

众　　还是明天就干，这几天活轻，放假不放假也不要紧。

金　英　那么就这么办好了，大家回去休息，我到渠岸看看，回来再开个会。

众　　对，咱回。

（分下）

[四泉、金娣一边走一边谈上。

四　泉　金娣，你妈对我太好了，前几天夜半，北方寒流过来，我正在队部算账，你妈给我送来火盆热水，水喝了热在肚里，红火烘到心里，给了我多少温暖，叫我拿啥谢她。

金　娣　再不要客气了，我妈说了，送火送水也是为了队里，有啥客气的。四泉，我有话早想对你说，就是没个机会。

四　泉　天还早呢，你就说吧。呀，你看这柳条多好。

金　娣　（唱）春风吹起千条柳，
喜鹊喳喳柳枝头。
有话对他难出口，
勉强开口含着羞。
想你我中学毕业后，
都愿农村把力投。
你家贫穷我家富，
成分害了我前途。
恨我父贪财买地土，
叫穷人给他做马牛。
天理昭彰公道有，
党与大众报了仇。

四　泉　哎，过去的事不再提了，我想十多年了，你对党该有了认识。

金　娣　（唱）我很迫切求进步，
毛主席著作也熟读。
领会不深啃不透，
没个人指点细研究。
我家只有一老母，
并无兄弟和伯叔。
无有人把我来帮助，
这样下去实发愁。
只有恳求你帮助，
帮助我学习争上游。
我愿和你携起手，
望乞准许我要求。

四　泉　她要求进步出肺腑，
确实缺人识迷途。
我今与你指明路，
毛主席书籍再多读。
读通自然会醒悟，
心明眼明有何愁。
资产阶级已腐朽，
不可追念旧时候。
今后必须跟党走，

改造思想要迅速。
为社会主义多奋斗，
美好愿望在后头。

金　娣　好，我听你的话，但是还得你多多帮助我。

四　泉　那是自然的，还用说吗。

金　娣　四泉，我妈说明晚请你到我家吃夜饭。

四　泉　不，不，金娣。

金　娣　我们又不是专为你弄的，吃一顿饭有啥不可。

四　泉　好，我来。

金　娣　我们是诚心，你可不要失信。

四　泉　君子一言。

金　娣　好了，我先走。

四　泉　你去。

［**金娣下，金英上**。

金　英　四泉，四泉，（**还不理，拍四泉肩**）四泉。

四　泉　金英，你们回去了，怎么还在这。

金　英　明天就要补修河坝渠道，我在那里检查了一下。你把苜蓿锄完了没有？

四　泉　锄完了。

金　英　既然锄完了，就该回去，站在这儿看啥。

四　泉　我没看啥。

金　英　总该有个看的。

四　泉　我，我看庄稼呢。

金　英　嗯，巧辩。四泉，我有几句话不能不对你说。

四　泉　啥话，说吧。

金　英　（唱）人说你和金娣结伴同游，
谈的话意合情也投。
阶级仇恨丢脑后，
没见过地主眉红眼睛绿。
我劝你和她早分手，
勿贪香饵自吞钩。

四　泉　我和她谈话确实有，
谈话乃是我自由。
阶级敌人已授首，
金娣她有何罪咎。
她要求进步我帮助，
革命理论同研究。

她愿走社会主义路，
怎把她关在门外头。

金　英　我把话已经说明透，
他的心怎么这糊涂。
你明晚在家把我候，
细分析阶级说理由。

四　泉　对，我明晚在家候你。

金　英　今晚还要开会，安排下段工作，你也参加。

四　泉　好，我参加。

金　英　走。

四　泉　走。

（同下，幕落）

［幕外李友根背挎包上。

友　根　（唱）会议席上见闻广，
会毕欢散各一方。
棉花种得怎么样，
放心不下忙回庄。
绿油油麦苗翻波浪，
春风阵阵草木香。
农村一片好景象，
不由叫人喜洋洋。
不回家，棉田望，
年轻人做活可在行。
两块棉田平如掌，
做得细致又光堂。
今后我可把心放，
见了他们不嘟囔。
心欢意满精神爽，
忽听那边歌声扬。

不知他们在搞什么，到那看它一看。（下）

第五场

时　间　三月十四日下午

地　点　野外

饰　景　一河两岸间柳桃，半片菜花半麦苗。

［金英领头和群众担的担，挑的挑，唱歌由远而近上。

众　（唱）我们坚决听党的话，
党叫做啥就做啥。
不休假修渠筑堤坝，
防河泛滥淹庄稼。
我们的干劲大，天不怕地不怕，
泰山挡路也要拔，越干劲越大。

［友根上。

友根　年轻人的干劲可不小。

金宝
金英　老师。

友根　怎么把我叫老师。

金宝
金英　不是送你上县开会时，我们说愿意当你的学生，你不是答应我了吗？

友根　哦，哦，有这一回事。

众　二叔回来了。

友根　回来了。

元成
金宝　看了没看我们种的棉花。

友根　我看过了，看过了，不看我咋能放心。

众　看过了，你见了我们咋不嘟囔。

友根　你们的活做得好，我还有嘟囔的什么。

金宝　老师你这次该满意了吧。

友根　很满意，很满意，但是，都不要骄傲，还得再提高。

众　对，不能满足现状。

金英　老师，从你走后，大家的干劲可大了，我提议在麦未收之前，将渠道堤坝修补好，免得夏天暴雨河涨，淹了庄稼，大家都同意，我说放假一天再干，他们这个也不愿，那个也不同意，都说马上就干。

友根　大家这种大无畏的革命精神，应当表扬。

金英　嗯，这股劲也是从毛主席著作中学到的真理，就立刻转化为革命的行动。

友根　对，学就是为了用，学了立刻转化为行动，足见大家学得好。

［李婶急上。

李婶　泉娃，泉娃。

金宝
金英　师娘你也来了。

（李婶看见友根生气地说）

李　婶　哼，叫我到处乱找，你才到这，就说你走时我给你把饭做好，水端去，找来找去，娃说你走了，我就是一肚子气。听说你回来，赶紧把饭做好，等，等，不见你回去，又叫我乱找，你这是看我的走手呢，我问你有家没有家？

友　根　有家，有家。

李　婶　有家怎么不回去？

友　根　我不放心他们种的地。

李　婶　那你只顾集体，这个家你管不管？

友　根　那有你呢。

李　婶　有我呢，那你吃不吃，穿不穿？

友　根　当然要吃要穿。

李　婶　要吃要穿，你自己做去，我再不孝顺你这死老汉了。

（唱）听你回急忙把饭造，
饭熟等得我心发焦。
庄前喊、庄后叫，
跑得我汗水往下抛。
一路想哭又想笑，
哭笑不得气难消。
我要你不如不要好，
要你这老汉去熬胶。

金　宝　师娘，你再不要生气了，叫我老师跟你回去就完了。

李　婶　怎么你也是你二叔的学生，你二叔和你两个是师徒弟子。

金　宝
金　英　是的，就是你的儿女。

李　婶　就是我的儿女，我的儿女。（哭）

金　宝
金　英　师娘，你哭什么。

李　婶　哎，我想起三十年前，在旧社会，你老师成年咖在外跑什么革命，我娘三口，吃这顿少那顿，有钱的人不给，贫人想给没钱，可怜我一双儿女连病带饿，都、都死了，今天你们突然提起，叫我怎能不哭。

金　英　你有四泉呢。

李　婶　哎，四泉也不是我亲生的，他是我兄嫂的儿子，我把他从小抓大的。

金　宝
金　英　师娘，你再不要难过了。

众　　二婶子，你看我们都是你的儿女。

李　婶　哎哟，你们要是我的儿女，那把我老婆子还高兴死了呢。

刘　大　把我可要除外，你高兴糊涂了，把我也当你儿子，那可不行。
李　婶　我要你这老头子熬醋咖。
友　根　哎，你看这人将哭呢，可笑呢，真是差窍着呢。
李　婶　你不差窍，跑了三十年革命，跑了个啥名堂。
友　根　全国解放，贫人翻身。
李　婶　那我感谢毛主席。
刘　大　算咧，回去，再不要把你那臭裹脚往长撕。
李　婶　我是臭裹脚，你婆娘还是香的吗。你叔，你千万不要给四泉说我不是他亲妈。
刘　大　我不说，你快走，我们还要干活。
李　婶　看把你积极的。
金　英　老师，快和我师娘回去吃饭。
李　婶　你们都走。
众　　　我们晚上都来。
李　婶　那我回去了。
金　宝
金　英　送老师、师娘。
众　　　送二叔、二婶子。
李　婶　不送了，送啥呢。
友　根　你们快干活吧。（友根夫妇下）
金　英　咱们干活。
刘　大　好，干活。
（幕落）
［幕外新生、胜利背书包跑上。
新　生　（唱）放学吃饭向回跑，
胜　利　笔记册课本放书包。
新　生　灯下复习备月考，
胜　利　考不到前头脸发烧。
新　生　胜利，你看四泉哥低着头走得那么慌。
胜　利　怎么不往他家跑，跑到这干什么？
新　生　嗯，定是到桥西金娣家去的。
胜　利　猜得差不多。
新　生　咱俩把他挡住，问问他干啥。
胜　利　对。
［四泉急上。
四　泉　（唱）算毕账东西收拾好，

金娣话儿记得牢。
时间不早快快跑，

［新生左右挡四泉。

你俩走开莫唠叨。

你俩挡我干什么呢？

新　生　没有别的，问你要往哪里去。

四　泉　我要往桥西去。

胜　利　到桥西干什么？

四　泉　找个朋友。

新　生　男朋友还是女朋友？

四　泉　你管这些干什么。

胜　利　我们有责任。

四　泉　你走开。

［推开新生、胜利，跑下。

新　生　哼，这不对呀，咱俩跟着他走。

胜　利　不要急，先吃饭，吃了饭再到地主家去，看他搞的啥鬼。

新　生　咱快吃饭走。

（同跑下）

第六场

时　间　三月十四日晚

地　点　陈地主家

饰　景　深灰兜幕，饿虎屏风，楠木桌椅，银壶金盅。

［胡丽穿得干干净净上。

胡　丽　（唱）清早起来街镇去，
跑到东巷又转西。
费心买下一条鱼，
还有鸭子一只鸡。
酒肉菜蔬买齐备，
做了一天才作毕。
争取四泉暗用计，
全都为了我夫婿。

［金娣上。

金　娣　妈。

胡　丽　你将那双尖头皮鞋擦好了没有？

金 娣　擦好了。

胡 丽　放在手顺处。

金 娣　我知道。

胡 丽　天快黑了，怎么还不来，你在门外看他去。

金 娣　他来就进来了，叫人站在门口多难看。

胡 丽　那可有个什么难看的呢。

金 娣　我不去。

胡 丽　你还是去好，叫妈把菜端出摆好，免得人来了差这少那的，你快去，今天不比往常，千万不要叫妈生气。

金 娣　好，我去，我去。

胡 丽　哎，今天这桌酒席，花样倒不少，全鸡、全鸭、一条大鱼，看着还顶不错，菜已摆好，怎么还不来。

（开匣取出一朵白花）

（唱）拿上花儿思往事，
想起世昌在世时。
吃的山珍和海味，
穿的绸缎唤奴婢。
骡马成群百顷地，
多年的粮食满仓积。
世昌说我戴白花更显美，
人尊敬来不敢欺。
谁料想富贵荣华弹指成过去，
共产党解放这地区。
房地被分世昌死，
恨穷鬼在我头上骑。
为报仇一计失败再一计，
心想把过去力挽回。
今将白花仍戴起，
多年埋藏才取出。
但愿得事顺心遂了我意，
白花压鬓永不离。

［金娣同四泉上。

金 娣　妈，四泉来了。

胡 丽　哦，哎哟哟，四泉，你来了，快坐下，快坐下。

四 泉　婶婶你也坐下。

胡 丽　你怎么才来。

四　泉　我赶着算完账就来了，天快黑了。

胡　丽　哎，你为了咱队里的事，也就太辛苦了，来，婶婶先敬你一杯。

四　泉　婶婶，我不会。

胡　丽　婶婶家用不着你客气，亲不亲总是邻，就当逢场作戏，先饮这一杯。

（四泉举杯喝）

今天是清明节，要讨个吉利，吃个双杯。

四　泉　婶婶，我不能再喝。

胡　丽　人常说独木难行，双桥好过，这几年多亏大家帮助，我这脑筋才转过来，只觉着共产主义是天堂，人民公社是桥梁，靠了公社这个金桥，我也要上天堂，来，吃个双杯。

（四泉又喝，胡丽又斟一杯）

索性凑足三杯，这叫三杯美酒敬亲人，远亲不如近邻，喝吧。

（四泉仍接喝）

哎，想我那死鬼子，作事也太过分，脾气又暴躁，不听我劝，所以也是他自作孽不可惜，现在我这眼睛就是加上三分胡椒，也辣不出一点眼泪，你婶婶还可惜他做啥，他是对不起人民的。

［金娣端两碗给四泉和胡丽，下。

四　泉　婶婶，过去的事，不须再提了。

［新生、胜利跑上。

新　生
胜　利　四泉哥，四泉哥。

四　泉　你两个做啥来了。

新　生　刚才有个黑鼠狼子拉我家的鸡，我来看把我家的公鸡娃拉到你家没有。

胡　丽　没有。

胜　利　哎呀，这你家今晚有啥喜事，吃这阔的席面，你看，烧鸡烤鸭糖醋鱼，肚子炒肉氽丸子，多美的呀。

胡　丽　来吧，你两个在这儿也吃些。

新　生
胜　利　我不敢吃。

胡　丽　咋可不敢吃。

新　生
胜　利　我嫌你的饭不干净，吃了要害肚子疼。

胡　丽　该没毒药。

新　生
胜　利　嗯，恐怕比毒药还要厉害。（跑下）

四　泉　这两个东西真捣蛋。

胡　丽　小孩子家，不要管他，快吃饭。

（四泉吃）

四　泉　婶婶，你也吃，

胡　丽　快吃，快吃，

（唱）快吃饭来莫生气，
　　小孩子说话有甚高低。
　　急忙去端冰糖水，（下又上）
　　喝了解酒沁心脾。

四泉，再吃一碗，

四　泉　吃饱了，

胡　丽　吃饱了，快喝。

四　泉　不敢多喝了。

胡　丽　不是酒，这是冰糖水，快接。

［四泉接，胡丽有意把碗向鞋上泼去，碗打了，将水满倒在四泉鞋上。

哎，你看这脏也不脏。

四　泉　把这好的碗打了多可惜。

胡　丽　哎，打碗事小，弄脏了你的鞋事大，这咋办咖。

四　泉　不要紧，是双破鞋。

胡　丽　快脱下在锅下烤烤，我替你脱。金娣，把那双鞋拿来叫你四泉哥穿。

［胡丽把四泉破鞋拿下，金娣拿皮鞋上。

金　娣　接，你穿。

四　泉　我不要，我不要。

胡　丽　来，我替你穿。

四　泉　我穿，我穿。

胡　丽　哟，你看，真巧，真巧，不大不小，穿上正好，金娣，看你四泉哥穿了这双鞋多好看。（金娣见锅起烟，去看）

（唱）我越看心里越欢喜，
　　这真是天造地设的。

［金娣急上。

金　娣　妈，鞋烤着了。

胡　丽　哎，哎，今天咋做下这个鳖活么。

四　泉　我就是这双破鞋，烤着了，拿啥穿。

胡　丽　金娣，这双男人皮鞋咱家没人穿，就叫你四泉哥穿去。

金　娣　穿叫他穿去。

胡　丽　四泉，你的鞋已经烤着了，你就把这双皮鞋穿去，反正我家也没人穿它，你受点屈。

四　泉　好，我回去了。

胡　丽　你喝杯茶再走。

四　泉　不喝了。

（唱）婶婶婶婶多谢你，
与我做下好酒席。
你的好处我牢记。

胡　丽　一顿便饭何足提，
以后要啥就言语。
我家你家一样的，
贵重物舍得给了你。
婶婶爱你最老实。

四　泉　多谢婶婶，不送了，月亮明得跟白天一样。

胡　丽　这才是人逢喜事精神爽，月到十五分外光。

四　泉　婶婶再见。

胡　丽　再见！

［四泉招手下。

哎，真好。

（唱）他好比姜太公钓上的鱼，
这是他自己上钩的。
随妈去把你爸祭，
叫他显灵助把力。

［拉金娣下。

［幕落，新生、胜利东张西望地跑上。

新　生　（念）这找那找找不见，

胜　利　月亮已经挂屋檐。

金英姐今晚跑到哪里去了？

新　生　她家没有，刘爷爷家也没有，这，她到哪里去了？

胜　利　找不见她咋办吗？

新　生　想她定在那。

胜　利　嗯，对，咱快找她去。

新　生　（唱）她定和二爷爷把队里事谈，

胜　利　咱快到四泉家去找一番。（跑下）

第七场

时　间　三月十四日晚

地　点　飞虹桥

饰　景　景仍一场景，草长花落绿叶生，碧空月圆如镜；淡云扫月不停，天边三五星微闪光明。

［幕启，友根同金英上。

友　根　（唱）碧空如洗月轮现，
　　　　　　不见四泉好心烦。

金　英　　　他近日突然性情变，
　　　　　　恐他一误上贼船。

友　根　　　即察觉就该相规劝，
　　　　　　你不该从壁上观。

金　英　　　闻风阻止他强辩，
　　　　　　说我看人有些偏。
　　　　　　约定相谈在今晚，
　　　　　　失信于我李四泉。

［新生、胜利上。

新　生　（念）婆婆和爷爷出去转。

胜　利　　　又不知转到哪一边。

金　英　谁？

新　生
胜　利　新生、胜利！

金　英　有啥事？

胜　利　当然有事。

新　生　没事这时候不睡满到处跑着寻你是吃得多了。

金　英　哎呀，新生还使性子呢。

新　生　谁使性子，这是我们应做的事。

金　英　那你俩快说好了。

新　生
胜　利　你听：

新　生　（唱）我们放学天将晚，
　　　　　　桥头遇见李四泉。

胜　利　　　我俩盘问他瞪眼，
　　　　　　问来问去无一言。

新　生　　　他赶我追他不愿，
　　　　　　一直跑到桥西边。

胜　利　　　地主门前他立站，
　　　　　　金娣拉回李四泉。

新　生　　　我假装寻鸡他家看，

　　　　　　看见屋里摆酒宴。

胜　利　　　鸡鸭鱼肉五大碗，

　　　　　　还有四个小拼盘。

新　生　　　金杯美酒光闪闪，

　　　　　　对酒高声把话谈。

金　英　都谈的什么话？

新　生
胜　利　　　都把脸喝得红艳艳，
　　　　　　见我俩去不言传。

友　根　四泉被拉下水，还是我去看他。

金　英　老师，你去多有不便，还是我去。

友　根　你听，哪里来的皮鞋声音？

四　泉　（内唱）心欢意满回家转。

　　　　［四泉上，月下看鞋，得意地走。

金　英　奇怪，队里没人穿啥皮鞋，时间这么晚了，还有啥人过路？

　　　　（友根看来人像四泉，就冒叫一声）

友　根　四泉。

　　　　（四泉大吃一惊，站住不动）

四　泉　伯。

　　　　（友根看四泉不动，走到四泉跟前闻股酒味）

友　根　你到哪里吃酒去了？

四　泉　伯，我，我，我在陈家婶婶屋里。

友　根　啥？

四　泉　陈家婶婶屋里。

友　根　你过来。

　　　　［四泉随友根到桥边。

　　　　你看胡丽这个人怎么样？

四　泉　伯，我看她蛮好，她还说陈世昌不好。

友　根　这双皮鞋怎么穿在你的脚上？

四　泉　伯，这是婶婶好意送我的一双旧皮鞋，我穿上倒正好。

友　根　你把裤腿撩上看看。

四　泉　伯，我腿上有个伤疤，不疼也不痒，看这个做啥？

友　根　四泉，伯看见这双皮鞋，就觉得你伤疤在疼，在流脓，可你穿了倒觉得正好。

四　泉　伯，你说的话我咋不懂，你给我往明白里说。

友　根　（念）一九四五年，你才三岁半。

你爸是穷汉，雇工求碗饭。
地主陈世昌，心似虎狼般。
踢死你父母，就是这鞋尖。

四　泉　伯，你就是我父，怎么又说我父被地主踢死，叫我好不明白。

友　根　我不是你父，你父是我哥哥李友善，我是你父的兄弟李友根。

四　泉　哦，伯，我父母咋样叫地主踢死的？

友　根　你不要忙。

（唱）提起往事心伤惨，
有口实在不忍言。
你俩快到我家院，
问你婆要那黑布包儿红绳栓。
快快去，莫怠慢，
拿来解开大家观。

［新生、胜利下。

四　泉　伯，

给我快说这件事，
问明我心也了然。

友　根　你听，一九四五年，你爸爸在地主家做长工，长期受地主陈世昌折磨，已经吐血，这年小麦登场，桥东小麦全靠你爸爸挑到桥西，谁知他挑到黄昏时候，眼一花，脚一软，就从桥上滚下，把麦子一半倒在地上，一半掉在河里，地主手持皮鞭，把你爸打死打活，立逼你爸赔麦。可怜你爸穷得连打狗的泥块都没有，哪里赔得起，就哀求地主，陈世昌看你爸病成那个样子，就叫你娘去顶工，你爸没有办法，只好叫你娘抱了你去，他的病从此又加重了。哪知，你娘在地主家才几天，就抱了你跑回来，哭着对你爸说，她活不成了，把你往床上一放，就往飞虹桥跑去，你爸也顾不了病了，抱了你就追，追到桥边，你娘已经上桥，把你望了一眼，就是这么一翻身，扑下河去，你爸把你放下，下河去救，村上人也赶来救人，等到捞上……

四　泉　伯，我娘怎么样？

友　根　人已死了。

四　泉　可怜的娘呀

金　英　四泉，忍耐点。老师，你往下说。

友　根　你爸见你娘已死，哭得又吐出血来，正巧陈世昌从镇上回来，你爸一见仇人，分外眼红，扑到陈世昌拼命，陈世昌抬起这尖头皮鞋用力就是这么一脚……

四　泉　伯，他一脚怎么样？

友　根　把你爸踢死桥上。

四　泉　惨死的爸爸呀！

金　英　不要哭，要把仇恨变做和阶级敌人斗争的力量，老师，你说吧。

友　根　那时你看你爸倒下血流遍地，上前抱住大哭，陈世昌又是这么一脚，把你踢出五尺以外，他看你没死，又想上去要了你的小命，亏得伯给你爸抓药回来，赶上前去，把你抱起，我看到桥上两条人命，就把你交给邻居，想把陈世昌揪住沉到河里，他知众怒难犯，竟然溜脱。

［李婶拿黑布包跟新生、胜利上。

李　婶　你的在这做啥呢？

（看四泉哭）

嗯，你这号子人，才回来就跟娃吵架，半夜三更的，都不怕把娃冻了？

金　英　师娘，你坐下，我老师和四泉并没有吵架。

李　婶　还没吵架，你看把娃呕得哭成泪人了。泉娃，我娃不要哭，你给妈说，你伯说你来没？

（四泉摇头）

骂你来没？

（四泉又摇头）

没说没骂就不提了，他若是说我娃，骂我娃，我可和他不得零干。我娃长得这么大可不容易，也是我一把屎一把尿，一口饭一口汤地抓到现在。泉娃，有妈在，不要怕他，今后我娃愿意咋么就咋么，不要你管。

友　根　你把我的黑布包儿呢？

李　婶　接，这里头到底包的啥，你要这个吃咖喝咖。

友　根　（唱）十多年今晚才出现，

血海深仇在内边。

你可知这鞋……

（李婶拉友根）

李　婶　不敢给娃说。

友　根　（唱）……是谁穿，

鞋上为什么这多黑斑。

四　泉　伯，我不知道。

友　根　这就是你爸爸死时穿的鞋，黑斑就是你爸爸的血，我把它保存下来，想等你长大成人，叫你看，好替你父母报仇。哎，我以为土改时陈世昌已被政府镇压，共产党替我们报了仇，所以一直没把这件事告你，恐你伤心，现在不能不说。哼，你怎么把仇人当亲人，同地主站在一起。胡丽今天叫你穿上陈世昌的皮鞋，明天就会叫你走陈世昌的路，去踢像你爸那样的穷人，皮鞋穿在你的脚上，可就踢在你爸爸的心上。

四　泉　哎，我该死！

金　英　（唱）老师把前情讲一遍，
阶级仇恨记心间。
白天我忠言把你劝，
你的心里不喜欢。
都怪你阶级观点模糊受到地主骗，
不知你立场站哪边。

李　婶　哎，这娃哟，你怎么连好人坏人都分不清了，你还常说要跟党走，听毛主席话，党和毛主席叫你这么做来吗，不怪你伯说你，你这娃也太不争气了。

四　泉　伯，妈，金英，我错了，我如今明白了，我，我对不起我爸我娘。从今以后，我穿上我爸的血鞋，记住这个仇恨，我坚决走社会主义的路，叫仇人永不翻身。
（唱）妈妈把我太娇惯，
伯伯平日待我宽。
父母仇他不曾吐露半点，
恐我伤心都不言。
我真是福里长未经锻炼，
受了骗反觉得心里舒坦。
对不起党教育羞愧满面，
对不起妈妈抓养二十年。
对不起伯伯你救我脱险，
对不起金英同志药石言。
只怪我思想麻痹警惕不高受了敌诱骗，
再后悔终身污点洗不完。
怒气冲冲把鞋换，
忙把爸爸血鞋穿。
提起皮鞋和敌战，
闹一番。
（提皮鞋跑下）

友　根　哎，四泉年纪轻，火气大，放心不下，叫我看去。

李　婶　叫我去。

金　英　老师，东方发白，天快明了，你和我师娘在这等候，叫我看去。新生、胜利，咱们一块走。

新　生
胜　利　咱走。

（同下幕落）

［二幕外设灵桌牌位香炉等物，胡丽在桌旁。

胡　丽　世昌呀世昌，你的眼还没闭吧。

［四泉提皮鞋急上，站门口听。

你刚才听见那咯咯咯的皮鞋声音没有，等着吧，那李家的儿子，今天穿上你的皮鞋，明天就会照你的意思走路，将来总有一天，这些穷鬼要跪在你的排位前磕头赔罪。

四　泉　哼！哼！哼！

［气得用力把门推开，举起一双皮鞋，对准胡丽打去，打在胡丽右腮，白花落地，胡丽还没看见是谁，四泉又一皮鞋打去，把牌位打倒在地，牌位散开，里边露出一张白纸，胡丽看见去拾，被金英踏住手，胡丽看是金英，吓得一身汗。

你们这是来做啥，是不是要欺负我们。

［四泉恼怒举拳便打，金英挡住，新生拾白纸，胜利拿两片牌位向外就跑，胡丽追出，幕落。

第八场

时　间　三月十五日早

地　点　飞虹桥

饰　景　全用第一场景

［幕启，友根、李婶、金宝、元成等担筐挑绳拿镢铣站桥头看，新生、胜利前跑，胡丽后追，四泉随后，金英携金娣手上。

友　根　嗯！

（胡丽、金娣低头站定）

胜　利　爷爷，这个里边夹着一张白纸。

（新生把纸给友根）

友　根　拿来我看。李友根分去庄东地五亩，牛一头；王金宝分去水地三亩，马一匹；刘老大分去房三间，水车一部。嘿、嘿、嘿！

众　　　哈哈哈，你贼心不死，账记得这么清楚，哼，想变天倒算咖。你不要做梦，你今天变猫，明天变狗，变来变去你还是个妖怪。

（金娣哭）

四　泉　你还哭呢，我差一点上了你的当，你怎么跟着你妈，她叫你做啥你就做啥。

友　根　金娣，你是个青年，看着你妈做这些坏事，不批评也不揭发，反而跟着她跑，这就是很严重的错误，你好好想想，只要知过改过，同你家划清界线，你还是有前途的。

（金娣点头）

哼！你不要再梦想走回头路，要好好向大家交代你有些啥罪恶活动，如果再不老实，那只有怪你自找绝路，回去吧。

咱们整队上工！

（众唱第五场歌下）

——幕落剧终——

（说明：以上内容录自家存手稿，先生手迹，钢笔分行书写，繁体横排。封面落款：冯杰三编剧；末页落款；1965.3.28 脱稿。）

冯杰三戏剧服装设计成就

大红底凤戏牡丹衣裙

大红底花鸟（粉底花鸟）衣

大红底双峰戏花图案对襟衣

大红底双凤图案衣

大红底长尾鸟双双栖花枝
（粉底双鸟戏花枝）对襟衣

淡粉紫底双孔雀袍

淡湖兰底昙花书生袍

淡黄底梅花图案袍

淡橘黄底燕子花卉书生袍

淡蓝底芙蓉花书生袍

淡蓝凤纹斗篷

蛋清底荷花图案袍

粉底牡蝶恋花书生袍

红底海龙袍

红底龙纹斗篷

红底蟒袍

湖蓝底花卉衣裙

灰底团菊图案衣裙

灰蓝底鹤鹅图案坎甲

灰绿底送纸束腰衣裙

贾连城袍

贾琏袍

浅湖蓝底花卉袍

浅蓝底梅花条图案衣

浅蓝底葡萄条纹图案衣

浅蓝底团鹤图案
（绿底花卉图案）对襟衣

浅绿底花鸟（粉底花鸟）衣

周仁瑞对襟衣

紫底翠竹袍

紫底蝴蝶戏花图案衣裙

半个世纪前的托付

陶　隆

认识冯杰三先生是我很年轻的时候，那时我跟随父亲陶渠先生学习绘制布景，工作中常受教于冯先生。先生是易俗社中我最敬重的前辈之一。

冯先生是易俗社的老编剧，创作和改编了许多优秀剧目，他编写的《貂蝉》成为易俗社的保留剧目，看家戏，经久不衰，历久弥新。冯先生也是一位著名的戏剧服装设计师，他对传统戏剧服装很有研究，有很深的古代美学功底，对戏剧服装的式样、色彩、花纹图案等改良颇有见地。我在易俗社时，常看到冯先生现场为演员搭配服饰改良衣帽，看到丫鬟围裙色彩单调，他就拿块彩帕挽在演员裙腰上，看见旦角头饰不鲜亮，他会调整花饰在合适位置，立马让人耳目一新。他会用焦月色绸缎，将原蒋干巾吊于脑后的两只帽翅，反方向改吊于前，翘于两耳之上，彰显腐儒形象；他还会将纱帽黑纱改为黑绒，插一对小型帽翅，雅致而秀气。

冯先生确实具有独特的审美眼光和创意智慧。

陕西三大秦班进京并巡演 13 省后，省上给易俗社等三大秦班各奖励八万元制办戏装，责成冯先生负责这项工作。由蔡鹤汀、蔡鹤洲和我父亲按冯先生的要求绘图，当时我作为参加工作不久的小青年，也有幸参加了这一工作。

冯先生在北京、上海、苏州监制戏装近一年。这之前，冯先生做了大量准备工作，查找资料，构思方案，与画师、舞美师商议和设计图样，经过大家同心协力，默契配合，最后完成戏装设计图样 60 余幅。这批戏装制作出来后，大大改善了易俗社的演出条件，丰富了秦腔戏剧舞台，也使易俗社名声大振。之后，西北许多剧团前来学习，竞相效仿。戏装在上海、苏州等地制作期间，也通过戏装厂和戏装工艺师之口推而广之，对全国一些戏曲院团的舞台戏装改良产生影响。

1965 年年初，先生退休离开易俗社。临走前，先生将我叫到跟前，将包得严严实实的一厚叠戏装设计图样交到我手上，先生对我说：这是我们花了很长时间做出的戏装图样，很珍贵。戏装的款式和图案，是我研究了传统戏装和戏剧人物后，按现代人的欣赏眼光设计的。图样的绘制更是精美，内涵丰富，生动得很。你还年轻，送给你留作纪念。冯先生同时还赠送我几本民国时期出版的《故宫周刊》，要我好好学习，鼓励我在戏剧舞美和服饰改良方面有所成就。时隔半个多世纪，我将冯先生送给我的这份宝贵礼物精心保存。即使“文革”时期大破“四旧”，即使易俗社那时将绝大多数的戏装、道具、档案等“旧家伙”一五一十拉到钟楼下付之一炬，我都舍不得丢弃这些图样，将它珍藏在家中。劫后遗存，今重见天日，我感到不负冯先生重托，很是安慰。

对冯先生在戏剧服装改良上的成就我研究不深，有以下肤浅认识与大家分享：

一是图案和色彩的改良善于突破。传统戏装图案繁满，色彩杂乱，样式陈旧，冯先生在继承传统的基础上进行了大胆创新，使戏剧服装色彩和谐、图案清丽典雅并与人物保持和谐一致。比如《陆文龙》剧，冯先生为剧中核心人物陆文龙设计的箭衣和道袍，采用过渡色让服饰色彩渐进，既有层次，又和谐清新。图案为金鱼戏水，富于动感和活力，更加突出了陆文龙英俊少年的气质。又如给人物周仁瑞设计的对襟袍子，袍上刺绣飞鹤，精美灵动，似呼之欲出。袍下边缘的流动弧线简洁而富于动感，既彰显人物的社会地位和身份，又含而不露，其色彩与图案表现得非常妥帖。

二是大胆使用现代服饰材料善于创新。冯先生勤于钻研戏装设计，他空闲时经常到城隍庙和西大街几家戏装店考察，也经常在时装市场观察，了解时装和戏装的发展，从而获得改良戏装的灵感。他发现一种新的电光片出现在市场上，这些电光片点缀在服装上闪闪烁烁，煞是好看。于是，冯先生将电光片设计在小旦等的戏装上，这些镶嵌电光片的服饰熠熠闪烁，在舞台灯光照耀下，更是璀璨夺目，光彩照人，为人物增色不少。

三是戏装设计立足本土彰显地方特色。冯先生常跟我们讲，秦腔与京剧以及其他剧种的区别不仅仅是唱腔上的区别。戏装设计是整个戏剧舞台艺术重要的组成部分，在塑造人物形象、升华戏剧主题以及营造舞台氛围等方面都具有无可替代的作用。因此，秦腔的戏装设计当植根脚下这片土地。冯先生是这样说的，也落实在他的戏装设计理念中。比如由冯先生设计、易俗社服装工人制作的“三红夹夹”和“木兰服”等。“三红夹夹”是用大红软缎作夹夹（一种北方女人常穿的无袖衣服，圆领，类似背心），上面用三色红线刺绣有三片红枫叶，故称作“三红”，用于小旦红娘。紧身穿在身上，干练而俏皮，是秦地女人常见的一种穿法。该戏装在《拷红》一剧使用，为人物以及该剧增色不少。有佳话云：宁夏马鸿逵看戏相中此夹夹，派人专程来西安索购，不惜重金。还有“尖尖帽”的设计，灵感来源于关中秧歌头帽，是最具地方色彩的头饰。用皮竹制作，高约十五厘米，表演时能伸能卷，灵活多变。“木兰服”是 1951 年排演《木兰从军》时为主人公花木兰专制的服装。下身长裙套短裙，上身着披肩，全身黑色缎背皱面料，上缀玻璃管饰冰裂纹，看上去庄重美观、飒爽英姿，给观众留下深刻印象。据说之后剧装市场有效仿，称之为“木兰服”。这些戏装贴近生活，植根本土文化，因此，能引起观众共鸣。

四是戏装与表演艺术与剧情水乳交融，营造和谐的舞台效果。冯先生不愧为戏剧大家，他有很强的舞台感，在戏装设计上他能根据剧情需要，整体考虑人物服饰的设计，他总能别出心裁，令人耳目一新。比如:《水淹泗州》中群场角色水卒的服饰，水卒们衣服上绣水浪图案，盔帽分别饰以青蛙、虾、螃蟹、金鱼等水族造型，形象而生动，呈现在舞台上活灵活现，产生了很强的舞台效应。又如《牛郎织女》

中搭起鹊桥的众喜鹊服饰，众喜鹊头着鹊头盔，上身着披肩，腰间系着用银线绣成喜鹊羽毛的围裙，随着戏剧节奏翩翩起舞，灵动，热烈，栩栩如生，助推戏剧情节进入高潮。那场面至今想起来依然令人赞叹不已。

冯先生离我们已去40多年了，他的剧作以及在戏剧服装设计方面的成就对秦腔艺术影响深远。今天，冯先生的后人将他一生之成果编辑出版公诸于世，告慰先生的英灵。作为后学，也仅以此文表示对先生的纪念，感谢冯先生对我的栽培，先生的关怀和培育我永世难忘!

作者介绍： 陶隆，男，1940年生，江苏南京人，原易俗社舞美设计。国家一级美术师，中国舞台美术协会理事兼陕西省舞台美术学会秘书长。

见证冯先生戏剧服装设计成就

蔡小汀

冯杰三先生是解放前后在秦腔戏曲艺术事业上有卓越贡献的老一辈艺术家，是著名秦腔剧团易俗社编剧，写过不少让人难忘的剧本，为易俗社这个在民国时期就高举移风易俗大旗，去除鬼怪仙狐，淫邪肮脏，低级趣味，给社会扶正祛邪起到标杆和模范作用，得到社会的高度赞扬，从而使易俗社在三秦大地生根开花结果，产生了一大批爱国奋进向上的优秀剧目，成就了一大批优秀秦腔演员，以致老百姓无人不赞无人不夸易俗社的精彩演出。当年的粉丝不比今日那些影视明星的追星族差，甚至可以说更火。前年我到天安门旁的中山公园赏花写生，就在公园内，大约三十多人在演唱秦腔剧目。这些来自陕西的老乡，自带家伙，锣鼓、板胡、月琴、三弦、琵琶一样不少，正在激情四射地，一板一眼地高唱，且生旦净末丑俱全，俨然是有组织的戏班，自娱自乐，气氛非常热烈，而且水平确实还很不错。我好奇地上前询问，才知道，他们都是来自京城四处的老陕，每星期约定一天在这里聚会，多少年来风雨无阻，以此寄托乡党们对家乡的思念和对老腔老调无限的深情与眷恋。只要吼起秦腔，大家都有说不完的话，述不完的情，其中唱得不少戏就是易俗社的剧目。秦腔厚重的群众基础，在京城尚且如此，更别说西安城墙下，以至于整个西北地区，包括贫困落后的地方，也都是老乡们自娱自乐的开心家园。这也是冯杰三先生及易俗社同事们的努力与奉献的结果。写到这里不禁要对这些老前辈、艺术家们表示深深的敬意与怀念。

我与冯杰三先生的缘分，要从我的同窗冯省行说起。省行是先生的二儿子。1960 年的一天，他带我去易俗社玩，记得是约我去打乒乓球，说可随便能尽兴。走进剧院门后，省行喊了一声“爸”，当时冯先生正和易俗社领导及另一位编导谢迈千先生等在联排办公室外的院子里说话。没想到冯先生起身给我打招呼，并向我们走来。我忙说“冯伯伯，我们没事，我跟着省行过来玩玩，别影响你们的正事”。他连说没什么事，大家相聚随便聊聊。冯先生儒雅的文人气质，平和的语调，极具内涵的魅力，给我留下很深的印象。交谈中他突然说你很像一个人，问我叫什么名字。我说叫蔡小汀，父亲是蔡鹤汀。他说：“怪不得我越看越像，你的一举一动，说话的腔调都和你父亲一模一样，像一个模子刻出的一样。”老先生显得很兴奋，说：“我和你父亲是好朋友，而且还和他一起到上海订做戏装。我们经常在一起，无话不谈。我们还在上海你大姐家吃过几次饭，你大姐人非常好，很热情。”

我有幸认识了冯先生，并和他讲天说地，谈古论今，成了无话不谈的忘年交，甚至于成了我一生的楷模和榜样。

此后，先生陆续谈到自己的一些经历。他说：一九三六年冬，风云突变，猝不及防，有一天杨虎城带领一队荷枪实弹士兵冲进省政府，把我和省主席邵力子等一干人监禁于绥靖公署卫士长室，原来是震惊中外的西安事变爆发了。被监禁的省主席邵力子先生面色苍白，全身颤抖，像筛糠似的。我听到这里，不等先生再往下讲，我便抢着说道：一个这么有名的政治家，民国大员，却如此胆小！说罢，我自知自己言语有些不敬。冯先生表情很平静：文人嘛，没经过这些事，当然害怕，世上有几人不怕死的。听了这话，我立刻感到自己少不更事，口出狂言了。

冯先生常谈起他一生最佩服的人，就是当时的民国陕西省主席邵力子先生。邵先生对下属很温和，很有亲和力，真是德高望重，堪称楷模。邵先生能力很强，文才超群，一天批阅的公文一大摞，都是亲力亲为，看得很认真，而且都有很详尽的批示。并逐一书写行文，因所写批文精炼完美，字迹清秀，做秘书的我们无需改动一字，只抄转即可，所以倍感轻松。在抄转的过程中自己也学到了不少知识，受益匪浅。

西安事变后，先生不愿再干这提心吊胆的差事，虽经多次提出，但终未能如愿，无奈只得继续留任直到解放。冯先生目睹和经历了发生在身边的西安事变，他是少有的了解西安事变内幕的人。

此后，先生兼职到易俗社当编辑，主要是对戏曲情有独钟，他立志把自己的一生贡献给秦腔事业，他做到了。

易俗社当时的学员大多来自贫困乡村，迫于生活没有着落，才将子女交于戏班学戏，所以文化水平都很低。冯先生在任训育主任期间，他教学员们学文化，为他们讲剧本，提高学员的文化水平，培养学员的艺术修养。为他们从“戏子”向艺术家转型做出了贡献。冯先生和自己家人节衣缩食，把尽可能多的钱财资助家庭困难的学员，使他们能排除干扰，专心学习。冯先生资助的学员实在是太多太多了。先生的所作所为易俗社同人有目共睹，人人皆知。

话又说回到与冯先生初次见面的事，提到与我父亲一起到沪、苏、杭做戏装的事。1960 年前后，国家最困难的时期，省上奖励三大秦腔剧团各八万元购置戏装，那可算是巨款，足见上级对秦腔的重视。此事责成冯先生负责，我父亲按照冯先生的创意要求绘制图样，去前两人已交流多次，一共设计了六十多幅图样。蔡鹤洲先生和陶渠先生在其中给予大力协助，陶隆兄也曾参与其中。

这些设计图现保存于易俗社退休舞美设计师陶隆先生手中。陶隆亦是我们世交，是当今硕果仅存的舞美大腕。他为很多剧目的舞美作设计并亲自制作，给陕西各剧团帮过很多忙，做过很多精美的布景作品。冯先生当年的这些设计图样交与陶隆兄，也算是一件幸事。经历过文化大革命烈火能存至今重见天日，应该深深地感谢陶隆兄这样的有心人，为秦腔艺术保留了一份珍贵历史资料。

目睹劫后遗存，让人泪眼模糊。

现在看看这些由冯先生设计，我父亲蔡鹤汀先生手绘的设计图（所列举剧装见彩页）：

这件红底蟒袍，设计上做了大胆的改革和创新，将老式的团龙改成似真似幻的活灵活现的真龙，加强了绘画图案灵动的效果。牛头鹿角蛇身鹰爪都刻画得非常生动流畅。而喷射的水流，一切都是那样美轮美奂，都是流线型的飞动，动态感非常强。

海水和浪花画得既带图案的装饰性又不是刻板规律的僵硬的老样式。龙喷水和浪花画得极其生动有力，一浪更比一浪高，巨浪滔天。浪花的流向疏密错落，无不显示出超凡的绘画功力。龙右爪已在袖的胳膊处，龙在袖子正面就没画什么了，而袖背面也画了一条龙，形象一上一下，各不相同，而又统一中有变化，袖背的龙喷水形成波澜刚好又做袖边的图案，真是妙哉妙哉，很生动又自然，非常美。而袍两边两条龙则随形就势，简洁装饰不会喧宾夺主，主次分明又浑然一体，真是奇思妙想，可谓古装戏服精品中的精品。

这个红底龙纹斗篷，龙的形象精美无比，兴风作浪，呼之欲出。

这个淡蓝底凤纹斗篷，和龙相对应的凤凰牡丹，凤凰活灵活现，色彩缤纷，又飘逸可人，那三根尾羽是那么飞动，和龙袍，龙斗篷和谐相配，真是天造地设的和谐。

小生淡粉紫底双孔雀的袍子，绣着生动美丽的双孔雀，淡雅清新，相依相偎，象征着两情相悦，男欢女爱，双立在松树上，而袍袖也以简洁的松枝图案来呼应，显得很统一和谐。领袖的图案也打破老式的图案，不再是中规中矩的呆板固定模式，领袖外又加一圈紫藤花边，更显得春色撩人，和下面的孔雀相映成趣，又和谐构成春色无边喜气洋洋、天地同春的美好画幅。

粉底牡丹蝴蝶书生袍，画的是大众喜闻乐见的蝶恋花。牡丹的饱满，色彩艳丽而不媚世俗，形态瑰丽多姿，真赏心悦目，而闻香而来的对对蝴蝶更增加了画面的动感，双袖也似蝶恋花来呼应。领口图案既美丽又大方，美而不俗独具特色。

淡黄底燕子花卉书生袍，画的是“人间春色汝携来”的双双小燕，月季花娇艳妩媚，紫燕花迎风招展，真是春光和煦明媚，赏心悦目，一幅满园春色。袍用淡雅的浅黄色，给人春光无限的感觉。

淡湖蓝底昙花书生袍，绣上一刻千金的昙花，让人珍惜美好时光，莫辜负良辰美景，佳人美眷，因昙花秋叶艳，故相应用秋葵、菊花、草花来和之。

淡蓝底芙蓉书生袍，绘以美丽芙蓉花，艳而不俗。

淡紫底竹菊书生袍，绘以珊瑚翠竹，有节品自高，来赞美人格的出类拔萃。菊花也是象征着清高不同凡俗之意。

淡湖蓝底花卉书生袍，绘以美人蕉、萱草、丁香等做装饰，色彩美而和谐，不花哨，不轻浮。

淡橘黄底梅花书生袍则以凌霜傲雪的梅花，象征着高傲不随流俗，坚韧不屈的书生意气。

蛋清底荷花袍，荷花象征着出淤泥而不染，濯青莲而不妖的高洁精神，花下的鸳鸯如影随形，象征主人公追求美好人生的希望。

深蓝底蝴蝶书生袍，这款图样很特别，蝴蝶到处飞舞，寓意招蜂引蝶，轻薄无德，四处招摇，一看即是个丑公子。深蓝色也把人物刻画得淋漓尽致。衣服更能衬托人物的心灵和品行。

贾连城的袍子湖蓝色底上绣牡丹图案，给人清新淡雅，稳重而富有内涵。

周仁瑞对襟袍子绣的飞鹤生动有致，活色生香。袍下边缘的流动性的弧线灵动而简洁，彰显人物很富有且社会地位很高，但又含而不露，表现得非常妥帖。

花旦的披肩变化非常丰富，各具特点，有方有圆，有菱形，有花边有流苏，变化丰富多彩，对比丰富，艳而不俗，统一和谐。装饰花卉鸣禽也为角色美化和衬托起了很大的作用。使人物的性格，身份地位彰显无疑。那些石榴、玉兰、桃花鸣禽，鸣凤昌兰，木兰青蜓，紫燕、菊花、梅花各有不同的象征与寓意。

这套服装设计与制作受到戏曲界与广大群众的欢迎与赞赏，对日后戏曲服装的制作和改革创新起了很好的示范，这是大家有目共睹的。

这数十件服装图样是在冯杰三先生的设想创意下，大家尽心尽力，默契配合完成的。当时主要由我父亲蔡鹤汀先生执掌作画，使作品完整，风格统一。我叔父著名画家蔡鹤洲先生、舞美专家陶渠先生与其子陶隆也都付出过很大的努力。感谢他们为秦腔艺术的发扬光大所做出的贡献。如果说这批服装还在的话，应该算是国宝级的艺术品，包括当初参与制作和刺绣的杰出艺术家们，真是难能可贵，不可多得。也许其中很多技术与技巧，今天已经失传，也许以后再也没有这样杰出的艺术品问世了。我认为国家应该非常珍惜而为青萍结绿一样珍藏起来。

冯杰三先生与我父亲蔡鹤汀、叔父蔡鹤洲、陶渠先生均已驾鹤西去。对他们的艺术成就，充满无限敬意！

愿秦腔艺术能蓬勃发展，再度辉煌。

2017 年 4 月

作者介绍： 蔡小汀，1944 年生，男，汉族，祖籍福建福州。曾任陕西省火线文工团舞美设计，陕西省艺术学校美术教研组组长、职称评委，中国人才报社美编，国家人事部中国人事科学研究院专职书画家，陕西红蓼画院院长、西北书画协会副主席。

悼念冯杰三先生

冯杰三先生百年祭奠碑文

著名剧作家、舞台服饰设计家、艺术教育家冯杰三先生，长安义井乡普贤寺村人，生于一九零一年农历三月十七日，卒于一九七三年四月二十六日，享年七十三岁。

先生出身贫苦农家。早年外出谋生。刻苦自学，考入民国陕西省政府任文员。受邵力子先生教诲甚多，得益匪浅。

先生酷爱秦腔艺术，工余兼任本社编辑。抗日烽起，以笔为剑，创作了《投笔从戎》《木兰从军》《新和氏璧》《岳云》《范雎相秦》等一批代表作，以古喻今，扬华夏之正气，斥入侵之敌寇。在陕甘两省盛演不衰，为宣扬抗战做出了非凡贡献。

一九四九年后，先生任本社专职编辑，对传统剧目去芜取菁，雕璞成器，改编整理了《徐州革命》《廉颇蔺相如》《关羽之死》《陆文龙》《盗宗卷》《貂蝉》等二十余部剧目；虽经半个世纪，依然光耀梨园，成为秦腔艺术的宝贵遗产。

先生致力于秦腔服饰之出新，改革了蟒、袍、靠、盔，使本社舞台锦上添花，令兄弟剧种舞美行家为之侧目。

先生提携后学，乐善好施，资助亲朋及贫困学生不胜枚举。在任训育主任期间，培养了多名学员，如严师，似慈父，谆谆教诲，循循善诱。使之成为其后三十年间秦腔舞台之翘楚。

先生禀性，质朴善良；先生才华，名重一时；先生恩泽，永被后世。今值先生百年诞辰，特立此碑以纪之。颂先生之丰功，继先生之遗志，愿悠悠之秦声，盈浩浩之天地。

西安易俗社

二〇〇一年四月

调墨运翰写功绩
——怀念剧作家冯杰三先生

雷震中

孤鲠毅奋鸿志展，砚海翰墨浪花翻。
雕璞成器绣思新，艺苑杰三功绩显。
堪怜桑榆归桑梓，骏骐伏枥风尘间。

陕西省文化局编印的《陕西传统剧目汇编》（秦腔）第三十五集，开卷剧目即《投笔从戎》；前日步入资料室，翻阅了最近新版的《金玉奴》、《貂蝉》。看到了秦腔已故剧作者、卓著功益的冯杰三先生的名字印在扉页上，见名忆昔，随笔写篇小传，表彰冯杰三先生的功绩。

冯杰三先生在旧时代，是民国陕西省政府秘书室的一位普通职员。他从小失学，靠个人勤奋自学，才从长安县义井乡普贤寺村一个贫苦的家庭走入社会，除了充任小职员外，生性爱好秦腔艺术，早和秦腔研究者封至模、袁多寿、孟天行、章云刚、袁允中等人谈论投机，在酷爱秦腔上，可称得“志同道合”。故而在公务之余学编戏剧。由于他和剧作者、易俗社文牍主任（秘书）谢迈千在省府同室公务，经谢迈千的举荐为易俗社编剧。他曾编写过《投笔从戎》《木兰从军》《豪曹剑》《新和氏璧》《林冲》《陆文龙》《金玉奴》《岳云》《草莽英雄》（四集）《范睢相秦》《新讨渔税》《法门寺》《盔宗卷》（以上三剧为改编）《乾元山》等戏。在抗日战争时期，均由易俗社甲、乙、丙各班排演，有的戏甘肃等地也排演了。从他选材编写的剧目看，冯杰三是一位爱国者，他对日寇入侵、汉奸乞降均是深恶痛绝的，他笔下描写的民族英雄班超、花木兰、林冲、岳云都是耿耿忠勇之士。作品代表作者的世界观、艺术观。冯杰三是一位热爱中华民族的堂堂正正的爱国作者。

冯先生的剧本当时是轰动西安的。如所编的《投笔从戎》，是在一九四〇年间，抗日烽火正浓之际，以汉章帝时，单于王入侵，贾忠、江祥投敌叛国，助夷蹂华，班超等爱国之士，投笔从戎，打败单于，斩除贾忠、汪祥（影射汪精卫）；同时期又以花木兰以女扮男，替父从军，抗击侵略为题材，编写的《木兰从军》;《岳云》也是突出写了岳门爱国抗金;《范睢相秦》以范睢远交近攻的历史题材，以古喻今，激发了当时中华民族团结杭战，并联合国际反侵略力量，共同打败日本帝国主义的同仇敌忾之忱。《豪曹剑》是写梁冀奸相谗害忠良李固，揭露梁冀的专权暴戾。以上几个戏是他解放前的代表杰作。解放后，他在党的文艺政策教导下，更明确了文艺的战斗作用，他改编了《八大锤》，名为《陆文龙》一剧，宣传解放台湾，统一祖国大业。为了配合土改反霸，他编写了《新讨渔税》等戏。正是由于他所编（改）剧本，主题鲜明，能起到“古为今用”的戏曲育世的目的，所以演出后很受观众共鸣和赞评，如班超的唱词中，就有这样振奋人心的段落：

恨西域众小国强暴不逊，
犯边境肆劫掠扰害黎民。
满朝中文武臣无人闻问，
难道说把国土断送于人。
倒不如投笔从戎雪国恨，
重整山河扫胡尘。
蛮奴侵略起边患，
亡国灭种在眼前。
望我同胞齐奋勉，
杀尽仇敌才安然。
艰苦奋斗要到底，
精诚团结抗强敌。
用热血洗刷这奇耻，
那管前途险与夷！

从这些代表抗日心声的唱词，加上著名演员雒秉华、刘清华、邓维民、凌光民、王蔼民在扮演牟融、班超、花木兰、林冲的生动卓越的演技，赢得了观众的喝彩。同时对冯先生编的剧本也有再创造和升华的艺术效果。演出的实践检验，冯先生编的剧目，起到了教育人民，团结人民，打击敌人的社会效果。

冯先生除了业余编剧外，还细心钻研草木花卉、禽鸟虫兽以及色彩图案，从事戏装、头盔、发式的改进。他虽说在外界上班，却常住在易俗社内，他每晚到后台，早晨（上班前）到练功场，中午下午到排戏室。他长期深入到剧社生活中，观察，体验，钻进去，创出来。他感到许多头盔笨重、服装图案陈腐，应该改进，光凭老一套所谓的五靠五蟒，青披白裙、大红大绿、布料、材质是不能适应众多的新编剧目，特别是几千年一样的龙凤花头，配色单调也不能表现新的人物性格和前进的美学要求，更谈不到戏曲服饰的典型性。从而他把绣花师陈英、程三多，头盔师张云鹏都请到社内，共同研究，又常到城隍庙戏装厂走访，绣制新颖的改良戏装、头盔。所以在解放前易俗社经常有自己的服装、道具、头盔制作，新的式样不断在舞台上出现，外地剧社亦络绎不绝地到社学习，这都是冯先生的创新思想在制作上的改进。解放后他又多次被派去苏、沪、杭、京、津订做采购大量的戏装，在采购中除了鉴别古有的服装花卉、图案外，还给当地服装设计师谈自己的革新设想以及亲手描绘。正是这样，京、沪的戏装厂，都称赞他在花头、配色上卓见独识的改进才能。据服装师傅说，冯先生在戏装上喜爱色调均称，花头上厌恶花繁满装，创造了八块花团式的服装（即前后两团、两袖两团，前后襟各两团）。这样的改进，给人以清丽、大方和舒适感。这种设计和冯先生自己绘设的花头、竹叶、草、飞鸟栖禽都生动地跃现在戏装上。由于设计新颖美观，已推广全国各地。前年我去北京珠市口戏装厂，走访时，还有老工人听到我是西安易俗社来的，高兴地询问冯先生的情况，并翘指称赞冯先生在戏装上有一套，真是懂行的，好样的！

冯先生在易俗社还担任过训育主任、督管学生文化和技术进修的勤惰。还担任过剧务主任，在任中对青年练功技训抓得很紧，管得很严，他说："演员要把技术练好，技术是为政治服务的，你不能上舞台，不表演，光讲大道理，那不行，观众到剧场是看戏的。"为了辅助青年上进，他还自己破费给学生买书、买练功的刀枪把子、靴子、甩发（梢子），又关心学生的嗓子，买茶叶鼓励练好功，排好戏，保护好嗓子，演好戏。像刘清华、徐抚民、姜能易、庄用中、张启民、王保易、薛庆华等在艺业长进上均受到过他的教诲和策励。除了学技术，还支持学生读书、绘画、写字、养花，他说做一个演员没有丰富的知识和观赏能力是不行的；他为了关心一个演员的成长，还重视品德情操的诱导，甚至对有的青年的婚姻选配、住房环境，均全心关注。他对个别演员的堕落行为，非常气愤。由此说明冯先生真是一位关心青年演员成长，雕璞成器的良师啊！

消声匿迹十年之久的艺苑卓有功益的冯杰三先生，虽然默默长眠了。但冬去春来，文艺解冻，党的知识分子政策得到落实，政治上的拨乱反正，昭雪冤假错案，开创了神州的大好局面，从而冯先生的生前杰作，一一出版问世。为了怀念他在秦腔方面编辑剧本，改良戏装，培育人才上的功绩，调墨运翰为冯先生写此小传，其意乃为振兴秦腔之前鉴。

原载《西安戏剧》1984.2

作者介绍： 雷震中，男，一九二七年生于陕西蓝田，一九三七年进易俗社学艺，秦腔著名丑角演员，原西安易俗社副社长。

冯杰三先生功不可没

王保易

冯杰三先生是一位卓有成效的秦腔剧作家，还是位戏曲服装设计家。解放前曾任易俗社剧务主任、训育主任、编辑等职。解放后一直从事编剧和服装设计工作。他曾创作改编整理了大量的秦腔剧目，解放前曾有《豪曹剑》《投笔从戎》《草莽英雄）《文素臣》《范睢相秦》《叱咤风云》《英烈传》《孝妇歼敌》《新和氏璧》等。这些剧目大都宣扬爱国主义，歌颂民族英雄，批判投降卖国，在抗日战争中起到了积极的作用。解放后，先生拥护中国共产党、热爱新社会，积极参加陕甘宁边区文协举办的文艺政策讲习会，认真学习党的文艺政策，清理自已的创作思想，积极响应党和政府的号召：丰富舞台上演剧目、抢救挖掘、改编整理传统剧目。先生日以继夜，笔耕不辍，仅五十年代初，他就创作改编了《新讨渔税）（原名《庆顶珠》）《廉颇蔺相如》《陆文龙》《关羽之死》等。当时我们这一班（易俗社第十四期）开始了实习演出，先生以极大热情为我们编写了大量剧目，使我们得到了好的排练实践，丰富了上演剧目，满足了观众的要求。记得有《徐州革命》，《金玉奴》（亦名《豆汁记》）《牛朗织女》《貂蝉》《岳云）《木兰从军》《大闹天宫》《法门寺》《赤壁鏖兵》《春秋笔》《闯宫抱斗》（与人合作）《盗宗卷》及《乾元山》《糊涂判》《借赵云》《辕门射戟》，等等。这些剧目不但丰富了秦腔剧目，更使我们得到了很好的实践锻炼，从而使我们进一步学到秦腔的传统艺术，为们打下了扎实的表演基础。这些剧目不但受到西安观众的热烈欢迎，而且不胫而走，西北五省的秦腔剧团竞相演出，盛演不衰。五十年代，陕西人民出版社、长安书店陆续出版了他的十多种剧目，广泛流传。将近五十年了，他的剧目如《貂蝉》《春秋笔》《闯宫抱斗》《金玉奴》《木兰从军》《大闹天宫》等，仍然屡演不衰，成为许多剧团的看家戏。先生留给我们的这些剧目，是秦腔艺术的宝贵遗产，值得我们十分珍惜。先生的创作经验值得我们研究总结，对秦腔艺术的剧目建设将是大有裨益的。遗憾的是先生多年来辛勤笔耕，成绩卓著，却未能受到应有的重视，加之先生为人淡泊谦和，从不张扬自己，就连易俗社几次大的社庆纪念，特别是七十周年大庆人物栏中都未提及，也可能是易俗社老一辈编剧太多的缘故。先生对秦腔剧目的贡献，是不可磨灭的，是值得我们缅怀、学习的。

一

五十年代初，是先生创作的旺盛期。解放伊始，原来的秦腔剧目大多存在着封建主义的糟粕，有的内容反动，低级庸俗，有的精华糟粕并存，根本就不能演出。新的剧目也不多，舞台上存在着剧目匮乏的现象。先生认真学习毛泽东《在延安文艺座谈会上的讲话》，学习党的文艺政策，对秦腔和易俗社的传统剧目进行挖掘、整理改编。有的作小改动，有的动大手术，有的仅是刮垢磨光，有的则是脱胎换骨，使一批传统剧目取其精华，去其糟粕，呈现出新的光彩。在这些剧目里遵循推陈出新的精神，结合当时形势，借古喻今，古为今用，张扬正气，反对封建，崇尚民族革命精神，歌颂真善美，批判假丑恶，寓教于乐，起到了良好的社会效益。有的还起到了一定的轰动效应，像给我们整理改编的《徐州革命》（亦名《串龙珠》）和给乙班改编的《新讨渔税》（亦名《庆顶珠》）热情地讴歌古代农民起义和反霸斗争，表达了人民的心声，与时代脉搏相合拍。接着又改编的《廉颇蔺相如》《关羽之死》，由甲班排演，引起轰动，连演数十场，场场暴满，当时曾被称为教育干部团结、克服居功自傲的好教材，起到了古为今用的作用。其他如《貂蝉》《陆文龙》《岳云》《木兰从军》等大力宣扬爱国主义，抗击异族侵略的英雄主义。还如《豆汁记》（亦名《捧打薄情郎》）《牛郎织女》等歌颂了人民群众的美德，批判了封建势力和忘恩负义的小人。总之先生创作非常注意剧本的思想性，积极向上，给人以启迪。如《貂蝉》是根据范紫东先生的《紫金冠》及其他剧种的本子改编的，原来的本子大多都冗长，主线很不集中，枝蔓繁衍，重复拖沓。有的本子甚至有不健康的情节，把一场严肃的政治斗争搞得庸俗化了。先生在改编时截枝斩蔓，删繁就简，突出主题，精练情节，给主要人物的刻化提供了充分的时空。全剧精练为八场：杀温、拜月、小宴、大宴、质问、三闯、亭会、刺卓。场场有戏，矛盾冲突尖锐，人物性格鲜明，充满强烈的戏剧性。为了实施连环计，貂蝉这个身份低微的歌伎，舍身为国，委屈求全，凛然正气，委身于董卓、吕布父子之间，充分运用她的聪明智慧，巧妙周旋，终使董、吕反目成仇，完成连环大计。貂蝉这一形象得到充分的展现，给观众留下了深刻的印象。其他人物吕布、王允、董卓及李儒，人人有戏，性格鲜明。此剧 1954 年由我们首演，至今已将近五十年了，仍然盛演不衰，成为易俗社及许多秦腔剧团的保留节目。封至模先生曾评论该剧："在秦剧实为佳构，主题、故事、人物、场面、角色、技术样样都好，面面俱到，在小说为好书，在戏曲为好剧，难怪至今在舞台上仍为群众欢迎也。"

二

先生在剧本创作中不仅在思想内容上有新创造，新意境，而且非常注意剧本的舞台艺术性，特别是一些艺术技巧较强的传统剧目。为此他常与老艺人交朋友，不耻下问，密切合作，虚心听取他们的意见。例如他在着手改编《春秋笔》时，正好刘毓中老师为我排练《春秋笔·杀驿》，他对该剧的思想性及情节结构已有了考虑，但对剧中的艺术技巧却不甚了了，不能因内容的修改而破坏了原来的精湛的表演，特别是观众热爱的传统艺术，必须尽量地保留。为此他常请教刘老。征求修改意见，还经常来看排练，以熟悉该剧的表演艺术。《杀驿》一折，对吴承恩原来单纯的报恩思想改为既有私情更有公义。如吴承恩原来决定替王彦承一死时说道："哎呔！想当年白马脱缰救主，黄犬钻草报恩，畜牲尚知报主之恩，何况我吴承恩还是人乎。……我想为人在世不怕早死，但怕死后无名，我今替主一死，我死的该，我死的值。接唱：王老爷待我多恩义，他又替我葬妻室。灯棚失落他的子，替他一死我也值。"这段词先生改为："王大人仿效春秋笔法，秉公修史，得罪奸相，今遭横祸，令人难忍！哎呔！我想人生在世，死有重于泰山，有轻于鸿毛，我今替他一死，留他在世定可除贼保国，我死的该，死的值呀！"这样一改使吴承恩思想境界得到了升华，削弱了单纯的报恩思想。但是他却去掉了这段道白后的四句唱，其原因是说了又唱，内容重复，不精炼。刘老说：这四句唱千万不能取掉，看起来说了又唱是重复，实质上这是对人物内心的强调，加强，更重要的是通过音乐锣鼓、四句唱，才能发挥表演技巧，使这段达到高潮。否则，吴承恩舍身取义的思想冲突就表达不出来，形不成戏剧气氛，也就没有这段精彩的表演了。为此他请刘老让他看给我排练这段戏。当吴念道："……我今替他一死，留他在世，定可除贼保国（四字加锣）我死的该。"在【采碟子】锣鼓中扎小坐马伸左大姆指，念"我死的值，"仍在【采碟子】中抽左腿右丁字步伸右手大姆指，再念："死的"同时双手抓袖，就地"跺子"在【三锤】中边三捶胸边念："值、值、值"，在【闹锤】中双手翻袖、摆须，左肘托须，坐马势，【紧磨锤】中摇帽翅，浑身战抖退后，唱【七锤】（即前边的那四句唱）。这一段戏表演动作繁难、激烈、节奏气氛火爆炽热，吴承恩的内心矛盾冲突淋漓尽致地表现出来。先生看完这段戏排练，才恍然大悟，认识到写戏不单是剧本的主题思想，情节结构，人物台词，而舞台表演有着密不可分的关系，特别是在优秀传统戏里更是至关重要，闹不好就会伤筋动骨。先生很快地改写了四句唱词："王老爷史笔持正义，得罪奸相徐羡之，为国我今替他死，公情私义我死的值。"保留了四句唱词，也就保留了该剧的艺术精华。先生其他的剧目如《闯宫抱斗》《串龙珠》《盗宗卷》《法门寺》等传统戏都是向老艺人请教、整理改编的，既修改了内容，又留了传统艺术。所创作的剧目，他总是经常到练场，虚心听取导演、演员的意见，及时对剧进行调整，修改，因之他的剧本充满了舞台性，导演爱排，演员爱演，自然也就广泛流传，盛演不衰。

三

先生还是继封至模先生之后，对易俗社戏剧服饰改革卓有成效、影响深远的服装设计家。

早在解放前他就为易俗社组建了制作戏装头盔的机构，由他设计监制，改良了许多戏装、头盔，使易俗社舞台上服饰别开生面，焕然一新，从而也影响了西北地区的剧团，纷纷效法，不断地改革发展。

传统戏装大都图案繁满，样式陈旧，先生在继承传统的基础上予以改革、创新。如为《叱咤风云》中刘长、陈平、张苍、吕后设计的蟒袍，改良官衣、改良靠突出了龙和海水、朝阳，精简或取掉了云团、古钱及八宝装饰图案，显得清新、庄重大方。他为陆文龙设计的箭衣、道袍，图案用金鱼戏水，项上的三角设计成金鱼形状，水袖用比道袍稍浅的月色，表现了陆文龙少年英俊的气质，给人以清丽之青春美。

五十年代初，先生曾赴苏、杭、沪为易俗社购置戏箱，博采众长，精选其他剧种的新鲜式样，进行吸收设计。这些戏箱使易俗社舞台上锦上添花，流光溢彩。给人印象最深、影响较大的是我们五十年代初排演的《白蛇传》《牛郎织女》及《乾元山》《水淹四州》等戏，服饰都是先生精心设计的。像白蛇、青蛇、织女、牛郎及貂蝉的服饰，戏装、古装相结合，又吸取其他剧种的特长，采用了京沪的电光片，光彩夺目，满台生辉。还如岳云、哪吒、沉香的服饰有的新设计制作，有部分加工为云肩、腰围，头上的发髻额子总是别出心裁，使人赏心悦目。群场角色如水卒衣上绣水浪图案，头盔是各种水族：青蛙、虾、螃蟹、金鱼等造型。特别是《牛郎织女》中的众喜鹊，头上是鹊头盔，上身披肩，下身围腰，均用银线绣成喜鹊的羽毛，随着喜鹊搭鹊桥的曲牌翩翩起舞，煞是好看。还有该剧的群仙给王母拜寿时，各色服装花团锦簇，琳琅满目，有戏装有古装，先生亲自搭配、调理，使得和谐统一，充满了戏曲艺术之美。

先生对头盔也进行了新的改革。在制作头盔的张云鹏、张瑞生师傅的合作下，创制了宋江盔、闯王盔、便相帽，对原有的如帅盔、相貂、天平冠、紫金冠以及纱帽等都进行了轻、俏、美的改造。原来秦腔纱帽只有一种黑翅，先生吸取了京剧帽翅为秦腔增加了金、银翅，样式有龙翅、福寿字翅，还有柳叶翅、便翅等，大大丰富了秦腔的服饰，先生对服装、头盔的改革创新，在五十年代初期确是难能可贵。

四

先生非常重视对青年演员的培养。1949 年解放伊始，他就呼吁重视接班人的培养问题，并力主招收男女学员，从此打破了易俗社开办以来不吸收、培养女演员的旧例。由此才有了我们这一班易俗社新生部（即第十四期学员），先生担任新生部筹备委员会成员，认真负责进行招生工作。在我们培训期间和成长阶段，先生倾注了心血，关怀备至，他不但为我们改编创作了大量的剧目，而且关心我们的各个方面，经常教导、督促我们勤学苦练，学文化、学做人、读书习字、增加知识面，为我们讲授文化历史知识，帮助我们分析人物，理解剧本思想主题。我们演出他经常在后台把场，随时帮助指导。还经常教导我们不吸烟、不喝酒、爱护身体、保护嗓子，养成良好的生活习惯，他非常重视我们的基本功练习，在他的教导、监督下，使我们养成勤学苦练，偷经学艺的风气。许多同学为了提早起床练功，常请他叫醒，他义不容辞起早贪黑准时催叫我们，从不耽误，认真负责的精神，真叫人感激不尽。他对同学一视同仁，关怀备至，如严师，似慈父，受到同学们的尊敬。

先生一九零一年生于长安，一九六五年退休回农村老家，于一九七三年那个不正常的年月里悄然去世。其时我已调至西安市戏校，消息阻隔、未能吊唁，为此心中一直萦思胸怀，值此先生百年诞辰之际特撰此文，以表对先生的缅怀之情，也使先生对秦腔艺术的贡献昭然于世。

（原载《西安艺术》2001 年第一期）

作者介绍： 王保易（1937—2013），男，西安市人。西安易俗社十四期学员，著名须生演员。陕西省劳动模范，国家一级导演。曾任西安市艺术学校副校长，西安易俗社社长，西安市文化局副局长，正局级巡视员，西安市剧协主席等职。

随社会演进而思变，随时代发展而求索
——在冯杰三先生墓前的演说

王军武

各位朋友，各位乡党，各位先生，各位女士，冯杰三先生的各位亲戚和易俗社远道而来的各位演职人员，今天是著名剧作家冯杰三先生的百年诞辰，我代表陕西省文化厅、陕西省振兴秦腔办公室和秦腔界的朋友们向西安易俗社、冯杰三先生的亲戚朋友、普贤寺的乡党，对参加冯杰三先生祭悼仪式的同志们，表示衷心的感谢！大家从四面八方赶来，集聚在一起纪念冯先生为社会做出的卓越贡献，缅怀先生为人师表做出的多次善举，息息相关不辞辛劳，赞颂先生为秦腔画廊镶嵌的颗颗明珠和钻石。他的剧作中塑造的许多栩栩如生的人物至今还活在西安易俗社的舞台上。易俗社五百多台大戏中，有先生的数十种剧本，秦腔的两千八百多种剧目中，也有先生的心血和光辉的一页。我们为先生的杰作喝彩，我们为先生的戏剧人物庆贺。

冯杰三先生除剧作外还在易俗社带过学生，他为人亲和，无私资助过许多有前途的贫困学生，至今传为美谈、传为佳话。先生在服装设计上的改革创新是对秦腔舞美发展史上的重要贡献，苏州、北京剧装厂现在还用着冯先生设计的服装图案、式样。

时代在变、社会在变，人们求美求新的欣赏要求也在随之而改变，戏剧必须适应变化的形势与速度，改变内在的结构和包装，取悦于人，取悦于万千观众才能发展，正如舞美的服装一样，必须适应社会发展、时代的变化而改变。随着情趣和观念的变化，做到与时代同步、与人民同心。戏剧再不能有往日的辉煌，但戏剧永远是人民的武器和娱乐的愉快形式，秦腔和其他剧种一样，在它的高潮之后出现了一段时间的低潮和不景气的现象，这不是好事，也是好事，因为从中央到地方开始抓经济建设了，关注老百姓的生活大事了。这些，大家也在现实生活中已经能感受到，而且还在日新月异突飞猛进地变化，同时也感受到改革开放的巨大威力。

戏剧，或者说秦腔，是一种锦上添花的艺术载体，它是民俗文化，是秦人人文、人性、人生个性的显现，是表现人民喜怒哀乐惧爱恶欲、酸甜苦辣辛生计的喜闻乐见的形式。它表现了秦人的禀性与抒发情感的方式，它的对白、唱词与表演方式是秦人在艺术上追求的典型表现，是溶在秦人血液中的艺术，表现了秦人慷慨陈词豪迈的性格、奔放的情感和粗犷的为人处世方式。它也是与秦人的一切融为一体的，秦腔不会灭，它要与秦人同在、与秦人长存。

一个人一辈子不能做很多事，但也可能做成一两件事，这同一个人的家境、社会环境以及在这个环境中所接受到的教育和人文环境的熏陶所形成的理想、信念，与勤奋努力有直接关系。冯杰三先生孜孜不倦地追求，刻苦学习，努力追赶社会前进的步伐，并且做到了卓有成效，他是我们学习的榜样，也是我们的表率。文化是一个民族的灵魂，冯杰三先生在秦腔艺术上所创造的成就，就是我们这个地域，包括我们普贤寺地域文化的组成部分。我们为长安出了这样一位人才感到骄傲、自豪。我们也将沿着冯先生走过的道路把我们的秦腔大旗举得高高的，让它永远飘扬。冯杰三先生的人格是不朽的，冯杰三先生的作品是永存的，它将与日月同辉，与世长存。他将感召着更多的人去为相濡以沫的秦腔艺术事业努力奋斗，去为实现自己心目中的理想事业努力奋斗，实现自己的人生价值，去创造更多的社会财富，以实现世界大同。

谢谢大家!

王军武

2001 年 4 月

作者介绍： 王军武，男，一九四六年生陕西长安人，一九七六年毕业于西北大学中文系。原陕西省文化厅振兴秦腔办公室主任，中国戏剧家协会会员，陕西戏剧家协会常务理事。先后创作了《刘胡兰》《大寨之路》《铁树开花》《再等两年》《半夜鸡叫》《药王孙思邈》《鲁迅在西安》《刘志丹》等秦腔剧本，著有《王军武剧作选》。

鞠躬尽瘁年复年　秉笔春秋忆前贤
——历史不忘冯杰三

张咏华

一

冯杰三先生是位淡泊名利、与世无争、虚怀若谷、勤奋敬业、心地善良、乐于助人的好老师。

他于 1901 年出生在陕西省长安县细柳乡普贤寺村一个普通农家。幼年聪慧好学，性格内向，靠勤奋努力走向社会。

青年时，他谋得省政府秘书室一个普通职员工作，然而，这远非志向，仅存身而已。他很早就热爱戏剧事业，向往从事戏曲工作，立志写作，当一名编辑（过去将剧作者称编辑）。然而，涉此行当，尚需较好的文化基础和文学素养，不是想而当之。

据冯老师自己讲，由于爱好，他发下“浩狠”（方言：意为下大决心）：立志读书，自我完善。他以列国时越王勾践为榜样，“卧薪尝胆”，奋发图强，定下十年奋斗计划：苦其心志，劳其筋骨，积累知识，持之以恒，不达目的决不罢休。

可是白天要工作，没办法只有“锥刺骨”了。于是，他每日凌晨 4 点起床，读 4 小时书，再去上班。坚持了十年，终于完成了自己定下的“学习大纲”。这一切只能有大志之人方能做得到的。他正是以自己惊人的毅力和信念将自己打磨成一个颇有建树的剧作家，服装设计家、美学家、剧评家，为秦腔事业作出了巨大的贡献。

易俗社是由一批社会贤达人士主办的进步团体，不是一般意义上的班社。它有一套的管理制度和“章程”，如在章程中明确规定：“编辑及编辑审查均不限任期，除社员担任编辑外，如有外人投稿过三本者，编辑审查认为才学优长，堪任编辑时，得报告评议会，任为本社编辑员。编辑有车马费者，过六个月尚无一剧出现，得由社长停其车马费。”这些要求可谓严格，许多久仰欲试者，望而却步。

冯杰三，正是以他的出色表现，经易俗社文牍主任（秘书）谢迈千先生推荐，被易俗社任用为编辑，从此开始了他的艺术事业

二

自进入写作天地，他勤奋工作，非常敬业，创作、改编、整理了大量剧本。著有《豪曹剑》《投笔从戎》《草莽英雄》《文素臣》《范雎相秦》《叱咤风云》《英烈传》《孝妇歼敌》《新和氏璧》等。

进入50年代，他陆续创作改编了《新讨渔税》（原名《庆顶珠》）《廉颇蔺相如》《徐州革命》（亦名《串龙珠》）《金玉奴》《陆文龙》（亦名《王佐断臂》）《关羽之死》《徐州革命》（亦名《豆计记》）《牛郎织女》《盗宗卷》《闯宫抱斗》《貂蝉》《乾元山》《岳云》《糊涂判》《借赵云》《木兰从军》《赤壁鏖兵》《大闹天宫》《法门寺》《辕门射戟》《春秋笔》《盗宗卷》（与人合作）等剧目。其他局部修改，润色的剧目不计其数。

陕西人民出版社、长安书店陆续出版了他的十多种剧目，面向西北乃至全国发行。这些剧目不但满足了易俗社自身的需要，同时被其他兄弟剧团广泛采用。

三

他在易俗社除任编辑外，曾任剧务主任、训育主任等职。1949年之初，易俗社议定招收第十四期学员。按照惯例，只收男学员。这时，冯杰三老师以其颇具前瞻性的眼光，力主招收女学员，定额招收同步培养，这一提议非同小可，它改变了以往旧的规章制度，顺应了时代发展的要求，从而使一些女演员得以在这个名社中学艺，为秦腔事业作出了贡献。

当时为了招收新学员，成立了招收筹备委员会，成员有高培支（时任社长）、李约祉（曾任易俗社社长，资深编辑）、冯杰三（训育主任）、孟天行（戏曲艺术家，后为新生部主任）、刘建中（易俗社老演员，著名教练）、杨令俗（著名演员）等人，负责接待、考核、评审、议定等各项工作。

审定新学员，是件很忙碌的事情，每天都有报考者（前后有数百人报考），最后收录了60名左右，收录的新生就是易俗社第十四期学员。

我们第十四期学生班就是在以上诸位老师的关照下，正式成立的。定名新生部，由孟天行出任第一任主任，冯杰三老师积极辅之，聘请了多名教练、生活辅导、文化教员等，组成领导班子。为了加强训练，众多的大学长也来帮忙，帮助新学做最初的“启蒙”工作，一时间，新生部热火朝天。

四

我们开科以后，冯老师日夜不离地观察学生的进步情况，各个练功场都有他的身影。招收时，每个学生都经他之手，各个学生，应属哪个行当，他早已心中有数。

时下，又日夜忙碌，一则关怀，再则需要观察每个学生的表现情况，为下一步的工作做好准备，并在练功中及时发现有“带头”的“苗子”。

不久，第一批排演节目公布了，冯老师参与了议定工作。共宣布了十多个折戏（出），其中有我的开蒙戏——花亭会（饰张梅英）。

我们这科学生从开始排戏起，大部分剧目都是经冯老师改编、整理和润色。使得所演出的剧目在内容上积极健康，富有时代感。以下介绍几个经他改编加工整理的剧本。

《徐州革命》一剧，原名《串龙珠》，老剧本场面杂乱，主题不集中，改编本充分揭露了统治者横征暴敛，官逼民反的历史定律，弘扬了人民的反封建精神。1950年时，为配合时代潮流，故名《徐州革命》。

《豆汁记》亦名《金玉奴》，曾名《捧打无情郎》，该剧本结尾不健康，金玉奴遭弃被害，以后又在林大人的撮合下重归于好，贬低了穷人的志气。金松一角，也有点“流气”。改编本充分颂扬底层劳动人民金玉奴、金松人穷志不穷的硬骨气节，最后将忘恩负义之人痛斥一番，毅然回归故里。人穷有尊严，不为权势利诱的高风亮节。

《木兰从军》突出了爱国主义，使主题更加鲜明，木兰从军，不仅是因为父亲年老多病无力从军，更重要的是她认为国难当头，匹夫有责，保卫边防是应尽的责任。改编本还增加了元帅“巡营”，战友被突厥王所擒“劝降”场面，使剧情曲折丰富。提高了观赏性。

《牛郎织女》，原剧本平庸而粗糙，新编本重新立意，并根据新的立意重新编写情节。使牛郎、织女两个人物有血有肉，情节合理，饶有风趣。既有生活气息，且场面宏大。如开场王母娘娘的“蟠挑会”，织女被押回天宫时，出现的奎木狼、娄金狗二角色，以及最后，鹊王带众喜鹊架起天桥等，增强了戏剧效果。为全剧增色不少，将一个单调的剧本，改成场面宏大情节丰富的神话剧，是演出效果极佳的好剧本。

《貂蝉》一剧的改编是一次大突破。

该剧原名《紫金冠》，为范紫东先生所著，其他剧种取名《连环计》剧情大同小异。因历史原因，这些剧本场次多而冗杂，主题不鲜明，人物形象不够突出。改编本去芜存菁，浓缩场次，精炼台词，突出人物，是一个精到而洗练的剧本，全剧仅《杀温》《拜月》《小宴》《大宴》《质问》《三闯》《亭会》《刺卓》八场戏完成，特别是突出了女主人公的形象，增加了她的戏份，故改名为《貂蝉》，全剧的整体艺术、观赏性也得到了极大的提升。

此剧上演时，盛况空前，得到很多好评。著名戏剧艺术家、评论家封至模先生看罢此戏后，评论说：“在秦剧洵为佳构，主题、故事、人物、场面、角色、技术样样都好，面面俱到，在小说为好书，在戏曲为好剧，难怪至今在舞台上仍为群众欢迎也。”该剧盛演不衰，为易俗社重点节目之一。其他兄弟剧团也多有采用，影响颇为广泛。

五

易俗社的演出，除重视演员的表演艺术外，也很注意其他方面的配合，使舞台成为一个美的整体。不是让观众来仅看剧情，听听唱腔，而是在大幕拉开后，让观众的眼球能触及的地方都有美的观感，使整个观剧过程成为一种美的享受。这一领域的领导人物，前期为封至模，后期是冯杰三，而且冯杰三老师做得更全面、更具体、更细化。是他们二位将易俗社的综合艺术推上全国最高水平，人人叹服！

冯杰三的敬业精神，实为少见，他将一生的全部时间都浸泡在事业之中，一天24小时，心不二用。在剧本创作之余，他着意学习研究美术绘画，收集了大量的美术绘画资料，深入研究草木花卉，山水人物，禽鸟虫兽等，他认为中国画不论是“写意”，或是“工笔”都反映出中国文化的特色。中国戏曲是中国文化的组成部分，两者的内涵一脉相承，相互贯通，掌握中国画的基本知识，是设计戏曲服装的基本条件。中国画的创作理念和技巧，如章法、构图、布局、密疏、浓淡、留白等，应为中国戏曲服装借鉴和吸纳。

为了研讨戏曲服装，每晚演出他都深入到后台。观察服装、头盔、切末和把子等道具需要改进的地方，随时指导后台衣箱管理人员加以改造。40年代初，他即开始了改革工作。为此，他建立起服装、头盔、道具、切末制作机制，聘请陈英、程三多、陈振汉等几位师傅裁剪，刺绣，改进服装，请张云鹏、张瑞生等师傅制作新头盔，改造旧头盔，切末道具等尽在革新范畴。

在戏曲服装里，表达官场的服装较单一，不是“大蟒”就是“官衣”，和历史现状相差太远。为此，他设计出“改良蟒”“改良官衣”填补了空档，增加了分类，使官员们的上下品级基本可以对号入座。这一改良，以后影响了整个戏曲界。

“改良箭衣”也别出心裁，绣花重新设计，款式在原基础上增加“云肩”“护腰”“飘带”，在视觉上增色不少，像《水淹下邳》中的吕布，《貂蝉》中的吕布，《辕门射戟》中的吕布，《大回荆州》中的周瑜，《盗宗卷》中的刘长等，穿着“改良箭衣”，风韵独特，俊秀十足。

他在头盔方面的改进也有大手笔。以往的头盔笨而重，很不好看，头盔上的“蜡珠子”改为“皮珠子”（珠子的改善，虽非他创，却是闻风而动），头盔上面的“绒球”，太繁，取其一部分，空档由“皮珠子”代之。盔壳太笨，以铁纱部分代之。如此更新，重量轻了，形象美了。

六

冯杰三老师是一位戏剧学者，也是一位评论家。他和戏曲研究者、戏剧家封至模、孟天行、袁多寿、章云刚、袁允中等人多有交往，经常相互切磋，探讨戏曲艺术，可称得上“志同道合”的挚友，对秦腔事业的发展，艺术上的动态，经常能听取他们的真知灼见，使人受益匪浅。

冯老师且是一位颇有见识的鉴赏家和欣赏家，他博学广见，知识丰富，他对“京剧”敬仰而关注，他认为京剧的“外在美”特别是身段好，值得我们很好地学习。京剧的先进经验更值得我们借鉴。京剧的“四大名旦”、“四大须生”、“四小名旦”、富连成、中华戏曲学校、荣春社、厉家班等，他都研究，对其艺术成就评价确切到位，说明他的鉴赏力之高。凡听过他的评论，都有“听君一席话，胜读十年书”之感！认知能力的提高，能使你明优劣，知高下，免混沌，开心窍，知识大进，素质提高。

他鼓励学生们好好学文化，多看书，支持学生们学书法、绘画，养花草，培养情操，提高综合素质。他认为一个演员没有丰富的知识和观赏能力是不行的。他举例说：戏曲界许多名人琴、棋、书、画样样皆能，他们很注意这方面知识的培养和积累，一个没文化，不懂艺术的演员，只能是“匠人”。一个好的演员，必须有较好的文化，诸多知识的积累，丰富的底蕴，较全面的综合素质，以此为依托，这是创造艺术形象的必要条件。时代在进步，必须去努力才能满足观众日益提高的欣赏要求。

他淡泊名利，乐于助人，常自费给学生买书，买练功用的刀、枪、把子、靴子、梢子等，督促学生学习练功。凡学生家有困难，或者有婚娶大事，均解囊相助，且不声张，不求回报。他还常常告诫学生们，要洁身自爱，树立良好的道德情操，以免走入歧途。

七

1950年，易俗社决定购置“新箱”（新戏装）组成三人小组，冯杰三是其中之一，他专门负责戏箱的质量问题，赴苏、杭、沪为两班演员各办一副“戏箱”。这次购置两副“戏箱”并非小打小闹，因之，他将自己在戏剧服装方面的理念，完全倾注在这次采购之中，主要表现在以下几个方面：

以往的戏曲服装，在用料方面，多采用大绸大缎，给人以“起明发亮带宝色”之感，难免臃肿，且不典雅。这次他将服装中的道袍、箭衣、女帔、女褶、女衣袄（套）等，选材上采用绉绸或中性料，使服装在灯光下显得雅气，色彩柔和。

在色调方面，以往多采用上五色（黑、白、红、绿、黄），这次一改前习，按各类角色的特点，大胆采用粉、焦叶、土黄、玫瑰红、鸭蛋青、西洋红、海兰、血牙等，使色调丰富多彩。在刺绣方面，他认为以往的绣花讲究不够，大多是单线单色。如今要求套色绣，要有层次感、透视感。比如“白大靠”，以往是白底蓝线，现在要求白底三色三线（深、中、浅）或者“三灰线”，照此绣出层次感强，视觉上也美了许多。以此类推，道袍、女帔等，其上面的花卉、枝叶等，均采用多色线，过渡色，使画面透视感强，十分鲜活。

在设计方面，革除了繁枝蔓叶、图案堆砌的老习惯，大胆向中国画学习。他认为中国画的特征，是很注意空间、浓淡、留白等处理方法，因而他的设计结合刺绣的特点，使每个平面像一幅画一样，供人欣赏。

冯杰三先生在戏曲服装方面的理念，使苏、沪、杭的戏装厂刮目相看，他们个个肃然起敬，感到如此一个“大内行”前所未见，从厂长到业务主管纷纷讨教。苏州剧装厂为保质量，特请冯先生直接进入工厂（作坊），在车间直接指导，以免误差。冯先生新设计的新式样，他们留底作为范本推广，惠及整个戏曲界。经认真而负责的采购，两副“戏箱”终于如愿购回。

八

采购“戏箱”辛苦事小，“罪过”事大。

1951年的“三反运动”中，冯杰三被认为有重大贪污嫌疑的“大老虎”，以“莫须有”罪名遭批斗，坐“私牢”，受尽折磨，人格被污，他被强迫承认贪污，勒令签字画押，听候处理。定案前，尚需落实，为此派了专案人员奔赴苏、沪、杭展开调查，花费国家大量钱财，查银行，核对发票，找财会人员谈话，记录签字等，结果问题一无所获。专案人员回西安汇报后，当事人出乎意料，没有贪污！！！揭露是谎言，对发票，查银行，当事人证言，这些材料是铁证。欲加之罪，全系捏造。甚至还出现奇怪现象，某些服装的发票价还低于厂方的明码价，何以如此？原来厂方出于对冯杰三先生的敬佩，有所优惠以示敬意！谁料事实竟如此反差！大出当权者所料。这一荒诞的闹剧只能草草收场，真乃前功尽弃，不了了之。那时，没有究错，问责这一说……

冯杰三先生也只能以“谅解”接受这次洗礼。

随着各种运动的扩展，知识分子已为“臭老九”，他诚惶诚恐地工作，唯恐自己“流毒”社会，他小心翼翼极少言谈，以防“哭也不对，笑也有错”。

一个对秦腔事业有贡献的人，只知工作，不为所求者竟被忽视，视而不见，人为地遗忘，如此情理不通，但在那个年代是很正常的。

他是一个善良无邪的弱者，也是一个内敛而谦和的寂寞者，他与世无争，可惜，“树欲静而风不止”……过去的一切，希望永远地成为过去，珍惜今日“改革开放”来之不易，这是我们所期盼的.

九

1965年，冯先生退休，西安之家不能待，一律遣回农村，1973年身患小疾，因农村缺医少药，竟不治而终，时年七十二岁。

他走得悄然而幽静，恰如先生平生追求。

他走时无噪音杂声，诚为先生内心所盼。

岁月是最好的清洗剂，它可涤去尘埃，净化环境，也可洗涤污泥浊水。随着时间的推移，冯杰三先生的业绩与日显现，历史将会还原。他去了，易俗人没有忘记他，他的学生们没有忘记他，社会没有忘记他，他永远地活在人们的心里。

他对秦腔的发展功不可没，秦腔近代史，有也必有他的一页……

这，就是真实的历史，永恒的历史。

怀念冯杰三先生

勤奋笔耕少言谈，
淡泊名利君子贤。
遭受风雨蒙劫难，
有容乃大海量宽。
引领戏曲艺术美，
新颖设计新理念。
毕生奉献秦腔事，
“我以我血荐轩辕”。

转自《艺海搏击60年》，陕西出版集团太白文艺出版社，2012年8月。

作者介绍： 张咏华，女，陕西长安人。易俗社十四期学员，著名秦腔表演艺术家。国家一级演员，易俗社名誉社长。曾任中国戏剧家协会会员，陕西戏剧家协会副主席，西安文联委员，西安市政协常委。

树老根深　花红叶茂

——西安易俗社第十四期学生艺术人生漫记（节选）

韩　健

……迈入一九四九年，在这一年的初夏，易俗社决定招收第十四期学生，并在编辑主任冯杰三先生的建议下，打破过去不培养女演员的惯例，招收对象男女不限。消息一出，立刻惊动四里八乡，西安市区及临近各县的人们纷纷携儿带女向易俗社的所在地——西安武庙街涌来。

……

“我要学戏！”一个十二岁的男孩在穷困潦倒的家中，饥饿难耐，于是把听到的易俗社招生的消息告诉家人。……自幼看过闫逢春、王秀兰的班社（蒲剧）以及建国社（秦腔）的演出，他动了学戏的念头。当考官冯杰三老师说“嗓子真好，收下”时，这个后来取名惠焜华的男孩那颗悬着的心这才放下：“有了吃的了！”

……

在当时易俗社的领导看来，这一批（第十四期）孩子和以前招收的十三期没有什么区别，他们也将与前人有大致相同的学戏、毕业、演戏、部分离社等经历，在他们以后还会有新的学员进入，新旧更替，绵绵不断。可是令他们没有想到的是，就是这几十个瘦骨嶙峋的孩子，大多数分布在西北五省广袤的大地上，成为秦腔舞台上的中坚力量，无论是支援外地的，还是留社的，都在自己的舞台上以易俗社独有的风格赢得了内外行的一致喝彩。特别是留下的这些人，他们的艺术生命之长，在百年剧社里占据舞台时间之久，都是前十三期无法比拟的。如果把百年剧社比作家长，把他们比作子女，那么，这群子女以自己的生命、热血、激情回报母社，最终实现了易俗社百年历史上前无古人，后无来者的由一期学员“顶门立户四十五年”的壮观景象！

……

……已经可以给他人开蒙的惠焜华在老师眼里还是个孩子：“惠焜华，你看你满脸的慌气，画画去！”冯杰三先生为了让惠焜华练好腿功，在自己宿舍的门后安了一个滑轮，经常叫他把脚吊在上边，然后递过去一本书，让他边看边吊腿，这一吊就是很长时间。平时还让他学画画，每画一张都要交给冯先生审看。几天不见，见了面训斥自然是少不了了，可是每逢惠焜华等年龄稍大的男生嗓子不适的时候，冯老师立刻从口袋里摸出买来的华达丸递给他们，叮咛按时服用以保护嗓子，这也让张咏华在几十年后谈及此事还流露出羡慕的神情。可敬的冯先生从不因学生的自身条件的优劣而区别对待，他不愿任何一个学生掉队。在安排惠焜华吊腿之前，冯先生还有一件“要事”要办，那就是叫刘果易起床。刘果易至今好记得在编辑院住着的冯先生每天都在早上四点起床，悄悄来到新生部男生宿舍窗外，口含清水喷向在窗下睡着的刘果易，直到亲眼看见他被凉水喷醒起了床，才慢慢走回去。月亮记住了冯先生的持之以恒，星星见证了刘果易的矫健身姿，日复一日，年复一年。由此，自认为条件不好的刘果易练就了一身扎实的功夫。

……

……樊翠庭先生根据传说编写了豫剧《劈山救母》于1952年由狮吼剧团搬上舞台，观众趋之若骛，易俗社很快移植了这出大戏……十四期的《劈山救母》格外成功，连续演出四十多天的成绩让其他剧团纷纷前来学习。

……

一九五六年六月十六日，陕西省第一届戏剧观摩演出大会在西安举行，十四期的学生们此时已加入到由易俗社、三意社、尚友社三社青年演员组成的西安市秦腔实验剧团，以《挡马》《乾元山》《走雪》《镇台念书》参演。……我（孙莉群）扮演(《乾元山》) 石矶娘娘。演出时穿的那一身粉色绣花衣裙，令张咏华至今还很羡慕。那是冯杰三先生的杰作。

……这次群雄逐鹿的盛大赛事中，《挡马》获得一等奖，《乾元山》《走雪》获得二等奖。

……1960年陕西青年汇演时，他（王保易）就以刘毓中老师亲传的《杀驿》一剧参赛（冯杰三先生整理剧本，王蔼民老师协助刘毓中老师排练）。修改后的该剧冲突激烈，扣人心弦，王保易以及配演任惠中的表演获得了很高的评价。

转自《西安艺术》2011.5

作者介绍： 韩健，男，《西安艺术》编辑部主任，青年文艺评论家。

百年易俗一精英
———冯杰三先生剧作浅析

田晓东

那年，我随团赴英国学习，课间，一英国教授言及戏剧时自豪地讲，英国皇家大剧院是唯一具有百年历史在世界上影响最大的剧社。我忍不住补充，不是唯一，百年前，中国陕西易俗社是与莫斯科大剧院、英国皇家大剧院并肩的“世界三大古老剧社”之一，并概要介绍了易俗社百年辉煌。在场人无不赞叹！

其实，我是行外人，只略知一二，随后择时研读易俗社资料和传世剧本，为之神往，为之倾心。

1912 年 7 月 1 日，在中华民族最危急的时期，李桐轩、孙仁玉、范紫东、高培之等有进步思想和热心戏剧改良的一批人士，在西安创建了我国第一个把秦腔教育与演出及研习相结合的戏曲团体——易俗社。易俗社以“辅助社会教育”“启迪民智”“移风易俗”为宗旨，践行“组织新戏曲社，编演新戏曲”，以达到改造社会之目的，一经问世就显现出卓尔不凡的气质和强大的生命力。一时间名声大振，轰动全国。鲁迅先生来西安讲学，多次观看，亲题“古调独弹”以褒扬规勉。易俗社的成功是多方面的，但其成功的核心是社内集中了一大批具有民主思想、渊博知识和文学修养的知识分子从事剧本创作。这些人，用心血熬成一个个可世代传唱的剧目，总计编演逾千部之多，为秦腔的传承发展作出卓越的贡献，积累了一大笔可贵的精神财富。在易俗社辉煌历史的前辈文学、艺术大家中，冯杰三先生无疑是一大家精英，功不可没，其作品值得研究、传承。

冯杰三（1901—1973），秦腔剧作家、教育家、戏剧服装设计家。陕西长安普贤寺村人，自幼家贫，上学甚少，但刻苦好学，终年不辍，果有所成。后被招聘于国民党陕西省政府秘书处供职，因酷爱秦腔，三十年代即开始兼职为易俗社编写剧本，并排演剧目，教导学员。解放后专职在易俗社工作。他殚精竭虑，编写了《投笔从戎》《木兰从军》《豪曹剑》《新和氏璧》《貂蝉》《陆文龙》《金玉奴》《范睢相秦》《林冲》《乾元山》《孝妇歼敌》《借赵云》等 60 多部剧本，扬善惩恶，弘扬正气，更多剧目集中宣传爱国主义思想和精神，堪称爱国作家。这些爱国剧目在抗战时期演出，连演数十场，场场爆满，对唤起民众、激励民众奋起抗日起到积极的宣传教育作用。

冯杰三先生的作品，具有鲜明的爱国爱民主题和时势需要的时代特色，也适应当时民众的审美需求。《投笔从戎》剧写汉章帝时单于王入侵，贯忠、汪祥叛国投敌，国土沦丧，中华危在旦夕。校书郎班超投笔从戎，率众出征，保家卫国，气冲霄汉，扫荡敌寇，终得凯旋还朝。全剧忠奸对比，浑然一体，爱国主义精神溢于字里行间，英雄气概感人肺腑。《木兰从军》是在古乐府“木兰辞”和传说的基础上经典型化而成。剧情是写隋朝末叶，突厥进犯边境，朝廷命武屏藩出师抵御，在祁连山兵败被围，请兵增援；其时延安尚义村退伍老将花弧名在军帖。其女花木兰素勤纺织，间习武艺，怜父患病初愈，深明大义，改戎装替父从军。木兰从军十二年，冲锋陷阵，屡建奇功，战败突厥，凯旋而归，朝廷授职尚书郎。木兰不为名利，婉言辞官，解甲还乡。武屏藩趋宅过访，始知木兰男扮女装，代父从军，遂称赞不止。此剧为冯杰三抗日战争时所写，饱含抗日激情，把一个平民女子“儿愿为国去效命，儿愿替父去从征。此去要把边乱定，为国为民争光荣”的巾帼英雄、中华奇人的典型形象搬上舞台，忠义贯长虹，浩气冲牛斗，至今令人们赞口不绝，在岁月的流逝中历久弥新。还有《孝妇歼敌》短剧，直接写孝顺公、婆的媳妇与公、婆联手打死闯入家门的两个日本鬼子，展示了中国人民全民皆兵，同仇敌忾抗击侵略者的壮丽画面，激励中华民族万众一心，奋起抗日，消灭侵略者，还我河山。

冯杰三先生剧作不仅思想内容健康积极，艺术上也适应民众的审美需求。其情节曲折生动，入情入理，戏剧矛盾冲突自然天成，无斧凿之痕，有足以传承的很高的艺术价值。《草莽英雄》剧主要写文素臣、闻人杰等侠士反抗奸臣，仗义救民的英雄事迹，其情节曲折，人物众多，场景多变，各类人物竞相登台，爱国情、爱民情、爱慕情，父子、兄妹、夫妻情交织一起，但繁而不乱，长而不散，主线清晰，主要人物形象栩栩如生，引人入胜。《投笔从戎》更是一场剧情复杂的大戏，共十四场，人物关系错综复杂，起承转合很难处理，但作者以高超的艺术手法曲尽其妙，情节和细节充实，铺垫自然，主次、缓急安排都很得当，在悲欢离合，编述宏富中立体式塑造人物形象。《陆文龙》也是一部大戏，剧中陆登夫妇殉节、王佐断臂投金、薛乳娘救孤报主、陆文龙聆词索仇等幕，结构不尽相同，技巧手法不一，都很精彩。《孝妇歼敌》是一部写民众抗日的短剧，情节简单，但为使人物形象丰满，有感染力，作了意味深长的铺垫。孝妇吃糠细节，与传统戏赵五娘吃糠相似，但《孝妇歼敌》剧择其要富寓新意，偷偷吃糠，出于无奈，一为孝敬，二为抗日，传统美德，爱国思想，大局观念集于一身，可看，可信，可学。

冯杰三先生艺术精湛的剧作，都有内涵丰富、脍炙人口的精彩唱段。虽然易俗社初创时，提倡戏剧语言通俗易懂，增加对白，减少唱段，但那只是相对而言，戏剧毕竟是戏剧，人们是听唱戏，而不是听说戏。戏中一些情景、内心世界说不透能唱透，说起来很淡，唱起来就很浓，所以经典戏都有广为流传的精彩唱段。冯杰三先生很好地把握了这一标准，剧词精雕细刻，深入浅出，朗朗上口，而且，说唱结合，长短结合，正句和个别词语倒装结合，恰如其分。主要人物在关键时刻一般都有大唱段以抒情怀。如《貂蝉》剧中貂蝉拜月时的唱词：“貂蝉女感身世忧郁烦闷，捧香烛来花园夜阑更深，分花枝拂柳絮香风暗引，万籁静望天空几片淡云。……”此段共十六句，每句十言，诗情画意，情景交融，把观众引入美妙而又不得不深思的场景之中。《陆文龙》中王佐断臂时的大段戏词：“那要离曾断臂颇有胆量，为报恩刺庆忌名扬四方。今日里朱仙镇损兵折将，无良策败敌兵羞愧难当。眼看着中原地将要板荡，眼看着好河山断送犬羊。我中国已到了存亡关上，难道说我无有爱国心肠。为救国学要离断臂假降，顾不得生和死自作主张。”英雄气概，感人至深，催人奋进。读冯先生所有大剧，基本都有精彩的大段唱腔，无不扣人心弦，深化主题，淋漓尽致。为了便于演唱，大段戏词也还很注意对仗押韵，但并不拘泥。七言、十言句中往往加一句很长的句子叙事抒情，内容丰富而意味幽长。如《陆文龙》中薛乳娘唱段中的一句“可怜我含冤抱恨被掳金邦抚养公子年深久”，比上下句长一倍多，表述内容相当丰富。剧中非主要人物的唱腔一般不长，短而到位。如《陆文龙》剧中，赵德胜唱“奉命下书不敢停，耳内忽听人马声”，用两句简洁朴实的唱词充分展示了急切复杂的情景场面。《木兰从军》剧中武元帅趋宅探望花木兰时唱：“看村中好一似桃园美景，一家家耕和织快乐安宁”。两句戏词就描绘出了赶走进犯之敌，国泰民安的家园美丽图画。戏中对白与唱段交相辉映，《借赵云》剧中，刘备唱：“哎。我好恨也！”赵云：“使者恨着何来？”刘备唱：“恨只恨足下不生云。”赵云接：“云到。”一语双关，心照不宣，妙语天成。冯杰三先生剧本，通盘构思，一气呵成，生旦净丑角色一次标明，唱做念打同步安排，板路设计变化全部到位，不愧为戏剧艺术之大家，不愧为易俗前辈之精英。

冯杰三先生剧作是“古调独弹”的重要组成部分，是秦腔戏剧文化的宝贵载体，是我们文化自信自强的渊源流水，研究、传承大有裨益。

作者介绍： 口晓东，1956 年生，陕西蒲城人，原陕西省委组织部副部长、省委党建工作小组办公室、省委基层组织建设领导小组办公室主任。

附录：冯杰三生平年表

1901 年农历 3 月 17 日，生于陕西长安普贤寺村，名兴汉，字杰三，乳名邻喜。

1917 年前，曾在普贤寺村接受过三年左右的私塾教育。

1917 年至 1926 年间，随亲戚外出做工，先后在周至、泾阳、三原一带作帮工。工余坚持自学文化，经常秉烛读书至深夜，东家喜欢，常给续添灯油，鼓励学习。又喜爱书法，每天坚持习字，书法功夫渐进。由于过度劳累，十几岁就落下了头疼的毛病，持续了数十年，犯病时，疼痛难忍。直到中年以后才逐渐好转。

1927 年 6 月，入第二集团军驻陕总司令部秘书处，任办事员。

1927 年 8 月，经招聘，被民国陕西省政府秘书处录用，任秘书处书记。在秘书处任职期间，经同人谢迈千先生推荐，开始业余为易俗社编写秦腔剧本。

1936 年 3 月，为其父三周年举办祭奠活动，民国陕西省政府职员数十人前来祭奠，并送来省政府主席邵力子题写的“义重梓乡”牌匾。

1936 年，新编本戏《生死姻缘》，11 月 21 日易俗社首演。

1936 年，易俗社戏报刊登新编本戏《豪曹剑》演出预告。

1938 年，新编本戏《投笔从戎》，5 月 25 日易俗社首演

1939 年，任易俗社编辑并担任学员高二八“社会课”教员。

1940 年，完成新编本戏《木兰从军》，6 月 3 日首演。

1941 年，完成新编本戏《豪曹剑》，3 月 30 日由乙班首场演出。

1941 年，新编《孝妇歼敌》，11 月 7 日开始演出。

1942 年，改编传统剧本戏《新和氏璧》，8 月 15 日由易俗社乙班首场演出。

1943 年，自 1942 年冬开始，易俗社进入最困难的时期，经费日益紧张，学员生活难以维持，一些重要演员纷纷要求离社。为安定人心，社里决定成立“消费合作社”（即经济自助），推举冯杰三等四人负责筹备，向学员承诺加薪，若不成，任由自便。学员离走之心方得以安定。

1946 年 1 月 20 日，易俗社社员常年大会改选理事，推选冯杰三、高培支、范紫东等九人为理事。

1946 年，新编本戏《范睢相秦》，10 月 18 日由易俗社甲班演出。

1946 年，改编秦腔本戏《盗宗卷》，由易俗社丙班演出。

1947 年，新编本戏《草莽英雄》，12 月 4 日首场，由易俗社甲班合演。

1948 年，是年于右任先生在南京，托乡党带回给冯杰三两幅书法条幅。

1949 年，新中国成立后就职易俗社，任编剧、剧场主任。兼任训育主任，督管学员文化和技术进修。

1949 年，新完成秦腔本戏《叱诧风云》，1 月 8 日由甲乙班合演。

1949 年 9 月，任易俗社剧场主任，向社理事会建议学员班招收男女新生，从此打破易俗社不吸收培养女演员的旧例。

1949 年，与李约祉等五人组成筹备委员会，负责新生部的筹建工作。10 月 10 日易俗社举行新生开学典礼，第 14 期学员也是新中国建立后第一期学员，共有 44 名男女学员入社。这一时期编改《陆文龙》《新讨渔税》《赤壁鏖兵》《女拆书》《法门寺》《孔家庄》《蔡松坡》（二本）《将相和》《英烈传》等秦腔历史剧。

1950 年，整理本戏《串龙珠》，改编历史剧本戏《将相和》《关羽之死》。

1950 年 12 月，完成改编本戏《割发代首》。

1951 年，中共西安市委批准将易俗社改为国营。7 月 13 日，参加庆祝接办易俗社大会，并与全体人员合影留念。

1951 年，改编传统剧目本戏《金玉奴》。

1951 年 10 月，完成秦腔本戏《嫦娥奔月》。

1951 年 11 月，市人民政府给易俗社拨款五亿（旧币），置办戏箱，采购戏装道具，派冯杰三等三人赴北京、上海、苏州等地采购。此间，冯杰三向戏装厂提出了改良旧式戏装和帽盔的设计方案，得到戏装厂设计师的交口赞赏，并将此改良方案沿用至今。

1952 年，“三反五反”运动中，因订制戏装一事，同张述芹等三人被错斗、错批。经调查，事实与诬陷相反。随即于 1953 年平反。

1952 年 4 月 2 日，完成新编本戏《火烧战船》。

1952 年 4 月 23 日，完成新编本戏《吕布之死》。

1952 年 7 月 18 日，完成新编本戏《白素贞》。

1953 年 3 月，改编历史剧本戏《岳云》；1956 年由陕西人民出版社出版发行。

1953 年 6 月，改编神话剧《牛郎织女》，由新生部学员演出。

整理本戏《糊涂判》。

1954 年，完成改编本戏《貂蝉》，3 月由新生部演出。《西安戏剧》1954 第 6 期刊登文章《试谈改编后的〈貂婵〉》，对此改编剧本给予了较高评价。

1955 年 3 月，长安书店出版《木兰从军》。

1955 年 5 月，完成改编传统剧目本戏《天门阵》。

1955 年 8 月，长安书店出版《貂蝉》。1956 年 10 月第四次印刷，印数 60001-75000。

1955 年 9 月，完成编改《芦花记》

1955 年 9 月 28 日，完成改编原创本戏《范雎相秦》。

1955 年 10 月 15 日，完成历史剧《疯僧扫秦》。

1955 年，编改《闹天宫》《十字坡》《醉打山门》并于当年演出。

1956 年由易俗社、三意社、尚友社三社青年演员合并成立“西安市秦腔实验剧团”排演《黄河阵》，李可易口述原本，冯杰三作文字删剪和修善，将剧本净化处理，并由冯杰三对服装进行全面的设计。

1956 年 6 月 16 日，陕西省第一届戏剧观摩演出大会在西安举行。与高培支、谢迈千、蔡鹤汀、蔡鹤洲、刘毓中等 63 人获得奖状。

由冯杰三新编、秦腔试验剧团演出的本戏《乾元山》在本次演出大会上获得二等奖。

1956 年 12 月，整理本戏《春秋笔》，并由长安书店出版。

1957 年 2 月，与人合作改编历史剧本戏《闯宫抱斗》，并由长安书店出版。

1957 年 4 月，长安书店出版改编折戏《辕门射戟》、本戏《串龙珠》。

1957 年 5 月 5 日，完成历史剧本戏《大孝传》的整理工作，并于当年演出。

这期间，完成编改《闫家滩》；移植《砂子岗》并由长安书店出版发行。

1958 年 3 月，陕西人民出版社出版改编本戏《金玉奴》。

1958 年 4 月，完成新编本戏《田七郎》。

1958 年 5 月，长安书店出版改编本戏《盗宗卷》。

1958 年，完成折子戏《借赵云》的修词。8 月，长安书店出版发行。

在这一时期，还完成编改《五侯宴》、折戏《五台会兄》等剧目。

1959 年，完成剧装设计多套，并由蔡鹤汀等人绘制成图样。

这一时期，完成改编《朱仙镇》。

1960 年，完成整理折戏《杀驿》。

1960 年 3 月，新编《老两口抗旱找窍门》，完成整理《长坂坡》。

1961 年 9 月 9 日，完成新编本戏《西门豹治邺》。

1962 年 1 月完成编改《双明珠》。

1964 年，在深入农村体验生活后，新编现代剧《八个蛋一斤》。

1965 年 3 月 28 日，完成新编现代剧《飞虹桥》。

1965 年 9 月，与易俗社十几位老演员和老剧作家一起退休、退职。

1966 年 1 月，离开易俗社。旋即返乡，侍奉老母，回报桑梓。

1972 年夏，在甘肃省玉门市长子冯力行家住闲月余，心情大好。

1973 年 4 月 26 日，病故于西安。

后 记

我的外祖父冯杰三先生长期供职于西安易俗社，将一生精力奉献给了他钟爱的秦腔事业，虽历经磨难，仍矢志不移，笔耕不辍，默默奉献，不求功名。这在易俗社老一辈人中有目共睹，人人皆知，尤其在易俗社十四期学员中广受赞誉。

先生生前留下的秦腔剧本手稿及收藏的相关资料，在我的小舅舅冯省行的精心呵护下，虽经“文革”浩劫和多次搬迁，仍珍藏至今。一直以来，我们都想通过一个合适的方式，将先生在秦腔事业上的成果，完整、全面地整理出来，奉献于社会，以慰藉先生英灵，更为传承秦腔非物质文化遗产和百年易俗社史实建设贡献绵薄之力。

今日，在各方的襄助下，这个时机终于到来了！

在整个编写过程中，我们始终秉承求真、求精的理念，努力做到完美呈现。由于时隔久远，特别是经历“文革”浩劫，有价值的参考资料少之又少，虽经多方寻求，但并不能尽如人意。只能仅就目前掌握的资料，汇编完成这部书稿，以期达到预想的目的。

在编著过程中，我们遵循了以下原则：

一、秦腔原创剧本是先生的主要成就，除此之外，尚有一些剧本是为适应演出需要、演员个人条件等对剧本进行重新编排和改动。因此，在确定这些剧本是编、是改，还是以其他方式编写，本书均以原稿标明的为准。对不能确定其编写程度的，统一冠以“编改”。

二、本书最终选用剧本 49 个，所收录的剧本，一是先生的手书原稿；二是出版社出版本和易俗社刻印本；三是由他人誊写且标明作者的；四是易俗社现存档案中保存的剧本。其余尚有剧本十余部，或因未搜集到剧本，或因残缺不全，故未收入本书。

三、本书录用的剧本以剧本所标时间先后顺序编排。剧本完成时间不确定的，根据稿件的书写工具不同、横排还是竖排、满篇书写还是分行书写、断句还是未断句等，再参照相同类型的其他剧本，分析判断成剧时间。还有一些剧本仅在有关资料上刊载有大约成剧时间，而没有具体时间，则冠以“这一时期”、“这期间”。

四、不少剧本经多次修订，我们已收集到不同版本，本书则选用较早版本。唯《范雎相秦》建国前后两个版本，立意结构各有千秋，故均收录在册。

《生死姻缘》虽然仅有民国戏报上登载的演出预告和剧情介绍及部分唱段等，但因为这是目前能见到的先生最早的剧本，所以仍然收录在册。

五、剧本中个别字词，由于书写、印刷或保管原因，字迹已经无法确认，虽尽力填补，但仍有个别字词其意思不能确定，未敢随意，遂以“？”填之。

六、先生设计、蔡鹤汀先生等人绘制的戏剧服装图样大多没有名称，为方便研究，我们根据图样底色、图案、服装款式的不同，自拟了名称。

整理出版先生遗墨，看似简单，实则繁杂艰辛。自2016年春节启动这项工作，我们家族成员及亲朋积极出谋献策，参与书稿资料搜集工作。大家集思广益，约访亲朋好友及秦腔界相关人士，听取大家意见；搜集文献，查证求实，补漏拾遗，文字录入，汇总勘校。工程之繁，难度之大，远超预期。历经一年有余，今日终于可以付梓出版见教于世人了。

在此，我们要感谢陕西师范大学雒社扬教授，从本书的策划到剧本的审定，提出了许多宝贵意见，并欣然为本书作序。陕西省委田晓东先生挚爱秦腔研究秦腔，对传承秦腔非物质文化遗产倾心竭力，为本书得以付梓贡献匪浅；易俗社张咏华、薛庆华、惠焜华、薛兴忍等资深演员鼎力支持并提供收藏资料；原陕西省振兴秦腔办公室主任王军武、易俗社及社资料员杨益焕等也积极支持和协助，给予我们莫大的帮助；陕西省文化厅、陕西省振兴秦腔办公室鼎力支持玉成本书出版；中国戏剧出版社武云副总编辑给予真诚无私的信任和鼓励。一路走来，大家给予我们的编写工作注入了持续的动力与激情，在此一并致谢！

编写出版这部书是一个系统工程，我们虽尽心竭力努力做好，然而由于年代久远，史料缺失，加之我们能力有限，书中疏漏，在所难免，期望方家不吝赐教，以释编者心头之惑。

杨献农

2017年6月15日